작가
사전

작가 사전

1

- **트라우마 사전**   4
- **디테일 사전**   500
  - : 도시 편   505
  - : 시골 편   985

Thesaurus for Writers

안젤라 애커만
베카 푸글리시

작가
사전

.

**The Emotional
Wound
Thesaurus**

The Emotional Wound Thesaurus

A Writer's Guide to Psychological Trauma

트라우마 사전

트라우마
사전

임상훈
옮김

고통의 조합으로 탄생하는 이야기의 예술

.

듀나(영화 평론가 / SF 작가)

모든 허구의 캐릭터들이 현실 세계 사람들의 복잡성을 다 갖추어야 할 필요는 없다. 특히 독자에겐 그들의 모든 것을 알아야 할 이유도, 의무도 없다. 독자들이 궁금해하는 건 그중 극히 일부에 불과하다. 모든 예술이 그렇다. 이야기꾼의 예술은 어디에 초점을 맞추고 무엇을 잘라내느냐에 달려 있다. 알프레드 히치콕이 언젠가 말하지 않았던가. "영화는 지루한 것이 잘려 나간 인생이다."

　우리가 허구의 캐릭터에 쉽게 매료되는 이유도 여기에 있다. 그들에게는 현실 속 사람들의 지겨움과 불편함이 없다. 그들은 현실 세계에서는 아주 드물게만 접할 수 있는 압축된 즐거움을 우리에게 선사한다. 그들 중 몇몇은 현실의 구질구질함을 가볍게 초월했기 때문에 인기를 얻는다. 명탐정, 슈퍼히어로, 상상 속의 재벌과 왕족들.

　이게 문제인가? 플롯 중심의 이야기에서는 인물들이 그렇게까지 깊이 있을 필요도, 진짜 같아야 할 필요도 없다. 영화 〈스타워즈〉를 보면서 사람들은 한 솔로의 내면과 사연에 대해 큰 호기심을 느끼지 않는다. 오히려 깊은 고민 없는 단순한 남성성이 솔로의 매력인데, 굳이 프리퀄 〈한 솔로: 스타워즈 스토리〉를 만들어 이 우주 밀수꾼의 과거를 그리려 한 제작진은 이 단순한 사실을 놓쳤다. 마찬가지로 다스 베이더의 매력이 철저하게 근사한 표면과 이야기의 기능성에 쏠려 있다는 걸 간과한 조지 루카스 감독은 거의 시리즈 전체가 '잉여'인 프리퀄 삼부작을 만들어 굳이 갈 필요가 없는 고된 길을 걸어야 했다.

한편 캐릭터 중심의 이야기임에도 캐릭터가 진정성을 갖추지 못해, 이 책에서 말하는 '맥락'을 제시하지 못하는 때도 있다. 팬픽을 예로 들자면, 팬들은 현실 세계에서도 반쯤 허구인 스타의 표면적 특성만을 강조한 비현실적인 캐릭터를 만들어낸다. 물론 소설의 캐릭터와 실제 모델의 갭은 시간이 흐를수록 넓어진다. 이들은 정상적인 사람처럼 움직이기 위해 꼭 필요한 복잡성을 전혀 갖추고 있지 않다. 표면의 이미지와 이들을 소비하는 사람들의 욕망만으로 만들어진 캐릭터는 살아 숨 쉬지 않으며, 진정성을 갖추기 힘들다. 이런 이야기는 특정 스타의 팬들에게만 기쁨을 주는 오락적 기능을 할 뿐, 많은 사람에게 울림을 주지는 못한다.

우리는 모든 캐릭터가 한 솔로 같지는 않다는 것을 알고 있고, 심심풀이로 재밌고 가벼운 이야기만 할 수는 없다. 더 복잡한 세계에서 더 복잡한 이유와 동기로 존재하는 캐릭터를 창조해 섬세한 이야기를 만들어야 한다. 그렇다면 어떤 메커니즘을 설계해 넣어야 그 캐릭터가 생동감 있게 움직일 수 있을까?

캐릭터가 생각하고 행동하는 방식, 장애물에 대처하는 자세는 그 캐릭터의 과거와 맞닿아 있으며 특히 트라우마는 가장 강력한 기제다. 독자가 여러분의 캐릭터에 완전히 이입해 이야기에 끝까지 몰입할 수 있도록 하려면 그 기제를 완전히 이해해야 한다.『트라우마 사전』은 이 과정에서 작가들에게 실질적인 도움을 준다. 아마 사전이라는 형식을 취한 책 중 가장 잔인한 책이 될지도 모른다. 이 고통의 사전은 여러분이 신이 되어 사람들을 고문하며 고통을 주는 온갖 다양한 방법들을 수록하고 있다. 고통이 캐릭터를 어떻게 움직이는지, 상처는 어떻게 극복할 수 있는지의 예시 또한 풍부하게 담았다. 인간 심리가 어떤 행위로 떠오르는지 이렇듯 디테일한 설명으로 보여주는 것은, 무엇을 잘라내고 무엇을 취할지 고민하는 작가들에게 고마운 일이다.

다행스럽게도 이 책이 다루는 사람들은 실재하지 않는다. 이 책의 목표는 허구의 캐릭터에게 실제 사람처럼 설득력 있는 상흔을 남기는 것이다. 그 상처는 캐릭터의 내부로 파고들어 실제 사람처럼 생각하고, 말하고, 움직이게 할 것이다. 다시 말하지만, 이들은 실존하는 사람이 아니다. 허구의 캐릭터들은 실제 사람들과 아주 유사하게 행동해도 결국 허구일 뿐이고 이들의 행동은 현실 자체가 아니라 그 현실을 바라보는 우리의 정신을 반영한다. 저자들도 본문에 앞서 경고했지만, 이들을 창조하고 조종하기 위해 만들어진 이 광대한 데이터베이스를 실제 사람들에게 대입해 쓸 수는 없다. 하지만 허구의 세계에서 이야기꾼은 보다 가차 없는 신이며, 창조물의 트라우마에 좀 더 과감하게 다가갈 수 있다. 그러니 이 책의 아무 페이지나 펼쳐 고통의 조합을 시도해보시길. 당신의 잔인함은 캐릭터의 매력과 설득력, 그리고 그들의 조합으로 만들어지는 이야기의 재미로 보상받을 것이다.

일러두기

1. 원서의 'lie'는 'false belief', 'misbelief'와 같은 말인데, 일종의 전문 용어로 우리가 흔히 쓰는 '거짓말'과는 다른 의미여서 모두 '잘못된 믿음'으로 옮겼다. 본문에 나오는 거짓말은 우리가 흔히 쓰는 의미의 거짓말이다.

2. 원문의 'emotional wound'는 트라우마의 원인이 된 '감정적 상처'로, 'trauma'는 '트라우마'로 옮겼으나 때때로 '정신적 외상'과 혼용하였다.

3. 'character'는 '캐릭터'로 옮겼으나 간혹 '인물'을 혼용하였다.

4. 옮긴이 주는 ◆로 표시하였다.

차례

추천의 글   7

서문   19

작가들을 위한 자기 관리법   20

이야기는 삶과 자아의 심연을 비추는 거울이다   22

감정적 상처란 무엇인가?   25

인물호: 변화를 받아들이기 위한 내적 변화   47

악당의 여정   58

캐릭터의 상처에 대한 브레인스토밍   64

고통은 깊게 흐른다: 상처에 영향을 주는 요소   77

행동을 통해 상처를 드러내기   82

피해야 할 문제들   99

마지막 당부의 말   109

배신

가정 폭력   113

근친상간   117

따돌림당하다   120

롤 모델에 실망하다   123

믿었던 조직·사회 제도에 실망하다   126

배우자의 무책임으로 파산하다   129

배우자가 불륜을 저지르다   132

배우자의 은밀한 성적 지향을 발견하다   136

부모가 두 집 살림하다   139

부모가 잔악무도한 범죄자임을 알게 되다   142

실연당하다   146

아이디어·성과를 도난당하다   150

업무상 과실로 사랑하는 사람을 잃다   153

예상 밖 임신으로 인해 버려지다   157

자녀가 학대받은 사실을 알게 되다   160

자신이 입양되었다는 사실을 알게 되다   163

잘 아는 사람에게 어린 시절 성폭력을 당하다   166

잘못된 대상을 믿다   170

절교·기피 대상이 되다   173

진실이 받아들여지지 않다   176

해로운 인간관계에 빠지다   180

형제·자매가 배신하다   184

형제·자매가 학대받은 사실을 알게 되다   187

범죄 피해

개인 정보 도난   193

납치·감금   196

물건 취급당하다   199

살인을 목격하다   202

성폭행   205

스토킹   208

주거침입   211

차량 탈취   214

폭행 217

피해 사건의 미해결 220

사회적 부정의와 개인적 고난

가난 225

강제 추방 228

권력 남용 231

기근·가뭄 234

말할 수 없는 비밀이 있다 237

무고 240

불가피하게 노숙자가 되다 243

사회 불안 246

악의적인 소문 249

억울한 투옥 252

집단 괴롭힘 255

짝사랑 258

타인의 죽음에 대한 부당한 비난 261

편견·차별 264

해고 267

실패와 실수

공적인 실수 273

과실 치사 276

극심한 중압감 279

낙제 282

대규모 인명 피해에 대한 책임 285

또래 압력에 굴복하다 288

복역 292

옳은 행동을 하지 못하다 295

인명 구조 실패 298

자녀를 자신의 삶에서 지우다 301

잘못된 판단이 큰 사고로 이어지다 304

파산 선고 307

어린 시절의 특정한 상처

감정 표현이 억압된 가정에서 자라다 313

강간으로 태어나다 316

대중의 시선을 받으며 자라다 319

떠돌이 생활을 하다 323

보육원에서 자라다 326

보호자에게 학대당하다 329

부모가 과잉보호하다 332

부모가 방치하다 335

부모가 조건적인 사랑을 베풀다 339

부모가 한 자녀만 편애하다 342

부모에게 버림받다 345

성공한 형제·자매의 그림자 속에서 자라다 348

어린 나이에 가장이 되다 351

어린 시절에 부모가 사망하다 354

어린 시절에 폭력을 목격하다 357

우범 지역에서 자라다 360

자기애가 강한 부모 밑에서 자라다 363

장애나 만성 질환을 앓는 형제·자매와 함께 자라다 367

중독자 부모 밑에서 자라다 371

지나치게 엄격한 부모 밑에서 자라다 374

친부모와 떨어져 자라다 378

컬트 집단에서 자라다 381

항상 뒷전으로 자라다 384

예기치 못한 불상사

고문을 당하다 391

굴욕을 당하다 394

다른 사람의 죽음을 목격하다 398

돌보던 아이가 죽다 401

목숨을 위협하는 사고를 당하다 404

무차별 폭력으로 인해 사랑하는 사람을 잃다 407

부모가 이혼하다 410

불치병 진단을 받다 413

붕괴된 건물에 갇히다 416

사랑하는 사람이 자살하다 419

살아남기 위해 살인하다 422

시체와 같은 공간에 고립되다 425

이혼하다 428

유산·사산을 겪다 431

임신 중절 수술을 하다   434

자녀가 사망하다   437

자녀를 입양 보내다   441

자연재해·인재人災를 겪다   444

자택 화재   447

조난을 당하다   450

테러   453

학교 총기 난사 사건   456

장애와 미관 손상

만성 질환과 통증   461

모두가 뒤돌아볼 만한 미모   464

불임   467

성 기능 장애   470

언어 장애   473

오감 중 한 감각을 상실   476

외모 손상   479

외상성 뇌 손상   482

인간관계 문제   485

정신 질환   488

팔다리 상실   491

평균에 못 미치는 외모   494

학습 장애   497

서문

독자들에게 책의 서문이란 이야기의 프롤로그와도 같아서, 건너뛰고 본문으로 곧장 달려가고 싶은 유혹을 느낄 수 있다. 하지만 책 내용과 관련해 짚고 넘어가야 하는 중요한 말이 있으니 잠시 주목해 주시길 바란다.

이 책은 캐릭터들이 입은 감정적 상처가 그들에게 미치는 영향에 대해 유용한 정보를 제공하려는 목적으로 쓰였다. 트라우마는 주인공, 멘토, 조연, 연애 상대, 악당 모두에게 영향을 미쳐 이들의 동기를 규정하고, 나름의 목표로 몰고 간다. 책을 읽는 동안 여러분의 이야기에 등장하는 캐릭터들을 떠올려 보고, 과거의 상처가 이들의 성격, 태도, 편견, 행동 변화에 어떤 영향을 미쳤는지 생각해 보는 계기가 되었으면 한다. 하지만 작가인 우리는 심리학자가 아니므로 책의 내용을 현실 세계에 고스란히 적용하기는 어려울 것이다. 다만 이 책을 통해 여러분이 캐릭터 심리의 깊은 층위를 이해하고 트라우마가 그에 미치는 영향에 대해 좀 더 잘 알게 되기를 바랄 뿐이다.

유감스러운 일이지만 트라우마는 픽션뿐 아니라 현실에서도 존재하며, 우리 정서에 해로운 영향을 미친다. 따라서 트라우마에 대한 글을 읽는 행위만으로도 과거의 상처가 떠오를 수도 있다. 이 사실을 염두에 두고 구체적인 내용을 읽으며 충격을 받지 않도록 우선 '자기 관리법' 항목을 읽고 가도록 하자.

작가들을 위한
자기 관리법

마음이 편한 장소에서 이 책을 보라

많은 작가가 사람들로 붐비는 커피숍이나 도서관에서 작업하거나 심지어 집단 집필 작업을 하기도 한다. 하지만 캐릭터의 상처를 파고들 때면, 자신의 과거가 떠오르며 불현듯 불쾌한 감정에 사로잡힐 수도 있다. 이럴 때를 대비해서 잠깐 숨을 돌리며, 감정을 개인적으로 처리할 수 있는 공간에서 작업하는 편이 좋다.

글을 쓴 다음에는 휴식을 취하라

캐릭터가 겪은 힘든 경험을 쓰는 것은 쉽지 않은 일이다. 특히 자신의 경험과 비슷한 경우라면 더욱 그렇다. 그러므로 약속 시간 직전이나, 점심 시간에 고통스러운 내용을 다루는 일은 현명하지 않다. 감정적으로 힘든 장면을 쓴 뒤에는 충분한 휴식을 취하고, 마음을 회복한 다음에 현실 세계로 돌아와야 한다.

필요한 만큼 휴식을 취하라

감정적으로 힘들다면 산책하고, 고양이를 안아 주고, 특별한 간식을 먹어라. 글을 쓰기 시작할 때 향초를 켜고, 다 쓰면 불을 끄는 등의 습관도 좋다. 이제 글에서 감정적으로 한 걸음 떨어져 다른 일에 신경 쓸 때가 되었다는 사실을 자신에게 상기시켜 주는 좋은 방법이다.

믿을 수 있는 사람을 곁에 두어라

개인적인 경험이 떠오르는 장면이나 어려운 장면을 쓰고 있을 때, 주변에 있는 친구가 도움이 될 수 있다. 언제 그런 부분을 쓰게 될지 친구에게 알리고, 도움이나 격려가 필요하면 전화할 수도 있다고 미리 말하라. 문자 메시지, 이메일, 소셜 미디어를 통해 안부를 물어 달라고 요청할 수도 있다. 글을 쓰며 나 혼자밖에 없다는 느낌을 달래야 한다.

이야기는 삶과 자아의
심연을 비추는 거울이다

사람들이 이야기에 매혹된다는 말은 보편적 진리 중 하나이다. 우리는 이야기 속 다른 사람들의 세계를 보고 싶어 하고, 잘 알지 못하는 사람들의 삶에서 눈을 떼지 못한다. 미스터리를 해결하고, 싸우고, 환상적인 장소를 찾고, 로맨스의 상대를 발견(혹은 재발견)하면서, 우리의 삶과 비슷하거나 다른 캐릭터의 여정을 한 걸음씩 따라간다. '좋은 이야기'는 우리를 다른 사람의 삶으로 데려가 그 사람의 삶을 경험하게 해 준다.

이렇게 보면, 지루하고 스트레스로 가득 찬 현실에서 벗어날 수 있게 해 주는 것이야말로 이야기의 가장 중요한 특징으로 보인다. 하지만 이러한 오락적인 요소는 사람들이 이야기를 좋아하는 수많은 이유 중 하나에 지나지 않는다. 정말 중요한 이유는, 이야기가 오랜 세월에 걸쳐 다양하고 중요한 정보, 사상, 믿음을 전승하며 우리를 올바른 방향으로 이끄는 역할을 담당했기 때문이다.

이러한 전통은 오늘날까지도 이어지고 있다. 우리는 친구들에게 라스베이거스에서 화려한 주말을 보냈다고 반쯤 거짓말을 늘어놓는다. 이웃이 저지른 어리석은 일화를 동료에게 재미로 들려주기도 한다. 하지만 우리가 시간을 내서 읽는 '이야기'란, 이보다는 더 의미 있는 설정을 갖추고 우리의 감정, 희망, 욕망을 다른 사람과 공유할 수 있게 해 주는 그 무엇이다. 깊이라고는 찾아볼 수 없는 오락이나 흥밋거리가 아닌, 독자에게 울림을 주는 이야기가 반드시 갖추고 있는 요소란 무엇일까? 그것은 이야기가 항상 추구해야 하는 것, 바로 '맥락context'이다. 맥락은 우리의 인생에서는 찾아볼 수 없는 것이다. 삶이 사용 설명서대로 펼쳐지면 참 좋겠지만, 우리는 인생이 어떻게 될지 전혀 모른다. 장애물, 도전, 기회는 계속 등장하고, 힘겨운 문제도 끊임없이 나타난다. 우리는 늘 생각한다. '이 문제에 어떻게 대처할 것인가? 무엇을 해야 하는가? 실패한다면 어떤 말을 듣게 될까?'

우리는 늘 두려움, 자기 의심, 불안을 느끼며 산다. 하지만 나약해 보일까 두려워 이런 감정을 잘 드러내지 않으려 하고, 스스로 다스리려는 노력을 쏟는다. 그와 동시에, 더 경험 많고 유능한 누군가가 그런 불안한 상황을 극복하는 방법을 좀 알려줬으면 하는 바람으로 모범적인 예를 찾는다. 그 예가 바로 '맥락'이며, 사람들이 이야기 속에서 찾고자 하는 것이다.

작가들이 만드는 이야기는 현실 세계를 비추는 거울이며, 이 거울은 독자들이 자신의 심연을 안전하게 들여다보게 해 준다. 캐릭터가 어려운 선택, 고통스러운 결과, 힘들게 얻은 성과와 마주할 때, 독자들은 그 모습을 보며 자신의 삶을 돌이켜 본다. 또한 캐릭터가 힘든 상황, 도덕적인 난제, 파괴적인 변화와 맞닥뜨려 싸우고 이겨내는 일들을 생생하게 지켜보면서 의식적이든 무의식적이든 자신들이 원하던 맥락을 얻는다. 인생을 좀 더 잘 살아가는 데 도움이 되는 중요한 정보를 얻는 것이다.

무엇보다 우리는 피폐한 상태에서 완전한 상태로 향해 가는 캐릭터의 내적 여행에 대해 공감한다. 우리 각자도 마음 깊은 곳에 어느 정도 망가진 부분이 있기 때문이다. 우리는 그 트라우마를 치유하기 원한다. 세상을 살아가는 목적을 발견하고, 소속감을 느끼며, 더 나은 사람이 되고 싶어 한다. 이러한 욕망을 이루려면 이야기의 주인공들처럼 우리를 과거에 묶어 두고 있는 것들, 다시 말해 우리를 불안하게 하는 두려움과 고통을 박차고 나와야 한다.

놀랍게도 독자들은 이야기 속에서 어떤 캐릭터 하나를 반드시 찾아

자기 자신과 동일시한다. 흔히 있는 일이지만, 이 경험은 언제나 마법 같다. 따라서 독자들을 끌어들이기 위해서는 이야기가 삶을 충실하게 반영하는 거울이 되어야 한다. 욕망, 욕구, 신념, 감정 등 인간의 삶을 반영하는 가치 있는 요소는 여러 가지가 있지만, 그중에서도 이야기를 처음부터 끝까지 끌고 가는 가장 강력한 요소는 바로 캐릭터가 가진 '감정적 상처'이다.

감정적 상처란
무엇인가?

자라면서 예상치 못했던 어떤 일, 불쾌하게 놀라웠던 일을 겪은 적이 있는가? 예를 들어, 학창 시절에 전국 과학 발표대회 3등 상을 타서 집에 왔는데 어머니가 포옹하고 칭찬해 주기는커녕, 다음에는 더 잘해 보라고 심드렁하게 말했을 때 기분이 어땠는가? 학교 뮤지컬 주연 오디션에서 떨어졌을 때, 특히 그 소식을 사랑하는 어머니에게 전해야 했을 때 어땠는가? 대학 입학 합격점에 몇 점 모자랐을 때의 느낌은? 게다가 어머니가 형은 쉽게 합격했다고 상기시켜 주었을 때는 어떤 기분이었는가? 회사 생활을 하다가 승진에서 탈락했다는 통보를 받았는데 가족 저녁 식사 자리에서 부모가 다른 형제·자매의 성과를 추켜세웠을 때의 기분은?

이러한 상처를 겪어 본 사람이라면, 비현실적인 기대치를 충족시키지 못했다고 어머니가 사랑을 보여 주지 않는 일에 분개하기 시작한 시점이 정확히 언제인지 기억하는가? 여러분이 목표에 대해 다시는 이야기하지 않게 된 것은 언제부터인가? 혹은 끔찍한 말이지만, 해 봤자 실패할 게 분명하다고 생각해 시도조차 하지 않게 된 것은 언제부터인가?

불행하게도 삶은 고통스럽다. 삶에서 배웠던 교훈들이 모두 긍정적인 것은 아니다. 마찬가지로, 이야기 속 캐릭터들도 쉽게 떨쳐내지 못하는 트라우마를 겪고 있다. 괴로운 기억으로 인해 마음속 깊은 곳에 자리 잡은 고통을 우리는 감정적 상처emotional wound라고 부른다. 이 상처는 가족, 연인, 멘토, 친구 혹은 그 밖의 신뢰하는 사람 등 흔히 가까운 사람들로 인한 경우가 많고, 오랫동안 낫지 않는다. 상처의 원인은 어떤 특정한 사건, 받아들이기 힘든 진실, 신체적 한계, 건강 상태, 혹은 난관에서 비롯되기도 한다.

　상처는 대부분 예기치 않게 생긴다. 다시 말해, 캐릭터들은 마음의 준비도 안 된 상태에서 상처를 받는다. 갑작스럽고도 잔인한 상처로 인한 트라우마는 캐릭터에게 지속적인 영향을 미치고, 성격을 크게 (흔히 부정적으로) 바꾸어 버린다. 뿐만 아니라, 나중에 또 다른 상처들을 유발하는 도미노 효과를 내기도 한다.

　이야기를 시작도 하기 전에 캐릭터에게 벌어진 일에 왜 관심을 가져야 하는지 궁금할 수도 있다. 이야기 속에서 캐릭터가 하는 행동이 더 중요한 게 아니냐는 질문도 있을 수 있다. 이 질문들은 부분적으로는 옳지만, 부분적으로는 틀리다. 사람이란 결국 과거의 산물이다. 캐릭터를 진정성 있고, 믿을 만한 인물로 만들고 싶다면, 작가는 캐릭터의 배경 backstory에 대해 이해하고 있어야 한다. 어떤 부모 밑에서 자랐는지, 주변 사람들은 어떤 사람들이었는지, 몇 달 전이나 몇 년 전에 겪었던 사건과 상황은 어떤 것이었는지 등의 내용들은 캐릭터의 행동과 동기에 직접적인 영향을 미친다. 감정적 상처라는 캐릭터의 배경은 특히 강력해서 캐릭터의 성격과 신념은 물론 그들이 가진 두려움에 큰 영향을 미칠 수 있다. 따라서 완벽한 형태를 갖춘, 설득력 있는 인물을 만들려면 이들이 경험한 고통을 반드시 이해해야만 한다.

　보통 '트라우마'라고 하면 사람들은 캐릭터의 삶을 완전히 바꾸어 놓는 특정한 순간을 떠올리지만, 사실 상처를 받는 원인은 다양하다. 우선 일회적인 트라우마 사건single traumatic event이 있다. 살인을 목격하거나, 눈사태에 갇히거나, 자녀의 죽음을 경험하는 경우 등이다. 반복적인 트라우마 사건repeated episodes of trauma으로 받는 상처도 있다. 직장에서 여러 번 괴롭힘을 당해 굴욕스러운 상황을 겪거나, 일련의 해로운 인간관계*를 끊지 못하는 경우 등을 예로 들 수 있다. 지속적인 유해 환경detrimental ongoing situation도 캐릭터에 영향을 미칠 수 있다. 가난에서 벗어나지 못하고 있다 든지, 약물 중독이나 알코올 의존증을 앓는 부모에게 어린 시절 방치되 었다든지, 폭력적인 컬트 집단에서 자란 경우 등이다.

원인이 무엇이든 이러한 상처들은 육체적 상처와 마찬가지로 캐릭 터에게 지울 수 없는 흔적을 남긴다. 상처는 캐릭터의 자존감을 파괴하 고, 세계관을 바꾸고, 사람들을 믿지 못하게 만들고, 다른 사람과 상호작 용하는 방식에도 영향을 미친다. 캐릭터가 바라던 목표를 이루기 힘들게 되기도 한다. 바로 이러한 이유로 우리는 캐릭터의 배경에 파고들어 어 떤 트라우마를 겪었는지 밝혀내야 한다. 그 트라우마의 그림자가 내면에 똬리를 틀고 앉아 캐릭터를 미래로 나아가지 못하게 만들며 행복을 가로 막고 있기 때문이다.

감정적 상처의 어두운 그림자 : 잘못된 믿음

트라우마는 끔찍한 경험이다. 하지만 그 운명의 잔인한 장난보다 더 캐 릭터를 괴롭히는 것은 트라우마 안에 숨어 있는 잘못된 믿음the lie이다. 잘 못된 믿음은 논리적 오류로 도출된 결론이다. 상처받기 쉬운 상태에 있 는 캐릭터가 자신이 겪은 고통스러운 경험을 이해해 보려고 노력하다가 문제를 자기 탓으로 돌려 버리는 잘못된 결론을 도출하는 것이다.

과장된 이야기처럼 들릴 수도 있다. 하지만 현실에서도 많은 사람들 이 이런 방식으로 고통스러운 사건을 처리한다. 생각해 보라. 이해하기 힘든 나쁜 일이 일어났을 때, 우리는 본능적으로 왜 이런 일이 일어났는 지 이해하려고 노력한다. 그러면서 문제를 자신의 탓으로 돌린다. '왜 이

◆   정신적·육체적으로 해를 주는 상대방에 의해 맺게 되는 관계를 말한다.

런 일이 일어날 줄 예상하지 못했을까?', '왜 좀 더 일찍 행동하지 않았을까?'라고 생각하면서 말이다. 한편, 어떤 대상에 환멸을 느끼는 경우도 있다. '왜 이 시스템(정부, 사회, 신 등)은 나를 저버리는가?' 이러한 태도는 흔히 자책의 형태로 나타나 자신이 좀 더 가치 있는 사람이었다면, 다르게 선택했더라면, 다른 사람을 믿었더라면, 좀 더 주의를 기울였더라면, 좀 더 안전하게 자신을 지켰더라면 다른 결과가 생겨났으리라는 믿음으로 귀결된다.

잘못된 믿음은 제한적 신념disempowering beliefs(나는 자격이 없다, 무능하다, 결함이 있다, 가치가 없다 등의 믿음)과 연결되어 있어서, 그 믿음을 스스로 받아들이는 캐릭터를 자기 파멸의 길로 안내한다. 잘못된 믿음은 자존감은 물론 세계관과 자아관에도 영향을 미치고, 캐릭터를 과거에 얽매여 한 발자국도 앞으로 나아가지 못하게 만든다. 그래서 잘못된 믿음을 가진 캐릭터는 충분히 사랑하지도 못하고, 사람을 진심으로 믿지도 못하며, 마음껏 인생을 살아가지 못하게 된다.

폴이라는 캐릭터가 있다고 생각해보자. 폴은 결혼한 지 5년이 지나서 자신의 아내가 레즈비언이라는 사실을 알게 되었다. 두 사람은 이미 집, 대출금, 자녀 등 결혼한 사람에게 있을 만한 것들은 모두 가지고 있었다. 아마도 아내는 자신이 레즈비언이라는 사실을 깨달은 뒤에 폴을 앉혀 놓고 비밀을 털어놓았을 것이다. 아니면 아내가 다른 누군가와 함께 성적 정체성을 찾아보려 하는 정황을 폴 자신이 발견했을 수도 있다. 어쨌든 자신의 배우자가 생각했던 바와는 완전히 다른 사람이었다는 사실을 깨달으며 폴은 커다란 충격을 받았을 테고, 그의 미래 계획은 엉망진창이 되었을 것이다.

당장 폴은 배신감을 느끼고, 상처받고, 분노하는 반응을 보일 것이다. 하지만 충격이 사그라지면서 폴은 과거를 돌이켜 보며, 기억 속에서 자신이 놓쳤던 신호들을 찾을 것이다. '연애 초에 좀 더 주의 깊게 보았더라면, 이렇게 마음 아픈 일은 일어나지 않았을 텐데. 아니야, 나는 너무 멍청해서 눈치도 못 챘을 거야'라고 생각하면서 말이다.

일단 자책하기 시작하면, 의심과 불안이 꼬리를 물고 등장하면서 작은 불씨에 기름을 들이붓는다. '내가 좀 더 훌륭한 배우자, 더 나은 연인이었다면 이런 일은 일어나지 않았을 거야. 그녀는 행복했을 테니까. 그러면 우리의 삶은 결혼 서약할 때 상상했던 대로 남아 있었을 텐데.'

객관적으로 생각할 수 있는 사람이라면 폴이 이러한 상황을 미리 예상하거나 막지 못했을 것이라는 사실을 알고 있다. 하지만 폴은 온통 자신의 단점만 보면서 경고 신호를 놓쳤고 남편으로서 실패했다고 자책한다. 폴은 이렇게 상처를 내면화하면서 결국 자신의 내적 결함이 문제라는 잘못된 결론까지 이르게 된다. 폴은 이제 자신의 가치마저 의심한다. '나한테 뭔가 문제가 있는 게 틀림없어. 나는 다른 사람과 결혼하면 안 되는 가치 없는 놈이야.' 급기야 다음과 같은 잘못된 믿음이 등장한다. '문제가 있는 족속은 결혼하면 안 된다.'

한번 만들어진 잘못된 믿음은 마치 곰팡이처럼 유독한 포자를 여기저기 내뿜는다. 이 잘못된 믿음은 캐릭터의 내면 깊은 곳까지 뿌리를 내려 자존감을 훼손하고, 자신감을 파괴하며, 다시 연애를 시작하더라도 상대방의 기대에 미치지 못하여 버림받을 것이라는 두려움을 만들어낸다. 잘못된 믿음은 자신에 대한 의심이나 죄책감에서 비롯되며, 자신도 알고 있는 결점을 중심으로 만들어진다.

상처가 깊게 내면화되지 않은 경우, 사람들은 다른 방식으로 환멸을 느끼기도 한다. 다시 폴의 일을 예로 들어 보자면, 그는 인생을 비관하며 자신의 고통을 세상 탓으로 돌릴 수도 있다. '모든 사람이 거짓말을 한다. 아무도 자신의 본모습을 드러내지 않는다.' 혹은 '사랑은 영원하지 않다. 시간이 지나면, 사람들은 결국 상대를 떠날 핑계를 찾는다.'

이러한 유형의 잘못된 믿음은 세상을 비관적으로 보는 근거가 되며,

캐릭터가 보기에는 이 잘못된 믿음이 사실이다. 폴은 아내의 모든 말이 '거짓말이었다'고 믿으며, 거짓말과 함께 그녀가 '떠났다'고 결론 짓는다. 폴은 과거에 얽매이고, 다른 사람들과 깊은 인간관계를 맺지 못할 것이다. 상처로 인한 부정적 교훈 때문에 모든 인간관계에 대해 부정적인 결말을 확신하게 되고, 버림받거나 거절당하리라는 두려움이 커졌기 때문이다.

잘못된 믿음은 불안과 두려움을 자양분으로 성장해 캐릭터의 행복, 성취, 내적 성장을 끊임없이 가로막는다. 그러나 캐릭터도 마음 깊은 곳에서는 자신이 가치 있게 여기는 목표를 추구하고, 행복을 다시 느끼길 바란다. 이 때문에 인물호人物弧, character arc◆ 안에서 목표를 이루려는 주인공의 노력과 잘못된 믿음은 서로 충돌하게 된다. 주인공은 잘못된 믿음을 깨버린 뒤에야 비로소 자신이 보상받아 마땅한 사람이라고 진심으로 믿을 수 있게 된다.

뼛속까지 파고드는 두려움

두려움을 모르는 캐릭터라면 어떠한 감정적 상처에도 얽매이지 않아야 한다고 주장하는 작가도 있다. 하지만 현실을 무시하는 사람이나 이러한 주장을 할 수 있다. 트라우마의 고통에서 자유로운 사람은 현실적으로 아무도 없기 때문이다. 이야기 속 캐릭터도 마찬가지다. 아무리 강하고 용감한 사람이었다고 하더라도, 트라우마를 경험했다면 이제는 그럴 수

◆ 이야기가 진행되며 캐릭터, 특히 주인공이 겪는 변화를 가리킨다. 어떤 이야기가 인물호를 지니고 있으면, 보통 주인공 캐릭터는 천천히, 혹은 급격하게 다른 특성의 인물로 바뀐다. 그런 의미에서 인물호가 있는 캐릭터는 처음부터 끝까지 바뀌지 않는 평면적 인물flat character이 아니라, 일종의 성장을 보이는 입체적 인물round character이다.

없다. 트라우마가 된 상처의 원인은 무차별적인 폭력으로 사랑하는 사람을 잃은 사건일 수도 있고, 외모가 추하게 훼손되는 사고일 수도 있으며, 올바른 일을 해야 했을 때 그러지 못했던 수치스러운 경험일 수도 있다. 원인이 무엇이든 상처가 주는 고통은 주인공을 점차 약하게 만들면서 이전까지 한 번도 경험해 보지 못한 두려움fear을 갖게 한다. 이 강력한 두려움은 주인공의 마음속 깊이 파고들어 단 하나의 생각에 사로잡히도록 만든다. 어떤 수단을 써서라도 그 고통스러운 감정을 다시는 경험하지 않아야겠다는 생각이다.

두려움을 모르는 사람은 없다. 아무리 이성적인 사람이라도 일상생활 속에서 스멀스멀 피어오르는 막연한 두려움을 느끼기 마련이다. '저 골목으로 가면 강도를 당하지 않을까?' '아이들끼리 뒷마당에서 놀아도 안전할까?' 두려움은 우리의 생존 본능이며 일어날 수도 있는 위험에 대해 경고하는 역할을 한다.

하지만 감정적 상처를 둘러싼 두려움은 생존 본능과는 다르다. 보통의 경우에는 위험이 사라지면서 두려움도 같이 사라지지만, 감정적 상처로 인한 두려움은 사라지지 않을 뿐 아니라, 오히려 불안과 자기 의심을 바탕으로 증식을 반복한다.

트라우마를 경험한 캐릭터는 상처받기 쉬운 존재가 되기 때문에, 자신을 스스로 지키지 않는다면 또다시 고통을 겪을 것이라고 확신한다. 감정적 고통에 대한 두려움만큼 강력한 동기는 세상 어디에도 없다. 이들은 그 고통이 반드시 다시 일어나리라고 확신하며, 그 밖에 다른 어떤 생각도 하지 못한다. 이제껏 중요했던 것들이 이제는 하나도 중요하지 않으며, 그 고통을 어떻게 미리 막을 수 있느냐가 가장 중요하다.

두려움에 지배당하는 사람은 감정적 보호막emotional shielding을 만든다. 이 파괴적인 보호막은 캐릭터가 자신을 보호하기 위해 자신과 자신에게 상처를 입힐 수 있는 사람들 혹은 상황 사이에 세우는 장벽을 뜻한다. 할

리우드의 스토리 컨설턴트 마이클 하우지는 이 보호막을 캐릭터가 고통스러운 경험을 피하려고 걸치는 감정 갑옷emotional armor이라고 불렀다.

이 보호막이 파괴적인 이유는 캐릭터가 자신에게 상처를 줄 수 있는 사람이나 상황을 차단하기 위해 자신의 성격 결함, 자기 제한적 태도, 잘못된 믿음, 문제 행동과 같은 부정적 요소를 사용하기 때문이다. 다시 상처받을까 봐 두려운 캐릭터의 마음에는 감정적 보호막이 견고하게 자리 잡는데, 작가는 그 두려움의 정체를 정확히 알아야 한다. 그러면 캐릭터가 불편해하는 상황이 무엇일지, 그 상황을 피하려고 어떻게 행동할지도 생각해볼 수 있다. 친밀한 인간관계를 두려워하는 캐릭터가 있다고 해 보자. 그 사람은 자수성가한 외톨이가 될 수 있다. 사람들과 가까운 관계를 맺는 상황이 불편해 멀리하거나 아예 만나지 않을 수 있기 때문이다. 아니면 은밀하게 권력과 지배력을 추구하게 될 수도 있다. 이 경우는 냉담하고 무자비해져 다른 사람과 거리를 두는 쪽을 선택했다고 볼 수 있다.

만약 캐릭터가 두려움을 해결할 수단으로 회피avoidance라는 감정적 보호막을 사용한다면, 캐릭터는 두려움에 갇혀 버린다. 엄습하는 두려움 때문에 사람들이 가까이 오지 못하도록 경계하고, 가까운 사람의 안전을 지나치게 걱정하며 속박할 수도 있다. 이런 캐릭터는 자신의 상처를 치유할 계기조차 허용하지 않게 된다. 매사 부정적인 태도로 인간관계에 문제가 생기고 자신의 마음속 깊은 곳에 결핍된 욕구를 무시하면서, 꿈꾸던 삶을 살지 못하게 된 것에 대한 불만이 쌓여 심한 고통을 받는 것이다.

감정적 상처의 후유증 :
고통스러운 사건은 캐릭터를 어떻게 바꾸는가?

인생이란 고통을 통해 교훈을 주는 스승이다. 이야기 속에서 고통을 겪은 캐릭터는 감정 갑옷을 입고 이야기에 등장한다. 성격 결함, 편견, 나쁜 습관 등은 캐릭터가 겪어야 했던 힘든 순간들의 결과이다. 작가는 이 힘든 순간들에 대해 깊이 연구해야 한다. 폴이 겪었던 사건처럼, 우리는 주인공이 직면하고 극복해야 하는 트라우마에 대해 정확히 이해해야 이야기를 잘 풀어 갈 수 있다.

상처와 상처로 인한 잘못된 믿음은 캐릭터의 내면뿐 아니라 행동 방식에도 영향을 미친다. 이에 대해 좀 더 자세히 살펴보자.

캐릭터가 자신을 보는 방식

잘못된 믿음은 캐릭터의 자존감을 크게 훼손하기 때문에, 캐릭터의 생각, 행동, 판단에 해로운 영향을 끼친다. 독학한 음악인이 자신이 멍청하고 재능이 없다고 믿게 되면, 사람들의 조롱과 조소가 두려워 자신의 능력을 보여 주는 상황을 피할 것이다. 그러면서 자신의 열정을 추구할 기회도 잃어버릴 것이다. 자신에 대한 확신이 없는 사람은 다른 사람들이 자신의 장점이라고 말하는 것을 듣고, 그 말에 따라 살려고 할 것이다.

캐릭터의 잘못된 믿음은 인물호에서 중요한 역할을 한다. 건강한 자아관과 세계관을 얻기 위해 캐릭터가 앞으로 무엇을 해야 할지 알려 주기 때문이다. 캐릭터는 자아관을 바꿔야 비로소 새로운 통찰을 얻게 된다. 이 통찰은 자아 성장을 도울 뿐 아니라, 이야기의 주제를 드러내 준다.

성격 변화

모든 사람은 자신만의 청사진을 가지고 있다. 성격, 신념, 가치, 그 밖의 여러 요소가 각각의 사람을 다른 사람들과 구별되는 존재로 만들어 준다. 그런데 그 청사진에 트라우마가 더해지면 그 사람은 상처의 원인이 무엇인지 이해하려고 노력하는 데만 몰두하게 된다. 그리고 앞서 말했듯이 두려움에 사로잡히면서, 상처받게 된 원인을 밝혀낸답시고 자신을 극단적으로 엄격한 시선으로 바라보게 된 결과 감정적 보호막이 형성된다. 자아 비판 리스트에 가장 먼저 오르는 대상은 자신의 성격이다.

감정적 상처가 된 사건을 스스로 분석하면서, 사실은 캐릭터의 긍정적인 속성임에도 불구하고 단점이라는 딱지를 붙이는 경우도 많다('너무 우호적이었다, 너무 친절했다, 너무 믿었다' 등). 예를 들면, 사기를 당한 캐릭터는 친절하고 우호적인 태도를 버리고, 사람을 믿지 않고 인색하며 냉담한 성격으로 변한다. 아이러니하게도 캐릭터가 스스로 만든 이런 특징은 나중에 그의 맹점이 된다. 캐릭터는 자신의 변한 성격이 자신을 보호하는 장점이라고 믿지만, 나중에 그 성격 결함으로 인해 삶이 엉망이 된 이후에야 그 변화가 잘못되었다는 것을 깨닫는다.

감정적 상처로 비롯되는 성격 변화가 모두 부정적인 것은 아니다. 좋은 경험은 물론 고약한 경험에서도 교훈을 얻을 수 있다. 그 교훈으로 캐릭터가 유용한 속성을 받아들일 수도 있다. 위의 캐릭터는 상황을 철저히 검토하기 전에 자신의 직감만을 믿고 무모하게 뛰어들어 사기를 당했을 수도 있다. 사기로 피해를 입은 뒤에는 좀 더 신중한 사람이 되어 어떤 결정, 특히 금전적인 결정을 내리기 전에 충분한 시간을 두고 검토할 것이다.

이런 식으로 캐릭터가 상처에 건강하게 대처해 긍정적인 속성이 형성되는 경우를 그리고 싶다면 이야기의 흐름에 주의를 기울여야 한다. 트라우마로 고통받던 경우라면, 과거의 문제 행동들이 두드러져야 하고, 이런 캐릭터가 변화와 성장을 통해 상처를 회복하는 방향으로 나아가고 있다는 신호를 독자들에게 보내야 한다.

캐릭터가 중요하다고 여기는 것

트라우마를 겪은 인물은 이전과는 다른 관점을 갖게 된다. 방어적인 태도가 생기며 예전에 중요했던 것들이 이제는 사소하게 느껴질 수 있다. 캐릭터는 자신이 상처받을 수 있는 여러 가능성을 평가하고, 상처받을지도 모르는 목표들은 포기한다. 또는 어떤 특정한 사람이나 활동에 집착할 수도 있다.

모든 시간과 돈을 바쳐 도자기 사업을 일으켜 보려고 애쓰고 있는 캐릭터를 상상해 보자. 어느 날, 그녀의 장남이 하이킹 여행 중 추락사한다. 그러자 모든 것이 바뀐다. 비탄에 잠긴 그녀는 자신이 따라가서 아들을 보호해 주지 못한 것에 책임을 느낀다. 그리고 남아 있는 딸에게도 불행한 사고가 일어날지 모른다는 두려움에 사업체를 매각하고 예전에 했던 회계 일로 돌아간다. 이 일은 안정적이고, 딸과 더 많은 시간을 보낼수 있지만 어떤 기쁨이나 만족도 찾을 수 없는 지루한 일이다. 그녀는 딸과 같이 있는 시간을 늘리고 안전하게 지켜주기 위해 자신의 행복을 희생한 것이다.

당신의 캐릭터에게 가장 중요한 것이 무엇인지를 알아내려면 과거에 입은 감정적 상처를 잘 검토해 보아야 한다. 당신의 캐릭터가 그 끔찍한 상황에서 지키려던 것은 무엇이었는가? 다시 한 번 그것을 빼앗기느니 차라리 그것 없이 살겠다고 할 정도로 깊은 상실감을 준 것은 무엇이었는가? 캐릭터는 지금 무엇을 희생하면서 살아가고 있는가?

이러한 질문들에 대한 해답을 떠올릴 수 있다면, 실제와 같은 욕망과 열망이 있는 입체적인 인물들을 만들 수 있다. 그리고 그런 인물들을 만들 수 있다면, 우리는 캐릭터들의 절실한 욕구에 부합하는 강력하고 설득력 있는 이야기들을 얼마든지 쓸 수 있다.

인간관계와 의사소통

감정적 상처는 대부분 캐릭터와 가까운 사람들로 인해 생기고, 캐릭터에게 불안과 불신을 갖게 한다. 이 상처는 캐릭터의 인간관계와 의사소통에도 영향을 미친다. 캐릭터는 이야기할 때마다 사람들을 화나게 할 수도 있고, 명확한 의사소통을 못 해서 일일이 설명해야 할 수도 있다. 해로운 사람들과 항상 연루되는 것처럼 보일 수도 있고, 자신이 다른 사람에게 해로운 사람이 될 수도 있다. 혹은 모든 사람과 건강한 관계를 유지하면서 어느 한 사람, 한 집단과는 그렇지 않을 수도 있다. 이렇게 건강하지 않은 인간관계는 감정적인 상처의 직접적인 결과일 수 있다.

민감한 반응

훌륭한 이야기의 공통점을 하나 꼽자면, 감정을 같은 방식으로 표현하는 캐릭터가 여러 명 등장하지 않는다는 점이다. 또 캐릭터 각자가 자신들이 겪은 고통에 근거해서 각기 다른 일에 민감한 (좋은 방식으로든 나쁜 방식으로든) 감정을 표현한다. 과거의 경험 중에서 트라우마만큼 강력한 경험은 거의 없다. 어떤 상처를 입었느냐에 따라(자신감을 잃었는가? 가족을 믿지 못하게 되었는가? 자신의 정체성에 의문을 가지게 되었는가?) 캐릭터는 특정 감정에 민감한 반응을 보인다.

감정적 보호막은 상처를 주는 상황과 거리를 만들어 주기도 하지만, 다시는 느끼고 싶지 않은 특정한 감정에서 캐릭터를 보호해 주기도 한다.

캐릭터가 부모에게 배신을 당했다고 가정해 보자. 예를 들어, 어머니가 열 살도 되지 않은 캐릭터를 두고 집을 나갔다. 캐릭터는 사랑이 넘치는 가족 관계에서 느껴지는 기분 좋은 감정에 민감한 반응을 보일 수도 있다. 만일 캐릭터가 친구의 결혼식에 가서 신랑·신부의 서로에 대한 인정과 조건 없는 사랑을 본다면, 불신, 질투 혹은 분노의 반응을 보일 수 있다. 특히 사랑이 듬뿍 담긴 눈으로 자녀를 바라보는 신랑·신부의 부모를 볼 때는 자신이 받지 못했던 부모의 사랑을 마치 등에 칼이라도 맞는 것처럼 고통스럽게 떠올리게 된다. 이렇게 우리의 캐릭터가 행복한 행사에서 부정적인 감정들을 어떻게 표현하는지 살펴보면 그의 감정과 그 감정의 원인에 대해 많은 것을 알 수 있다.

캐릭터가 어떤 상황에 민감한 반응을 보이는지 알면 부수적인 장점도 얻을 수 있다. 캐릭터의 생각, 본능적인 느낌, 보디랭귀지, 대화, 행동에 대해 진정성 있게 쓸 수 있을 뿐 아니라, 어떤 지점을 자극해야 감정적 반응이 폭발하는지도 어렵지 않게 설정할 수 있다.

캐릭터의 도덕관

(소시오패스와 정신적으로 불안정한 사람들을 제외한) 모든 사람은 마음속 깊이 뿌리박힌 도덕적 신념을 가지고 있다. 우리가 그리는 캐릭터들이 극단적인 범주에 속하는 사람들이 아니라면, 각각의 인물은 나름대로 지키는 규범, 다시 말해 넘지 않으려고 노력하는 경계선이 있다. 캐릭터가 누구에게 어떻게 양육되었는지가 도덕관 형성에 가장 중요한 요소이지만, 감정적 상처는 이 도덕관을 확 바꿀 수 있다. 예를 들어, 정부에 의해 고문당하고, 학대받고, 버려지는 일을 당한다면 인간과 세상에 대한 믿음이 훼손되고 도덕관마저 바뀔 수 있다.

또, 아무리 친절하고 사랑이 많은 부모라도 어떤 상황에서는 괴물이 될 수도 있다. 한 소년이 자전거를 몰다가 다른 사람 차에 우연히 흠집을 냈다고 가정해 보자. 화가 머리 꼭대기까지 난 운전자가 소년을 죽도록 때렸다. 소년의 아버지는 경찰이 증거를 제대로 보존하지 못해 그 범법자가 곧 풀려나리라는 사실을 알게 되었다. 이 상황에서 소년의 아버지는 슬픔, 분노, 정의 실현 등으로 복잡해진 감정에서 어떤 행동을 하겠는가?

도덕관은 캐릭터의 핵심이며, 목표를 이루기 위해 어떤 일을 기꺼이 하고 어떤 것을 희생할지 규정하는 부분이다. 따라서 캐릭터의 행동은 그의 도덕관을 반영해야 한다. 도덕관이 바뀌더라도 마찬가지다. 그래야 인과관계를 촘촘히 이어 가며 독자들에게 이야기를 이해시킬 수 있다.

상처의 후유증 : 사례 연구

지금까지 보았듯이 감정적 상처는 캐릭터의 내면과 행동 방식을 바꾸기도 한다. 잘못된 믿음이 여러 측면에서 캐릭터를 제한하는 것도 보았다. 이제부터 캐릭터에게 일어나는 근본적인 변화를 사례를 들어 이해해 보자.

파경을 맞은 폴의 결혼 생활로 돌아가서, 상처를 입은 폴은 어떻게 달라졌을까? 아내에게 레즈비언이라는 고백을 들은 뒤, 폴은 책임 공방blame game◆을 시작했다. 폴은 자신이 충분히 좋은 남편이 아니었고, 사랑받을 자격이 없었기 때문에(잘못된 믿음) 아내가 다른 곳에서 사랑을 찾기 시작했다는 잘못된 생각에 빠졌다.

잠시 폴의 입장이 되어 보자. 자신에게 문제가 있다고 마음 깊은 곳에서부터 믿고, 앞으로도 진정한 사랑과 인정을 받을 수 없을 것이라고 단정짓게 된 고통을 상상해 보자. 자신에 대한 믿음은 무너졌고, 자존감은 땅에 떨어졌다. 폴은 불안정의 우물이라는 내면의 추한 장소를 찾아내, 그 우물에서 개인적 결함, 단점, 저질렀던 멍청한 짓 등을 계속 퍼 올리며 자신을 학대한다.

그러다 갑자기 고통 한가운데서 무시무시한 깨달음이 찾아온다. 이 가슴 아픈 일이 애초부터 일어나기로 예정되어 있었다면, 다시 일어나더라도 전혀 이상하지 않다는 깨달음이다. 폴은 두려움으로 공황 상태에 빠져, 이러한 거절과 고통이 절대 반복되지 않도록 모든 방안을 마련할 것이다.

자, 그러면 다음과 같은 일들이 일어난다. 폴의 삶은 앞으로 완전히

◆ 실패한 결과에 대해 자신의 책임을 인정하지 않으려는 사람들이 서로 비난하고 책임을 전가하는 행위.

달라질 것이다.

감정의 요새를 쌓는다

두려움이 도를 넘기 시작하면서, 폴은 감정적 보호막을 세운다. 그 결과 그의 성격, 태도, 행동이 변한다. 사건이 일어나기 전, 폴은 다른 사람의 이야기를 귀 기울여 듣고, 낙천적이고 친절한 사람이었을 수 있다. 하지만 이제는 다른 사람과 거리를 두고, 회의적이며, 사람들의 말을 절대로 곧이곧대로 받아들이지 않는다. 어떤 동료가 자신의 문제에 대해 필요 이상으로 많이 알고 있다고 느끼면 화를 내며 동료를 들들 볶는다. 속임수나 협박을 통해 동료가 감추고 있는 사실을 알아내려 한다. 직장 내 다른 사람들도 이러한 사실을 눈치챘다. 폴은 직장 상사에게 두 번 주의를 받는다.

인간관계가 흔들린다

폴은 당연히 인간관계를 꺼리는 사람이 된다. 냉담한 사람이 피상적인 관계를 넘어 깊이 있는 관계를 구축하기란 쉽지 않은 일이다. 폴은 후임자에게 쌀쌀맞게 굴고, 마음을 잘 열지 않는다. 오랜 친구들과 있을 때는 조금 낫지만, 친구들의 말에 숨겨진 의미가 없는지 생각하고, 그들의 동기를 의심하기도 한다. 폴은 사람은 대부분 본심을 숨기고 있고, 따라서 누구도 완전히 믿어서는 안 된다고 생각한다.

연애에 있어서도, 폴은 진지한 관계를 피한다. 이제 폴이 여성과 맺는 관계는 피상적이고 상호 거래에 입각한 것이거나, 상대와 적당한 거리를 보장하는 안전 장치를 두고 있다. 폴은 자신의 태도를 분명히 밝히며, 성적으로 적극적인 여성을 선호한다. 한때 한 여성과 가까워질 수도 있었지만, 폴은 관계를 먼저 끝내 버렸다. 상대가 자신이 보잘것없는 사람이라는 사실을 알고 자신을 버리기 전에 자신이 먼저 끝내는 편이 낫다고 생각했기 때문이다.

두려움이라는 렌즈로 세상을 본다

감정적 고통이 재발할 것이라는 믿음은 개에 물린 경험이 있는 사람이 지닌 생각과 같다. 개를 마주칠 때마다 물릴지도 모른다는 것이다. 트라우마가 된 사건을 겪은 뒤, 거절과 버려짐에 대한 두려움은 폴의 모든 행동과 결정에 영향을 미친다. 과거에 폴은 사람들을 믿고, 그들의 말을 신뢰했기 때문에 상처를 받았다. 이제 그는 자신의 활동과 인간관계에 제한을 두고 있다. 상처가 악화되는 상황을 피하려고 폴은 일부러 자신의 능력에 비해 형편없는 성과를 낸다. 예를 들어, 직장에서 승진 같은 커다란 목표를 추구하다 실패하면 자신의 단점이 드러나게 되고, 그러면 모든 사람이 자신을 결함 있는 사람으로 간주하리라고 믿는다.

감정적인 안전을 추구하며 항상 상처를 피하기 때문에, 폴은 모든 일에 감정적으로 깊이 연루되지 않으려 한다. 따라서 진정한 행복이나 성취감을 느낄 기회도 줄어든다. 두려움에 직면하거나 맞서지 않고 그저 내버려 두면서, 폴은 개인적인 만족뿐 아니라 중요한 목표를 성취하는 데 필요한 내적 성장의 기회마저 허용하지 않는다. 폴은 충만한 인생을 살지 못하고, 불만과 정체감 속에서 살아갈 수밖에 없는 것도 당연하다고 생각한다.

폴에게 밝은 구석이 있다면 바로 자신의 아이들을 볼 때다. 폴은 될수 있는 한 아이들과 시간을 많이 보내려고 노력한다. 하지만 마음 한편에는 지금 결속력이 강한 관계를 만들지 않으면 언젠가 아이들도 자신을 떠나리라는 두려움이 자리하고 있다. 그러다 보니 아이들의 부탁이라면 무엇이든 들어주고, 그 결과 아이들이 자신이 원하는 바를 이루지 못하면 행동화acting out ◆한다는 것도 느끼고 있다.

마음의 구멍이 점점 커진다

결혼이 파경으로 끝난 뒤 폴은 다시는 연애에서 실패하고 싶지 않다. 그래서 어떤 사람하고도 진지한 관계를 맺지 않으려 애쓴다. 성욕을 충족시키기 위한 목적으로만 데이트하고, 애정과 소속감이라는 마음 깊은 곳에 자리한 욕구는 무시한다. 아이들과의 관계가 만족스럽고, 친구들과 놀러 다니는 일도 즐겁지만, 시간이 흘러가면서 자신의 삶에서 무언가 빠졌다는 생각이 든다. 인정하기 싫지만 마음 한편에서는 다시는 다른 사람과 맺지 않기로 맹세했던 관계, 다시 말해 서로를 헌신적으로 사랑하는 관계를 갈망하고 있다. 폴은 새 오토바이를 사고, 이국적인 곳으로 여행을 가고, 값비싼 음식과 술에 탐닉하는 등 다른 것들로 만족을 찾으려 하지만, 마음 한구석에 자리한 구멍으로 인한 불만은 절대 채워지지 않는다.

결핍된 욕구로 인해 변화의 계기가 생긴다

감정적 보호막이 자리 잡으면, 캐릭터의 성격은 바뀐다. 균형 잡히고, 행복하고, 충만한 삶으로 돌아가려면 반드시 이 보호막을 극복해야 한다. 트라우마는 캐릭터에게 생각보다 커다란 영향을 미쳐, 세상에서 아예 자취를 감춰 버리는 캐릭터도 있을 수 있다. 그러나 그 와중에도 두려움과 더불어 무언가 잘못되었다는 느낌 때문에 고통스러울 수 있다. 그렇다면 이렇게 마음 깊숙한 곳부터 두려움에 사로잡힌 캐릭터는 어떻게 정상 궤도로 되돌아올 수 있을까?

캐릭터를 행동하게 만드는 요소는 다양하다. 후회, 분노, 죄의식, 그리고 정의, 명예 같은 도덕적 신념도 있다. 하지만 삶에서 가장 중요한 동기는 두려움과 욕구인데, 앞서 말했던 것처럼 두려움은 주인공을 인생에

◆　감정을 극단적인 행동으로 표출하는 것.

서 한 걸음도 나아가지 못하게 막지만 결핍된 욕구는 행동을 다그치는 강력한 힘이다. 다시 말해, 아무리 깊고 강력한 두려움이 행동을 막고 있더라도, 매우 급한 욕구는 캐릭터를 행동하게 만들 수 있다.

욕구 단계설The Hierarchy of Human Needs은 심리학자 에이브러햄 매슬로가 만든 이론으로, 인간 행동과 그 행동을 일으키는 욕구들에 대한 이론이다. 다섯 범주로 나뉘는 단계는 가장 급하게 충족시켜야 하는 생리적 욕구로 시작해서, 개인적 성취를 중심으로 한 자아실현 욕구로 끝난다. 캐릭터의 동기에 관심 있는 작가들을 위해 매슬로의 단계를 피라미드 모양의 시각적 도구로 만들었다.

ㅣ 매슬로의 욕구 단계

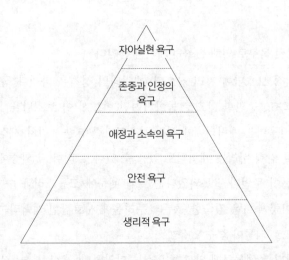

- 생리적 욕구 음식, 물, 주거, 수면, 생식 행위 같은 기본적·원시적 욕구
- 안전 욕구 자신과 사랑하는 사람들이 안전하고, 건강하고, 안정된 상태를 유지하기를 바라는 욕구
- 애정과 소속의 욕구 다른 사람들과 의미 있는 관계를 경험하고, 지속적인

유대감을 형성하며, 친밀감과 사랑을 느끼며, 그에 대한 보답으로 자신도 다른 사람을 사랑하고픈 욕구

- 존중과 인정의 욕구 자신의 공헌에 대해 다른 사람들로부터 가치 평가, 이해, 인정을 받으며, 높은 수준의 자부심, 자존감, 자기 확신을 성취하려는 욕구
- 자아실현 욕구 의미 있는 목표를 성취하고, 지식을 추구하며, 정신적 깨달음을 얻거나, 핵심적 가치와 믿음과 정체성을 받아들이며 진정한 자아로 살아가면서 자신의 잠재력을 실현하는 데서 오는 충족감을 느끼고 싶은 욕구

욕구들은 강도와 중요성에 따라 배치되었다. 생리적 욕구가 가장 먼저 충족되어야 할 욕구이다. 이 욕구가 충족되지 않으면 생존 자체가 불가능하기 때문이다. 그다음으로 안전에 대한 욕구, 사랑받고 싶은 욕구, 존중받고 싶은 욕구, 자신의 잠재력을 실현하고 싶은 욕구가 순서대로 이어진다. 이러한 욕구들이 충족되었을 때 인간 혹은 캐릭터는 균형을 되찾고 만족감을 느낄 수 있다. 반대로 이 중에서 하나라도 빠진다면 그 결여는 무언가 상실되었다는 느낌을 만들어 낸다. 결여의 강도가 심해질수록 구멍을 메울 방법을 찾아야 한다는 정신적 압박도 강해진다.

욕구가 채워지지 않거나 생명을 위협할 정도가 되면 그 욕구는 사람을 행동하게 만든다. 예를 들어, 어떤 사람이 점심을 건너뛰었다면, 저녁 식사 전까지 그저 약간의 불편함을 느낄 것이다. 하지만 일주일째 아무것도 먹지 않았다면 배고픔은 불편함을 넘어서 반드시 채워야 하는 괴로운 구멍이며, 머리를 떠나지 않는 강박이 된다. 그 사람은 이제 도덕이나 윤리 따위는 잊고 음식을 훔치거나, 구걸하고 쓰레기통을 뒤지는 등 수치스러운 행동도 마다하지 않을 것이다. 심지어 상한 음식을 먹는 등의

위험한 행동을 할 수도 있다. 생각이 온통 그 결핍된 욕구를 향하고 있기 때문이다. 자부심, 두려움, 자존감, 안전 같은 욕구들은 이차적인 것에 불과하다.

이렇게 어떤 욕구를 충족시키기 위해 다른 욕구를 희생시키는 일은 드물지 않게 찾아볼 수 있다. 욕구에는 단계가 있기 때문이다. 누구에게나 존경을 받지만 수입이 불안정한 직업(존중)을 택할 것인지, 아니면 경제적으로 안정된 직업(안전)을 택할 것인지를 선택해야 한다면, 캐릭터는 후자를 선택할 가능성이 높다. 또 다른 예를 들어 보자. 아내가 불치병 진단을 받았다면 박사 학위를 받는 꿈(자아실현)은 접어 두고, 학교를 떠나 아내를 돌보려 할 것(사랑)이다. 밥을 한 끼 건너뛰는 것처럼 하나의 욕구보다 다른 욕구를 우선시하는 일은 단기적으로는 어렵지 않다. 하지만 어떤 욕구가 오랫동안 충족되지 않는다면, 그 기간이 길어질수록 욕구는 더욱 파괴적이 되고, 결국 돌이킬 수 없는 지점을 넘어설 수도 있다. 불행한 결혼 생활이 이혼으로 끝나는 것은 고통이 참을 수 없는 수준에 도달했기 때문이다. 직원들이 일을 그만두는 것은 직장이 직원을 거의 존중해 주지 않거나, 업무상 혹사가 참을 수 없는 단계에 이르렀기 때문이다. 모든 사람에게는 '더는 견딜 수 없는 한계'의 순간이 있다. 그 순간에 얼마나 빨리 도달하는지는 사람마다 다르고, 무엇보다 그 사람이 그러한 상황에 놓여 있는 이유에 따라 다르다.

이 욕구 범주들은 캐릭터 심리의 복잡한 층위와 더불어, 이들이 추구하고 있는 충족감에 대해서도 생각하게 해 준다. 다른 욕구들에 비해 좀 더 오래 충족시키지 않아도 괜찮은 욕구가 있다. 하지만 이러한 욕구도 무작정 내버려 두면 결국 임계점을 넘는다. 일단 구멍이 크게 나 버리면, 캐릭터는 어떤 두려움이 있더라도 행동한다.

우리의 캐릭터, 폴로 돌아가 보자. 폴은 거절에 대한 두려움이 있지만, 인생을 함께 보낼 파트너가 없다는 공허감 때문에 마음속에 열망이 무시하지 못할 크기로 자라고 있다. 하지만 감정적 보호막을 친 폴은 직장 동료들과 잘 지내지 못하고, 아이들의 버릇없는 행동에 골치를 썩인다. 게다가 그는 외롭고, 능력보다 훨씬 못한 성과를 내며 자신의 삶에 만족하지 못하고 있다. 폴은 점점 자신이 불행하다고 생각하고 좌절감을 겪는다.

결국, 둘 중 하나의 변화가 일어날 것이다. 일단 결핍된 욕구로 인해 일상생활이 이제는 견디기 힘들어진다. 폴은 공허감의 이유를 알고 싶고, 상황을 바꾸고 싶다. 폴은 자신의 내면을 들여다보며, 왜 자신이 이렇게 됐는지 이해하려고 노력한다. 욕구가 점점 절박해지면서 폴은 자신의 행동을 바꿀 수밖에 없는 상황에 이르러, 마침내 변화가 생겨날 수 있다.

두 번째 가능성은 폴이 새로운 목표를 갖게 되면서 지금 살아가는 방식에 의문을 제기하는 것이다. 아마도 독신이며, 재미있고, 진지한 관계에는 별다른 관심이 없는 여성을 만났을 수도 있다. 겉으로 보기에는 폴에게 완벽한 상황이다. 그녀에게 진지한 감정이 생기기 전까지는 말이다. 폴은 정말 오랜만에 이런 감정을 경험했다. 그에게는 두 가지 선택이 있다. 새로운 목표를 추구할 것(사랑을 찾을 것)인가? 아니면 너무나 큰 두려움 때문에 (과거에 그랬던 것처럼 갑자기 관계를 끊고) 그 사람을 포기할 것인가? 마음 깊은 곳에서 자신이 사랑받을 가치가 없는 사람이라고 여전히 믿고 있다면 사랑할 수 없다. 따라서 과거에 얽매이지 않고 전진하며 자신의 욕구를 충족시키기 위해서는 반드시 자신의 삶을 규정하고 있는 잘못된 믿음에서부터 먼저 벗어나야 한다.

변화는 쉽지 않다. 변화가 괴롭다는 것을 알면서도 그 미지의 영역으로 발을 들이려면 큰 용기가 필요하다. 캐릭터는 문제가 있다는 걸 알면서도 익숙하게 여겨지는 안전 지대comfort zone에 머물고 싶기 마련이다. 그래서 충족되지 않는 욕구 때문에 생긴 구멍을 애써 무시하며 일단 대수롭지 않은 일로 넘겨 보려 한다. 결국은 캐릭터가 선택해야 할 문제, 곧 작가 여러분이 선택해야 할 문제이다. 다음 장에서는 모든 이야기에서 가장 중요한 부분인 인물호character arc(변화의 여정)에 대해 다루겠다.

인물호
: 변화를 받아들이기 위한 내적 변화

관객들은 영화에 등장하는 폭발 장면, 자동차 추격 장면을 보며 환호한다. 하지만 영화가 아닌 이야기가 칭찬을 받으려면 시끄러운 소리를 내며 미끄러지는 타이어나 화면 가득 터지는 건물 외에도 더 많은 것들이 필요하다. 이야기에서는 '무엇이' 일어나고 있는가를 넘어 '왜' 일어나고 있는지가 중요하다. 왜 독자들이 이 이야기에 관심을 가져야 하는가? 왜 독자들이 시간과 돈을 쏟아부어야 하는가? 그리고 무엇보다도, 왜 주인공은 그런 행동을 하는가?

모든 이야기에는 캐릭터의 여정을 위한 '틀'이 되는 사건들이 있다. 이러한 틀이 바로 외적 이야기outer story이다. 이야기의 또 다른 중요한 요소인 내적 이야기inner story는 캐릭터가 이야기에서 겪는 변화, 즉 인물호를 말한다. 내적 이야기는 독자들이 실제 세계에서 자신들의 경험과 고민을 더 잘 이해할 수 있는 맥락을 던져준다. 독자들이 작품에 몰두할 수 있게 만들어 주는 요소인 인물호는 세 가지 형식으로 분류된다.

변화호The Change Arc

가장 일반적인 호라고 할 수 있다. 이야기 속에서 주인공은 과거의 트라우마(그리고 그로 인한 잘못된 믿음)에서 벗어나기 위해 필연적인 내적 성장을 겪는다. 감정적 상처를 받지 않았다면 주인공은 자신의 상황을 명

확하게 파악하고, 두려움 없이 목표를 성취하고 충족감을 느끼는 사람이
었을 것이다.

정체호The Static Arc

액션이 두드러지거나 플롯 중심적인 이야기들에서는 캐릭터의 내적 성
장보다 특정한 목표 성취가 강조된다. 이러한 이야기의 주인공은 큰 성
장을 하지는 않더라도 작품 속에서 많은 도전을 받는다. 주인공은 기술
을 연마하고, 지식을 얻고, 배운 것들을 응용해 자신에게 닥친 상황을 극
복해야 한다.

실패호The Failed Arc

모든 이야기가 해피엔드로 끝나지는 않는다. 주인공이 실패하고, 이야기
가 비극으로 끝나는 경우도 있다. 실패호가 이러한 결과를 낳는다. 캐릭
터는 내적 성장을 위해 노력하지만 필요한 변화를 끝내 성취하지 못한
다. 압도적인 두려움 때문에 변화하지 못하거나, 변화를 이루었지만 충분
하지 않을 때도 있다. 주인공은 결국 이야기가 시작된 순간보다 오히려
못한 처지에 놓인다. 구원이 곧 손에 닿을 것처럼 보였지만, 감정적 보호
막을 떨쳐 버리고 두려움에서 벗어날 수 있는 용기가 없었기 때문이다.
많은 안티 히어로들이 이 길을 걷는다.

스토리텔링의 네 가지 요소

대부분의 작품에서, 스토리텔링이라는 식탁에는 늘 네 명의 손님이 자리를 잡고 앉는다.

- 깊은 열망과 절박함을 만들어 내는 결핍된 욕구(내적 동기)
- 이 욕구를 충족시키기 위한 구체적인 목표(외적 동기)
- 캐릭터의 목표를 방해하는 사람이나 힘(외적 갈등)
- 개인적 성장을 막고 자존감을 떨어뜨리는 두려움, 성격 결함, 잘못된 믿음(내적 갈등)

이 네 요소가 스토리텔링의 핵심이다. 한 요소라도 없으면 나머지도 힘이 약해지거나, 이야기가 제대로 굴러가지 못하고 삐걱거린다.

변화호에서는 보통 두 가지 방식으로 이야기가 전개된다. 캐릭터는 무언가가 결핍된 상태로 등장한다. 공허감을 느끼며 무언가를 열망하고 있다. 이것이 바로 결핍된 욕구이다. 이야기는 캐릭터가 그 욕구를 채우기 위해 어떤 구체적인 목표를 추구하는 방향으로 흘러간다. 다시 폴의 예를 들어 보면 아내가 떠나며 폴의 완벽했던 삶은 만신창이가 되었다. 폴의 이야기는 사랑을 되찾으려는 욕구(애정과 소속) 또는 직장에서 중요한 포상을 받으려는 욕구(존중과 인정)가 드러나는 내용이 될 수 있다. 혹은 두 요소 모두를 포함할 수도 있다.

캐릭터가 만족감과 충족감을 느끼는 상태로, 다시 말해 결핍된 욕구가 없는 상태로 등장할 때도 있다. 하지만 이야기가 시작된 지 얼마 지나지 않아 캐릭터는 커다란 변화를 맞고 무언가를 빼앗긴다. 이제 이야기는 캐릭터가 빼앗긴 무언가를 되찾으려는 내용이 된다. 어떤 가족을 예로 들어 보자. 외국에서 휴가를 즐기던 가족들은 그 나라에 내전이 일어나면서 안전한 곳을 찾아 국경을 건너는 위험(안전)을 감수해야 한다. 어떤 상황에 놓여 있든 변화호에서 주인공은 두려움을 극복하고, 과거의 상처를 직면하고, 자신의 잘못된 믿음을 꿰뚫어 보는 단계에 이를 때까지 온갖 고난과 싸우며 이겨내야 한다. 그렇게 새로운 관점으로 세상을 보며 자신감을 회복한 주인공은 내적으로 성장하여 마침내 목표를 이룰 수 있게 된다.

예외가 있다면 '정체호'를 가진 이야기이다. 이런 이야기에서는 결핍된 특정 욕구와 내적 동기가 분명히 연결되지 않을 수 있고, 내적 갈등도 성공을 가로막고 있어서 극복해야 하는 단점 정도에 그칠 수도 있다. 하지만 이런 이야기에도 주인공이 해결해야 할 문제는 있기 마련이다.

캐릭터를 움직이게 만드는 네 가지 요소들과 캐릭터 내부에서 벌어지는 갈등을 이해하기는 쉽지 않다. 이번에는 캐릭터가 위축된 자존감과 두려움에서 벗어나 성장, 자신감, 희망을 얻는 성공적인 정신적 여정의 예를 살펴보자.

자신을 해방하는 여정

이야기가 시작되면서 자신의 목표를 성취하려 애쓰는(외적 동기) 캐릭터가 등장한다. 그가 목표를 추구하는 이유는 어떤 것을 회피하거나 강한 열망을 충족시키기 위해서이다(내적 동기). 이 목표는 달성하기 어렵고 심지어 불가능할 수도 있다. 도중에 장애물이 있을 수도 있고, 캐릭터를 방해하는 사람이나 힘이 있을 수도 있다(외적 갈등). 하지만 캐릭터는 결핍된 욕구를 채우기 위해 목표를 추구할 수밖에 없다.

이야기가 진행되면서 캐릭터는 자신의 문제에 대한 통찰을 조금씩 얻는다(내적 갈등). 어떤 감정적 상처로 인해 잘못된 믿음이 생겼는지 파악하고, 고통을 피하고 싶은 두려움 때문에 스스로 만든 감정적 보호막은 문제를 해결하는 데 도움이 되지 않는다는 사실도 깨닫는다. 이렇게 조심스러운 걸음마를 통해 캐릭터는 환경에 적응하고, 자신감을 얻을 수 있는 작은 성공들을 거두며 성장한다. 하지만 이러한 성공들은 긍정 오류false positive♦와 흡사하다. 캐릭터는 자신을 망가뜨리는 잘못된 믿음을 완전히 극복하지 못했다. 그는 여전히 감정적 고통을 두려워하기 때문에 감정 갑옷도 벗지 못했다. 자신이 목표를 이룰 자격이 있는지에 대한 확신 또한 없다. 하지만 결국은 상황이 자신에게 좋은 쪽으로 해결될 것이라고 조심스럽게 바라고 있다.

이야기에서는 캐릭터가 막다른 골목에 다다르는 최악의 순간이 있다. 캐릭터는 지금까지처럼 작은 승리만 거두면서 살아갈 수는 없다는 사실을 깨닫는다. 성공을 원한다면 상황을 있는 그대로 받아들이고, 자신의 내적 문제를 더 자세히 들여다보아야 한다. 다시 말해, 자신의 감정적 상처와 직면하고, 스스로 만든 잘못된 믿음에 대처할 수 있어야 한다.

어떤 트라우마를 겪고 있느냐에 따라 자신의 상황을 정확하게 파악하는 일이 고통스러울 수도 있다. 하지만 아무리 고통스럽더라도 두 가지는 반드시 깨달아야 한다. 첫째, 자신의 상처를 새로운 시각으로 보아야 한다. 그 상처가 어떻게 자신을 억압했고, 행복을 가로막고, 충족감을 느끼지 못하게 만들어왔는지 인지해야 한다. 둘째, 자신을 지금까지와는 다르게, 좀 더 친절한 관점으로 보아야 한다. 자신이 행복해야 마땅한 사람이라고 믿어야 한다.

이러한 자기 인식은 자아관을 바꾼다. 캐릭터는 자신이 가치 없는 사람이라는 제한적 신념을, 자신이 가치 있고 변화를 이룰 수 있는 사람이라는 강화 신념empowering belief으로 대체한다. 이 새롭고 균형 잡힌 시각

♦ 거짓을 참으로 잘못 판단하는 것.

덕분에 캐릭터는 모든 자책에서 벗어나게 되며, 잘못된 믿음을 산산조각 내고 진실에 들어선다.

감정적 상처와 맞닥뜨리면, 자신을 용서하고 자신의 행동을 제한해 왔던 잘못된 믿음과 두려움에서도 벗어날 수 있다. 그는 희망을 품고, 결단력으로 가득 차 있다. 온전한 상태를 회복하고, 마음의 중심을 찾고, 진정한 자아를 받아들인 캐릭터는 이제 목표를 이루는 데 필요한 것은 무엇이든 할 준비가 되어 있다.

마지막으로 다시 한 번 폴에게 돌아가 보자. 폴은 아내의 거절이 자신의 탓은 아니라는 진실을 알게 되면서 여러모로 자유로워졌다. 그는 더는 친밀함이나 사랑을 멀리하지 않는다. 거절과 버려짐에 대한 두려움 때문에 모든 인간관계를 피하는 것은 어리석다는 걸 깨닫고 마음의 문을 연다. 자신은 좋은 파트너와 행복을 누릴 만한 자격이 있는 사람이라고 믿으며 새로운 사랑을 찾는다. 폴은 자신과 아이들이 서로를 조건 없이 사랑한다는 사실을 깨달았고, 따라서 일일이 맞춰 주지 않으면 아이들을 잃을지도 모른다는 두려움을 더 이상 느끼지 않는다. 직장 생활 역시 바뀌었다. 폴은 사람들의 동기와 행동을 있는 그대로 보게 되었다. 그 결과 회사에서도 뛰어난 능력을 발휘한다. 폴은 이제 자신이 유능한 사람이라는 것을 알고 새로운 도전을 적극적으로 받아들인다.

폴처럼 상처를 극복한 경우라 하더라도, 두려움에서 완전히 벗어나지 못할 수도 있다. 잘못된 믿음에서 벗어난 캐릭터는 이제 미지의 심연으로 발을 내디뎌야 하기 때문이다. 하지만 자신감을 얻은 캐릭터는 자신이 무엇을 해야 하는지를 알고, 도전에 기꺼이 맞설 준비가 되어 있다. 목표를 가로막는 장애물을 넘어서려면 새로운 긍정적인 속성을 받아들이거나, 혹은 잊힌 속성들을 다시 꺼내 갈고닦으며 자신을 제한하고 있는 부정적인 특징들을 먼저 떨쳐내야 한다. 캐릭터는 감정적 상처를 주었던 사건과 흡사한 상황을 마주하는 시험을 또 한 번 치를 수도 있다. 하지만 새롭게 찾은 힘과 자신감 덕분에 오히려 두려움을 지배하게 될 것이다.

여러분의 주인공이 성공적으로 성격을 변화시키고 목표를 이룬다고 과거의 상처가 완전히 사라지는 것은 아니다. 트라우마는 언제나 고통스럽다. 하지만 강화 신념을 받아들인 캐릭터는 이전에는 없던 내적인 힘을 통해 그 상처가 곪아 터지지 않게 할 수 있다. 역경을 뚫고 전진해 나아가는 주인공은 이제 모든 일에 건강하게 대처하며, 충만한 상태를 계속 유지하는 긍정적인 특성들을 잘 이용한다.

치유를 위한 긍정적인 대처법

앞서 말했듯이, 캐릭터가 이전과는 다른 상황을 원해야 행동이 바뀔 수 있다. 캐릭터가 자신의 가능성을 제한하는 잘못된 믿음에서 벗어나 자신을 있는 그대로 받아들이기 시작할 때 비로소 변화가 일어난다.

이런 자각 과정은 감정적 상처의 원인을 깨달으면서 시작된다. 캐릭터는 자신의 실패 원인이 습관, 대처 방식, 감정 표출 방법의 문제 때문이라는 사실을 알게 된다. 하지만 부정적인 방식들이 하루아침에 긍정적으로 바뀌지는 않는다. 캐릭터에 따라 변화 과정도 각기 다를 수 있다. 지금부터는 캐릭터가 자기 파괴적인 행동과 태도를 벗어나 치유의 길로 나아가는 방법을 소개해 보겠다.

1단계 : 자기 삶의 주인이 되고, 새로운 현실을 상상한다

긍정적인 변화를 이루려면 캐릭터는 우선 지금까지의 대처 방법이 자신에게 오히려 해가 되었다는 사실을 기꺼이 인정해야 한다. 잘못을 인정하는 자세는 변화의 주체가 되어 삶을 바꾸겠다는 태도이며, 내면을 들여다보고 건전하지 못한 패턴을 찾아 바꾸겠다는 용기이기도 하다. 특정한 문제를 해결하겠다는 목표를 세우면 고통이 사라진 미래를 상상하는 일도 어렵지 않게 된다. 더 나은 삶을 상상하면서 내부의 열망을 어떻게 충족시켜야 할지 그 방법을 머릿속에 더 또렷이 그릴 수 있다. 부정적인 면들을 생각하거나 과거의 실패에 빠져 허우적대는 대신, 캐릭터는 다음과 같은 질문에 대답을 준비해야 한다. '과거와 어떻게 다르게 행동해야 새로운 현실에 도달할 수 있는가?'

2단계 : 성취 가능한 목표를 세운다

실패는 쓰라린 실망이다. 실패에 대한 두려움 때문에 사람들은 다시 어떤 일을 시도하지 않기도 한다. 하지만 일단 변화의 궤도에 들어선 캐릭터는 새롭게 자신을 자각한 덕분에 두려움에 굴하지 않고, 오히려 희망을 품는다. 그러나 이 새로운 전망의 기반이 아직은 그다지 탄탄하지 않기 때문에, 실망이나 실패를 겪어도 과거의 상태로 돌아가지 않도록 먼저 성취 가능한 작은 목표를 세워야 한다. 작은 승리들은 자존감을 키우고, 의욕을 부추길 것이기 때문이다. 우리의 캐릭터들은 사소한 실패 정도는 극복하고 넘어갈 힘이 있다. 작은 성공들을 거듭하다 보면 새롭고 행복한 미래와 그 미래와 관련된 목표들을 이룰 수 있다는 믿음도 강해질 것이다.

3단계 : 좋은 습관을 지닌다

캐릭터는 감정적 보호막의 상태에 따라 여러 나쁜 습관들을 갖고 있을 수 있다. 새로운 미래를 위해 캐릭터는 나쁜 습관을 좋은 습관으로 바꾸려고 적극적으로 노력해야 한다. 좋은 음식을 먹고, 충분히 자고, 위생 상태를 개선하고, 운동을 하는 등 건강 관리에 힘쓰는 모습을 보여 주면, 독자들은 캐릭터가 자신을 개선하기 위해 적극적으로 노력하고 있다고 느낄 것이다. 해로운 친구의 영향에서 벗어나 사랑하는 사람들과 보내는 시간을 더 많이 만들려고 노력할 수도 있다. 모임에 가입하고, 자연을 즐기고, 책을 읽고, 일기를 쓰고, 창의적인 수단을 통해 감정을 발산하는 것도 긍정적인 변화를 보여 주는 예다.

4단계 : 감정의 낙하산을 챙긴다

캐릭터가 새로운 태도로 지금까지와는 다른 결과를 성취하겠다고 결심하더라도 차질이 생길 수도 있다. 캐릭터는 이에 대한 대비를 해야 한다. 캐릭터의 일시적인 발전을 보여 주는 데서 그칠 생각이 아니라면, 예전처럼 술을 마시거나, 게임을 하는 등 부정적인 대처를 하게 만들어서는 안 된다. 실패호가 아니라면, 캐릭터는 패배주의적인 태도를 보이며 포기하지 않는다. 캐릭터가 실망할 때면, 다음과 같은 차질 생존 기법setback survival techniques을 이용하여 문제와 감정적인 거리를 두고, 다시 전망을 획득할 수 있도록 만들어라.

악순환의 고리를 파악하도록 만들어라

이미 습관이 된 행동은 쉽게 바꾸기 힘들다. 실망스러운 일이 벌어지면, 곧 절망의 소용돌이가 캐릭터의 감정을 어두운 곳으로 계속 끌어당긴다. 하지만 이 부정적인 감정들이 한계점을 넘기 전에 캐릭터가 악순환이 벌어지는 상황을 스스로 인지하고 제대로 파악한다면, 자신이 상황을 지배하는 적극적인 선택을 할 수 있다.

긍정적인 데 초점을 맞추도록 해라

캐릭터가 문제에만 골몰하게 내버려 두지 말고, 긍정적인 측면을 찾도록 만들어라. 작은 성공을 찾아낼 수 있다면 기분도 달라진다. 게다가 아무리 커다란 문제가 생겼더라도 상황이 지금보다 더 엉망진창일 수도 있었다는 점을 캐릭터가 깨달을 수 있게 하라.

휴식을 취하도록 해라

캐릭터는 스트레스를 해소하기 위해 산책을 하고, 친구나 사랑하는 사람과 시간을 보내고, 음악을 듣고, 명상하고, 취미 활동을 할 수 있다. 이 전략을 선택할 때는 이야기 흐름에 방해가 되지 않도록 조심하면서 속도 조절도 염두에 두어야 한다. 모든 장면은 이야기 흐름에 필요한 장면이어야 한다.

선행을 베풀 상황을 만들어라

캐릭터가 어떤 장애물 때문에 비관적이 되고, 다시 예전 습관으로 돌아갈 위험이 있다면, 다른 사람에게 선행을 베풀 기회를 만들자. 예를 들어, 집을 수리하는 이웃의 사다리를 잡아 준다든가, 동생의 숙제를 도와준다든가, 자동차에 다른 사람을 태워 주는 행동 같은 것들이다. 캐릭터는 다른 사람에게 선행을 베풀며 긍정적인 기분을 느끼게 된다.

솔직히 털어놓게 해라

때로는 캐릭터에게 자신의 이야기를 들어주고, 어깨에 기대어 울 수 있는 사람이 필요하다. 자신의 문제를 다른 사람에게 털어놓으면, 문제의 해결 여부와 상관없이 스트레스가 상당히 줄어든다. 마음의 짐을 다른 사람과 나누었기 때문이다.

유머를 이용해라

유머는 어려움에 맞서는 또 하나의 방법이다. 캐릭터가 상황에 대해 농담을 던지며 자신의 역할을 지나치게 심각하지 않게 생각한다면 캐릭터의 좌절감은 줄어들고, 이야기 속 다른 캐릭터들과 동지애를 쌓을 수도 있다.

5단계 : 행동 계획을 세우고 지킨다

캐릭터가 최종적인 목표를 이루려면 몇몇 단계를 극복해야 한다. 자신의 어떤 욕구를 충족해야 하는지 파악하고, 일어날 수 있는 문제를 예상하고, 그 문제를 극복할 방안도 생각해야 한다. 그다음에는 아무리 힘겹더라도 자신의 계획을 꿋꿋이 밀고 나가야 한다. 이렇게 자신의 계획에 몰두하는 행동이야말로 목표를 명확히 설정했음을 보여 준다. 그리고 목표를 이루기 위해 무엇이라도 기꺼이 감수하겠다는 캐릭터의 결심을 드러내 준다.

악당의
여정

우리는 살면서 인생이 무너졌다가 충만해지는 여정을 경험할 수 있다. 여러분의 캐릭터가 겪는 인생 여정도 마찬가지이다. 그런데, 그 극복 과정이 특히 중요한 캐릭터가 있다. 바로 주인공에 대항하는 악당이다. 갈등을 만들고, 주인공의 성공을 방해하는 악당은 이야기에서 중요한 역할을 담당한다. 인물호의 관점에서 보자면, 악당은 제비를 잘못 뽑은 캐릭터이다. 이야기의 시작부터 끝까지 크게 다르지 않은 모습으로 등장하기 때문이다. 악당의 과거에 대한 정보는 찾아보기도 힘들다. 악당의 동기에 대한 분명한 설명이 없다면, 독자들은 악당이 오직 악을 위해 악을 저지르는, 악 그 자체라고 오해할 수도 있다.

배경 설명이 거의 없어도 『해리 포터』 시리즈의 돌로레스 엄브릿처럼 악몽에 나타날 법한 악당이 만들어지기도 한다. 하지만 매력적이고 설득력 있는 악당에게는 그만큼 설득력 있는 과거가 있기 마련이다. 따라서 악당이 여러분의 이야기에서 중요한 역할을 담당하고 있다면, 여러분은 악당의 배경, 다시 말해 부정적인 성격이 형성되는 순간을 파고들어야만 한다. 그 순간을 노골적으로 드러내지 않고, 행동을 통해 암시만 하고 넘어가기로 했더라도, 작가는 세부적인 내용을 완전히 파악하고 있어야 좀 더 독특하면서도 진정성 있는 악당을 만들 수 있다.

또한 표면화되지는 않더라도 악당의 인물호가 주인공의 인물호와 같은 형태를 보이도록 만들어야 한다. 감정적 상처는 잘못된 믿음과 비이성적인 두려움을 낳고, 그 두려움은 감정 갑옷을 두르게 하고, 그 갑옷

58

때문에 결핍된 욕구가 생기고, 결국 악당은 충족감을 느끼지 못하는 인물이 된다. 하지만 악당은 몇 가지 측면에서 주인공과 다르다.

결핍된 욕구를 가지고 살아가기

주인공과 악당의 첫 번째 커다란 차이는 주인공은 결핍된 욕구가 자신의 삶에 영향을 미치지 않는 단계에 결국 도달하지만, 악당은 그 단계까지 도달하지 못한다는 점이다. 왜 그럴까?

하나의 가능성을 들어 보자면, 악당은 자신의 감정적 상처를 직면하려고 노력했지만 성공하지 못해서 그 고통이 오히려 강화된 사람이다. 악당의 내면은 더욱 굳어지고, 다시는 그런 상처를 겪지 않으려 든다.

또 다른 가능성은, 악당은 자신의 고통스러운 트라우마를 치유하려는 시도조차 하지 않는다는 것이다. 그는 결핍된 욕구를 자각하지만, 과거의 고통을 직면하기보다는 그냥 무시하고 사는 편이 낫다고 여긴다. 따라서 상처를 일시적으로 달래 주는 것들만 추구하면서, 자신을 둘러싼 공허감은 무시해 버린다. 악당은 자신의 감정을 부정하면서 자신은 물론 다른 사람에 대한 어떤 감정도 느끼지 못하고, 영화 〈스피드Speed〉의 하워드 페인처럼 그저 복수만을 추구하거나, 〈쏘우Saw〉의 직소처럼 망설임 없이 끔찍한 일을 저지른다.

마지막 가능성은 악당의 문제 행동이 포기할 수 없을 만큼 자신에게 만족감을 준다는 것이다. 따라서 현실을 부정하거나 정신적 불균형 상태에 있는 사람에게 악한 행동은 일종의 동기 부여가 될 수 있다. 자신의 삶을 올바른 방향으로 바꾸려고 평생을 노력한다는 것은 악당에게는 상상하기조차 어려운 일일 수 있다.

자책

앞서 말했듯이 자책은 트라우마의 자연스러운 결과이다. 캐릭터의 잘못이 아니었더라도 마찬가지이다. 자책에서 벗어나면서 치유가 시작되지만, 자책에서 벗어나지 못하는 캐릭터들도 있고, 많은 경우 이들이 악당이 된다.

어떤 캐릭터는 죄책감을 스스로 감당하지 못하고 합당한 이유 없이 개인, 조직, 기존 체제 등에 책임을 떠넘긴다. 이제 이들은 책임이 있다고 생각한 당사자에게 복수하려는 목표에 집중할 수 있다.

많은 악당이 처음부터 악인은 아니다. 오히려 선한 사람에 가까웠던 이들이 자신의 과거를 이해해 보려고 노력하지만, 상황을 있는 그대로 받아들이지 못하는 경우도 있다. 자신을 용서할 수 없고, 자신에게 책임이 없다는 사실도 받아들이지 못한다. 이들은 자신을 속박하는 잘못된 믿음을 깨부수지 못하고 자기혐오의 어둠 속으로 깊숙이 빠져든다. 자신에 대한 부정적인 견해를 받아들이며 도덕관이 바뀌고, 결국은 자신의 결핍된 욕구를 충족시켜 주지도 못하는 목표를 추구하게 된다.

잘못된 목표를 추구하다

결핍된 욕구를 충족시키는 것이야말로 이야기 속 캐릭터의 핵심 목표이다. 캐릭터는 외적 동기를 달성해야 공허감이 채워진다고 믿는데, 이야기 속에서 주인공과 악당 모두가 잘못된 목표를 추구하는 경우를 흔히 볼 수 있다. 하지만 이내 이들의 길은 갈라진다. 주인공은 자신의 잘못을 깨닫고 경로를 바꾸지만, 악당은 자신의 경로에 집착한다.

두 명의 캐릭터가 똑같은 끔찍한 상황을 겪었다고 상상해 보자. 예를 들어, 두 사람 모두 자신의 아이가 음주 운전 뺑소니 사고로 희생되었다. 이런 사건을 겪은 부모라면 안전에 대한 욕구가 결핍된다. 하지만 성격, 정신적 상태, 그 밖의 많은 다양한 요소들에 따라 캐릭터가 욕구를 충족시키는 방식은 달라진다. 법을 집행하는 직업을 갖게 될 수도 있고, 음주 운전 관련법을 개정하는 운동을 할 수도 있고, 알코올 의존증 환자를 위한 재활 센터를 만들 수도 있다. 모두 긍정적인 목표들이고, 안전을 추구하는 주인공이 할 만한 선택들이다. 하지만 전혀 다른 방법을 선택하는 캐릭터도 있다. 그는 범인이나 범죄와 연관된 장소를 없애는 것이 세상을 안전하게 만든다고 생각한다. 그래서 자신의 아이를 죽인 범인을 스토킹하여 결국 살해하거나, 마을의 모든 술집에 불을 질러 연쇄방화범이 될 수도 있다. 하지만 스토킹, 살인, 방화는 자녀를 잃은 슬픔을 극복하려는 목적이 아니라 두려움에서 비롯되었기 때문에 캐릭터에게 만족감을 주지 못하고, 필사적으로 더 큰 범죄를 계속 저지르게 된다.

　이야기에서 설정된 목표를 위해 캐릭터가 어떤 일을 하는지는 캐릭터의 도덕관에 따라 다르다. 캐릭터마다 하고 싶은 일과 하고 싶지 않은 일이 있다. 때로는 이 문제가 주인공과 악당을 가장 분명히 구분해 주기도 한다. 주인공은 도덕적 문제가 있다 싶은 일은 도중에 멈추지만, 악당은 개의치 않고 계속한다. 악당의 '넘지 말아야 할 선'은 주인공보다 훨씬 멀리 있기 때문에, 자신이 원하는 것을 얻기 위해서라면 어떤 짓도 할 수 있다. 자신의 도덕관에서 멀리 벗어날수록, 제자리로 돌아오기란 힘들어지기 마련이다. 결국, 악당은 자신에게 결핍된 욕구를 근본적으로 충족하는 길과는 점점 거리가 멀어지게 된다.

악당의 인물호

이야기 중 악당의 인물호가 펼쳐지는 경우는 거의 없다. 주인공과 악당을 구분해 주는 또 다른 차이다. 악당은 보통 이야기의 첫 부분에서 자신의 과거를 살펴보거나 극복하는 데 별 관심이 없는 상태로 등장한다. 악당은 자신의 상처를 무시하거나 부정하고 그 상처에 대해 어떤 조치도 취하려는 생각이 없다.

한편 자신의 과거를 받아들이는 악당도 있다. 그는 상처 덕분에 자신이 더 강하고 유능해졌다고 생각하고, 이전의 연약하고 상처받기 쉬운 인간보다는 지금이 더 낫다고 스스로 이해시킨다. 자신의 감정적 상처를 극복하려고 노력했지만 실패한 악당도 있다. 이러한 캐릭터는 과거의 고통을 극복하고 더 나은 사람이 되겠다는 생각은 전혀 하지 않고, 그저 상처받고 만족하지 못하는 인간으로 살아간다. 그럼에도 잘못된 목표를 끊임없이 추구한다.

구원은 가까이에 있다

악당의 인물호가 이야기의 주요한 특징이 되는 예외적인 경우도 있다. 주로 속죄와 구원을 담은 이야기에서 그런 경우를 찾을 수 있다.

악당은 주인공이 겪는 변화를 보며 자신의 삶을 반성하고 앞으로 살아갈 길을 생각하게 된다. 이런 이야기에서는 악당을 움직인 촉매제가 있어서 그가 전혀 예상하지 못했던 감정의 동요를 불러일으켜 생각을 바꾸는 계기가 되어야 한다. 또한 악당이 오랫동안 억눌러 왔던 욕구가 마침내 충족되거나, 구원 가능한 미래를 볼 수 있어야 한다. 혹은 악당이 자신의 목표보다 훨씬 커다란 대의에 눈을 뜨면서 개인적인 욕망을 버릴 수도 있다. 악당이 생각을 바꾸는 이야기라면, 그는 빛의 세계로 되돌아가거나, 자신 내면의 악마를 죽이는 데 끝내 실패하는 것으로 이야기가 진행될 것이다.

악당이 속죄를 선택하는 경우, 그 과정은 응축되어 나타난다. 스위치를 올리는 순간 환하게 불이 켜지는 것처럼, 이야기 마지막 부분에서 악당은 어둠에 등을 돌린다. 이러한 반전에는 자기희생이 뒤따르기 마련이라, 흔히 악당이 죽으며 이야기가 끝난다. 이야기가 어떻게 끝나든, 영화 〈스타워즈〉의 다스 베이더나 드라마 〈로스트〉의 벤자민 라이너스는 영웅뿐 아니라 악당도 인물호를 통해 본래 모습으로 돌아갈 수 있다는 사실을 잘 보여 주었다.

·········

우리 모두와 마찬가지로 악당 역시 과거의 산물이다. 유전과 선천적 이유가 원인일 수도 있지만, 대부분은 과거에 마주쳤던 부정적인 사람들과 사건의 결과로 현재 모습이 된 인물들이다. 이야기에 구체적으로 등장시키지 않더라도 여러분은 악당의 배경과 인물호에 대해 잘 알고 있어야 한다. 악한 행동을 하는 동기가 무엇인지, 왜 그 특정한 목표를 선택했는지를 분명히 알고 있어야 악당을 설득력 있게 그릴 수 있다. 다시 한 번 말하지만, 배경을 독자들과 일일이 나눌 필요는 없다. 하지만 여러분이 그 배경에 대해 잘 파악하고 있을수록 악당의 끔찍하고 비난받을 만한 행동을 더 진정성 있게 묘사할 수 있다.

캐릭터의 상처에 대한
브레인스토밍

감정적 상처는 엄청난 파괴력이 있다. 캐릭터의 내면이 아무리 강하고 단단해도, 상처는 그 뿌리부터 뒤흔들기 때문에, 상처가 정확히 어떤 것인지 찾아내는 일을 결코 쉽게 봐서는 안 된다. 글을 쓰면서 캐릭터의 두려움과 상처에 대해 조금씩 생각해 보는 작가도 있지만, 그 전에 충분한 시간을 내어 주인공의 배경을 철저히 파헤치는 것이 작품을 완성하는 데 드는 시간을 훨씬 줄여 줄 수 있다.

많은 작가가 배경backstory이라는 말을 싫어한다. 배경에 대해 이야기하지 말라는 충고를 일찍부터 귀에 못이 박히도록 들었기 때문이다. 하지만 이러한 충고는 배경에 여러 유형이 있다는 사실을 무시하고 있다. 지금부터 이야기할 '캐릭터 브레인스토밍'은 글쓰기에서 가장 중요한 부분 중 하나이다. 여러분이 쓰고자 하는 이야기가 무엇이든 캐릭터는 분명한 동기를 가진 입체적이고 진정성 있는 인물이어야 한다. 그들이 행동하고, 말하고, 결정하는 모든 것들은 하나의 원인에서 비롯되어야 한다. 그 원인은 두려움일 수도 있고, 결핍된 욕구일 수도 있고, 아니면 그 밖의 다른 촉매제일 수도 있다. 여러분의 캐릭터가 원하는 것(외적 동기), 그것을 원하는 이유(내적 동기)는 모두 과거에 뿌리를 두고 있어야 한다.

캐릭터가 완성되지 않은 경우라면, 여러분은 그 인물의 어두운 면들을 헤집고 훑으며 그가 경험한 트라우마를 밝혀내야 한다. 상처를 주었던 모든 상황을 하나하나 발굴하는 것이 아니라 브레인스토밍을 통해서 정말 아픈 곳과 주제가 이어질 수 있는 사건의 패턴을 찾아야 한다는 것이다. 예를 들어, 한 캐릭터의 과거가 형제·자매 간의 경쟁, 최고가 되고 싶은 욕구, 부모의 인정을 받으려고 이룬 성취 등으로 점철되어 있다면, 캐릭터는 어린 시절에 부모가 조건적으로 준 사랑 때문에 상처받은 사람이다.

모든 캐릭터의 배경을 철저히 조사할 필요는 없다. 캐릭터의 정체와 역할에 따라 써야 할 양은 달라질 것이고, 정확하게 쓰기 위해서 조사해야 하는 양도 달라질 것이다. 배경은 여러 갈래의 길을 통해 도달할 수 있는 섬이라고 생각하는 게 브레인스토밍에 도움이 된다. 이제 그 길들의 예를 들어 보겠다.

과거에 영향을 미친 사람들

불행한 사실이지만, 감정적 상처를 주는 사람들은 보통 우리와 가까운 사람들이다. 그중에서도 가장 중요한 사람들은 캐릭터의 보호자들이다. 보호자의 학대는 자녀에게 깊은 두려움을 새겨 넣고, 비이성적인 믿음이나 편견을 만들고, 심지어 학대의 악순환이 세대에 걸쳐 나타나기도 한다.

예를 들어, 자매가 질식해 숨지는 모습을 지켜볼 수밖에 없었던 소녀를 생각해 보자. 그녀는 훗날 지배적인 엄마가 될 수 있다. 그녀는 아이를 잃을까 두려워 주변을 한시도 떠나지 않고 안전하게 지킨다. 아이의 친구들도 선택해 주고, 대부분의 결정을 대신해 주면서, 자신은 자녀보다 세상을 잘 알고 있으니 그럴 권리가 있다고 생각한다. 하지만 엄격하게 감시받는 환경에서 자란 아이는 자존감이 낮기 마련이다. 이런 아이들은 혼자서는 훌륭한 선택을 할 수 없다고 믿는다. 이런 캐릭터를 이야기의 주인공으로 삼는다면, 여러분은 자립하려 애쓰지만 주변의 시선을 지나치게 의식하고, 비판에는 과민 반응을 보이고, 책임을 회피하는 인물을 주인공으로 선택한 것이다.

　물론 부모나 보호자나 가족이 아닌 다른 사람들이 캐릭터에게 고통을 줄 수도 있다. 여러분의 캐릭터에 부정적인 흔적을 남긴 사람들에 대해 생각해 보라. 성장을 가로막고, 자존감을 훼손하고, 수치심을 안겨 주고, 자신감을 빼앗아 간 사람 말이다. 멘토, 과거의 연인, 절교한 친구, 권력을 갖고 있었던 사람들이 캐릭터에게 부정적인 교훈을 주거나 나쁜 롤모델 역할을 하고, 상처를 주었을 수 있다. 다음과 같은 질문에 대해 생각하면, 그런 사람이 떠오를 것이다. 캐릭터가 과거로 돌아간다면 다시는 마주치고 싶지 않은 사람은 누구인가? 그 이유는 무엇인가?

불쾌한 기억

감정적 상처는 과거의 부정적인 경험 속에, 예를 들어 괴로웠던 특정한 시간 속에, 잊을 수 없는 사건에, 완전히 지워 버리고 싶은 순간 속에 숨어 있다. 그러니 캐릭터가 겪었던 고통스러운 상황에 대해 주저하지 말고 질문을 던져라. 모든 사람의 과거에는 실수, 실패, 실망, 열등감, 두려움이 자리 잡고 있다. 이 고통스러운 기억에 대해 최대한 알아내야 한다.

성격 결함

캐릭터에 대해 브레인스토밍하며 가장 먼저 성격을 떠올리는 작가도 있다. 놀라운 유머 감각이 있거나, 공부를 좋아하는 사람이거나, 물질에 초연한 사람이 떠오를 수 있다. 하지만 이러한 성격에 더해, 그 캐릭터는 대단히 신경질적이어서 뜨거웠다가도 냉정하게 돌변해 버리거나, 의도치 않게 분위기를 망쳐 버리는 사람일 수도 있다. 우리는 이러한 성격 결함의 원인을 깊이 파헤쳐야 한다. 이러한 반응 혹은 과민 반응의 원인은 무엇일까? 그는 왜 다른 사람들을 적으로 만들까? 이런 반응을 불러온 상황을 잘 살펴보면 캐릭터가 다시는 느끼고 싶지 않은 감정이 무엇인지 알아낼 수 있고, 감정 갑옷의 원인이 된 상처를 브레인스토밍해 볼 수 있다. 그러면 우리는 캐릭터의 치명적인 결함, 다시 말해 캐릭터를 전진하지 못하게 만드는 감정적 보호막의 핵심이자, 목표를 성취하기 위해서 반드시 극복해야 하는 문제를 찾을 수 있을 것이다.

두려움

사람은 대부분 두려움이라는 감정을 싫어하고, 경험하지 않으려고 한다. 두려움 때문에 우리가 원하는 바를 더욱 열심히 추구할 때도 있지만, 두려움과 더불어 쏟아지는 불편한 감정들을 느껴야 하기 때문이다. 여러분의 캐릭터는 스스로 직면해야 하는 감정적 상처를 마음속 깊이 두려워하고 있다. 캐릭터 브레인스토밍 과정에서 주인공이 물을 두려워한다고 설정했다고 하자. 왜 그럴까? 길거리에서 낯선 사람을 볼 때마다 긴장한다. 혹은 여동생이 전화만 하면 가슴이 뛴다. 왜 그럴까? 우리는 그 반응을 파고들며 더 많은 정보를 캐내야 한다. 두려움은 저절로 생겨나지 않는다. 그 원인이 되는 이유를 찾아야 한다.

결핍된 욕구

잠깐 매슬로의 피라미드로 돌아가 캐릭터의 삶에서 무엇이 결핍되어 있는지 살펴보자. 캐릭터의 감정적 상처를 찾아내는 데 도움이 될 것이다. 캐릭터의 결핍된 욕구는 다른 욕구에 희생된 것인가? 아니면 애초부터 없는 욕구인가? 예를 들어, 캐릭터가 '애정과 소속'이라는 특정한 욕구를 회피하고 있다면, 그러한 욕구 없이 사는 편이 낫다고 생각하는 데는 반드시 이유가 있을 것이다.

캐릭터에 대해 이제 막 파악하기 시작한 단계에서 당장은 어떤 욕구가 결핍되어 있는지 알 수 없다면, 캐릭터가 불만을 느끼는 이유를 생각해 보라. 그가 싫어하고, 회피하거나, 심지어 두려워하는 것이 있는가? 그것은 충족되지 못한 욕구와 관련이 있고, 여러분이 캐릭터의 상처를 파악하는 데 도움을 줄 수 있을 것이다. 우선 외적 동기를 찾아보는 것도 캐릭터의 결핍된 욕구를 찾는 데 도움이 된다. 캐릭터가 무엇을 추구하고 있는지 안다면, 그것을 '왜' 추구하고 있는지도 이해할 수 있을 것이다. 캐릭터가 추구하는 대상은 그가 충족시키려고 애쓰는 결핍을 가리키고 있기 때문이다.

비밀

모든 사람에게 비밀이 있다는 사실을 우리는 경험적으로 알고 있다. 창피하고 죄의식을 안겨 주는 것, 혹은 우리를 상처받기 쉽게 만드는 것들을 감추고 싶은 마음은 인간의 본성이라고 할 수 있다. 캐릭터의 비밀도 상처를 감추려는 행동인 경우가 많다. 따라서 캐릭터가 무엇을 감추고 있는지 질문해 보아야 한다. 캐릭터가 어떤 정보를 다른 사람들이 발견하지 못하도록 꽁꽁 싸매고 있는가? 그렇다면 이 정보는 묻어 두고 싶은 과거의 트라우마와 관련이 있기 마련이다.

불안

불안은 모든 사람에게 문제가 된다. 기대에 부응하지 못하고 있다는 걱정, 다른 사람에게 영향을 미칠 수도 있는 실수를 했다는 걱정, 그리고 사랑하는 사람들을 실망시켰다는 걱정은 우리의 자존감을 잠식한다. 캐릭터가 사람들과 어울리지 못하고, 인정을 받지 못해 불안해하고 있다면 그 이유는 무엇일까? 그러한 상황에서 캐릭터는 결정을 내리기 주저할까, 아니면 과감하게 위험을 감수할까? 캐릭터가 느끼는 의심과 불안에 대해 생각해 보는 것은 캐릭터가 겪은 부정적인 경험들과 더불어 불안과 의심을 느끼게 만든 원인에 대해 브레인스토밍하는 출발점이 될 수 있다.

편견

모든 사람은 어느 정도의 편견을 가지고 있지만 과거의 경험과 관찰에서 생긴 편견과 부정적인 신념으로 똘똘 뭉쳐 있는 캐릭터도 있다. 여러분의 캐릭터가 가진 왜곡된 관점이나 참기 힘들어하는 인물들, 벗어나고 싶어하는 상황에 대해 생각해 보라. 모든 결과에는 원인이 있기에, 자취를 거슬러 올라가다 보면 편견을 갖게 된 부정적인 경험을 발견할 것이다.

과잉 보상

캐릭터가 어떻게 과잉 보상하는지 살펴보면 그의 고통스러운 배경을 발굴할 수 있다. 캐릭터는 누군가를 즐겁게 만들기 위해 열심히 일하는가? 다른 관계에 비해 어떤 특정한 관계에 훨씬 많은 시간과 에너지를 쏟아붓고 있지는 않은가? 어떤 사람에 대해 변명하고, 그 사람의 나쁜 행동을 계속 무시하고 있지는 않은가? 다른 사람의 문제를 해결해 주거나, 대신 싸워 주면서 그 사람을 끊임없이 '구조'하고 있지 않은가? 과잉 보상은 다양한 형태로 나타난다. 최대한 너그러운 태도를 보이고, 함께 어울리려고 갖은 노력을 하고, 중요한 사람의 인정을 받기 위해서라면 무슨 일이든 하려고 들 수도 있다. 이렇게 캐릭터가 과잉 보상을 하고 있다면, 그런 행동의 원인이 자책이나 두려움은 아닌지 잘 살펴보아야 한다.

문제 행동

완벽한 인생을 살아가는 사람은 없다. 캐릭터들도 마찬가지다. 이들은 문제가 있는 감정 보호막 때문에 자기 자신이 문제의 원인이 되기도 한다. 캐릭터의 삶에서 마찰이 일어나는 부분을 생각해 보라. 금전 문제가 있는가? 상사와의 빈번한 충돌 때문에 직장 생활에 문제가 있는가? 지나치게 술을 마시는가? 자신도 모르게 사소한 일에도 거짓말을 하는가? 무작위로 부정적인 행동과 마찰이 일어나는 일은 없다. 캐릭터가 자신의 고집을 내세우는 방식을 지켜보고, 반사적인 반응 혹은 부정적인 대처 기제를 만든 과거의 순간이 언제였는지 차분히 추적해 보라.

다양한 상처들

인간은 헤아릴 수도 없이 다양한 방식으로 자신은 물론 상대방에게 감정적인 고통을 준다. 따라서 이 책에 나오는 감정적 상처들이 전부라고 생각해서는 안 된다. 상처는 캐릭터의 배경에 따라 끝없이 모습을 달리하며 나타난다. 우선 보편적인 주제에 따라 상처를 몇 가지 범주로 묶어 보았다. 캐릭터에게 어떤 상처가 어울릴지 잘 떠오르지 않을 때, 이 내용들을 사용하면 상황 설정에 도움이 될 것이다.

배신

이 상처는 주로 가까운 사람 때문에 생긴다. 상처를 주는 대상이 캐릭터의 사랑이나 취약점을 악용했다면 이 상처는 특히 극복하기 힘들다. 캐릭터가 자신의 판단력에 문제가 있다고 생각하고, 다시는 사람에 대한 자신의 직감을 믿지 않을 가능성이 크다.

이러한 트라우마로 인해 캐릭터는 배신에 대해 지나치게 민감한 반응을 보이곤 한다. 캐릭터는 사소한 문제에도 커다란 의미를 두고, 더욱 자신을 보호하거나 억제해야 한다고 생각한다. 이제 사람들을 믿는 것은 꿈도 꾸지 못할 일이 되고, 용서는 넘기 힘든 산이 된다. 배신한 사람이 가까운 사람일수록, 쓰라린 배신감과 적개심은 오랫동안 사라지지 않아 과거를 극복하고 앞으로 나아가기 더욱 힘들어진다.

범죄 피해

이 상처는 캐릭터에게 죽음의 두려움, 혹은 고통을 떠올리게 한다. 마음의 평화는 깨지고, 인간과 세상에 대한 믿음이 송두리째 흔들린다. 예를 들어, 캐릭터는 자신의 차를 훔친 마약 중독자를 비난할 수도 있지만 때로는 정부, 사회 제도, 더 나아가 인류 전체를 싸잡아 비난할 수도 있다. 두려움과 적개심이 생겨나고, 그와 동시에 커다란 환멸도 찾아온다. 이 환멸은 시민을 안전하게 보호해야 하는 사회가 기대를 저버리고 자신을 지켜 주지 않은 데 대해 캐릭터가 느끼는 실망이다.

범죄 피해자가 부당하게 자책하는 경우도 있다. 예를 들어, 강간당한 여성이 자신이 먼저 여지를 주었기 때문이라고 믿는다거나, 집에 강도가 든 이유가 문을 잠그지 않았기 때문이라고 생각하는 것처럼 말이다. 이러한 상황에서 부당한 자책은 잘못된 믿음의 한 부분이 된다.

사회적 부정의와 개인적 고난

이런 트라우마를 겪은 사람들은 불평등과 남들과의 차이점에 민감하다. 바로 이 이유로 자신이 목표물이 되었다고 생각하기 때문이다. 남들과 다르기 때문에 상처를 받았다는 생각은 캐릭터의 자존감에 영향을 미치고, 인간의 도덕성을 의심하게 하고, 신앙을 버리게 하고, 공감 능력에도 문제를 일으킨다. 이 상처는 자책보다는 환멸이나 억울한 감정을 낳는데, 문제가 자신이 아니라 다른 사람에게 있고, 자신으로서는 어쩔 수 없는 일 때문에 겪은 상처이기 때문이다.

캐릭터가 사랑하는 사람들이 이 상처 때문에 부수적인 피해를 보거나, 사회에서 부당한 대우를 받거나, 개인적인 고난이 길어지면 스트레스가 더 커지고, 그 결과 신속히 충족되어야만 하는 욕구가 생긴다. 캐릭터는 이 욕구들을 충족시키기 위한 행동을 하게 된다. 그 행동이 다른 욕구들을 희생시키더라도 어쩔 수 없다고 생각한다.

실패와 실수

여러 상처 중에서도 개인적 실패로 인한 상처가 가장 흔하다고 생각할 수 있지만, 이 상처는 보통은 깊이 내면화되어 잘 드러나지 않는다. 사람들이 가장 두려워하는 비평가는 바로 자신이기 때문에 자신의 상처를 숨겨 스스로 보지 못하게 만든다. 개인적 실패는 일단 자존감을 낮춘다. 이 상처는 '내가 실수를 저질렀다'에서 '나 자체가 실수이다'로 변질되기 때문이다. 캐릭터는 결국 자신이 부족하거나 결함이 있는 존재라고 생각하게 된다. 자신이 벌받아도 마땅한 존재라는 믿음을 갖게 된 캐릭터는 자신에게 다양한 형태의 벌을 내린다. 이에 따라 핵심적인 욕구도 영향을 받고, 행복과 충족감은 사라진다.

어떤 실수를 저질렀느냐, 얼마나 개인적인 실수였느냐, 그리고 누가 영향을 받았느냐에 따라 이 상처의 심각성은 달라진다. 캐릭터는 두려움 때문에 어떤 일에도 책임을 지려고 하지 않거나, 일어난 일에 대해 완벽주의적인 과잉 보상을 하기도 한다. 캐릭터는 실수를 반복하는 것을 원하지 않기에, 다른 사람이 희생될 수 있는 상황이라 할지라도 더 강력한 촉매제가 없는 한 똑같은 위험을 감수하지 않는다.

어린 시절의 특정한 상처

모든 상처 중에서도 특히 어린 시절의 특정한 상처는 인간 내면에 가장 커다란 피해를 준다. 피해자가 어릴수록 감정적 보호막이 자리 잡기 어렵기 때문이다. 아이들은 인생 경험이 부족하고 아직 미숙하다 보니 상처에 대해 건강하게 대처하기보다는 문제적인 행동을 하게 된다. 생리적인 측면에서 보자면, 어떤 트라우마는 아직 발달 중인 뇌에 심각한 영향을 미쳐 상처에 대한 대처 능력을 저하시키기도 한다.

어린 시절의 상처 중 배신이라는 요소를 생각해보자. 어릴 때 제대로 보호받지 못하고 자란 캐릭터는 보호자와 이 사회가 자신을 보호해주었어야 하는데(어린이는 순수하므로 보호해야 한다는 문화를 전제했을 때) 그러지 않았다는 사실을 어른이 되어서 깨닫는다. 이 배신감은 보호자나 가까운 가족들에게 상처를 받았을 때 더 깊게 자리 잡고, 인간관계에 커다란 영향을 미친다. 이 외상은 곪아 터지기 전까지 발견하기 힘들다. 어린 시절에 받은 상처일수록 해체하기 힘든 감정적 보호막에 켜켜이 둘러싸여 있어서 찾아내기 힘들기 때문이다.

예기치 못한 불상사

트라우마를 초래할 만큼 대단히 충격적인 사건은 무작위적으로 일어나기 때문에 대비하거나 예상하기가 애당초 불가능하다. 이런 사건으로 인한 상처는 그 사람이 내적으로 강한지 약한지를 그대로 보여 준다. 우리는 이러한 상황에 의연하게 대처할 수 있기를 바라지만, 보통은 그러지 못한다. 충격적인 사건은 캐릭터에게 치유하기 힘든 커다란 감정의 구멍을 남겨 놓는다.

캐릭터는 갑작스럽게 받은 상처 때문에 '이런 일이 왜 일어났을까? 왜 하필 나에게 일어났을까? 세상이 어떻게 내게 이토록 잔인하게 굴 수 있을까?' 같은 질문에서 한 발자국도 벗어나지 못하고 제자리를 맴돈다. 캐릭터는 감정적으로 크게 동요하는 데서 그치지 않고 더 나은 결과를 이끌어내지 못했던 자신을 책망한다. 이러한 비이성적인 자책은 자존감을 해치고, 죄책감만 만들 뿐이다(때에 따라서는 생존자의 죄책감survivor's guilt◆이 나타나기도 한다). 충격적인 사건은 사람을 바꾸고 삶에 관한 관심을 잃게 만든다. 비슷한 일이 또 일어날 수도 있다는 두려움 때문에 특히 안전과 관련된 성격과 행동이 극단적으로 바뀌어 외상 후 스트레스 장애PTSD, post traumatic stress disorder라는 결과를 낳기도 한다.

외상 후 스트레스 장애는 두렵거나 위험한 사건을 경험한 사람들에게 나타날 수 있는 증상이다. 외상 후 스트레스 장애를 겪는 사람들은 해리성 장애 증상의 발현을 통해 과거에 일어난 일들을 추체험追體驗◆◆하는데, 이 증상은 단발성에 그치지 않고 몇 시간 혹은 며칠씩 지속되기도 한다. 캐릭터는 사건을 상기시키는 것들에 자극을 받고, 트라우마와 관련된 감정이나 생각들을 회피하고, 악몽을 꾸고 수면 장애를 겪으며, 만성적인 과잉 각성 상태로 인해 긴장이 풀어지지 않은 상태로 안절부절못하게 될 수도 있다. 자책과 죄의식을 포함한 변덕스러운 감정 변화는 흔한 증상

◆　전쟁, 자연재해, 사고 등에서 살아남은 사람들이 겪는 고통과 자책감.
◆◆　이전 경험을 다시 체험하는 것처럼 느낌.

이며, 자신에 대한 부정적인 생각과 고립감에 빠지고 취미·열정에 관한 관심을 잃어버리는 우울증 증상도 나타날 수 있다.

충격적 사건을 겪었으니 이러한 반응은 당연하다고 할 수도 있겠지만, 외상 후 스트레스 장애를 앓는 사람들의 증상은 아주 오랫동안, 심지어는 영구적으로 지속되기도 하고, 일상생활에 지장을 줄 정도로 심각하다. 도움을 받지 못한다면 결혼 생활의 파탄, 실직, 폭력, 노숙, 약물 중독이나 알코올 의존증과 같은 더 심각한 후유증을 겪을 수도 있다. 이러한 후유증들은 문제를 복잡하게 만들어 캐릭터는 외상 후 스트레스 장애에 더욱 대처할 수 없게 된다. 아이들 역시 외상 후 스트레스 장애의 피해자가 될 수 있지만, 어른들과는 다른 반응을 보일 수 있다. 여러분은 모든 정신적 장애와 마찬가지로 이 증상에 대해서, 그리고 이 증상을 유발하는 환경을 철저하게 조사해야 한다. 외상 후 스트레스 장애가 드러나는 방식은 사람마다 다르기에, 일단 캐릭터에 대해 철저하게 파악하고 있어야만 이야기 속에서 증상을 정확하게 전달할 수 있다.

장애와 미관 손상

이 상처는 신체나 정신적 상태가 일반적인 범위에서 벗어난 상태로 인해 캐릭터가 자신이 불리한 처지에 있다고 믿는 데서 비롯된다. 주로 사고, 선천적 기형, 질병 혹은 폭력 행위로 인한 문제가 원인이다. 이러한 상처가 있는 캐릭터는 흔히 자신이 다른 사람에 비해 부족하거나 다르다고 느끼고, 자신의 존재 가치를 확신하지 못한다. 선천적 장애가 아닌 경우 상처는 더욱 깊어진다.

감정적 상처가 캐릭터에게 미치는 영향력은 캐릭터들이 이야기에서 마주치는 시련에 따라, 상처를 준 사건이 일어난 시기에 따라, 장애와 손상의 심각성에 따라 달라진다. 이러한 상처가 있는 캐릭터는 대체로 수치심을 느끼고 자신의 손상을 감추려고 한다. 이들은 장애인이라는 꼬리표가 생기고, 사람들의 비웃음거리가 되고, 버림받을까 두려워한다. 게다가 그들은 배려라고는 찾아볼 수 없는 세상에서 살아가야 한다.

....

이제까지의 분류를 보면 상처의 배경이 얼마나 중요한지 짐작할 수 있을 것이다. 감정적 상처와 그 후유증은 캐릭터의 삶에 깊숙이 침투해 사건이 일어날 때마다 의심의 씨앗을 뿌린다. '이 일은 내 잘못인가?' '내 책임인가?' 이 의심은 점점 커져 자존감을 잠식한다. 시간이 모든 것을 치유한다고 하지만, 언제나 그렇지는 않다. 유사한 감정적 고통을 느끼는 순간, 캐릭터가 갖고 있던 두려움과 잘못된 믿음은 오히려 강화될 수 있다. 캐릭터는 자기 성장과 자기 수용을 통해서만 세상을 새로운 관점에서 볼 수 있고, 그 새로운 관점을 가져야만 비로소 상처의 쓰라린 고통에서 벗어날 수 있다.

이야기를 구상하는 단계에서는 캐릭터가 어떤 고통을 대면하고 극복할지 독자들에게 분명히 알려줘야 한다. 이를 위해서는 캐릭터의 상처와 관련한 배경을 만드는 데 집중해야 할 것이다. 캐릭터가 겪은 한 가지 사건 혹은 일련의 사건들을 도표로 만들어 보면 어떤 잘못된 믿음이 등장해서 캐릭터의 자존감을 공격하고, 비뚤어진 세계관을 갖게 했는지 파악하는 데 도움이 된다.

고통은 깊게 흐른다
: 상처에 영향을 주는 요소

우리는 감정적 상처가 캐릭터의 성격을 크게 바꿀 수 있다는 사실을 알고 있다. 하지만 구체적으로 얼마나 커다란 영향을 미치는가? 감정적 상처가 미치는 영향의 크기는 캐릭터의 과거에 따라 다르다. 어떤 사람을 무너뜨린 사건이 다른 사람에게는 전혀 흔적을 남기지 않을 수도 있다. 하지만 변화호가 있는 이야기에서 상처는 언제나 고통스러운 것이어야 한다. 그 고통으로 인해 생긴 치명적인 결함을 캐릭터가 벗어 던지기 전까지는 자신이 절실히 원하는 그 어떤 것도 얻을 수 없게 된다. 치명적인 결함이란 부정적인 속성, 편견, 혹은 특정한 행동 방식으로, 캐릭터가 마침내 잘못된 믿음을 거부하고 스스로 성장함으로써 극복할 수 있다. 이야기 안에서 파괴적인 힘을 휘두르는 상처를 만들고, 그 크기를 조절하고 싶다면 다음 요소들을 고려하고, 필요에 따라 적용해 보라.

성격이 원래 어떠했는가?

원래의 삶의 경로에서 벗어나기 이전에 캐릭터가 어떤 사람이었는지를 알고 있어야 감정적 상처가 미치는 영향을 제대로 이해할 수 있다. 캐릭터의 핵심 성격은 위기 상황에서 중요한 역할을 한다. 예를 들어, 순진무구한 캐릭터는 부정不正과 관련된 사건에 깊은 상처를 입고, 환멸에 빠진다. 그는 감정적 보호막을 치고 사람들을 멀리하게 된다. 하지만 세파에 물들고 인생 경험이 풍부한 사람들은 다르게 반응한다. 이들은 자신의 도덕관을 희생시키는 한이 있더라도 현실과 타협하려고 애쓸 수 있다. 캐릭터 각각의 성격에 따라 스트레스와 압박감에 대처하는 방식도 다르다. 상처받기 이전의 성격에 대해 알고 있으면, 고통스러운 사건을 겪은 뒤 가지게 될 감정적 보호막이 어떤 모습이 될지도 쉽게 예측할 수 있다.

물리적 거리가 가까웠는가?

사건을 직접 경험한 캐릭터가 사건에서 멀리 떨어져 있던 캐릭터에 비해 훨씬 큰 고통을 겪는다. 예를 들어, 많은 사람들이 학교 총기 난사 사건을 경험했다고 하자. 범인에게 직접 총을 맞아 치명상을 입은 학생이 총성은 들었지만 범인을 대면하지는 않았던 학생보다 훨씬 심각한 트라우마를 겪을 것이다. 또 이 두 캐릭터들은 그날 마침 학교에 나오지 않았던 교사에 비해 이 사건을 극복하기가 훨씬 힘들 것이다. 비극에 관련된 사람들은 어떤 수준으로든 영향을 받기 마련이지만 사건과 가까이 있던 사람일수록 그 사건을 극복하기가 힘들다.

책임감을 느끼는가?

앞서 말했듯이, 캐릭터가 고통받는 이유 중 하나는 자신을 책망하기 때문이다. 따라서 정말 파괴적인 경험을 만들고 싶다면, 캐릭터가 책임감을 느끼게 해야 한다. 예를 들어, 익사한 아이의 엄마는 아무런 잘못이 없더라도 죄책감에서 벗어나지 못한다. '좀 더 빨리 행동했어야 했다. 심폐소생술을 배웠어야 했다. 휴대전화 배터리를 남겨 놓아 도움을 요청하는 전화 정도는 할 수 있어야 했다.' 이러한 자책은 끝도 없이 이어질 수 있다. 사건에 어느 정도 책임이 있다면 자책 때문에 상처 회복이 훨씬 더딜 수도 있다. 이 경우 독자들이 캐릭터에 공감하는 정도를 염두에 두어야 한다. 엄마가 욕실에서 마약을 주사하느라 아이를 방치해 익사하게 된 상황이라면 어떨까? 독자들은 엄마에게 덜 공감할 것이고, 그러한 캐릭터에게 거리를 두려고 할 수 있다. 이야기 속 끔찍한 사건에 대한 캐릭터의 책임 여부는 이야기에 긴장감을 더해 줄 수 있다.

지원을 받을 수 있는 상태인가?

비극이 닥쳤을 때, 캐릭터가 어떤 지원을 얼마나 받을 수 있느냐에 따라 그가 얼마나 잘 회복할 수 있을지가 결정된다. 스트레스를 덜어 주고, 삶을 긍정적으로 볼 수 있게 해 주는 사람들로 둘러싸인 캐릭터는 아무리 나쁜 일이 일어나더라도 어렵지 않게 극복할 수 있다. 또 자신이 어려운 상황에서도 흔들리지 않는 신념을 가지고 있다면 어려움을 의연하게 견딜 수 있을 것이다. 반면에 지원해 줄 사람이 없거나 트라우마로 신념이 뿌리째 흔들린 캐릭터는 재기가 힘들다.

재발하였는가?

모든 비극적인 사건들은 트라우마를 남길 수 있다. 성적·신체적 학대를 받거나, 다른 사람들을 크게 실망시키거나, 부모에게 버림받는 일은 캐릭터에게 오랫동안 영향을 미치는 끔찍한 경험들이다. 똑같은 일이 반복될 때 캐릭터의 상처는 더욱 깊어지며, 치유와 회복은 더욱 어려워진다.

상처를 악화시키는 사건이 또 일어났는가?

감정적 상처는 삶을 바꾼다. 거기에 이혼이나 실직 같은 사건이 더해지면 캐릭터의 상처는 더욱 악화된다. 사건 이후에는 공황 발작, 우울증, 생활을 불가능하게 만드는 두려움 등 여러 정신적 합병증을 겪을 수 있다. 감정적 상처만으로도 힘든 캐릭터가 이러한 합병증까지 감당하기는 어려운 일이다. 당연한 이야기지만 신체의 흉터, 악몽, 자극을 주는 어떤 사건 등 과거를 떠올리게 하는 요소들 역시 치유를 가로막는다.

개인적인 공격이었는가?

사건이 개인적인 것이었다면 상처는 더 악화할 수 있다. 육체와 정신에 대한 개인적인 공격은 무작위적인 상대에 대한 공격에 비해 더 큰 상처를 남긴다. 예를 들어, 수십 명의 신원이 도용당하는 사건을 당하는 것보다 집단 괴롭힘처럼 구체적인 목표물이 되는 경험이 훨씬 더 극복하기 힘든 상처가 된다.

가해자와의 감정적 거리가 가까운가?

가해자와 감정적으로 얼마나 가까웠는지는 피해 의식에 큰 영향을 미친다. 끔찍한 범죄를 당했다고 말하지만, 아무도 믿어 주지 않아 괴로워하는 캐릭터를 상상해 보라. 캐릭터를 무시하는 사람이 학교의 상담 교사, 경찰관 등에 지나지 않는다면 배신감이 크지 않을 수도 있다. 하지만 부모나 형제·자매에게까지 무시를 당한다면 그 배신감은 심각하다.

감정적 상태가 어땠는가?

사건이 일어났을 때 캐릭터의 감정은 어떤 상태였는가? 성공을 거둔 덕분에 자신감으로 가득 차 있었는가? 아니면 이미 여러 문제로 고심하고 있었는가? 상황이 어떻든 간에 트라우마는 끔찍한 문제이다. 하지만 자신과 삶에 대해 긍정적으로 생각하는 사람은 다른 문제로 골치 아픈 사람이나, 이미 심각한 상처를 가진 사람에 비해 훨씬 더 강한 회복력을 가지고 있다.

정의가 실현되었는가?

인간은 정의를 추구한다. 피해를 입으면 우리는 당연히 가해자가 책임을 져야 한다고 생각한다. 심각한 범죄일수록 처벌도 거기에 합당해야 한다고 생각한다. 법이 집행되고, 배상이 이루어지고, 잘못을 저지른 사람이 다시는 잘못을 저지를 수 없게 되었을 때 비로소 우리는 사건이 종결되었다고 생각한다. 하지만 자신에게 고통을 가한 사람이 처벌받지 않고, 여전히 보이지 않는 위협으로 존재한다는 사실을 알게 된 캐릭터라면 상처를 극복하기 힘들다.

....

이미 괴로운 상황을 더욱 심각하게 만들고, 기존의 상처를 더 악화시키는 요소들을 몇 가지 살펴보았다. 여러분의 캐릭터를 좀 더 절박한 상태에 빠뜨리고 싶거나, 부차적인 캐릭터로부터 독자들이 어느 정도 거리를 두게 하고 싶다면, 이야기를 설계할 때 이러한 측면들을 고려해야 한다.

행동을 통해
상처를 드러내기

어떤 트라우마 사건을 중심으로 캐릭터를 만들지 결정했다면, 이제 그 사건을 독자들에게 보여 주는 힘겨운 과정을 시작할 차례이다. 어렵지만 여러 가지 이유로 중요한 과정이기도 하다. 우선, 그 사건은 독자들에게 캐릭터의 현재와 과거를 연결지을 수 있는 정보를 제공해 준다. 이 사건을 통해 캐릭터가 추구하는 목표와 더불어, 그가 지금 왜 그렇게 살아가고 있는지 알 수 있다. 독자들이 트라우마 사건을 알아야 하는 또 하나의 중요한 이유는, 캐릭터가 이야기 마지막 부분에서 직면하고 극복해야 할 것이 무엇인지를 정확히 보여 주기 때문이다. 상처를 인정하는 행동은 독자들의 공감을 자아낸다. 독자들은 캐릭터에게 공감해야만 그의 여정에 동참할 수 있다.

여러분이 정체호를 택한다면 캐릭터의 내적 성장은 그리 많지 않고, 과거와의 화해도 없다는 사실을 기억해야 한다. 하지만 정체호를 그릴 때도 캐릭터의 행동을 통해 과거의 트라우마를 암시하는 일은 중요하다. 캐릭터들이 변화호에서처럼 크게 바뀌지는 않겠지만, 최소한의 복잡성과 깊이는 가지고 있어야 하기 때문이다.

자, 그러면 사건의 배경이라는 이 필수적인 부분을 독자들에게 어떻게 전달할 것인가? '말하기telling'보다는 '보여 주기showing'가 훨씬 효과적이다. 보여 주기는 이야기의 다른 필수 요소들만큼이나 중요하다. 말하기보다 보여 주기를 선호하는 이유는 독자에게 필요한 자료를 한 입씩 떠먹여 주는 게 아니라, 일어나는 사건을 함께 경험할 수 있게 해 주기 때문이다. 사실적인 보고서와 그림의 차이라고도 할 수 있다. 전자는 그저 정보 전달에 그칠 뿐이지만, 후자는 감정을 불러일으키고, 느낌을 전달해 주고, 보는 사람을 사로잡는다. 캐릭터의 감정을 묘사하고, 성격을 드러내고, 분위기를 나타낼 때 등, 어떤 상황에서도 보여 주기가 나은 이유는 독자들을 캐릭터의 경험 속 깊숙이 끌어당기기 때문이다. 사건을 드러낼 때도 마찬가지다. 과거의 가장 중요한 순간은 아래의 방식들로 보여 줄 수 있다. 이 방식들은 모두 캐릭터의 상처를 효과적으로 보여준다.

단번에 드러내기

때로는 플래시백flashback,◆ 회상, 혹은 다른 캐릭터와의 대화를 통해 상처를 단번에 통째로 드러내는 편이 좋을 때가 있다. 가슴 저미는 한 장면이야말로 독자들에게 생생한 감정을 느끼게 해 주기 때문이다. 이 방법은 대단히 극적인 방법이다. 독자는 캐릭터와 함께 사건을 경험하며, 감정적인 유대감이 고조된다.

『해리 포터』시리즈 첫 장면에서 이러한 방법을 볼 수 있다. 덤블도어, 맥고나걸, 해그리드 사이의 대화를 통해 독자들은 해리가 앞으로 일곱 권의 책에 걸쳐 헤쳐 나가야 할 비극적인 사건을 마주한다. 단번에 드러내기가 효과적인 또 다른 이유는 이 방법이 감정적 상처가 되는 사건을 명료하게 보여 주기 때문이다. 독자들은 해리 부모의 죽음이 문제이고, 해리가 충만감을 되찾으려면 이 문제를 해결해야 한다는 사실을 금방 파악할 수 있다. 잘못된 믿음, 성격 결함, 결핍된 욕구에 대해서는 이

◆　영화나 드라마 등에서 장면의 순간적 변화를 연속으로 보여 주는 기법. 긴장을 고조시키는 데 효과적이며, 과거 회상 장면에도 쓰인다.

야기가 진행되며 조금씩 더 알 수 있게 된다. 독자들은 캐릭터에게 감정적 상처가 된 사건에 대해 이미 아는 상태에서 그 이후에 벌어지는 일들을 세심하게 관찰하며, 그 사건이 해리를 어떤 사람으로 바꾸었는지, 해리가 왜 그 사건을 직면해야 하는지 알 수 있다.

보통 이렇게 단번에 상처를 드러내 보이는 장면은 이야기 후반부에 독자들을 위한 마지막 퍼즐 조각으로 등장한다.『해리 포터』처럼 시작 부분에서 이런 장면이 등장하고 시간을 건너뛰어 다음 장면으로 가야 한다면, 프롤로그를 이용하는 경우가 많은데, 이야기의 프롤로그란 없어도 그만일 때가 많아서 잘 쓰기가 어렵다. 그러므로 일단 독자들이 캐릭터에 빠져들게 하고, 중요한 배경에 대한 암시와 단서들을 던져 마음의 준비를 시켜 준 다음 상처가 되는 순간을 보여 주는 방식으로, 가능하면 '나중에' 정보를 공유하는 편이 훨씬 효과적이다. 프롤로그를 잘못 써서 문제가 되는 경우도 있기 때문이다. 막대한 정보를 한 번에 투하하거나, 말하기에 치중한 문장들은 읽는 속도를 더디게 하고, 흥미를 반감시킨다. 이러한 이유로 이야기를 시작하며 단번에 상처를 드러내는 방식은 보통은 권장되지 않는다. 굳이 프롤로그를 통해 사건을 보여 주고 싶다면, 세심하게 계획을 세워야 한다. 어떤 방식이 효과가 있는지 잘 파악해야 한다.

한참 뜸 들이기

이 방법을 이용하면 독자들은 캐릭터에게 정확히 어떤 일이 일어났는지 오랫동안 모르게 된다. 가끔 흘리는 암시와 감질나는 토막 정보를 통해 과거를 부분적으로 얼핏 볼 수는 있지만, 모든 조각을 다 끌어모을 때까지는 감정적 상처가 된 사건이 무엇인지 인지할 수 없다. 독자들은 나름대로 결론에 도달할 수도 있고, 조금씩 흘려 놓은 암시들을 마지막 퍼즐 조각과 결합하여 비로소 상황을 완전히 파악하기도 한다. 이 '아하!'의 순간은 이야기의 모든 부분에 올 수 있지만, 일반적으로는 이야기의 후반부, 그중에서도 가장 뒤쪽까지 미루게 된다.

영화 〈커팅 에지*The Cutting Edge*〉에서 관객들은 케이트의 행동을 설명해 주는 제법 많은 단서를 발견할 수 있다. 하지만 감정적 상처를 준 과거 사건은 분명하게 등장하지 않는다. 그녀의 성격이나 행동을 통해 암시만 나올 뿐이다. 그녀는 완벽주의적이고, 지나치게 경쟁적이며, 사람들과 잘 지내기가 불가능해 보이는 인물이다. 이러한 단서들과 함께 후반부에 아버지가 등장하는 의미 있는 장면을 결합하고 나서야 우리는 비로소 그녀의 상처를 알게 된다. 그녀가 뛰어난 능력을 보여 줄 때만 사랑을 주는 아버지 아래서 자랐다는 것을 말이다. 이렇게 뜸을 들이는 구조는 독자들이 과거 사건에 대해 계속 추리하도록 만든다. 하지만 상처의 후유증과 그 상처가 캐릭터의 삶을 어떻게 방해하는지는 처음부터 명확히 드러난다.

에둘러 보여주기: 캐릭터에게 상처가 된 사건까지 이끌고 간다

감정적 상처를 명확히 제시하든 암시에만 그치든, 반드시 이야기 속에서 그 사건을 언급해야 한다. 그 사건이야말로 캐릭터에게 가장 중요한 의미가 있는 과거의 한 부분이기 때문이다. 사랑하는 사람을 잃거나, 고문을 당하거나, 지저분한 이혼 과정을 겪은 사람은 자신의 경험을 잊을 수 없다. 특히 그 경험을 직면하지도, 극복하지도 못한 경우라면 두말할 나위가 없다. 다른 사람들마저 캐릭터가 그 경험에서 벗어나지 못했다는 것을 느낄 수 있다. 여러분은 캐릭터에게 일어났던 일을 독자들이 자연스럽게 받아들일 수 있도록 에둘러 언급하는 방법도 잘 알고 있어야 한다. 다음에 소개하는 요소들을 선택하고 조합하면서, 지나치게 많은 정보를 한 번에 투하한다거나 직접적으로 말하는 방식을 취하지 않으면서도 과거 사건에 대한 힌트를 독자들에게 주는 방법을 찾아보도록 하라.

두려움

감정적 상처는 두려움을 낳고, 캐릭터는 자신이 겪었던 일이 반복되기를 원하지 않는다. 캐릭터가 무엇을 두려워하기에 상황을 회피하는지 보여 주는 시나리오는 과거에 그에게 어떤 일이 있었는지 짐작하게 해 주는 단서가 될 수 있다.

예를 들어, 여러분의 캐릭터가 심각한 후유증을 남긴 실패를 겪었다고 하자. 실패를 반복하고 싶지 않은 당신의 캐릭터(이제부터는 '제스'라고 부르자)는 모든 책임을 회피하려고 할 수 있다. 여러분은 제스가 책임을 회피하는 상황을 보여 주어 과거의 상처를 암시할 수 있다. 직장에서 제스는 능력이 출중한 직원들로 팀을 꾸려 자금력이 풍부한 고객을 확보하라는 제안을 받았다. 독자가 보기에는 당연히 받아들여야 하는 제안이다. 하지만 제스는 그다지 이해할 수 없는 이유를 대며 그 제안을 거절한다. 혹은 제안은 받아들이지만, 핑곗거리를 만들어 자리에서 물러난다. 제스의 행동으로 인해 의문이 제기된다. 왜 그녀는 좋은 기회를 마다하는가? 무엇을 두려워하는가? 기회가 올 때마다 피한다면 대체 왜 이런 직업을 선택했는가?

회피는 캐릭터의 두려움을 우회적인 방식으로 드러내는 훌륭한 방법이다. 이 방법이 다른 단서들과 합쳐지면서, 독자들은 제스가 두려워하는 것의 정체를 파악할 수 있게 된다. 회피는 인물호에도 도움이 된다. 제스가 책임을 피하려 했던 사례를 보자. 그녀는 두려움 때문에 진정한 행복을 느끼지 못하고 있다. 두려움을 직시하고 극복한 뒤에야 비로소 충만함을 느낄 수 있을 것이다.

구성이 탄탄한 이야기라면 극복은 순식간에 일어나지 않는다. 제스는 많은 승리와 실패를 겪은 뒤에야 두려움이 자신을 과거에 묶어 놓고 있다는 사실을 깨닫고 두려움을 극복하는 인물호로 나아갈 수 있다.

자기 의심

우리와 마찬가지로 캐릭터의 내면도 복잡하다. 아무리 인기 있고, 매력적이고, 성공한 사람이라도 자기 의심과 불만을 겪는다. 이는 과거 사건과 관련 있는 경우가 많다.

제스를 보자. 그녀는 언제나 자신감과 자기 확신에 차 있는 사람으로 보인다. 하지만 어떤 특정한 상황에서 그녀는 불안해한다. 다른 사람을 이끌어야 할 때, 다른 사람들이 그녀에게 의지할 때, 중요한 결정을 해야 하는 상황에서 말이다. 그녀의 자기 의심은 실패를 겪었던 과거의 특정한 상황과 관련이 있을 수 있다. 예를 들어, 텔레비전 인터뷰를 망친 경험이 있다면, 공개 토론이나 자신의 발언을 녹음해야 하는 상황에서 불안해하고 초조해할 수 있다.

캐릭터에게 감정적 상처를 준 사건을 결정했다면 이제 그 사건과 관련해 캐릭터가 느끼는 불안에 대해 이해해야 한다. 다음과 같은 질문을 던져 보라. 언제 자신을 의심하는가? 어떤 시나리오에서 자신의 직감을 믿지 않는가? 어떤 상황에서 간단한 결정에도 온몸이 굳어 버리거나, 결정에 관한 결과를 예측하느라 정작 결정을 내리지도 못하게 되는가? 이러한 질문에 답하다 보면 캐릭터가 불확실성을 느끼는 지점이 어디인지 파악할 수 있다. 그렇다면 이제 정상적인 자아 상태와 성격 변화를 낳는 상황을 대조하며 보여 줄 수 있게 된다. 이러한 대조를 일관성 있게 보여 주면 캐릭터의 자기 의심이 부각되며, 상처가 된 사건이 무엇이었는지 암시할 수 있고 지금까지 캐릭터에게 얼마나 영향을 미쳐 왔는지도 보여 줄 수 있다.

과잉 반응과 과소 반응

독자들은 이야기를 따라 캐릭터에 대해 조금씩 알아 가면서 다양한 상황에서 캐릭터의 반응을 예상한다. 캐릭터가 지나치게 극적으로 행동하거나 기대에 훨씬 못 미치는 반응을 보이는 경우, 독자들의 머릿속에 붉은 신호등이 켜진다. 무언가가 이상하다고 느끼는 것이다.

제스가 보통은 외향적이고 활달한 여성이라고 가정해 보자. 제스는 파티를 좋아해서 회사에서 축하 파티를 열 때마다 빠지지 않고 외향적인 매력을 뽐낸다. 하지만 지역 뉴스 취재 기자가 질문을 던지자 상황이 돌변한다. 우리는 제스 같은 여성은 카메라 앞에 서면 우쭐해하며 활력이 넘치는 인터뷰를 할 것이라고 예상한다. 하지만 카메라 앞에 선 순간, 제스의 얼굴에서 생동감이 사라진다. 몸은 딱딱하게 굳고, 목소리는 흔들린다. 그녀는 억지웃음을 지으며 인터뷰를 거절한다. 대신 다른 사람을 추천하고, 자리를 피한다. 우리가 알고 있는 평소 모습과 달리 제스는 인터뷰를 해야 했을 때 감정을 지나치게 억눌렀다. 인터뷰와 관련된 무언가가 그녀를 두렵게 만들었다. 지극히 평범한 반응이 기대되는 상황에서 매우 격정적인 반응을 보이는 그녀를 보고 우리도 마찬가지로 놀랄 수 있다.

캐릭터의 성격을 구축하고, 이야기 전체에 걸쳐 캐릭터의 감정 변화를 충실하게 묘사했다면, 이 갑작스러운 반응은 독자들에게는 무언가 문제가 있다는 경고를 보내고, 여러분에게는 과거의 문제에 대한 암시를 던질 수 있는 계기가 된다.

계기

계기란 캐릭터에게 감정적 상처가 된 사건을 강하게 상기시켜서 부정적인 반응을 불러일으키는 것을 말한다. 계기는 냄새, 색, 맛, 소리와 같은 감각적인 것일 수 있고, 또 사건을 상기시켜 주는 사람, 물건, 상황,

배경일 수도 있다. 캐릭터가 이런 계기와 마주치면 상처를 받았던 순간으로 돌아가게 되고, 줄곧 잊으려 노력했던 부정적인 감정과 더불어 투쟁-도피 반응fight-or-flight response◆을 하게 된다.

에밀리라는 인물을 생각해보자. 그녀는 십 대에 인신매매단에 납치되어 몸을 팔아야 했다. 에밀리는 어른이 되면서 자유를 얻었고, 정상적으로 살고 있지만 주기적으로 부정적인 연상聯想을 일깨우는 것들을 마주친다. 싸구려 모텔 방, 바지 주머니에서 짤랑거리는 잔돈 소리, 오렌지 소다 맛, 혹은 특정한 향수 냄새는 그녀를 공황 상태에 빠뜨린다. 몸이 얼어붙고 호흡은 거칠어진다. 도망치고 싶다는 충동이 제일 먼저 들지만, 에밀리는 자신의 에너지를 다 끌어모아 공포를 진정시키면서 이 위험은 사실이 아니며, 자신은 안전하다고 스스로 이해시킨다. 향수 냄새 같은 일상적인 물건도 이렇게 극단적인 반응을 도출할 수 있다. 독자들은 아직 에밀리의 트라우마에 대해 모를 수 있지만 그녀가 똑같은 계기에 반복적으로 같은 반응을 보이는 것을 보고, 그 반응이 뭔가 개인적으로 끔찍한 경험과 연관되어 있다고 짐작할 수 있다. 그리고 독자들이 그 트라우마의 정체에 대해 마침내 알게 되는 순간 퍼즐의 모든 조각이 다 맞춰진다.

부정된 감정

자신의 감정을 편하게 받아들이는 캐릭터일지라도 끔찍한 일이 일어났을 때 느꼈던 감정은 예외이다. 에밀리의 경우 수치심이 사건과 관련된 감정이다. 어쩔 수 없는 상황이었고, 그녀 탓도 아니었다. 하지만 살아남기 위해 할 수밖에 없었던 선택은 끔찍한 것이었고, 그녀의 삶에서 수치심은 떨칠 수 없는 감정이 되었다. 어른이 된 뒤로 똑같은 사건이 반

◆　인간이나 동물이 긴박한 스트레스를 받을 때 자동으로 나타나는 생리적인 반응. 아드레날린 분비를 통해 싸우거나 도피할 에너지를 몸 안에 준비한다.

복될 가능성은 사실상 없다고 보아도 좋다. 하지만 수치심이라는 감정은 그녀를 그 끔찍한 시간대로 다시 데려간다. 마치 그 시간을 떠난 적이 없는 것 같기도 하고, 그 기억에 갇혀 영원히 빠져나오지 못할 것만 같다. 그래서 에밀리는 수치심을 자신의 삶에서 몰아내기 위해 새로운 습관을 갖기로 한다. 높은 도덕 기준을 만들어 지키고, 일련의 규칙을 따른다. 이 규칙을 따르는 한 어떠한 반성을 할 필요가 없다. 또는 정반대의 선택을 할 수도 있다. 도덕 따위는 완전히 무시하고 살아가는 것이다. 그런 상태에서 하는 모든 결정은 수치심과는 상관이 없을 테니까 말이다.

건강한 감정을 갖는다는 것은 모든 감정을 자연스럽게 경험하고 보여 줄 수 있는 상태를 말한다. 어떤 사람이 특정한 감정을 회피하고 부정하고 있다면 그 사람에게 어떤 문제가 있다는 신호이다. 어떤 감정을 계속 회피하는 캐릭터는 과거의 고통에서 벗어나지 못한 인물이다. 따라서 부정된 감정은 캐릭터의 상처 유형을 미묘하게 암시하는 요소이다. 충분한 단서를 주면, 독자들이 불현듯 모든 것을 깨닫는 순간이 온다.

집착

부정의 이면에는 집착이 자리 잡고 있다. 트라우마를 겪고 있는 사람은 어떤 것을 회피하면서 동시에 지나치게 의식하기도 한다. 에밀리는 과거의 사건으로부터 오랜 시간이 지난 뒤에도 안전에 집착하고 있다. 아파트에 값비싼 경보기를 달고, 꽁꽁 잠근 침실에서 개와 같이 잔다. 호신술을 배우러 가거나, 친구들과 같이 저녁을 먹으러 갈 때면, 가방에 권총과 총기 소지 허가증을 넣는다. 어디에 가든 출구부터 살피며, 주변 사람들을 훑어보면서 위협이 될 만한 사람들인지를 분석한다.

캐릭터가 무엇에 집착하고 있는지를 보면 독자들은 과거의 트라우마에 대해 짐작할 수 있다. 정확하게는 아니더라도, 적어도 이 집착이 특정한 경험과 관련이 있다는 것은 눈치챌 것이다.

다른 캐릭터의 대화

감정적 상처가 된 사건이 자신에게 어떤 영향을 미쳤는지에 대해 아무런 단서도 제시하지 않는 캐릭터도 많다. 이들은 자신이 겪은 사건임에도 그 사건의 믿을 만한, 혹은 최고의 정보원이 아니다. 하지만 다른 캐릭터, 그중에서도 특히 피해자와 가까운 인물들이 과거의 사건과 그 사건으로 인해 우리의 주인공이 어떻게 바뀌었는지 잘 알고 있을 수 있다. 그 사건과 주인공에게 극도로 조심스러운 태도를 가진 이 조연들은 독자에게 중요한 정보원이다. 이들은 자신이 아는 내용을 대화를 통해 독자들에게 어렵지 않게 전달해 주기 때문이다. 영화 〈패트리어트-늪 속의 여우_The Patriot_〉에서 벤자민 마틴은 과거의 어떤 문제에서 벗어나지 못하고 있지만, 그 일에 대해 말하지 않는다. 하지만 다른 사람들이 그 일을 끄집어내면서 심각한 문제가 펼쳐진다. 아들이 벤자민에게 포트 윌더니스에서 어떤 일이 있었느냐고 묻지만, 벤자민은 외면한다. 한 사람이 윌더니스 공격 때 벤자민이 대단히 분노했던 일을 언급한다. 벤자민은 또 입을 닫는다. 다른 동료는 포트 윌더니스에서 벤자민이 프랑스인들에게 저질렀던 일을 언급하지만 벤자민은 과소 반응을 보이며, 계속 지시를 내린다.

이렇듯 일방적인 방식이라도 대화는 과거의 상처를 자연스럽게 암시할 수 있다. 따라서 이 방법을 이용하여 중요한 사건에 대해 조금씩 알려 주는 것도 나쁘지 않다.

설정의 상호작용

특정한 설정으로 과거의 감정적 상처에 대한 정보를 드러낼 수도 있다.

영화 〈패트리어트-늪속의 여우〉로 돌아가자. 벤자민은 트렁크 안에 도끼를 넣어 두고 있다. 그 물건을 보기만 해도 그에게는 괴로운 표정이 떠오른다. 벤자민은 그 물건을 잊고 싶은 것처럼 보인다. 그 이유는 벤자민이 아들의 죽음을 막기 위해 그 물건을 사용할 수밖에 없게 되었을 때 비로소 밝혀진다. 도끼를 익숙하게 휘두르는 벤자민은 완전히 다른 사람처럼 보인다. 다시 말해, 도끼를 휘두르고 있는 벤자민은 폭력적이고 복수심에 불타는 괴물이다.

도끼라는 하나의 소도구는 캐릭터에게 트라우마가 된 사건에 대해 중요한 단서를 준다. 포트 윌더니스에 대한 언급과 벤자민이 한때 군인이었다는 사실을 더하면, 독자들은 벤자민이 떨쳐 버리고 싶은 과거를 조합할 수 있다.

여러분이 만든 캐릭터의 감정적 상처를 생각해 보라. 상처를 준 사건이 일어났을 때 어떤 물건이 중요한 역할을 했는가? 혹은 그때 어떤 물건이 있었는가? 여러분의 캐릭터에게 과거의 상처를 상기시켜 주는 것은 어떤 사람, 혹은 어떤 종류의 사람인가? 어떤 상징, 장소, 날씨, 계절이 그 상처와 연관되어 있는가? 설정에 이러한 요소들을 더해라. 여러분의 캐릭터가 이러한 요소들에 보이는 반응은 독자들에게 퍼즐 조각을 하나 더 던져 줄 것이다.

방어 기제

방어 기제는 캐릭터를 고통스러운 상처로부터 보호해 주는 강력한 감정적 보호막이다. 현실에서도 충격적 사건이나 그 사건과 관련된 부정적인 감정이 반복될 수 있다는 징후가 보이면, 방어 기제가 작동하며 우리를 보호한다. 방어 기제는 무의식적으로 작동하기 때문에 의식하지 못하는 경우가 많다. 게다가 특정한 방어 기제가 해롭다고 누군가 지적해 주더라도, 방어 기제가 자신을 보호해 준다고 믿고 있는 사람들은 그 기제를 버리지 않는다.

독자는 캐릭터에게 작동하는 방어 기제를 지켜보며 상처가 무엇인지 궁금해한다. 다음은 흔히 볼 수 있는 방어 기제들이다. 이 장치들을 캐릭터의 행동에 어떻게 스며들게 할지 생각해 보라.

부정Denial

캐릭터는 감정적 상처가 된 사건을 믿지 않거나 인정하려 들지 않는다. 처음에는 언어적 부정의 형태로 시작한다. 하지만 압박과 불안이 커지면서 상대방이 자신이 피하고 싶은 화제를 꺼내지 못하게 하려고 공격적이고 폭력적인 행동을 하는 일도 있다. 부정은 캐릭터의 반응을 통해 보여 줄 수 있다. 원치 않는 화제가 나오면 대화에서 빠지고 다른 장소로 피하거나, 갑자기 싸우려 드는 것 모두가 부정의 행동이다.

합리화Rationalization

합리화는 캐릭터가 실제로 벌어진 일에 대해 그렇게 심각하지 않다고 자신과 다른 사람을 설득하려고 하는 기제이다. 예를 들어 근친상간의 피해자는 자신과 가해자가 누구도 이해하지 못할 특별한 관계를 형성하고 있다고 주장할 수 있다. 또는 가해자의 행위를 합리화하는 때도 있다. 남자 친구에게 학대를 받은 여성이 "저 사람은 술 마시면 이래요"라든가 "제가 늦겠다는 말을 안 해서 그래요"라는 식으로 오히려 그를 변명해 주는 경우이다. 이 기제는 상처가 된 사건을 분명히 밝혀 준다. 캐릭터가 어떤 사건을 합리화하려 할 때, 독자들은 그 건강하지 않은 반응을 보면서 캐릭터의 정신적 상태가 놀라울 정도로 바뀌었을 것이라는 점을 알아챌 수 있다.

행동화Acting Out

흔히 주의를 끌기 위한 바람직하지 못한 행동 정도로 무시되어 왔지만 사실 행동화는 건강한 방식으로는 전달할 수 없는 욕망을 표현하거나 감정을 표출하는 극단적인 방식이다. 아이들이 화를 내며 떼를 쓰는 것도 자신들의 감정을 어떻게 전달해야 할지 몰라서 행동화하는 것으로 볼 수 있다.

이 기제를 감정적 상처가 된 사건과 관련해서 이용하려면, 캐릭터를 어떤 특정한 반응이 예상되는 상황에 놓은 다음, 과장되거나 예기치 않았던 방식으로 반응하게 하면 된다. 예를 들어, 지배적인 파트너와 연애 중인 여성이 있다고 하자. 그녀는 자신이 관계를 주도할 수 있기를 간절히 바라지만, 그런 요구를 하기가 힘들어 말도 꺼내지 못하고 있다. 파트너에게 심한 억압을 받을 때마다 그녀는 필요도 없고, 누가 훔치라고 강요하지도 않은 물건을 훔친다. 자해, 폭력, 집단 괴롭힘, 느닷없는 분노, (직장에 결근하거나, 학교 과제를 의도적으로 빼먹는 등) 무책임한 행동, 약물 중독, 섭식 장애, 문란한 성적 행동 등도 행동화의 예가 될 수 있다.

행동화는 트라우마의 영향이 캐릭터에게 얼마나 큰지를 보여 주는 방법이기도 하다. 이런 행동이 계속된다면 독자들은 감정적 상처 때문에 캐릭터가 자신들의 눈앞에서 다른 사람이 되어 가고 있다고 생각할 것이다.

퇴행Regression

스트레스로 인해 이전의 발달 수준으로 돌아가는 대처 기제이다. 캐릭터에게 과거의 트라우마를 상기시켜 주는 사건이 일어날 때 흔히 볼 수 있다. 예를 들어, 성인이 어떤 계기로 인해 오줌을 싸는 경우이다. 똑같은 계기가 있을 때마다 퇴행을 보여 주면, 독자들은 캐릭터를 이렇게 만든 끔찍한 사건은 대체 무엇이었을까 흥미진진하게 지켜보게 된다.

퇴행이 장기화하는 일도 있다. 예를 들어, 성인이 대학생이나 심지어 초등학생처럼 옷을 입으려 고집하는 경우이다. 장기적인 퇴행 행동은 매우 비정상적이므로, 캐릭터에게 아주 심각한 문제가 있음을 보여 준다.

해리 Dissociation

자신이 육체, 감정 혹은 세상의 모든 것과 떨어져 있다고 느끼는 상태이다. 해리는 감정적 상처를 준 사건과 연관된 감정이나 상황으로부터 자신을 보호하려는 수단이다. 심한 경우, 해리된 상태로 현실을 모두 거부하며 살아가는 사람도 있다.

특정 상황에서 캐릭터의 해리를 보여 주는 것이 이야기에 도움이 된다. 정신적·감정적으로 현실을 부정하고, 심지어 정신이 해리되어 육신과 떨어져 부유하며, 자신에게 일어나고 있는 일을 제삼자의 시선으로 바라보는 유체 이탈도 해리의 한 예이다. 강간당한 경험이 있는 캐릭터는 성관계 중 해리를 경험할 수 있다. 성관계로 인해 떠오르는 과거의 감정과 기억을 피하고 싶어, 성관계에서 당연시되는 행위를 멀리하다 보니 발생하는 현상이다.

기억 상실도 해리 기제 중 하나다. 과거의 어떤 특정 시기를 기억하지 못하는 캐릭터는 고통스러운 기억이나 사건으로부터 자신을 보호하는 해리 기제를 사용하는 것이다.

투사 Projection

캐릭터가 자신의 바람직하지 않은 속성, 태도, 동기를 다른 사람에게 돌리는 기제이다. 사람들은 자신에게서 마음에 들지 않는 점을 회피하거나 부정하고 싶을 때 투사를 이용한다. 예를 들어, 보호자에게 언어폭력을 당한 십 대 소년이 자신이 들었던 말을 친구에게 고스란히 쏟아부으며, 친구가 멍청하고, 추하고, 단정치 못하고, 약하다고 비방하는 것처럼 말이다. 캐릭터는 이러한 꼬리표를 다른 사람들에게 붙이며 자신을 그 꼬리표와 분리한다. 그 꼬리표가 사실인지 거짓인지는 중요하지 않다. 친구에게 붙이는 이 꼬리표가 실제로도 사실이라고 믿으면서 자신의 기분을 달래는 것이다.

모든 사람은 어느 정도 투사를 이용하지만, 모두가 처리하지 않으면 안 될 문제를 갖고 있다는 의미는 아니다. 여러분의 캐릭터가 투사 기제를 이용한다면, 과거의 상처와 직접적인 관련이 있는 계기로 이 기제를 등장시켜야 한다. 투사를 일관성 있게 사용하면, 독자들도 캐릭터에게 무언가 문제가 있음을 짐작할 것이다. 하지만 지나치면 독자들에게 외면을 받을 수도 있다. 독자들이 공감할 수 있도록 다른 요소들과 균형을 잘 유지해야 한다.

치환Displacement

원인을 제공한 사람이 아닌 다른 사람에게 자신의 감정을 나타내고 반응하는 행동이다. 캐릭터가 어릴 때 형제·자매가 신체적인 학대를 받는 상황을 목격했다고 하자. 그러한 가정에서 자란 캐릭터는 아버지의 보복이 두려워 감정이나 분노를 표현하기 힘들다. 어른이 된 다음에도 아버지에 대한 분노가 못 참을 정도에 이르면 그 분노를 아버지가 아닌 좀 더 '안전한' 상대, 예를 들어 동료, 배우자, 아이, 심지어 반려동물에게 퍼부을 수 있다. 캐릭터가 원인을 제공한 사람이 아닌 다른 사람을 향해 자신의 감정을 일관되게 배출하는 모습을 보면, 독자들은 캐릭터와 원인 제공자 사이에 문제가 있음을 알아차린다. 그리고 마음 깊은 곳에 문제의 근본적인 원인이 숨어 있다고 짐작하게 된다.

억압Repression

어떤 행동, 사고, 감정을 무의식적으로 거부하는 것이다. 억압 기제를 사용하는 사람은 자신이 회피하고 싶은 것을 생각하려 하지 않고, 그것이 존재한다는 사실마저 거부한다. 심할 경우 기억 전체가 억압되거나 사실이 아닌 것을 반영하는 식으로 바뀌기도 한다. 캐릭터가 과거의 어떤 특정한 순간에 대해 계속 언급을 회피한다든가, 다른 사람과 전혀 다르게 기억하고 있는 상황을 제시하면, 독자들은 이 사건이 캐릭터의 핵심적인 문제라고 조금씩 깨닫게 된다.

보상Compensation

보상 기제는 캐릭터가 상처받았던 사건이 일어났을 때 자신이 갖고 있지 못했던 어떤 것을 보상하기 위해, 혹은 그 사건 때문에 잃은 어떤 것을 되찾기 위해 사용된다. 어떤 특성, 능력, 신체적 특징을 지나치게 강조하는 방식으로 이루어진다. 예를 들어, 약하다는 이유로 괴롭힘을 당했던 소년은 자신의 신체적 힘을 증명하려는 강한 욕망을 가지고 성장할 수 있다. 소년은 헬스클럽에서 살다시피 하고, 보디빌딩 대회에나 격투기 대회에 나가고, 스테로이드를 복용할 수도 있다.

다른 기제들과 마찬가지로, 이 기제가 효과가 있으려면 캐릭터에게 일어난 변화를 보여 주어야 한다. 캐릭터가 계속해서 똑같은 행동을 보여 준다면, 플래시백, 기억, 대화, 옛날 사진 등 여러 단서를 이용해서 그 인물의 이전 상태를 보여 주어야 한다. 이를 통해 독자는 캐릭터가 왜 완전히 다른 사람이 되었는지, 도대체 어떤 사건을 겪었기에 사람이 이 정도로 바뀌는지 궁금해할 수 있다.

....

인간의 정신이란 새끼 곰을 지키는 어미 곰과 같아서, 어디에 위협이 도사리고 있는지 끊임없이 냄새 맡으며 경계를 게을리하지 않고, 다양한 방법을 동원하여 육체와 영혼을 지키려 한다. 방어 기제들은 수없이 많지만, 이야기 속에서 쉽게 사용할 수 있는 기제들을 위주로 몇 가지만 나열해 보았다. 사람들은 일상생활 속에서 이러한 기제들을 조합해 사용하며 건강하게 살아간다. 이야기에서는 이 기제들을 사용하여 트라우마가 된 사건, 특히 캐릭터가 충분히 이해하지 못하고 있는 사건에 대해 캐릭터가 무엇을 놓치고 있고, 무엇을 두려워하는지, 그리고 트라우마가 캐릭터에게 어떤 영향을 미쳤는지 보여 줄 수 있다. 독자들이 잘 이해할 수 있도록 이 기제들 중 하나만을 선택해서 일관성 있게 보여 주는 것이 가장 좋은 방법일 수도 있다. 충격적 사건을 겪은 캐릭터에게 방어 기제를 잘 적용하면, 독자들이 실마리를 풀어 가며 캐릭터를 완벽하게 이해하는 데 도움이 될 것이다.

재차 강조하지만, 사건은 캐릭터의 '행동'을 통해 보여 주어야 한다. 그래야 그 사건이 조금씩 드러나며 독자들의 관심을 계속 붙잡을 수 있고, 오랜 시간이 흘렀음에도 불구하고 아직도 캐릭터를 숨 막히게 만드는 상처의 무게를 느끼게 할 수 있다.

피해야 할
문제들

모든 스토리텔링에는 피해야 할 문제들이 있다. 감정적 상처에 대한 스토리텔링도 예외가 아니다. 캐릭터의 상처에 관해 쓸 때 다음과 같은 함정에 빠지지 않도록 유의하라. 함정을 피하는 데 도움이 될 만한 조언도 덧붙여 보았다.

문제1 ··· 정보 과잉

정보 과잉은 작가가 시시콜콜한 설명을 통해 정보를 전달하느라 이야기 흐름을 끊어 버리는 것을 말한다. 특히 글의 첫 부분에서 캐릭터의 상처에 관련된 배경을 드러내야 한다고 생각하는 작가들이 이러한 함정에 쉽게 빠진다. 지나치게 상세한 설명은 여러 이유에서 바람직하지 않다. 정보 과잉은 주로 '보여 주기'보다는 '말하기'의 형태이다. 독자는 주인공과 더불어 사건을 경험하는 대신, 작가의 이야기를 수동적인 태도로 들을 수밖에 없다. 결국 독자와 캐릭터 사이에 거리가 생기고, 독자는 캐릭터에 공감하지 못하게 된다. 게다가 정보 과잉은 글의 리듬을 망쳐 버린다.

정보 과잉의 늪을 벗어날 수 있는 작가는 드물지만 충분한 경험이 쌓이고 많은 글을 쓰다 보면, 이 늪을 피해 갈 수 있는 여유도 생긴다. 캐릭터의 상처에 대해 지나치게 많은 정보를 한 번에 쏟아붓고 있다면, 퇴고하며 다음 방법을 이용해 보라.

줄여라

주인공이나 적대적 인물antagonist이 상처받았던 경험을 쓸 때 명심해야 할 것은, 이 경험은 사실 배경에 불과하다는 점이다. 따라서 이 사건을 온전히 다 보여 주는 것은 위험할 수 있다. 독자들이 비로소 관심을 두게 된 세계에서 플래시백을 통해 다른 세계로 이동하거나, 긴 대화를 이용하다 보면 글의 흐름을 방해할 수밖에 없기 때문이다.

독자들이 이야기에 몰두하게 하기 위해서는 사건 전체를 훑어보고, 어떻게 핵심을 추출해야 할지 생각해야 한다. 여러분이라면 그 사건에 대해 시시콜콜한 것까지 모르는 것이 없겠지만, 그 모두가 이야기에 필요하지는 않다. 스스로 자문해 보라. 이 사건에서 독자가 반드시 알아야 하는 것은 무엇인가? 어떤 세부 내용들이 가장 큰 영향을 미칠까? 중요하지 않은 정보들을 솎아 낼 수 있다면 이야기의 흐름을 방해하는 일도 없을 것이고, 단어 수도 줄어들 것이다.

다양한 기법들을 활용하라

아무리 좋은 것이라도 단 하나만 있다면 지겨워진다. 감정적 상처가 된 사건에 대한 정보를 전달할 때도 다양한 기법을 이용해야 이야기가 신선해진다. 예를 들어, 앞서 '에둘러 보여주기'에서 언급한 계기와 과잉반응을 배치하면서 독자들에게 힌트를 주는 것은 슬슬 지겨워질 기미를 보이는 긴 대화를 중단시키는 좋은 방법이다. 대화나 기억에만 의존하지 않고 캐릭터의 집착을 일관성 있게 보여 주거나, 캐릭터가 선호하는 방어 기제를 제시하는 것도 전반적인 그림을 그리는 좋은 방법이다.

다음 글을 통해 다양한 기법이 어떻게 사용되는지 살펴보자.

새라는 커피에 설탕을 넣고 저었다. 찻숟가락이 옆 테이블에서 들려오는 나직한 목소리에 장단이라도 맞추듯 짤랑거렸다. 햇살이 따뜻하고 바닷바람이 살랑살랑 불어오는 야외 카페는 아직은 고즈넉했다. 학교를 마친 고등학생들이 점령하기엔 아직 이른 시간이었으니까.

"여기가 맘에 들어." 차를 호호 불어 마시며 엄마는 말했다. "내가 어릴 때 갔던 장소가 이랬어."

새라는 미소를 지으며 몸을 뒤로 젖혔다. 햇살을 받은 등받이가 따뜻했다. "에끌레어 과자가 항상 있던 곳 말이에요?"

"음……. 맞아." 엄마는 차를 호로록 마셨다. 그러고는 눈을 크게 뜨고 물었다. "지난 일요일 미사에 왔던 네 친구 있잖아. 애니 마리였나? 메리 베스였나?" 엄마는 고개를 저으며 말했다. "뭐 그런 이름이었는데."

새라는 흠칫 놀라며 뜨거운 커피를 손에 쏟았다. 컵을 서투르게 놓은 그녀는 어깨를 으쓱하며 말했다. "누구 얘긴지 모르겠어요."

"요즘엔 정말 기억력이……." 엄마는 한숨을 내쉬었다. "그 아이 말로는 지난여름 네가 인턴 할 때 둘이 같이 일했다던데."

새라는 엄마의 눈을 피하지 않았다. 엄마가 사실을 알았다면 그 눈에는 공포가 담겨 있었겠지만, 사실을 모르는 눈에는 그저 호기심만 가득했다.

"전혀 생각 안 나요." 새라는 계산서를 집어 들었다. "이건 제가 낼게요. 근데 요즘 요가 수업은 어때요?"

새라가 과거에 일어났던 사건을 여전히 극복하지 못하고 있다는 것을 (말하는 것이 아니라) 다양한 방법으로 보여 주고 있다. 정체를 알 수 없는 여성에 대한 정보를 전달하기 위해 대화가 사용됐고, 그녀의 이름은 새라에게 상처를 연상시키는 계기가 되었다. 새라의 감정은 고조되고, 서둘러 외출을 끝내려 한다. 한편 새라가 대화를 중단하고, 화제를 바꾸려는 데서는 회피 반응을 볼 수 있다. 이 이야기에서 모든 것이 단번에 드러나지는 않는다. 퍼즐의 작은 조각이 이제 던져졌고, 이야기가 진행되는 동안 더 많은 단서가 더해져 결국 완전한 그림이 드러날 것이다.

제시한 예는 리듬을 해치지 않으면서 과거의 상처에 대한 세부 내용을 설득력 있게 드러낸다. 과거에 어떤 사건이 일어났을지 독자가 상상하게 하면서 전달하려는 내용을 다양한 방식으로 '보여 주는' 게 가능하다는 것을 보여준다.

문제 2 ··· 적절치 못한 장소에 배치된 플래시백

플래시백은 캐릭터가 상처받았던 상황을 드러내는 데 효과적으로 쓰일 수 있다. 독자가 지금 자신의 눈앞에 펼쳐지는 것처럼 상황을 실시간으로 볼 수 있기 때문이다. 하지만 이 장치는 적절하게 배치해야 한다. 플래시백은 눈에 띄는 장면을 만들기는 하지만, 독자를 현재라는 타임 라인에서 끄집어내어 이미 지나가 버린 타임 라인에 집어넣는 기법이기 때문이다.

플래시백은 이야기의 앞부분에 등장해서는 안 된다. 독자들이 이야기에 관심을 가지기 시작한 지 얼마 되지도 않았는데, 이야기가 갑자기 과거로 이동하면 흐름이 끊어진다. 독자들은 관심이 생긴 이야기로 다시 돌아가고 싶어 하기 마련이다.

그렇다면 플래시백을 어디에 배치해야 독자들이 쉽게 받아들일까? 중요한 장면과 연결되며, 캐릭터의 감정 상태에 영향을 미칠 수 있는 위치가 이상적이다. 플래시백이 현재 벌어지는 일과 명백히 연결되어 있으면, 이야기를 중단시킨다는 생각은 들지 않는다. 또 플래시백이 캐릭터의 감정에 영향을 미친다면, 독자들의 감정을 사로잡아 이야기에 더 빠져들게 만들 수 있다.

영화 〈마이너리티 리포트*Minority Report*〉에서 존 앤더튼은 얼마 전 결혼 생활이 파경에 이르렀고, 약물에 중독된 경찰이다. 여러 단서와 대화를 통해 그에게 아들이 있었다는 사실을 알 수 있다. 하지만 아들에게 어떤 일이 일어났는지는 분명하지 않다. 범죄 혐의를 받고, 쫓기게 되면서 존은 위험한 수술을 감수한다. 무죄를 증명하려면 체포되지 않아야 하고, 체포되지 않으려면 탐지를 피하는 수술이 필요했기 때문이다. 눈에 붕대를 감은 채 수술에서 홀로 회복하는 도중, 약물로 인해 의식이 몽롱한 상태에서 마침내 그의 과거가 펼쳐진다. 존이 공공 수영장에 데리고 갔던 아들이 납치됐던 것이다.

적절한 위치에 배치된 플래시백이 과거의 가슴 아픈 사건을 보여 주는 훌륭한 예이다. 존의 육체가 가장 연약한 상태에서, 그의 마음도 얼마나 망가져 있는지 드러나는 것이다. 과거의 감정적 상처가 현재 이야기와 연결되며 독자들을 사로잡는다. 경찰이 언제 들이닥칠지 모르는 상황에서 존은 과거의 순간을 추체험하느라 아무것도 눈치채지 못하고 있다. 이렇게 플래시백을 세심하게 배치하면 독자들은 이제부터 펼쳐질 이야기에 목말라한다.

감정적 상처가 된 사건을 한 번에 보여 줄 때는 독자에게 어떤 영향을 미칠지 고민해야 한다. 아주 개인적이거나 폭력적인 사건은 비슷한 경험이 있는 독자들을 자극할 수 있기 때문이다. 이야기의 시작부터 단서를 조금씩 제시하면 이러한 가능성을 최소화할 수 있다. 독자들이 앞으로 전개될 이야기에 대한 암시를 받으면, 사건이 전면에 드러나더라도 이미 마음의 준비가 되어 있는 상태일 것이다. 사건에 대해 제한적인 관점, 다시 말해 거리를 둔 관점을 통해 사건에 대해 쓰는 방법도 있다. 이런 관점은 독자가 멀찍이 떨어진 안전한 장소에서 사건을 보게 해 준다.

문제 3 ··· 프롤로그의 오용

프롤로그가 문학계에서 푸대접을 받는 이유는 지나치게 오남용되고 있기 때문이다. 프롤로그를 잘 쓰고 싶다면 다음 사항들을 고려해 보라.

꼭 필요한 프롤로그를 써라

프롤로그는 대체로 비슷비슷한 정보를 전달한다. 어떤 민족이나 지역의 역사, 다른 캐릭터에게 영향을 미치게 될 사람이 권력을 잡는 과정, 현재 이야기의 배경이 되는 대격변, 혹은 이 책의 주제인 캐릭터의 트라우마 등이다. 이야기가 시작하기도 전에 많은 정보가 등장하면 독자들은 금세 지칠 수 있다. 그냥 이야기 속으로 풍덩 뛰어들어 함께 시간을 보내게 될 캐릭터에 대해 알고 싶어 하는 독자들이 더 많다. 따라서 캐릭터의 상처를 드러내기 위해 군이 프롤로그를 쓰겠다면, 우선 프롤로그가 필요한지 따져 봐야 한다. 다음과 같이 자문해 보라. 감정적 상처가 되는 사건을 이야기가 어느 정도 진행된 후에 배치해도 괜찮지 않을까? 독자들이 꼭 이 순간에 이 정보를 알아야 할까? 상처가 되는 사건을 나중으로 미루면 여러분은 캐릭터의 현재에 관해 쓸 수 있다. 독자들이 함께하고 싶은 바로 그 순간 말이다.

빠르게 공감을 얻어라

모든 이야기가 그렇듯이 프롤로그도 독자들의 관심을 순식간에 사로잡아야 한다. 캐릭터가 가진 트라우마만으로 독자들을 이야기에 끌어들일 수 있다고 생각한다면 오산이다. 상처가 된 사건 자체만으로는 공감이 형성되지 않는다. 어떤 사건이 누구에게 일어나고 있는가에 대해 독자들이 관심을 두고 난 뒤에야 비로소 공감이 형성되기 시작한다. 또한 독자가 캐릭터와 유대감을 쌓는 데는 시간이 필요하다. 독자들이 캐릭터에 충분히 공감하지도 못한 상태에서 중요한 사건을 서술하는 것은 비효율적이다. 프롤로그가 있는 글은 독자가 캐릭터에 대해 알아 가는 시간이 그만큼 모자란 글이라고 할 수 있다.

독자를 빠르게 사로잡으려면 공감을 낳을 수 있는 요소들에 집중해야 한다. 호감과 존경을 불러일으킬 만한 캐릭터의 속성 또는 약점, 긍정적인 행동들을 앞부분에 중점적으로 배치하는 것도 한 방법이다. 이렇게 쉽게 공감을 불러일으키는 요소들을 먼저 배치하여 독자와 유대감을 형성했다면, 곧이어 끔찍한 일이 일어나더라도 독자들은 이야기에 몰입할 수 있다. 하지만 독자와 캐릭터 사이에 아직 유대감이 없다면 독자들은 프롤로그가 끝나기도 전에 책을 덮어 버릴 것이다.

매끄럽지 못한 시간 이동을 피하라

독자들은 제목에 별로 관심이 없다. 따라서 책의 첫 부분이 프롤로그라는 사실도 모르고 지나쳐 버릴 수도 있다. 주요 캐릭터들과 사건에만 관심을 두고 있는 독자들이 갑자기 예상치 못했던 다른 시간대를 마주치면, 이야기를 따라가는 것조차 힘들어진다. 시간의 변화를 알리기 위해 본문 첫 장을 시작하며 새로운 날짜를 명시한다거나, '15년 후'처럼 얼마나 시간이 흘렀는지를 구체적으로 써 놓는 방법도 있다. 하지만 이 방법들은 그다지 매끄럽지 않다. 이제부터 보게 될 글은 조금 전까지 보았던 글과 엄청나게 다르다고 독자에게 고함을 지르는 것이나 마찬가지이다.

프롤로그와 본문 사이에 갑작스러운 시간 변화가 있다고 프롤로그가 망가지지는 않지만, 어쨌든 이런 프롤로그를 호의적으로 받아들이기는 힘들다. 프롤로그가 본문으로 부드럽게 연결되어야 독자들도 내용을 어렵지 않게 따라갈 수 있다.

프롤로그의 마지막 부분에서 본문과 유기적으로 연결되며 시간 이동을 제시하는 예들을 몇 가지 살펴보자.

치료만 받으면 석 달 뒤 다시 걸을 수 있을 것이라고 했다. 하지만 2020년이 다 가고 있는데도, 나는 아직도 의자에 처박혀 있다.

15년이 지나서야 두 사람은 비로소 다시 만날 수 있었다.

나는 잭이 나를 용서해 주리라 믿었다. 하지만 그 기회는 43년 후에야 왔다.

같은 배경을 이용하여 프롤로그와 본문을 연결하는 것도 좋은 방법 이다. 같은 장소는 독자들에게 다른 두 장면을 연결해 주는 가교 구실을 한다. 물론 배경에 변화가 있을 것이고, 이러한 변화는 시간이 많이 흘 렀음을 보여 준다. 이런 경우라면 시간 이동을 어렵지 않게 받아들일 수 있다.

문제 4 ··· 믿기 힘든 상처

충분히 준비했다고 생각했던 상처도 막상 드러냈을 때, 별다른 호응을 끌어내지 못하는 경우가 있다. 독자들이 그 사건을 믿지 않거나, 호의적 으로 반응하지 않기 때문이다. 독자들에게 원했던 반응을 끌어내려면 다 음의 기준을 충족시키는지 먼저 확인해 보라.

캐릭터의 치명적인 결함과 연관되어 있는가?

캐릭터에게 트라우마가 된 사건을 드러내며, 우리는 독자들로부터 '아!' 하는 반응을 기대한다. 그 이야기가 이제껏 자신들이 알아 왔던 캐 릭터와 잘 어울린다고 인정하면서 만족감을 느끼게 만들어야 한다. 변화호에서 트라우마는 캐릭터의 목적 성취를 가로막는 치명적인 원인이라는 점을 기억하라. 캐릭터의 상처가 무엇인지 알게 된 독자들은 캐릭터가 이 상처를 극복하기가 왜 그리 힘들었는지 이해할 수 있어야 한다. 캐릭터가 극복해야 하는 문제가 여러분이 선택한 고통스러운 과거에서 자연스럽게 비롯된 문제가 아니라면, 다시 원점으로 돌아가서 캐릭터에게 더 잘 맞고, 이야기에 더 어울리는 사건을 찾아야 한다.

캐릭터에게 동기를 부여했는가?

트라우마가 된 사건은 떨쳐 버리기 힘든 경험이어야 한다. 캐릭터가 과거 사건과 상관없는 행동을 하고 있다면, 여러분이 과거의 상처와 그 영향에 대해 충분히 연구하지 않았기 때문이다. 감정적 상처로 인해 어떤 두려움이 생겼고, 캐릭터의 결정에 어떻게 영향을 미치는지 찾아내라. 캐릭터가 어떤 잘못된 믿음을 받아들이고, 그로 인해 어떤 행동 변화를 보이는지 파악하라. 어떤 성격 결함을 갖게 되었고, 그 결함이 캐릭터의 성장을 어떻게 가로막는지 정확하게 기술해야 한다. 이러한 요소들과 트라우마가 된 사건을 연결하면, 캐릭터의 행동과 자극에 대한 반응에 대해서도 훨씬 나은 아이디어가 떠오른다. 다시 말해, 캐릭터의 동기에 대해 잘 파악할 수 있게 된다. 캐릭터에게 강력한 동기를 부여했다면, 여러분의 글은 독자의 심금을 울릴 준비가 된 것이다.

심각한 상처인가?

캐릭터가 아무렇지도 않게 상처를 극복한다면 형편없는 이야기가 될 수 있다. 다시 한 번 말하지만, 그런 경우 캐릭터에게 더 심각한 영향을 미치는 다른 상처를 찾아야 한다. 혹은 여러분이 선택한 사건이나 고통스러운 상황을 더 개인적인 것으로 만들어야 한다. 그 방법에 대해서는 앞서 거론했던 '고통은 깊게 흐른다: 상처에 영향을 미치는 요소'를 참조하라.

상처 자체의 파괴력이 모자란 경우도 있다. 두려움으로 인한 선택과 감정적 보호막은 캐릭터를 파멸로 몰고 갈 수 있어야 한다. 특히 성격 결함은 캐릭터의 인간관계를 훼손하고, 직업적인 능력을 떨어뜨리고, 자존 감을 낮추고, 성장을 가로막으며, 삶의 모든 측면에 문제를 낳는다. 상처의 파괴력이 모자라 주인공의 삶이 무너져 내리지 않고 있다면, 주인공의 삶에서 중요한 영역이 무엇인지, 트라우마가 그 영역에 어떻게 영향을 미칠 수 있을지 좀 더 많은 연구가 필요하다.

문제 5 ··· 느닷없이 해결되어 버리는 상처

트라우마를 직면하고 극복하는 일이 하룻밤 사이에 벌어지지는 않는다. 캐릭터가 자신의 호를 항해하며, 상처를 극복하는 과정을 마치는 데는 이야기 전체가 필요한 법이다. 따라서 캐릭터가 느닷없이 상처에 직면하고 순식간에 극복한다면 독자들에게는 대단히 실망스러운 이야기가 된다. 이야기에서 상처가 순식간에 해결된다면, 애당초 이야기 구조를 형편 없이 설계했기 때문이다.

사건이 적절한 때 일어나면서 리듬을 끝까지 엄격하게 유지하는 이야기를 설계하기란 쉽지 않다. 하지만 이는 반드시 정복해야 할 문제다. 정보가 이야기 전체에 걸쳐 적절한 장소에 자리 잡고 있어야, 캐릭터가 자신의 호를 횡단하며 여정을 완수하는 순간으로 거침없이 나아가는 모습을 독자들도 흥미롭게 지켜볼 수 있다.

마지막
당부의 말

트라우마의 모습은 다양하게 나타난다. 여러분의 브레인스토밍을 위해 다양한 상처들을 나열했지만, 모든 상처를 총망라하기란 애당초 불가능하다. 캐릭터의 과거를 탐구하여, 그 인물을 규정하는 독특한 요소를 찾아낼 수 있게 되길 바란다. 우리가 제시한 지도에서 벗어났다고 두려워하지 말고, 여러분의 이야기에 맞춰 활용하면 된다.

염두에 두고 있는 상처가 있는데 명확한 시나리오가 떠오르지 않는다면, 같은 범주에 있는 다른 항목들을 읽어 보기를 권한다. 주제는 모두 같기 때문에 기존 항목들을 이용하여 특정한 인물이 처한 상황에 응용 가능한 아이디어를 떠올릴 수 있을 것이다. 진정성이 필요하다면 여러분이 선택한 상처를 더 많이 연구하고, '고통은 깊게 흐른다: 상처에 영향을 주는 요소'에 제시한 항목들을 참고해 이야기를 구축해 보라.

다음 장의 항목들을 보며 나열된 행동 대부분이 부정적이라고 느낄 수도 있지만, 처음부터 그렇게 의도한 것이다. 감정적 상처들은 파괴적이고, 여진餘震을 남긴다. 좋은 대처 전략을 세우지 않는 한, 여진은 계속해서 캐릭터를 망가뜨린다. 캐릭터의 치유 과정에 대한 구체적인 정보는 '치유를 위한 긍정적인 대처법'에서 살펴보았다. 여러분은 상황에 알맞은 방법을 이용하여 캐릭터의 치유 욕망을 불러일으키고, 바뀔 수 없는 것은 받아들이게 하고, 내적으로 성장해 더 높은 자존감을 가질 수 있도록 캐릭터를 부추길 수 있다.

항목들을 읽는 동안 상충하는 행동들도 보게 될 것이다. 예를 들어,

팔다리를 잃은 인물이 사람들과 거리를 두며 자신을 고립시킨다는 말 바로 아래에 사람들에게 완전히 의존한다는 말이 있을 수 있다. 캐릭터의 성격과 인생사가 각각 다르기에, 감정적 상처에 반응하는 방식도 각각 다르다. 그래서 우리는 캐릭터가 보일 수 있는 다양한 반응들을 폭넓게 포함시켰다. 아이디어를 얻기 위해 이러한 항목들을 훑어볼 때, 여러분이 생각하는 행동이 과연 캐릭터에 잘 들어맞을까 자문해 보라. 그러한 과정을 통해 캐릭터의 행동과 성격을 일치시키며 독자들에게 신뢰를 얻을 수 있다.

여러분의 캐릭터가 사실이라 믿고 있는 잘못된 믿음을 밝혀낼 때는, 항목에 있는 예들을 출발점으로 이용해 보라. 그렇게 쓸 수 있는 예들을 일반적으로 설정해 놓았다. 모든 트라우마 사건은 특수하며, 주변 사람들은 캐릭터와의 관계에 따라 잘못된 믿음에 각각 다르게 영향을 미친다. 예를 들어, 캐릭터가 돌보며 가깝게 지냈던 형제·자매의 죽음은 사이가 먼 형제·자매의 죽음과는 완전히 다른 종류의 잘못된 믿음을 만든다. 캐릭터들은 여러 층위로 된, 복잡한 내면을 가진 존재다. 따라서 상처가 된 사건과 사건에 의해 만들어진 잘못된 믿음은 맞춤옷처럼 각기 다르고 독특해야 한다.

트라우마는 캐릭터의 성격을 형성하는 데 놀라울 정도로 커다란 영향을 미친다. 트라우마의 원인이 된 사건들을 세심하게 연구하고, 다양한 각도에서 살펴보면서 캐릭터에 꼭 들어맞는 상처를 발견하여, 독자들의 공감을 끌어내는 다층적이고 입체적인 인물을 만들기 바란다.

배신

Misplaced

Trust and Betrayals

가정
폭력

일러두기

가정 폭력은 부부나 연인 관계에서 상대방에게 일방적으로 권력이나 지배력을 행사하는 행동 패턴이다. 남성·여성 모두 피해자가 될 수 있고, 폭력은 육체적·성적·심리적 폭력과 언어폭력의 형태를 띤다.

구체적 상황

- 부정행위, 거짓말, 무례한 행동 등 피해자가 저지르지 않은 일을 끊임없이 비난한다.
- (다른 사람, 가족 앞에서) 말로 피해자에게 모욕감을 준다.
- 피해자를 가족이나 친구들로부터 떼어 놓는다.
- 피해자의 재산을 마음대로 쓰며 멋대로 중요한 결정을 내린다.
- (머리 모양, 옷, 화장 등) 피해자의 외모를 마음대로 결정한다.
- 신체적 폭력을 가하고, 말, 표정, 태도로 피해자를 위협한다.
- 성관계를 강요한다.
- (온라인, 오프라인으로) 스토킹한다.
- 피해자의 소유물을 파괴하고, 가족이나 반려동물을 위협한다.
- 학대의 원인을 피해자에게 돌린다.
- 가스라이팅 ✦ 관계가 형성돼 있다.

훼손 당하는 욕구

생리적 욕구, 안전과 안정, 애정과 소속감, 존중과 인정, 자아실현

✦ **가스라이팅**gaslighting
다른 사람의 심리나 상황을 조작해 그 사람의 마음에 의심을 불러일으키고, 현실감과 판단력을 잃게 만들어 통제하려는 시도를 말한다. 주로 친밀한 관계에서 이루어진다.

생길 수 있는 잘못된 믿음	• 내가 좀 더 똑똑했다면 (좋은 아내였다면, 좋은 남편이었다면 등) 이런 취급을 받지는 않았을 것이다. • 그 사람을 좀 더 사랑하면, 그 사람은 바뀔 것이다. • 나를 사랑하기 때문에 폭력을 쓰는 것이다. • 나는 결점이 많은 사람이므로 이렇게 당해도 마땅하다. • 나와 가까워지면 다른 사람들도 폭력을 휘두를 것이다. • 나는 나약하고 앞으로도 그럴 것이다.
가질 수 있는 두려움	• (다음에 일어날 일에 대한 끊임없는 두려움 속에서 살고 있어서) 불확실한 것들과 미지의 것들이 두렵다. • 도망치려 했다가는 가해자에게 보복당할 것이다. • 자녀의 안전이 걱정된다. • 헤어지면 경제적으로 어려워질 테고, 혼자서는 자녀를 돌볼 수도 없을 것이다. • 사람들이 알면 자녀를 보육 시설에 빼앗길 것이다. • 학대받은 사실이 드러나면 약한 사람으로 세상에 알려질 것이다. • 내가 멍청하고, 사랑받을 자격이 없고, 쓸모없다는 가해자 말이 옳을 수도 있다.
가능한 반응과 결과들	• 가해자의 요구에 맞추고, 가해자가 만들어 놓은 틀에 따른다. • (게으르고, 지저분하고, 멍청하고, 추하다고 믿는 등) 가해자의 말을 내면화한다. • 자녀를 보호하기 위해 학대를 받아들인다. • 우울증·분열증을 앓고, 학대 행위를 드문드문 기억한다. • 학대가 심해지면서 자신의 생명이나 혹은 자녀의 목숨에 대한 두려움이 생긴다. • 호신술이나 직업 기술을 몰래 갈고닦아 탈출에 대비한다. • 경찰관, 사회 복지사, 방을 빌려줄 수 있는 사람처럼 탈출을 도와줄 수 있는 사람들과 어울린다. • (물건을 가져가면 분노를 자극할까 두려워) 아무것도 지니지 않고 몸만 떠난다.

- (친구 집, 모자 가족 복지 시설 등) 피난처를 찾는다.
- 학대받는 상황에서 벗어난 뒤에도 주변을 지나치게 경계한다.
- 플래시백♦과 악몽을 경험한다.
- 위협을 받는다고 느끼면 불안 발작이나 공황 발작을 일으킨다.
- 외출하면 언제나 출구나 비상계단을 찾으며 긴장한다.
- 불쾌한 일이 일어나리라 걱정하고 불안해한다.
- 늘 경계 태세를 유지한다. 새로운 사람을 신뢰하지 못한다.
- 누군가 자신을 미행하고 감시하고 있다고 생각한다.
- (우울증을 겪고 약물이나 술에 의존하는 등) 자신의 아이가 없으면 무너져 버린다.
- 무료 상담이나 경제적 지원을 받을 수 있는 상담을 찾는다.
- 같은 경험을 한 사람들에게 자신의 두려움을 털어놓는다.
- 새 출발을 위해 머리를 자르거나 염색하고, 옷차림도 바꾼다.

형성될 수 있는 성격 특성	- **속성** 적응하는, 사랑이 많은, 협조적인, 예의 바른, 신중한, 온화한, 겸손한, 자비로운, 돌보는, 순종적인, 전통적인, 말이 없는 - **단점** 냉소적인, 방어적인, 부정직한, 괴짜인, 잘 잊는, 까다로운, 피해 의식이 강한, 자신감 없는, 굴종적인, 소심한, 의지력이 약한
상처가 악화할 수 있는 계기	- 학대를 목격한 자녀가 폭력적인 행동을 한다. - 가해자에게 연락을 받는다. - (땀 냄새나 술 냄새를 맡고, 무기로 자주 사용되던 물건을 보는 등) 가해자를 상기시키는 감각적 자극을 받는다. - 자녀에게서 의심스러운 상처를 발견하거나, 상처가 자주 생기는 친구를 본다.

♦ **플래시백** flashback
현실에서 어떤 단서를 접했을 때 그것과 관련된 과거의 끔찍한 기억으로 돌아가 고통받는 현상(앞서 '피해야 할 문제들'에서는 영화나 드라마에서의 장면 변화 기법을 지칭한다).

- 폭력으로 생긴 두려움 때문에 좋아하는 사람과 관계가 진전되지 않는다. 그러다 자신의 선택을 돌이켜 보게 된다.
- 자녀, 혹은 새로운 파트너에게 이 폭력의 악순환을 반복하고 있다는 사실을 깨닫는다.
- 고통을 덜기 위해 복용한 약물 남용 문제로 직장, 친구, 사랑하는 사람을 잃는다.
- 고통을 견디고 살아남은 사람을 만나서, 자신도 그 사람처럼 되고 싶어진다.

근친
상간

 근친상간은 친족 관계, 예를 들어 형제·자매 혹은 부모와 자식 간의 성관계를 말한다. 근친상간은 주로 연상의 친척과 그보다 어린 친척 사이에서 일어나며, 다른 인종이나 다른 문화권 사람과 결혼하는 것를 금기시하는 사회에서 일어나기도 한다.

훼손 당하는 욕구

안전과 안정, 애정과 소속감, 존중과 인정, 자아실현

생길 수 있는 잘못된 믿음

- 그 사람이 우리는 서로 사랑한다고 말했으니, 괜찮다.
- 우리는 특별한 유대감을 가지고 있다.
- 나는 역겨운 존재다. 사람들이 알면 나를 떠날 것이다.
- 다른 사람에게 말해 봤자 상황만 악화될 것이다.
- 나는 끔찍한 인간이니 이런 일을 당해 마땅하다.
- 내 잘못이다. 내 행동이 이러한 결과를 낳았다.
- 나에 대한 권력을 가지고 있는 사람은 결국 나를 해칠 것이다.
- 사람들은 사랑이라는 말로 자신의 욕심을 채운다.

가질 수 있는 두려움

- 가해자가 두렵다.
- (남성, 여성, 권력자, 성인 등) 가해자와 비슷한 사람들이 두렵다.
- 친밀한 관계나 성관계 모두 두렵다.
- 근친상간이 밝혀져 수치와 굴욕을 느끼게 될 것이다.
- 근친상간으로 임신하게 될 것이다.
- 사랑하는 사람이 이 사실을 알면 나를 떠날 것이다.

가능한 반응과 결과들

- 알코올 의존증과 약물 중독
- 자해
- 다른 사람에게서 중요한 비밀을 지켜 달라는 말을 듣는 것이 두렵다.

- 섭식 장애 및 수면 장애
- 자살을 생각하고 시도한다.
- 권력을 가진 사람에게 반항한다.
- 감정 기복이 심하고 폭력적이다.
- 외상 후 스트레스 장애(PTSD), 불안 장애, 공포증을 앓는다.
- 자신 같은 피해자가 될 수 있는 어린 형제·자매를 보호한다.
- 사람들을 믿지 못하고 친해지기 힘들다.
- 자존감이 낮다.
- 근친상간에 대해 모순적인 감정을 갖는다(특히 서로의 합의로 일어난 경우).
- 자신의 직관을 믿지 않는다. 자신의 결정을 후회한다.
- (부모가 알든 모르든) 자신을 보호하지 못한 부모에게 분노를 터뜨린다.
- 어린 시절의 몇몇 부분들에 대한 기억이 없다.
- 스트레스가 심해지면 해리 장애를 겪는다.
- 거의 모든 일에 무기력하다.
- 성관계와 사랑을 혼동한다.
- 성인이 되어서는 가학적인 관계를 만든다.
- 성적으로 문란하다.
- 성관계에 관심이 없거나 피한다.
- 성관계 중 감정을 전혀 개입시키지 않는다.
- 근친상간했다는 현실을 부정하고 살아간다.
- 근친상간을 알게 된 부모가 누구에게도 말하지 말라고 했을 경우, 부모를 멀리한다.
- 근친상간이 일어난 시기에서 감정적으로 떠나지 못한다.
- 자녀도 똑같은 일을 겪을까 걱정한다.
- 아이를 갖지 않기로 한다.
- 자신의 삶을 자신의 의지대로 결정하겠다고 다짐하고, 다시는 피해자가 되지 않겠다고 다짐한다.
- (정신병을 앓거나, 부모로부터 버림받거나, 사실을 말하고도 신뢰받지 못하는 사람 등) 부당한 상황을 겪고 있는 사람들에게 공감한다.

118

형성될 수 있는 성격 특성	• **속성** 사랑이 많은, 협조적인, 예의 바른, 신중한, 태평한, 공감하는, 상상력이 풍부한, 돌보는, 생각이 깊은, 보호하는, 관능적인, 사회적 의식이 있는, 학구적인, 도와주는 • **단점** 의존적인, 유치한, 강박적인, 지배적인, 부정직한, 회피적인, 적대적인, 무지한, 충동적인, 감정을 억누르는, 불안정한, 초조한, 완벽주의적인, 비관적인, 문란한, 반항적인, 자기 파괴적인
상처가 악화할 수 있는 계기	• 생리를 하지 않는다. • 오랜만에 가족과 재회한다. • 근친상간을 당하기 바로 전에 자신이 겪었던 것처럼 성인이 아이를 만지고 있는(팔을 주무르고, 등을 문지르고, 손을 가만히 대고 있는 등) 모습을 본다.
상처를 직면하고 극복할 기회	• 자신이 또 다른 해로운 관계를 유지하고 있는 것을 발견하고, 근친상간이 문제의 근원이라는 것을 깨닫는다. • 자신이 당한 일을 밝히지 않으면 또 다른 사람이 피해를 볼 수 있는 상황이 된다. • 성관계를 즐기지도, 심지어는 원치도 않는 상황이 되어 과거를 직면하는 것만이 치유될 수 있는 유일한 길임을 깨닫는다. • 자신과 비슷한 경험을 한 피해자와 빠르게 신뢰를 쌓아야 하는 위급한 상황에서, 자신의 과거를 드러내는 것이 가장 효과적인 방법임을 깨닫는다. • 자신을 피해자라기보다는 생존자로 간주한다.

따돌림당하다 Being Rejected by One's Peers

구체적 상황

다음과 같은 이유로 따돌림을 당했다.

- 다른 아이들과 다른 동네에 살거나, 다른 학교에 다닌다.
- 가난하고 집이 없다.
- 인종, 종교, 성적 지향이 다르다.
- 부모나 보호자가 경멸의 대상(죄수, 바람둥이, 주정뱅이 등)이다.
- 일반적인 사회 규범과 반대되는 신념이나 생각을 가지고 있다.
- (선천성 색소 결핍증, 심한 여드름이나 모반, 지나친 비만 등) 외모가 특이하다.
- 예측 불가능하고 기발한 행동을 한다.
- 노상 방뇨를 하거나 나체로 돌아다니는 등 과거에 부끄러운 사건을 저질렀다.
- 사람들과 잘 어울리지 못한다.
- 정신 장애, 발달 장애 등으로 특별한 도움이 필요하다.
- 사회의 일반적인 기준에서 모자란다.
- 이상하고 금기시되거나 유치한 것들을 좋아한다.
- (특정한 병을 앓는 환자나 미혼모 등) 사회에서 바람직하지 않다고 간주하는 꼬리표를 달고 있다.

훼손 당하는 욕구

안전과 안정, 애정과 소속감, 존중과 인정, 자아실현

생길 수 있는 잘못된 믿음

- 누구도 나를 사랑하거나 인정해 주지 않을 것이다.
- 내가 가진 장애나 상황을 넘어 진정한 나의 모습을 볼 수 있는 사람은 없을 것이다.
- 나 같은 사람은 다른 사람들과 어울리면 안 된다.
- 나는 결점투성이다.
- 나 같은 사람은 인생에서 가질 수 있는 게 그다지 많지 않다. 그러니 더 많은 것을 원하면 안 된다.

- 어떤 식으로든 나의 가치를 증명해야만, 사람들이 나를 인정해 줄 것이다.
- 나는 멍청하고 재능도 없으므로 다른 사람보다 가치가 없다.
- 다른 사람의 도움은 필요 없다.
- 나를 따돌린 사람들을 똑같이 따돌리는 게 내 복수다.

- 다른 사람들도 나를 따돌릴 것이다.
- 다르다는 이유로 편견과 차별의 대상이 될 것이다.
- 다른 사람에게 마음을 열더라도 언젠가 어려운 상황이 닥치면 버려질 것이다.
- 숨겨 왔던 비밀이 밝혀져 더 따돌림을 당하게 될 것이다.
- 나를 따돌린 사람들과 비슷한 사람들이 두렵다.
- 나는 사랑받지 못하고 사랑받을 자격도 없다.
- 사람들이 절대 이루지 못할 것이라고 말하는 꿈이나 희망이 있는데, 실제로도 그럴까 두렵다.

- 자존감이 낮다.
- (거짓말을 믿고) 자신을 비하한다.
- 사람들을 멀리한다.
- 학대받는 원인이 되었던 습관, 취미, 신념을 버린다.
- 학대의 원인이 되었던 것을 감춘다.
- 사람을 믿지 못한다.
- 자신에게 손을 내미는 모든 사람을 의심한다.
- 다른 사람과 조금이라도 어울리기 위해서 자신을 비하하며 스스로 웃음거리가 된다.
- 사람들과 어울리기 위해 자신의 정체성을 버린다.
- 또래 압력에 굴복한다.
- 약물 중독이나 자해 행위로 이어질 수 있는 우울증을 앓는다.
- 특히 사람들 앞에서 어떤 일을 해야 하는 상황이 오면 지나칠 정도로 불안해한다.
- 또래 집단이 자신을 받아 줄 만한 일을 추구한다.

- 혼자 할 수 있는 활동을 선호한다.
- 자신을 따돌린 사람들을 폭력적으로 처벌하는 공상에 빠진다.
- 공격적이고 폭력적인 사람이 된다.
- 감정 기복이 크다.
- 보복하려 한다.
- 자신의 따돌림에 조금이라도 책임이 있는 친구들을 멀리한다.
- 안정감을 얻을 수 있는 일, 공부, 활동에 몰두한다.
- 자신처럼 따돌림당하는 사람이나 집단을 찾는다.
- 가까운 친척, 상담자, 믿을 수 있는 사람에게 조언을 구한다.
- 자신의 독특한 특징을 개성으로 받아들이고, 다른 사람들의 편견에 굴복하지 않기로 한다.

형성될 수 있는 성격 특성	• **속성** 협조적인, 예의 바른, 창의적인, 규율 잡힌, 신중한, 집중하는, 재미있는, 후한, 독립적인, 단순한, 학구적인, 도와주는 • **단점** 반사회적인, 냉담한, 부정직한, 경솔한, 과민한, 완벽주의적인, 반항적인, 분개하는, 자기 파괴적인, 굴종적인, 변덕스러운, 혼자 틀어박힌
상처가 악화할 수 있는 계기	• 고정관념을 강화하는 부정적인 언론 보도, 영화, 책을 본다. • 아무런 이유도 없이 무시당하거나 무례한 대우를 받는다. • 승진에 실패하거나 상을 받지 못한 상황이 차별 때문인 것 같다. • 자신을 지지해 줄 사람이 필요한데, 그럴 만한 사람이 아무도 없다.
상처를 직면하고 극복할 기회	• 별것 아닌 이유로 다른 사람을 멀리하고 있는 것을 발견하고, 자신도 편견을 가지고 있다는 사실을 깨닫는다. • 다른 집단에 들어가려 노력하지만, 그 곳에서마저 거절당한다. • 수치심을 주고, 괴롭히고, 트라우마를 남긴 당사자와 직접 대면하는 기회를 얻는다. • 자녀가 따돌림받을 만한 행동을 한다.

롤 모델에
실망하다

Being Disappointed by a Role Model

구체적
상황

- 성직자의 불륜에 대해 알게 됐다.
- 교사가 체포되거나, 스포츠 코치의 마약 거래가 밝혀졌다.
- 아버지가 성매매 혐의로 기소됐다.
- 형제·자매가 마약을 판매하다 체포됐다.
- 존경받던 사장이 자금 횡령으로 체포되거나 비영리 조직이 자금 횡령 혐의를 받고 있다.
- 가족 중 한 명이 부모의 노령 연금을 빼돌리고 있다.
- 좋아하던 삼촌이나 이모가 아동 학대로 고발당했다.
- 부모나 형제·자매가 심한 (약물, 술, 도박 등) 중독 상태이면서도 그 사실에 대해 거짓말 한다.
- 종교 교리를 가르치는 가까운 친구가 비윤리적인 행동을 한다.
- 부모나 가까운 친구가 불륜을 저지른다.
- 경찰관, 혹은 판사인 가족이나 친구가 뇌물을 받았다.
- 항상 청렴결백한 삶을 살아야 한다고 설교하던 운동선수 사촌이 경기에서 이기기 위해 약물을 복용했다 적발됐다.
- 사랑하는 친척이 잘못된 선택을 해서 모든 사람 앞에서 창피를 당하고 가족의 명성이 바닥으로 떨어졌다.

**훼손
당하는
욕구**

생리적 욕구, 안전과 안정, 애정과 소속감, 존중과 인정

**생길 수
있는
잘못된
믿음**

- 모든 사람은 위선자다.
- 존경할 수 있는 사람은 아무도 없다.
- 나는 사람들의 모범이 될 수 없다. 나도 실패할 것이기 때문이다.
- 훌륭한 사람이 되려고 노력해 봤자 아무 소용 없다.
- 모두 속임수를 써서 성공하는데, 열심히 일하는 게 무슨 의미가 있는가?

- 사람들이 나의 신뢰를 이용하지 못하도록 사람들로부터 거리를 두어야 한다.
- 얼간이들이나 규칙을 지킨다.
- 모든 사람은 자신만을 위한다.
- 사람들은 성실한 척하지만 실제로는 그렇지 않다.
- 성공하려면 주는 것보다 받는 게 훨씬 많은 사람이 되어야 한다.

가질 수 있는 두려움

- 믿었던 사람에게 배신당해 상처받을 것이다.
- 나는 이용당할 것이다.
- (유혹에 굴복하거나 의지박약으로 인해) 도덕적으로 실패할까 두렵다.
- 권력, 권위, 영향력을 가진 사람들이 두렵다.
- 책임을 맡는 일이 두렵다. 다른 사람의 롤 모델이 되면 결국 그들을 실망시킬 것이다.
- 신용이나 운명을 다른 사람 손에 맡기기가 두렵다.

가능한 반응과 결과들

- 흑심을 감추고 있다고 생각하기 때문에 다른 사람을 믿지 않는다.
- 반사회적 행동을 하고, 다른 사람에게도 체제와 맞서 사회의 부패를 폭로하라고 부추긴다.
- 자신을 실망하게 한 롤 모델을 상기시키는 사람에 대해 적대감과 편견을 갖는다.
- 장기적인 계획이나 커다란 목표를 세우지 않는다. 특히 다른 사람에게 의지해야 하는 계획과 목표는 피한다.
- 다른 사람의 말을 듣지 않는다. 어떤 사람의 지시도 받아들이지 않는다.
- 죄를 저지른 사람, 조직, 집단과 관계를 끊는다.
- 아무리 사소한 죄라도 죄를 지은 사람을 용서할 수 없다.
- 사람들을 실망시킬 수도 있는 결정은 피한다.
- 높은 도덕 기준을 만들어 놓고 이에 미치지 못하는 사람들을 비난한다.
- 실망을 안겨 준 롤 모델과 싸운다.
- 자신을 롤 모델로 간주하는 사람들을 절대 실망시키지 않겠다고

다짐한다.

- 자신이 멘토가 되어 인생에 영향을 미칠 수 있는 젊은이들을 적극적으로 찾는다.
- 믿을 수 있는 사람인지 판단할 수 있는 분별력을 기른다.
- 자녀를 위해 믿을 수 있는 롤 모델을 찾아, 자녀들이 그 사람과 가까워질 수 있도록 노력한다.

형성될 수 있는 성격 특성	• **속성** 경계하는, 분석적인, 대담한, 조심스러운, 신중한, 공감하는, 훌륭한, 상냥한, 독립적인, 공정한, 친절한, 주의력이 있는, 생각이 깊은, 예민한, 사생활을 중시하는, 적극적인, 책임감 있는, 지각 있는, 현명한, 말이 없는 • **단점** 거친, 반사회적인, 무감각한, 도전적인, 냉소적인, 방어적인, 부정직한, 회피적인, 적대적인, 재미없는, 앙심을 품은, 변덕스러운, 혼자 틀어박힌
상처가 악화할 수 있는 계기	• 자신이 좋아하던 사람(운동선수, 가수, 공인)이 법률 위반으로 체포되었다는 뉴스를 듣는다. • 자신을 실망시켰던 사람이 다른 사람에게도 똑같은 잘못을 저질렀다는 사실을 알게 된다. • 자녀가 롤 모델에게 심하게 실망하는 모습을 본다. • (자녀에게 음주 운전을 하지 말라고 하면서 자신은 하는 등) 위선적인 말이나 행동을 하는 친구를 본다.
상처를 직면하고 극복할 기회	• 자신보다 훌륭한 사람을 따르고 싶지만 결국은 자신을 실망시킬 것이라고 지레짐작한다. • 자신의 멘토가 과거에 실패했던 것과 똑같은 방식으로 자신도 실패한다. • 롤 모델의 경솔한 행동을 용서하지만, 그 사람의 행동 때문에 또다시 상처를 받는다. • 삶의 결정을 도와줄 멘토가 필요하지만, 사람을 더는 믿지 못하기 때문에 의지할 사람이 없다는 사실을 깨닫는다.

믿었던 조직·사회 제도에
실망하다

**Being Let Down by a Trusted
Organization or Social System**

- 직원이 회사의 비리를 목격했다.
- 후원하던 자선 단체가 사기를 치고 있다는 사실을 알게 됐다.
- 조국이 전쟁 포로를 버렸다.
- 퇴역 군인이 국가가 제공하는 치료를 받지 못했다.
- 신뢰했던 방송·언론사가 정치적 입장이나 시청률 때문에 사실을 왜곡하거나 무시하고 있다는 사실을 알게 됐다.
- 자신이 저지르지 않은 일 때문에 유죄 판결을 받았다.
- 교육 기관에서 자녀가 학대를 당하거나 무시당했다.
- 학생이 집단 괴롭힘에 대해 학교에 말했지만, 무시당하고 오히려 비난을 받았다.
- 회사에 충성을 다했지만, 부당 해고나 정리 해고를 당했다.
- 전쟁으로 피폐해진 지역에서 가족이 고통받고 있는데 정부가 아무런 도움을 주지 않았다.
- 경찰이 소수자를 부당하게 대우했다.
- 선거 부정이 유권자들에게 발각됐다.
- 정부가 테러리스트를 지원해 왔음을 시민들이 알게 됐다.
- 국가 책임자가 다른 사람의 조종을 받는 꼭두각시에 지나지 않는다는 사실을 시민들이 알게 됐다.
- 교육 과정 실험 때문에 아이의 교육이 제대로 이루어지지 않았다는 사실을 부모가 알게 됐다.
- 몇몇 로비스트나 기업과 긴밀한 관계를 유지하기 위해 정부가 건강에 좋지 않은 식품이나 의약품을 허가했다는 사실을 알게 됐다.
- 성직자의 위선 행위나 학대 행위를 알게 됐다.
- 시민들이 병에 걸린 이유가 지역 기업의 불법적인 환경오염 때문이라는 사실을 알게 됐다.

훼손 당하는 욕구	안전과 안정, 애정과 소속감, 존중과 인정

생길 수 있는 잘못된 믿음

- 내가 너무도 멍청하고 쉽게 속아서 진실을 보지 못했다.
- 대기업이나 큰 조직은 어차피 자기 잇속만 차리고 비윤리적이다.
- 어차피 또 속을 테니 열심히 노력해 봤자 소용없다.
- 어떤 집단에 들어가 배신당하느니 애초에 관계를 맺지 않겠다.
- 모든 사람은 거짓말을 한다.

가질 수 있는 두려움

- 정부, 종교, 공교육 기관 등 기존의 모든 조직과 제도가 두렵다.
- 누군가 나를 이용할 것이다.
- 권력자가 나를 속일 것이다.
- 가치도 없는 사람이나 단체에 후원하고 있을 수 있다.
- 문제를 솔직하게 지적했다가는 그 일로 처벌받을 것이다.

가능한 반응과 결과들

- 나쁜 짓을 저지른 조직이나 기업을 멀리한다.
- 모든 대기업과 사회제도를 불신한다.
- (돈을 은행보다는 개인 금고에 저장하고, 국외로 도피하는 등) 의심스러운 제도에서 벗어나는 방법을 찾는다.
- 냉소적이고 부정적인 사람이 된다.
- 음모론을 신봉한다. 모든 사람을 의심한다.
- 자신의 직감을 믿지 않는다.
- 삶의 모든 영역에 불신이 생긴다.
- 항상 부정적인 생각을 믿고, 부정적인 선전에도 쉽게 넘어간다.
- '나는 멍청하다. 그런 일은 바보라도 짐작했겠다.' 등 자신을 부정적으로 생각한다.
- 모든 일에 무감각하며, 불편한 진실도 체념한 태도로 받아들인다.
- 자신을 화나게 한 집단과 그들이 한 일에 대해 끊임없이 불평한다.
- 불신과 편견을 자녀에게 물려준다.
- 사소한 위반 행위도 용서하지 못한다.

- 사람들이 바뀔 수 있다는 것을 믿지 않는다.
- 부패를 분명히 드러내어 변화를 만들려고 애쓴다.
- 자신이 보았던 부정행위를 다른 사람들에게 경고한다.
- 어떤 조직이나 단체를 후원하기 전에 철저하게 조사한다.
- 시민 감시단 사이트를 만들어 믿을 수 있는 자선 단체나 기업을 찾는 데 도움을 주려 한다.
- 다른 사람의 말을 믿기보다는 스스로 진실을 알아내려 노력한다.

형성될 수 있는 성격 특성	• **속성** 대담한, 정서적으로 안정된, 협조적인, 용기 있는, 호기심 있는, 규율 잡힌, 신중한, 공감하는, 집중하는, 부지런한, 고무적인, 공정한, 체계적인, 열성적인, 사회적 의식이 있는 • **단점** 무감각한, 냉담한, 도전적인, 지배적인, 무례한, 망상적인, 뒷말하기 좋아하는, 자신없는, 불안정한, 비이성적인, 과장된, 참견하기 좋아하는, 집착하는, 피해망상의, 반항적인, 난폭한

상처가 악화할 수 있는 계기	• 소셜 미디어에 부조리를 밝혔다가 반대하는 사람들에게 오히려 공격 대상이 된다. • 기업의 잘못을 솔직히 지적했다가 해고, 중상모략 당한다. • (국세청을 비난했다가 느닷없이 회계감사를 받는 등) 비판으로 인해 보복을 당한다. • 부패한 조직이 무고한 사람을 착취하는 이야기를 듣는다.

상처를 직면하고 극복할 기회	• 기업이나 단체가 두려워 비판하지 못하고 있다가, 다른 사람들이 피해를 보고 있다는 사실을 알게 된다. • 기업이나 단체를 상대로 집단 소송을 하자는 요청을 받는다. • 가까운 친구가 조직의 함정에 빠진 사실을 알게 된다. • 어떤 집단이나 제도를 후원하고 싶지 않지만, 다른 선택이 없다(예를 들어 아이를 공립학교에 보낼 수밖에 없다). • 기자가 내부 고발 기회를 제시한다.

배우자의
무책임으로 파산하다

Financial Ruin Due to a Spouse's Irresponsibility

구체적 상황

배우자의 다음과 같은 행동 때문에 파산한다.

- 신용 한도를 늘여 대출로 부족한 돈을 메웠지만 더는 감당할 수 없는 상황에 처한다.
- 의심스러운 기업이나 잘못된 계획에 투자했다가 실패했다.
- (음주, 약물, 성매매, 마약 등) 습관적인 쾌락을 위해 공동 계좌의 돈을 탕진했다.
- 회사에서 해고된 뒤 배우자에게 그 사실을 알리지 않으려고 예금을 다 써버렸다.
- 금융 사기의 먹잇감이 된 뒤 뒤늦게야 사기라는 걸 깨달았다.
- 친구나 친척에게 돈을 빌려주었는데, 갚지 않았다.
- 저장 장애나 수집 장애가 있거나, 충동적으로 쇼핑을 한다.
- 망해 가는 사업을 일으키려고 엄청난 빚을 졌다.

훼손 당하는 욕구

생리적 욕구, 안전과 안정, 애정과 소속감, 존중과 인정, 자아실현

생길 수 있는 잘못된 믿음

- 나 말고는 누구도 믿을 수 없다. 돈은 내가 관리해야 한다.
- 인간관계 면에서 나의 판단력은 문제가 있다.
- 다른 사람을 믿다니 바보 같은 짓이다.
- 내가 가계를 관리하지 않으면 나의 미래는 안전하지 않다.

가질 수 있는 두려움

- 믿지 못할 사람을 믿고 있다.
- 가난하게 살다가 노숙자가 될 것이다.
- 빚을 지게 될 것이다.
- 잘못된 결정으로 재정 상태가 더욱 불안해질 것이다.
- 병이나 재난으로 집의 재정 상황이 더 나빠질 것이다.
- 위험을 감수하는 일이 두렵다.

- 배우자와 헤어진다.
- 사람을 잘 믿지 못한다. 정직한지, 감추고 있는 것이 없는지 끊임없이 의심한다.
- 은행 계좌 잔고에 집착한다.
- 새로운 배우자에게 자금 관리를 따로 해야 한다고 고집한다.
- (영수증을 보는 등) 가족이 돈을 어떻게 썼는지 알아야 한다.
- 자신의 계좌에 배우자의 접근을 제한한다.
- 신용카드를 사용하지 않는다.
- 지나칠 정도로 할인 쿠폰을 챙긴다.
- 돈이 아예 안 들거나 최소의 경비만 드는 활동을 한다.
- (동료의 생일 케이크를 사는 돈도 아까워하는 등) 인색해진다.
- 자신에게 돈을 쓰면 죄책감이 든다.
- 신상품 대신에 중고품을 구매한다.
- 선물을 사지 않으려고 중요한 기념일도 별일 아닌 날로 여긴다.
- 지출을 피하려고 친구와 놀러 나가지 않는다.
- 물건을 재활용하고 용도를 바꾸어 사용한다.
- 필요한 물건 없이 지낸다.
- 위험을 싫어하고 회피한다.
- 돈을 벌 수 있다면 어떤 기회도 마다하지 않는다.
- 본업 외의 또 다른 일을 하느라 여가를 희생한다.
- 남은 자산을 지키려 한다.
- 자산 관리를 가족 내 다른 사람에게 맡기지 않는다. 자신이 직접 현실적이고 예측 가능한 방식으로 한다.
- 자신을 어떻게 관리할지 계획을 세우기 위해 자산 관리사 등 이 분야에 정통한 사람과 상담을 한다.
- 빚에서 벗어날 수 있는 계획을 만들고 지킨다.
- 물질주의와는 거리가 먼 사람이 된다.

- **속성** 분석적인, 조심스러운, 정서적으로 안정된, 결단력 있는, 규율 잡힌, 효율적인, 집중하는, 부지런한, 공정한, 성숙한, 꼼꼼한, 체계적인, 집요한, 적극적인, 보호하는, 지략 있는, 지각 있는, 단순한,

검소한, 현명한

- **단점** 무감각한, 심술궂은, 강박적인, 지배적인, 불충실한, 까다로운, 탐욕스러운, 재미없는, 성급한, 융통성 없는, 불안정한, 비이성적인, 비판적인, 잔소리하는, 참견하기 좋아하는, 집착하는, 소유욕이 강한, 분개하는, 인색한, 일 중독의, 걱정이 많은

상처가 악화할 수 있는 계기

- 은행 시스템의 일시적인 결함으로 계좌에 커다란 손실이 찍혔다.
- 사랑하는 사람이 돈을 요구한다.
- 가족 중 한 명이 예산을 무시하고, 돈을 낭비하고 있다는 사실을 알게 된다.
- 신용카드 명세서에서 자신과 관련 없는 구매 기록을 발견한다.
- 친구가 휴가를 떠나는 모습, 동료가 새로 산 차와 같이 다른 사람들이 풍요롭게 사는 모습을 본다.

상처를 직면하고 극복할 기회

- 누군가에게 사기를 당한다.
- (화재 보험에 문제가 있어 화재 피해를 보상받지 못하고, 병 때문에 오랫동안 일을 못하는 등) 어떤 사건이 재정적 안정을 위협한다.
- (아픈 배우자, 손이 많이 가는 자녀 등) 일과 가족 중 하나를 선택해야 하는 상황 때문에 경제적 안정이 위기에 처한다.
- 인색한 성격과 다른 사람을 통제하려는 성향 때문에 새롭게 만난 배우자와 원만한 관계를 유지하기 힘들다.

배우자가
불륜을 저지르다
Infidelity

- 배우자가 원 나잇 스탠드를 하거나, 약물이나 술에 취해 다른 사람과 동침했다.
- 배우자가 직장 동료와 바람을 피우고 있다.
- 배우자가 온라인 채팅이나 불륜 사이트를 통해 바람을 피우고 있는 사실을 발견했다.
- 배우자가 성매매를 하다 체포됐다.
- 배우자가 헤어진 옛 연인을 다시 만나 내연 관계가 됐다.
- 배우자에게 바람피우는 상대가 여럿 있거나 다른 사람과 살림을 차린 것을 알게 됐다.
- 배우자가 성적 정체성을 고민한다.
- 인정받고 싶은 강한 욕구 때문에 배우자가 다른 사람의 성적인 접근을 받아들인다.
- 집에서의 친밀감 부족으로 인해 배우자가 다른 곳에서 성적 만족을 찾는다.
- 배우자가 정신적으로 바람을 피워 배신감을 느꼈다(다른 사람과 친밀한 감정을 나누는 등).
- 출장 등으로 자주 오래 집을 비우는 바람에 배우자가 외로워 불륜을 저질렀다.
- 배우자가 (형제·자매, 사촌, 부모 등) 자신의 가족과 바람을 피운 사실을 발견한다.
- 불륜 사실을 알고서도 부부 관계를 유지하려 했지만, 배우자가 다시 바람을 피웠다는 사실을 알게 됐다.

**훼손
당하는
욕구**

생리적 욕구, 안전과 안정, 애정과 소속감, 존중과 인정

생길 수 있는 잘못된 믿음	• 나는 사랑받을 자격이 없다.

- 나는 사랑받을 자격이 없다.
- 나는 상대에게 만족을 주지 못한다.
- 누구도 나에게 매력을 느끼지 않는다.
- 나는 못난 사람이라 이런 일을 당해도 마땅하다.
- 세상에 헌신적인 관계는 없다.
- 모든 사람은 바람을 피우기 마련이니, 혼자인 편이 낫다.
- 다른 사람과 가까워져 봤자 상처만 받을 것이다.
- 관계를 지속하려면 배우자의 변덕쯤은 참아 줘야 한다.

가질 수 있는 두려움

- 성관계와 친밀한 관계가 두렵다.
- (쉽게 상처받기 때문에) 사랑이 두렵다.
- 믿는 사람에게 배신당할 것이다.
- 믿지 말아야 할 사람을 믿을 것이다.
- 죽을 때까지 혼자일 것이다.
- 약하고 잘 속아 넘어가는 사람으로 낙인찍힐 것이다.
- 직감은 믿을 수 없다. 나는 삶을 엉망진창으로 만드는 끔찍한 실수를 반복하며 살아갈 것이다.

가능한 반응과 결과들

- 배우자와 헤어진다.
- 데이트와 같은 친밀한 관계를 쌓는 것을 피한다.
- 특히 신뢰와 관련된 자신의 행동이나 선택을 후회한다.
- 감정을 드러내지 않는, 속을 알 수 없는 사람이 된다.
- 연인이 될 수 있는 사람에게서 부정직한 단서를 찾으려 든다.
- 사람들을 추적하고 질문을 던져 그들이 사실을 말하고 있는지 알아내려 한다.
- 편집증◆을 앓는다. 자신의 배우자가 어떻게 시간을 보냈는지 일일이 설명해 주길 원한다.
- 지배적인 성격이 된다. 배우자의 사생활을 존중하지 않는다.
- 다이어트에 집착하고, 몸무게나 외모를 걱정한다.
- 다른 사람과 엮이고 싶지 않은, 내면으로 침잠하는 시기를 겪는다.
- 리바운드 관계◆◆를 맺는다.

- 배우자에게 보복하는 방법으로 위험한 성행위를 한다.
- 배우자의 연인을 찾아가 보복한다.
- 배우자와 내연 관계에 있는 사람과 배우자의 관계를 방해한다.
- 배우자가 진심으로 뉘우치고 화해를 청해도 용서하지 않는다.
- 성관계에 관한 관심이 줄어든다.
- 창피해서, 혹은 자녀들이 창피해할까 두려워 배우자의 불륜 사실을 감춘다.
- 현실을 무시하고 인정하지 않는다.
- 독립적으로 살아가려 애쓴다.
- 자신이 생각보다 강한 사람이라는 사실을 발견한다.
- 자신을 지지해 주는 믿을 수 있는 사람들에게 의지한다.
- 어느 정도 합리적인 요구조건을 제시하며 배우자에게 다시 한 번 기회를 준다.

형성될 수 있는 성격 특성

- **속성** 적응하는, 경계하는, 훌륭한, 독립적인, 성실한, 자비로운, 돌보는, 예민한, 사생활을 중시하는, 적극적인, 보호하는, 지각 있는, 도와주는
- **단점** 심술궂은, 불안정한, 비이성적인, 질투하는, 자신감 없는, 집착하는, 소유욕이 강한, 분개하는, 방종한, 의심하는, 앙심을 품은, 혼자 틀어박힌

◆ **편집증**paranoia
다른 사람에게 저의가 숨어 있다고 판단하여 끊임없이 자기중심적으로 해석하는 정신병적 증상. 예전에는 '망상 장애'라고 불렀다. 대표적인 증상으로 다른 사람들이 자신을 부당하게 이용할 것이라고 믿는 피해망상이 있다. 이 항목에서는 자신의 배우자나 연인에게 내연의 상대가 있을 것이라는 망상을 주로 다루고 있다.

◆◆ **리바운드 관계**rebound relationship
장기간 계속되었던 깊은 관계가 끝난 후 이별에 대한 스트레스를 해소하기 위해 새로운 이성과 맺는 관계를 말한다.

상처가 악화할 수 있는 계기	• 불륜을 알게 된 뒤로 배우자와 처음으로 동침한다. • 배우자의 불륜 상대를 우연히 본다. • 이혼 서류를 받는다. • 배우자의 불륜 이후 성병 검진을 받는다. • (자녀 양육권 교대로, 슈퍼마켓에서, 동네에서 등) 옛 배우자를 본다. • 새로운 연애를 시작해 상처받을 수 있는 관계까지 발전한다.
상처를 직면하고 극복할 기회	• 새로운 사람에게 빠졌는데, 그 사람이 예전에 바람을 피웠었다는 사실을 알게 된다. • 배우자와 화해하고 싶지만, 다시 상처받고 싶지는 않다. • 친구가 바람피운 배우자를 용서해 주었다는 사실을 알게 된다. 자신에게도 그럴 힘과 의지가 있는지 자문해 본다.

배우자의 은밀한
성적 지향을 발견하다

**Discovering a Partner's
Sexual Orientation Secret**

 일러두기

아주 가까운 사이에서 거짓말에 속은 쪽은 큰 상처를 받는다. 특히 근본적인 정체성에 관한 거짓말이라면 배신감마저 느낀다. 속은 쪽은 자신의 배우자가 다른 문제에도 솔직하지 않았을 수 있다고 생각하고, 왜 지금까지 눈치채지 못했는지 자책한다. 그리고 이제 비밀이 밝혀졌으니 관계가 어떻게 바뀔지 고민하게 된다. 이런 거짓말은 오랫동안 상처로 남는다.

**훼손
당하는
욕구**

애정과 소속감, 존중과 인정, 자아실현

**생길 수
있는
잘못된
믿음**

- 누구도 믿을 수 없다.
- 나는 혼자일 운명이다.
- 나의 직관력은 형편없다.
- 내게 문제가 있기 때문에 이런 일이 생겼다.
- 나는 무엇이든 믿을 만큼 잘 속는 사람이다.
- 사람들은 중요한 일들에 대해서 절대 정직하지 않다.

**가질 수
있는
두려움**

- 나의 판단력과 직관력은 문제가 있다.
- 뚜렷한 징후가 있어도 또다시 알아보지 못할 것이다.
- 끝까지 나만 아무것도 모르는 사람이 될 것이다.
- 가까운 사람에게 배신당할 것이다.
- 믿을 수 없는 사람을 믿고, 배신당할 것이다.
- 남들에게 동정의 대상이 될 것이다.

**가능한
반응과
결과들**

- 자신의 배우자에게 노여움과 분노를 느낀다.
- (배우자가 바람을 피웠을 경우) 성병에 걸리지 않았을까 걱정한다.
- 자녀에게 어떻게 말해야 할지 혼란스럽다.

- 치료나 다른 수단을 통해 관계를 회복해 보려 한다.
- 즉시 헤어진다.
- 친구들에게 속 시원히 털어놓고 싶지만, 동성애 혐오자, 편협한 사람으로 낙인찍힐까 두렵다.
- 동성애 혐오자가 된다.
- 배우자와 같은 성적 지향을 가진 사람을 믿지 않는다.
- 어떤 사람의 말도 곧이곧대로 믿지 않는다.
- 가장 가까운 친구들조차 믿지 않는다.
- 속임수를 찾는다. 모든 사람이 나름의 속셈이 있다고 믿는다.
- 결백하다고 판명될 때까지는 모든 사람이 나쁜 짓을 하고 있다고 믿는다.
- 창피해서 오랜 친구들마저 피한다.
- 어색한 질문을 받을 수 있는 가족 모임을 피한다.
- 배우자와 함께 가던 모임을 그만둔다.
- 소셜 미디어를 통해 배우자를 공격한다.
- 배우자를 집에서 쫓아낸다.
- 상처를 감추기 위해 웃어넘기거나 농담을 한다.
- 배우자의 진실을 알고 있었는지, 혹은 의심하고 있었는지 물어보며 친구들을 괴롭힌다.
- 새로운 연애는 피한다.
- 헤어진 이유를 사람들에게 말하지 않는다.
- 성적 선호도가 명확한(지나치게 남성적이거나 여성적으로 보이는) 연애 상대를 택한다.
- 동성애, 트렌스젠더 등에 대해 극단적인 편견이 있는 연애 상대를 택한다.
- 우울증을 앓는다.
- 새로운 관계를 시작할 때 각별히 주의한다.
- 자신의 삶에서 진정으로 믿을 수 있는 사람에게는 더욱 감사하게 생각한다.
- 정직을 가장 중요한 자질로 간주한다.
- 성격에서 정직함이 가장 두드러지는 사람을 다음 배우자로 삼는다.

형성될 수 있는 성격 특성	• **속성** 분석적인, 대담한, 조심스러운, 신중한, 공감하는, 정직한, 훌륭한, 성실한, 자비로운, 꼼꼼한, 주의력이 있는, 예민한, 철학적인, 사생활을 중시하는, 사회적 의식이 있는, 전통적인 • **단점** 거친, 반사회적인, 냉담한, 잔인한, 망상적인, 거만한, 융통성 없는, 비판적인, 남성성을 과시하는, 참견하기 좋아하는, 피해망상의, 편견을 가진, 문란한, 분개하는, 자기 파괴적인, 앙심을 품은, 혼자 틀어박힌
상처가 악화할 수 있는 계기	• 당시에는 깨닫지 못했던, 진실을 암시하는 단서가 떠오른다. • 친구나 가족이 애초부터 그 사람을 의심했다고 말한다. • 새로 사귄 연인이 거짓말을 하는 것을 알게 된다. • 사소한 일이더라도 어떤 사실을 가장 뒤늦게 안다.
상처를 직면하고 극복할 기회	• 친구의 배우자가 거짓말을 하고 있다는 사실을 발견하고, 이를 친구에게 알려야 하는지 아닌지 결정해야 한다. • 새로 사귄 연인이 자신의 과거를 솔직하고 투명하게 이야기한다. • 자신은 불안정과 불신의 늪에서 혼자 비참하게 사는데, 이전 배우자는 과거를 잊고 잘 사는 모습을 본다. • 새로운 연애를 시작했는데, 상대가 이름, 결혼 여부, 범죄 기록 같은 중요한 문제에 대해 거짓말을 했다는 사실을 알게 된다.

부모가
두 집 살림하다

일러두기 부모 중 하나가 아이까지 두고 두 집 살림을 한다는 시나리오는 소설에나 나올 법한 비현실적인 이야기라고 생각할 수 있다. 어떻게 이런 일이 오랫동안 일어날 수 있겠는가? 가족이 어떻게 모를 수 있겠는가? 하지만 이런 일은 생각보다 흔히 일어나며, 불가능해 보이는 시나리오라는 것을 증명이라도 하듯 외도한 배우자는 결국 꼬리를 밟힌다. 가족관계는 무너지고, 배우자와 자녀는 커다란 감정적 상처를 입는다. 어린 시절이든 성인이 되어서든, 이런 끔찍한 일은 오랫동안 트라우마로 남는다.

훼손 당하는 욕구 애정과 소속감, 존중과 인정

생길 수 있는 잘못된 믿음

- 선택할 수 있다면 사람들은 내가 아닌 다른 사람을 택할 것이다.
- 내가 좀 더 점잖았더라면(똑똑했더라면, 예뻤더라면 등), 아버지(어머니)는 우리와 함께하는 생활에 만족했을 것이다.
- 나는 어떤 식으로든 문제가 있다.
- 나는 멍청하다. 똑똑했다면 무슨 일이 벌어지고 있는지 파악했을 것이다.
- 모든 사람은 거짓말을 한다.
- 아버지(어머니)에게 내가 부족했다면, 나는 누구에게도 모자란 인간일 것이다.

가질 수 있는 두려움

- 아버지(어머니)가 우리 대신 다른 가족을 선택할 것이다.
- 사람들은 우리를 거절할 것이다.
- 나를 조건 없이 사랑하고 인정해 주는 사람은 아무도 없을 것이다.
- 아버지(어머니)가 떠나면 우리는 가난의 늪으로 떨어질 것이다.
- 거짓말을 듣고 있어야 한다.

- 믿을 수 있다고 생각했던 사람에게 배신당할 것이다.
- 결국 나도 나를 배신한 아버지(어머니)처럼 될 것이다.

가능한 반응과 결과들

- 현실을 부정하고 믿지 않는다.
- 마음의 고통을 달래려고 자가 치료를 한다(어린 피해자의 경우에는 행동화한다).
- 두 집 살림을 한 부모에게 분노하거나 거리를 둔다.
- 자신에 대한 회의가 든다.
- 아버지(어머니)의 감정이 진심이었는지 아니면 연기에 지나지 않았는지 궁금해한다.
- 아버지(어머니)가 두 집 살림을 한 이유를 자신에게서 찾는다.
- (우수한 성적을 받고, 외모를 가꾸고, 운동을 열심히 하는 등) 아버지(어머니)의 사랑을 얻기 위해 자신의 약점을 개선하려 애쓴다.
- 다른 가족을 언제나 의식한다.
- 다시는 속지 않고, 무지한 사람이 되지 않겠다고 결심한다.
- 자신이 놓쳤던 단서를 찾기 위해 과거에 있었던 시시콜콜한 일에 집착한다.
- 사람을 잘 믿지 못한다.
- 사람들을 지배하려는 어른이 된다.
- 아버지(어머니)에 대해 (사랑, 분노, 수치, 두려움 등) 혼란스러운 감정을 겪으며 당황해한다.
- 다른 가족 구성원도 믿지 못한다. 그들은 정직할지 의심한다.
- 마음의 문을 닫는다. 사람들과 진심을 나누지 않는다.
- 자신과 마찬가지로 피해를 본 어머니(아버지)를 보호하려고 한다.
- 거짓말에 대해 강경한 태도를 보인다. 자신이 만든 엄격한 기준을 지키지 않는 사람들과는 관계를 끊는다.
- 어른이 된 뒤에는 자신의 배우자가 거짓말을 하고, 비밀을 숨기고 있는 건 아닌지 걱정한다.
- 결혼을 경멸한다.
- 다른 사람에게 의지할 필요가 없도록 자립하려 노력한다.
- 배우자가 자신을 속이고 바람을 피워도 익숙한 일로 받아들인다.

- 자신의 가족을 배신한 아버지(어머니)와 비슷한 사람에게 끌린다.
- 감정을 억누르고 표현하지 않는다.
- 자신에게 애정을 표현하는 모든 사람에게 애착을 느낀다.
- 자신감이 부족하고 다른 사람에게 의지하려는 성향이 있는 사람을 배우자로 선택한다.
- 믿을 수 있는 사람에게 자신이 겪은 일을 이야기한다.
- 자녀들에게 언제나 정직하고, 약속을 반드시 지키겠다고 결심한다.
- 가족에게 상처를 준 아버지(어머니)처럼 되지 않으려고 노력한다.

형성될 수 있는 성격 특성	
	• **속성** 경계하는, 대담한, 조심스러운, 협조적인, 호기심 많은, 기분을 맞춰주는, 정직한, 훌륭한, 이상주의적인, 공정한, 성실한, 성숙한, 자비로운, 순종적인, 주의력이 있는, 올바른, 책임감 있는, 재능 있는
	• **단점** 거친, 지배적인, 부정직한, 불충실한, 재미없는, 불안정한, 비이성적인, 질투하는, 조종하는, 자신감 없는, 초조한, 참견하기 좋아하는, 집착하는, 편집증적인, 완벽주의적인, 소유욕이 강한, 반항적인

상처가 악화할 수 있는 계기	
	• 일어난 일에 관해 이야기하고 싶지만, 다른 가족들에게 제지당한다.
	• 어떤 일에서 밀려난다(게임이나 경쟁에서 지고, 마지막으로 팀원에 뽑히는 등).
	• 자신보다 조금 더 나은 사람이 선택을 받고, 자신은 선택을 받지 못한다(다른 사람이 승진하고, 연인이 다른 사람을 선택하는 등).
	• 자신이 데이트하고 있는 상대에게 또 다른 이성이 있다는 사실을 발견한다.

상처를 직면하고 극복할 기회	
	• 연인에게 지난 상처를 연상시키는 배신을 당한다. 자신이 이렇게 형편없는 대접을 받을 사람이 아니라는 사실을 깨닫고, 좀 더 신중하게 데이트 상대를 선택해야겠다고 결심한다.
	• 자신에게 조건 없는 사랑을 베푸는 연인을 보고 자신의 가족을 배신한 아버지(어머니)의 선택은 자신 때문이 아니었음을 깨닫는다.

부모가 잔악무도한
범죄자임을 알게 되다

**구체적
상황**

자신의 부모가 다음 중 하나였다는 사실을 알게 된다.

- 소아 성애자
- 살인범
- 연쇄 살인범
- 아동 학대범
- 동물 학대범
- 사람에게 독을 먹였다.
- 사람들을 납치해 지하실 같은 곳에 감금하고 노예로 삼았다.
- 인신매매범
- 약한 사람들을 착취하여 개인적인 이익을 얻었다.
- 제물을 바치고 금기시되는 피의 의식을 행했다.
- 인육을 먹었다.
- 사람들을 고문했다.

**훼손
당하는
욕구**

안전과 안정, 애정과 소속감, 존중과 인정, 자아실현

**생길 수
있는
잘못된
믿음**

- 아무것도 알아채지 못한 나의 판단력에는 문제가 있다.
- 내가 아는 모든 것은 거짓이다.
- 아버지(어머니)는 사람이 아니다. 그러니 나도 사람이 아니다.
- 사람들은 나를 악마의 자식으로만 생각할 테니, 사람들과 어울려
  야 할 이유가 없다.
- 아버지(어머니)는 나를 사랑하지 않았을 것이다. 사랑했다면 그런
  짓을 저지를 리 없다.
- 사람들에게 아예 다가가지 않는 편이 사람들을 안전하게 만드는
  길이다.
- 악마의 자식이라는 꼬리표를 달고 가치 있는 일을 해낼 수 없다.

- 사람들에게 사실을 절대 알리지 말아야 한다.
- 사람들이 사실을 알게 된다면 나를 공격할 테니 절대 방심해서는 안 된다.

<table>
<tr><td>가질 수
있는
두려움</td><td>

- 부모와 똑같은 유전자를 가지고 있기 때문에 내가 어떤 일을 저지를지 두렵다.
- 사람들이 아버지(어머니)의 정체를 알게 될 것이다.
- 아버지(어머니) 때문에 사람들에게 혐오의 대상이 될 것이다.
- 기자, 언론매체 등 정보를 수집하는 모든 사람이나 기관이 두렵다.
- 세간의 주목을 받게 될 것이다.
- 믿지 말아야 할 사람을 믿게 될 것이다.
- 나도 부모가 되어 자녀에게 결함이 있는 유전자를 물려줄 것이다.

</td></tr>
<tr><td>가능한
반응과
결과들</td><td>

- (이름을 바꾸고, 과거를 조작하는 등) 정체를 바꾼다.
- 자신의 정체성에 대해 고민하고, 자존감이 낮아진다.
- 아버지(어머니)에 대해 복잡한 감정을 가진다.
- (자기 생각에 불과하더라도) 위험을 감지하면 다른 곳으로 이동한다.
- 비밀을 지킨다.
- (우정, 연애 등) 친밀한 인간관계를 피한다.
- 폐쇄적인 인간이 된다. 주변 사람, 이웃과 어울리지 않는다.
- 가족과 옛 친구들과 거리를 둔다.
- 소셜 미디어를 멀리한다.
- 자신의 이름과 관련해 나쁜 게시물이 올라왔는지 보려고 소셜 미디어를 자주 검색한다.
- 자신의 아버지(어머니)가 저질렀던 행위를 상기시키는 장소나 상황을 피한다.
- 정상적인 충동과 생각에 대해서도 불길한 징조라고 생각하고 자책한다.
- 자신의 아픈 곳을 자극하는 상황을 담은 책이나 영화는 보지 않는다.
- 어떤 통찰이나 해답을 구하기 위해 자신의 상황과 흡사한 상황을 담은 책이나 영화에 집착한다.

</td></tr>
</table>

- 아이를 갖지 않겠다고 다짐한다.
- 누구에게도 의지하지 않을 수 있도록 자립하려 애쓴다.
- 세상으로부터 사라져 혼자 살아간다.
- 자신이 아버지(어머니)의 범죄 사실을 미리 알 수 있었는지 파악하려고 예전 단서들을 끊임없이 재검토한다.
- 피해자가 받은 고통에 대해 죄책감을 느낀다.
- 피해자나 피해자 가족들이 어떻게 살고 있는지 몰래 알아본다.
- 아버지(어머니)의 범죄와 관련해서 사회적 의식을 일깨우는 운동에 헌신한다.
- 일종의 보상 행위로 희생자 가족을 익명으로 돕는다(의료비를 내주고, 개인적으로 친한 상담사에게 희생자 가족에게 연락을 취해 보라고 하고, 자신의 비용으로 휴가를 보내주는 등).
- 범죄자의 자녀라는 사실이 자신의 앞길을 가로막지 않도록 노력한다.

형성될 수 있는 성격 특성

- **속성** 감사하는, 침착한, 정서적으로 안정된, 용기 있는, 규율 잡힌, 집중하는, 너그러운, 훌륭한, 생각이 깊은, 보호하는, 사회적 의식이 있는, 현명한, 말이 없는
- **단점** 중독성이 강한, 반사회적인, 자기 파괴적인, 신경질적인, 소심한, 비협조적인, 혼자 틀어박힌, 걱정이 많은

상처가 악화할 수 있는 계기

- 경찰이 다가온다(특히 경찰을 통해 어머니나 아버지에 대한 진실을 알게 된 경우).
- 유사 범죄에 대한 언론 보도를 접한다(지하 감옥에 감금되었던 사람이 발견되는 등).
- 범죄를 저지른 아버지(어머니)를 연상시키는 감각적 자극(비슷한 말투, 자신의 머리를 쓰다듬는 방식 등)을 받는다.
- (외모, 성격 등이) 피해자와 비슷한 유형의 사람을 본다.
- 범죄인의 친자라는 이유로 관련 사건에서 심문을 받는다.

- 증인 출석 요구를 받고, 그 일로 아버지(어머니)의 범죄가 세상에 낱낱이 드러나리라는 사실을 인지한다.
- 피해자 중 한 명과 마주친다.
- 기자나 사립 탐정이 새로운 신분 뒤에 숨어 있는 나의 정체를 밝힌다.
- 오히려 피해자가 먼저 용서의 손을 내민다.

실연당하다   **Getting Dumped**

 일러두기

사랑하는 사람이 나를 거절하는 것만으로도 매우 고통스럽지만, 몇 몇 경우에는 그 방식이 트라우마로 남기도 한다. 예를 들어 문자 메시지로 이별을 통보받는다든지, 다른 이성 때문에 나를 버린다든지, 소셜 미디어에 올린 글을 보고서야 관계가 끝났다는 사실을 비로소 알게 되는 경우 등이다. 실연은 보편적인 경험이지만, 깊은 상처를 남기기도 한다.

훼손 당하는 욕구

애정과 소속감, 존중과 인정

생길 수 있는 잘못된 믿음

- 이런 일이 일어날 줄 몰랐다니 내 판단력에는 문제가 있다.
- 이런 고통을 다시 겪느니 차라리 혼자인 편이 낫다.
- 그녀 혹은 그만이 나의 진정한 사랑이었다. 다시는 그런 사람을 만나지 못할 것이다.
- 나는 언제나 혼자일 것이다.
- 나는 사랑하기엔 너무 멍청하다(재능이 없고, 못생겼다 등).

가질 수 있는 두려움

- 다른 사람들도 나를 거절할 것이다.
- 창피하고 수치스럽다.
- 사랑하는 사람을 찾아봤자 또다시 버림받을 것이다.
- 믿지 말아야 할 사람을 믿었다. 마음을 열었다가 다시 상처만 받을 것이다.
- 진정한 사랑을 찾을 수 없어서 혼자서 살게 될 것이다.
- 거절당한 것은 내게 문제가 있기 때문이다.

가능한 반응과 결과들

- 우울증, 부정적인 자기 대화,♦ 절망에 빠지는 시기를 겪는다.
- 다른 사람들과 비교하며, 자신의 모자란 부분을 찾는다.
- 머릿속으로 관계를 일일이 분석해 보며, 어디서 무엇이 잘못되었

는지 찾아내려고 한다.

- 친구들과 떨어지려 하지 않는다.
- 혼자인 상황에 적응하기 힘들어한다.
- 관계를 복원하기 위한 시도를 반복한다.
- 실연을 만회하기 위해 새로운 연애를 시작한다.
- 옛 연인이 자신보다 먼저 자신을 잊고 새로운 삶을 살아가면 질투와 분노를 느낀다.
- 과음한다.
- 데이트 기회를 모두 피한다.
- 미친 듯이 일하며 혼자 있는 시간을 줄이려 한다.
- 헤어진 사람이나 그 사람과 비슷한 사람들에 대해 험담을 한다.
- 비관적인 인생관을 갖게 된다.
- 다시 상처받을 수 있다는 두려움 때문에 연인으로 발전할 수 있는 상대가 생겨도 피한다.
- 새로운 연애 상대가 생겨도 거절당하기 전에 먼저 관계를 끝낸다.
- 자신의 약함을 과잉 보상하려 한다(지나치게 남성적으로 행동하고, 자신의 아름다움을 강조하는 등).
- 데이트 기회가 아예 없거나 다른 사람을 만나도 실망만 이어지면 더욱 낙담한다.
- 건강한 관계를 유지하고 있는 사람들을 질투한다.
- 외로움을 피하려고 늘 바쁘게 생활한다.
- 문란한 성행위나 성매매 등 불건전한 행동을 한다.
- 소심하고 자신감 없는 사람들의 의존성을 이용하여 그 사람들을 연애 상대로 삼는다.
- 공허함을 메우려고 (게임, 운동, 술 등을 함께할 수 있는) 독신 친구를 찾는다.

◆ **자기 대화**self-talk

자기 조절self-regulation의 한 형태로, 어떤 목표를 이루기 위해 자신에게 특정한 내용의 말을 되뇌는 행위. 자기 독백, 자기 언어화라고 하기도 한다.

- 비탄 과정◆을 겪는다.
- 옛 관계에서 문제점을 파악하고 자신을 탐구하며, 부족했던 부분을 알아내려 한다.
- 자신이 좋은 연인이 될 수 있는 부분을 파악한다.
- 새 출발을 위해 새로운 일을 시작한다(춤을 배우고, 자원봉사를 하는 등).

형성될 수 있는 성격 특성

- **속성** 적응하는, 분석적인, 대담한, 조심스러운, 기분을 맞춰주는, 신중한, 공감하는, 유혹적인, 이상주의적인, 독립적인, 성숙한, 낙관적인, 인내하는, 생각이 깊은, 철학적인, 사생활을 중시하는, 감상적인
- **단점** 냉담한, 유치한, 불성실한, 재미없는, 불안정한, 과장된, 잔소리하는, 자신감 없는, 집착하는, 문란한, 분개하는, 자기 파괴적인, 신경질적인, 앙심을 품은, 혼자 틀어박힌

상처가 악화할 수 있는 계기

- 헤어진 연인이 새로운 연인과 함께 있는 모습을 본다.
- 친구 중에서 커플이 아닌 사람은 자신밖에 없다.
- 같이 저녁 먹기로 한 친구에게 바람을 맞는다.
- 헤어진 연인과 자주 갔던 장소를 지나간다.
- 헤어진 연인과의 기념일을 맞는다.
- 새로운 연인과 말다툼을 벌인다.
- 새로운 연인을 만났지만, 그 관계 또한 나쁘게 끝날 것을 보여 주는 (실제로 혹은 그렇게 여겨지는) 징후를 느낀다.
- (가족 모임, 결혼식, 시상식 같은) 중요한 모임에 초대받았지만 혼자 가야 한다.

◆ **비탄 과정**grief process
프로이트의 심리학 용어로 중요한 대상을 상실하거나 그러한 대상에 관한 표상을 상실해서 단계적인 슬픔을 느끼는 과정

- 옛 연인이 자신을 버렸던 것과 똑같은 이유로 새로운 연인과 또 헤어진다.
- 이미 일어난 일을 받아들이길 거부함으로써, 계속 상처를 받고 있다는 사실을 깨닫는다.
- 오래됐지만 무의미한 관계를 지속하면서, 이제 관계를 끝내야 한다는 사실을 깨닫는다.
- 다른 사람에게 사랑을 받으면서, 자신도 사랑받을 자격이 있는 사람이라는 것을 깨닫는다.

아이디어·성과를
도난당하다

Having One's Ideas or Works Stolen

**구체적
상황**

- 직장에서 누군가가 자신의 아이디어를 가로챘다.
- 동료와 함께 훌륭한 노래를 만들었는데, 자신은 전혀 인정받지 못했다.
- 내 글을 비평해 주던 사람이 내 글의 핵심 부분을 도용하여 자신의 책으로 출간했다.
- 새 발명품을 투자자에게 홍보했더니 자기 이름으로 특허를 냈다.
- 프로젝트에서 일을 도맡아 했는데, 정작 다른 동료가 칭찬을 받고 승진했다.
- 신제품을 파느라 고생했는데, 자금력 있는 대기업이 똑같은 제품을 만들어 대량 판매한다.
- (과학, 의학 등에서) 중요한 발견을 했는데, 자신의 윗사람이 그 발견을 했다고 주장한다.
- 중요한 고객을 확보했더니 사장이 자신의 노력으로 이루어진 일이라며 공을 가로챘다.
- 자신이 만든 소프트웨어나 앱이 불법 복제되어 배포되고 있다는 사실을 알게 된다.
- 사람들이 자신이 만든 물건의 복제품을 팔고 있다.

**훼손
당하는
욕구**

존중과 인정, 자아실현

**생길 수
있는
잘못된
믿음**

- 아무도 믿을 수 없다.
- 이전처럼 훌륭한 아이디어는 다시는 나오지 않을 것이다.
- 혼자서 일하는 편이 낫다.
- 내가 앞서가면, 언제나 뒤에서 끌어내리는 사람이 있기 마련이다.
- 아무도 올바르게 행동하지 않는데, 나는 왜 그래야 하나?
- 성공하려면 1등을 경계해야 한다.

150

- 들키지만 않으면 잘못을 저질러도 상관없다.

가질 수 있는 두려움	- 또다시 이용당할 것이다. - 어떤 일을 해도 인정받지 못할 것이다. - 경쟁이 심한 영역에서 인정받으려 노력해 봐야 소용없다. - 다른 사람과 같이 작업하기가 두렵다. - 아이디어를 공유하고 다른 사람과 같이 연구하는 게 두렵다.
가능한 반응과 결과들	- 다른 사람들과 생각을 공유하기가 꺼려진다. - 공동 작업이 힘들다. - 불신이 삶의 모든 부분에 스며든다. - 공동 작업을 하지 못해 직장 동료로부터 소외된다. - 자신의 아이디어를 빼앗긴 분야에서 성공하기를 포기한다. - 자신의 성과를 가로챈 사람의 신용을 떨어뜨리려고 애쓴다. - 아이디어를 도용한 사람을 고소하고 일을 방해한다. - 자신의 아이디어를 훔친 사람과는 다시는 같이 일하지 않는다. - 피해 의식이 심해지고 쉽게 화를 내며 신랄한 말을 내뱉는다. - (빈번한 병, 위장 장애 등) 스트레스성 질환을 앓는다. - 모든 사람은 비윤리적이며, 자신의 이익만을 원한다고 믿는다. - 성공을 위해 최대한 몸을 낮춘다. '대세를 따르는' 태도를 보인다. - 그 누구에게도, 심지어 사랑하는 사람에게도 자신을 완전히 내보이지 않는다. - 다른 사람에게서 배신의 징후를 찾는다. - 완전히 신뢰할 수 있고 충실하다고 판명된 사람들하고만 어울린다. - 사람들이 자신도 모르는 사이에 진실한 동기를 드러내기를 바라며 대화 중 미끼를 던진다. - 자신의 아이디어를 더욱 발전시켜 도용한 사람보다 성공하려고 노력한다. - 아이디어가 도용당한 것을 자신이 올바른 방향으로 나아가고 있음을 보여 주는 신호로 받아들인다. - 훌륭한 아이디어를 제시하면 다른 사람들도 따를 것으로 생각한다.

- 성과에만 집착하지 않고, 연구 과정 자체를 즐긴다.
- 자신의 연구를 공유하기 전에 미리 보호 조치를 취한다.
- 빼앗긴 아이디어를 개발하는 데 쓴 시간이 유용하고 의미 있는 시간이었음을 깨닫는다.

형성될 수 있는 성격 특성	- **속성** 조심스러운, 자신 있는, 기분을 맞춰주는, 신중한, 열광적인, 집중하는, 독립적인, 공정한, 낙관적인, 열성적인, 인내하는, 집요한, 설득력 있는, 사생활을 중시하는, 특이한, 지략 있는, 현명한 - **단점** 심술궂은, 비판적인, 지배적인, 냉소적인, 교활한, 까다로운, 융통성 없는, 비이성적인, 집착하는, 피해망상의, 완벽주의적인, 소유욕이 강한, 분개하는, 인색한, 완고한, 의심하는, 비협조적인
상처가 악화할 수 있는 계기	- 다른 사람과 공동 작업을 해야만 한다. - 사람들이 자신이 이미 했거나 하고 있는 일에 대해 흥분하며 열의를 보인다. - 자신의 아이디어를 도용한 사람이 그 아이디어로 크게 성공을 거두고 명예를 얻는 것을 지켜본다. - 자신이 만든 파일이나 논문, 도면을 보여달라는 요청을 받는다.
상처를 직면하고 극복할 기회	- 지난 일을 계속 억울해하는 것은 자신에게 해롭다는 사실을 깨닫는다. - 지난 일만 생각하다가는, 아이디어를 훔친 사람을 앞지를 수 없다고 생각한다. - 성취하지 못한 일을 계속 아쉬워하며 살 것인지, 다시 이용을 당하더라도 꿈을 추구할 것인지를 선택해야 한다. - 많은 사람을 도울 수 있는 어떤 것을 발명하지만, 예전 같은 일을 겪을까 두려워 실천에 옮기기 주저한다. - 새로운 아이디어를 발전시키고 싶지만 성공하려면 전문적인 식견을 갖춘 파트너와 공동 작업을 해야 한다.

업무상 과실로
사랑하는 사람을 잃다

**Losing a Loved One Due to a
Professional Negligence**

**구체적
상황**

사랑하는 사람이 다음과 같은 이유로 죽는다.

- 미숙한 의료업계 종사자의 과실
- 약물 오용
- 음주로 인한 대형 사고
- 집을 짓는 데 사용된 불법 화학 물질이나 독성 물질에 중독
- 식당에서 걸린 식중독, 혹은 위생 관리가 제대로 안 된 식품으로
  인한 식중독
- 부주의한 요리사가 치명적인 알레르기 반응을 일으키는 음식 제공
- 공공 수영장에서 안전 요원의 주의 태만
- 보모의 부주의
- 의사의 오진
- 통행이 잦은 길에 부실 시공된 임시 가설물의 붕괴
- 사랑하는 사람이 인질로 잡한 상황에서 협상가의 무능으로 협상
  결렬
- 과도한 혹은 불필요한 경찰의 폭력
- 숙련되지 않은 강사나 결함이 있는 장비 때문에 생긴 스카이다이
  빙 사고나 번지점프 사고
- 제조사 사고, 또는 제대로 정비를 하지 않아 생긴 결함으로 일어난
  자동차 사고
- 유지 보수를 제대로 하지 않은 놀이공원의 놀이기구 사고
- 상담사가 자살 징후 알고도 방치

**훼손
당하는
욕구**

안전과 안정, 애정과 소속감

생길 수 있는 잘못된 믿음	• 전문가를 믿은 내가 바보다.
	• 믿지 말아야 할 사람(회사, 기관 등)을 믿은 내 잘못이다.
	• 사랑하는 사람을 안전하게 지키지 못했다.
	• 사전에 철저하게 조사하지 못한 내 잘못이다.
	• 나는 무능하다. 이런 일이 또 일어날 것이고, 내가 할 수 있는 일은 하나도 없다.
가질 수 있는 두려움	• 병원, 스키장, 교도소 등 사랑하는 사람의 죽음과 연관된 장소에 가는 게 두렵다.
	• (디젤 냄새, 헬리콥터 소리 등) 사고를 상기시키는 감각적인 계기
	• 예기치 못한 사고로 사랑하는 사람을 또 잃을 수 있다.
	• 사고를 일으킨 사람이 처벌받지 않아 다른 피해자가 생길 것이다.
가능한 반응과 결과들	• 사고 책임자를 용서할 수 없다.
	• 사고 책임자에게 개인적으로 복수한다.
	• 무관심과 체념한 태도를 보인다.
	• 남아 있는 사람들을 지나치게 과잉보호한다.
	• 인간관계를 망칠 정도로 안전을 지나치게 의식한다.
	• 모든 것에서 위험, 오류, 결점을 찾아내려 한다.
	• 삶을 즐기기 힘들고, 잠깐이라도 마음의 평화를 누리기 어렵다.
	• 세상이 돌아가는 방식 앞에서 무기력함과 환멸을 느낀다.
	• 사고가 무작위적으로 일어나는 것에 대해 신을 탓한다.
	• 믿음을 잃거나 더 열렬한 신자가 된다.
	• 아무리 사소한 일이라도 책임자를 찾아내어 비난한다.
	• 왜 그 일을 막을 수 없었는지에 대한 생각(클로저◆)에서 빠져나오지 못한다.

◆ **클로저**closure
상황을 이해하기 위한 정보가 완벽하지 못한 상태에서 그 정보의 부족한 부분을 메워 완벽한 형태로 만들려는 지각기능. 심리적 클로저psychological closure라고도 한다.

- 사고가 일어난 곳과 흡사한 장소를 피한다.
- 비슷한 사고가 일어날까 봐 사랑하는 사람들을 멀리한다.
- 모든 사람을 멀리한다.
- 술과 약물에 의존한다.
- 새로운 의사를 선택하는 데 (혹은 모든 선택에) 어려움을 겪는다.
- 사고로 잃은 사람을 잊지 못한 나머지 다른 사람들을 제대로 돌보지 못한다.
- 사고에 책임이 있는 사람이나 회사를 고발한다.
- 소셜 미디어, 후기, 광고판 등을 이용해 사고 책임자를 공격한다.
- 클로저를 위해 계속 해답을 찾아간다.
- 자신이 수긍할 만한 근거 없이는 다른 사람이 말하는 신뢰도나 평가를 믿지 않는다.
- 자신을 용서하고 죄책감에서 벗어난다.
- 사랑하는 사람을 기념하기 위한 자선 단체를 만든다.
- 같은 사고가 일어나지 않도록 사회적 캠페인에 힘쓴다.
- 남아 있는 사람들과 함께하는 모든 순간을 소중하게 여기며, 어떤 것도 당연하게 받아들이지 않는다.

형성될 수 있는 성격 특성

- **속성** 사랑이 많은, 감사하는, 대담한, 규율 잡힌, 공감하는, 집중하는, 이상주의적인, 공정한, 열성적인, 생각이 깊은, 집요한, 설득력 있는, 보호하는, 감상적인, 정신적인
- **단점** 거친, 의존적인, 무감각한, 냉담한, 비판적인, 지배적인, 재미없는, 부주의한, 음울한, 잔소리하는, 집착하는, 비관적인, 소유욕이 강한, 분개하는, 자기 파괴적인, 의심하는, 감사할 줄 모르는

상처가 악화할 수 있는 계기

- 사랑하는 사람의 죽음에 책임이 있는 기관이나 단체에 다시 가야 할뿐더러 그곳에 있는 사람들을 신뢰해야 한다.
- 전문가의 과실로 사망 사고가 일어났다는 소식을 듣는다.
- 무과실 상해 혹은 의료 과실 소송을 다루는 텔레비전 광고를 본다.
- 사랑하는 사람을 죽게 한 과실 치사 책임자가 현직에 복귀했다는 소식을 듣는다.

- 위급한 상황이 발생하여 사랑하는 사람의 건강과 관련된 판단을 내려야만 한다.
- 사고를 일으킨 사람이 다른 도시에서 개업했다는 소식을 듣고, 그 사람을 업계에서 영원히 쫓아내기 위해 싸우지만, 그럴수록 고통스러운 기억이 다시 떠오른다.
- 자신이 사랑하는 사람의 죽음에 책임이 없다는 사실을 깨닫는다.

예상 밖 임신으로 인해 버려지다

Abandonment over an Unexpected Pregnancy

일러두기
아이를 갖는 것은 큰 즐거움이지만, 동시에 대단한 스트레스가 될 수도 있다. 특히 원치 않은 임신이라면 문제가 더 심각해진다. 그런데 가족이나 배우자처럼 자신을 지지해 주리라 믿었던 지원 체계◆가 임신 사실을 알고 관계를 끊어 버리는 끔찍한 상황이 생길 수 있다. 남녀 모두 이런 시련을 겪을 수 있지만, 일반적으로 여성이 상처를 입는 경우가 좀 더 많은 편이기 때문에 이 항목은 여성의 관점에 초점을 맞추었다.

훼손 당하는 욕구
생리적 욕구, 안전과 안정, 애정과 소속감, 존중과 인정, 자아실현

생길 수 있는 잘못된 믿음
- 이제는 내 꿈을 결코 성취하지 못할 것이다.
- 사람들이 나에 대해 하는 말(멍청이, 책임감 없는 사람 등)은 모두 사실이다.
- 뱃속의 아이가 모든 문제의 원흉이다.
- 사랑은 한순간의 꿈에 불과하다.
- 사는 게 힘들어지면 사람들은 모두 내 곁을 떠난다.
- 누구도 필요하지 않다.

가질 수 있는 두려움
- 또다시 버림받을 것이다.
- 사람들이 나를 어떻게 생각할까 두렵다.
- 언제나 혼자일 것이다.

◆ **지원 체계**support system
보살펴 줄 수 있는 가족, 친구, 동료 집단, 기관 등이 포함되며, 직접적인 계약을 맺은 소수의 개인으로 구성된 지원 체계는 '지원 집단support groups'이라 불리기도 한다.

- 나와 내 아이를 돌보지 못할 것이다.
- 모든 시간과 돈을 육아에 쏟느라 내 꿈은 결코 이루지 못할 것이다.

가능한
반응과
결과들

- 현실을 거부한다. 마치 아이를 갖지 않은 듯 살아간다.
- 다른 사람이 자신을 비난하리라는 두려움에 임신 사실을 숨긴다.
- 임신 중절 수술을 한다. 혹은 아이를 입양 시설에 보낸다.
- 최소한의 생활 수준을 확보하려고 애쓴다.
- 친구들에게 도움을 청하거나 도와줄 것 같은 사람들에게 의지한다.
- 자신을 버린 사람들과 화해하려 애쓴다.
- 자신을 버린 사람들을 되찾기 위해 (조종, 거짓말, 협박 등) 모든 수단을 동원한다.
- 주는 것보다 더 많이 받으려는 사람이 된다. 사람들이 주는 도움을 무조건 받아들인다.
- 다른 사람들을 감정적으로 도와줄 수 있는 여유가 없다.
- 하루를 살아가는 것도 벅차서 다른 목표는 불가능한 일이 된다.
- 이미 일어난 일을 자책하고 자기 연민에 빠진다.
- 자신을 버린 사람을 대체할 파트너를 찾는다.
- 자신이 버림받은 것은 뱃속의 아이 탓이라고 생각한다.
- 기회가 있을 때마다 자신을 버린 사람들을 비난한다.
- 떠난 사람을 되찾기 위해 자신을 바꾼다.
- 다시 버림받을까 두려워 피상적인 관계만 유지한다.
- 모든 일을 혼자 감당할 수 있을지 고민하며 자신의 능력을 의심한다.
- 엄마로서 자격이 있을지 자신의 능력을 의심한다.
- (궁여지책으로) 기꺼이 기대치를 낮춰, 도움을 받을 수 있는 사람이면 누구라도 만난다.
- 자신을 버린 사람보다는 자신이 좀 더 나은 사람이 되어야겠다고 결심한다.
- 도움받을 수 있는 단체를 찾는다.
- 자신과 같은 상황에 있는 다른 여성을 돕겠다고 자원한다.
- 아이를 가진 것을 받아들이고, 어려움을 빠르게 극복한다.

- **속성** 감사하는, 야심이 큰, 대담한, 정신적으로 안정된, 협조적인, 용기 있는, 규율 잡힌, 효율적인, 공감하는, 집중하는, 독립적인, 성숙한, 설득력 있는, 지략 있는, 책임감 있는, 단순한, 도와주는
- **단점** 무감각한, 냉담한, 유치한, 냉소적인, 무지한, 융통성 없는, 불안정한, 책임감 없는, 비판적인, 조종하는, 자신감 없는, 초조한, 분개하는, 방종한, 굴종적인, 감사할 줄 모르는, 변덕스러운

- 신생아를 함께 돌보고 있는 부부를 본다.
- 임신으로 행복해하는 부부가 가득한 출산 준비 모임에 가입한다.
- 입덧을 겪고, 태동을 느낀다.
- 거울에서 숨길 수 없는 임신의 징후를 본다.
- 산부인과에서 검진을 받고 체중을 잰다.
- 자신을 만날 마음이 전혀 없는 아이 아버지를 우연히 만난다.

- 도와줄 사람을 찾지 못해, 자신의 건강과 아이의 미래를 책임질 사람은 자신밖에 없다는 사실을 깨닫는다.
- 임신 경과가 순조롭지 못해 혼자 살아가기가 점점 힘들어진다.
- 도와주겠다는 사람을 만나지만, 말과 행동이 다른 사람이었음을 알게 된다.
- 자신과 마찬가지로 어려울 때 사랑하는 사람에게 버려진 사람을 도와줄 기회가 온다.

자녀가 학대받은
사실을 알게 되다
Finding out One's Child Was Abused

일러두기 부모가 자녀를 안전하게 지키는 일은 도덕적 의무일 뿐 아니라, 아이를 갖기 시작하는 순간부터 생기는 본능이기도 하다. 따라서 자신의 아이가 학대당했다는 사실을 발견하는 순간, 부모들은 자신의 능력과 가치까지 의심하면서 뼛속까지 충격을 받는다. 아이가 부모에게 가 봤자 소용없다고 생각해서 아무 말도 하지 않았거나, 다른 행동으로 보여 주려 했거나 (예를 들어, 학대를 암시하는 어떤 행동을 했는데 그저 관심을 끌려는 행동으로 오해), 아니면 말하려고 했는데 그 말을 곧바로 믿어주지 않았다면 부모들은 깊은 죄책감을 느낀다.

구체적 상황 학대가 있고 난 뒤 다음의 사실을 알게 된다.
- 자신의 연인이나 배우자, 혹은 가까운 친척이 자녀를 학대했다.
- 믿던 친척이나 친구 집에서 학대가 일어났다.
- 교사나 권력을 가진 자가 자신의 아이를 때리거나 만졌다.
- 이웃이나 보모가 돌보는 중 자녀가 학대를 당했다.
- (수학여행, 교회 수련회, 스포츠·클럽 활동 등) 책임자가 있는 여행 중 학대가 일어났다.
- 양육권 방문 중 (전처나 전남편에 의해, 혹은 그런 사람들과 관련 있는 사람들에 의해) 학대가 일어났다.

훼손 당하는 욕구 안전과 안정, 애정과 소속감, 존중과 인정, 자아실현

생길 수 있는 잘못된 믿음
- 자녀를 지키지 못했으니 나는 형편없는 부모다.
- 어떤 일이 벌어질지 예상하고 막아야 했다. 모두 내 잘못이다.
- 자녀를 위험에 처하게 했다. 내가 아닌 다른 사람과 있어야 내 아이가 더 안전할 것이다.
- 자녀를 더 잘 보호하지 못한다면, 이런 일이 또 일어날 것이다.

- 내 아이는 나와 함께 있어야 안전하다.

가질 수 있는 두려움

- 아주 잠깐 방심하면 자녀를 놓칠 수 있다.
- 명백한 징후를 또 못 보고 지나칠 수 있다.
- 다른 사람을 믿으면 안 된다.
- 자녀의 안전과 관련해서 사람들에 대한 나의 판단이 틀릴 수 있다.
- 부모 노릇을 계속 제대로 하지 못할까 두렵다.
- (자녀가 약물이나 술에 의존하고, 부모를 비난하고 거부하며, 정신 질환에 걸리는 등) 학대로 인해 끔찍한 결과가 생길까 두렵다.

가능한 반응과 결과들

- 가해자에 대한 깊은 분노와 혐오
- 복수에 대한 의지
- 자녀의 소재를 항상 확인한다.
- (자녀가 알게 모르게) 빈번히 체크한다.
- 아무리 믿고 있는 친구나 가족일지라도 자녀에게 관심을 보이는 사람은 의심의 대상이 된다.
- 일상에 지장을 주고, 자녀가 사람들을 두려워하게 될 정도로 보호하려 애쓴다.
- 언제나 최악의 시나리오를 상상한다.
- 자녀를 다른 사람들에게 맡기지 못한다(홈스쿨링을 하거나, 학교 수업이 끝나면 아이와 늘 집에 같이 있을 수 있도록 일을 조정한다.).
- 수면 장애와 심한 불안을 겪는다.
- 죄책감 때문에 자녀에게 지나치게 (버릇없어질 정도로)너그럽고, 많은 것을 허락해 준다.
- 자녀의 친구들을 알고 싶고, 친하게 지내려 한다.
- 가해자를 법정에 세우는 일이 자녀에게 더 큰 트라우마가 될까 두려워 고소나 고발을 피한다.
- 아이들이 모여 밤새 노는 일은 자신의 집에서만 허용한다.
- 자녀가 몇 살이 되더라도, 아무리 짧은 시간 동안이라도 혼자 두는 일이 두렵다.
- 자신의 능력과 판단력에 대한 믿음을 잃는다.

- 자녀의 삶에 좀 더 많이 개입한다.
- 자녀를 돕는 최선의 방법에 대해 전문가에게 자문한다.
- 자녀를 위해 건강한 해결책을 세운다(적극적으로 치료받게 하고, 일 하는 시간을 줄여 좀 더 많은 시간을 함께 보내는 등).

| 형성될 수 있는 성격 특성 | - **속성** 경계하는, 분석적인, 대담한, 조심스러운, 결단력 있는, 신중한, 공감하는, 온화한, 성실한, 돌보는, 주의력이 있는, 생각이 깊은, 통찰력 있는 |
| | - **단점** 의존적인, 비판적인, 지배적인, 냉소적인, 방어적인, 망상적인, 까다로운, 적대적인, 재미없는, 성급한, 융통성 없는, 비이성적인, 집착하는, 피해망상의, 비관적인, 완고한, 말 없는, 앙심을 품은, 걱정이 많은 |

상처가 악화할 수 있는 계기	- 자신이 자녀를 보호하지 못하는 상황에 놓인다(아이가 할머니 집에서 하룻밤 자고 오는 등).
	- 자녀의 행동에 문제가 생긴다.
	- 자녀의 우는 모습을 보거나 흐느끼는 소리를 듣는다.
	- 자녀를 돌보는 데 적극적이지 않은 부모와 이야기를 나눈다.
	- 학대가 있었던 장소를 방문하거나 지나간다.
	- 어른과 아이가 함께 있는 상황을 목격하는데, 아이가 저항하거나 화가 난 것처럼 보인다.

상처를 직면하고 극복할 기회	- 가해자가 증거 불충분으로 석방됐다.
	- 자녀가 학대당한 일로 인해 어린 시절 자신이 학대당했던 기억이 떠올랐다.
	- 가해자의 아동 학대가 이번이 처음이 아니었던 것을 알게 되고, 조치를 취하지 않으면 똑같은 일이 또다시 발생할 수 있음을 깨닫는다.

자신이 입양되었다는
사실을 알게 되다

Finding out One Was Adopted

구체적 상황

- 부모가 자신을 입양했다는 사실을 알려 준다.
- (대화를 엿듣고, 출생증명서를 발견하는 등) 입양 사실을 우연히 알게 된다.
- 악의가 있는 친척이 입양을 암시하여 궁금하게 만든다.
- 심각한 질환으로 인해 병력을 파악하다가 입양 사실을 알게 된다.
- (부모와 생김새가 다르거나, 먼 친척이 알 수 없는 말을 하는 등) 개인적인 의심으로 부모에게 질문해 알게 된다.
- 부모 중 한 명이 죽은 뒤에 입양 사실을 알게 된다.
- 자신이 친부모 혹은 친형제·자매라고 주장하는 낯선 사람을 만난다.

훼손 당하는 욕구

애정과 소속감, 존중과 인정, 자아실현

생길 수 있는 잘못된 믿음

- 친부모가 나를 버렸다면, 나에게 무슨 문제가 있는 것이 분명하다.
- 나는 어디에도 속하지 않는다. 누구도 나를 원하지 않는다.
- 태어나지 말았어야 했다.
- 나의 정체성을 모르겠다.
- 부모도 내게 거짓말을 하는데, 누구를 믿겠는가?
- 친부모가 나를 버렸다면, 누구라도 또다시 그럴 수 있을 것이다.
- 마음의 벽을 더 높이 세워야 사람들이 내 감정을 조종할 수 없을 것이다.
- 사랑은 모든 것을 더 아프게 만들 뿐이다.

가질 수 있는 두려움

- 거절당하고 버려질 것이다.
- 믿지 말아야 할 사람을 믿었다.
- 친밀한 관계를 만들었다가는 약점만 드러날 것이다.

- 친부모를 만났다가 또다시 거절당할까 두렵다.
- (형제·자매는 입양되지 않은 경우) 형제·자매에 비해 사랑을 덜 받을 것이다.
- 친부모가 나를 데려갈 것이다.
- 부모가 다른 일에서도 많은 거짓말을 했을 것이다.
- 특정한 질병, 성격, 정신 질환 같은 유전적 요인을 물려받았을지도 모른다.

가능한 반응과 결과들

- (분노, 배신감, 감사, 불신, 죄의식, 혼란 등) 감정 기복이 심하다.
- 가족 간의 일을 되새기며, 자신이 친자녀와 다르게 취급받은 적은 없는지, 사랑을 덜 받은 것은 아닌지 찾아내려 한다.
- 현실을 부정한다. 자신의 과거나 뿌리 찾기를 거부한다.
- (끊임없이 질문하고, 자신의 뿌리를 알려고 하는 등) 과거에 집착한다.
- 사람들을 믿지 못한다.
- 정체성이 혼란스럽다.
- 자신과 자신을 입양한 가족 사이에 다른 점을 지나치게 부각한다.
- 친구들에게 항상 자신의 가치를 증명하려 한다.
- 사람들의 말을 아무런 근거도 없이 의심한다. 사람들이 자신을 속이고 있다고 생각한다.
- 입양 가족과 거리를 둔다.
- 약물이나 술에 의존한다.
- 일종의 행동화로서 위험한 일을 한다.
- (다시 버려지리라는 두려움 때문에) 입양 가족의 비위를 맞추려고 비굴하게 행동한다.
- 불안 장애나 상황성 우울증을 겪는다.
- 사람의 말을 곧이곧대로 믿지 않고 항상 사실을 재확인한다.
- 자신이 항상 어딘지 다르다고 자각하고 있었기 때문에 사실을 알고 난 후 안도했다가, 안도감을 느낀다는 사실에 죄책감을 느낀다.
- 입양 가족의 유품을 거부한다. 자신은 그것을 가질 자격이 없다고 생각한다.
- 냉소적으로 변한다. 부정적인 세계관을 갖는다.

- 자신의 친부모와 화해하는 상상을 자주 한다.
- 자신의 친가족을 찾으려고 한다.
- 친가족을 거부하고, 입양 가족을 선택한다.
- 사실을 말해 준 입양 부모가 정직하고 솔직한 태도를 보여 준 데 감사한다.
- 친가족에게 거부당했다기보다는 입양 가족에게 선택되었다고 생각한다.

형성될 수 있는 성격 특성	- **속성** 적응하는, 분석적인, 감사하는, 정서적으로 안정된, 호기심 많은, 기분을 맞춰주는, 태평한, 공감하는, 행복한, 사생활을 중시하는, 감상적인, 도와주는, 현명한, 말이 없는 - **단점** 거친, 의존적인, 비판적인, 냉소적인, 무례한, 잘 속는, 적대적인, 감사할 줄 모르는, 혼자 틀어박힌, 일 중독의
상처가 악화할 수 있는 계기	- 부모의 편애 탓이 아닌데도 형제·자매가 자신보다 뛰어나다. - 학교에서 입양에 대해 배운 호기심 많은 자녀가 입양에 관해 묻는다. 그 일로 자신의 입양 사실을 처음 알게 된 고통스러운 대화가 떠오른다. - 가족력을 묻는 의료 보험 서류를 작성해야 한다. - 자신의 생일이나 양자로 입양된 날이 된다.
상처를 직면하고 극복할 기회	- 예기치 않은 임신 때문에 아이를 입양 보내야 하는 상황이다. - 유전적 요인 때문에 자신의 과거를 아는 것이 중요한 의학적 상황에 처한다. - 자신이 강간이나 근친상간으로 태어났다는 사실을 알게 된다. - 부모를 추적했지만 이미 세상을 떠났거나 자신을 만나고 싶어 하지 않는다는 사실을 알게 된다. - 친부모를 찾지 않겠다고 결심했지만, 나중에 친부모의 유산에 대해 알게 된다. - 자신이 아이를 입양해서, (필요하다면) 언제 아이에게 그 사실을 말해 주어야 할지 결정해야 한다.

잘 아는 사람에게
어린 시절 성폭력을 당하다

**Childhood Sexual Abuse
by a Known Person**

일러두기 모르는 사람이 가해자일 때도 있지만, 이 항목에서는 가해자가 아이에게 쉽게 다가갈 수 있는 신뢰받는 사람인 경우에 초점을 맞추었다. 예를 들어, 친척, 가족의 친구, 교사, 반 친구, 가까운 친구의 부모, 보모 등이다.

훼손 당하는 욕구 생리적 욕구, 안전과 안정, 애정과 소속감, 존중과 인정, 자아실현

생길 수 있는 잘못된 믿음

- 내 잘못이다. 내가 했던 말이나 행동 때문에 이런 일을 당했다.
- 나는 (나쁜 딸, 학생, 운동선수, 친구 등) 가치 없는 인간이니까 이런 일을 당해도 마땅하다.
- 안전한 사람은 세상에 없다.
- 사람들이 나를 이용하려 드는 것은 내가 그렇게 하도록 놔두었기 때문이다.
- 내가 아무리 우호적인 태도로 도움을 주려고 하더라도, 사람들은 결국 나에게 상처를 줄 것이다.
- 내가 저항하지 않은 것을 보니 나도 원했던 일이다.
- 인생을 개선하기에는 나는 너무나 무력하다.
- 내 인생은 망쳤다. 고칠 수도 없다.
- 내가 형편없는 사람이라 이런 형편없는 일이 일어나는 것이다.
- 사람을 믿으면 상처만 받을 것이다.
- 나처럼 끔찍한 사람을 사랑해 줄 수 있는 사람은 세상에 없다.
- 성적이 뛰어나거나, 재능이 있거나, 멋진 옷을 입는 등 남들보다 두드러지면 안 된다. 모난 돌이 정 맞는다.
- 배신당하느니 아예 혼자인 편이 낫다.
- 사랑이란 다른 사람을 다치게 하는 무기이다.

166

가질 수 있는 두려움	• 친근감과 성욕을 가지는 것이 두렵다.
	• 사랑이 두렵다. 누군가 사랑을 빼앗아 가거나 그 사랑이 왜곡된 모습으로 나타나게 될 것이다.
	• 누가 나를 만지는 게 두렵고, 다른 사람 앞에서 옷을 벗는 게 두렵다.
	• 다른 사람에게 이야기해도, 내 말을 안 믿을까 두렵다.
	• 가해자와 (혹은 가해자와 비슷한 사람과) 단둘이 있는 것이 두렵다.
	• 어떤 말이나 행동이 성적 유혹으로 보일까 두렵다.
	• 믿을 수 없는 사람을 믿고, 배신당하게 될까 두렵다.
	• 내가 사랑하는 사람에게도 이런 일이 벌어질까 두렵다.
	• 사실이 밝혀지면 가족이나 친구가 나를 비난하고 외면할까 두렵다.
가능한 반응과 결과들	• 세상과 접촉하지 않는다. 가족이나 친구들을 피한다.
	• 갑자기 화를 내는 등, 감정 기복이 심하다.
	• 혼란스럽고 설명할 수 없는 감정에 사로잡힌다.
	• 몸을 옷으로 싸매어 감추고, 눈에 덜 띄는 옷만 입는다.
	• 아무 일도 없었던 것처럼 행동하라고 말하는 가족에게 분노한다.
	• 최악의 사태에 대해 걱정하고, 비관적으로 생각한다.
	• 섭식 장애가 생기고, 자해한다.
	• 고통에서 도피하기 위해 약물에 의존한다.
	• 자신이 '가치 없는 인간'이라는 생각을 보상하기 위해 직장에서, 인간관계에서, 혹은 부모로서 성취 지향적인 사람이 된다.
	• (자신의 역할을 최소화하거나, 비하하는 반응을 보이는 등) 칭찬을 받아들이지 못한다.
	• 도움을 쉽사리 요청하지 못한다.
	• 선물이나 칭찬을 받아들이기 힘들다. 사람들이 친절하게 굴면 불편하다.
	• 사람을 믿지 못한다. 사람의 말을 있는 그대로 믿기가 힘들다.
	• 사람이나 상황을 해석하기가 힘들다.
	• 사건과 관련된 세부적인 내용을 들쭉날쭉하게 기억한다.
	• (공황 발작, 우울증, 오래 살지 못할 것이라는 믿음 등) 외상 후 스트레스 장애(PTSD) 증상을 보인다.

- 성 과잉 장애,[*] 위험한 성관계, 성관계에 대한 조숙한 관심, 불감증, 성적 일탈 행위 등 다양한 성 기능 장애를 보인다.
- 사람들에게 마음을 열기 힘들다. 상처받을까 봐 불안해한다.
- 자신의 몸과 자신의 몸을 다른 사람들이 보는 것을 불편해한다.
- 누군가 (특히 예기치 않게) 자신을 만지면 움찔하고, 그런 일이 벌어질 수 있는 상황을 피한다.
- 자녀나 사랑하는 사람들의 안전에 대해서는 비이성적일 정도로 과잉보호한다.
- 사람들을 불편하지 않게 만들려는 욕심에 자신의 고통은 참는다.
- 자신은 자녀 옆에 있어 주고, 경계하고, 보호하고, 도움을 주겠다고 결심한다.
- 성적 학대를 경험한 아이나 청소년에게 멘토가 되어 준다.
- 아이들의 권리를 보호하기 위해 적극적인 활동을 한다.

형성될 수 있는 성격 특성	
속성	경계하는, 분석적인, 대담한, 용기 있는, 결단력 있는, 공감하는, 훌륭한, 독립적인, 내성적인, 성실한, 주의력이 있는, 체계적인, 예민한, 집요한, 적극적인, 지략 있는, 지각 있는, 사회적 의식이 있는, 재능 있는, 현명한, 말이 없는
단점	거친, 의존적인, 지배적인, 잔인한, 냉소적인, 회피적인, 어리석은, 적대적인, 융통성 없는, 감정을 억누르는, 불안정한, 비이성적인, 책임감 없는, 자신감 없는, 초조한, 반항적인, 자기 파괴적인, 의심하는, 변덕스러운

상처가 악화할 수 있는 계기	
	- 어린아이와 함께 있는 가해자를 본다.
	- 피해자가 가해자를 신고한 뒤에 오히려 비난을 받거나 고발의 진실성을 의심받은 사건을 신문에서 읽는다.
	- 성적 학대를 상기시키는 감각(냄새, 소리, 장소 등)과 맞닥뜨린다.

◆ **성 과잉 장애** hypersexual disorder
성행위에 지나치게 탐닉하고, 위험한 성적 행동을 하는 것으로, 새로운 유형의 정신 질환으로 분류하자는 의견이 학계에 있다.

- 성관계나 성적 접촉을 하게 된다.

**상처를
직면하고
극복할
기회**

- 가해자가 속죄를 원하지만, 용서할 수 없다.
- 자신이 당한 성적 학대 경험을 공개해 달라는 요청을 받는다.
- 자신의 아이가 성적 학대를 받은 흔적을 발견한다.
- 과거의 상처에 부정적으로 대처해 왔기 때문에 충분히 행복할 수 없었다는 사실을 깨닫고, 태도를 바꾸기로 한다.

잘못된 대상을
믿다

구체적 상황

- 자신이 다른 사람의 대용품이었음을 알게 된다.
- 친구가 인기 있는 집단, 클럽, 단체에 들어가기 위해 자신을 이용했다.
- 친구를 옹호했지만, 뒤늦게 그 친구가 비난받아 마땅하다는 사실을 알게 된다.
- 가족 중 한 명이 자신의 이익을 위해 나를 배신했다.
- 믿었던 멘토에게 비밀을 털어놓았더니 다른 사람에게 그 비밀을 이야기했다.
- 가까운 친구가 나에 대한 악의적인 소문을 퍼트리는 것을 들었다.
- 인종, 성적 지향, 가치관 같은 부당한 기준으로 자신이 속한 집단에서 따돌림을 당했다.
- 가족이 자신이 아닌 다른 사람을 선택했다.
- 어떤 사람을 도와줬지만, 막상 내게 일이 닥쳤을 때 그 사람은 자신을 모른척했다.
- 어떤 사람과 육체적으로 친밀한 관계를 맺었는데, 그 사람은 자신을 연인이 아닌 단순한 육체관계로만 간주한다.
- 친구의 부탁을 들어주었는데 그 행동이 불법이었다는 사실을 알게 된다(자신도 모르게 마약을 운반하고, 증거 인멸을 돕고, 돈세탁에 관여하는 등).
- 믿었던 조직이나 사회제도에 실망한다.
- 경찰에게 진실을 말했지만, 믿어 주지 않는다.
- 친척이 자신의 아이디어나 연구 성과를 훔쳤다.

훼손 당하는 욕구

애정과 소속감, 존중과 인정

170

생길 수 있는 잘못된 믿음	• 나의 직감은 믿을 수 없다.
	• 나는 잘 속는다. 어떤 사람의 말이라도 믿어 버린다.
	• 아무도 믿을 수 없다.
	• 사람들에게 충성해 봤자 소용없다. 아니라고 믿고 있다면, 멍청한 것이다.
	• 내 이익부터 챙겨야 한다.
가질 수 있는 두려움	• 사람들과 친해지기가 두렵다.
	• 사람들에게 쉽게 상처받을 것이다.
	• 다른 사람에게 속마음을 털어놓기가 두렵다.
	• 사랑하는 사람이 나를 배신할 것이다.
	• 나와 친구가 되기를 원하는 모든 사람이 두렵다.
	• 다른 사람의 동기를 잘못 이해하고 속게 될 것이다.
가능한 반응과 결과들	• 속은 사실에 대해 자책한다.
	• 사람들을 멀리하고 마음의 문을 닫는다.
	• 믿을 수 있는 친구나 가족에게 의지한다.
	• 머릿속으로 배신을 집요하게 되짚어 보며, 자신이 무엇을 잘못했는지 이해하려 노력한다.
	• 웃고 떨쳐 버린다. 배신이 대단치 않은 일처럼 행동한다.
	• 그런 일이 일어날 줄 알았다고 주장한다.
	• 사람을 신뢰하기 힘들고, 도움을 요청하기 힘들다.
	• 냉소적으로 변한다. 누구도 믿지 않는다.
	• 친구는 더 이상 필요 없다고 말한다.
	• 똑같은 상처를 입지 않도록 다른 친구들도 멀리한다.
	• 외로움을 느낄 시간이 없게 일에 몰두한다.
	• 자신을 배신했던 사람과 우연하게 부딪힐 수 있는 장소를 피한다.
	• 모든 사람은 저마다의 속셈이 있다고 믿는다.
	• 불성실한 사람이 된다.
	• 배신했다는 이야기를 절대 듣지 않도록 모든 약속에 세심하고 신중하다.

- 자신의 삶에서 진정 신뢰할 만한 사람에 대해 진심으로 고마워한다.
- 사람의 신뢰를 절대로 저버리지 않는다.
- 어떤 사람이 믿지 말아야 할 사람을 믿고 있는 것을 알고, 미리 경고한다.
- 사람들을 좀 더 잘 이해하게 되고, 다시는 잘못 판단하지 않기 위해서 사람에 대해 더 많이 연구한다.

형성될 수 있는 성격 특성	- **속성** 분석적인, 감사하는, 대담한, 조심스러운, 정서적으로 안정된, 결단력 있는, 기분을 맞춰주는, 신중한, 훌륭한, 생각이 깊은, 사생활을 중시하는, 적극적인, 올바른, 책임감 있는 - **단점** 무감각한, 반사회적인, 냉담한, 심술궂은, 아는 체하는, 자신감 없는, 집착하는, 과민한, 굴종적인, 의심하는, 소심한
상처가 악화할 수 있는 계기	- 누군가 자신을 다시금 이용하고 있다는 의심이 든다. - 친구를 믿을 수 있는지 모르겠다. - 사랑하는 사람이 비슷한 방식으로 이용당하는 것을 본다. - 친구가 거짓말하고 있는 현장을 잡는다. - 어떤 사람을 위해 굳이 시간을 냈더니, 무시당했다.
상처를 직면하고 극복할 기회	- 자신도 다른 사람의 신뢰를 어긴 사실을 알게 된다. - 사람들로부터 소외되어 살다가 어떤 모임에 가입할 기회가 생겼는데, 그 모임을 믿어야 할지 말지 결정을 내려야 한다. - 친구에게 배신했다고 비난했는데, 그 친구는 항상 나에게 헌신적이었다는 사실을 나중에 깨닫게 된다. - 어려움에 빠진 친구를 보고 상처를 입을 각오를 하고 도와줘야 할지 결정해야 한다.

절교·기피
대상이 되다

Being Disowned or Shunned

구체적 상황

- 충성을 다했던 단체나 회사에서 쫓겨난다.
- 아이가 가출해서 돌아오지 않는다.
- 부모가 자녀를 버린다.
- 자녀와 사이가 나빠져 손주들을 만날 수 없다.
- 자녀가 독립을 원한다.
- (커밍 아웃, 개종, 다른 인종과의 결혼 등으로) 부모가 성인이 된 자녀를 피한다.
- 혼외 임신으로 집에서 쫓겨난다.
- (형제·자매를 고발하고, 고발당한 친척에게 불리한 증언을 하는 등) 가족을 배신해 기피 대상이 된다.

훼손 당하는 욕구

생리적 욕구, 안전과 안정, 애정과 소속감, 존중과 인정

생길 수 있는 잘못된 믿음

- 그들 없이는 절대 살 수 없다.
- 다시는 상처받지 않도록 애초에 사람들을 멀리해야 한다.
- 옳은 일을 하기보다는 충성심을 보이는 것이 낫다.
- 나는 쓸모없는 인간이다. 사람들은 나와 어떤 관계도 원치 않는다.
- 사람들이 나를 그토록 쉽사리 버린 것을 보면, 애당초 나를 사랑하지 않았던 것이다.
- 조건 없는 사랑과 인정은 존재하지 않는다. 사랑과 인정을 받으려면 노력이 필요하다.
- 상대에게 주기보다 받는 사람은 늘 원하는 바를 얻고, 받는 것보다 더 많이 주는 사람은 더 줄 것이 없어지면 버려진다.

가질 수 있는 두려움	

- 나는 누구에게도 인정받지 못할 것이다.
- 혼자서 모든 것을 하려다 실패하고 말 것이다.
- 실패나 실수를 저지르면 또다시 버림받을 것이다.
- 조건 없이 사랑하고 인정해 주는 사람은 결코 찾지 못할 것이다.
- 사람들 말대로 나는 약하다(불성실하고, 부적절하고, 결함이 많다.).

가능한 반응과 결과들	

- 감정을 지나치게 억제한다.
- (슬픔, 분노, 우울증 등) 감정 변화가 심하다.
- 마음이 공허하다.
- 나를 이렇게 만든 사람에게 보복하고 싶다.
- 주변 사람들과 멀어지게 한 원인인 자신의 선택에 집착한다.
- 자신을 엄격하게 평가하면서 자존감이 낮아지고, 심지어 자기 혐오에 빠진다.
- 해로운 인간관계에 빠진다.
- 가족이 모일 수 있는 휴일이나 특별한 날이 되면 우울하다.
- 약물과 술에 의존한다.
- 소셜 미디어를 이용해 자신을 버린 사람들을 스토킹하며 그들에 대한 소식을 얻는다.
- 이전에 사랑했던 사람들이나 집단을 우연하게라도 마주칠 수 있는 장소를 피한다.
- 신랄한 말을 하고 적개심이 많아진다.
- 소셜 미디어를 통해 자신을 버린 사람들을 중상모략한다.
- 원한을 품는다.
- 사람들을 믿고 받아들이기 힘들어한다.
- 누군가에게 버려지느니 차라리 먼저 그 사람을 떠난다.
- 이전의 모든 인간관계를 끊는다(전화번호를 바꾸고, 이사하고, 전학하고, 직장을 바꾸는 등).
- 거절당하지 않으려고 다른 사람을 기쁘게 해준다.
- 갈등이 느껴지면 불안해하고, 빨리 갈등을 해소하려 애쓴다.
- 관계를 되돌리려 애쓴다(아무리 거절해도 선물과 카드를 보내고, 전화하고, 음성 메시지를 남기고, 중요한 행사에 초대하는 등).

- 다른 사람과 어울릴 수 있는 데에 깊이 감사한다.
- 회사 책상에 놓아둔 생일 카드처럼 누군가의 작은 배려에 깊이 감동한다.
- 비탄에 잠긴다.
- 새 출발을 위해 이사한다.
- 자신의 행동이 이러한 상황을 초래하지는 않았는지 돌아본다.

형성될 수 있는 성격 특성	• **속성** 감사하는, 대담한, 조심성 있는, 기분을 맞춰주는, 태평한, 훌륭한, 상냥한, 독립적인, 부지런한, 도와주는, 관대한 • **단점** 거친, 회피적인, 괴짜인, 뒷말하기 좋아하는, 적대적인, 불안정한, 자신감 없는, 초조한, 과민한, 완벽주의적인, 반항하는, 분개하는, 자기 파괴적인, 완고한
상처가 악화할 수 있는 계기	• 아주 사소한 거절을 당한다(퇴근 후 한잔하자는 제안에 누구도 동의하지 않는 등). • 특별한 날을 맞았는데 주변에 아무도 없다. • 자신과 관계를 끊은 가족이 새로운 사람을 받아들인 것을 알게 된다(아이를 입양하거나 자매가 새 남자 친구를 사귀는 등). • 누군가가 절실하게 필요한 어려운 상황이지만 주변에 아무도 없다는 사실을 깨닫는다.
상처를 직면하고 극복할 기회	• 자신에게 상처를 주는 상대와 해로운 관계가 지속된다. 먼저 관계를 끊을지 결정해야 한다. • 자신을 버렸던 사람이 먼저 화해를 청한다. 화해를 받아들일지 아닐지 선택해야 한다. • (약물 남용, 절도, 폭력 등으로 인해) 자녀와 연락을 끊고 싶은 상황이 된다.

진실이
받아들여지지 않다

**Telling the Truth But
Not Being Believed**

**구체적
상황**

- (부모, 친척, 교사에게) 학대받았다고 했는데 누구도 믿어 주지 않았다.
- 범죄를 신고했는데, 경찰이 믿지 않았다.
- 절도나 거짓말 혐의로 기소되었는데, 무죄를 주장했지만 모두 무시당했다.
- 저지르지도 않은 죄로 유죄 판결을 받아 처벌받았다.
- 부모가 내 말보다 다른 사람 말을 더 믿었다.
- 부모, 보호자, 경찰 등이 나를 계속 거짓말쟁이라고 불렀다.
- 교사나 교장에게 부적절한 상황에 대해 털어놓았다가 문제아라는 낙인이 찍혔다.
- 목격한 사실을 진술했는데, 신뢰할 수 없는 내용이라고 무시당했다.
- 일반적인 통념에 어긋나는 경험에 관해 이야기했다가 무시당했다 (귀신을 보고, 신과 대화하고, 초자연적 현상을 경험하는 등).

**훼손
당하는
욕구**

생리적 욕구, 안전과 안정, 애정과 소속감, 존중과 인정, 자아실현

**생길 수
있는
잘못된
믿음**

- 사실을 말해 봤자 문제아 취급만 받을 것이다.
- 사람들은 정직이 최상의 방책이라고 하지만, 사실은 그렇지 않다.
- 사람들은 듣고 싶은 이야기만 듣고, 믿고 싶은 이야기만 믿는다.
- 가장 필요할 때 내 옆에서 나를 지지해주는 사람은 아무도 없다.
- 사람들이 듣고 싶어 하는 이야기나 해 주는 편이 낫다.
- 나를 보호해 주어야 하는 사람이 결국에는 나를 배신할 것이다.
- 나를 지킬 수 있는 사람은 결국 나밖에 없다.

- 가장 중요한 순간에, 내 말을 믿어 주는 사람은 아무도 없을 것이다.
- 내가 했던 말 때문에 처벌받을 것이다.
- 내가 사실이라고 믿고 있는 것이 틀릴 수도 있다.
- 너무 정직하다는 이유로 사람들이 나를 떠날 것이다.
- 이용당하거나 상처받거나 다른 식으로 피해를 입게 될 것이다. 그리고 그런 상황에서 의지할 사람은 아무도 없을 것이다.
- 믿지 말아야 할 사람을 믿었다가 배신당할 것이다.
- 권력을 가진 사람들은 자신의 이익을 위해 진실을 왜곡할 것이다.

- 정직이나 성실은 중요한 가치가 아니라고 믿는다.
- (정직함에 의지하지 않고) 다른 사람들을 조종해서, 자신이 원하는 것을 그들도 원한다고 믿게 만든다.
- 문제를 회피하는 수단으로 사람들이 듣고 싶어 하는 말만 한다.
- 사람들이 자신의 말을 믿으리라 기대하지 않기 때문에 마음의 문을 열지 않고, 과거 이야기를 하지 않는다.
- 감정을 감추고, 다른 사람에게 상처받지 않으려고 강박적으로 거짓말을 한다.
- 농담을 잘 받아들이지 못한다. 다른 사람들의 놀림에 어쩔 줄 몰라 한다.
- 아무리 확실한 상황에서도 사람들이 자신의 말을 믿고 있다는 확신이 필요하다.
- 불필요한 상황에서도 자신의 동기를 설명한다.
- 누군가 자신의 말에 이의를 제기하면 화를 낸다.
- 자신의 진실성을 의심하는 말을 들으면 충격을 받는다.
- 기회가 있을 때마다 자신의 성실성을 증명하려 든다.
- 자신의 말에 누구도 의혹을 제기할 수 없도록, 아예 말을 꺼내지 않는다.
- 어떤 비밀을 지키기 위해 거짓말을 할 수밖에 없다면, 그 비밀은 지키지 않는다.
- 사람들이 자신을 오해하고 있다면 강박적으로 진실을 알린다.
- 진실한 사람임을 증명하려고 지나칠 정도로 상세하게 답한다.

- 사람들의 마음을 얻기 위해 유머, 너그러움, 매력을 보여 주는 말을 골라서 한다.
- 거짓말을 늘어놓는 사람에게 적개심을 갖는다.
- (노트에 적고, 대화를 녹음하는 등) 자신의 말을 입증할 수 있는 방법을 찾는다.
- 자신의 말이 왜곡되거나 다른 맥락으로 언급되면 분노한다.
- 강박적으로 정직하다. 사소한 거짓말도 거부한다.
- 진실을 완벽하게 받아들이고, 대단히 강한 정의감을 보인다.
- 어떤 가정도 하지 않는다. 항상 사실만을 추구한다.
- 다른 사람의 말에 일단 옳다는 태도를 보여 주어, 사람들이 자신과 같은 억울함을 겪지 않도록 한다.
- 사람들이 진실을 말하고 있는지 아닌지 짐작할 필요가 없도록, 마음을 읽으려고 노력한다.
- 오해 소지를 없애기 위해 아주 명확하게 말한다.

형성될 수 있는 성격 특성	• **속성** 조심스러운, 용기 있는, 규율 잡힌, 신중한, 공감하는, 재미있는, 정직한, 훌륭한, 독립적인, 공정한, 성실한, 꼼꼼한, 돌보는, 집요한, 설득력 있는, 보호하는, 책임감 있는, 사회적 의식이 있는, 현명한, 말이 없는 • **단점** 반사회적인, 강박적인, 냉소적인, 방어적인, 부정직한, 불충실한, 회피적인, 망상적인, 적대적인, 억제된, 불안정한, 비판적인, 아는 체하는, 자신감 없는, 초조한, 집착하는, 과민한, 편집증적인, 완벽주의적인, 비관적인, 편견을 가진, 반항적인, 분개하는, 소심한, 의지력이 약한, 혼자 틀어박힌
상처가 악화할 수 있는 계기	• 거짓말하는 사람을 지명해야만 하는 상황이다. • 자녀나 배우자가 자신에게 거짓말을 한다. • 자신은 신뢰받지 못하고, 터무니없는 이야기를 하는 사람은 신뢰받는다. • 어떤 상황에서 지나친 푸대접을 받고, 자신에 대한 편견이 아닌지 의심한다.

- 두 사람이 완전히 다른 이야기를 하는 상황에서 이야기의 진실을 판가름해야 한다.
- 진실은 불필요한 상처를 주고, 거짓말이 오히려 친절이 되는 상황을 마주한다.
- 어떤 잘못으로 비난을 받았는데 대수롭지 않게 넘어갈지, 아니면 자신의 결백을 입증하기 위해 싸울지 선택해야 한다.

해로운 인간관계에
빠지다

A Toxic Relationship

일러두기

해로운 인간관계란, 한 사람의 행동이나 태도가 다른 사람에게 끊임없는 정신적 (혹은 더 나아가 육체적인) 피해를 주는 경우를 말한다. 이런 관계는 연인이나 부부 사이에서 가장 흔히 볼 수 있지만, 친구, 동료, 직장 상사와 직원, 부모와 자녀, 형제·자매 사이처럼 감정이 오고가는 모든 관계에서 찾아볼 수 있다.

구체적 상황

아래와 같은 특징을 가진 사람과 관계를 맺고 있는 경우

- 다른 사람을 지배하려고 한다.
- 질투하고 집착한다.
- 끊임없이 거짓말한다.
- 원하는 것을 갖기 위해서 교묘한 조종이나 협박도 서슴지 않는다.
- 상대의 자존감을 짓밟는 언어적, 신체적 폭력을 가한다.
- 상대가 사소하고, 중요하지 않고, 무가치하다고 느끼도록 만든다.
- 일이 잘못되면 언제나 자신의 책임을 부정하면서 불평하고 상대 탓을 하며 피해자인 척한다.
- (이성 관계라면) 다른 이성과 계속해서 바람을 피운다.
- 완벽주의자라서 늘 다른 사람들에게 현실 불가능한 기대를 건다.
- 과하게 경쟁적이라 매사 이겨야 직성이 풀린다.

훼손 당하는 욕구

안전과 안정, 애정과 소속감, 존중과 인정, 자아실현

생길 수 있는 잘못된 믿음

- 나는 망가진 그 사람을 고칠 수 있다.
- 누군가 나에게 폭언을 퍼붓거나 폭력을 휘둘러도, 개인적인 것으로 받아들여서는 안 된다.
- 나를 필요로 하는 사람을 떠나는 일은 이기적이고 충실하지 못한 행동이다.

- 그 사람이 나를 함부로 대하는 것은 다 내가 부족해서이다.
- (결혼하거나 아이를 가지는 등) 내 상황이 달라지면 이 관계도 달라질 것이다.
- 다른 사람은 나에게 기회를 주지 않을 것이다.

가질 수 있는 두려움

- 사랑과 인정이 필요한 그 사람에게 상처를 입힐 것이다.
- 해로운 관계에서 빠져나올 힘과 의지가 나에게는 없다.
- 나는 누구에게도 좋은 사람이 될 수 없을 것이다.
- 해로운 사람들만 내 곁에 남을 것이다.
- 나 자신도 다른 사람에게 해로운 사람이 될 것이다.

가능한 반응과 결과들

- 항상 다른 사람의 의지를 따른다.
- 자신이 이기적이고, 예민하며, 이성적이지 못하다고 비하한다.
- 자신의 진정한 모습을 찾을 수 없다고 생각한다. 언제나 다른 사람을 기쁘게 하려고 가면을 쓴다.
- 해로운 사람을 제외한 모든 사람을 멀리한다.
- 거짓말을 믿고, 쉽게 속는다.
- 다른 사람들을 '고치려고' 한다.
- 순교자 콤플렉스♦가 생긴다.
- 자신의 직감을 믿지 않는다.
- 해로운 사람이 말하는 부정적인 내용을 당연하게 받아들이거나, 그 사람을 위해 변명한다.
- 우울증을 앓는다.
- 해로워 보이는 사람에게 끌린다.
- 받기만 하고 주지 않으려는 사람에게 적개심을 느낀다. 그리고 그 적개심에 대해 죄책감을 느낀다.
- 다른 사람을 흉보고, 불평하고, 거짓말하고, 사람을 조종하는 등 해로운 사람의 나쁜 습관을 자신의 것으로 받아들인다.

♦ **순교자 콤플렉스**martyr complex
자기가 희생자라고 생각하는 피해 의식이 심한 증상.

- 자신의 감정을 억제하는 데 익숙해서, 인간관계 속에서 고독감을 느낀다.
- 받는 것보다 더 많이 주려고 한다.
- 일방적인 교우 관계밖에 없기 때문에, 문제가 생기면 혼자 앓는다.
- 좋은 소식이 있어도 다른 사람과 나누지 않는다.
- 두려움, 죄책감, 혹은 의무감 때문에 하고 싶지 않은 일을 한다.
- 삶을 점점 부정적으로 생각한다.
- 주는 것보다 더 많이 받으려는 사람을 피한다.
- 다른 인간관계에서도 해로운 징후를 느낀다.
- 다른 사람에게 잘 공감한다.
- 공정성과 존중을 내세워 모든 일을 잘 중재하는 사람이 된다.
- 남에게 좌우되지 않고, 자신을 주장하는 법을 배운다.

형성될 수 있는 성격 특성	
	- **속성** 적응하는, 사랑이 많은, 경계하는, 조심스러운, 협조적인, 태평한, 공감하는, 온화한, 겸손한, 충실한, 돌보는, 순종적인, 책임감 있는, 감상적인, 도와주는, 관대한, 잘 믿는
	- **단점** 의존적인, 부정직한, 신의 없는, 회피적인, 말하기 좋아하는, 잘 속는, 재미없는, 위선적인, 무지한, 우유부단한, 감정을 억누르는, 불안정한, 질투하는, 피해 의식이 강한, 자신감 없는, 굴종적인, 신경질적인, 소심한, 의지력이 약한

상처가 악화할 수 있는 계기	
	- 툭하면 불평을 늘어놓고 분통을 터뜨리는 사람이 가까이 있다.
	- 해로운 친구의 전화, 메시지, 방문을 받고, 감정적으로 힘들어진다.
	- 누군가가 사소한 거짓말이나 경솔한 행동을 하고, 다른 사람을 조종하려 하는 것을 본다.
	- 누군가를 위해 지나친 호의를 베풀어 달라는 요청을 받는다.
	- 누군가에게 협조하지 않으면 해코지하겠다는 협박을 받는다.
	- 감정 기복이 심한 사람이 있어, 그 사람이 폭발할 수 있는 위험한 부분에서 대화를 다른 쪽으로 돌려야 한다.

- 자신이 행복하지 않은 원인이 해로운 인간관계 때문이라는 것을 깨닫는다.
- 해로운 인간관계 때문에 꿈을 이룰 기회를 포기하고, 나중에야 잘 못된 선택이었다는 것을 깨닫는다.
- 해로운 사람과 같이 있느니 혼자 있는 편이 행복하다는 사실을 깨 닫는다.
- 해로운 인간관계에서 빠져나오지 못하는 자신의 모습을 들여다보게 해 주는 긍정적이고 낙관적인 사람을 만난다.

형제 · 자매가
배신하다

A Sibling's Betrayal

구체적 상황

형제 · 자매가 다음과 같은 행동을 하는 경우

- 나에 대해 헛소문을 퍼뜨렸다.
- 자신의 감추고 싶은 창피한 비밀을 폭로했다.
- 내가 저지른 범죄를 경찰에 알렸다.
- 앙심을 품거나 이기적인 이유로 경쟁자의 편을 들었다.
- 부모의 관심을 받으려고 사실을 왜곡했다.
- 내 남편이나 아내에게 부적절한 행동을 하고, 사실을 부정했다.
- 내 연인(배우자)과 바람을 피웠다.
- 형제나 자매 때문에 다른 가족, 친구, 연인과 관계가 멀어졌다.
- 나이 든 부모를 모시는 척하며 부모가 저축한 돈을 마음대로 썼다.

훼손 당하는 욕구

안전과 안정, 애정과 소속감, 존중과 인정, 자아실현

생길 수 있는 잘못된 믿음

- 내가 무엇을 가지고 있든, 누군가에게 빼앗길 것이다.
- 내 형제 · 자매는 나를 방해하거나 내 인생을 파멸시키려고 한다.
- 내 형제 · 자매는 어떻게든 나를 해치려고 한다.
- 피가 물보다 진하다는 말은 거짓이다. 형제 · 자매는 믿을 수 없다.
- 형제 · 자매가 어차피 나보다 한 수 위라, 아무리 노력해 봤자 소용 없다.
- 가족조차 나를 존중하지 않는다.
- 나는 잘 속고 약한 인간이다.
- 외동이었으면 훨씬 좋았을 것이다.
- 어떤 사람이든 가까이 해봤자 배신당할 것이다.

- 나는 상처받기 쉬운 인간이다.
- 실패와 그에 따른 조롱이 두렵다.
- 내가 이룬 성취들을 형제·자매가 무너뜨릴 것이다.
- 비밀과 숨기고 싶은 치부가 드러날까 봐 두렵다.
- 믿지 말아야 할 사람을 믿었다.
- 형제·자매의 거짓말 때문에 (조카를 보지 못하고, 부모들이 관계를 끊는 등) 가족을 잃을 것이다.
- 사랑하는 사람이 형제·자매의 거짓말이나 왜곡된 설명에 넘어가 나를 버릴 것이다.

- 가족, 특히 형제·자매를 피한다.
- 형제·자매에게 말을 걸지 않고, 그들에 대해 말하지도 않는다.
- 다른 사람들에게 형제·자매의 험담을 한다.
- 모임에 형제·자매가 있는 경우 평계를 대고 자리를 피한다.
- 조카들과 거리를 둔다.
- 형제·자매와 관계를 끊고 어떠한 정보도 공유하지 않는다.
- 형제·자매와 같이 있어야 할 때는 침묵을 지키거나 짜증을 낸다.
- 형제·자매에게 진실을 말해야 할 때 거짓말을 한다.
- 개인적인 욕망, 목표, 감정을 사람들과 나누기 힘들어한다.
- 내성적으로 변한다. 우울증을 앓고 불안 증세를 겪는다.
- 가족과 친구들에게 한쪽 편만 들라고 무리한 선택을 강요한다.
- 형제·자매 문제를 머릿속에서 떨치지 못하고, 사람들과 있는 자리에서 자주 이 문제를 들춘다.
- 고통을 이기지 못해 자해한다.
- 술에 의존한다.
- 형제·자매가 관여하는 모든 상황은 경쟁이 되어 버린다.
- 형제·자매와 서로를 비난하고 책임을 전가한다.
- 불화의 원인에 자신의 잘못이 있더라도 책임지려 하지 않는다.
- 형제·자매가 관련된 상황이라면 최악의 시나리오를 상상한다.
- 형제·자매에게 복수할 기회를 엿본다.
- 자신의 가치를 증명하려고 모든 분야에서 최고가 되려 한다.

- 형제·자매가 자신의 목숨을 구해 주려고 상황에 개입하는 정당한 행동을 하더라도 그 행동에마저 적개심을 갖는다.
- 사람들을 철저히 관찰한 뒤에야 그들을 받아들이고 마음을 연다.
- 자신의 삶에 해로워 보이는 사람들로부터 안전한 거리를 확보한다.
- 형제·자매에게 배신당한 경험이 있는 사람들에게 안전한 피난처가 되어 준다.

형성될 수 있는 성격 특성	• **속성** 조심스러운, 규율 잡힌, 신중한, 공감하는, 집중하는, 독립적인, 부지런한, 내성적인, 단순한, 지략 있는, 관대한, 말이 없는 • **단점** 지배적인, 잔인한, 방어적인, 충동적인, 불안정한, 비판적인, 피해 의식이 강한, 자기 파괴적인, 의심하는, 앙심을 품은, 혼자 틀어박힌
상처가 악화할 수 있는 계기	• 누군가를 신의가 없는 사람이라고 느낀다. • 누군가에 대한 잔인한 소문이나 비밀을 우연히 듣는다. • 가족 중 한 명이 과거의 불화에 대해 언급하면서 형제·자매는 아무 잘못 없다는 듯이 말한다. • 자신이 친구나 가족, 자녀, 동료에게 충실하지 않다는, 사실과는 다른 비판을 받는다. • 형제·자매가 참석할 수도 있는 가족 모임을 한다.
상처를 직면하고 극복할 기회	• 형제·자매의 어두운 비밀을 발견하고, 이 비밀을 지켜야 할지 밝혀야 할지 도덕적 갈등에 빠진다. • 가족이 퍼뜨린 거짓말 때문에 자녀가 외톨이가 된다. • 형제·자매와의 관계를 회복하기 위해 노력하다가 또 배신당한다.

형제·자매가 학대받은
사실을 알게 되다
Discovering a Sibling's Abuse

구체적 상황

- 형제·자매가 학대 당하는 현장을 직접 목격한다.
- 형제·자매가 학대에 대해 털어놓는다.
- 자신을 지키기 위해 형제·자매가 피해를 감수했음을 알게 된다.
- 형제·자매의 유서를 통해 학대에 대해 알게 된다.
- 형제·자매가 속마음을 털어놓은 친구나 가족에게 학대 사실을 듣는다.

훼손 당하는 욕구

안전과 안정, 애정과 소속감, 존중과 인정, 자아실현

생길 수 있는 잘못된 믿음

- 형제·자매를 보호하지 못한 나는 실패자이다.
- 나는 눈앞에서 일어난 일도 못 보는 멍청이다.
- 학대는 내가 받았어야 했다.
- 나는 사랑, 존중, 신뢰를 받을 자격이 없다.
- 나는 다른 사람을 도울 수 없다. 실망만 안겨 줄 것이다.
- 나를 가장 필요로 했을 때 형제·자매를 도와주지 못했으므로, 나는 고통과 불행을 당해도 마땅하다.
- 이 실패는 영원히 지워지지 않을 것이다. 나는 죄책감에 시달려도 마땅하다.
- 나는 사랑하는 사람을 지키지 못한다.
- 형제·자매가 안전과 안정을 빼앗겼으니 나도 그것들을 누릴 자격이 없다.

가질 수 있는 두려움

- 사람들을 믿지 못한다.
- 사람들을 책임졌다가는 모든 일을 망쳐 버릴 것이다.
- 사람들을 제대로 판단하지 못하고, 위협적인 징후를 놓칠 수 있다.
- 사랑하는 사람들을 보호하지 못할 것이다.

- 어떤 사람을 보호하는 데 또다시 실패할 것이다.
- 형편없는 형제·자매라고 거절당할 것이다.

- (최초의 반응으로) 부정한다. 그렇게 중요한 일은 자신이 몰랐다는 사실을 믿을 수가 없다.
- 죄책감을 달래고 지난 실수를 보상하기 위해 형제·자매의 말에 잘 따른다.
- 학대당한 형제·자매에게 도움을 주려 애쓴다.
- 분노와 같은 감정을 폭발시키고, 때로는 폭력적으로 변한다.
- 주변에 있던 어른이 학대에 대해 전혀 몰랐던 경우라도, 학대를 미리 방지하지 못했다고 비난한다.
- 보복을 다짐한다.
- 학대가 전혀 없는 곳에서도 학대의 흔적을 본다.
- 특히 자신이 다른 사람들을 책임지고 있는 상황이라면, 자신의 결정이 어떤 결과를 불러올 지 재차 생각해 본다.
- 사랑하는 사람들을 과잉보호한다.
- 비밀은 모두 위험하다고 생각하고, 강박적으로 진실만을 말한다.
- 사랑하는 사람이 어디에 있는지 언제나 알고 싶어 한다.
- 놓쳤을 수도 있는 단서를 찾으려고 자신의 기억을 샅샅이 훑는다.
- 모순되는 감정 때문에 혼란스러워한다(자신은 학대당하지 않았다는 안도감, 안도감에 대해 느끼는 죄책감, 학대를 파악하지 못한 가족들에 대한 혐오 등).
- 심한 죄책감과 자신은 고통받아 마땅하다는 생각으로 자신을 일부러 위험한 상황에 몰아넣는다.
- 수치심 때문에 학대받은 형제·자매 근처에 가지 못한다.
- 약물이나 술에 의지하거나 자해하는 등 자기 파괴적 행동을 일삼는다.
- 다시는 학대의 징후를 놓치지 않으려고 주변을 끊임없이 경계하고, 관찰력이 예리한 사람이 되려고 노력한다.
- 형제·자매에게 조건 없는 사랑을 주고 지원한다.
- 형제·자매에게 상담을 권하고, 버팀목이 되어 준다.

형성될 수 있는 성격 특성	• **속성** 사랑이 많은, 경계하는, 감사하는, 용기 있는, 공감하는, 너그러운, 정직한, 훌륭한, 겸손한, 내성적인, 친절한, 충실한, 자비로운, 돌보는, 순종적인, 주의력이 있는, 인내하는, 예민한, 집요한, 사생활을 중시하는, 보호하는, 지략 있는, 책임감 있는, 도와주는, 이타적인, 말이 없는
	• **단점** 도전적인, 겁 많은, 재미없는, 감정을 억누르는, 불안정한, 초조한, 피해망상의, 문란한, 무모한, 자기 파괴적인, 굴종적인, 의심하는, 소심한, 폭력적인, 변덕스러운, 혼자 틀어박힌, 일 중독의
상처가 악화할 수 있는 계기	• 학대받고 있다는 사실을 암시하는 징후가 사랑하는 사람에게 나타난다.
	• 가해자와 자신의 형제 · 자매가 생일 파티 등의 행사에 나란히 참석한 것을 본다.
	• 당시에는 깨닫지 못했던 학대의 단서가 기억 속에서 떠오른다.
	• 사람들이 자신의 형제 · 자매를 비판하는 상황을 본다.
상처를 직면하고 극복할 기회	• 형제 · 자매가 학대를 알아차리지도, 막아주지도 못했다며 자신을 비난한다.
	• 가족들이 형제 · 자매를 믿지 않고 오히려 가해자 편을 든다.
	• 불화가 일어날까 두려워 (학대에 대해 전혀 몰랐더라도) 학대에 개입하지 않고, 관계를 회복하려면 지난 일은 잊어야 한다고 하는 부모에게 적개심을 느낀다.
	• 학대 사실을 알게 된 뒤 형제 · 자매와 다시 가까이 지내고 싶지만, 그러려면 먼저 자신을 용서해야 한다.
	• 끊임없이 서로 싸우는 자신의 아이들에게 우애가 얼마나 소중한지 알려 주고 싶다.

트라우마
사전

범죄
피해

Crime and Victimization

개인 정보
도난

구체적 상황

- 범죄자가 개인 문서를 획득하여 신원을 도용했다.
- 범죄자가 여권을 위조해 불법 입국에 사용했다.
- 위조문서를 가진 사람이 은행 및 투자 계좌에서 돈을 인출했다.
- 누군가가 신용카드를 복제하여 청구 금액이 쌓였다.
- 신원을 도용당하여 채권자, 경찰, 범죄자들에게 시달렸다.
- 사이버불링◆ 목적으로 자신의 이름으로 온라인 계좌가 만들어졌다.
- 도난당한 신원이 건강보험에 이용되어, 보험 이용에 제약을 받았다.
- 친구나 가족이 자신으로 위장해 명성에 흠을 내는 사건을 저질렀다.
- 지문이나 DNA가 범죄에 악용됐다.
- 보복의 목적으로 자신의 사진이 온라인에서 공유됐다.
- 개인 정보가 음란물 사이트나 온라인 데이트 사이트에 사용됐다.
- 이메일을 해킹당해 다른 사람을 협박하거나 피해를 주는 정보를 보내는 데 사용됐다.

훼손 당하는 욕구

안전과 안정, 애정과 소속감, 존중과 인정, 자아실현

생길 수 있는 잘못된 믿음

- 누군가가 내 삶을 망쳐 놓을 테니 잘 살려고 노력해 봤자 소용없다.
- 내가 약하기 때문에 목표물이 됐다.
- 나는 존중받을 가치가 없는 사람이다.
- 악인은 어디에나 있기 때문에 내 정보를 누구와도 공유하지 않겠다.
- 내 정보를 내가 통제할 수 있다는 생각은 환상에 지나지 않는다.
- 어려운 순간이 오면 경찰도 나를 도와줄 수 없다.
- 내가 입은 오명은 절대로 씻어 낼 수 없다.

◆ **사이버불링**Cyber Bullying
사이버 공간에서 특정인을 집단으로 따돌리거나 집요하게 괴롭히는 행위

- 이용당하거나 착취당할 수 있다.
- 이제껏 쌓아 온 모든 것을 잃을 수 있다.
- 파산할까 두렵다.
- 믿지 않아야 할 사람을 또 믿게 될 수 있다.
- 금융기관처럼 안전해야 할 공공기관들이 오히려 더 위험하다.

- 정보 기술을 피한다.
- 은행에 가기보다는 은밀한 장소에 현금을 보관한다.
- 비밀번호, 은행 계좌, 신용카드를 강박적으로 바꾼다.
- 개인 정보 공유를 거부한다.
- 소셜 미디어 계정을 삭제한다.
- 친구나 동료가 개인적인 일을 물으면 과민 반응을 보인다.
- 사람들을 믿지 못하고 그들의 동기를 의심한다.
- 피해망상에 빠져 모든 음모론을 믿는다.
- 언제나 현금을 쓴다.
- 사람들이 접근할 수 있는 곳에는 절대로 지갑, 휴대전화 등을 두지 않는다.
- 친밀한 관계를 피한다(개인 정보 도난이 개인적 원한이나 혐오에서 비롯된 경우).
- 개인 정보가 포함된 서류나 메일은 분쇄하거나 태운다.
- 다른 정보가 허위라고 밝혀야 할 경우를 대비하여 모든 서류의 복사본을 만들어 보관한다.
- 신뢰할 수 있는 기관(보험 회사, 은행 등)까지 불신한다.
- 자신이 돌보는 사람들이 인터넷이나 정보 기술을 사용할 때 과도할 정도의 규칙을 세워 지키도록 한다.
- 계약서의 작은 부분까지 꼼꼼히 읽고, 표준적인 약관에도 서명을 거부한다(웹사이트의 이용 약관, 의사의 진료 정보 공유 등).
- 새로 만난 사람들에게 좀처럼 상냥하게 굴지 않는다.
- 개인 정보 도난에 대한 걱정과 불신을 공공연히 이야기하여, 자녀까지 두렵게 한다.
- 똑같은 일을 당하지 않도록 안전 규약을 열심히 익힌다.

- 최악을 대비하며 최선을 바란다.
- (필요 없는 신용카드는 버리고, 생활 규모를 축소하는 등) 삶을 단순하게 만든다.
- 자급자족하려고 노력한다.
- 전기나 수도 같은 현대적 설비 없이도 살 수 있도록 자립하고 싶어 한다.

형성될 수 있는 성격 특성

- **속성** 경계하는, 분석적인, 조심스러운, 신중한, 정직한, 체계적인, 적극적인, 지각 있는, 단순한, 학구적인, 전통적인, 말이 없는
- **단점** 지배적인, 냉소적인, 부정직한, 회피적인, 적대적인, 불안정한, 강박적인, 편집증적인, 편견을 가진, 혼자 틀어박힌

상처가 악화할 수 있는 계기

- 신용카드 명세서에서 이해할 수 없는 청구 항목을 발견한다.
- 은행 정보, 비밀번호, 송금 등을 요구하는 이메일을 받는다.
- 가까운 사람이 돈을 빌려 달라고 한다.
- 개인 정보를 요구하는 직원과 통화를 마친 뒤 같은 일을 하는 사람(미수금 처리 대행 업자, 은행원 등)이 바로 연락을 해 온다.
- 소셜 미디어 등에서 비록 피해는 없지만 해킹을 당한다.
- 공항에서 (잠시라도) 세관에 의해 억류된다.

상처를 직면하고 극복할 기회

- 피해망상 때문에 누군가를 고발하지만, 고발당한 사람의 무고함이 밝혀진다. 자신의 불신이 다른 사람에게 해를 끼칠 수도 있다는 사실을 깨닫는다.
- 경제적 개선을 위한 기회로 삼는다.
- 자신의 개인 정보를 훔쳐간 상대에 대해 법정에서 증언할 기회를 얻는다.

납치·감금

구체적 상황

- 납치당해서 몸값을 치를 때까지 감금당했다.
- 이유도 모른 채 오랫동안 감금당했다.
- 노예로 팔려 갔다.

훼손 당하는 욕구

안전과 안정, 애정과 소속감, 존중과 인정, 자아실현

생길 수 있는 잘못된 믿음

- 나는 쉬운 목표물이자 먹잇감이다. 사람들은 언제나 나를 희생양으로 만들고 싶어 한다.
- 나는 결코 예전과 같은 사람이 될 수 없을 것이다.
- 나도 죽었어야 했다(생존자의 죄책감).
- 납치범들이 아주 나쁜 사람들은 아니었다(스톡홀름 증후군◆).
- 나의 판단은 틀렸으니 나를 믿어선 안 된다.
- 믿고 의지할 수 있는 사람은 나 자신밖에 없다.
- 누구도 나를 사랑하지 않는다, 나는 이런 일을 당해도 마땅하다(납치범의 세뇌로 인한 특정한 믿음).

가질 수 있는 두려움

- 내 힘과 자유를 다시 빼앗길까 두렵다.
- 세상에 다시 적응하지 못할까 두렵다.
- 사랑하는 사람이 같은 일을 당할까 두렵다.
- 감금 중 참고 견딜 수밖에 없었던 어떤 일들 때문에 사랑하는 사람들에게 버림 받을까 두렵다.
- 납치범과 외모가 비슷한 사람이 두렵다.
- 함정에 빠지고, 폭행당하고, 또다시 납치되거나 살해당할까 두렵다.

◆ **스톡홀름 증후군**stockholm syndrome
두려움으로 인해 인질이 인질범에게 동조하며 긍정적인 감정을 가지는 비합리적인 현상.

196

- 피해망상에 가까울 정도로 모든 일에 극도로 조심한다.
- 주변 환경에 대해 지나칠 정도로 민감한 반응을 보인다.
- 폐쇄 공간에 들어간다거나 움직임에 제약을 받는 상황이 오면 민감하게 반응한다.
- 친구나 사랑하는 사람들과 거리를 두고, 사람들을 잘 믿지 못한다.
- 악몽 때문에 늘 피곤하다.
- 호신술을 배우고, 집을 요새로 만드는 등 안전에 집착한다.
- 우울증과 불안 증세를 보인다.
- 자신이 즐기던 취미나 활동에 흥미를 잃는다.
- 자녀를 과잉보호한다.
- (납치된 기간이 길었다면) 세상의 변화에 잘 적응하지 못한다.
- 약물이나 술에 의존한다.
- 자살을 생각하고 시도한다.
- 사람들의 주의를 끌지 않으려고 조심스럽게 행동한다.
- 납치범에게 공감하고, 그 이후 죄의식을 갖는다(스톡홀름 증후군).
- 자신의 무능력 때문에 탈출하지 못한 게 아닌지 혼란스러워하며 자기 혐오에 빠진다.
- 외상 후 스트레스 장애(PTSD) 증상을 보인다.
- 극도로 순종적인 성격이 된다. 의지력을 잃는다.
- 집중력과 기억력이 손상된다.
- 무기력하고, 두렵고, 불안하다.
- 이름을 바꾸고, 이사하고, 직업을 바꾸는 등 과거를 잊으려고 한다.
- 새로운 기회를 얻었다고 생각한다.
- 어떤 목적이 있어서 탈출할 수 있었다고 믿고, 그 목적을 성취하려 한다.
- 자신을 구해준 사람에게 보답하려 한다.
- 자신을 치료해 줄 사람이나 도와줄 집단을 찾는다.

- **속성** 기민한, 대담한, 조심스러운, 규율 잡힌, 공감하는, 부지런한, 꼼꼼한, 돌보는, 주의력이 있는, 인내하는, 끈질긴, 사생활을 중시하는, 적극적인, 보호하는, 지략 있는, 사회적 의식이 있는, 현명한

- **단점**　의존적인, 충동적인, 회피적인, 적대적인, 불안정한, 비이성
  적인, 음울한, 자신감 없는, 초조한, 강박적인, 편집증적인, 자기 파
  괴적인, 굴종적인, 의심하는, 소심한, 비협조적인, 혼자 틀어박힌

**상처가
악화할 수
있는 계기**

- 납치범과 관련된 특정한 냄새, 소리, 맛 혹은 물건
- 지하실, 헛간 등 납치를 상기시키는 장소나 행위
- 납치범이 가석방되었다는 소식이나 출소했다는 소식을 듣는다.
- 대학 입학, 캠핑, 자취 등의 이유로 자녀가 집을 떠난다.
- 사건을 회상하게 만드는 플래시백
- 자신이 겪었던 상황과 흡사한 장면이 등장하는 영화나 텔레비전
  프로그램을 본다.

**상처를
직면하고
극복할
기회**

- 누군가 자신을 지켜보고 있다는 망상에서 벗어나려면 도움을 받
  아야 한다는 사실을 깨닫는다.
- 납치로 인한 두려움 때문에 사랑하는 사람들과 멀어진 것을 깨닫
  는다.
- 외상 후 스트레스 장애(PTSD) 때문에 삶의 질은 물론 인간관계까
  지 망가졌음을 깨닫고 도움을 청하기로 한다.

물건 취급
당하다

Being Treated as Property

구체적 상황

- 몸을 팔았다.
- 노예 취급을 당했다.
- 다른 사람에게 팔려갔다.
- 자신의 의지가 아닌 결혼을 했다.
- 인신매매범에게 넘겨졌다.
- 가족을 위한 장기 기증자로 키워졌다.
- 자신이 원치 않는 일을 다른 사람을 위해 해야만 했다.
- 자신의 가치를 미모나 힘, 미덕 등으로 얻을 수 있는 재력, 권력, 명성의 정도로 평가 당했다.

훼손 당하는 욕구

생리적 욕구, 안전과 안정, 애정과 소속감, 존중과 인정, 자아실현

생길 수 있는 잘못된 믿음

- 나는 쓸모없다.
- 나는 그저 다른 사람들을 도울 목적으로만 존재한다.
- 내가 원하는 것은 중요하지 않다.
- 사랑처럼 보였지만 결국 물건처럼 취급하려는 의도였다.
- 내가 겪는 일은 정상이다.
- 나는 절대 자유롭지 못할 것이다.
- 나는 의지가 없는 사람이다.
- 나는 동물보다 나은 점이 없다.
- 죽어서야 자유로울 수 있을 것이다.

가질 수 있는 두려움

- 더 나쁜 사람에게 팔리거나 넘겨질까 두렵다.
- 학대를 당하고 상처를 입을까 두렵다.
- 어떤 사람을 좋아하게 되고, 그 사람을 떠날 수밖에 없는 상황이 오게 될까 두렵다.

- 사람들에게 이용만 당할 것이다.
- 학대에서 벗어나지 못할 것이다.
- 가치가 떨어지면 살해당할 수도 있다.
- 조건 없는 사랑은 받지 못할 것이다.

- 호의를 얻고 처벌을 피하려고 매우 순종적인 태도를 보인다.
- 자신의 의지와 정체성을 잃고, 모든 명령에 기꺼이 따른다.
- 권력을 가진 사람 앞에서 주눅 든다.
- 주목받지 않기 위해 최선을 다한다.
- 자존심이 거의 혹은 아예 없다.
- 느끼지도 표현하지도 못하는 감정들이 있다.
- 학대를 버티기 위해 자신의 육체에 초연한 태도를 보이거나 인격 분열 상태가 된다.
- 하루하루를 대충 살아가면서 자기 생각은 감추고, 지시받은 일만 한다.
- 가해자를 기쁘게 만들고, 그가 목표를 이루는 데 도움을 줄 수 있는 활동에 집중한다.
- 물건을 빼돌려 모으는 등, 가해자에게 복종하면서도 불량한 태도를 보이는 방법으로 소극적인 반항을 한다.
- 자살이 유일한 탈출구라고 생각한다.
- 탈출하는 데 도움이 될 만한 기술을 몰래 갈고닦는다.
- 자신만의 능력으로 내세울 수 있는 재주를 몰래 연습한다.
- 탈출하는 데 필요한 물건들을 몰래 모은다.
- 자신을 동정하는 사람에게 쪽지를 건네는 등 몰래 도움을 청한다.
- 탈출한 뒤, 과거를 잊기 위해 약물이나 술에 의지한다.
- 자살을 생각하고, 시도 한다.
- 사람들을 믿지 않는다.
- 미래에 대한 계획이 없고, 목표가 없으며 늘 작은 것들만 생각한다.
- 세상을 무관심하게 바라본다.
- 권력을 가진 모든 사람을 경멸한다.
- 자신보다 약한 존재(동물, 형제·자매, 친구 등)를 지배하려 든다.

- 주의력이 산만하다. 쉽게 집중하지 못한다.
- 해로운 인간관계를 통해 친밀함을 느끼려고 한다.
- 버려지고 헤어지는 일을 견디지 못해 인간관계를 맺기 꺼린다.
- 다른 사람들은 당연히 여기는 사소한 일에도 감사한다.
- 치료를 통해 자신의 이야기를 털어놓고 조금씩 천천히 마음을 열고 도움을 청한다.

형성될 수 있는 성격 특성
- **속성** 경계하는, 조심스러운, 협조적인, 용감한, 신중한, 공감하는, 우호적인, 온화한, 겸손한, 친절한, 충실한, 돌보는
- **단점** 의존적인, 무감각한, 냉담한, 냉소적인, 교활한, 부정직한, 재미없는, 무지한, 감정을 억누르는, 불안정한, 초조한, 반항적인

상처가 악화할 수 있는 계기
- 낯선 사람들 사이에 혼자 남아 있다.
- 자신을 학대하던 사람이 자신에게 했던 칭찬이나 선물을 받는다.
- 친구나 가족이 개인적인 이익을 위해 자신을 이용했다는 사실을 알게 된다.
- (체인이 짤랑거리는 소리, 매트리스 스프링 소리 등) 학대와 관련된 감각적 자극을 받는다.

상처를 직면하고 극복할 기회
- 탈출해서 자유를 얻었지만 다시 '소유자'에게 잡혔다.
- 탈출한 뒤, 학대받고 있다고 생각되는 사람을 만나 도와주고 싶다.
- 자신도 자녀를 물건처럼 취급하면서 악순환을 반복하고 있다는 사실을 깨닫는다.
- 해로운 인간관계를 맺고 있음을 깨닫고, 자신이 아직 치유되지 않았음을 알게 된다.

살인을
목격하다

**구체적
상황**

- 가족 간의 말싸움이 폭력 사태로 번졌다.
- 도로에서 강도가 사람을 살해하는 것을 보았다.
- 학교 내 총격으로 반 친구가 죽었다.
- 주거 침입을 당해 부모가 살해당했다.
- 범죄자가 경찰을 쏘아 죽이는 것을 목격했다.
- 파티에서 친구가 갱단에게 살해당했다.
- 다른 사람과 같이 납치당했는데, 감금자가 그 사람을 살해했다.

**훼손
당하는
욕구**

안전과 안정, 애정과 소속감

**생길 수
있는
잘못된
믿음**

- 살인을 막기 위해 무언가 해야 했다.
- 위급한 상황에서 나는 쓸모없는 인간이다.
- 나는 사랑하는 사람을 지킬 수 없다.
- 내가 대신 죽었어야 했다.
- 세상은 위험하고 예측 불가능한 곳이다.
- 사람들은 본질적으로 폭력적이다.
- 진정으로 안전한 사람은 아무도 없다.

**가질 수
있는
두려움**

- 나도 살해당할 수 있다.
- 가족이 살해당한다 해도 나는 막을 힘이 없다.
- 중요한 순간이 오면 얼어붙어서 아무것도 못 할 것이다(살인을 목
  격한 순간 이런 일이 벌어졌다면).
- 다른 사람들의 행복에 책임을 져야 한다.
- 판단을 내리기가 두렵다. 나의 판단이 다른 사람에게 큰 영향을 미
  칠 수도 있다.
- 살인자와 신체적, 사상적으로 흡사한 사람을 보면 두렵다.

가능한 반응과 결과들	• 집의 방범 장치를 강화한다. • 호신술을 배운다. • 총을 사서 사용법을 숙지한다. • 총기 휴대 허가증을 취득한다. • 호신용 스프레이를 가지고 다닌다. • 해가 진 다음에는 외출하지 않는다. • 친구나 가족을 멀리한다. • 사건을 계속 되새긴다. • 어쩔 수 없는 일이었음에도 제 역할을 다하지 못했다고 자책한다. • 어려움에 처한 사람을 돕기가 망설여진다. • 가족의 안부와 소재를 걱정한다. • 자신의 능력을 증명하기 위해 모든 상황을 통제하려 든다.
형성될 수 있는 성격 특성	• **속성** 경계하는, 감사하는, 대담한, 결단력 있는, 규율 잡힌, 공정한, 꼼꼼한, 주의력이 있는, 체계적인, 사생활을 중시하는, 적극적인, 보호하는, 지각 있는, 말이 없는 • **단점** 냉담한, 유치한, 지배적인, 까다로운, 충동적인, 음울한, 자신감 없는, 초조한, 편집증적인, 자기 파괴적인, 미신적인, 신경질적인, 혼자 틀어박힌
상처가 악화할 수 있는 계기	• 점점 격렬해지는 논쟁을 본다. • 살인 사건을 다룬 새로운 기사나 드라마를 본다. • (사실이든 아니든) 어떤 사람이 위험에 처했다고 믿게 만드는 것을 보거나 듣는다. • 피 냄새나 트럭 뒤쪽에서 불꽃이 튀는 소리처럼 살인 사건을 상기시키는 감각 자극을 받는다. • (골목, 주차장 등) 살인과 연관된 장소 혹은 사건을 마주친다.

- 피해자가 아닌 범죄자를 보호하는 법이 통과되어 살인을 목격한 사람이 그 끔찍한 사건을 다시 떠올려야 한다. 이 잘못된 법을 바로잡는 데 적극적으로 나선다.
- 살인 사건 재판의 증인이 된다.
- 살인범과 같은 인종이거나 종교를 가진 사람을 몰아세우다, 자신의 편견을 깨닫는다.
- (아픈 동생의 아이를 돌봐야 한다든가, 눈사태에 묻힌 사람을 혼자서 구조해야 하는 등) 큰 책임을 져야 하는 상황을 만난다.
- 직감을 통해 사태를 올바르게 판단했지만, 자신의 본능을 믿지 않기에 그 직감에 따라 행동하지 않아서 일을 그르친다.

성폭행

일러두기

성폭행을 당하는 것과 휴대전화를 통해 원치 않는 음란 이미지를 전송받는 것에는 커다란 차이가 있지만, 두 사건 모두 성폭력이라고 할 수 있다. 이 항목에서는 다양한 종류의 성폭력을 다루었다.

구체적 상황

- 낯선 사람, 아는 사람, 가족, 연인에게 강간을 당하거나 당할 뻔했다.
- 구강 성교나 항문 성교 같은 성적 행위를 강제로 당했다.
- 강제로 매춘했다.
- 원치 않는 성적 접촉을 당했다.
- 근친상간을 당했다.
- 사람들이 많은 곳에서 신체 접촉을 당했다.
- 원치 않는 포르노를 보도록 강요당했다.
- 사진이나 비디오를 위해 포즈를 취하도록 강요당했다.
- 성기 노출을 목격했다.
- 원치 않는 음란한 문자 메시지, 사진, 메일을 전송받았다.

훼손 당하는 욕구

안전과 안정, 애정과 소속감, 존중과 인정, 자아실현

생길 수 있는 잘못된 믿음

- 사람들은 내 말을 믿지 않고 내가 그 일을 자초했다고 생각할 것이다.
- 나는 결코 예전과 같은 사람이 될 수 없을 것이다.
- 내 잘못이다. 내가 자초한 일이다.
- 내가 약하기 때문에 목표물이 됐다.
- 어떤 일이 벌어질지 예상하지 못하는 내 판단력에는 문제가 있다.
- 가장 가까운 사람들이 가장 큰 상처를 준다.
- 내 곁에 있어 줄 사람은 아무도 없다.
- 나를 성범죄자로부터 안전하게 지켜줄 수 있는 사람은 아무도 없다.
- 사람을 믿으면 상처받는다.

- 성관계와 친밀한 관계가 두렵다.
- 가까이 다가오는 사람들이 두렵다.
- 상황을 잘못 파악해서 자신 혹은 자신이 사랑하는 사람들을 위험에 빠뜨릴 것이다.
- 성폭행범의 성별에 따라 모든 남성 혹은 여성이 두렵다.
- 자신의 의지와 상관없이 폭행당하고 감금당할 것이다.
- 진실을 말해도 경찰, 가족, 친구, 언론매체 등은 믿지 않을 것이다.
- 임신하거나 성병에 걸릴 수 있다.
- 이 사건 때문에 사랑하는 사람에게 버림받을 것이다.

- 수치심에, 혹은 보복이 두려워 사건을 숨기려고 애쓴다.
- 플래시백이나 악몽 같은 외상 후 스트레스 장애(PTSD)를 겪는다.
- 약물이나 술에 의존한다.
- 다양한 공포증, 혹은 섭식 장애가 생긴다.
- 직장이나 학교에서 집중하기가 힘들다.
- 위생이나 위험한 일에 주의하지 않는 등 자신을 돌보지 않는다.
- 다른 사람들과 대화하지 않고 가족이나 친구에게서 멀어진다.
- 취미나 관심사를 더 이상 갖지 않는다.
- 자신의 성적 지향을 의심한다.
- 성욕이 줄어든다. 혹은 성에 대해 불건전하거나 지나친 관심을 둔다.
- (범인이 친구거나 가족인 경우) 성폭행범에 대한 감정이 혼란스럽다.
- (성폭행범이 권력을 가진 사람인 경우) 권력을 가진 사람을 불신한다.
- 자신의 몸에 대해 부정적인 생각을 한다.
- 자살을 생각하고, 시도한다.
- 성폭행당했던 장소를 피하려고 일상적으로 다니던 길을 바꾼다.
- 감정 기복이 심하다.
- 옷을 여러 벌 입어 몸을 꼭꼭 감춘다.
- 다른 사람이 자신의 몸을 만지면 깜짝 놀란다.
- 상황을 완벽히 통제하려 든다.
- 성폭행을 상기시키는 상황이 되면 화를 내고 분개한다.
- 사람들을 잘 믿지 못한다.

- 성관계를 하지 않아도 되는 플라토닉한 관계를 유지한다.
- 가까운 사람들을 지나칠 정도로 보호한다.
- 상담사, 신뢰하는 친구에게 성폭행에 관해 이야기한다.
- 자신의 이야기를 사람들에게 들려주고, 시간과 돈을 기부하고, 사회 운동을 해서 스스로를 변화시키려 애쓴다.

형성될 수 있는 성격 특성

- **속성** 기민한, 조심스러운, 용감한, 규율 잡힌, 신중한, 공감하는, 온화한, 독립적인, 꼼꼼한, 돌보는, 순종적인, 주의력이 있는
- **단점** 의존적인, 반사회적인, 냉담한, 유치한, 지배적인, 부정직한, 무례한, 적대적인, 감정을 억누르는, 불안정한, 무모한, 분개하는, 난폭한

상처가 악화할 수 있는 계기

- 누군가 뒤에서 갑자기 다가온다.
- 성폭행을 다루는 텔레비전 프로그램이나 영화를 본다.
- 성폭행 기억을 떠올리게 만드는 감각적 자극을 경험한다.
- 동창회, 자선 행사 등의 사교 모임에서 우연히 가해자를 만난다.
- 가해자가 피해자일 수도 있는 사람과 함께 있는 것을 본다.

상처를 직면하고 극복할 기회

- 사랑하는 연인이나 배우자와 의도치 않게 관계를 끝내고, 자신의 실수를 깨닫는다.
- 로맨틱한 관계를 발전시키고 싶지만, 그러려면 과거의 사건을 털어놓고 자신의 상처를 인정해야 한다.
- 친구가 당한 성폭행에 대해 듣고, 자신의 이야기를 하거나 도움을 청할 용기를 얻는다.

스토킹

구체적 상황

스토커는 일반적으로 대상에 집착한다. 그 집착은 로맨틱한 관심 때문일 수도 있지만, 대상이 자신을 거부했다거나 혹은 어떤 식으로든 무시당했다고 생각했기 때문일 수도 있다. 또는 자신조차 스토킹 하는 이유를 모를 때도 있다. 스토커들의 종류는 다양한데, 흔히 다음과 같은 사람들이다.

- 답장을 받지 못한 팬
- 이전 사업 파트너
- 장학금 심사에서 떨어진 학생
- 예술 대회에서 입상하지 못했거나 형편없다는 평을 받은 예술가
- 옛 연인
- 로맨틱한 관계를 거절당한 지인
- 승진에서 탈락한 불안정한 상황의 직원
- 짝사랑에 대한 망상에 사로잡힌 사람
- 연쇄살인범이나 강간범
- 설명 불가능한 환상을 가지고 있는, 정신이 온전하지 않은 사람
- 자신이 무시당하고, 모욕을 받고, 제대로 평가받지 못하고 있다고 느끼는 사람

훼손 당하는 욕구

안전과 안정, 애정과 소속감, 자아실현

생길 수 있는 잘못된 믿음

- 스토커에게 어떤 식으로든 희망을 품게 만든 내 잘못이다.
- 내가 친근하게 대하지 않았더라면, 데이트 요청을 거절했더라면 이런 일은 일어나지 않았을 것이다.
- 사람들은 내가 약하다는 것을 알고 있고, 언제든 나를 해치려 한다.
- 어떤 장소도 어떤 사람도 안전하지 않다.
- 경찰은 무능하여 나를 도울 수 없다.
- 사람들의 선의를 믿는 것은 순진하고 위험한 발상이다.

- 목숨이 위태롭다고 느낀다.
- 스토커가 출옥하여 복수할지도 모른다.
- 스토킹이 계속될까 두렵다.
- 믿지 않아야 할 사람을 믿을까 두렵다.
- 어떤 사람을 가까이하면, 그 사람도 나를 스토킹할까 두렵다.
- 가족이나 사랑하는 사람들이 피해를 입을까 두렵다.

- 불면증과 피로를 느낀다.
- 식욕부진을 겪는다.
- 스스로 외톨이가 되어 불필요한 교제를 피한다.
- 소셜 미디어를 피하거나, 자신의 계정을 삭제한다.
- 자신의 분별력과 판단력을 믿을 수 없어 가까운 사람들의 판단력
  에 의존하게 된다.
- 사랑하는 사람들을 과잉보호한다.
- 지나칠 정도로 의심이 많고 피해망상을 겪는다.
- 광장 공포증♦이나 우울증을 앓는다.
- 악몽, 플래시백, 쉽게 놀람, 짜증 등 외상 후 스트레스 장애(PTSD)
  를 겪는다.
- 일상적인 일에 집중하기 힘들다.
- 이사를 하거나 외모를 바꾸는 등 스토커를 떨쳐 버리기 위해 변화
  를 준다.
- 안전에 많은 관심을 둔다.
- 음식, 술, 약물에 의지한다.
- 끊임없이 자책한다.
- 자신이 무엇 때문에 스토커의 주목을 끌었는지 알기 위해 자신을
  비판적으로 평가한다.
- 친근한 태도를 버리고 적대적으로 변하는 등 스토킹의 원인이 되
  었다고 믿는 자신의 성격을 변화시킨다.

♦ **광장 공포증**agoraphobia
  넓은 장소에 혼자 있을 때 까닭 없이 두려움을 느끼는 증상.

- 고혈압, 위장 장애, 성 기능 장애 등 스트레스성 질환이 생긴다.
- 직장과 학교에서 해야 할 일을 잘하지 못한다.
- 집 밖에서 했던 취미나 활동은 포기한다.
- 사람들에게 말을 걸지 않고, 친근한 말에도 대꾸하지 않는다.
- 연애를 하지 않는다.
- 스트레스 때문에 살이 찌거나 빠진다.
- 인생을 충분히 즐기지 못하고, 걱정을 떨쳐 내지 못한다.
- 경계심이 많아지고, 주변을 주의 깊게 관찰한다.
- 호신술을 배운다.
- 자신이 사는 사회에 더 많은 관심을 가진다. 주변의 모든 사람들이 방범을 위해 다 함께 노력해야 한다고 생각한다.

형성될 수 있는 성격 특성	• **속성** 기민한, 감사하는, 조심스러운, 규율 잡힌, 신중한, 공감하는, 집중하는, 독립적인, 돌보는, 주의력이 있는, 사생활을 중시하는 • **단점** 의존적인, 지배적인, 방어적인, 적대적인, 재미없는, 감정을 억누르는, 불안정한, 비이성적인, 자신감 없는, 초조한, 편집증적인, 의심하는, 신경질적인
상처가 악화할 수 있는 계기	• 누군가 자신의 사진을 찍는다. • 스토커와 닮은 사람을 본다. • 어떤 콧노래를 듣거나, 특정한 냄새를 맡는 등 스토커와 관련된 감각적인 자극을 받는다. • 휴일, 직장에서의 파티 등 스토킹이 일어나던 시점에 있다.
상처를 직면하고 극복할 기회	• 거절하고 싶은 데이트 신청을 받는 등 스토커가 등장했던 똑같은 상황에 놓인다. • 스토커가 감옥에서 풀려났다는 소식을 듣는다. • 어떤 사람과 연애를 시작했는데, 그 사람이 소유욕과 질투를 보이기 시작한다. • 호감 가는 사람이 가정 폭력을 경험했고, 정서가 불안하다는 사실을 알게 됐다.

주거
침입

구체적 상황

혼자 혹은 가족과 함께 있는 상황에서 집에 누군가가 침입했다. 신체적·정신적·성적 폭행과 강도를 당하고, 심지어 납치까지 당하는 시련을 겪었다.

훼손 당하는 욕구

생리적 욕구, 안전과 안정, 애정과 소속감, 인정과 존중, 자아실현

생길 수 있는 잘못된 믿음

- 낯선 사람은 두려움의 대상이다.
- 내가 모르는 모든 사람은 잠재적인 위협이다.
- 집에서도 안전하지 못했으니, 안전한 곳은 세상에 없다.
- 동정, 공감, 친절은 약자나 보이는 감정이다.
- 나는 사랑하는 사람들을 안전하게 지킬 수 없다.
- 내 책임으로 일어난 사고다(방범 장치를 설치하지 않았다, 문을 잠그지 않았다, 침입자와 맞서 싸울 힘이 부족했다 등).
- 경찰은 무능해서 나를 보호해 주지 못한다.
- 세상은 나쁜 놈들로 가득하다.
- 내가 상황을 통제할 수 있다는 생각은 환상에 지나지 않는다.

가질 수 있는 두려움

- 믿지 않아야 할 사람을 믿을 수도 있다.
- 혼자 살기 때문에 범죄에 노출되기 쉽다.
- 내가 상황을 지배할 수 없고, 누군가에게 통제력을 뺏길 것이다.
- 이런 일이 또 일어날 수 있다.
- 침입자와 (외모, 인종 등) 특징이 비슷한 사람들이 두렵다.
- 성폭행을 당한 경우, 이성과 친밀한 관계를 맺지 못하고 성관계가 두렵다.
- 고통스러운 경험과 관련된 특정한 요소가 두렵다(옷장에 숨어 있었다면, 폐쇄된 공간이 두렵다).

- 집에 보안 장치를 설치하는 등 방범에 집착한다.
- (이전에는 무시했던 소음도 민감하게 듣고, 물건의 위치를 늘 관찰하고, 출입구에 자신만 알아볼 수 있는 표시를 하는 등) 경계 태세를 강화한다.
- 사람을 피하고 비밀이 많은 성격이 된다.
- 혼자 있으면 발작이나 과대망상을 겪는다.
- 불면증에 걸리거나 선명한 악몽을 꾼다.
- 가만히 있어도 심장이 두근거린다.
- 주방 도구, 가죽 장갑, 강력 테이프 등 폭행에 사용된 도구 근처만 가도 불안해한다.
- 집 안에 자물쇠나 보안 장비를 강화한 은신처를 만든다.
- 집중하지 못한다.
- 대화에 끼지 못한다.
- 커다란 소리만 들리면 깜짝 놀란다.
- 누가 방문할 예정이라는 것을 이미 알면서도, 문 열리는 소리만 들어도 불안이 엄습한다.
- 누군가 자신을 따라오거나 혹은 자신이 끊임없이 감시를 받고 있다고 생각한다.
- 집에서도 안전하다고 느끼지 않지만, 집을 떠나는 것은 더더욱 두려워한다.
- 이미 일어났던 일들을 계속 되새긴다.
- 친구를 만나는 일 등의 일상에서 기쁨을 느끼지 못한다.
- 자녀가 어디에 있는지 항상 알고 있어야 한다.
- 인간관계가 틀어질 정도로 모든 것을 완벽하게 통제하려 한다.
- 집을 지키기 위해 무기를 사거나 호신술을 배운다.
- 물건에 관심이 줄어든다.
- 치료를 원한다.

- **속성** 기민한, 분석적인, 조심스러운, 독립적인, 내성적인, 성숙한, 꼼꼼한, 주의력이 있는, 통찰력 있는, 사생활을 중시하는, 보호하는, 책임감 있는, 감상적인, 현명한, 말이 없는

- **단점** 충동적인, 방어적인, 재미없는, 융통성 없는, 불안정한, 비이성적인, 물질주의적인, 초조한, 강박적인, 편집증적인, 비관적인, 편견을 가진, 의심하는, 소심한, 혼자 틀어박힌

상처가
악화할 수
있는 계기

- 피 냄새나 피부가 쓸리는 고통처럼, 사건을 연상시키는 감각적 자극을 겪는다.
- 동네에서 똑같은 사건이 일어났다는 소식을 듣는다.
- 집에 혼자 남는다.
- 찾아올 사람도 없는데 초인종이 울린다.
- 낯선 사람이 도움을 요청한다(이전에 똑같은 핑계를 대고 침입자가 집 안에 들어온 경우).
- 정전되거나 휴대전화를 잃어버려 경찰에 전화할 수 없는 상황 등 범죄에 무방비로 노출되었다고 느낀다.
- 십 대 자녀가 집에 혼자 있는데 전화를 받지 않는다.

상처를
직면하고
극복할
기회

- 집안의 귀중한 가보는 다행히 도둑맞지 않았지만, 나중에 다른 이유로 그 물건을 잃는다.
- 모든 노력을 다해 집을 안전하게 만들었는데, 가족이 다른 장소에서 폭행을 당한다.
- 과거의 일을 극복하지 못해 결혼 생활이 위기에 빠진다.
- 과잉보호한 자녀가 반항해 가족 전체가 위기에 처한다.
- 홍수, 화재 등의 재난 때문에 어쩔 수 없이 낯선 사람 집에 머물게 되었는데, 그 사람들이 친절을 베풀어 준다.

차량
탈취

Carjacking

**구체적
상황**

- 탈취범이 억지로 차를 빼앗아 갔다.
- 외진 곳으로 차를 몰고 가라는 협박을 받았다.

**훼손
당하는
욕구**

안전과 안심, 인정과 존중

**생길 수
있는
잘못된
믿음**

- 내가 약해서 목표물이 됐다.
- 사건이 일어나는 순간 온몸이 마비된 걸 보면 비상 상황에서 나는 믿을 수 없는 사람이다.
- 나는 안전하지 않다.
- 나는 가족을 안전하게 지킬 수 없다.
- 재산을 모아 봤자 한순간에 잃을 수 있으니, 돈은 아무 소용 없다.
- 선을 추구하는 것은 어리석은 일이다.
- 경찰은 무능해서 아무도 보호하지 못한다.
- 폭력에 맞서는 유일한 방법은 폭력뿐이다.

**가질 수
있는
두려움**

- 똑같은 일을 또다시 당할 수 있다.
- 소중한 물건을 또 빼앗길 수 있다.
- 비싼 물건을 가지고 다니면 또다시 범죄의 목표물이 될 수 있다.
- 차량 탈취를 할 것 같은 사람이 두렵다.
- 탈취범이 자신의 차에서 개인 정보를 발견할 수 있기 때문에 집에서도 공격받을까 두렵다.

**가능한
반응과
결과들**

- 다시는 이런 일을 당하지 않으려고 좋은 물건은 의도적으로 사지 않는다.
- 손실을 메꾸기 위해 지출을 줄인다.

- 범인을 체포하라고 경찰을 재촉한다.
- 차량 탈취가 일어난 장소를 피한다.
- 탈취범을 우연히라도 만나 자신의 힘을 과시해 보려고 공격당했던 장소를 계속 찾는다.
- 위협적으로 보이는 낯선 사람과 싸우려 든다.
- 피해망상에 빠진다.
- 경찰은 시민들을 지켜 주지 않는다고 믿기 때문에 자신을 스스로 지키려 한다.
- 호신용 스프레이나 무기를 사서 새 차에 둔다.
- 차와 집에 대한 보안을 강화한다.
- 비관적, 부정적인 관점으로 세상을 보고, 모든 사람을 믿지 않는다.
- 출퇴근 시간이 더 걸리더라도 안전한 길을 선택한다.
- 혼자 차를 몰고 어딘가에 가야 하는 경우가 생기면, 아예 포기한다.
- 십 대 자녀가 혼자 운전하는 일을 허락하지 않는다.
- 목적지에 도착하면 반드시 전화하라고 가족들에게 강요한다.
- 모든 가족이 집에 올 때까지 잠들지 못하거나 안심하지 못한다.
- 운전할 때면 지나치게 예민해진다.
- 누군가 차 쪽으로 걸어오면 긴장한다.
- 착한 사마리아인이 되기를 거부한다(도로에 고장 난 차가 있어도 차를 세우지 않는다).
- 공황 장애*가 생긴다.
- 소유욕이 커져, 누구에게도 자신의 물건을 넘겨주지 않는다.
- 모든 것을 지배하려는 경향이 강해져 문제가 생긴다.
- 집에 틀어박혀 나가지 않는다.
- 탈취범과 비슷하게 생긴 사람들에게 편견을 가진다.
- 안전한 거리를 만들기 위해 도시 행정의 개혁을 원한다.
- 물욕이 줄어들어, 물건을 덜 필요로 한다.

◆ **공황 장애**panic disorder
뚜렷한 이유 없이 갑자기 심한 불안과 공포를 느끼는 공황 발작이 되풀이해서 일어나는 병.

- 위험한 순간을 넘긴 것을 새로운 삶을 살아가는 계기로 삼는다.
- 사랑하는 사람들에게 사랑을 좀 더 많이 표현한다.
- 가족을 우선시하고 일하는 시간을 줄이는 등, 삶의 우선순위를 조정한다.

형성될 수 있는 성격 특성	• **속성**　애정 어린, 경계하는, 분석적인, 감사하는, 대담한, 정신적으로 안정된, 기분을 맞춰주는, 집중하는, 너그러운, 독립적인, 내성적인, 공정한, 꼼꼼한, 주의력이 있는, 체계적인, 집요한, 보호하는, 책임감 있는 • **단점**　의존적인, 무감각한, 도전적인, 비판적인, 남자다움을 과시하는, 음울한, 초조해하는, 편집증적인, 강요하는, 분개하는, 난폭한, 앙심을 품은
상처가 악화할 수 있는 계기	• 신호등이 바뀌기를 기다리거나 주차장에 있는데 누군가 차 쪽으로 다가온다. • 도로에서 도난당한 차와 똑같은 차를 본다. • 자녀나 배우자가 평소보다 늦는다. • 친구에게 이용당한다거나, 회사에서 불필요한 죄책감을 느끼는 등의 피해를 입는다. • 다른 차가 한참 동안 자신의 차를 따라온다. • 어떤 사람이 주먹으로 자동차 유리를 두드린다. • 차량 탈취 사고를 당한 날 라디오에서 나오던 노래를 듣는다. • 늦은 밤, 같은 장소, 터널 등 사건이 일어났던 날과 유사한 상황에서 차를 운전한다.
상처를 직면하고 극복할 기회	• 자신의 의지로 차량 탈취 사고가 일어났던 장소로 운전해 간다. • 두려움과 피해망상이 자녀들에게 부정적인 영향을 미칠 수 있다는 점을 깨닫는다. • 차를 몰지 않으면 자신의 행복도 줄어들 수 있다는 점을 깨닫는다 (가족 여행이 불편해지고, 장거리 자동차 여행은 꿈도 못꾸며, 주말을 누리기도 어려워지는 등).

구체적 상황

- 비행 집단이나 차별을 조장하는 혐오 집단, 혹은 학교 동료에게 폭행을 당했다.
- 가족에게 맞거나 신체적 피해를 입었다.
- 강도에게 습격당했다.
- 다른 사람을 도와주려고 싸움에 끼어들었다가 폭행당했다.

훼손 당하는 욕구

안전과 안정, 인정과 존중, 자아실현

생길 수 있는 잘못된 믿음

- 나는 약해서 누구나 만만하게 본다.
- 늘 경계하고 있어야 나를 안전하게 지킬 수 있다.
- 폭력은 폭력으로 대응해야 한다.
- 남성 혹은 여성, 특정 인종, 민족 등을 믿으면 안 된다.
- 경찰은 아무도 보호하지 못한다.
- 다른 사람 일에 휘말리면 나만 피곤해진다. 자신의 문제는 자신이 해결해야 한다.
- 나는 다른 사람들을 책임질 수 없다. 그들을 실망시킬 것이기 때문이다.

가질 수 있는 두려움

- 또 폭행당할까 두렵다.
- 나의 정체성이 '피해자'로 굳어져 벗어날 수 없을까 두렵다.
- 남들 앞에서 다시는 힘을 보여줄 수 없게 되지 않을까 두렵다.
- 자신이 사랑하는 사람들도 똑같은 일을 당할 수 있다.
- 폭행 당하고 죽을 수도 있다.
- 두들겨 맞았다고 사람들이 우습게 볼지도 모른다.

- 날이 어두워지면 외출하지 않고 혼자서는 아무 데도 가지 않는다.
- 폭행당했던 장소는 피한다.
- 공황 발작과 불안 발작을 자주 일으킨다.
- 사랑하는 사람들을 과잉보호한다.
- 강해지기 위해 지나칠 정도로 운동에 힘쓴다.
- 신념, 종교, 민족, 지향점 등 자신을 목표물로 만들었던 특징을 감추려 한다.
- 다른 사람을 자극하지 않으려고 말을 더욱 조심한다.
- 언제나 경계 태세를 풀지 않는다.
- 낯선 사람은 모두 자신에게 악의를 품고 있다고 생각한다.
- 약하게 보이지 않으려고 모든 상황에서 이기려 든다.
- 실패에 대한 두려움 때문에, 혹은 자신을 믿어주었는데 보답하지 못할까 두려워 책임을 회피한다.
- 불의를 보고도 못 본 체한다(다른 사람의 싸움에 끼어들었다가 폭행당한 경우).
- 폭행범에 대해 편견을 갖는다.
- 감정 기복이 심하고, 모든 일에 지나치게 예민하게 반응한다.
- 경찰에 대해 적대적이다(경찰이 폭행의 책임을 조금이라도 자신에게 넘겼던 경우).
- 술이나 약물에 의존한다.
- 호신술을 배운다.
- 불만을 털어놓고 마음을 안정시켜 줄 수 있는, 믿을 수 있는 사람을 찾는다.
- 폭행이 더 큰 피해를 주지 않고 이 정도에 그친 데 대해 감사한다.
- 의견 차이가 생기면 폭력과는 전혀 다른 방식으로 해결한다.
- 새로운 삶을 살 기회가 왔다고 생각한다.
- 사람들에게 자신이 겪었던 두려움을 주지 않으려고 위협적인 행동은 피한다.
- 평화주의자가 된다.

형성될 수 있는 성격 특성	• **속성** 기민한, 감사하는, 대담한, 조심스러운, 예의 바른, 기분을 맞춰 주는, 규율 잡힌, 주의력이 있는, 사생활을 중시하는, 적극적인 • **단점** 거친, 의존적인, 냉담한, 도전적인, 적대적인, 비이성적인, 피해의식이 강한, 자신감 없는, 초조한, 편집증적인, 무모한, 의심하는, 신경질적인, 폭력적인, 변덕스러운, 의지력이 약한, 혼자 틀어박힌

상처가 악화할 수 있는 계기	• 폭행범과 외모가 비슷한 사람을 본다. • 폭행범과 우연히 만난다. • 폭행당했던 장소에 간다. • 검진을 받거나, 친구를 문병 가는 등 병원에 가야 한다. • 자갈을 발로 차는 소리를 듣거나, 젖은 도로 냄새를 맡는 등 과거를 연상시키는 감각 자극을 느낀다. • 강도나 폭력에 대한 뉴스를 본다. • 학교에서 누가 밀치는 등 심각하지는 않지만, 사랑하는 사람이 폭행을 당한다. • 밤에 낯선 소음에 잠이 깬다. • 폭행당한 곳과 비슷한 장소에 간다.

상처를 직면하고 극복할 기회	• 낭만적이었던 연애가 서로를 학대하는 관계로 바뀐다. • 폭행이라고 생각해 과민 반응을 보였는데, 별것 아닌 일로 밝혀져 창피함을 느낀다. • 폭행범에게 보복한 뒤에도 정신적 고통은 사라지지 않았음을 발견한다. • 다른 사람 문제에 개입하지 않겠다는 결심 때문에 오히려 피해자가 되어 자신의 비겁함을 마주하게 된다.

피해 사건의 미해결

Being Victimized by a Perpetrator Who Was Never Caught

구체적 상황

어떤 범죄의 피해자가 되었을 때, 범인의 체포와 처벌은 피해자의 치유 과정에서 중요한 부분이다. 범인이 체포되지 않는다면, 피해자는 두려움에서 빠져나올 수 없으며 여전히 범행 대상이 될 수 있다는 공포에 시달린다. 피해자가 당했을 가능성이 있는 범죄는 다음과 같다.

- 성폭행
- 가족이나 애인 피살
- 주거침입
- 강도나 폭행
- 가정폭력
- 유괴
- 스토킹
- 차량 탈취
- 집단 괴롭힘
- 신원 도용이나 사기

훼손 당하는 욕구

안전과 안정, 자아실현

생길 수 있는 잘못된 믿음

- 범인이 잡히지 않는 한 나는 결코 안전하지 않다.
- 누구도 믿을 수 없다.
- 범인이 나를 망쳤다.
- 범인이 잡힐 때까지는 안심할 수 없다.
- 나 자신도 지키지 못했는데 다른 사람을 지킬 수 있을 리 없다.
- 사람들과 가까워지면 나를 이용할 것이다.
- 경찰은 나를 실망시켰고, 나를 안전하게 지켜 주지 못한다.

- 범인은 절대 안 잡힐 것이다.
- 또다시 피해자가 될까 두렵다.
- 범인이 내가 사랑하는 사람에게도 피해를 입힐까 두렵다.
- 영원히 두려움 속에서 살게 될까 두렵다.
- 사건이 종결되지 않았으므로 감정적으로도 그 사건에서 벗어나지 못할 것이다.
- 믿지 않아야 할 사람을 또 믿게 될 수 있다.
- 경계를 풀면 사람들이 가까이 다가올까 두렵다.
- 사랑하는 사람들을 지키지 못할 것이다.
- 다시는 자유와 통제력을 얻지 못하게 될 것이다.

- 집의 방범 장치를 강화하고, 집을 요새처럼 만든다.
- 이름을 바꾸고, 이사하고, 외모를 바꾸는 등 자신을 숨긴다.
- 사건 진행 상황을 상세히 설명해 달라고 경찰을 재촉한다.
- 경찰에 대해 부정적으로 말하고, 경멸한다.
- 범인을 잡으려고 사설탐정을 고용한다.
- 가족을 과잉보호하고 안전을 지나치게 걱정한다.
- 피해망상에 빠진다.
- 범인이 체포되지 않았다는 사실 때문에, 혹은 자신이 입은 피해 때문에 우울증, 외상 후 스트레스 장애(PTSD)를 겪는다.
- 약물이나 술에 의존한다.
- 자신을 보호해 주려고 하는 사람들을 멀리한다.
- 새로운 사람들을 피하고, 그 사람들이 가까이 다가오지 못하도록 경계를 풀지 않는다.
- 꼭 필요한 경우가 아니면 집을 떠나지 않는다.
- 두려움 때문에 자신의 꿈을 포기한다.
- 자기 연민에 빠진다.
- 그럴 가능성이 없는 상황에서도 나쁜 의도나 범죄 의도가 있었다고 오해한다.
- 다른 사람을 책임져야 하는 상황을 피한다.
- (현관 옆 화분 밑에 열쇠를 두고 외출하거나 문을 잠그지 않는 등) 쉽게

피해자가 될 수 있는 행동을 파악하고, 다시는 그렇게 행동하지 않겠다고 결심한다.

- 주변 환경에 좀 더 관심을 기울이고, 다른 사람을 만날 때 더욱 주의한다.
- 더 이상 피해자가 되지 않겠다고 결심하고, 두려움에도 불구하고 자신의 목표를 추구한다.

형성될 수 있는 성격 특성	• **속성** 유연한, 기민한, 분석적인, 대담한, 용감한, 규율 잡힌, 신중한, 상냥한, 독립적인, 공정한, 꼼꼼한 • **단점** 의존적인, 충동적인, 겁 많은, 방어적인, 잘 잊는, 재미없는, 융통성 없는, 비이성적인, 책임감 없는, 피해의식이 강한, 잔소리하는, 초조한
상처가 악화할 수 있는 계기	• 편지, 문자 메시지, 전화 등을 통해서 범인과 접촉한다. • 멀리서 낯선 사람을 보고, 범인이 아닌가 의심한다. • 자신이 당했던 사건과 흡사한 내용이 나오는 영화나 책을 본다. • 물건이 없어지거나 위치가 바뀌는 등, 우연이거나 우연이 아닐 수도 있는 일이 벌어진다. • (담배 냄새, 삐걱거리는 계단 등) 범행을 연상시키는 감각 자극을 받는다.
상처를 직면하고 극복할 기회	• 다른 피해자가 행복하게 사는 모습을 보고, 자신도 그렇게 되기를 원한다. • 범인이 체포되어 법의 심판을 받은 뒤에도 자신의 문제는 해결되지 않았음을 깨닫는다. • 비록 과거에 실망을 주었지만, 가족이 위험에 처했을 때 도와줄 수 있는 사람은 경찰뿐이라는 사실을 깨닫는다. • 스트레스로 인한 건강 문제가 생겨, 이제는 과거를 잊고 미래 앞으로 나아가야 함을 깨닫는다.

사회적
부정의와
개인적
고난

Injustice and Hardship

구체적 상황

- 부모가 중독자이거나 장애가 있어 안정된 수입이 없다.
- 형편이 넉넉하지 않은 조부모와 살았다.
- 난민 캠프에서 살고 있다.
- 집에서 쫓겨나서 길거리에서 살아야 했다.
- 위험한 동네에서 자랐다.
- 어쩔 수 없는 상황으로 노숙자가 되었다.

훼손 당하는 욕구

생리적 욕구, 안전과 안정, 애정과 소속감, 존중과 인정, 자아실현

생길 수 있는 잘못된 믿음

- 강해지지 않으면 살아남을 수 없다.
- 살아남으려면 어떤 일이든 해야 한다.
- 돈이 최고다.
- 내 것을 뺏기지 않으려면 싸워야 한다.
- 원하는 것은 무조건 충분히 가져야 한다.
- 가난한 사람은 주목받지 못한다.
- 옳고 그름을 따지는 것은 사치이다.

가질 수 있는 두려움

- (음식, 잠자리, 약 등) 생필품 없이 지내야 한다.
- (혐오 집단, 정부, 경찰, 범죄자 등에게) 피해를 당할 것이다.
- 가난에서 벗어날 수 없을 것이다.
- 자녀 역시 가난의 악순환에서 벗어나지 못할 것이다.
- 어떤 사고라도 난다면 바로 노숙자가 될 것이다.

가능한 반응과 결과들

- 세상은 썩었고 가난에서 벗어날 수 없다고 믿는다.
- 남들보다 배로 일하고, 자신을 희생하고, 교육을 받고, 때로는 비도덕적인 행위를 하는 등 모든 수단을 동원하여 가난에서 벗어나려 한다.

- 실행 불가능할 정도로 비현실적인 빈곤 탈출 계획을 세운다.
- 무감각하고 냉정해진다.
- 다음 달 급여나 임대료 청구서 외에는 다른 생각할 여력이 없다.
- 현명한 돈 관리법을 배우지 못해, 돈이 들어와도 흥청망청 쓴다.
- 부자들에 대해 편견이 있다.
- "너는 멍청하고 이 동네를 벗어날 수 없다. 아무짝에도 쓸모없다." 등 남에게 들었던 이야기를 곧이곧대로 받아들인다.
- 언제나 경계 태세를 버리지 않고, 위험에 대비한다.
- 어쩔 수 없이 다세대 가족으로 살아간다.
- 빈곤의 나락에 빠지지 않으려고 절약하며 살아간다.
- 돈, 음식, 약 등 필수품을 축적하며 안정감을 느낀다.
- 여러 일을 동시에 하면서 생계를 유지하거나, 안전한 미래를 위한 자금을 마련한다.
- 경찰, 부자, 친척 등 가난하고 자신을 차별했던 사람들을 경멸한다.
- 성장하며 가난의 악순환(미성년 임신, 학교 중퇴, 능력 부족 등)을 반복한다.
- 부자가 된 뒤에는, 부를 상징하는 물건들로 주변을 온통 뒤덮는다.
- 열심히 노력해야 성공할 수 있다고 자녀들을 들들 볶는다.
- 자신에게 중요한 의미가 있는 물건을 소중히 여긴다.
- 어려웠을 때 곁에 있어 준 사람들에게 충실하게 대한다.
- (안정된 동네와 일을 택하고, 미래를 위해 저축하고, 분수에 넘치지 않는 생활을 하는 등) 책임감 있는 선택을 통해 가난의 악순환을 피한다.
- 자녀가 어릴 때부터 자신의 삶을 책임질 수 있도록 가르치며 어려움이 닥치면 충분히 대비할 수 있도록 키운다.

형성될 수 있는 성격 특성	• **속성** 유연한, 모험적인, 야심이 큰, 감사하는, 대담한, 조심성 있는, 정신적으로 안정된, 공감하는, 집중하는, 겸손한, 이상주의적인, 부지런한, 객관적인, 집요한, 보호하는, 지략 있는, 학구적인
	• **단점** 거친, 의존적인, 무감각한, 냉담한, 도전적인, 잔인한, 냉소적인, 교활한, 무례한, 멍청한, 경솔한, 적대적인, 재미없는, 무지한, 감정을 억누르는, 질투하는, 남자다움을 과시하는, 짓궂은

상처가 악화할 수 있는 계기	• 잠깐이라도 굶주림을 겪거나, 원하는 물건 없이 지내야 하는 상황이 된다.
	• 청구서가 한꺼번에 날아와 당황한다.
	• (건강 문제, 실직 등) 어떤 일이 잘못된다면 다시 가난의 나락에 빠질 수도 있다는 위협감을 느낀다.
	• 길거리에서 부랑자를 본다.
	• 가난에서 벗어나지 못한 어린 시절 친구를 우연히 만난다.

상처를 직면하고 극복할 기회	• 어린 시절의 가난에서는 벗어났지만, 그때 당했던 똑같은 차별을 (인종, 종교 등의 이유로) 겪는다.
	• 가난에서 벗어나려 애쓰지만, 예상치 못한 상황으로 노력이 수포로 돌아간다.
	• (학교 중퇴, 약물 중독 등으로) 자녀가 가난의 덫에 걸린다.
	• 꿈과 열망을 좇고 싶지만, 과거로부터 들려오는 부정적인 목소리 때문에 주저하게 된다.

강제
추방

Being Forced to Leave One's Homeland

다음과 같은 상황 때문에 어쩔 수 없이 조국을 떠난다.

- 전쟁
- 사회 불안
- 극단적인 빈곤
- 노예가 되거나 인신매매를 당해 국외로 팔리는 경우
- 자연재해
- 개발 명목으로 일어나는 환경 파괴
- 파국으로 치닫고 있는 독재 정권
- 인종, 민족, 종교, 정치적 신념 등으로 인한 박해
- 자신의 잘못이 아닌 일로 고소나 고발을 당한 경우

훼손 당하는 욕구

생리적 욕구, 안전과 안정, 애정과 소속감, 존중과 인정, 자아실현

생길 수 있는 잘못된 믿음

- 안전한 장소는 세상 어디에도 없다.
- 새로운 환경에 적응하지 못할 것이다.
- 조국을 떠나면 나의 정체성은 사라진다.
- 도망만 다니는 겁쟁이, 그게 바로 나다.

가질 수 있는 두려움

- 다시는 가족을 보지 못할 것이다.
- 새로운 곳에서도 박해당할 것이다.
- 문화가 달라서 적응할 수 없을 것이다.
- 조상에게 물려받은 전통을 잃거나 잊어버릴 것이다.
- 자신은 소수의 소외된 이주자이기 때문에 절대로 성공할 수 없을 것이다.
- 자신에게 적대적인 조국으로 강제송환될 것이다.
- 다시는 조국에 돌아가지 못할 것이다.

- 국경을 넘다가 가족이 뿔뿔이 흩어질 것이다.
- 새로운 문화에 적응하지 못하고 고립될 것이다.

- 새로운 문화에 적응하기가 힘들다.
- 외로움을 떨쳐 버리기 힘들다.
- 집, 음식, 깨끗한 물과 같은 기본적인 생리적 욕구를 충족시키기 힘들다.
- 예전의 낡은 방식을 고집하고 새로운 환경에 적응하려 들지 않는다.
- 반발심으로 새로운 언어를 배우지 않거나, 새로운 언어가 너무 어려워 배우길 포기한다.
- 불법 입국했기 때문에 눈에 안 띄게 조용히 다닌다.
- 모든 경찰을 두려워한다.
- 특히 불법 입국한 경우, 사람들이 자신을 착취할 것으로 생각한다.
- (폭력적인 상황에서 탈출한 경우) 외상 후 스트레스 장애(PTSD)를 겪는다.
- 자신의 물건에 집착한다.
- 새로운 나라에서 자원들을 모으며 최악의 시나리오에 대비한다.
- 감정 기복이 크고 좌절감, 스트레스 때문에 폭력적인 사람이 된다.
- 직장이나 학교에서 성과를 거두지 못한다.
- 우울증을 앓는다.
- 미래에 대해 무척 불안해한다.
- 같은 문화권이 아닌 사람들과는 거리를 두고, 가족들도 그들과 만나지 못하게 한다.
- 의료적 도움을 받지 못해 건강에 문제가 생긴다.
- 두 문화 사이에 끼어있다는 생각이 든다. 자신의 정체성을 잃는다.
- 자녀에 대한 기대치가 높아 성공하라고 재촉한다.
- 같은 나라에서 온 사람들을 찾아 교류한다.
- 자녀에게 조국의 전통을 잊지 말라고 당부한다.
- 새로운 나라의 언어, 관습 등의 문화를 배우려고 노력한다.
- 언젠가 조국으로 돌아갈 계획을 세운다.
- 새로운 기회와 더불어 나아진 삶을 살게 된 것에 감사한다.

형성될 수 있는 성격 특성	• **속성** 유연한, 야심이 큰, 감사하는, 용기 있는, 예의 바른, 공감하는, 우호적인, 친근한, 겸손한, 이상주의적인, 독립적인, 부지런한, 성숙한, 애국적인, 집요한, 지략 있는, 책임감 있는, 말이 없는 • **단점** 도전적인, 교활한, 적대적인, 무지한, 불안정한, 질투하는, 비판적인, 자신감 없는, 강박적인, 소유욕이 강한, 편견이 있는, 반항적인, 분개하는, 굴종적인, 소심한, 폭력적인
상처가 악화할 수 있는 계기	• (강제 퇴거 명령, 이민국 관리관에게 발각 등) 또 떠나야 한다. • 새로운 나라에서도 똑같은 박해를 당한다. • 언어와 문화 차이 때문에 의사소통이 힘들다. • 편견과 차별의 목표물이 된다. • 조국에서보다도 더 나쁜 상황에 놓인다.
상처를 직면하고 극복할 기회	• 강제 이주 중 (이별이나 죽음 등으로) 사랑하는 사람을 잃고, 그 죽음을 헛되지 않게 만들겠다고 결심한다. • 조국으로 돌아간 친척이 위험에 처했다는 소식을 듣는다. 자신도 조국으로 돌아갈지 선택해야 한다. • 새로운 나라에서 자리를 잡았는데 강제송환 위협을 받는다. • 자녀들이 조국의 전통에 등을 돌린 것을 본다. • 새로운 나라에서 오래 거주한 뒤에, 그 나라도 자신의 조국만큼이나 끔찍한 역사를 겪어 왔다는 흔적을 발견한다.

권력
남용

구체적 상황

- 경찰에게 폭행을 당했다.
- 저지르지도 않은 범죄에 대한 혐의를 받았다.
- (교사, 목사, 경찰 등) 권력을 가진 사람에게 성희롱을 당했다.
- 고용주의 협박과 속임수 때문에 비윤리적 행동을 했다.
- 정부의 일관성 없는 정책 때문에 개인 소유지나 집이 압류되거나 파괴되고, 강제 이주하는 피해를 입었다.
- 권력을 가진 사람에게 공개적으로 망신을 당했다.
- 부모나 보호자에게 학대를 받았다.
- 투자 자문이나 투자 기관에게 부당한 취급을 받았다.
- 사회적 대의를 내세우는 단체에 기부했지만, 돈이 개인적 이익을 위해 쓰였다는 사실을 알게 된다.
- 부당 해고된다.
- 믿었던 사람이나 기업이 자신의 아이디어나 연구를 훔친다.
- 대중 매체가 자신의 목적을 위해 사실을 왜곡한다.
- 통치자 혹은 어떤 기업·단체가 돈과 협박, 영향력을 이용해 불법을 저지르고도 법망을 빠져 나간다.

훼손 당하는 욕구

안전과 안정, 애정과 소속감, 존중과 인정

생길 수 있는 잘못된 믿음

- 나는 멍청해서 아무에게나 속아 넘어갈 것이다.
- 권력을 가진 인간과 조직은 믿을 수 없다.
- 아무도 나를 지켜 주지 않는다. 믿을 사람은 나밖에 없다.
- 나는 언제나 다른 사람들의 꼭두각시 노릇이나 할 것이다.
- 내가 약하기 때문에 목표물이 된 것이다.
- 다른 사람이 나와 관련된 일에 책임을 지고 있다는 것은 내가 피해를 볼지도 모른다는 뜻이다.

- 나의 판단은 믿을 수 없다.
- 권력은 부패한다. 어떤 지도자도 믿을 수 없다.
- 돈과 권력 문제에서 사법부는 가진 자들의 편이다.

<table>
</table>

가질 수 있는 두려움

- 또다시 이용당할 것이다.
- 사람들에 대한 내 직관을 믿어서는 안 된다.
- 믿어서는 안 될 사람이나 조직을 믿고 있는지도 모른다.
- 정직하지 않은 투자 회사에게 저축을 뺏기는 등, 되돌릴 수 없는 피해를 당할 것이다.

가능한 반응과 결과들

- (사법 제도, 의료 보험, 정부 등) 모든 사회 제도를 믿지 않는다.
- 개인적으로 아는 사람들하고만 같이 일하려 한다.
- 상황이 나빠질 경우를 대비해 중요한 결정을 피하고, 책임을 남에게 떠넘긴다.
- 전통적인 방식을 고수하고, 새로운 방식을 불신한다.
- 사회 구석구석까지 모두 부패했다고 생각하고, 음모론을 믿는다.
- 모든 사람이 이미 부패했기 때문에, 할 수 있는 일이 없다고 생각하며 무력감에 빠진다.
- 자급자족하며 살아간다.
- (종교 단체를 경멸하고, 돈은 예금하기보다는 현금으로 보관하는 등) 비리를 저지른 기업이나 단체와 관계를 끊는다.
- 권력을 가진 사람이나 단체와 일할 경우, 안전을 위해서 모든 정보를 공개해 달라고 요구한다.
- 다른 사람, 특히 권력 있는 사람에게 예의를 차리고 존중하는 태도를 보인다.
- 어떤 결정을 내려야 할 때면 믿을 수 있는 정보원에게 과도하게 의지한다.
- 삶의 모든 영역을 지나치게 통제하려고 한다.
- 신뢰가 검증되지 않았다고 여기는 집단이나 조직을 멀리한다.
- (경찰에게 가기보다는 스스로 문제를 해결하고, 아이를 공립학교에 보내는 대신 홈스쿨링을 하는 등) 사회제도를 신뢰할 수 없다고 생각

해 의지하지 않는다.
- 권력을 남용한 사람이나 부패한 조직을 사회적으로 널리 알려 파멸시키려 한다.
- 조직이나 기업을 꼼꼼히 체계적으로 연구한다.
- 사랑하는 사람들이 자신과 같은 피해를 당하지 않도록 보호한다.

형성될 수 있는 성격 특성	• **속성** 분석적인, 집중하는, 부지런한, 공정한, 충실한, 꼼꼼한, 체계적인, 열성적인, 인내하는, 적극적인, 보호하는, 지략 있는, 책임감 있는, 학구적인, 전통적인 • **단점** 반사회적인, 무감각한, 냉담한, 도전적인, 지배하는, 냉소적인, 무례한, 망상적인, 오만한, 융통성 없는, 비이성적인, 참견하기 좋아하는, 강박적인, 편집증적인, 비협조적인, 혼자 틀어박힌
상처가 악화할 수 있는 계기	• 공정하다고 평판이 높은 사람이나 집단이 다른 사람들을 이용했다는 소식을 뉴스에서 듣는다. • 다른 권력자에게 또다시 부당한 일을 당한다. • 과거에 문제가 있던 기관에 자녀나 연로한 부모를 맡겨야 하는 상황이 생긴다. • (저축을 사기당해 은퇴할 수 없거나, 경찰에게 입은 부상 때문에 일을 할 수 없는 등) 권력 남용에서 비롯된 또 다른 문제들을 겪는다.
상처를 직면하고 극복할 기회	• 위급한 상황에서 권력을 가진 사람을 믿을지 말지 결정해야 한다. • 자신의 경험이 자녀에게까지 영향을 미치는 것을 보고 (냉소적으로 변하고, 경찰을 무서워하고, 자신의 판단을 불신하는 등), 아이가 좀 더 행복해지고 성취감을 느끼며 살아가기를 바란다. • 자신의 편견과 달리, 권력자가 존경할 만하고 믿을 수 있는 사람으로 밝혀진다. • (지나치게 통제하는 부모가 되는 등) 자녀에게 권력을 남용한 뒤, 자신의 잘못을 깨닫고 관계를 회복시키려고 한다. 그 과정을 통해, 다른 사람들도 자신처럼 바뀔 수 있고, 다시 신뢰할 수 있는 사람이 될 수 있다는 사실을 깨닫는다.

기근·가뭄 Living Through Famine or Drought

일러두기

가뭄과 기근은 동시에 발생하는 경우가 많다. 지속 기간은 그때마다 다른데 몇 주에 그칠 수도 있고, 몇 년간 이어지기도 한다. 기간이 길어지면 재난이 되지만, 짧은 기간이라도 음식이나 물 없이 지내야 한다면 트라우마를 남길 수 있다.

구체적 상황

가뭄과 기근에는 다음과 같은 원인이 있다.
- 지역의 유일한 수자원의 오염
- 강이나 호수의 댐 공사로 인한 일부 하류 지역의 수자원 부족
- 산림 파괴
- 기후 변화
- 특정 지역으로 인구가 대량 유입되며, 기존의 물이나 식량 공급이 부족해진 경우
- 특정 지역에서 일어난 가축의 질병이나 농작물의 고사
- 한 나라의 식량 공급을 고갈시키는 전쟁으로 인해, 식량 공급 제한과 규제가 시행되는 상황
- 식량 공급을 의도적으로 제한하는 부패한 정권이나 정부

훼손 당하는 욕구

생리적 욕구, 안전과 안정, 자아실현

생길 수 있는 잘못된 믿음

- 못 가진 자들은 가진 자들의 손아귀에서 벗어나지 못할 것이다.
- 세상에 믿을 사람은 나밖에 없다.
- 가장 중요한 것은 살아남는 일이다.
- 먹을 것을 충분히 주지 못해서 사랑하는 사람들이 나에게 실망했을 것이다.

- 죽을 수도 있다.
- 사랑하는 사람이 고통을 겪을 것이다.
- 다른 사람은 죽고 자신만 살아남을 것이다.
- (기근이나 가뭄 상황이 의도적으로 조성된 경우) 다른 사람에게 이용 당할 수 있다.
- 보잘것없는 삶을 살게 될 것이다. 어떤 일도 이루지 못하고 죽어 버릴 것이다.
- 쓸모없는 존재가 되어 버릴 것이다.

- 식량을 빼앗기지 않기 위해 얼마 안되는 식량이라도 감추어 둔다.
- 생존이 가장 중요한 문제일 때는 도덕관도 무너진다.
- 안전과 안정을 보장해 주는 사람에게 의존한다.
- (안정된 생활을 위해 결혼하는 등) 사랑보다 안정을 택한다.
- 금전적으로 성공하라고 아이를 몰아붙인다.
- 부자나 권력자를 불신한다.
- 어려운 시절이 올 때를 대비해서 돈이 있을 때도 인색하게 군다.
- 음식이 많을 때는 지나칠 정도로 먹는다.
- 굶주리는 사람들을 보며, 자신이 가진 얼마 안 되는 식량에도 죄책 감을 느낀다.
- 미래의 기근이나 가뭄에 대비해 식량과 물을 비축한다.
- 식량이나 물을 줄여야만 하는 사건이 벌어질지 예상하고, 그에 대한 계획을 세우려 애쓴다.
- 기근과 기아가 없는 장소로 이사한다.
- 음식물이나 물 낭비에 대해 민감한 반응을 보인다.
- 열심히 공부하여 안정적인 일자리를 찾으려 한다.
- 기근·기아의 원인을 연구하고 해결 방법을 찾는다.
- 자급자족한다. 다른 사람들에게는 제공하지 않는 자신만의 식량과 급수원을 갖는다.
- 물이나 식량 없이 지내는 게 얼마나 고통스러운지 알기에, 자신이 가진 것들을 기꺼이 나누어 준다.
- 물과 식량이 부족한 사람들을 돕기 위해 기부와 봉사 활동을 한다.

- 같은 상황에 처한 사람들에 대한 사회적 공감을 불러일으키려고 노력한다.
- 자신이 가진 것에 감사하며 지구의 자원을 존중하고, 낭비하지 말아야겠다고 생각한다.
- 환경친화적인 사람이 된다.

형성될 수 있는 성격 특성	

- **속성** 유연한, 경계하는, 야심이 큰, 감사하는, 용기 있는, 규율 잡힌, 공감하는, 집중하는, 너그러운, 독립적인, 인내하는, 지략 있는, 단순한, 사회적 의식이 있는, 학구적인, 검소한, 이타적인
- **단점** 냉담한, 지배적인, 냉소적인, 교활한, 탐욕스러운, 적대적인, 재미없는, 성급한, 비이성적인, 물질주의적인, 음울한, 강박적인, 분개하는, 침착하지 못한, 이기적인, 인색한, 의심하는, 감사할 줄 모르는, 의지력이 약한

상처가 악화할 수 있는 계기

- (유지 보수 등의 이유로) 자신이 사는 건물이 단기적으로 단수된다.
- 자신이 사는 지역에 일시적으로 가뭄이 발생한다.
- 정전 때문에 냉장고 음식이 상한다.
- 극심한 배고픔이나 갈증을 겪는다.
- 과거에 기근이나 가뭄을 일으켰던 사건과 흡사한 상황에 놓인다.
- 자신이 사는 지역에서 먹을 것이 부족한 사람을 본다.
- 기근이나 가뭄 때 어쩔 수 없이 먹어야 했던 음식을 맛보거나 냄새를 맡는다.

상처를 직면하고 극복할 기회

- 충분한 식량과 물이 있지만, 부족해질 수도 있다는 두려움에 다른 사람을 돕기가 망설여진다.
- 위기에서 살아남기 위해 도덕이나 윤리를 내팽개친 일로, 자존심과 정체성이 붕괴되는 고통을 겪는다.
- 끔찍한 가뭄에서 간신히 살아남았지만, (수술도 할 수 없는 암 등) 치명적인 병에 걸려 살 날이 얼마 남지 않았음을 선고받는다.

말할 수 없는
비밀이 있다

Being Forced to Keep a Dark Secret

구체적 상황

- 자녀가 반사회적 인격 장애자(소시오패스)이다.
- 배우자가 교통사고를 낸 뒤 뺑소니쳤다.
- 가족이 자신을 학대했다.
- 가족 내에서 살인 사건이 있었지만 은폐했다.
- 가족이 임종 직전 끔찍한 고백을 해서 가족 관계에 문제가 생겼다.
- 자신의 자녀가 살인 사건의 공범이다.
- 배우자가 테러 집단의 일원이다.
- 불법 입양했다(혹은 되었다).
- 가족이 마약 밀수를 했다.
- 악명 높은 인물과 친척 관계이다.
- 부모가 공금을 횡령하거나 사회적 약자에게서 돈을 훔쳤다.

훼손 당하는 욕구

생리적 욕구, 안전과 안정, 애정과 소속감, 존중과 인정

생길 수 있는 잘못된 믿음

- 나도 결국 (범죄자)가족처럼 될 것이다.
- 비밀을 숨기는 것으로 이미 공범이 되었으니, 앞으로도 말할 수 없다.
- 비밀을 지키는 게 모두에게 최선이다.
- 가족의 안녕이 진실보다 훨씬 더 중요하다.
- 내가 군이 나서서 폭로할 필요는 없다.
- 체포되기 전까지는 유죄가 아니다.
- 사실이 밝혀지면 누구도 나를 사랑하지 않을 것이다.
- 사람들은 금방 잊기 마련이므로, 군이 진실을 끄집어내 봤자 피해만 커질 뿐이다.

가질 수 있는 두려움	<ul><li>다른 사람들이 눈치챌 것이다.</li><li>(체포, 친권 박탈 등) 법적인 처벌을 받을 것이다.</li><li>가족이나 친구들이 나를 거부할 것이다.</li><li>사실이 밝혀지면 사랑, 명예, 존중을 잃게 될 것이다.</li><li>입을 열었다가는 비밀을 끝까지 지키려는 사람에게 공격받고 고통당할 것이다.</li></ul>
가능한 반응과 결과들	<ul><li>거짓과 기만이 제2의 천성이 된다.</li><li>현실을 부정한다. 머릿속에서 진실을 다시 구성한다.</li><li>(일관성 있는 거짓말을 하지 못하고) 모순적인 이야기를 늘어놓는다.</li><li>비밀을 감추는 데 필요한 도움을 요청한다.</li><li>비밀을 알아챌 수도 있는 사람들을 경계한다.</li><li>악몽을 꾸고, 우울증을 앓는다.</li><li>해야 할 일에 집중하지 못한다.</li><li>(전학하거나 이사하는 등) 비밀과 관련된 사람들을 피한다.</li><li>비밀을 지키라고 요구하는 사람을 피한다.</li><li>살얼음판을 걷듯이 생활한다.</li><li>장기적인 스트레스 때문에 건강에 이상이 생긴다.</li><li>약물이나 술을 남용한다.</li><li>비밀은 지키지만, 자신의 감정 표현을 위해 다른 방식으로 반항한다.</li><li>폭력적이고 변덕스러운 성격이 된다.</li><li>진실을 숨겨야 하는 원인이 되는 사람에게 적대적인 태도를 보인다.</li><li>경찰이 주변에 있으면 초조해한다.</li><li>은연중 비밀을 드러낼까 봐 무엇이든 터놓고 이야기하지 못한다.</li><li>감춰진 사건 때문에 피해를 본 사람들을 위험을 무릅쓰고 돕는다.</li><li>익명으로 비밀을 폭로하는 계획을 세운다.</li><li>비밀을 잊기 위해 다른 활동에 몰두한다.</li><li>범인에게 불리하게 이용될 수 있는 정보를 몰래 수집한다.</li></ul>

형성될 수 있는 성격 특성	• **속성** 경계하는, 조심스러운, 협조적인, 예의 바른, 호기심 많은, 기분을 맞춰 주는, 신중한, 태평한, 집중하는, 독립적인, 충실한, 성숙한, 꼼꼼한, 순종적인, 주의력이 있는, 인내하는, 사생활을 중시하는, 보호하는, 잘 믿는 • **단점** 의존적인, 겁 많은, 부정직한, 회피적인, 잘 잊는, 적대적인, 충동적인, 감정을 억누르는, 불안정한, 비이성적인, 무책임한, 초조한, 반항적인, 분개하는, 자기 파괴적인, 굴종적인, 변덕스러운
상처가 악화할 수 있는 계기	• 누군가가 비밀을 말해주며 아무에게도 알리지 말라고 부탁한다. • 다른 사람도 이 비밀을 알고 있을 것 같다는 단서를 발견한다. • 사건의 피해자를 우연히 만난다. • 비밀에 대해 질문을 받아서 또다시 거짓말을 해야 한다.
상처를 직면하고 극복할 기회	• 비밀이 밝혀지고, 공범으로 조사받는다. • 새롭게 만난 사람과 관계가 깊어지면서 부담과 스트레스를 줄이기 위해 그 사람에게 비밀을 털어놓는다. • 비밀을 지키려고 노력했지만, 결혼이나 그 밖의 관계에서 갈등이 생긴다. • 범인이 경멸받아 마땅한 행동을 계속하고 있다는 의심이 든다. 이제 무엇이 옳고 그른지 판단해야 한다.

무고

구체적 상황

아무런 죄도 저지르지 않았는데 고발을 당하면 억울하다. 고발은 수치스러운 조사로 이어지고, 명성은 땅에 떨어지고, 가족까지 상처를 받는다. 교도소에 가게 된다면 결과는 더더욱 끔찍하다.

훼손 당하는 욕구

안전과 안정, 애정과 소속감, 존중과 인정

생길 수 있는 잘못된 믿음

- 이 오명은 절대로 씻을 수 없을 것이다.
- 무죄로 판명되더라도 사람들은 나를 의심할 것이다.
- 어떠한 잘못에도 연루되지 않도록 모든 일에 완벽해야 한다.
- 누구도 나를 믿지 않는다.
- 이제 나는 고발당했던 사람으로 평생을 살아가게 될 것이다.
- 더러워진 명성 때문에 꿈을 포기할 수밖에 없다.

가질 수 있는 두려움

- 새롭게 만나는 사람들 모두가 내가 고발당했었다는 사실을 알게 될 것이다.
- 내가 고발당한 사실 때문에 내 가족도 부당한 대우를 받을 것이다.
- 누구도 나를 믿지 않을 것이다.
- 다른 일로 또다시 허위 고발당할 것이다.
- 고발당한 사실 때문에 거절당할 것이다.
- 권력과 지배력을 가진 사람들이 두렵다.
- 믿는 사람들이 나를 배신할 것이다.

가능한 반응과 결과들

- 사건을 숨긴다.
- 사랑하는 사람들에게 사건에 대해 함구하라고 당부한다.
- 직업을 바꾸고, 이사하고, 다른 종교 모임에 참석하는 등 인생을 새롭게 시작하기 위해 노력한다.
- 친구나 사회 집단을 멀리하고 새로운 사람들은 피하면서 인간관

계를 줄인다.

- 사소한 도발에도 방어적이 되고 자신을 해명하고 싶어 한다.
- 질투받을 수 있는 상황을 만들지 않는다.
- 사람들의 기분을 상하지 않게 하려고 주의한다.
- 똑같은 일을 겪을까 봐 어떤 일이든 철저하게 기록을 남긴다.
- 두려움 때문에 법률 규정을 글자 하나까지 그대로 따른다.
- 순교자 콤플렉스에 빠진다.
- 피해 의식이 강해진다.
- 아무도 자신을 도와주지 않으리라고 생각해 매사 자신을 적극적으로 옹호한다.
- 잘못된 유죄 추정을 낳을 수도 있는 상황을 피한다(학생과 단둘이 있다든지, 동료와 같이 여행하는 등).
- 불공정하거나 정의롭지 못한 상황에도 잘 순응한다.
- (자신을 믿지 않았던 다른 사람처럼 되고 싶지 않아서) 다른 사람을 언제나 지나칠 정도로 믿는다.
- 억울하게 고발당한 다른 사람을 지지한다.
- 어떤 사람의 잘못을 비난하기 전에 막연한 의심 대신 확실한 증거를 찾는다.
- 명예를 회복하는 데 도와준 사람들에게 감사한다.
- 고발당했을 때 자신의 편에 서 주었던 사람들에게 의리를 지킨다.

형성될 수 있는 성격 특성	• **속성** 감사하는, 대담한, 조심스러운, 협조적인, 예의 바른, 기분을 맞춰 주는, 신중한, 태평한, 정직한, 독립적인, 공정한, 친절한, 순종적인, 사생활을 중시하는, 올바른, 관대한, 현명한 • **단점** 심술궂은, 도전적인, 냉소적인, 방어적인, 부정직한, 적대적인, 재미없는, 불안정한, 피해의식이 강한, 초조한, 과민한, 완벽주의적인, 비관적인, 신경질적인, 비협조적인, 혼자 틀어박힌
상처가 악화할 수 있는 계기	• 자신을 고발했던 사람이 어떠한 처벌도 받지 않고 사는 것을 본다. • 허위 고발 때문에 친구를 잃는다. • 별 것 아닌 일로 다시 허위 고발 당한다.

241

- (자신이 아는 모임, 교회 등에서) 아무렇지 않게 남 얘기를 하고 근거도 없이 결론을 내는 사람들을 본다.

상처를
직면하고
극복할
기회

- 고발 때문에 (승진을 못하거나 전학을 가는 등) 고통받다가 나중에 무죄 판결을 받았다. 지난 일을 덮고 넘어갈 것인지 정의를 위해 싸울 것인지 선택해야 한다.
- 과거로부터 숨기 위해 몇 년을 보냈는데도, 고발되었던 사실이 다시 알려지면서 이제는 더 이상 숨지 않고 정의와 진실을 찾겠다고 결심한다.
- 친구나 사랑하는 사람이 연좌제로 부당한 취급을 당했다. 이 부당함을 그냥 모른 체할 것인지 정의를 위해 싸울 것인지를 선택해야 한다.

불가피하게
노숙자가 되다

**Becoming Homeless for
Reasons Beyond One's Control**

**구체적
상황**

- 건강에 갑자기 문제가 생겨 (보험금을 받지 못하는 등) 파산했다.
- 부모 중 한 명이 장애가 생겨 온 가족이 길에 나앉았다.
- 병이 나서 일할 수 없게 됐다.
- 자연재해로 집이 부서졌다.
- 화재 보험이 없는 상태에서 화재가 일어나 집이 불탔다.
- 학대받는 환경에서 도망쳤지만 갈 곳이 없다.
- 어떤 비극적인 상황 때문에 우울증에 빠져 경제 활동을 할 수 없다.
- (자동차 고장, 차량 접촉 사고, 병원 통원 치료 등) 사소한 사고 때문에 온 가족이 빈곤한 삶을 살게 됐다.

**훼손
당하는
욕구**

생리적 욕구, 안전과 안정, 애정과 소속감, 존중과 인정

**생길 수
있는
잘못된
믿음**

- 나는 가치 없는 인간이다.
- 이러한 상황을 예견하고 계획을 세웠어야 했다.
- 살아남는 것만이 목표다. 꿈은 이미 오래전에 사라졌다.
- 예전 생활로 결코 돌아갈 수 없을 것이다.
- 사회는 나 같은 사람들이 제대로 살 수 없는 곳이다.
- 사람들이 나에 대해 하는 생각은 (게으르고, 쓸모없고, 기생충 같은 존재, 방종한 인간 등) 모두 옳다.
- 나 때문에 자녀들의 안전과 건강이 위험에 빠져있다.
- (온 가족이 길에 나앉은 경우) 나는 끔찍한 부모다.

**가질 수
있는
두려움**

- 가족이 뿔뿔이 흩어지거나 자녀들을 빼앗길 것이다.
- 자녀들이 육체적·정신적으로 상처를 입을 것이다.
- 강도를 만나고, 폭력의 희생자가 되고, 이용당할 것이다.
- 체포될 것이다.

- (가족, 예전 이웃 등) 다른 사람들이 어떻게 생각할지 두렵다.
- 다시는 자립할 수 없을 것이다.
- 우울증에 빠지고, 약물, 알코올 의존증이 될 것이다.
- 자신 때문에 가족이 앞으로도 오랫동안 가난과 집 없는 고통을 겪을 것이다.

가능한 반응과 결과들

- 가족이나 친구를 통해 임시로나마 거주할 집을 구하려 애쓴다.
- 자동차에서 산다.
- 깊은 우울증에 빠져 고통을 달래기 위해 약물이나 술에 의존한다.
- 삶의 규율이 없어진다.
- (불면, 영양실조, 장애 등으로) 집중하지 못한다.
- (자녀나 배우자 등) 자신이 책임져야 한다고 생각하는 사람들에게 깊은 죄의식을 느낀다.
- (공중화장실에서 샤워하기, 지하철 사물함 이용하기, 빈 물병을 어디에서 채워야 할지 파악하기 등) 돈을 절약하는 방법을 찾는다.
- 얼마 남지 않은 자산을 필사적으로 지킨다.
- (마약을 운반하거나 매춘을 하는 등) 돈을 벌기 위해서라면 비윤리적인 방법도 마다하지 않는다.
- 경찰을 피한다.
- 친구들의 도움을 아무런 주저 없이 받는다.
- 불행한 일이 또다시 생길까 두려워, 다른 사람을 책임질 일을 만들지 않는다.
- 재정적인 안정을 되찾기 위해 무엇이든 하려고 한다.
- 예전 생활을 되찾은 경우, 돈에 관련해서는 모든 위험을 피하고 극단적으로 안전을 추구한다.
- 자녀 교육을 가장 중요한 우선순위로 설정한다.
- 생계를 유지하기 위해 할 수 있는 한 여러 일을 동시에 한다.
- 꼭 필요한 물건이 아니면 사지 않는다.
- 계획을 세우고 지킨다.

형성될 수 있는 성격 특성	• **속성** 경계하는, 야심이 큰, 협조적인, 창의적인, 신중한, 공감하는, 집중하는, 우호적인, 상냥한, 성숙한, 체계적인, 인내하는, 집요한, 사생활을 중시하는, 보호하는, 특이한, 지략 있는

• **속성** 경계하는, 야심이 큰, 협조적인, 창의적인, 신중한, 공감하는, 집중하는, 우호적인, 상냥한, 성숙한, 체계적인, 인내하는, 집요한, 사생활을 중시하는, 보호하는, 특이한, 지략 있는

• **단점** 의존적인, 무감각한, 냉담한, 유치한, 냉소적인, 교활한, 회피적인, 잘 잊는, 무지한, 불안정한, 질투하는, 초조한, 침착하지 못한, 자기 파괴적인, 인색한, 눈치 없는

상처가 악화할 수 있는 계기

• 생계를 유지할 수 있는 상태로 돌아갔지만, 갑자기 너무 큰 돈을 내야 하는 청구서를 받았다.

• 구걸하는 사람이나 재활용할 병을 찾기 위해 쓰레기통을 뒤지는 사람들 옆을 지나친다.

• 자동차가 갑자기 고장 나, 오도 가도 못하는 상황에 놓인다.

• (건물 철거 등) 자기 탓이 아닌 퇴거 명령을 받는다.

• 가족 모임에서 어떤 사람이 자신의 부를 과시한다.

상처를 직면하고 극복할 기회

• 노숙자 생활을 극복한 뒤에 다른 노숙자들이 경제적 안정을 되찾을 수 있도록 도와주고 싶어진다.

• 어떤 사람이 노숙자에 대해 부정적인 이야기를 하는 것을 듣는다. 자신의 과거를 밝히며 그들을 지지할지, 아니면 그냥 가만히 앉아 있을지 선택해야 한다.

• 누군가의 도움을 받아 다른 사람을 믿을 기회를 얻는다.

• 노숙자를 도와주는 운동에 참여하라는 요청을 받는다.

사회
불안

Living Through Civil Unrest

구체적 상황

사회 불안은 보통 정치적·사회적 동기를 가진 사람들이 일으킨다. 단기적인 폭력적 저항에서부터 대규모 폭동, 파괴, 개인적인 응징에 이르기까지 그 종류는 다양하다. 사회 불안이 지속되면 지역 사회에 다음과 같은 일들이 벌어질 수 있다.

- 음식, 연료, 물 등 필수품의 부족
- 공공 안전에 대한 위협
- 폭동과 범죄의 증가
- (통행금지, 불법 가택 수색, 개인 재산 압류 등) 자유에 대한 제약
- 개인 재산 손괴
- 학교, 병원, 통신, 전기, 가스, 대중교통 마비 등 공공 서비스 중단

훼손 당하는 욕구

생리적 욕구, 안전과 안정

생길 수 있는 잘못된 믿음

- 이런 일이 일어날 줄 예측했어야 했다.
- 평지풍파를 일으키는 것보다는 시키는 대로 행동하는 편이 낫다.
- 세상에 믿을 수 있는 사람은 나밖에 없다.
- 이러한 상황은 절대 바로잡을 수 없을 것이다.
- 안전은 환상에 불과하다.
- 겉으로 보기에는 평화롭지만, 모든 사람의 내면은 폭력적이다.

가질 수 있는 두려움

- 살해당할 수 있다.
- 사랑하는 사람이 죽을 수 있다.
- 가족을 부양할 수 없게 될 것이다.
- 가족이 다치거나 아픈데, 치료를 받지 못할 수 있다.
- 생필품이 부족해지거나 강탈당할 수 있다.
- 우리를 보호해야 할 경찰이나 정부에게 오히려 버림받을 것이다.

- 잘못된 시간, 잘못된 장소에 있다가 사고를 당할 수 있다.
- 다른 사람 문제에 말려들어 처벌을 받을 수 있다.

**가능한
반응과
결과들**

- 피해망상과 의심이 늘어난다.
- 아무런 생각 없이 충동적으로 반응한다.
- (환경, 소리, 감정, 움직임 등의 변화에) 민감한 반응을 보인다.
- 사회 불안을 일으키는 사람들과 반대되는 가치관을 가졌으면서도, 진짜 모습을 숨기고 그들과 어울리려고 노력한다.
- 계속 뉴스를 보며 폭력 사태가 얼마나 격화되었는지, 어떤 장소를 피해야 하는지 등을 파악한다.
- (방어 시설을 만들고, 가족의 위치를 파악하고, 무장하는 등) 집의 방범을 강화한다.
- 잠을 못 자고 불안이 심해진다.
- (비상사태시 만날 장소, 가족이 흩어지면 해야 할 일 등) 대피 계획을 세운다.
- 정말 필요할 때만 집 밖으로 나온다.
- 누구를 믿어야 할지 모르기 때문에 말을 조심한다.
- 자신이 감시받고 있다고 생각하고, 감시의 흔적을 찾는다.
- 비상사태에 필요한 물건들을 비축하거나 가족에게 준다.
- 식량, 연료, 물, 옷 등의 낭비를 싫어한다.
- 사소한 일도 걱정한다. 생각이 항상 최악의 시나리오로 치닫는다.
- 출구나 대피로를 확인한다.
- 즉시 도피해야 할 경우를 대비해서 긴급 피난 배낭을 준비한다.
- 과거라면 다른 사람을 도왔을 상황에서도, 도움을 주지 않는다.
- (구급약, 덫 놓기, 사냥 등) 생존에 필요한 주제를 연구하여 혼자서도 살아남을 수 있는 방안을 세운다.
- 가까이 사는 사람들에게 손을 내밀어 자원과 인력을 공유한다.
- 사회 불안을 일으킨 사람들과 싸울 계획을 세운다.

- **속성** 유연한, 경계하는, 분석적인, 대담한, 조심스러운, 협조적인, 결단력 있는, 효율적인, 독립적인, 친절한, 충실한, 성숙한, 주의력이 있는, 체계적인, 적극적인, 보호하는, 지략 있는, 책임감 있는, 검소한
- **단점** 반사회적인, 무감각한, 냉담한, 도전적인, 지배적인, 회피적인, 망상적인, 탐욕스러운, 적대적인, 충동적인, 감정을 억누르는, 편집증적인, 비관적인, 인색한, 비협조적인, 비윤리적인, 폭력적인

- 총소리, 연기, 냄새 등 사회 불안을 상기시키는 감각 경험을 겪는다.
- 이웃들이 한밤중에 갑자기 도망쳐 버린다.
- 출근길에 시위대를 지나친다.
- 직장에서 파업이 점점 폭력적인 분위기를 띤다.
- 뉴스에서 시위를 본다.

- 자연재해 때문에 생필품이 부족하다.
- (교사 파업, 노동 분쟁 등) 직장에서의 시위로 인해 어느 한 편에 설 수밖에 없는 상황이 된다.
- 보통 때였다면 생각할 수 없었던 방법으로 불안한 상황에서 벗어난 후, 자신의 윤리관에 의문을 갖게 된다.

악의적인 소문

Being the Victim of a Vicious Rumor

구체적 상황

소문은 큰 상처를 줄 수 있다. 소문의 근원은 친구나 가족, 동료나 고용주, 사업상 경쟁자, 내 명성을 훼손해서 큰 이익을 얻을 수 있는 조직, 또는 아예 모르는 사람일 수도 있다. 온라인 미디어가 발달한 현대 사회에서 소문은 널리 퍼져 피해자에게 장기적인 영향을 미친다.

훼손 당하는 욕구

애정과 소속감, 존중과 인정, 자아실현

생길 수 있는 잘못된 믿음

- 사람들은 결국 소문을 믿게 된다.
- 소문이 사라지지 않는 한 희망과 꿈을 결코 이룰 수 없을 것이다.
- 목표물이 된 것은 나에게 문제가 있기 때문이다.
- 내가 다시 일어나도, 사람들은 나를 또 짓밟을 것이다.
- 나도 똑같은 방법으로 복수할 것이다.
- 평판이 나빠져서 (경력, 관심사, 일 등을) 그만둘 수밖에 없다.
- 인간의 깊은 곳에는 잔혹함과 증오가 숨어 있다. 그래서 사람들은 다른 사람이 갈가리 찢기는 모습을 보며 즐거워한다.

가질 수 있는 두려움

- (친구, 애인, 동료, 가족 등) 사람들은 나를 배신할 것이다.
- 신뢰가 가장 중요한 상황에서 누구도 나를 믿지 않을 것이다.
- 개인적인 비밀을 털어놓기가 두렵다.
- 소문에 의해 평가되고, 행동이 제약된다. 결국 나는 원하는 행동을 하지 못하게 될 것이다.
- 중요한 사람들이 거짓 소문을 믿고 나를 멀리할 것이다.
- 사랑하는 사람들이 악랄한 소문에 부정적인 영향을 받을 것이다.

- 사람들을 멀리한다.
- (직장, 소셜 미디어, 학교 등) 사람들이 소문을 들었을 것 같은 장소를 피한다.
- 자존감이 낮아지고 자기애가 줄어든다.
- 목표물이 된 이유를 알아내려고 자신의 결점이 무엇인지 분석한다.
- 외출을 피하고 집에 처박혀 사교 모임을 피한다.
- 신뢰할 수 있는 가족이나 친구에게만 의지한다.
- 분노, 당혹감, 수치심을 번갈아 느낀다.
- 소문을 퍼뜨린 사람을 맹렬하게 비난하고 보복하려 한다.
- 소문의 근원지를 찾는다. 자신의 명성이 떨어지면 누가 이익을 얻는지 알아내려 애쓴다.
- 자신의 비밀을 털어놓지 않는다.
- 거짓 소문을 받아들이고, 그 소문이 사실인 것처럼 행동한다.
- 최근 사귄 사람들과의 관계를 모두 끊는다.
- 소문을 퍼뜨린 사람과 아무 관련이 없는 사람들만을 골라서 사귄다.
- (자신의 모든 지인이 소문을 들었다고 믿고, 실제보다 소문이 더 널리 퍼졌다고 믿는 등) 소문을 실제보다 크게 받아들인다.
- 피해망상에 빠진다.
- 지속된 스트레스로 인해 건강에 문제가 생긴다(체중 변화, 수면 습관 변화, 고혈압, 질병 등).
- 소문이 거짓임을 증명하는 것이 인생의 목표가 된다.
- 자신을 스스로 절제한다. 더 이상의 비판이나 마찰을 피하려고 꼭 필요한 말이 아니면 하지 않는다.
- 새로운 출발을 위해 학교를 옮기고, 직장을 바꾸고, 이사한다.
- 자신은 소문과 다른 사람이라는 것을 증명하기 위해 다른 취미, 관심사, 전문 분야에 몰두한다.
- 저술 활동, 춤, 그림을 통해 진정한 자아를 표현한다.
- 우연이라도 사실이 아닌 소문이 퍼질까 봐 극도로 말을 아낀다.
- 소문을 경멸한다. 소문을 퍼뜨리는 것은 혐오스러운 일이라 생각하고 동참을 거부한다.

- **속성** 조심스러운, 기분을 맞춰 주는, 신중한, 공감하는, 상냥한, 겸손한, 독립적인, 공정한, 친절한, 자비로운, 꼼꼼한, 주의력이 있는, 인내하는, 설득력 있는, 사생활을 중시하는, 올바른, 지각 있는

- **단점** 도전적인, 냉소적인, 방어적인, 회피적인, 적대적인, 재미없는, 불안정한, 피해 의식이 강한, 강박적인, 편집증적인, 분개하는, 소심한, 앙심을 품은, 변덕스러운, 혼자 틀어박힌

- 사람들이 뒷담화하는 것을 듣는다.
- 소문이 잠잠해졌나 싶었을 때, 누군가 다시 그 소문을 들춰낸다.
- 날카로운 질문을 받고 (당시에 하고 있던 일, 있었던 장소 등) 자신을 변호해야 한다.
- 자신의 이야기에 누군가 의혹을 제기한다.
- 어떤 일을 시도했으나 정당한 이유로 거절을 당하고도 악의적인 소문 때문이라고 걱정한다.
- 소문을 퍼뜨렸던 사람이 다른 사람에게도 똑같은 행동을 하는 것을 본다.

- 소문이 사실이 될 수도 있는 상황에 놓인다(뇌물을 받았다는 소문이 퍼진 뒤 정말로 뇌물 제의를 받는 등).
- 소문 때문에 불행한 결과가 생겨 이러한 부당함에 싸우고 싶어진다(사업이 망하고, 결혼이 파탄에 이르는 등).
- 소문 때문에 어떤 일을 그만두기로 했지만, 자신이 남아야만 다른 사람이 정말 필요로 하는 것을 제공할 수 있다는 사실을 깨닫는다.

억울한
투옥
Wrongful Imprisonment

구체적 상황

- 외모가 비슷하다는 이유로 범죄자로 오인됐다.
- 다른 누군가를 잡기 위한 희생양으로 이용당했다.
- 배심원이나 판사의 편견 때문에 유죄 판결을 받았다.
- 목격자의 착각 혹은 강요된 거짓 증언으로 유죄 판결을 받았다.

훼손 당하는 욕구

생리적 욕구, 안전과 안정, 애정과 소속감, 존중과 인정, 자아실현

생길 수 있는 잘못된 믿음

- 믿었던 사법 제도에 배신당했으니 이제 아무것도 믿을 수 없다.
- 어차피 처벌받을 테니 법률 따위는 지킬 필요가 없다.
- 나는 무언가를 빼앗겼고, 다시는 예전 같은 사람이 될 수 없다.
- 출소하더라도 전과는 항상 나를 따라다닐 것이다.
- 다른 누군가에게 상황을 지배하도록 하면, 나를 이용할 것이다.
- 내가 믿을 수 있는 유일한 정의는 내가 휘두르는 정의뿐이다.

가질 수 있는 두려움

- 감옥에서 풀려나지 못할 것이다.
- 다른 수감자에게 공격당할 것이다.
- 사랑하는 사람이 내가 유죄라고 믿고 나를 버릴 것이다.
- 부질없는 희망을 품으면서 마음 졸일까 두렵다.
- 내 운명에 대한 권한을 가지고 있는 사람이나 제도가 두렵다.
- 경찰이나 검찰은 새로운 증거가 나타나더라도 오심을 감추려고 증거를 인멸할 것이다.
- 진실은 절대 밝혀지지 않을 것이다.
- 이 시련 때문에 정체성을 잃어버릴 것이다.

<table>
<tr>
<td>

가능한 반응과 결과들

</td>
<td>

- 경찰과 사법부를 믿지 않는다.
- 법을 지켜 봤자 소용없다고 생각하고 공공연히 무시한다.
- 자신의 유죄에 책임이 있다고 생각하는 사람들에게 혐오감과 적대감을 보인다.
- 신앙을 버린다. 또는 신앙심이 강해진다.
- 이제까지 믿었던 제도와 사람들을 의심하기 시작한다.
- 사랑하는 사람들도 믿을 수 없으므로 멀리한다(편지를 받지 않고, 면회 일에 면회를 거부하는 등).
- 사랑하는 사람들에게 집착하고 연락할 수 없을 때(가족이 보낸 편지가 교도소에서 압류되고, 면회가 취소되는 등) 매우 분개한다.
- 사람의 말을 곧이곧대로 믿지 않는다.
- 자신을 불신하고 비관적, 냉소적으로 생각한다.
- 자신을 도와주거나 보호해 줄 수 있는 사람의 비위를 맞춘다.
- 자신의 장래 계획이나 능력에 대해 기대치를 낮춘다.
- 수감 중 다른 사람의 지배에 최대한 저항한다.
- 다른 사람을 지배하려 든다.
- 반사회적인 성격이 된다. 모든 것에 환멸을 느끼고 싸우려 든다.
- 자신을 부당하게 가둔 사람에게 복수를 꿈꾼다.
- (약물 남용, 알코올 의존증, 싸움 등) 자기 파괴적인 행동을 한다.
- 시간이 흐를수록 제도에 순응해 규칙에 따른다.
- 일종의 보복 수단으로 자신의 무죄를 입증하려 한다.
- 열심히 공부하여 자신을 변호하고, 일어난 일을 이해하려 노력한다.
- 사법 제도를 개선하려 애쓴다.

</td>
</tr>
<tr>
<td>

형성될 수 있는 성격 특성

</td>
<td>

- **속성** 유연한, 야심이 큰, 침착한, 조심스러운, 집중하는, 부지런한, 공정한, 주의력이 있는, 체계적인, 생각이 깊은, 집요한, 철학적인, 사생활을 중시하는, 적극적인, 지략 있는, 사회적 의식이 있는, 검소한, 관대한
- **단점** 거친, 의존적인, 반사회적인, 무감각한, 냉담한, 도전적인, 지배적인, 냉소적인, 방어적인, 적대적인, 비관적인, 분개하는, 신경질적인, 소심한, 비협조적인, 변덕스러운, 혼자 틀어박힌

</td>
</tr>
</table>

상처가
악화할 수
있는 계기
- 투옥 중에 교도소 밖 생활을 담은 텔레비전 프로그램을 본다.
- 어떤 것에 대한 진실을 말했는데, 아무도 믿지 않는다.
- 어떤 사소한 일 때문에 부당한 비난을 받는다.
- (혐의에 따라) 살인자, 변태, 사이코패스 등으로 불린다.
- 다른 죄수에게 수감 전 생활에 대해 말한다.
- (편지, 사진 등) 집을 떠오르게 하는 물건을 본다.
- 판결일이나 자녀의 생일처럼 중요한 의미가 있는 날이 온다.

상처를
직면하고
극복할
기회
- 항소가 기각된다.
- 형기를 마치고 출소했지만, 세상의 차가운 시선을 받는다.
- 전과 때문에 꿈을 실현할 수 없다는 사실을 깨닫는다. 목표를 수정할지 포기할지 둘 중 하나를 선택해야 한다.
- 출소 후에 자신에게 충실해야 할 사람(가족 등)이 자신을 거절한다.
- 검찰이 재심을 막기 위해 인멸해 왔던 증거가 밝혀졌다.

집단
괴롭힘

Being Bullied

구체적 상황

집단 괴롭힘이란 '권력이나 영향력을 이용해서 어떤 사람을 집단이나, 개인이 지속해서 위협하는 행위'로 정의될 수 있다. 집단 괴롭힘에는 여러 형태가 있고, 다음과 같은 사람들이 행사할 수 있다.

- '너를 위한 거야'라며 이런저런 요구가 많은 부모나 친척
- 나이, 신체의 차이, 인기 등을 들먹이며 부당하게 많은 것을 요구하는 형제·자매
- 질투심 많은 친구나 나를 싫어하는 반 친구들
- (반 친구나 팀 동료 등) 집단의 구성원
- 교사 혹은 권력을 가지고 있는 사람
- 지위나 능력에 위협감을 느끼는 직장 동료
- 일종의 권력을 얻기 위한 수단으로 어떤 사람을 지목해서 조롱하는 소셜 미디어의 '친구'
- 자신이 원하는 바를 얻어야 만족하는 권력에 굶주린 고용주

훼손 당하는 욕구

생리적 욕구, 안전과 안정, 애정과 소속감, 존중과 인정

생길 수 있는 잘못된 믿음

- 삶은 더 나아지지 않을 것이다. 해피엔드는 다른 사람들 이야기일 뿐이다.
- 나는 실패자고 어떤 일에서도 성공할 수 없다.
- 사람들이 내게 원하는 일을 하면, 나도 편할 것이다.
- 사람들이 내게 다가오는 건 오로지 나를 이용하기 위해서다.
- (학교, 정부, 회사, 부모의 공정성 등) 사회의 모든 조직과 공동체의 정의는 다 헛소리다.
- 약하지 않다는 것을 보여 주려면 맞서 싸울 수밖에 없다.
- 사람들이 나를 두려워해야 나를 갖고 놀지 않을 것이다.

가질 수 있는 두려움	• 사람들을 믿을 수 없어서 인간관계를 맺는 게 두렵다. • 거절당하고 버려져 혼자가 될 것이다. • 커다란 실수를 저질러, 사람들이 나를 조롱거리로 삼을 것이다. • 자신을 괴롭혔던 사람과 비슷한 성격(지배적이고 시끄럽고, 사람을 이용하며 남자다움을 과시하는)을 가지고 있는 사람이 두렵다. • 믿지 말아야 할 사람을 믿어 자신의 감정을 조롱당할 것이다. • 대중 연설 등, 사람들 앞에 서야 하는 상황이 두렵다.

**가능한
반응과
결과들**
	• 심하게 자기 비판적인 사람이 되고, 다른 사람의 결점부터 찾아낸다.
	• 자리에서 일어나 하루를 맞이하기가 두려워 능장을 부린다.
	• (사무실 파티, 학교 식당 등) 괴롭힘당할 수 있는 모임이나 장소를
	  피한다.
	• (점심시간, 회의 중 휴식 시간 등) 한가한 시간에 혼자 있을 수 있는
	  안전한 장소를 찾는다.
	• 사람들과의 눈 맞춤이나 대화를 피한다.
	• 상황을 악화시키지 않으려고 자신을 괴롭히는 사람의 말에 무조
	  건 동의한다.
	• 사람들이 걱정하지 않도록 거짓말하고 괜찮은 척한다.
	• 과민 반응을 보인다. 사소한 일에도 깊은 상처를 받아 잘 운다.
	• 상황을 더 악화시키지 않으려고 약간의 굴욕은 웃어넘긴다.
	• 독서, 텔레비전, 영화, 게임, 글쓰기를 통해 현실에서 도피한다.
	• 고통을 잊기 위해 약물, 술, 음식 등에 의존한다.
	• 사람들과 어울리려고 외모에 꼼꼼히 신경 쓴다.
	• 사람들이 행동하는 방식을 관찰하고, 그대로 모방하여 목표물에서
	  벗어나려 한다.
	• 자해 등 자기 파괴적 행위를 한다.
	• 자살을 생각하고 기도한다.
	• 섭식 장애와 불면증이 생긴다.
	• 우울증에 빠져 자신을 돌보지 않는다.
	• 일종의 감정 배설, 혹은 지배력을 회복하기 위한 수단으로 자신보
	  다 약한 사람들을 괴롭힌다.

- 공정성과 불공정성에 대해 과민하게 반응한다.
- 소셜 미디어를 멀리하고, 자신의 계정을 폐쇄한다.
- 동물이나 자연에서 위로를 얻는다.
- 자신보다 훨씬 어리거나, 자신처럼 괴롭힘당하는 '안전한 사람'들과 친구가 된다.
- 또래 친구들이 자신에게 조금만 친절한 태도를 보여도 대단히 감동한다.
- 일상의 모든 상황에 맞설 수 있도록 긍정적인 자기 대화를 한다.
- 자신이 문제가 아니라 괴롭히는 사람이 문제라는 사실을 깨닫는다.
- 판단보다는 우정과 소속감에 초점을 맞춘 집단을 찾는다.

형성될 수 있는 성격 특성	• **속성** 조심스러운, 협조적인, 독립적인, 부지런한, 내성적인, 돌보는, 순종적인, 사생활을 중시하는, 적극적인, 보호하는, 지략 있는 • **단점** 의존적인, 반사회적인, 도전적인, 적대적인, 위선적인, 불안정한, 자신감 없는, 초조한, 자기 파괴적인, 굴종적인, 의심하는
상처가 악화할 수 있는 계기	• 과거에 자신을 괴롭혔던 사람을 만나거나 괴롭힘당하는 사람을 본다. • 괴롭힘당해 자살한 사람 소식을 듣는다. • 과거의 괴롭힘을 상기시키는 장소 혹은 상황을 만난다. • 대수롭지는 않지만 부당한 일을 당한다(친구가 하기 싫은 일을 억지로 시키는 등).
상처를 직면하고 극복할 기회	• 어릴 때 괴롭힘을 당한 뒤, 어른이 되어서도 직장이나 다른 집단에서 똑같은 일을 당한다. • 다른 사람에게 학대당하는 관계를 이어가다가 이 부당한 처우가 계속 유지되도록 만들고 있는 쪽은 바로 자신이라는 사실을 깨닫는다. • 자녀가 괴롭힘을 당하고 있는 징후를 발견한다.

짝사랑   Unrequited Love

일러두기
이 시나리오에서 캐릭터는 보답 받지 못하는 사랑을 한다. 사랑의 대상이 되는 사람이 캐릭터의 감정을 알고는 있지만, 똑같은 감정을 느끼지 못할 수도 있고, 아예 캐릭터의 감정을 무시할 수도 있다. 어찌됐든 캐릭터는 혼자 마음 아파한다.

구체적 상황
다음과 같은 사람을 사랑한다.
- 자신이 상대에게 가진 마음과 다른 마음을 가진 사람
- 자신의 감정에 무심한 사람
- 이미 결혼한 사람이거나 연인이 있는 사람
- 가장 친한 친구나 형제·자매의 연인
- (인종, 나이 차, 종교, 가족의 기대, 사회의 편견 등) 사회적 금기 때문에 이루어질 수 없는 사람

훼손 당하는 욕구
애정과 소속감, 존중과 인정, 자아실현

생길 수 있는 잘못된 믿음
- 그 사람의 사랑을 받지 못하는 삶은 살아야 할 가치가 없다.
- 그 사람이 나를 사랑하지 않는 이유는 내가 못나서이다.
- 그 사람은 나에게 유일한 사람이다.
- 나의 가치를 증명한다면, 그 사람이 나에게 올 것이다.
- 내가 조금만 바뀌면, 그 사람은 우리가 얼마나 완벽한 한 쌍인지 알게 될 것이다.

가질 수 있는 두려움
- 사랑을 고백하기가 두렵다.
- 그 사람에게 거절당하고 가까이 다가가지도 못하게 될 것이다.
- 다른 사랑의 대상으로부터도 역시 거절당할 것이다(사랑하는 사람에게 거절당했다면, 나한테 뭔가 문제가 있기 때문이다).
- 그 사람이나 다른 사람들에게 조롱의 대상이 될 것이다.

- 지금과 같은 사람은 다시는 발견하지 못할 것이다.
- 두 번 다시 사랑하지 못할 것이다.

- 모든 기회를 이용해 그 사람에게 다가간다.
- (온라인, 오프라인으로) 스토킹한다.
- 그 사람의 취미, 열정, 활동에 관심을 갖는다.
- 그 사람과의 모든 대화나 몸짓에서 애정의 흔적을 찾는다.
- 그 사람에게만 집중하느라 다른 사람과의 연애 기회를 놓친다.
- 그 사람의 연애를 방해한다.
- 자신을 좋아하는 사람을 그 사람과 비교하며 부족함을 찾는다.
- 사랑을 얻기 위해 그 사람이 원하는 모든 것을 한다.
- 그 사람의 욕망과 목표를 무엇보다도 우선시한다.
- 그 사람에 대해 누구보다도 잘 안다고 자부한다.
- 그 사람과 함께 있는 꿈을 꾼다.
- 우울증을 앓고 자주 운다.
- 짝사랑이 이루어질 수 없다는 사실을 알면 절망의 시기를 보낸다.
- (그 사람이 무언가를 요청하면 친구와의 외출은 취소하는 등) 다른 모든 관계는 부차적이다.
- (집에서 전화만 기다리는 등) 그 사람을 만날 준비가 항상 되어 있다.
- 그 사람이 자신을 사랑해 주지 않는다면, 다시는 누구도 사랑하지 않겠다고 맹세한다.
- 애정의 대상에 대해 사랑, 적개심, 분노 사이의 감정을 오간다.
- 모든 수단을 동원하여 그 사람의 관심을 얻으려 한다.
- 거절당하는 이유가 자신의 단점 때문이라고 믿는다.
- 친구나 가족에게 둘러싸여 있어도 몹시 외롭다.
- 자신을 위로하기 위해 약물, 술, 음식 등을 남용한다.
- 그 사람을 잊기 위해 다른 상대를 찾는다.
- 그 사람을 잊지 못하는 자신에게 분노한다.
- 일, 공부, 운동, 취미 등에 집중하면서 그 사람을 잊으려 애쓴다.
- 그 사람만큼 자신도 가치 있는 사람이기에, 행복할 자격이 있다는 것을 깨닫는다.

| 형성될 수 있는 성격 특성 | • **속성** 애정이 깊은, 분석적인, 조심스러운, 기분을 맞춰주는, 신중한, 공감하는, 유혹적인, 우호적인, 이상주의적인, 충실한, 주의력이 있는, 낙관적인, 열성적인, 인내하는, 끈질긴, 도와주는, 잘 믿는, 이타적인 |
| | • **단점** 심술궂은, 냉소적인, 광신적인, 어리석은, 잘 속는, 불안정한, 질투하는, 조종하는, 잔소리하는, 자신감 없는, 참견하기 좋아하는, 집착하는, 소유욕이 강한, 강요하는, 분개하는, 완고한, 굴종적인, 소심한 |

상처가 악화할 수 있는 계기	• 다른 사람과 연애를 하다가 연인과 감정이 나빠져 짝사랑 생각이 난다.
	• 그 사람과 이름이 같은 사람을 만난다.
	• 그 사람이 자신의 친구나 형제·자매처럼 자신도 잘 아는 사람과 연애를 시작한다.

상처를 직면하고 극복할 기회	• 자꾸 이루지 못할 사랑에 빠진다는 것을 깨닫고 악순환에서 벗어나려 한다.
	• (소유욕이 심해지고, 의지력을 잃고, 그 사람이 원하는 대로만 하는 등) 자신이 많이 변했다는 사실을 깨닫고, 그러한 변화가 달갑지 않게 느껴진다.
	• 자신은 여전히 일방적인 관계에 답답해하고 있는데, 친구들은 소울메이트를 찾는다.
	• 그 사람의 이면을 보게 된 뒤, 그 사람이 정말 사랑할 가치가 있는 사람인지 다시 생각해 본다.

타인의 죽음에 대한 부당한 비난

Being Unfairly Blamed for Someone's Death

구체적 상황

다음과 같은 경우에, 타인의 죽음에 대해 부당한 비난을 받을 수 있다.

- 술 마신 친구가 운전하는 것을 말리지 못했다.
- 어떤 사람이 자살하기 직전에 그 사람과 언쟁을 했다.
- 어떤 사람의 위험한 행동을 제지하지 못했다.
- (알코올 의존증과 같은) 친구의 위중한 상태를 알아차리지 못했다.
- 형제·자매가 어리석은 결정을 내리는 것을 막지 못했다.
- (어린 여동생이 납치당하는 등) 가족이 당한 비극을 막지 못했다.
- 친구와 떠들썩하게 놀다가 친구가 갑작스러운 사고를 당했다.
- (인명 구조원이 익사자를, 소방관이 화재 피해자를, 경찰이 투신자살자를 구하지 못하는 등) 누군가를 제때 구조하지 못했다.
- 두 명을 구해야 하는 상황이었지만 한 명을 구할 만한 시간과 자원밖에 없었다.
- 오토바이 사고가 났는데, 자신은 헬멧을 썼지만 친구는 헬멧이 없어 사망했다.
- 내 과실이 없는 교통사고였지만, 사람이 죽었다.
- 휴가를 냈는데, 내 일을 대신하던 동료가 죽었다.
- 사랑하는 사람이 우울증을 앓는 것을 알아차리지 못하고, 자살 시도도 막지 못했다.
- 어머니가 자신을 낳다가 세상을 떠났다.

훼손 당하는 욕구

안전과 안정, 애정과 소속감, 존중과 인정, 자아실현

생길 수 있는 잘못된 믿음

- 내가 동생 (사촌, 어머니, 친구 등) 대신 죽었어야 했다.
- 보상의 의미로, 그 사람이 살았을 방식대로 나도 살아야겠다.
- 죽은 사람에게, 그리고 나를 비난하는 사람에게 절대로 충분히 보상하지 못할 것이다.

- 나는 행복할 자격이 없으니 좋은 일이 일어나서는 안 된다.
- 금방 닥칠 일도 보지 못했으니, 나는 형편없는 가족(친구)이다.
- 나는 어떤 일에도 책임을 질 수 없고, 중요한 결정도 내릴 수 없다.
- 능력과 가치를 증명하려면 모든 일에 책임을 지고, 모든 분야에서 남들보다 뛰어나야 한다.

가질 수 있는 두려움

- 인간관계가 두렵고, 다른 사람을 책임지기가 두렵다.
- 내가 약하다는 사실을 사람들이 알게 될 것이다.
- 실수할까 두렵다. 특히 잘못된 판단을 내려 또 다른 사람을 죽음으로 몰지 않을까 두렵다.
- 특히 다른 사람들이 관련된 의사 결정이나 선택이 두렵다.
- 이미 희생자가 나온 일에서 또 위험을 감수하는 것이 두렵다.

가능한 반응과 결과들

- 자신의 잘못이 아니더라도 극단적인 죄책감과 후회를 느낀다.
- 사고 책임을 문책하는 사람 주변에서는 극도로 조심한다.
- 다른 사람을 믿고 관계를 맺기가 힘들다.
- 자신에게 책임이 전가된다는 사실이 당혹스럽고 화가 난다.
- 자신에게는 잘못이 없음을 늘 증명하려 한다.
- (인간관계를 맺을 때나 열정, 꿈을 좇을 때) 건강한 방식으로 발전해 나가지 못한다.
- 과거에 집착하며 그때 자신이 다르게 행동했다면 어땠을지 끊임없이 생각한다.
- 친구와 가족을 멀리한다.
- 스트레스와 불안 증세를 겪어 지속적인 치료가 필요하다.
- 술과 약물에 의존하고 자책한다.
- 자신은 그 사고에 책임이 없다고 방어적인 태도를 보인다.
- 감정 기복이 심하다.
- 사고에 대한 악몽을 꾼다. 잠을 이루지 못한다.
- 낮아진 자존감을 보상하기 위해 언제나 완벽을 지향한다.
- 다른 사람에게 이용당할 정도까지, 자신을 희생한다.
- 사람들의 마음에 들기 위해 더 많은 일과 책임을 맡다.

- 책임과 의사 결정을 피하는 것은 물론, 그밖에도 다른 사람들을 책임지는 어떤 행동도 피한다.
- 언제나 쉬운 길을 택한다.
- 잘못된 판단을 했을 수도 있다는 두려움에 행동하기를 주저한다.
- 사랑하는 사람들을 과잉보호한다.
- 사고가 자신의 탓이 아니라는 것을 깨닫고는, 상실감에서 벗어나지 못하고 있는 사람들의 슬픔에 동조하지 않는다.
- (가까이 있으면서 필요할 때마다 도와주고, 아이를 위한 대학 등록금을 마련해 주는 등) 희생자의 유족들을 도우려 노력한다.
- 확신이 생길 때까지는 다른 사람에게 책임을 전가하지 않는다.

형성될 수 있는 성격 특성

- **속성** 경계하는, 감사하는, 내성적인, 공정한, 자비로운, 돌보는, 주의력이 있는, 사생활을 중시하는, 보호하는, 책임감 있는, 감상적인, 사회적 의식이 있는, 도와주는
- **단점** 의존적인, 강박적인, 지배적인, 방어적인, 회피적인, 우유부단한, 융통성 없는, 감정을 억누르는, 불안정한, 음울한, 편집증적인, 비관적인, 분개하는, 자기 파괴적인, 변덕스러운, 혼자 틀어박힌

상처가 악화할 수 있는 계기

- 일어났던 사고와 흡사한 상황에 처한다.
- 외출 중에 희생자의 유족을 우연히 마주친다.
- 사고가 났던 날이 돌아온다.
- (강아지 인형, 핸드크림 냄새, 즐겨 쓰던 모자 등) 희생자와 관련 있는 것들을 마주친다.

상처를 직면하고 극복할 기회

- (자신의 아이가 다치고, 자동차가 고장 나는 등) 예측하지 못했던 사태가 벌어진다. 사람들을 구조하려면 자신이 앞장서 즉시 행동을 취해야 한다.
- 자신의 삶에서 중요한 사람이 과거의 사고 때문에 자신을 거부한다.
- 책임을 지지 않으려는 태도 때문에 일이나 인간관계에 문제가 생긴다.

일러두기　편견은 충분한 근거 없이 한쪽으로 치우친 생각이나 의견을 뜻한다. 우리는 민족, 인종, 종교, 계급, 성, 성적 지향, 나이, 교육 수준, 신념 등 여러 기준으로 다른 사람을 평가하고 편견을 갖는다. 이렇게 근거가 부족한 상태에서 판단을 내리면 개인에 대한 차별적인 행동이나 태도로 이어지는 경우가 많다.

훼손 당하는 욕구　생리적 욕구, 안전과 안정, 애정과 소속감, 존중과 인정, 자아실현

생길 수 있는 잘못된 믿음
- 모든 사람은 편견을 갖고 있다.
- 인종(신념, 종교 등) 때문에 나는 결코 성공할 수 없다.
- 사람들은 나의 참된 모습은 보려 하지 않고 나의 인종, 성, 장애 등만을 본다.
- 가질 수 있는 것은 다 갖겠다. 나는 그럴 자격이 있다.
- 종교, 인종, 연령대 등이 다른 사람과는 어떠한 친분도 맺을 수 없다.
- 나는 신에게 버림받았다. 이런 취급을 당하는 이유는 내가 어떤 잘못을 저질렀기 때문이다.
- 아무도 나를 받아 주지 않는데, 내가 왜 다른 사람들을 받아들여야 하는가?
- 다른 사람에게서 주목받을 수 있는 유일한 방법은 폭력뿐이다.

가질 수 있는 두려움
- 나 또는 내가 사랑하는 사람들이 목표물이 될 것이다.
- 내 권리를 침해받거나 박탈당할 것이다.
- 어떤 것을 이루고 성취해도 빼앗길 것이다.
- 차별 때문에 인생에서 선택할 수 있는 것들이 제한될 것이다.
- 내가 속한 집단에서도 소외당하고, 그 안에서 느꼈던 안정을 잃게 될 것이다.
- 나도 내가 혐오했던(다른 사람을 차별하는) 존재가 될 것이다.

- 자신의 인종, 성적 지향, 신념 등을 감추거나 거짓말한다.
- 자신이 부족하다고 여기고 자기 의심에 빠지거나 수치심을 느낀다.
- 자신의 진정한 자아를 부정한다.
- 사람들의 동기를 의심한다.
- 자신의 민족성, 성별 등을 지원하는 활동을 그만둔다.
- 고정관념에 민감하게 반응하여, 그대로 받아들이든지 아니면 완전히 부정한다.
- 사람들에게 인정받고 싶어 자신의 정체성을 버린다.
- 공감할 수 있는 사람들하고만 어울린다.
- 자신에게 반대하는 사람들에게 고정관념이라는 프레임을 씌우고 싶지만, 동시에 그러한 자신의 태도가 유치하다고도 생각한다.
- 다른 사람들의 말을 믿는다.
- 감정 기복이 심하다.
- 편견에 폭력적으로 반응한다.
- 그렇지 않은 상황에서도 모욕·무시를 느낀다.
- 다른 집단에게 편견을 갖는다.
- 아무와도 이야기하지 않고 혼자서 끙끙 앓는다.
- 자신에 대한 기대치가 낮으며, 자신의 능력에 대해 의심한다.
- 절망하고 우울증을 앓는다.
- 약물이나 술에 의지한다.
- 염세적인 세계관을 갖는다.
- 자신을 차별했던 사람이나 차별을 겪었던 장소를 피한다.
- 정치적으로 활발한 활동을 하고 싶지만, 사람들의 반발로 목표물이 될까 두렵다.
- 내향적인 성격이 된다.
- 인종, 성적 지향 등이 다른 사람들은 자신을 이해하지 못하고 관심도 없을 것으로 생각하기 때문에, 그런 사람들에게는 속마음을 털어놓지 않고, 도움을 청하지도 않는다.
- 누구에게도 흠 잡히지 않기 위해 완벽해지려고 노력한다.
- 사회의 편견과 싸우기 위해 사법부나 권력 집단의 일원이 된다.
- 저항 운동, 보이콧 등의 활동으로 사회적 불의와 싸운다.

- (같은 신념을 가진 사람들의 모임에 가입하는 등) 감정을 배출하는 건 전한 출구를 찾는다.
- 공동체를 위하는 활동을 하고, 열심히 일하며 자신에 대한 편견과 차별을 극복하려 노력한다.
- 자신을 있는 그대로 받아들이고 건전한 방식으로 편견과 차별과 싸운다.

형성될 수 있는 성격 특성	• **속성** 야심이 큰, 대담한, 정서적으로 안정된, 협조적인, 용감한, 낙관적인, 열성적인, 집요한, 사회적 의식이 있는, 활달한, 관대한 • **단점** 반사회적인, 도전적인, 불충실한, 적대적인, 위선적인, 무지한, 불안정한, 비판적인, 분개하는, 굴종적인

상처가 악화할 수 있는 계기	• (교회, 가족 모임 등) 자신이 안전하다고 생각했던 장소에서 편견을 경험한다. • 자녀가 편견이나 차별의 희생자가 된다. • 사랑하는 사람이 차별을 경험한 뒤 목표를 낮추어 잡는 것을 본다. • 인종적 편견을 가진 사람이 권력을 장악하고, 기본권을 위협하는 상황에 처한다. • 자신의 나라에서 인종, 종교적 저항운동을 하는 집단을 목격한다.

상처를 직면하고 극복할 기회	• 자신과 다른 인종, 종교, 연령, 신념을 가진 사람이 우정의 손길을 내민다. • 자신의 권리를 지키려다 다른 사람의 권리를 침해했음을 알게 되고, 편견은 누구에게나 영향을 끼칠 수 있다는 것을 깨닫는다. • 승진하지 못한 이유를 자신에 대한 편견 탓으로 돌리다가, 사실은 승진한 사람이 자신보다 자질이 훨씬 뛰어난 사람이라는 것을 알게 된다. • 젊은이들에게 삶의 교훈을 전달해 주다가, 사회가 차별과 편견을 없애는 쪽으로 발전하고 있다는 사실을 깨닫고 희망을 품는다.

구체적 상황

- 형편없는 실적 때문에 해고당한다.
- 부서가 축소되거나 일자리를 잃는다.
- 자녀가 곧 태어나거나, 집을 막 구매했을 때처럼 재정적으로 중요한 상황에서 일자리를 잃는다.
- 회사가 경제적 부담 때문에 합법적인 해고를 한다(건강상의 이유로 오랫동안 휴직해야 하는 경우).
- 기업 합병으로 직원 대부분이 일자리를 잃는다.
- 상사와의 마찰로 (합법적이든 비합법적이든) 해고당한다.

훼손 당하는 욕구

생리적 욕구, 안전과 안정, 애정과 소속감, 존중과 인정, 자아실현

생길 수 있는 잘못된 믿음

- 직장을 잃지 않으려면 누구보다도 열심히 일해야 한다.
- 회사 일에 반대하기보다는 협조하는 편이 안전하다.
- 이 분야에서 경력을 쌓으려 했다니 멍청했다. 나는 그러기에는 많이 모자라다.
- 가족 부양도 못하는 나는 무가치한 인간이다.
- 알고 보면 나는 결함이 있다. 사람들도 그 사실을 안다.
- 직장을 잃으면 사람들은 나를 존중하지 않을 것이다.
- 직장을 잃지 않으려면 할 수 있는 모든 일을 해야 한다.

가질 수 있는 두려움

- 위험, 특히 경제적 위험을 감수하는 것이 두렵다.
- 직장에서 실적을 내지 못하는 것이 두렵다.
- 버려질까 두렵다(경제적인 문제가 결혼 생활에 영향을 미쳐 배우자가 떠날 수도 있다는 두려움 등).
- 기업의 조직 계층 변화, 회사 매각, 기술 혁신 등 자신의 일자리를 위협하는 변화들이 두렵다.
- 무직 상태에서 빚을 지게 될 수도 있다.

- (배우자, 자녀, 부모, 이웃, 친구 등) 사랑하는 사람의 존중을 받지 못할 것이다.
- 다른 일자리를 찾지 못할 것이다.

- 해고 사실을 알리지 않으려고 여전히 직장에 다니는 척한다.
- 분노와 배신감 때문에 새 직업을 찾아도 고용주에게 충성하지 않는다.
- 자신의 잘못 때문에 해고된 경우라도 자신의 탓으로 돌리지 않는다.
- 자신의 재능과 능력을 보여 줄 수 있도록 이력서를 보강한다.
- 불안이나 우울증에 빠지고 자신의 가치를 의심한다.
- 자신의 능력과 조금이라도 관련이 있는 모든 일에 지원한다.
- 고용주에게 어려움(병, 비현실적인 마감 시간 등)을 말하지 않는다.
- 돈에 대해 걱정한다.
- 직업이 안정적인가, 고용주가 자신에게 만족하느냐에 따라 자신의 가치를 결정한다.
- 자신의 가치를 높이고, 회사에 헌신하고 있다는 느낌을 강화하기 위해 늦게까지 일한다.
- 좋은 인상을 남기고 싶은 욕망에 외모를 꼼꼼히 관리한다.
- 직장에서 일어나는 윤리적인 문제들에 대해서는 못 본 척한다.
- 회사 간부 앞에서는 '예스맨'이 되고, 언제나 그들의 말에 동의한다.
- 직장에서 자신이 맡은 일을 잘하고 있다고 안심시켜 주는 말을 계속해서 들어야 한다.
- 미래를 대비하여 부업을 하며 저축한다.
- 집까지 일을 가져온다. 일과 사생활의 균형이 깨진다.
- 일에 헌신하느라 가족과 보내야 할 시간을 희생한다.
- 좋아하는 일이 아니더라도 안정적으로 먹고살 수 있게 해 주는 직장을 고수한다.
- 근무 중 한가하면 죄책감을 느낀다.
- 고용주나 동료에게 자신이 얼마나 많은 일을 하고 있는지 알린다.
- 고용주나 관리자의 비위를 맞춘다.
- 능력을 증명하려고 자신에게 잘 어울리지는 않아도 다른 사람 눈

에 잘 띄는 프로젝트를 맡는다.

- 다른 사람 밑에서 일하느니 차라리 개인 사업자가 된다.
- 일에 대해 건전한 가치관(일은 나의 가치나 쓰임새와는 관련이 없다)을 갖는다.

형성될 수 있는 성격 특성

- **속성** 경계하는, 협조적인, 예의 바른, 효율적인, 집중하는, 부지런한, 충실한, 자비로운, 전문적인, 지략 있는, 지각 있는
- **단점** 의존적인, 불안정한, 강박적인, 완벽주의적인, 분개하는, 자기 파괴적인, 인색한, 비윤리적인, 의지력이 약한, 일 중독적인, 걱정이 많은

상처가 악화할 수 있는 계기

- 회사의 규모 축소로 인해 해고가 있을 것이라는 소문을 듣는다.
- 상사가 자신이 아닌 다른 사원을 더 좋아한다.
- 형편없는 인사고과를 받는다.
- 회사의 합병으로 불확실성이 증대한다.
- 근신 처분을 받는다.
- 자신의 부모가 오랫동안 성실하게 근무했는데도 해고당한다.

상처를 직면하고 극복할 기회

- 해고당하며 생긴 부정적 태도 때문에 다른 직장에서도 해고되어, 자신이 자기 충족 예언◆을 하고 있었음을 깨닫는다.
- 해고 때문에 결혼이 위기에 처하면서, 가계에 대한 자신의 역할이 지나치게 커서 불공평하지는 않았는지 자문해 본다.

◆ **자기 충족 예언**self-fulfilling prophecy
미래에 대한 기대와 예측에 부합하기 위해 행동하여 실제로 기대한 바를 현실화하는 현상.

실패와
실수

Failures and Mistakes

공적인
실수

**구체적
상황**

기술이 발달하고 소셜 미디어 사용이 일상이 된 현대 사회에서 공적인 실수는 잊기 힘든 일이 된다. 다음과 같은 내용들이 이 실수에 포함된다.

- 불륜이 발각됐다.
- 체포됐다.
- 비밀로 간직하고 싶었던 말을 다른 사람이 우연히 들었다.
- 공개적으로 거짓말하다 발각됐다.
- 나중에 후회할 말을 홧김에 사람들 앞에서 했다.
- 술에 취해 부적절한 행동을 했다.
- 공연 중 자신이 맡은 부분에서 실수했다.
- 스포츠 경기 중 중요한 순간에 공을 놓쳤다.
- 지킬 수도 없는 공약을 내세웠다.
- 세간의 이목을 끄는 프로젝트나 제품을 책임지고 있었는데, 그 일이 실패로 끝났다.
- 사람들 앞에서 멍청하거나 무식해 보이는 말을 했다.
- 어떤 비난을 했는데 사실무근으로 판명됐다.
- 특정인에게 보내야 할 이메일을 실수로 집단 전체에게 보냈다.
- 걸맞지 않는 복장을 하고 돌아다녔다.
- 공공장소에서 나체 혹은 반나체로 의식을 잃었다.

**훼손
당하는
욕구**

애정과 소속감, 존중과 인정, 자아실현

**생길 수
있는
잘못된
믿음**

- 나는 사람들의 놀림감이다. 사람들은 내가 했던 일을 절대 잊지 않을 것이다.
- 나는 또다시 일을 망치고도 남을 사람이다.
- 스트레스를 받으면 나는 끔찍한 사람이 된다.

- 나의 판단은 틀렸고, 언제나 실패할 것이다.
- 앞에 나섰다가 일을 엉망으로 만들 것이다.
- (세상의 주목을 받는 일을 하고 있거나, 누구나 아는 사람인 경우) 나는 끝장났다.
- 사람들의 내면은 추하다. 실수를 저지르는 사람들을 찢어발기려 기다리고 있다.

가질 수 있는 두려움

- 실패하고 망쳐 버릴까 두렵다.
- 사람들 앞에서 말하고 공연하기가 두렵다.
- 다른 사람들이 나에게 실망할 것이다.
- 그렇지 않아도 보잘것없는 평판이 더 나빠질 것이다.
- 잘못된 말을 하게 될 것이다.
- 진짜 속마음과 의견을 말하기 두렵다.
- 어떤 사람을 위해 위험을 무릅썼는데 뒤늦게 믿지 못할 사람이란 것을 알게 될까 두렵다.

가능한 반응과 결과들

- 하고 싶은 일이 있어도 피한다.
- 집에 혼자 틀어박혀 비사교적인 사람이 된다.
- (일에 오류가 없나 반복적으로 조사하고, 세심한 계획을 세우는 등) 지나치게 조심하고, 똑같은 실수를 피하려는 강박관념에 사로잡힌다.
- 자신의 능력을 의심한다.
- 술이나 약물에 의지해 실수를 잊으려 한다.
- 불안 장애를 겪는다.
- 감정을 잘 억제하다가도 갑자기 분노를 터뜨린다.
- 자신의 약점을 이용당할까 두려워 늘 자기 생각을 숨긴다.
- 주목받을 수밖에 없는 상황이 되면 공황 발작을 일으킨다.
- 다른 사람들에게 지나치게 의지하고 스스로 하려는 의지가 없다.
- 창피한 일이 벌어질 수도 있는 상황(대중 연설, 온라인 인터뷰, 토론 등)을 피한다.
- 자신의 경력을 포기하고 세상의 주목을 덜 받는 일을 찾는다. 목표를 낮춘다.

- (은둔하거나, 새로운 곳으로 이사하거나, 이름을 바꾸는 등) 숨는다.
- (성적 문란, 괴짜 등) 자신의 실수로 인해 만들어진 잘못된 이미지가 실제 자신의 이미지라고 믿는다.
- 자신의 인생에서 중요하지 않았던 사람들에게 평가받고 있다고 생각한다.
- 다른 사람들이 그 일을 여전히 기억하는지 알아보려고 자신의 이름을 포털 사이트에서 검색한다.
- 자신의 실수를 다시 떠올리기 싫어서 소셜 미디어를 아예 이용하지 않는다.
- 어떤 행동을 하기 전에 관련 정보부터 확인한다.
- 자신의 잘못을 극복하기 위해 대단한 야심을 보이거나 의욕적인 행동을 한다.

형성될 수 있는 성격 특성

- **속성** 야심이 큰, 조심스러운, 신중한, 겸손한, 자비로운, 사생활을 중시하는, 적극적인, 책임감 있는, 관대한
- **단점** 방어적인, 회피적인, 불안정한, 비관적인, 반항하는, 분개하는, 자기 파괴적인, 소심한, 혼자 틀어박힌, 걱정이 많은

상처가 악화할 수 있는 계기

- 다른 사람의 실수가 담긴 동영상을 본다.
- 사건을 목격한 동료나 지인을 우연히 만난다.
- 텔레비전 취재 차량이 지나가는 것을 본다.
- 기자가 갑자기 멈춰 세우더니 사회 문제에 대한 의견을 달라고 요청한다.
- 휴대전화로 사진이나 동영상을 찍는 사람들을 본다.

상처를 직면하고 극복할 기회

- 자신의 실수가 담긴 영상이 워낙 인기를 끌어 금전적으로 이용해보라는 권고를 받는다.
- 이미 묻힌 일을 다시 끄집어내려는 사람에게 협박을 받는다.
- 유사한 상황에 놓였을 때 같은 실수를 반복해 극복하고 싶어진다.
- 사회적 대의에 열정을 느끼고, 그 운동을 지지할지, 아니면 사람들의 조롱이 두려워 나서지 않을지 선택해야 하는 상황에 놓인다.

과실
치사

**구체적
상황**

- 교통사고를 내서 동승자, 보행자 등 사람이 죽었다.
- 특정한 음식에 심각한 알레르기가 있는 사람에게 실수로 그 음식을 먹게 해 죽게 만들었다.
- 돌보는 아이에게 실수로 약물을 과다 투여해서 아이가 죽고 말았다.
- 자신의 풀장이나 욕조에서 아이가 익사했다.
- 술에 취해 정신이 없는 상태에서 살인을 저질렀다.
- 악의 없는 장난을 치다가 사람이 죽는 사고가 일어났다.
- 친구에게 술을 강요하는 등의 또래 압력◆으로 인해 의도치 않은 사망 사고가 일어났다.
- 무기 혹은 화기 취급 부주의나 오발 사고로 사망 사고가 일어났다.
- 침입자에게 총을 발사하거나 가족을 침입자로 오인하여 때리는 등, 주택 보안 문제로 사망 사고가 일어났다.
- (계단이 무너지거나, 마루가 썩어 밑으로 빠지는 등) 집의 유지·보수를 제대로 하지 않아 사망 사고가 일어났다.
- 싸움 중 상대방을 너무 세게 때려 상대방이 죽고 말았다.
- 질이 나쁜 약물을 친구에게 팔거나 줘서 친구가 사망했다.
- (보트, 제트 스키 등) 스포츠를 즐기던 중 사망 사고가 일어났다.
- 태닝 부스 감전사와 같이 기계 오작동으로 사망 사고가 일어났다.
- 아이들 사이의 거친 장난이 치명적인 사고를 낳았다.
- 경관이 업무 수행 중 구경하던 시민을 죽였다.
- 발코니나 난간에서 친구와 부딪혔는데 친구가 추락사했다.

◆ **또래 압력**peer pressure
같은 연령대 친구들 사이에 암묵적으로 정해진 규칙이나 지침. 개인 간 상호작용 방식뿐만 아니라 가치관, 태도, 행위 등에 영향을 미치는 보이지 않는 힘.

| 훼손
당하는
욕구 | 안전과 안정, 애정과 소속감, 존중과 인정, 자아실현 |

| 생길 수
있는
잘못된
믿음 | • 내가 죽었어야 했다.
• 나는 끔찍하고 무가치하다.
• 나는 행복과 안전을 누리며 사랑받을 자격이 없다.
• 다른 사람의 아이를 죽게 했으니 나는 아이를 가질 자격이 없다.
• 나는 사람에게 상처를 주는 일밖에 못한다.
• 나는 어떠한 책임도 감당할 수 없다.
• 내가 했던 짓을 알면 모든 사람들이 나를 싫어할 것이다.
• 내가 불러일으킨 고통은 내가 감수하는 것이 마땅하다.
• 아무리 노력해도 내가 저지른 짓을 돌이킬 수는 없다.
• 내가 죽는 편이 모든 사람을 위한 일이다. |

| 가질 수
있는
두려움 | • 또 실수를 저질러 다른 사람을 죽일 지도 모른다.
• 다른 사람에게 영향을 미치는 결정을 내리는 일이 두렵다.
• (무책임한 행동으로 누군가가 사망한 경우) 통제력을 잃을까 두렵다.
• (기계가 올바르게 작동하지 않는다거나 안전 수칙이 없는 경우) 뭐든 충분히 안전하지 않을 것이다. |

| 가능한
반응과
결과들 | • (추락 사고를 방지하기 위해 모든 곳에 철책을 설치하거나, 아이를 물가에 절대로 가까이 가지 못하게 하는 등) 사고와 관련된 환경에 대해 피해망상이나 강박을 갖는다.
• (어떤 장소의 특정한 위험에 관해 연구하고 그에 따라 여행을 계획하는 등) 지나칠 정도로 대비한다.
• (플래시백, 불안, 우울증 등) 외상 후 스트레스 장애(PTSD)를 겪는다.
• 사람을 피한다.
• 자신이 가치 없는 사람이라고 생각하기 때문에 꿈을 포기한다.
• 죽으면 속죄할 수 있을까 싶어 위험한 일을 감수한다.
• 고통을 잊기 위해 술과 약물에 의존한다. |

- 벌어진 사고에 대해 자신의 책임을 느끼기보다는 다른 사람에게 책임을 떠넘긴다.
- 사고와 관련된 상황과 사람들을 피한다.
- 잠재적인 위험에 대해 지나칠 정도로 민감한 반응을 보인다.
- 집에서 나가지 않는다.
- 사랑하는 사람들을 과잉보호한다.
- 뭐든지 스스로 수리하기보다는 전문가를 부른다.
- 자신의 차량, 집 등을 언제나 최상의 상태로 유지한다.
- 구급약을 잘 준비해 두고, 소화기가 작동하는지도 늘 점검한다.
- 안전 교육, 심폐 소생술 등 인명 구조에 관련된 활동들을 배워 사고에 대비한다.

형성될 수 있는 성격 특성	• **속성** 경계하는, 감사하는, 협조적인, 규율 잡힌, 공감하는, 집중하는, 관대한, 온화한, 정직한, 훌륭한, 겸손한 • **단점** 의존적인, 무감각한, 겁 많은, 방어적인, 우유부단한, 감정을 억누르는, 무책임한, 피해의식이 강한, 병적인, 강박적인, 과민한, 무모한
상처가 악화할 수 있는 계기	• 뉴스에서 혹은 지역 사회에서 자신의 사례와 비슷한 과실 치사 사건이 일어났다는 이야기를 듣는다. • (사망일, 생일 등) 희생자의 기념일을 맞는다. • 희생자의 가족을 우연히 만난다. • (폭풍우가 치는 날 운전하는 등) 비슷한 사고를 낼 뻔한다. • 자신의 집에서 누군가가 크게 다친다.
상처를 직면하고 극복할 기회	• 희생자의 친구 혹은 가족을 돕게 된다. • 희생자 유족이 부당한 사망 소송을 제기한다. • 자신을 지키기 위해 다른 사람을 죽일 수밖에 없는 상황에 놓인다. • 다른 사람의 목숨을 책임지고 지켜야 하는 상황에 놓인다.

극심한
중압감

**구체적
상황**

다음과 같은 상황 때문에 중압감에 시달린다.

* 부담이 큰 팀 스포츠 시합
* 시험
* 직장 면접
* 중요한 프레젠테이션
* 노래, 춤, 연기, 코미디 공연 등 라이브 공연
* 경찰 심문
* 스트레스를 주는 업무 프로젝트
* 꼬치꼬치 캐묻는 성가신 친인척을 상대하기
* 보안 검사
* 그럴듯한 거짓말을 해야 하는 경우
* 응급 상황이나 재난 상황
* 결혼, 회의, 가족 모임 등 중요한 행사
* (비행 공포증이 있는데 비행기를 타야 하는 경우 등) 공포심을 불러일으키는 상황
* (연로한 부모를 돌보는 일 등) 다른 누군가를 책임져야 하는 상황
* (토론, 운동, 퀴즈 쇼 등) 다양한 경쟁

**훼손
당하는
욕구**

안전과 안정, 애정과 소속감, 존중과 인정, 자아실현

**생길 수
있는
잘못된
믿음**

* 실패하느니 아예 시도조차 않는 편이 낫다.
* 나는 언제나 일을 망친다.
* 무엇을 해도 사람들을 실망시킬 것이다.
* 꿈은 재능 있는 사람들이나 꾸는 것이다.
* 규칙을 어기지 않고는 이길 수 없다.
* 중요한 순간에 사람들은 내게 의지하면 안 된다.

- 주변 모든 사람이 나를 창피해한다.
- 아무 것도 하지 않고 가만히 있는 것이 현명한 선택이다.
- 나는 충분히 똑똑하지도, 강하지도 않다. 나는 결점이 많다.
- 희망은 사람을 파괴한다.

가질 수 있는 두려움

- 결국은 모든 것을 잃을 수도 있다.
- 권력 있는 자리나 책임을 져야 하는 자리에 앉는 것이 두렵다.
- 성공하지 못할 것이다.
- 실패하고 실수를 저지를 것이다.
- 사람들 앞에서 웃음거리가 될 것이다.
- 동정의 대상이 될 것이다.

가능한 반응과 결과들

- 자신의 실패를 목격한 사람들을 멀리한다.
- 자신이 정말로 원하는 일보다는 '안전한' 일을 선택한다.
- 현재 상황에 만족하는 척한다.
- 거의 학대라고 볼 수 있을 정도로 자신을 몰아붙인다.
- 과감하기보다는 자제하려 애쓴다.
- (술이나 담배 등) 변명거리를 내세운다.
- 스트레스를 받으면 최악의 시나리오가 머리를 떠나지 않는다.
- (밤새 파티를 해서 중요한 프로젝트를 준비할 시간을 없애는 등) 성공을 가로막는 자기 파괴적 행동을 한다.
- 책임을 피하려고 거짓말을 한다.
- 주도하는 자리보다는 지원해 주는 역할을 택한다.
- 사람들이 도움을 요청하면 변명을 늘어놓는다.
- 책임을 다른 사람에게 떠넘긴다.
- 팀에서 탈퇴하거나 활동을 그만둔다.
- 경쟁을 피하려고 아픈 척한다.
- 겉으로는 무관심한 척하지만 경쟁자들이 이룬 성과에 대해 신경 쓰고 몰래 추적한다.
- 자신의 결정과 선택을 후회한다.
- 성공에 가까이 다가갔다 싶을 때 그만둔다.

- 기대치가 낮은 일들을 선택한다.
- 어떤 결정을 하기 전에 숙고하고, 또 숙고한다.
- 혼자서 술을 마시며 스트레스를 견딘다.
- 같은 압박감을 경험한 사람에게 손을 내민다.
- 주목을 받을 수밖에 없는 상황이 되면, 자신을 스스로 안심시킨다.
- 나쁜 습관은 버리고, 좋은 습관을 지키려 한다.
- 스트레스를 주는 사람들은 피한다.

형성될 수 있는 성격 특성	
	- **속성** 조심스러운, 협조적인, 기분을 맞춰주는, 규율 잡힌, 신중한, 겸손한, 내성적인, 충실한, 성숙한, 순종적인, 주의력이 있는, 생각이 깊은, 사생활을 중시하는
	- **단점** 유치한, 겁 많은, 냉소적인, 방어적인, 적대적인, 재미없는, 자신감 없는, 강박적인, 분개하는, 자기 파괴적인, 방종한, 굴종적인

상처가 악화할 수 있는 계기	
	- 잘하라는 압박 때문에 큰 부담을 받는다.
	- 관심과 주목의 대상이 된다.
	- 성공에 핵심적인 역할을 해야 한다.
	- 사람들 앞에서 연설해 달라는 요청을 받는다.
	- (트로피, 마이크, 무대 등) 과거 사건과 관련된 장소나 상징물을 본다.

상처를 직면하고 극복할 기회	
	- 자신이 나서지 않으면 다른 사람들이 부정적 영향을 받는, 심지어 다치거나 죽을 수도 있는 위급한 상황에 놓인다.
	- 자녀가 목표를 이룰 수 있도록 돕고 싶다.
	- 다른 사람이 원하는 바를 이룰 수 있도록 멘토가 되어 주고 싶다.
	- 돈이 절실하게 필요한 상황이라 압박감을 느끼는 직업으로 돌아가거나 그 직업에 관련해 코치해야 하는 상황에 놓인다.

구체적 상황

학교에서 다음과 같은 이유로 낙제한다.

- (난독증, 쓰기 장애, 정보 처리 장애 등) 학습 장애
- (불안증, 주의력 결핍 과잉 행동 장애(ADHD),♦ 공황 장애, 우울증, 조울증 등) 행동 장애나 정신적 장애
- 학교를 자주 쉴 수밖에 없는 건강상의 문제
- 학교생활이 힘들 수밖에 없는 감각기능 장애
- 집중 능력이나 학습 능력을 훼손하는 약 복용
- 낮은 지능 지수
- 가족의 지원이 전혀 없는 상황
- (양육자의 학대, 형제·자매를 돌봐야 하는 상황 등) 가정 환경의 문제
- (영양실조를 앓고 있거나 오갈 데가 없는 등) 학교 공부를 우선할 수 없게 만드는 외적 압력

훼손 당하는 욕구

애정과 소속감, 존중과 인정, 자아실현

생길 수 있는 잘못된 믿음

- 나는 멍청하고 배울 수 없다.
- 아무리 열심히 해도 낙제할 것이다.
- 학교에서 배우는 모든 과목에 있어 나는 형편없다.
- 나는 가치 없는 인간이다.
- 학교 성적이 나쁘면 부모는 나를 사랑하지 않을 것이다.
- 낙제했다는 사실을 알면 사람들은 나를 좋아하지 않을 것이다.
- 낙제보다는 포기하는 편이 낫다.

♦ **주의력 결핍 과잉 행동 장애**ADHD, Attention Deficit Hyperactivity Disorder
주의 산만, 과다 활동, 충동성과 학습 장애를 보이는 소아 청소년기의 정신과적 장애.

가질 수 있는 두려움	• 다른 학생들이 내 문제를 알게 될 것이다. • 다른 학생들과 같이 공부하는 게 두렵다. • 수업 중 교사에게 지목받을 것이다. • 남들 앞에서 스트레스성 신경 쇠약 증세를 보일 것이다. • 능력 밖의 일을 하도록 강요당할 것이다. • 부모나 보호자를 실망시킬 것이다. • 자신을 쓸모없다고 비난하는 사람들이 결국은 옳을 것이다.

가질 수 있는 두려움

- 다른 학생들이 내 문제를 알게 될 것이다.
- 다른 학생들과 같이 공부하는 게 두렵다.
- 수업 중 교사에게 지목받을 것이다.
- 남들 앞에서 스트레스성 신경 쇠약 증세를 보일 것이다.
- 능력 밖의 일을 하도록 강요당할 것이다.
- 부모나 보호자를 실망시킬 것이다.
- 자신을 쓸모없다고 비난하는 사람들이 결국은 옳을 것이다.

가능한 반응과 결과들

- 자존감이 낮다.
- 타고난 재능을 가지고 있는 사람들에 대한 적개심이 크다.
- (집에서 오는 스트레스가 원인이라면) 가족에 대해 분노한다.
- 실패하지 않도록 처음부터 목표를 낮게 잡는다.
- 체념하고 포기한다.
- 학교에서 화장실이나 양호실에 자주 간다.
- 시험 날 무단결석을 하거나 아프다는 핑계로 학교를 빠진다.
- 성적이 나쁜 것을 공부를 열심히 하지 않은 탓으로 돌린다.
- 반에서 제일가는 장난꾸러기가 된다.
- 시험이나 숙제에서 부정행위를 저지른다.
- 교사를 비롯한 다른 학생들과 멀어진다.
- 술과 약물 남용, 성적 문란 등 자기 파괴적인 행동을 한다.
- 자신이 실패할 것이라고 믿고, 실제로 실패할 만한 행동만 한다(자기 충족 예언을 강화한다).
- 실패를 감추려고 가족에게 거짓말을 한다.
- 부정적인 자기 대화를 한다.
- 선제공격의 의미로 다른 사람들을 괴롭힌다.
- 학교에서 자퇴한다.
- 문제에서 벗어나기 위해 교사를 유혹한다.
- 필요한 점수를 얻기 위해 교사를 협박한다.
- 다른 학생에게 금품을 주고 과제를 부탁한다.
- 보람은 덜하지만 쉬운 과목들에 집중한다.
- 가정교사를 구하거나 스터디 그룹을 만든다.

- 숙제할 시간을 더 달라고 요청하고, 성적을 올리기 위해 별도의 과제를 하겠다고 한다.
- 집안 환경을 바꿀 수 없다면, 믿을 수 있는 어른에게 도움을 청한다.
- (스포츠, 예술, 취미 등) 학문 외의 관심사를 추구한다.

형성될 수 있는 성격 특성	• **속성** 매혹적인, 창의적인, 규율 잡힌, 부지런한, 인내하는, 집요한, 사생활을 중시하는, 적극적인, 지략 있는 • **단점** 무감각한, 냉담한, 유치한, 초조한, 비관적인, 반항적인, 분개하는, 난폭한, 자기 파괴적인, 신경질적인, 소심한

상처가 악화할 수 있는 계기	• 다른 학생이 우수한 성적으로 칭찬받는다. • 수업 중에 교사에게 큰 소리로 읽거나, 숙제를 구두로 발표하거나, 질문에 답하라는 지시를 받는다. • 성적이 공개된다. • 보호자가 학업에 좀 더 열심히 전념하라고 꾸짖는다. • 가족이나 친구가 좋은 성적으로 상을 탄다. • 성과, 수상 목록, 중요한 사건, 성적 등을 자랑하고 있는 누군가의 소셜 미디어를 본다. • 카드를 보낸 사람과 가족이 한 해 동안 이룬 성과를 자랑하고 있는 크리스마스카드를 받는다.

상처를 직면하고 극복할 기회	• 성적 때문에 교사, 학급 친구, 부모에게 창피를 당한다. • 장기적으로 중요한 의미를 갖는 시험, 혹은 그 밖의 다른 시험을 치른다. • 원했던 대학에서 불합격 통보를 받는다. • 어떤 프로그램에서 성적 미달이 되어 쫓겨난다. • 부정행위를 하다 적발된다. • 부모가 되어 아이가 낙제한 것에 대해 알게 된다(아이가 학교생활에 대해 거짓말을 한 경우). • 어른이 된 후 자신의 학습 장애가 부각되는 프로젝트를 맡는다.

대규모 인명 피해에 대한 책임

일러두기 다른 사람의 죽음에 책임이 있는 모든 사람들이 모두 트라우마를 겪지는 않는다. 양심의 가책을 심하게 느끼는 사람이 더욱 고통을 겪는다. 대규모 인명 피해 사건에 다음과 같은 사람들이 관련되어 있을 수 있다.

구체적 상황

- 병사와 군대 지휘관
- (국정원 직원, 군인 등) 국가의 안전을 책임지고 있는 사람
- 인구 밀집 지역에 폭탄을 투하하는 비행사
- 생물학 테러나 대량 살상에 사용되는 무기를 만든 과학자
- 살인을 빈번하게 저지르는 폭력적인 종교 집단의 일원
- 유괴, 폭력, 대량 학살을 저지르는 과격 군사 조직 혹은 종교 집단
- 연쇄 살인범과 대량 학살범
- 고의로 환경을 오염시켜 사람과 동물을 죽인 공장주
- 암살자와 폭력배
- 사형 집행인
- 보험금 지급을 거부하는 보험 회사의 간부와 직원
- 사고로 많은 사상자를 낸 비행기 조종사, 기관사, 버스 운전사 등
- 대형 사고를 낸 음주 운전자
- (아파트에 작동이 안 되는 일산화탄소 감지 장치를 설치하는 등) 원칙을 무시하여 사망 사고를 낸 유지·보수 작업 노동자
- (탐욕스러운 사냥꾼, 동물 실험 과학자, 도살장 작업원, 동물 병원에서 안락사를 담당하는 수의사 등) 동물 대량 살육자들
- 모피 공장 등 동물 제품 산업에서 일하는 사람

훼손 당하는 욕구

애정과 소속감, 존중과 인정, 자아실현

생길 수 있는 잘못된 믿음	• 내가 저지른 일은 어떻게 해도 속죄할 수 없다. • 나는 괴물이다. • 내가 저지른 일을 알면 사람들은 나를 혐오할 것이다. • 나는 용서받을 자격도 없다. 처벌받아야 마땅하다. • 어떤 일이 벌어질지 예측하고 막아야 했다. • 내가 판단을 잘했더라면, 희생자가 생기지 않았을 것이다. • 나의 판단은 믿을 수 없다. • 아무리 착한 일을 하더라도 그 끔찍한 일을 용서받을 수는 없다.
가질 수 있는 두려움	• 죽은 뒤에 받을 심판이 두렵다. • 다른 사람들이 나를 어떻게 판단할까 두렵다. • 나의 비밀이 낱낱이 밝혀질 것이다. • 다른 사람의 생사를 결정하는 중책을 맡게 될까 두렵다. • 다른 사람들의 목숨을 위태롭게 할 것이다. • 나의 아이디어, 일, 발명품 등이 대량 살상을 낳는 용도로 변질되어 사용될 것이다.
가능한 반응과 결과들	• 불면증, 우울증, 불안, 플래시백 등 외상 후 스트레스 장애(PTSD)를 겪는다. • 가족이나 친구로부터 거리를 두거나 관계를 끊고 혼자서 살아간다. • 자신에게 행복을 주는 것을 멀리하면서 자신에게 벌을 준다. • 자살을 생각하거나 시도한다. • 고통을 잊기 위해 술과 약물에 의존하며 자신을 돌보지 않는다. • 잘못을 속죄하려고 자선 단체에 지나치게 많은 기부를 해 파산한다. • 희생자에 대해 조사하면서 자신의 죄책감을 배가시킨다. • 다른 사람에게 영향을 미칠 수 있는 책임이나 선택을 피한다. • 과거로부터 도피하기 위해 새로운 장소로 이사한다. • 일을 그만둔다. • 과거에 대해 거짓말을 늘어놓는다. • 다른 사람들에게 영향을 미치는 결정은 피한다. • 전문가에게 치료를 받는다.

- 사건과 관련한 사람들의 인식을 높이고 잘못된 법을 바꾸기 위해 시간과 에너지를 쏟는다.
- 유족들이 보상을 받을 수 있도록 법에 호소한다.
- 동물이나 사람을 인도적인 방식으로 다루도록 호소한다.
- 채식주의자가 된다.

형성될 수 있는 성격 특성	• **속성** 조심스러운, 독립적인, 부지런한, 자비로운, 자연 중심적인, 생각이 깊은, 집요한, 사생활을 중시하는, 적극적인, 검소한, 현명한 • **단점** 의존적인, 반사회적인, 겁 많은, 냉소적인, 방어적인, 강박적인, 편집증적인, 침착하지 못한, 자기 파괴적인, 신경질적인, 소심한

상처가 악화할 수 있는 계기	• 시체를 본다. • 누군가 다치거나 죽는 사고를 본다. • 과거의 사고와 흡사한 이야기를 뉴스에서 본다. • 장례식에 참석한다. • 증오가 담긴 메일을 받는다.

상처를 직면하고 극복할 기회	• 권한이 있는 사람들이 사고 재발 방지를 위한 어떤 노력도 하지 않고 있다는 것을 알게 된다. • 내가 행동하지 않으면 다른 사람들이 죽을 수도 있는 상황에 직면한다. • 어떤 사람이 누군가에게 속아 잔혹한 행동을 저지르거나, 잔인한 일을 저지르도록 훈련받는 것을 목격한다. • (대형 교통사고를 일으켰던 버스 운전사가 위기 상황에서 차를 몰아 승객들을 안전하게 만들어야 하는 등) 사고가 일어났을 때와 유사한 상황에 놓인다.

또래 압력에 굴복하다

- 또래 집단과 어울리기 위해 약물에 손대고 술을 마셨다.
- 다른 아이들과 함께 학급 친구를 괴롭혔다.
- 친구들과 공공 기물을 파손하고 물건을 훔쳤다.
- 잘못된 일을 알고도 비밀로 했다.
- (알리바이를 제시하고, 거짓 정보를 제공하는 등) 친구들에게 문제가 생기면 보호해 주었다.
- 원치 않으면서도 성관계에 동의했다.
- 또래 집단에 자신의 힘을 증명하기 위해 누군가에게 특정 행동을 강요했다.
- 부모가 허락하지 않을 것을 알면서도 친구들이 파티를 열 수 있도록 집을 제공했다.
- 당연하다고 생각하기 때문에 신고식을 참고 견뎠다.
- 또래 집단이 멍청하다고 생각하는 활동을 그만두었다.
- 또래 압력에 의해 비행 집단, 사이비 종교 집단, 과격 집단, 클럽 혹은 종교 단체에 가입했다.
- 자신이 속한 집단의 요구에 따라 특정한 방식으로 행동했다.
- 또래가 싫어하는 사람과는 관계를 단절했다.
- 친구들이 건방지거나 '잘난 척'한다고 여기기 때문에 자신의 가치를 입증하지 않았다.
- 친구들과 어울리기 위해 종교적 신념을 굽혔다.
- 괴롭힘을 당하지 않으려고 자신의 성적 지향을 감췄다.
- 친구들 때문에 배우자에게 거짓말하고 어떤 활동에 동참했다.

안전과 안정, 애정과 소속감, 존중과 인정, 자아실현

생길 수 있는 잘못된 믿음	<ul><li>나는 약하고 한심하다.</li><li>올바른 일을 옹호하지 못하는 나는 겁쟁이다.</li><li>나는 정체성도 없는 인간이다.</li><li>사람들이 내 정체나 내가 믿고 있는 것에 대해 알게 된다면, 나를 받아들이지 않을 것이다.</li><li>사실을 말해도 아무도 내 말을 믿지 않을 것이다.</li><li>한 사람이 바뀐다고 달라질 일은 없다.</li><li>어울리는 편이 소외되는 것보다는 낫다.</li><li>남들과 어울리는 것이 출세를 위한 유일한 방법이다.</li><li>본모습을 보이지 않는 편이 언제나 더 안전하다.</li></ul>
가질 수 있는 두려움	<ul><li>궁지에 몰리는 상황을 만날까 두렵다.</li><li>권력이나 영향력을 가진 사람들이 두렵다.</li><li>비밀이 드러날까 두렵다.</li><li>협박을 당할 수도 있다.</li><li>강압 때문에 어쩔 수 없이 했던 일에 대한 책임을 져야 할 수도 있다.</li><li>돌이킬 수 없는 실수를 저지를 수도 있다.</li><li>피해자가 될 수도 있다.</li><li>또래 집단에서 쫓겨날까 두렵다.</li></ul>
가능한 반응과 결과들	<ul><li>감정을 숨긴다.</li><li>자신이 원하는 것보다는 다른 사람들이 자신에게 기대하는 바대로 말하고 행동한다.</li><li>가족이나 가까운 친구도 멀리하고 혼자 틀어박힌다.</li><li>자존감이 낮아진다. 자신은 갇혔고 빠져나올 수 없다고 느낀다.</li><li>어려운 처지에서 벗어나는 공상을 하거나, 자신이 이미 저지른 일을 아직 저지르지 않았던 때로 돌아가는 꿈을 꾼다.</li><li>죄책감에 빠져 행복을 멀리한다.</li><li>자해하거나 섭식 장애가 생긴다.</li><li>(좋아하는 물건을 나눠 주고, 진정한 친구를 멀리하고, 일부러 실패하</li></ul>

는 등) 자책한다.

- 다른 사람의 체면을 구기게 만들어, 자신과 같은 위치에 놓고 즐거워한다.
- 고통을 잊기 위해 술과 약물에 의존한다.
- 핑계를 대며 또래 집단을 피한다(아픈 척하는 등).
- 다른 사람들을 비난한다.
- 자신에게 어떤 일을 강요한 사람들을 해치고 싶고 보복하고 싶다.
- 미래에 대해 생각하지 않는다.
- 자신의 상황을 (친구나 동료에게) 이야기하고 싶지만, 비판을 받을까 두렵다.
- 또래 집단이 곁에 없을 때, 자신이 괴롭혔던 사람에게 친절을 베풀면서 못살게 굴었던 일을 보상해 보려 애쓴다.
- 자신의 감정을 기록한다.
- 정의를 소리 높여 요구한다(익명 혹은 실명으로 나쁜 짓을 저지른 사람을 폭로하는 등).

형성될 수 있는 성격 특성	• **속성** 협조적인, 규율 잡힌, 우호적인, 재미있는, 순종적인, 설득력 있는, 올바른, 현명한 • **단점** 거친, 무감각한, 겁 많은, 부정직한, 불충실한, 무례한, 회피적인, 잘 속는, 위선적인, 불안정한, 무책임한, 남자다움을 과시하는
상처가 악화할 수 있는 계기	• 집단 괴롭힘을 목격한다. • (부모, 동료 사이 등) 어른들 사이의 따돌림이나 위협을 목격한다. • 친구나 동료 사이에서 장난이나 농담의 대상이 된다. • 집단과 의견이 다르거나, 우려를 표해 조롱을 받는다. • 가족이 자신을 이용하는 느낌을 받는다(찾아와서 어떤 일을 도와 달라고 하는 등).

- 자신의 아이가 다른 아이를 괴롭히거나, 법을 어기는 나쁜 무리와 어울린다.
- (회사의 부정, 친척의 폭력 등) 범죄를 은폐해 달라는 요청을 받는다.
- 직장, 학교 등에서 잘못된 일을 보고 그 일이 얼마나 부당한지 깨닫는다.
- 동료가 압력에 시달리거나 괴롭힘을 당하는데, 다른 사람들은 못 본 체하고 있다는 사실을 깨닫는다.
- 과거와 비슷한 상황에 놓였지만, 이전보다 훨씬 더 나은 선택을 할 수 있음을 깨닫는다.

복역   Being Legitimately Incarcerated for a Crime

 일러두기 교도소에 가는 것만으로도 고역이겠지만 풀려나는 순간부터는 또
다른 문제가 생긴다. 특히 수감 기간이 길다면 문제가 더 크다. 이 항
목에서는 재소자가 사회로 돌아온 뒤 받을 수 있는 상처에 대해 살펴
본다.

**훼손
당하는
욕구**

안전과 안정, 애정과 소속감, 존중과 인정, 자아실현

**생길 수
있는
잘못된
믿음**

- 안전하지 않다. 누군가가 해코지할 수도 있으니 항상 주의해야 한다.
- 사람들을 나를 전과자로만 볼 것이다.
- 나는 언제나 일을 망치는 멍청한 놈이다.
- 누구도 나를 믿지 않을 것이다.
- 나는 행복할 자격이 없고 절대로 속죄할 수 없을 것이다.
- 꿈을 실현하지 못할 것이다.
- 사랑하는 사람들과 화해할 가능성도 없다.

**가질 수
있는
두려움**

- 교도소로 돌아가게 될 것이다.
- 그나마 나를 지원해 주는 가족과 친구를 잃게 될 것이다.
- 정당한 수단으로는 먹고살기 힘들 것이다.
- 나를 교도소에 가게 했던 건전치 못한 습관에 다시 빠질 것이다.
- 저지른 범죄가 나의 정체성이 될 것이다.
- (형제·자매, 자녀, 조카 등) 어린 가족들이 내 전철을 밟을 것이다.
- 누구도 나를 사랑하지 않고 받아들여 주지도 않을 것이다.

**가능한
반응과
결과들**

- (자신과 다른 사람들에 대해) 분노와 적대감을 느끼고, 그런 감정과
  싸운다.
- 수감 중 가질 수 없었던 물건들을 사재기한다. 물건에 대해 지나칠
  정도로 소유욕을 보인다.

- (밤길을 걸어 다닐 때 극도로 경계하고, 집의 방범 장치를 강화하는 등) 안전에 대해 심각하게 생각한다.
- 경찰과 경비원들을 두려워한다.
- 문제에 연루되고 싶지 않아 늘 순종적으로 군다.
- 경찰과 사법 제도에 반항한다.
- 습관적으로 (혹은 무의식적으로) 교도소의 일정을 따른다.
- 교도소의 익숙한 속어와 은어를 계속 사용한다.
- 조용히 행동하며 절대 시선을 끌지 않는다.
- 남에게 의존하며 스스로 생각하지 않으려 한다.
- 다른 사람들을 멀리한다.
- 약물과 술에 의존한다.
- 명확한 목표 없이 계속 방황한다.
- 모든 도움을 거부하고 혼자 성공해 보려고 애쓴다.
- (합법적으로는 먹고살기 힘들어서, 범죄 활동이 익숙하고 안전하다고 느껴서) 다시 범죄를 저지른다.
- 투옥되었던 경험에 대해서는 절대 이야기하지 않는다.
- (교도소에서의 경험 때문에) 주먹으로 모든 일을 해결하려 한다.
- (취업이 안되고, 가족들이 피하는 등) 스트레스로 인해 분노한다.
- 사람들에게 좋은 인상을 주기 위해 자신의 경험을 과장해 말한다.
- 가족을 실망시킬까 두려워, 혹은 가족이 자신을 원치 않는다고 생각하고 가족을 피한다.
- 가족 안에서 해야 할 역할을 다시 맡았을 때 생겨나는 갈등으로 괴로워한다(자녀가 자신의 말을 전혀 듣지 않고, 배우자는 완전히 자립한 상황 등).
- 석방된 후 먼저 손을 내밀어 준 가족이나 친구에게 집착한다.
- 교도소에 가기 전 삶의 일부였던 장소, 사람, 취미 등을 피한다.
- 삶을 바꾸기 위해 사회 문제에 적극적으로 참여한다.
- 다른 사람은 당연히 여기는 것들에 대해서도 감사한 마음을 가진다.
- 물질적인 문제에서는 작은 것에도 만족한다.
- 자신의 가치를 증명하려고 열심히 일한다.
- 자신의 전과가 문제되지 않는 직업들을 찾는다.

형성될 수 있는 성격 특성	• **속성** 경계하는, 야심이 큰, 감사하는, 대담한, 조심스러운, 신중한, 태평한, 겸손한, 독립적인, 충실한, 순종적인, 인내하는, 생각이 깊은, 집요한, 사생활을 중시하는, 보호하는, 지략 있는, 단순한, 검소한, 말이 없는 • **단점** 의존적인, 반사회적인, 냉담한, 건방진, 도전적인, 냉소적인, 방어적인, 교활한, 무례한, 회피적인, 적대적인, 피해 의식이 강한, 자신감 없는, 초조한, 편집증적인, 비관적인, 소유욕이 강한, 편견이 있는, 반항적인, 분개하는, 자기 파괴적인, 굴종적인, 소심한, 변덕스러운, 의지력이 약한, 혼자 틀어박힌
상처가 악화할 수 있는 계기	• 경찰이나 경찰 차량을 본다. • 범죄를 같이 저질렀던 공범을 우연히 만난다. • 자신이 사는 지역에 범죄가 일어나 경찰이 찾아온다. • 가석방 담당 경관을 만나 질문을 받는다. • 사이렌 소리를 듣고 경찰차 불빛을 본다. • 한참 동안 만나지 못했던 자녀나 배우자를 보고 잃어버린 시간을 아쉬워한다. • 방이 비좁아 수감 생활이 떠오른다. • 방에 갇혀 나가지 못한다.
상처를 직면하고 극복할 기회	• 이제는 멀어진 애인이 보고 싶지만 연락하기 두렵다. • 연락이 끊긴 사람들과 화해하려면 자신이 먼저 노력해야 한다는 사실을 깨닫는다. • 전과 때문에 경찰에게 위협받은 뒤, 이러한 고통에서 자유로운 삶을 살고 싶어진다. • 자신의 부재로 인해, 혹은 범죄자에 대한 사회적 낙인 때문에 자녀가 이상한 행동을 하는 것을 본다.

옳은 행동을 하지 못하다

Failing to Do the Right Thing

구체적 상황 어떤 상황에서 캐릭터가 옳은 일을 하지 못하면, 일시적인 죄책감을 느끼고 끝날 수도 있지만, 극단적으로는 친구와 영원히 헤어진다든지, 수치심, 불안, 자기 혐오에 빠지는 결과를 낳기도 한다. 이러한 트라우마는 캐릭터에게 오랫동안 큰 상처를 남긴다. 캐릭터는 다음과 같은 사건을 겪었을 수 있다.

- 집단 괴롭힘으로 부당한 피해를 겪는 사람을 돕지 않았다.
- 범죄 현장을 보고서도 외면했다.
- (부랑자, 아이 등을) 도와줄 수 있는 상황에 개입하지 않았다.
- 또래 압력에 굴복했다.
- 다른 사람의 삶을 위기에 빠뜨리는 선택을 했다.
- 뇌물을 받았다.
- 비윤리적인 경영을 하는 조직에 대해 알면서도 고발하지 않았다.
- (섭식 장애, 약물 중독, 위험한 성행위, 자살 시도, 음주 운전 등) 위험한 행동을 하는 친구를 방관했다.
- 자신이 책임져야 하는 사람들을 내버려 두고 이기적으로 행동했다.
- 반드시 지켜 주기로 한 비밀이나 개인 정보를 누설했다.
- 의도적으로 진실을 은폐하거나 왜곡했다.
- 약하거나 도움이 필요한 사람을 착취했다.
- 외도하거나 경제적 파탄을 회피하는 등 파괴적인 유혹에 굴복했다.

훼손 당하는 욕구

애정과 소속감, 존중과 인정, 자아실현

생길 수 있는 잘못된 믿음

- 나는 나쁜 사람이다.
- 직감을 믿어서는 안 된다.
- 올바른 일을 선택하는 데에는 한계가 있다.
- 나는 믿어서는 안 되는 인간이다.

295

- 누군가와 맞서 싸우기에 나는 너무 겁이 많고 약하다.
- 내 잘못이 아니다. 나쁜 일은 어차피 벌어졌을 것이다.
- 한 사람의 행동은 크게 중요하지 않다.

가질 수 있는 두려움	• 반대 의사를 분명히 밝혔다가는 친구들을 잃어버릴 것이다. • 어떤 사람을 또다시 다치게 만드는 결과를 초래할 것이다. • 다른 사람들에게 조종당하거나 이용당할 것이다. • 또다시 잘못된 선택을 하고 실패할 것이다. • 다른 사람들의 욕구보다 내 욕망을 우선시하게 될 것이다. • 실패 때문에 처벌을 받게 될 것이다. • 사람들이 내 행동을 알게 될 것이다.
가능한 반응과 결과들	• 자신의 직감에는 문제가 있다고 생각하여, 다른 사람이 중요한 결정을 내려 주기를 기대한다. • 부당한 일이 일어나도 책임을 피하려고 관심 두지 않는다. • 내성적이 된다. 가족과 친구를 피한다. • 자신을 의심하고 무가치한 사람으로 여긴다. • 자신을 부정적으로 평가하고 겁쟁이라고 질책한다. • 책임을 피하려고 무관심하고 심드렁하게 군다. • 자신의 가치를 증명하기 위해 강한 성취욕을 보인다. • 문제를 해결하려 노력하다 실패하기보다는 그냥 무시하려 한다. • 결정을 내리기 쉽도록 모든 일을 흑백논리로 파악한다. • 죄책감 없이 행동할 수 있도록 선악에 관한 판단 기준을 완화한다. • 자신의 책임을 피하려고 책임 공방을 벌인다. • 올바른 결론을 내리려고 결정을 세심하게 고려한다. • 행동하기 전 여러 사람의 의견을 경청한다. • 같은 분야에서 같은 실수를 저지르지 않도록 열심히 노력한다. • 공감 능력이 높아진다. • 다른 사람을 옹호한다.

형성될 수 있는 성격 특성	• **속성** 경계하는, 야심이 큰, 조심스러운, 신중한, 태평한, 정직한, 훌륭한, 공정한, 자비로운, 주의력이 있는, 보호하는
	• **단점** 의존적인, 무감각한, 냉담한, 지배적인, 겁 많은, 잔인한, 방어적인, 교활한, 회피적인, 잘 속는, 위선적인, 무지한, 불안정한
상처가 악화할 수 있는 계기	• 자신의 잘못으로 피해를 본 사람을 우연히 마주친다.
	• (대중 매체, 소셜 미디어, 친구 등을 통해) 다른 사람들의 용감한 행동을 본다.
	• 주인공이 궁지에 몰린 사람들을 위해 희생하는 영화를 본다.
상처를 직면하고 극복할 기회	• 어려움에 빠진 사람이 외면받는 상황을 본다.
	• (직장 동료나 가족 구성원 등) 다른 사람을 책임지라는 요구를 받는다.
	• 중요한 문제에 대한 의견을 개진하는 용기를 내야만 한다.
	• 자신이 피해를 입힌 사람의 가족들에게 용서를 받았지만, 먼저 자기 자신을 용서해야 함을 깨닫는다.
	• 자신과 똑같은 실패의 길로 향해 가고 있는 사람을 본다.
	• 어려운 상황에 처해 다른 사람에게 도움을 청하는 처지가 된다.

인명 구조
실패

Failing to Save Someone's Life

구체적
상황

- 물에 빠진 사람을 구하지 못했다.
- 자살을 제때 막지 못했다.
- 도움을 요청하러 갔다가 돌아와 보니 너무 늦었다.
- 누군가의 질식을 막는 데 실패했다.
- 누군가를 살리려고 노력했지만 실패했다(자동차 사고에서 피해자를 구조한 뒤 지혈하는 등).
- 인질이 있는 상황에서 범인들을 설득하는 데 실패했다.
- 가정 폭력에 개입했지만 실패했다.
- 학교 폭력 사건에서 아이를 보호하지 못했다.
- 사랑하는 사람이 약물 과다 복용으로 죽어 갔지만 살리지 못했다.
- 아동 학대를 제때 입증할 수 없어 제대로 막지 못했다.
- 누군가의 추락사를 물리적 힘의 부족으로 막을 수 없었다.
- 응급실이나 사고 현장에서 환자를 잃었다.
- 화재 피해자를 구하지 못했다.
- 친구의 음주 운전을 막을 수 없었다.
- 친구의 위험하고 어리석은 행동을 막지 못했다.
- 폭력 사태가 일어나는 조짐을 파악하지 못했다.
- 괴롭힘, 인종 차별, 그 밖의 혐오로부터 친구를 보호하지 못했다.

훼손
당하는
욕구

애정과 소속감, 안전과 안정, 존중과 인정, 자아실현

생길 수
있는
잘못된
믿음

- 앞으로 사랑하는 사람들을 보호하지 못할 것이다.
- 나는 약하고 무능하다.
- 차라리 내가 죽었어야 했다.
- 사랑하는 사람을 잃으니 사랑을 시작하지 않는 편이 낫다.
- 이 죽음은 내 탓이다.

- 희생자를 구하지 못했으니 내가 그 사람의 모든 책임과 짐을 짊어져야 한다.
- 사람들은 근본적으로 악하다.
- 사법부는 믿을 수 없다.

가질 수 있는 두려움	• 다른 사람을 책임지는 게 두렵다. • 잘못된 판단을 내리면 그 중압감을 버티지 못할 것이다. • 사랑하는 사람이 곤란한 처지에 처해도 구하지 못할 것이다. • 필요할 때 중요한 정보를 모를 수 있다. • 사랑하고 관계를 맺기가 두렵다.
가능한 반응과 결과들	• 불면증, 플래시백 등의 외상 후 스트레스 증후군(PTSD)을 겪는다. • 자신이 무엇을 잘못했는지 계속 곱씹는다. • 자주 운다. 혹은 울고 싶지만 울 수 없다. • 죄책감, 혹은 수치심으로 인한 소화 장애 혹은 식욕부진을 겪는다. • 모든 사람이 자신의 잘못에 관해 이야기하고 있다고 믿는다. • 일에 전념할 수 없는 핑계를 댄다. • 자신이 내린 결정들을 돌아본다. • 충동적으로 행동하지 않거나, 극단적으로 충동적인 행동을 한다. • 희생자 가족을 피한다. • 사고 현장을 계속 찾아가거나 반대로 피한다. • 가족이나 친구를 멀리하고 어떤 일에서도 흥미를 느끼지 못한다. • 똑같은 일상을 되풀이하고, 즉흥적인 일은 피한다. • 위험을 회피한다. • 자신의 직감을 의심하고 자신의 능력을 비하한다. • 행동할 때마다 위험 정도를 따져 본다. • 사망 통계에 집착한다. • 희생자를 더 잘 이해하기 위해 그 사람의 인생을 파고든다. • 사랑하는 사람들을 안전하게 보호하겠답시고, 숨이 막힐 정도로 일일이 간섭한다.

형성될 수 있는 성격 특성	• **속성** 경계하는, 독립적인, 부지런한, 내성적인, 꼼꼼한, 보호하는, 책임감 있는, 감상적인, 사회적 의식이 있는
	• **단점** 반사회적인, 지배적인, 망상적인, 재미없는, 성급한, 우유부단한, 강박적인, 완벽주의의, 혼자 틀어박힌, 걱정이 많은
상처가 악화할 수 있는 계기	• 사고(익사 사고였다면 물이나 보트 등)와 관련된 장소에 간다.
	• (망가진 계단, 난간 등) 사건에 사용된 무기나 사고의 원인이 된 물건을 본다.
	• (유리가 깨지거나 타이어가 긁히는 소리 등) 사건과 관련된 소리를 듣거나 피를 본다.
	• 자신이 경험한 상황과 비슷한 내용을 영화나 책에서 본다.
	• 구하지 못했던 사람의 사진을 본다.
	• 장례식이나 추도식에 참석한다.
상처를 직면하고 극복할 기회	• 우연히 생사의 갈림길에 선다.
	• 다른 사람을 책임져야 하는 상황에 놓인다.
	• 다른 사람의 인생을 크게 바꿀 수 있는 상황에 놓인다.
	• 아슬아슬한 상황에서 직관을 믿고 행동해야 한다.
	• 위험한 행동을 하지 않도록 누군가를 설득해 비극을 피해야 한다.

자녀를 자신의 삶에서 지우다

Choosing to Not Be Involved in a Child's Life

구체적 상황

- 양육권을 포기한 생물학적 부모
- 입양한 아이를 파양한 부모
- 자신들의 심각한 육체적·정신적 질환때문에 자녀를 보육 기관에 보내는 부모
- 이혼 후 자녀를 버리고 해외로 이주한 경우
- 바쁜 일이나 여행 등으로 한 번도 자녀 곁에 없었던 부모
- 더 나은 기회를 찾아 외국으로 이민 가지만, 가족은 남기고 떠나야 하는 경우
- 약물이나 음주 문제로 친권이나 면접교섭권을 상실하는 경우
- 범죄로 수감되어 자녀를 볼 기회가 거의 없는 경우
- 개인적 관심이나 취미에 빠져 자녀를 돌보지 않은 경우

훼손 당하는 욕구

애정과 소속감, 존중과 인정, 자아실현

생길 수 있는 잘못된 믿음

- 과거는 결코 보상할 수 없다.
- 내가 할 수 있는 최선의 일은 자녀를 멀리하는 것이다.
- 자녀가 인생에서 나쁜 선택을 한다면 모두 나 때문이다.
- 좋은 부모가 될 기회는 모두 사라졌다.
- 나는 믿을 수 없는 사람이다. 모두를 실망시킬 것이다.
- 내가 없는 편이 자녀에게 더 낫다.
- 이제 자녀가 다 자랐으니, 보상하려고 노력하는 일은 의미가 없다.
- 잘못된 상황을 바로잡을 기회를 얻을 자격조차 없다.
- 자녀에게 도움을 주기보다는 해를 훨씬 많이 끼쳤다.

가질 수 있는 두려움	• 나는 평생 혼자일 것이다. • 돌이킬 수 없는 실수를 저질렀다. • 사랑하는 사람을 또 실망시킬 것이다. • 다른 사람들을 책임지는 일이 두렵다. • 낳은 아이든 입양을 통해 얻은 아이든 갖기가 두렵다. • 자녀의 분노와 실망의 대상이 될까 두렵다. • (삼촌, 교사, 멘토 등) 친자 관계를 연상시키는 모든 관계가 두렵다.

가능한 반응과 결과들	• 일을 오래 하며 생각하는 시간을 가능한 줄인다. • 아이들이 있는 장소나 활동은 피한다. • 자녀의 집이나 학교 앞을 빨리 지나친다. • 소셜 미디어를 통해 자녀를 관찰한다. • 이전 배우자에게 전화를 걸고는 곧 끊어 버린다. • 자녀에게 보낼 이메일이나 문자 메시지를 작성하고 보내지 않는다. • (자녀가 보았을 만한 영화를 상영하는 극장, 혹은 자녀가 시간을 보내 는 장소에 가는 등) 자녀가 좋아하는 장소에 가서 아이의 감정을 느 껴 보려 한다. • 자녀와 흡사한 구석이 있는 아이에게 민감한 반응을 보인다. • (자녀를 떠올리게 하는) 오래된 사진이나 기념물을 꺼내 본다. • 자녀의 선물을 사지만 보내지 않는다. • 자녀의 활약을 멀리서 지켜본다. • 자녀가 무엇을 하고 있을까 궁금해하고, 일상생활을 상상한다. • 용서받는다면 자녀와 어떤 관계를 맺을 수 있을지 상상한다. • 자녀와 여행 혹은 소풍 계획을 세운다. • 청소년을 위한 프로그램에 자원봉사한다. • 일종의 보상 수단으로 자신이 정통한 분야에서 청소년들의 멘토 가 된다.

형성될 수 있는 성격 특성	• **속성** 애정이 깊은, 공감하는, 너그러운, 이상주의적인, 생각이 깊 은, 집요한, 보호하는, 감상적인, 관대한, 말이 없는 • **단점** 의존적인, 충동적인, 우유부단한, 질투하는, 잔소리하는, 자

신감 없는, 참견하기 좋아하는, 강박적인, 완벽주의적인, 혼자 틀어박힌, 걱정이 많은

<table>
<tr><td>상처가
악화할 수
있는 계기</td><td>

- 가까운 친구나 친척이 아이를 가졌다는 소식을 알린다.
- (엄마와 아들이 낚시를 하거나 아빠와 딸이 공원에서 아이스크림을 먹고 있는 광경 등) 부모 자식 간의 유대감을 보여 주는 광경을 목격한다.
- 다른 사람이 자녀를 형편없이 키우고 있는 것을 본다.
- 자녀와 시간을 전혀 보내지 않는 친구를 본다.
- 동료가 자녀 교육에 대한 고민을 털어놓으며 조언을 구한다.
- (테마파크, 인형극장 등) 자녀가 좋아하는 장소에 간다.
- 친구 집 냉장고에 붙은 색칠 그림이나, 동료 책상에 놓인 점토 선물을 본다.
- 다른 집에서 가족사진을 본다.
- 자녀와 같은 연령층을 겨냥한 텔레비전 광고나 영화 예고편을 본다.
- 자녀 이야기를 하는 친구나 동료들을 만난다.
- 아이가 있느냐는 질문을 받는다.

</td></tr>
<tr><td>상처를
직면하고
극복할
기회</td><td>

- 자신도 다시 아빠나 엄마가 될 수 있다는 사실을 깨닫는다.
- 자녀가 아프거나 다쳤다는 소식을 듣는다.
- (감옥에 가거나 마약을 하는 등) 자녀가 어둠의 길에 들어섰다는 것을 알게 된다.
- 약물 중독 치료 프로그램 등에 가입하여 자신이 자신이 과거에 저지른 잘못에 대해 반성해야 한다.
- 다른 아이들을 위한 부모 혹은 멘토 역할을 자신이 적극적으로 원해서 하게 된다.
- 아이를 가진 사람과 사랑에 빠진다.
- 부모에게 방치된 아이를 돌보며, 그 아이에게서 상처를 본다.
- 자녀가 가까운 사람에게 학대를 당하거나 방치당하고 있다는 사실을 알게 된다.

</td></tr>
</table>

잘못된 판단이
큰 사고로 이어지다

구체적 상황

- 다리 아래로 뛰어내려 중상을 입었다.
- 또래 압력으로 인해 심각한 사고가 났다.
- 악의는 없었던 심한 장난이 커다란 사고로 이어졌다.
- 어리석고 위험한 행동으로 체포됐다.
- 음주 운전으로 차가 크게 부서지는 사고를 냈다.
- 술에 취해 모닥불 뛰어넘기 놀이를 하다가 심한 화상을 입었다.
- 지나치게 술에 취해 사고가 났다.
- 길거리 경주를 벌이다가 부상자나 희생자가 생겼다.
- 잘 모르는 약을 먹고 결국 병원에 입원했다.
- 친구를 따돌렸는데 그 뒤로 그 친구가 공격을 받거나 다쳤다.
- (지붕 뛰어넘기 등) 위험한 스턴트를 하다가 크게 다쳤다.
- 불장난을 하다가 대형 화재를 일으켰다.
- 전기톱이나 도끼를 가지고 장난치다가 크게 다쳤다.
- 미성년인 상태에서, 차를 몰다가 사람을 쳤다.
- 총을 가지고 다니다 사고로 자신이나 다른 사람을 쐈다.
- 밀치거나 몸싸움을 벌이다 상대방을 계단에서 넘어뜨리거나 창밖으로 떨어지게 했다.
- 부적절한 행동을 하는 자신의 모습을 동영상으로 만들어 소셜 미디어에 올렸다.
- 잘 알지도 못하는 사업에 돈을 투자하여 모두 잃었다.
- 자신의 능력으로 감당할 수 없는 도박을 했다.

훼손 당하는 욕구

안전과 안정, 애정과 소속감, 자아실현

304

생길 수 있는 잘못된 믿음	• 내가 저지른 행동은 절대로 속죄할 수 없다.
	• 어리석은 잘못으로 인생을 망쳤다.
	• 판단은 다른 사람들이 내려야 한다. 나는 아니다.
	• 위험을 감수하는 건 곧 죽음에 이르는 일이다.
	• 우발적인 사고해 대비해 철저한 계획을 세워야 사랑하는 사람들을 지킬 수 있다.
	• 결과를 알고 행동에 옮기는 일만이 올바른 선택이다.
	• 모든 재미있는 일은 세심하게 통제해야만 안전하다.
	• 자유는 무질서를 낳는다.

가질 수 있는 두려움	• 통제력을 상실할까 두렵다.
	• 책임자가 되어 최종적인 책임을 지는 게 두렵다.
	• 변화는 위험을 감수하는 일이다.
	• 또다시 실수를 저지를 것이다.
	• 사랑하는 사람들을 실망시킬 것이다.
	• 나는 신뢰할 수 없는 사람이고 다른 사람을 위험에 빠뜨릴 것이다.
	• 자신이 무슨 일을 저질러 사고가 났는지 누군가가 알아낼 것이다.

가능한 반응과 결과들	• 심한 죄책감에 시달리며, 사고 관련자들을 멀리한다.
	• 스스로 결정을 내리지 못한다.
	• 사고를 잊으려 술이나 약물에 의존한다.
	• 의사 결정을 피한다.
	• 자신의 직감을 믿지 못해 다른 사람들의 의견을 구한다.
	• 조사 결과에 집착하며 모든 사실을 파악하려 한다.
	• 가족을 과잉보호한다.
	• 자녀가 실수를 저지르지 않도록 판단과 결정을 대신 내린다.
	• 다른 사람을 믿지 못한다. 모든 일을 자신이 통제하려 든다.
	• 위험해 보이는 행동은 무조건 피하고, 위험한 행동을 하는 사람을 비판한다.
	• 즉흥적으로 행동하지 않는다.
	• 모든 것에 대해 지나칠 정도로 생각이 많다.

- 모든 일이 잘못될 것이라는 비관적 태도를 보인다.
- 자신이 안전하다고 생각하는 영역 밖으로는 나오지 않는다.
- 안전하다고 생각하는 것, 알고 있는 것만을 선택한다.
- 과거의 일을 떨치지 못해 늘 흥을 깨는 사람이 된다.
- 자녀가 안전한 취미와 관심사를 가질 수 있도록 유도한다.
- 변화에 저항한다.
- 모든 일을 대단히 체계적으로 조직하고, 준비를 철저히 한다.
- 정해진 일과를 고집한다.

형성될 수 있는 성격 특성	- **속성** 분석적인, 조심스러운, 규율 잡힌, 내성적인, 성숙한, 자비로운, 꼼꼼한, 돌보는, 순종적인, 주의력이 있는, 체계적인 - **단점** 지배적인, 우유부단한, 융통성 없는, 감정을 억누르는, 불안정한, 비이성적인, 비판적인, 아는 체하는, 잔소리하는, 초조한, 강박적인, 비관적인
상처가 악화할 수 있는 계기	- 피, 붕대, 상처 등을 본다. - 놀이터에서 넘어져 몇 바늘을 꿰매는 것처럼 자녀가 가까스로 사고를 피했다. - 자신이 저질렀던 것처럼 무모한 행동이 등장하는 뉴스 보도나 영화를 본다. - 깜박 잊고 사전에 위험을 알리지 않아 다른 사람이 다친다. - 실수를 저지르거나 제때 문제를 해결하지 못해서 비난받는다.
상처를 직면하고 극복할 기회	- 모든 일을 지나치게 통제하고, 무조건 위험을 피하려고 하는 것에 대해 자녀가 반항한다. - 사랑하는 사람이 부상 위험이 큰 스포츠나 활동을 원한다. - 변화를 받아들일 수 없어서, 혹은 위험을 감수하기 싫어서 삶을 바꿀 수 있는 기회를 흘려보낸다. - 자발적이고, 즐거운 삶을 추구하는 자유로운 영혼을 가진 사람에게 매력을 느낀다.

파산 선고

Declaring Bankruptcy

 일러두기

파산의 종류에는 기업 파산이나 개인 파산이 있으며, 보통은 금전 관리, 건강 문제, 이혼이나 별거 등이 주된 원인이다. 위기관리에 필요한 교육을 받지 않는 사람들에게 경제 상황의 악화는 트라우마를 남긴다.

훼손 당하는 욕구

생리적 욕구, 안전과 안정, 존중과 인정, 자아실현

생길 수 있는 잘못된 믿음

- 나는 패배자이다.
- 가족을 제대로 부양할 수 없다.
- 나는 다른 사람의 행복을 책임질 수 없다.
- 모든 사람이 나는 완전히 실패했다고 생각한다.
- 비용이 아무리 많이 들더라도 체면은 유지해야 한다.
- 다시는 이런 일이 일어나지 않도록 돈 한 푼까지도 행방을 파악해야 한다.
- 안전이 행복보다 중요하다.
- 지금 즐기는 것은 나중에 대가를 치러야만 한다.
- 돈과 성공이 없다면 나는 쓸모없는 인간이다.

가질 수 있는 두려움

- 또다시 파산할까 두렵다.
- 믿지 말아야 할 사람을 믿고 있을 수 있다.
- 아프거나 다른 이유로 일을 할 수 없게 될까 두렵다.
- 모두가 나의 파산에 대해 알게 될 것이다.
- 특히 돈과 관련된 위험이 두렵다.
- 집을 잃을 것이다.
- 다른 사람들이 과거의 재정 문제를 알게 될 것이다.
- 다른 사람들에게 이용당할 것이다.

- 신뢰가 무너지고, 생활환경에 생긴 변화 때문에 가족을 잃어버릴 것이다.
- 해고당할 것이다.

가능한 반응과 결과들

- 나쁜 경제 사정에 대해 변명을 늘어놓는다.
- 성공한 사람으로 보이려고 경제 상태에 대해 거짓말을 한다.
- 극단적으로 절약한다. 가능한 돈을 쓰지 않으며 살아간다.
- 매주 어디에 돈을 썼는지 한 푼까지 모두 알아야 한다.
- 다른 사람들과 강박적으로 비교한다.
- 절망과 수치심을 피하려고 술을 마신다.
- 끊임없이 일한다. 건강과 가족과 보낼 시간을 희생한다.
- 자녀의 활동과 관심사를 돈이 들지 않는 쪽으로 국한시킨다.
- 청구서 만기일이 오면 화가 나고 좌절감에 휩싸인다.
- 가족과 친구를 피한다. 특히 성공하거나 부유한 가족과 친구는 더욱 멀리한다.
- 돈을 아끼려고 능력에도 못 미치는 일(집수리 등)을 혼자 한다.
- 돈을 아끼기 위해 병원 가는 일도 미루고, 필요한 약도 먹지 않는다.
- 어려운 상황을 자신보다 잘 이겨낸 사람들에게 불쾌하고 적대적인 태도를 보인다.
- 모든 사람이 약자를 착취하는 데 혈안이라고 믿는다.
- 친구들이 놀러 가자고 하면 변명을 둘러댄다.
- 현재보다는 좋았던 옛날에 대해 즐겨 이야기한다.
- 자신이 잃은 것을 되찾기 위해서라면 비도덕적인 방법도 개의치 않는다.
- 지금은 아무 의미도 없는 과거 물건에 집착한다(보험료를 감당할 능력도 안 되면서 스포츠카를 팔지 않는 등).
- 위험, 특히 투자 위험을 피한다.
- 가능한 모든 물건을 재활용한다.
- 자신이 좋아하는 물건보다는 세일 중인 물건을 산다.
- 신용카드를 자른다.
- 중고품을 사고, 할인 중인 물건을 찾아다닌다.

308

- 개인 자산 관리에 대한 강의를 듣거나 현명한 조언을 구한다.
- 예산 계획을 현명히 세우고 지킨다.
- 자녀들에게 자산 관리를 가르친다.

형성될 수 있는 성격 특성	- **속성** 분석적인, 감사하는, 조심스러운, 창의적인, 규율 잡힌, 신중한, 효율적인, 겸손한, 부지런한, 꼼꼼한, 체계적인, 집요한, 사생활을 중시하는, 적극적인, 보호하는 - **단점** 거친, 의존적인, 유치한, 도전적인, 지배적인, 냉소적인, 회피적인, 망상적인, 어리석은, 위선적인, 융통성 없는, 비이성적인, 질투하는, 비판적인, 물질주의적인
상처가 악화할 수 있는 계기	- 청구서를 갑자기 받았는데 돈이 충분하지 않다. - 직장에서 해고당할 것이라는 소문을 듣는다. - 다른 집에 붙은 '압류' 딱지, 혹은 상점 간판에 붙은 '파산' 딱지를 본다. - 차를 몰다가 옛날 집이나 건물을 지나친다. - 상황이 좋았을 때 몰았던 값비싼 차를 본다. - 생일이나 특별한 날인데 선물을 살 돈이 없다. - 친구나 동료가 휴가 계획에 관한 이야기를 나눈다. - 축하 행사 등에 기부금을 내라는 요청을 받는다.
상처를 직면하고 극복할 기회	- 자신에게 꼭 맞는 새로운 일을 시작할 기회를 맞는다. - 자신처럼 경제 상황이 어려웠던 친구가 문제를 훌륭하게 극복한 것을 본다. - 건강에 문제가 생겨 물질적인 것보다는 사람이 더 중요하다는 것을 깨닫는다. - 배우자와 잠시 별거했다가, 자신을 바꾸지 못해 결국 이혼한다. - 계획에 없던 임신으로 자녀가 생긴다. - 자녀의 재능을 꽃피워 주려면 특별한 교육이 필요한 상황이다.

어린
시절의
특정한
상처

Specific Childhood Wounds

감정 표현이 억압된
가정에서 자라다

**Living in an Emotionally
Repressed Household**

일러두기
이러한 가정에서는 부모나 부모 중 한 명이 자녀의 감정 발달에 무관심하다. 이들은 무관심, 회피, 조롱, 거부 등을 통해 자녀의 감정을 무력하게 만들거나 감정을 표현하지 못하게 만든다.

훼손 당하는 욕구
애정과 소속감, 존중과 인정, 자아실현

생길 수 있는 잘못된 믿음
- 감정을 표현했다가 조롱당하느니 감정을 드러내지 않는 편이 낫다.
- 나는 사랑받을 자격이 없는 사람이다.
- 내가 어떤 생각을 하고 어떤 감정을 느끼는지 아무도 관심없다.
- 기쁨은 이룰 수 없는 꿈이다.
- 입 다물고 시키는 대로 하는 편이 낫다.
- 나는 중요한 사람이 아니니 내 생각과 감정은 중요하지 않다.

가질 수 있는 두려움
- 거절당하고 버림받을 것이다.
- 애착과 애정을 느끼는 게 두렵다.
- 비판받고 놀림감이 될 것이다.
- 격한 감정에 사로잡힐까 두렵다.
- 어디에서도 소속감을 느끼지 못할 것이다.
- 경험이나 지식이 없어 어떤 사회적 상황에서 성공적으로 대처하지 못할까 두렵다.

가능한 반응과 결과들
- 감정을 표현하고 싶지만 방법을 모른다.
- 자신의 감정을 받아 주지 않는 부모가 원망스럽다.
- 부모가 왜 자신을 낳았는지 궁금하다.
- 부모와 거리를 둔다.
- 어떤 사람이 자기 말만 하고 들으려 하지 않을 때 좌절한다.

- 마음껏 울지 못한다.
- 자신이 다른 사람과 다르다고 느끼고, 단절되어 있다고 느낀다.
- 다른 사람과 관계를 맺을 때 어색하며, 자신감이 없다.
- 자신의 감정이 무엇인지 잘 모른다.
- 우울하거나 슬프면 기분이 더 가라앉는다.
- 사람들이 사랑이나 친절을 보이면, 자신은 그런 감정을 받을 자격이 없다고 생각한다.
- 긴장을 풀고 즐기지 못해 자의식이 강한 사람이라는 딱지가 붙는다.
- 자신의 감정이 어떤지 설명하지 않으려고 일단 상냥하게 군다.
- 친밀감, 애정, 자유로운 표현을 갈망하지만, 그런 감정을 주고받을 수 없다고 생각한다.
- 격한 감정이 일어나면 수치스럽고 당황스럽다.
- 감추는 게 많다.
- 분명한 경계를 설정하고, 사람들을 좀처럼 가까이하지 않는다.
- 가까운 친구가 많지 않다.
- 자신의 성과나 자랑할 만한 일을 다른 사람들에게 알리지 않는다.
- 감정을 폭발할 때까지 드러내지 않고 꾹꾹 눌러 참는다.
- 어떤 상황에서 자신이 적절한 감정을 느끼고 있는지 확신하지 못한다.
- 다른 사람에 비해 크지 않은 신체 언어를 구사한다(몸이나 손 동작 등이 작다).
- 강한 감정이 생기면 마음을 닫고, 사람들을 멀리한다.
- 자신이 편하다고 느끼는 반복적인 일상을 고수한다.
- 자신이 가치 있는 사람이라고 느끼기 위한 인정이 필요하며, 더 큰 성취를 이루려고 한다.
- 정체성이 부족해 리더보다는 추종자가 된다.
- 새로운 (혹은 많은) 사람들을 만나야 하는 상황이 불편하다.
- 난처한 상황에 놓이면 과민 반응을 보이며, 대처하는 데 미숙해 잘 빠져나오지 못한다.
- 자녀와의 관계에서도 감정을 억제하며 악순환을 반복한다.
- 동정심과 공감을 느끼지만 그 감정들을 어쩔 줄 몰라 한다.

- 사랑하는 사람들을 과잉보호한다.
- 도움이 필요한 사람 곁에 있어 주고 싶지만, 방법을 모른다.
- 악순환에서 벗어나 자녀에게 감정적인 지원과 응원을 보낸다.
- 생각이 깊은 사람이 된다.

| 형성될 수 있는 성격 특성 | • **속성** 침착한, 협조적인, 기분을 맞춰 주는, 규율 잡힌, 온화한, 겸손한, 독립적인, 내성적인, 친절한, 성실한, 자비로운, 돌보는, 생각이 깊은 |
| | • **단점** 의존적인, 무감각한, 지배적인, 재미없는, 억제하는, 불안정한, 책임감 없는, 자신감 없는, 초조한, 과민한, 분개하는 |

상처가 악화할 수 있는 계기	• 누군가에게 무시당한다.
	• 휴일에 가족들이 모인 상황에서 가족 관계가 피상적이라고 느낀다.
	• 부모가 손주에게 관심이 없고, 찾아오지 않는 것에 대해 구차한 변명만 늘어놓는다.
	• 지켜왔던 균형이 갑작스러운 변화로 인해 깨진다.
	• 훌륭한 일을 해내지만, 누군가에게 이야기하기가 어색하다.
	• 나쁜 일을 겪고 부모의 위로를 받지만, 그 위로가 진심이 아니라고 느낀다.
	• 어려운 결정을 내려야 하는데, 조언이 필요하다.

상처를 직면하고 극복할 기회	• 건강이 나빠진 부모와 화해하고 싶다.
	• 부모와의 관계를 단절하고, 자기 자신을 치유하려고 한다.
	• 사랑할 대상을 찾고 싶지만, 자신을 사랑하는 것이 먼저라는 사실을 깨닫는다.
	• 자기 자신이 장래성 있는 연애 관계의 걸림돌이 되어 자신을 사랑하는 것이 먼저라는 사실을 깨닫는다.
	• 자녀도 감정을 제대로 표현하지 못하는 것을 본다.

강간으로
태어나다

Being the Product of Rape

일러두기 자신이 강간으로 생긴 아이라는 사실은 몇 살에 알게 되었든 받아들이기 매우 힘들며, 자존감과 정체성에 커다란 영향을 미칠 수 있다. 특히 자아가 형성되는 사춘기나 이미 어려움을 겪고 있는 상황에서 이런 사실을 알게 된다면 결과는 더욱 심각할 수 있다. 그 상황을 아는 주변 사람들의 반응은 어땠는지, 아이가 그 결과 학대를 받았는지, 그리고 아이가 어떤 부모(친부모 혹은 입양 부모) 밑에서 컸는지 등도 생각해 보아야 한다.

훼손 당하는 욕구

안전과 안정, 애정과 소속감, 존중과 인정

생길 수 있는 잘못된 믿음

- 괴물의 피가 내 몸속에 흐르니 나도 괴물이다.
- 나는 사랑받을 자격이 없다.
- 죽을 때까지 저주가 따라다닐 것이다. 나는 더럽다.
- 사람들이 사실을 알게 되면, 나를 경멸할 것이다.
- 차라리 죽는 편이 나았다.
- 부모가 사실을 알았다면 나를 입양하지 않았을 것이다.
- 가능했다면 어머니는 임신 중절을 선택했을 것이다.
- 나는 문제가 있다. 걸어 다니는 시한폭탄이다.
- 내 삶 자체가 세상에 악이 존재한다는 사실을 상기시켜 준다.

가질 수 있는 두려움

- 내 일탈 행동은 유전이다.
- 성관계가 두렵다.
- 내 자녀도 폭력을 휘두르고, 범죄자가 될 것이다.
- 사람들이 나에 대해 알아내고, 소문을 퍼뜨릴 것이다. 나는 결국 거절당하고 버림받을 것이다.
- 부모의 범죄 때문에 내가 목표물이 될 것이다.

316

- 나의 과거를 아무렇지 않게 생각할 사람은 없을 것이다.
- 인과응보로 폭력의 피해자가 될 것이다.

- 자신감이 없고 자존감이 낮다.
- 살아 있다는 사실에 죄책감을 느낀다. 자살을 생각한다.
- '강간범의 자식'이 언제나 자신의 정체성이 될 것이라 믿는다.
- 친구들과의 만남, 취미 등 여러 활동을 멀리한다.
- 어떤 일에도 집중하기 힘들다.
- 공허감을 느끼거나, 우울증을 앓는다.
- 삶의 기쁨을 찾기 힘들고, 자기 부정과 자기 혐오의 시기를 겪는다.
- 자신은 처벌받아 마땅하다고 믿기 때문에 앞으로 자신과 가까워질 것 같은 사람과의 관계도 먼저 그만둔다.
- 사랑받고 싶은 마음에 지나칠 정도로 (아름다워지려고, 재능 있어 보이려고, 착해지려고 등) 애쓴다.
- 사람들이 자신의 비밀을 금세라도 알게 될 것처럼 미리 수치심과 굴욕감을 느낀다.
- 낯선 사람들의 얼굴을 꼼꼼히 들여다보며 누가 강간범이었을지 궁금해한다.
- 자신의 아버지인 강간범에 대해 알고 싶어서 하면서도, 그 궁금함에 대해 죄책감을 느낀다.
- 사실을 아는 사람이 자신을 떠나려 하거나, 부정적인 감정을 은밀하게 품고 있다는 징후를 찾으려 애쓴다.
- 거절에 대한 두려움으로 사람들에게 매달린다.
- 자신의 과거를 감추고, 사람들이 알아낼까 두려워한다.
- 자신에게 부모가 지녀야 할 자질이 있는지 의심한다.
- 언제나 다른 사람들의 욕구를 우선시하고, 자신의 행복이나 욕구, 욕망 등은 희생한다.
- 섭식 장애를 겪는다.
- 자신이 사랑하는 사람들에게 불행을 주고 있다고 생각한다.
- 약물이나 술에 의존한다.
- 자신의 가치를 스스로 증명해야 한다고 믿는다.

- 자신의 분야에서 최고가 되기 위해 일 중독자가 된다.
- 세상의 몇몇 꼬리표는 부당하다는 사실을 자각한다.
- 사람들이 사람을 판단하는 방식에 의문을 제기한다. 과거보다 현재가 중요하다고 믿는다.
- 자신의 힘으로는 어쩔 수 없는 것들보다는 자신이 가진 장점에 집중한다.
- 복잡한 감정을 정리하기 위해 치료를 받는다.

형성될 수 있는 성격 특성	• **속성** 사랑이 많은, 감사하는, 용기 있는, 호기심 있는, 공감하는, 돌보는, 보호하는, 비이기적인 • **단점** 의존적인, 강박적인, 불안정한, 비이성적인, 피해의식이 강한, 자신감 없는, 집착하는, 편집증적인, 침착하지 못한, 자기 파괴적인, 굴종적인, 의심하는, 소심한, 혼자 틀어박힌, 일 중독의, 걱정이 많은

상처가 악화할 수 있는 계기	• 자신의 생일이 다가온다. • 친구가 임신 사실을 알린다. • 친구나 가족에게서 아기가 태어났다는 소식을 듣는다. • 텔레비전이나 영화에서 강간 장면을 본다. • 언론에서 강간범이나 여성 폭행 사건을 보도한다. • (칼, 총, 입막음 테이프 등) 강간에 쓰였던 물건을 본다. • 친엄마에게 연락이 온다. • 임신 중절 수술을 하는 산부인과를 지나간다. • 임신 중절에 반대하는 사람들과 찬성하는 사람들의 시위를 본다.

상처를 직면하고 극복할 기회	• 강간범인 자신의 아버지가 가석방되었다는 소식을 듣는다. • 자신과 같은 상황에 놓인 사람들을 위한 단체를 발견한다. 그곳에 가서 자신의 감정을 나누고 싶어진다. • 친부모를 찾아 연락하고 싶다. • 친아버지가 죽어간다는 소식을 듣는다. • 자녀를 낳고 싶어진다.

대중의 시선을
받으며 자라다

Growing up in the Public Eye

구체적 상황

- 매우 부유한 집안에서 자랐다.
- 부모 중 한 명이 유력 인사였다(정부 고위층 인사 등).
- 부모 중 한 명이 유명한 연예인이나 운동선수였다.
- 왕실에서 태어났다.
- 귀족 가문이나 유서 깊은 명문가에서 태어났다.
- 부모 중 한 명이 연쇄 살인범이나 폭탄 테러리스트로 악명높다.
- (어린이 천재 가수, 아역 배우, 미인 대회 우승 등으로) 자신이 이미 유명하다.
- 죽은 사람과 이야기를 하거나, 다른 사람들을 치유하는 것처럼 남다른 능력으로 유명하다.
- (국회의원, 도지사, 외교관 등) 정치가 가문에서 태어났다.

훼손 당하는 욕구

안전과 안정, 애정과 소속감, 존중과 인정, 자아실현

생길 수 있는 잘못된 믿음

- 내 진정한 모습을 모르겠다. 내가 해야 하는 역할이 나 자체인 것만 같다.
- 절대 실수를 해서는 안 된다.
- 사람들은 내가 유명한 내 가족처럼 되기를 기대한다.
- 내가 유명하기 때문에 모두가 내가 실패하기를 원한다.
- 사람들은 내 이름을 이용해 보려고 나를 만난다.
- (명성이 부정적인 경우) 나에겐 성공할 가능성이 조금도 없다.
- 명성이 없다면 나는 쓸모없는 존재이다.
- (부모가 악명 높은 경우) 부모의 피가 내게도 흐른다. 나도 괴물일 수도 있다.

가질 수 있는 두려움	• 이미지가 실추되는 게 두렵다.
	• 잘못된 결정을 내려 영원히 고통받을 것이다.
	• 기대에 부응하지 못할 것이다.
	• 사람들을 실망시킬 것이다.
	• 위험을 감수하기가 두렵다.
	• 사람을 믿었다가 상처받고, 이용당하고, 배신당할 것이다.
	• 비밀이 밝혀져 평판이 나빠질 것이다.
가능한 반응과 결과들	• (옷, 머리 모양, 행동 등) 외모에 집착한다.
	• 사람들 앞에서 일을 망칠까 두려워 위험을 감수하기보다는 아예 하지 않는다.
	• 세상의 주목을 받고 자라서 또래보다 조숙하다.
	• 평범한 또래와는 같이 지내지 못한다.
	• 자신을 감춘다. 의견을 표현하지 않는다.
	• 자신이 불완전하다는 데 집착한다.
	• 자신에게 지나칠 정도로 엄격하다.
	• 허세를 부린다. 자신감이 넘치는 것처럼 행동한다.
	• 진심을 털어놓을 수 있는, 가까운 친구가 거의 없다.
	• 자신을 혐오하는 사람들로부터 자신을 지키기 위해 일부러 나쁜 사람인 척한다.
	• 시키는 일만 하고, 스스로 생각하지 않는다.
	• 자신을 위한 시간이 없을 정도로 열심히 일하며 사람들의 기대에 부응하려 애쓴다.
	• (변장하거나 익명으로 채팅을 하는 등) 보통 사람처럼 느끼고 싶어 익명으로 여러 활동에 참여한다.
	• 다른 사람의 시선에서 벗어나 자유롭게 풀어지는 기분을 느끼기 위해 술에 의지한다.
	• 사람들의 높은 기대치 때문에 혹은 거기서 벗어나기 위해 약물에 의존한다.
	• 의도적으로 기대에 어긋나는 행동을 한다.
	• 자신이 법 위에 있는 특별한 사람이라고 생각한다.

- 돈으로 상황을 조종하거나 문제에서 벗어나려고 한다.
- 더 크고, 훌륭하고, 위험한 것에만 재미를 느낀다.
- 항상 대중 매체 속에서 맡은 배역을 연기하다 보니 자신이 누군지 잊는다.
- 스트레스 때문에 번아웃 증후군◆을 앓고, 자제력을 잃는다.
- (약물 중독 등을) 치료받으려 노력한다.
- 건전한 방식으로 자신을 드러내려 노력한다.

형성될 수 있는 성격 특성

- **속성** 적응하는, 조심스러운, 협조적인, 예의 바른, 규율 잡힌, 신중한, 외향적인, 너그러운, 상냥한, 독립적인, 내성적인, 친절한, 성실한
- **단점** 의존적인, 냉담한, 건방진, 강박적인, 도전적인, 냉소적인, 방어적인, 회피적인, 사치스러운, 어리석은, 경솔한, 변덕스러운, 투덜대는, 일 중독의

상처가 악화할 수 있는 계기

- 믿었던 친구가 자신의 명성과 화려한 생활에만 관심이 있어서 접근했음을 알게 된다.
- 친구가 자신의 비밀을 누설한다.
- 기자를 무시했다가 언론의 먹잇감이 된다.
- 타블로이드 신문에서 자신에 대한 왜곡 보도를 한다.
- 모든 것에서 벗어나 스트레스를 풀고 싶은데 파파라치나 팬들에게 에워싸인다.
- 언론이 사생활을 침해한다.
- 팬들이 당연하다는 듯이 사인이나 셀카를 요구한다.

◆ **번아웃 증후군**burnout syndrome
일에 지나치게 몰두하던 사람이 극도의 신체적·정신적 피로로 인해 무기력증이나 자기 혐오 등에 빠지는 현상을 말한다.

- 평범한 삶을 살며 자신의 길을 걸어가는 친구를 보며, 자신도 그렇게 살고 싶은 생각이 든다.
- 약물을 복용하거나 나쁜 습관을 갖게 된다.
- 가족의 기대에 어긋나는 꿈을 가지고 있다.
- 우울증이나 불안 장애로 자살을 생각한다.
- 스트레스를 받는 형제·자매를 지켜 주어야겠다고 생각한다.
- 자녀가 다른 아이들과 잘 지내지 못하는 상황을 본다.
- 깨끗한 이미지를 유지하려 애써 왔지만, 대중 매체가 자신이 하지도 않은 일로 비난한다.

떠돌이
생활을 하다

A Nomadic Childhood

구체적 상황

- 자주 이사해야 하는 군인 가정에서 자랐다.
- 부모가 직장을 구하기 위해 늘 애쓰며 일자리가 있는 곳으로 계속 이사를 했다.
- (부모가 별거한 상황 등에서) 부모 중 한 명에게 납치되어, 계속 집을 옮겨야만 했다.
- 부모가 약물에 중독되어 경제 문제나 강제 퇴거로 자주 이사했다.
- 부모의 직업 특성상 잦은 이사가 필요했다(외교관, 선교사, 과학자, 지리학자 등)
- 부모가 노숙자였다.
- 국가 내전으로 안전을 위해 계속 이주했다.
- (폭력적인 전 배우자가 찾아올까 봐, 범죄를 저질렀기 때문에, 불법 이민자였기 때문에 등) 어머니(또는 아버지)가 발각에 대한 두려움을 안고 살았다.
- 보호자가 누군가 자신을 추적하고, 감시하고, 스토킹하고, 목표물로 삼고 있다는 편집증이나 망상에 시달렸다.

훼손 당하는 욕구

안전과 안정, 애정과 소속감

생길 수 있는 잘못된 믿음

- 한곳에 오래 머무르는 것은 위험하다.
- 영원한 것은 없다.
- 인간관계는 일시적인 것이다.
- 나는 어디에도 속하지 못한다.
- 사람을 믿으면 상처받을 것이다.
- 한곳에 어느 정도 오래 머문다면 정착하는 것이다.
- 한곳에 너무 오래 머물면 빠져나갈 수 없다.
- 옮겨 다니는 편이 더 행복하다.

- 어떤 사람이나 사물에 애착을 갖는다.
- 어떤 일이나 사람에 빠진다.
- 버림받을 것이다.
- 내 행방을 몰라야 할 사람이 나를 찾아낼 것이다.
- 책임을 진다는 것은 속박된다는 의미이다.
- 사람들과 절대로 어울리지 못할 것이다.

가능한
반응과
결과들

- 학교나 다른 곳에서 괴롭힘당하지 않을지 걱정하고, '신참'이라는 낙인과 싸운다.
- 이번의 이사는 다른 결과를 만들어 내길 끊임없이 바란다.
- 완벽한 집을 상상한다.
- 가까운 친구(혹은 반려동물)를 원하지만, 애착을 가지는 게 두렵다.
- 소중히 여기는 물건에 집착한다(낡은 배낭, 옛날 집에서 주운 조약돌, 어린 시절 갖고 놀던 인형 등).
- 이사 후에도 짐을 다 풀지 않는다.
- 일상적으로 반복되는 생활을 원한다.
- 생활이 일상적으로 반복되면 불안하다.
- 장기적인 인간관계가 힘들다.
- 가진 물건이 많지 않다.
- 모든 것이 바뀌지 않기를 바라지만, 변화가 막상 일어나면 순순히 받아들인다.
- 어떤 특정한 일에 대해 대단히 완고하다.
- (레스토랑, 공원, 동네 등) 즐겨 찾는 장소가 많지 않다.
- 불확실한 문제가 있으면 스트레스를 받고 불안해한다.
- 옮겨 다니는 편이 더 행복하다고 자신을 애써 설득한다.
- 화목한 가족상에 대해 적개심을 가지고 있다.
- 집단·단체가 주는 소속감 등을 갈망한다.
- 모험이 주는 짜릿함을 통해 뿌리가 없다는 단점을 극복하려 한다.
- (아동기에 혹은 어른이 되어서도) 부모가 자신을 버릴 것이라고 걱정한다.
- (옮겨 다니는 생활에 익숙한 경우) 한곳에 오래 머물면 지겹다.

- 감정으로부터 도피하기 위한 수단으로 이사를 택한다(이별 후, 반려동물이 죽은 후 등).
- 지배 욕구가 강해 문제가 생긴다.
- 어른이 되어서는 정착하고 싶지만, 이주해야 한다는 강박을 느낀다.
- (외국에서 살 때) 자신의 조국 및 문화적 정체성과 단절되어 있다고 느낀다.
- 어른이 된 다음에는, 안전하지 않다는 사실을 알면서도 같은 장소에 머물겠다고 고집부린다.
- (좋든 나쁘든) 자신의 상황을 일시적인 것으로 간주한다.
- 매우 현실적인 사람이 된다.
- 문화, 언어, 사회경제적 다양성 등의 차이를 쉽게 받아들인다.

형성될 수 있는 성격 특성	• **속성** 적응하는, 모험심이 강한, 조심스러운, 외향적인, 상상력이 풍부한, 독립적인, 내성적인, 충실한, 자발적인, 절약하는 • **단점** 반사회적인, 무감각한, 냉소적인, 적대적인, 충동적인, 융통성 없는, 책임감 없는, 조종하는, 비관적인, 문란한, 반항적인
상처가 악화할 수 있는 계기	• 업무상 여행을 가야 한다. • 참기 힘들 정도로 오랜 시간 동안 차를 타고 출퇴근해야 한다. • 지친 아이가 버스를 기다리며 작은 배낭을 들어 올리는 것을 본다. • 이사를 위해서 짐을 싸고 푼다. • 아끼던 물건이 너무 낡거나 고장이 나서 버려야 한다. • 부모나 반려동물이 죽는다.
상처를 직면하고 극복할 기회	• 재정 문제나 건강상의 이유로 이사를 해야 한다. • 배우자가 출장이 많은 직장으로 옮겼다. • 어떤 곳에 정착했는데 추방 위협을 받았다. • 전쟁 등의 상황 때문에 도망칠 수밖에 없는 상황에 놓인다.

보육원에서
자라다

Growing up in Foster Care

구체적 상황

다음과 같은 상황으로 보육원에서 자랐다.

- 부모가 사망하고 돌봐 줄 친척도 없다.
- 약물 중독을 앓는 부모나 방치하는 부모에게 버려졌다.
- 입양되고 싶었지만 마땅한 가정을 찾지 못했다.
- 부모의 학대로 집에서 나왔다.
- 신체적·정신적인 문제가 심해 부모에게서 버려졌다.
- 부모가 감옥에 갇히거나, 요양 시설에 수용됐다.

훼손 당하는 욕구

생리적 욕구, 안전과 안정, 애정과 소속감, 존중과 인정, 자아실현

생길 수 있는 잘못된 믿음

- 나는 결함이 있다.
- 나는 사랑받을 자격이 없다.
- (장애나 특정한 문제가 있는 경우) 온전한 사람만이 대우받는다.
- 내가 누군지 모르겠다.
- 소속감이 느껴지는, 집이라고 부를 만한 곳은 찾을 수 없을 것이다.
- 누구도 나처럼 쓸모없는 사람을 원하지 않는다.
- 사람들은 근본적으로 잔인하다.
- 강자는 약자를 착취한다.

가질 수 있는 두려움

- 어떤 사람을 사랑하고 그 사람과 연결되었다고 느낀다 해도 곧 버려질 것이다.
- 거절당하고 버려질 것이다.
- 가난이 두렵다.
- 괴롭힘당하고, 학대당하고, 상처받을 것이다.
- 사람을 믿으면 배신당할 것이다.
- 나의 삶은 더 나아지지 않을 것이다.

- 어떤 사람이나 장소에 애착을 갖는 게 두렵다.
- 힘, 권력, 권한을 가지고 있는 사람들이 두렵다.

<table>
<tr><td>가능한
반응과
결과들</td><td>

- 감정 기복이 심하다. 쉽게 화를 낸다.
- 말이 없고 비밀이 많다.
- 중요하지 않은 일에도 거짓말을 하고, 사실을 왜곡한다.
- 자신이 듣고 싶은 말을 다른 사람들에게 한다.
- 무리 속에서도 혼자 있기를 좋아한다.
- 가까운 사람들을 적극적으로 보호한다.
- 가족을 중심으로 하는 장소, 활동, 집단을 피한다.
- 빨리 떠나야 할 때를 대비해서 긴급 피난 배낭을 준비한다.
- 개인적인 이야기는 피한다.
- 일종의 방어 기제로 사람들을 멀리한다.
- 다른 사람과 공유하지 못하는 물건들이 있다.
- 안정적인 삶을 원하지만, 자신이 그럴 자격이 되는지 의심한다.
- 언제나 투쟁-도피 반응을 보이고, 쉽게 놀라는 등 외상 후 스트레스 장애(PTSD) 증상을 보인다.
- 사람들의 말을 있는 그대로 받아들이지 못하고, 잘 믿지 않는다.
- 다른 사람의 손아귀에서 벗어나 자립한 자신의 미래를 꿈꾼다.
- 더는 실망하고 싶지 않아서 약속 따위는 무시한다.
- 사람들에게 도움을 요청하거나, 의지하거나, 필요로 한다는 사실을 인정하기 힘들다.
- 어떤 사람이 약속을 끝까지 지키는 것을 보면 놀란다.
- (돈, 음식, 자신이 갖지 못했던 것을 상징하는 물건 등) 어떤 물건에 대한 저장 강박이 있다.
- 인간관계에 애착을 느끼지 못한다. 편의나 공통의 목표 때문에 파트너를 선택한다.
- 간소하게 살아간다. 장소나 물건에 애착을 두지 않는다. 그러면서도 무언가 영속적인 것을 갈망한다.
- 공감을 잘한다. 위험에 처한 사람을 구해주고 싶어 하고, 실제로도 큰 노력을 기울인다.

</td></tr>
</table>

| 형성될 수 있는 성격 특성 | • **속성**   적응하는, 경계하는, 분석적인, 설득력 있는, 사생활을 중시하는, 적극적인, 보호하는, 지략 있는, 감상적인, 검소한, 현명한 |
| | • **단점**   거친, 의존적인, 반사회적인, 무감각한, 도전적인, 잔인한, 냉소적인, 교활한, 부정직한, 폭력적인, 혼자 틀어박힌 |

상처가 악화할 수 있는 계기	• 어떤 사람이 약속 시각에 나타나지 않았다.
	• 연인과 헤어져 혼자가 됐다.
	• 아이를 학대하거나 무시하는 부모를 본다.
	• (지저분한 수건, 밀폐된 공간, 학대하는 보호자를 연상시키는 악취 등) 보육원에서의 부정적인 경험이 떠오른다.
	• 어릴 적 자랐던 보육원 근처를 지나간다.
	• 누군가 별뜻 없이 어린 시절이나 고향에 관해 묻는다.
	• 추석이나 생일처럼 가족의 의미가 부각되는 휴일을 맞는다.
	• (공원, 캠핑장, 놀이공원 등) 가족들이 자주 가는 장소에 간다.

상처를 직면하고 극복할 기회	• 죽을 뻔한 사고를 당한다. 자녀가 부모 없이 자랄 수도 있었다는 생각을 하면서 모든 사람에게는 다른 누군가가 필요하다는 사실을 깨닫는다.
	• 보육원에서 괴로워하는 아이를 도와주고 싶지만, 거기서 꺼내 줄 수가 없다.
	• (사회 복지사가 되는 등) 아이들을 위한 활동을 하고 싶다.
	• 자신처럼 사람을 믿지 못하고 관계를 맺지 못하는 사람에게 친구가 되어 주고 싶다.

보호자에게
학대당하다

Living with an Abusive Caregiver

일러두기 이 항목에서 학대는 주로 신체적·심리적 학대를 뜻한다(성적 학대에 대해서는 '잘 아는 사람에게 어린 시절 성폭력 당하다' 항목을 보라). 보호자는 부모일 수도 있고, 가족 중 성인, 입양 부모, 아이가 하루 일부를 보내는 기관이나 단체의 어른일 수 있다. 믿었던 보호자에게 학대를 받으면, 큰 상처를 받고 후유증도 오래 남는다. 상습적 학대의 영향은 더욱 심각하며, 한창 자라나는 아동의 정서와 지능에까지 악영향을 줄 수도 있다.

훼손 당하는 욕구

생리적 욕구, 안전과 안정, 애정과 소속감, 존중과 인정, 자아실현

생길 수 있는 잘못된 믿음

- 나처럼 쓸모없는 사람은 아무도 원하지 않을 것이다.
- 고통에서 벗어나는 유일한 방법은 죽음뿐이다.
- 혼자 있는 편이 더 안전하다.
- 사람들이 사랑한다는 말을 하는 것은 상처를 주기 위해서이다.
- 내 인생은 더 나아지지 않을 것이다.
- 사람들은 내가 피해자라는 것을 알아채고, 늘 나를 핍박할 것이다.
- 나의 삶을 되돌리려면 복수를 해야 한다.
- 피해자가 되지 않으려면 먼저 공격해야 한다.
- 어린아이도 보호하지 못하는 제도는 믿을 수 없다.

가질 수 있는 두려움

- 거절당하고 버림받을 것이다.
- 다른 사람들에게 의지해야만 할 것이다.
- (사랑이 학대를 위한 구실이었기 때문에) 사랑이 두렵다.
- 권위자 혹은 자신에 대해 어느 정도 지배력을 가지고 있는 사람들이 두렵다.
- 보호자가 두렵다.

- 행복이나 성공이 두렵다. 언제라도 빼앗길 수 있기 때문이다.
- 위험한 상황에 노출되는 것이 두렵다.
- 또다시 학대 당할까 두렵다.
- 과거에 받았던 학대가 사람들에게 알려질 것이다.
- 자신이 쓸모없다고 말한 보호자 말이 옳았다.

가능한
반응과
결과들

- 우울증과 불안 장애를 겪는다.
- 정신적 장애가 생긴다.
- 흡연, 약물 복용, 피임 도구를 사용하지 않는 성관계 등 위험한 행동을 한다.
- 스트레스로 병이 나거나 만성적인 통증을 느낀다.
- 자주 피곤하고 지친 느낌을 받는다.
- 주변의 변화에 민감하고, 경계심이 높으며, 자주 흠칫 놀란다.
- 악몽을 꾸고, 야경증◆을 겪는다.
- 외상 후 스트레스 장애(PTSD)를 겪는다.
- 자존감이 낮아 자신의 가치를 낮게 평가한다.
- 섭식 장애가 생기거나 비만이 된다.
- 큰 소리나 비명을 들으면 도망부터 치거나, 해리 장애를 보인다.
- 어린 시절의 특정 시기를 기억하지 못한다.
- 사람을 잘 믿지 못해서 친밀한 인간관계를 형성하지 못한다.
- (자신을 학대하거나 방치하는 연애 상대를 선택하는 등) 인간관계에서 어리석은 선택을 한다.
- 어떤 낱말, 이미지 등 감각 자극으로 학대받은 기억이 떠오른다.
- 세상은 위험한 곳이라고 생각한다.
- 스트레스에 대처하기 힘들다.
- 자해하거나 자살을 생각하고, 실행에 옮기기도 한다.
- 부정적인 일이 일어나면 무력감을 느낀다.

◆ **야경증**sleep terror disorder
자다가 갑자기 일어나 울거나 뛰어다니다가 진정되어 잠자리에 드는 증상. 어린아이에게 주로 발생한다.

- 자신의 능력, 재능, 영향력을 과소평가한다.
- 감정을 억제해서 억눌렀던 감정이 이따금 폭발한다.
- 도움을 요청하는 게 힘들다.
- 지나치게 생각과 걱정이 많은데 떨쳐 버릴 수 없다.
- 자신도 다른 사람, 특히 자녀를 학대할까 봐 몹시 두려워한다.
- 치료를 받으려 한다.
- 상처받기 쉬운 사람이나 동물을 지켜 주려 한다.
- 작은 일에서 기쁨을 찾는다.
- 다른 사람들은 당연히 여기는 작은 일에도 기뻐한다.

형성될 수 있는 성격 특성	- **속성** 감사하는, 조심스러운, 용기 있는, 공감하는, 너그러운, 독립적인, 공정한, 자비로운, 돌보는, 주의력이 있는, 보호하는 - **단점** 잔인한, 무례한, 잘 속는, 적대적인, 재미없는, 위선적인, 충동적인, 감정을 억누르는, 비이성적인, 조종하는
상처가 악화할 수 있는 계기	- 폭력 행위를 목격한다. - 누군가 자신에게 소리를 지르거나, 팔이나 몸을 붙잡고 흔든다. - 자신의 보호자가 자신에게 했던 모욕이나 비방을 다른 사람에게서 또다시 듣는다. - 학대를 연상시키는 소리, 냄새, 물건, 장소 등을 마주한다. - 행복한 어린 시절을 공유하는 사람들이 가족에 관해 이야기한다. - 학대에 관해 묘사하는 책을 읽는다. - 자신을 학대한 사람과 외모, 태도, 습관이 닮은 사람을 본다.
상처를 직면하고 극복할 기회	- 자녀를 갖고 싶지만, 자신도 자녀를 학대하는 악순환을 반복할까 두렵다. - 자살을 생각하면서 도움을 받고자 한다. - 학대받는 사람을 발견해 도와주고 싶다. - 자신의 체험을 공유하고, 다른 사람을 도와주라는 요청을 받는다.

부모가
과잉보호하다

Being Raised by Overprotective Parents

구체적 상황

다음과 같은 부모 혹은 보호자 밑에서 자랐다.

- 자녀의 안전을 끊임없이 걱정한다.
- 안전을 지킨다는 명목으로 행동을 제약한다(통행금지, 데이트 불허 등).
- 모든 결정을 대신해 준다.
- 주변에 늘 머무른다.
- 실수를 저지르기 전에 개입하여, 자녀가 문제점을 파악하고 스스로 해결할 기회를 주지 않는다.
- 자녀가 선택한 친구를 믿지 않고, 부모가 자녀의 친구를 고른다.
- 학교, 정부, 종교 등을 믿지 않는다.
- 자녀가 부모의 조언에 주의를 기울이도록 (피해 의식 등) 두려움을 심는다.

훼손 당하는 욕구

애정과 소속감, 존중과 인정, 자아실현

생길 수 있는 잘못된 믿음

- 혼자서는 아무 결정도 할 수 없다.
- 조심하지 않으면 사람들은 나를 이용할 것이다.
- 세상은 나쁜 일들이 일어나는 위험한 장소이다.
- 안전이 최고다.
- 어떤 대가를 치르더라도 실수와 실패를 피해야 한다.
- 나를 돌봐 줄 사람이 필요하다.
- 다른 사람들이 나보다 나을 테니 그 사람들을 따르는 게 낫다.
- 권력을 가진 자는 모든 사람을 지배하려고 한다.

- 실패하거나 위험한 실수를 저지를 것이다.
- 위험을 감수하기가 두렵다.
- 잘못된 결정을 내릴까 두렵다.
- 변화가 두렵다. 안전한 지역에서 벗어나고 싶지 않다.
- 자신이 무능하고, 어리석은 사람일까 두렵다.
- 부모가 걱정했던 바깥세상이 두렵다.
- 내가 책임을 지면 다른 사람들이 실망할지도 모른다.

- 판단을 내리기 힘들다.
- 자신의 선택을 후회한다. 어떤 사실에 대해 애태운다.
- 중요한 결정을 내리려면 다른 사람에게 의지해야 한다.
- 리더를 맹목적으로 믿는다.
- 위험을 피한다. 언제나 안전한 길을 택한다.
- 자신이 관심의 대상이 되는, 곤혹스러운 상황을 피한다.
- 리더가 되기보다는 추종자가 된다.
- 다른 사람에게 쉽게 조종당한다.
- 어쩔 수 없이 신속한 결정을 내려야 할 때 과민 반응을 보인다.
- 모든 선택에 대해 미친 듯이 연구하고, 조언을 구한다.
- 다른 사람들의 동기를 의심한다.
- 계획을 세울 때 일이 잘못될지도 모른다고 의심한다.
- 생각이 지나치게 많고, 미리 걱정한다.
- 자신의 능력을 의심하거나 비하하고, 책임을 피한다.
- 야심이 별로 없다. 쉽게 상처받을 수도 있다고 생각되면 어떤 자리든 내켜 하지 않는다.
- 부모가 걱정했던 것과 관련하여 공황 장애, 공포증, 불안을 겪는다.
- 자신의 아이들을 과잉보호한다(악순환을 계속한다).
- 규칙을 답답해하고, 권위자들에게 반항한다.
- 어렸을 때 도전하지 못했던 위험을 무릅쓴다.
- 자신이 천하무적인 듯 행동한다.
- 규칙을 지키지 않으려고 비열하고 교활해진다.
- 어른이 되어서도 실수를 통해 배우지 못한다.

- 두려움을 불어넣는 전략과 더불어, 다른 사람을 조종해 자신처럼 생각하도록 만든다.
- 자녀를 지나치게 관대하게 대하며 과잉 보상한다.
- 실수도 배움의 일부이기에 두려워하지 말아야 한다는 사실을 깨닫는다.
- 자신의 인생을 스스로 결정하고 통제한다.
- (불필요한 위험에 노출되지 않았던 것을 깨닫는 등) 부모의 양육 방법에서 긍정적인 면을 발견한다.
- 의사 결정에 도움을 줄 수 있는 현명하고 신뢰할 수 있는 사람과 어울린다.

형성될 수 있는 성격 특성	• **속성** 적응하는, 조심스러운, 태평한, 순진한, 내성적인, 성실한, 순종적인, 생각이 깊은, 보호하는, 전통적인 • **단점** 유치한, 지배적인, 교활한, 회피적인, 잘 속는, 무지한, 우유부단한, 감정을 억제하는, 불안정한, 책임감 없는, 게으른, 감사할 줄 모르는, 의지력이 약한
상처가 악화할 수 있는 계기	• 중요한 프로젝트나 의무를 맡았는데 책임이 두렵다. • 광범위한 영향을 미칠 중요한 결정을 해야 한다. • 까다롭고, 항상 주변을 떠나지 않는 상사와 일하게 됐다. • 배우자가 모든 일을 지나치게 꼼꼼히 관리한다. • 실수를 저질러 위험에 빠졌다.
상처를 직면하고 극복할 기회	• 편안한 곳을 떠나야 하는 흥미로운 변화에 직면한다. • 자신의 불안 때문에 자녀도 불안을 느끼기 시작하고 있다는 사실을 깨닫는다. • 부모의 두려움이 근거가 없었음을 깨닫고, 세상을 좀 더 균형 잡힌 시선으로 보고 싶어진다. • 중요한 결정을 스스로 내렸는데 결과가 좋아서 자신이 생각보다 유능하다는 사실을 알게 된다.

부모가
방치하다

Being Raised by Neglectful Parents

어떤 보호자들은 자녀에게 가장 기본적인 필요조차 제공하지 않고 방치한다. 방치는 신체적, 정신적 의미를 모두 포함한다. 방치된 아동 혹은 십 대 청소년들은 다음과 같은 부모들 밑에서 살아간다.

- 자녀를 정기 건강 검진에 데려가지 않는다.
- 자녀에게 적절한 옷을 사 줄 수 있는 형편이 안 되거나 사줄 마음이 없다.
- 정신 질환 등의 장애가 있어 자녀를 충분히 돌볼 수 없다.
- 자녀에게 음식을 먹이지 않는 때가 많다.
- 자녀를 학교에 보내지 않는다.
- 사랑과 애정을 보이지 않는다.
- 자녀가 약물이나 알코올 남용 같은 위험한 행동에 빠져 있음을 알면서도 제지하지 않는다.
- 자신들의 약물 남용 때문에 자녀를 버려 둔다.
- 자신의 삶에 너무 몰두한 나머지 자녀를 돌보는 기본적인 일마저 게을리한다.
- 여러 일을 동시에 하거나 출장으로 바쁜 나머지 의도치 않게 자녀를 버려 둔다.

생리적 욕구, 안전과 안정, 애정과 소속감, 존중과 인정, 자아실현

- 나는 사랑받을 수 없는 인간이다.
- 나는 돌봐 줄 가치도 없는 사람이다. 다른 사람들에게 짐만 된다.
- 나의 욕구는 중요하지 않다.
- 이런 취급을 당해도 마땅한 일을 내가 했을 것이다.
- 나는 완전히 무시당하고 있다. 평생 이렇게 살아야 할 것이다.
- 다른 사람에게 의지해서는 살아남을 수 없다.

- 어른을 믿으면 안 된다.
- 열심히 노력해서 부모의 사랑을 얻어야 한다.
- 사랑은 다 이런 것이다.

- 누구도 나를 사랑하거나 받아들이지 않을 것이다.
- 배가 고픈데 음식이 없을까 봐 두렵다.
- (옷, 집, 외모 등이) 창피하다.
- 자신이 어떻게 살고 있는지 다른 사람들이 알게 될 것이다.
- 학대받을 것이다.
- 부모가 아닌 다른 사람에게 맡겨질 것이다.
- 상황을 극복하고 출세할 수 없을 것이다.
- 자신의 자녀에게 부모가 했던 실수를 똑같이 반복하게 될 것이다.

- 음식, 옷, 장난감 같은 물건들을 모아 둔다.
- 사랑과 애정을 보여 주는 사람에게 무조건 애착을 느낀다.
- 형제·자매를 지나치게 보호한다.
- 자신의 집안 상황을 들키지 않도록 또래와 거리를 둔다.
- 사람들을 피하고 비밀이 많다.
- 자신의 가정 환경은 왜 남들과 다른지 혼란스럽다.
- 관심과 사랑을 받기 위해 순종하고, 도움을 주고, 완벽해지려고 노력한다.
- 필요한 삶의 교훈을 부모에게 배우지 못해서 특히 사회적 관계와 관련된 발달 지연*을 겪는다.
- 우울증이나 섭식 장애 같은 정신 질환이 생긴다.
- 다른 사람은 이미 잘 알고 있는 것도 시행착오를 통해 배워야 한다.
- 자신은 불충분하고 모자란다고 생각한다.
- 학교생활에 집중하지 못하고 성적도 나쁘다.

◆ **발달 지연**developmental delay
학습, 사회 적응 또는 지적 성숙이 더디게 이루어짐.

- (사랑을 얻기 위해 자아실현은 포기하는 등) 일차적 욕구[*]를 위해서 이차적 욕구[**]는 희생한다.
- 1차적 욕구를 해결하기 위해서 범죄를 저지른다.
- 자해, 위험한 성행위 등 자기 파괴적인 행동을 한다.
- 성인이 되어서도 다른 사람에 대한 책임을 지려고 하지 않는다.
- 자신의 배우자나 자녀에게 애착을 갖기 힘들다.
- 다른 사람이 자신과 같은 경험을 하지 않도록, 그들의 욕구를 충족시켜 주려 노력한다.
- 훌륭한 부모가 되려고 애쓴다.
- 주어진 상황을 극복해 반드시 성공하겠다고 결심한다.
- 작은 친절에도 쉽게 감동한다.
- 일종의 도피로 특정한 활동, 취미, 관심사에 몰두한다.
- 어쩔 수 없이 자립적인 성격이 된다.
- 사람들에게 공감하고 친절하게 대하며 자신의 열등감과 싸운다.

형성될 수 있는 성격 특성	
	- **속성** 적응하는, 야심이 큰, 집중하는, 독립적인, 부지런한, 성숙한, 돌보는, 사생활을 중시하는, 지략 있는, 책임감 있는, 단순한, 검소한 - **단점** 의존적인, 반사회적인, 무감각한, 냉담한, 강박적인, 지배적인, 잔인한, 냉소적인, 교활한, 부정직한, 무례한, 회피적인, 적대적인, 재미없는

상처가 악화할 수 있는 계기	
	- (메시지를 보내도 답이 안 오는 등) 자신이 믿는 사람에게 방치당한다고 느낀다. - (지원을 받지 못하거나, 의료 보험 적용을 받지 못하는 등) 복지 혜택을 받지 못한다.

◆ **일차적 욕구**primary needs
음식, 물, 수면과 같은 생존을 위해 필요한 욕구로 생리적 욕구라고도 한다.

◆◆ **이차적 욕구**secondary needs
일차적 욕구에서 파생되는 욕구로서, 정서적 만족과 관련 있다. 심리적 욕구라고도 한다.

- 친구들이 행복한 어린 시절이나 가족과의 친밀했던 기억을 이야기한다.
- 영양실조나 치료를 제대로 받지 못해 병이 생긴다.
- 생일이나 졸업식처럼 의미 있는 날을 아무도 기억해 주지 않는다.

**상처를
직면하고
극복할
기회**

- 주변에 있는 아이가 방치되고 있는 것은 아닌지 의심이 든다.
- 먹고살기 위해 여러 일을 한꺼번에 떠맡아야 하는 등 예상치 못했던 변화가 생긴다. 자신이 겪었던 방치를 자신의 자녀도 겪을 지 모른다.
- 아파서 자녀를 제대로 돌보지 못할까 걱정된다.
- 자녀에게 지나친 지원을 해 주는 바람에 자녀들이 독립하지 못하고 의존한다.

부모가 조건적인
사랑을 베풀다

**Being Raised by Parents
Who Loved Conditionally**

구체적
상황

부모가 다음과 같을 때만 사랑을 보여 주었다.

- 높은 성적을 받아 왔을 때
- 인정받을 만한 행동을 할 때
- 부모가 기대하는 대로 행동했을 때
- 훌륭한 성과를 거두어 상을 받았을 때
- 정돈을 잘하고 청결을 유지했을 때
- 주어진 틀에 잘 순응하며 살았을 때
- 시키는 대로 잘했을 때
- 자신의 선택과 결정이 부모의 바람과 일치했을 때
- 외모나 태도가 부모의 높은 기준에 부합했을 때
- 가족을 우선시했을 때
- 부모를 창피하지 않게 했을 때
- 자신의 감정을 잘 통제했을 때
- 부모에게 존중과 감사를 보여 주었을 때

훼손
당하는
욕구

애정과 소속감, 존중과 인정, 자아실현

생길 수
있는
잘못된
믿음

- 나는 어떤 대단한 일을 해냈을 때만 가치가 있는 인간이다.
- 부모의 말을 따라야만 사랑을 얻을 수 있다.
- 부모를 실망시키면 실패한 인간이 된다.
- 나의 감정과 충동은 반드시 통제해야 한다.
- 노력은 중요하지 않다. 오직 이겨야 한다.
- 나에게 무엇이 가장 좋은지는 다른 사람들이 더 잘 안다.
- 최고가 되라고 재촉하는 것이 사랑을 표현하는 방식이다.
- 진실을 감추는 편이 사람들을 실망시키는 것보다는 낫다.
- 사랑은 원하는 것을 얻기 위해 사용하는 도구이다.

- 실패해서 사람들이 나에게 실망할까 두렵다.
- 뛰어나지 못할까 두렵다.
- 거절당할 것이다.
- (특히 사랑을 얻기 위해) 경쟁해야 하는 게 두렵다.
- 혼자 남겨질 것이다.
- 예측과 대비를 할 수 없는 변화가 두렵다.

- 불안하다. 자기 회의로 가득 차 있다.
- 인정해 주고 칭찬해 주는 말이 필요하다.
- 받는 사람보다는 언제나 주는 사람이 되어야 한다고 생각한다.
- 시키는 대로 주저 없이 행동한다.
- 다른 사람들의 욕구를 예측한다.
- 지신의 가치를 증명하려면 자신의 성과에 대해 다른 사람들에게 말해야 한다.
- 진정한 감정을 표현하기보다는 감정을 속인다.
- "이거 괜찮아요? 원하신 대로 됐나요?" 등 항상 피드백을 구한다.
- 기쁨은 나누지만, 실망이나 두려움은 나누지 않는다.
- 적극적이거나, 성공하거나, 권력을 가진 사람들을 존경한다.
- (어린 시절 경쟁적인 관계였다면) 형제·자매와 가깝지 않다.
- 어떤 일을 끝내지 못했다면 피치 못할 사정이 있었더라도 사과하고 본다.
- 자신이 결과에 영향을 미칠 수 있도록 책임 있는 자리를 원한다.
- 엄격한 지침과 지시가 있을 때 가장 훌륭한 결과를 낸다.
- 창의성이나 신뢰를 요구하는 상황을 힘들어한다.
- 항상 준비되어 있다.
- 자신에게 가장 엄격한 비판을 가한다.
- 모든 일에서 최고가 되려는 강박이 있다.
- 다른 사람을 지나칠 정도로 세세하게 관리한다.
- 물질주의적이다. 유명 브랜드에 집착한다.
- 경쟁을 매우 심각하게 생각한다.
- 재미로 하는 일도 경쟁으로 받아들인다.

- 재능이 없는 일, 혹은 실패할 가능성이 큰 일은 피한다.
- 감정을 표현하지 않는 배우자를 선택한다.
- (사랑한다는 말을 자주 들어야 하는 등) 사랑의 증거를 원한다.
- 자녀에게 엄격하며, 최선을 다하도록 몰아붙인다.
- 불평하는 사람들을 참지 못한다.
- 파트너에게 사랑을 많이 표현하고, 사려 깊다.
- 자신의 가치를 자신이 거둔 성공과 동일시한다.

형성될 수 있는 성격 특성	· **속성** 적응하는, 사랑이 많은, 대담한, 결단력 있는, 규율 잡힌, 효율적인, 외향적인, 훌륭한, 부지런한, 친절한, 성실한, 꼼꼼한 · **단점** 건방진, 비판적인, 아는 체하는, 물질주의적인, 잔소리하는, 자신감 없는, 집착하는, 완벽주의적인, 소유욕이 강한, 강요하는, 굴종적인, 인색한

상처가 악화할 수 있는 계기	· (부모가 한 아이의 칭찬만 부각하고 다른 아이들의 성취는 무시하는 등) 가족 안에 경쟁이 있다. · 모임에서 과거의 실패가 웃음거리가 됐다. · 부모가 공개적으로 다른 사람을 칭찬했다. · (일, 게임, 경쟁 등에서) 지거나 실패했다. · 동료가 주도적이고 성공한 사람들이다(그래서 위협적이다).

상처를 직면하고 극복할 기회	· 조건 없이 나를 사랑해 주며, 사랑을 '증명'하라고 요구하지 않는 사람을 만난다. · 부모의 건강이 나빠져 더 늦기 전에 관계를 회복하고 싶다. · 부상, 질병, 사고 등으로 어떤 영역에서 뛰어난 실력을 갖추기 어려워졌다.

부모가 한 자녀만 편애하다

구체적 상황

다음과 같은 부모 밑에서 자랐다.

- 특별한 능력, 재능, 특징을 가진 자녀만 편애한다.
- 한 자녀의 관심사와 취미에만 시간을 할애한다.
- (특별한 여행에 데려가고, 선물을 사 주는 등) 입양한 자녀에 비해 친자녀를 지나치게 편애한다.
- 성별이나 태어난 순서에 따라 다른 규칙과 특권을 적용한다.
- 다른 형제·자매가 잘못했더라도 항상 한 자녀만 나무란다.
- 똑같은 잘못을 저질렀더라도 한 자녀에게만 심한 체벌을 한다.
- 자신에게 상냥하게 구는 자녀와 훨씬 친밀하게 지낸다.
- 병에 걸린 자녀에게만 애착을 느낀다.

훼손 당하는 욕구

애정과 소속감, 존중과 인정, 자아실현

생길 수 있는 잘못된 믿음

- 아무리 노력해도 형제·자매를 따라가지 못할 테니 노력은 의미가 없다.
- 좀 더 나아지려고 노력해 봤자 부모는 나를 더 사랑해 주지 않는다.
- 나에게는 틀림없이 문제가 있다.
- 나는 부모를 기쁘게 할 수 없다. 무엇을 해도 부모를 기쁘게 하지 못할 것이다.
- 나를 원하지 않는 사람과 함께 있으니 혼자인 편이 낫다.
- 나는 주변 사람들의 기대에 부응할 수 없을 것이다.
- 모든 사랑은 조건적이다.
- 모든 것이 경쟁이다.

- 거절당할 것이다.
- 경쟁이 두렵다.
- 다른 사람보다 뒤처지는 게 두렵다.
- 사람들을 실망시킬 것이다.
- 쉽게 상처받을 것이다.
- 다른 사람을 사랑하는 일이 두렵다(사랑을 받다가 잃어버릴 수도 있으므로).
- 실패가 두렵다.
- 절대로 남들을 앞서지 못할 것이다.

- 사람들의 비위를 맞춘다. 칭찬받기 위한 행동을 한다.
- 부모가 자신을 자랑스럽게 생각하도록 만들 방법을 찾는다.
- 부모의 관심과 조건 없는 사랑을 받기 위해 완벽해지려고 노력한다.
- 부정적 관심이라도 끌어 보려고 한다.
- 형제·자매에게 적대적인 태도를 보인다.
- 형제·자매를 남몰래 깎아내리려 애쓴다.
- (교사, 친구의 어머니 등) 자신에게 관심을 보이고 칭찬하는 어른들에게 끌린다.
- 형제·자매와 사이가 껄끄럽다.
- 모든 일을 경쟁으로 생각한다.
- 삶에서 느끼는 모든 편애에 민감한 반응을 보인다.
- 연애 관계와 업무 관계에서 자주 안심시켜 주는 말이 필요하다.
- 팀으로 일하기보다는 혼자 일하는 편을 선호한다.
- 연애를 할 때 지나친 행동을 한다(상대에게 지나칠 정도로 사랑과 관심을 쏟는 등).
- 자신을 항상 형제·자매와 비교한다.
- 형제·자매의 이름만 들어도 화를 내거나 분개한다.
- 형제·자매에 대한 경쟁심 때문에 기대 이상의 성공을 거둔다.
- 어른이 된 뒤에는, 형제·자매가 성공하면 같이 기뻐해 주려 애쓴다.
- 나이 든 부모가 새로운 시선으로 자신을 봐주길 바라며 부모의 말을 무조건 따른다.

- 자신도 모르게 부모와 똑같은 잘못을 자녀에게 저지른다.
- 어른이 된 뒤에는 가족을 멀리한다.
- 부모가 아닌 다른 사람들에게서 자신을 확인하고 사랑받으려 한다.
- 자녀들을 공정하게 대하려 애쓴다.
- 다른 사람들에게 아낌없이 애정을 쏟는다.

형성될 수 있는 성격 특성	• **속성** 야심이 큰, 감사하는, 협조적인, 기분을 맞춰주는, 공감하는, 너그러운, 훌륭한, 겸손한, 독립적인, 내성적인, 공정한 • **단점** 도전적인, 방어적인, 불충실한, 무례한, 소유욕이 강한, 반항적인, 무모한, 난폭한, 자기 파괴적인, 완고한, 굴종적인
상처가 악화할 수 있는 계기	• 어른이 된 뒤에도 부모에게 무시당한다. • 직장이나 사교 모임에서 다른 사람이 자신보다 사랑받는다. • 자신은 연애에서 실패했는데 다른 사람은 그렇지 않다. • 휴일에 가족이 모이자, 형제·자매간의 불평등이 확연히 드러난다. • 부모가 자신은 빼놓고 형제·자매 이야기만 한다.
상처를 직면하고 극복할 기회	• 부모가 더 이상 편애하지 않는데도 마음의 앙금이 사라지지 않는다. • (직장이나 연애 관계에서 등) 지나치게 경쟁적으로 행동해 친구나 연인을 잃는다. • 끊임없이 인정받고 싶은 욕심이 결혼 생활에도 문제가 된다. • 자신도 모르게 한 자녀를 편애하고 있다는 사실을 깨닫는다. • 자녀의 성취를 자신도 모르게 질투하는 것에 불안을 느낀다.

부모에게
버림받다

A Parent's Abandonment or Rejection

구체적 상황

- 유아기에 버려졌다(누군가의 집 문 앞, 쓰레기통, 길가 등).
- 부모가 친권을 포기해 당국의 결정에 맡겨졌다.
- 오랫동안 친척 밑에서 자라고 부모와는 거의 연락이 없었다.
- 어린 시절에 고아가 되어 자신을 스스로 지켜야 했다.
- 부모가 아무런 양해나 사과도 없이 오랫동안 곁에 없었다.
- 부모가 떠나거나 수감되어 보육원에서 자랐다.
- 낙인, 미신, 편견으로 부모에게 버려졌다(선천성 색소 결핍증, 기형, 강간으로 출생 등).
- 부모 중 한 명이 거절과 유기를 감정적 학대 수단으로 사용했다.

훼손 당하는 욕구

생리적 욕구, 안전과 안정, 애정과 소속감, 존중과 인정

생길 수 있는 잘못된 믿음

- 나처럼 결함이 있는 사람과는 아무도 같이 있고 싶지 않을 것이다.
- 성공해야만 비로소 사랑받을 자격이 생길 것이다.
- 다른 사람이 나를 버리기 전에, 내가 먼저 그들을 버려야 한다.
- 거절당하느니 처음부터 혼자인 편이 낫다.
- 누군가와 친해지면 상처만 받을 것이다.
- 훌륭한 사람이 나타나 내 자리를 대신할 것이다.
- 힘들어지면 사람들은 모두 떠난다.

가질 수 있는 두려움

- 믿었던 사람들에게 버림받을 것이다.
- (버림받는 게 당연하다고 생각해) '정상적인' 관계가 두렵다.
- 내 결점이나 잘못 때문에 사람들이 나를 떠날 것이다.
- 아무도 진심으로 나를 사랑하지 않고, 받아들이지 않을 것이다.
- 누군가와 가까워졌다가 상처를 받을까 두렵다.

- 권위자 혹은 부모 역할을 하는 인물들을 불신한다.
- 인간관계를 피상적으로 유지한다.
- 다른 사람에게 버려지기 전에, 먼저 그들을 버린다.
- 연애나 우정이 시작되면 두려움부터 생겨 깊은 관계로 발전하지 못한다.
- 사람들이 가까이 다가오기 전에 마음의 문을 닫는다.
- 사랑받고 싶은 욕구 때문에 불건전한 관계를 지속한다.
- 건강한 경계♦를 설정하려고 노력한다.
- 자신감이 없고 다른 사람에게 매달린다.
- 다른 사람에 대한 소유욕이 강하다.
- 인간관계에 무관심하다.
- 사소한 갈등으로 다른 사람이 자신을 버릴까 두렵다.
- 인간관계에서 문제가 생기면 상황을 극복하려고 노력하는 대신, 마음의 문을 닫고 거리를 둔다.
- 상대에게 집착하고 편집증 증세를 보인다. 자신을 사랑한다는 증거를 보여 달라고 끝없이 요구한다.
- 상대가 바람을 피울까 불안하다.
- 관계가 형성되는 상황(직장, 학교, 교회, 동네 등)을 자주 바꾼다.
- 어떤 곳에도 뿌리를 내리지 않고 외톨이가 된다.
- 어떤 일에도 적극적으로 나서지 않는다.
- 자신은 가질 수 없었던 애정이 깊은 가족 관계에 집착한다.
- 계속 거부당하면서도 부모와 유대감을 쌓으려고 노력한다.
- 책임을 다하지 않는다.
- 대단히 자립적인 사람이 된다.
- 사랑받고 싶은 욕구 때문에 다른 사람들의 기분을 맞춘다.
- 자신의 애정에 보답하지 않을 것 같은 사람들의 사랑을 갈구한다.

♦ **건강한 경계**healthy boundaries
경계는 가족 체계 이론의 중심 개념이다. 경계는 세포막과 마찬가지로
상위 체계와 하위 체계를 구별하고 정체성을 만드는 역할을 한다. 건강
한 가족은 명백한 경계가 있고, 건강하지 못한 가족은 이 경계가 흐리다.

- 언제나 소중한 사람으로 여겨지도록 자신보다 다른 사람들의 욕구를 우선시한다.
- 자신을 한결같이 사랑해 주는 사람들에게 놀라울 정도로 헌신적이다.
- 감당할 수 없는 책임은 절대로 지지 않는다.
- 의지할 수 있었고, 자신을 돌봐 주었던 사람들에게 고마워한다.

형성될 수 있는 성격 특성

- **속성** 적응하는, 감사하는, 조심스러운, 협조적인, 예의 바른, 공감하는, 친절한, 성실한, 보호하는
- **단점** 무감각한, 냉담한, 억제하는, 불안정한, 조종하는, 자신감 없는, 과민한, 반항적인, 분개하는, 굴종적인, 혼자 틀어박힌

상처가 악화할 수 있는 계기

- 전화를 걸었는데 받지 않는다든가, 계획을 취소하는 등 어떤 사람이 자신에게서 멀어지고 있다는 느낌을 받는다.
- 아파트에서 쫓겨나거나 임대 기간이 연장되지 않는다.
- 잘못도 없는데 직장에서 해고당한다.
- 실수, 선택, 결정을 비난받는다.
- 친한 친구가 결혼해 다른 곳으로 이사한다.
- (이웃에게 무시당하거나 자신의 아이디어가 채택되지 않는 등) 사소한 거절을 당한다.

상처를 직면하고 극복할 기회

- 약혼자, 배우자, 부모, 오랜 친구에게 버림받는다.
- 어떤 사람, 직장, 조직 등에 장기적인 헌신을 요청받는다.
- 누구와도 가까워지지 않겠다고 결심했지만, 어떤 사람에 대한 감정이 깊어진다.
- 부모 역할을 대신했던 분이 돌아가셨다.
- 다른 사람에게 사랑받으면서, 과거에 자신이 버려졌던 이유가 자신의 문제 때문이 아니라 부모의 잘못이었다는 사실을 깨닫는다.

성공한 형제·자매의 그림자 속에서 자라다

Growing up in the Shadow of a Successful Sibling

구체적 상황

다음과 같은 형제·자매와 같이 자랐다.

- 운동 실력이 뛰어나다.
- 예술에 천부적 재능이 있다.
- 공부를 잘한다.
- 유명하다.
- 신동이다.
- 인기가 대단히 많다.
- 외모가 빼어나다.
- 모든 일에서 뛰어나다.

훼손 당하는 욕구

애정과 소속감, 존중과 인정, 자아실현

생길 수 있는 잘못된 믿음

- 나는 추하다(혹은 멍청하다, 어설프다).
- 나는 잘하는 일이 없다.
- 나는 절대 성공하지 못할 것이다.
- 나는 다른 사람에게 줄 수 있는 게 아무것도 없다.
- 경쟁해 봤자 실패할 테니 노력해도 소용없다.
- 사람들은 늘 나보다 내 형제·자매에게 관심이 있다.
- 무엇을 하든지 잘 해낼 수 없을 것이다.
- 사람들에게 사랑받으려면 뛰어나야 한다.

가질 수 있는 두려움

- 나는 절대로 유명해지지 못할 것이다.
- 나는 모자라게 태어난 사람이다.
- 어떤 일이든 실패하여 열등함만 증명할 것이다.
- 형제·자매에 비해 사랑받지 못할 것이다.
- 동정의 대상만 될 것이다.

348

- 조건적인 사랑만 받을 것이다.
- 위험을 감수했다가는 지금보다도 못한 상태가 될 것이다.

<table>
<tr>
<td>

**가능한
반응과
결과들**

</td>
<td>

- (형제·자매와 같은 분야를 좋아하더라도) 형제·자매가 뛰어나지 않은 분야에 관심을 둔다.
- 성공에 대한 욕구가 강하다.
- 자존감이 낮고, 자신에 대한 기대치가 낮다.
- 필사적으로 명성을 드높이려 한다.
- 늘 형제·자매에 비해 한 걸음 뒤처졌다는 느낌이 든다.
- 열등감 때문에 형제·자매와 마찰을 빚는다.
- 한 분야에서라도 형제·자매에게 이기고 싶어 끊임없이 경쟁한다.
- 형제·자매가 힘들어하거나 실패하는 모습을 보면 속으로 즐거워하면서 죄책감도 느낀다.
- 애정에 굶주려 있다.
- (반항하거나, 싸우거나, 약물을 남용하는 등) 관심을 끌려고 부정적인 행동을 한다.
- 형제·자매의 친절을 동정으로 착각하고 거부한다.
- 실제보다 더 성공한 것처럼 보이려고 부정직한 행동을 한다.
- 형제·자매의 인기를 떨어뜨리려고 평판을 해치는 말을 한다.
- 형제·자매를 또래로 인정하지 않고, 다른 또래 친구들과 어울린다.
- 형제·자매에게 자신의 정체성도 잃을 정도로 모든 것을 바친다.
- 형제·자매와 똑같아지려고 노력한다.
- 부모와 친척이 자신보다 형제·자매를 더 아끼는 건 아닌지 민감한 반응을 보인다.
- 늘 다른 사람의 기분을 맞춘다.
- 칭찬을 들으면 기쁘지만, 진심인지 의심한다.
- 사람들을 멀리한다.
- (어떤 모임에 가입하거나 이성의 관심을 얻기 위해서 등) 자신이 원하는 바를 얻기 위해 형제·자매의 성취를 이용한다.
- (정이 많고, 느긋하고, 다른 사람을 먼저 배려하는 등) 형제·자매와는 다른 긍정적인 성격을 의도적으로 부각시킨다.

</td>
</tr>
</table>

- 형제·자매와의 갈등을 줄이기 위해 거리를 둔다.
- 형제·자매보다 우위를 차지한 뒤, 공격하기보다는 도와줘야겠다고 결심한다.
- 형제·자매와 관계를 복원하려 애쓴다.

형성될 수 있는 성격 특성	- **속성** 야심이 큰, 매혹적인, 예의 바른, 규율 잡힌, 공감하는, 유혹하는, 상상력이 풍부한, 독립적인, 생각이 깊은, 집요한, 사생활을 중시하는, 특이한 - **단점** 심술궂은, 유치한, 냉소적인, 교활한, 경솔한, 재미없는, 불안정한, 비이성적인, 게으른, 자신감 없는, 과민한, 반항적인, 혼자 틀어박힌
상처가 악화할 수 있는 계기	- 어떤 사람과의 계획이 취소되면서, 자신이 우선순위가 아니라는 느낌을 받게 된다. - 대단한 일을 해냈지만, 다른 사람의 더 큰 성취에 빛이 바랬다. - 부모가 형제·자매에게 가느라 자신의 삶에 중요한 순간에 참석하지 않았다. - 형제·자매에게 다가가기 위해 친구가 자신을 이용했다는 사실을 깨닫는다. - 사회인이 된 뒤에도 동료나 부모, 다른 사람보다 항상 능력이 부족하다.
상처를 직면하고 극복할 기회	- 형제·자매 역시 정체성 문제를 겪고 있고, 다른 길을 택할까 고민하고 있다는 사실을 알게 된다. - 약물이나 술에 빠진 형제·자매를 자신이 도와줄 수 있다는 사실을 깨닫는다. - 부모가 자신의 자녀보다 형제·자매의 자녀들을 노골적으로 편애해서 무언가 조치를 취해야겠다고 생각한다. - 타고난 재능은 없지만 열정을 쏟을 만한 일을 발견하고, 결과에 상관없이 기쁨을 얻는다.

어린 나이에
가장이 되다
Becoming a Caregiver at an Early Age

구체적 상황

- 부모가 약물 중독, 알코올 의존증이나 정신 질환을 앓거나 집에 없는 등 부모의 부재로 자신이 형제·자매를 돌봐야 했다.
- 성인이 되자마자 부모가 사망해 형제·자매를 책임져야 한다.
- 병약하거나 불구인 부모 또는 친척을 돌봐야 한다.
- 부모 중 한 명이 가족을 부양하기 위해 늘 일해야 해서 형제·자매에 대한 책임을 일부 떠맡았다.

훼손 당하는 욕구

생리적 욕구, 안전과 안정, 애정과 소속감, 존중과 인정, 자아실현

생길 수 있는 잘못된 믿음

- 나만이 가족을 먹여 살릴 수 있다.
- 어른들은 신뢰하거나 의지할 수 없다.
- (아직 미성년인 경우) 어른들이 하는 일을 다 할 수 있다.
- 가족에서 가장 중요한 것은 사랑이 아니라 의무감이다.
- 나를 위하는 일은 이기적이고 비생산적이다.
- 내가 가치 있는 이유는 다른 사람들이 필요로 하기 때문이다.
- 도움을 요청하는 것은 나약한 행동이다.
- 내 형편에 화를 내면 배은망덕한 인간이다.
- 내 욕구보다는 다른 사람들의 욕구가 더 중요하다.
- 어차피 꿈을 이루지 못할 테니 꿈을 가지는 것은 의미가 없다.
- 감정은 쓸모없고 방해만 될 뿐이다.

가질 수 있는 두려움

- (미성년이라면) 당국에서 알아내 가족과 떨어질 것이다.
- 자신이 보호하는 사람을 잃게 될 것이다.
- 부주의로 인해 밝히면 안 되는 중요한 내용이 새어 나갈 것이다.
- 사람들이 부끄러운 사실(부모 중 한 명이 알코올 의존증 등)을 알게 될 것이다.

- (배우자를 잘못 선택하고, 성공하지 못하는 등) 나도 부모처럼 살아갈 것이다.
- 가난해지거나 노숙자가 될 것이다.
- 부모와 같은 질병을 앓거나 쇠약해져서 다른 사람에게 의지해야 할 것이다.
- 특정 감정을 느끼거나 표현하는 것이 두렵다.
- 정체성을 잃고 다른 사람을 돌봐야 하는 함정에서 빠져나오지 못할까 두렵다.

가능한 반응과 결과들

- 무엇이든 자신이 마지막 순번이다.
- 다른 사람들의 욕구를 예측한다.
- (안전, 위생 등) 가족을 돌보는 요소들에 지나칠 정도로 유의한다.
- 자신이 돌봐야 하는 사람들을 과잉보호한다.
- 형제·자매가 나중에 어떤 어려움도 극복할 수 있도록 강하게 키우려고 한다.
- 책임을 덜 나누어 가진 동료에게 적개심을 품는다.
- 당국을 불신한다.
- 완벽주의에 빠진다.
- (지켜야 할 비밀이 있는 경우) 사람을 피하고 속이려 든다.
- 감정을 억제한다.
- 경박함이나 어리석은 행동을 견디지 못한다.
- 또래 집단과 연락을 끊고, 좀 더 성숙한 또래들에게 끌린다.
- 시간이 부족해 취미, 관심사, 또래 친구들에게서 멀어진다.
- 좀 더 많은 자유를 원하는 동시에 그에 대해 죄책감을 느낀다.
- 특히 방치나 학대가 있는 경우 집에서 큰 스트레스를 느낀다.
- 반항적이 되고, 행동화한다.
- 형제·자매를 버린 죄책감을 합리화한다('일단 내가 집을 얻어야 그들을 데려올 수 있다.'고 생각한다).
- 특히 부모에게 버림받아 가장이 된 경우, 인간관계에서 극도로 조심스럽다.
- 매우 현실적이고 검소한 사람이 된다.

형성될 수 있는 성격 특성	• **속성** 대담한, 꼼꼼한, 집요한, 보호하는, 지략 있는, 책임감 있는, 지각 있는, 절약하는, 이타적인
	• **단점** 지배적인, 냉소적인, 회피적인, 까다로운, 재미없는, 성급한, 융통성 없는, 집착하는, 분개하는, 비협조적인, 혼자 틀어박힌, 걱정이 많은

상처가 악화할 수 있는 계기	• 자신의 가족은 먹을 것도 없는데 친구는 크리스마스 선물을 잔뜩 받았다.
	• 냉장고는 텅 비고, 연체 청구서가 쌓였다.
	• 아픈 형제·자매를 위해 어떻게든 약을 구해야 한다.
	• 친구에게 초대받았지만 갈 수 없다.
	• 중고품을 사거나 공짜로 주는 물건에 의지해야 한다.
	• 이상적인 가정에서 잠깐이나마 지내다가 다시 원래 상황으로 돌아가야 한다.

상처를 직면하고 극복할 기회	• 가족을 위해 해야 하는 일에는 방해가 되지만, 자신이 진정 원하는 일을 할 기회가 생겼다.
	• (퇴거를 당하는 등) 가족을 보호하기 힘든 사건이 닥쳤다.
	• 자신이 보호하는 사람을 빼앗겠다는 협박을 받는다.
	• 학교생활을 잘못하면 더 나은 미래를 누릴 가능성이 사라진다는 사실을 깨닫는다.
	• 보호자 역할을 하기가 점점 어려워지지만, 죄책감, 수치심, 혹은 불신 때문에 도움을 요청할 수 없다.

어린 시절에
부모가 사망하다

**Experiencing the Death of
a Parent as a Child or Youth**

 일러두기 어떤 이유(질병, 사고, 혹은 그 밖의 원인)든 아이는 부모의 죽음을 받아들이기 힘들고, 커다란 상실감을 안고 살게 된다. 그 죽음에 폭력이 관련되어 있거나 예기치 않았던 경우, 혹은 부모와의 관계가 좋지 않을 때였다면 마음의 고통은 더욱 크다.

**훼손
당하는
욕구** 안전과 안정, 애정과 소속감

**생길 수
있는
잘못된
믿음**
- 내가 가장 필요로 할 때 사람들이 죽는다.
- 온 마음을 다해 사랑하기보다는 사랑을 아끼는 편이 낫다.
- 확실한 것은 없다. 그러니 미래를 걱정해봐야 아무 소용없다.
- 돌아가신 어머니(아버지)와의 관계보다 더 좋은 인간관계는 앞으로 없을 것이다.
- 롤 모델을 잃었으니 나는 좋은 어머니(아버지)가 될 수 없다.
- 일에 몰두하느라 생각을 하지 않으면, 슬픔도 사라질 것이다.
- 나는 주변 사람들에게 짐이 될 뿐이다.
- 사람들은 내 고통에 대해 듣고 싶어 하지 않는다. 그러니 아무 말도 안 하는 편이 좋다.

**가질 수
있는
두려움**
- 사랑하는 사람을 잃을 수 있다.
- 죽음이 두렵다. 사후에 어떤 일이 벌어질까 두렵다.
- 거절당하고 버림받을 것이다.
- 부모의 죽음을 연상시키는 장소, 사건, 상황이 두렵다.
- 어떤 사람을 온 마음을 다해 사랑했다가는 상처만 받을 것이다.
- (자신의 증상이 부모 죽음의 원인이 된 증상과 같을 때) 병이 두렵다.
- 다른 사람을 책임졌다가 그들이 나에게 실망하게 될까 두렵다.

- 순수함을 잃고 세상을 삐딱한 눈으로 본다.
- (아직 어린아이인 경우) 더 어린 나이로 퇴행한다.
- 불면증을 앓거나 쉽게 잠을 이루지 못한다.
- 육체적 고통과 소화 장애를 겪는다.
- 불안 장애와 우울증을 앓는다.
- 부모가 폭력 문제에 휘말려 갑자기 죽은 경우, 공황 장애와 분리 불안 장애◆를 겪는다.
- 마음 깊은 곳에 안전에 대한 불안이 있다.
- 지나치게 감상적인 성격이 되어 과거에 파묻혀 살려고 한다.
- 시간이 지나 부모에 대한 기억이 흐려지는 것에 대해 죄책감, 수치심, 분노를 느낀다.
- 부모가 모두 살아 있는 사람을 보면 적개심이나 질투를 느낀다.
- 야심이 없고, 앞날을 설계하기 힘들다.
- 약물이나 술에 빠지고 자해를 일삼는다.
- 스트레스를 잘 관리하지 못한다.
- 사람이나 사물에 지나칠 정도로 애착을 보인다. 사물에 대한 집착은 저장 강박으로 이어지기도 한다.
- 일을 핑계로 인간관계를 피한다.
- 다른 사람에게 의지하지 않도록 극도로 자립적이다.
- (범죄, 약물 남용 등) 일탈 행동을 한다.
- 어떤 틀이나 경계가 없는 자유로운 상황을 힘들어한다.
- 깊은 감정을 느끼기보다는 아무런 감정을 느끼지 않는 상태를 선호한다.
- 건전하고 균형 잡힌 인간관계를 유지하는 게 힘들다.
- 자신이 어떻게 죽을지 상상한다.
- 끊임없이 자신의 건강을 걱정한다.
- 미래에 어떤 나쁜 일이 일어나지는 않을까 걱정한다.

◆ **분리 불안 장애**separation anxiety disorder
애착을 가진 대상과 떨어지는 상황에 심한 불안을 보여, 적응상의 문제를 초래하는 장애.

- 사랑하는 사람들의 안전 문제에 관련해서 미신을 믿는다.
- (특히 어린 시절 부모의 죽음을 겪은 경우) 기억이 차단되어 죽은 부모를 전혀 기억하지 못한다.
- 누군가 자신을 돌보아 주길 바라지만 요구하지 못한다.
- 완전하지 못하다는 느낌이 사라지지 않는다.
- 성행위에서 사랑과 수용을 연상한다.
- 부모 중 한 명이 없는 상태에서 어떤 기념일을 축하하는 것이 고통스러워 그냥 넘긴다.
- 부모가 살아 있었다면 자신의 삶이 어떻게 달라졌을지 상상한다.
- 사람들이 대부분 무시하는 사소한 일에도 감사한다.
- 다른 사람에 비해 어떤 물건이 없어지면 좀 더 민감하게 알아챈다.

형성될 수 있는 성격 특성	
• **속성**	사랑이 많은, 감사하는, 돌보는, 주의력이 있는, 인내심 있는, 철학적인, 보호하는, 책임감 있는, 감상적인, 이타적인
• **단점**	의존적인, 반사회적인, 강박적인, 부정직한, 비체계적인, 무례한, 회피적인, 잘 잊는, 혼자 틀어박힌, 일 중독의, 걱정이 많은

상처가 악화할 수 있는 계기

- 부모의 기일을 맞는다.
- (졸업식, 결혼식, 임신, 주택 구매 등) 인생에서 특별한 날을 맞는다.
- 부모의 조언이 필요한 어려운 결정을 해야 한다.
- 가족이 모이는 큰 명절을 맞는다.
- 장례식에 참석한다.
- 오래된 기념물을 우연히 발견한다.

상처를 직면하고 극복할 기회

- 살아 있던 부모 중 한 명마저 잃거나 조부모를 잃는다.
- 살아 있는 부모 중 한 명이 아프다.
- 자신이 부모가 됐다.
- 자신과 비슷한 상실감을 느끼는 사람을 만나 함께 치유한다.

어린 시절에
폭력을 목격하다   Witnessing Violence at a Young Age

구체적 상황

- 가정 폭력을 목격한다.
- 강도, 폭력, 살인 같은 범죄를 목격한다.
- 주거 침입을 당했을 때 현장에 있었다.
- 자살한 사람을 발견했다.
- 친구가 부모, 형제·자매, 권위 있는 사람에게 폭행당하는 모습을 목격했다.
- 형제·자매, 친구, 부모 등이 성폭행당하는 현장을 목격했다.
- 또래나 어른이 동물을 괴롭히는 장면을 보았다.
- 납치범들이 납치한 사람을 학대하는 현장을 보아야 했다.
- 다른 종교의 종파, 인종, 집단에 가해지는 폭력 행위를 보았다.
- 사이비 종교의 폭력적인 의식에 억지로 참석했다.
- 대형 교통사고가 일어났을 때 현장에 있었다.
- 총기 오발 사고로 사람들이 중상을 입거나 사망한 현장에 있었다.
- 가족과 헤어져 노예로 일해야 했다.
- 소년병이 되어야 했다.
- 경찰의 폭력을 목격했다.

훼손 당하는 욕구

생리적 욕구, 안전과 안정, 애정과 소속감, 존중과 인정, 자아실현

생길 수 있는 잘못된 믿음

- 피해자가 되기 싫으면 선수를 쳐야 한다.
- 사랑이라는 말은 나를 괴롭히기 위해 사용된다.
- 나는 약하기 때문에 그 누구도 보호할 수 없다.
- 사람들은 힘을 존중한다.
- 경찰·사법제도는 무너졌기에, 그 누구도 보호해 주지 못한다.
- 악인들로 가득한 이 세상은 잔인한 곳이다.

- 폭력의 대상이 될 것이다.
- 사랑하는 사람이 살해당할 것이다.
- 버림받을 것이다.
- 따돌림당할 것이다.
- 책임을 지는 게 두렵다.
- 사랑하는 사람과 떨어져 살게 될 것이다.
- 사람들을 믿거나, 사람들이 가까이 다가오는 게 두렵다.
- 사건과 관련된 특정한 조직, 인종, 종교, 집단, 사람들이 두렵다.

- 외상 후 스트레스 장애(PTSD)를 겪는다.
- 소화 장애나 두통을 겪는다.
- 사람들을 멀리한다. 집에 혼자 틀어박힌다.
- (자신이 원하는 것을 얻으려고 다른 사람들을 이용하는 등) 사람을 지배하려고 한다.
- (어린 나이라면) 야뇨증을 앓고, 행동에 문제가 생긴다.
- 문제를 폭력으로 해결한다.
- 비행 청소년이 된다.
- 다른 사람, 특히 또래와 관계를 맺기 힘들다.
- 경찰을 믿지 않거나 냉소적이다.
- 기억에 빠져 있는 부분이 있다.
- 푹 쉬지 못한다.
- 자신이 잘 모르는 상황은 우선 믿지 않고 본다.
- 변화에 저항한다.
- (약한 사람들은 당해도 마땅하다는 등) 편견을 갖는다.
- 집에서 멀리 벗어나지 않는다.
- 안전 문제에 민감하다.
- 위협을 느끼면 과민 반응을 보인다.
- 성인이 되어 범죄를 저지른다.
- 폭력에 둔감해진다.
- 낯선 사람이 있으면 불안해하고 불신한다.
- 자신이 직접 관련이 없는 상황에서는 나서기를 꺼린다.

- 뉴스를 보거나 듣지 않는다.
- 외출 장소를 주의 깊게 선택한다.
- 폭력에 대한 두려움을 다른 사람, 특히 자녀들에게 투사한다.
- 헬리콥터 부모◆가 된다.
- 자녀가 하는 게임, 보는 텔레비전 프로그램, 참여하는 활동 등을 꼼꼼히 살핀다.
- 자신이 사랑하는 사람들을 보호한다.
- 폭력에 반대한다.

형성될 수 있는 성격 특성	• **속성** 경계하는, 분석적인, 조심스러운, 용기 있는, 공감하는, 훌륭한, 공정한, 성실한, 돌보는, 열성적인, 책임감 있는, 사회적 의식이 있는 • **단점** 반사회적인, 무감각한, 잔인한, 부정직한, 회피적인, 사악한, 적대적인, 충동적인, 유연성 없는, 불안정한, 비이성적인, 책임감 없는
상처가 악화할 수 있는 계기	• (상처를 보거나, 비명을 듣는 등) 외상과 관련된 감각적 체험을 한다. • 목격했던 것과 비슷한 폭력 사건 보도를 듣는다. • 자신의 아이가 사고나 학교 폭력 등으로 다쳤다. • (가정 폭력을 목격했거나, 피해자인 경우) 부모를 만난다. • 피를 보거나 울고 있는 사람을 본다.
상처를 직면하고 극복할 기회	• 자녀가 괴롭힘이나 학대를 당하고 있다는 사실을 알게 된다. • 데이트 상대와의 폭력적인 관계에서 빠져나오고 싶다. • 살아남기 위해, 혹은 다른 사람을 보호하기 위해 어쩔 수 없이 폭력을 써야 하는 상황에 놓인다.

◆ **헬리콥터 부모**helicopter parent
항상 자녀 주변을 맴돌며, 자식의 모든 일에 일일이 간섭하는 부모를 말한다.

우범 지역에서
자라다

Living in a Dangerous Neighborhood

구체적 상황

다음과 같은 환경에서 자란다.

- 범죄율이 높은 동네에 산다.
- 동네 폭력배들이 구역 다툼을 하거나 사람들에게 폭력 집단에 가 입하라는 압력을 가한다.
- 폭격, 지뢰밭 또는 총격이 목숨을 끊임없이 위협한다.
- 무장 단체가 일상적으로 납치와 폭력을 자행한다.
- 생화학 무기로 빈번히 위협받는다.
- 극도의 가난으로 부족한 자원을 놓고 서로 싸우거나 자포지기해 버린다.
- 마약 거래가 빈번하다.
- (종교, 인종 문제 등으로) 환영받지 못할 뿐더러 경멸의 대상이 된다.
- 정치적인 이유로 경찰이나 정부가 포기한 장소에서 자란다.

훼손 당하는 욕구

생리적 욕구, 안전과 안정, 애정과 소속감, 존중과 인정, 자아실현

생길 수 있는 잘못된 믿음

- 이런 삶에서 벗어날 수 없을 것이다.
- 아무도 나 같은 사람에게는 관심이 없다.
- 소유하려면 빼앗아야만 한다.
- 세상에 정의란 없다.
- 내가 사랑하는 사람들을 지킬 수 없다.
- 나는 반대파(집단, 폭력 집단 등)에 맞설 만큼 강하거나 권력을 갖 고 있지 못하다.
- 내가 어떤 일을 하더라도 아무것도 바뀌지 않는다.
- 모든 사람은 사악하고, 부패하고, 위험하다.
- 살아남으려면 폭력에 의지할 수밖에 없다.

- 다치거나 살해당할 것이다.

- 가정을 지키지 못할 것이다.

- 이용만 당할 것이다.

- 희망을 잃고 무조건 순종하거나 체념하게 될 것이다.

- 믿지 말아야 할 사람을 믿을 수 있다.

- 특정한 민족 집단, 정부, 권력자가 두렵다.

- 항상 경계한다. 주변에 위험이 없는지 무의식적으로 살핀다.

- 자신에게 유리하다 싶으면 거짓말을 하고 잡아뗀다.

- 자신의 감정을 절대로 드러내지 않는다.

- 위험한 일을 마다하지 않으며, 무모한 행동을 한다.

- 집단 내에서 권력이 있고, 존중받고, 두려움의 대상이 되는 사람에게 끌리거나, 그런 사람을 존경한다.

- 사람들의 말을 곧이곧대로 믿지 않는다.

- 비관적이고 부정적이다.

- 지켜지지 않는 약속, 실제와는 다른 선전, 인간의 추한 면을 모두 보았기 때문에 세상 일에 냉소적이다.

- 자신이 가진 편견을 자녀에게 물려준다.

- (방범 장치와 경보기를 설치하는 등) 안전을 강화하고, 물건을 안전한 곳에 숨긴다.

- 낯선 사람과 권력자를 불신한다.

- 목표물이 되지 않으려고 풍족하게 살 수 있으면서도 적은 비용으로 살아간다.

- (교육, 운동, 이사 등) 도피할 수 있는 수단은 모두 추구한다.

- 상대주의적 윤리관을 갖고 살아남기 위해서라면 무엇이든 한다.

- 하루하루 살아남기 바빠 장기적인 계획을 세우지 못한다.

- 자신의 가족을 지키느라 데 자신의 안전은 신경 쓰지 않는다.

- 옛 동네로 돌아와 (재개발 계획을 세우고, 대피처를 만드는 등) 도움을 준다.

- 자신이 살던 동네의 아이들을 위해 멘토가 된다.

형성될 수 있는 성격 특성	• **속성** 적응하는, 경계하는, 대담한, 조심스러운, 규율 잡힌, 신중한, 집중하는, 이상주의적인, 독립적인, 공정한, 성실한, 돌보는, 주의력이 있는, 집요한, 사생활을 중시하는, 적극적인, 보호하는, 단순한, 정신적인, 검소한
	• **단점** 거친, 의존적인, 무감각한, 냉담한, 도전적인, 지배적인, 잔인한, 냉소적인, 부정직한, 회피하는, 망상적인, 적대적인, 성급한, 비이성적인, 비판적인, 남성다움을 과시하는, 조종하는, 초조한, 비관주의적인, 반항적인, 무모한, 자기 파괴적인, 완고한, 의심하는, 소심한, 변덕스러운, 걱정이 많은
상처가 악화할 수 있는 계기	• 평화롭게 살던 이웃이 폭력에 희생됐다는 소식을 듣는다.
	• 가족 중 한 명이 폭력배와 어울려 다닌다는 소문을 듣는다.
	• 경찰차나 경찰관을 본다.
	• 친구나 가족이 집에 가다가 성폭력을 당했다는 소식을 듣는다.
	• 총소리나 사이렌 소리를 듣는다.
	• 강도의 습격을 받는다.
상처를 직면하고 극복할 기회	• 현재 상황이 바뀌지 않으면 자녀도 자신과 똑같은 문제를 겪을 것이라는 사실을 깨닫는다.
	• (경찰, 국회의원 등) 시민을 보호해야 할 사람들이 오히려 나에게 해를 입혀 항의하고 싶다.
	• 나는 위험한 동네를 떠났지만, 사랑하는 사람들이 그곳에 여전히 남아 있다.

자기애가 강한
부모 밑에서 자라다
Being Raised by a Narcissist

**구체적
상황**

다음과 같은 부모 밑에서 자랐다.

- 자녀의 말을 묵살하고 사랑과 애정을 보이지 않는다.
- 좋은 성적을 강요하고, 좋은 성적을 받으면 부모 덕이라고 한다.
- 자신의 모든 소망과 변덕에 완벽히 따라 줄 것을 요구한다.
- (포옹 등) 사랑 표현을 하지 않는다.
- 모든 실수와 잘못을 비판한다.
- 자녀가 짐이라고 불평한다.
- 불편한 사건이 생기면 자녀에게 동정보다 분노를 보인다.
- 형제·자매 사이에 경쟁을 부추기며 서로 싸우게 만든다.
- 잔인한 태도를 보이며, 정서적·육체적으로 학대한다.
- 도움이 필요할 때 거부한다.
- 자녀의 발전을 끊임없이 방해하면서, 자녀가 멍청한 탓이라고 타박한다.
- 부모의 행복과 건강이 자녀에게 달려 있다고 생각하게 한다.
- 자녀에게 기대감이 높고 감정 기복이 심해 눈치 보게 한다.
- 자신이 원하는 대로 협박하고 조종한다.
- 자신들은 중요한 존재이기 때문에 자녀를 포함한 모두에게 특별 대우를 기대한다.
- 다른 사람의 말을 멋대로 해석해 상대를 몰아붙인다.
- 어긋나는 충고를 해서 전혀 도움이 되지 않는 상황을 만든다.
- 자녀를 통해 개인적 꿈을 이루려 한다.

**훼손
당하는
욕구**

안전과 안정, 애정과 소속감, 존중과 인정, 자아실현

생길 수 있는 잘못된 믿음	• 사람들이 나를 조종하려 드는 것은 사랑하기 때문이다. • 사랑은 조건에 좌우되는 것이다. • 나는 실패자다. 주변 사람들에게 짐이 될 뿐이다. • 나 자신을 위해 무언가 원하는 것은 이기적이다. 다른 사람을 먼저 배려해야 한다. • 나는 결함이 많아서 누구에게도 사랑받지 못할 것이다. • 나는 세상에 두각을 나타낼 만큼 재능이 있지도 똑똑하지도 않다. • 중요한 사람으로 인정받으려면 최고가 되어야 한다. • 상처받기 싫다면 먼저 상대방을 공격해야 한다.
가질 수 있는 두려움	• 거절당하고 버려질 것이다. • 약점을 드러내야 잘 지낼 수 있는 인간관계가 두렵다. • 내 단점에 대한 부모의 판단이 맞았음을 보여주는 실수를 저지를까 두렵다. • 실수와 잘못 때문에 처벌을 받게 될까 두렵다. • 믿지 말아야 할 사람을 믿어 이용만 당할 것이다. • 자녀에게도 악순환이 반복될 것이다.
가능한 반응과 결과들	• 부모의 감정을 우선시하다 보니 자신의 감정을 파악하기가 어렵다. • 자신이 무엇을 원하는지 정확하게 모르기 때문에, 인생의 방향을 결정하기가 어렵다. • 자신의 욕구는 맨 마지막으로 미룬다. • 상황이 나빠도 항상 좋다고 말한다. • 스트레스를 받으면 모든 일을 다른 사람에게 미룬다. • 상처를 잘 받고, 인간관계에 어려움을 겪고, 자신의 감정을 털어놓지 못한다. • 다른 사람의 기분을 잘 맞추며, 자신이 가치 있는 사람이라고 느끼려면 다른 사람의 칭찬이 필요하다. • 모든 일을 완벽히 하려고 한다. • 다른 사람에게 의존하고 자신감이 없다. • 칭찬을 받기 위해 노력하지만 정작 칭찬을 받으면 불편해한다.

- 자존감이 낮다. 자신의 성취에도 불구하고 자신이 멍청하고 결함 있는 인간이라고 느낀다.
- 자신이 원하는 직업보다는 부모가 원하는 직업을 갖는다.
- 자기 의견을 주장하지 못하기 때문에 다른 사람에게 이용당한다.
- 다른 사람이 원하는 대로 자신의 역할을 맞추려 한다.
- (친절한 교사, 이해심 많은 상사 등) 누군가를 돌보는 사람에게 끌린다.
- 부모의 사랑을 받으려고 부모의 행동에 대해 변명하고, 용서한다.
- 어떤 일이 잘못되면, 그럴 이유가 없더라도 자기 탓이라고 믿는다.
- 부모의 모든 욕구를 충족시켜 행복하게 느낄 수 있도록 해준다.
- 실패하면 자책한다.
- 자신의 욕구가 항상 먼저다(자기애적인 악순환을 반복한다).
- 다른 사람들을 괴롭힌다. 상처받기 전에 먼저 공격한다.
- 다른 사람들의 욕구나 감정에 지나칠 정도로 예민하다.
- 성인이 되면 자신을 괴롭히는 부모와 관계를 끊는다.
- 치유된 다음에는 무너진 자존감을 높이기 위해 자신을 사랑하려고 노력한다.
- 건강한 부모나 멘토 역할을 하는 사람과 친밀하게 지낸다.
- 친절한 행동이나 애정을 보여 주는 행위에 깊이 감동한다.
- 자신의 감정을 정리하고 생각을 표현하기 위해 일기를 쓴다.

형성될 수 있는 성격 특성	**속성** 적응하는, 경계하는, 분석적인, 감사하는, 성숙한, 꼼꼼한, 순종하는, 주의력이 있는, 체계적인, 예민한, 집요한
	단점 의존적인, 방어적인, 부정직한, 잘 속는, 우유부단한, 감정을 억누르는, 불안정한, 질투하는, 비판적인, 조종하는, 물질주의적인, 완벽주의적인

상처가 악화할 수 있는 계기	- 아무리 건설적이고 공손하게 표현해도, 비판을 받는다. - 목표에 미치지 못하거나, 실패하거나, 실수를 저지른다. - 친구의 집에서 정상적인 부모와 자녀 관계를 본다. - 부모가 전화하고, 찾아온다. - 2등이 된다(3등, 꼴찌가 된다).

- 같은 문제를 안고 있는 형제·자매와 관계를 회복하려 애쓴다.
- 자존감을 높이지 못하면 자신의 결혼 생활도 실패하리라는 사실을 깨닫는다.
- 누군가의 격려와 조건 없는 지지를 받는다. 자신은 부모에게서 이러한 감정을 느끼지 못했다는 사실을 깨닫는다.

장애나 만성 질환을 앓는 형제·자매와 함께 자라다

Growing up with a Sibling's Disability or Chronic Illness

구체적 상황

만성 질환이나 장애가 있는 형제·자매가 있어 부모가 그들에게 신경을 더 많이 써야 하는 경우를 살펴본다. 형제·자매가 다음과 같은 문제를 가졌을 수 있다.

- 외상성 뇌 손상◆이 있다.
- 장기 이식이 필요하다.
- 암에 걸렸다.
- 에이즈 환자이다.
- 낭성 섬유증, 선천적 심장 질환, 근육 위축증, 뇌성마비, 뇌전증 등 장기 치료가 필요한 질환이 있다.
- 생명이 위험할 정도로 심각한 섭식 장애가 있다.
- (팔다리를 잃거나, 큰 흉터가 생기거나, 신체 일부의 비대증이 있는 등) 신체가 변형되거나 손상됐다.
- 실명했거나 청각 장애가 있다.
- (강박증, 우울증, 조현병, 양극성 장애 등) 정신 질환을 앓고 있다.
- (자폐증, 다운 증후군, 투렛 증후군 등) 발달 장애를 앓고 있다.

훼손 당하는 욕구

안전과 안정, 애정과 소속감, 존중과 인정, 자아실현

생길 수 있는 잘못된 믿음

- 부모는 나보다 형제·자매를 더 사랑한다.
- 내가 무엇을 하든 형제·자매가 언제나 나보다 중요하다.
- (부모가 이혼하고, 원하는 것을 할 수 없는 등) 모든 문제는 형제·자매 때문이다.

◆ **외상성 뇌 손상**traumatic brain injury
머리에 충격이 가해져, 겉으로 보이는 커다란 변화는 없지만 일부 뇌 기능이 감소 혹은 소실되는 상태.

367

- 이런 일에 분노(적개심, 좌절감 등)를 느끼는 나는 끔찍한 인간이다.
- 삶은 영원하지 않다. 나도 언제든 죽을 수 있다.
- 건강이라는 선물을 낭비하지 않으려면 모든 면에서 뛰어난 사람이 되어야 한다.
- 모두의 삶에서 유일하게 공통적인 요소는 고통이다. 내가 아무리 좋은 것을 가지고 있더라도 결국은 잃어버릴 것이다.

가질 수 있는 두려움

- 형제 · 자매가 죽을 것이다.
- 죽거나 형제 · 자매와 같은 병에 걸릴 것이다.
- 삶은 절대로 달라지지 않을 것이다.
- 꿈을 절대로 이루지 못할 것이다.
- 부모(또는 배우자, 자녀 등)는 자신을 언제나 두 번째로 사랑할 것이다.

가능한 반응과 결과들

- (어릴 때) 밖에서 형제 · 자매를 보면 외면한다.
- (사춘기 때) 부모의 관심을 받으려는 행동을 한다.
- 부모의 사랑을 얻기 위해 강한 성취욕을 보인다.
- 어쩔 수 없이 독립적인 사람이 된다.
- (어릴 때) 음식이나 게임 등에 지나치게 몰입하면서 위안과 탈출구를 찾는다.
- 섭식 장애가 생긴다.
- 조숙하다.
- 부모를 더 힘들게 하지 않으려고 부모에게 지나치게 순종한다.
- 진실한 감정을 표현하는 데 죄책감을 느껴 감정을 숨긴다.
- 사소한 일에도 화를 낸다.
- 가족과 거리를 둔다.
- 자신이나 부모도 병에 걸리지 않을까 걱정한다.
- 건강에 대해 지나치게 걱정한다.
- 권위에 반항하고, 도전적이 된다.
- 학교 수업에 집중하지 못한다.
- 집과 질병에 대한 생각에서 벗어나려 애쓴다.

- 형제·자매의 상황 때문에 자신의 계획을 이루지 못해 행동화한다.
- 가족 외의 사람들을 피한다.
- 또래 사이에서 자신감이 없다.
- 자신의 모든 불행을 형제·자매의 질병 탓으로 돌린다.
- 가족이 아닌 다른 사람의 사랑을 원한다.
- 어릴 때부터 성적 조숙함을 수단으로 인간관계와 사랑을 찾으려고 한다.
- 약한 모습을 보이기 싫어하고, 도움을 요청하지 않는다.
- 인정을 받으려 완벽주의자가 된다.
- 형제·자매를 돌보는 책임을 어른들에게 넘겨받는다.
- 여러 어려움에도 불구하고 형제·자매와 깊은 결속감을 갖는다.
- 형제·자매에게 매우 충실하다. 다른 사람들이 놀리거나 욕할 때 무조건 형제·자매 편을 든다.
- 아픈 사람들에게 공감한다.
- 사회 운동에 참여하여 형제·자매의 질병에 대한 사회적 인식을 높인다.

형성될 수 있는 성격 특성	• **속성** 감사하는, 침착한, 호기심 많은, 기분을 맞춰주는, 태평한, 너그러운, 온화한, 훌륭한, 이상주의적인, 성숙한, 돌보는, 열성적인, 인내심 있는 • **단점** 심술궂은, 유치한, 냉소적인, 부정직한, 불충실한, 경솔한, 성격 나쁜, 조종하는, 피해의식이 강한, 과장된, 음울한, 자신감 없는, 초조한
상처가 악화할 수 있는 계기	• 아이를 편애하는 부모를 본다. • 중요한 성취를 이루고, 중요한 사건을 맡았지만, 다른 사람 때문에 관심을 받지 못했다. • 형제·자매의 질병이나 장애와 흡사한 증상을 경험했다. • (크리스마스에 부모는 언제나 형제·자매 집에 머무는 등) 어른이 되어서도 부모의 편애를 느꼈다.

- 형제·자매의 병이 자신의 자녀에게 유전되지 않았는지 걱정된다.
- 형제·자매가 사망한다.
- 자선 행사에 참여하면서 형제·자매에게 더욱 공감하게 된다.
- 한 자녀를 특별히 간호해야 하는 상황에서, 다른 자녀들이 방치되고 있다는 느낌을 받지 않도록 하고 싶다.

중독자 부모
밑에서 자라다

Being Raised by an Addict

일러두기

이 상처가 얼마나 심각한지 알아보려면 여러 요소를 고려해야 한다. (술, 약물 등) 중독자가 아이를 돌보는 유일한 보호자였는지, 학대가 있었는지, 아이는 이런 환경에서 어떻게 살았는지 등이다.

**훼손
당하는
욕구**

안전과 안정, 애정과 소속감, 존중과 인정, 자아실현

**생길 수
있는
잘못된
믿음**

- 부모가 술을 마시는 것은 나를 견딜 수 없기 때문이다.
- 내가 죽더라도 아무도 모를 것이다.
- (형제·자매를 학대에서 보호하지 못한 경우) 나는 사랑하는 사람도 지킬 수 없다.
- 사람들과 친해져봤자 내게 실망만 할 것이다.
- 아무리 절실히 원하더라도, 나를 위해 주는 사람은 없다.
- 나는 약하다. 결국 부모 같은 사람이 될 것이다.
- 세상에 내가 안전하다고 느낄 수 있는 장소란 없다.

**가질 수
있는
두려움**

- 폭력과 성적 학대
- 버려질 것이다.
- 나의 삶을 내가 통제할 수 없을 것이다.
- 나도 부모처럼 될 것이다.
- 다른 사람에게 의존해야 할 것이다.
- 사랑과 승인에 대한 약속이 두렵다(항상 거짓으로 판명되었으므로).

**가능한
반응과
결과들**

- 늘 마음이 편하지 않다. 항상 경계 상태를 유지한다.
- 상황을 세심하게 파악하고 반응한다.
- 불안과 우울 증세를 보인다.
- 누군가 농담을 해도 잘 모른다. 유머, 놀림, 장난이 불편하다.

- 생각과 욕망을 드러내지 않는다.
- 분쟁을 일으키지 않는다.
- 부모의 마음을 이해해 보려고 술을 마시거나 약물을 한다.
- 아무리 건전한 토론일지라도 갈등은 일단 피한다.
- 감정이 억압되고 있는 데 대해 저항하거나 반항하고 싶다.
- 외롭지만 데이트를 하거나, 사람들을 만나기가 힘들다.
- 비밀을 지킨다.
- 자신이 진정으로 원하는 것보다는 안전한 것을 택한다.
- 모든 일에 이상이 없는지 여러 번 확인한다.
- 약속을 지키는 사람에게 친밀감과 고마움을 느낀다.
- (자신도 약물에 의존하고, 술을 많이 마시고, 불법 행위를 저지르는 등) 악순환을 반복한다.
- 비관적이 되고, 현실을 부정한다.
- 다른 사람들의 비위를 맞추고, 자신보다 다른 사람들의 욕구를 우선시한다.
- 자신에게 엄하게 군다.
- 상처받을 수 있는 상황에서 도망친다.
- 규칙과 경계를 분명히 한다. 예측 가능한 단조로운 일상을 원한다.
- 습관적으로 다른 사람을 보호한다.
- 필요 이상의 책임을 떠맡는다.
- 큰 소리로 이야기하거나 불평하기가 힘들다.
- 감정이 폭발할 때까지 억누른다.
- 갈등이 일어나면 침묵을 지킨다.
- 다른 사람들을 보호하려고 거짓말을 하거나 진실을 왜곡한다.
- 자신의 거짓말에 대해 수치심을 느낀다.
- 늘 불안해한다.
- 사람들을 설득하고, 진정시키는 등 갈등 조정 능력이 뛰어나다.
- (악기 연주, 시 쓰기, 정원 손질 등) 감정을 표현할 수 있는 안전한 출구를 찾는다.
- 지킬 수 있는 확신이 있을 때만 약속을 한다.

형성될 수 있는 성격 특성	• **속성** 적응하는, 경계하는, 분석적인, 조심성 있는, 협조적인, 성실한, 성숙한, 돌보는, 체계적인, 예민한, 설득력 있는, 적극적인, 책임감 있는, 관대한, 말이 없는
	• **단점** 의존적인, 반사회적인, 지배적인, 냉소적인, 부정직한, 회피적인, 적대적인, 재미없는, 변덕스러운, 혼자 틀어박힌, 걱정이 많은

상처가 악화할 수 있는 계기	• 술이나 마약 냄새를 맡는다.
	• 언성이 높아지는 열띤 논쟁을 본다.
	• 약물 중독과 관련된 물건이 여기저기에 흩어져 있는 것을 본다.
	• 술 취한 사람을 태우고 운전을 한다.
	• 사람들을 풀어지게 만드는 커다란 음악 소리를 듣거나 파티, 축하 행사 등에 간다.
	• 잔이 부딪치는 소리, 맥주 캔을 찌그러뜨리는 소리를 듣는다.

상처를 직면하고 극복할 기회	• 술이나 약물 문제가 있는 사람과 결혼한다.
	• 부모의 건강이 나빠져서 너무 늦기 전에 화해하고 싶다.
	• 좋은 부모가 되려면 과거의 상처에 얽매여서는 안 된다는 사실을 깨닫는다.
	• 성인이 되어 자신도 약물 중독에 빠진다. 자신이 자녀에게 악영향을 미칠 수도 있다는 사실을 깨닫는다.

지나치게 엄격한
부모 밑에서 자라다

**Having a Controlling or
Overly Strict Parent**

**구체적
상황**

다음과 같은 부모 밑에서 자랐다.

- 체중과 식습관 때문에 야단을 친다.
- (아무리 비현실적이라도) 무조건 지켜야 하는 규칙을 세운다.
- 친구의 활동을 선택해 주는 등 사회생활에 개입한다.
- 옷차림을 엄격히 통제해 자기 표현의 여지를 주지 않는다.
- 상황을 조종하여 부모의 선택에 따르게 한다.
- 자녀가 겪고 있는 고통은 무시하며 정신적으로 강해지기를 바란다.
- 자녀가 부모 의견에 따르지 않거나, 원하는 대로 행동하지 않으면 사랑을 주지 않는다.
- 성적이 나쁘거나 교칙을 위반하면 심한 벌을 내린다.
- 실수를 반복하지 않도록 행동과 성적을 엄격하게 비판한다.
- 자녀의 능력을 높이려고 엄하게 명령한다.
- 자녀의 경쟁자를 일부러 칭찬한다.
- 자신의 잘못을 인정하지 않는다.
- 자녀에게 금지한 행동을 스스럼없이 하는 위선적인 모습을 보인다.
- 자녀가 한층 더 성장해야 할 때라고 생각되면, 자녀가 소중히 여기는 물건도 망설임 없이 버린다.

**훼손
당하는
욕구**

애정과 소속감, 존중과 인정, 자아실현

**생길 수
있는
잘못된
믿음**

- 나는 충분히 훌륭한 사람이 될 수 없을 것이다.
- 부모에게 큰 실망만 안겨 줄 것이다.
- 내 생각에는 문제가 있고, 나는 믿을 수 없는 인간이다.
- 끊임없이 나를 규제하는 환경이 필요하다. 그렇지 않으면 내 약점이 드러날 것이다.
- 내가 어떤 일에 실패하는 것은, 부모가 옳았음을 증명하는 것이다.

374

- 가치 있는 사람이 되려면 최고가 되어야만 한다.
- 내 판단은 틀림없이 상황을 망칠 것이다. 누군가 나 대신 판단을 해주어야 한다.
- 나도 부모처럼 내 자녀를 망칠 것이 분명하기 때문에 자녀를 가지면 안 된다.

가질 수 있는 두려움

- 실패할 것이다.
- 완벽하지 못할 것이다.
- 사랑받다가도 버려질 것이다.
- 사람들을 실망시키고, 그들의 기대에 부응하지 못할 것이다.
- 중요한 일을 망칠 것이다.
- 주목받고, 책임을 맡고, 앞장서야 하는 일이 두렵다.
- 창피를 당하고, 조사받게 될 것이다.
- 어리석은 선택을 하여 부모가 옳았음을 증명하게 될 것이다.
- 감정을 표현하면 상처받을 수 있다.
- 자유와 선택이 두렵다.
- 부모가 되어 악순환을 반복할까 두렵다.

가능한 반응과 결과들

- (부정적인 자기 대화 등) 자신에게 엄격하다.
- 모든 일에 완벽을 추구한다.
- 일 중독이 된다.
- 성취가 있어야 사랑받을 자격도 생긴다고 믿는다.
- 일과 삶의 균형이 무너져 있다.
- (옷, 행동 등에서) 자신의 결정을 후회한다.
- 결정해야 할 때 조언을 요청한다. 안심시켜 주는 말이 필요하다.
- 정체성 갈등을 겪는다.
- 다른 사람들의 기분을 맞춘다.
- 자신의 업적을 인정받으려고 다른 사람들에게 알린다.
- 긴장할 때마다 되풀이되는 습관이 생긴다. 섭식 장애가 생기거나 말을 더듬는다.
- (지배적이고, 자기애가 강하고, 완고한 성격 등) 자신의 부모와 닮은

배우자를 선택한다.

- 자존감이 낮다. 자신이 부족하다고 생각한다.
- 식단, 활동, 지출 등을 지나치게 엄격하게 통제한다.
- 재미있는 놀이, 욕망, 쾌락을 피함으로써 자신의 잘못에 대한 벌을 스스로 내린다.
- 마약과 술에 의존한다.
- 자기 변호에 서툴다.
- 누군가 자신에게 무엇을 원하는지 물어보면 불편하다.
- 일이 잘못되면 자신의 책임이라고 느낀다.
- 감정을 드러내지 않고, 감정을 느끼는 것 자체에 수치심을 느낀다.
- 비난을 피하려고, 혹은 문제에 말려들지 않으려고 거짓말을 한다.
- 권위에 공공연히 저항한다.
- 부모의 욕망에 따르느라 자신의 꿈을 잃어버린 것을 후회한다.
- 실수를 하면 부모 탓을 하고, 부모에게 적대적이다.
- 자녀에게 지나치게 엄격하거나(악순환), 지나칠 정도로 방임한다 (과잉 보상).
- 어른이 된 뒤에는 논쟁과 비판을 피하려고 자신의 생각을 부모에게 모두 알리지 않는다.

형성될 수 있는 성격 특성

- **속성** 적응하는, 경계하는, 효율적인, 집중하는, 부지런한, 성실한, 꼼꼼한, 순종적인, 체계적인, 집요한, 사생활을 중시하는, 적극적인
- **단점** 의존적인, 냉소적인, 부정직한, 회피적인, 융통성 없는, 감정을 억누르는, 불안정한, 비판적인, 자신감 없는, 집착하는, 편집증적인, 완벽주의적인, 반항적인, 분개하는, 완고한

상처가 악화할 수 있는 계기

- 성공할 것 같았던 분야에서 실패했다.
- 모든 일에 비판적인 상사, 동료, 선배와 일하게 됐다.
- 부모와 서로를 비판하는 대화를 나눈다.
- 부모가 자신의 자녀를 '판단'하려고 한다.
- 부모에게 의도를 눈치챌 수 있는 선물(헬스클럽 회원권, 자기 계발서 등)을 받는다.

- 지나치게 많은 일을 하고, 많은 책임을 떠맡고 실패를 피하고자 다른 사람에게 도움을 요청한다.
- 연로한 부모를 돌봐야 할 상황에 놓이지만 그 부정적인 관계를 자신의 가정까지 연결하고 싶지 않아 꺼려 한다.
- 술이나 약물에 의존하는 증상이 심해져 근본적인 원인을 들여다보고 해결해야 한다.
- 배우자나 자녀를 자신의 부모처럼 대하고 있다는 사실을 깨닫는다.

친부모와
떨어져 자라다

Being Sent Away as a Child

- (공부 때문에, 부모가 바빠서, 약물 같은 나쁜 영향에서 벗어날 수 있도록) 기숙 학교에서 생활했다.
- 부모가 제대로 돌보지 못해서 친척 집에서 자랐다.
- 부모 중 한 명이 문제 행동에 대처하지 못해 계부 또는 계모 아래서 자라났다.
- 특수 학교,◆ 위탁 가정, 또는 보육원에서 자랐다.
- 소년원에 갔다.
- 수치스러운 사건을 일으켜 다른 학교로 전학 갔다.
- 자신의 의지와는 상관없이 외국 가정에 보내졌다(입양 등).
- 가족의 종교적 믿음에 반하는 행위(동성애 등) 때문에 재활원에 갔다.

**훼손
당하는
욕구**

안전과 안정, 애정과 소속감, 존중과 인정

**생길 수
있는
잘못된
믿음**

- 사람들은 내가 그들을 가장 필요로 할 때 나를 버릴 것이다.
- 내가 어떤 사람인지가 아니라, 무엇을 할 수 있느냐가 나의 가치를 결정한다.
- 부모들은 다루기 쉬운 아이들만 사랑한다.
- 부모도 버릴 정도니 내가 아무리 노력을 해 봤자 소용없을 것이다.
- 사람들에게 거리를 두면 그들이 먼저 나를 거부할 수 없을 것이다.
- 누구도 필요 없다. 혼자서도 충분하다.
- 나는 사랑을 받을 자격도, 우정을 기대할 자격도 없다.

◆ **특수 학교**special needs school
학습 장애, 의사소통 장애, 주의력 결핍 과잉 행동 장애(ADHD), 신체적 장애 등을 가진 학생의 특징과 욕구를 존중하는 방식으로 교육하는 학교.

- 내 약점을 안다면 사람들은 나를 이용할 것이다.
- 사랑은 조건적이다.
- 누군가와 친해지면 상처받을 것이다.
- 문제를 일으키는 사람들을 버리는 것이 가장 좋은 해결 방법이다.

가질 수 있는 두려움	- (나중에 자녀가 같이 살지 않겠다고 선언하는 등) 어른이 되어서도 버림받을 것이다. - 내 결함 때문에 아무도 나를 사랑하지 않을 것이다. - (배제되고, 잊혀지는 등) 사람들에게 거절당할 것이다. - 다른 사람과 관계를 맺고 마음을 열면 상처받을 것이다. - 문제를 일으켜 다른 사람들과 멀어질 것이다. - 어디에도 속하지 못할 것이다.
가능한 반응과 결과들	- (거래를 기반으로 역할이 한정되어 있는) 조건적인 관계를 추구한다. - 피상적인 인간관계만 추구한다. - 성적 관심을 사랑이라고 착각한다. - 사람들에게 애착을 느끼지 않는다. - 항상 자신이 모든 말을 통제해야 한다. - 친밀한 관계, 꿈, 사랑은 전혀 중요하지 않다고 자신을 설득한다. - 반려동물이 죽으면 홀로 남을 것이기 때문에 아예 키우지 않는다. - 자신의 가치를 증명하려고 모든 일에 최선을 다한다. - 인정받을 수 있다면 어떤 일이든 한다. - 자존감을 훼손하는 부정적인 생각을 한다. - (싫어하는 일이라도 계속하는 등) 좀 더 나은 일을 시도하기보다는 주어진 일에 만족한다. - 끊임없이 칭찬받고, 대접받고, 자신의 가치를 확인받고 싶어 한다. - 형제·자매와 관계가 좋지 않다. - 혼자 살며, 그 누구의 도움도 필요로 하지 않는다. - 사람들을 믿지 못해 도움을 요청하는 게 힘들다. - 버림받기 전에 먼저 관계를 끊는다. - 사람들이 떠나지 못하도록 자신에게 의존하게 만든다.

- 사람들에게 빈정거리고 쌀쌀맞게 대하면서 거리를 둔다.
- 만족스럽지 않더라도 부모가 인정하는 직업을 택한다.
- 사람들과 접촉이 많지 않은 일을 택한다.
- 혼자 숨어 산다.
- 다른 사람을 보호하고 소유하려 한다.
- 가족, 특히 부모와 연락하지 않는다.
- 경쟁할 필요가 없도록 경쟁자를 배제해 버리거나, 경쟁을 아예 포기해 버린다.
- 사람들을 실망시키지 않으려고 이루기 쉬운 목표를 택한다.
- 권위자에게 적대적이다.
- 다른 사람에게 마음을 열고 가까워지기가 힘들다.
- 다른 사람들을 대변하는 사람이 된다.

형성될 수 있는 성격 특성	• **속성** 조심스러운, 규율 잡힌, 신중한, 내성적인, 순종적인, 집요한, 사생활을 중시하는, 보호하는, 지략 있는 • **단점** 거친, 반사회적인, 지배적인, 불성실한, 위선적인, 감정을 억누르는, 불안정한, 질투하는, 비판적인, 자신감 없는, 집착하는
상처가 악화할 수 있는 계기	• 가족 모임을 한다. • 서로 사랑하고 인정해 주는 가족을 본다. • 데이트 신청을 했는데 무시당하거나 면접에서 탈락하는 등 거절을 경험한다. • 교정 시설이나 교회 등 자신이 자란 장소와 비슷한 곳에 간다. • 누군가가 자신을 못마땅해하는 말을 듣는다.
상처를 직면하고 극복할 기회	• 이혼한다. • 출장이 잦아 가족을 집에 남겨 놓아야 할 때가 많다. • 마음이 열려 있고, 나를 있는 그대로 받아들이고 사랑해 주는 사람을 만난다. • 부모 같은 또래의 사람에게 인정받고 사랑받는다(이웃이 낚시에 데려가는 등).

컬트 집단에서
자라다

Growing up in a Cult

일러두기 '컬트'는 과격하거나 위험한 이데올로기나 실천을 지향하는 비주류 단체를 말한다. 흔히 종교적 신념을 가진 경우가 많지만 언제나 그런 것은 아니다. 이 항목에서는 한때 컬트 집단에 몸담았지만, 결국 탈출 하거나 컬트에 등을 돌린 사람들에게 초점을 맞추고 있다.

훼손 당하는 욕구

안전과 안정, 자아실현

생길 수 있는 잘못된 믿음

- 나는 의지력이 약하다.
- 나는 손쉬운 목표물이다.
- 나의 판단은 신뢰할 수 없다.
- 내 머리에 자리 잡은 생각에서 결코 벗어날 수 없다.
- 모든 종교는 사람들을 세뇌하고 지배한다.
- 특정 집단이 말하는 활동 목적을 그대로 믿어서는 안 된다.
- 나는 불성실하고 이기적인 사람이다(특히 컬트 집단을 떠나며 가족 과 친구를 버렸을 때).
- 누구도 믿을 수 없다.

가질 수 있는 두려움

- 내 자녀도 컬트 집단에 끌려 들어갈 것이다.
- 내가 컬트 집단과 관련 있다는 사실을 누군가 알아챌 것이다.
- 모든 종교 단체가 두렵다.
- 누군가 나를 조종하거나 지배할 것이다.
- 혼자 있거나 결정을 내리는 일이 두렵다.
- (컬트 집단의 세뇌 때문에) 내 생각을 믿을 수 없다.
- 누군가를 믿으면 이용만 당할 것이다.
- (신체적·성적·정서적 학대가 일상적인 집단이라면) 집단 사람들에 게 보복당할 것이다.

- 모든 종교 집단이나 조직을 피하거나 경멸한다.
- 다시 지배받지 않으려는 노력의 하나로 지배적인 성격이 된다.
- 종교적인 성격을 띠지 않았더라도, 조직적인 집단은 일단 피한다.
- 사람들에게 경계를 풀지 않는다.
- 다른 사람과의 대화조차 피한다.
- 자존감이 낮고, 자기를 인색하게 평가한다.
- 어떤 사람이 사생활을 침범할 기미가 보이면 분노한다.
- 혼자 결정을 내리기 힘들다.
- 컬트 집단에서 보낸 시간에 대해 모순적인 감정이 있다.
- 비밀이 많고 자신을 드러내지 않는다.
- (컬트 집단의 세뇌 때문에) 진실과 허구를 구별하기 힘들어한다.
- 자신의 결정이 형편없는 건 아닌지 걱정한다.
- 다른 사람들의 속마음을 믿을 수 없다는 두려움에 멀리하고 혼자 틀어박힌다.
- 컬트 집단이 자신을 추적하고 있다는 망상을 갖는다.
- 사람들이 자신을 속일 것이라고 의심한다.
- 컬트 집단에서 빠져나오지 못한 사람들의 신변이 걱정된다.
- 지나칠 정도로 주의하며, 위험을 피한다.
- 컬트 집단에서 나쁘다고 배웠던 사회의 어떤 측면들을 여전히 신뢰하지 않는다.
- 컬트 집단에 속했던 경험 때문에 세상에서 소외감을 느낀다.
- 사회에 동화되기 힘들다.
- 가족과 친구를 두고 떠나온 것에 죄책감을 느낀다.
- 컬트 집단을 떠났으니 자신의 영혼이 잘못될까 두렵다.
- 컬트 집단과 그 활동을 옹호한다.
- 우울증과 공황 장애를 앓는다.
- 건강한 인간관계가 무엇인지 혼란스럽다.
- (속죄 의식, 기도 등) 컬트 집단과 관련된 미신을 버리지 못한다.
- 자녀들을 지나칠 정도로 과잉보호한다.
- 사실과 정보에 입각한 결정을 내리고, 남들에게 쉽게 휘둘리지 않으려고 열심히 공부한다.

- 자신의 경험을 극복하기 위해 일기를 쓴다.
- 판단력을 길러 누군가 자신을 조종하려 하거나 거짓 선전을 늘어놓고 있다는 사실을 쉽게 파악한다.
- 자녀에게 진실과 거짓을 구별하는 방법을 가르친다.
- 자립하려 한다.
- 컬트 집단에서 빠져나온 사람들을 돕는 단체에 가입한다.

형성될 수 있는 성격 특성	
속성	분석적인, 감사하는, 조심스러운, 독립적인, 부지런한, 집요한, 설득력 있는, 보호하는
단점	반사회적인, 냉담한, 지배적인, 냉소적인, 방어적인, 회피하는, 융통성 없는, 억제하는, 불안정한, 비판적인, 초조한, 편집증적인, 소유욕이 강한

상처가 악화할 수 있는 계기

- 컬트 집단 사람과 우연히 만난다.
- 친구가 어떤 조직이나 종교에 지나친 열의를 보인다.
- 어떤 집단이나 조직의 일원이 가입을 적극적으로 권유한다.
- 직장의 규칙이 매우 엄격하다.
- 텔레비전이나 인터넷에서 컬트 집단에 대한 뉴스를 본다.
- 다른 사람들이 자신이 속했던 컬트 집단을 비난하는 이야기를 듣는다.
- 컬트 집단에서 배웠던 것과 반대되는 이야기를 듣지만 무엇이 옳은지 판단하기 힘들다.

상처를 직면하고 극복할 기회

- 극단적이라고 의심되는 종교에 가족이 빠져들고 있다.
- 컬트 집단이 자신을 감시하고 있다는 의심이 든다.
- 여전히 컬트 집단에 속한 가족이 자신을 비난하고 창피를 준다.
- 컬트 집단에서 탈출을 원하는 가족이 연락을 한다.
- 기자나 경찰이 어린 시절에 대해 묻는다.

항상 뒷전으로
자라다

Not Being a Priority Growing up

 일러두기

이 상처는 아이의 기본적인 욕구는 채워지고 있다는 점에서 '방치'와는 다르다. 하지만 행복과 만족을 주는 요소는 배제된 상황이다. 아이가 좋아하고 싫어하는 것은 관심의 대상이 되지 않고, 아이가 이룬 성취는 무시되며, 부모의 일, 취미, 욕망이 우선시되는 환경이다. 물론 다른 형제·자매가 아이보다 먼저인 상황도 가능하다.

훼손 당하는 욕구

애정과 소속감, 존중과 인정, 자아실현

생길 수 있는 잘못된 믿음

- 무슨 일을 하더라도 세상은 나에게 관심이 없다.
- 다른 사람들이 나보다 중요하니, 그들이 먼저여야 한다.
- 나는 리더가 아니라 추종자다.
- 탁월한 사람들만 주목받는다.
- 살면서 많은 것을 기대하지 말아야 한다.
- 내 역할은 다른 사람들이 좋아하는 일을 할 수 있도록 돕는 것이다.
- 나의 꿈과 욕망을 우선시하는 것은 이기적인 행동이다.
- 내가 약하기 때문에 짓밟히는 것이다.
- 나는 물론 내가 하는 모든 일이 중요하지 않다.

가질 수 있는 두려움

- 내 욕구와 욕망이 우선시되는 경우는 절대 없을 것이다.
- 나 역시 자녀를 중시하지 않는 부모가 되어 악순환을 계속할 것이다.
- 스스로 인생 경로를 선택했다가 커다란 실패를 맛볼 것이다.
- 내 인생은 아무런 의미도 없다.
- 내가 어떤 일을 하더라도 세상은 달라지지 않는다. 나는 세상에 아무런 영향도 미치지 못할 것이고, 특별한 존재도 아니다.

- 자립하기 힘들다.
- 다른 사람들의 말을 지나칠 정도로 고스란히 받아들이고, 이용만 당한다.
- 다른 사람이 시키는 대로 한다.
- 다른 사람과 경쟁하기보다는 그들 말을 따르려 한다.
- 다른 사람의 비위를 맞추면서도, 자신의 행동이 마음에 들지 않는다.
- 부모의 인정을 받을 만한 선택을 한다.
- 스스로 선택을 해야 하면 당황한다.
- 자아 정체성에 문제가 있다.
- 자존감이 낮다. 자신의 장점보다는 단점만을 본다.
- 과거에 사로잡혀 있고, 처음부터 다시 시작하고 싶다고 생각한다.
- 자신이 인생에서 진정 원하는 게 무엇인지 판단할 수 없다.
- 자신이 원하는 것을 요구하는 일이 힘들다.
- 누구라도 자신을 칭찬해 주고 관심을 주면 고마워한다.
- 약속이 취소되거나 바람을 맞으면 크게 상처를 받는다.
- 약속을 취소한 사람이 진짜 그럴 만한 사정이 있었는지 궁금해한다.
- 다른 사람에게 부담을 주고 싶지 않아 도움 요청을 주저한다.
- 인간관계에서 주도적인 입장이 되지 못한다.
- 자기애가 강한 사람을 배우자로 선택한다.
- 의견도 제대로 제시하지 못하는 자신을 겁쟁이라고 생각한다.
- 부정적인 자기 대화 때문에 대담한 말을 하지 못한다.
- 분노가 폭발할 때까지 쌓아 둔다.
- 주목받는 게 불편해서 자신의 성과나 좋은 소식을 알리지 않는다.
- 취미, 관심사, 길티 플레져◆ 등을 다른 사람에게 알리지 않는다.
- 부모가 관심을 가졌거나 사랑했던 것들을 혐오한다.
- 자신이 했던 이야기를 누군가 기억해 주면 깜짝 놀란다.

◆ **길티 플레져**guilty pleasure
  '죄의식을 느끼지만 하면 즐거운 일'이라는 말로, 남에게 이야기하기에는 부끄럽지만 자신에게 만족감을 주는 일이나 행위.

- 꿈을 이루려는 은밀한 계획을 세우지만, 그 계획을 끝까지 추진하지는 않는다.
- 실제보다 훨씬 자신감이 생기는 온라인상의 대화와 접촉을 즐긴다.
- 다른 사람을 책임지고 있다면, 자신의 관심사에 시간과 돈을 쓰는 데 죄책감을 느낀다.
- 자신의 부모처럼 되기 싫어서 자녀의 요구를 모두 들어준다.
- 책을 읽거나, 강의를 듣는 등의 활동을 통해 자신의 약점을 극복하려 애쓴다.
- 어떤 일이 있더라도 다른 사람들을 위한 시간을 낸다.
- 사람들에게 감사한 마음을 보이기 위한(쪽지, 선물, 친절한 행동 등) 작은 친절을 베푼다.
- 가까운 친구들에게는 깊은 충성심을 가진다.
- 자라면서 하지 못했던 일을 하면서 새로운 기억들을 쌓아 간다.
- (다른 사람이 자신에게 중요한 사람이라는 사실을 알리기 위해) 다른 사람의 시시콜콜한 정보까지 기억한다.
- 약속은 반드시 지킨다.

형성될 수 있는 성격 특성	
속성	야심이 큰, 감사하는, 협조하는, 예의 바른, 공감하는, 우호적인, 너그러운, 훌륭한, 부지런한, 친절한, 성실한, 순종적인
단점	겁 많은, 융통성 없는, 불안정한, 비이성적인, 질투하는, 비판적인, 피해 의식이 강한, 자신감 없는, 집착하는, 과민한, 의지력이 약한, 일 중독의

상처가 악화할 수 있는 계기
- 부모가 대화 중 자신의 성공담 등 자기 이야기만 한다.
- 누군가가 자신의 요구를 별다른 이유도 없이 거절한다.
- (자신이 싫어하거나 알레르기가 있는 음식을 내놓거나, 직업을 바꾼 것을 잊거나, 연인과 헤어진 사실을 잊는 등) 부모가 중요한 사실을 잊는다.
- 도움이 필요했는데, 친구나 가족이 도와주지 않았다.

- 남들이 인정하지 않거나 관심이 없는 재능을 개발하고 싶다.
- 건강 문제나 비극적인 사건이 생겨 자신을 스스로 돌봐야 한다.
- 성공 여부에 따라 다른 사람들의 행복이 좌우되는 일에서 리더 역할을 맡는다.
- 자녀의 요구를 모두 들어주다 보니 자녀가 이기적이고 버릇없는 아이가 되었다는 사실을 깨닫는다.

예기치
못한
불상사

고문을
당하다

구체적 상황

다음과 같은 상황에서 살아남았다.

- (전쟁 포로가 되거나 정치적 이유로 납치되어) 정보를 빼내기 위한 고문을 받았다.
- 연쇄 살인범이나 사이코패스에게 잡혀 있었다.
- 폭력적인 사이비 종교 집단, 가족, 특정 집단에서 생활하고 있다.
- 가학적인 괴롭힘을 즐기는 또래 집단이나 테러 집단의 표적이 됐다.
- 민족적·종교적 소수 집단에 속한다는 이유로 박해를 받았다.
- 취재 활동 중 납치됐다.
- 정치가 불안정한 나라에서 봉사 활동을 했다.
- 서로 대항하여 싸우는 범죄 집단의 일원이었다.

훼손 당하는 욕구

생리적 욕구, 안전과 안정, 존중과 인정, 자아실현

생길 수 있는 잘못된 믿음

- 아무도 믿을 수 없다.
- 나는 결함이 많고 쓸모없는 인간이다.
- 나는 결코 정상적으로 살아갈 수 없을 것이다.
- 내가 겪었던 일을 알게 된다면, 사람들은 나를 떠날 것이다.
- 신도 나를 버렸다.
- 그 일을 막을 수 없었던 나는 무력한 존재이다.
- 안전 구역 안에서만 나는 안전하다.
- 과거를 극복하려고 노력하기보다는 묻어 버리는 편이 낫다.

가질 수 있는 두려움

- 고함이나 말싸움 등 더 폭력적으로 변할 수 있는 상황이 두렵다.
- 불, 물, 전기 혹은 고문에 사용된 특정한 도구를 본다.
- 사진 찍히거나 녹화될 것이다.
- 누군가 몸을 만지는 게 두렵다.

- 마음을 열고 개인적인 이야기를 하면 거절당할 것이다.
- 마음대로 숨 쉬지 못하거나 움직이지 못할까 봐 두렵다.
- 권력자(고문한 사람의 권력이나 지위가 높았던 경우)가 두렵다.
- 성관계와 연애 관계가 두렵다.
- 혼자인 게 두렵거나 반대로 군중 속에 있는 게 두렵다.

가능한 반응과 결과들

- 갑작스러운 움직임에 깜짝 놀란다.
- 어떤 일을 통제한다는 것은 환상일 뿐이라고 생각한다.
- 자신에 대해 부정적으로 생각한다.
- (잠재적인 위협을 빠르게 파악하는) 자신의 직관을 믿는다.
- 자신의 존재 가치에 혼란을 느낀다.
- 무조건 집 안에 머물거나 집 가까이에 있으려 한다.
- 도움을 요청하기 힘들어한다.
- (격리되어 고문받았던 경험 때문에) 다른 사람들과 '떨어져 있다는' 느낌이 든다.
- 다른 사람들의 행동을 분석하고, 그들의 동기를 의심한다.
- 예전처럼 인생을 즐기지 못한다.
- 부정적인 기분, 걱정, 혹은 다른 사람의 감정에 영향을 받는다.
- 혼자 있는 공간이 필요하다. 다른 사람이 가까이 있으면 불편하다.
- 위장 장애나 관절염을 앓고, 자주 토한다.
- 음식과 생활필수품을 비축한다(고문이 이와 관련된 경우).
- 무엇이든 하나에 집착해서 그것만 생각한다.
- 불안 때문에 가슴이 뛰고 호흡곤란을 겪을 때 진정 시켜주는 말을 들어야 한다.
- 사람들이 이해한다고 하거나, 시간이 지나면 괜찮아질 것이라고 말하면 자신을 무시한다고 여긴다.
- (우울증, 불면증, 야경증, 공황 장애, 플래시백 등) 외상 후 스트레스 장애(PTSD) 증상을 보인다.
- 요리, 청소, 정리정돈 같은 일상적인 일에도 어쩔 줄 몰라 한다.
- 자살을 생각한다.
- 인간관계에 문제가 있다.

- 사람을 잘 믿지 못하고, 약점이 노출될까 두려워한다.
- 강한 수치심이 계속 든다.
- (반려동물을 껴안고, 책을 읽고, 담요로 몸을 감싸고, 달콤한 간식을 먹는 등) 자기 위로 행동을 한다.
- 일기나 시를 쓰거나 자신을 유괴했던 범인에게 편지를 써서 자신의 감정을 표현한다.

형성될 수 있는 성격 특성

- **속성** 경계하는, 분석적인, 감사하는, 조심스러운, 용기 있는, 온화한, 내성적인, 친절한, 성실한, 자비로운, 감상적인, 사회적 의식이 있는
- **단점** 반사회적인, 강박적인, 지배적인, 냉소적인, 방어적인, 망상적인, 잘 잊는, 감정을 억누르는, 불안정한, 편집증적인, 비관적인

상처가 악화할 수 있는 계기

- 자신이 당했던 일과 흡사한 이야기를 책에서 읽는다.
- 우연히 방에 갇힌다.
- 악몽이나 플래시백을 경험한다.
- 다른 사람의 피나 상처를 본다.
- 정전 때문에 어둠 속에 혼자 남는다.
- 불관용, 증오, 박해로 인한 폭력 위협을 받는다.
- 갑자기 신체 접촉을 당한다.

상처를 직면하고 극복할 기회

- 은행 강도 사건 등에서 인질이 되어 침착해야 살아남을 수 있는 상황에 놓인다.
- 친구나 사랑하는 사람이 트라우마로 고통받는 것을 보고 그들을 도와주고 싶다.
- 긍정적인 태도로 집중한다면 이룰 수 있는 목표와 꿈을 갖는다.
- 특별한 사람을 만나 그 사람과 같이 살고 싶어진다.
- 자신이 임신했다는 사실을 발견한다.
- 다른 생존자들의 멘토나 롤 모델이 되어 희망을 주고 싶다.

굴욕을 당하다

구체적 상황

- 다른 학생들 앞에서 (부정적인 이유로) 교사에게 지목당했다.
- (성관계 비디오 유출, 모르는 사이에 녹음된 폭언·욕설 등으로) 평판이 나빠졌다.
- (소셜 미디어를 통해) 부끄러운 비밀이 또래 집단이나 모든 사람에게 알려졌다.
- 굴욕적으로 해고됐다.
- 끔찍하거나 금기시되는 범죄로 억울하게 기소됐다.
- 대학이나 스포츠팀에서 호된 신고식을 치렀다.
- 복수심에 불타는 배우자가 자신의 불륜을 소셜 미디어에 올려 모든 사람이 알게 됐다.
- (특이한 성적 취향, 학대에 대한 비난 등) 악의에 찬 소문이나 사실이 공개돼 망신을 당했다.
- 경쟁자가 부끄러운 정보를 밝혀 내 명성을 훼손했다.
- 성적 취향을 밝힐 준비가 아직 안 되었는데 누군가 폭로해 버렸다.
- (다른 사람들 앞에서 바지가 벗겨지거나, 사실이든 아니든 부끄러운 일이 공개되는 등) 굴욕적인 행동 때문에 집단 괴롭힘을 당했다.

훼손 당하는 욕구

안전과 안정, 애정과 소속감, 존중과 인정, 자아실현

생길 수 있는 잘못된 믿음

- 나는 아무것도 이룰 수 없을 것이다.
- 내가 아무런 잘못도 없다는 사실은 중요하지 않다. 사람들은 언제나 나에 대해 의심을 품을 것이다.
- 나는 결점이 있고 약하다. 언제나 목표물이 될 것이다.
- 나는 다른 사람과 절대로 어울릴 수 없고, 이해받지도 못할 것이다.
- 누군가 내 과거에 대해 알게 된다면, 내 인생은 끝날 것이다.
- 누구도 내 편이라고 믿어서는 안 되고 그럴 리도 없다.

가질 수 있는 두려움	• (동영상 등으로) 내가 당한 일이 기록에 남을 것이다. • 다른 사람에게 이용당할 것이다. • 믿지 말아야 할 사람을 믿었다. • 여론이나 돌고 도는 소문이 두렵다. • 나를 수치스럽게 한 사람이 두렵다. • 다른 중요한 비밀도 드러날 것이다. • 사랑하는 사람들마저 나를 버려 혼자 부끄러움을 떠안을 것이다.
가능한 반응과 결과들	• 사회 불안 장애♦가 생긴다. • 약물이나 술에 의존하고 과식한다. • 창피한 마음에 친구들을 멀리한다. • 변명하며 사교 모임을 피한다. • 전화벨이 울리거나 이메일 도착 알림음이 들리면 불안해한다. • 눈에 띄지 않도록 외모를 바꾼다. • (일을 그만두고, 전학하고, 정계를 떠나고, 무대에 서기를 그만두는 등) 굴욕을 당했던 장소에 다시는 가지 않는다. • 처음 본 사람을 믿지 않는다. • 누군가의 말을 곧이곧대로 믿지 않는다. • (수치심, 굴욕감, 우울증 등으로 인해) 자신을 돌보지 않는다. • 사실은 몇 사람에 지나지 않는데, 모든 사람이 자신의 과거를 알고 있다고 믿는다. • (비슷한 상황을 풍자하는 텔레비전 프로그램, 친구의 농담 등) 자신과 비슷한 상황에 민감하다. • 외출을 두려워한다. 사람들이 알아볼까 걱정한다. • 자신의 다른 잘못도 밝혀질까 두려워한다. • 어떤 단체가 모인 방에 들어가면 모든 사람이 자신을 주목하고 감

> ♦ **사회 불안 장애**social anxiety disorder
> 사회적 상황에 대한 극도의 두려움을 가리키는 말로 사회적 공포증이라
> 고도 한다. 사람들이 자신을 지켜보거나 평가하는 것에 대한 불안함과
> 공적인 굴욕에 대한 두려움이 원인이다.

시하고 있다는 느낌이 든다.
- 자신의 결정과 행동을 후회한다.
- 자신에게 충실했던 사람들에게 집착한다.
- 취미나 활동에 흥미를 잃는다.
- 믿을 수 있는 몇몇 사람들로 교우 관계를 좁힌다.
- 소셜 미디어를 멀리하고, 계정을 닫는다.
- 자신이 겪은 사건을 계기로 인해 사회 문제에 관심을 가지고, 편견을 바꿔 보려 한다.
- (반려동물은 나를 판단하려 들지 않고, 조건 없이 사랑해 주기에) 허전함을 채우려고 반려동물을 입양한다.

형성될 수 있는 성격 특성	• **속성** 조심스러운, 용기 있는, 신중한, 정직한, 훌륭한, 고무적인, 자비로운, 객관적인, 설득력 있는, 사생활을 중시하는, 관대한, 거리낌 없는 • **단점** 의존적인, 도전적인, 겁 많은, 방어적인, 부정직한, 어리석은, 잘 속는, 피해 의식이 강한, 과장된, 편집증적인, 분개하는, 자기 파괴적인
상처가 악화할 수 있는 계기	• 굴욕감을 주었던 사람을 우연히 마주친다. • 수치스러운 사건이 일어났던 장소와 비슷한 곳에 간다. • 어떤 사람이 소셜 미디어에서 괴롭힘을 당하고 비밀이 공개되는 것을 본다. • 동료에 대한 나쁜 소문을 우연히 듣는다. • (소셜 미디어나 대중 매체의 보도 때문에) 낯선 사람이 자신을 알아본다. • 새로운 친구가 자신의 과거를 끄집어낸다.
상처를 직면하고 극복할 기회	• 신뢰하는 관계를 원하면서도 다시 상처받으려고 애쓰는 것처럼 행동하는 자신을 발견한다. • 연애 관계가 발전하여 상대가 과거의 수치스러운 사건을 알게 될까 두렵다.

- 누군가 어떤 일을 하도록 강요받고 있는데, 일이 잘못되면 그 사람의 명성에 커다란 해가 될 것이라는 이야기를 우연히 듣는다.
- (경력을 발전시키고, 열정을 좇는 등) 꿈을 추구하고 싶지만, 그러려면 자신의 과거를 극복해야 한다.
- 굴욕감을 주었던 사람이나 회사와 관련된 소송에서 증언해야 한다.
- 자신에게 굴욕감을 주었던 사람이 다른 사람에게 똑같은 짓을 하는 것을 본다.

다른 사람의
죽음을 목격하다
Watching Someone Die

구체적 상황

- 자동차 사고 후 차에 타고 있는 사람을 구하려 노력했지만 결국 실패했다.
- 길을 건너던 친구가 뺑소니차에 치이는 현장을 봤다.
- 휴가 중 익사나 보트 사고로 가족을 잃었다.
- 누군가가 죽기 전(추락사 직전 등) 마지막 순간에 함께 있었다.
- 자연재해 이후 살아 있는 사람을 발견했지만 구하기엔 너무 늦었다.
- 강도나 혐오 범죄 같은 폭력 행위를 힘이 모자라 막지 못했다.
- 누전으로 인한 감전사나 치명적인 오토바이 사고처럼 우연한 사고로 사람이 죽는 것을 보았다.
- 불에 갇혀 빠져나오지 못하는 사람을(고층 발코니에 오갈 데 없이 갇혀 있거나, 그들이 갇혀 있는 층까지 가지 못해서) 구출하지 못했다.

훼손 당하는 욕구

애정과 소속감, 존중과 인정, 자아실현

생길 수 있는 잘못된 믿음

- 사람들이 나를 가장 필요로 할 때 나는 실패했다.
- 그들이 아니라 내가 죽었어야 했다.
- 결국 사랑하는 모든 사람을 잃을 것이다.
- 나는 모든 사람에게 해로운 사람이다.
- 언제라도 죽을 수 있는데, 미래 계획이 무슨 소용인가?
- 위험은 어디에나 있으니 절대 방심할 수 없다.

가질 수 있는 두려움

- 자신이 돌보는 사람들도 죽으면 어차피 금방 잊혀질 것이다.
- 사람들에게 지나치게 감정 이입 하는 것이 두렵다.
- (총, 화재, 높은 곳, 빗길 운전 등) 죽음과 관련 있는 상황이나 요소들이 두렵다.
- 사랑하는 사람에게 피해를 줄까 두렵다.

- 다른 사람에게 도움이 필요한 순간에 도와주지 못할 것이다.
- 다른 사람에 대한 책임을 지는 게 두렵다.
- 위험이 두렵다.

<table>
<tr><td>가능한
반응과
결과들</td><td></td></tr>
</table>

가능한
반응과
결과들

- 외상 후 스트레스 장애(PTSD)를 겪는다.
- 우울증을 앓는다.
- 다른 모든 사람은 관심 밖이고 피해자에게만 집착한다.
- 불면증을 앓는다.
- 사고가 일어났을 때 함께 있었던 사람들을 피한다.
- 남아 있는 사랑하는 사람에게 집착한다.
- 가족을 과잉보호하고, 어디 있는지 항상 알고 있어야 한다.
- 위험 가능성에 대해 언제나 걱정하며 안전을 지나치게 걱정한다.
- 어떤 행동이나 결정을 하기 전에 계획을 세우고, 모든 위험 요소들을 미리 제거한다.
- 즉흥적인 행동은 무조건 피한다. 안전 제일주의자가 된다.
- 자기 파괴적으로 행동하거나 무모하게 행동한다.
- 다른 사람들의 안전을 책임져야 하는 일은 맡지 않으려 한다.
- 친구나 가족을 멀리한다.
- 인간관계를 축소하고 피상적인 관계로 만든다.
- 슬픔에 빠지지 않으려고 일이나 다른 활동에 몰두한다.
- 사고에 대해 법의 심판을 기대하고, 복수하거나 보상을 받으려 한다(사고에 대해 조사하고, 사고에 대한 사람들의 인식을 높이고, 관련 당사자를 고소하는 등).
- 생존자 후원 단체에 참여한다.
- (물건을 기부하고, 사랑하는 사람들에게 나누어 주는 등) 고인의 물건을 처분한다.
- 고인의 이름으로 장학금을 만든다.
- 치료를 위해 사용해 온 약이나 수면제를 끊는다.

형성될 수 있는 성격 특성	• **속성** 사랑이 많은, 경계하는, 조심스러운, 집중하는, 독립적인, 돌보는, 주의력 있는, 체계적인, 적극적인, 지각 있는, 현명한 • **단점** 우유부단한, 완벽주의적인, 분개하는, 자기 파괴적인, 신경질적인, 소심한, 혼자 틀어박힌, 걱정이 많은
상처가 악화할 수 있는 계기	• 자녀가 무모한 행동을 하는 것을 목격한다. • (병원을 상기시키는 소독약 냄새 등) 사고를 연상시키는 감각적 자극을 받는다. • 사랑하는 사람이 다치거나 입원한다. • 사고 현장을 지나간다. • 과거 사고와 흡사한 다른 위급한 장면을 본다.
상처를 직면하고 극복할 기회	• 사고, 위급한 장면, 무모한 행동들을 재미 삼아 보여 주는 동영상을 본다. • (여동생의 아들을 돌볼 유일한 친척이 되는 등) 친척을 돌볼 책임을 떠맡는다. • 사고에 대한 책임자를 발견했지만, 경찰이 시큰둥하거나 법 집행을 하지 않는다. • (기계 설비 오작동, 건축법대로 준공되지 않은 건물 등) 사고와 관련된 결함을 발견한다. • 한 부모나 단독 부양자가 되어, 가족들을 위해서라도 자신이 강해져야 한다.

돌보던
아이가 죽다

A Child Dying on One's Watch

일러두기

(자신의 아이든 다른 사람의 아이든) 돌보던 아이가 죽으면 보호자는 자신의 잘못이 아닐지라도 자책하기 마련인데, 우발적인 죽음이라도 보호자가 그 죽음에 조금이라도 책임이 있다면 마음의 짐은 두고두고 보호자를 괴롭힌다. 이 항목에서는 보호자가 아이의 죽음에 도의적인 책임은 있으나 법적으로는 책임이 없는 경우를 살펴본다. 어쩔 수 없는 상황에서 자녀를 잃은 경우는 '자녀가 사망하다' 항목을 보라.

구체적 상황

아이가 다음과 같은 이유로 죽는다.

- 알레르기 반응을 보이는 음식을 먹었다.
- 제대로 치우지 않아 방치된 독극물이나 약을 먹었다.
- 끈이나 종이봉투에 질식했다.
- 부모의 총을 가지고 놀다가 오발 사고가 일어났다.
- 후진하는 차에 치였다.
- (파손된 난간, 잠기지 않는 창문 등) 집 안 보수를 제대로 하지 않아 사고가 났다.
- 자신이 피우던 담배나 끄지 않은 난로 때문에 화재가 일어났다.
- 자신의 과실로 교통사고가 일어났다.
- (폐렴 등) 전염성이 있는 병을 무시했다가 아이가 감염됐다.
- 아이가 친구와 풀장에서 놀다 익사 사고가 일어났다.

훼손 당하는 욕구

애정과 소속감, 존중과 인정, 자아실현

생길 수 있는 잘못된 믿음

- 나는 다른 사람의 생명을 책임질 수 없다.
- 나는 믿을 수 없고 무책임한 인간이다.
- 나는 형편없는 부모다.
- 다른 사람이 아이를 돌봤다면 아무 일도 없었을 것이다.

- 나는 용서받을 자격이 없다.
- 나는 사랑하는 사람도 안전하게 지키지 못한다.
- 나는 주변 사람에게 위험한 존재다. 차라리 내가 없는 편이 낫다.

가질 수 있는 두려움	- 다른 사람에 대한 책임을 지는 게 두렵다. - 사람들은 나를 용서하지 못하고 거부할 것이다. - 다른 사람들의 판단이 두렵다. - 형편없는 부모라는 낙인이 찍혀 남은 자녀를 빼앗길 것이다. - (물, 운전, 높은 곳 등) 아이를 죽게 만든 모든 환경이 두렵다.
가능한 반응과 결과들	- 심한 우울증에 빠진다. - 과면증이나 불면증을 앓는다. - 눈물을 멈출 수 없거나, 지나치게 민감하다. - 하던 일이나 활동을 그만둔다. - 어떤 일에 적극적으로 참여하길 피한다. - 자신이 돌보는 다른 아이들에게 감정적인 거리를 둔다. - 아이들을 피하고, 아이들이 모이는 자리에 가지 않는다. - 방어적인 성격이 된다. 아이의 죽음에 책임이 없다는 것을 증명하기 위한 욕심으로 다른 사람들을 비난한다. - 다시는 감시를 소홀히 하지 않겠다는 강박관념으로 돌보는 아이에게 집착을 보인다. - 남은 아이들을 과잉보호하거나 지나치게 엄격하게 대한다. - 자신이 돌보는 아이가 보이지 않거나 목소리가 들리지 않으면 공황 상태에 빠진다. - 수치심과 죄의식 때문에 사람들을 멀리한다. - 사람들에게 마음을 열지 않고 모든 외출을 삼간다. - 자살을 생각하거나 기도한다. - 약물이나 술에 의존한다. - 죽은 아이 생각에서 벗어나지 못해 새로운 일을 하지 못한다. - 자신에 대한 혐오 때문에 자기 파괴적인 행동을 한다. - 사고를 잊으려고 새집이나 다른 도시로 이사 간다.

- 아이를 위한 추모비를 세운다.
- 다른 아이를 도울 수 있도록 아이의 옷이나 장난감을 기부한다.
- 친구, 종교인, 치료사, 상담 전화에 도움을 요청한다.
- 아이를 잃은 부모 모임에 참석한다.

형성될 수 있는 성격 특성	- **속성** 경계하는, 조심스러운, 협조적인, 꼼꼼한, 주의력이 있는, 사생활을 중시하는, 적극적인, 보호하는, 책임감 있는 - **단점** 의존적인, 냉담한, 냉소적인, 회피적인, 까다로운, 재미없는, 감정을 억누르는, 불안정한, 비이성적인, 책임감 없는, 음울한, 자신감 없는, 신경질적인
상처가 악화할 수 있는 계기	- 어쩔 수 없는 사정으로 다른 아이를 돌보게 된다. - 남은 아이들과 (생일 파티 등) 어떤 행사에 참여해야 한다. - 죽은 아이가 그린 그림이나 자신에게 주었던 선물을 발견한다. - 사고가 일어났던 곳과 비슷한 장소에 가거나 사고와 비슷한 상황을 만난다. - (생일, 아이가 살았더라면 참석했을 입학식 등) 죽은 아이와 관련된 중요한 날을 맞는다. - 죽은 아이의 이름을 듣는다.
상처를 직면하고 극복할 기회	- 우연히 다른 사람이 아이를 위태롭게 하는 광경을 보고, 자신이 겪은 사고는 누구에게나 일어날 수 있다는 사실을 받아들인다. - 사고 후 불행한 일(괴로움을 극복하지 못해 이혼하거나 주변 사람들과 소원해지거나 소송을 당하는 등)을 겪고, 죄의식과 고통을 극복하려면 도움이 필요하다는 사실을 깨닫는다. - 죽은 아이의 부모에게 용서를 받고, 이제 자기 자신을 용서할 차례라는 것을 깨닫는다.

목숨을 위협하는
사고를 당하다

A Life-Threatening Accident

구체적
상황

- 자동차, 보트, 기차, 비행기 등 교통수단과 관련된 사고가 났다.
- 놀이공원에서 기구가 오작동했다.
- (집, 버려진 건물, 나무 다리 등에서) 썩은 바닥이 무너졌다.
- (싱크홀 등으로) 바닥이 내려앉았다.
- 호수에서 얼음이 깨졌다.
- 우연히 전기에 감전됐다.
- 수중 잔해에 뒤엉켜 익사할 뻔했다.
- 야생 동물의 공격을 받았다.
- 등산 도구의 문제로 암벽 등반 중 추락했다.
- 창문 밖으로 또는 지붕에서 떨어졌다.
- 건설 현장에서 사고가 났다.
- 보행자나 자전거를 탄 사람이 자동차에 치였다.
- (한꺼번에 몰려오는) 동물들에게 짓밟히거나, (폭동, 쇼핑 행사 등으로 몰려든) 사람에게 밀려 넘어졌다.
- 옷이 기계에 끼였다.
- (눈사태나 산사태로 인해 등으로) 무언가에 파묻혔다.

훼손
당하는
욕구

생리적 욕구, 안전과 안정, 존중과 인정, 자아실현

생길 수
있는
잘못된
믿음

- 세상은 너무 위험하다. 안전한 장소는 집밖에 없다.
- 지루하게라도 사는 게 죽는 것보다 낫다.
- 사람들은 내가 아니라 사고로 인한 내 상처만 본다.
- 사고가 일어나기 전으로 돌아갈 수 없다.
- 죽음이 도처에 있는데, 무엇하러 영원한 것을 추구하는가?
- 언제라도 죽을 수 있는데, 안전한 일을 하는 게 무슨 의미가 있는가?

가질 수 있는 두려움	• 자연, 동물 등 사고와 관련 있는 것들이 두렵다.
	• 혼자 있거나 외부와 연락이 되지 않는 게 두렵다.
	• 피, 부상, 고통을 보는 게 두렵다.
	• 오도 가도 못하는 상태가 두렵다.
	• 위험을 피하지 못할까 두렵다.
	• 무언가에 대해 자세한 정보를 모르면 두렵다.
	• 잘못된 결정을 내릴 것이다.
	• 여행이 두렵다.
	• 준비도 없이 갑작스러운 변화를 맞을까 두렵다.

가능한 반응과 결과들

• 최악의 시나리오를 생각한다.

• 지나치게 세세한 계획을 세운다.

• 집과 가까이 있으려 한다. 외출보다는 집에 있는 편을 선호한다.

• 어떤 일도 혼자 하지 않는다.

• 예전에 매우 좋아했던 일이라도 위험 요소가 있는 활동은 피한다.

• 자신의 선택이나 행동이 안전하다는 확인이 필요하다.

• 사랑하는 사람들을 확인하고 끊임없이 주시한다.

• 통계를 확인한다(교통수단의 안전 평가 순위 등).

• 어떤 관계, 활동, 여행 등을 시작하기 전에 규칙을 먼저 숙지한다.

• 지난 사고와 관련된 활동에 반대하고, 자녀가 하는 것도 금지한다.

• (스카이다이빙, 짚라인 등) 위험한 활동은 꺼리거나 거부한다.

• (날씨를 살피고, 물건 구매 후 리콜 통지를 따르는 등) 변화에 민감하다.

• 모든 장소마다 닥칠 수 있는 위험의 정도를 가늠한다.

• 자신의 직감을 믿고 느낌이 좋지 않으면 그 장소를 떠난다.

• 안전 지대를 떠나지 않는다.

• 사고와 관련된 사람이나 장소를 피한다.

• 어떤 물건에 대해 미신을 믿는다.

• (주택용 경보기, 사실 확인 앱 등) 안전 기술에 지나치게 의존한다.

• 즉흥적인 행동은 피한다. 모든 상황에 어느 정도의 위험성이 있는
지 가늠해 보아야 하기 때문이다.

• 지나치게 무모한 행동을 하고, 거의 죽음을 무릅쓴다.

- 깊은 애착으로 이어질 수 있는 진지한 인간관계는 피한다.
- 죽음 이후에 어떤 일이 일어나는지에 대해 관심을 둔다.
- 응급 상황에 대처할 수 있는 능력을 키운다.

형성될 수 있는 성격 특성	• **속성**　경계하는, 분석적인, 조심스러운, 호기심 많은, 규율 잡힌, 돌보는, 주의력이 있는, 체계적인, 설득력 있는, 적극적인, 보호하는 • **단점**　지배적인, 방어적인, 잘 속는, 우유부단한, 융통성 없는, 불안정한, 비이성적인, 아는 체하는, 초조한, 집착하는, 미신을 믿는, 소심한, 걱정이 많은

상처가 악화할 수 있는 계기	• 자신 앞에서 괴상한 사고가 일어난다. • (뚜껑이 열린 맨홀 가까이 서 있는 등) 조심성 없는 사람을 본다. • (유리에 손을 베이는 것처럼) 사소한 사고로 상처를 입는다. • 언론에서 어떤 사람이 다치거나 죽은 사고를 보도한다. • 하마터면 사랑하는 사람을 잃을 뻔했다.

상처를 직면하고 극복할 기회	• 안전 강박에 빠져 부부 관계가 나빠진다. • 살아남으려면 위험을 감수하고 신속하게 행동해야 하는 상황을 마주한다. • 사고 후유증을 회복하는 가까운 사람에게 도움을 주고 싶다. • 사랑하는 사람이 부상을 당하거나 질병을 진단받고 무너지는 모습을 본다. • 자신의 롤 모델이 위험을 감수하며 다른 사람을 위해 훌륭한 일을 하는 것을 목격한다.

무차별 폭력으로
사랑하는 사람을 잃다

**Losing a Loved One to
a Random Act of Violence**

**구체적
상황**

- 강도 사건에서 배우자가 살해당했다.
- 가족이 화재로 죽었다.
- 학교 총기 난사 사건으로 자녀나 배우자가 사망했다.
- 가족이나 친구가 테러 공격을 받았다.
- 사랑하는 사람이 싸움을 중재하기 위해 개입했다가 칼에 찔리거
  나 총에 맞았다.
- 배우자가 강도를 만나 크게 다쳤다.
- 신원 오인으로 인해 가족이 살해됐다.
- 범인이 현장에서 도주하다가 자녀를 차로 치었다.
- (경찰, 폭발물 처리반 등이었던) 부모가 근무 중 사망했다.
- 자녀가 인질로 붙잡혀 인간 방패로 이용됐다.
- 다른 사람에게 보내는 경고의 의미(테러리스트가 정치·종교적인 발
  언을 하기 위해 인질로 잡는 등)로 가족이 살해됐다.
- 지나가는 차에서 쏜 총에 맞아, 혹은 폭력 집단 간의 싸움 중 총에
  맞아 형제·자매가 사망했다.

**훼손
당하는
욕구**

안전과 안정, 애정과 소속감, 존중과 인정, 자아실현

**생길 수
있는
잘못된
믿음**

- 사랑하는 사람도 지키지 못한 나는 형편없는 사람이다.
- 어떤 사람을 사랑했다가 잃으니 아예 아무도 사랑하지 않겠다.
- 이 사회는 엉망이다. 나 같은 사람(희생자와 같은 인종, 성, 종교 집단
  등)은 경찰도 법도 지켜 주지 않는다.
- 악이 늘 승리한다.
- 사랑하는 사람을 잃는 것은 시간문제이다.
- 어차피 나쁜 일은 일어나니 미래 계획을 세워 봤자 소용없다.

- 혼자가 될 것이다.
- 남은 사랑하는 사람도 폭력으로 잃을 것이다.
- 일어나는 일들을 통제하지 못하는 게 두렵다.
- (배우자가 살해된 경우) 혼자 자녀를 키워야 하는 게 두렵다.
- 사랑하는 사람의 죽음과 연관된 특정한 상황(차량 탈취 사건으로 살해되었다면, 운전이 두려워지는 등)이 두렵다.
- (인종, 성, 얼굴에 난 상처 등이) 살인범과 닮은 사람이 두렵다.
- 어떤 사람을 믿었다가 사랑하는 사람을 위험에 빠뜨릴까 두렵다.

- 북받치는 울음을 참을 수 없고 우울증을 앓는다.
- 사고 책임자에게 분노를 터뜨린다.
- 이미 고인이 된 사랑했던 사람에게 말하듯이 혼잣말을 한다.
- 사랑했던 사람의 체취가 밴 옷이나 베개 냄새를 맡는다.
- 고인이 남긴 사진과 기념품을 하나하나 훑어본다.
- 집의 문과 창문이 제대로 잠겼는지 강박적으로 점검한다.
- 무기를 소지한다.
- 휴대전화를 충분히 충전하고 언제나 쓸 수 있도록 가까이 둔다.
- 사람이 붐비는 장소나 낯선 사람을 피한다.
- (통금 시간을 반드시 지키라는 등) 가족들에게 안전 수칙을 지킬 것을 강요한다.
- 새로 만난 사람을 신뢰하지 못한다.
- 다른 사람에게 거리를 둔다. (특히 배우자가 살해당했을 경우) 이성과 좀처럼 가까워지지 못한다.
- 사랑하는 사람이 묻힌 묘지나 살해당한 장소를 자주 찾는다.
- 약물이나 술에 의존한다.
- 범죄자가 처벌받게 만드는 데 집착한다.
- 종교를 버리거나 다시 종교에 헌신한다.
- 범인과 비슷한 사람들에 대해 편견을 가진다.
- 희생자 지원 단체에 가입한다.
- 안전하다고 판단되는 고정된 일상에서 벗어나지 않는다.
- 경계심이 커지고, 주변을 항상 의식한다.

- 사랑하는 사람들과의 모든 순간을 소중히 여긴다.
- 자신이 겪은 사건과 관련된 피해에 대해 사회적 인식을 높여, 변화를 끌어내는 데 헌신한다.

형성될 수 있는 성격 특성	• **속성** 감사하는, 결단력 있는, 공감하는, 너그러운, 상냥한, 내성적인, 공정한, 충실한, 자비로운, 주의력 있는, 열성적인, 생각이 깊은 • **단점** 의존적인, 반사회적인, 도전적인, 적대적인, 재미없는, 충동적인, 우유부단한, 융통성 없는, 비이성적인, 자신감 없는, 초조한, 집착하는
상처가 악화할 수 있는 계기	• 사이렌, 타이어 마찰 소리 등 사건과 관련된 감각 자극을 받는다. • 폭력적인 영화 예고편이나 비디오게임 광고를 본다. • 꿈에서 사건을 다시 경험하고, 악몽에서 깨어난다. • 자신의 휴대전화에서 고인이 된 사랑하는 사람의 문자 메시지나 사진을 본다.
상처를 직면하고 극복할 기회	• 자녀가 찰과상과 같이 눈에 띄는 부상을 입은 채 집에 돌아온다. • 범죄자가 다른 사람도 희생시켰다는 사실을 알게 된다. • (자녀의 귀가 시간이 평소보다 늦고, 배우자가 전화하기로 한 시간에 전화하지 않는 등) 사랑하는 사람들의 안전이 걱정되는 일을 겪는다. • 사는 동네가 점점 위험해진다. • 법의 제재를 기다리다 지쳐 직접 행동에 나서기로 한다. • 어떤 기술적인 문제 때문에, 또는 경찰이 일을 제대로 처리하지 못해서 범인이 풀려났다는 소식을 듣는다. • 자신의 가족이 사건을 저지른 집단과 관련 있다는 (친구나 동료라는)사실을 알게 된다.

부모가
이혼하다

A Parent's Divorce

일러두기

여러 요소가 이 상처를 더 심각하게 만들 수 있다. 부모가 이혼할 때 캐릭터의 성격, 나이, 적응 가능성도 상처에 영향을 미치고, 부모의 이혼으로 생기는 변화, 예를 들어 새로운 경제적 현실, 이사 여부, 양육되는 장소, 지원 구조의 변화, 부모와의 관계 등도 중요한 요소다. 부모의 이혼으로 받는 영향은 단기적일 수도, 장기적일 수도 있다. 이 항목에서는 장기적 영향 위주로, 어릴 때 부모가 이혼한 경우 성인 또는 성인에 가까운 연령대까지 캐릭터가 받는 영향을 중심으로 살펴본다.

훼손 당하는 욕구

안전과 안정, 애정과 소속감

생길 수 있는 잘못된 믿음

- 자녀가 부부 관계를 망친다. 나 때문에 부모가 이혼했다.
- 오래가는 관계는 이 세상에 없다.
- 어떤 사람을 진정 사랑하더라도, 결국 상처를 받으며 끝날 것이다.
- 사랑은 영원하지 않다.
- 결혼은 멍청이나 하는 것이다.
- 모든 사람은 비밀을 가지고 있다. 누구도 완전히 믿을 수 없다.
- 평화를 유지하려면 입을 다물고 있어야 한다.

가질 수 있는 두려움

- 사랑하는 사람에게 버림받을 것이다.
- 나는 늘 중요한 존재가 아닐 것이다.
- (경제적, 감정적으로) 불안정한 상황이 두렵다.
- 배우자가 바람을 피울까 두렵다.
- 거절당하고 배신당할 것이다.
- 나보다 더 나은 사람 때문에 버려질 것이다.
- 내 결혼도 결국 실패할 것이다.

- 내 자녀에게도 똑같은 상처를 줄 것이다.
- 깊은 인간관계가 두렵다.
- 변화가 두렵다.

가능한
반응과
결과들

- 장기적인 관계를 싫어하거나 피한다.
- 깊은 인간관계를 맺지 못하는 것에 대해 변명한다.
- 연애 상대를 제대로 선택하지 못한다.
- 이성 관계가 문란하다.
- 사람들에게 지나친 애착을 느끼거나 의도적으로 애착을 피한다.
- 부모 중 하나 또는 부모 모두와 사이가 나쁘다.
- 부모와 부모의 선택에 대해 비판적이다.
- 어린 시절의 나쁜 기억에 대해 분개한다.
- 파트너나 배우자를 완전히 신뢰하지 못한다.
- 갈등이 생기면 해결하기보다는 회피한다.
- (서로 사랑하고, 아끼고, 가까운) 전통적인 가족을 원한다.
- 아무리 힘들어도 자녀에게는 자신이 부모에게 받지 못했던 지원을 아낌없이 준다.
- 위험을 회피한다. 안전한 길만 고집한다.
- 불안을 느낄 때가 많아 확신, 칭찬, 긍정적인 강화가 필요하다.
- 경제 상황에 대해 지나치게 걱정한다.
- 과거를 잘 잊지 못한다.
- 다른 사람에 대한 책임을 두려워한다.
- (사람, 개별 공간, 자신의 역할이나 일 등) 자신만의 영역을 지키고, 사람들에게 빼앗기지 않으려 한다.
- 사람들을 잘 용서하지 못한다.
- 사람들의 비위를 맞추거나, 다른 사람들을 조종한다.
- 모든 것을 지배하려고 한다.
- 변화에 쉽사리 압도당한다.
- 상황이 계획했던 대로 돌아가지 않으면 화를 내고 제대로 대응하지 못한다.
- 경쟁에 위협을 느낀다.

- 자립심이 강하다. 도움을 청하기를 꺼린다.
- 어떤 일이 잘못되면 자신의 책임인 것처럼 죄책감을 느낀다.
- 다른 사람의 행복에 지나친 책임감을 느낀다.
- 친구 관계와 연애 관계에 너무 집착해 상대를 숨 막히게 만든다.
- 불확실한 상황에서는 기대를 품지 말라고 자녀들에게 경고한다.
- 새로운 시도를 주저한다.
- 뜻밖의 일을 싫어한다.
- 어떤 일을 하기 전에 확신이 필요하다.
- 자신의 물건에 심하게 집착한다.
- 자신이 힘들게 성취한 것(안전한 집, 가족, 경력 등)에 자부심을 느낀다.
- 자신이 상황을 늘 통제하려고 하면 다른 사람들이 배우고 성장할 기회가 없다는 것을 이해한다.

형성될 수 있는 성격 특성	• **속성** 사랑이 많은, 분석적인, 조심스러운, 매혹적인, 신중한, 공감하는, 독립적인, 부지런한, 공정한, 충실한, 성숙한 • **단점** 도전적인, 지배적인, 방어적인, 회피적인, 위선적인, 성급한, 불안정한, 질투하는, 비판적인, 조종하는
상처가 악화할 수 있는 계기	• 부부 싸움 • 휴일에 부모 중 한 명(또는 부모 모두)을 방문한다. • 부모 중 하나가 재혼 이야기를 꺼낸다. • 자신의 배우자가 뭔가를 숨기는 것 같은 의심이 든다. • 가족 모임, 결혼, 장례식 등 가족이 모이는 행사에 간다.
상처를 직면하고 극복할 기회	• 결혼하거나 심리 상담을 받는다. • 결혼을 원하지만, 막상 하려니 두렵다. • 자신도 부모가 되는 것은 처음이라는 사실을 깨닫는다. • 실패한 결혼 생활을 자녀 때문에 유지하고 있지만 그런 상태는 자녀에게도 해가 된다는 사실을 깨닫는다.

불치병
진단을 받다

A Terminal Illness Diagnosis

 일러두기 불치병 치료는 생명을 연장해 줄 뿐 완치시켜 주지는 못한다. 의사들의 예측보다 훨씬 오래 사는 환자들도 있지만, 남은 시간이 6개월 이하라는 진단을 받을 때 보통 불치병이라고 한다.

훼손 당하는 욕구

생리적 욕구, 안전과 안정, 애정과 소속감, 존중과 인정, 자아실현

생길 수 있는 잘못된 믿음

- 의사의 오진이다. 나는 괜찮을 것이다.
- 나는 좋은 사람이니 신이 죽도록 내버려 둘 리 없다.
- (과거에 저지른 일 때문에, 내가 훌륭하지 못한 사람이기 때문에) 나는 이렇게 죽어 마땅하다.
- 나는 주변 사람들에게 짐만 되고 있다.
- 돈과 권력이 있다면 죽지 않을 것이다.

가질 수 있는 두려움

- 죽음과 고통이 두렵다.
- 다른 사람들이 나를 동정할 것이다.
- 친구와 가족이 지켜보는 가운데 서서히 쇠약해질 것이다.
- 병이 진행되면 통제할 수 없는 말과 행동을 하게 될 것이다.
- 건강하고 유능한 사람이 아니라 병약한 사람으로 기억될 것이다.
- '환자'가 나의 정체성이 될 것이다.
- (사후의 심판, 자신의 믿음과 다른 세계 등) 죽은 뒤에 어떤 일이 벌어질지 두렵다.

가능한 반응과 결과들

- 눈물과 슬픔을 통제할 수 없다.
- 말수가 줄어든다.
- 우울증을 앓는다.
- 약물과 술에 의존한다.

413

- 침대 밖으로 나오지 못한다.
- 과면증이나 불면증을 앓는다.
- (청결에 신경 쓰지 않고, 사랑하는 사람을 멀리하고, 반려동물을 무시하는 등) 삶을 포기한 것처럼 보인다.
- 자신의 질병을 인정하지 않고, 의사에게도 가지 않는다.
- 외모에서 병의 진행 흔적을 강박적으로 찾는다.
- 병이 진행됨에 따라 (운동, 건강한 식사, 청소 등) 일상적으로 하던 일들을 그만둔다.
- (재산, 유언장 작성 등) 인생의 정리와 관련된 이야기는 하지 않는다.
- 살아 있다는 것을 느끼기 위해 미친 듯이 위험을 감수한다.
- 일에 몰두하여 생각할 시간을 없앤다.
- 과소비 한다.
- 효과 여부에 상관없이 공격적인 치료법을 선택한다.
- 치료법을 찾을 수 있을까 하는 기대로 민간요법을 연구한다.
- (위험한 성관계, 과도한 음주와 파티, 위험한 장소를 찾는 등) 어리석은 행동을 하며 불치병 환자라는 사실에 반항한다.
- 다른 사람에게 상처를 준다는 것에 상관하지 않고 자신의 생각을 거리낌 없이 말한다.
- '충분히 잠을 못 잤어.' 혹은 '내가 뭘 잘못 먹어서일 거야.' 같은 말로 자신의 병을 부정한다.
- 약하게 보이기 싫어 도움을 거절한다.
- 자신을 걱정하는 사람들에게 식생활, 수면 습관, 투약 계획에 대해 거짓말을 한다.
- '몸이 좋아지면, 아이들과 놀이 공원에 가야지.' 혹은 '몸이 나아지면 다시 하이킹을 가야지.' 등 마치 자신의 병이 일시적인 것처럼 이야기한다.
- 자살을 자주 생각한다.
- 할 수 있는 일이 점점 줄어들면서 좌절하고 짜증을 낸다.
- 다른 의사의 소견을 원한다.
- 앞으로의 상황을 알기 위해 자신의 병을 공부한다.
- 통증을 줄이고 병의 진행을 지연시키는 방법을 찾는다.

이 상처는 즉각적이고, 더 악화될 수 있는 시간이 그리 많지 않기 때문에 캐릭터들이 커다란 성격 변화를 겪지는 않는다. 대신 캐릭터의 성격에서 부정否定, denial을 촉진했던 속성들이 좀 더 두드러질 수 있다. 예를 들면, 예전보다 혼자 있으려고 하거나 생각이 더 깊어질 수 있고, 혹은 반대로 즉흥적이고 무모해질 수도 있다.

- 언젠가 가 보고 싶었던 장소에 대한 광고를 본다.
- 교회와 같은 신의 상징물들을 본다.
- 다시는 맞지 못할 (크리스마스, 생일 등) 휴일을 맞는다.
- 유언장이나 마지막 소원에 관해 이야기한다.
- 가족 안에서 새로운 자녀가 태어난다.
- 시리즈물을 읽고 싶지만, 마지막 권까지 읽을 시간이 없을 것 같다.
- 마지막 휴가를 계획한다.

- 죽기 전에 소원해진 가족을 만나 관계를 복원하고 싶다.
- 후회되는 일을 만회할 기회가 아직 남아 있다는 사실을 깨닫는다.
- 병을 받아들이고, 남아 있는 시간을 즐기기로 마음먹는다.
- 자신의 분노를 누그러뜨린다면, 잘못을 바로잡고 다른 사람들에게 큰 도움을 줄 수 있다는 것을 깨닫는다.
- 꿈이나 목표가 생기고, 그것을 이루고 싶다.

붕괴된 건물에
갇히다

Being Trapped in a Collapsed Building

구체적 상황

다음과 같은 이유로 붕괴된 건물에 갇혔다.

- 바닥이나 천장이 갑자기 무너졌다.
- 태풍으로 건물이 무너졌다.
- 지진이 일어나서 건물의 버팀대가 무너졌다.
- 건물에 구조상의 결함이 있었다.
- 화재가 일어났다.
- 가스관 파열로 폭발이 일어났다.
- 건물이 낡아 무너졌다.
- 테러 공격을 받았다.
- 폭탄이 떨어졌다.
- 집 아래 싱크홀이 생겨 집이 주저앉았다.

훼손 당하는 욕구

생리적 욕구, 안전과 안정

생길 수 있는 잘못된 믿음

- 언제 죽을지 모르는데, 왜 책임질 일을 만들고 바르게 사는가?
- 안전한 곳은 없다.
- 내가 저지른 모든 죄를 씻지 않으면 이런 일이 또 일어날 것이다.
- 한 번 죽음을 피했으니 다시는 이런 일이 일어나지 않을 것이다.
- 미래를 계획하는 것은 시간 낭비다.
- (붕괴가 인재人災인 경우) 사람들은 무능하고 신뢰할 수 없다.
- (사랑하는 사람이 붕괴 사고로 죽었을 경우) 내가 대신 죽었어야 했다.

가질 수 있는 두려움

- (지하실, 주차장, 터널 등의) 어둠이 두렵다.
- 질식사할 것이다.
- 움직일 수 없게 될 것이다. 내 몸을 내가 통제할 수 없게 될 것이다.

- 가지고 있는 능력을 최대한으로 끌어내지 못해 살 기회를 날려버릴 것이다.
- 갑작스러운 사고로 사랑하는 사람을 잃을 것이다.

- 사고를 떠올리게 하는 건물들을 피한다.
- 지하실이나 아파트 지하에 내려가지 않는다.
- (사고가 날씨가 관련 있는 경우) 항상 날씨를 파악한다.
- 항상 휴대전화를 완전히 충전시킨다.
- MRI 장비 속처럼 폐쇄된 공간에서 발작을 일으킨다.
- 엘리베이터를 타지 않고 계단을 이용한다.
- (다른 사람들이 사고로 죽은 경우) 생존자의 죄책감으로 괴로워한다.
- 친구에게 야외나 넓게 트인 곳에서 놀자고 제안한다.
- 건물 내부보다는 바깥이 더 안전하다고 느낀다.
- 공황 발작에 대비해 흡입기를 가지고 다닌다.
- 지하실이 있는 집에서 살지 않는다.
- 집에 있을 때는 창문과 문을 열어 놓는다.
- 차고보다는 공터나 길가에 주차한다.
- 언제나 밖을 볼 수 있도록 블라인드나 커튼은 열어 둔다.
- 창문이 없는 방에 있으면 폐소 공포증을 겪는다.
- 건물 밖이나 건물의 1층에서 할 수 있는 일로 직업을 바꾼다.
- 가방이나 배낭에 (손전등, 물, 비상식량 등) 재난 대비 용품을 가지고 다닌다.
- 가족이 어디에 있는지 문자 메시지나 전화로 자주 확인한다.
- 새집이 안전한지 꼼꼼히 살핀다.
- 건물에 지나친 부하를 받는 곳이 없는지 건물 구조를 연구한다.
- 제2의 인생을 선물받은 것에 감사하고, 삶의 우선순위를 다시 조정한다.
- 가족이나 친구들에게 사랑을 표현한다.
- 자신을 구해 준 사람에게 감사한다.

- **속성** 경계하는, 감사하는, 조심스러운, 너그러운, 겸손한, 고무적
  인, 친절한, 돌보는, 보호하는, 정신적인, 거리낌 없는, 비이기적인
- **단점** 충동적인, 겁 많은, 망상적인, 재미없는, 피해 의식이 강한,
  편집증적인, 비관적인, 혼자 틀어박힌, 걱정이 많은

- 무너진 건물에 희생자가 갇혀 있는 텔레비전 보도나 온라인 실황
  보도를 본다.
- 자신이 폐쇄된 공간에 있다는 사실을 알게 된다.
- 두려움을 극복하려 하지만 실패한다.
- (낡은 집이나 폭풍우로 인해) 벽에 금이 간 건물에 있다.
- 정전이 일어났다.
- 자신의 동네나 직장 근처에서 건물 철거 작업을 한다.
- 격렬한 폭풍우가 건물을 뒤흔든다.
- (좁은 곳에서 사람들 틈에 끼는 등) 숨을 쉴 수 없다는 느낌이 든다.
- 교통 체증으로 긴 터널에 갇힌다.

- (지하철 터널처럼) 지하로 들어가는 일을 해야 한다.
- 반려동물을 구조하거나 어떤 것을 수리하기 위해서 환기구 같은
  좁은 장소에 들어가야 한다.
- 동굴에 들어가거나 좁은 뱃길을 지나야 하는 곳으로 휴가를 간다.
- 자동차 수리공으로 일하고 있어서 트럭 아래 좁은 공간으로 들어
  가야 한다.
- 살아남은 것을 감사하게 되는 일이 생긴다(형제·자매에게 장기 기
  증을 하거나 심폐 소생술을 통해 누군가를 살리고, 유괴된 아이를 유
  구하는 등).

사랑하는 사람이
자살하다

A Loved One's Suicide

 일러두기 사랑하는 사람의 자살은 치료하기 힘든 상처다. 살아남은 사람은 자신의 내부로 침잠해, 자살을 막을 방법은 없었는지 찾아보려고 한다. 사랑하는 사람이 보낸 신호를 놓쳤거나, 자신의 역할을 충분히 하지 못해서 그 사람을 잃었다고 생각하는 것이다. 자살의 원인을 이해해 보려는 사람들도 있다. 그들은 자신이 자살의 원인을 조금이라도 제공했을지도 모른다고 생각하기도 한다. 이러한 상처의 심각성은 캐릭터가 상황에 얼마나 잘 대처하느냐, 그리고 자신에게 책임이 얼마나 있다고 생각하느냐에 따라 달라진다.

훼손 당하는 욕구
안전과 안정, 애정과 소속감, 존중과 인정

생길 수 있는 잘못된 믿음
- 내 잘못이다. 상대가 보낸 신호를 놓치지 말았어야 했다.
- 내가 곁에 조금 더 있어 주었더라면(좀 더 좋은 딸이었다면 등), 이런 일은 일어나지 않았을 것이다.
- 나를 진심으로 사랑했다면, 이런 일을 저지르지 않았을 것이다.
- 나는 진정으로 친밀한 관계를 맺을 수 없는 사람이다.
- 내가 다른 사람의 인생을 참을 수 없는 것으로 만들었다.
- 사는 게 어렵지 않을 때 나는 누구에게나 좋은 사람이지만, 상황이 어려워지면 사람들은 내게 의지하지 않는다.

가질 수 있는 두려움
- 사랑하는 사람들이 보내는 신호를 또다시 놓치고 말 것이다.
- 사랑하는 사람들에게 충분히 좋은 사람이 되어 주지 못할 것이다.
- 다른 사람들과 진정으로 친밀한 관계를 맺을 수 없을 것이다.
- 나는 믿을 수 없고, 무능력한 인간이다.
- 나도 언젠가 스스로 목숨을 끊을 수도 있다.
- 자녀가 자살을 목격했으니 자녀도 목숨을 쉽게 생각할 것이다.

- 가족과 친구들을 멀리한다.
- 사랑하는 사람의 사망 이유에 대해 다른 사람에게 거짓말을 한다.
- 자살에 대해 자녀들에게 어떻게 말해야 할지 혼란스럽다.
- 자신이 무엇을 놓쳤는지 알아내려고 고인과 나누었던 대화와 활동을 분석한다.
- 사랑하는 사람에게 주었던 상처를 머릿속으로 되새긴다.
- 식욕을 잃거나 위장 장애를 앓는다.
- 죄의식으로 불면증을 앓는다.
- 상처받지 않으려고 피상적인 관계만을 유지한다.
- 다른 사람들에게 자살 징후가 있는지 집착한다.
- 사랑하는 사람이 침울해하거나 슬퍼하면 패닉에 빠진다.
- 사랑하는 사람이 혼자 틀어박히거나 말수가 줄면 불안해한다.
- 사랑하는 사람이 힘들어하는 모습을 보이면 사생활이나 독립적인 공간을 존중해 주기 힘들다.
- (너무 엄격하거나 너그러워지는 등) 죄책감에 대해 과잉 보상한다.
- 참견이 많아진다. 다른 사람의 기분을 알아내려 애쓴다.
- 다른 사람들의 삶을 완벽하게 만들어 주려고 노력한다.
- '해결사'를 자처하며, 도움을 원치 않는 사람들을 귀찮게 한다.
- 우울증에 빠진다.
- 자살을 생각하고 시도한다.
- 약물과 술에 의존한다.
- 자신의 감정을 솔직하게 표현하고, 다른 사람에게도 그렇게 해 달라고 부탁한다.
- 치료를 받고, 유족 모임에 가입한다.
- 자살에 대한 사회 인식을 높이는 모임에 참여한다.
- 사람들의 기분과 감정을 잘 파악하게 된다.
- (고령자, 환자 등) 자살률이 높은 사람들을 상대로 상담을 해 준다.

- **속성** 사랑이 많은, 감사하는, 돌보는, 주의력이 있는, 생각이 깊은, 사생활을 중시하는, 적극적인, 책임감 있는, 감상적인, 도와주는
- **단점** 의존적인, 무감각한, 냉담한, 강박적인, 도전적인, 냉소적인,

까다로운, 적대적인, 재미없는, 불안정한, 비이성적인, 피해 의식이 강한

상처가 악화할 수 있는 계기	• (고인의 생일, 결혼기념일, 살아 있으면 참석했을 대학 졸업식 등) 중요한 기념일을 맞는다. • 당연히 연락이 왔어야 할 사람의 소식을 오랫동안 듣지 못한다. • 자살 방지를 호소하는 광고를 본다. • 자살 문제에 대한 사회적 인식을 높이려는 행진을 본다. • 사랑하는 사람이 늘 참석하던 가족 모임이나 연례행사에 간다. • 자살에 사용된 도구나 물건을 본다.
상처를 직면하고 극복할 기회	• 사랑하는 사람이 우울증에 빠지거나 자살 징후를 보인다. • 자신이 우울증에 빠져 도움을 요청해야만 한다는 사실을 깨닫는다. • 사랑하는 사람의 갑작스러운 죽음이 자신에게 미친 영향에 대해 친한 친구와 이야기를 나눈다. • 사랑하는 사람이 자해한 흔적을 본다. • 다른 사람이 원하는 사람이 되고자 노력하다 자아를 잃었다. • 친구나 가족이 고인과 똑같은 위험한 습관(섭식 장애, 약물 중독)에 빠진 것을 알게 된다. • 숨이 막힐 정도로 자녀에게 집착해 자녀가 반항한다.

살아남기 위해
살인하다

Having to Kill to Survive

구체적 상황

- 폭력 집단 가입 조건으로 살인을 강요당했다.
- 감금이나 고문을 피하려면 사람을 죽여야 했다.
- 자녀를 낯선 사람으로부터 보호하려다 살인을 했다.
- 부모가 자신을 폭력적인 배우자로부터 보호하려다 살인을 했다.
- 자녀가 사랑하는 사람을 보호하려다 살인을 했다.
- (군인으로서) 전쟁터에서 사람을 죽이거나, (은행 경비원, 경찰관 등) 사람을 죽일 수도 있는 직업을 가지고 있다.
- 가학적인 게임 법칙에 따라 사람을 죽여야만 했다.
- 빈곤이 극에 달한 상황에서 꼭 필요한 자원을 보호하기 위해 다른 사람을 죽여야 했다.
- (음식, 물, 무기 등) 가족에게 꼭 필요한 자원을 위해 사람을 죽였다.
- 어릴 때 강제로 소년병이 되었다.

훼손 당하는 욕구

안전과 안정, 애정과 소속감, 존중과 인정

생길 수 있는 잘못된 믿음

- 나는 폭력적이고 위험한 사람이다. 나는 괴물이다.
- 나는 생각할 수도 없는 일을 저질렀다.
- 내가 한 일로 천벌을 받을 것이다.
- 누구도 다시는 나를 믿지 않을 것이다.
- 사람들은 이제 나를 다른 눈으로 볼 것이다.
- 내가 갑자기 폭발하여 폭력을 휘두를까 두려워 아무도 내 주변에 오지 않는다.
- 내가 무엇을 하든, 사람들은 나를 살인자로만 생각할 것이다.
- 다른 사람의 목숨을 빼앗았으니 살 자격이 없다.
- 세상은 악으로 가득 차 있다.

- 내가 무슨 일을 벌일지 두렵다.
- 폭력적인 성향을 자녀들도 닮았을까 두렵다.
- 내가 어떤 짓을 저질렀는지 사람들이 알게 될 것이다.
- 내 과거를 알면 사랑하는 사람이 나를 떠날 것이다.
- (체포되고, 희생자 가족이 복수하고, 자녀가 집에서 나가는 등) 뒤따라 올 벌과 결과가 두렵다.
- 사건과 관련된 특정 집단이나 조직이 두렵다.
- 자신이 했던 일로 평가를 받는 게 두렵다.

- 죄책감이나 양심의 가책으로 자신을 혐오한다.
- 무정한 사람이 된다.
- 사랑하는 사람들을 일부러 멀리한다.
- 사람들이 말다툼하거나 싸우면 불안하다.
- (우울증, 불안, 플래시백, 악몽 등) 외상 후 스트레스 장애(PTSD)를 겪는다.
- 폭력 외에 다른 선택이 있지 않았을까 후회한다.
- (보복당할지도 모르는 경우라면) 사랑하는 사람들의 위치를 항상 알고 있어야 한다.
- 신뢰와 우정을 쌓기 힘들다.
- 개인 정보를 드러내지 않는다.
- 어떤 결정을 내리기 전에 얼마나 위험한지 가늠한다.
- 즉흥적인 행동을 하지 못한다.
- 살인을 마음속에서 계속 되새긴다.
- 죄의식이나 수치심을 잊기 위해 약물과 술에 의존한다.
- 분노한다.
- 자신의 분노와 자신이 저지를 수 있는 일을 두려워한다.
- 잠에서 자주 깨거나 불면증을 앓는다.
- 최악의 경우를 상상한다. 어떤 일이든 비관적으로 생각한다.
- 사회와 사람의 선의를 믿지 않는다.
- 마음 편히 쉬거나 사소한 일에 즐거움을 느끼기가 힘들다.
- 언제나 위험과 위협을 찾는다.

- 남을 쉽게 속이는 사람이 된다. 자신의 행동을 감추기 위해 쉽게 거짓말을 한다.
- 종교를 갖거나 멀리한다.
- 자신을 방어하기 위해 무기고를 만든다.
- 집과 가족을 위한 안전 대책을 강화한다.
- 새로운 인간관계를 맺을 때는 매우 조심스럽게 천천히 다가간다.
- 속죄의 의미로 피해자 가족에게 변상하려 한다.
- 평화주의자가 된다. 모든 갈등과 충돌을 피한다.

형성될 수 있는 성격 특성	- **속성** 경계하는, 감사하는, 조심스러운, 용기 있는, 결단력 있는, 기분을 맞춰 주는, 규율 잡힌, 독립적인, 보호하는, 지략 있는, 사회적 의식이 있는 - **단점** 의존적인, 반사회적인, 지배적인, 냉소적인, 방어적인, 성급한, 융통성 없는, 비이성적인, 자신감 없는, 편집증적인, 비관적인, 편견을 가진
상처가 악화할 수 있는 계기	- 폭력을 묘사하는 영화나 텔레비전 프로그램을 본다. - (상점에 전시된 칼, 자신의 총 등) 살인에 사용했던 것과 같은 물건이나 무기를 마주친다. - 살인했던 상황과 똑같은 상황에 처한 악몽을 꾼다. - 가까운 곳에서 주먹다짐이 일어난다. - 논쟁이 거세지면서 말소리가 고함으로 바뀐다. - 각목의 질감처럼 살인했을 때와 비슷한 감각이 떠오른다. - 자녀가 폭력적인 상황(영웅과 악당 게임 같은)을 흉내 낸다. - 희생자 가족을 우연히 만난다.
상처를 직면하고 극복할 기회	- 자신이 다른 사람의 목숨을 좌우할 수 있는 상황에 놓인다. - 자신이 상황을 잘못 판단했고, 따라서 살인할 필요가 없었다는 사실을 뒤늦게 깨닫는다. - 살인이 정당방위였지만 그로 인해 재판을 받거나 비난을 받는다. - 자녀나 배우자가 자신 앞에서 예전과 다르게 행동한다.

시체와 같은 공간에
고립되다
Being Trapped with a Dead Body

구체적 상황

아래와 같은 상황에서 캐릭터가 시체와 같이 갇히는 경험을 했다.

- 비행기 사고
- 자동차 사고 직후, 다른 승객은 사망한 상태에서 자신은 몸을 움직이지 못한 채 구조를 기다렸다.
- 대형 사고로 많은 사람이 죽은 상황에서 정신이 들었다.
- 유괴당해 자동차 트렁크에 갇혔는데, 다른 희생자 시체가 있었다.
- 납치된 상태에서 다른 피해자가 사망했다.
- 갑작스러운 대피령으로 인해 죽은 환자들과 함께 병원에 남겨졌다.
- 깨어나 보니 다른 시체가 든 관에 있었다.
- 무너진 건물에 살아남은 유일한 생존자로, 구조를 기다렸다.
- 약물 과다 복용으로, 혹은 갑자기 죽은 부모와 함께 아이가 아파트에 남겨졌다.
- 일종의 도착적인 처벌로 시체가 있는 방에 감금됐다.
- (폭풍우 속의 등반 사고 등으로) 사망한 동료와 고립되어 있었다.
- 인질로 잡힌 상황에서 살해당한 인질들과 갇혔다.

훼손당하는 욕구

안전과 안정, 존중과 인정, 자아실현

생길 수 있는 잘못된 믿음

- 내가 잘못하여 벌을 받는 것이다.
- 내가 죽었어야 했다.
- 좀 더 열심히 싸웠어야 했다. 내가 약해서 이런 일이 일어났다.
- 예전의 나로 돌아갈 수 없을 것이다.
- 죽은 사람을 위해서라도 성공해야 한다.
- 내가 죽어도 아무도 슬퍼하지 않을 것이다.
- 속죄하는 유일한 방법은 희생자의 가족에게 보상하는 것뿐이다.

- (사고 현장에서 시체 운반용 부대를 보는 등) 시체를 보는 게 두렵다.
- 죽음과 죽음 이후가 두렵다.
- 혼자 죽음을 맞을까 두렵다.
- 내 죽음은 누구에게도 중요한 문제가 아닐 것이다.
- 내 시체가 발견되지 않을 것이다.
- 신체와 움직임을 구속당하는 게 두렵다.
- 언젠가 죽고 말 사람들과 관계를 맺는 게 두렵다.

- 외상 후 스트레스 장애(PTSD)를 겪는다.
- 공포증이 생긴다(교통사고 후 죽은 사람과 차 안에 갇혀 있었다면, 운전에 대한 공포증 등).
- 성마른 성격이 된다. 작은 일에도 화를 낸다.
- 약물이나 술에 의존한다.
- 죽음에 대한 생각이 떠나지 않는다.
- 미신을 믿고 특정한 의식儀式을 고집한다.
- 사람들과 사건들에 대한 감정이 무뎌진다.
- 예전 생활로 돌아가려고 노력한다.
- 가족과 친구를 멀리하거나 반대로 집착한다.
- 미래에 대한 열정을 유지하기 힘들다.
- 충격적인 이미지가 자꾸 다시 떠오른다(플래시백).
- 사건을 상기시키는 장소, 사람, 사건을 피한다.
- (덩굴에서 죽은 장미를, 창가에서 죽은 벌레를 찾아내는 등) 죽음에 민감하다.
- 사고에 관해 이야기해야 하는 것을 알면서도, 하지 않는다.
- 질문을 받으면 분노를 터뜨리며 더 이상의 질문을 차단해 버린다.
- 일에 집중하지 못하고 산만하다.
- 모든 위험을 피한다.
- 불안감이 커진다.
- 시체가 등장하는 텔레비전 프로그램이나 영화는 보지 못한다.
- 피만 보면 어지럽다.
- 사고와 연관된 냄새나 촉감에 민감하다.

- 음울한 인생관을 갖는다.
- 자기 파괴적 습관(문란한 성관계, 폭음, 도박 등)을 갖는다.
- 안전 수칙을 만들어 준수한다.
- 사랑하는 사람을 아끼고 그들에게 감사하며, 그런 마음을 더 많이 표현하려고 노력한다.
- 가족을 보호하려 애쓴다.

형성될 수 있는 성격 특성	• **속성** 경계하는, 조심스러운, 신중한, 집중하는, 내성적인, 친절한, 돌보는, 주의력 있는, 사생활을 중시하는, 적극적인, 보호하는, 감상적인, 정신적인 • **단점** 거친, 의존적인, 지배적인, 성급한, 충동적인, 주의력이 없는, 감정을 억누르는, 비이성적인, 음울한, 자신감 없는, 초조한, 침착하지 못한
상처가 악화할 수 있는 계기	• 악몽에서 깨어나거나 플래시백을 경험한다. • 죽은 동물이나 한때 살아 있던 생물을 본다. • 사고와 관련된 장소에 간다. • 장례식에 참석한다. • (비행기 사고를 겪은 뒤 다시 비행기를 타야 하는 등) 사고와 비슷한 상황을 경험한다.
상처를 직면하고 극복할 기회	• 중상을 입은 사람과 고립된 상태에서 구조대가 올 때까지 그 사람을 보살펴야 한다. • 불치병 치료를 받는 가까운 가족을 돌보게 된다. • (인질이 된 상황 등) 살기 위해서 두려움을 극복해야 한다. • 위급한 상황에 놓여 자녀를 위해서라도 침착하게 행동해야 한다.

이혼하다   **Divorcing One's Spouse**

일러두기

이혼에 대처하는 캐릭터의 행동과 능력은 각기 다르다. 캐릭터에게 가장 크게 영향을 미치는 요소는 결혼이 파경에 이른 이유와 두 사람 다 이혼에 합의했는지 여부다. 시간을 내어 파경을 낳은 배경들(불륜, 멀어진 마음, 경제 문제, 성적 정체성의 변화, 아이의 죽음 등)을 떠올려보면 캐릭터가 느끼는 격한 감정들을 더 잘 이해할 수 있다. 그리고 이혼으로 인한 캐릭터의 행동들을 더 잘 판단할 수 있다.

훼손 당하는 욕구

생리적 욕구, 안전과 안정, 애정과 소속감, 존중과 인정

생길 수 있는 잘못된 믿음

- 나는 사랑받을 자격이 없다.
- 모든 남자(여자)는 사기꾼이다.
- 모든 여자는 꽃뱀이다.
- 나는 그 사람의 밥줄이었을 뿐이다.
- 더 젊고 괜찮은 사람이 나타나 나를 대신할 것이다.
- 가까운 사람일수록 더 큰 상처를 준다.
- 진정한 헌신은 소설에나 나오는 이야기다.
- 어리석은 사람들이나 이런 식으로 상처를 입는다.
- 사랑과 행복은 상호 배타적인 것이다.
- 사랑이 영원하리라 믿었던 내가 바보다. 사람은 원래 이기적이라 상대에게 헌신할 수 없다.

가질 수 있는 두려움

- 가까운 사람이 상처줄 것이다. 누구에게도 마음을 열 수 없다.
- 헌신하기 두렵다.
- 거절당하고, 배신당할 것이다.
- 영원히 혼자일 것이다.
- 또다시 사람을 잘못 판단할 것이다.
- 믿지 말아야 할 사람을 믿게 될 것이다.

- 부정적인 인생관을 갖는다. 미래에 대한 비관적이다.
- 독단적인 일반화를 한다("모든 남자는 거짓말쟁이다." 또는 "여자는 모든 것을 해주길 바란다." 등).
- 다른 사람에게 감정을 전이한다("나의 상사는 전남편 같아, 자신을 위해 내 계획 따위는 모두 희생해 주길 바라지." 등).
- 헤어진 상대에게 좋은 일(새 직장, 집, 연인이 생기는 등)이 일어나면 분개한다.
- (헤어진 상대의 물건을 부수고, 비밀을 폭로해 수치심을 안기고, 다치게 하거나 살해하는 등) 가혹한 복수를 상상한다.
- 떨칠 수 없는 분노를 느낀다.
- 혼자 있으면 무너져 버린다.
- 혼자 모든 일을 처리해야 한다는 사실에 어쩔 줄 모른다.
- (노화의 징후가 보이거나 살이 찌는 등) 자신의 단점을 특히 부정적으로 본다.
- 자신을 결함이 있는 인간이라고 생각한다.
- (반려견이 쓰레기통을 뒤져 집 안을 엉망으로 만들어 놓는 등) 작은 일에도 무너진다.
- 연애 관계라면 진저리를 친다.
- 헤어진 상대를 나쁘게 이야기한다.
- 돈 걱정을 하고, 자신의 경제적 상황에 분개한다.
- 헤어진 상대에게 분노에 찬 문자 메시지를 보낸다.
- 자녀에게 헤어진 상대에 대한 정보를 묻는다.
- 자녀 앞에서 헤어진 상대를 나쁘게 말한다.
- 헤어진 상대를 돕지 않는다(상대방이 일이 생겨 아이를 보는 시간을 바꾸자고 요청하면 거절하는 등).
- 헤어진 상대가 의도적으로 자신을 도발한다고 생각한다.
- (결혼 생활 중 폭력이 빈번했을 경우) 누군가 자신을 지켜보고 미행하고 있다고 생각한다.
- 그 사람이 모든 불행의 원인이었다는 편집증적 망상에 빠진다.
- (헤어진 상대를 미행하고, 집 앞을 지나다니는 등) 집착을 보인다.
- (화해를 원하는 경우) 헤어진 상대를 보는 핑계로 자녀를 이용한다.

- (훨씬 어린 사람과 잠자리를 갖는 등) 무분별한 행동에 빠진다.
- 기분을 달래려고 자기 자신에게 소소한 선물을 하고, 여행을 간다.
- (자녀에게 비싼 선물을 사 주고, 여행에 데려가는 등) 헤어진 상대와 경쟁한다.
- (다른 옷을 입고, 수염을 기르는 등) 외모를 바꾼다.
- 몸무게가 급격하게 늘거나 줄어든다.
- 끊었던 담배를 다시 피우는 등 예전 습관으로 돌아간다.
- 이성에게 지나친 관심을 보이거나 문란한 생활을 한다.
- 반려동물을 입양한다.

형성될 수 있는 성격 특성	• **속성** 적응하는, 모험심이 강한, 유혹하는, 행복한, 독립적인, 부지런한, 충실한, 돌보는, 주의력이 있는, 생각이 깊은 • **단점** 냉담한, 유치한, 도전적인, 지배적인, 부정직한, 말하기 좋아하는, 적대적인, 성급한, 충동적인, 감정을 억누르는, 불안정한, 질투하는
상처가 악화할 수 있는 계기	• 시가나 처가에서 연락이 온다. • 친구 집이나 식품점에서 헤어진 상대를 우연히 만난다. • 자녀가 이혼에 대해 묻는다. • 결혼 생활 중 즐겨 찾던 식당에 간다. • 헤어진 상대가 데이트하고 있다는 소식을 듣는다. • 위기 상황이 와서 우선 헤어진 상대에게 도움을 요청해야 한다. • 주말에 자녀를 맡겨야 한다.
상처를 직면하고 극복할 기회	• 데이트 신청을 받는다. • 새로운 사람에게 호감을 느끼고 사랑을 시작하고 싶다. • 헤어진 상대가 다른 사람과 진지한 관계가 됐다. • 자녀 문제 때문에 헤어진 상대와 함께 상담을 받아야 한다. • 자녀가 다치거나, 입원하거나, 위험에 처했다. • 암 진단을 받거나 부모가 사망하는 등, 불행한 일을 당했을 때 헤어진 상대가 끝까지 도움을 준다.

유산 · 사산을 겪다

A Miscarriage or Stillbirth

일러두기 많은 요소가 유산이나 사산이라는 상처에 영향을 미친다. 캐릭터가 아이를 잃은 첫 경험인지, 임신하고 얼마 뒤에 이런 상처를 겪었는지, 주변에서 얼마나 도와주었는지, 아기를 잃은 특정한 이유가 있는지 등이다. 유산이나 사산은 엄마뿐 아니라 부모 모두에게 상처가 된다.

훼손 당하는 욕구

안전과 안정, 존중과 인정, 자아실현

생길 수 있는 잘못된 믿음

- 과거에 저지른 죗값을 받는 것이다.
- 내 잘못이다. 임신 기간에 잘못한 일이 있어 아기가 죽었다.
- 내가 아기를 못 갖는 데는 이유가 있을 것이다.
- 나도 모르게 임신을 후회해서 이런 일이 생겼다.
- 좋은 일이 생겨도 곧 기쁨을 앗아갈 일이 생길 것이다.
- 이런 고통을 다시 겪으니 아예 아기가 없는 편이 낫다.

가질 수 있는 두려움

- 이런 일이 다시 일어날 것이다.
- 사고, 병, 혹은 방치로 인해 남은 아이마저 잃을 것이다.
- 나는 형편없는 부모가 될 것이다.
- 내 몸에는 무언가 잘못된 부분이 있을 것이다.
- 다시 아기를 갖기가 두렵다.
- 다시는 아기를 갖지 못할 것이다.
- 병원이나 병원과 연관된 것들이 두렵다.
- 내 결혼 생활은 이제 끝이다.

가능한 반응과 결과들

- '가능할 수 있었던' 기념일(생후 1개월, 돌, 유치원 입학식 등)을 머릿속으로 따라간다.
- 남은 자녀에게 강한 소유욕을 보인다.

- 자신이나 자신의 배우자를 탓한다.
- 이런 일이 생긴 이유에 집착한다.
- 성관계에 대해 복잡한 감정을 가진다.
- 건강에 대해 지나치게 염려한다.
- (아기 방, 선물, 베이비 샤워 등) 아기와 관련된 것들을 피한다.
- 아기를 다시는 갖지 않겠다고 결정한 이후에도 아기 방을 그대로 유지한다.
- 아기 방이나 아기 물건에 끌린다.
- 아기가 있는 다른 부부를 멀리한다.
- 다른 사람들은 무사히 임신 기간을 보내는 데 분개하고, 자신의 감정에 죄책감을 느낀다.
- 우울증에 빠지거나 공황 장애가 생긴다.
- 건강을 더 의식하고, 다음에는 무사히 출산할 수 있다고 믿는다.
- 종교를 버리거나, 반대로 종교에 의지한다.
- 다른 사람의 아이에게 건강하지 못한 집착을 보인다.
- 자신이 부모 노릇을 할 수 있을까 의심한다.
- 다시 임신하는 것을 거부한다.
- 자신의 생일이 두렵다. 생일은 아기 없이 또 한 해를 지냈다는 사실을 상기시키기 때문이다.
- 같은 고통을 겪은 사람을 찾고, 공감한다.
- 입양을 생각한다.
- 임신과 육아가 아닌 다른 것에서도 만족감을 얻을 수 있다는 사실을 깨닫는다.
- 같은 상실을 겪은 부모가 있는 온라인 채팅방이나 모임을 찾는다.

형성될 수 있는 성격 특성	• **속성** 감사하는, 규율 잡힌, 공감하는, 부지런한, 고무적인, 돌보는, 생각이 깊은, 집요한, 사생활을 중시하는, 보호하는, 지각 있는, 정신적인
	• **단점** 의존적인, 지배적인, 냉소적인, 방어적인, 재미없는, 감정을 억누르는, 비이성적인, 무책임한, 질투하는, 피해의식이 강한, 음울한, 자신감 없는, 초조한

- 유산이나 사산을 했던 날짜가 돌아온다.
- 친구의 아이가 놀라운 일을 해낸 것을 보고, 자신의 아이도 그럴 수 있었다고 생각한다.
- 베이비 샤워나 친구의 아이 생일 파티에 초대받는다.
- 친구가 친구의 아이 일 때문에 점심시간에 만날 수 없다.
- 아기나 산모를 위한 상점을 본다.
- 쇼핑몰이나 식당에서 아기에게 수유하는 여성을 본다.
- 친구가 "넌 다른 아이가 있잖아." 혹은 "아이는 다시 가지면 되지." 등 생각 없는 말을 한다.
- 아기를 키우려고 만든 예쁘게 장식한 아기 방을 본다.

- 다시 임신하거나, 사산을 겪는다.
- 임신에 다시 성공하지만, 아기에게 병이나 결함이 있다는 사실을 발견한다.
- 가까운 친구가 입양 절차를 밟고 있다. 자신도 입양과 임신 중에서 결정을 내리고 싶다.
- 남은 자녀가 혼자 노는 모습을 보면서 다시는 아이를 갖지 않겠다는 결정이 옳았는지 생각한다.
- 아이를 잃은 상처를 부부가 서로 다른 방식으로 대처하면서 사이가 나빠진다.

임신 중절
수술을 하다

Having an Abortion

일러두기

임신 중절 결심은 쉽지 않다. 이런 선택을 하는 주요 원인은 대개 피임 실패, 태아의 선천적 기형, 강간이나 근친상간으로 인한 임신, 아이를 돌보거나 키울 능력이 없는 경우, 원치 않는 임신, 엄마나 아이 혹은 둘 다 임신 중 치명적인 위험에 처하게 될 가능성이 있는 경우 등이다. 임신 중절은 부모 모두에게 상처가 되지만, 모성때문에 여성에게 더 큰 상처가 남기 마련이다. 캐릭터가 이 사건을 받아들이는 방식에 영향을 미치는 것으로는 임신 중절을 했을 때의 상황, 주변 사람의 지원 수준, 임신 중절 강요 여부, 개인적인 신념이나 종교, 폭력이나 학대와의 관련성, 임신부나 아이의 생명에 대한 위협 등이 있다.

훼손 당하는 욕구

훼손당하는 욕구 애정과 소속감, 존중과 인정

생길 수 있는 잘못된 믿음

• 사람들 말을 듣지 말아야 했다. 아기를 지키지 못한 나는 형편없는 사람이다.
• 누가 봐도 나는 부모가 될 자격이 없다. 아예 아기를 갖지 말았어야 했다.
• 과거에 잘못을 저질렀으니, 이런 일이 일어나는 것도 당연히 받아들여야 한다.
• 내가 저지른 일을 알면, 사람들은 나를 피할 것이다.
• 어떤 비밀은 아무리 아프더라도 절대 밝히지 말아야 한다.
• 가족은 좋을 때만 나를 도와준다. 내가 힘들 때는 외면한다.
• 사랑은 조건적이다.

가질 수 있는 두려움

• (특정한 종교가 있는 경우) 종교 기관에서 추방될 것이다. 사후 심판이 두렵다.
• 사람들이 내가 임신 중절했다는 사실을 알게 될 것이다.

- 다시 임신하기가 두렵다.
- 사랑하는 사람들이 나를 어떻게 판단할까 두렵다.
- 원할 때 임신을 하지 못할 것이다.

<table>
<tr><td>

**가능한
반응과
결과들**

</td><td>

- 때로 감정이 무뎌져 아무것도 느끼지 못한다.
- 슬픔과 우울증을 겪는다.
- (임신 중절을 몰래 했다면) 슬픔을 밖으로 드러내지 않는다.
- 불면증을 앓고 악몽을 꾼다.
- 약물과 술에 의존한다.
- 집중을 잘 하지 못한다.
- 아기들이 있는 장소를 피한다.
- (위험은 끝났다는 안도감, 아기를 잃은 슬픔, 비밀을 지켜야 하는 데서 오는 불만, 후회 등) 마음이 혼란스럽고 복잡하다.
- 다시 연애하기가 힘들다.
- 섭식 장애가 생긴다.
- (성관계를 피하는 등) 성 기능 장애가 생긴다.
- 자살을 생각하고, 기도한다.
- 후회나 수치스러운 생각에 눈물을 터뜨린다.
- 스스로 외톨이가 된다. 가족, 친구, 파트너를 멀리한다.
- 괜찮은 척하느라 허세를 부린다.
- 죄책감에 다른 자녀와 잘 지내지 못한다.
- 마음 편히 쉬거나 사소한 일에 즐거움을 느끼기 힘들다.
- 지나치게 일에 몰두한다.
- 다른 사람보다 자신의 욕망을 앞세울 때 죄책감을 느낀다.
- 남은 자녀에게 '슈퍼 부모'가 되어준다.
- 아기가 태어났다면 어떤 모습이었을까에 집착한다.
- 임신 중절을 적극적으로 권유했거나, 이 결과에 나름대로 역할을 한 사람들에게 분노를 느낀다.
- 중요한 결정을 내려야 할 때 확신을 하지 못해 괴로워한다.
- 아무리 부모가 되고 싶어도 임신을 피한다.
- 나쁜 일이 일어나면 자신이 벌을 받고 있다고 생각한다.

</td></tr>
</table>

- 믿을 만한 사람에게 임신 중절에 대해 털어놓는다.
- 자신의 감정을 정리하기 위해 상담사를 찾는다.
- 임신에 강하게 반대하거나 여성들의 자율적인 선택을 적극적으로 지지하는 사람이 된다.

형성될 수 있는 성격 특성	• **속성** 야심이 큰, 분석적인, 신중한, 공감하는, 온화한, 부지런한, 내성적인, 자비로운, 돌보는, 보호적인, 감상적인 • **단점** 거친, 의존적인, 방어적인, 잘 잊는, 재미없는, 충동적인, 불안정한, 비판적인, 피해 의식이 강한, 집착하는
상처가 악화할 수 있는 계기	• 출산 예정일이 다가온다. • 아이들이 가득한 운동장을 지나간다. • 베이비 샤워에 초대받았다. • 임신 중절이 언론에서 중요한 화제가 된다. • 친구가 임신한 사실을 알게 된다. • 어떤 엄마가 아기를 방치하는 것을 본다. • 막 출산한 여성이 아기를 어르는 모습을 본다. • 어떤 아기의 초음파 영상을 본다.
상처를 직면하고 극복할 기회	• (다시)임신한 사실을 알게 된다. • 아기를 낳고 새 가정을 꾸리고 싶다. • 임신 중절을 생각하고 있는 친구를 고통 속에 혼자 두고 싶지 않다. • 아기를 갖고 싶지만 잘 생기지 않는다. • 건강상의 이유로 임신 중절을 또 해야 하는 상황에 처한다. • 십 대에 임신한 자녀에게 조언을 해 주어야 한다.

자녀가
사망하다

The Death of One's Child

일러두기 딸이나 아들의 죽음으로 인한 상처에 가장 큰 영향을 미치는 요소는
'부모가 그 죽음에 책임이 있는가'이다. 부모가 자녀의 죽음에 대해
어떻게 느끼느냐에 따라 상처의 심각성에 차이가 나지만, 이 항목에
서는 부모가 자녀의 죽음에 아무런 책임이 없는 경우에 집중하고자
한다(조금이라도 책임이 있는 경우에 대해서는 '돌보던 아이가 죽다'를
보라).

구체적 상황 자녀가 다음과 같은 이유로 죽는다.
- 불치병
- 영아 돌연사 증후군
- 교통사고
- 자연재해
- 운동 경기 중 일어난 돌발적인 사건(야구 경기 중 가슴에 공을 맞거
  나, 머리에 치명상을 입는 등)
- 진단 미확정 질환(심각한 알레르기, 혈우병으로 인한 과다 출혈 등)
- 버스 정류장에서 집으로 걸어오다가 차에 치였다.
- 자연 속(산 속 등)에서 길을 잃었다.
- (지붕 위로 올라가는 등) 위험하다고 못하게 했던 행동을 하다가 사
  고를 당했다.
- 어리석게 위험한 게임에 참여했다.
- 유산, 사산 혹은 신생아였을 때 사망

훼손 당하는 욕구 애정과 소속감, 안전과 안정, 자아실현

생길 수 있는 잘못된 믿음	• 자녀를 안전하게 지켜 주지 못했다.
	• 자녀의 죽음은 내 책임이다.
	• 나는 용서받을 자격이 없다.
	• 내가 지은 죄 때문에 신이 나를 벌하려고 이런 고통을 주셨다.
	• 나는 엄마(혹은 아빠)가 아니라면, 세상에서 아무런 가치가 없다.
	• 위험에 대비하지 않으면 누군가를 또 잃어버릴 것이다.
	• 다른 사람에게 자녀를 맡기는 것은 무모한 일이다. 아이는 내가 안 전하게 지켜야 한다.

가질 수 있는 두려움	• 다시는 충족감을 느끼지 못할 것이다.
	• 나머지 인생은 혼자 살아가야 할 것이다.
	• 내 아이가 어떻게 생겼고 어떻게 말했는지 잊을까 두렵다.
	• (배우자, 형제·자매, 아이 등) 다른 사랑하는 사람마저 잃게 될 것 이다.
	• 내 아이의 죽음을 낳은 특정한 상황이 두렵다.

가능한 반응과 결과들	• 죽은 자녀의 방에서 많은 시간을 보낸다.
	• 누구의 책임이 아니더라도 굳이 책임을 물을 사람을 찾는다.
	• 옛날에 찍은 동영상을 보거나 오래된 사진을 한 장씩 들여다본다.
	• 자녀가 죽은 상황을 계속 되새긴다.
	• 다른 사람의 문제에 관심이 없다.
	• 배우자와 마찰을 빚는다(아이의 물건을 소각하자는 의견과 그대로 간직하자는 의견의 충돌 등).
	• 남은 자녀가 어디에 있는지 언제나 파악하고 있어야 한다.
	• 남은 자녀를 더 잘 보호하려고 미신을 믿고, 관련된 의식을 치른다.
	• 겉모습이나 행동이 비슷한 아이를 자신의 죽은 자녀로 착각한다.
	• 죽은 자녀에 대한 선명한 꿈을 꾸고 괴로워한다.
	• 불안 장애가 생긴다.
	• 사람들을 멀리한다.
	• 다른 사람들이 이해한다고 하거나, 시간이 지나면 상처가 가라앉 을 것이라고 하면 불같이 화를 낸다.

- 과거에 살고 현재를 피한다.
- 종교를 버린다.
- 죽은 자녀에게 소리 내어 말을 건다. 특히 죽게 해서 미안하다고 사과한다.
- 아이들, 특히 죽은 자녀와 비슷한 나이의 아이들을 피한다.
- 죽은 아이 생각이 나는 특별한 기념일에는 마음이 아파서 참석하지 않는다.
- 시간이 흐르며 자신의 아이가 어떻게 자랐을까 상상한다.
- 자녀가 죽은 상황을 더 잘 이해하려고 열심히 조사한다.
- 자녀의 기념물(팔찌, 사진, 열쇠고리 등)을 언제나 가지고 다닌다.
- 고통스러운 기억을 잊기 위해 이사한다.
- 예전에 믿었던 종교로 되돌아가거나, 종교를 찾는다.
- 자녀가 죽은 곳에 추모비를 만들고 돌본다.

형성될 수 있는 성격 특성	• **속성** 감사하는, 공감하는, 온화한, 부지런한, 고무적인, 돌보는, 생각이 깊은, 집요한, 사생활을 중시하는, 적극적인, 보호하는, 정신적인, 비이기적인 • **단점** 의존적인, 지배적인, 냉소적인, 재미없는, 비이성적인, 무책임한, 질투하는, 피해 의식이 강한, 음울한, 자신감 없는, 초조한, 집착하는, 과민한, 완벽주의적인
상처가 악화할 수 있는 계기	• 자녀 이름을 듣는다. • 사람들이 일부러 자신의 아이 이야기를 피하고 있다는 것을 명백하게 느낀다. • 자녀가 좋아했던 장난감에 대한 광고를 본다. • 어떤 사람이 아이가 몇 명이냐고 묻는다. • 자녀와 비슷한 나이대의 아이들에게 둘러싸인다. • 베이비 샤워, 생일 파티, 졸업식처럼 자녀가 생각나는 행사에 참석한다.

- 다른 자녀를 가져볼까 생각한다.
- 자녀의 죽음을 충분히 극복하기 전에 임신 사실을 알게 된다.
- 자신들이 방치되었다고 생각하는 남은 자녀와 사이가 나빠진다.
- 남은 자녀가 친구의 죽음으로 충격받아 극복하는 것을 도와주고 싶지만, 아직도 슬픔에 빠져 있는 자신이 전혀 도움이 되지 않는다는 사실을 깨닫는다.

자녀를
입양 보내다

Giving up a Child for Adoption

일러두기 입양 제도는 시대에 따라 많은 변화를 겪었다. 따라서 입양과 관련된 캐릭터를 설정하려면 그 당시 제도를 세심히 살펴봐야 한다. 시간과 장소에 따라 생물학적 부모의 의사와 상관없이 비밀 입양만 가능했거나 강제로 자신의 아이를 포기해야만 했던 경우도 있고, 입양 형태 (개방, 반 개방, 비밀)◆를 선택할 수 있었던 경우도 있었다. 자녀를 포기하는 고통은 그 이유에 따라 크기가 다르다. 자신이 돌볼 수 없어서, 자녀가 좀 더 나은 삶을 살았으면 해서, 강간이나 원치 않는 임신 때문에, 교도소에 가야 해서 등 여러 이유가 있을 수 있다. 따라서 자녀를 입양보내는 캐릭터를 그릴 때는 그 선택 뒤에 놓여 있는 배경을 잘 파고들어야 한다.

훼손 당하는 욕구

애정과 소속감, 존중과 인정, 자아실현

생길 수 있는 잘못된 믿음

- 분명히 형편없는 엄마가 되었을 테니, 아이에게는 잘된 일이다.
- 자녀를 포기했으니 혼자인 것도 당연하다.
- 자녀가 나를 찾더라도 나를 보고 실망할 테니 만나지 말아야 한다.
- 버림받은 내 아이는 나를 절대로 용서하지 않을 것이다.

◆ **개방 입양**open adoption
입양 기관의 개입 없이, 생물학적 부모와 입양 부모 사이에서 모든 정보가 공개적으로 교환되고 접촉이 이루어지며 입양을 진행하는 형태.

반 개방 입양semi-open adoption
생물학적 부모와 입양 부모 사이에 직접적인 접촉 없이 입양 기관을 통해 서로 연락을 주고받으며 입양을 진행하는 형태.

비밀 입양closed adoption
입양 사실을 비밀로 하며, 마치 아이를 낳은 것처럼 꾸미고, 낳아 준 부모와의 관계는 완전히 단절하는 형태의 입양.

- 자녀를 만나면 실망만 안길 것이다.
- 자녀를 만나면 자신을 버렸다고 분노를 터뜨릴 것이다.
- 자녀에게 어떤 일이 벌어져도 전혀 모를 것이다.
- 자녀가 자신의 입양 사실을 알아채고, 자존감이 낮아질 것이다.
- 자녀가 학대받을 것이다. 도움이 필요할 것이다. 아플 것이다.
- 자녀를 버렸다는 이유로 가족들이 내게 등을 돌릴 것이다.
- 어느 날 갑자기 자녀가 내 문 앞에 나타날 것이다.
- 내 자녀는 자신을 절대 찾지 않을 것이다.

- 자녀를 버린 것에 대해 죄책감과 후회를 느낀다.
- 과거를 잊지 못한다.
- 자녀만 생각하면 감정을 주체하지 못하고 운다.
- 감정을 꾹꾹 눌러 두었다기 한 번에 분노로 폭발시킨다.
- 약물이나 술에 의존한다.
- 사람들이 자녀를 키우는 어려움을 토로하면 죄의식을 느낀다.
- 자신의 자녀가 어떻게 컸을까 궁금해한다.
- 거울을 보며, 자녀가 자기 외모의 어떤 부분을 닮았을까 상상한다.
- 자녀와 함께 시간을 보내는 상상을 한다.
- 자신과 닮은 자녀를 보며, 혹시 자신의 아이가 아닐까 궁금해한다.
- 세탁, 쇼핑, 일 등 일상적인 활동을 제대로 하지 못한다.
- 자녀를 입양 보내겠다는 결정을 했을 때 지지해 주지 않았던 사람
  들에게 분노를 느낀다.
- (자신을 버려서, 자신을 임신시켜서 등) 자녀의 아버지에 대해 분노
  한다.
- 자신의 아이를 입양한 부모를 질투하다가도, 자녀를 위해서 그들
  이 잘되길 비는 등 마음이 왔다 갔다 한다.
- 자녀를 위해 작은 선물을 사서 숨겨 놓는다.
- 자녀 나이에 맞는 옷을 산 뒤 자선 단체에 기증한다.
- 자살을 생각한다.
- 자녀를 찾기 위해 소셜 미디어 및 공공 기록을 뒤진다.
- 자녀의 신원을 알아내려 애쓴다.

- 자녀에게 편지를 쓴 뒤, 숨기거나 없앤다.
- 자녀와 관련된 (긍정적이거나 부정적인) 꿈을 꾼다.
- 상실감이 사라지지 않는다.
- (크리스마스에 선물 상자를 열고, 생일 케이크 촛불을 끄는 등) 중요한 날을 맞은 자녀를 상상한다.
- 고통을 없애려고 자녀를 입양하거나 가족을 꾸린다.
- 자기 관리와 자기 용서를 배우고 실천한다.

형성될 수 있는 성격 특성	• **속성** 사랑이 많은, 대담한, 이상적인, 상상력이 풍부한, 충실한, 돌보는, 집요한, 사생활을 중시하는, 보호하는, 지략 있는, 감상적인 • **단점** 겁 많은, 방어적인, 비체계적인, 성급한, 충동적인, 불안정한, 질투하는, 집착하는, 분개하는, 자기 파괴적인, 굴종적인
상처가 악화할 수 있는 계기	• 자신을 버린 아이 아버지를 우연히 만난다. • 자녀의 생일이나 중요한 휴일을 맞는다. • 아이를 낳은 지인을 위해 아이 선물을 사야 한다. • 가족 중 한 명이 임신 중절 수술을 선택하거나 입양을 결심했다는 이야기를 듣는다. • 학대하는 부모, 특히 입양아를 학대하는 소식을 뉴스에서 본다. • 자신의 아이와 비슷하게 생긴 아이를 본다. • 레스토랑에 가거나 비행기를 탔는데 아이가 계속 운다. • 아이가 주인공인 텔레비전 광고를 본다. • 자녀가 성인이 되었다는 것을 알게 된다(출생 기록을 열람할 수 있는 나이가 된다).
상처를 직면하고 극복할 기회	• 다시 임신한다. • 입양 보낸 아이가 연락해 온다. • 가족이나 배우자가 입양 보낸 아이에 대해 알게 됐다. • 혈연 장기 제공이 필요한 병을 진단받았다. • 가정을 꾸리고 싶은 생각이 든다. • 자신을 버렸던 아이의 아버지와 관계가 좋아졌다.

자연재해·인재人災를 겪다

A Natural or Man-Made Disaster

구체적 상황

- 지진, 허리케인·태풍, 심한 뇌우, 토네이도, 홍수, 쓰나미, 눈사태, 혹서, 얼음 폭풍 등 극단적인 악천후를 만나다.
- 화산 폭발
- 핵 발전소의 방사능 유출 사고
- 화학 무기 공격이나 우발적인 가스 누출 사고
- 전염병 발병
- 운석 충돌
- 산림 파괴로 인한 낙석이나 산사태
- 인재로 일어난 산불이나 화재
- 기름 유출, 유정 탐사
- 댐 붕괴
- 산업 폐기물 누출로 인한 광범위한 오염
- 심각한 가뭄과 기근

훼손 당하는 욕구

생리적 욕구, 안전과 안정, 애정과 소속감

생길 수 있는 잘못된 믿음

- 신이 나를(인간이나 내가 사는 지역 등을) 벌하는 것이다.
- 인간이 무엇을 지배할 수 있다는 것은 환상에 지나지 않는다.
- 완전히 안전한 곳은 없다.
- 내가 안전하기 위해서라면 어떤 일을 해도 괜찮다.
- 권력자들이 모두를 죽게 만들기 전에 우리가 먼저 그들을 공격해야 한다.
- 나만이 내 가족을 지킬 수 있다.
- 안전하려면 모든 일에 준비를 철저히 하는 것뿐이다.
- 사람들을 가장 필요로 할 때 그들은 나를 실망시킬 것이다.
- 자연은 위험하므로 피해야 한다.

- (눈 덮인 산, 폭풍 대피소 등) 재해와 관련 있는 장소가 두렵다.
- 특정한 계절이나 (기온, 강수량 같은) 기상 현상이 두렵다.
- 인구 밀집 지역이 두렵다.
- 자연에 둘러싸인 지역은 위험하다.
- 아프거나 다치고, 그래서 무력해질 것이다.
- 음식, 물, 약품이 떨어질 것이다.
- 가족을 지키기 위한 무기를 손에 넣을 수 없을까봐 두렵다.
- 정부나 권력자가 두렵다.
- 기후 변화가 두렵다.

- 재해에 대해 연구하고 이해하려 노력한다.
- 만일에 대비해 생활필수품을 비축한다.
- 대피 계획을 세운다.
- 정부 발표나 언론의 말은 믿지 않는다.
- 다양한 소식통을 통해 정보를 취합한다.
- 재해 속에서 사람들의 냉대를 겪은 뒤 인간에 대한 혐오가 생긴다.
- 가족이 무사한지 살피고 항상 연락이 닿을 수 있도록 한다.
- 자녀가 다른 사람과 같이 있거나 멀리 떨어져 있으면 불안하다.
- 특정한 위험을 피하려고 다른 장소로 이동한다.
- 야경증 증상을 보인다.
- (공황 발작, 불면증, 플래시백, 망상 등) 외상 후 스트레스 장애(PTSD)를 겪는다.
- 저장 강박이 생긴다.
- 건강 염려증이 생긴다.
- 최악의 시나리오를 상상한다.
- 특정한 기상 조건에서는 잠을 이루지 못한다.
- (폭풍 대피소나 지하 창고를 설치하고, 담장을 세우고, 우물을 파는 등) 비상사태를 대비하여 집을 고친다.
- 지구 멸망의 날에 대비한다.
- (재해가 인재였다면) 음모론자가 된다.
- 미래에 대비하는 온라인 단체에 가입한다.

- 혼자 살아가야 하는 때를 대비해 자급자족하는 방법을 배운다.
- 건강을 무엇보다 우선시한다.
- 가족과 연락이 끊기지 않게 유지한다.

형성될 수 있는 성격 특성	• **속성** 적응하는, 경계하는, 감사하는, 용기 있는, 규율 잡힌, 효율적인, 집중하는, 독립적인, 부지런한, 고무적인, 성실한, 자연 중심적인, 주의력이 있는 • **단점** 반사회적인, 무감각한, 감정을 억누르는, 불안정한, 비이성적인, 물질주의적인, 자신감 없는, 집착하는, 편집증적인, 비관적인, 이기적인, 인색한
상처가 악화할 수 있는 계기	• (재해가 인재人災였다면) 공장이나 굴뚝 같은 산업화의 상징을 본다. • (텅 빈 찬장 등) 재해 당시의 힘들었던 생활이 생각나는 물건을 본다. • 정전 사태 • 폭풍에 쓰러진 나무를 본다. • 다른 나라의 재해를 보여 주는 텔레비전 뉴스 보도를 접한다. • 사이렌 소리를 듣거나 구급차를 본다. • (유리가 깨지는 소리, 사이렌, 나무가 부러지는 소리, 갑작스러운 정적 등) 재해와 관련된 소리
상처를 직면하고 극복할 기회	• 또 다른 비상사태나 재해가 일어난다. • 다른 사람에게 도움을 요청해야 하는 위급한 사태에 처한다. • 주변 사람들의 동정과 도움이 필요한 어려운 상황에 놓인다. • 어려움을 겪는 사람들에게 자비를 베풀고 너그럽게 대하는 사람을 본다. • 다른 사람들을 위해 변화를 만들어 내거나 더 나은 미래를 위한 대의에 동참할 기회가 주어진다.

자택
화재

A House Fire

구체적 상황

다음과 같은 이유로 집에 불이 난다.

- 잘못된 전기 배선
- 벼락
- 부엌에서 기름 인화
- 청소 안 된 굴뚝
- 부주의한 흡연자
- 아이의 불장난이나 끄지 않은 난로 인화
- 발화성 용액의 인화
- 커튼 옆에 둔 촛불
- 낡은 크리스마스트리 장식
- 방화 범죄
- 산불이나 들불

훼손 당하는 욕구

생리적 욕구, 안전과 안정

생길 수 있는 잘못된 믿음

- (자신의 잘못이라고 생각하는 경우) 나는 중요한 일을 맡을 수 없다.
- (자신의 잘못이 아닌 경우) 나 말고는 중요한 일을 맡을 사람이 없다.
- 사람이나 물건에 애착을 갖지 않는 편이 낫다.
- 어디에서도 안전할 수 없다.
- 꼼꼼한 계획을 세우면 이런 일이 재발하지 않도록 예방할 수 있다.
- 사랑하는 사람들을 안전하게 지키려면 항상 내 곁에 두어야 한다.

가질 수 있는 두려움

- 불이 날까 봐 두렵다.
- 소중한 가보와 기념품을 잃어버릴 것이다.
- 또다시 커다란 실수를 저질러 심각한 결과가 생길 것이다.
- 나 때문에 사랑하는 사람이 죽을 수도 있다.

- 사랑하는 사람들의 안전을 지켜 줄 수 없다.
- 자녀가 이 사건 때문에 오랫동안 트라우마를 겪을 것이다.

<table>
<tr><td>

**가능한
반응과
결과들**

</td><td>

- 화재를 일으킬 만한 것이 없나 새집을 강박적으로 점검한다.
- 집에 애착을 갖지 않게 자주 이사를 한다.
- 집을 소유하기보다 임대하는 편을 택한다.
- 좋은 집이 더 안전할 것이라 믿고 예산을 초과해 근사한 집을 산다.
- 바꿔도 상관없는 기능적인 물건들만 산다.
- 물질주의를 경멸한다. 구두쇠가 된다.
- 화재로 잃어버린 물건들을 보상하기 위해 저장 강박에 빠진다.
- (화재가 자신의 잘못인 경우) 늦게까지 하는 파티 등 다른 사람들의 생명을 책임져야 할 수도 있는 상황은 피한다.
- 죄의식과 수치심 때문에 사람들을 꺼린다.
- (화재가 다른 사람의 잘못인 경우) 다른 사람의 일을 소소한 것까지 챙긴다.
- 사랑하는 사람을 잃을 수도 있다는 두려움에 과잉보호한다.
- (방화 섬유로 만든 옷만 구매, 집 안 공기를 테스트하는 어플리케이션을 내려받는 등) 화재 안전 대책에 지나치게 신경 쓴다.
- (촛불, 벽난로의 불꽃 등) 불을 무서워한다.
- 담배를 끊는다.
- 문제가 생기면 바로 깰 수 있도록 침실 문은 항상 열어 둔다.
- 집과 가족들을 밤새 확인한다.
- 중요한 문서를 (은행 금고처럼) 안전한 장소에 따로 보관한다.
- (화재 경보기 배터리를 정기적으로 바꾸고, 대피 계획을 세우는 등) 화재 안전 지침을 잘 따른다.
- 소방대에 자원한다.
- 주변의 모든 것들을 언제라도 갑자기 빼앗길 수 있다고 생각해 자신이 가지고 있는 것에 대해 감사한다.

</td></tr>
</table>

- **속성** 사랑이 많은, 경계하는, 분석적인, 감사하는, 조심스러운, 고마워하는, 꼼꼼한, 돌보는, 단순한, 검소한
- **단점** 무감각한, 냉담한, 까다로운, 재미없는, 음울한, 자신감 없는, 집착하는, 비관적인, 소유욕이 강한, 인색한, 감사할 줄 모르는, 혼자 틀어박힌, 걱정이 많은

- (연기 냄새, 탁탁 타는 소리, 깜박거리는 불꽃 등) 화재와 연관된 감각적 자극을 받는다.
- 아끼던 가보가 화재로 사라져 버렸음을 깨닫는다.
- 굉음을 내며 지나가는 소방차를 본다.
- 다른 집이 화재 위험에 노출된 것(노출된 배선, 타고 있는 담배 등)을 목격한다.
- 요리 중 화재 경보가 울린다.
- 자녀가 불장난하는 것을 본다.

- (아이의 학교, 배우자의 사무실 등) 사랑하는 사람들이 있는 곳에서 위험한 화재가 났다.
- 화재가 시작된 건물에서 다른 사람과 안전하게 대피해야 한다.
- 산불이 자신이 사는 지역을 위협한다.
- (홍수, 지진, 그 밖의 재난으로) 강제 대피령이 떨어져 모든 것을 버리고 떠나야 한다.
- 자녀가 화재에 대해 비정상적인 두려움에 떠는 것을 보고, 자신이 자녀들에게 그런 두려움을 불러일으켰음을 깨닫는다.

조난을 당하다

Getting Lost in a Natural Environment

구체적 상황

혼자(숲, 산, 사막, 바다에서) 오랫동안 길을 잃는다.

훼손 당하는 욕구

생리적 욕구, 안전과 안정, 애정과 소속감, 존중과 인정

생길 수 있는 잘못된 믿음

- 나는 무능하다.
- 직감을 믿어선 안 된다.
- 혼자서는 해낼 수 없다. 나를 도와줄 사람이 필요하다.
- 다시 도움을 받지 않으려면 모든 일에 대비해 놓아야 한다.
- 위험한 일을 감수했다가는 죽을지도 모른다.
- 다른 사람들에 대한 책임을 졌다가는 그들 모두를 망칠 것이다.
- 어차피 모든 것은 운명에 의해 결정된다.
- 자연은 예측할 수 없으니, 무조건 피해야 한다.

가질 수 있는 두려움

- 길을 잃었던 특정한 환경이 두렵다.
- 체온 저하나 굶주림으로 죽을 것이다.
- 혼자 고립될 것이다.
- 조난당했을 때 겪었던 (눈보라 등) 특정한 날씨가 두렵다.
- 집에서 너무 멀리 떨어지는 것이 두렵다.
- 새로운 장소에 가거나 새로운 일을 시도하기가 두렵다.

가능한 반응과 결과들

- 좀처럼 집을 떠나지 않는다.
- 주변이 지나치게 조용하거나 어두우면 불안하다.
- 조난당했던 장소와 흡사한 곳은 피하거나 반대로 집착한다.
- 물자를 절약한다.

- (음식, 담요 등) 조난 당시 도움이 되었던 물건을 강박적으로 저장한다.
- 자연을 불신한다. 불시에 위험을 드러낼 수 있다고 생각한다.
- 다른 사람들에게 의지한다.
- (인터넷, 휴대전화, 무선 장비, 경찰 무전 장비 등) 연락할 수 있는 장비가 있어야 안심할 수 있다.
- 혼자서는 아무데도 가지 않는다.
- 언제나 다른 사람들과 연락할 수 있도록 소셜 미디어에 중독된다.
- 새로운 장소나 경험은 피한다.
- 다른 사람의 도움을 거부한다.
- 좀 더 안전하다고 느끼는 장소로 이사한다.
- 모든 것을 통제하려고 한다.
- 혼자 보낸 시간이 워낙 길어서 사회적 규범을 신경 쓰지 않는다(개인적 공간 무시, 사람들 앞에서 탈의, 목욕하지 않기 등).
- 위험을 회피하는 사람이 되다 보니, 단체 활동이나 야유회 등에서 분위기를 깬다.
- 자신의 두려움을 직면하려고 굳이 조난당했던 곳에 간다.
- 좀 더 독립적이고 기술에 능한 사람이 되려고 노력한다.
- (자동차에 비상 장비를 두고, 냉동 건조 식품을 사서 안전한 장소에 보관하는 등) 비상사태에 대비한다.
- 작은 위안에도 감사한다.
- 조난당하기 전보다 물질적인 욕심이 줄어든다.

형성될 수 있는 성격 특성	• **속성** 적응하는, 경계하는, 조심스러운, 독립적인, 주의력이 있는, 낙관적인, 인내하는, 집요한, 지략 있는, 지각 있는, 말이 없는 • **단점** 지배적인, 방어적인, 이기적인, 미신을 믿는, 신경질적인, 소심한, 비협조적인, 혼자 틀어박힌, 걱정이 많은
상처가 악화할 수 있는 계기	• (새 병원을 찾다가 혹은 다른 도시에 사는 친구를 찾아갔다가 등) 안전한 장소에서 길을 잃는다. • 사랑하는 사람이 자신이 조난당했던 장소에 갔다는 것을 알게 된다.

- 여행 중 통화권을 벗어나 휴대전화를 사용할 수 없게 된다.
- (나무 사이에 부는 바람 소리 등) 조난을 상기시키는 감각 자극을 받는다.
- 심한 폭풍우나 악천후로 다른 사람들과 떨어진다.
- 먹고 마실 것이 충분하지 않다.

상처를 직면하고 극복할 기회

- 조난당했던 장소와 흡사한 곳에 가 달라는 요청을 받는다(업무상, 아이가 캠핑에 보호자가 필요해서 등).
- 조난당한 가족이나 친구를 구조해야 한다.
- 자녀가 야외 활동을 통해 자신과 유대감을 형성하고 싶어 한다.
- (캠핑을 가고, 친구 배를 타는 등) 자녀가 원하는 일을 계속 허락하지 않아서 자녀가 반항적으로 변한다.

테러

구체적 상황

- 폭발물의 폭발
- 지하철이나 건물의 통풍구를 통한 가스 살포 등의 화학 테러
- 사람들이 인질로 잡히는 폭력적인 상황
- 수원水源에 독을 풀거나 공중에 바이러스를 퍼뜨리는 생물학 테러
- 인질 교환 중 대사관 습격 및 점거
- 사이버 테러 (기술을 이용한 협조 공격을 통해 인프라를 붕괴시키고, 보안에 구멍을 뚫고, 금융 데이터를 훔치는 등)
- 에코 테러 (환경과 동물을 해치는 산업과 기업을 공격)
- 핵 위협 혹은 핵 전력 배치

훼손 당하는 욕구

생리적 욕구, 안전과 안정, 존중과 인정

생길 수 있는 잘못된 믿음

- 훌륭한 사람들이 이토록 많이 죽었는데, 나처럼 쓸모없는 사람만 살아남았다.
- 테러를 막기 위해 무언가를 했어야만 했다.
- 안전한 장소는 어디에도 없다.
- 가족을 안전하게 지킬 수 없다.
- 경찰은 부자와 권력자만 지킨다. 나는 자신을 스스로 지켜야 한다.
- 결국 테러리스트들이 승리할 텐데, 미래를 위해 훌륭한 것을 만들려고 노력하는 것이 무슨 소용 있는가?
- 이런 엉망진창인 세상에서 아이를 낳은 것 자체가 잘못이다.
- 내 안에 있는 욕구를 푸는 방법은 복수밖에 없다.
- 그 종교(인종, 신념 등)를 믿는 사람들은 모두 믿을 수 없다.
- 나와 다른 것이나 내가 모르는 것은 일단 두려워하는 게 현명하다.

가질 수 있는 두려움	
	• (지하철, 공항, 기차역, 쇼핑몰 등) 많은 사람이 모이는 장소가 두렵다.
	• 진짜 중요한 상황이 오면 몸이 얼어붙어 어쩔 줄 모를 것이다.
	• 고통받고 고문당할 것이다.
	• 테러리스트와 같은 인종, 종교, 신념을 가진 사람들이 두렵다.
	• 낯선 사람들과 군중이 두렵다.
	• 불관용이 모든 문제의 근본적 원인이다.

가능한 반응과 결과들	
	• 무기, 음식, 물을 비축한다.
	• 여행하지 않는다.
	• 외상 후 스트레스 장애(PTSD), 불안, 우울증을 겪는다.
	• 테러에 책임이 있다고 생각하는 사람들을 혐오한다.
	• (경기장, 콘서트장, 유원지 등) 사람이 많이 모이는 큰 장소를 피한다.
	• 생존자의 죄책감을 느낀다. 다른 사람은 죽었는데 왜 자신은 살아 있는지 알 수가 없다.
	• 가족, 특히 자녀들을 과잉보호한다.
	• 사랑하는 사람들의 활동을 안전한 활동으로 제한한다.
	• 시사 문제에서 언제나 최신 정보를 파악한다.
	• 낯선 사람과 만나야 하는 상황은 피한다.
	• 자신을 보호하기 위해 뉴스를 보며 앞으로 일어날 일을 예측할 수 있는 패턴을 찾는다.
	• 선전과 공포심 조장에 민감한 반응을 보인다.
	• 다른 사람의 동기를 믿지 않는다.
	• 테러리스트들의 행동을 거부하는 하나의 방식으로 자신의 국가나 종교적 상징에 애착을 보인다.
	• 박해가 걱정되는 경우 자신의 종교나 국가를 상징하는 물건을 착용하지 않는다.
	• (시위, 집회, 파업 등) 폭력 사태로 치달을 수 있는 상황이 불안하다.
	• 환경 변화에 민감하게 반응한다.
	• 스트레스 때문에 흉통이나 두통 등 병이 생긴다.
	• 예전 생활로 돌아가기 힘들다.
	• 사소한 일들을 즐기기 힘들다.

- 자신의 분노를 폭력적으로 표현한다.
- 가족이 눈에 보이지 않으면 걱정부터 한다.
- 생존에 필요한 필수품들을 저장할 곳을 만든다.
- 가족을 위한 재난 대비, 피난 계획이 있다.
- 섭식 장애와 수면 장애를 겪는다.
- 무언가 더 해야 할 일이 없는지 안절부절못한다.
- 정기적으로 헌혈한다.
- 사건 희생자들을 위한 추모비를 세우거나 그곳에 찾아간다.
- 종교적으로 독실한 신자가 된다.
- 사건과 사건을 낳은 정황을 더욱 잘 이해하려고 연구한다.
- 자원봉사를 하거나 지역 사회를 보호하는 데 도움을 줄 방법을 모색한다.

형성될 수 있는 성격 특성	• **속성** 경계하는, 분석적인, 조심스러운, 지능적인, 충실한, 체계적인, 애국적인, 예민한, 적극적인, 보호하는, 책임감 있는, 사회적인 의식이 있는, 현명한 • **단점** 무감각한, 냉담한, 도전적인, 지배적인, 망상적인, 적대적인, 성급한, 비이성적인, 비판적인, 초조한, 집착하는
상처가 악화할 수 있는 계기	• 소방 훈련에 참여한다. • 폭력성이 짙은 영화와 폭력에 대한 뉴스 보도를 접한다. • 행진, 시위, 폭동에 대한 뉴스 보도를 접한다. • 테러 공격이 있던 장소를 방문한다. • 사람의 고함이나 비명 소리를 듣거나 피를 본다.
상처를 직면하고 극복할 기회	• 자연재해에 휘말려 가족의 안전을 위해 대피해야 한다. • 은행 강도 사건이나 상점 강도 사건을 만난다. 살아남으려면 논리적으로 생각해야 한다. • 건물 내 가스 유출 사고나 화재에 직면하여, 사람들을 대피시키는 책임을 맡는다. • 대형 교통사고 현장에서 인명 구조에 도움을 주어야 한다.

학교 총기
난사 사건

A School Shooting

학교 총기 난사 사건은 사람마다 다른 상처를 남긴다. 현장에 가장 가까이 있던 학생, 교사, 교직원이 가장 큰 피해를 입지만, (학생들, 희생자, 심지어 난사범의) 부모 또한 트라우마를 겪을 수 있다. 또한 응급요원, 도시의 지도자, 지역 사회 모두 이 잔인한 폭력의 영향을 받는다. 이 상처를 선택해서 글을 쓰기로 했다면, 캐릭터의 성격, 역할, 현장과의 인접성에 따라 각기 다른 행동과 감정을 떠올려야 한다. 타임라인 또한 명심하고 있어야 한다. 좀 더 빨리 튀어나오는 반응도 있고, 오랜 시간에 걸쳐 드러나는 행동과 반응도 있기 때문이다.

훼손 당하는 욕구

안전과 안정, 애정과 소속감, 존중과 인정

생길 수 있는 잘못된 믿음

- 내 잘못이다. 사건을 막기 위해 무언가를 해야 했다.
- 사랑하는 사람들을 안전하게 지키지 못했다.
- 언제라도 죽을 수 있다.
- 어떤 사람의 진짜 모습을 이해하기란 불가능하다.
- 사람들은 언제라도 돌변하여 나를 공격할 수 있다.
- 폭력은 어디에나 있다.
- 언제라도 죽을 수 있는데 의미를 추구하는 게 무슨 소용인가?
- 세상은 악으로 가득 차 있다.

가질 수 있는 두려움

- 총과 폭력, 죽음이 두렵다.
- 누군가를 사랑해 봤자 결국 잃을 것이다.
- 낯선 사람(총격범이 모르는 사람이었던 경우)이 두렵다.
- 중요한 순간이 오면 그 자리에서 얼어붙거나, 실수하게 될 것이다.
- 사람들이 붐비는 곳에 있기가 두렵다.
- 또 다른 총기 난사 사건이 일어날 것이다.

- 모든 사람과 거리를 둔다.
- 집중하지 못한다.
- 감정이 빠르게 극단으로 치닫는다.
- 약물과 술에 의존한다.
- 생존자의 죄책감을 느낀다.
- (신자였다면) 종교에 회의적이 된다.
- (가능한 위험과 위협을 살피는 등) 모든 것에 경계를 강화한다.
- 스트레스를 받으면 과잉 반응하거나 아예 둔한 반응을 보인다.
- 누군가 자신을 놀라게 만드는 일에 대단히 민감한 반응을 보인다.
- (두통, 소화불량 등) 장기적인 스트레스를 겪는다.
- 자신이 살해당하거나 누군가를 구하지 못하는 악몽을 꾼다.
- (심장이 격렬하게 뛰고, 자신이 어디 있는지를 깜빡하는 등) 공황 상태
  로 잠에서 깨어난다.
- 사랑하는 사람이 어디 있는지 항상 알고 있어야 한다.
- 공황 발작과 불안에 압도된다.
- (불안, 우울증, 불면증, 악몽, 야경증, 플래시백 등) 외상 후 스트레스
  장애(PTSD)를 겪는다.
- 삶에 대해 매우 심각하게 생각하거나 반대로 가볍게 생각한다.
- 웃고, 재미있어하고, 사소한 일을 즐기는 데 죄책감을 느낀다.
- 사건을 잊고 살아가는 일이 고인들의 명예를 실추시키는 일일까
  걱정한다.
- 사랑하는 사람들에게 집착한다.
- 사건에 관해 이야기하기를 거부한다.
- 사건 장소에 있지 않았던 사람들과 관계가 멀어진다.
- 어떤 일이 벌어졌는지 이해해 보려고 사건 조사에 집착한다.
- 다른 사람을 구하지 못했다는 죄책감으로 자신의 행동을 비판한다.
- (총기 소지 허가서를 얻고, 칼을 가지고 다니는 등) 자신을 보호할 방
  법을 찾는다.
- 총기 규제에 찬성한다.
- 신뢰 문제를 겪는다. 잘 모르는 사람과 있으면 불편하다.
- 집에 혼자 있거나, 가족과 떨어져 있으면 불안하다.

- 위험을 싫어하며 즉흥적으로 행동하지 않는다.
- 자신의 감정을 정리하기 위해 사건 이야기를 하고 싶어 한다.
- 집단 혹은 개별 상담에 참석한다.
- 자신의 경험과 감정에 대한 글을 쓴다.

형성될 수 있는 성격 특성	- **속성** 경계하는, 분석적인, 조심스러운, 규율 잡힌, 공감하는, 충실한, 자비로운, 돌보는, 예민한, 보호하는, 책임감 있는 - **단점** 반사회적인, 지배적인, 재미없는, 충동적인, 불안정한, 비이성적인, 자신감 없는, 집착하는, 편집증적인, 침착하지 못한
상처가 악화할 수 있는 계기	- (텔레비전, 극장, 사격 연습장 등에서 들리는) 총소리를 듣는다. - 차의 폭발음, 폭죽 소리 같은 커다란 소음을 듣는다. - 총격범이 착용했던 것과 똑같은 운동화나 야구 모자 등 사고를 상기시키는 물건들을 본다. - 친구나 가족이 무작위적인 폭력이 벌어지는 현장에 있다. - 병원에 가야 한다. - 응급 차량의 사이렌 소리 - 희생자 가족들을 우연히 만난다.
상처를 직면하고 극복할 기회	- 추도식에 참석하여 다른 피해자를 만난다. - 폭력 사건에서 자신과 다른 사람을 구하기 위해 행동해야 하는 상황이 된다. - 트라우마로 고생하는 친구가 고통에서 빠져나오도록 도와주고 싶다.

장애와
미관
손상

Disabilities and

Disfigurements

만성 질환과
통증

Living with Chronic Pain or Illness

 구체적 상황

섬유 근육통, 만성 피로 증후군, 루게릭병, 알츠하이머, 천식, 암, 만성 폐색성 폐질환, 낭포성 섬유종, 간질, 심장 질환, 자가 면역 질환(다발 성경화증, 류마티스 관절염, 낭창, 당뇨병, 염증성 장 질환 등), 만성 성병 (헤르페스, HIV/AIDS, B형 간염, C형 간염), 관절염, 부상, 신경 손상, 편두통, 과거에 받은 수술 등으로 인한 만성 통증

훼손 당하는 욕구

생리적 욕구, 안전과 안정, 존중과 인정, 자아실현

생길 수 있는 잘못된 믿음

- 내 삶은 이보다 조금도 나아질 수 없다.
- 나는 쓸모없는 인간이다. 차라리 죽는 게 낫다.
- 내가 아프다고 생각하니 아픈 것이다.
- 가족들에게 짐만 될 뿐이다.
- 내가 저지른 일 때문에 벌을 받고 있다.
- 인생은 살아야 할 가치가 없다.

가질 수 있는 두려움

- 자녀에게 병이 유전될 수 있다.
- (배우자 혹은 부모 등) 나를 돌봐 주는 사람에게 버림받을 것이다.
- 사랑하는 사람들에게 짐이 되고 있다.
- 절대로 치료법을 찾지 못할 것이다.
- 점점 증상이 나빠져 결국 죽을 것이다.
- 새로운 질환이 더 생길 것이다.
- 결국에는 식물인간이 될 것이다.
- 치료비를 결국 감당할 수 없을 것이다.

- 외톨이가 되어 집에 틀어박힌다.
- 우울증에 빠진다.
- 감정 기복이 심해 화내고, 좌절하고, 신랄하게 말한다.
- 병 때문에 어쩔 수 없이, 또는 우울증 때문에 신체 활동이 줄어든다.
- 약에 의존한다.
- 다른 사람이 설득해야만 집 밖으로 나간다.
- 자신의 건강을 돌보지 않는다.
- 집안일을 돌보지 않아 엉망진창이 된다.
- 직장이나 학교에 가지 않는다.
- 직장이나 학교에서 효율성이 떨어진다.
- 피로나 신체적 한계 때문에 취미나 소일거리를 포기한다.
- (영화 시청이나 독서 등) 병을 잊을 수 있는 활동에 몰두한다.
- 다른 사람에게 병을 숨기거나 건강에 대해 언급하지 않는다.
- 수면 시간이 불규칙하다.
- 자신이 알고 있는 고통의 패턴에 따라 하루 계획을 세운다.
- 비탄 과정을 겪는다.
- 자신의 병을 스스로 연구하고 치료 방법을 시도해 본다.
- 후원 단체에 가입한다.
- 자신의 병에 관한 최고의 전문의를 찾는다.
- 치료법을 찾으려고 노력하는 단체에 기부금을 낸다.
- 스트레스와 부정적인 생각을 쫓는다.

- **속성** 유연한, 감사하는, 조심스러운, 정서적으로 안정된, 협조적인, 규율 잡힌, 태평한, 효율적인, 너그러운, 고무적인, 충실한, 돌보는
- **단점** 의존적인, 무감각한, 냉담한, 강박적인, 지배적인, 냉소적인, 잘 잊는, 성격 나쁜, 재미없는, 주의력이 없는, 우유부단한, 책임감 없는, 음울한

- 형제·자매나 가까운 친척이 비슷한 증상을 보인다.
- 또 다른 심각한 병 또는 장애가 있다는 진단을 받는다.
- 병 때문에 중요한 행사를 놓친다.
- 누군가 병과 통증은 심리적 이유 때문이라고 하는 말을 우연히 듣는다.

- 꿈을 이룰 기회를 잡았는데, 예전에 비해 훨씬 많은 시간을 할애해야 하는 상황에 놓인다.
- 돌보아 주던 사람이 자신을 포기해, 이제는 자신을 스스로 책임져야 한다.
- 보살펴야 하는 대상(아이, 이웃, 개 등)을 만난다. 이 어려운 일을 맡을지 도망 칠지 선택해야 한다.
- (결혼, 출산, 손주의 졸업식 등) 병마와 싸워 이겨내야겠다고 마음먹게 만드는 중요한 일정이 있다.
- 모든 병은 자신이 했던 행동 때문에 생겼다는 것을 알게 된다(흡연, 피임 도구를 사용하지 않은 성관계 등).

모두가
뒤돌아볼 만한 미모   Being So Beautiful It's All People See

**훼손
당하는
욕구**

안전과 안정, 애정과 소속감, 존중과 인정, 자아실현

**생길 수
있는
잘못된
믿음**

- 나의 가치는 외모뿐이므로 다른 노력, 뛰어난 두뇌, 능력도 존중받지 못할 것이다.
- 사람들이 다가오는 이유는 오로지 나의 미모 때문이고, 그 미모를 이용하기 위해서이다.
- 나의 생각이나 믿음은 중요하지 않다.
- 나는 다른 사람이 원하는 대로 살 수밖에 없다. 내가 원하는 대로는 살 수 없다.
- 미용 산업에 종사할 수밖에 없다. 사람들이 나한테 그걸 기대하기 때문이다.
- 우정에는 질투가 있기 마련이므로 '피상적인' 관계만이 안전하다.
- 나와 데이트하고 싶어 하는 사람들은 나를 눈요깃감으로만 여긴다.
- 두려움과 고민을 털어놓으면, 사람들은 나를 경멸할 것이다.

**가질 수
있는
두려움**

- 스토킹이나 폭력, 성폭력을 당할까 두렵다.
- 누군가 나를 이용할 것이다.
- 미모에 갇혀 중요한 결정들을 할 때 실수를 저지를 것이다.
- 나이가 들어 미모를 잃는 것이 두렵다.
- 병에 걸릴까 두렵다.
- 외모 때문에 공정한 평가를 받지 못할 것이다.
- 믿지 말아야 할 사람을 믿게 될 수 있다.
- 질투하는 동료가 앙갚음을 하고 내 일을 방해할 것이다.
- 깊이 있는 진정한 사랑을 하지 못할 것이다.

- 건강과 미모를 지키기 위해 꼼꼼하게 규칙을 세워 실천한다.
- 다이어트와 운동을 꾸준히 한다.
- (성형 수술, 값비싼 미용 제품 구매 등) 노화와 싸운다.
- 인정받고 싶은 욕구 때문에 자신의 선택에 의문을 제기한다.
- 다른 사람들을 기쁘게 해 주는 존재가 된다.
- (그 관계가 진실한지에 대한 의심 때문에) 친밀한 관계를 피한다.
- 불평해 봐야 사람들이 공감하지 않으니 아예 불평하지 않는다.
- 사람들이 기대하는 대로 (예의 바르고, 세련되게) 행동한다.
- 사람들이 틀렸다는 것을 보여 주려고 일부러 사람들의 기대와 반대로 행동한다.
- 미소를 짓고 당당한 척하며 낮은 자존감과 싸우거나 감추려 든다.
- 비밀이 많다. 깊은 곳에 감춘 감정과 욕망을 드러내지 않으려 한다.
- 나름대로 자신의 몸에 단점이 있다고 생각하지만 드러내놓고 표현하지는 못한다.
- (약물과 술에 의존하거나, 스스로 외톨이가 되거나, 겉으로 보이지 않는 부분에 자해를 하는 등) 우울증을 앓는다.
- 자신의 미모를 일부러 대수롭지 않게 여기며 다른 사람들과 어울리려 한다.
- 연인과 외출하면 장식이나 물건이 된 듯한 기분을 느낀다.
- 동성 친구들이 자신을 좋아하고 적개심을 가지지 않도록 열심히 노력한다.
- 안전에 민감하다. 위험한 장소를 피한다.
- 친절하고, 사람들과 쉽게 가까워진다.
- 사람들이 자신의 외모보다는 개성에 초점을 맞추도록 노력한다.
- 스포츠, 외국어, 학위 취득 등 외모와는 상관없는 분야에서 뛰어난 능력을 보이려고 노력한다.

- **속성** 조심스러운, 매혹적인, 협조적인, 예의 바른, 규율 잡힌, 애교 많은, 우호적인, 너그러운, 친절한, 충실한, 성숙한, 순종적인, 사생활을 중시하는, 보호하는, 관능적인, 세련된, 거리낌 없는
- **단점** 의존적인, 심술궂은, 건방진, 냉소적인, 사치스러운, 위선적인,

충동적인, 억제하는, 불안정한, 질투하는, 남자다움을 과시하는, 물질주의적인, 음란한, 반항적인, 방종한, 버릇없는, 허영심 있는, 일중독의

상처가 악화할 수 있는 계기

- 누군가 노골적으로 추근댄다.
- 외모를 질투하는 누군가가 비속어를 사용해 욕한다.
- 비판적인 시선이나 표정으로 자신을 보는 사람과 눈이 마주친다.
- 지적인 내용에서 피상적인 내용으로 대화 주제가 바뀐다.
- 자신의 외모에 대한 질투 때문에 친구에게 배신당한다.
- ("수리 작업도 못하고, 몸 쓰는 일도 못할 거야." 등) 자신에 대한 사람들의 편견 때문에 다른 사람이 자신의 일을 맡는다.
- 사람들이 성공의 이유가 외모 때문이라고 믿는다.
- 외모를 무기로 원하던 바를 얻는 사람을 보며, 자신의 문제에 대한 고정관념을 강화한다.
- 나이가 들어감에 따라 매력이 줄고 있는 데 대해 친구들이 악의적인 기쁨을 느끼고 있다는 사실을 깨닫는다.

상처를 직면하고 극복할 기회

- 외모가 손상되는 사고를 당하거나 병을 앓는다.
- 임신·출산에 따른 몸의 변화를 받아들여야 한다.
- 지성, 재능, 열의를 보여 줄 기회가 찾아왔지만, 과거에 겪었던 거절과 조롱이 떠올라 두렵다.
- 자신의 자녀가 미모를 이용해 다른 사람을 농락하는 것을 본다.
- 섭식 장애가 생기고, 늦기 전에 도움을 청해야겠다고 생각한다.

불임

구체적 상황

건강상의 이유(자궁 내막증, 자궁 기형, 배란 장애 등), 자궁 적출 수술, 잘못된 임신 중절 수술, 암과 암 치료, 성병에 의한 합병증, 조기 폐경, 정자 수 감소, 원인 불명 등의 이유로 임신이나 출산을 할 수 없다.

훼손 당하는 욕구

애정과 소속감, 존중과 인정, 자아실현

생길 수 있는 잘못된 믿음

- 나는 모자란 사람이다.
- 나는 결함이 있기 때문에 다른 사람과 사귀지 말아야 한다.
- 이러한 벌을 받아 마땅하다.
- 아이를 갖지 못하는 데는 이유가 있을 것이다.
- 나는 형편없는 부모가 되었을 것이다. 그래서 아이가 없는 것이다.
- 불임이라는 사실을 알면 사람들이 동정할 테니, 아이를 원하지 않는다고 하는 편이 낫다.
- 아이가 없으면 나는 결코 온전한 사람이 될 수 없고, 인생을 제대로 살았다고 할 수 없다.
- 건강하게 살려고 노력했는데도 이런 일이 생기는데 건강을 돌봐서 무엇하는가?
- 늙어서 혼자 죽게 될 것이다. 아무도 나를 돌봐 주지 않을 것이다.

가질 수 있는 두려움

- 배우자가 죽으면 혼자 남을 것이다.
- 부모 노릇을 못하거나 사람들을 돌보지 못하는 사람이라고 여겨질까 두렵다.
- 또 다른 병이 있을까 두렵다.
- 절대로 행복이나 만족감을 느낄 수 없을 것이다.
- 내가 능력이 없어서 배우자에게 성취감을 주지 못했다.
- 불임 사실을 들키면 배우자가 떠날 것이다.

- 불편이나 비용은 개의치 않고 아이를 갖는 데 집착한다.
- 새롭거나 특이한 출산 방법, 불임 치료, 치료법들을 쉴 새 없이 연구하고 시도한다.
- 불임 치료를 받기 위해 돈을 저축하거나 빚을 진다.
- 성관계가 오로지 임신을 위한 수단이 된다.
- 건강에 집착한다.
- 아이가 없는 이유에 대해 거짓말한다.
- 우울증을 앓는다.
- 어버이날에는 다른 사람들과 접촉을 피한다.
- 약물과 술에 의존한다.
- 자녀가 있는 부부를 멀리하고 자녀가 없는 부부하고만 만난다.
- 배우자나 부모를 잃고 혼자 될까 두려워 그들에게 집착한다.
- 아이들을 피한다.
- 공허감을 채우기 위해 돈을 아낌없이 쓴다.
- 여행을 자주 다니고, 유목민 같은 생활을 하며 어느 곳에도 정착하지 않는다.
- 자녀가 있는 사람들이나 자녀에 대해 불평하는 사람들을 싫어한다.
- 다른 생각을 할 수 없도록 일에 몰두한다.
- (입양 등) 대안을 연구한다.
- 후원 단체에 가입한다.
- 아이를 절대로 가질 수 없음을 깨닫고는 비탄 과정을 겪는다.

- **속성** 유연한, 애정이 깊은, 감사하는, 신중한, 공감하는, 낙관적인, 인내하는, 집요한, 사생활을 중시하는, 지략 있는
- **단점** 냉담한, 냉소적인, 회피적인, 비이성적인, 질투하는, 피해 의식이 강한, 자신감 없는, 강박적인, 비관적인, 분개하는, 신경질적인, 감사할 줄 모르는, 혼자 틀어박힌

- 가까운 친구나 친척이 어렵지 않게 아이를 가졌다.
- 돌잔치 등에 초대를 받아 아기의 선물을 골라야 한다.
- 임신 중이거나 아기에게 수유하는 여성을 본다.

- 임신한 젊은 부부가 나오는 광고나 텔레비전 프로그램을 본다.
- 친구가 원치 않은 임신을 하여 임신 중절을 한다.
- 어버이날이나 어린이날처럼 부모가 함께 보내는 기념일이 된다.
- 별 뜻 없는 말에 상처받는다(아이는 빨리 가질수록 좋다는 말이나 왜 아이가 없느냐는 질문 등).

상처를 직면하고 극복할 기회

- 입양할 수도 없는 상황임을 알게 된다.
- 위급한 상황에서 친구의 자녀를 돌보면서 모성(부성) 본능이 깨어난다.
- 많은 희생과 노력 끝에 임신했지만 유산된다.
- (입양한 자녀, 혹은 불임이 되기 전에 낳은 자녀 등) 자녀가 사망한다.

성 기능
장애

Sexual Dysfunction

구체적 상황

비만, 당뇨, 심장 질환, 혈관 질환 등의 질병, 스트레스(불안, 우울증, 성관계와 관련된 공포증 등)와 같은 심리적 요인, 강간 등으로 인한 과거의 성적·신체적 외상, 약물 부작용, 약물과 알코올중독, 호르몬 불균형, 자신의 몸에 대한 이미지, 혹은 몸 자체의 문제로 인한 성 기능 장애가 있다.

훼손 당하는 욕구

애정과 소속감, 존중과 인정, 자아실현

생길 수 있는 잘못된 믿음

- 배우자(연인)가 나에게 만족하지 못할 것이다.
- 성 기능 장애에 대한 생각을 내 감정을 감춰야 한다.
- 내가 성 기능 장애라는 사실을 알면 누구도 내 곁에 머물지 않을 것이다.
- 차라리 혼자인 편이 낫다.
- 여성(남성)에게 성적인 기쁨을 줄 수 없으니, 다른 방식으로 남성성(여성성)을 증명해야 한다.
- 성관계는 의무에 불과하다.
- 성관계 없이는 의미 있는 연애를 할 수 없다.
- 장애가 없던 과거의 나로 영원히 돌아갈 수 없다.

가질 수 있는 두려움

- 다른 사람과 성적으로 친밀한 관계가 될까 두렵다.
- 성적 관계로 이어질 수 있으므로 누군가와 감정적으로 가까워지는 게 두렵다.
- 거절당할까 두렵다.
- 성관계를 부정적으로만 보게 될까 두렵다.
- 스킨십, 로맨틱한 저녁 식사 등 성관계로 이어질 수 있는 행동들이 두렵다.

- 고통과 수치를 피하려고 금욕적인 사람이 된다.
- 성적 흥분을 위해 포르노그래피 등 다른 자극에 의지한다.
- 자신은 안 된다, 할 수 없다는 말을 속으로 되뇐다.
- 성 기능에 대한 의심이 다른 능력에 대한 의심으로까지 번진다.
- 호감을 느끼고 다가오는 다른 사람들을 차단한다.
- 스스로 외톨이가 된다.
- 원치 않는 주목을 피하려고 수수한 차림새를 한다.
- 배우자(연인) 앞에서 옷을 벗지 않는다.
- 성관계가 가능할 정도로까지 연애를 발전시키지 않는다.
- 성관계 시 즐기는 척한다.
- (피로, 병, 과도한 업무 등) 성관계에 관심 없는 이유에 대한 변명을 늘어놓거나 부정적으로 말한다.
- 성관계 외의 다른 방식으로 자신의 가치를 증명하려 한다.
- 성적으로 문제가 있거나 관심이 없는 사람하고만 연애한다.
- 자위행위에 몰두한다.
- 성적인 대화를 불편해하거나 피한다.
- (친밀한 관계로 발전할 수 있는 칭찬을 하지 않거나, 신체 접촉을 피하고, 말을 하지 않는 등) 배우자(연인)를 멀리한다.
- 배우자(연인)에게 성적 욕구를 충족시켜 주지 못하는 것에 대한 보상으로 다른 욕구들을 충족시켜 주려 애쓴다.
- 자신의 병에 대한 의학적·심리적 도움을 청한다.
- 배우자(연인)가 자신을 지지해 주리라고 기대하며, 자신의 문제를 솔직하게 털어놓는다.
- 성관계에 과민 반응을 보이지 않으려 애쓴다.

- **속성** 경계하는, 조심스러운, 기분을 맞춰 주는, 신중한, 공감하는, 독립적인, 친절한, 충실한, 돌보는, 인내하는, 예민한, 집요한, 사생활을 중시하는, 적극적인, 보호하는, 특이한, 도와주는, 관대한, 비이기적인
- **단점** 무감각한, 냉담한, 냉소적인, 부정직한, 회피적인, 위선적인, 불안정한, 남자다움을 과시하는, 과민한, 비관적인, 분개하는, 자기

파괴적인, 신경질적인, 소심한, 말없는, 혼자 틀어박힌

<table>
<tr><td>상처가
악화할 수
있는 계기</td><td>
• 배우자(연인)가 스킨십에 적극적이다.
• 중요한 순간에 성관계를 맺을 수 없는 상태가 된다.
• 배우자(연인)가 불만을 토로한다.
• 다른 사람들이 성 기능 장애에 대해 비웃는 것을 듣는다.
• (어떤 냄새, 노래, 장소 등) 과거의 성적性的 트라우마를 떠올리게 하는 상황에 놓인다.
• 텔레비전이나 온라인에서 성 기능 장애 극복을 위한 제품 광고를 본다.
</td></tr>
<tr><td>상처를
직면하고
극복할
기회</td><td>
• 당혹스러울 수도 있고, 실패할 수도 있다는 사실을 알면서도 배우자(연인)가 문제를 해결하는 데 함께 노력해 주기로 기꺼이 약속한다.
• 성관계를 하지 않아도 사랑하기 때문에 괜찮다는 배우자(연인)를 만난다(계속 무능하다고만 생각할 것인가, 아니면 성 기능 여부에 상관없이 자신은 충분히 가치 있는 사람이라는 것을 받아들일 것인가를 선택해야 한다).
• 자신의 콤플렉스 때문에 멀어진 배우자(연인)와의 관계를 개선하고 싶다.
• 자신이 늙어가고 있음을 깨닫고, 한 사람에게 정착하고 싶다.
</td></tr>
</table>

언어
장애

A Speech Impediment

**구체적
상황**

- 말을 더듬는다.
- 언어 장애가 있다(말을 하지 못한다.).
- 발음에 문제가 있다.
- 후두 손상이나 구개 파열◆ 등으로 말을 잘하지 못한다.

**훼손
당하는
욕구**

애정과 소속감, 존중과 인정, 자아실현

**생길 수
있는
잘못된
믿음**

- 사람들은 내 말을 듣기 싫어할 것이다.
- 내 말 중 쓸모 있는 것이라고는 없다.
- 언어 장애 때문에 아무것도 이룰 수 없을 것이다.
- 아무 말도 하지 않는 편이 낫다.
- 나는 연애를 할 수 없다.
- 중요한 말을 하더라도 내 장애 때문에 누구도 진지하게 들어주지
  않을 것이다.
- 조롱받을 게 뻔하니 사람들과 가까워지지 않는 편이 낫다.
- 함께하는 사람들에게 나는 수치스러운 존재이다.
- 내 장애를 아무도 이해해 주지 않는다.
- 나는 결코 리더가 될 수 없다. 그저 추종자일 뿐이다.

**가질 수
있는
두려움**

- 공개적인 조롱거리가 되는 것이 두렵다.
- '특별한 사람' 취급을 받거나 관심의 대상이 될 것이다.
- 사람들과 가까워지면 상처받을 것이다.

◆ **구개 파열**cleft palate
입술이나 잇몸 또는 입천장이 갈라져 입안과 콧속이 통하게 되는 선천적
기형.

- 혼자 할 수 있는 일이나 사람들과 최소한의 교류만 하면 되는 일을 찾는다.
- 엄청난 책벌레가 되거나 영화광이 된다.
- 말을 하면 말문이 막힌다.
- 대화를 나누기 어려워 연애하기 힘들다.
- 자존감이 낮아 자신에 대한 큰 기대가 없기에, 파트너를 선택할 때 까다롭게 굴지 않는다.
- 캠핑, 하이킹, 별 관찰, 그림, 게임 등 혼자 하는 활동을 한다.
- 말보다 채팅으로 의사소통을 하는 등 온라인 접촉을 선호한다.
- 사교 모임이나 가족 모임을 피하거나 핑계를 대고 빠져나온다.
- 말을 해야 하는 상황이 생기면 얼굴이 붉어지거나 식은땀을 흘린다.
- 시선을 계속 피하며 다른 사람들과의 대화를 피한다.
- 공상과 망상에 종종 빠진다.
- 단체 운동이나 모임에 참여하지 않는다.
- 늘 출구 옆이나 방 가장자리에 앉는다.
- 이메일이나 문자 메시지를 아주 길게 쓴다.
- 전화를 받지 않고 항상 문자 메시지로 답을 보낸다.
- 사람들과 대화하는 것을 피하려고 책이나 휴대전화를 가지고 다니면서 바쁜 척을 한다.
- 어떤 기회에도 나서지 않는다.
- 혼자서도 말을 많이 하는 사교성 좋은 사람에게 끌린다.
- (가수, 연설자 등) 자신과 비슷한 사람이 약점을 극복하고 성공한 모습을 보며 감동한다.
- 자신과 같은 문제를 가진 사람을 찾는다.
- 친절, 지성, 유머 감각 같은 자신의 장점을 찾고 거기에 집중한다.
- (선물을 주고, 이야기를 잘 들어주고, 집에 초대하는 등) 비언어적 수단을 통해 다른 사람과 관계를 맺는다.
- 메시지, 사진, 비디오로 표현하고 소통할 수 있는 소셜 미디어를 적극적으로 이용한다.
- 다른 사람보다 뛰어나게 잘하는 활동이나 취미를 추구한다.

형성될 수 있는 성격 특성	• **속성** 분석적인, 감사하는, 호기심이 많은, 규율 잡힌, 공감하는, 집중하는, 너그러운, 온화한, 명예로운, 독립적인, 친절한, 충실한, 자비로운, 돌보는, 철학적인, 사생활을 중시하는, 보호하는, 말이 없는 • **단점** 반사회적인, 냉소적인, 방어적인, 재미없는, 성급한, 충동적인, 감정을 억누르는, 불안정한, 질투하는, 초조한, 지나치게 민감한, 분개하는, 굴종적인, 소심한, 혼자 틀어박힌
상처가 악화할 수 있는 계기	• 언어 장애가 있는 사람이 괴롭힘과 놀림을 당하는 현장을 목격한다. • 사회적 영향력이 있는 사람이 장애에 대한 혐오나 잘못된 정보를 담은 말을 마구 쏟아내는 것을 듣는다. • 언어 장애가 두드러지는, 스트레스를 주는 상황을 마주한다. • 언어 장애가 있느냐는 질문을 받는다. • 의견을 발표해야 하는 회의에 참석하라는 요청을 받는다.
상처를 직면하고 극복할 기회	• 자신의 자녀도 언어 장애가 있다. • 직장에서 발표를 하거나 회의를 주재해 달라는 요구를 받는다. • (면접, 첫 데이트 등) 첫인상이 중요한 상황인데 말을 하기가 힘들다. • 불의에 맞서 자신의 의견을 밝히고 싶지만, 그러기 위해서는 자신의 두려움부터 극복해야 한다는 사실을 깨닫는다. • 언어 장애에 대한 사회적 이해를 높이는 활동을 하고 싶다. 그러려면 자신이 먼저 주목을 받아야 한다는 사실을 깨닫는다.

오감 중
한 감각을 상실

Losing One of the Five Senses

 일러두기 우리는 감각을 통해 우리 주변의 환경, 사람과 상호 작용한다. 하지만 감각을 잃기 전까지는 감각에 얼마나 의존했는지 깨닫지 못한다. 감각을 잃은 뒤에도 행복하고 충만하게 살아가는 사람들도 있지만, 그러려면 시간이 필요하고, 사람마다 필요한 시간과 심각한 정도가 다르다. 감각을 잃은 사람이 새로운 현실을 받아들이고 새 출발을 하기까지 상처는 계속해서 부정적인 영향을 미친다.

훼손 당하는 욕구

애정과 소속감, 존중과 인정, 자아실현

생길 수 있는 잘못된 믿음

- 나는 결코 예전과 같은 사람이 될 수 없을 것이다.
- 감각을 잃었기 때문에 행복할 수 없다.
- 사람들은 나의 장애만을 본다.
- 돌봐 주는 사람에게 계속 의존할 수밖에 없을 것이다.
- 이제 나는 꿈을 이룰 수 없다.

가질 수 있는 두려움

- 다른 감각도 잃을 수 있다.
- 다른 사람에게 의존해야 한다.
- 나를 돌봐 주는 사람을 잃을 수 있다.
- 사랑을 하지 못할 것이다.
- 장애 때문에 동정의 대상이 되고, 특별 취급을 받게 될 것이다.
- 소외될 것이다.
- 다른 사람이 나의 장애를 모르는 경우, 그들의 높은 기대 수준을 충족시키지 못할 것이다.

- 세상으로부터 도피한다.
- 소외감을 느끼고 사람들의 오해를 받는다.
- 혼자서 할 수 있는 일과 취미를 찾는다.
- 기대치를 낮춘다.
- 실패와 실망에 대한 두려움 때문에 해내지 못한 일에 대해 변명을 늘어놓는다.
- 이제 불가능하다고 믿기 때문에 꿈과 목표를 포기한다.
- 감정 기복이 심하고 다른 사람들을 자주 비난한다.
- 자신의 불행을 가슴 아파한다.
- 우울증에 빠져 자살을 생각하거나 기도한다.
- 두려움, 불안, 걱정, 자기 연민에 빠지고 다른 사람에게 지나치게 의존한다.
- 상황에 적응하지 못하는 자신의 무능력함에 쉽게 좌절한다.
- 자신의 약점을 보상하려고 어떤 분야에 지나치게 몰두한다.
- 건강한 사람들에게 적개심을 갖는다.
- 자신의 약점을 핑계로 사람들을 조종한다. 자신도 할 수 있는 일을 다른 사람에게 시킨다.
- 위험을 회피한다.
- 삶을 스스로 통제하지 못하는 것에 대한 반감으로 다른 사람들을 지배하려 든다.
- 불필요한 위험을 무릅쓰고, 규칙을 어기고, 권력자를 무시하고 반항하는 태도를 보인다.
- (외출하지 않는 등) 자신의 세계를 축소한다.
- 새로운 상황에 적응하기 위해 치료를 받는다.
- 자신과 같은 아픔을 겪고도 성공한 사람들을 찾아, 그들을 롤 모델로 삼고 의지한다.
- 자신과 같은 문제를 가지고 있는 사람의 멘토가 되어 장애인의 권리를 주장하는 동시에 다른 사람의 권리도 존중한다.

형성될 수 있는 성격 특성	• **속성** 유연한, 야심이 큰, 감사하는, 매혹적인, 용기 있는, 효율적인, 공감하는, 우호적인, 독립적인, 부지런한, 고무적인, 인내하는, 집요한, 지략 있는, 책임감 있는, 사회적 의식이 있는 • **단점** 거친, 의존적인, 유치한, 지배적인, 냉소적인, 까다로운, 재미 없는, 성급한, 충동적인, 우유부단한, 책임감 없는, 조종하는, 자신감 없는, 과민한, 반항적인, 분개하는, 방종한, 버릇없는
상처가 악화할 수 있는 계기	• 어떤 사람이 장애 때문에 괴롭힘당하는 모습을 목격한다. • 친구의 말이 상처를 자극한다("저 새소리를 들어봐." 혹은 "저걸 못 볼 수는 없을 텐데." 등). • 감각 기능의 상실을 초래했던 사고와 유사한 상황에 놓인다. • 낯선 사람에게 도움을 요청해야 한다. • 감각을 잃기 전에는 직접 경험할 수 있었던 일을 이제는 다른 사람들의 말을 통해 들어야 한다. • 공공장소에서 장애 때문에 힘든 경험을 하고, 감각 기능을 처음 상실했을 때처럼 당혹감과 두려움을 느낀다. • (병원, 비행기, 물 등) 감각 기능을 잃게 된 사건을 연상시키는 사물을 접한다. • (화재 경보를 듣지 못하거나, 신호등을 무시하고 달려오는 차를 보지 못하는 등) 감각 기능 상실로 인해 위험한 상황에 부딪친다.
상처를 직면하고 극복할 기회	• 어떤 사람을 도와주고 싶지만, 자신의 문제를 해결하는 것이 먼저라는 사실을 깨닫는다. • 다른 사람에게 의지하는 행동은 유약한 것이 아니라 오히려 도움이 되는 행동이라는 것을 깨닫는다. • 친구가 어려움에 빠졌을 때, 자기 의심에 빠져 도와주지 않을 것인지 혹은 어려움을 극복하고 도와줄 것인지를 결정해야 한다. • 자유와 자립성을 더 많이 잃을 수도 있다는 진단을 받는다. • 사랑하는 사람의 감각을 통해 삶을 경험하는 것이 경이로운 체험이라는 것을 알게 된다.

외모
손상

A Physical Disfigurement

구체적 상황

- 화재나 화약 약품 때문에 화상을 입었다.
- (칼에 의한 자상刺傷) 또는 총상, 동물에게 공격당한 상처, 교통 사고, 수술 자국 등) 눈에 띄는 상처가 있다.
- 눈, 귀, 코, 손가락 등 신체 일부가 없다.
- 팔다리가 기형이다.
- 눈에 띄는 흉한 모반이 있다.
- 구순 구개열이 있다.
- 커다란 갑상선종이나 종양이 있다.
- 건선, 여드름, 피부 변색, 색소 침착, 켈로이드, 사마귀 등 심각한 피부병이 있다.
- 신체 일부분이 균형이 맞지 않는다(양쪽 길이가 다른 다리 등).
- 뇌졸중 때문에 신체 일부가 마비됐다.
- 성형수술 실패로 얼굴이 망가졌다.

훼손 당하는 욕구

애정과 소속감, 존중과 인정, 자아실현

생길 수 있는 잘못된 믿음

- 아무도 나 같은 사람을 사랑하지 않을 것이다.
- 사람들이 나를 쳐다보는 것은 내 기형적인 모습 때문이다.
- 나는 이런 불행을 당해 마땅하며 사랑받을 가치가 없다.
- 사람들은 내게 기회조차 주지 않을 것이다. 따라서 기회를 주는 사람을 놓치면 안 된다.
- 나에게 관심이 없는 사람보다는 괴롭히는 사람이 차라리 낫다.
- 나와 가까워지려는 사람은 다른 속셈이 있다.
- 사람들은 잔인하므로 멀리해야 한다.
- 내가 겪은 일들을 이해할 수 있는 사람은 세상에 없다.
- 나는 결코 꿈을 이룰 수 없을 것이다.

479

- 친밀한 관계가 두렵다.
- (화재, 병원 등) 외모를 손상시킨 것들이 두렵다.
- 소셜 미디어 등에서 누군가 나를 주목하고 비웃을 것이다.
- 나를 인정해 주고 사랑하는 사람들을 잃을까 두렵다.
- 차별과 편견이 두렵다.
- 거절당하고 버려질 것이다.

- 자존감이 낮아지고, 자기 혐오가 생긴다.
- 집 밖으로 나가지 않는 은둔형 외톨이가 된다.
- 외모 손상을 최대한 감추는 옷을 입고, 장신구와 화장을 한다.
- 자신이 원하는 모습을 만들 수 있는 온라인 활동에 이끌린다.
- 사랑과 친절을 표현하는 사람들을 믿지 않는다.
- 가벼운 관계만 유지한다.
- 외모 손상을 소재로 스스로 농담하며 별일 아닌 척 한다.
- 혼자 하는 취미나 관심 영역에 빠진다.
- 아름다운 사람들에게 강렬한 질투심을 느낀다.
- 자신을 친절하게 돌봐 주는 사람들에게 집착한다.
- 불건전한 관계를 추구한다.
- 좌절감이나 마음의 상처 때문에 다른 사람들을 비난한다.
- 우울증이나 불안 장애를 앓는다.
- 약물이나 알코올 남용 같은 자기 파괴적 행동에 빠진다.
- 카메라나 녹화 장치를 피한다.
- (실제로는 그렇지 않은 경우에도) 사람들이 자신을 쳐다보고 있다고
  생각한다.
- 음악을 작곡하거나, 그림을 그리거나, 옷을 디자인하는 등 자신의
  상처를 잊을 수 있는 창조적인 활동을 한다.
- 불완전한 것에서 아름다움을 보며, 다른 사람들은 쉽게 지나치는
  사소한 것들에도 감사한다.
- (같은 관심사를 가진 모임이나 채팅 모임에 가입하는 등) 자신처럼 외
  모가 손상된 사람들에게 손을 내민다.

| 형성될 수 있는 성격 특성 | • **속성** 조심스러운, 예의 바른, 창의적인, 신중한, 공감하는, 집중하는, 온화한, 상상력이 풍부한, 내성적인, 충실한, 자비로운, 생각이 깊은, 예민한, 끈질긴, 사생활을 중시하는, 적극적인, 정신적인, 관대한 |

• **단점** 거친, 냉소적인, 회피적인, 재미없는, 불안정한, 질투하는, 피해 의식이 강한, 자신감 없는, 비관적인, 분개하는, 자기 파괴적인, 의심하는, 신경질적인, 소심한, 변덕스러운, 혼자 틀어박힌

상처가 악화할 수 있는 계기

• 호기심 많은 어린 아이나 자신과 아무 상관 없는 사람이 외모를 지적한다.

• 자신의 모습을 영상으로 보고, 자신이 다른 사람에게 어떻게 보일지 새삼 깨닫는다.

• 외모의 결함을 조롱거리로 삼는 온라인 밈◆에 노출된다.

• 아름다운 외모를 개인적인 가치와 연관시키는 광고, 텔레비전 프로그램 등을 본다.

상처를 직면하고 극복할 기회

• 꿈을 이루려면 외모 때문에 무너지지 않겠다는 용기가 필요하다는 사실을 깨닫는다.

• 어떤 사람을 괴롭히고 조롱하던 중, 자신이 가장 혐오하던 사람처럼 되어 버렸다는 사실을 깨닫는다.

• 고통스러운 수술을 통해서도 외모를 개선할 수 있는 확률이 절반 정도밖에 되지 않는다는 사실을 알게 된다.

◆ **밈**meme
인터넷에서 유행어나 행동 따위를 모방하여 만든 사진이나 영상 또는 그것을 퍼뜨리는 문화 현상을 일컫는 말로, 리처드 도킨스의 저서 『이기적 유전자』에 처음 등장하였다. 원래 뜻은 다음 세대로 전달되는 비유전적 문화요소이다.

외상성
뇌 손상

A Traumatic Brain Injury

구체적 상황

- 넘어지면서 머리를 부딪쳐 뇌 손상을 입었다.
- 싸우다가 다쳤다.
- 자동차, 자전거, 제트 스키, 보트 사고로 다쳤다.
- 축구나 킥복싱을 하다 뇌진탕을 일으킨 것처럼 운동 중에 부상을 입었다.
- 말에 차였다.
- 총에 맞았다.
- 무거운 것이 머리에 떨어졌다.
- 무모한 행동을 하거나 지나친 장난이 사고로 이어졌다.

훼손 당하는 욕구

생리적 욕구, 안전과 안정, 존중과 인정, 자아실현

생길 수 있는 잘못된 믿음

- 나는 세상에 의미 있는 공헌을 할 수 없을 것이다.
- 정상적인 삶을 절대 살아갈 수 없을 것이다.
- 이제 나는 꿈을 이룰 수 없다.
- 더는 살아야 할 이유가 없다.
- 나는 멍청하다.
- 아무도 나와 함께 있으려 하지 않을 것이다.
- 나는 불구다. 예전의 내가 아니다.

가질 수 있는 두려움

- 신체적 상태 때문에 거절당할까 두렵다.
- 보살펴 주는 가족이 죽거나 다칠까 두렵다(버려짐에 대한 두려움).
- 다쳤던 상황과 비슷한 상황을 만날까 두렵다.
- 증상이 갑자기 나빠질 수 있다.
- 다른 사람을 돌보지 못할 수 있다.
- 가장 기본적인 욕구 처리도 다른 사람에게 의지해야 할 수 있다.

- 침울해하고 짜증을 낸다.
- (불면증, 과면증, 그 밖의 수면 장애 등) 수면 패턴에 변화가 생긴다.
- 집중을 잘하지 못한다.
- 잘 잊는다.
- 기억을 잃는다.
- 빛과 같은 감각 자극에 예민해진다.
- 두통이나 편두통을 앓는다.
- 운동 능력에 문제가 생기거나 물건을 다루는 능력이 떨어진다.
- 최근에 배웠던 기술을 잘 쓸 수 없다.
- (말하기, 읽기, 달리기 등) 예전에는 쉽게 했던 일이 어렵다.
- 지나칠 정도로 자신을 들볶는다.
- 사랑하는 사람이 자신 때문에 좌절하면 비난한다.
- 우울증에 빠지고 자살을 생각한다.
- 약물이나 술에 의존한다.
- 자신의 문제를 인정하고 도움을 청하기보다 문제를 감추려 한다.
- 지나친 자극을 받을 수 있는 상황은 피한다.
- 외출하기보다는 집에 있으려 한다.
- 친구와 어울리는 것을 피한다.
- 자신의 문제가 드러나는 게 두려워 대화에 끼지 않는다.
- 새로운 일은 잘하지 못할 것으로 믿고 시도조차 안 한다.
- 모든 도움을 거절한다.
- 다른 사람들에게 지나칠 만큼 의존한다.
- 뇌 손상 환자가 된 사람들에게 강하게 공감한다.
- (공부, 물리 요법 등을 통해) 잃어버린 삶을 되찾으려고 노력한다.
- 다른 기술과 능력을 갈고닦아 자신의 단점을 보완한다.
- 현실적인 목표를 세우고, 이루려 노력한다.

- **속성** 야심이 큰, 조심스러운, 용기 있는, 태평한, 효율적인, 공감하
  는, 너그러운, 부지런한, 충실한, 생각이 깊은, 끈질긴, 사생활을 중
  시하는, 특이한, 사회적 의식이 있는, 자발적인, 거리낌 없는
- **단점** 거친, 유치한, 비체계적인, 괴짜인, 잘 잊는, 적대적인, 성급

한, 불안정한, 비이성적인, 자신감 없는, 비관적인, 침착하지 못한, 자기 파괴적인, 신경질적인, 비협조적인, 변덕스러운

상처가 악화할 수 있는 계기

- 병원에 가서 의사를 만난다.
- 어떤 일을 시도해 보다가 자신의 장애를 깨닫는다.
- 자신보다 나이가 어리고 경험도 없는 사람이 어떤 분야에서 자신보다 훨씬 뛰어난 것을 발견한다.
- 친구들과 과거를 회상하던 중 어떤 사건을 기억하지 못한다는 사실을 깨닫는다.
- 지금은 잘하지 못 하는 일을 예전에는 훌륭하게 해내고 있는 영상을 본다.
- (어떤 일을 적어 놓고서도 잊는 등) 장애를 극복하려고 노력했지만 실패한다.

상처를 직면하고 극복할 기회

- 모든 꿈이 사라졌음을 깨닫고, 절망에 빠져 허우적댈 것인지 성공을 새롭게 정의할 것인지 결정해야 한다.
- 자신을 돌봐 주던 사람이 죽거나, 갑자기 돌봐 줄 능력을 상실하여 자립해야 하는 상황에 놓인다.
- 자신이 좋아하는 일에 도전할 기회를 얻는다.
- 어떤 일을 성취하려 노력하던 중, 계속할 것인지 포기할 것인지 결정해야 한다.
- 어떤 목표를 이루기 위해 일을 처음부터 완전히 다시 하거나 다른 방식으로 해야 하긴 하지만, 어쨌든 성취할 수 있다는 것을 깨닫는다.

인간관계
문제

구체적 상황

- 자폐증, 주의력 결핍 과잉 행동 장애(ADHD), 강박 장애,✦ 사회 불안 장애, 공황 장애 같은 병으로 사람을 만나는 게 힘들다.
- 행동 장애 때문에 또래 집단에게서 멀어진다.
- 개인적으로 힘든 상황 때문에 사회적 따돌림을 당한다.

훼손 당하는 욕구

애정과 소속감, 존중과 인정, 자아실현

생길 수 있는 잘못된 믿음

- 나는 괴물이다.
- 친구는 필요 없다. 혼자일 때 더 행복하다.
- 어차피 나를 끼워주지 않을 텐데 왜 어울리려고 노력해야 하는가?
- 평범한 사람이 된다면 행복해질 수 있을 것이다.
- 평범한 사람처럼 군다면, 나를 받아들여 줄 것이다.
- 남과 다르다는 것은 일종의 저주다.

가질 수 있는 두려움

- 내 병이 드러나는 계기가 있을까 봐 두렵다.
- 스스로를 통제하지 못해 다른 사람들을 당혹시킬 수 있다.
- 거부당하고, 조롱당할 것이다.
- 대화를 제대로 이어갈 수 없을 것이다.
- 편한 사람들을 잃어버릴 것이다.
- 사랑하는 사람이나 진정한 친구는 절대로 찾지 못할 것이다.
- 상황을 잘못 해석해서 엉뚱한 행동을 하게 될 것이다.

✦ **강박 장애**OCD, obsessive compulsive disorder
원하지 않는 생각과 행도을 반복하게 되는 강박 사고와 강박 행동이 주된 증상인 불안 장애.

- 자존감이 낮다.
- 사교 모임을 피한다.
- 다른 사람의 시선을 피한다.
- 일부러 방어적인 태도를 취해, 다가오는 사람을 밀어낸다.
- 대화에 적극적으로 개입하지 않고 주변에 머문다.
- (미소, 고갯짓, 어깨를 으쓱하는 등) 비언어적인 방식으로 대답한다.
- 혼자 할 수 있는 직업을 선택한다.
- 게임이나 온라인 채팅처럼 반응에 시간이 걸리는 활동에 참여한다.
- 외출하기보다는 집에 머무는 편을 선호한다.
- 어떤 행사에 참여하거나 친구와 외출할 때면 스트레스를 받는다.
- 새로운 친구나 관계를 만들려고 노력하지 않는다.
- 다른 사람의 동기를 의심한다. 다른 사람들이 자신을 괴롭히려고
  다가온다고 생각한다.
- (강박, 틱, 부적절한 반응 등) 눈에 띄는 행동은 감추려 한다.
- 상처나 분노 같은 감정을 마음속에 숨긴다.
- 내성적인 성격이 되어 다른 사람과 말하지 않는다.
- 다른 사람에 대한 헛소문(무례하다, 이기적이다, 책임감이 없다, 친절
  하지 않다 등)을 의심 없이 믿는다.
- 편한 친구나 가족에게 집착한다.
- 친구들과 어울리려고 다른 사람을 흉내 내며 조롱한다.
- 사람을 잘 사귀지 못하는 이유는 자신이 못났기 때문이라고 되뇐다.
- 고통에서 도피하기 위해 술과 약물을 남용한다.
- 동료 집단에 소속되려고 그들이 주는 압력을 받아들인다.
- 소외된 사람들을 비웃는다.
- 친구가 있는 사교 행사에만 참석한다.
- 소셜 미디어로 만나야 하는 부담이 없는 인간관계를 맺는다.
- 일이나 취미에 몰두한다.
- (치료, 지원 단체, 약물 등) 문제를 극복하기 위해 도움을 청한다.
- 남들에 비해 뛰어난 분야에 의식적으로 집중한다.

형성될 수 있는 성격 특성	• **속성** 조심스러운, 예의 바른, 창의적인, 기분을 맞춰 주는, 공감하는, 집중하는, 우호적인, 상상력이 풍부한, 독립적인, 부지런한, 공정한, 자비로운, 순종적인, 생각이 깊은, 사생활을 중시하는, 특이한, 지략 있는, 학구적인, 재능 있는, 말이 없는
	• **단점** 반사회적인, 냉담한, 심술궂은, 유치한, 회피하는, 경솔한, 적대적인, 감정을 억누르는, 비이성적인, 질투하는, 아는 체하는, 게으른, 피해 의식이 강한, 자신감 없는, 초조한, 분개하는, 자기 파괴적인, 굴종적인
상처가 악화할 수 있는 계기	• 자신과의 만남을 거절했던 친구가 다른 친구와 외출했다는 사실을 알게 된다.
	• 어른이 된 뒤에도, 어릴 때처럼 어떤 모임에서 거절당한다.
	• (실수였다고 할지라도) 어떤 행사에 초대받지 못한다.
	• 조롱이나 놀림거리가 된다.
	• 사람들 앞에서 긴장하여 얼어붙는다.
	• 친구가 예정된 계획을 갑자기 취소하자 거절당한 기분을 느낀다.
상처를 직면하고 극복할 기회	• 늘 곁에 있어 주던 친구를 잃어, 혼자서 다른 사람들을 만날 수밖에 없다.
	• 평생을 혼자 보낸 뒤, 어떤 사건으로 인해 다른 사람과 관계가 필요하다는 사실을 깨닫는다.
	• 자신의 약점이 특정한 상황에서는 장점이 될 수 있다는 사실을 깨닫는다.
	• 연애로 발전할 수도 있는 사람과의 관계가 어색하다. 계속 고립된 삶을 유지할지, 문제를 직면하고 극복할지 선택해야 한다.

정신
질환

구체적 상황

- 불안 장애
- 양극성 장애
- 조현병
- 반사회적 인격 장애, 자기애성 인격 장애, 해리 장애 등 인격 장애
- 만성 우울증
- 섭식 장애
- 충동 억제 장애(도벽, 방화벽, 강박적 도박 등)
- 강박 장애(OCD)
- 외상 후 스트레스 장애(PTSD)
- 생활에 지장을 주는 공포증(광장 공포증, 사회 불안 장애 등)

훼손 당하는 욕구

생리적 욕구, 안전과 안정, 애정과 소속감, 존중과 인정, 자아실현

생길 수 있는 잘못된 믿음

- 나 자신은 물론 누구도 사랑할 수 없다.
- 나는 엉망진창이다. 아무도 나를 사랑하지 않을 것이다.
- 모든 사람이 나를 망치려고 노리고 있다.
- 어떠한 약도 치료도 필요 없다.
- 어떤 꿈도 이룰 수 없다.
- 나는 쓸모없는 사람이 되었고 고칠 수 없다.
- 이렇게 힘들게 사는 사람은 나밖에 없다.
- 나는 다른 사람에게 짐이 될 뿐이다. 없어지는 편이 나을 것이다.
- 자립하지 못할 것이다.
- 장애와 관련된 (군중, 병균, 접촉 등) 특정한 것이 두렵다.
- (성격이 바뀌는 등) 약물이나 치료의 부작용이 있을까 두렵다.
- 바늘, 의사, 병원이 두렵다.
- 자녀들에게 병이 유전될 것이다.

- (장애가 유전성인 경우) 나도 부모 같은 사람이 될 것이다.
- 발작이 일어나 의지와 상관없이 자신이나 가족들에게 상처를 입힐 것이다.
- 돌봐야 하는 사람들을 제대로 돌보지 못할 것이다.
- 영원히 현실을 이해하지 못할 것이다.

**가능한
반응과
결과들**

- 장애를 감춘다.
- 사람들 앞에서 증상이 나타나면 변명한다.
- 장애를 인정하기보다는 별일 아닌 것으로 치부하려 든다.
- 약물이나 술을 남용하거나 자해한다.
- (가족, 친구, 치료사 등) 자신을 책임져야 하는 사람들을 피한다.
- 우울증에 빠진다. 비관적이고 부정적인 생각에 빠져 있다.
- 스스로 외톨이가 된다.
- 아프다는 핑계로 직장과 학교를 자주 빠진다.
- 장애 때문에 일자리를 유지할 수 없다.
- 장기적인 관점보다는 단기적인 관점을 가지고 살아간다.
- 약이 효과가 있으면, 더는 필요 없다고 여기며 당장 끊는다.
- 감정 기복이 심하다.
- 자살을 생각하고 시도한다.
- 혼란스럽고 어리둥절할 때가 있다.
- 사고와 충동을 통제할 수 없다.
- 다른 사람들의 동기를 의심한다.
- 모든 행동과 일상생활이 강박적으로 이루어진다.
- 일상적인 문제에 대처하기 힘들다.
- 힘들고, 지치고, 공허하다.
- 치료에 참석하고, 지원 단체에 가입한다.
- 자신의 장애를 고려하여 목표를 수정한다.
- 자신의 장애에 대한 사회적 인식을 끌어올리려고 노력한다.
- 치료에 진전이 있고, 자신이 얼마나 강한지 깨달으면서 새롭게 자신감을 얻는다.

형성될 수 있는 성격 특성	• **속성** 애정이 깊은, 기분을 맞춰 주는, 신중한, 공감하는, 열정적인, 친근한, 너그러운, 이상주의적인, 독립적인, 순수한, 친절한 • **단점** 유치한, 강박적인, 교활한, 비체계적인, 잘 잊는, 적대적인, 무지한, 충동적인, 주의력이 산만한, 비이성적인, 자신감 없는, 집착하는
상처가 악화할 수 있는 계기	• 다른 정신 질환자가 누군가에게 이용당하는 것을 본다. • (친구가 이사 간다거나 반려동물이 사라지는 등) 감정적인 타격을 주는 실망감이나 상실감을 느낀다. • 장애 때문에 중요한 결정을 내려야 한다. • (다니던 병원이 문을 닫는 등) 일상이 망가지는 급격한 변화를 맞는다. • 장애 때문에 거절당하거나 버림받는다. • 약관이 바뀌어 약이나 치료에 보험이 더 이상 적용되지 않는다.
상처를 직면하고 극복할 기회	• 약 복용을 멈추어 사랑하는 사람을 위험에 빠뜨린다. 그 결과 낫기 위해서라면 어떤 치료도 받겠다는 결심을 한다. • 특별한 사람을 만나 함께 살아야 할지 결정해야 한다. • 좋아하는 일이 생겼지만 그 일을 하려면 집중력이 필요하다. 일을 해야 할지 말아야 할지 선택해야 한다. • 누군가 도움을 준다. 행복을 위해 싸우라고 격려해 주고, 장애를 삶의 일부로 받아들일 수 있도록 용기를 준다.

팔다리
상실

Losing a Limb

구체적 상황

다음과 같은 이유로 팔다리를 잃는다.

- 선천적 장애, 교통사고, 공장이나 작업장에서의 기계 오작동, 암, 혈관 질환, 동맥 질환, 당뇨병, 농작업 사고, 동물의 습격, 항생제가 듣지 않는 세균 감염, 군대에서 입은 부상

훼손 당하는 욕구

애정과 소속감, 존중과 인정, 자아실현

생길 수 있는 잘못된 믿음

- 절대로 예전 같은 사람이 될 수 없을 것이다.
- 아무도 나를 매력적으로 여기지 않을 것이다.
- 사람들은 나의 흉한 결점만 본다.
- 내가 원하는 삶은 끝났다.
- (자신이 책임이 있다고 생각하는 경우) 이런 일을 당해도 마땅하다.
- 나 자신은 물론 사랑하는 사람도 지킬 수 없다.
- 나는 가족에게 짐만 된다.
- 내가 없는 편이 가족들에게 나을 것이다.

가질 수 있는 두려움

- 사람들이 나에 대해 마음대로 생각하고, 동정할까 두렵다.
- 구경거리가 될 것이다.
- 꿈을 이룰 수 없을 것이다.
- 자립하지 못할 것이다.
- 늘 혼자일 것이다. 나를 사랑해 주는 사람은 없을 것이다.
- 가족의 생계를 책임질 수 없다.
- 사람들이 나를 약하고 무능력하다고 생각할까 두렵다.

- 환상 통증◆과 싸운다.
- 팔다리가 없는 부분을 감춘다.
- 모험을 피하고, 언제나 가장 안전한 선택을 한다.
- 자신의 능력을 증명하는 일에 무모할 정도로 열심이다.
- 다른 사람과 거리를 둔다. 스스로 외톨이가 된다.
- 공공장소나 모임을 피한다.
- 거절당하기 전에 먼저 다른 사람을 밀어낸다.
- 자신을 돌봐 주는 사람이나 가족에게 집착한다.
- 도움이 아무리 필요해도 일단 거절하고 본다.
- 도전적이거나 방어적이 된다.
- 늘 침울해 있고, 따지는 듯한 말투로 말한다.
- 외상 후 스트레스 장애(PTSD)를 겪는다.
- 참을성이 줄어든다. 쉽게 화를 내거나 좌절한다.
- 약물이나 술에 의존한다.
- 성취하기 힘들거나 불가능한 일상생활이나 활동을 고집한다.
- 사고나 부상의 원인이 된 사람에게 적개심을 갖는다.
- 비탄 과정에서 빠져나오지 못한다.
- 완벽주의자가 되려 한다.
- 팔다리에서 주의를 돌리기 위해 다른 부위를 강조한다.
- 자립심이 강해진다.
- 같은 일을 경험한 사람들과 어울린다.
- 부상 때문에 삶의 질이 나빠지지 않도록 애쓴다.
- 자신이 실제로 성취할 수 있는 경력, 취미, 여가를 선택한다.
- 부상에 대한 보상으로 신체 단련에 애쓴다.
- (장애인 올림픽 대회 자원봉사, 장애인 고용을 위한 투쟁, 장애인 보호
  법안 제정을 촉구하는 등) 신체 일부를 잃은 사람들을 위해 노력한다.

◆ **환상 통증**phantom limb pain
사고나 수술로 몸의 일부를 잘라 낸 후에도 고통을 겪었던 부위에서 계
속 통증을 느끼는 증상.

형성될 수 있는 성격 특성	• **속성** 야심이 큰, 감사하는, 규율 잡힌, 독립적인, 부지런한, 고무적인, 친절한, 성숙한, 돌보는, 집요한, 사생활을 중시하는, 지략 있는 • **단점** 지배적인, 방어적인, 적대적인, 재미없는, 성급한, 감정을 억누르는, 불안정한, 자신감 없는, 과민한, 비관적인, 무모한, 분개하는, 굴종적인, 소심한, 혼자 틀어박힌
상처가 악화할 수 있는 계기	• 사고를 당해 또 다른 신체 부위를 잃는다. • 자신의 장애와 관련해 다른 사람에게 편견, 박해, 동정을 받는다. • (아이가 쳐다보거나, 길에서 휠체어가 넘어지거나, 물건을 떨어뜨렸는데 집어 들 수 없는 상황 등) 장애 때문에 굴욕적인 일을 겪는다. • 장애와는 상관없이 병원에 가야 하는 상황이 된다. • 팔다리를 잃은 사고 현장을 찾는다. • 누군가에게 도움을 주고 싶지만, 장애 때문에 그럴 수 없다.
상처를 직면하고 극복할 기회	• 자신의 능력에 맞게 조금만 조정하면 이룰 수 있는 꿈이 있다. • 자기 연민이 너무 심해 사랑하는 사람을 도울 기회를 놓치고, 나중에 후회한다. • 장애인 올림픽 선수가 되는 등 자신의 특별함으로 다른 사람을 긍정적으로 자극하는 활동을 한다.

평균에
못 미치는 외모   Falling Short of Society's Physical Standards

구체적
상황

- 평균보다 키가 훨씬 작거나 크다.
- 여드름, 발진, 건선, 피부 색소 이상 등 피부에 문제가 있다.
- 너무 말랐거나 과체중이다.
- 털이 너무 많다.
- (짧은 목, 다른 팔에 비해 너무 긴 팔 등) 특정한 신체 부위가 균형에 맞지 않는다.
- 이상하게 생긴 코, 뻐드렁니, 부풀어 오른 귀처럼 보기 안 좋은 부분이 있다.
- (한쪽만 짧은 다리, 내반족, 척추옆굽음증 등) 신체 기형을 가지고 있다.
- 팔이나 다리가 하나 없다.
- 흉터나 신체적 변형이 있다.

훼손
당하는
욕구

애정과 소속감, 존중과 인정

생길 수
있는
잘못된
믿음

- 사람들은 내게서 자신들과 다른 부분만 볼 것이다.
- 다른 사람들은 결코 나를 받아들이지 않을 것이다.
- 다른 사람들이 당연히 가지고 있는 것을 갖지 못할 것이다.
- 잘생긴 사람들과 어울릴 자격이 없다.
- 나 같은 사람과는 아무도 같이 있고 싶지 않을 것이다.
- 누군가 내게 관심을 보인다면, 나를 농락하고 싶어서다.
- 사람들이 나와 관계를 맺는 것은 동정심 때문이다.

가질 수
있는
두려움

- 다른 사람을 섣불리 믿고, 그들의 동기를 잘못 해석할까 두렵다.
- 내 신체적 결함을 지적당할 것이다.
- (직장 등에서) 동료가 거부할 것이다.
- 놀림, 응시, 동정의 대상이 될 것이다.

- 사랑에 빠지는 것이 두렵다.
- 외모 때문에 삶이 평탄하지 않을 것이다.

가능한 반응과 결과들

- 자존감이 낮다.
- 사람들이 비정상적이라고 생각하는 특징을 감춘다.
- 조롱을 피하려는 방법으로 자기 자신을 비하한다.
- 주목받을 만한 활동을 하지 않는다.
- 지나치게 예민해서 별 뜻 없는 행동에도 분개한다.
- 사람들과 어울리는 것을 피한다.
- 무리와 함께 있을 때는 바깥쪽에 머무른다.
- 먼저 말을 건넨 경우가 아니라면 다른 사람들과 대화하지 않는다.
- 자신의 삶을 힘들게 만든 사람들에게 복수하려 한다.
- 스스로 외톨이가 된다.
- 늘 자신의 단점을 의식하고, 지나치게 자기 비판적이다.
- 낮은 자존감 때문에 자신에게 해로운 사람들과 관계를 유지한다.
- 상처를 입을까 봐 먼저 다른 사람들을 피한다.
- 자신의 능력 때문에 사람들 사이에서 돋보이면 원치 않는 주목을 받을 수 있다고 생각해 그 능력을 하찮게 여긴다.
- 주목받지 않을 만한 일만 택한다.
- 온라인 채팅을 하거나 소셜 미디어에서 페르소나를 사용하는 등 익명으로 활동한다.
- 다른 사람을 건드리지도 않고, 누가 자신을 만지는 것도 싫어한다.
- 다른 사람들과 감정적 거리를 유지한다.
- 외모의 단점을 없애기 위해 치료나 수술을 받는다.
- 치료와 수술 때문에 파산한다.
- (집필, 그림, 음악 등) 자신의 감정을 예술로 표현하며 위안을 얻는다.
- 다른 사람과 쉽게 가까워지고, 다른 사람은 놓칠 수도 있는 특성을 파악한다.
- 다른 '아웃사이더'들과 친하게 지낸다.
- 자신감을 높일 수 있는 능력이나 재능을 갈고닦는다.

형성될 수 있는 성격 특성	• **속성** 경계하는, 분석적인, 조심스러운, 매혹적인, 예의 바른, 기분을 맞춰 주는, 공감하는, 재미있는, 온화한, 겸손한, 상상력이 풍부한, 친절한, 자비로운, 생각이 깊은, 예민한, 사생활을 중시하는, 투지가 강한, 재능 있는, 말이 없는
	• **단점** 도전적인, 경솔한, 적대적인, 불안정한, 질투하는, 과장된, 자신감 없는, 초조한, 과민한, 편집증적인, 분개하는, 신경질적인, 소심한, 앙심을 품은, 변덕스러운

상처가 악화할 수 있는 계기	• 자신의 결점에 대한 험담을 우연히 듣는다.
	• (학교, 술집 등) 과거에 조롱을 받았던 장소에 간다.
	• '완벽한' 사람과 비교하여 자신의 모자람이 드러난다.
	• (시상식이나 결혼식 등) 미모를 경쟁하는 장소에 간다.
	• 완벽한 외모가 성공의 비결이라고 강조하는 광고나 제품을 본다.

상처를 직면하고 극복할 기회	• 신체적 단점 때문에 괴롭힘당하는 사람을 본다. 도와줄지 무시하고 지나갈지 결정해야 한다.
	• 신체적 단점을 감추기는커녕 떳떳이 인정하는 사람을 보며 용기를 얻는다.
	• 사람들에게 도움을 주거나 영감을 주는 힘이나 재능을 발견하고, 겉모습만이 중요한 것은 아니라는 사실을 깨닫는다.
	• 자신의 외모를 조롱하는 사람들과 해로운 관계를 유지하다가, 자신은 가치 있는 사람이기에 그런 취급을 받아서는 안 된다는 사실을 깨닫는다.

학습
장애

**구체적
상황**

난독증, 난필증, 계산 장애(난산증), 정보 처리 장애, 집행 기능✦ 장애,
시각·청각 처리 장애 같은 질병을 겪는다.

**훼손
당하는
욕구**

애정과 소속감, 존중과 인정, 자아실현

**생길 수
있는
잘못된
믿음**

- 나는 결함이 있다.
- 나는 멍청해서 아무것도 배울 수 없다.
- 나를 사랑해 줄 사람은 없을 것이다.
- 어떤 일을 맡으면, 사람들이 내가 얼마나 멍청한지 알게 될 것이다.
- 나 자신을 먼저 비하하면 사람들이 나를 받아들여 줄 것이다.
- 사람들이 내 장애를 알면 나를 거부할 것이다.
- 당연히 실패할 텐데 노력해 봤자 무슨 소용이 있겠는가?
- 다른 사람이 나를 공격하기 전에 먼저 공격해야 한다.

**가질 수
있는
두려움**

- 실패하고 (특히 눈에 띄는) 실수를 할까 두렵다.
- 꿈이나 목표를 이루지 못할 것이다.
- 따돌림을 당하거나 피해자가 될 것이다.
- 학교에서는 '특별한 아이' 취급을 받고, 어른이 되어서는 힘든 업
  무에서 배제될 것이다.
- 내 약점을 모두가 알게 될 것이다.
- 사랑하는 사람에게 거절당하고 버림받을 것이다.
- 학습 장애가 자녀에게도 유전될 것이다.

✦ **집행 기능**EF, executive function
생각이나 행동 통제에 필요한 상위 수준의 인지 메커니즘을 가리킨다.

- 다른 사람을 당연히 실망시킬 것이라고 믿고 책임을 회피한다.
- 소심해진다. 자신의 꿈과 목표를 아예 낮게 잡는다.
- 자신과 자신의 능력을 부정적으로 생각한다.
- 조롱과 놀림을 피하려고 사람들을 멀리한다.
- 다른 사람들을 괴롭힌다.
- 과잉 보상한다.
- 화를 잘 내고 변덕스럽다.
- 선천적으로 영리하고 재능 있는 사람들을 싫어한다.
- 파괴적이고 위험한 행동을 한다.
- 자신의 장애가 드러나는 활동을 미리 피한다(수업 시간에 단어 철 자 맞추기 대회를 할 예정이라면 그 전에 잘못을 저질러서 교실에서 쫓 겨나는 등).
- 자신의 장애를 부정하거나 장애를 숨기고 싶어서 도움을 줄 수 있 는 사람(상담자, 교사, 가정교사)을 피한다.
- 비슷한 장애가 있는 사람을 조롱하거나 멀리한다.
- 자신의 장애가 드러날 수 있는 대화를 피하고 그런 대화를 나눌 가 능성이 있는 사람도 피한다.
- 사람들을 만날 기회를 피하고, 집에 머문다.
- (글을 읽을 때 학습 장애가 드러나는 경우) 글 읽기를 거부한다.
- 존경하는 사람들을 연구하여 지금보다 자신감 있고 유능한 사람 이 되려 한다.
- 학습 장애가 있는 사람들을 대변한다.
- 자신의 단점보다는 장점을 생각한다.
- 자신의 약점이 문제가 되지 않는 일, 취미, 활동을 선택한다.
- 자신의 단점을 보완하려고 노력한다(기억력 향상 훈련, 소프트웨어 이용, 가정 교사 고용 등).
- 장애가 자신의 정체성으로 굳어지는 것을 거부한다.

- **속성** 유연한, 조심스러운, 매혹적인, 규율 잡힌, 공감하는, 재미있 는, 상상력이 풍부한, 부지런한, 꼼꼼한, 생각이 깊은, 집요한, 사생 활을 중시하는, 관대한, 말이 없는

- **단점** 거친, 방어적인, 부정직한, 회피하는, 감정을 억누르는, 불안정한, 지나치게 민감한, 반항적인, 분개하는, 자기 파괴적인, 소심한, 비협조적인, 폭력적인, 변덕스러운, 혼자 틀어박힌

상처가 악화할 수 있는 계기

- 장애가 있는 사람이 괴롭힘 당하는 상황을 본다.
- 도움을 요청할 수밖에 없는 상황에 부딪친다.
- 고장 난 물건을 고칠 수 없다.
- 어떤 지시나 개념을 이해하지 못해 좌절한다.
- 마음의 상처를 들추고 화나게 만드는 말(바보, 지진아 등)을 듣는다.
- 텔레비전이나 영화에서 학습 장애가 있는 사람들에 대한 편견을 드러내거나 조롱하는 장면을 본다.
- 장애 때문에 실수를 하고, 능력에 대한 의심을 받는다.
- 장애 때문에 놀림감이 된다.

상처를 직면하고 극복할 기회

- 자신의 장애 때문에 좋은 기회를 놓칠 것인지, 아니면 기회를 잡기 위해 엄청난 노력을 할지 결정해야 한다.
- 장애를 감추려는 노력에도 불구하고 다른 사람들이 장애에 대해 알게 된다.
- (읽기 장애 때문에 학교에서 형편없는 점수를 받거나, 회사에 지원하자마자 문전박대를 당하는 등) 장애 때문에 부당한 처벌을 받은 뒤 정의를 원하게 된다.
- (장애를 극복하기 위해 충분히 노력하지 않는 등) 계속해서 편법을 써서 결국 바람직하지 못한 결과에 직면한다.

작가
사전

.

**The Urban Setting
Thesaurus**

**The Rural Setting
Thesaurus**

The Urban
Setting
Thesaurus

A Writer's Guide to
City Spaces

디테일 사전
: 도시편

디테일
사전

최세희
성문영
노이재
옮김

온 세상 곳곳의 배경 묘사가 담긴 놀라운 책, 이야기에 생명을 불어넣는 법을 담다

.

곽재식(『한국 괴물 백과』, 『곽재식의 미래를 파는 상점』 저자)

도대체 어디서부터 무엇을 써야 할지 떠올릴 수 없을 때, 마지막으로 매달릴 수 있는 동아줄 같은 책이다. 떠올릴 수 있을 만한 소설이나 영화 속 장소를 모두 망라해 두었고, 그 장소를 상상할 때 도움이 될 만한 묘사들과 각각의 장소에서 일어날 수 있을 법한 흔한 사건들까지 전부 정리되어 있다. 농산물 직판장에서 잠수함까지, 실내주차장에서 펜트하우스까지 끝도 없이 많은 배경에 대한 디테일이 가득가득 차 있는 책이 바로 이 사전이다.

이야기를 짜다가 막힌다면? 이 책의 아무 페이지나 펼쳐서 무슨 장소가 나오는지 보자. 그리고 주인공을 그 장소에 보낸다면 어떤 재미난 일이 벌어질 수 있을지 책 내용을 보면서 상상해보자. 그래도 뾰족한 수가 떠오르지 않는다면 다른 페이지를 펼쳐보자. 그렇게 해서 수가 생각날 때까지, 온 세상 곳곳을 책 속에서 돌아다니다 보면 이야기를 풀어나갈 실마리를 찾을 수 있다.

친숙하고 편안한 이야기를 만들고 싶다면 이 사전에 나와 있는 추천에 따라 떠오르는 대로 써볼 수도 있고, 독특하고 신선한 이야기를 만들고 싶다면 예시로 나온 이야기를 반대로 뒤집거나 일부러 피할 수도 있고, 중간에 갑자기 다른 방향으로 튀어 오르는 줄거리를 구상하는 작전을 세워볼 수도 있다.

방 한쪽 자리에 앉아 몇 시간이고 글자를 써내는 것이 직업인 작가들에게, 전 세계가 한 권에 담겨 있는 이 책은 그저 뒤적이는 것만으로도 즐거움이 넘친다.

도시 편

·

**The Urban Setting
Thesaurus**

일러두기

본문의 [ ]는 원문의 이해를 돕기 위해 옮긴이가 보충한 내용입니다.

차례

추천의 글   503

서문

엄청난 오해: 배경 따위는 아무도 신경 쓰지 않는다고?   515

배경, 성격 묘사를 위한 수단   518

배경, '어디WHERE'의 중요성   530

배경, 사연을 전달하는 도구   534

'배경'이라는 왕관의 보석: 감각 디테일   540

도시 세계 구축: 실재 장소를 선택할 때의 장단점   549

배경에서 흔히 부딪치는 난관   552

도시 배경과 관련한 그 밖의 유의 사항   563

작가들을 위한 마지막 제언   565

교통

경찰차   571

공항   574

구급차   577

군용 헬리콥터   580

기차역   583

낡은 픽업트럭   586

리무진   590

비행기   593

시내버스   596

어선 599

요트 602

잠수함 605

지하철 608

지하철 터널 6ll

크루즈선 614

택시 618

탱크 621

트럭 휴게소 624

항구 627

도심

감방 633

경찰서 636

골목 639

공사장 642

공원 645

공장 648

공중화장실 65l

공터 654

군사 기지 657

난민 수용소 660

낡은 아파트 663

노숙자 쉼터 667

뉴스룸 670

대기실 673

대도시 거리 676

도서관 679

동물 병원 682

미용실 686

버려진 아파트 689

법정 693

병실 696

빨래방 699

세차장 702

소년원 705

소도시 거리 708

소방서 711

스파 714

실내 주차장 717

싸구려 모텔 720

야외 주차장 723

엘리베이터 726

영안실 729

요양원 733

은행 736

응급실 739

자동차 사고 현장 742

자동차 정비소 746

장례식장 750

정신병동 753

주유소 757

지하도 760

칸막이가 있는 사무실 763

커뮤니티 센터 766

타투 샵 769

테라피실 772

펜트하우스 객실 775

피트니스 센터 779

하수도 783

호텔 객실 787

회의실 790

소매점

골동품점 795

귀금속 상점 799

꽃집 802

반려동물용품점 805

서점 808

쇼핑몰 811

시장 814

식료품점 817

전당포 820

점집 823

주류 상점 826

중고차 판매점 829

중고품 할인점 832

철물점 835

편의점 838

스포츠, 엔터테인먼트, 전시 및 공연장

경마장 843

공연 예술 극장 846

골프장 849

나이트클럽 853

녹음 스튜디오 857

놀이공원 861

당구장 864

댄스홀 867

동물원 870

라스베이거스 쇼 874

레크리에이션 센터 877

록 콘서트 880

박물관 884

볼링장 887

서커스장 890

스케이트보드 파크 894

스키 리조트 898

스포츠 경기 관람석 902

실내 사격장 906

아트 갤러리 909

아트 스튜디오 912

야외 수영장 916

야외 스케이트장 920

연예인 대기실 924

영화관 927

워터 파크 930

유령의 집 934

정장을 입어야 하는 행사 937

카지노 940

퍼레이드 943

음식점

간이식당 949

델리 숍 953

술집/바 957

아이스크림 가게 961

제과점 965

캐주얼 다이닝 레스토랑 969

커피숍 973

패스트푸드 레스토랑 977

펍 981

서문

엄청난 오해
: 배경 따위는 아무도 신경 쓰지 않는다고?

강렬한 스토리텔링의 뼈대가 되는 구조를 이야기할 때 언제나 제일 먼저 등장하는 요소들이 있다. 가령 캐릭터는 으레 이 먹이사슬의 최상층을 차지하는데, 맞는 말이긴 하다. 캐릭터와 캐릭터의 감정은 이야기의 종류를 막론하고 독자의 심장을 뛰게 하는 요소니 말이다. 특히 주인공은 독자를 끌어들이는 요소로, 그의 내면세계는 욕구, 욕망, 두려움과 함께 이 모든 것을 뛰어넘는 어떤 성취가 자신의 것이 될 수 있을지도 모른다는 희망이 복잡하게 뒤섞여 있다. 독자는 주인공이 자아 발견이라는 목표를 향해 나아가는 여행길에서 맞닥뜨리는 장애물을 이겨낼 때 공감한다. 그리고 그가 성취감을 만끽할 만한 성과를 거둘 때마다 진심으로 응원한다.

플롯도 중요한 요소다. 주인공의 여정(목표를 좇는 과정에 장애물이나 기회를 제공하는)을 구성하는 외부 세계의 사건이 없다면 독자는 정처도 목표도 없이 우왕좌왕하는 인물을 만날 것이다. 플롯과 캐릭터는 의심할 여지없이 스토리텔링의 양대 거인이다. 여기에 편집자와 스토리 코치가 포함시키는 다른 요소들에는 목소리, 속도, 갈등, 주제, 묘사, 대화가 있다.

그렇다면 배경은? 배경은 이 중요한 계획 중 어디에 끼게 될까?

좋은 질문이다. 경험이 부족한 작가일수록 배경은 이야기에서 사건을 펼치기 위한 정경에 불과하다고 생각하는 우를 범한다. 중요하긴 해도 단어들을 쏟아부어 가며 묘사할 만큼 중요하지는 않으며, 한 장면에 어울리는 배경을 고를 때 큰 신경을 쓸 필요는 더더욱 없다는 식이다. 두

말하면 잔소리지만, 이렇게 생각하다 실패하는 작가가 부지기수다. 배경은 사실 스토리텔링에 있어서 모든 장면에 깊이를 더하는 중요한 요소이기 때문이다. 배경은 독자가 사건에 흡인력 있게 다가가게 해준다. 신중하게 고른 배경은 등장인물의 성격을 암시하고, 숨은 사연이나 전후 맥락을 보강해준다. 또 감정을 전달하고 긴장감을 불어넣으며, 독자에게 잊지 못할 경험을 안겨주는 등, 다방면에서 기능을 발휘한다. 이야기를 읽지 않고는 못 배기게 만드는 모든 요소 가운데 배경이야말로 가장 쓸쓸이가 많으면서도 완전히 활용되지 못한다고 봐도 과언이 아닐 것이다.

그렇다면 작가가 배경을 소홀히 하는 이유가 뭘까? 간단하다. 독자들은 배경에 그다지 흥미가 없기 때문에 묘사가 나오는 대목은 건너뛰기 마련이라고 착각하기 때문이다. 이런 착각에 사로잡힌 작가들은 배경이 해낼 수 있는 것들을 헤아리지 않는다. 배경이 인물의 감정 상태를 바꿀 수 있으며, 깊이를 부여해 스케일이 더 큰 이야기로 만들어줄 수 있음을 보지 못한다. 그래서 배경에 디테일을 부여할 때 독자에게 맥락을 전달하는 정도로 그친다. 물론 맥락은 이야기가 펼쳐지는 장소에 대한 '감'을 전달한다는 점에서 중요하다. 하지만 배경이 스토리텔링의 탁자에 올릴 수 있는 것에 비하면 아주 미미한 수준에 불과하다.

배경을 묘사하는 일은 만만치 않은 과정이다. 이야기 속도를 늦추지 않으면서 보여줄 것과 설명해줄 것을 완벽하게 안배하는 일은 결코 쉽지 않다. 장황한 묘사로 일관하면 독자는 읽지 않고 건너뛸 테지만, 그렇다고 독자가 부족한 묘사 때문에 장면을 머릿속에 그려보느라 진땀 빼는 것 역시 반갑지 않을 것이다. 독자는 인물이 숨 쉬는 세계를 상상해보려고 이리저리 애쓰다 지친 나머지, 책장을 덮고 두 번 다시 들여다보지 않을 수도 있다.

배경 묘사가 중요하다는 점에는 이견이 있을 수 없다. 균형을 '어느 정도'로 맞추는 것이 좋은가는 모든 작가에게 중대한 문제다. 배경의 다양한 기능을 이해하고 최소한으로 최대한의 효과를 발휘하는 법을 터득해야 독자들이 픽션의 세계에 몰입할 수 있다.

그러려면 디테일 두어 개를 뽑아 한데 뭉뚱그리는 것으로는 안 된다. 감각적인 경험을 맛볼 수 있는 배경을 선택해야 한다. 묘사는 생생한 느낌을 전달해 독자가 그와 관련된 기억을 떠올리고, 그렇게 그 장면과 감정적으로 하나가 되었다고 느낄 수 있어야 한다. 이 책에서 그리고 이 책의 자매편인 『디테일 사전: 시골 편』을 통해서, 작가들은 배경이 독자를 이야기로 끌어들여 픽션의 인물들과 교감하는 통로를 만드는 방법을 구체적이고 정확하게 배우게 될 것이다.

배경,
성격 묘사를 위한 수단

스토리텔링에서 가장 중요한 점은 독자의 관심을 유발하는 것이다. 작가라면 자신이 창조한 허구의 세계가 독자를 매료시켜 책을 덮은 뒤에도 그들의 마음속에서 오랫동안 살아 숨 쉬기를 바랄 것이다. 그러기 위해서는 창조하려는 세계는 물론 인물들을 심도 있게 탐구해야 한다. 그러면 매번, 독자가 인물의 내면을 헤아리고 이야기에 더욱 빠져들 수 있을 것이다.

주인공을 비롯한 등장인물의 내면을 그릴 때는 설명하기보다 보여주는 쪽이 훨씬 강력한 효과를 발휘한다. 쉽게 말해, 정보를 구구절절 쏟아가며 설명하는 것이 아니라, 독자가 인물의 행동을 통해 그에 대해 파악하는 것이 훨씬 매력적이다. 복수심에 찬 인물을 소개할 때 '서사(내러티브)'를 쓸 수도 있지만, 꼬드겨 낚싯배에 태운 철천지원수의 몸에 휘발유를 끼얹고 불을 붙이는 인물의 '행위'를 묘사하면 독자는 훨씬 매료될 것이다. 인물의 행위, 생각, 감정이야말로 독자를 사로잡는 가장 강력한 무기다. 그럴 때 배경은 독자가 인물에게서 새로운 면모를 발견하도록 이끄는 중요한 역할을 한다.

개인화: 개인의 됨됨이를 비추는 거울로서의 배경

식품 브랜드, 의약품, 청소용품, 생수, 배터리······. 우리가 실생활에서 마주하는 수많은 '개괄적인' 사물들이다. 우리는 지도에서 얼마든지 찾아볼 수 있는 곳들에서 시간을 보내기도 한다. 예를 들어, 호수 같은 장소는 스포츠 경기장에서도, 극장에서도, 고등학교 현관 입구에서도 볼 수 있다. 그 호수는 캘리포니아에 있든 캐나다에 있든 상관없이 비슷한 모양일 수 있다. 이런 일반적인 공통점 때문에 이런 배경을 소설에 쓰는 것이 사실이다. 그 덕에 독자는 이야기에 금방 적응하고 그 안의 세부 묘사에 친근감을 느낀다. 덕분에 작가는 인물의 행동 같은 다른 요소에 더 많은 문장을 할애할 수 있다.

작가 입장에서는 독자들이 작품 속 세계를 나름대로 상상하는 것으로 이야기에 참여하길 바라겠지만, 어쩌다 상황이 전환되는 장면이라면 모를까 그런 게으름을 부려서는 안 된다. 의미를 담아 묘사하기가 귀찮아 일반적인 특징을 대충 늘어놓는다면 독자를 기만하는 것일 뿐만 아니라, 더 깊은 공감대를 끌어낼 수 있는 귀중한 기회를 놓치게 된다.

분위기를 전환하는 배경이 아니더라도, 어떤 장소가 장면에 중요한 역할을 한다면 고유한 개성을 부여해야 한다. 어떻게 할 수 있을까? 주인공의 발판이 되는 배경을 개인화하고, 주인공이 어떤 인간인지 알려주는 것이다.

배경의 종류에 따라 개인화하기 쉬운 것이 있고 어려운 것이 있다. 배경이 인물의 집이나 일터라면 그 인물의 성격, 관심사, 취미, 가치관, 신조 따위를 보여줄 만한 세부적인 것들로 채우기가 쉬운 편이다. 사무실이나 작업실에는 보통 규격화된 사무용품들이 있다. 하지만 그것 말고도 휴가 날짜에 의욕적으로 동그라미를 친 달력과 주변에 다닥다닥 붙은 지난 여행 사진들은 인물에 관해 많은 것을 이야기해준다. 신입 사원이라면 자신의 직업에 아직 큰 애정을 갖기는 힘들 것이다. 일과 생활과 보상으로서의 여행을 잘 안배하려는 의지도 남다를 것이다. 사진을 자세히 들여다보면 더 많은 것을 알아낼 수 있다. 스키를 좋아한다거나, 어린 자녀가 있거나, 음주벽이 있거나 하는 것들 말이다. 이런 인물은 사무실의 자기 공간을 "행운은 위험을 무릅쓰고 도전하는 자의 것이다" 같은 동기 부여 포스터만 달랑 걸려 있을 뿐 먼지 하나 없이 깔끔하게 유지하는 사람과는 판이하게 다를 것이다. 이런 인물이라면 독자는 으레 일에 많은 시간을 할애하고, 고도로 조직적이고 기회주의적이며, 직업을 보다 높은 위상으로 나아가는 발판으로 여기는 사람이라고 예상할 것이다.

대단하지 않나? 이렇게 익숙하거나 친숙한 공간이 배경인 경우에도 사적인 항목들을 배치하는 것으로 인물이 어떤 사람인지를 여러 면에서 보여줄 수 있다. 독자는 인물이 알아차리는 것, 감지하는 것, 머무르는 장소와 그곳에서 주고받는 영향을 통해 그가 무엇을 중요하게 생각하는지 알 수 있다.

한 여자가 상점들이 늘어선 대로에서 택시를 기다리는 상황을 상상해보자. 크리스마스가 코앞이라 상점 밖에 달린 스피커에서는 캐럴이 흘러나온다. 상점 문이 여닫힐 때마다 색색의 장식들과 반짝거리는 리본들이 펄럭거리고, 이따금씩 흩날리는 눈가루가 모든 것을 깨끗하게 보이게 한다. 오늘 그녀는 일주일 만에 외출을 했다. 최근 유산을 했는데 병원 예약 때문에 집을 나선 것이다. 작가는 이런 배경을 어떻게 '개인화'할 수 있을까? 그녀가 처한 민감한 상황을 '암시'만 하면서 그녀의 됨됨이와 신념을 어떻게 보여줄 수 있을까?

린다는 연석에서 노란색 택시를 찾아 오가는 차량들을 연신 훑고 있었다. 그녀 뒤로 크리스마스 쇼핑 목록에 적힌 물건들을 사기 위해 이른 오후부터 부산을 떠는 사람들이 부츠 신은 발로 눈길을 지나는 소리, 추운 날씨에 유난히 더 버스럭거리는 쇼핑백 소리가 들렸다. 상점 스피커마다 흘러나오는 경쾌한 캐럴에 그녀는 견딜 수 없을 정도로 목이 메었다. 이 세계가 저 평범하고 당연한 모습을 그녀의 얼굴 앞에 한 치만 더

들이민다면…… 아무도 없는 곳으로 도망쳐 비탄에 젖고 싶을 뿐인 심정 따윈 아랑곳 않고 한 번만 더, 그것이 무엇이건, 그녀를 향해 기관차처럼 돌진해온다면…….

병원에 다녀온 것만으로도 기력이 바닥난 터라 오로지 집에 가고 싶은 마음뿐이었지만, 그녀 앞을 지나는 택시는 하나같이 손님이 타고 있는 것 같았다. 결국 포기하고 가까운 버스 정류장에 갔을 때, 장난감 가게 앞에 혼자 서 있는 한 남자아이가 보였다. 걸음마를 뗀 지 얼마 되지 않은 어린아이의 모습에 그녀는 숨이 막혔다. 쇼윈도 불빛이 깜빡일 때마다 함께 빛나는 뺨, 뒤꿈치를 한껏 든 두 발, 보드라운 입김에 부예진 유리창. 쇼핑객들은 아이에게 눈길 한 번 주지 않고 지나갔지만 그녀는 뱃속에 뭔가 묵직한 것이 자리 잡는 것 같았다. 아무도 멈춰 서지 않다니. 아무도 저 아이에게 손 한 번 뻗지 않다니. 아이를 지켜봐주는 사람이 하나도 없다니. 아이의 부모는 어디 갔지? 아무나 다가가서 아이를 들쳐업고 간대도 눈 쌓인 건물 턱에 난 장갑 낀 손자국 말고는 아이가 거기 있었다는 사실을 말해줄 건 아무것도 없었다.

린다는 누가 떠밀기라도 한 것처럼 아이를 향해 발을 뗐다. 뜨거운 열이 기둥처럼 몸을 관통하는 것 같았다. 아이에게 막 다가간 순간, 스페인어로 소리치는 여자 목소리가 들렸다. 아이가 빙그르르 돌더니 연석에 주차된 차를 향해 달려갔다. 아이의 엄마가 다른 아이 둘을 차에 태우고 있었다. 아이가 폴짝폴짝 뛰고 뒤뚱거리며 뒤쪽의 쇼윈도를 가리키자, 엄마는 한바탕 웃더니 아이를 그대로 차에 태웠다.

린다는 몸을 떨며 아이를 태운 차가 떠나는 모습을 지켜보았다. 그러고는 한 손으로 이마를 짚고 조금 전의 장면을 되짚었다. 어떻게 된 상황인지 전혀 눈치채지 못한 자신을 이해할 수 없었다. 그토록 빤한 상황을 전혀 다르게 해석하고 착각하다니. 아이 엄마의 차가 떠난 빈자리에 다행히 택시 한 대가 서는 바람에 그녀는 다른 사람이 타기 전에 재빨리 택시에 탈 수 있었다. 집에 가고 싶은 마음이 그렇게 절실한 적도 없었다.

이 장면은 배경 '안에서' 성격 묘사를 하는 데 필요한 항목들이 담겨 있다. 린다에 대해 밝혀진 건 무엇인가? 그녀는 유산 때문에 여전히 깊은 비탄에 잠겨 있고, 상실감을 더욱 깊게 만드는 크리스마스 분위기에 화가 나 있다. 그러면서도 택시를 못 잡자 버스 정류장을 찾는 모습을 보면 실리적인 면도 있다. 이때 등장하는 남자아이는 그녀의 내면 깊숙이 내재된 모성 본능을 유발시킨다. 아이와 아이 엄마가 소통하는 장면에서 독자는 린다가 원하지만 아직 갖지 못한 것이 무엇인지 알게 된다. 이 배경은 구체적인 세부 사항들을 거쳐 인물의 내면을 드러내는 시공간이 된다. 독자는 배경을 통해 인물에 감정이입 하게 되며, 인물의 동요하는 내면을 본인 못지않게 생생히 경험한다.

독자를 위해 배경을 채색할 때는 '겉치레'에서 그치지 말고 더 나아가 고민하자. 주인공의 심리를 반영할 수 있는 배경을 생각해보고, 주인공의 머릿속 깊이 들어가자. 그리고 독자가 주인공의 내면 깊은 곳에 있는 진실을 발견할 세계를 일굴 수 있는 방법을 모색하자.

심층 관점: 감정을 파고드는 강력한 수단

'심층 관점deep point of view'이라는 말을 들어봤는가. 카메라 렌즈를 줌인해서 클로즈업 촬영을 할 때와 비슷하다. '심층 관점'은 이야기에서 관점을 주도하는 인물, 다시 말해서 '시점 인물(주로 주인공)'의 내면에 직접 들어가 감정을 심층적으로 묘사하는 것을 뜻한다. 이 기법은 섬세한 성격 묘사를 가능하게 해주며, 독자는 인물이 보고 느끼는 것을 자신이 보고 느끼는 것처럼 받아들일 수 있다. 그래서 인물이 감지하는 것, 생각하는 것, 믿는 것, 감정을 쏟는 대상, 가치 판단을 공유할 수 있게 된다. 이 관점을 잘만 활용하면 독자는 일련의 사건 속에서 시점 인물이 겪는 경험에 몰두하게 되며, 그러는 동안 사실과 허구의 경계선도 흐릿해진다.

모든 이야기에 '심층 관점'이 쓰이지는 않지만, 작가들은 인물과 독자의 거리를 좁히는 기술을 연마해야 한다. 그러려면 상황을 능숙하게 조종할 줄 알아야 하는데 배경은 그 일을 용이하게 해준다. 배경이 주인공의 감정을 반영해 묘사될 때, 장면이 생생해지기 때문이다. 배경의 세부 항목을 거쳐 주인공의 감정과 감각을 포착할 때 독자는 이야기의 진정한 일원이 된 기분이 든다. 다시 말해 장면에 어울리는 배경은 사건을 펼쳐나가고 독자와 인물의 유대감을 증폭하는 데도 중요한 역할을 한다.

이후에 더 설명하겠지만 '심층 관점'을 활용한다는 건 감각 묘사가 이야기에 중요하다는 것, 그리고 배경에 감정적 가치emotional value가 포함되는 과정을 제대로 이해하고 있음을 뜻한다. 이 과정을 통해 배경은 주인공을 비롯한 소설 속 인물들과 특정한 감정적 연대를 형성하게 된다. 그 결과 장면의 밀도가 높아지며 특정한 의미를 띠거나, 상징으로 기능하게 된다. 그렇기 때문에 배경이 과거에 겪은 어떤 특정한 일화나 사건을 상징하고, 그 경위를 상기시키고, 그로 인한 느낌을 불러일으키는 것이리라. 한 인물이 업무상 중요한 점심 식사를 하게 되었는데, 약속 장소가 하필이면 예전에 애인에게 청혼을 했다가 거절당한 식당이라고 상상해보자. 이미 몇 년 전 일이지만, 그는 상처 받았던 감정이 되살아나면서 평소와는 다른 언행을 보일 수도 있다.

배경이 주인공과 개인적인 접점이 없다 해도 배경을 가장 먼저 내세워 분위기mood를 연출할 수 있다. 그러려면 인물과 독자가 느끼길 바라는 특정한 감정(두려움, 평온함, 불편함, 자부심 등등)을 강화할 만한 감각 묘사를 선택하면 된다. 빛과 그림자, 보편적인 상징, 날씨 등의 기법을 통해 분위기를 연출할 수도 있다. 그 방법은 『디테일 사전: 시골 편』에서 상세히 설명했다. 감정적 가치가 서사 안에 의도적으로 포함되어 있든 분위기를 통해 추가되든, 감정을 불러일으키는 배경을 선택하는 것은 중요하다. 인물이 자신을 둘러싼 환경에 대해 갖는 느낌은 그 장면에 현실성을 더할 뿐만 아니라 독자를 이야기 속으로 끌어들이기 때문이다.

그렇다면 어떤 과정을 통해 이런 감정적 가치를 만들 수 있을까? 우선 특정한 장면에 가장 잘 어울리는 배경을 고르기 위한 브레인스토밍을 시작하자. 해당 장면에서 어떤 일이 벌어질지, 그럴 때 어떤 감정이 적절한지 파악하면 된다. 첫 번째로 주인공이 그 장면에서 정한 목표를 확인하라. 인물이 반드시 해야 하는 일이나, 깨닫거나 성취하는 것은 무엇인가? 그리고 작가로서 주인공과 다른 인물들이 서로 어떤 감정을 느끼며 관계를 맺게 되기를 바라는가? 이런 질문에 대한 대답을 알고 있다면, 그 장면이 자리 잡을 만한 배경의 여러 유형을 상상하자. 이때의 배경은 이야기와 어울리고, 인물이 방문할 만한 위치에 있어야 한다. 필요하면 목록으로 만들어라. 고민 없이 딱 떠오르는 배경이 가장 확실하기는 하지만, 좀 더 깊이 파고들면 더 창의적이고 흥미로운 후보들을 만날 수 있다.

몇 가지 선택지를 마련했다면, 그 배경들을 하나씩 살펴보며 어떻게 묘사해야 인물이 감정을 통해 드러내는 반응이 보다 실감 날지 고민하라. '긴장'도 그중 한 반응이 될 수 있다. 해당 장면에서 일어날 상황에 인물이 균형을 잃는 것이 의도라면 말이다. 또는 인물이 감을 잘못 잡는 바람에 임박한 상황을 내다보지 못하는 상황이 필요할 수도 있다. 어느 쪽이든 배경을 묘사하기 위해 고르는 세부 항목들이 인물의 감정을 원하는 방향으로 이끌도록 도와줄 것이다.

마지막 단계는, 장면에서 일어나는 결과로서 인물이 무엇을 깨달을지, 아니면 어떤 행동을 취하게 될지를 생각하라. 이때 인물이 결정을 내리거나 행동을 취하도록 감정을 고무시키는 요인들을 포진하는 것만으로도 마지막 장면의 결과를 강화할 수 있다.

비즈니스계의 거물인 부모의 성화로 지금 투자 회사까지 경력을 쌓은 남자를 상상해보자. 성공에 눈이 먼 부모를 마침내 만족시킬 만큼 대단한 직책을 제안받았는데, 하루가 멀다 하고 출장을 다녀야 하는 일이라 가족을 꾸리는 건 포기할 수밖에 없다. 하지만 사랑하는 아내와 예전부터 아이를 입양하는 문제로 고민해온 터다. 새 일을 하게 되면 그 꿈은 접어야 한다.

선택의 기로에서 고민하는 그를 결정을 내리는 데 계기가 될 감정들이 생길 만한 곳에 배치해보자. 그가 어렸을 때 부모님이 데려가던 공원처럼 감정적 가치를 제공할 수 있는 곳을 선택할 수 있다. 아니면 그의 사무실이 있는 고층 건물 건너편의 놀이터를 선택해 그가 거하는 두 세계를 대비시켜도 좋다.

두 장소 모두 결정의 계기가 될 만한 감정을 배치하는 데 요긴한 기회를 제공할 것이다. 그가 놀이터에서 미끄럼틀을 타고 축구공을 차며 노는 아이들을 눈여겨보는 장면을 상상해보자. 또는 콘크리트 길 주변에서 유아차를 밀고 다니는 젊은 부부를 본다고 상상해보자. 그는 이런 모습을 보며 제안받은 자리를 거절하고 가정을 꾸릴 때 가능한 미래를 그려보게 될 것이다. 물론 감정 말고도 배경에서 다른 계기를 선택할 수도 있다. 공원에서 한 아버지가 아들이 연을 띄우는 데 성공하자 머리칼을 헝클어뜨리며 쓰다듬어주는 모습은 우리의 주인공이 아버지에게 인정받고 싶은 마음을 대변해줄 수 있다. 정장 차림의 나이 지긋한 남자가 점심시간에 산책을 하며 휴대전화로 통화하는 광경은 어떨까. 상대편의 기선을 제압하는 남자의 모습을 보며 그는 자신이 지금 이력을 고수할 경우 걷게 될 미래를 상상할 수 있다. 부유하고, 능력 있고, 존경받지만 기댈 사람이 없는 쓸쓸한 인생.

장면에 어울리는 강렬한 배경을 선택한 뒤, 위에서 예를 든 계기들을 심어주는 것으로 밀고 당기는 효과, 다시 말해서 인물의 내적 갈등을 강조할 수 있다. 배경과 조응하는 주인공을 통해 작가는 그의 행동을 이 끄는 욕구, 욕망, 윤리적 신념, 두려움에 전념할 수 있다. 주인공이 이런 계기들에 반응하는 모습에 따라 그의 성격이 자연스럽게 드러날 뿐만 아 니라, 과거에 일어났으나 여전히 그를 지배하는 상처 받은 경험을 암시 할 수 있다.

주인공 이외의 인물들의 성격 묘사

배경은 주인공이 아닌 다른 인물들의 특성, 태도, 신념, 감정을 드러내는 데도 쓰인다. 후자의 경우에는 심층 관점에서 쓰는 게 아니라면 어려울 때가 종종 있다.

　망자의 추모 모임이나 경야에 참석해본 적이 있는가? 장례식만큼 전혀 다른 성격들이 등장하고 섞이는 상황도 드물 것이다. 장례식이 끝 난 뒤 가족 친지와 친구들이 다 함께 조의를 표하는 상황은 빨갛게 달아 오른 숯불로 가득한 침대와 다름없다. 떨어져 지내던 사람들이 한자리에 모인 건 곪은 상처를 터뜨리라고 판을 까는 것이나 다름없다. 스트레스, 비탄, 여기에 알코올까지 가세하면 하지 않는 편이 좋았을 말도 꺼내게 된다. 대화가 계속되다 숨겨두었던 비밀들이 튀어나오고 언쟁이 오가면 서 해묵은 싸움으로 번지거나 새로운 반목의 계기가 되기도 한다.

　다음 사례를 보자. 어머니가 세상을 떠나면서 떨어져 있던 가족— 가까이 살거나 멀리 살며 그중 몇몇은 연락도 잘 안 하고 지내던 형제자 매, 친인척—이 식사 때 함께 모이고 경야를 지내게 되었는데 시간이 지 날수록 각기 다른 관점으로 추이를 지켜보게 된다. 주인공의 눈으로 이 모든 과정을 포착하기란 결코 만만치 않겠지만 배경을 통해 방법을 찾 을 수 있다.

로라에게 응접실은 단연 집 안에서 가장 추운 공간이었다. 옅은 민트색 페인트를 칠한 벽과 얇은 레이스 커튼 때문에 더욱 싸늘하게 느껴지는 냉기가 어머니의 오래된 소파와 생전에 누구도 못 밟게 했던 오리엔탈풍 양탄자를 휘감고 있었다. 생기 없는 공간에 온기를 불어넣으려는 듯 누군가 벽난로에 불을 지폈지만, 탁탁 소리를 내는 불길로 방을 덥히기란 역부족이었다. 이는 창밖에서 원을 그리며 흩날리는 1월의 눈보다는, 로라와 함께 있는 사람들 탓이 컸다.

태미와 릭은 윙백 공격 대형으로 구석에 진을 치고선 사뭇 당당한 태도로 손님들이 도착하길 기다리고 있었다. 낮은 목소리와 로라를 바라보는 날카로운 눈길로 판단컨대 그녀 이야기를 하고 있는 것이 분명했다. 어머니가 그녀에게 집을 물려주는 바람에 열외로 밀려난 형제들은 그녀가 작년에 어머니를 간병하면서 뭔가 수를 썼다고 생각하는 눈치였다. 진실을 말하자면, 어머니의 결정에 누구보다 놀란 사람은 로라 자신이었다. 집은 당연히 찰리의 차지일 거라고 생각했다. 어머니가 티 나지 않게 가장 사랑했던 막내 말이다.

로라는 도자기 잔에 담긴 뜨거운 차를 한 모금 마시면서 서가 앞에서 책들을 훑어보는 척하고 있을 찰리를 찾았다. 구부정하게 선 찰리의 모습은 그녀가 얼마 전 그쪽 벽에 건 사진 액자를 발견했음을 말해주고 있었다. 앨런의 사진이었다. 네 살에 뇌막염으로 세상을 떠난 찰리의 쌍둥이. 로라는 벽로 선반 뒤로 밀려나 있던 앨런의 사진에 제자리를 찾아주었다. 앨런의 사진은 그전까지 태미의 가족사진들에 가려져 있었는데, 분명히 태미의 소행이었다. 사진 액자의 먼지를 종종 청소한 로라는 어머니가 생전에 가족사진을 배치하면서 누구 하나 편애하지 않고 늘 공평했음을 알았다. 하지만 정작 태미는 그런 어머니의 뜻을 이해하지 못했다.

로라는 방을 가로질러 찰리에게 갔다. 아까 태미가 턱없이 짧은 치마

차림에 하이힐 신은 발로 들어섰을 때처럼 마룻바닥이 삐걱거리는 소리
가 나지 않도록 조심스레 걸었다.

찰리의 등에 한 손을 얹으며 로라가 말을 건넸다.

"괜찮니?"

"이 사진 찍었을 때 기억나?"

남동생은 매끈한 황금색 액자 틀을 엄지로 훑었다. 색이 바랜 사진 속
앨런은 단풍나무의 낮게 드리워진 나뭇가지에 두 팔을 매달듯 걸친 모
습이었다. 당시에 어린 묘목이었던 나무는 지금은 집 지붕보다도 높이
자라 있었다.

"당연히 기억하지. 앨런이 사고를 치면 5분도 안 돼서 네가 꼭 따라
했잖니."

"유일한 차이라면, 앨런은 나처럼 팔이 부러지진 않았다는 거지."

찰리는 입가에 미소를 띠고, 눈물이 그렁그렁한 채 사진을 다시 선반
위에 놓았다. 로라는 어머니의 죽음이 그로선 내키지 않는 이야기를 꺼
내게 만들었다는 생각이 들었다. 찰리는 당시에 너무 어렸기 때문에 쌍
둥이로 사는 각별한 의미를, 박탈당하기 전까진 실감하지 못했다.

초인종이 울렸지만 로라는 개의치 않았다. 마리사가 나갈 것이다. 찰
리의 아내는 사람들을 접대하고 아이들을 보살피기 위해 태어났다고 해
도 과언이 아닐 정도라 로라는 기꺼이 올케가 나서게 했다.

복도에서 신발에 묻은 눈을 털고 들어와 코트를 벗는 조문객들의 목
소리가 들렸다. 그들이 든 포일 덮인 고기찜 접시에서 마늘과 세이지 냄
새가 풍겼다. 형식적인 대화와 온갖 자질구레한 절차들. 다른 이의 눈치
를 보지 않고 마음껏 슬퍼할 수 있을 때까지 감내해야 하는 것들에 로라
는 가슴이 옥죄었다. 앞으로 얼마나 더 버텨야 할까.

그녀가 든 잔이 받침 접시에 부딪쳐 계속 딸깍거리자 찰리가 재킷에
서 무언가를 꺼냈다. 찰리는 백랍으로 된 휴대용 술병을 그녀의 금색 도

자기 잔 가장자리에 대고 기울였다. 스카치위스키의 후끈한 열기가 휘 감자 막내와 맏이는 서로에게 미소를 지어 보였다.

이 글에서 배경의 요소들은 독자를 장면에 몰입하게 만들 뿐만 아니라, 인물의 성격과 감정을 드러내준다. 각 인물이 배경에 조응할 때, 이야기가 로라의 시점에 고정되어 있음에도, 그들의 됨됨이와 그들이 느끼는 것을 알 수 있다. 상징들이 통합되면 인물들이 느끼는 바를 이미지화하는 데 도움이 된다. 방을 묘사하며 선택한 세부적인 요소들—옅은 민트색 페인트, 레이스 커튼, 누구도 밟지 못하게 했던 양탄자, 심지어 바깥 날씨까지도—은 이 장면이 어떤 분위기인지 보여주며 가족임에도 데면데면한 사이라는 것을 강조한다. 벽난로 선반에 놓인 사진의 배치 방식을 보면 어머니가 공정한 성격이었음을 알 수 있다. 하지만 응접실을 이런 분위기로 꾸몄다는 점에서는 까다롭고, 어쩌면 냉랭한 면도 없지 않았으며, 그런 성격이 지금의 가족 관계에 어떤 요인으로 작용했을지도 모른다. 특히 앨런의 사진은 가족이 공유하는 상실감을 상징하는데, 이렇게 짧은 예시만으로도 과거의 거대한 사건을 드러낼 수 있다.

사진을 두고 주고받는 대화와 감정, 그다음에 등장하는 휴대용 술병은 로라와 찰리가 가까운 사이임을 보여준다. 태미와 릭은 그들끼리 험담을 하는 모습이나 골라 앉은 자리를 통해 성격이 오만함을 알 수 있다. 특히 자기 가족의 사진을 가운데로 옮긴 태미의 행동은 많은 것을 말해준다. 그리고 로라가 어머니를 간병했다는 사실을 알지 못한다 해도 앨런의 사진에 정당한 자리를 찾아준 행위는 그녀가 가족을 돌보는 위치에 있음을 알게 해준다.

이렇듯, 묘사의 선택지들과 배경은 제대로 잘 쓰기만 하면 특히 성격 묘사와 분위기 연출에 있어서 독자들에게 정말 많은 의미를 능동적으로 전달해준다.

배경,
'어디WHERE'의 중요성

이야기의 배경을 '어디'로 설정할 것인가. 이는 작품 전체의 분위기에 영향을 끼칠 수 있는 문제다. 이때 이야기의 장르는 장소의 범위를 정하는데 도움이 된다. 예를 들어, 청소년 소설을 쓰고 있다면 고등학교가 배경이 될 확률이 크다.

하지만 모든 일화와 사건이 학교에서만 벌어지는 것은 아니다. 주인공의 인생에서 중요한 사건이라 할 만한 것들은 다른 곳에서도 일어나기 마련이다. 집, 아르바이트를 하는 곳, 친구들과의 모임 장소, 데이트 장소, 한 곳에서 다른 곳으로 옮기는 과정 등등. 그래서 장면마다 다른 배경들을 선택하게 되는데, 자신이 쓰고 있는 이야기에서 중요한 사건이 무엇인지 아는 것이 선택에 도움이 된다. 장면에 딱 들어맞는 배경은 악보와 같아서 분위기, 상징, 개인화의 과정을 거쳐 장면마다 감정의 강도에 깊이를 더해준다.

이때 주인공이 선택지들을 줄이는 데 도움이 될 것이다. 주인공이 인기 많은 사람인가? 그렇다면 집에서 열리는 파티나 견학을 간 곳에서 심오한 깨달음을 얻는 계기를 만날 수 있다. 주인공이 수줍음을 많이 타는가? 내향적인 성격인가? 그렇다면 수업이 끝난 뒤, 돈을 벌려고 성격과 맞지 않는데도 일하고 있는 아이스크림 가게, 또는 자기 집 뒤뜰에서 다른 사람들과 대면하게 될 가능성이 높다.

한 장면에 어울리는 장소를 찾으면서, 자신이 선택한 장르가 허용하는 배경들이 너무 전형적이라는 생각에 답답해하는 작가가 있을지도 모른다. 하지만 창의성을 발휘하면 장면마다 완벽하게 어울리는 장소, 사건을 더하여 더없이 큰 충격을 주는 장소들을 찾을 수 있다. 그렇다고 매번 독자들이 소설에서 좀처럼 접해보지 못했을 광대하고 화려한 장소들을 골라야 한다는 의미는 아니다. 지극히 세속적인 장소도 강렬한 흡인력을 가진 배경이 될 수 있다.

로리 홀스 앤더슨의 소설 『말해 봐』에서, 주인공 멜린다는 대부분의 시간을 학교에서 보내지만 얼마 전에 겪은 충격적인 사건 때문에 말 그대로 모든 것에서 소외된다. 작가는 학교에서 멜린다가 도피할 곳을 마련하는데 다름 아닌 관리인의 창고. 외상 후 스트레스 장애(PTSD)에 시달리는 멜린다는 줄곧 그곳을 찾으며 부서진 자신을 추스르려 한다. 흔히 택할 만한 도피처라고 할 수 없는 이곳은 멜린다뿐 아니라 그녀를 지켜보는 독자들에게도 마음 놓고 휴식을 취할 곳이 되어준다.

배경이 주인공과 감정적으로 연대한다면, 얼핏 따분하고 단조로워 보여도 얼마든지 재발견될 수 있으며, 독자에게 놀라움과 새로운 경험을 안겨줄 수 있다. 배경을 선택하느라 고민하고 있다면, 직접 답사해보길 바란다. 마음에 떠오르는 여러 가지 장소들을 살펴보면 최상의 결정을 내릴 수 있을 것이다.

배경의 선택이 감정의 '한 방'을 좌우한다!

이제 배경이 인물의 성격을 보여주는 데 중대한 역할을 한다는 점, 그리고 독자를 이끌어 인물의 행동에 동참하게 한다는 점을 이해했을 것이다. 하지만 플롯을 짜느라 머리를 쥐어뜯다 보면 '쉬운 길'을 가고 싶어지는 것도 무리가 아니다. 고민 없이 선택한 배경에 인물들이 다행히 어울리기를 바라면서 말이다. 유혹에 넘어가선 안 된다. 강력한 한 방이 있는 이야기를 쓰고 싶다면 딱 들어맞는 배경을 고르기 위해 고심해야 한다. 인물 간의 상호작용이 대수롭지 않은 대화로만 이루어져 있더라도 마찬가지다.

이해를 돕기 위해 예를 한 가지 더 들겠다. 우리의 주인공 메리는 어린 시절에 살았던 집에 막 돌아왔다. 상담사의 조언에 따라, 어린 시절 그녀에게 물리적 폭력을 가했던 아버지와 대면하기 위해서다. 메리의 목표는 아버지를 직접 만나서 그가 얼마나 모진 상처를 주었는지 알리고, 아물지 않은 상처를 봉합하고 과거사로 정리하는 것이다. 이 장면에서 나눌 대화는 장소가 어디든 감정의 동요가 극심할 것이라는 점은 쉽게 예상할 수 있다. 그럼에도 긴장감 넘치는 장면을 연출하겠다는 일념으로 '특이한' 배경을 고르겠다면 말릴 이유가 없다! 이 장면은 다양한 곳에서 벌어질 수 있다. 공항까지 마중 온 아버지와 함께 돌아가는 차 안일 수도 있고, 아버지가 최근 만든 카누를 사포로 다듬고 있는 작업실일 수도 있고, 식사를 하는 부엌 식탁일 수도 있다.

이 중에서 메리의 감정을 가장 크게 자극할 만한 곳은 어디일까? 예를 들어, 이 가족이 잘못된 교리에 빠진 나머지 "매를 아끼면 애를 망친다"는 신조에 따라 자녀에게 체벌을 가하는 것을 정당하게 여겼다면 이러한 교리의 상징이 부엌문에 떡하니 걸려 있을 수도 있지 않을까? 혹은 부엌 벽에 이러한 신념을 드러내는 경구가 십자수 액자로 걸려 있을지도 모른다. 바로 이곳에서, 메리는 어린 시절에 매를 맞은 적이 있는데 고작 식사를 마치기 전에 물을 마시겠다고 한 것이 이유였다. 이럴 때 부엌이라는 흔해빠진 장소는 부정적인 기억으로 뒤범벅된 매우 강렬한 배경이 될 수 있다.

여기에서 만족하지 말고 또 다른 선택지를 살펴보자. 배경은 메리 아버지의 작업실이 될 수도 있다. 메리는 아버지 손에 여기까지 끌려와 매를 맞으며 제발 때리지 말라고 울며 애원했었다. 그런 기억 때문에 메리는 이곳을 보기만 해도 불쾌해질 테고, 독자들도 덩달아 긴장하게 될 것이다. 작업실에서 벌어지는 일들은 그녀를 학대의 기억으로 이끌지만, 그녀가 이곳에서 아버지에게 맞선다면 과거의 상처에 매몰되지 않고 미래로 나아가리라는 힘 있는 선언이 될 것이다.

세 번째 선택지는 차 안에서 나누는 대화 장면이다. 메리가 싫어도 들어야 하는 청중이 된다는 것을 의미한다. 아버지는 딸의 비판을 견디지 못한다. 딸의 어린 시절을 악몽으로 만들었다는 자책감을 지우지 못한다. 딸과 함께 차에 있는 지금, 그는 자신의 일그러진 과거와 대면해야 한다. 하지만 앞서 말한 두 배경과 달리, 지금의 배경은 둘의 대화에 강렬한 분위기를 더하지 못한다. 메리와 감정상의 접점이 없기 때문이다. 반면 메리가 잘못된 종교적 신념이 뒤집어씌운 멍에 때문에 억압받는다고 느끼던 부엌을 선택하면 한층 강렬한 분위기가 형성될 것이다. 그리고 메리는 학대로 무너졌던 자존감을 회복하려고 애쓸 것이다. 마찬가지로 작업실이라는 배경은 메리를 무차별하게 공격하는 과거의 기억을 해결하는 시험대가 될 것이다. 결국 부엌과 작업실이 아버지와 딸이 자동차에 갇히다시피 대면하는 '손쉬운' 배경보다 강렬한 분위기를 보장할 것이다.

이렇듯 우리는 인물에게 남다른 의미를 가진 배경을 선택하고, 벌어지는 사건에 강렬한 전후 관계를 제공함으로써 해당 장면에 감정을 부여하고, 인물이 능동적이고 자연스럽게 내면을 드러내도록 연출할 수 있다.

배경,
사연을 전달하는 도구

성격 묘사의 깊이를 더하고 주인공의 동기를 이해할 근거를 제공하려면 '사연backstory'을 소개해야 할 때가 있다. 사연은 인물의 결정적인 경험이자 소설이 시작하기 전에 일어난 사건으로, 필요한 정보임에도 이야기에 찰떡처럼 갖다 붙이기가 쉽지 않다. 정확히 알고 다루지 않으면 지뢰밭을 건드리는 꼴이 되기 쉽다. 사연에는 두 가지 유형이 있다. 독자도 눈치챌 수 있을 만큼 가시적인 사연visible backstory과 작가만 알고 있는 숨은 사연hidden backstory.

숨은 사연은 작가가 인물에 대해 마땅히 알고 있어야 할 정보다. 인물이 좋아하는 것과 싫어하는 것, 취미와 여가 활동, 가장 큰 두려움의 근원, 가장 깊은 상처의 원인 등. 사연에는 과거에 해당 인물에게 영향을 끼친(좋은 영향, 나쁜 영향 모두) 다른 인물이나 계기는 물론 성격을 형성하는 데 일조한 다양한 사건들도 포함된다. 숨은 사연은 소설의 브레인스토밍 단계에서 구성하는 것이 정석이다. 그래야 작가가 인물을 보다 정확히 이해하고, 인물들 머릿속에 사연을 주입한 후 각자의 행동과 태도를 진솔하게 쓸 수 있다. 작가의 열의가 넘칠 경우, 사연만 소설 한 권이 될 만큼 계획하는 경우도 있다.

가시적인 사연은 독자가 알고 있으면 인물의 행동을 이해하는 데 도움이 되는 요소다. 독자가 커튼 뒤까지 들춰봐야 이해가 되는 인물의 태도가 있기 마련이다. 인물의 과거를 들여다보면 그의 욕망과 행동의 근거, 두려움의 근원, 희망, 집착의 대상을 이해하는 데 도움이 된다. 사연을 어느 정도까지 노출할지 잘 모르겠다면 차가운 맥주가 담긴 커다란 컵을 상상해보자. 숨은 사연은 황금빛 맥주가 잔을 넉넉히 채우고 있지만 잔 밖으로 보이지 않는 정도다. 가시적인 사연은 첫 모금을 기다리며 솟아오르는 크림빛 거품이다. 중요한 점은 작가가 인물의 과거에 대해 알고 있는 사연 중에서 정말 필요하다고 생각하는 일부분만 소설에 포함시켜야 한다는 것이다.

가시적인 사연은 작가가 생각하는 중요한 시점에 독자에게 전후 관계를 설명해준다. 예를 들어, 빨간색은 무조건 피하는 인물에 관한 이야기가 있다. 그는 토마토, 석류, 크리스마스 스웨터뿐만 아니라 피만 봐도 끙끙 앓는 사람이다. 빨간색 소파는 사지 않겠다고 버티고, 탐스러운 빨간 사과가 담긴 선물 바구니도 던져버린다. 독자로서는 당연히 유별난 성격이라 생각할 텐데, 인물을 끝내 이해하지 못한다면 책을 덮어버릴 수도 있다. 하지만 '사연'이라는 양념을 살짝 뿌려주면, 인물의 이상한 행동에도 전후 관계가 생긴다.

루카스는 페인트 롤러를 내려놓고 파란색 얼룩이 묻은 수건으로 두 손을 닦았다. 그러고는 손가락 마디로 양 엉덩이를 누르며 몸을 쭉 폈다. 뻣뻣해진 등이 잘 펴지지 않았지만 그의 미소는 가시지 않았다. 이번이 세 번째 덧칠이었고 마지막이길 바랐지만, 애쓴 보람이 있었다. 그도 이 집도 새 출발 하는 의미로서 그의 손으로 직접 칠할 필요가 있었다. 과연, 창문으로 한낮의 빛줄기가 들어와 파란색 페인트를 칠한 벽이 방을 에워싸고 은은히 빛나는 모습이, 마치 그만의 비밀 파티처럼 보였다.

문득 천장 쪽 벽에 예전 빨간색 페인트 벽이 칼날 모양으로 드러나 있는 것을 본 순간, 루카스의 입이 일그러졌다. 전 주인은 어쩌자고 저런 색 페인트를 칠했는지 도무지 이해가 되지 않았지만, 저걸 다 칠해 덮어버릴 때까지 이 집에서 살 생각은 없었다. 20년 전의 일이지만 저 색깔을 볼 때마다 진 할머니네 식품 저장실 생각을 하지 않은 적이 단 한 번도 없었다. 눅눅하게 썩는 냄새, 물러터진 과일, 빨간색 래커를 칠한 벽 뒤에서 긁어대던 쥐들. 그 색깔을 볼 때마다 루카스는 목울대를 쥐어짜듯 터져 나오던 비명이, 피가 날 때까지 문을 긁어대던 작은 손가락의 통증이 떠올랐다. 진 할머니는 오래전에 세상을 떠났을지 몰라도 그녀가 한 짓은 기억 속에서 자꾸만 떠올랐다.

초인종 소리에 루카스는 빨간색 페인트 자국에서 눈길을 돌렸다. 언제든 사다리를 타고 올라가 작은 붓으로 한 번만 쓱 칠하면 저놈의 빨간색은 언제 있었냐는 듯 싹 사라질 것이다. 과거도 그렇게 쉽게 지울 수 있다면 얼마나 좋을까. 그는 입가에 떠도는 비통한 표정을 애써 삼켰다. 그러고는 온 힘을 다 해 '사근사근한 새 이웃'의 표정을 지으며 방문객을 맞이하러 나갔다.

사연이 더해지자 루카스의 행위를 가감 없이 볼 수 있게 되었다. 과거의 상처 받은 경험에서 나오는 두려움. 이는 독자에게 인물의 행위를 명징하게 보여주는 것 말고도 인물이 여전히 고통을 느끼는 해묵은 상처를 직접 들여다볼 수 있게 한다.

사연의 문제는 이야기의 속도를 늦추거나 정지시킬 수도 있다는 점이다. 자칫 과거의 어떤 순간을 보여주는 데 급급한 나머지 독자에게 필요하지도 않은 정보를 왕창 쏟아놓기 십상이다. 사연을 잘 다루려면 당면한 장면에 의미심장한 방식으로 녹여내되, 독자가 사연과 연관이 있는 행위를 이해할 수 있는 정도만 제시해야 한다. 벽을 페인트칠하는 루카스의 행동은 새집을 꾸미는 것 이상의 의미가 있다. 작가는 빨간색 페인트라는 소재를 잘 활용해 독자가 인물의 과거로 들어가도록 유인한다. 그러고는 학대를 암시하는 혼란스러운 감각적 이미지를 제시해 현재 상황의 전후 관계를 파악하게 하며, 누군가 초인종을 누르는 장면을 통해 다시 현실로 돌아오게 한다. 배경이 의미심장한 사연을 전달하는 역할을 톡톡히 해낸 사례다.

사연과 배경은 작가가 등장인물의 성장이나 변화의 정도를 제시할 때도 의기투합한다. 인물이 내면의 변화를 겪은 뒤 어떤 장소를 다시 찾는다면, 독자는 그가 과거에 알았던 것과 지금 아는 것의 차이를 간파할 수 있다.

가령, 주인공이 십 대 시절에 인종이 다르다는 이유로 막다른 골목에 몰려 얻어맞았던 과거가 있다고 상상해보자. 지금 그는 바로 그 골목에 서서 그때의 기억을 떠올리고 있다. 골목의 풍경, 냄새, 소리는 과거로 가는 관문이 되고, 그는 그 순간을 다시 겪게 된다. 하지만 그는 이제 어른인 데다 경찰관이기에, 그 기억은 예전처럼 그를 억누르지 못한다. 그의 마음속은 두려움이 아니라 뜨거운 결단의 의지로 끓어오른다. 그의 사명은 자신의 세계에 속하는 사람들이 과거의 자신처럼 고통 받는 일이 없도록 지키는 것이다. 이는 작가가 주인공을 특별한 배경과 대면시켰기 때문에 울림 있는 장면이 될 수 있었다.

세계 자체가 변화하는 경우, 배경은 사연이 폭로하는 규모를 더 넓혀줄 수도 있다. 가령, 주인공이 옛날에 가족을 이루고 살았던 풍족한 마을을 다시 방문했는데, 이제는 전쟁의 포화가 휩쓸고 간 터라 궁핍만이 가득하다고 해보자. 이 장면은 그가 없는 동안 일어난 많은 일을 보여줄 것이다.

이런 방식은 독자가 주인공이 아닌 다른 인물의 과거를 상상해야 할 때도 도움이 된다. 생물학적 아버지를 찾는 주인공을 떠올려보자. 수소문 끝에 마침내 아버지를 찾았지만, 불과 한 주 전에 아버지가 자동차 사고로 세상을 떠났다. 주인공이 가장 가까운 혈육이라 아버지가 살던 아파트에 가게 되는데, 신중히 묘사한 배경이 아버지가 외롭고 쓸쓸하게 살았다는 단서가 되어준다. 먼지가 잔뜩 낀 커튼, 가족사진이나 기념품은 전혀 보이지 않는 와중에 탁자 위에 수북이 쌓인 광고 편지.

이런 배경은 우선 주인공의 아버지가 생전에 어떤 삶을 살았는지 상세히 알려준다. 그리고 늦게나마 아버지를 찾아 나섰지만 헛헛한 마음은 절대로 채울 수 없을 거라고 생각하는 주인공에게 공감할 기회를 자연스럽게 마련해준다.

인물과의 상호작용

작가로서 묘사할 대상을 결정하는 것이 사연을 전달하는 방식을 결정한다. 이때 가장 중요한 점은 선택한 배경과 인물 간에 미시적이건 거시적이건 상호작용이 이루어져야 한다는 것이다. 예를 들어, 미시적인 상호작용을 택한다면 인물이 배경 안에서 한 가지를 골라내 사연의 초점으로 삼으면 된다. 앞에서 든 예시 가운데 찰리가 죽은 쌍둥이 형제의 사진을 드는 장면처럼 말이다. 거시적인 상호작용은 가령 인물이 어렸을 때 살았던 낙농장을 다시 찾아가 농장 일을 돕거나 농장을 둘러보는 동안 중요한 사연을 서서히 침투시키면서 이루어질 수 있다.

또 다른 선택지로는 배경과 인물이 사연을 암시하는 용도로만 서로 영향을 주고받는 방법이 있다. 정보—마땅히 제시해야 할—를 독자에게 일부러 주지 않으면 밀고 당기는 재미와 함께 긴장감이 연출된다. 독자는 생각지도 못했던 폭로가 나중에 이어지리라고 기대하며 이야기에 더 집중할 것이다.

여기, 한 여성이 아침 일찍 기차역에서 어머니를 배웅한 뒤 노상강도를 당했다고 해보자. 그로부터 며칠 뒤, 같은 기차역에 또 가게 되자 그때의 불쾌한 기억이 떠올라 편하게 행동할 수가 없다. 공교롭게도 여러 부분이 그날과 비슷하다. 화창한 날씨, 해가 뜨면서 빠르게 사라지는 주황빛과 분홍빛 여명, 이른 시각이라 드문드문 오가는 사람들, 철로를 따라 바람에 밀려가는 낙엽과 쓰레기 들이 시멘트 바닥에서 내는 바스락 소리.

그녀는 당연히 극도로 예민해진다. 주변 행인들을 끊임없이 둘러보며 경계할 수도 있고, 주머니에 호신용 스프레이를 집어넣을 수도 있다. 또한 작은 소리만 나도 깜짝 놀라고, 심호흡을 하려고 애쓸 수도 있다. 이런 행동들을 잘 조합하면 독자는 그녀가 좋지 않은 일이 일어날 거라고 예상하거나, 좋지 않은 일이 일어날 경우에 대비하고 있음을 알게 된다. 노상강도를 당했던 사연은 아직 등장하지 않았지만 기민한 독자라면 곧바로 의문을 가질 것이다. 이 인물은 무엇 때문에 초조해할까? 왜 작은 소리나 냄새에도 화들짝 놀랄까? 예전에 뭔가 안 좋은 경험을 했나?

경우에 따라 사연을 공유하는 대신 독자가 계속 의문을 갖게 만드는 편이 더 좋을 수도 있다. 독자는 의문에 답을 얻을 때까지 책장을 계속 넘기게 된다. 이때 배경은 아무것도 폭로하지 않은 채 과거의 특정한 사건을 넌지시 암시하는 훌륭한 수단이 된다. 단, 이런 경우에는 강력한 사연을 마련해놓아야만 결정적인 장면에서 독자를 만족시킨다는 점을 명심하자.

'배경'이라는 왕관의 보석
: 감각 디테일

독자를 완전히 빠져들게 만들고 싶은 장면이 있다면 감각의 대잔치를 벌여 그들이 상상의 나래를 펼치게 하고 싶을 것이다. 색다른 감각들을 동원해 묘사의 신선도와 생생함을 높이면 해당 장소가 실감 나게 다가온다. 작가라면 독자가 지금 읽고 있는 작품이 허구라는 사실을 잊고 시점 인물이나 주인공이 그 장면에서 경험하는 풍경, 냄새, 맛, 촉감, 소리를 고스란히 느끼길 바랄 것이다.

묘사가 탁월해서 실제로 가보고 싶었던 배경이 있는가? 다 읽고도 오래도록 이야기에 사로잡힌 채 그곳을 계속 떠올리면서 지금 그곳에서는 어떤 일이 벌어지고 있으며, 그곳 사람들은 무엇을 할까 하는 즐거운 상상에 빠진 적이 있는가? 분명히 있을 것이다. 결이 생생히 살아 있는 배경을 만나면 상상은 신경 회로에 희열의 불을 지핀다.

배경을 묘사할 때 다중 감각을 활용하면 놀랍도록 실감 나는 중첩된 풍경을 만들 수 있다. 묘사하는 배경과 독자와의 교감이 깊어질수록 작가가 일군 세계의 일원이 되고자 하는 욕망 또한 커진다. 감각의 세부 항목을 고를 때는 독자를 장면 안으로 끌어들일 수 있는 것인지 생각하라. 그리고 메시지, 다시 말해 감정적 반응을 일으킬 만한 메시지를 보낼 수 있는 것인지 생각하라. 어떤 메시지를 선택하느냐는 작가의 몫이지만, 독자의 마음이 크게 움직일 만한 것이어야 한다.

풍경: 픽션에 생명을 불어넣는 디테일

감각을 통틀어 작가가 가장 많이 의존하는 요소는 풍경이다. 인물이 '바라보는 것'을 묘사할 때 독자도 시각적으로 상상하기 쉽기 때문이다. 하지만 풍경 묘사로 독자의 흥미를 불러일으키려면 모든 것을 시점 인물이나 주인공의 감정을 거쳐 서술해야 한다.

이런 말을 들어봤을지도 모른다. '모든 이야기에는 두 가지 측면이 있다. 당신이 보는 것, 그리고 실제로 일어난 상황.' 이는 픽션에도 해당되는 명제다. 인물이 눈에 보이는 것을 해석할 때는 자신의 느낌에 의존하기 때문이다. 이와 관련해 다음 글을 읽어보자. 주말에 출장을 떠났다 집에 돌아온 어느 가장의 이야기다.

한낮의 빛이 비쳐 들어와 리로이는 눈을 찡그리며 아파트 문을 닫았다. 눈이 어둠에 익숙해지자 손에 힘이 빠지며 여행 가방 손잡이가 스르르 빠져나갔다. 부엌에 가자 조리대 위에 물이 고이듯 넓게 깔린 그림자의 형상이 금방이라도 손에 잡힐 것 같았다. 달걀 껍질 부스러기, 오믈렛 그릇, 말라붙은 음식 찌꺼기가 가장자리에 붙은 프라이팬 두 개, 오믈렛 조리용 기구들이 가히 묵시록적인 풍경을 빚어내고 있었다. 싱크대에는 접시와 포크, 나이프가 가득 차 있었고, 냉장고는 문이 살짝 열려 있었다. 혈압이 확 치솟았다. 이틀 동안 죽어라 일하고 돌아온 보답이 이건가? 제들 딴엔 다 컸다고 아주 망나니짓을 하는구나. 빌어먹을. 학교 끝나고 오기만 해봐라. 두 놈 다 목을 비틀어버릴 테다.

이제 같은 장면을 다른 감정을 가진 시점으로 볼 때 얼마나 달라지는지 살펴보자.

리로이는 문을 닫은 뒤 무너지듯 문에 기댔다. 그의 입술 사이로 억눌린 한숨이 새어 나왔다. 떨리는 두 다리로 간신히 몸을 지탱했다. 그 벌목트럭…… 내가 차선을 변경했으니 망정이지……. 그는 멍한 눈으로 어두운 아파트를 응시하며 하마터면 죽을 뻔했던 경험이 마음속에서 물러가기를 기다렸다. 눈이 침침한 어둠에 적응하자 아수라장이 된 부엌이 그를 반겼다. 조리대 위의 주스 통, 가스레인지 위의 달걀이 눌어붙은 프라이팬, 싱크대에서 넘칠 정도로 쌓인 접시들. 맙소사, 냉장고 문마저 살짝 열려 있었다. 쿡 실소가 터졌다. 녀석들, 이제 다 컸다고 이렇게 아수라장을 만들어? 그는 고개를 설레설레 저으며 싱긋 웃었다. 그래도 내가 없는 동안 용케 식사를 차려 먹었구나.

같은 장면을 둘 다 리로이의 감정을 거쳐 묘사하고 있다. 첫 번째 묘사에서 리로이는 분노에 휩싸여 어떤 사소한 디테일도 그냥 넘어가지 못한다. 하지만 두 번째 묘사에서는 엉망진창이 된 부엌에서 유쾌한 단면을 찾아내고, 오히려 그 광경에 흐뭇해한다. 이렇듯, 시점 인물의 감정을 거쳐 묘사할 때는 독자가 경험하는 배경도 달라지기 마련이다. 그러니 인물이나 화자가 각 장면에서 어떤 감정을 느껴야 하는지 잘 생각하고, 그 감정을 돋보이게 해줄 만한 디테일들을 고민해야 한다.

냄새: 기억을 떠올리게 하는 디테일

어떤 냄새를 맡자마자 예전 기억을 떠올린 적이 있을 것이다. 뇌에서 냄새를 감지하는 부분은 기억을 저장하도록 돕는 감각기관과 아주 가까이 있기 때문이다. 모든 감각 중에서 감정에 호소하는 기억을 강력하게 유발하는 요인이 냄새라는 뜻이다. 냄새는 '함께했던 경험'에서 정말로 중요한 감각을 불러일으키고, 독자가 이야기에 더욱 깊이 들어가도록 이끈다.

　그런데도 냄새는 픽션에서 자주 간과되곤 한다. 냄새는 독자가 묘사를 새삼 눈여겨보게 되는 중요한 요소이기 때문에, 냄새를 두어 개 더하는 건 매우 중요하다. 이야기에 냄새를 더함으로써 더 깊이 있는 상징이 될 수 있고, 분위기를 강화하고 감정을 끌어낼 수 있다. 고장 난 차 때문에 주차장에서 견인 트럭을 기다리는 주인공을 생각해보자. 바로 옆 빵집에서 풍기는 빵과 각종 향신료 냄새에 주인공은 불쾌했던 마음이 환기되는 것을 느낀다(아울러 허기가 몰려온다). 하지만 뜨거운 태양에 달궈진 아스팔트와 재활용 센터에 쌓인 맥주병에서 풍기는 역한 냄새에 주인공은 금세 아까보다 불쾌해질 것이다.

　장소와 결부된 특정한 냄새는 픽션에 사실성을 더한다. 위의 사례에서 냄새에 대한 묘사를 빼면 독자는 묘사가 공허하다고 느낄 것이다. 항구가 배경이라면 해조류에서 풍기는 짭조름한 냄새를, 극장이라면 갓 튀긴 팝콘과 소금 냄새를 더해보자. 독자는 그 장소에서 풍기는 대표적인 냄새에 이끌려 장면에 몰입하게 된다. 묘사하는 배경에 실생활에서 잊기 힘든 냄새가 포함된다면 이야기에 반드시 넣도록 하자.

소리: 세계에 사실성을 불어넣는 디테일

소리는 배경을 풍부하게 만드는 또 다른 요소다. 무음의 진공 상태에서 사는 인물은 없다. 인물이 사는 세계에 다양한 소리가 울려 퍼질 때 독자는 배경 속으로 쉽게 빠져든다. 소리는 중요한 퍼즐 조각처럼 독자가 장면을 그림처럼 상상하게 해준다. 그렇지만 소리는 무대 연출보다 훨씬 현실적이다. 다른 감각적 요소들처럼 소리도 다양한 방식으로 활용할 수 있다.

　싸움을 벌일 때나 비행기에 탑승했을 때처럼 인간은 급박하게 변하는 상황이나 익숙한 환경이 아닌 곳에 있을 때 소리에 극도로 예민해진다. 방어 본능과 반사적인 반응 때문이다. 이런 점을 이야기에도 활용한다면 소리는 곧 다가올 변화(좋든 나쁘든)에 대한 경고로 탁월한 기능을 발휘한다. 반드시 큰 소리가 아니어도 된다. 문의 경첩이 뜬금없이 서서히 삐걱거리는 소리는 총탄이 공기를 가르는 소리와 똑같은 효과를 낼 수 있다.

배경을 묘사하면서 특정한 분위기를 강화하고 싶다면, 그 장면에서 어떤 감정을 연출할지 생각하라. 그리고 소리를 이용해 긴장감을 고조할지 완화할지 생각하라. 예를 들어, 베이비시터 일을 끝내고 밤늦게 집으로 걸어가던 여성이 누군가 내내 자기를 지켜보고 있음을 알아차린다. 집에 들어서는 길에 오빠의 트럭에서 막 꺼진 엔진이 식으면서 나는 딱딱 소리를 들으면 마음이 놓일 것이다. 그 소리는 그녀가 안전하다는 뜻이며, 도움이 필요할 경우 아는 사람이 가까이 있음을 안다는 뜻이다. 하지만 등 뒤에서 자갈밭을 걷는 발소리가 들리거나, 포치의 전구가 깨지는 소리가 난다면 그녀의 두려움은 훨씬 커질 것이다.

감각 디테일을 활용할 때 적은 요소로 큰 효과를 내고 싶다면, 단순히 사실성을 더하는 것보다 원대한 목적을 가지고 소리를 활용해보라. 배경 묘사에서 디테일을 신중히 선택하는 습관을 가질수록 글의 밀도가 높아지는 것은 물론, 독자에게 쉽게 잊지 못할 근사한 독서 경험을 선사하는 스토리텔링 기술을 갖추게 될 것이다.

맛: 독자를 이야기의 세계로 이끄는 디테일

감각 중에서 맛을 사용하는 빈도는 가장 낮은 편이다. 음식이나 음료가 해당 장면과 직접적인 관련이 있는 경우가 거의 없기 때문이다. 음료에서 독을 검출한다거나, 주목할 만한 요리 대회 심사를 본다거나, 당장 끼니를 해결하지 못하면 자기가 끼니가 될 상황이라면 모를까 맛과 관련한 인물의 경험이 플롯의 흐름과 깊은 연관이 있지 않는 한 인물이 먹고 마시는 모습을 지켜보는 게 딱히 매혹적일 리 없다.

하지만 먹는 행위는 신체적 기능이나 사교 활동의 일부로 필요하기 때문에, 이 감각을 배경 속에서 적절히 사용하려면 실제 맛을 보는 경험 이상의 의미를 부여해야 한다. 이 감각은 난이도가 높지만, 독자가 장면을 체험하도록 도와주는 창의적인 방법이 될 수도 있다. 작가가 맛에 대한 감각을 사용할 때 방향을 잡도록 이끌어주는 세 가지 요소가 있다. 바로 맥락context, 비교comparison, 대비contrast다.

맥락은 '누가, 어디서, 언제, 왜'를 하나로 묶는 일을 한다. 인물이 지금 먹고 있는 곳이 다른 사람의 집인가, 식당인가, 캠프파이어 앞인가, 아니면 노점상인가? 무슨 이유로 이 공간에서 먹는 행위를 하고 있는가? 이 장면에서 음식의 질과 장소가 말해주는 사실은 무엇인가? 맛을 포함한 맥락은 묻지 않았지만 타당한 질문에 답을 한다. 인물과 그 인물이 먹는 것을 서로 비교하고 대비시키는 과정을 통해 인물의 성격을 암시할 수 있고, 관계의 구도를 드러낼 뿐만 아니라 감정을 불어넣고 분위기를 연출할 수 있다. 예를 들어, 주인공이 다혈질에 속내를 거리낌 없이 드러내는 성격인데 먹으면 땀이 날 정도로 자극적인 음식을 좋아하는가(비교)? 아니면 자선 행사에서 한 번도 먹어본 적 없는 고급 샴페인을 홀짝이던 주인공이 바로 그 순간 남편이 다른 여자와 정사를 나누고 있음을 알게 되었나(대비)? 이렇게 맛에 대한 감각을 사용해 인물의 디테일을 인상적인 방식으로 보여줄 수 있다.

맛은 일상을 픽션의 세계에 끌어들이는 견인차 역할을 한다. 현실의 인간은 자양분을 필요로 하는데 픽션이라고 해서 달라야 할 이유가 있을까? 실제로 먹지도 마시지도 않는 것 같은 인물은 튀기 마련이고, 작가의 스토리텔링 기술에 대한 독자의 신뢰를 떨어뜨릴지도 모른다. 맛이 인물의 성격을 드러내는 데 도움이 되지 않고, 플롯과의 직접적인 관련성이 없다 해도 사실성을 더하고 독자의 신뢰를 형성하는 데 쓰일 때가 몇 번은 있을 것이다.

촉감: 배경과의 상호작용을 촉진하는 디테일

촉감은 모든 감각 가운데 배경과의 상호작용이 가장 활발한 디테일이다. 동선을 만들고 이야기의 속도를 유연하게 조절하며, 독자가 인물의 마음속으로 들어갈 수 있는 내적 통로를 만든다. 촉감은 속성이 보편적이기 때문에 배경에 현실감을 더한다. 독자는 작가가 묘사하는 특정 소재의 촉감에서 자신이 과거에 경험한 것과 똑같은 촉감을 떠올린다.

동물 병원에 있는 인물을 생각해보자. 그는 사랑하는 반려동물의 안락사를 앞두고 그 부드러운 털을 쓰다듬으며 이제 그만 놓아주자고 스스로를 달래고 또 달랜다. 예전에 같은 경험을 한 적이 있는 독자라면, 이 장면에서 자신의 과거를 떠올리며 죽어가는 동물에게 강렬한 유대감을 느낄 것이다. 그로 인해 참담한 혼돈을 맛볼 수도 있고, 주인공이 어떤 기분일지 상상할 수도 있다. 어느 쪽이든 작가가 역량을 발휘해 개의 보드라운 털에 대한 촉감을 묘사할 때 공감대는 절정에 이르며, 독자와 인물의 유대 관계도 무르익을 것이다.

촉감을 활용할 때 명심할 점이 있다. 어떤 촉감이든 이야기의 주제와 연결되어야 한다. 결국 인물은 다른 대상과 접촉해 행동할 수밖에 없으며, 작품에 나오는 모든 행동은 이야기를 발전시켜야 한다. 인물이 이유도 없이 대상과 접촉한다면 단어 낭비일 뿐이다. 하지만 촉감이 어떤 분위기를 강화하거나, 인물의 감정을 드러내거나 더 깊은 속내를 보여준다면 스토리텔링의 쾌거를 이뤘다고 말할 수 있다.

촉감으로 묘사의 기능을 높이는 또 다른 방법은 복선이나 상징이 될 때다. 인물이 달려가다 녹슨 쓰레기통을 스치는 바람에 쓰라린 통증을 느낀다고 해보자. 이는 임박한 위험을 암시하는 복선이 된다. 아니면 이미 위험에 빠져 누군가에게 쫓기고 있는 경우 통증은 붙잡히지 않은 대신 치르게 된 대가를 상징하고, 그 정도의 통증은 무릅쓸 만한 것임을 상기시킨다.

균형을 갖춘 감각 디테일

감각 디테일의 상당수가 눈에 보이는 대상에 집중하는 편이지만, 육안으로 확인할 수 없는 감각 디테일은 묘사의 기술을 잘하는 수준에서 탁월한 경지로 끌어올린다. 모든 감각 디테일을 매번 사용해야 한다는 것이 아니다. 두어 개만 섞어도 한 개만 썼을 때보다 훨씬 흥미로운 이미지를 만들 수 있다. 예를 들어, 시각적인 경향에 치중한 비유와 직유 대신 다른 감각 디테일들을 쓰면 신선한 묘사를 할 수 있다. 다음은 고전에서 가져온 예시들이다.

종소리가 그쳤다. 처음 울릴 때처럼 일제히. 뒤이어 땅 속 깊은 곳에서 쩔그렁 소리가 들렸다. 와인 판매상의 지하 저장고에서 누군가 나무통들 위로 무거운 쇠사슬을 끄는 듯한 소리였다.

소리 디테일, 『크리스마스 캐럴』 중에서

지금껏 이런 강은 본 적이 없었다. 온몸이 유연하게 곡선을 그리는 기름진 동물이 신이 나 쫓아가면서 끽끽 끽끽 꼬르륵 꼬르륵 소리까지 내며 손에 잡히는 대로 부여잡았다가 놓아주곤 웃음을 터뜨리더니, 다시 새로운 놀잇감을 찾아 거침없이 몸을 날려 도망쳤다가 다시 잡혀 안기는 것 같았다.

소리와 촉감 디테일, 『버드나무에 부는 바람』 중에서

가죽 닦는 비누 냄새가 났다. 그 냄새와 함께, 갑옷에 밴 체취가 분명히 섞여 있었다. 골프장에서 전문 용품점에 들어가면 풍기는 특유의 냄새…….

냄새 디테일, 『옛날, 그리고 미래의 왕』 중에서

위의 짧은 사례들은 눈으로 보는 듯한 구체적인 요소를 전달하지만 이는 '풍경'이 아닌 다른 디테일을 통해 이루어진 이미지다. 냄새, 맛, 소리, 촉감에 대한 묘사를 잘 안배하면 어떤 배경에도 깊이를 더할 수 있고, 독자는 이야기에 더 밀착된 느낌을 받게 된다. 이런 묘사는 시점 인물의 감각을 거쳐 묘사될 때 더 실감 나기 때문에 심층 관점을 더욱 강화하고, 독자도 인물의 감정에 더 깊이 공감할 수 있게 된다.

도시 세계 구축
: 실재 장소를 선택할 때의 장단점

수많은 픽션이 동시대를 배경으로 펼쳐지기 때문에, 도시 지역에서 배경을 선택하는 건 지극히 자연스러운 일이다. 현대에 사는 우리는 일터든, 교육이나 유흥에 관련된 장소든, 사회에서 시간을 보낸다. 픽션은 현실의 삶을 반영한다.

하지만 도시를 배경으로 한 이야기를 쓸 때도 나름의 고충이 따른다. 실재 장소를 선택할 것인가, 상상의 장소를 만들 것인가. 전자를 선택한다면 작가는 인물이 거하는 세계의 중심에 보다 확고히 자리 잡을 수 있다. 작가가 잘 아는 곳을 배경으로 택하면 이점은 더 크다.

실재 도시의 이름을 밝히거나 유명한 지형지물을 언급하면 독자는 곧바로 그 장소를 파악할 수 있고, 작가는 묘사를 하며 다른 경우에는 쉽게 얻기 힘든 사실성을 확보할 수 있다. 기억을 거쳐 풍경, 냄새, 소리, 맛, 촉감을 되살릴 수 있다면 눈으로 보는 듯한 생생함과 함께 배경의 개인화와 픽션이 충돌하는 가운데 진정성이 빛을 발할 것이다. 그 장소를 아는 독자라면 인물과 경험을 공유하는 기분을 보다 충만하게 누리면서 이야기에 빠져들 것이며, 주인공과 자신을 보다 쉽게 동일시하고 그의 욕망을 이해하게 된다.

특히 정치 스릴러 같은 장르라면, 실재 장소에서 펼쳐지는 이야기는 더욱 생생하게 느껴진다. 이야기 속 사건이 현실에서도 일어날 수도 있음을 강하게 시사하며 독자의 손에 땀을 쥐게 만든다. 하지만 실재 장소를 배경으로 선택할 때의 단점도 있다. 독자들은 자신이 갔던 곳, 살았던 곳의 이야기를 좋아할 수도 있겠지만 정말 그들의 마음에 들게 쓰려면 그곳을 손바닥 들여다보듯 훤히 꿰뚫고 있어야 한다. 세부적인 사실 하나라도 틀릴 경우 독자는 금세 알아차리고 이야기에서 눈을 돌릴 것이다. 작가가 조사를 제대로 하지 않았다고 화를 내는 독자가 있을지도 모른다.

실재 장소를 배경으로 할 때의 단점이 하나 더 있는데, 작가가 통제할 수 없는 부분이라 더 난감하다. 바로 장소가 시간에 따라 변한다는 사실이다. 회사는 생겼다 사라질 수 있고, 건물은 임대됐다 재건축되기도 하고, 아예 철거될 때도 있다. 마을의 모습 역시 바뀔 수 있고, 공사 때문에 지도에서 아예 사라질 수도 있다. 그렇기에 확신을 갖고 특정한 배경을 묘사한다 해도 실제로도 그 모습일 거라고 장담할 수 없다. 독자들이라고 그런 변화를 늘 유념하고 있지는 않다. 이야기의 배경이 되는 곳에서 10년 전에 살았던 독자는 자신이 기억하는 모습과 책 속의 묘사가 다르면 혼란스러울 것이다. 그렇게 되면 선입견을 가지고 이야기를 볼 수도 있다. 등장인물이 즐겨 찾는 식료품점에 실제로 갔다가 형편없는 서비스를 받은 독자라면, 그 차이로 인해 인물에 대해 감정의 괴리를 느낄 수도 있다.

이런 단점들 때문에 어떤 작가들은 온전히 자신의 상상으로 도시의 새로운 장소를 만든다. 작가가 창조한 세계라 독자가 사적인 애착을 가질 수 없고, 작가가 맞서야 할 편견도 없는 말 그대로 상상하는 대로 만들 수 있는 배경이다. 하지만 여기에도 난점은 있다. 이러한 배경을 만들려면 작가가 공력을 쏟아부어야 한다. 머릿속의 그림을 실제로 살아 움직이는 곳처럼 구현해야 독자도 어렵지 않게 심상을 떠올릴 수 있을 테니 말이다. 독자는 그 장소(도시든 시골이든 현실에는 존재하지 않는 모든 곳)가 현실의 장소와 어떻게 다를지 궁금할 것이다. 그런 장소를 배경으로 한 이야기에서 정부는 어떻게 운영되고, 사회는 어떻게 기능하며, 성 역할은 어떻게 수행될지, 그리고 다른 수많은 디테일은 어떤 양상을 보일지 등등. 그러므로 작가는 아주 사소한 디테일 하나도 놓치지 말고 꼼꼼히 설계해야 한다. 그 배경은 실재하는 배경에 견주어도 손색없을 만큼 풍부한 의미와 신빙성을 갖추어야 한다.

동시대의 배경을 묘사하는 경우, 실재와 상상을 적당히 섞으면 성공할 확률이 높다. 실재 국가나 유명한 도시를 선택해서 이야기에 개연성을 부여하고, 독자가 예상할 수 있는 근거를 제시할 수 있다. 그런 다음, 더 큰 배경(마을, 도시, 거리 등등) 속에 허구의 공간을 만들면 그 이야기에 가장 잘 맞는 도시의 요소들을 엮어넣을 수 있을 것이다. 실재 지형지물과 독자가 가질지 모를 선입견 사이에 끼어서 이러지도 저러지도 못하는 것이 아니라.

선택한 배경이 실재하는 곳이든 상상으로 만들어진 곳이든, 일상에서 변하지 않는 요소를 포함하는 것이 중요하다. 그래야 독자는 인물을 비롯해 픽션의 세계에서 만나는 것들을 이해할 수 있다. 배경이 아주 새롭고 특이해도 친숙한 요소들이 있으면 독자는 이야기에 적응할 수 있다. 예를 들어, 듣도 보도 못 했지만 좋은 냄새를 풍기는 케밥을 파는 노점상처럼 사소한 소재를 쓸 경우, 폴란드의 소시지 노점상이 먹음직스러운 소시지에 소금을 뿌리는 장면을 떠올리는 독자도 있을 것이다. 그렇게 현실과의 접점이 생기는 것이다. 마찬가지로, 학교 수업을 마치고 집에 가는 아이들, 학부모 모임에 참가하는 어른들, 거리를 오가는 경찰관의 모습은 배경이 아무리 환상적이더라도 결국 독자의 일상적 경험을 반영한다.

배경에서 흔히
부딪치는 난관

작가가 해야 하는 것들(성격 묘사, 분위기 강화, 과거 사연 암시, 상징적 표현, 갈등 제공 등등) 중에서 배경은 카멜레온이 따로 없을 정도다. 스토리 텔링에서 사건에 큰 영향을 끼치는 요소들은 저마다 주의해야 할 난관이 있다. 어떤 묘사를 하든 이야기의 속도를 해치지 않도록 주의해야 하며, 특히 배경에 대한 묘사라면 더더욱 조심해야 한다. 묘사가 인색할 경우 독자는 적절한 근거도 없이 장면에 던져지는 꼴이 된다. 하지만 묘사가 지나치게 많으면 인물의 행위는 바람 빠진 타이어처럼 밋밋해질 것이다. 각 장면에 가장 잘 어울리는 배경을 찾는 일은 결코 빼놓을 수 없는데, 이 단계가 빠질 경우 온갖 문제에 휘말릴 소지가 커진다. 그중에서도 제일 심각한 세 가지가 지루함, 밋밋함, 뭐가 뭔지 알 수 없는 혼란스러운 배경이다.

배경이 지루한 책은 수면제나 다름없다

"페인트칠이 마를 때까지 지켜보는 것만큼 재미나다"라는 관용 표현을 들어봤는가. 이 말을 배경에 대입해 말하자면, 디테일 하나하나에 열광하는 작가 때문에 뭔가 등장하길—뭐든 좋으니 제발 등장하기를—기다리다 지친 독자들은 지루해서 나가떨어질 수도 있다. 지금부터 독자가 건너뛰자고 애원할 만한 배경의 원흉들을 알아보자.

지나친 묘사

독자가 장면에 등장하는 행위에 대해 마음의 준비를 하려면 그 행위가 펼쳐지는 무대나, 고조되거나 이완되는 긴장, 강렬해지는 분위기, 무언가 중요한 상징 등을 감지하게 만드는 배경의 디테일을 제시해야 한다. 하지만 신중하게 고른 디테일 몇 개를 배합한 다음 묘사의 산사태로 글의 분량을 늘린다면 비탈길로 미끄러지는 꼴이 될 것이다. 작가가 허구의 세계를 만든 후 온갖 디테일로 그 속을 채우다 정도를 벗어나는 경우는 허다하다. 독자는 나름대로 이야기 곳곳의 괄호들을 채워나가야 한다. 안 그러면 이야기는 영영 결론을 내지 못할 것이다.

배경이 과부하에 걸리지 않으려면 디테일을 선별하는 훈련을 해야 한다. 배경을 '인물'처럼 생각하면 도움이 된다. 한 인물이 지금 면접을 보게 되었는데 그의 신장, 체중, 눈동자 색깔, 헤어스타일에 관해 시시콜콜히 늘어놓을 필요는 없다. 그의 외모보다는 성격과 감정을 보여주는 디테일을 골라야 한다. 가령 몸에 잘 맞지 않는 정장을 자꾸만 잡아당기고, 어색해 보일 정도로 자세가 뻣뻣하며, 쑤시는 부위를 마사지하듯 가슴을 쓸어내리는 등의 묘사 말이다. 독자는 이런 디테일들을 통해 인물의 불안한 감정을 읽을 테고, 더 나아가 인물의 외적 이미지에 관한 대략의 정보를 얻을 수 있다.

배경에 대해서도 똑같은 원칙, 다시 말해서 '적게 써서 더 큰 효과를 얻는 것'이 좋다. 무대를 준비하는 것 이상의 의미를 배경에 더했는지 확인하라.

미사여구의 남발

작가가 돋보이는 묘사에 지나치게 욕심을 내는 바람에 이야기가 감각적 이미지, 비유, 현란한 표현들로 난무하는 경우를 말한다. 가령 물망초 꽃잎을 '옅은 파란 빛깔'이라고 표현하는 대신 '푸르스름한 빙산'이라고 하거나, 협곡 사이로 떠오르는 태양을 '여왕이 된 여성의 머리에 얹힌 영예로운 불의 관'처럼 표현할 때, 미사여구를 남발했다고 할 수 있다.

언어는 작가의 빵이자 버터다. 문체를 활용하면서 강력한 어휘를 쓰는 것이 중요하다. 하지만 너무 지나치면 독자의 눈에는 단어들만 보이고 이야기는 사라진다. 스토리텔링의 마법이 깨지길 바라는 작가는 없다. 사랑하는 대상을 제 손으로 죽이게 될 수도 있다. 자신이 쓴 표현이 가슴이 아릴 정도로 아름답더라도, 이야기의 발전과 무관하다면 묘사의 묘지로 보내야 한다.

전문성의 늪

장소에 따라 보여주어야 할 것이 많은 경우가 있다. 외계 행성처럼 첨단 기술과 가상의 환경이 등장하거나, 적군을 맞닥뜨리게 되는 미로 같은 전쟁터처럼 말이다. 이런 배경이 나오는 장면을 연출할 때 성공과 실패는 작가의 능력에 달려 있다. 흔치 않은 배경을 효과적으로 보여주면 독자는 생소한 장소라 해도 무난히 적응할 수 있다.

익숙하지 않은 배경을 독자에게 완벽히 이해시켜야 한다는 일념으로 모든 걸 시시콜콜히 묘사하다 전문적이고 기술적인 디테일의 늪에 빠져서는 안 된다. 그러면 페이스를 잃게 되고 이야기는 오도 가도 못하게 된다. 까다로운 배경 안에서 보다 거창한 디테일들을 다뤄야 한다면 '비교'를 통해 의미를 분명히 전달해보라. '비교'는 어느 독자나 친숙하게 느끼는 방식이다. 그런 다음 회심의 디테일을 더하면 원하는 분위기를 전달할 수도 있고, 사연을 자연스럽게 드러내거나, 중첩된 묘사 특유의 남다른 측면을 활용할 수 있다. 마음껏 해석할 여지를 줄 때, 독자도 흐름이 끊기는 일 없이 이야기를 따라가며 장면을 감상할 수 있다.

사연의 소용돌이

우리는 앞에서 배경이 인물의 숨겨진 사연을 자연스럽게 드러내는 효과적인 수단이 될 수 있음을 살펴보았다. 배경은 성격 묘사와 사연을 거쳐 이야기의 더 깊은 의미를 드러내는 데 도움이 되지만, 그렇다고 과거에 발목을 잡히면 안 된다. 사연의 소용돌이에 휘말려 들어가는 불상사를 방지하려면 과거를 보여줄 때 묘사나 플래시백을 활용해 '치고 빠지는' 심리전을 구사해야 한다. 배경은 하나의 미끼다. 미끼답게 신속하고 효율적으로 할 일만 하고 빠져야 한다. 그 장면에서 꼭 필요한 사연만 보여주고, 독자에게 인물의 행동과 생각의 전후 관계를 알려주거나, 관련된 이해관계를 설명하라. 그리고 감각 디테일 하나를 골라서 현재로 돌아오는 관문으로 쓰자. 현실에서 들려오는 소리, 인물을 현재로 소환하는 냄새, 아니면 과거와의 연결을 끊는 촉감도 좋다.

배경 묘사로 중단되는 이야기

한 장면을 해부하는 건 뻐꾸기 시계를 해부하는 것과 같다. 톱니바퀴도 많고, 핀도 많고, 모든 요소가 용도와 목적에 맞게 작동해야 한다. 이 과정이 본의 아니게 멈춰지면 글의 효용성에도 심각한 차질이 생긴다. 한 장면의 기계 장치를 멈추게 하면 배경 묘사만 두드러질 뿐이다.

배경을 디테일하게 묘사하기 위해 이야기를 멈추는 것은, 특히 너무 오랫동안 멈추는 것은 이야기의 흐름을 부적절하게 방해한다. 배경은 모든 것을 아우르는 덮개처럼 다뤄야 한다. 배경은 스토리텔링의 모든 요소를 잘 감싸서 정돈되고 응집력 있게 만드는 포장재 같은 것이다. 이 점에 유의하면서 배경 묘사를 이음매 없이 하나로 묶어주면, 묘사가 어디에서 시작하고 어디에서 끝나는지 명확히 가르기 힘들어진다.

차가 속도를 늦추며 헤드라이트 불빛이 이슬 맺힌 잔디밭과 이웃집의 창백한 벽을 물을 튀기듯 비추며 지나갔다. 도노번은 몸을 수그렸고, 그 바람에 가지런히 손질한 산울타리에 옷자락이 걸리며 몸이 긁혀서 숨이 턱 막혔다. 에릭의 자동차 엔진이 우르릉거리는 소리가 도노번의 가슴을 마구 두드렸다. 그는 더더욱 몸을 웅크렸고, 문이 끽 열리는 소리에 자동차 엔진이 꺼지기를 기다렸다. 아까 도너번이 보도교를 지날 때 형의 친구가 틀림없이 자신을 봤을 것이다. 그렇다 하더라도 미로처럼 꼬인 집들과 마당들 사이에서 자신을 놓쳤을 거라고 도노번은 확신했다. 도노번은 에릭이 늘 불편했다. 의미를 해석할 수 없는 그 미소도. 더없이 고약한 타이밍에만 나타나는 건 말할 것도 없었다.

청바지 차림의 그가 축축한 흙에 무릎을 꿇자, 한기가 뼛속까지 스며들었다. 시간은 더디게 흘러갔다. 추적자를 따돌렸기를 기도했으나 에릭은 받아야 할 빚을 잊는 법이 없었다. 빚을 진 사람은 도노번의 쌍둥이 형이라는 사실도, 둘은 생김새도 전혀 다르다는 사실도 아무런 도움이 되지 않았다. 정산이 끝나기 전까지 에릭은 사냥개처럼 그를 쫓아올 것이다. 최악의 경우, 도노번도 형처럼 저수지에 버려진 채 죽음을 당할 것이다.

위 장면에서 인물이 배경에 대응하면서 그의 행위와 그가 느낀 감정의 '이유'를 포함해서, 무슨 일이 일어났는지 이해했는가? 그랬기를 바란다. 행동을 차례대로 이어가며 배경을 묘사하면 배경의 디테일에만 집중하느라 일어나는 일들을 간과하는 것보다 훨씬 많은 것을 전달할 수 있다. 이 장면에서 확인했듯 감각 디테일들, 감정, 전후 관계의 사연, 긴장이 여러 개의 톱니처럼 함께 맞물려 돌아가야 플롯을 제대로 강화할 수 있다.

하늘이 무너져도 밋밋한 배경은 안 된다

이 문제 많은 동전의 다른 면이 바로 밋밋한 배경이다. 지나치게 불친절하거나 맥 빠지는 묘사 등 다양한 문제로 빚어지는 재앙이다.

하품만 나오는 배경

죽은 말에 채찍질하는 헛수고는 미연에 방지해야겠지만, 세상에 존재하는 걸작들을 뒤져보면 '표준'에 만족하는 경우는 없다. 이는 플롯과 인물뿐만 아니라 배경에도 해당한다. 장면에 안배한 장소가 어디든, 작가는 생생하고 믿음직한 세계를 창조하기 위해 자신만의 개성을 부여하고, 고유한 비전을 보여주고 싶을 것이다.

선택한 배경이 세상 모든 소설에 등장한다 해도 딱 맞는 장갑처럼 시점 인물에 맞는 장소임을 보여줄 수 있는 방법이 있다. 기숙학교를 배경으로 선택했다면, 그곳의 성격을 드러낼 만한 특정한 요소들이 있을 것이다. 학교가 크든 작든, 도시에 있든 시골에 있든, 공립이든 사립이든 인물이 거하는 곳과 인물의 경제적 상태를 설명해줄 요소들이 있다. 또 인물의 관점을 통해 묘사한 감각 디테일들은 인물이 그곳에 어떤 태도를 갖고 있는지 암시해준다. 체계가 잘 갖추어진 학교인가? 아니면 문을 닫아도 이상하지 않은 곳인가? 교사들은 열정적인가, 태만한가? 체육 프로그램이나 미술, 또는 과외 활동이나 클럽 활성화에 적극적인가? 이에 대한 대답들이 기숙학교라는 빤한 틀을 벗어나게 해줄 것이다.

앞서 말했듯이, 선택한 장소를 인물이 아는지 모르는지에 따라 배경은 사적인 공간이 될 수도 있다. 배경에 감정적 가치가 딸려 있지 않은 경우라면, 감정의 기폭제를 심어줄 수도 있다. 어떤 공원도 그저 흔한 공원으로 끝내서는 안 된다. 어떤 호텔 방도 그저 흔한 호텔 방으로 끝내서는 안 된다. 각 장소마다 긴밀하게 연결되어 있는 감각 디테일, 빛과 그림자,

사람들, 상징들을 고르는 행위는 결국 인물의 성격 묘사와 독자가 장면마다 조응하는 방식에 영향을 준다.

감각의 기아 상태

베이컨이나 초콜릿을 아무리 좋아해도 그것만 먹고 싶어 하는 사람은 없다. 마찬가지로 수많은 감각 가운데 달랑 하나에만 의존해 묘사한 배경이라면 독자는 금세 지루해진다. 실생활에서의 의존도가 상당히 높은 시각은 매우 기초적인 감각이라서 배경을 묘사하면서도 자칫 시각에만 의존하기 쉽다. 인물의 경험을 시각 말고도 다른 다양한 감각을 통해 제시하고, 이런 감각들을 끌어들여 인물의 세계를 보다 다차원적이고 현실적으로 보여주는 방법을 모색해야 한다.

자신이 그 인물이 되었다고 상상하는 것도 도움이 된다. 그 상황에서 인물이 느낄 감정들을 상상해보라. 당신이 그 인물이라면 이 장소에서 어떤 일이 일어날 거라 예상하는가? 인물의 심리 상태에 따라 다른 것을 느끼고 예측할 것이다. 인물이 확신이 없거나 근심에 차 있다면 상황에 따라 맞서거나 도피하는 본능이 앞서면서 감각이 앞으로 닥칠지 모르는 위협에 예민해질 것이다. 그래서 보도에서 분필로 그림을 그리고 있는 아이처럼 정겨운 광경보다는 상황에 어울리지 않는 이상한 낌새나 소리에 기민하게 반응하게 된다.

사용 빈도가 상대적으로 낮은 감각을 자꾸 잊어서 걱정이라면 안심하라. 습작을 하면서 점점 더 익숙해질 것이다. 그리고 이 책에 수록된 개별 항목들이 다양한 묘사를 습관화 하는 데 도움을 줄 것이다.

작가의 편향성

묘사의 또 다른 문제는, 어떤 작가도 편파적인 성향을 벗어날 수 없다는 사실이다. 어떤 장면에 연석에 주차된 녹슨 노란색 픽업트럭을 넣었다고 해보자. 그 자체로는 아무 문제 없다. 그런데 주인공의 오토바이도 노란색이고, 노란색 오토바이의 체인을 거는 난간 뒤 빵집 문도 노란색이라면? 그렇다면 문제다. 의도치 않은 반복은 장면 묘사를 밋밋하게 만들기 때문이다.

작가의 편향성도 감각의 일종이 될 수 있다. 작가가 나뭇잎 사이를 스치는 바람 소리를 유독 좋아해서 감각 디테일로 쓴다면 독자가 배경을 체험하는 데 효과를 볼 수도 있지만, 다른 배경에서도 반복해 쓰면 금세 들통날 것이다. 작가의 편향성을 독자에게 들켜서 좋을 일은 별로 없다. 물론 특정한 바람 소리에 어떤 메시지가 담겨 있다면 용의주도하게 반복하는 것이 전략이 되겠지만, 맥락도 없이 여기저기에서 튀어나온다면 편집의 칼로 잘라야 한다.

그렇다면 편향성을 극복할 만한 좋은 방법이 없을까? 특별히 좋아하는 디테일과 자신 있는 기법을 활용하고 싶다면, 그것을 글의 색깔을 드러내는 요소나 감각 디테일로, 또는 국면을 전환하는 수단이나 비유적인 언어의 선택지로 쓰는 것이다. 목록을 작성했다가 퇴고할 때 무작위로 몇몇 장면을 뽑아 점검해보라. 묘사에서 특정한 패턴이 발견되는가? 직유를 너무 많이 쓰는가? 그렇다면 그중 몇 개를 지우고 보다 신선한 대안으로 채우자.

한 가지 좋은 소식이 있다면, 자신의 눈에는 이렇다 할 반복이 발견되지 않더라도 비판력을 갖춘 사람은 발견한다는 점이다. 그 글을 처음 접하는 사람이라면 작가가 보지 못한 맹점도 보기 마련이다. 비판력을 갖춘 주변 사람에게 글 속에서 자주 반복되는 단어, 어구, 묘사를 기록해 달라고 부탁하라. 그런 뒤 이 기록에 근거해 자신이 반복한 것들을 보다 신선한 이미지들로 대체하자. 이런 과정을 통해 독자도 미처 발견하지 못했을 만한 문제점을 살펴볼 수 있다.

빈약한 문장력

배경이 지루해서 하품이 절로 나온다면 빈약한 어휘, 형용사와 부사의 남용, 다양하지 못한 묘사 기법 때문이다. 작가라면 남다른 문장 구조를 사용하고, 비유적인 언어로 감정을 불러일으키는 표현을 쓸 뿐만 아니라 독자에게도 읽는 즐거움을 주고 싶을 것이다. 묘사의 효과를 높이는 작법을 더 구체적으로 배우고 싶다면 『디테일 사전: 시골 편』을 참조하길 바란다.

언어를 통섭하는 능력은 습작(쓰고, 쓰고, 또 쓰자!)만이 아니라 독서를 하면서 글을 살펴보는 훈련을 통해서도 얻어진다. 글은 써야만 발전한다는 것을 명심하자. 완벽의 경지란 실제로 존재하지 않을지도 모르지만, 배우겠다고 마음먹은 한 실력은 얼마든지 늘 수 있다. 당신이 작가가 되는 여정의 어디까지 왔든 언제나 더 높은 단계로 나아갈 수 있다. 그런 발전의 과정이야말로 작가가 맛볼 수 있는 참된 즐거움이다.

헷갈리는 배경: 뭘 어쩌자는 거야?

세 번째로 극복할 난관은 방황하는 독자다. 배경 묘사가 불분명하면 독자는 장면에 빠져들지 못하고 방황한다. 작가가 허를 찌르는 반전, 긴장감 넘치는 로맨스에만 정신이 팔린 나머지 독자는 알아서 잘 따라올 거라고 넘겨짚으며 배경은 뒷전에 팽개치는 일이 종종 벌어진다. 장소에 대한 확고한 이해가 없으면 독자는 이야기 속에서 길을 잃는다. 픽션을 쓸 때 유념해야 할 두 가지 주의 사항을 알아보자.

동선의 딸꾹질

퇴고할 때 수정한 묘사 부분에서 동선, 다시 말해서 행동의 순서가 뚝뚝 끊긴 것을 발견할 때가 있을 것이다. 장면을 깔끔하게 정리하면서 묘사에 치중하다 보면 가끔 이런 실수가 벌어진다. 결과는? 한동안 당구장 의자에 앉아 8번 공을 넣을 차례만 기다리던 인물이 다음 장면에서는 느닷없이 바에서 술잔을 연거푸 비우고 있다. 동선의 이런 딸꾹질은 당연히 거슬리기 때문에 독자들은 이야기에서 나가떨어지게 된다. 이런 실수는 다행히 쉽게 되돌릴 수 있다. 퇴고 단계에서 모든 장면을 살펴보며 인물이 A 장소에서 B 장소로 옮겨 가는 과정에서 C와 어울리게 될 때, 그 흐름이 매끄러운지 점검하라.

격한 장면의 배경 묘사

격한 행동을 그린 장면이라면 배경 묘사는 잠시 뒤로 물러나야 하지만, 그렇다고 아예 사라지면 독자는 무슨 일이 일어나는지 제대로 이해할 수 없다. 특히 격투 장면 같은 경우, 인물 간의 갈등 구도에 지나치게 매달리다 혼돈의 구렁텅이가 되고 만다. 격한 몸싸움에 주먹이 오가고 얼굴을 걷어차고, 이따금씩 무릎으로 샅을 올려치는 피비린내 나는 난투극을 그리다 보면 배경 같은 건 깡그리 잊기 쉽다. 그렇다 해도 독자가 그 장면을 '볼 수 없다면' 독자의 관심을 얻는 데 실패한 것이다.

격돌이나 자동차 추격전, 또는 밤을 불태우는 데이트 장면이라 해도 배경의 요소들을 어떻게 작동시킬지 고민하라. 주먹 싸움을 그린 장면인가? 그렇다면 석고 벽 여기저기에 구멍이 뚫리는가? 어머니가 애지중지하는 부엉이 유리 장식품들이 단번에 박살 나는가? 타이어가 아스팔트와 마찰하며 끽끽거리는 자동차 추격전을 그린 장면인가? 그렇다면 주인공이 하마터면 우편집배원을 칠 뻔하는가? 스쿨버스를 스치듯 지나가는가? 아니면 최고급 식당 파티오의 토피어리 장식을 짓밟아놓는가? 열정에 눈이 먼 남녀가 침실로 달려간 후를 그린 장면인가? 그렇다면 벽에 부딪치는 바람에 걸려 있던 액자가 한쪽으로 기우는가? 침대 매트리스가 프레임에서 반쯤 밀려나고, 곰 인형이 놓여 있는 것이 민망해 무르익은 분위기를 깨지 않도록 옆으로 치워놓는가?

아무리 격한 장면을 묘사하더라도 그 장면에 자연스럽게 어울릴 만한 디테일을 고민하자. 그래야 독자도 상상의 나래를 펴고 그 장면을 즐길 수 있을 것이다.

도시 배경과 관련한
그 밖의 유의 사항

수많은 도시 배경 중 하나를 선택할 때 골치 아픈 문제 중 하나는 애써 고른 배경이 자신의 이야기에 얼마나 잘 어울리느냐 하는 문제다. 배경은 두말할 것 없이 이야기를 위해 열심히 일하며 플롯을 이끌고, 작가가 전달하려는 메시지를 강화해야 한다. 다음은 선택한 도시 배경을 한 장면씩 만들어나갈 때 유념해야 할 주의점들이다.

구체적이고 독창적일 것

흔한 배경이더라도 작가는 그 배경을 공들여 다듬어 독자가 독창적이라고 느끼게 만들어야 한다. 천 개의 결정 사항을 양 어깨에 짊어진 채 각 배경마다 현실에서 갓 뽑아낸 듯한 생생함을 부여해야 한다. 보도가 배경이라면 사람들이 북적이는지 한산한지, 어떤 버스킹 밴드들이 오가는 사람들의 귀를 즐겁게 해주는지, 교통 체증은 어느 정도인지, 건물의 모습을 봤을 때 빈민가인지 부유한 동네인지 등등, 사소한 것도 빼놓지 않고 결정해야 한다. 근처에 베트남 식당이 있다면 뜨끈한 쌀국수 냄새를 묘사하고, 길 건너에 공사장이 있다면 건축 자재의 잔해와 바람이 뒤섞인 꺼끌꺼끌한 먼지의 소용돌이를 묘사하라.

도시의 배경들은 상점이 열리고 닫히는 시간, 러시아워의 교통 패턴, 배달하는 택배 기사들, 노선을 따라 정거장에 속속 도착하는 버스나 지하철의 리듬을 통해 현실 세계의 익숙한 광경들을 그대로 재현한다. 이런 디테일은 작품을 더욱 실감 나게 하며, 어떤 배경을 선택할 때도 이야기에 가장 잘 맞는 종류로 자유롭게 골라 쓸 수 있다.

배경의 쳇바퀴에서 탈출하라

이야기에 어울리는 배경을 찾기가 쉽지 않다 보니, 비슷한 영화나 책을 보며 아이디어를 얻을 때가 많을 것이다. 그러나 흔한 배경을 재활용하다 보면 이야기의 개성을 잃을 위험이 있다. 독자는 신선한 경험을 하길 바란다. 믿고 써도 좋을 배경을 내놓기 전에 방향을 바꿔 생각해보라. 바닷가나 부모가 자리를 비운 집이 배경이라고 해서 늘 십 대들이 파티를 벌일 필요는 없다. 아이들을 폐쇄된 공사장이나 세를 내놓아 아무도 없는 창고로 숨어들어가게 하면 어떨까? 맥주 몇 병, 스프레이 캔 몇 개에 전기 충격기를 들고 느닷없이 등장하는 경비원 한 명만 있어도 갈등의 폭풍을 불러일으킬 만한 독창적인 배경을 얻을 수 있을 것이다.

인물의 내면이 매우 복잡하게 펼쳐지는 장면을 쓰고 있다면, 그 심리적 혼란에 더 집중하고 싶은 마음에 평범한 곳을 배경으로 선택할지도 모른다. 하지만 인물의 내면에만 지나치게 신경을 쓰면 이야기의 속도감에 문제가 생긴다. 적절하게 안배한 배경은 상징으로 훌륭하게 기능하며 생생한 사연을 전달한다. 또 인물과의 상호작용을 통해 인물의 감정을 드러내준다. 그러니 이야기의 속도감을 유지하고 플롯을 발전시키면서 내면의 풍경과 상호작용할 수 있는 배경을 찾는 데 힘써야 한다.

작가들을 위한
마지막 제언

이 책에 수록한 배경은 광범위한 조사를 거친 것들이지만, 그럼에도 기초적인 수준에 머물 수밖에 없었다. 현실 세계의 배경은 제각각 전혀 다른 사촌들이 있다. 예를 들어, 알래스카 숲에 사는 동식물은 보르네오나 뉴질랜드는 말할 것도 없이, 상대적으로 가까운 캘리포니아 남부의 동식물과도 다르다. 자신의 소설이 실제로 존재하는 특정한 장소에서 펼쳐진다면, 시간을 들여 조사하면서 이 책에 실린 것과 다른 점들을 찾아내야 한다.

그리고 이 책을 읽어나가는 동안 각 배경마다 실제로 찾을 수 있거나 찾을 수 없는 수많은 상이한 디테일들이 있음을 알게 될 것이다. 예를 들어, 세상의 모든 전당포에 조경 장비와 연장이 있는 것은 아니다. 하지만 이야기에서 필요할지도 모른다는 가정 하에 그런 요소들을 포함시켰다. 또 세상의 모든 빵집에 앉아서 빵을 먹을 수 있는 공간이 있지는 않지만, 그런 공간이 배경으로 필요할 경우에 대비해 포함시켰다. 선택의 폭을 넓히고자 하는 의도이니 자신이 선택한 배경에 맞는 항목을 고르기 바란다.

실재 장소를 배경으로 선택할 경우, 기후를 잊어서는 안 된다. 1년 중 어느 때인지, 적도와 얼마나 가까운지, 계절은 무엇인지가 배경에 미묘하지만 중요한 영향을 끼친다. 캐나다의 많은 지역은 12월에는 4시만 돼도 해가 지지만, 낮이 길어지는 여름에는 밤 10시에도 해가 완전히 지지 않는다. 산악 지방인지 해안선과 가까운 지역인지에 따라 기온과 날씨도 크게 달라진다. 선택한 배경이 토네이도나 지진이 많이 일어나는 곳인가? 공기는 건조한가, 습도가 높은가? 그로 인해 그 지역 사람들은 샌들을 신는가, 등산화를 신는가? 정확한 정보를 얻고 싶으면 '구글'과 친해져라. 그보다 좋은 방법은 그곳을 직접 답사하는 것이다.

이 책과 『디테일 사전: 시골 편』에서 픽션에서 쓰일 만한 지극히 일반적인 배경 가운데에서 효과가 강렬한 사례를 제시했음에도, 완전하다고 자평할 생각은 결코 없다. 배경에 따라 서로 너무나 비슷한 경우가 간혹 있었다. 그럴 경우에는 비슷한 장소들의 범위에서 시작할 수 있는 배경을 묘사한 적도 많다. 딱 들어맞는 배경을 찾을 수 없다면 비슷한 다른 곳들을 찾아보는 방법을 추천한다. 원하는 묘사의 디테일을 만날 수 있을지도 모른다.

그리고 사전의 각 항목들은 다양한 인물의 관점에서 나온 디테일들을 망라한 결과임을 잊지 말기 바란다. 예를 들어, '경찰차' 편에서는 앞좌석과 뒷좌석에 따라 달라지는 디테일들을 모두 수록했다. 작중 인물이 경찰관이라면 운전석에서 조종 장치들을 제어할 것이다. 그의 관점에서 이루어진 묘사는 두 손이 묶인 채 뒷좌석에 앉아 있는 사람의 관점까지 아우르지는 않을 것이다. 선택한 배경을 묘사할 때 이야기의 시점을 이탈하지 않으려면 작중 인물이 논리적으로 가능한 선에서 보고, 듣고, 맛을 보고, 냄새를 맡고, 만질 수 있는 것을 생각해야 한다.

작가로서 배경을 고려할 때는 결코 감정을 잊어서는 안 된다. 인물의 감정이 반영된 묘사는 자신이 지금 있는 곳에 대한 인식과 그곳을 어떻게 느끼는지를 보여준다. 감정은 인물의 심리적 경향을 만들고, 자신이 있는 장소에 대한 인식을 좌우할 수 있다. 이때의 심리적 경향, 또는 편견이 독자들에게 전달되면서 둘은 똑같은 렌즈로 세계를 보게 되고, 결국 독자와 인물의 친밀도는 높아진다.

마지막으로 이 책을 볼 때는 『디테일 사전: 시골 편』도 참고하길 바란다. 그러면 배경의 요소들을 훨씬 자유자재로 통솔할 수 있을 뿐만 아니라 장면의 흡인력을 더욱 높일 수 있을 것이다. 이 책의 마지막 부분을 보면 '시골 편'에서 탐사한 배경 목록을 확인할 수 있다.

교통

Transportation

경찰차 **Police Car**

풍경

앞좌석 핸들과 대시 보드 설비, 차의 속력을 정확히 측정하기 위한 속도 측정기, 도로 촬영 카메라, 주머니에 든 휴대용 마이크, 조수석에 탑재된 노트북, 도난 차량 추적 시스템, 사이렌과 경광등을 켜는 버튼, 기록을 위한 도구(파일 폴더, 용지, 펜, 메모장, 클립보드)가 담긴 정리함, 특정 위치에 고정된 라이플총과 산탄총, 겨울에 쓰는 방한 도구(재킷, 모자, 장갑), 무전기, 예비용 수갑이나 결박 도구, 형광색 안전 조끼와 장갑, PA 시스템Public Address system[많은 사람에게 한 방향으로 정보를 전달하는 확성 장치], 컵 홀더에 놓인 음료수

뒷좌석 아무것도 없는 살풍경한 내부, 발을 뻗을 자리가 거의 없는 딱딱한 비닐 좌석, 안전벨트, 내충격 창문, 안에서는 열리지 않는 문손잡이, 창살을 두른 창문, 앞뒤 좌석을 나누는 플렉시글라스plexiglas[유리처럼 투명한 특수 아크릴 합성수지]나 금속망 칸막이, 딱딱한 바닥(죄인을 수송하는 차량에는 매트가 없는 경우가 많다)

(소리)

갈라져 들리는 라디오 소리, 사이렌, PA 시스템을 통해 밖으로 크게 울려 퍼지는 경찰관의 목소리, 앞좌석에 앉아 이야기하는 경찰관, 용의자(뒷자리의 딱딱한 비닐 좌석에 앉아 자세를 바꾸고, 불안감에 바닥이나 운전석을 발로 탁탁 두들기고, 화내며 외치고, 울고, 토하고, 혼잣말하고, 칸막이를 두드리는), 지나가는 차들, 행인들의 목소리와 발소리, 차 밖에서 들려오는 목소리, 속도 측정기, 기록을 검색하기 위해 손가락으로 두드리는 노트북, 차가 속도를 올리거나 줄일 때 나는 소리

(냄새)

커피, 차내에서 먹은 패스트푸드, 용의자나 체포된 사람이 풍기는 냄새(땀, 소변, 체취, 토사물, 술, 담배나 마리화나 연기), 낡은 천(직물 커버를 씌운 좌석일 경우), 호신용 스프레이

이 배경에서는 등장인물이 가지고 있는 것(껌, 박하사탕, 립스틱, 담배 등) 말고는 관련된 특정한 맛이 없다. 이럴 때는 미각 외의 네 가지 감각에 집중하는 것이 좋다.

촉감과 느낌

빳빳한 경찰 유니폼, 사이렌을 울리며 경찰차가 출발할 때 몸속에서 솟구치는 아드레날린, 뒷자리의 딱딱한 비닐 좌석, 매트가 없는 바닥 위에서 미끄러지는 발, 경찰차의 좁은 뒷좌석에 갇힌 느낌, 차에 타려고 구부리는 몸, 손목에 찬 수갑이나 결박기 때문에 생긴 통증, 폐소공포증, 양손을 등 뒤로 돌리고 어색한 자세로 앉는 느낌, 차가 속력을 올리는 바람에 비닐 좌석 위에서 미끄러지는 몸, 세게 부딪쳐 문을 열려는 무모한 시도, 구역질, 차멀미, 아드레날린이나 마약 때문에 초조해지거나 둔해진 감각

이 배경에서 벌어질 만한 갈등의 원인

---

* 금속망 칸막이로 용의자가 경찰관에게 침을 뱉으려고 한다.
* 용의자가 취해서 어떤 행동을 할지 모른다.
* 경찰관이 폭력적인 성격이다.
* 무고한 사람을 용의자로 붙잡는다.
* 체포되었는데 도움을 청할 사람이 아무도 없다.
* 차멀미를 하는 체질이라 뒷좌석에서 구토를 한다.
* 몸집이 큰 사람을 좁은 뒷좌석에 태워야 한다.
* 용의자를 학대했다며 경찰관이 부당한 질책을 당한다.
* 경찰관의 직권 남용 행위가 테이프에 기록된다.
* 경찰관 파트너끼리 도덕관이 다르다.
* 상부에서 정치적 압력이 들어온다.
* 뒷좌석에 탄 용의자가 발작을 일으키거나 의식을 잃는다.

이 배경에서 볼 만한 유형의 사람들

- 범인, 용의자, 허가를 받고 동승한 친구나 가족, 경찰관 및 연수 중인 경찰관

이 배경과 밀접한 다른 배경

- **시골 편** 시골길, 불난 집, 하우스 파티
- **도시 편** 대도시 거리, 자동차 사고 현장, 법정, 퍼레이드, 경찰서, 감방, 소도시 거리

참고 사항 및 팁

수갑을 차고 경찰차 뒷좌석에 오르는 사람들의 태도는 매우 다양하며, 그 반응으로 독자들은 많은 것을 알 수 있다. 용의자는 지나칠 정도로 과장된 반응을 보일 수도 있고, 감정을 전혀 드러내지 않고 침착할 수도 있다. 또한 끊임없이 수다를 떠는 즐거운 인물과 딱딱한 비닐 좌석에 자빠져 그대로 곯아떨어지는 인물을 만나면 독자는 거기에서 무엇을 추측할까? 이런 상황에서 우리는 인간의 본성을 엿볼 수 있다. 등장인물이 본래의 성격대로 행동하게 만들어라.

배경 묘사 예시

저넬의 떨리는 무릎은 좌석 칸막이에 끊임없이 스치며 소리를 냈다. 좌석은 딱딱하고 차가웠으며, 두 손 위에 앉지 않으려면 몸을 옆으로 구부려야 했다. 경찰차가 모퉁이를 돌 때마다 피냐타pinata[중남미 축제에 사용되는 인형 모양의 종이 박. 안에 장난감이나 과자가 들어 있다] 인형을 두드리는 야구 방망이처럼 창의 철격자가 몸을 때렸다. 잔혹한 놈. 금속 수갑이 손목의 피부를 잡아당기고, 그 이상한 각도 때문에 충격이 어깨까지 전달됐다. 경찰관은 대화를 시도했지만, 저넬은 그렇게 어리석지는 않았다. 변호사가 도착할 때까지 입을 다물라는 아버지의 목소리가 들리는 듯했다. 아버지가 체포되는 모습을 지켜본 적이 있기에 이 일이 어떻게 진행되는지 알고 있었다.

- **이 글에 쓴 기법** 다중 감각 묘사, 직유
- **얻은 효과** 성격 묘사, 과거 사연 암시, 감정 고조, 긴장과 갈등

풍경

유리로 된 자동문, 항공사 체크인 카운터로 통하는 긴 공간(수하물 계량기, 모니터, 항공권 인쇄기, 수하물용 태그와 스티커, 항공사 직원, 항공권과 여권을 든 승객, 수속을 마친 수하물을 기내로 보내는 컨베이어 벨트 등이 있는), 수하물을 카트에 실은 승객들이 만든 긴 행렬, e-티켓(전자항공권)용 단말기, 경비원, 공항 직원, 각 항공사 게이트(기업을 나타내는 상징 색깔, 유니폼을 입은 직원, 회사의 로고와 정보를 표시하는 모니터가 설치된), 천장에 설치된 공항의 안내 표식, 수하물 인도장, 화장실, 안내 데스크, 수하물 수취소, 렌터카 수속 카운터, 비행기의 도착과 출발 시간을 표시한 대형 모니터, 기입 용지가 놓인 테이블(트렁크용 태그와 펜, 휴대품 신고서, 세관 신고 서류), 기내 반입이 가능한 수하물에 관한 설명서, 청소 카트를 밀고 다니는 관리인, 자판기, 보안 검사장(줄 선 사람들, 라텍스 장갑을 끼고 유니폼을 입은 보안 직원, 신발을 벗는 승객, 컨베이어 벨트와 스캐너, 주머니 속 자질구레한 물건이나 핸드백을 담는 바구니, 노트북을 담는 바구니, 보디 스캐너, 손에 들고 사용하는 금속 탐지기), 유리창을 통해 활주로가 보이는 게이트 터미널(비행기에 화물을 싣고 내리는 작업을 하고, 수하물을 운반하는 카트와 지상 근무원 등이 있는), 각 게이트에 설치된 많은 의자, 휴대전화와 노트북을 충전할 수 있는 콘센트, 짐을 든 승객들이 오가는 넓은 통로, 노약자들의 이동을 돕는 전동식 카트, 상품을 주문하는 키오스크(무인 주문기), 음식점과 작은 바, 흡연실, 콘센트와 미디어 접속 기기가 설치된 렌탈식 와이파이 작업장, 각 게이트의 데스크(항공권을 확인하고, 좌석을 지정하고, 보이지 않는 승객의 이름을 부르는)

소리

여닫히는 자동문, 승객의 이름을 부르는 방송, 비행기의 도착을 알리는 방송, 출발과 지연을 알리는 방송, 바닥을 굴러가는 트렁크 바퀴, 아이에게 잘 따라오라고 말하는 부모, 다음 승객을 부르는 승무원, 여닫는 지퍼, 바닥에 놓는 푹신한 짐(더플백과 배낭), 또각거리는 부츠와 하이힐, 훌훌 넘기는 종이, e-티켓이 인쇄되는 단말기, 서류에 찍는 스탬프, 작은 소리로 나누는 대화, 탑승권을 가진 승객(전화를 걸고, 헛기침을 하고, 자세를 바꾸고, 줄을 선 다른 승객과 수다를 떠는),

경비원의 무전기, 외국어로 나누는 대화

냄새

커피, 헤어 제품, 향수, 박하사탕이나 구강청결제, 종이, 금속, 청소용품, 푸드 코트에서 파는 음식, 땀, 구취, 비닐, 고무

맛

커피, 물, 박하사탕, 껌, 자판기의 과자, 간단한 음식(베이글, 머핀, 샌드위치, 쿠키), 가게에서 산 음식

촉감과 느낌

오랜 시간 줄을 서서 기다리는 동안 단단한 트렁크 위에 앉는 느낌, 다른 사람과 부딪치다 트렁크 바퀴가 발을 치는 느낌, 사람들의 줄을 정리하는 역할을 하는 거친 천으로 된 로프, 압박감을 덜기 위해 어깨에 걸고 있던 짐을 반대편 어깨로 옮기는 느낌, 막 인쇄된 반들거리는 탑승권, 가지고 다니기 편한 여권, 뭉침을 방지하려고 돌리는 어깨와 목, 유도 사인을 보려고 빼는 목, 가득 채운 가방 지퍼를 끌어당겨 잠그는 느낌, 정중하고도 빠르게 몸수색을 하는 검사원의 손길, 게이트에 있는 불편한 의자에서 배배 꼬는 몸, 손에 든 커피의 온기, 짐 위에 올린 발, 여행의 최종 비행이 시작되기를 기다릴 때 밀려오는 피로감

이 배경에서 벌어질 만한 갈등의 원인

- 비행기의 이륙 시간을 착각해서 늦게 도착한다.
- 드넓은 공항 안에서 길을 잃는다.
- 절도를 당한다.
- 중요한 물건(돈, 신용카드, 여권 등)을 잃어버렸다는 것을 깨닫는다.
- 항공편이 취소되거나 초과 예약된다.
- 악천후로 모든 비행기가 지상 대기한다.
- 수하물에서 금지된 물건(약물, 무기, 육류, 규정을 초과한 액수의 현금)이 발각된다.

이 배경에서 볼 만한 유형의 사람들

- 관리 직원, 배달원, 승무원과 항공사 지원 인력, 지상 근무원과 수하물 담당 직원, 유지 보수 직원, 경찰관과 공항 내 구급대원, 경비원, 여행객

이 배경과 밀접한 다른 배경

- 비행기, 캐주얼 다이닝 레스토랑, 싸구려 모텔, 패스트푸드 레스토랑, 호텔 객실, 공중화장실, 택시

참고 사항 및 팁

공항은 크기가 다양하다. 대부분의 공항은 거대하고 부지가 넓어서 셔틀버스나 전차를 타고 터미널로 이동한다. 비교적 작은 마을에 있는 공항에는 최소한의 시설만 있는데 제대로 된 게이트 구역조차 갖추지 못한 곳도 있다. 세계의 많은 공항이 터미널 밖으로 나가서 차량에 탑승하지만, 게이트에 연결된 통로를 통해 기내로 들어가는 형태도 있다. 공항은 각 나라의 규칙과 규정에 따르기 때문에 경비 체제도 그에 따라 달라진다.

배경 묘사 예시

엄청나게 긴 아메리칸 에어라인의 줄이 드디어 움직이나 생각했지만 겨우 반 발 앞으로 나갔을 뿐이었다. 짐을 맡기기 위해 멍하니 서 있는 것, 이것이 이륙 몇 시간 전에 공항에 도착하라는 진짜 이유다. 건너편 대한항공 카운터의 승객들은 마치 80대 노인의 소화기관을 통과하는 건자두처럼 거침없이 나아가고 있었다. 장거리 비행에 이용하는 항공사를 슬슬 바꿀 때가 된 것 같다.

- **이 글에 쓴 기법**　대비, 직유
- **얻은 효과**　감정 고조

구급차 Ambulance

풍경

환자를 실어 나르는 들것, 벽을 따라 늘어선 벨트가 달린 의자나 쿠션 처리된 긴 의자(필요한 경우에는 보조 들것의 역할을 하는), 캐비닛과 선반, 보관함(붕대, 의약품, 주사기, 정맥주사용 용액, 투여 기구, 의료용 장갑, 예비 배터리, 아이스 팩, 상처 세정 용액 등이 든), 기도 확보 기구, 기관 튜브, 휴대용 산소 탱크, 진단 기구(혈압계, 심전도 모니터, 제세동기), 정맥 펌프, 환자 이송 용구(척추 교정판, 목 보호대, 부목, 스트랩), 콘센트, 압력계와 환기구, 검사와 치료를 하는 구급대원, 들것에 까는 흰 시트와 가벼운 담요, 기본 비품이 든 의료 키트, 의약품과 기도 확보 기구가 준비된 전문 의료 키트, 들것을 고정하는 금속 클립, 금속으로 된 차문, 머리 위에 설치된 밝은 조명, 케이블, 물병들, 감염성 폐기물을 버리는 용기, 청소용품, 전자 진료 카드, 운전석에 탑재된 내비게이션 겸 통신 장비용 컴퓨터, 유니폼을 입은 구급대원(가위와 의약품이 담긴 파우치가 붙은 벨트를 하고, 무전과 마이크를 어깨에 달고, 방탄조끼나 청진기 등을 가진)

소리

공기가 압력을 받는 소리, 심전도 모니터나 수액 펌프의 신호음, 우르릉거리는 엔진, 구급대원의 목소리(환자를 달래고, 질문을 하거나 치료법을 협의하고, 무선으로 의사와 이야기하는), 지시를 내리는 상황실 직원의 목소리, 신음과 울음, 환자의 가빠지는 호흡, 열리는 캐비닛과 서랍, 혈압계의 가압대를 풀 때 벨크로를 떼는 소리, 사이렌과 경적, 울퉁불퉁한 도로를 통과할 때 서랍이나 캐비닛 속에서 흔들리는 소품, 붕대와 무균 장비가 담긴 비닐을 찢는 소리, 무전기의 잡음

냄새

소독약, 피, 소변, 대변, 토사물, 청소용품, 탄 냄새와 연기(환자가 화상을 입은 경우), 땀, 깨끗한 시트, 배기가스, 향수나 애프터셰이브 로션, 술 취한 환자의 취기 어린 숨결

577

산소마스크의 플라스틱, 피

충전재를 넣은 푹신한 들것, 팔에 닿는 들것의 차가운 금속 난간, 몸을 고정시키는 스트랩과 금속 버클, 찢겨나가는 옷, 상처에서 흐르는 피, 깊은 상처에 사용하는 탄성 붕대, 서서히 젖어 피투성이가 되는 붕대, 상처 입은 부위가 흔들리거나 부목으로 고정될 때 거세지는 통증, 피부에 들러붙는 반창고, 충격으로 인한 방향감각 상실, 몸에서 뭔가가 떨어져나가는 느낌, 계속되는 오한, 피부를 닦는 차가운 소독약, 주삿바늘의 통증, 가슴을 감싼 구불구불한 관, 얼굴을 가볍게 압박하는 산소마스크, 코에 넣는 산소 주입용 삽관, 상처 위에 테이프로 고정시킨 거즈, 위안을 찾거나 통증에 대비하려고 들것의 난간이나 구급대원의 손을 잡는 느낌, 진통제 효과로 서서히 잦아드는 불쾌감

이 배경에서 벌어질 만한 갈등의 원인

- 깊은 바퀴 자국이나 울퉁불퉁한 도로 때문에 들것이 몸에 부딪혀서 통증이 거세진다.
- 구급차가 도로에 갇히거나 경로를 바꿔서 가뜩이나 중태에 빠진 환자의 생명이 위태로워진다.
- 비품에 결함이 있다.
- 환자가 의약품에 예상치 못한 알레르기를 일으킨다.
- 병원으로 향하던 구급차가 자동차 사고에 휘말린다.
- 전염병에 걸린 환자를 태운다.
- 선입견 때문에 환자를 보살필 때 개인적인 편견이 생긴다.
- 사랑하는 사람이 구급차로 이송되는데 따라갈 수가 없다.
- 환자의 상태가 급속히 악화된다.
- 병원이나 의사에게 공포감을 가진 환자를 만난다.

이 배경에서 볼 만한 유형의 사람들

• 사랑하는 사람을 보살피는 가족, 구급대원, 환자, 응급 구조를 배우는 학생

이 배경과 밀접한 다른 배경

• **시골 편**　시골길, 불난 집
• **도시 편**　대도시 거리, 자동차 사고 현장, 응급실, 병실, 소도시 거리

참고 사항 및 팁

구급차는 종류와 형태가 다양하지만, 모두 인명 구조를 위한 필수품을 갖추고 있다. 일반적으로는 병원이나 응급 환자 이송 센터, 소방서 등에 대기한다. 구급 대원이 화재 현장에 출동할 경우를 대비해 차체 밖에 소방복(방화복, 헬멧, 자급식 호흡 기구)을 비치한 차량도 있다.

배경 묘사 예시

문이 탕 닫히고 번쩍이는 빛이 리엄의 눈에 꽂혔다. 구급대원이 물집이 생긴 피부에 산소마스크를 대자 통증은 한층 심해졌다. 차가운 공기를 들이마신 순간, 그을린 폐가 안도의 숨을 내쉬었다. 구급차가 급하게 출발하자 연기 속에 폐허가 된 집이 눈 깜짝할 사이에 멀어지고 대기하고 있던 생각들이 그의 머릿속을 바삐 돌아다녔다. 구급대원은 리엄을 안심시키려는 듯 미소를 지으며 이야기했지만, 정신이 혼란스러워 무슨 말인지 들어오지도 않았고 화상 입은 몸에서 나는 냄새 때문에 기분은 최악이었다. 뭔가 팔을 찌르더니 얼얼한 통증을 완화시키는 차가운 감각이 몸에 퍼졌다. 눈물이 계속 흘러내렸다. 그는 기적적으로 목숨을 건진 것이다.

• **이 글에 쓴 기법**　다중 감각 묘사
• **얻은 효과**　긴장과 갈등

군용 헬리콥터 Military Helicopter

풍경

조종사들이 앉는 두 개의 좌석, 조종석 전체를 둘러싼 유리창, 디지털 표시 창에 뜬 숫자, 고도·속도·방향 등의 수치와 계측기가 잔뜩 배치된 대시 보드, 나침반, 조종석 천장에 설치된 여러 손잡이와 제어장치, 헬멧을 써도 대화할 수 있도록 헤드셋을 장착한 조종사, 좌석에 놓인 장갑 한 켤레, 헬리콥터를 띄울 때 쓰는 두 개의 조종간, 발밑에 있는 페달, 각 좌석에 설치된 안전벨트, 로프나 망으로 고정한 적재 화물, 비품용 아이스박스나 대형 용기, 소화기, 구급함, 쌍안경, 미닫이식으로 된 옆문, 문 옆에 비치한 총, 좌석에 앉은 부대원, 위생병이 부상 정도에 따른 순위를 정하는 동안 들것에 누워 있는 부상병들, 옆문에서 무기를 준비하고 있는 저격수

소리

시동이 걸려 점점 커지는 엔진 소리, 공중에서 고속 회전을 할 때 드문드문 들려오는 프로펠러 소리, 미사일 발사음, 총탄을 날리는 기관총, 헤드셋을 통해 말하는 조종사, 스피커에서 들리는 잡음 섞인 목소리, 비행 중에 금속이 딸깍거리며 여기저기 부딪치는 소리, 헬리콥터 바닥을 두드리는 군화, 바닥에 떨어지는 탄약, 안전벨트를 매는 소리, 여닫는 옆문

냄새

연료, 땀, 금속, 피, 총, 기름, 소독 티슈

맛

이 배경에서는 등장인물이 가지고 있는 것(껌, 박하사탕, 립스틱, 담배 등) 말고는 관련된 특정한 맛이 없다. 이럴 때는 미각 외의 네 가지 감각에 집중하는 것이 좋다.

촉감과 느낌

기울거나 흔들리는 헬리콥터, 쿵 떨어지는 듯한 심장, 어깨에 부딪히는 안전벨

트, 땀이 찬 군복, 헬리콥터가 갑자기 방향을 바꾸는 바람에 꽉 잡는 좌석이나 손잡이, 조종간이나 페달의 미세한 진동과 움직임, 딱딱한 금속 좌석, 옆자리에 앉은 병사와 부딪치는 느낌, 열린 창문이나 문으로 세차게 부는 바람, 모래와 티끌에 긁힌 피부, 움직이는 헬리콥터 안에 서서 중심을 잡는 느낌

이 배경에서 벌어질 만한 갈등의 원인

- 헬리콥터가 격추된다.
- 헬리콥터에서 낙하해야 한다.
- 쌓아놓은 짐이 움직여 지상으로 떨어지거나 누군가 그 짐에 다친다.
- 부여받은 임무에 대해 갈등한다.
- 헬리콥터가 손상되어 비행에 문제가 생긴다.
- 구출 작전을 완수하기 전에 후퇴한다.
- 사랑하는 가족이 그립지만 임무에 지장을 주지 않으려고 애쓴다.
- 목숨을 잃을까 겁이 난다.
- 조종사가 병에 걸리거나 상처를 입은 채 비행한다.
- 사태가 점점 나빠지자 사람들이 조종사의 결단을 비판한다.
- 도움이 안 되거나 믿을 수 없는 사람들을 의지해야 한다.
- 자원이나 탄약이 바닥난다.
- 적지에 강제로 착륙한다.
- 엄청난 요동 때문에 멀미를 한다.

이 배경에서 볼 만한 유형의 사람들

- 저격수, 정비사, 위생병, 조종사, 부대원, 부상병

이 배경과 밀접한 다른 배경

- **시골 편** 북극 지대 툰드라, 사막, 숲, 산, 열대 섬
- **도시 편** 비행기, 공항, 군사 기지, 탱크

만능 이동 수단인 헬리콥터는 부대의 수송, 전지에 재료 운반, 의료 지원 제공, 전투 참가 등 여러 목적으로 이용된다. 목적에 따라 헬리콥터에 싣는 물품도 달라진다. 헬리콥터의 설비는 최근 들어 엄청난 발전을 거두었기에 예전에 쓰였던 헬리콥터를 묘사할 때는 이 점을 기억해야 한다.

밀리터리 장르는 오랜 기간에 걸쳐 만들어졌다. 이 분야에 나오는 군용 헬리콥터라고 하면 〈플래툰〉, 〈블랙 호크 다운〉, 〈지옥의 묵시록〉 같은 영화를 떠올릴 것이다. 이런 이야기들은 확실히 성공을 거두었지만, 새로운 이야기를 쓰고 싶다면 처음 머릿속에 떠오른 이미지에 구애받지 않아야 한다. 전형적인 배경인 사막이나 바다를 떠나 눈보라가 치는 북극을 무대로 쓰면 어떨까? 낮이 아니라 칠흑 같은 어둠에 둘러싸인 밤에 임무를 수행해야 한다면? 독특한 관점이나 색다른 취향을 더해 평범하지 않은 시놉시스를 만들면 독자에게 새로운 갈등과 공포, 이미지를 선사할 수 있을 것이다.

깊은 창상과 골절의 통증을 느끼면서도 헬리콥터가 이륙하자 우리들은 금속 좌석에 기대 빙그레 웃었다. 해냈다. 제어반의 불빛이 점멸하고, 조종사가 뭐라고 외쳐댔지만 그의 말은 계속되는 충격음에 묻혀 들리지 않았다. 그때 헬리콥터가 흔들리며 하강했고, 내 심장도 같이 쿵 떨어졌다. 몸이 옆으로 미끄러지고, 상처 입은 허벅지에 금속 리벳이 파고들었다. 나는 스트랩을 움켜쥐고 재빨리 손에 감아 고정시켰다. 안정을 되찾은 헬리콥터는 사정거리를 벗어나 남쪽으로 향했다. 헬리콥터가 선회할 때 우리가 서 있던 언덕에 폭발로 구멍이 파이고 검은 연기가 피어오르는 모습을 흘끗 내려다보았다. 이 세계의 일부가 방금 사라졌다. 여차했으면 우리도 함께 사라졌을 것이다.

- 이 글에 쓴 기법 　다중 감각 묘사
- 얻은 효과 　감정 고조, 긴장과 갈등

기차역   Train Station

풍경

차양이 있는 콘크리트 구역, 껌이 여기저기 붙은 포석, 울타리로 나뉜 상하 선
로, 기찻길 사이의 자갈, 승강장 테두리에 있는 노란색 출입 금지선, 자전거 보
관소에 있는 자전거, 반대편 선로로 이동하는 데 쓰는 육교로 이어지는 계단과
엘리베이터, 신문 보관함, 쓰레기통, 벤치, 매표기, 벤치에 앉아 있거나 자는 사
람, 표지판(스케이트보드 금지 등의), 분수식 음수대, 벽에 붙은 기차 운행표와 노
선도, 종이로 된 기차 운행표가 놓인 선반, 다음 기차의 도착 시간을 알리는 전
광 게시판, 시계, 기계실과 전기실, 화장실, 자판기, 땅에 떨어져 있는 쓰레기(빨
대 포장지, 뭉쳐진 휴지, 페트병 뚜껑, 담배꽁초), 떨어진 음식을 쿡쿡 쪼는 새, 트렁
크를 끌며 걷는 승객, 녹슨 선로, 역으로 들어오는 기차, 주위의 짐을 챙겨 줄을
서는 승객, 사랑하는 사람에게 인사를 하고 이별을 고하는 승객, 주변을 뛰어다
니는 아이들, 기차를 기다리며 포장해 온 음식을 먹는 승객

소리

오가는 사람들, 새의 울음소리와 날갯짓, 역 밖에서 엔진을 켠 채 정지해 있는
버스와 택시, 대화, 띵 울리는 엘리베이터, 덜거덕거리는 트렁크, 안내 방송, 선
로에 부는 바람, 바스락거리는 신문지, 휴대전화로 통화하는 소리, 헤드폰에서
희미하게 새어 나오는 음악, 매표기의 삐 소리, 표가 개찰구를 찰칵 통과하는 소
리, 지붕에서 떨어지는 물방울, 기차 문이 밀리며 열리는 소리, 지나가는 기차,
기차가 속도를 떨어뜨릴 때 끽 소리를 내는 브레이크, 울려 퍼지는 경적, 승객이
기차에 오를 때 지면을 스치는 신발, 출발한 기차가 천천히 흔들리며 점차 속도
를 올리는 소리, 아이에게 선로에서 떨어지라고 외치는 부모, 지붕에 떨어지는
비, 자판기에서 덜컹 떨어지는 캔, 바스락거리는 사탕 포장지

냄새

비, 신선한 공기, 포장해 온 음식, 신문지, 모래와 자갈

벤치에 앉아 급히 먹는 점심, 자판기에서 파는 음식, 탄산음료, 물, 포장해 온 커피

촉감과 느낌

콘크리트가 균열된 부분을 지나가는 트렁크 바퀴, 어깨를 파고드는 무거운 가방, 계단을 오르느라 달아오른 종아리, 딱딱한 금속 벤치, 역내로 세차게 부는 바람, 잉크가 번진 신문, 따끔거리고 피곤한 눈, 손에 꽉 쥔 기차표와 영수증, 음수대의 미지근한 물, 종이로 된 운행표를 구석구석 살펴보는 느낌, 자판기에서 무엇을 살지 고민하면서 호주머니 속 동전을 굴리는 느낌, 차가운 음료수에 선뜩한 손바닥, 아기의 손을 잡는 느낌, 지나가는 기차가 일으킨 바람에 나부끼는 머리카락, 사랑하는 사람의 곁을 떠나며 흘린 눈물 때문에 따끔거리는 눈, 떨어지기 아쉬운 포옹, 따뜻한 야외에서 냉방으로 서늘한 기차 안으로 이동하는 느낌

이 배경에서 벌어질 만한 갈등의 원인

- 실수로 혹은 떠밀려서 선로로 떨어진다.
- 짐을 도난당한다.
- 매표기가 부서져 있다.
- 타야 하는 기차를 놓친다.
- 기차가 연착하거나 취소된 것을 발견한다.
- 응석받이 아이가 승강장에서 떼를 쓰지 않도록 어떻게든 달래본다.
- 껌을 밟는다.
- 주위에 불쾌한 느낌을 주는 사람이 있다.
- 장애가 있는데 장애인 배려 시설이 없는 역을 이용해야 한다.
- 안전 수칙을 무시하는 사람들이 있다(승강장에서 스케이트보드를 타는 등).
- 부서진 트렁크를 끌고 간다.
- 배가 고픈데 자판기에서 음식을 살 현금이 없다.
- 곧 떠날 여행이 불만스럽다.
- 먼 길을 떠나기 전에 화장실에 다녀오고 싶은데 곧 기차가 도착한다.

이 배경에서 볼 만한 유형의 사람들

· 통근하거나 통학하는 승객, 사랑하는 이를 배웅하거나 마중 나온 사람, 관리 직원, 승객, 경비원

이 배경과 밀접한 다른 배경

· 비행기, 공항, 대도시 거리, 싸구려 모텔, 시내버스, 호텔 객실, 지하철 터널, 택시

참고 사항 및 팁

오랜 세월에 걸쳐 크게 발전한 기차는 장거리를 이동할 때도, 주거지와 직장이 있는 인구 밀집 지역을 오갈 때도 중요한 교통수단이다. 많은 사람이 버스처럼 고속 통근 기차를 이용한다. 우리는 기차의 쾌적함과 편리한 설비 덕분에 편안히 여행을 즐기거나 남은 일을 정리하는 생산적인 시간을 얻을 수 있다. 통근 기차가 정차하는 역은 구조가 훌륭하며, 많은 사람이 아침저녁으로 오고 간다. 물론 모든 역이 장대하고 아름답지는 않다. 실외 승강장과 매표기만 갖춘 작은 역도 있다. 하지만 모든 기차역은 규모와 이동 구간과 상관없이 다른 수단으로는 가기 불편한 지역은 물론 비용이 늘어나더라도 목적지까지 갈 수 있는 기회를 준다는 확고한 목적을 가지고 있다.

배경 묘사 예시

나는 무너지듯 벤치에 앉았다. 메신저백이 어깨에서 흘러내려 벤치 끝에서 덜렁거렸다. 열여섯 시간이나 일한 탓에 눈꺼풀은 깨진 창의 블라인드처럼 불규칙하게 올라갔다 내려갔다 했다. 몸을 추슬러 자세를 바로잡고 주변을 돌아보았다. 남자 두 명이 있었는데, 한 명은 먼 벤치에 앉아 있었고, 다른 한 명은 매표기에 기대서 있었다. 둘 다 사람을 죽일 것처럼 보이지는 않았지만 만약을 위해 가방을 무릎에 얹었다. 빨리 집에 가고 싶었다.

· **이 글에 쓴 기법** 직유
· **얻은 효과** 분위기 설정, 긴장과 갈등

낡은 픽업트럭   Old Pick-Up Truck

풍경

금이 가고 파인 앞 유리, 먼지 쌓인 대시 보드, 깨진 유리창, 진흙투성이 바닥 매트, 손잡이가 사라진 라디오, 카세트 플레이어, (고장 난) 에어컨과 히터, 먼지투성이 환풍구, 바닥에 떨어진 쓰레기(햄버거 포장지, 탄산음료 컵, 테이크아웃 컵, 초콜릿 바 껍질, 도넛 상자), 대시 보드 위에 놓인 찌그러진 티슈 상자, 접히고 찢어진 지도, 제대로 여닫히지 않는 조수석 수납함, 낡거나 뜯어져 안의 내용물이 보이는 좌석의 직물 커버, 금속제 텀블러, 자질구레한 물건들(공구, 용구, 잡동사니, 신문)로 뒤덮인 뒷좌석, 사이드미러 근처의 기울여서 여는 쐐기 모양의 작은 창문, 백미러에 걸린 차주의 성향이 엿보이는 물건(가터벨트, 묵주나 종교적 상징물, 나무 모양의 방향제, 갓난아기 신발, 개 이름표), 떨어진 후드 오너먼트, 더러워진 발판, 군데군데 녹슨 프레임, 녹슨 링이나 패치가 달린 연료 탱크 커버, 긁힌 상처와 닳은 자국, 녹슨 휠 웰wheel well[타이어를 탈착하도록 설치된 홈], 닳거나 짝이 안 맞는 타이어, 울퉁불퉁한 범퍼, 슬라이딩식 뒷창문, 총을 걸어두는 선반, 완전히 안 닫히는 뒷문, 짐칸에 놓인 각종 물건(염화칼슘, 모래주머니, 로프, 건초 더미, 공구, 장작이나 목재 더미), 깨진 미등, 짙은 잿빛 연기를 토하는 녹슨 배기구, 구부러지거나 꺾인 라디오 안테나, 담배꽁초나 꾸깃꾸깃한 껌 포장지가 가득한 재떨이, 담배용 라이터, 좌석에 붙은 뭔가를 엎지른 자국이나 얼룩, 문 안쪽에 묻은 진흙 자국, 떨어져 나간 흙받기

소리

덜커덩거리거나 시끄러운 엔진, 풀어진 히트 실드heat shield[컨버터에서 발생하는 열을 차단하는 장치] 때문에 울리는 금속음, 삐걱거리는 차 문, 끽끽거리는 브레이크, 내연기관의 역화 소리, 엔진이 구동하기 직전에 나는 소리, 모터의 둔한 폭발음이나 끊어지고 이어지는 구동음, 강하게 고정하는 기어, 클러치, 좌석의 삐걱거리는 스프링, 트럭이 바퀴 자국을 지날 때 짐칸에 든 물건들이 미끄러지고 튀어 오르는 소리, 트럭이 급커브를 돌 때 흔들리는 빈 용기, 차 안에 흐르는 컨트리 음악이나 록 음악, 운전자의 콧노래나 흥얼거림, 빨대로 훌쩍거리며 마시는 음료수, 시동이 걸리기를 바라며 손으로 두드리는 대시 보드, 욕설, 크랭크

핸들로 창문을 올리고 내릴 때의 마찰음, 쿵 닫는 문, 보닛을 여는 소리, 느슨한 손잡이나 달그락거리는 핸들, 열린 창문으로 들어오는 바람

냄새

배기가스, 오일과 윤활유, 오래된 음식, 먼지, 녹, 흙, 너덜너덜해진 시트의 발포 우레탄, 발 냄새, 예전에 차내에서 엎지른 음료수(시큼해진 우유, 탄산음료, 커피), 뜨거운 가죽과 비닐, 담배, 방향제, 땀, 체취

맛

차가운 커피, 물, 껌, 담배, 포장 음식, 주유소에서 산 음식(육포, 초콜릿 바, 감자 칩, 핫도그, 땅콩), 탄산음료, 자양강장제나 에너지 드링크

촉감과 느낌

깨끗하게 하려고 손으로 닦는 앞 유리, 흠집 나고 울퉁불퉁한 대시 보드, 크랭크 핸들을 돌리려고 힘을 준 손, 고장 난 에어컨이 내뿜는 미지근한 바람, 발밑에서 뒤죽박죽이 된 쓰레기들, 컵 홀더가 없어서 허벅지 사이에 조심스레 놓은 음료수 컵, 수동 변속기의 부드러운 레버, 흔들리는 좌석, 갑자기 브레이크를 밟았을 때의 저항력, 조절하는 라디오 볼륨, 차내에서 어깨로 밀어 여는 문, 문을 완전하게 닫기 위해 세게 당기는 손잡이, 엔진이 걸려 갑자기 움직이는 차, 고르지 못한 길을 지날 때 차내 이곳저곳에 부딪치는 몸, 타이어에 밟혀 부서지는 자갈과 돌, 작동되지 않아서 세게 밟는 브레이크, 핸들의 들쑥날쑥한 질감, 음악에 맞춰 톡톡 두드리는 핸들, 시동을 걸어놓고 느끼는 트럭의 진동, 팔에 내리쬐는 뜨거운 햇볕, 창문으로 들어오는 산들바람, 열린 창밖으로 늘어뜨린 팔, 사이드 미러나 백미러를 조절하는 느낌, 손바닥으로 누르는 경적, 목 안으로 들어오는 바깥 먼지, 고장 난 에어컨에 퍼붓는 욕설, 좌석에 달라붙는 땀에 젖은 다리

이 배경에서 벌어질 만한 갈등의 원인

- 트럭에서 나는 소리와 냄새가 창피하다.
- 운전하고 있는 트럭이 게이트로 둘러싸인 거주 지역 등 특정 장소의 출입을 거부당한다.

- 상대에게 좋은 인상을 주고 싶은데, 바람을 정통으로 맞아서 옷차림이 망가지고 땀투성이가 된 채 도착한다.
- 트럭에서 떨어진 물건 때문에 사고가 일어난다.
- 짐칸에 탔던 사람이 떨어진다.
- 장거리를 가야 하는데 트럭이 버텨줄지 의심스럽다.
- 사람이 꽉 찬 트럭을 타고 장거리 여행을 떠난다.
- 급하지만 천천히 진중하게 운전해야 한다.

이 배경에서 볼 만한 유형의 사람들

- 돈이 없는 십 대들이나 운이 다한 사람, 건설 현장 일꾼, 농부, 지나가는 자동차를 얻어 타려는 사람, 트럭 주인의 친구

이 배경과 밀접한 다른 배경

- **시골편** 농장, 지방 축제, 차고, 쓰레기 매립지, 과수원, 채석장, 목장, 로데오
- **도시편** 술집/바, 편의점, 주유소, 자동차 정비소, 트럭 휴게소

참고 사항 및 팁

차 안에서 많은 시간을 보내는 사람은 차를 보면 주인의 성격을 알 수 있다. 차종, 전체 상태, 단순한지 개조되었는지, 차내에 있는 물건이나 장식 등을 보면 등장인물에 대해 어느 정도 알 수 있다. 등장인물이 타는 차량은 사건이 발생할 수 있는 무대가 될 뿐 아니라 등장인물의 성격을 충분히 드러낼 수 있는 배경이기 때문에, 그 두 가지 역할을 잘 수행하도록 준비해야 한다.

배경 묘사 예시

어떤 에어컨 못지않은 시원한 바람이 창문에서 들어오고, 소나무 방향제가 빙빙 빠르게 돌아갔다. 비포장도로에 파인 구멍들 덕분에 이가 덜덜 흔들려서 흥얼거리던 조니 캐시의 〈링 오브 파이어Ring of Fire〉가 엉망이 되었지만, 그래도 내 기분을 가라앉히지는 못했다. 게다가 천을 댄 탄력 있는 시트는 흔들림을 억

제해주었다. 나는 빙그레 웃으며 라디오 볼륨을 올렸다. 이 트럭은 분명히 나보다 오래 살 것이다.

- **이 글에 쓴 기법** 다중 감각 묘사
- **얻은 효과** 감정 고조

리무진   **Limousine**

풍경

차 내부를 둘러싸듯 설치된 가죽 소파, 물병이 담긴 아이스박스, 천장과 바닥을 네온처럼 비춰주는 LED 조명, 음향 시스템 리모컨, 좌석과 운전석을 나누는 선팅 처리한 칸막이, 선루프, 파티에 가는 들뜬 사람들, 병에 담긴 술을 돌려 마시거나 탄산음료 캔을 붓는 모습, 조명을 어둡게 조절하는 스위치, 차 내부의 돌출된 부분에 놓인 빈 병과 빈 맥주 캔, 선팅 처리를 한 반짝이는 창문, 빛나는 은색 문손잡이, 유리잔과 컵 홀더가 구비된 작은 바, 텔레비전과 DVD 플레이어, USB 단자, 크롬 도금한 세부 장식, 선루프 주변에 유리창을 설치한 천장, 뒤에서 스테레오 기기를 비추는 광섬유, 승객의 승하차를 돕는 운전사, 조명에 비친 승객 한 사람 한 사람의 얼굴, 시시덕거리는 커플, 마약을 하는 승객

소리

크게 튼 음악, 웃음, 파티에 가는 사람들(음악을 들으며 큰 소리로 외치고, 선루프로 몸을 내밀기 위해 좌석에 올라서고, 텔레비전으로 영화를 감상하고, 술을 마시는), 밖에서 울려 퍼지는 경적, 라디오 채널을 돌릴 때 나는 잡음, 자동으로 여닫히는 창문, 운전사에게 방향을 지시하는 승객, 닫히는 문, 음료수 잔에서 달그락거리는 얼음, 밖에서 바쁘게 오고 가는 차들, 포장도로를 달리는 타이어의 안정적인 소리

냄새

술, 땀, 좁은 공간을 덮친 강렬한 향수 냄새와 애프터셰이브 로션 냄새, 가죽, 에어컨

맛

술, 물, 탄산음료와 칵테일, 리무진에 가져온 간단한 음식

촉감과 느낌

매끈한 가죽 좌석, 차가운 물, 차내에서 서로 부딪치는 몸, 엎지른 음료수, 모퉁

이를 돌거나 교차점에서 설 때 움직이거나 흔들리는 리무진, 좌석에 전달되는 진동, 선루프로 몸을 내밀고 만끽하는 차가운 밤공기

이 배경에서 벌어질 만한 갈등의 원인

- 승객이 과음해서 길가에 차를 세운다.
- 교통 혼잡 때문에 바쁜 승객이 시간에 늦는다.
- 차가 고장 나거나 타이어에 펑크가 난다.
- 과속으로 경찰이 차를 세운다.
- 승객이 멀미를 해서 뒷자리에 시큼한 냄새가 퍼진다.
- 승객이 현금을 가져오지 않아서 운전사에게 팁을 주지 못한다.
- 승객이 유명한 범죄자나 마피아의 중요 인물과 관계가 있다.
- 리무진을 몰던 중 승객의 심각한 위법 행위를 목격한다.

이 배경에서 볼 만한 유형의 사람들

- 운전사, 승객(댄스파티에 가는 십 대, 그 지역을 방문 중인 중요 인물, 연예인, 결혼식을 올린 커플)

이 배경과 밀접한 다른 배경

- **시골 편** 대저택, 졸업 무도회, 결혼 피로연
- **도시 편** 정장을 입어야 하는 행사, 카지노, 연예인 대기실, 호텔 객실, 펜트하우스 객실, 공연 예술 극장

참고 사항 및 팁

리무진에는 승객이 술을 마실 수 있도록 유리잔이 준비된 경우가 많지만, 대부분의 승객은 화장실에 갈 일을 염려해서 이용을 피한다. 리무진의 크기와 형태는 대형 SUV와 허머(지프형 차량)를 비롯해 다양하다.
리무진은 다양한 목적으로 움직이는데, 승객을 한 곳에서 다른 곳으로 운반한

다는 공통점이 있다. 이 공통점으로 차량은 '변화'를 줄 수 있는 환경이 된다. 예를 들어, 주인공이 A 지점에서 B 지점으로 이동한다고 치자. 이동은 꼭 물리적인 사건에 국한되는 것은 아니다. 짧은 거리를 갈 때도 자신의 성격이나 결단을 내린 사정, 미래의 목표 등에 대해 차분히 생각하는 심리적 이동의 기회를 가질 수 있다. 이런 설정에서는 주인공이 실제로 이동하는 거리와 함께 앞으로 걸을 자기실현의 길과 미래의 계획을 어떻게 구성할지 생각해 보자.

배경 묘사 예시

놀란 표정을 들키지 않도록 주의하며 나는 데니스의 뒤를 따라 리무진에 오른 뒤 가죽 시트 끝으로 미끄러져 들어갔다. 건너편에는 음료수가 가득 찬 미니바와 텔레비전 두 대가 있었고, 벽에 달린 녹색 조명은 내 연한 색 드레스를 부드러운 에메랄드색으로 물들였다. 데니스가 사운드 시스템의 조작 버튼을 만지작거리자 음악이 크게 울리고 베이스의 울림이 시트의 쿠션을 타고 전해졌다. 더욱 놀라운 일은 조명이 비트에 맞춰 번쩍번쩍 빛나며 차 안이 우리만의 미러볼 파티장으로 변신했다는 점이다. 와우. 고등학교의 마지막 파티에 이런 차를 타고 가게 될 줄은 상상도 못했다. 우리가 주차장에 도착하면 로라와 스티븐은 질투로 분해 죽겠지.

- **이 글에 쓴 기법** 과장, 빛과 그림자, 다중 감각 묘사
- **얻은 효과** 분위기 설정, 감정 고조

비행기   Airplane

풍경

카펫이 깔린 좁은 통로, 퍼스트 클래스(넓은 리클라이너 시트, 특제 담요와 베개, 기내 엔터테인먼트 장비, 친절한 승무원이 유리 식기에 준비해주는 식사와 음료), 칸막이용 커튼, 이코노미 클래스의 좌석, 머리 위에 설치된 흰색 짐칸, 음량과 라디오 채널을 조정하는 리모컨이 비치된 팔걸이, 안전벨트, 덮개가 달린 비행기 창문, 머리 위의 공기와 조명을 조절하고 승무원을 호출하는 버튼, 짐칸에 짐을 넣기 위해 통로를 가로막은 사람, 기체 중간에 있는 비상용 출구(문 여는 방법, 문손잡이, 주의를 끌기 위한 빨간색 또는 노란색 위험 경고 줄무늬), 접이식 테이블, 너덜너덜한 기내 잡지, 앞좌석 등받이에 꽂힌 안전 수칙 안내서, 등받이에 설치된 작은 화면(터치스크린이나 팔걸이에 설치된 리모컨으로 작동하는), 구토용 봉지, 승객(노트북 키보드를 두드리고, 책을 읽고, 모바일 기기로 음악을 듣거나 게임을 하고, 무릎 위에서 아기를 달래고, 식사를 하고, 싸구려 스펀지 베개의 모양을 잡는), 음료 카트(플라스틱 컵, 커피, 탄산음료, 물, 홍차, 알코올음료, 포장된 쿠키와 프레첼 등 스낵을 실은), 비상시를 위해 불을 켜둔 통로, 좌석 아래 있는 부양 장치, 기내에 산소가 부족할 경우 위에서 떨어지는 산소마스크, 식사나 음료 준비를 하는 조리실, 몇 개의 작은 화장실(변기, 거울, 스테인리스 세면대, 화재 감지기, 종이 타월, 물비누 디스펜서가 있는), 조종석으로 통하는 잠긴 문, 손님으로 가장한 항공 보안관

소리

이륙시 점화하고 가속하는 엔진의 굉음, 비행 중 들리는 안정된 엔진 소리, 카트에 실린 음료들, 머리 위의 짐칸을 닫는 소리, 승객들의 대화, 웃음, 코 고는 소리, 부모가 달래려는데 울음을 터뜨리는 아기, 자세를 바꿀 때 삐걱대는 좌석, 여닫는 지갑이나 가방의 지퍼, 음식 포장지, 고정하는 접이식 테이블, 부스럭거리는 신문과 잡지, 빳빳한 책장을 넘기는 소리, 두드리는 키보드, 승객에게 설명을 하거나 근무를 하는 승무원, 에어컨, 기침, 헛기침, 난기류가 한창일 때 머리 위 짐칸에서 흔들리는 짐들, 흡입식 변기, 찰칵 잠그는 화장실 문, 조리실에 있는 대형 용기를 쿵 닫는 소리, 큰 소리로 불만을 터뜨리는 손님, 안전벨트 착용

사인이 꺼질 때 울리는 차임벨, 스피커에서 흘러나오는 기장의 목소리

냄새

옆자리 승객이 뿌린 강렬한 향수, 음식물, 밀폐된 공기, 민트 향이 나는 껌, 구취, 맥주, 은은한 손 소독제 향기, 땀이나 체취, 곰팡내가 나는 천(기체가 낡았을 경우), 헤어스프레이, 누군가 신발을 벗었을 때 나는 발 냄새, 주변에 있는 아기나 유아의 기저귀 냄새, 누군가 구토 봉지를 사용할 때 나는 시큼한 토사물 냄새

맛

물, 커피, 탄산음료, 주스, 홍차, 설탕, 술(와인, 맥주, 증류주), 기내식이나 공항에서 산 음식(샌드위치, 초콜릿 바, 과자, 그래놀라 바, 베이글, 머핀, 쿠키), 기침 해소용 사탕, 구강청결제, 박하사탕, 껌, 건조한 입속에 퍼지는 시큼하거나 쓴 맛

촉감과 느낌

피부를 파고드는 팔걸이, 몸을 움직이거나 뭔가를 잡을 때 옆 사람을 가볍게 치는 느낌, 통로로 나갈 때 낮은 위치에 있는 짐칸에 부딪치는 머리, 탄성이 강한 좌석, 달궈진 신발 속에서 쥐가 나거나 부어오른 발, 접질린 목, 폭신한 베개, 화장실 차례를 기다리며 단단한 벽에 기대는 느낌, 좌석을 발로 차는 뒤에 앉은 아이, 아플 정도로 죄는 안전벨트, 손가락으로 누르는 팔걸이에 있는 리모컨 버튼, 책장의 얇은 질감, 뭉치는 냅킨, 비행기에서 주는 쿠키 포장지를 벗기는 느낌, 뜨거운 커피를 마실 때 입 주변에 퍼지는 온기, 냅킨으로 가볍게 두드리며 닦는 입가, 셔츠 앞쪽에 묻은 음식 부스러기를 털어내는 느낌, 여닫는 창문 덮개, 잠을 청할 때 느끼는 기내 담요의 편안한 무게감

이 배경에서 벌어질 만한 갈등의 원인

- 기계가 고장 난다.
- 멀미를 한다.
- 옆 사람이 무례하게 굴거나 부적절한 행동을 한다.
- 술에 취한 승객이 있다.
- 비행 중 누군가 심하게 아프다(맹장 통증이나 심장 발작).

- 중요한 물건(돈, 신용카드, 여권 등)을 잃어버렸다는 것을 깨닫는다.

이 배경에서 볼 만한 유형의 사람들

- 기장과 부기장, 항공 보안관, 승무원, 승객

이 배경과 밀접한 다른 배경

- 공항, 호텔 객실, 택시

참고 사항 및 팁

비행기는 기체의 크기, 제조 연도, 상태에 따라 내부 모습이 달라진다. 비교적 작은 비행기(특히 단거리 비행용으로 제조된)는 비행 중 최소한의 서비스만 제공하거나 서비스가 아예 없다. 이런 비행기는 공간이 협소해서 실내 이동에 제한을 받고, 짐을 싣는 데도 한도가 정해져 있으며 좌석도 이코노미 클래스밖에 없다. 특정한 항공 회사를 설정한다면 정확한 묘사를 위해 승무원 복장이나 제공하는 서비스에 대해 확실히 조사하자.

배경 묘사 예시

작은 베개를 이리저리 놓으며 자리를 잡던 나는 창가에 앉은 옆자리 승객을 흘긋 곁눈질했다. 창백한 얼굴이 땀으로 번들번들 빛나고, 두 손은 손가락뼈가 부러지지 않는 게 이상할 정도로 팔걸이를 꽉 쥐고 있었다. 더구나 세상에서 제일 맛없는 음식을 먹고 마라톤 풀코스를 뛴 것처럼 숨소리가 띄엄띄엄 이어졌다. 대단하군. 나는 베개를 내던지고 잠을 포기한 채 텔레비전을 틀었다. 제발 난기류를 만나지 않길. 토할 가능성이 다분한 이 사람은 결코 제시간에 화장실에 도착하지 못할 것이다.

- **이 글에 쓴 기법** 과장, 다중 감각 묘사
- **얻은 효과** 성격 묘사, 복선, 긴장과 갈등

시내버스   City Bus

풍경

짧은 계단과 연결된 접이식 문, 의자에 앉아 있는 운전사, 버스 양쪽의 좌석을 가로지른 좁은 통로, 차 앞부분에 그어진 노란색 승객 대기선, 천장에 연결된 가죽 손잡이, 난간, 벤치식 좌석이나 플라스틱 몰딩 의자, 지저분한 유리창, 좌석 위의 짐칸, 창문 사이나 위쪽에 붙인 포스터와 광고, 버스 내부에 사인펜이나 펜으로 쓴 낙서(그림, 갱단의 상징, 메시지, 유머나 모순이 깃든 격언, 사랑 고백, 인종차별적 발언), 앞으로 몸을 구부리고 앉은 승객(독서를 하고, 문자메시지를 보내고, 음악을 듣고, 게임을 하는 등 자신의 일에 몰두하는), 충전재가 빠져나온 찢어진 의자, 바닥에 떨어진 쓰레기(휴지, 사탕 껍질, 종잇조각, 과자 부스러기), 창밖으로 눈 깜짝할 사이에 지나가는 거리와 차량, 문을 여는 버튼, 하차 버튼, 문에서 떨어지라고 경고하는 표시, 손잡이를 잡고 서 있는 사람, 승객(버스의 흔들림에 따라 움직이고, 다리 사이나 빈 옆자리에 장바구니나 가방을 두고 앉은), 좌석에 두고 간 신문, 즐거운 듯 무리 지어 있는 십 대들, 벽에 붙은 껌, 탄 자국이 있는 구멍이나 칼로 찢어진 좌석

소리

동전 투입구에서 짤랑거리는 동전(현대의 많은 버스는 차표를 받거나 교통 카드를 찍는다), 초록색 신호등에 액셀을 밟거나 기어를 바꿀 때 회전 속도를 올리는 엔진, 끽 밟는 브레이크, 쉭 소리를 내는 에어 브레이크air brake[압축 공기를 이용하여 차량의 속도를 조절하는 장치], 끽 소리를 내며 열리는 문, 통로를 사뿐히 지나가는 발걸음, 승객이 자리에 앉을 때 쇼핑백이 내는 탁탁 소리와 바스락거리는 재킷, 버스가 울퉁불퉁한 도로를 튀어 오르며 통과할 때 나는 금속성의 삐걱 소리, 승객의 수다, 승객의 이어폰에서 새어 나오는 음악, 아이들의 시끄러운 목소리, 웃음, 욕설, 부스럭거리는 신문지, 여닫는 핸드백이나 배낭의 지퍼, 바스락거리는 비닐, 기침이나 헛기침, 열린 창문으로 들리는 거리의 소음, 하차를 알리는 버저, 쿵쿵거리며 계단을 급하게 뛰어 내려가는 부츠

냄새

발 냄새, 체취, 향수, 헤어 제품, 가죽, 기름 낀 머리, 흙, 차가운 금속, 탁한 공기, 따뜻해진 비닐, 금이 간 창문으로 들어오는 신선한 공기

맛

껌, 박하사탕, 커피, 페트병에 담긴 물, 버스에 가지고 탄 남은 점심 식사

촉감과 느낌

딱딱한 좌석, 버스가 속도를 줄이거나 올릴 때 상하좌우로 흔들리는 움직임, 다른 승객에게 가볍게 닿는 몸, 내리는 문으로 가기 위해 사람들을 밀며 지나가는 느낌, 피부에 닿는 차가운 금속 난간, 꽉 껴안은 핸드백이나 배낭, 작은 아이의 몸에 팔을 두르는 느낌, 땀이 밴 아이의 손, 만지기 싫어서 소매나 어깨로 미는 문, 지저분한 바닥에 놓기 싫어서 무릎 위에 놓은 가방, 버스의 움직임에 따라 흔들리는 느낌, 방금 탄 승객을 위해 자리를 좁혀서 공간을 만드는 느낌

이 배경에서 벌어질 만한 갈등의 원인

- 술에 취했거나 난동을 부리는 승객이 있다.
- 약에 취한 승객이 환각 증세를 일으킨다.
- 차비가 없거나 교통 카드를 잃어버린다.
- 버스를 잘못 탄다.
- 운전사가 오늘은 여기까지만 운행한다며 강제로 낯선 장소에 내려준다.
- 오싹한 분위기를 풍기는 사람이 지그시 쳐다본다.
- 버스가 고장 나거나 사고를 당한다.
- 칼이나 그 밖의 무기를 숨기고 있는 승객이 있다.
- 어떤 무리가 다른 승객이나 운전사를 공격한다.

이 배경에서 볼 만한 유형의 사람들

- 버스 운전사, 승객

이 배경과 밀접한 다른 배경

* 대도시 거리, 소도시 거리

참고 사항 및 팁

시내버스의 분위기는 거의 운전사에 의해 좌우된다. 사교적인 운전사는 얼굴 가득 웃음을 띠고 승객에게 이것저것 묻는가 하면, 그 지역의 화젯거리에 대해 함께 이야기하기도 한다. 반면 버스를 운전하는 일에만 몰두하는 운전사도 있다. 그들은 승객과의 교류를 피하고, 필요할 때만 승객의 질문에 마지못해 대답한다. 또 말하기보다는 근처에 붙은 버스 노선도를 가리키기도 한다.

버스를 타는 승객에는 다양한 사람들이 있다. 차가 없는 사람, 차를 정비소에 맡겼거나 운전면허가 정지된 사람, 혹은 운전면허를 따는 데 필요한 서류가 없는 불법 이민자가 버스에 탈 수도 있다. 나아가서는 폭파 테러를 계획 중인 테러리스트나 사람들의 눈을 피해 도주 중인 탈주범 등 악의를 가진 사람이 탈 수도 있다. 사람들은 각자의 이야기를 가지고 있다. 소설에 나오는 모든 인물의 뒷이야기를 상세히 알아둘 필요는 없지만, 그래도 그 사람이 왜 버스에 탔는지 간단한 밑그림을 준비해두면 각 등장인물이 어떤 사람이며, 이야기 속에서 어떤 역할을 하고 있는지 분명해진다.

배경 묘사 예시

뚱뚱한 회사원이 옆 좌석에 앉자 의자의 쿠션이 요동쳤다. 애나는 창문 쪽으로 몸을 바싹 댔다. 남은 공간을 모두 점령한 남자는 휴대전화를 들고 큰 소리로 끊임없이 수다를 떨었다. 그의 입에서 풍기는 양파 냄새는 세균 병기가 아닐까 의심될 정도로 지독했다. 맙소사. 누군가의 옆자리 대신 비어 있는 곳을 선택했는데 이런 일을 당하다니.

* **이 글에 쓴 기법** 과장, 다중 감각 묘사
* **얻은 효과** 성격 묘사, 감정 고조

풍경

수면에 반사되는 햇빛, 물속에서 잽싸게 움직이는 물고기, 상공에서 나선 하강을 하는 갈매기 떼, 항구의 바위 위에서 일광욕을 하는 바다사자, 갑판에서 위로 펼쳐지는 돛대, 라디오 안테나들, 권양기[밧줄이나 쇠사슬을 이용해 무거운 짐을 들고 내리는 기구]와 와이어, 튼튼한 난간, 쌓아 올린 나무 상자, 선실 벽에 걸린 낚싯바늘과 갈고리, 사다리와 그물망, 물고기를 씻고 갑판을 청소할 때 쓰는 호스 다발, 고정된 닻, 기다란 투광기[빛을 한 가닥으로 모아서 비추는 장치], 양동이에 담긴 구명조끼, 고정된 연료 통, 갈고리에 걸린 우비와 방수용품, 좁은 통로, 낚싯대로 미끄러져 들어가는 용접된 쐐기, 작은 바비큐 그릴, 선내로 연결된 물막이문, 쌓아 올릴 수 있거나 접을 수 있는 의자, 해치가 달린 거대한 물고기용 냉장고, 비좁고 갑갑한 선실, 구석구석에 설치된 수납 공간, 작은 부엌(냉장고나 냉동고, 간이 조리대, 망에 보관된 과일과 채소, 식칼과 그 밖의 식기, 종이 타월, 쓰레기통, 닳아빠진 도마, 좁은 테이블, 싱크대, 자물쇠가 달린 찬장, 가스레인지가 있는), 옷장 크기의 화장실(변기, 세면대, 환기용 둥근 창이 있는), 기관실(발전기, 여러 가지 도구, 예비 부품, 냉각 모터, 보트 엔진, 냉각제, 케이블, 압력계, 소화기가 있는), 조타실과 선장실(선장의 의자, 계측 기기, 배의 방향을 조종하는 키 또는 핸들, 컴퓨터, 밀폐된 창, 물고기를 탐지하는 기기 및 레이더, 속도계, 심도계, 수중 음파 탐지기, 조절판, 물고기 울음소리를 내는 피리, 선내 방송 시스템, 커피포트, 지도와 해도, 해상 무선, 탐조등용 스위치, 안전 손잡이, 수납 찬장 등이 있는), 침실(이층 침대, 담요, 전기, 작은 수납장, 고리가 있는)

소리

엔진 시동음, 선체를 때리는 파도, 방송을 하는 선장, 젖은 갑판을 찍찍 밟는 부츠, 그물에서 넘쳐 나오는 물고기, 그물을 끌어 올릴 때 날카롭고 높은 소리를 내는 권양기, 악천후를 만났을 때 갑판 위를 미끄러지는 가벼운 짐 꾸러미, 삐걱거리는 팽팽한 로프, 프로펠러가 가동되어 튀는 물, 배에 세차게 내리치는 비, 낚싯줄을 재빨리 풀 때 고속으로 울리는 릴reel[낚싯줄을 감고 풀 수 있는 장비] 소리 또는 정해진 길이의 낚싯줄을 풀 때 일정한 리듬으로 울리는 릴 소리, 도구함에 던져 넣는 금속 공구, 큰 물고기를 잡고 환호하는 어부, 쿵 울려 퍼지는 천둥소리, 갈매기의 울음소리, 물속에서 뛰어오르는 물고기, 수면에 살짝 모습을 드러내고 공기를 분사하는 고래, 부엌에서 하는 요리, 접시를 긁는 은식기, 침대 위에서 뒤척이는 몸, 머리 위에서 들리는 발소리

냄새

물고기 내장, 바닷물, 휘발유, 모터오일이나 윤활유, 땀, 체취, 조리하는 음식, 커피, 맥주

맛

바닷물, 프라이팬으로 요리한 생선과 해산물, 버터를 바른 따뜻한 스콘, 스튜, 구운 닭고기, 스테이크, 햄버거, 샐러드, 핫도그, 센 불에 재빨리 볶은 채소, 감자, 옥수수, 오트밀, 오믈렛, 물, 탄산음료, 맥주나 그 밖의 술, 커피, 핫초콜릿, 감자 칩, 팝콘

촉감과 느낌

두꺼운 고무 재질의 바지와 우비, 미끄러워 잡기 어려운 물고기, 옷깃을 타고 떨어지는 물보라, 얼굴에 힘차게 떨어지는 비와 우박, 햇볕에 타서 따끔거리는 피부, 못이 박힌 손바닥을 미끄러지듯 빠져나가는 둘둘 말린 로프, 폭풍 속에서 이리저리 내쳐져 아픈 몸, 처진 몸의 통증, 난간이나 탱크에 부딪치는 느낌, 손으로 쥐어 배 밖으로 뿌리는 미끈거리는 밑밥, 실수로 낚싯바늘에 찔린 따끔함, 미끄러운 낚싯줄, 낚싯줄에서 물고기를 뺄 때 다리와 발밑에 흐르는 물방울, 더위를 피해 물속으로 뛰어들 때의 시원함, 머리카락에서 떨어지거나 얼굴을 타고 흘러내리는 물방울, 빗속의 교대 근무를 마친 뒤 느끼는 머그잔의 온기

이 배경에서 벌어질 만한 갈등의 원인

- 기기가 고장 난다.
- 사람들이 물고기를 함부로 잡아 포획할 물고기가 부족하다.
- 선원들 사이에 병이 퍼지거나 선원이 죽는다.
- 냉각 시스템의 결함으로 잡은 물고기들이 부패한다.

- 해적을 만난다(해상 순찰이 없는 수역에서).
- 비바람이 몰아치는 거친 날씨를 만난다.
- 항법 장비가 고장 난다.
- 물 위에 사람이 떠 있는 것을 발견한다(생사에 관계없이).
- 그물을 끌어 올렸는데 그 안에서 이상한 물체나 불쾌한 물건을 발견한다.
- 난파선의 파편을 발견해 생존자를 찾아야 하는 상황이 된다.

이 배경에서 볼 만한 유형의 사람들

- 선장, 해안 경비대, 어부

이 배경과 밀접한 다른 배경

- **시골 편** 해변, 등대, 바다, 열대 섬
- **도시 편** 항구

참고 사항 및 팁

어선의 기본 설비는 대부분 비슷하지만, 가공 처리 구역이나 냉동 장치 등의 전문 설비는 포획하는 물고기 종류와 선박의 크기에 따라 차이가 있다. 상업용 어선은 소형 개인 어선보다 선체가 크고, 설비도 좀 더 전문적이다. 또한 작업 규모에 따라 승선하는 선원의 수도 다르다.

배경 묘사 예시

하산은 레이더를 다시 한 번 확인하고 전기를 껐다. 조타실을 나와 난간으로 간 뒤, 소금기를 머금은 공기를 깊이 들이마셨다. 갑판 아래에서 들리는 희미한 엔진 소리를 빼면 매우 조용했다. 보기 드물게 잔잔한 바다는 수면을 따라오는 보름달을 완벽히 비추었다. 긴 상념에 빠지기에 딱 알맞은 환경이었다.

- **이 글에 쓴 기법** 은유
- **얻은 효과** 분위기 설정

풍경

여러 개의 갑판, 로프, 보트 정상에서 펄럭이는 깃발, 메인 살롱(카우치와 소파, 장식용 쿠션, 두꺼운 커튼이 걸린 탁 트인 유리창, 텔레비전, 카펫, 바, 스툴이 있는), 조리실(싱크대, 냉장고, 냉동고, 오븐, 조리대, 찬장이 있는), 식당(탁자와 의자, 접시, 꽃장식, 냅킨이 있는), 브리지(가죽 의자, 바퀴 모양의 조타륜, 조종간, 조절판, 컵 홀더, 스크린, 버튼, 키패드, 손잡이, 지도, 내비게이션, 도구, 통신 기기가 있는), 층 사이에 있는 계단, 갑판 하부의 선실들(침대와 베개, 텔레비전, 거울, 요트에서 더욱 안락하게 지내기 위한 개인 물품과 가구가 있는), 의자를 놓고 덮개를 씌운 갑판들, 작은 바와 온수 욕조, 선원용 선실(침대와 베개, 수납장, 욕실, 세탁기와 건조기가 있는), 엔진실, 체육관, 영화관, 돛대와 로프나 쇠사슬(세일링 요트의 경우), 유니폼을 입은 선원(보트를 손질하고, 선장에게 보고하고, 식사 준비를 하고, 승객을 접대하는), 구급상자, 정해진 위치에 설치된 구명조끼, 각 층에 비치한 소화기, 선체 안쪽에 넣은 오락용 탈것(제트스키, 튜브, 카약), 라운지체어가 놓인 일 층 갑판

소리

엔진이 내는 소리(아이들링, 가속, 감속), 물을 가르며 나아가는 선체, 선체에 부딪히는 파도, 하늘을 나는 물새의 울음소리, 흘러나오는 음악, 대화와 웃음, 아이의 아우성, 갑판 위를 철떡철떡 걷는 맨발, 바다로 풍덩 뛰어드는 아이들, 변기 물을 내릴 때의 기계 소리, 금속제 닻을 내리는 소리, 귀에 가득 들어오는 바람 소리, 싱크대 안으로 쏟아지는 물, 탄산음료와 맥주 캔을 따는 소리, 유리잔에 따르는 음료수, 유리잔 속에서 짤그랑거리는 얼음, 승객에게 작은 소리로 말을 거는 선원, 야외에서 깃발이 바람에 펄럭이며 내는 날카로운 소리, 바람에 펄럭거리는 커튼과 옷, 조리실에서 들리는 음식 만드는 소리, 접시 위를 긁는 은제 포크와 나이프, 잠수복 차림으로 갑판에 오를 때 떨어지는 물, 제트스키를 탄 승객이 파도 속을 빠져나갈 때 웅웅거리는 엔진

냄새

바다 공기, 젖은 수건, 조리하는 음식, 가죽, 목재 광택제, 커피, 맥주와 그 밖의

음료수, 깨끗한 리넨, 청소용품

(맛)

신선한 생선과 해산물, 탄산음료, 물, 레모네이드, 커피와 홍차, 술, 피부에 달라붙은 소금

(촉감과 느낌)

바람에 휘날리는 머리카락, 파도의 물보라, 발밑의 나무 갑판, 두꺼운 카펫, 부드러운 카우치, 쿠션감 있는 데크 체어, 섬세하게 세공된 목이 긴 유리잔, 물방울이 맺힌 유리잔, 손에 닿는 목재와 금속 난간, 두꺼운 침대보, 부드러운 시트, 목을 적시는 음료수, 코에서 흘러내리는 선글라스, 햇볕에 그을린 피부, 피부에 흘러내리는 땀, 젖은 비키니 끈에서 물방울이 떨어져 등으로 흘러내리는 느낌, 소금기 있는 바닷속으로 뛰어드는 느낌, 바닷물 때문에 따가운 눈, 피부를 뒤덮은 땀과 소금을 차가운 샤워로 씻어내는 느낌

이 배경에서 벌어질 만한 갈등의 원인

- 실수로 혹은 떠밀려서 요트 밖으로 떨어진다.
- 불량한 선원이 말을 듣지 않는다.
- 질투 심한 친구나 가족이 휴식을 방해한다.
- 집에서 멀리 떠나왔는데 요트가 부서진다.
- 선로에서 길을 잃어 위험한 지역으로 들어간다.
- 해적을 만난다.
- 승객과 선원들 사이에 한바탕 소동이 벌어진다.
- 감시를 벗어난 아이들이 위험한 장소에서 논다.
- 식중독이나 병으로 승객의 건강이 위험해진다.
- 요트를 조종할 수 있는 사람이 갑자기 사망하거나 사라진다.
- 상어가 요트를 공격한다.
- 한창 항해 중에 에어컨이 고장 난다.
- 필수품(식량, 약, 식수)이 떨어진다.

이 배경에서 볼 만한 유형의 사람들

* 요리사, 선장, 갑판장, 가족, 요트를 대여한 단체, 승객, 친구, 객실 승무원, 요트 주인

이 배경과 밀접한 다른 배경

* **시골 편** 해변, 해변 파티, 바다, 열대 섬
* **도시 편** 정장을 입어야 하는 행사, 리무진, 항구

참고 사항 및 팁

요트의 길이는 다양하다. 일반적으로 10미터에서 24미터 크기의 요트를 '슈퍼 요트', 6미터에서 30미터 사이의 요트를 '세일링 요트', 50미터 이상은 '메가 요트'라고 부른다. 소형 요트는 소유자가 조종하기도 하지만, 대형 요트는 선원을 고용하는 경우가 많다. 요트 크기에 따라 선상 설비와 수영장, 엘리베이터, 헬리콥터 이착륙장 등 호화 설비의 규모가 달라진다.

배경 묘사 예시

잉크 속을 헤엄치고 있는 것처럼 물은 어둡고 따뜻했다. 밤에 이렇게 멀리 온 것을 알면 엄마는 기절할 만큼 놀라겠지만 길을 잃어버릴 염려는 없었다. 멀리 있는 요트는 퍼레이드 행렬을 둥둥 떠다니는 거대한 차처럼 불을 환하게 밝히고 있어서 몇 킬로미터 밖에 있어도 음악이 들릴 테니까. 물론 어머니가 진짜로 걱정하는 일은 어둠이나 딸이 미아가 되는 것이 아니다. 튼튼한 두 팔이 허리를 휘감으며 입술이 목 뒤에 가볍게 닿아 미지근한 물속에서 몸을 떨었다. 나는 빙그레 웃으며 돌아서서 듀크를 맞았다.

* **이 글에 쓴 기법** 빛과 그림자, 다중 감각 묘사, 직유
* **얻은 효과** 성격 묘사, 분위기 설정

잠수함   Submarine

둥근 창문과 잠수함 내부로 내려가는 사다리, 선내를 오가는 계단과 손잡이가 있는 좁은 통로, 다양한 장치(손잡이, 호스 및 배선, 밸브, 파이프, 계측 기기, 스위치, 버튼, 표시등, 전자 계측기, 여러 가지 상자, 소화기, 구명조끼, 클립보드, 전화, 표식)로 뒤덮인 벽, 제어실(몇 개의 버튼과 장치가 설치된 여러 개의 조작판, 함장과 부함장이 있는), 음파 탐지실 직원이 선명한 녹색의 출력 기록이 가득 찬 제어판을 사용해 물체가 있는 장소를 특정하고 있는 모습, 암호 해독 장치나 암호화 송수신 장치가 있는 통신실, 어뢰실(어뢰, 미사일, 사람으로 넘쳐 나는 침대, 관리와 작동 확인을 하는 기술자), 미사일 관리실, 원자로 구획, 엔진실(엔진, 발전기, 증유 장치, 펌프가 있는), 조종실, 의무실(좁은 침대, 진단 및 모니터 장비, 점적 주사[많은 양의 약물을 높은 곳에서 긴 시간에 걸쳐 한 방울씩 떨어뜨려 정맥에 흘러들게 하는 주사], 진통제와 일반적인 약, 제세동기와 그 밖의 의료 기기들이 있는), 함장과 승무원을 위한 분리된 조리실(금속 쟁반, 커피 메이커, 음료가 든 디스펜서, 승무원을 위해 뷔페식으로 차려놓은 요리, 식당 형식의 좌석, 텔레비전 등이 있는), 함장과 승무원이 쓰는 욕실과 화장실, 좁은 샤워실, 승무원의 침대(이층 침대, 담요와 베개, 커튼으로 주위를 둘러싼 침대, 유니폼을 넣는 작은 로커, 개인 물건을 담는 상자, 각 침대에 개별적으로 설치된 조명, 헤드폰과 이어폰 잭), 함장과 부함장을 위한 개인실, 작은 체육관과 오락실(비번이라 카드 게임이나 보드게임을 하는 승무원, 아래위가 붙은 작업복을 입고 밑창이 부드러운 신발을 신은 병사, 청소를 하는 승무원이 있는)

명령과 복창, 함내 방송, 경적과 경보, 신호음, 수중 음파 탐지기, 승무원의 말소리와 웃음, 식당 구역에서 들려오는 텔레비전 소리, 금속 사다리를 오르내리고 통로를 걷는 소리, 버튼과 레버, 구역에 따라 달라지는 기기들의 다양한 소리, 두드리는 키보드, 끼끽거리는 의자, 금속제 클립보드의 표면에 딸깍딸깍 부딪치는 펜, 통신실에서 들려오는 모스 부호 소리, 고래와 돌고래의 노래, 조리실에서 쟁그랑거리는 접시와 은식기

냄새

체취, 땀, 방귀, 오일, 기기, 디젤 엔진, 유압유, 이산화탄소 제거 시스템에서 풍기는 아민 냄새, 조리실에서 만드는 음식

맛

조리실에서 대용량으로 만든 뷔페 형식으로 차린 음식, 껌, 물, 커피

촉감과 느낌

승선한 뒤 각종 강도의 빛에 익숙해진 눈, 좁은 공간에서 여러 가지 물건에 부딪치는 어깨와 무릎, 다른 승무원과 간신히 스치고 지나가는 느낌, 금속제 사다리의 촉감, 커튼으로 주위를 둘러싼 좁은 침대에서 청하는 잠, 재빠르게 마치는 샤워, 며칠 동안 입어 더러워진 작업복, 오랜 시간 화면을 본 탓에 피로한 눈, 다른 승무원과 나란히 앉는 느낌, 잠수하고 부상할 때 기울어지는 잠수함, 선체가 옆으로 흔들리며 부상할 때 균형을 잃는 느낌, 폐소공포증, 이마까지 깊게 눌러쓴 모자, 손에 든 따뜻한 커피 컵, 지금이 밤인지 낮인지 모르는 혼란스러운 감각

이 배경에서 벌어질 만한 갈등의 원인

- 사생활은 물론 자신만의 공간도 거의 없다.
- 태양과 하늘을 볼 수 없다.
- 많은 사람이 있는 비좁고 답답한 장소에서 좀처럼 잠이 오지 않는다.
- 승진하고 싶었는데 낮은 평가를 받는다.
- 잠수함 설비에 이상이 생긴다.
- 식량이나 필수품이 바닥난다.
- 항해 중에 승무원이 죽는다.
- 임무를 수행하던 중에 심각한 병에 걸린다.
- 승무원 사이에 전염병이 퍼진다.
- 어려운 시기(한참 병을 앓고 있을 때, 심각한 사고를 겪은 뒤, 임신한 아내의 출산 예정일 직전)에 사랑하는 사람들을 떠나야 한다.
- 잠수함에 있는 동안 배우자가 바람을 피울까 걱정된다.

- 승무원 간에 충돌이 발생한다.

이 배경에서 볼 만한 유형의 사람들

- 함장, 승무원

이 배경과 밀접한 다른 배경

- **시골 편** 해변, 바다
- **도시 편** 군사 기지

참고 사항 및 팁

바닷속에 잠복하고 있는 잠수함에는 폐쇄적이고 작은 공동체가 만들어진다. 다른 사람은 견디기 힘든 협소한 공간과 특유의 심한 냄새도 온종일 그곳에서 지내는 승무원에게는 대수롭지 않은 일이다. 잠수함은 작가에게 매혹적인 배경이지만, 한 인물의 시점에서 이야기를 쓸 때는 그 인물의 시점을 정확하게 설정해야 한다. 즉, 그 인물만이 감지할 수 있는 디테일을 묘사하는 것이 중요하다.

배경 묘사 예시

존슨은 콧등을 꽉 쥐었지만 왼쪽 눈 안에서 느껴지는 두통은 해결되지 않았다. 목을 돌려 자세를 고치고, 녹색 화면에서 눈을 떼고 벽시계를 보았다. 40분이 지나면 근무 시간도 끝이다. 레이더가 이상한 움직임을 보이는 바람에 밤낮으로 혹독하게 근무했다. 존슨은 차갑게 식은 커피를 한꺼번에 들이켜고 무엇을 할지 대충 생각해보았다. 우선 뭘 좀 먹고 가볍게 운동을 한 뒤 번개처럼 샤워를 마친다. 그리고 곯아떨어지는 거다.

- **이 글에 쓴 기법** 다중 감각 묘사
- **얻은 효과** 시간의 경과, 긴장과 갈등

지하철

풍경

벤치식 의자, 전철 안의 풍경을 비추는 얼룩진 유리창, 접이식이나 미닫이문, 천장에 달린 가죽 손잡이, 바닥에서 천장까지 수직으로 뻗은 봉, 난간, 환기구, 벽에 붙은 포스터와 광고판, 낙서, 다른 사람과 눈이 마주치지 않도록 노력하는 승객들, 수다를 떠는 친구들, 휴대전화로 문자메시지를 보내거나 누군가와 휴대전화를 같이 보는 사람, 좌석의 파손된 부분에 붙인 접착 테이프, 무릎 위의 가방, 서류 케이스를 올려놓거나 아이를 안은 통근자, 바닥에 떨어진 쓰레기와 자갈, 차량 사이의 작은 문, 가끔 점멸하거나 꺼졌다가 다시 켜지는 밝은 조명, 어두운 터널, 사람들이 창밖을 지나쳐 가는 지하철 역, 기관사를 호출하는 비상 전화, 문을 여는 버튼, 문에서 한 발 물러서라는 표시, 스피커, 다음 정차 역을 알리는 표시판, 벽에 붙은 지하철 노선도와 정차 역 지도, 다양한 승객들(정장을 입은 회사원, 피어싱과 문신을 한 분홍색 머리의 십 대, 유아차를 미는 아기 엄마, 좌석에서 자는 노숙자, 바퀴 달린 장바구니를 끄는 노인)

소리

에어 브레이크가 내는 쉭 소리, 삐걱거리며 열리는 문, 정차 역을 알리는 방송, 고속으로 달리는 차량의 금속 앞바퀴가 이상 진동을 할 때 들리는 삐걱거림과 울림, 차량 밖에서 전기가 울리는 소리, 커브를 돌 때 나는 금속 소리, 승객의 수다, 이어폰에서 새어 나오는 음악, 웃음, 욕설, 바스락거리는 신문, 넘기는 책장, 부스럭거리는 비닐봉지, 자세를 바꿀 때 삑삑거리는 천이나 가죽, 문이 열릴 때 들리는 사람들로 붐비는 승강장의 소음

냄새

발 냄새, 체취, 향수, 헤어 제품, 가죽, 기름진 머리카락, 흙, 차가운 금속, 정체된 공기, 따뜻한 비닐, 소변

맛

이 배경에서는 등장인물이 가지고 있는 것(껌, 박하사탕, 립스틱, 담배 등) 말고는

관련된 특정한 맛이 없다. 이럴 때는 미각 외의 네 가지 감각에 집중하는 것이 좋다.

촉감과 느낌

딱딱한 좌석, 지하철이 흔들릴 때의 진동, 다른 사람과 닿지 않으려고 움츠리는 몸, 내리려고 사람들 옆을 간신히 빠져나가는 느낌, 차가운 금속 난간, 핸드백이나 배낭에 주의를 기울이는 느낌, 다른 승객에게 피해를 주지 않도록 아이를 단속하는 느낌, 만지기 싫어서 소맷부리나 어깨로 밀어 여는 문, 누군가 자신을 지켜보는 듯하지만 눈이 마주치는 게 겁나서 얼굴을 들고 싶은 충동을 억누르는 느낌

이 배경에서 벌어질 만한 갈등의 원인

- 승객이 거의 없을 시간대에 지하철에 탄다.
- 타인이 괴롭힘당하는 것을 목격하지만 참견하기가 두렵다.
- 승객을 협박해서 금품을 갈취할 목적으로 지하철에 탄 무리가 있다.
- 승객들 사이에서 한창 난투극이 벌어지던 중 한쪽이 무기를 꺼내 사태가 악화된다.
- 누군가 자신을 가만히 지켜보는 것 같아서 불안하다.
- 모르는 사람이 지하철 안까지 따라온다.
- 역과 역 사이에서 긴급 의료 상황이 발생한다.
- 지하철이 고장 나서 승객들이 오도 가도 못하게 된다.
- 지하철이 탈선한다.
- 용의자와 보안 요원의 대결로 주변 승객들이 위험에 처한다.

이 배경에서 볼 만한 유형의 사람들

- 승객, 기관사, 지하철 직원

이 배경과 밀접한 다른 배경

- 대도시 거리, 지하철 터널, 기차역

참고 사항 및 팁

무슨 일이 일어나도 이상하지 않을 법한 고속으로 움직이는 상자 속에 아무것도 모르는 승객을 가둠으로써 영화는 지하철을 상징적인 설정으로 만들었다. 하지만 그 폐쇄적인 공간에서는 영화뿐만 아니라 현실에서도 무서운 일이 많이 벌어지고 있다. 한 번에 다수의 희생자를 낼 수 있고, 많은 사람들의 이동 수단을 빼앗을 수 있다는 점에서 지하철은 자주 테러의 표적이 된다. 지하철 시스템을 파괴하면 대도시의 기능을 효과적으로 정지시킬 수 있고, 사람들의 공포심을 증폭시킬 수 있기 때문이다.

지하철은 보통 지저분하고 위험한 장소로 간주되지만 현대에는 꼭 그렇지도 않다. 배경이 있는 장소와 그 유지 상태가 겉모습을 결정짓는 요인이 되는 것은 어떤 세팅에서나 똑같다. 예를 들어, 뉴욕시의 지하철은 예전부터 치안이 좋지 않았지만, 시장이 지하철을 안전한 교통수단으로 만드는 정책을 진행시키면서 완전히 바뀌었다. 기존의 시스템을 묘사할 때는 정확한 묘사를 위해 꼭 현지답사를 하자. 상상의 지하철을 묘사한다면 선택지는 무한하지만 말이다.

배경 묘사 예시

지하철이 승강장에 정차하고, 열차의 과열된 브레이크는 지금이라도 발사될 것 같은 불꽃처럼 피 하는 소리를 냈다. 이 시간대에는 어떤 사람을 만나게 될까 궁금해하며 차내로 들어갔다. 아침에 집에 돌아가는 대학생으로 침대에서 그대로 기어 나온 듯 헝클어진 머리에 맨발 차림인 남자애일까, 아니면 의자에 쓰러져 자고 있는 노숙자? 혹은 해적 모자를 쓰고 세상의 종말에 대해 설명하는 여자를 만나도 좋다. 종말론자는 아침 손님 중에서도 마음에 드는 존재다. 그녀는 뒷마당에서 우주선을 기다리고 있다고 하겠지. 아, 나는 이 거리가 너무 좋다.

- **이 글에 쓴 기법** 다중 감각 묘사, 직유
- **얻은 효과** 분위기 설정

지하철 터널 Subway Tunnel

풍경

선로를 따라 일정한 폭을 두고 설치된 파란색 야광 등, 어둠, 콘크리트 벽, 그래피티, 벽의 한쪽 면이나 양쪽을 따라 설치된 좁은 턱, 벽을 따라 수평으로 설치된 파이프, 인체 감지 센서, 레일(전력 공급용 포함), 자신이 타고 있는 지하철이 역에 가까워짐에 따라 시야에 크게 다가오는 밝은 불이 켜진 터널 입구, 금속 선로를 따라 빛나는 지하철의 헤드라이트, 선로 근처의 쓰레기(종이봉투, 휴지, 찌그러진 플라스틱 컵, 빨대), 색색의(빨간색, 노란색, 녹색의) 신호등, 직원이 사용하는 특별한 비품(전화기, 소화기, 경보기), 다른 터널과 연결된 선로의 분기점, 무단 거주자가 있다는 증거(담요, 신문, 평평하게 만든 종이 상자, 쓰레기, 오래된 책), 멀리서 다가오는 지하철 불빛, 윤곽이 흔들리게 보일 정도로 빠른 속도로 지나가는 지하철, 시궁쥐, 바퀴벌레, 지하철이 지나간 뒤에 바람에 날리는 쓰레기, 웅덩이, 날개를 펄럭이는 나방, 사용하지 않는 지하철 역

소리

덜커덩거리며 지나가는 지하철, 고속으로 달리는 차량이 급커브를 돌 때 브레이크가 내는 소리, 떨어지는 물방울, 윙윙거리는 전력 공급용 레일, 울음소리를 내거나 콘크리트를 기어오르는 시궁쥐, 근처 역의 스피커에서 나오는 희미한 소리, 바닥을 스치는 바람에 날린 쓰레기, 사뿐사뿐 걷는 발소리, 메아리, 울려 퍼지는 지하철 경적 소리, 지나가는 지하철의 속력에 따라 정도가 다른 소음, 휘파람을 부는 듯이 또는 으르렁거리듯 부는 바람, 완만한 자갈길로 내려가는 발소리, 주위에서 울리는 직원과 경비원의 목소리

냄새

먼지, 소변, 차가운 콘크리트, 고인 물, 시궁쥐, 곰팡이, 흙

맛

이 배경에서는 등장인물이 가지고 있는 것(껌, 박하사탕, 립스틱, 담배 등) 말고는 관련된 특정한 맛이 없다. 이럴 때는 미각 외의 네 가지 감각에 집중하는 것이

좋다.

지나가는 지하철이 세차게 일으키는 바람, 차가운 콘크리트, 벽을 따라 걷던 중
거친 콘크리트의 거스러미에 옷이 걸리는 느낌, 지하철이 옆을 지나갈 때 자갈
과 모래가 피부를 긁는 느낌, 발밑에서 부서지는 작은 쓰레기, 다가오는 지하철
불빛에 눈이 부신 느낌, 발 위를 재빨리 지나가는 시궁쥐, 머리 위를 날아다니는
나방, 근처에 있는 터널의 출입구에서 표류하는 차가운 공기, 지하철이 지나갈
때 다리로 날아오는 쓰레기, 질주하는 지하철을 피하기 위해 벽에 꼭 붙인 몸,
머리 위로 떨어지는 물방울, 웅덩이를 건느라 젖은 바지와 신발, 벽이나 턱을 뛰
어넘거나 미끄러져 벗겨지고 긁힌 피부

이 배경에서 벌어질 만한 갈등의 원인

- 마주 오는 지하철에 치인다.
- 전력 공급용 레일에 떨어진다.
- 위험한 사람(마약 중독자, 갱, 그 일대를 활동 구역으로 점거하고 있는 사람)을 만난
  다.
- 길을 잃어 출구를 찾을 수 없다.
- 폐소공포증을 겪는다.
- 어둠이 무섭다.
- 담이 무너져서 근처의 선로를 걸어야만 한다.
- 위험에서 벗어나기 위해 어쩔 수 없이 터널로 잠입해야 한다.
- 지하철 직원과 경비원에게 발견되어 쫓긴다.
- 사람들과 멀리 떨어진 곳에서 굴러 떨어지고 다리를 삔다.
- 선로가 바뀔 때 바지가 레일에 낀다.
- 시체를 발견한다.
- 지하철이 다가오는데 터널 안에서 빠져나올 수가 없다.
- 선로 위에서 움직일 수가 없다(뼈가 부러지거나, 세게 맞아 의식을 잃는 등).

이 배경에서 볼 만한 유형의 사람들

- 노숙자, 지하철 직원

이 배경과 밀접한 다른 배경

- 지하철, 하수도

참고 사항 및 팁

지하철 터널은 일반인의 출입이 금지되어 있지만, 마음만 먹는다면 침입도 가능하다. 불법 이민자나 노숙자들이 사는 버려진 터널도 여럿 존재한다. 좁은 터널을 걸어가다 보면 넓은 공간이 나타나거나 사용하지 않는 역으로 통하는 일이 많은 지하에는 완전한 사회가 존재한다. 어떤 경우든 지하철의 어둠과 격리된 감각이라는 요소는 이야기에 신비함과 오싹함을 더해준다.

배경 묘사 예시

습기를 머금은 공기 속에서 마틴의 발소리가 울렸다. 규칙적인 미풍이 작업복 셔츠에 불어와 몸이 으스스했다. 뭔가 울리는 소리가 들려서 선로 사이의 자갈 길에 손전등을 비췄다. 구겨진 맥도날드 포장지, 사용한 몇 대의 주사기, 납작하게 찌그러진 탄산음료 캔에 이어 시궁쥐가 눈에 들어왔다. 녀석은 코를 실룩거리며 그가 있는 쪽을 가만히 바라보더니 어둠 속으로 재빨리 사라졌다. 마틴은 한숨을 내쉬었다. 일단 좀비는 아니었기 때문이다.

- **이 글에 쓴 기법** 빛과 그림자, 다중 감각 묘사
- **얻은 효과** 분위기 설정, 복선

크루즈선   Cruise Ship

풍경

실외 금속 난간으로 둘러싸인 실외 갑판, 저녁 공연을 위한 작은 원형 극장, 미끄럼틀이 달린 수영장, 암벽 등반용 벽, 파도 풀장, 스포츠 설비(탁구장, 미니 골프장, 비닐 풀, 농구와 배구 코트)가 마련된 어린이 놀이터, 크루즈 둘레에 설치된 운동용 트랙, 쌓아 올린 구명보트, 상공에서 나부끼는 깃발, 몇백 개의 접이의자(엎드리고, 자고, 책을 읽고, 수다를 떨고, 일광욕을 하는 승객들), 한곳에 모여 있거나 기기로 음악을 듣는 십 대들, 아이들(달리고, 헤엄치고, 물장난을 하고, 소리를 지르는), 더위에 물방울이 맺힌 음료 용기, 끝없이 펼쳐진 바다와 하얀 파도, 멀리 보이는 작은 배와 요트, 하늘을 나는 바닷새

실내 수영복에 비치 샌들을 신은 승객, 유니폼을 입은 승무원, 고급 식당과 패스트푸드점, 소매점, 라운지 바, 잡화와 과자를 파는 매점, 카지노, 어린이용 게임 룸, 엘리베이터와 계단, 손 소독제를 비치한 곳, 배 바깥 둘레로 이어지는 선실 앞쪽의 좁은 복도, 문밖에 내놓은 쟁반 위의 먹다 만 요리, 문손잡이에 달린 '방해하지 마세요' 꼬리표, 청소 카트, 청소 중임을 알리기 위해 열어놓은 방문, 좁아도 필요한 물건을 모두 갖춘 실용적인 방, 재미있는 모양(원숭이, 백조, 강아지)으로 접어 침대 위에 놓은 수건, 발코니로 가는 문을 가린 무거운 커튼, 작은 탁자와 의자가 비치된 발코니로 통하는 유리문, 의자에 펼쳐서 걸어놓은 젖은 수건과 수영복, 발코니에 있는 사람들(술을 마시고, 난간에 기대고, 책을 읽고, 지평선을 바라보는), 대연회장에 준비된 격식을 갖춘 저녁 식사에 참석하기 위해 정장을 입은 승객들

소리

물 위로 조용히 나아가는 배, 귓가에 세차게 부는 바람, 펄럭이는 깃발, 시끄럽게 우는 새, 사투리가 섞인 종업원의 수다, 열리는 자동문, 어린이 구역에서 들리는 고함과 물보라 일으키는 소리, 달리는 발소리, 배의 스피커에서 흘러나오는 음악, 스피커에서 나오는 선내 방송, 튀는 농구공, 파도 풀장에서 나오는 환성, 탁구대에서 튀어 오르는 공, 정적이 감도는 선내의 통로, 방에서 희미하게 들려오는 텔레비전 소리와 사람 목소리, 여닫히는 문, 선실을 청소하면서 노래

를 부르거나 휘파람을 부는 직원, 땡 울리는 엘리베이터, 식당에서 들려오는 음식 먹는 소리, 낮에 들리는 탁탁거리는 샌들 소리와 밤에 들리는 또각거리는 하이힐 소리, 클럽과 바에서 울려 퍼지는 음악, 카펫이 깔린 계단을 조용히 걷는 발걸음

냄새

바다의 소금 냄새, 선크림, 로션, 땀, 핫도그, 피자, 맥주, 햄버거, 바닥 세정제, 가구 광택제, 손 세정제, 헤어스프레이, 비누, 비

맛

땀, 차가운 물, 탄산음료, 주스, 맥주, 트로피컬 드링크, 아이스크림, 껌, 사탕, 승객이 원하는 모든 음식

촉감과 느낌

어깨에 닿는 뜨거운 햇볕, 피부에 흐르는 땀, 바람 때문에 얼굴과 어깨에 붙은 머리카락, 젖어서 피부에 달라붙은 수영복, 피부를 파고드는 플라스틱 접이의자, 거친 수건, 피로를 풀어주는 수영장의 물(염소가 아닌 해수), 피부에 두껍게 바른 선크림이나 태닝 로션, 햇볕에 타서 따끔거리는 피부, 햇볕을 지나치게 받아 현기증이 나는 느낌, 수영장에서 튄 물보라, 땀을 흘려 샤워를 해야 하는 거친 피부, 입술 사이에 낀 빨대, 뜨거운 야외에서 서늘한 실내 복도로 이동하는 느낌, 발밑의 부드러운 카펫, 놋쇠 난간, 거품형 손 세정제, 땀과 선크림을 씻어내는 차가운 샤워, 만찬을 위해 입은 딱 붙는 옷, 밤에 기온이 떨어졌을 때를 대비해 팔에 걸친 코트나 숄의 무게감, 부드러운 침대와 베개, 열린 발코니 문을 통해 실내로 들어오는 따뜻한 산들바람

이 배경에서 벌어질 만한 갈등의 원인

- 정전이 된다.
- 음식이나 식수가 변질된다.
- 배신을 당하거나 연인과 결별한다.
- 해적을 만나거나 테러를 당한다(위험성이 높은 수역이나, 제대로 된 경비대가 없

는 국제 수역을 통과할 때).
- 전염성이 매우 높은 병이 퍼진다.
- 심장 마비나 발작 등 의료적인 위급 상황에 빠진 승객이 있다.
- 승선 중인 승객이 사망한다.

이 배경에서 볼 만한 유형의 사람들

- 선장과 승무원, 요리사, 엔터테이너, 이벤트 기획자, 승객, 경비원, 사환 및 청소
  부, 소매점과 스파 시설의 직원, 선내 의료 담당자

이 배경과 밀접한 다른 배경

- **시골 편** 해변, 바다, 열대 섬
- **도시 편** 술집/바, 카지노, 캐주얼 다이닝 레스토랑, 패스트푸드 레스토랑, 아이
  스크림 가게, 영화관, 야외 수영장

참고 사항 및 팁

많은 사람에게 크루즈선은 꿈 같은 장소지만, 어떤 사람에게는 이상적인 휴가
지가 아니다. 내성적인 사람이나 엄격한 시아버지에게 아이를 맡기고 여행에
나서길 꺼리는 젊은 엄마, 사람이 붐비는 곳이나 밀폐된 공간이 달갑지 않은 사
람, 또는 물 공포증이 있는 사람에게 크루즈선은 오히려 스트레스를 줄 일이 많
은 장소다. 배경에 대해 조사할 때는 명백해 보이는 사항의 뒤편에 눈을 돌려
어떻게 새로운 전개를 펼쳐나갈지, 주인공을 어떻게 곤란한 상황에 몰아넣을지
생각해야 한다.

배경 묘사 예시

맨 위층 갑판에서 본 바다는 달빛을 반사하며 깨진 거울 조각처럼 빛나고 있었
다. 소금기를 머금은 비바람이 사납게 몰아쳐 머리카락이 엉키고 몸은 휘청거
렸다. 나는 한 발도 나가지 않도록 금속 난간에 매달린 채 꾸깃꾸깃해진 브래들
리의 이별 편지를 바다로 멀리 던졌다.

- **이 글에 쓴 기법** 의인화, 직유, 날씨
- **얻은 효과** 분위기 설정, 과거 사연 암시, 감정 고조

택시   **Taxi**

풍경

오래 사용한 좌석, 얼룩지거나 더러운 바닥 매트, 바닥에 떨어진 쓰레기(사탕과 껌 포장지, 영수증, 구겨진 휴지), 뒷좌석 상단에 놓인 반쯤 찌그러진 티슈 상자, 눈에 띄는 곳에 달린 택시 면허증, 얼룩진 유리창, 디지털 요금 미터기, 승객이 주의할 점 및 면책 사항에 관한 안내판, 휴대전화와 무전기, 컵 홀더에 놓인 음료(물, 커피, 탄산음료), 대시 보드에 달아놓은 펜, 백미러에 달린 방향제, 바닥에 보이는 쓰레기와 모래, 금이 가거나 움푹 파인 앞 유리, 클립보드와 종이가 던져진 대시 보드, 신용카드 단말기, 영수증과 팁으로 가득 찬 봉투, "팁 감사합니다" 라고 쓰여 있는 표지판, 조수석에 놓인 잡지나 신문, 테이크아웃 컵, 우산, 뒷좌석 상단에 달린 손잡이를 잡고 있는 승객

소리

라디오에서 흐르는 음악, 휴대전화나 무전기로 대화하는 운전사와 배차 담당자, 스프링이 삐걱거리는 좌석, 공간을 확보하려고 좌석을 앞뒤로 조정하는 승객, 거리의 교통 소음, 도로에 난 작은 구멍이나 과속방지턱 위를 덜그럭거리며 통과하는 택시, 콧노래, 손님과 나누는 세상 돌아가는 이야기, 딸깍 채우는 안전벨트, 미터기, 경적을 누르는 운전사, 조용히 혹은 큰 소리를 내며 돌아가는 모터, 백파이어backfire[내연기관에서 실린더로부터 흡기관이나 기화기로 불꽃이 거꾸로 흐르는 현상] 소리, 기어 넣는 소리, 브레이크, 운전하며 핸들을 탁탁 두드리는 운전사, 기침과 헛기침, 승객들의 즐거운 대화, 운전사에게 하는 질문, 바스락거리는 지폐, 소리 내며 열리는 문, 닫히는 트렁크, 운전하며 지인에게 말을 거는 운전사, 명소를 가리키며 잡다한 이야기를 하는 운전사, 반쯤 열린 창문으로 힘차게 들어오는 바람

냄새

낡은 카펫과 내부 장식, 쓰레기, 먼지, 택시 운전사의 숨결에서 풍기는 점심 식사 냄새, 차내에서 먹고 마신 커피나 음식물의 잔향, 향수, 다른 냄새를 감추기 위한 방향제

이 배경에서는 등장인물이 가지고 있는 것(껌, 박하사탕, 립스틱, 담배 등) 말고는
관련된 특정한 맛이 없다. 이럴 때는 미각 외의 네 가지 감각에 집중하는 것이
좋다.

촉감과 느낌

탄성 좋은 좌석, 무릎 위로 당기는 안전벨트, 손잡이를 잡는 느낌, 동전이나 구
겨진 지폐, 가죽 시트 위로 미끄러지듯 이동하는 느낌, 갈라진 가죽 시트 때문에
아픈 피부, 정체된 미지근한 공기, 세찬 에어컨 바람, 열린 창문으로 들어와 피
부를 힘차게 스치는 공기, 승객들로 가득 찬 차내에서 공간을 확보하기 위해 거
북한 자세로 앉아 있는 느낌, 택시가 언덕길과 커브를 달리는 바람에 멀미를 하
는 느낌, 등을 타고 흐르는 땀, 택시가 갑자기 모퉁이를 돌 때 자세가 흐트러지
지 않도록 유지하는 느낌, 균형을 잡기 위해 붙잡는 앞좌석, 단단히 쥔 핸드백과
물병, 내용물이 튀지 않도록 조심스레 든 커피 컵

이 배경에서 벌어질 만한 갈등의 원인

- 택시비가 생각보다 많이 나온다.
- 언어가 통하지 않는 운전사와 의사소통을 해야 한다.
- 차멀미를 한다.
- 운전사가 목적지까지 빙빙 돌아간다.
- 운전사가 초보라 주변 지리를 잘 모른다.
- 운전사가 운전 중 갑자기 흥분해 이성을 잃는다.
- 택시를 너무 천천히 모는 운전사를 만난다.
- 교통사고가 난다.
- 목적지에 도착했는데 택시비가 충분하지 않다.
- 친구와 택시비를 함께 냈는데 자신이 낸 액수가 더 많다.
- 승객이 너무 많아서 택시 안이 꽉 찬다.

이 배경에서 볼 만한 유형의 사람들

- 택시 운전사, 승객

이 배경과 밀접한 다른 배경

- **시골 편** 하우스 파티
- **도시 편** 공항, 술집/바, 대도시 거리, 카지노, 싸구려 모텔, 호텔 객실, 나이트클럽, 소도시 거리, 기차역

참고 사항 및 팁

어디를 가도 택시는 비슷한 모습이다. 택시 운전사는 될 수 있는 한 많은 승객을 실어 날라야 돈을 벌기 때문에 차내의 청결은 중요한 문제가 아닐지도 모른다. 승객이 택시에 타고 있는 시간은 그리 길지 않기 때문에 내부 장식에도 신경을 쓰지 않을 수 있다. 즉, 찢어진 좌석이나 더러운 창문, 벗겨진 도장, 녹슨 지붕 등 외관의 문제는 매우 흔한 상황이라는 뜻이다. 운전사가 빨리 다른 승객을 받으려고 목적지까지 서두르다 보면 난폭 운전을 할 수도 있다. 등장인물을 깨끗하고 세련된 차에 태우고 싶다면 리무진이나 전용차를 빌려야 한다.

배경 묘사 예시

부드러운 좌석에 앉아 삐걱거리는 문을 닫은 순간, 은은한 닭고기 요리 냄새가 풍겼다. 사천요리를 좋아하는 운전사라니, 최악이군. 목적지를 큰 소리로 말한 뒤 의자에 몸을 묻고 기다리는데 뭔가 구두를 찔렀다. 토사물 같은 누런 소스가 흐르는 포장 용기 쓰레기. 나는 휴지를 뽑아 그 끈적끈적한 것을 문질러 없앴다. '이걸로 팁은 안녕이야, 운전사 양반.' 그는 거울 너머로 미소 지으며 포장 요리에 딸려 온 서비스 사탕을 입에 넣었다. 그의 입장에서는 매우 기쁜 일이겠지. 나는 스카프를 코 위까지 끌어 올리고 어떻게든 숨을 쉬지 않으려고 애썼다.

- **이 글에 쓴 기법** 다중 감각 묘사
- **얻은 효과** 분위기 설정, 감정 고조, 긴장과 갈등

620

탱크 Tank

풍경

외부 주변과 섞이도록 도장한 금속 장갑(녹색, 갈색, 황갈색, 회색 또는 복잡한 혼합색을 띤), 전방부의 전조등, 후방부의 후미등, 번호판, 대포와 기관포, 다양한 해치(운전수용 해치, 저격수용 해치), 안테나들, 보관 상자(식량, 탄약, 구급품, 공구가 든), 탱크 안에서 밖을 볼 때 이용하는 관측 창, 관측 창에 달린 와이퍼, 양쪽에 설치된 후크, 무한궤도를 따라 움직이는 바퀴들, 뒤쪽의 견인 후크, 차체에 달라붙은 진흙과 흙과 먼지, 바퀴에 낀 풀, 탱크를 뒤덮은 위장 소재(망, 이끼, 천), 포탑 안에 서 있는 병사, 먼지와 티끌이 자욱하게 차오르는 바퀴 자국, 발연탄이 만들어내는 연막, 쏘아 올린 대포가 내뿜는 폭풍, 대포를 쏠 때 차체에서 흩날리는 먼지

내부 다양한 기기에 둘러싸인 채 해치 밑에 설치된 좌석, 조절판, 브레이크 페달, 디지털 표시판, 쌍안경 형식의 관측 창, 밖에 설치된 장비를 올리고 회전시키는 핸들, 병기를 바꾸는 스위치, 점화 장치, 제어 및 감시 장치, 전원 장치, 추가 부품을 저장하는 공간, 공격 장비(여러 회분의 병기, 기관총), 외부에 달린 환기 제어 장치, 기관포의 반동으로부터 병사를 지키는 발사 보호 장치, 완전 군장을 하고 헤드셋을 쓴 병사들

소리

철컥거리고 삐걱거리는 바퀴, 윙윙거리는 기계음, 금속으로 만든 다양한 부분들이 덜컹거리는 소리, 흐느끼는 듯한 소리를 내는 유압 장치, 금속 바닥에 떨어지는 탄약, 탱크 안에서 내리는 명령, 발사되는 기관총, 헤드폰으로 들리는 선명하지 않은 외부 소리, 헤드폰으로 명료하게 들리는 목소리

냄새

윤활유, 땀, 연기, 연료, 뜨거운 금속

맛

이 배경에서는 등장인물이 가지고 있는 것(껌, 박하사탕, 립스틱, 담배 등) 말고는

관련된 특정한 맛이 없다. 이럴 때는 미각 외의 네 가지 감각에 집중하는 것이 좋다.

촉감과 느낌

전기와 기기에 둘러싸인 좁은 공간, 탱크가 움직일 때의 흔들림, 잠망경에 바싹 대는 눈, 두 손에 묻은 먼지, 귀를 감싼 헤드폰, 무거운 군복, 매끄러운 버튼과 방아쇠, 레버를 잡은 손, 뒤로 젖혀지는 운전석, 병기의 발사를 준비하고 있을 때의 뒤숭숭하고 불안한 감정(긴장감, 목의 압박감), 탱크가 울퉁불퉁한 지면을 통과할 때 내부의 어딘가에 몸을 부딪치는 느낌, 수동 핸들, 탄약의 무게감, 다리를 스치는 빈 약협[총포 탄알의 화약이 담긴 놋쇠로 만든 작은 통]의 온기, 금속으로 된 보관 용기, 열리지 않아 애를 먹이는 꽉 잠긴 기계, 좁은 관측 창으로 상황을 살피기 위해 가늘게 뜬 눈, 다른 병사와 가볍게 스치는 느낌, 해치에 몸을 밀어 넣거나 간신히 빠져나오는 느낌, 열린 해치로 들어와 얼굴에 닿는 신선한 공기

이 배경에서 벌어질 만한 갈등의 원인

- 강력한 적군을 만난다.
- 아군이 착오로 잘못 공격한다.
- 상태가 좋지 않은 병사가 있다(수면 부족, 약물 남용, 병이나 부상, 불안정한 정신 상태).
- 소통에 혼란이 생겨 병사 한 명에게 지시가 전달되지 않는다.
- 하드웨어나 소프트웨어에 이상이 생긴다.
- 연료나 임무를 수행하기 위한 보급품이 바닥난다.
- 폐소공포증을 겪는다.
- 향수병이 도진다.
- 공황 상태에 빠진다.
- 기기나 상자가 떨어져 부상을 당한다.
- 명령을 내렸지만 따르기를 주저하는 병사가 있다.

이 배경에서 볼 만한 유형의 사람들

• 지휘관, 조종수, 포수, 장전수, 정비사

이 배경과 밀접한 다른 배경

• **시골 편** 사막, 숲, 목초지
• **도시 편** 군사 기지, 군용 헬리콥터

참고 사항 및 팁

시대와 함께 탱크도 현저하게 변화했다. 속도, 중량, 크기, 충격 흡수성, 소음 레벨, 장갑, 내부의 기기들은 모두 개량을 거듭해서, 오늘날의 탱크에 타는 것은 1940년대의 경험과는 매우 다르다. 일관성과 정확성을 유지하기 위해서라도 이야기에 쓰고 싶은 탱크의 종류를 파악하고 그 특징을 꼼꼼히 조사해야 한다.

배경 묘사 예시

고대하던 정적이 포수의 귀에 찾아왔다. 요란한 소리를 내는 바퀴와 포탑이 움직일 때 윙윙 소리를 내던 유압 기기도 조용했다. 헤드셋에서 들려오던 말소리도 끊어지고 애타게 기다리던 정적이 그 자리를 대신했다. 금속과 오일 냄새에 위로를 느끼며 그는 관측 창에서 암시장치를 통해서 보는 바깥 광경에 집중하고, 적의 모습을 찾기 위해 녹색으로 물든 일대를 둘러보았다.

• **이 글에 쓴 기법** 다중 감각 묘사
• **얻은 효과** 분위기 설정, 시간의 경과

트럭 휴게소　　　　　　　　　　　　Truck Stop

풍경

대형 차량(세미트레일러semitrailer[트랙터에 연결한 뒤 화물을 운반하는 트레일러], 이동 주택, 버스, 트레일러나 캠핑카를 끄는 차, 이사 트럭)이 가득 찬 매우 넓은 주차장, 건물 지붕 위에서 펄럭이는 깃발들, 트럭 운전사용 비품을 구비한 편의점(커피 메이커와 텔레비전·DVD 플레이어 등 소형 가전 제품, 휴대형 난방기, 비디오, 오디오 북, 음악, 지도, 차량용 무전기, 위성 라디오 수신기, 세제), 좌석이 마련된 작은 식당, 패스트푸드 레스토랑, 화장실, 샤워실, 빨래방, 게임 센터, 세차장, 가까이 있는 모텔, 네온사인과 밝은 조명, 식당과 시설이 적혀 있는 긴 표지판, 주유 공간에 줄지어 선 트럭들, 젖은 아스팔트에 반사되는 트럭의 라이트, 윤활유와 오일로 얼룩진 포장도로, 좁은 녹지에서 개를 산책시키는 운전사, 보닛이 열려 있는 대형 트레일러, 밤에 라이트를 켜는 트럭, 근처 간선도로나 고속도로를 통과하는 차량, 밖에 모여 담배를 피우는 트럭 운전사들, 포장 음식과 플라스틱 컵을 들고 식당을 나서는 운전사, 주차장에 떨어진 쓰레기(담배꽁초, 사탕 포장지, 찌그러진 탄산음료 캔, 바람에 날린 나뭇잎)

소리

대형 엔진이 내는 소리(아이들링, 가속, 감속), 부릉거리고 털털거리다가 시동이 걸리는 트럭 엔진, 브레이크 밟는 소리, 쾅 닫히는 트럭 문, 울려 퍼지는 경적, 자갈과 작은 돌 위를 자박거리며 지나는 타이어, 근처 간선도로나 고속도로를 오가는 차들, 서로 외치는 트럭 운전사들, 철컥거리는 체인, 여닫는 차체 외부의 수납공간, 콘크리트 위를 스치는 신발, 미풍에 펄럭이는 깃발, 가게 문이 스치며 열릴 때 울리는 종소리, 덜걱거리며 연료 탱크에 미끄러져 들어가는 노즐, 찰칵 멈추는 급유 펌프, 윙윙거리는 주차장 조명, 스피커나 근처 트럭에서 들려오는 음악, 게임 센터에서 들려오는 삐 소리와 알람 소리

냄새

배기가스, 휘발유, 윤활유와 오일, 젖은 포장도로, 따뜻한 음식, 신선한 공기, 담배 연기

패스트푸드, 식당에서 파는 음식, 편의점 상품, 담배, 껌, 배기가스

대형 트레일러가 정지할 때의 진동, 장시간 운전으로 피곤하고 쥐가 나는 몸, 어색한 자세로 차 안에서 기어 나오는 느낌, 뻣뻣한 다리로 걷는 느낌, 아픈 관절, 얼굴에 닿는 서늘한 산들바람, 고속도로에서 불어오는 바람에 날리는 옷, 발밑의 단단한 콘크리트, 식당 좌석에 앉아서 켜는 기지개, 따뜻한 음식을 잔뜩 먹고 불룩해진 배, 침대의 부드러운 매트리스, 차가운 급유 펌프, 긴 자루에 달린 걸레로 앞 유리를 닦으려고 몸을 뻗는 느낌, 촌스러운 옷과 가느다란 머리카락, 따뜻한 샤워, 뜨거운 엔진, 배기가스로 근질근질한 목구멍과 코, 엔진을 점검한 뒤에 손수건이나 종이 타월에 닦는 손, 무겁고 피곤한 눈

이 배경에서 벌어질 만한 갈등의 원인

- 누군가 트레일러에 침입한다.
- 주차장에서 마약 판매가 이루어진다.
- 매춘부의 유혹을 받는다.
- 트럭 안에서 하던 불미스러운 행위를 타인에게 들킨다.
- 집에서 멀리 나와 있는데 신용카드가 해지된 것을 발견한다.
- 근처 고속도로에서 도주 중인 차나 트럭과 충돌한다.
- 고독감을 느낀다.
- 수면 부족으로 머리가 빙빙 돈다.
- 직업에 따른 건강 문제(두통, 요통, 눈의 피로, 관절염)를 안고 있다.
- 패스트푸드를 너무 많이 먹은 탓에 체중이 늘어난다.
- 주차장에서 과속하는 트럭이 있다.
- 도로에 난 구멍이 너무 깊어서 타이어가 손상된다.
- 다른 트럭 운전사들이 예측할 수 없는 행동을 한다.
- 경쟁 트럭 회사 운전사가 자신의 대형 트럭을 파괴한다.
- 저임금으로 장시간 일해야 하는 상황이 불만스럽다.

- 하룻밤 쉬어야 하는데 트럭 휴게소가 문을 닫았거나 다른 트럭들로 가득 찼다.

이 배경에서 볼 만한 유형의 사람들

- 매춘부, 트럭 휴게소의 직원(주유소 직원, 식당 직원, 요리사, 관리 직원), 트럭 운전사

이 배경과 밀접한 다른 배경

- 편의점, 간이식당, 패스트푸드 레스토랑, 빨래방, 야외 주차장

참고 사항 및 팁

트럭 휴게소는 트럭이나 대형 트레일러가 이용한다는 점에서 일반 휴게소와 다르다. 트럭 휴게소는 주요 고속도로 및 몇 개의 간선도로를 따라 설치되어 있으며, 지방의 경우에는 설비도 작고 장소도 좁지만 대도시 근처에 있는 트럭 휴게소는 서비스가 더 훌륭하다. 그중에는 매춘과 마약 판매가 이루어지는 질 나쁜 휴게소도 있다. 예전에는 이런 불건전한 행위가 일반적인 일이었지만 지금은 그렇지 않다. 많은 휴게소가 대부분의 시간을 차에서 보내는 운전사를 위해 성실하고 안정된 서비스를 제공한다.

배경 묘사 예시

벽돌에 기댄 채 비 냄새가 나는 공기를 들이마시며 디카페인 커피를 신중하게 홀짝였다. 벽 맞은편에 있는 게임 센터에서 버저 소리가 울렸고, 10분 뒤에 작은 극장에서 〈블레이드 러너〉의 상영이 시작된다는 방송이 들렸다. 다른 때 같았으면 영화를 보러 갔을지도 모른다. 뭘 하든 텔레비전 채널을 돌리면서 아무도 없는 호텔 방에 있는 것보다는 낫기 때문이다. 그렇지만 왠지 아이들이 많이 그리운 오늘 밤은, 바깥의 맑은 공기 속에서 아이들을 떠올리고 싶었다.

- **이 글에 쓴 기법**　다중 감각 묘사
- **얻은 효과**　분위기 설정, 감정 고조

풍경

넓은 수역으로 통하는 수로, 수로를 따라 설치된 콘크리트 보도, 물속으로 뻗은 부두와 나무로 만든 좁은 다리, 보도와 부두를 따라 늘어선 다양한 크기의 배, 배를 부두의 쐐기에 연결하는 나일론 로프, 잔잔한 파도, 물가에 있는 거대한 바위, 고무 범퍼가 둘러싼 나무 말뚝, 물가의 말뚝 위에서 자라는 따개비, 부두에서 물속으로 이어진 금속 사다리, 플라스틱 보관 용기, 급수용 호스와 마개, 쓰레기통, 오일과 윤활유 용기, 구명조끼, 소화기, 어업 용구, 항해를 위해 배를 준비하거나 부두에 배를 정박시키는 비치웨어 차림의 사람들(비품을 싣고, 갑판을 청소하고, 왁스 칠을 하는), 수면 위에서 반짝이는 태양, 반짝거리는 크롬 도금과 은, 힘차게 뛰어올랐다가 다시 물속으로 사라지는 물고기, 하늘을 향해 펼치는 돛, 조용한 수면에 비치는 배, 주위를 나는 새, 항구 입구에 있는 식당과 가게, 트레일러에서 배를 내릴 때 쓰는 경사로, 급유 시설

소리

바람에 날린 사슬이 돛에 닿아 울리는 소리, 배와 기둥을 때리는 파도, 배에서 만으로 흘러 들어가는 물, 로프가 풀리고 말리며 삐거덕거리는 소리, 기둥에 가볍게 부딪히는 배, 배에서 공구(래칫ratchet[한쪽 방향으로만 회전하는 톱니바퀴], 드릴, 완충기)로 작업하는 소리, 바람에 펄럭이는 깃발, 배와 근처 가게에서 들리는 음악, 엔진의 웅웅거리는 시동 소리, 서로를 부르며 즐겁게 주고받는 대화, 웃음, 배의 갑판이나 부두 위를 타박거리며 걷는 샌들, 고무 밑창을 댄 신발의 찍찍 소리, 바람에 흔들리는 나뭇가지나 야자수잎, 벨 울리는 소리, 크게 울려 퍼지는 뱃고동, 호스에서 튀는 물, 물새의 울음소리, 소리를 내며 나는 곤충

냄새

물(해수나 담수), 모터오일, 물고기, 왁스, 땀, 맥주, 선크림, 젖은 옷, 근처 식당에서 파는 음식

맛

바닷물, 땀, 음료수(물, 탄산음료, 맥주), 배 위에서 먹는 간단한 음식(정크 푸드, 과자, 과일, 샌드위치, 포장 음식)

촉감과 느낌

바람에 날리는 옷과 엉키는 머리카락, 햇볕에 타서 따끔거리는 피부, 오랫동안 바람을 맞아 건조해진 피부, 부러지기 쉬운 나무 기둥, 거친 나일론 로프, 크롬 도금과 유리섬유의 매끈한 질감, 부드러운 수건, 흔들리는 배, 열에 뜨겁게 달궈진 금속 사다리, 몸에 내리쬐는 햇볕, 물보라, 벌레에게 쏘이는 느낌, 피부에 닿는 젖은 옷, 흠뻑 젖어 무거워진 신발, 피부를 타고 흘러내리는 땀, 탄산음료 캔에 맺힌 물방울 때문에 차가워진 손끝, 배에서 잡은 미끈거리는 물고기, 아이스박스와 비품을 배에 싣고 내리느라 생긴 요통

이 배경에서 벌어질 만한 갈등의 원인

- 좁은 부두에서 습격을 받아 싸움으로 발전한다.
- 익사할 뻔한다.
- 자신의 배가 파괴되거나 손상된다.
- 수면 위로 떠오른 시체를 발견한다.
- 배를 빼앗긴다.
- 인생의 쓴맛을 느낄 정도로 속이 좁은 항구 경영자들과 대립한다.
- 물속에서 상어나 인도악어 같은 위험한 동물을 발견한다.
- 바다에서 보내는 즐거운 하루를 준비했으나 나들이를 취소하게 된다(물이 새는 배, 바닥난 연료, 이상한 소리가 나는 엔진 때문에).

이 배경에서 볼 만한 유형의 사람들

- 배 중개업자, 배 주인과 그 가족, 항해 준비를 하는 손님, 항구 경영자와 종업원, 정비사, 선장

이 배경과 밀접한 다른 배경

- **시골 편** 해변, 호수, 바다, 열대 섬
- **도시 편** 어선, 야외 주차장, 요트

참고 사항 및 팁

항구는 배는 있지만 보관할 곳이 마땅치 않은 사람이나 항상 물가에 배를 정박시키고 싶은 사람에게 최적의 장소다. 이 외에 육지의 건선거에 배를 보관하다가 사용할 때 물로 이동시키는 방법도 있다. 요트 소유주들을 위한 전용 항구에는 그들을 위한 클럽이 있다. 배 소유주 중에는 자택에 보관하는 배를 트레일러에 실은 뒤, 차에 연결해 물가까지 운반하는 사람도 있다. 또 자신의 부두나 해안에 있는 친구 소유지에 배를 정박시키기도 한다.

편안하고 기분 좋은 시간을 보낼 수 있는 장소인 항구는 대부분 평온하고 안정된 환경이다. 그렇다고 긴장감을 일으키는 사건이 벌어지지 말라는 법은 없다. 부두에서 벌어지는 말다툼이나 취기에 벌어지는 싸움, 익사, 기물 파손, 절도 등 이런 가능성은 실제로 무궁무진하다. 흉악한 행동이 반드시 불쾌한 장소에서 일어나는 것은 아니다. 평화로워 보이는 장소에서 일어나는 갈등이 독자에게 더 큰 놀람과 만족감을 줄 수도 있다.

배경 묘사 예시

잔뜩 흐린 하늘을 길고 가는 돛으로 푹 찌르며 몇 척의 배가 항구를 점령하고 있었다. 선박이 앞뒤로 흔들릴 때마다 체인이 덜컥거리고 로프는 삐걱거렸다. 바람은 뜨겁고 건조해서 어떤 위안도 되지 않았다.

- **이 글에 쓴 기법** 다중 감각 묘사, 날씨
- **얻은 효과** 분위기 설정

디테일
사전
·
도시 편

도심

In the City

감방 Prison Cell

풍경

여러 사람의 손을 타 반들거리는 쇠창살, 시멘트 벽, 벽이나 바닥에 단단히 고정된 가구, 침대나 이층 침대, 금속 로커, 책상과 의자, 창살 있는 창문, 얇은 매트리스와 베개, 낡은 시트, 꺼끌꺼끌한 담요, 변기와 세면대, 벽에 쓰거나 새긴 것들, 시멘트 바닥의 페인트가 닳은 모습(죄수가 이리저리 서성대거나 팔굽혀펴기 등을 한 탓에), 교도소에서 제공하는 의복과 신발, 단출한 세면도구(치약, 빗, 비누), 전구와 전구 커버, 독서용 책상, 책이나 잡지, 사진을 붙인 벽, 눈에 띄지 않은 곳에 숨겨둔 반입 금지품(담배꽁초, 약, 칼날 등이 장착된 무기, 돈, 주사기, 전자 제품, 라이터, 음식, 절삭 공구), 죄수(감방을 서성거리고, 독서하고, 자고, 벽을 뚫어지게 노려보고, 윗몸일으키기와 팔굽혀펴기를 하고, 편지를 쓰는), 이층 침대 밑면과 매트리스 사이 스프링 틈에 끼워놓은 사진들

소리

통로를 울리는 발걸음, 기침, 옆방 죄수와 속닥거리는 소리, 휘파람과 흥얼거리는 콧소리, 욕설, 혼자 중얼거리는 죄수, 바닥을 끌며 걷는 신발, 책장 넘기는 소리, 잠그고 여는 수도꼭지, 내려가는 변기 물, 운동하면서 내는 신음이나 헐떡임, 삐걱거리는 매트리스, 죄수에게 무언가를 말하거나 소리 지르는 교도관, 문에서 울리는 버저, 좌우로 열리는 철문, 기계 장치가 설치된 문이 닫히는 소리, 잠그거나 여는 기계식 자물쇠, 확성기에서 나오는 목소리, 사이렌, 폭동이나 싸움, 수갑이나 족쇄 사슬이 부딪치는 소리, 감방의 길이를 재는 규칙적인 발걸음

냄새

땀, 금속, 흰 곰팡이, 청소 제품, 비누, 에어컨, 단체 급식소에서 풍겨오는 음식 냄새, 먼지, 흙

맛

물, 반입 금지 식품, 교도소 매점에서 판매 승인된 식품(쿠키, 칩, 인스턴트커피, 초콜릿), 단체 급식소의 엄격히 통제된 식단

촉감과 느낌

차가운 쇠창살과 스테인리스 세면대, 여기저기 움푹 파이거나 글자가 새겨진 콘크리트 벽, 등받이 없이 축 늘어진 매트리스, 등을 파고드는 침대 스프링, 울퉁불퉁 뭉친 베개, 까끌까끌한 담요, 피부에 닿는 시트의 보푸라기, 사랑하는 사람의 사진을 보며 손가락으로 사진의 얼굴 부분을 쓸어내리는 느낌, 잡지의 매끈한 질감, 펜을 꽉 쥐고 쓰는 편지, 다른 죄수나 교도관과 한바탕 싸운 탓에 생긴 타박상과 근육통, 딱딱한 콘크리트 바닥, 운동한 뒤 얼굴에서 흘러내리는 땀, 높이 난 창문으로 들어오는 햇빛, 수갑이나 족쇄에 쓸리는 피부, 작은 신발 때문에 아픈 발, 자꾸 흘러내려 끌어 올리거나 허리춤에 단단히 고정하는 바지, 차가운 쇠창살에 꾹 누르는 이마

이 배경에서 벌어질 만한 갈등의 원인

- 죄수와 교도관이 대립한다.
- 절망감과 자살 충동을 느낀다.
- 교도소 생활이 지루하다.
- 편견 가득한 교도관이 마음먹고 죄수를 괴롭힌다.
- 껄끄러운 죄수(코골이가 심하거나, 끊임없이 수다를 떨거나, 추근거리거나, 폭력적이거나, 고자질을 잘하거나, 혐오스러운 습관을 가진)와 한방을 쓰게 된다.
- 교도관이나 다른 죄수에게 숨겨둔 반입 금지품을 들킨다.
- 다른 죄수가 때리거나 보복할까 봐 자신의 감방을 나가기 두렵다.
- 변기가 고장 난다.
- 비좁은 감방에 많은 죄수가 수감된다.
- 교도소에서 일어난 폭동에 휘말린다.
- 죄 없이 억울하게 갇혔다는 확신이 드는 죄수를 만난다.

이 배경에서 볼 만한 유형의 사람들

- 교도관, 죄수, 시찰 온 관계 당국 인사

634

이 배경과 밀접한 다른 배경

• 구급차, 법정, 경찰차, 정신병동, 테라피실

지난 수년 동안 교도소에는 많은 변화가 일어났기 때문에 감방의 모습을 하나로 묘사하기는 어렵다. 요즘 감방은 쇠창살 대신 단단한 벽과 문을 설치하고, 기존의 자기 소재 가구를 스테인리스로 대체했다. 또한 대부분 버저가 울리며 버튼을 눌러 여닫는 자동문으로 바뀌어 교도관이 찰랑거리는 열쇠 꾸러미를 든 모습은 옛일이 되어버렸다. 그러나 이런 현대화에는 비용이 따르기 때문에 과거 장비를 계속 사용하거나 일부만 수리하고 개선한 곳도 있다. 교도소에 따라 감방 환경도 달라진다. 삼엄한 경계를 자랑하는 교도소에는 단체 수용실보다 독방이 많고, 가구도 생활에 필요한 최소한만 구비해둔다.

7년을 보낸 교도소 내부의 황량한 벽들을 마지막으로 둘러보는 동안, 교도관은 문 한편에서 기다리고 있었다. 방은 말끔했다. 치약 거품으로 금이 간 세면대 구석구석을 씻고 테이블도 닦았다. 침대도 단정히 정리했다. 굳이 이렇게까지 할 필요는 없었지만, 습관이란 무서운 법이다. 가져가는 짐은 딱 세 개뿐이다. 조지 오웰의 『1984』, 아내와 아이 사진, 내 칫솔. 칫솔을 챙겨 가는 건 멍청한 짓이라고 할 수도 있겠지만, 개인적인 물건은 어떤 것도 여기에 두고 싶지 않았다. 나는 방에서 등을 돌리고 교도관을 따라 복도와 문 들의 미로를 지나 가족이 기다리고 있을 밖으로 걸음을 옮겼다. 가슴이 낯선 감정에 벅차올랐다. 오랫동안 잊고 있었던 것, 바로 희망이었다.

• **이 글에 쓴 기법** 은유, 상징적 표현
• **얻은 효과** 성격 묘사, 감정 고조

경찰서 Police Station

풍경

의자가 있는 대기실, 깃발, 시市 혹은 주州 지도, 로터리클럽 명판, 화장실, 음수
대, 서내 진입 차단을 위한 유리 벽, 호출용 벨, 전자자물쇠와 키패드, 종합상황실
(컴퓨터, 전화기, 텔레비전이 있는), 보안이 철저한 무기 및 탄약고와 각종 무기들,
취조실(탁자와 의자, 수갑, 펜과 공책이 있는), 유치장(콘크리트 벽, 창문이 딸린 문, 바
닥에 고정된 철제 탁자와 의자가 있는), 기록실(취조 내용과 목격자 진술을 저장하는
컴퓨터, 취조실 내부를 보여주는 모니터, 펜과 종이, 탁자와 의자가 있는), 전사실(책
상에 딸린 칸막이, 조서 내용을 녹음하는 경찰들, 조서를 컴퓨터에 입력하는 전사 담
당자가 있는), 보고실(큰 탁자와 의자, 화이트보드, 게시판, 서류 상자들, 펜과 공책이
있는)에서 경찰관들을 대상으로 최신 동향에 관해 설명하는 모습, 증거물 보관실
(증거물 보관 봉투, 증거물 보관 봉투를 가득 실은 바퀴 달린 카트, 꽉 찬 선반, 증거
물 보관 로커, 증거물 보관 봉투가 담긴 상자들, 증거 및 방문자 기록을 정리하는 담
당자가 있는), 각 부서 사무실(경장 및 경사반, 특수 장비를 갖춘 SWAT 팀, 종합민
원실), 아동용 대기실 혹은 취조실(부드러운 소재의 가구, 컬러링북과 크레용, 보드게
임, 블록, 책과 장난감이 있는), 증거물 차량을 분석하거나 위장 잠입 활동에 필요
한 차량을 준비하거나 경찰차로 수감자를 호송하기 위한 차고(각종 도구 및 자동
장비를 갖춘), 도난 방지를 위해 철망으로 만든 자전거 보관실, 증언 중인 증인, 취
조받는 용의자, 대기실에서 기다리는 아이들과 가족, 책상에서 일하는 경찰관
들, 휴게실

소리

가만히 있지 못하고 서성거리는 발걸음, 유리문 너머로 사건에 관해 이야기 나
누는 경찰관들, 전화벨, 윙 소리를 내며 열리는 문, 찰랑거리는 열쇠, 찰칵거리
며 열리는 전기 문, 헤드셋을 통해 내용을 전달하는 낮은 목소리, 용의자를 취
조하는 경찰, 신문에 대답할 때마다 찰캉거리는 용의자의 수갑, 두드리는 키보
드, 넘기는 종이, 음악, 타일 바닥에 시끄럽게 미끄러지는 신발, 당겨서 여는 문
서 보관함, 경찰 무전기의 잡음, 싸움, 우는 아기, 멀리서 들려오는 사이렌, 인터
폰 너머의 목소리, 휘파람, 콧노래, 여닫히는 문, 휴게실에서 수다를 떨며 농담

636

을 나누는 경찰관들, 전과 기록을 인쇄하는 프린터, 휴게실의 텔레비전과 전자
레인지

냄새

커피, 세제, 금속, 땀, 흡연자 옷에서 풍기는 담배 냄새

맛

커피, 탄산음료, 배달 음식이나 집에서 만들어 온 점심

촉감과 느낌

폐쇄된 공간에 갇힌 사람이 느끼는 폐소공포증, 서성거리는 비좁은 유치장, 손
목을 조이는 차가운 수갑, 딱딱한 플라스틱 의자, 등을 타고 흐르는 땀, 라텍스
장갑을 끼고 증거를 만질 때 묻어나는 가루, 장시간 키보드를 치거나 허리를 구
부린 채 파일을 뒤지고 난 뒤에 스트레칭을 하거나 걷는 느낌, 자꾸만 귀를 긁
는 헤드셋, 키보드를 오래 두드린 탓에 저리는 손목과 손가락, 허리춤에 찬 묵직
한 총, 회전의자에 앉아 상체를 뒤로 젖힌 채 보고를 듣는 느낌

이 배경에서 벌어질 만한 갈등의 원인

- 용의자가 비협조적이다.
- 용의자가 술이나 마약에 취해 있다.
- 서류 작업과 불필요한 의전, 관행 탓에 일처리가 늦어진다.
- 목격자가 거짓말을 하거나 신뢰할 수 없다.
- 도덕적으로 부패하거나 무능한 경찰관이 있다.
- 경찰서에서 정치 공작이 벌어진다.
- 윗선의 압박을 받는다.
- 경찰관이 열쇠나 카드를 잃어버린다.
- 멋대로 구는 변호사 때문에 사건 처리가 어려워진다.
- 정전으로 전자 보안 시스템이 작동하지 않는다.
- 증거물을 엉뚱한 곳에 보관한다.
- 경찰관으로서 곤란한 상황(가족이나 친구를 취조해야 하는 등)에 처한다.

이 배경에서 볼 만한 유형의 사람들

- 신고를 위해 경찰서를 찾은 시민, 배달원, 형사, 상황실 근무 인력, 용의자로 지목된 이들의 친구와 가족, 변호사, 경찰관, 기자, 용의자와 범죄자

이 배경과 밀접한 다른 배경

- 법정, 경찰차, 감방

참고 사항 및 팁

과거부터 오늘날까지 경찰서에는 많은 변화가 있었다. 여전히 규모가 작은 곳도 있고, 어떤 경찰서는 여러 층의 건물을 통째로 쓰기도 한다. 경찰서 환경을 결정하는 요소에는 예산과 위치 등 여러 가지가 있다. 인구가 적은 곳의 경찰서는 깨끗하고 정갈하지만, 범죄율이 높은 지역은 그렇지 않을 것이다. 또한 다양한 문제를 안고 있는 사람들로 가득한 널찍한 대기실도 있고, 의자 몇 개만 덩그러니 놓인 텅 빈 대기실도 있다. 대형 유치장을 여러 개 설치해 많은 인원을 충분히 수용할 수 있는 곳도 있지만, 용의자 한 명만 수용할 수 있는 유치장 한두 개만 있는 경찰서도 있다.

배경 묘사 예시

미나스 씨는 손가락 끝이 하얘질 정도로 핸드백을 꽉 쥔 채 플라스틱 의자 가장자리에 앉아 있었다. 브라이언의 일이라며 전화가 온 지 벌써 두 시간이 지났다. 이 의자에 앉아 있은 지만 90분이다. 그동안 미나스 씨는 지역의 참된 일꾼 상 따위를 받은 사람들과 보조개가 팬 얼굴로 미소 짓는 경찰관 포스터 사이에 둘러싸여 있었다. 자신의 손자를 이곳에서 체포했다는 사실, 저 유리문 너머 어딘가의 방에 손자를 강제로 구금했다는 사실에는 아무도 신경 쓰지 않는 듯했다.

- **이 글에 쓴 기법**　대비
- **얻은 효과**　감정 고조

골목   **Alley**

(풍경)

얼룩이 묻은 나무 상자 더미, 쓰레기통(꼬깃꼬깃 접힌 테이크아웃 컵과 포장지, 담배꽁초, 빈 술병, 깨진 유리 조각), 곳곳에 있는 녹슨 대형 쓰레기통과 쓰레기통에서 새는 정체 모를 액체, 마른 토사물 웅덩이, 기름 찌꺼기가 고인 바닥, 먼지와 때, 해진 담요와 누더기 조각(노숙자가 머무는 골목인 경우), 해체해서 평평하게 접은 판지 상자와 부서진 침대 프레임, 쥐, 바퀴벌레, 거미, 개미, 쓰레기를 먹는 새(까치, 비둘기, 까마귀), 건물의 철제 비상계단, 길고양이와 떠돌이 개, 담배를 피우려고 뒷문으로 슬쩍 빠져나온 직원, 폐가구나 망가진 가구, 인근 건물 담벼락에 가득한 낙서와 흰 곰팡이 자국, 구석까지 날아온 신문과 전단지 뭉치, 먼지가 가득 낀 창문과 출입구, 한쪽 끝에 있는 철책, 희미한 가로등, 도로에 있는 자동차에서 산란하는 전조등 불빛, 사명이 새겨진 명판이 달린 금속 문, 잡상인 출입금지 혹은 적하·적재 구역 표지판, 범죄행위가 일어나는 모습(강도, 취해서 벌이는 싸움, 살인, 무단 침입, 마약 복용)

(소리)

바람에 춤추는 골목 구석의 쓰레기, 쓰레기 더미를 뒤지는 개, 고양이 울음소리, 기침 소리나 소리 죽여 나누는 대화, 클럽 후문에서 새어 나오는 음악, 쨍그랑 부딪치는 병, 꽝 닫히는 쓰레기통 뚜껑, 쓰레기통에 던져진 쓰레기봉투가 부스럭대는 소리, 먹이를 찾던 동물에게 내동댕이친 쓰레기통 뚜껑, 후다닥 이동하는 쥐, 문을 잠그거나 열 때 열쇠에서 나는 찰그랑 소리, 근처에서 들려오는 자동차 엔진 소음, 근처 길가의 소음(자동차 경적, 타이어의 마찰 소리, 도보를 걷는 구두), 아스라이 들려오는 사이렌, 주거 건물의 열린 창문 틈으로 들리는 언쟁 소리, 탈이 나서 음식물을 토해내는 소리, 지저분한 골목에 울려 퍼지는 찰박거리는 발소리, 노숙자의 소지품을 실은 쇼핑 카트가 굴러가는 소리, 누군가를 내동댕이치며 욕하는 클럽이나 바의 문지기, 잭나이프에서 달칵 튀어나오는 칼날

(냄새)

썩어가는 쓰레기, 체취, 동물과 사람 배설물의 악취, 엔진오일, 열린 문틈이나

639

식당에서 풍기는 음식 냄새, 젖은 판지 상자, 흰 곰팡이, 토사물, 깨진 맥주병에서 흘러나온 맥주, 담배 연기, 퀴퀴한 천, 곰팡이 악취, 자동차 배기가스

맛

술, 쓰레기통의 음식물 쓰레기나 집 밖으로 가지고 나온 음식물 쓰레기, 따뜻하게 데운 맥주, 담배

촉감과 느낌

취해서 휘청대며 손바닥으로 짚은 거친 담벼락, 어둠 때문에 밟은 질척거리고 축축한 쓰레기 더미, 신발에 들러붙은 끈적한 이물질, 쓰레기통에서 흘러나온 기름에 미끄러지는 발, 발아래로 전해지는 폐지와 나뭇잎 뭉치의 촉감, 금속 쓰레기통 뚜껑의 느낌, 금속 물체 모서리에 스치거나 긁힌 옷이나 피부, 무거운 쓰레기통 뚜껑을 겨우 올려 던져넣는 쓰레기, 매끈한 맥주병 표면의 익숙한 감각, 총으로 옆구리나 등을 찌르듯 누르거나 칼날의 뜨거운 열기를 의식하는 강도, 두들겨 맞아 생긴 통증, 골목 바닥의 찌꺼기에 걸려 넘어지는 느낌, 쓸 만한 것을 찾아 쓰레기 더미를 뒤지는 느낌, 물웅덩이에 넘어지는 바람에 신발 안창에 스며든 물, 움켜쥔 손을 파고드는 철조망의 철선, 팔꿈치로 깨는 유리창, 닫힌 문을 향해 어깨를 부딪칠 때의 통증, 문고리나 문손잡이를 잡는 느낌, 곰팡내가 나는 소파나 더러운 판지에 누워서 청하는 잠

이 배경에서 벌어질 만한 갈등의 원인

- 강도를 당한다.
- 어둠 속에서 떨어뜨린 지갑이나 휴대전화를 더듬거리며 찾는다.
- 골목에서 끼닛거리를 찾아 모여든 야생동물이나 들짐승을 발견한다.
- 지름길을 찾아 나섰다가 막다른 골목에 다다른다.
- 누군가에게 쫓긴다.
- 범죄 현장(무단 침입, 강도, 마약 거래 등)을 목격한다.
- 가게 주인이 경찰을 부르는 바람에 다른 장소를 찾아 나서야 한다.
- 눈을 붙이려 하는데 보호 시설 직원이 깨운다.

이 배경에서 볼 만한 유형의 사람들

- 건물 입주민, 상점 주인, 범죄자, 노숙자, 경찰관, 보호 시설 직원

이 배경과 밀접한 다른 배경

- 구급차, 대도시 거리, 싸구려 모텔, 낡은 아파트, 노숙자 쉼터, 버려진 아파트, 지하도

참고 사항 및 팁

골목을 묘사할 때는 생각한 환경과 갈등이 선정한 골목과 확실히 어울려야 한다. 아파트 사이에 있는 골목의 냄새와 광경은 술집이나 식료품점 사이의 골목과 다르다. 도시가 얼마나 큰지, 한 해 중 어떤 시기인지, 인근 지역 상권은 어떤지부터 유동 인구와 주로 출몰하는 동물의 종류도 고려해야 한다. 또 이 골목에서 볼 법한 쓰레기는 어떤 것이 있을지, 창살 틈과 가로등에서 흘러나오는 빛은 얼마나 될지도 생각해 원하는 분위기를 연출하라.

배경 묘사 예시

앨프리드는 토요일마다 벽의 자동차 정비소와 브레드볼 카페 사이의 골목을 찾았다. 11월의 바람은 늘 그랬듯이 다친 사슴을 뒤쫓는 늑대 울음소리처럼 사납기 그지없었지만, 신문지와 종이 쪼가리로 만든 담요로 몸을 두른 덕에 끄떡없었다. 빵집 오븐으로 달궈진 벽에 등을 대자 따스해졌다. 공기 중에 퍼지는 짙은 효모 냄새에 머리가 핑 도는 쓰레기장의 엔진오일 냄새가 어느 정도 눌린 것 같았다. 그는 모자를 눈 밑까지 내리고 담요 안으로 파고들면서 버터를 발라 윤기가 흐르는 화덕 위 갓 구운 빵을 상상했다. 운이 좋다면 오늘 마거릿이 가게에 나오는 날일 수도 있다. 어제 팔고 남은 빵이 담긴 봉지와 라즈베리 잼을 얻을 수 있을지도 모른다.

- **이 글에 쓴 기법** 대비, 다중 감각 묘사, 직유, 날씨
- **얻은 효과** 성격 묘사, 분위기 설정

풍경

건물을 떠받치는 기둥과 시멘트 밖으로 튀어나온 철근, 목재 더미, 철골 구조의 벽, 건설 물품 보호용 비닐과 방수포 혹은 위험 지역 접근 차단용 비닐이나 방수포, 대여용 폐기물 처리 컨테이너, 인부들(방탄 조끼, 안전화, 보안경, 산업용 귀마개, 안전모를 착용한), 이동식 사무실 트레일러(대규모 공사인 경우), 석고보드, 테이블, 시멘트 자루, 휴대용 접이식 톱 작업대, PVC 파이프, 코일 호스와 전깃줄, 칭칭 감긴 고무나 비닐 튜브, 측면에 쌓은 비계[높은 곳에서 작업할 때 임시로 설치해서 쓰는 발판]에 튄 페인트, 확장 가능한 쓰레기 활송 장치를 타고 내려가는 쓰레기, 목재로 만든 화물 운반대(콘크리트 블록과 파이프, 지붕 타일이 가득 쌓인), 짐수레, 소형 지게차, 아직 스티커를 떼지 않은 새 창문, 환기용 파이프와 장치, 사다리, 철책, 방수를 위한 타르 용지, 콘크리트 혼합기, 샌더sander[센 압축 공기로 모래를 뿜어내는 전동 기계], 테이블 톱, 공기 압축기, 외발 수레, 대형 기계(크레인, 덤프트럭, 평상형 트럭, 불도저), 화학 폐기물 처리 통, 자갈 더미, 양동이, 공구 상자, 진단 장비 및 기계 장치, 쓰레기들(못, 쇠붙이 장식, 스티커, 찢어진 비닐 덮개, 지붕에 덮는 방수용 종이, 접은 판지 상자, 물병, 자투리 목재, 톱밥), 공사장 울타리, 안전 표지판, 규정대로 하는지 확인하는 공사장 안전 조사관

소리

중장비 엔진음, 예비 센서 경고음, 윙 돌아가는 공압기 및 에어드릴, 망치로 두드리는 소리, 규칙적으로 들리는 못 박는 소리, 부츠를 신고 금속 계단을 철컹거리며 오르거나 목조 비계를 쿵쿵거리며 오르는 소리, 건축물 안에서 들려오는 인부가 듣는 음악, 나무를 자르는 톱에서 나는 요란한 소음, 줄자 감을 때 나는 소리, 접거나 펼치는 도면, 바람에 펄럭이는 비닐과 방수포, 인부들의 고함, 맞부딪치는 금속들, 목재나 배관을 떨어뜨릴 때 나는 소리, 가스 토치 밸브를 열자 새어 나오는 가스, 에어드릴로 허무는 콘크리트, 들보를 분리해 빼내자 삐걱대는 나무와 철선, 이명 현상, 철퍼덕거리며 쏟아지는 콘크리트 반죽, 구덩이를 파는 굴착기

막 자른 장작, 먼지, 플라스틱 타는 냄새, 자동차 배출가스, 톱밥, 석고보드나 회반죽, 접착제와 페인트, 체취, 담배 연기, 과열된 작업 기계에서 나는 냄새

맛

이 배경에서는 등장인물이 가지고 있는 것(껌, 박하사탕, 립스틱, 담배 등) 말고는 관련된 특정한 맛이 없다. 이럴 때는 미각 외의 네 가지 감각에 집중하는 것이 좋다.

촉감과 느낌

보안경에 눌린 귀마개, 흐릿한 유리 사이로 사물을 보기 위해 가늘게 뜬 눈, 피부에 잔뜩 묻은 땀과 먼지, 뜨거운 햇볕에 달궈진 딱딱한 안전모, 두꺼운 안전장갑에 쓸려 생긴 물집과 굳은살, 실수로 망치에 찧은 손가락, 착암기 진동에 흔들리는 몸, 각종 조각과 자투리, 부스러기, 눈썹이나 목 뒤에 흐르는 땀을 훔치는 느낌, 압축 공기식 장비나 전동기를 구동할 때 전해지는 진동이나 충격(크레인, 지게차, 평상형 트럭, 덤프트럭, 화물 트럭), 위험하거나 무거운 화물의 하중, 막 절단한 목재에 쌓인 톱밥, 손가락 사이로 미끄러지는 줄자, 수평계를 조작하는 느낌, 진흙이나 자갈로 덮인 땅을 삽으로 파낼 때 전해지는 충격, 고된 노동에서 오는 통증, 공구 벨트의 주머니가 연장으로 꽉 찬 덕에 느껴지는 균형감

이 배경에서 벌어질 만한 갈등의 원인

- 공사장 내에서 절도 사건이 일어난다.
- 공사 중 누군가 부상을 입거나 죽었다.
- 허술한 설계로 건물 일부가 무너진다.
- 홍수 때문에 공사 현장에 물이 차올라 기초 공사가 무너지거나 장비가 손상된다.
- 어떤 직원이 회계 장부를 조작하다가 들킨다.
- 기초 공사를 위해 터를 다지던 중 사람 뼈가 발견된다.
- 실수로 공사가 지연돼 마감 기한을 맞추지 못한다.

이 배경에서 볼 만한 유형의 사람들

- 공사장 인부, 개발자, 엔지니어, 푸드 트럭 주인, 안전 조사관, 중장비 기사

이 배경과 밀접한 다른 배경

- **시골 편** 쓰레기 매립지
- **도시 편** 낡은 픽업트럭

공사 현장은 어떤 건물을 짓느냐에 따라 세부적인 모습이 달라진다. 교량 건설 현장에서 쓰는 장비와 자재는 주택이나 병원을 건설할 때와 매우 다르다. 대규모 공사에 비해 도시 내 건설 현장은 공간을 보다 효율적으로 사용한다.

랜디는 일찍 현장에 왔다. 아침 공기 사이로 커피의 뜨거운 김이 올라왔다. 전기 담당 인부들이 전날 밤에 마감 기한에 맞춰 일을 급히 마무리하는 모습을 봤기에, 엄청난 양의 전선과 피복 들이 여기저기 널브러져 있을 거라는 생각에서였다. 하지만 막상 눈에 들어온 것은 찌그러진 맥주 캔과 석고 보드 곳곳에 튄 빨간 페인트 자국, 토사물 웅덩이 두 개, 폭발한 화학약품 처리 통이었다. 이어 거대한 파란색 폐기물 컨테이너의 한쪽에 난 거대한 구멍을 보고 랜디는 손에서 커피를 떨어뜨리고 말았다. 온갖 오물과 폐화합물이 자갈과 파란 플라스틱 덩어리와 배설물과 섞여 설치하려고 한편에 쌓아둔 창문 더미를 뒤덮고 있었다. 누군가의 목을 조르고 싶은 충동이 솟구치면서 양손이 부들부들 떨렸다. 정리하는 데 나갈 어마어마한 비용도 비용이었지만, 그 난장판을 보니 그 정도는 당해도 싸다는 생각이 들었다.

- **이 글에 쓴 기법** 다중 감각 묘사, 성격 묘사
- **얻은 효과** 분위기 설정, 시간의 경과, 감정 고조, 긴장과 갈등

공원 Park

풍경

오래된 나무와 구불구불한 길, 야외 활동(개 산책, 담요에 누워서 하는 독서, 축구, 원반 던지기 등)을 하는 젊은이, 잡기 놀이를 하는 아이들, 야외 촬영을 하는 예비 부부, 낙엽 쌓인 보도와 잔디밭, 벤치, 산책로 옆에 설치한 체력 단련장의 철봉과 기타 운동기구, 정자, 지붕이 있는 가설 건물과 간이 식탁, 연못이나 강가에서 풀을 뜯는 거위 떼, 다리, 조경용 수석, 놀이터나 야구 경기장, 나뭇가지 사이를 뛰어다니거나 잔디 사이를 쏘다니는 다람쥐나 청설모, 목줄을 맨 개, 분수대에서 물을 튀기며 노는 새들, 잔디를 느릿느릿 이동하는 개미 떼, 머리 주변에서 윙윙거리며 날아다니는 파리와 각다귀, 꽃 사이를 스치며 날갯짓하는 나비, 날아다니는 모기, 연못에서 물장난 치는 오리와 백조, 식물과 나무 이름이 적힌 팻말, 가로등, 쓰레기통, 깃대, 벤치에 깜빡 놓고 간 아이 모자나 신발, 공원 바닥에 표시한 선을 따라 조깅을 하고 자전거를 타는 사람들

소리

산책을 하거나 어울려 놀면서 나누는 대화, 조깅하는 사람들의 규칙적인 발소리, 웃고 떠드는 아이들, 짖는 개, 새의 울음소리, 찍찍거리며 덤불 사이를 돌아다니는 청설모, 날아와서 글러브 안에 정확히 안착하는 공, 공을 때리는 야구방망이, 분수에서 치는 물장구, 아이를 부르는 어른, 바스락거리며 여는 과자 봉지, 흐르는 강물이나 분수

냄새

방금 자른 잔디, 비, 꽃을 피우는 나무와 식물, 나무, 흙, 커피, 선크림, 수거하지 않아 가득 찬 쓰레기통

맛

피크닉 도시락(샌드위치, 과일, 과자, 프레첼), 패스트푸드, 물, 커피, 탄산음료, 맥주, 간식(초콜릿 바, 땅콩, 시리얼 바, 트레일 믹스trail mix[한 입 크기의 시리얼, 건조 과일, 견과류 등이 혼합된 식품])

따뜻한 담요나 수건에 앉는 느낌, 피부를 찌르는 잔디, 뜨겁게 달궈진 공원 금속 벤치, 뜨거운 햇볕으로 인한 현기증, 바스락거리는 책장, 맨발로 잔디를 밟거나 발가락으로 흙 위를 걷는 느낌, 얼굴을 감싸는 따스한 햇볕, 울퉁불퉁한 자갈길, 달리다 발이 걸리는 느낌, 맨발로 연못이나 개울물을 지나는 느낌, 바람이 강한 날 분수 주변의 뿌연 안개, 햇볕에 달아오른 바위, 개울가 나무다리의 꺼끌꺼끌한 난간, 개가 앞으로 튀어 나가려고 하자 팽팽히 당겨지는 손에 쥔 목줄, 가슴을 세게 강타하는 축구공, 손가락 사이를 미끄러져 나가는 원반, 얼굴 주변을 윙윙거리며 날아다니는 각다귀, 몸에 앉은 파리, 조용한 휴식에서 오는 여유, 병에 든 시원한 물, 신발 아래에서 바스락거리는 풀, 콧등에서 자꾸 미끄러지는 선글라스, 줄줄 흐르는 땀

이 배경에서 벌어질 만한 갈등의 원인

* 밤에 공원에 갔다가 강도를 만난다.
* 빗나간 야구공이나 원반에 맞는다.
* 수영할 줄 모르는 아이가 물에 이리저리 휩쓸리거나 빠진다.
* 뜨거운 날씨에 음식이 상했는데 모르고 먹어버린다.
* 넘어져서 피부가 까지거나 발목을 접질린다.
* 연인 사이에 다툼이 벌어진다.
* 공원까지 따라와 괴롭히고 협박하는 아이들이 있다.
* 우연히 개밋둑에 앉아버린다.
* 날씨에 안 맞는 옷을 입어서 너무 덥거나 춥다.
* 목줄을 하지 않은 개에게 물린다.
* 개똥을 밟는다.
* 아이가 유괴된다.
* 말벌에 쏘여 알레르기 반응이 일어난다.

이 배경에서 볼 만한 유형의 사람들

• 자전거 타는 사람, 개와 산책하는 사람, 가족, 조경사와 관리인, 피크닉 나온 사람, 달리거나 걷는 사람, 학교에서 단체로 온 학생들, 경비원, 일광욕하는 사람

이 배경과 밀접한 다른 배경

• **시골 편** 숲, 등산로, 호수, 풀밭, 놀이터, 연못, 강
• **도시 편** 야외 스케이트장, 야외 주차장, 공중화장실, 스케이트보드 파크

참고 사항 및 팁

공원의 규모와 위치에 따라 시설이나 설비가 다르다. 예를 들어, 미국 뉴욕의 센트럴파크는 규모가 매우 큰 공원이라 아이스 스케이트장과 마차, 먹거리를 파는 노점상까지 볼 수 있다. 하지만 작은 공원들은 널따란 잔디밭에 나무 한두 그루가 서 있는 것이 대부분이다. 또한 도심에 있는 공원에는 자연의 소리부터 각종 차량 소리와 도시의 소음이 섞여 있지만, 외딴곳에 있는 공원은 고요하기 그지없다. 계절과 날씨도 공원의 풍경에 영향을 미치므로 무엇을 묘사할지 구체적으로 정하고, 인물의 눈에 어떤 풍경이 보이는지 생각해서 묘사해야 한다.

배경 묘사 예시

나무들이 길을 따라 늘어서 있다. 우거진 나뭇가지 위로 풍성한 캐노피가 노랗게 반짝거렸다. 청설모들이 나무에서 나무로 폴짝폴짝 뛰어다녔다. 거울처럼 맑고 고요한 호수 주변에 자신만의 고속도로를 만들어 쏘다니며 둥지를 만들고, 겨울나기를 위해 조각들을 모은다. 나뭇잎이 나무에서 종종 미끄러져 내려와 다른 아이들과 함께 산책로에 나란히 눕는다. 사람이 지나가고 자전거가 요란한 소리를 내며 지나갈 때마다 잎과 가지와 먼지는 빙빙 돌고 몸을 비튼다. 잠깐 동안 생생히 움직이다가 다시 잠이 든다.

• **이 글에 쓴 기법** 은유, 의인화, 계절
• **얻은 효과** 분위기 설정, 시간의 경과

풍경

금속 패널로 마감한 외벽과 뒤편의 물류 적재용 창고, 굴뚝에서 나오는 흰 연기, 건물 외관에 붙은 회사 이름이나 브랜드 로고, 주요 건물이나 부속 건물에 있는 판매관리 부서(책상, 전화기, 컴퓨터, 직원이 있는), 장비 분석과 제품 개발을 담당하는 엔지니어링 부서(3D 설계 및 모델링 기계, 전기 엔지니어들, 제도 책상 등이 있는), 제조 부서(불을 환하게 밝힌 개방형 창고 안의 기술자와 공정 담당자·관리자 등 여러 업무 인력, 산업용 로봇 셀robot cell[기계류·장비를 포함한 하나 이상의 로봇 시스템과 안전 장치로 둘러싸인 영역], 시멘트 바닥에 페인트로 그린 길 안내 표시, 공장용 선반, 자동화된 페인트 도장 부스, 화물 운반대, 원자재, 호스, 밸브, 주형, 체인, 각종 도구, 온도 조절이 가능한 검사실, 안전 표지판, 부상자나 기타 비상 상황 발생 시 누르는 경광등 버튼, 세안 설비실, 구급용품을 갖춘 응급 처치실이 있는), 부품 조립 및 생산 부서(부품 조립 라인, 딱딱한 안전모를 쓴 기술자가 부품을 연결하고 검사 설비로 꼼꼼히 확인하는 모습, 생산 라인 관리자, 안전 관리자가 있는), 포장 부서(화물 운반대, 비닐 포장지, 판지 상자, 지게차, 스티커와 라벨, 운송 트럭이 있는), 입구에서 바닥의 쓰레기를 치우거나 쓰레기통을 비우는 청소부, 압축 공기 호스와 산업용 드릴, 습식톱이나 건식톱[작업 과정에서 물을 사용하느냐의 차이가 있다], 작업 현장을 위에서도 관찰하기 위해 부품 조립 라인 위에 설치한 금속 철망 길

소리

윙 돌아가는 기계, 공압기, 철컹거리는 금속 소음이나 금속 기계로 절삭하는 금속, 맞물려 돌아가는 롤러나 체인이 내는 달각 소리, 산업용 프레스의 잡음, 큰 공간을 울리는 메아리, 중장비나 수동 지게차의 예비 경고등, 바닥을 쓰는 빗자루, 작업대에 무거운 장비를 내려놓자 울리는 육중한 소리, 무거운 부츠를 신고 금속 계단을 덜컹거리며 오르는 소리

냄새

그 공장에서 어떤 제품을 생산하느냐에 따라 냄새가 달라진다. 엔진오일, 윤활유, 금속, 고무, 가열식 기계, 화학제품, 목재, 페인트, 합성수지 냄새는 보다 상

업적이고 유기체가 아닌 제품을 만드는 공장에서 맡을 수 있다.

(맛)

커피나 병에 든 음료가 등장할 수 있으나, 보통 식음료는 공장 안으로 반입할
수 없다. 병맥주, 쿠키나 사탕, 냉동 피자 등의 식품 공장이라면 품질 관리를 위
해 무작위로 완제품을 골라 시식해보는 검사실을 등장시킬 수 있다.

(촉감과 느낌)

두꺼운 장갑 속 땀에 젖은 손가락, 머리를 조이는 안전모나 헤어네트, 사용한 금
속이나 플라스틱 기계의 홈에 낀 찌꺼기를 손가락으로 걸어내는 느낌, 울퉁불
퉁한 사포, 구동 부품을 수리하거나 기름을 친 탓에 미끈거리는 손가락, 피부에
닿는 차가운 금속, 맨손으로 작은 부품을 조립하다가 집히거나 찔리는 느낌, 이
마에 줄줄 흐르는 땀을 훔치는 손등, 손가락에 쌓인 대팻밥(혹은 플라스틱 조각
들), 푹신푹신한 인체공학적 바닥재[탄성 포장 혹은 소음 저감 효과가 있는 우레탄 바
닥재], 묵직한 작업용 부츠 속의 뜨거운 발, 온종일 서서 일한 탓에 피곤한 발, 제
품 조립을 위해 알맞은 클립이나 파스너fastener[분리되어 있는 것을 잠그는 데 쓰는
도구]를 찾아 상자를 뒤적거리는 느낌

이 배경에서 벌어질 만한 갈등의 원인

---

* 공장에서 일하던 사람이 다친다.
* 불만을 품은 직원이 일부러 일을 게을리한다.
* 노조가 파업한다.
* 제품 광고가 형편없다.
* 작업 과정이 위험하거나 비위생적이다.
* 한밤중에 누군가 공장 설비를 파손하거나 훔쳐 간다.
* 재정적 어려움이 닥친다.
* 공장이 도산해 직원들이 일자리를 잃는다.
* 권력을 이용해 사람들을 협박하거나 괴롭히는 직원이 있다.
* 신기술이나 기계화 때문에 공장 직원들의 일자리가 위협받는다.

- 사업 관리자, 공장 직원, 건강 안전 관리자, 투자자, 경비원, 청소부 등 잡역부, 경영진, 트럭 기사와 물류 운송 기사

참고 사항 및 팁

공장은 위치, 기술, 생산 제품에 따라 풍경과 소리, 냄새가 달라진다.

배경 묘사 예시

매들린은 지난 5년간 익힌 흐름에 몸을 맡겼다. 먼저 철판을 골라 프레스 기계에 넣는다. 측면의 버튼을 엄지손가락으로 꾹 누르면, 프레스가 얇은 VG-10 철판 위로 떨어지며 똑같은 칼날 서른 개를 잘라낸다. 프레스를 열고 철판을 치우면 서른 개의 칼날은 찰캉거리며 깔때기를 거쳐 상자 안으로 들어가 단조와 연마 작업에 들어가기 전까지 기다린다. 그래, 이게 칼 공장의 매력이지! 이안이 어린 아들과 자신을 떠난 뒤로 매들린은 이 직업에 깊이 감사하며 살고 있다. 손에 잡힌 물집과 아무리 씻어도 빠지지 않는 검은 얼룩 덕에 매일 밥을 먹을 수 있다. 더구나 완성된 칼을 보면 완성하기까지 들인 수고가 떠오르며 꽤 아름답다고 감탄하게 된다. 자신이 이 과정에 참여했다는 생각에 소박한 즐거움이 생기는 것이다.

- **이 글에 쓴 기법**　다중 감각 묘사, 시간의 경과
- **얻은 효과**　성격 묘사, 과거 사연 암시

공중화장실

Public Restroom

한쪽 벽에 늘어선 작은 화장실 칸, 찌그러진 문짝이나 자물쇠가 사라진 자리에 잔뜩 구겨넣은 휴지, 여러 개의 세면대와 물이 새는 수도꼭지, 녹슨 배수구 테두리, 흰 세면대에 가득한 머리카락 뭉치, 소변기와 그 옆 배수구에 버려진 분홍색이나 파란색 비누, 콘돔이나 여성용품 자판기, 벽과 화장실 칸막이에 휘갈긴 낙서들, 화장실 안쪽 칸막이에 부착한 광고, 휴지 디스펜서(망가지거나 휴지가 바닥난), 변기나 바닥에 흘린 소변, 쓰레기통과 변기 커버 디스펜서, 땅에 떨어진 찢어지고 더러운 휴지, 칸막이 안의 코트나 가방 걸이, 꾸깃꾸깃한 휴지로 넘치는 쓰레기통, 세면대 가장자리에 쌓인 물에 젖어 흐물거리는 종이 타월 더미, 디스펜서에서 흘러 세면대에 떨어진 분홍색 물비누, 제대로 작동하거나 고장 난 핸드 드라이어, 세월에 흐릿해진 유리, 물때가 낀 세면대, 벽에 고정된 접이식 기저귀 교환대

소리

수도꼭지에서 끊임없이 떨어지는 물, 내려가는 변기 물, 깔깔거리며 화장과 머리 모양을 고치는 여자들, 핸드 드라이어, 찢고 구기는 휴지, 다시 차오르는 변기 물, 메아리로 되돌아오는 목소리, 여닫는 화장실 문, 달칵 잠그는 문, 전화 통화, 배변 행위, 아무것도 만지지 말라고 아이에게 주의를 주는 부모, 울음이 터진 아기

냄새

세제, 비누, 표백제, 역겨울 정도로 진하게 뿌린 향수, 헤어스프레이, 화장실 냄새

맛

이 배경에서는 등장인물이 가지고 있는 것(껌, 박하사탕, 립스틱, 담배 등) 말고는 관련된 특정한 맛이 없다. 이럴 때는 미각 외의 네 가지 감각에 집중하는 것이 좋다.

종이처럼 얇은 변기 시트에 앉는 느낌, 문이 잠기지 않는 탓에 문을 꾹 밀고 있는 발, 발로 내리는 변기 물, 팔꿈치나 팔뚝으로 여는 문, 미끌미끌한 비누, 씻고 난 뒤 젖은 손, 몽글몽글한 비누 거품, 거친 종이 타월로 닦는 손의 물기, 입술에 골고루 립스틱을 바르거나 머리카락을 잡아당기는 느낌, 손가락으로 문질러 지우는 번진 눈 화장, 공중화장실에서 볼일을 보기가 싫어서 빨리 해결하려고 애쓰는 느낌, 손을 씻는 동안 젖지 않게 하려고 걷어 올린 소매, 세면대 가장자리에 고인 물에 젖은 셔츠 앞자락, 변기에 앉을 때 바닥에 닿지 않게 하려고 붙잡은 바지나 치마, 거칠고 얇은 휴지

이 배경에서 벌어질 만한 갈등의 원인

- 화장실 칸 안에 누군가 숨어 있다.
- 휴지나 비누가 다 떨어진다.
- 모든 변기가 막혀 있다.
- 괴롭히는 무리가 따라 들어와 출구를 막고 선다.
- 우연히 엿들은 대화 때문에 위험한 상황에 처한다.
- 화장실 칸 안에 있다가 잔혹한 범죄 현장을 목격한다.
- 위장에 탈이 난다.
- 결벽증이 있는데 공중화장실을 써야만 한다.
- 아무도 없는 곳을 찾아 화장실에 들어왔는데 이미 사람이 있다.
- 볼일이 급한데 화장실을 쓸 수가 없다.

이 배경에서 볼 만한 유형의 사람들

- 청소부, 이용객

이 배경과 밀접한 다른 배경

- 공항, 놀이공원, 시장, 편의점, 주유소, 노숙자 쉼터, 공원, 쇼핑몰, 스포츠 경기

관람석, 워터 파크, 동물원

참고 사항 및 팁

문 옆에 점검표를 붙여 청소 빈도와 청결 상태를 보여주는 등 관리가 철저한 공중화장실도 있지만 청소를 거의 하지 않거나 화장실용품을 채우지 않는 곳도 있다. 공중화장실이 등장하는 장면이라면 등장인물이 이곳에 가는 이유와 이곳에서 벌어질 만한 사건에 대해 곰곰이 생각해야 한다. 어떤 상태의 화장실이어야 첨예한 대립과 갈등, 혹은 상징적 의미를 더할 수 있을까?

배경 묘사 예시

에이미는 점심으로 특대 사이즈의 탄산음료와 햄버거를 먹은 것을 후회하며 어깨로 휴게소 문을 열었다. 열린 문으로 들어온 한 줄기 바람에 더러운 타일에 버려져 있던 꾸깃꾸깃한 휴지 뭉치들이 이리저리 굴렀다. 윙 소리를 내며 깜빡거리는 천장의 형광등은 금방이라도 꺼질 것 같았다. 하나밖에 없는 세면대는 쩍쩍 갈라져 있고 벌레 사체가 장식처럼 널브러져 있었지만, 수도꼭지에서 똑똑 떨어지는 물방울을 보니 물이 나오기는 하는 모양이었다. 화장실 칸을 보니 두 칸은 문짝이 날아갔고, 세 번째 칸에는 문짝이 비스듬히 기울어진 채 대롱거리고 있었다. 에이미는 세 번째 칸으로 발길을 옮기며 휴지가 한두 칸 정도는 남아 있기를, 기절해 널브러진 마약 중독자 따위와 마주치지 않기를 간절히 기도했다.

- **이 글에 쓴 기법** 대비, 다중 감각 묘사
- **얻은 효과** 분위기 설정, 긴장과 갈등

공터

풍경

갈라진 보도 블록 사이로 자란 잡초와 풀, 쓰레기 더미(초콜릿 바 포장지, 테이크 아웃 용기, 빨대, 둥글게 구긴 휴지, 담배꽁초) 아래 죽은 풀밭, 잡초 사이에 몰래 버린 쓰레기로 가득 찬 봉투, 벽돌 혹은 도로 턱에서 떨어진 조각들이 흩어진 모습, 아무렇게나 버려진 납작하게 접은 판지와 폐합판, 햇빛에 바랜 부동산 판매 안내판, 인근 건물 벽에 그려진 낙서, 자갈과 흙, 끈질긴 생명력을 자랑하는 민들레꽃이 노랗게 수놓은 풍경, 낡은 자전거의 뒤틀린 고무 타이어, 기울어지거나 부서진 울타리, 낮은 키의 나무나 덤불, 버려진 머리 끈, 하수구 덮개 근처에 쌓인 펜 뚜껑과 껌 포장지, 폭풍이 지나간 뒤 도로 구멍마다 물이 가득 고인 모습, 땅에 널브러진 더럽고 낡은 셔츠 더미, 뒤집어진 쇼핑 카트, 버린 콘돔, 주삿바늘과 파이프(마약용), 공터에서 노는 아이들(사방치기, 술래잡기, 줄넘기, 빈 깡통 차기, 축구 등을 하는), 공터를 가로질러 질주하는 사람, 잔디밭에 소변을 보는 개

소리

덤불에 걸려 바람에 펄럭이는 비닐봉지, 보도 위에서 이리저리 휘날리는 신문지, 거리의 소음(지나가는 차량, 보도를 걷는 사람들, 차량 경적, 사이렌, 끽 밟는 브레이크, 공중의 비행기), 바람에 바스락거리는 나뭇잎, 폭풍이 불면서 후드득 혹은 뚝뚝 떨어지는 빗방울, 공터 주변을 잽싸게 오가는 쥐들, 새의 울음소리, 열린 아파트 창문 사이로 들려오는 목소리, 노는 아이들(수다, 웃음, 도발이나 야유, 공 튀기는 소리, 깡통 차는 소리, 뛸 때마다 바닥을 찰싹 때리는 줄넘기 줄, 사방치기를 하며 구르는 발)

냄새

뜨거운 보도, 부패하는 쓰레기, 흰 곰팡이가 핀 판지, 대소변, 먼지, 풀

맛

이 배경에서는 등장인물이 가지고 있는 것(껌, 박하사탕, 립스틱, 담배 등) 말고는

관련된 특정한 맛이 없다. 이럴 때는 미각 외의 네 가지 감각에 집중하는 것이 좋다.

촉감과 느낌

제대로 걷기 힘든 울퉁불퉁한 땅, 맨발목을 찌르는 길게 자란 풀, 신발을 뚫고 들어온 날카로운 것, 단단한 땅이나 보도에 얇은 판지 한 장을 깔고 자는 느낌, 친구를 기다리며 콘크리트 계단에서 청하는 잠, 머리가 익을 정도로 작열하는 태양, 콘크리트가 뿜어내는 열기, 물웅덩이를 밟았을 때 튀는 미지근한 물, 섬뜩한 느낌에 뒷목의 잔털이 곤두서는 느낌, 공터를 달음질하는 누군가의 쿵쿵거리는 발소리, 말을 안 듣고 줄을 당기는 산책 나온 개, 줄넘기 줄을 넘을 때마다 발바닥에 닿는 콘크리트 감촉, 울퉁불퉁한 아스팔트 위에 분필로 그리는 사방치기 놀이판, 쓰레기를 옆으로 차버리고 만드는 놀이 공간

이 배경에서 벌어질 만한 갈등의 원인

- 인적 없는 깜깜한 공터에서 습격을 받거나 강도를 당한다.
- 공터와 맞닿은 땅을 소유하고 있는데, 노숙자나 범죄 탓에 땅값이 떨어진다.
- 돈을 모아서 공터를 사들이려 했는데, 대기업이 다른 목적으로 중간에 낚아챈다.
- 외딴 공터에 갔다가 범죄 피해자가 된다.
- 집 옆 공터가 범죄자들이 각종 범죄를 저지르는 장소로 전락한다.
- 마약을 사러 공터에 왔다가 경찰관에게 발각된다.
- 공터에서 노숙을 하다가 경찰관에게 쫓겨난다.
- 공터에서 불한당과 마주친다.

이 배경에서 볼 만한 유형의 사람들

- 범죄자, 노숙자, 놀고 있는 아이들, 공터를 지름길 삼아 다니는 동네 주민, 개를 산책시키는 공터 주변의 땅 주인

공터는 갈등과 반전이 일어나는 장소로 유용하게 쓸 수 있다. 사람들이 자주 들르는 곳도 아닐뿐더러 경찰관이 순찰을 하는 경우도 드물기 때문이다. 또 불빛도 거의 없는 어두운 곳이라 비밀스러운 만남이나 거래를 하기에 최상의 조건을 갖추고 있다. 등장인물이 공터를 지름길 삼아 지나다가, 혹은 술에 거나하게 취해 잠들었다가 깨어났을 때 우연히 목격한 장면이나 엿들은 대화 등을 상상해보라.

데니스는 사람이 없는 곳을 약속 장소로 삼는 걸 싫어했다. 부서진 아스팔트 더미와 그 사이로 자란 무성한 잡초에서 세월의 흐름이 느껴지는 이곳처럼 말이다. 이곳은 한때는 주차장이었을지도 모르나 지금은 위험한 일이 종종 일어나는 섬이었다. 가로등 불빛은 고사하고 경찰마저 완전히 잊어버린 곳이다. 한쪽에는 잡초밭이, 다른 한쪽에는 나무가 우거진 습지가 있었다. 또 다른 쪽에는 다무너져 내려가는 그래머 스쿨 건물 벽이 있었다. 그늘진 곳이 많아 숨기에 안성맞춤이다. 친구를 만나려고 왔다가 실종되기도 딱 좋은 곳이다.

- **이 글에 쓴 기법** 빛과 그림자, 은유, 시간의 경과
- **얻은 효과** 분위기 설정, 복선

군사 기지   Military Base

풍경

철망 울타리와 꼭대기의 면도날형 철조망과 가시형 철조망, 경비 초소 입구와 출입 통제용 자동 차단 바, 감시 카메라, 기둥이나 옥상에서 나부끼는 깃발, 경계 상황실, 교차로의 표지판과 가로등, 행정실, 기본적인 시설(발전소, 수도 시설, 하수 처리 시설 등), 병원, 다양한 의료 시설, 군사 우체국, 주유소, 군용차(차량 정비소, 지프, 험비Humvee[미국이 개발한 고성능 사륜 구동 장갑 수송차], 트럭, 중장비, 정부 승인 차량), 매점, 다양한 상품(식료품, 담배, 운동용품, 의복, 하드웨어 부품)을 갖춘 육군용 PX나 공군용 BX, 특정 음식(커피, 아이스크림, 핫도그)을 파는 스낵바, 기지를 돌아다니는 보안 차량, 이발소, 빨래방, 세탁소, 은행, 기지를 돌아다니는 순찰차, 휴식 시설(수영장, 탁구대, 볼링장, 농구 코트, 배구 코트, 골프 연습장, 체육관), 영화관, 도서관, 공원과 놀이터, 학교, 종교 시설(예배당, 유대교 회당 등), 단독 주택 혹은 다세대 주택 형태의 거주 단지, 병사 식당, 병영(이층 침대, 베개, 시트, 담요, 유니폼과 개인 소지품 보관용 선반 혹은 로커, 더플백, 노트북, 책, 사랑하는 사람의 사진이 있는)

소리

아침의 기상 나팔과 밤의 소등 나팔, 깃대에 부딪히는 사슬, 차량 소음(시동을 거는 차, 신호등 때문에 멈춘 차에서 공회전 하는 엔진, 끽 밟는 브레이크, 사이렌), 대화, 발걸음, 울리는 전화벨, 바람에 펄럭이는 깃발, 여닫는 문, 짖는 개, 달릴 때 테니스화 바닥과 땅이 마찰하는 소리, 학교나 놀이터에서 들려오는 아이들 목소리와 웃음소리, 여가 시설을 즐기는 사람들(공을 튀기고, 수영장 물을 튀기고, 볼링공으로 볼링 핀을 쓰러뜨리고, 체육관에서 운동을 하는), 산책하는 개의 목줄에서 나는 찰캉거리는 소리, 삐걱거리는 녹슨 이층 침대, 이착륙하는 비행기

냄새

자동차 매연, 새 잎이 돋은 나무와 활짝 핀 꽃, 음식, 커피, 그릴에 굽는 고기, 빗물, 젖은 보도

657

맛

군사 기지에 식음료를 등장시킬 때는 고를 수 있는 종류가 많다. 기지 내 단지에 산다면 집에서 직접 음식을 만들 테고, 막사에서 생활하는 군인은 병사 식당에서 다양한 음식을 먹을 수 있다. 기지 안에는 외식하기에 좋은 소규모 레스토랑이나 가게가 있고, 매점에서 고를 수 있는 음식의 폭도 넓다.

촉감과 느낌

셔츠 주머니에서 대롱거리는 플라스틱 배지, 잘 다림질한 부드러운 제복, 미간까지 내려 쓴 모자, 잘 정비된 도로 위를 굴러가는 자동차 타이어, 규정에 따라 이발한 뒤 시간이 지나 살짝 자란 머리카락, 식료품점에서 미는 바퀴 달린 카트, 매점에서 가득 장을 봐서 장바구니를 걸친 팔 안쪽이 당기는 느낌, 얇은 이층 침대 매트리스에 털썩 드러눕는 느낌, 주름이 빳빳이 잡힐 정도로 잘 다림질한 제복을 당겨 입는 느낌

이 배경에서 벌어질 만한 갈등의 원인

- 군인의 생활 패턴 때문에 가정불화가 생긴다(잦은 이동, 사생활이나 공간 부족, 엄격한 규칙과 규정 등).
- 승진에서 제외된다.
- 인사 결과가 좋지 않다.
- 원치 않은 지역에 주둔하게 된다.
- 멀리 떨어져 있는 배우자가 한눈을 팔까 걱정스럽다.
- 군사 기록에 영원히 남을 정도의 아주 큰 사고를 친다(싸움, 체포, 음주 운전, 명령 불복종).
- 성격과 행동 방식의 차이로 군인과 민간인 사이에 갈등이 벌어진다.
- 외상 후 스트레스 장애(PTSD)에 시달린다.

이 배경에서 볼 만한 유형의 사람들

- 군종 사제와 군종병, 서비스 업무를 담당하는 민간인과 민간 계약 업체(잔디 관

리, 학교 강의, 자판기 관리 등), 배달원, 의사와 병원 지원 인력, 군인과 가족, 고위 관리와 방문자

이 배경과 밀접한 다른 배경

- 군용 헬리콥터, 잠수함, 탱크

참고 사항 및 팁

군사 기지는 작은 마을과 같다. 생활 편의 시설을 갖추고 있어서 다른 지역에 갈 필요 없이 이 안에서 모든 것을 해결할 수 있다. 어떤 시설이 있는지는 기지의 규모에 따라 다르다. 육군인지 해군인지, 어떤 지역에 있는지, 국내 기지인지 국외 기지인지에 따라서도 달라진다. 날씨와 위치, 계절에 따라 기지의 모습이 얼마나 달라질지 생각해보라. 건물과 사택의 외관도 나라와 현지 환경에 따라 차이가 있다.

배경 묘사 예시

트럭이 요란한 진동과 함께 거의 멈춰 섰다. '꼰대'가 트럭에서 뛰어내리더니 명령을 내렸다. 바람을 쐬기 위해 차 문을 밀기는 했지만, 앞 좌석에 뭉갠 채 나가지 않았다. 규정에 따라 일정한 간격으로 설치한 가로등 불빛이 어두운 거리를 밝혔다. 작은 집과 정갈하게 관리한 네모난 앞마당이 마치 한 줄로 선 신병들처럼 나란히 늘어서 있었다. 이번에는 단풍나무 대신 잘 전지된 야자수가 보였지만, 군 기지에서 다른 군 기지로 떠도는 삶이란 다른 지점의 월마트에서 쇼핑하는 것처럼 크게 바뀌는 것이 없다. 이렇게 늦은 시간에는 다른 것을 자세히 보기도 어려웠다. 이번에는 내 전화기가 울리기를, 할 일이 있기를 바랐다. 전화기가 무슨 장난감도 아니건만. 하품이 나왔다. 벌써 지루했다.

- **이 글에 쓴 기법** 빛과 그림자, 직유
- **얻은 효과** 분위기 설정, 감정 고조

난민 수용소　　　　　　　　　　　　　　Refugee Camp

풍경

울타리로 둘러싸인 지역과 초소, 마른 모래땅, 휘날리는 깃발, 현지식 거주지(초막에 방수포로 만든 지붕, 움막, 미로처럼 여기저기 설치된 임시 텐트, 금속판으로 만든 벽이나 시멘트 벽으로 된 오두막이 줄지어 선 모습), 접수 건물(책상과 컴퓨터, 사무용품이 있는), 식품 저장용 대형 텐트, 그 밖의 배급품 저장소(의복, 침구, 땔감 등 난방 연료), 병원(나란히 배치된 야전침대, 모기망, 침구, 의료 기구가 든 통이 있는), 놀이터나 작고 탁 트인 들판, 공용 화장실, 구덩이를 파서 지핀 불, 플라스틱 물통과 물병, 텅 빈 바구니와 양동이, 세탁이나 음식 세척을 위한 커다랗고 우묵한 통, 냄비와 프라이팬, 말리려고 지붕이나 덤불에 널어놓은 옷가지, 난민들이 물을 긷는 펌프, 맨발로 혹은 자전거를 타고 돌아다니는 사람들, 보급품을 실은 나무 수레를 끌고 캠프를 돌아다니는 난민들, 식량(밀가루, 쌀, 밀, 렌틸 콩)과 의약품을 가득 싣고 도착한 트럭, 등록하거나 보급품을 받으려고 길게 줄 선 난민들, 교실이 하나뿐인 학교(책상, 교과서, 분필로 쓰는 칠판이 있는), 머리에 짐 보따리를 이고 이동하는 여성들, 어깨에 짐을 메고 걷는 남자들, 유엔(UN) 트럭과 기타 차량, 군인들을 실은 지프, 쓰레기 더미(물통, 빈 자루, 천 조각, 목재 파편, 양철 컵), 그라피티가 그려진 구조물, 급조한 장난감(돌, 폐금속 조각, 바람 빠진 공)을 가지고 노는 아이들, 돈을 가진 난민들끼리 사고파는 간이 장터, 팔거나 물물교환을 위해 음식이나 물건을 열심히 만드는 난민들, 부모 곁에서 일하거나 하릴없이 시간을 보내는 아이들, 피난처 지붕에서 물이 뚝뚝 떨어져 고인 웅덩이, 망가진 물건을 고치거나 다른 용도로 활용하는 난민들

소리

확성기나 기타 스피커에서 흘러나오는 안내 방송, 손으로 쥐고 흔드는 철조망, 방수포로 만든 지붕과 바람에 펄럭이는 천으로 만든 출입문, 대화, 기침, 노래, 아기 울음, 아이들 노는 소리(공 차는 소리, 술래잡기 등), 짖어대는 개, 먼지 가득한 바닥을 질질 끄는 발걸음, 냄비에 붓는 쌀이나 콩, 요리를 위해 불을 지필 때 타닥 타오르는 소리, 고함, 움막이나 판잣집 틈을 비집고 지나는 바람, 펄럭이는 텐트, 우툴두툴한 자갈길을 굴러가는 타이어, 고르지 못한 길을 끽끽 휘청거

리며 가는 자전거, 날아다니는 모기, 오염된 물을 퍼내는 소리, 물통이나 물병에 담는 물, 숟가락으로 땅땅 치는 냄비, 땅에 떨어뜨린 포대, 사람들로 가득한 비좁은 공간에서 나는 각종 소음, 끽 멈춰 서는 보급 트럭, 수업 시간에 배운 내용을 낭독하거나 합창하는 아이들, 라디오에서 흘러나오는 뉴스

냄새

땀, 체취, 씻지 않은 몸과 옷, 대소변, 먼지, 요리를 위해 피운 불, 뜨거운 화덕에 구운 납작한 빵, 끓는 물

맛

밍밍한 음식(쌀, 콩, 빵), 미지근한 물, 땀

촉감과 느낌

더러운 물로 빠는 거친 옷, 오랫동안 빨지 않아 땀으로 얼룩덜룩하고 늘어진 옷, 피부를 무는 벌레, 극한의 더위나 추위 속에서 딱딱한 땅에서 자는 잠, 갑자기 덮친 굶주림과 갈증, 상하고 잔모래가 섞인 물, 사방이 먼지로 가득한 느낌(옷, 침구, 음식), 끝없이 흐르는 땀, 낡고 젖은 천으로 닦는 몸, 어깨에 지거나 머리에 이는 묵직한 식량 자루, 특정 질병(콜레라, 말라리아, 황달, 간염, 결핵, HIV, 갑상샘 질환, 기생충)과 관련한 증상, 밤새도록 뒤척이며 이루지 못하는 잠(열악한 환경, 걱정이나 공포, 외상 후 스트레스 장애 때문에), 물통에 물을 넣을 때 손이나 발에 튀는 물, 태양이나 바람을 피해 들어가는 거처, 거친 움막 벽에 기대앉는 느낌, 타는 목을 적시는 물, 무언가를 먹는 데서 오는 안도감, 바위나 통나무에 앉는 느낌, 피부에 닿는 먼지와 흙, 땅에 발을 질질 끌며 걷는 느낌, 뻣뻣하고 건조한 머리카락과 가려운 두피, 무기력증, 지루함, 익숙해진 체념

이 배경에서 벌어질 만한 갈등의 원인

- 외부자들이 들이닥쳐 주먹을 휘두르고 공격한다.
- 상이한 문화나 종교를 가진 난민 사이에서 다툼이 벌어진다.
- 보급품과 식량을 차지하기 위해 다툼이 벌어진다.
- 여성에게 폭력을 휘두르는 사람이 있다.

- 하릴없이 시간을 보내는 아이들이 있다.
- 육체적·정신적 질환에 시달린다.
- 불면증이나 외상 후 스트레스 장애(PTSD)에 시달린다.
- 공정해야 할 수용소 지원 인력이 강한 편견을 지니고 있다.
- 정치적 상황이 변화해 수용소 존폐에 영향을 미친다.

이 배경에서 볼 만한 유형의 사람들

- 수용소 관리자, 무장 경비, 자선 행사로 방문한 유명인, 의사와 간호사, 정신과 의사와 테라피스트, 난민, 기자, 교사, 유엔 대표

참고 사항 및 팁

지구상에는 700개가 넘는 난민 수용소가 있고, 수천만 명의 실향민이 수용소에서 집단생활을 한다. 자금 사정이 좋은 수용소는 생활 편의 시설이 잘 갖춰져 있어 다른 곳보다 지내기가 괜찮다. 하지만 시설과 관계없이 모든 수용소는 결국 다른 곳으로 이주하기 원하지만, 달리 갈 곳이 없는 난민들로 포화 상태가 된다. 또한 난민들을 대상으로 잔혹한 테러가 벌어지거나 그 밖에도 많은 문제가 발생하는데, 피해자들을 돕는 프로그램은 전무하다시피 하다. 이 때문에 난민들은 정서적으로 불안하고 무모한 선택을 하기도 한다. 사람 사이의 갈등도 쉽게 불거지고 빠르게 번진다.

배경 묘사 예시

줄이 한 발자국 정도 줄어들어서 앞으로 갔다. 목을 쭉 빼고 사람들이 얼마나 많이 남았는지 살폈다. 파리가 윙윙거리며 귓가를 날아다녔다. 물통을 양손 가득 들고 있어 어깨가 절로 움츠러들었다. 새벽부터 줄을 섰는데 이제 태양이 머리 꼭대기에 있다. 좁은 움막에 있을 나탈리야와 아기가 몹시 걱정됐다. 이 줄이 빨리 줄어들기를 기도하면서 땅에 발을 질질 끌며 앞으로 나아갔다.

- **이 글에 쓴 기법**   날씨
- **얻은 효과**   분위기 설정, 시간의 경과

낡은 아파트   Run-Down Apartment

풍경

작은 방과 낮고 물때로 얼룩진 천장, 때가 낀 창문, 벗겨진 리놀륨 바닥, 찢어진 벽지, 까지고 마모된 수납장과 비스듬하게 틀어져 걸린 문, 녹슨 싱크대, 쓰레기로 엉망인 바닥, 가구나 바닥에 아무렇게나 던진 옷가지, 싱크대에 산더미처럼 쌓인 그릇들, 색이 바랜 벽과 부엌 상·하부장, 완전히 안 닫히는 서랍, 서로 어울리지 않는 가구 배치와 아주 드물게 보이는 장식, 구식 가전 기기, 더러운 몰딩, 구석의 거미줄, 휘어지거나 망가진 블라인드, 창문형 에어컨, 고장 난 라디에이터, 창문(열리지 않고, 방충망이 찢어지고, 오르내리창[미국의 일반적인 창문 중 하나로, 주로 위쪽 유리는 고정하고 아래쪽 유리를 위아래로 오르내려 조정한다]이 내려가지 않게 책을 끼워 고정한), 올이 다 풀린 커튼과 리넨 침구, 등갓을 씌우지 않은 더러운 조명 기구, 노출된 파이프와 벽의 구멍, 검게 더러워진 타일 이음새, 욕실 샤워 부스의 벗겨진 타일, 물때가 가득한 샤워 부스, 기울어지거나 구부러진 바닥, 금이 쩍쩍 간 천장, 무너지기 직전의 계단, 얄팍하거나 물 빠진 카펫, 발코니(세탁물을 널고, 쓰레기봉투나 재활용 물품을 둔), 온갖 것이 들어 있는 거의 빈 냉장고, 부엌을 기어 다니는 바퀴벌레와 개미 떼, 마룻바닥의 쥐똥, 선반에 쌓거나 상자 안에 넣은 물건들, 비뚜름하게 걸린 액자

소리

수도꼭지에서 떨어지는 물, 삐걱거리는 마룻바닥, 얇은 벽을 타고 들려오는 목소리와 텔레비전 소음, 소리 지르며 싸우는 이웃들, 우는 아기, 짖어대는 개, 터덜터덜 오르내리는 계단, 발을 질질 끌며 복도를 지나는 소리, 요란하게 여닫히는 뒤틀린 문, 사이렌과 기타 차량 소음, 복도의 누군가가 두드리는 문, 전화벨, 삐걱거리며 열리는 서랍 문, 웅 울리는 오래된 냉장고, 벽 사이를 후다닥 달리는 쥐, 에어컨을 켜거나 끌 때 나는 철커덕거리는 소음, 억지로 열자 삐걱거리는 낡은 창문, 배관을 타고 흐르는 물, 부르르 떨며 돌아가는 천장 선풍기, 바람에 흔들리는 커튼, 삐걱거리는 침대 스프링, 작은 아파트에서 들릴 법한 자잘한 소음(가스레인지에서 지글거리며 익는 음식, 뒤적이는 서랍, 접시를 긁는 포크, 똑딱거리는 시계, 전화 통화, 샤워)

냄새

곰팡이, 먼지, 물때에서 나는 녹슨 냄새, 계단참의 소변, 상한 와인과 음식, 땀, 체취, 요리하는 음식, 부엌에서 풍기는 동물성 기름과 그 밖의 기름 냄새, 빨지 않은 옷, 밖으로 내놓아야 할 정도의 쓰레기 냄새, 더러운 기저귀, 오래된 담배 꽁초

맛

퀴퀴한 공기, 저렴하고 만들기 간편한 음식, 담배, 술, 수도꼭지의 물

촉감과 느낌

문에 걸린 무거운 금속 자물쇠, 낮은 수압에 가느다란 물줄기만 떨어지는 샤워기, 차가운 물, 무언가의 무게에 휘어지고 비틀린 마룻바닥, 경사진 바닥을 걷는 발걸음, 억지로 잡아당기는 꽉 닫혀 열리지 않는 서랍, 탄력을 잃은 소파나 매트리스에 앉을 때 몸이 파묻히는 느낌, 에어컨이 없어 줄줄 흐르는 땀, 가끔 선풍기에서 불어오는 바람, 억지로 미는 잘 열리지 않는 창문, 맨손으로 하는 설거지, 망가진 의자가 주저앉지 않게 조심스레 앉는 느낌, 피부에 닿는 까끌까끌한 담요, 얄팍한 베개 때문에 아픈 목, 수납함에서 기어 나오는 쥐나 바퀴벌레를 보고 화들짝 놀라는 느낌, 얇은 카펫 아래로 느껴지는 딱딱한 바닥, 맨발에 전해지는 바닥의 냉기, 이웃집 소음에 대한 항의 표시로 두들기는 벽이나 천장, 먼지나 곰팡이로 인한 알레르기 반응

이 배경에서 벌어질 만한 갈등의 원인

- 가전 기기가 고장 났는데, 집주인이 수리를 안 해 준다.
- 아파트에서 수상한 이웃이 범법 행위를 저지른다.
- 집세를 내지 못한다.
- 집주인이 고압적인 사람이다.
- 스프링클러와 비상계단이 고장 난다.
- 해충을 매개로 한 질병이 발생한다.
- 돈이나 마약을 요구하는 강도를 만난다.

- 차를 탄 일당이 벌이는 충격전 중 빗나간 총알이 날아온다.
- 믿을 수 없거나 위험한 룸메이트와 함께 산다.

이 배경에서 볼 만한 유형의 사람들

- 손님, 임차인과 임대인, 아파트 관리인

이 배경과 밀접한 다른 배경

- **시골 편** 욕실, 아이 방, 부엌, 거실, 십 대의 방
- **도시 편** 골목, 엘리베이터, 낡은 픽업트럭, 실내 주차장, 야외 주차장

참고 사항 및 팁

낡은 아파트는 건물 자체가 아예 오래된 곳(물론 아닌 경우도 있다)이고, 입주민들도 하루하루의 생계를 걱정하는 사람들이다. 하지만 낡고 무너질 듯한 건물이라고 개성 없는 배경은 아니다. 이곳에 사는 사람들이 무엇을 수집하고, 벽에 어떤 예술 작품을 걸고, 집을 얼마나 깨끗하게 유지하는지에 따라 많은 정보를 전달할 수 있다. 다른 많은 거주지가 그렇듯, 집과 관련한 디테일을 적절히 선정하면 등장인물에 대해 많은 이야기를 풀어낼 수 있다.

배경 묘사 예시

벤은 깜짝 놀라 일어났다. 눈을 깜빡이며 어른거리는 그림자를 걷어내고, 축축한 이불을 발로 찼다. 심장이 베이스 기타처럼 둥둥 울리는 탓에 도대체 왜 잠에서 깼는지 파악하기 힘들었다. 사이렌인가? 312호 남자가 또 부인에게 소리를 지르나? 옆집 개가 또 발코니에서 울어댔나? 아니다. 그건 다 바깥의 소리가 아닌가. 하지만 벤의 방은 무덤이다. 시곗바늘 소리, 바퀴벌레 소리 하나 없다. 선풍기도 있으나마나…… 벤은 고개를 홱 들어 천장을 봤다. 선풍기 날개가 완전히 휘어진 채 금세라도 멈출 듯 시계 방향으로 움직이고 있었다. 한 바퀴 도는 데 천년이 걸릴 듯 느릿한 속도였다. 정말 환상적이군. 벤은 땀에 흠뻑 젖은 티셔츠를 머리 위로 벗은 뒤 얼굴을 쓸었다. 이제 잠은 다 갔다.

- **이 글에 쓴 기법**　은유, 다중 감각 묘사, 의인화
- **얻은 효과**　분위기 설정, 복선, 긴장과 갈등

노숙자 쉼터

풍경

입소 희망자 접수처와 쉼터 직원들, 식사와 방문을 위한 카페테리아 스타일의 공간(장식 없는 벽, 타일을 깐 바닥, 줄 맞춰 배치한 테이블과 접이의자), 뷔페식 상차림과 균형 잡힌 식사를 배식하는 직원들, 음식을 받기 위해 식판을 들고 길게 줄 선 입소자들, 김이 모락모락 올라오는 수프 통과 고기와 채소를 담은 그릇, 가장자리의 세면도구 자판기, 중고 책으로 채워진 책장, 오래된 컴퓨터와 구인 정보 검색을 위한 무료 와이파이, 게시판(분실물 안내, 봉사자 모집 및 행사, 무료 교육 및 일자리 정보), 앞치마를 입고 헤어네트를 쓴 봉사자(설거지를 하고, 입소자와 잡담을 나누고, 테이블을 닦고, 장애인 도우미 역할 등을 하는), 음수대와 플라스틱 컵, 대형 커피 머신, 공동 침실(남성용과 여성용 침실, 나란히 배치한 이층 침대, 개인 소지품을 담은 쓰레기봉투나 더플백, 기부받은 탓에 서로 어울리지 않는 담요와 침구가 있는), 상대적으로 사생활이 더 보장되는 공간(서너 개의 침대나 이층 침대, 쉼터 자원봉사에 참여하는 입소자가 머무를 수 있는), 소박한 공용 화장실(세면대, 샤워기, 변기가 있는), 공용 라운지(벽걸이 텔레비전, 테이블과 플라스틱 의자, 카드와 보드게임 등이 있는)

소리

대화, 텔레비전의 방청객 효과음(웃음소리), 싸우는 소리, 코 고는 소리, 삐걱거리는 침대 스프링, 깨끗이 씻은 쟁반을 차곡차곡 쌓는 소리, 접시에 철썩 담기는 음식, 노래와 콧노래, 중얼거림, 문을 두드려 입소자를 깨우는 소리, 뒤척일 때마다 부스럭거리는 침대나 야전침대의 비닐 매트리스, 여닫는 배낭 지퍼, 샤워기에서 흐르는 물, 화장실 세면대에서 새는 물, 바닥을 긁는 의자, 볼일이 급하다며 화장실에서 나오라고 외치는 소리, 콘크리트 바닥에 발을 질질 끌며 걷는 소리, 방이나 개인 물건을 두고 다투는 소리, 아이의 울음

냄새

수프, 파스타, 카페테리아에서 요리하는 그레이비소스와 채소, 시큼한 체취, 담배 연기, 숨결에서 나는 알코올 냄새, 땀, 고약한 냄새를 풍기는 빨지 않은 옷, 비

닐 매트리스 커버와 수면용 패드, 커피, 침구와 수건에서 나는 강한 표백제 냄새

맛

무료 급식소나 카페테리아에서 제공하는 음식(번, 수프, 파스타, 햄버거, 미트 로 프meet loaf[다진 고기, 달걀, 채소를 섞어 덩어리째 구운 요리], 핫도그, 익힌 채소, 신선한 과일), 치약, 구강청결제, 담배, 달달한 간식, 자판기에서 파는 탄산음료

촉감과 느낌

낡은 매트리스의 탄성, 등을 찌르는 침대 스프링, 금방이라도 무너질 듯한 이층 침대에 오르자 사정없이 흔들리는 느낌, 약하고 가벼운 플라스틱 날붙이류, 깨 끗이 빤 침구의 꺼끌꺼끌한 보풀, 딱딱한 플라스틱 식판, 흐물흐물한 음식, 얇은 패드에서 잘 때 느껴지는 딱딱한 바닥, 손에서 자꾸 미끄러지는 비누, 싸구려 샴 푸나 비누로 머리를 감고 빗을 때 머리카락을 동그랗게 말아 틀어 올린 부분이 당기는 느낌, 샤워 후 건조해진 피부, 개인 소지품을 넣은 낡은 천 배낭의 뻣뻣 한 감촉, 시설을 청소하려고 쏟는 비눗물, 손톱 밑에 낀 모래, 양치 뒤 상쾌한 기 분으로 깨끗해진 이를 혀로 쓸어보는 느낌, 팔에 단단히 걸친 비닐 쓰레기봉투

이 배경에서 벌어질 만한 갈등의 원인

- 다른 쉼터 입소자와 싸움이 일어나 경찰이 출동한다.
- 부상을 입는다.
- 공간이나 물품(음식, 침구 등)이 부족하다.
- 입소자가 전염병에 걸린 것으로 의심된다.
- 정신 질환이나 약물중독 때문에 편집증 증세를 보이거나 폭력적인 행동을 한다.
- 규정을 위반했다며 쉼터에서 강제로 쫓겨난다.
- 거주 허용 기간이 끝나서 쉼터를 떠나야 하는데 달리 갈 곳이 없다.
- 쉼터에 개를 몰래 들여온다.

이 배경에서 볼 만한 유형의 사람들

• 입소한 노숙자, 경찰관과 구급대원, 노숙자 쉼터 직원과 경비원, 자원봉사자

이 배경과 밀접한 다른 배경

• 골목, 시내버스, 버려진 아파트, 공중화장실, 난민 수용소, 지하철 터널, 지하도

참고 사항 및 팁

노숙자 쉼터의 입소자 구성은 다양하다. 남녀 혼용, 남성 전용, 여성 전용, 가족을 위한 쉼터 등이 있다. 선착순으로 입소자를 받는 곳도 있고, 적은 비용을 지불하거나 시설 일을 일정 기간 도우면 오랫동안 머물 수 있게 해주는 곳도 있다. 쉼터에는 사생활이 없다. 그래서 입소자가 규모에 비해 많아지면 카페테리아 같은 공동 공간을 잠자리로 쓰기도 한다. 정신 질환이나 약물중독을 앓는 사람이 많아서 갈등과 불화도 끊임없이 일어난다.

배경 묘사 예시

오늘처럼 기온이 뚝 떨어지는 날이면 사람들이 이른 시간부터 줄을 섰다. 희망 쉼터 입구 안으로 사람들이 한 걸음 한 걸음 천천히 들어섰다. 추위에 얼굴이 트고, 웃옷에는 흰 눈이 수북했다. 부들부들 떨리는 손이 온기를 찾아 수프 그릇을 모아 쥐고, 앉을 자리를 찾아 두리번거렸다. 나는 배식하는 동안 몇 명이나 왔는지 머릿수를 세었다. 내 간절한 바람을 배반하고 빠르게 몰려드는 사람들. 금세 가득 차는 테이블에 어깨가 처지는 것 같았다. 곧 밤이 가까워지면 쉼터는 문을 닫아야 한다. 쉼터에 들어오지 못한 엄마와 아이들, 관절염으로 고생하는 노인들은 어쩔 수 없이 다른 곳을 찾아 헤매야 하는 것이다.

• **이 글에 쓴 기법**　다중 감각 묘사, 날씨
• **얻은 효과**　복선, 시간의 경과, 감정 고조

뉴스룸

풍경

일반 사무실　리셉션 책상, 업무 공간(책상, 컴퓨터, 파일 캐비닛, 전화기, 노트, 펜과 각종 사무용품, 물병과 컵, 종이와 서류철 더미, 참고 서적과 바인더binder[서류나 종이 등을 함께 묶어 책 모양의 철로 만드는 도구], 신문이 있는), 컴퓨터 모니터에 덕지덕지 붙은 접착식 메모지, 책상에서 점심을 때우는 언론인들, 의자에 던져놓은 재킷, 벽에 고정된 텔레비전 모니터, 경찰 무전기, 칸막이에 둘러싸인 책상이 다닥다닥 붙은 모습과 각자 앉아 일하는 리포터들, 약속과 행사 일정이 적힌 화이트보드, 컴퓨터와 서버로 계속해서 전송 데이터를 받는 접수처, 회의실(장식이 거의 없는 방, 일렬로 늘어선 의자들, 강의대가 있는), 관제실(오디오 믹서audio mixer[오디오 신호의 믹싱을 수행하는 장치], 제어반, 마이크, 모니터 여러 대, 헤드폰, 오디오 장비가 있는), 프린터, 화분, 휴게실(테이블과 의자, 전자레인지 등이 있는)

스튜디오　긴 책상 뒤에 앉은 앵커들, 종이와 펜, 바퀴 달린 회전의자, 선명한 음향을 위해 재질에 신경 쓴 벽면, 인터랙티브 스크린 모니터, 합성 효과를 위한 초록색 스크린, 원고 등을 화면에 띄워주는 프롬프터, 스튜디오 카메라, 조명, 조명 판, 바닥에 깔린 선들, 앵커용 모니터, 디지털시계

소리

두들기는 컴퓨터 키보드, 사내 전화기와 휴대전화 벨 소리, 전화를 끊는 소리, 종이 넘기는 소리, 낮은 목소리로 대화하는 사람들, 경찰 무전기 너머로 들리는 잡음과 불분명한 목소리, 여닫는 파일 캐비닛, 바스락거리는 신문지, 프린터, 의자 바퀴, 삐걱거리는 의자, 발걸음, 카메라가 돌아가기 직전 스튜디오를 감싼 침묵, 이런저런 지시를 내리는 PD

냄새

커피, 집에서 가져온 음식을 데우는 냄새, 배달 음식

집에서 싸 온 점심, 가게에서 찾아오거나 배달시킨 음식, 생일 케이크, 도넛, 커피, 탄산음료, 에너지 드링크, 물

촉감과 느낌

의자에 오래 앉아 있어 아픈 등, 의자에 앉아 빙글빙글 돌며 잠기는 생각, 온종일 컴퓨터 화면과 씨름한 탓에 침침하고 피곤한 눈, 프린터에서 막 나온 따뜻한 종이, 책상에 펜을 두드리거나 다리를 까닥이며 생각하는 느낌, 걸신들린 듯 해치우는 음식, 마감에 맞추려고 서두를 때 솟구치는 아드레날린, 귀와 어깨 사이에 전화기를 고정한 채 통화한 탓에 경련이 오는 목, 서성거리는 느낌, 입술에 닿는 뜨거운 커피 잔, 형편없는 음식 때문에 쓰리고 안 좋은 속

이 배경에서 벌어질 만한 갈등의 원인

- 적절한 사실 확인 절차를 거치지 않고 보도가 나간다.
- 종이에 베인다.
- 다른 리포터나 방송국에 뉴스를 뺏긴다.
- 뉴스를 내보내지 말라고 거물들에게 압박을 받는다.
- 보도하라고 지시받은 뉴스 때문에 내면의 갈등을 겪는다.
- 취재원이나 출처를 신뢰할 수 없다.
- 살해 협박을 받는다.
- 글이 잘 안 풀려 괴롭다.
- 마감 일정이 말도 안 되게 촉박하다.
- 자신보다 젊거나 매력적인 동료 때문에 커리어가 흔들리는 것 같아 걱정된다.
- 몸이 좋지 않아 대사가 기억나지 않거나 프롬프터를 읽기조차 힘들다.
- 보기 흉한 상처를 입어 앵커로서의 위치가 흔들린다.
- 카메라 앞에 서자 초조하고 당황스럽다.
- 생방송 중에 대답하기 난처한 질문을 받는다.

이 배경에서 볼 만한 유형의 사람들

• 촬영 기사, 편집자, 그래픽 디자이너, 메이크업 아티스트, 기상학자, 뉴스 국장 (보도 국장), 사진가, PD, 제작 어시스턴트, 접수처 안내 직원, 리포터와 기자, 음향 및 조명 기사, 뉴스 앵커

이 배경과 밀접한 다른 배경

• 자동차 사고 현장, 법정, 응급실, 연예인 대기실, 경찰서

참고 사항 및 팁

저널리스트는 정력적으로 임해야 하는 직업으로, 이야기에 많은 갈등 요소를 더하기에 적합한 배경이다. 뉴스룸은 재미있는 인간 군상이 한데 모인 곳으로, 주인공이나 주인공에게 큰 영향을 미치는 사람이 등장할 수 있다. 이야기를 만들 때 편집자, 촬영 기사, 사진가, 메이크업 아티스트 등 뉴스룸에서 흔히 볼 수 있는 인물들을 등장시키는 것을 잊지 말자.

배경 묘사 예시

엘라는 귀와 어깨 사이에 전화기를 낀 채 한 손으로는 메모를, 다른 손으로는 컴퓨터로 사실 여부를 확인했다. 디지털시계에 적힌 숫자는 '4:42'. 피처럼 새빨간 숫자가 소리를 질렀다. 가슴이 방망이질 쳤다. 방송 시작까지 남은 시간은 겨우 3분. 전화기 너머의 상대방에게 황급히 감사 인사를 한 뒤 전화기가 떨어지는 것도 무시하고 냅다 팽개쳤다. 수첩을 들고 발에 불이라도 붙은 듯 편집장 사무실로 허둥지둥 달려갔다.

• **이 글에 쓴 기법** 직유
• **얻은 효과** 긴장과 갈등

대기실   Waiting Room

풍경

커피 테이블에 쌓인 반들거리는 표지의 잡지와 여행 서적, 파일함에 꽂힌 흥미로운 내용의 팸플릿, 벽에 걸린 포스터, 표구한 예술 작품, 각종 서비스나 기간한정 행사 광고, 정수기, 접수 테이블, 대기자 명단, 방문객용 서류를 끼운 클립보드, 빈 서류, 펜과 연필꽂이, 번호표 발행기와 순번 대기 전광판(해당 사업장이 예약제로만 운영하지 않는 경우에), 얇은 쿠션을 덧댄 의자가 나란히 놓인 모습, 아이를 위한 코너(블록, 책, 색칠 놀이 테이블, 장난감 트럭 등이 있는), 유니폼을 입은 직원들(수술복을 입은 간호사, 정장을 입은 은행원), 각 직원의 명함과 명함꽂이, 기다리는 사람들(휴대전화를 확인하고, 텔레비전을 보고, 잡지나 책을 읽고, 아이를 어르고, 아이들이 티격태격하고, 허공을 멍하니 노려보는), 벽걸이 텔레비전의 프로그램이 뉴스나 드라마로 바뀌는 모습, 테이블의 티슈 상자, 화장실 표시판, 귀중품 보관에 대한 유의 사항 표시판, 가장자리나 테이블 끝에 놓은 조화, 쓰레기통, 무료 커피 머신, 각각의 방으로 향하는 복도와 문

소리

조심스레 넘기는 잡지, 휴대전화를 누르는 소리, 게임기 효과음, 속삭임, 기침, 가다듬는 목, 헐떡이는 숨, 바스락거리는 옷자락, 사무실 전화벨, 여닫히는 문, 차례가 돌아온 대기자의 이름을 부르는 접수처 직원, 스테이플러 찍는 소리, 진동이나 무음으로 바꾸는 휴대전화, 방문 서류를 채우는 펜, 너무 오래 기다렸다며 항의하는 소리, 삐걱거리는 의자, 바닥에 또각또각 부딪히는 구두 굽, 종이를 내뱉는 프린터나 팩스, 질문을 던지거나 지루하다고 투정 부리는 아이들, 에어컨이나 히터, 다음 대기자를 부르려고 유리 칸막이를 옆으로 미는 접수처 직원, 텔레비전 소리나 대기실용 음악 소리, 삐걱거리며 바닥을 긁는 의자, 휴게실에서 업무에 대해 논의하거나 웃는 직원들

냄새

향수, 먼지, 공기 탈취제, 세제, 손 소독제, 접수대를 장식한 꽃, 낡은 카펫

물, 사탕, 기침 해소용 사탕, 약, 껌, 박하사탕, 무료 커피

촉감과 느낌

목이 마른 느낌, 꼬았다 풀었다 하는 다리, 다리 뒤쪽에 닿는 의자 쿠션, 몸을 움직여 편안한 자세를 잡는 느낌, 손에 쥔 펜, 잉크가 나오지 않아 흔드는 펜, 바스락거리는 서류, 복사기에서 갓 인쇄된 종이의 온기, 바스락거리는 사탕 봉지, 뭉친 근육을 풀려고 이리저리 돌리는 목, 옆자리 사람과 부딪치는 팔꿈치, 철제 의자 다리를 툭툭 치는 구두 굽, 공간이 좁아 지나가는 사람의 가방에 찔리는 느낌, 초조해서 마구 헤집는 머리카락, 놋쇠 문손잡이의 냉기, 발을 찍찍 끌며 걷는 카펫이나 타일 바닥, 기다리는 동안 초조해서 조이는 배, 시간을 확인하거나 때우기 위해 휴대전화를 보거나 인터넷 서핑을 하는 느낌, 잡지 표지의 미끈거리는 감촉, 대기실 공기가 지나치게 차가워 돋는 소름, 손에 쥔 따뜻한 커피 잔

이 배경에서 벌어질 만한 갈등의 원인

- 대기 시간이 너무 길어진다.
- 기껏 찾아왔는데 예약이 잡혀 있지 않다.
- 대기실이 지나치게 덥거나 춥다.
- 같은 대기실에 있는 사람이 짜증 날 정도로 수다스럽거나 참견을 한다.
- 접수 담당자가 무례하거나 서투르다.
- 도착한 순서대로 진료 순번을 받는다.
- 시끄럽게 떠들며 전화하는 사람이 있다.
- 예약을 했으나 진료를 못 받는다(보험이나 결제 처리가 안 되거나, 필수 서류를 분실하거나, 장비가 망가져 다른 날짜에 와야 하는 등).

이 배경에서 볼 만한 유형의 사람들

- 퀵서비스 배송 기사, 배달원, 힘을 북돋아주기 위해 함께 내원한 친구나 가족, 접수 담당 직원 및 그 밖의 직원, 방문객(고객, 환자 등)

- **시골 편** 교장실
- **도시 편** 은행, 응급실, 미용실, 경찰서, 테라피실

참고 사항 및 팁

다양한 사업장에서 대기실을 운영하고 있지만, 모습은 대개 비슷하다. 대기실이야말로 그 업체의 수준을 가장 잘 보여주는 장소다. 하지만 병원 대기실이 보잘것없다고 그 의사의 실력까지 그런 것은 아니다. 대기실이 아니라 환자의 건강에 돈을 투자하는 진정한 의료인일 수도 있는 것이다. 마찬가지로 변호사 사무실의 대기실이 멋지다고 그 변호사 실력도 최고라고 단정할 수는 없다. 단순히 인테리어 디자이너가 빼어난 역량을 발휘한 결과물일지도 모른다. 장면 설정에서 이렇게 숨어 있는 의미들은 대화만큼이나 유용한 도구다. 여러 의미를 혼합하고, 등장인물에 대한 정보를 더할 수 있는 방법으로 활용하라.

배경 묘사 예시

엄마가 의사에게 진료를 받는 동안 접수처 근처 벽에 붙은 선반에서 잡지를 하나 빼들어 펼쳤다. 하지만 전혀 집중할 수가 없었다. 병원 같은 곳에서 누가 진지하게 잡지를 정독하겠는가. 하릴없이 노는 손이 무색해 잡지를 몇 장 넘기며 파란 플라스틱 의자에 앉은 다른 환자들을 흘끔거렸다. 머리에 스카프를 두른 여자 한 명, 야구 모자를 푹 눌러쓴 남자 한 명. 그들이 왜 이 병원에 왔는지 굳이 묻지 않아도 알 수 있었다. 하지만 다른 환자들을 본 순간 가슴이 꽉 조여왔다. 어린 소녀가 코팅된 잡지를 꽉 움켜쥔 채 앉아 있었다. 표지도 들춰보지 않은 상태였다. 그리고 십 대 소년이 앉아 있었다. 유령처럼 초췌한 얼굴에 금방이라도 무너질 듯이 왜소한 몸 탓에 옷이 지나치게 벙벙해 보였다. 눈물이 나올 것 같아서 눈을 깜빡거렸다. 암으로 얼마나 많은 이들이 눈물을 흘리는가.

- **이 글에 쓴 기법** 상징적 표현
- **얻은 효과** 성격 묘사, 감정 고조

대도시 거리
Big City Street

풍경

다차선 도로, 정지 신호, 보행자(회의하러 가는 직장인, 무거운 쇼핑백을 한가득 든 쇼핑객, 장바구니 달린 카트를 끄는 할머니, 개를 산책시키는 사람, 배낭을 멘 학생, 커피를 마시러 나온 친구 무리)로 가득한 인도, 찌그러진 휴지통, 차량(경적을 울리는 승용차, 택시, 배달 트럭, 경찰차, 버스), 걸인, 가게 셔터나 창가에 달린 경보 장치, 낙서, 배수로를 메운 쓰레기와 담배꽁초, 커브 길을 따라 주차된 차들, 버스 정류장, 아파트를 드나드는 입주민이나 고급 호텔을 드나드는 투숙객, 소화전, 택시 승강장, 가로등, 상점에 달린 차양, 대형 체인점, 색색의 푸드 트럭과 노점상, 고급 상점이나 전문 상점, 좁은 골목길, 높은 벽돌 건물과 비상계단, 각종 기업과 제품 광고판을 단 버스와 건물, 배전반과 가로등 기둥에 덕지덕지 붙은 각종 행사 전단, 공사 현장(보도 한편을 차지한 비계, 안전용 철망, 널빤지와 방수포, 무거운 물건을 옮기는 크레인, 공사장을 우회해 설치한 목조 보도), 늦은 밤에 일하는 환경미화원, 도로 옆 화단의 나무들, 길게 늘어진 장식용 전구, 보행자들을 상대로 음악을 연주하거나 재주를 자랑하는 거리 공연 예술가, 메뉴를 써서 세워놓은 판과 호객하는 식당 직원들

소리

사이렌, 경적, 전화 통화, 신호등 불빛이 바뀔 때의 신호음, 후진하는 배달 트럭의 벨 소리, 끽 하는 브레이크 소리, 욕설이나 고함, 보도를 또각또각 울리는 구두 굽, 공사장 소음(착암기, 드르릉 울리는 공압 공구, 산더미처럼 쌓인 목재나 파이프가 떨어지는 소리), 공기를 가르며 빠르게 달리는 시내버스

냄새

오염 물질(배기가스, 엔진오일 등), 튀김기의 기름, 커피 내리는 냄새, 땀내와 체취, 향수, 호우에 젖은 콘크리트

맛

푸드 트럭이나 노점상에서 파는 음식, 식당, 카페, 술집

676

회사에서 보낸 긴 하루와 피곤에 지친 발, 인파에 이리저리 밀리는 몸, 보도의 갈라진 틈이나 하수구 쇠살대에 걸린 구두 굽, 웅덩이를 밟고 지나간 자동차가 끼얹는 차가운 물세례, 사람으로 가득한 커피숍 통로를 비집고 지나가는 느낌, 택시 문손잡이의 부드러운 감촉, 택시 좌석 스프링의 탄력, 강도에게 뺏기지 않으려고 꼭 쥔 가방 손잡이, 한쪽 어깨와 얼굴 사이에 휴대전화를 고정하고 양손으로 무언가를 하는 느낌, 우산을 깜빡한 탓에 쇄골로 흘러내리는 차가운 빗줄기, 강풍을 따라 맹렬히 덮친 공사장 먼지에 까끌거리는 얼굴, 매연에 타들어가는 듯한 목과 발작처럼 터지는 기침, 건물들 사이로 휘몰아치는 시린 바람

이 배경에서 벌어질 만한 갈등의 원인

* 누군가 가방을 낚아챈다.
* 대도시 한복판에서 길을 잃는다.
* 택시에서 내렸는데 원하던 행선지가 아니다.
* 소매치기를 당한다.
* 길거리의 질 나쁜 음식을 먹고 식중독에 걸린다.
* 누군가와 부딪치는 바람에 휴대전화나 열쇠를 배수구 틈으로 떨어뜨린다.
* 낯선 사람과 시비가 붙는다.
* 범죄나 갑작스러운 폭행 현장을 목격한다.
* 보도에 쏟아지는 인파에 아이를 잃어버린다.
* 이중 주차를 해야 한다.
* 이중 주차한 차나 지나치게 가까이 주차한 차 때문에 차를 뺄 수가 없다.
* 주차 위반 딱지를 뗐다.

이 배경에서 볼 만한 유형의 사람들

* 상점 주인, 직원, 노숙자, 지역 주민, 경찰관, 택시 운전사, 관광객

이 배경과 밀접한 다른 배경

* 골목, 아트 갤러리, 은행, 서점, 캐주얼 다이닝 레스토랑, 시내버스, 커피숍, 공사장, 델리 숍, 패스트푸드 레스토랑, 퍼레이드, 실내 주차장, 경찰차, 펍, 택시

참고 사항 및 팁

거리는 위치와 시기에 따라 분위기와 풍경이 다르다. 대도시 거리는 대기업의 고층 빌딩이나 고급 아파트 건물에 둘러싸여 있다. 인도의 경우에는 건물 차양 아래에 서 있는 도어맨이 고객이나 입주민이 오가는 것을 돕는 모습을 흔히 볼 수 있다. 하지만 상업 지구나 부촌이 아닌 그 밖의 지역을 생각할 수도 있고, 낡고 오래된 건물과 범죄율이 높은 지역을 상상할 수도 있다. 대도시 특정 지역에는 특정 인종이 모여 살기도 한다. 상점과 레스토랑은 특정 고객층을 상대하기 때문에 그 고객층의 문화에 맞춘 색감, 스타일, 광고로 단장한다.

배경 묘사 예시

무려 세 시간 동안 명세서를 놓고 회의를 했더니 휴식이 간절해졌다. 북적대는 래튼 애비뉴 쇼핑 지구 초입에 있는 작은 커피 판매상으로 발걸음을 향했다. 건물 유리창이 햇살에 반짝였지만, 보도는 생각보다 빨리 덮친 폭풍 탓에 젖어 있었다. 바닥에 있는 물웅덩이를 건너기 위해 아이들처럼 폴짝폴짝 뛰어야만 했다. 어릴 적에는 비 온 다음 날을 정말 좋아했는데, 빨간 고무장화를 신고 웅덩이에 뛰어들어 물을 사방으로 튀기면서 즐거워하곤 했다. 미소가 나왔다. 옛날 일이지만 그때를 떠올리며 깨끗한 공기를 깊이 들이마셨다. 그러자 잠시나마 그 순간들이 지금 이곳에 존재하는 듯했다.

* **이 글에 쓴 기법**　대비, 다중 감각 묘사
* **얻은 효과**　과거 사연 암시, 감정 고조

도서관

풍경

견고한 책장(벽을 따라 설치된 책장, 한가운데 늘어선 책장 여러 줄, 구석진 공간과 학습 구역을 따라 놓인 책장), 대출·반납 데스크와 사서 및 사서 보조(책을 스캔하고, 대출해주고, 연체료를 받고, 이용객이 원하는 책을 검색하는), 아이들을 위해 책갈피와 스티커로 꾸민 일정표, 특별 행사와 독서 모임 홍보 팸플릿, 이동식 북카트, 펜과 연필, 참고 서적(두꺼운 사전, 백과사전, 지도책, 역사 문헌) 코너, 책상에서 공부하는 학생, 푹신한 의자에 앉아 신문을 뒤적이는 노인, 도서관 컴퓨터로 자료 조사나 웹 서핑을 하는 이용객, 열람실(특별 행사가 열리고, 서로 공부를 가르쳐주고, 독서 모임을 하는), 2층으로 이어지는 계단, 줄마다 적힌 참조 번호, 매끄러운 표지의 다양한 정기간행물을 갖춘 잡지꽂이, 글을 읽고 이해하는 능력과 독서의 중요성을 강조하는 배너와 간판, 천장의 환한 조명이나 책상에 놓인 스탠드, 어린이 그림책 코너와 빈백 의자, 정숙해달라는 표지판, 파일 캐비닛, DVD 대출 코너, 복사기와 프린터, 인기 작가와 신간을 소개하는 진열대, 페이퍼백(문고판)용 회전 서가, 칸막이가 있는 학습용 책상, 책상 위의 구겨진 종이와 지우개 찌꺼기, 열람실에 있는 패브릭 소파와 푹신한 의자

소리

시곗바늘, 작동하는 프린터, 조용히 넘기는 책장, 기침이나 목을 가다듬는 소리, 휴대전화가 울리자 서둘러 끄는 소리, 작동하는 에어컨, 문자메시지 알림음, 숨죽인 목소리로 프로젝트나 과제를 논의하는 학생들, 구연동화 시간에 웃고 노래 부르는 아이들, 아이들에게 책을 읽어주는 사서, 떨어뜨린 책, 하드커버 표지를 닫는 소리, 종이 찢는 소리, 재채기, 의자나 낡은 소파의 삐걱거리는 스프링, 계단을 밟는 신발, 위층에서 들려오는 발소리, 연필로 쓰는 소리와 펜을 달칵 누르는 소리, 짜증 어린 한숨과 신음, 풍선껌을 씹으며 풍선을 불어 터뜨리는 십대, 책상이나 책 위의 연필, 이어폰에서 새어 나오는 음악, 바스락거리며 접거나 펼치는 신문, 키보드를 두드리고 마우스를 클릭하는 소리, 여닫는 책가방 지퍼

냄새

빳빳한 종이, 카펫의 곰팡내(특히 비가 온 뒤에), 먼지, 제습기, 다른 이용객을 방해하지 않으려고 가까이에서 말하는 사서의 숨결에서 나는 민트향, 흡연자들이 풍기는 퀴퀴한 담배 냄새, 가죽, 톡 쏘는 샤워 코롱 향기, 향수, 공기 탈취제, 청소용품, 연필을 깎고 남은 찌꺼기

맛

껌, 박하사탕, 연필을 질겅질겅 씹을 때 나는 나무 맛, 잉크(신문을 넘기던 손으로 입을 만질 때), 물

촉감과 느낌

미끈거리는 종이, 고르지 않은 가죽 표지, 책상 표면의 매끄러움과 냉기, 거칠거칠한 의자 방석이나 딱딱한 플라스틱 의자, 과제를 하다 털어내는 지우개 가루, 손가락으로 꾹 눌러보는 플라스틱으로 된 도서관 회원증의 모서리, 도서 검색을 위해 두드리는 키보드, 종이에 베었을 때의 통증, 손가락으로 쓸어보는 표지의 우툴두툴한 부분, 위층으로 올라가면서 잡는 광을 낸 계단 난간, 차가운 문손잡이, 떼어내기 힘든 서로 붙어 있는 책 페이지, 독서 중 창문으로 들어오는 따사로운 햇살, 밖으로 나가려고 미는 차가운 유리문

이 배경에서 벌어질 만한 갈등의 원인

- 실수로 책을 훼손한다(커피를 쏟거나 책장을 찢는 등).
- 같이 수업을 듣는 학생이 프로젝트를 도와달라거나 과제를 보여달라며 귀찮게 군다.
- 도서관 회원증을 분실하거나 책을 제자리가 아니라 엉뚱한 곳에 꽂는다.
- 책을 대출하러 갔지만, 누군가 이미 빌려 갔다.
- 어떠한 소음도 용납하지 않는 엄격한 사서가 일하고 있다.
- 몇몇 사람이 공용 컴퓨터를 독차지한다.
- 배관이 폭발해 책들이 훼손된다.
- 누군가 소곤거리며 흘린 비밀 이야기를 들어버려서 신경이 쓰인다.

이 배경에서 볼 만한 유형의 사람들

• 역사학자, 사서, 부모와 아이, 책을 읽는 사람, 자료 검색을 하는 사람, 학생, 교사

이 배경과 밀접한 다른 배경

• **시골 편** 초등학교 교실, 고등학교 복도, 대학교 대형 강의실
• **도시 편** 서점

참고 사항 및 팁

도서관이 클수록 비치된 책도 많다. 요즘에는 같은 지역에 있는 도서관들끼리 서로 연계하여 한 도서관에 없는 책을 다른 도서관에서 빌릴 수 있는 상호대차 서비스도 있다. 이런 서비스를 통해 이용객은 더욱 많은 책을 접할 수 있다. 도서관은 비영리단체들의 모임 장소로도 인기가 좋고, 지역사회를 위한 다양한 프로그램을 운영한다. 등장인물이 친구나 라이벌을 마주치기에도 적절한 곳이다.

배경 묘사 예시

책과 자료를 한창 뒤지다 멈추고 주위를 둘러보았다. 사람들로 항상 북적대던 도서관이 텅 비어 있었다. 의자에 어깨를 축 늘어뜨리고 눕다시피 앉은 사람들, 바닥에 널브러진 책가방들이 전혀 보이지 않았다. 공용 컴퓨터 코너에도 검은색 스크린만 떠 있었다. 들려야 할 소음이 들리지 않자, 그 고요함이 새삼 분명하게 느껴졌다. 위층 책장들은 항상 밝은 조명이 켜 있고 책으로 붐볐던 곳인데, 지금은 흐릿한 그림자만 어둠 속에서 어른거렸다. 책상의 램프가 웅웅거리는 것을 보고 들고 있던 연필을 공책에 내려놓았다. 목을 가다듬는 소리라도 내고 싶었다. 사람이 내는 친숙한 소리를 듣고 싶었기 때문이다. 하지만 그러지 않았다. 가슴이 거칠게 뛰었다. 일어나보니 모두가 갑자기 사라진, 재난 영화에서나 봤을 법한 상황에 빠진 느낌이었다.

• **이 글에 쓴 기법** 빛과 그림자, 다중 감각 묘사, 의인화
• **얻은 효과** 분위기 설정, 복선, 시간의 경과

동물 병원　　　　　　　　　　　　　　Vet Clinic

풍경

대기실과 접수처, 타일이 깔린 바닥, 이동장 안의 고양이와 목줄을 한 개, 잡지를 뒤적이거나 긴장한 반려동물을 달래는 주인, 한쪽에 있는 반려동물 사료 진열대, 동물이 침 흘린 자국과 온갖 털이 떨어진 바닥, 판매 중인 반려동물용품(샴푸, 목줄과 목걸이, 인식표, 장난감, 피부 케어 제품, 비타민, 얼룩 제거 도구, 가정용 훈련 도구, 발톱깎이 및 이발기), 모금 행사 및 그 밖의 행사 관련 전단, 동물을 주제로 한 포스터들, 개별 진료실(저울 세트, 싱크대, 컴퓨터, 클립보드를 들고 메모하는 수련생이나 보조 인력, 파일, 진료대, 의료 도구, 쓰레기통, 의료 폐기물 용기, 수술복을 입고 라텍스 장갑을 낀 보조 인력, 의사 가운을 걸친 수의사, 동물 해부도 포스터가 있는), 병원 내부 검사실(엑스레이 기계, 초음파 기계, 방사선 차단용 납 방호복, 원심분리기, 현미경이 있는), 조제실, 수술실(수술대, 조명, 수술 도구를 보관하는 트레이, 마취 기구, 정맥주사와 카테터catheter[체강 또는 장기에서 액체를 빼내거나 약제 등을 주입하기 위해 삽입하는 얇은 고무관 또는 금속관], 혈압 측정기, 고압 살균기, 산소 기기가 있는), 반려동물을 맡기는 곳(쌓여 있는 케이지, 담요, 사료 그릇과 물그릇, 장난감, 누워 있거나 서서 짖는 동물들이 있는), 샤워기 및 드라이어

소리

동물이 내는 다양한 소리(짖고, 야옹거리고, 으르렁거고, 새가 지저귀는 등), 꼬리로 테이블이나 바닥을 탁 치는 개, 기다리는 동안 수다 떠는 반려동물의 주인들, 전화벨, 진료 차례가 됐다며 부르는 직원, 타일 바닥을 긁는 발톱, 신발에서 나는 찍 소리, 여닫히는 문, 라텍스 장갑을 벗을 때 나는 바람 소리, 여닫히는 페달 달린 쓰레기통 뚜껑, 닫힌 진료실 문 너머로 희미하게 들리는 목소리, 이발기의 진동, 금속 싱크대에 쏟는 물, 허우적거리며 금속 진료대를 긁는 발톱, 위아래로 움직이는 매달림(용수철) 저울, 그릇의 물을 핥다가 바닥에 튀는 물, 금속 그릇에 부은 사료가 흩어지는 소리, 딱딱한 간식을 씹는 동물, 상처 부위를 과도하게 핥아 주인에게 혼나는 반려동물

소독약, 표백제, 동물 비듬, 대소변, 피, 젖은 털, 반려동물 사료나 간식, 동물이 풍기는 사향

맛

이 배경에서는 등장인물이 가지고 있는 것(껌, 박하사탕, 립스틱, 담배 등) 말고는 관련된 특정한 맛이 없다. 이럴 때는 미각 외의 네 가지 감각에 집중하는 것이 좋다.

촉감과 느낌

긴장해서 주인의 다리 사이에 달라붙거나 무릎에 올라앉는 개, 손에 쥔 거친 목줄, 가르랑거리는 고양이, 바짓가랑이에서 치대다가 발톱으로 찌르는 고양이, 무거운 반려동물 이동장, 흥분한 반려동물을 달래며 작성하는 진료 서류, 다리에 칭칭 감긴 목줄, 피부를 간질이는 반려동물의 털, 주인의 발이나 팔에 침을 뚝뚝 흘리는 개, 목줄을 잡아당기는 개, 다른 동물이 병원에 들어오는 것을 보고 으르렁거리는 작은 반려동물, 무릎에서 바들바들 떠는 개, 작은 개에게 물리는 느낌, 흥분한 반려동물의 털을 부드럽게 쓸어주며 진정시키는 느낌, 주인에게 다가와 혀로 마구 핥는 긴장한 개, 청소한 지 얼마 안 돼 미끄러운 바닥, 금속 진료대의 냉기, 답답한 라텍스 장갑, 개 간식의 거친 감촉, 반려동물이 진료받는 동안 슬며시 찾아오는 걱정

이 배경에서 벌어질 만한 갈등의 원인

- 대기실에서 동물들이 싸운다.
- 반려동물이 날뛰어도 내버려두는 보호자가 있다.
- 긴장한 반려동물이 주인의 발에 소변을 본다.
- 반려동물에 대한 나쁜 소식을 전달하거나 듣는 상황에 놓인다.
- 지나치게 많이 나온 병원비 때문에 화가 난다.
- 수의사가 동물과는 잘 지내지만 사람을 상대하는 데는 서툴다.
- 반려동물을 검진해보니 학대나 방치를 당한 듯한 의심이 든다.

- 반려동물이 알 수 없는 병에 걸렸다.
- 반려동물을 진찰하다가 물린다.
- 대기실의 손님이 반려동물 비듬에 알레르기 반응을 일으킨다.
- 발정기의 개가 다가와 다리에 몸을 비빈다.
- 중요한 회의나 약속이 있는데 옷이 동물 털로 뒤덮인다.
- 반려동물을 안락사시켜야 할지 결정해야 한다.

이 배경에서 볼 만한 유형의 사람들

- 동물 구조대원, 아이들, 반려동물 주인, 접수 담당 직원, 수의사와 보조 인력

이 배경과 밀접한 다른 배경

- 반려동물용품점

참고 사항 및 팁

동물 병원도 다른 일반 병원들처럼 규모와 청결 상태, 서비스, 인테리어가 제각 각이다. 무채색 벽과 금속 장식이 주를 이루는 깔끔한 동물 병원도 있고, 따뜻하고 다정한 분위기의 동물 병원도 있다. 심지어 벽화와 포스터로 도배한 벽과 반려동물 놀이터까지 설치해 동물들을 위한 궁전처럼 꾸며놓은 병원도 있다. 수의사도 자신의 병원과 비슷한 분위기를 풍기는 경향이 있어, 병원 인테리어와 서비스 수준을 통해 수의사에 대한 많은 정보를 읽어낼 수 있다.

주의 등장인물이 기니피그나 도마뱀, 페럿, 뱀처럼 이국적인 동물을 기른다면 일반 동물 병원에서는 보통 이런 동물을 진료하지 않기 때문에 이들을 전문적으로 진료하는 수의사를 찾아가야 한다.

배경 묘사 예시

클립보드와 가방, 이제는 너무 자란 나의 코커스패니얼 퀸시까지 한꺼번에 들고 비틀거리며 가장 가까운 자리로 걸어갔다. 의자 옆에 퀸시를 내려놓자 바로 내 무릎으로 기어오르더니 껌처럼 달라붙어 스웨터 여기저기에 털을 묻혔다.

나는 한숨을 쉬며 퀸시 등에 클립보드를 올려놓았다. 하지만 퀸시가 계속 꼼지락댄 탓에 평소에는 단정했던 글씨가 해독 불가능한 외계어가 돼버렸다. 이가 갈렸다. 제발 얘야, 네 발톱을 손질하러 왔지 널 버리고 가려고 온 게 아니란다.

- **이 글에 쓴 기법** 다중 감각 묘사
- **얻은 효과** 분위기 설정

미용실 Hair Salon

풍경

카운터(컴퓨터와 금전등록기, 신용카드 단말기, 헤어 액세서리 등을 진열한 장식장이 있는), 유행하는 스타일의 대기실(소파, 커피 테이블 위에 가득한 패션 잡지, 서빙 카트와 유리잔, 물병이 있는), 유명 헤어 제품을 진열한 유리 선반(샴푸, 컨디셔너, 손상모용 헤어 오일, 헤어 젤, 왁스, 헤어스프레이, 무스 등이 있는), 각종 가발과 붙임머리, 벽에 늘어선 샴푸대와 수건장에 차곡차곡 쌓인 수건들, 대용량 샴푸 및 컨디셔너, 쓰레기통, 리클라이너 의자, 머리 하는 공간(거울, 빗과 각종 헤어 도구, 항균 세제, 헤어드라이어와 아이론, 푹신하고 높이 조절이 가능한 회전의자, 헤어 제품 세트, 분무기, 다양한 크기의 가위들, 이발기, 다양한 모양의 빗이 있는), 바닥에 이리저리 흩어진 머리카락, 전문가용 헤어드라이어, 벽에 세워둔 빗자루, 다양한 헤어스타일을 볼 수 있는 모델 포스터, 붙임머리 샘플, 염색 색상표나 책자, 염색용 믹싱 볼과 빗, 이동식 트레이(머리핀, 빗, 머리띠, 헤어롤, 부분 염색을 위한 알루미늄 포일 통이 담긴), 머리부터 발끝까지 검은색 복장을 하거나 유니폼 앞치마를 입은 헤어 디자이너, 뒤편의 화장실

소리

헤어드라이어, 가위질, 음악, 샴푸대에서 흐르는 물, 알루미늄 포일을 자르고 찢는 소리, 헤어 디자이너와 웃으며 수다 떠는 손님들, 전화벨, 칙칙 뿌리는 스프레이, 샴푸대로 뚝뚝 떨어지는 거품, 뒤로 젖히는 의자 등받이, 의자 높이를 조정하려고 밟는 페달, 여닫히는 수납장, 타일이나 나무 바닥을 밟는 구두 굽, 예약이 비는 시간을 이용해 수다 떠는 헤어 디자이너들

냄새

샴푸와 컨디셔너(민트 향이나 유칼립투스 향, 꽃 향, 시트러스 향, 허브 향), 과열된 헤어드라이어기 모터, 화장수와 피부 소독제, 염색약, 파마약

맛

실수로 입안에 들어온 헤어스프레이, 커피, 차나 레몬 조각을 넣은 물

머리카락을 잡아당겨 자르는 느낌, 염색약이나 탈색약을 썼을 때 전해지는 물과 거품의 냉기와 미끈거림, 비닐 소재의 미용 가운을 입는 느낌, 헤어드라이어 바람에 두피가 따끔한 가운데 유광 코팅된 잡지를 뒤적이는 느낌, 헤어 제품의 화학 성분 때문에 가렵거나 뜨거운 두피, 얼굴과 목에 분사되는 물, 샴푸대에서 머리를 감던 중 눈에 튄 샴푸, 샴푸대의 목 받침 부분에 불편한 자세로 얹은 목, 머리를 부드럽게 어루만지는 따뜻한 물과 샴푸 거품, 헤어 디자이너가 머리카락을 자르는 동안 어색한 각도로 머리를 고정하고 있는 느낌, 열에 달궈진 아이론으로 머리카락을 만질 때 두피에 전해지는 압력, 커트 마무리 단계에서 얼굴을 찰싹 때리는 젖은 머리카락, 손질이 끝나 비단결처럼 부드러워진 머리카락

이 배경에서 벌어질 만한 갈등의 원인

- 커트나 염색 결과가 마음에 들지 않는다.
- 헤어 디자이너들 사이에 경쟁과 갈등이 벌어진다.
- 머리를 한창 자르던 헤어 디자이너가 무언가에 부딪치거나 구두 굽에 걸려 넘어진다.
- 염색약을 지나치게 오래 바르고 있는 바람에 머리카락이 손상된다.
- 피부가 민감하게 반응하는 화학제품을 바른 탓에 두피가 타는 듯하다.
- 헤어 디자이너가 자신의 실력을 과신하고 고객이 요청하는 스타일대로 시도했지만 실패한다.
- 현금이 전혀 없는 것을 모른 채 신용카드로 결제를 끝내는 바람에 팁을 어떻게 지불해야 할지 난감하다.
- 말이 안 통하는 헤어 디자이너를 만나서 원하는 스타일을 요청하기가 힘들다.
- 수다스러운 헤어 디자이너나 손님을 만나 쉴 새 없이 본인 얘기를 듣는다.

이 배경에서 볼 만한 유형의 사람들

- 손님, 헤어 디자이너와 수습 직원, 스타일리스트

- 쇼핑몰

참고 사항 및 팁

어떤 미용실에서는 태닝과 피부 관리 서비스(제모 및 레이저 시술), 눈썹 정리, 왁싱 등 여러 서비스를 제공한다. 손님의 성격도 제각각이다. 어떤 손님은 미용실에서 자신의 존재감이 없어질까 봐 지나치게 많은 이야기를 늘어놓기도 한다. 헤어 디자이너는 좋든 싫든 손님의 수다를 들어야 한다. 그 밖에도 지나치게 사적인 일이나 헤어 디자이너와는 아무 상관도 없는 일에 대해 떠드는 손님도 있다. 이처럼 아무도 자신을 모른다고 생각하고 비밀을 떠드는 바람에 들어서는 안 될 사람의 귀에 그 비밀이 흘러 들어가 훗날 갈등으로 불거지는 상황이 일어나기도 한다.

배경 묘사 예시

한 시간 내내 머리카락을 당기고 밀더니 축축이 젖은 머리카락을 알루미늄 포일로 감쌌다. 애나가 파마 기계가 늘어선 장소로 나를 안내했지만, 기계는 조금 뜸을 들인 뒤에 작동시켰다. 오십 대 중반인 애나는 갱년기에 나타나는 흔한 증상인 안면 홍조 때문에 미용실 온도를 동상에 걸릴 정도로 낮게 유지했다. 애나는 내 무릎 위에 두툼한 잡지 여러 권을 떨어뜨린 뒤 파마 기계 스위치를 켰다. 따뜻한 열이 나오자 행복해졌다. 기계가 얼음장 같은 추위를 빨아들이자 의자에 앉아 추위에 바르르 떨며 이 작업이 빨리 끝나기만을 기다리던 시간이 이제야 가치 있게 느껴졌다.

- **이 글에 쓴 기법** 대비, 과장
- **얻은 효과** 성격 묘사

버려진 아파트　　　Condemned Apartment Building

풍경

벗겨진 페인트칠과 주름 잡힌 벽지, 어지러운 색깔의 낙서(인용구나 속담, 그림, 인종 혐오 발언, 무의미한 숫자나 메시지), 쓰레기(부서지고 일어난 석고 벽과 유리, 빈 맥주 캔, 술병, 누더기 천, 더럽고 해진 매트리스, 담배꽁초, 사용하고 버린 주삿바늘 등)가 여기저기 흩어진 바닥, 고르지 못한 구멍과 그 사이로 튀어나온 쥐가 갉아 먹은 충전재, 마모된 회반죽, 경첩에 간당간당 매달린 문, 쓰레기 더미를 왔다 갔다 하는 쥐, 취침이나 파티를 위해 불법으로 들어온 사람들, 쓰레기로 가득한 비상계단, 녹이 슬거나 움푹 팬 우편함, 낡은 조명에 달린 거미줄, 고장 난 엘리베이터, 노출된 파이프와 천장 구멍 사이로 빠져나온 헐거운 전선, 손상돼 벗겨진 바닥재, 오래되고 씹힌 자국이 있는 카펫이나 매트, 더러운 창문(소실된 유리, 녹슨 창살, 판자로 땜질한 창문 등), 콘돔 포장지, 부서진 벽돌 및 기타 석재, 누렇게 바랜 신문과 깨진 유리, 더러운 휴지, 쓰레기로 넘치는 욕조, 이전 세입자가 발로 차 얼룩과 발자국으로 오염된 벽, 부서진 가구, 쓰다 버린 물품(고장 난 청소기, 박살 난 텔레비전, 머그잔, 가전 기기, 삐뚤게 걸려 있거나 바닥에 떨어진 촌스러운 그림, 잡지, 쿠션이 사라진 낡은 소파나 의자), 먼지로 뒤덮인 환기구, 문이 열린 찬장, 쥐똥과 죽은 파리로 가득한 선반, 옆방이 보일 정도로 벽에 난 구멍, 먼지 쌓인 계단참과 계단, 노출된 철근, 전등 스위치와 문손잡이가 없는 방, 열려 있는 서랍 혹은 서랍이 사라진 서랍장, 바퀴벌레, 박살 난 책장과 조리대, 죽은 동물의 뼈, 버려진 둥지, 녹슬고 검은 곰팡이 얼룩이 자라는 벽, 창문 선반이나 발코니에 자라는 잡초

소리

밀 때마다 끽끽거리는 문, 깨진 창틀 사이로 부는 바람, 윙윙거리는 파리, 소파 등의 충전재를 갉아 먹거나 벽 뒤에서 이리저리 빠르게 움직이는 쥐, 밟히는 유리와 쓰레기, 내부에 있는 사람, 낡은 건물에서 나는 삐걱대는 소음, 위층에 있는 누군가의 발걸음, 누군가 가까이에서 벽을 부수거나 가구를 끄는 소리, 태풍에 새는 물, 바깥을 지나는 자동차

부패한 카펫, 곰팡내, 곰팡이 핀 쿠션과 천, 먼지, 마약, 대소변, 체취, 시체에서 나는 냄새, 젖은 개털, 냉장고에 남은 상한 음식

맛

목구멍이 타는 듯한 싸구려 술, 폐에 침투하는 연기, 화학물질이나 마약을 흡입할 때 나는 매캐하고 씁쓸한 맛, 싸구려 패스트푸드 음식, 쓰레기통을 뒤져 꺼낸 음식, 공기 중 가득한 먼지

촉감과 느낌

부서진 가구와 석고 조각이 흩어진 바닥을 조심스레 걷는 느낌, 발밑에서 바스락 부스러지는 유리 조각, 부엌 조리대에 두껍게 쌓인 먼지를 손가락으로 쓸자 먼지투성이가 된 손가락과 옷, 벌레나 짐승이 있는지 확인하려고 나무나 파이프로 후려치는 소파, 실오라기가 지저분하게 튀어나온 담요와 오래된 쿠션에 의지해 자는 느낌, 어깨로 밀어서 여는 문, 바닥을 걷다 부드러운 지점을 밟자 느껴지는 미약한 탄성, 비바람에 흠뻑 젖은 끈적하고 질척한 카펫, 녹슨 비상계단 난간, 사람 무게에 흔들리는 비상계단, 깨진 유리창 사이로 밀려든 차가운 바람에 오싹해지는 느낌

이 배경에서 벌어질 만한 갈등의 원인

- 건물이 무너질 듯 위태롭다(꺼진 바닥, 부서지고 허물어진 계단참과 계단).
- 건물 안에서 기분 나쁜 것(핏자국, 시체, 피를 흘리는 종류의 의식이 벌어진 흔적)을 발견한다.
- 라이벌 관계인 갱단들이 건물을 두고 영역 싸움을 벌여 건물을 찾는 모두가 위험에 빠진다.
- 건물 안에서 누군가에게 공격당한다.
- 건물 안에서 아기 우는 소리가 흘러나온다.
- 넘어져서 다쳤는데, 도움을 청할 사람이 없다.
- 건물 안에서 초자연적 현상을 경험한다.

- 경찰관이 정기적으로 찾아와 무단 점유자를 건물 밖으로 쫓아낸다.

이 배경에서 볼 만한 유형의 사람들

- 건물 조사관, 마약 중독자, 소방관, 갱단, 구급대원, 경찰관, 건물의 무단 점유자

이 배경과 밀접한 다른 배경

- 골목, 구급차, 노숙자 쉼터, 경찰차, 낡은 아파트

참고 사항 및 팁

건물이 붕괴한 정도는 버려진 지 얼마나 지났는지, 버려지기 전 제대로 된 폐쇄조치(창문을 판자로 막고 문에 쇠사슬을 걸어 출입을 차단했는지, 수도관을 비웠는지 등)가 있었는지에 따라 다르다. 가치 있는 물건은 이미 없어지거나 훔쳐갔겠지만, 특이한 물건은 하나쯤 떨어져 있을지도 모른다. 버려진 아파트는 마약을 불법적으로 사고팔고 복용하는 마약중독자들의 아지트가 되기도 한다. 이처럼 더 이상 잃을 게 없을 만한 절망적인 사람들이 한데 모인 장소에 등장인물을 넣어 불안한 상황에 놓이게 할 수 있다.

배경 묘사 예시

얼룩덜룩한 희미한 불빛이 계단참을 비췄다. 계단은 온갖 쓰레기로 잘 보이지도 않았다. 나는 부서진 벽에서 튀어나온, 시체에서 쏟아진 내장 같은 전선 넝쿨을 요리조리 피하면서 쓰레기와 쥐똥 사이를 헤쳐 나갔다. 두세 걸음 걷고 멈추기를 되풀이하며 그때마다 주변에 귀를 기울였다. 건물이 삐걱거리는 소리와 종이가 휘날리는 소리를 들으며 제발 이것 말고 다른 소리를 듣게 되는 일이 없기를 간절히 기도했다. 이 텅 빈 낡은 건물들은 휴식을 취하기에 더할 나위 없는 장소지만, 비어 있는 날이 거의 없었다. 많은 사람이 이 건물들을 너무나 자주 찾았기 때문이다. 그들은 잠자리로 쓰기 위해서가 아니라 이 방들에서 무언가를 하기 위해, 그리고 먼저 온 누군가를 상대로 자신의 억눌린 욕구를 분출하기 위해서 이곳을 찾았다.

- **이 글에 쓴 기법**　빛과 그림자, 다중 감각 묘사, 직유
- **얻은 효과**　분위기 설정, 긴장과 갈등

법정   Courtroom

풍경

반들반들 윤이 나는 나무(패널 벽, 판사석과 증인석, 의자, 탁자, 문, 교탁), 속기사와 서기가 쓰는 작은 책상, 난간(방청석과 재판정을 구분 짓는 나무 울타리나 벽), 배심원들로 가득한 한쪽의 배심원석, 판사 봉을 휘두르는 검은색 법복을 입은 판사, 법정 내 질서 유지 임무를 맡은 차렷 자세의 법정 경위, 책상의 마이크, 리포터, 카메라맨(세간을 떠들썩하게 한 사건에 대한 공판일 때), 증인석, 벽시계, 별도 표기된 증거물, 사건 현장의 구체적인 모습이 담긴 큰 사진이나 슬라이드, 범죄 현장 사진, 감시 카메라, 원고석과 피고석, 판사실로 들어가는 문, 증인이 다닐 수 있도록 방청석 한가운데 낸 넓은 복도, 안전을 위해 보안 시설을 강화한 창문(창문이 아예 없는 경우도 있음), 각종 파일과 서류, 노트북, 프로젝터와 스크린, 재생되는 녹화 영상, 증거물 전시용 받침대, 오디오 장치용 리모컨, 잘 차려입고 변론하는 변호사, 방청석의 가족들과 친구들(두 손을 꼭 쥐거나 가방을 움켜쥐고, 입을 가리고, 흐느끼고, 초조함에 장신구를 만지작거리거나 경청하는), 방청석의 일반인과 필기하는 법학과 학생

소리

회전하는 선풍기 날개, 요란하게 돌아가는 에어컨이나 히터, 배관을 타고 내려가는 물, 밖에서 들려오는 차량이나 사이렌 소리, 다른 좌석으로 이동하는 사람들, 삐걱거리는 의자, 바스락대는 종이, 증언, 검사나 변호사가 증인 신문을 하면서 반들거리는 바닥 위로 발걸음을 옮길 때마다 나는 소리, 목을 가다듬는 소리, 기침, 훌쩍거리는 낮은 흐느낌, 수갑을 찬 피고인이 움직일 때마다 쩽그랑거리며 부딪치는 사슬, 마이크 음질 테스트, 삐걱대는 난간 여닫이, 사락거리는 천, 녹음 파일로 된 증거(전화 통화, 감시 카메라, 911 신고 전화), 속삭임, 판사 봉을 두드리는 소리, 기자들이 두드리는 키보드, 증거나 증언에 경악하는 소리, 여닫는 문

냄새

다듬은 목재(래커, 연마제, 니스), 솔 향이나 레몬 향을 풍기는 세제, 환기되지 않

은 방에서 나는 퀴퀴한 냄새(땀, 향수, 헤어 제품, 샤워 코롱이 뒤엉킨), 옆에 앉은 사람이 숨 쉴 때마다 나는 커피 잔향, 과열된 전자 제품

맛

물, 눈물, 박하사탕, 텁텁한 입안, 기침 해소용 사탕

촉감과 느낌

딱딱한 나무 의자, 비좁은 자리 탓에 자꾸 스치는 옆 사람의 팔꿈치, 꽉 쥐어 구 깃해진 휴지, 긴장된 몸짓(자동차 열쇠나 지퍼, 시계, 장신구 따위를 만지작거리는), 감정을 드러내는 행동(주먹을 꽉 쥐고, 얼굴을 문지르고, 콧날을 잡고, 눈물을 훔치 고, 입술을 꽉 깨물고, 손발을 흔들고, 꼿꼿한 자세 탓에 근육이 당기는), 증인석으로 걸어갈 때 느껴지는 딱딱한 나무 바닥, 손목을 거추장스럽게 하는 금속 수갑, 재 판정의 모든 사람이 자신을 보고 있다고 새삼 자각하면서 붉게 달아오르는 얼 굴, 뒤적이는 서류, 증거를 손상시키지 않으려고 낀 꽉 죄는 장갑, 손가락 사이 로 굴리는 펜, 손바닥에 전해지는 유리잔의 냉기, 환기가 안 돼서 등과 옆구리로 흐르는 땀, 꼬았다가 풀기를 되풀이하는 다리, 주머니에 넣어둔 소중한 물건을 만지작거리는 느낌, 평결을 들으며 꽉 잡은 연인의 손, 배심원단의 유죄 평결에 어깨에 힘이 빠지며 생기는 복통, 연인의 결백이 밝혀지자 격해지는 감정

이 배경에서 벌어질 만한 갈등의 원인

- 배심원단의 의견이 불일치한다.
- 적대적 태도의 증인이 등장한다.
- 판사가 강한 편견을 드러낸다.
- 피고인이 도주 시도를 한다.
- 무죄 판결이나 가벼운 형량에 사건 피해자가 화를 내거나 공격적으로 반응한다.
- 증인이 거짓 증언을 한다.
- 폭탄 혹은 화학물질 테러가 발생한다.
- 정전이 된다.

이 배경에서 볼 만한 유형의 사람들

• 법원 속기사, 범죄자, 판사, 배심원, 법학과 학생과 청중, 변호사, 경찰관, 증인으로 출석한 심리학자나 기타 전문가, 기자, 경위, 피해자와 피해자 가족, 목격자

이 배경과 밀접한 다른 배경

• 소년원, 경찰차, 경찰서, 감방

참고 사항 및 팁

법정의 규모와 일반적으로 다루는 재판의 종류에 따라 배경도 달라진다. 사형이 언도될 정도로 세상을 경악하게 만든 중대 사건을 다루는 법정이라면, 피고인석에 방탄유리를 설치하는 것은 물론 경비도 훨씬 삼엄할 것이다. 반대로 이보다 작은 규모의 경범죄를 다루는 소도시 법정은 전혀 다른 모습일 것이다.

배경 묘사 예시

엘리스 라루소가 피고인석에 들어섰다. 축축한 공기 속에서 방청객과 라루소의 팬들 사이에 침묵이 흘렀다. 라루소는 주황색 죄수복만큼이나 밝고 환하게 웃으며 의기양양하게 걸어 들어왔다. 누군가는 고개를 저었고, 누군가는 터지는 흐느낌을 막기 위해 손으로 입을 틀어막았다. 엘리스 라루소, 켄터키 주지사의 아들. 초등학교 아이들의 식수에 독을 탄 남자. 이자는 괴물이다.

• **이 글에 쓴 기법** 대비, 은유
• **얻은 효과** 성격 묘사, 긴장과 갈등

풍경

창백한 빛깔의 벽, 전자 기기 플러그, 형광등, 환자의 구체적인 정보가 적힌 화이트보드(담당 간호사가 표시된 교대 근무표, 음식 알레르기나 금지된 음식 목록, 필요한 검사), 하나씩 빼서 쓸 수 있는 벽에 붙은 위생 장갑 박스, 블라인드가 달린 커다란 창, 화장실(작은 세면대, 안전 보조 손잡이가 달린 샤워실, 변기가 있는), 의료용 전동 침대와 비닐 커버, 침대 가드와 병원용 침대 시트, 벽에 고정시킨 텔레비전, 링거 금속 거치대와 링거 팩, LED 심박수 모니터, 손목 밴드형 혈압계, 바퀴 달린 테이블, 서랍이 달린 협탁, 작은 개인용 옷장, 항균 처리된 싱크대, 쓰레기통, 폐주사기 수거함, 안부 카드와 꽃다발, 플라스틱 컵과 빨대, 닳고 닳은 방문객용 의자, 예비 베개, 벽에 붙은 파일함에 잘 꽂힌 환자 기록 차트, 병상 전체를 둘러싼 커튼 혹은 2인실의 경우 침대와 침대 사이에 친 커튼, 화장실 문에 설치한 못걸이에 걸린 환자복, 침대에 누워 링거나 흉관 배액을 맞는 환자, 모니터링 기계와 전기 코드, 혈압을 재는 데 쓰는 작은 손가락 혈압계, 회진하는 의사와 간호사, 청소 및 배식 직원들, 면회 온 환자의 가족, 환자에게 책을 읽어주거나 말을 거는 자원봉사자들

소리

인터폰으로 누군가를 호출하는 소리, 다른 병원 건물로 통하는 자동문이 열리는 소리, 산책을 위해 슬리퍼를 신고 링거 거치대를 끌고 나온 환자의 발소리, 삐삐거리는 심박수 모니터, 약 먹을 시간이나 링거액 보충이 필요하다고 알리는 경고음, 심박수 모니터와 손가락의 접촉 부분이 분리됐을 때 울리는 경고음, 잠든 누군가의 새근거리는 숨소리나 코 고는 소리, 텔레비전의 방청객 효과음(웃음소리), 흐물흐물한 콩과 으깬 감자가 담긴 접시를 포크로 긁는 소리, 환자가 후루룩 소리를 내며 마지막 한 모금의 물까지 마시자 바르르 떨리는 빈 잔, 라텍스 장갑을 찰싹거리며 끼는 소리, 환자의 링거나 생체 신호를 확인하면서 이것저것 묻는 간호사, 쾌활하고 밝은 대화를 나누려고 애쓰는 가족, 침대를 조절할 때의 진동, 침대 양옆에 끼운 안전 바, 침대에 누운 환자가 자세를 바꿀 때 미약하게 나는 삐걱 소리, 흐르는 물, 손을 대자 작동하는 자동 핸드 워시 디스

펜서, 커튼을 칠 때 금속 커튼 봉을 스치는 커튼, 아무 데나 올려놓는 맛없어 보이는 음식이 담긴 식판

(냄새)

청소 제품, 손 소독제, 비누, 라텍스 장갑, 냄새조차 거의 나지 않는 밍밍한 음식, 싱싱한 생화, 커피나 차, 표백제를 과도하게 사용한 수건, 환자복과 시트

(맛)

흰 알약이나 캡슐 약, 맛없는 병원식, 물, 연한 커피와 묽은 차, 주스, 비타민 강화제와 탄산음료, 젤리를 넣어 만든 디저트와 플라스틱 컵에 담은 과일

(촉감과 느낌)

병실 베개와 매트리스의 부드러운 탄성, 움직임의 제약 때문에 아픈 근육, 부상이나 질병으로 인한 특정 부위의 통증, 피부를 쓸어내리는 차가운 알코올 솜, 피부를 찌르는 따끔한 링거 바늘, 피부에서 테이프를 뗄 때의 통증, 입가를 찌르는 빨대, 갈라져 터진 까끌까끌한 입술, 이마와 목덜미에 달라붙는 땀에 전 머리카락, 링거 거치대를 가까이 끌어당길 때 전해지는 금속의 냉기, 두꺼운 양말을 신은 탓에 걸을 때마다 흔들리는 팔다리, 맥박을 재려고 손목이나 팔꿈치 안쪽을 부드럽게 누르는 간호사, 피부에 닿는 차가운 청진기, 벌어진 환자복 뒷부분으로 들어오는 시원한 바람, 진통제 때문에 몽롱한 정신

이 배경에서 벌어질 만한 갈등의 원인

- 약물 치료를 받은 환자가 편집증적인 혹은 폭력적인 반응을 보인다.
- 약물에 알레르기 반응이 나타난다.
- 의사가 오진을 한다.
- 포도상구균에 감염된다.
- 잘못된 약물을 투여받는다.
- 끊이지 않는 병문안에 환자가 지쳐버린다.
- 긴급 상황에 병원 전체가 대피해야 한다.
- 카테터가 미끄러져 빠진다.

- 시끄럽거나 불쾌한 행동을 하는 환자와 같은 병실을 쓰는 바람에 마음 편히 쉴 수가 없다.
- 대가족을 둔 환자와 같은 병실을 써 개인 공간이 침범당한다.

이 배경에서 볼 만한 유형의 사람들

- 청소부, 의사, 가족과 친구, 유지 보수 직원, 의대생, 간호사, 환자, 전문의, 병원을 방문한 사제나 목사

이 배경과 밀접한 다른 배경

- 구급차, 엘리베이터, 응급실

참고 사항 및 팁

병실은 종류(4인실이나 2인실, 1인실 등)와 용도(분만실, 중환자실, 일반 병실 등)에 따라 모습이 다양하다. 특정한 목적으로 사용하는 병실은 필요한 치료에 맞춰 모니터링 장비도 다르다.

배경 묘사 예시

레다는 잠에서 깼다. 천장의 눈부신 빛에 눈을 가늘게 떴다. 누군가 그녀의 손등에 차가운 무언가를 문지르고 있었다. 그 시원하고 미끈거리는 감촉은 곧 사라지고 다른 무언가가 손등을 쿡 찔렀다. 그녀는 움찔하며 고개를 돌렸다. 간호사가 링거 줄을 손등에 테이프로 고정시키고 있었다. 링거라고? 내가 병원에 있어? 관자놀이에 통증이 밀려왔다. 안개가 낀 듯 머릿속이 멍했다. 시트에서 풍기는 표백제 냄새에 구역질이 났다. 농구 경기가 끝난 뒤 카렌을 집 앞에 내려 준 것이 마지막 기억이었다. 그다음은, 암전이다.

- **이 글에 쓴 기법**   다중 감각 묘사
- **얻은 효과**   과거 사연 암시, 시간의 경과, 감정 고조, 긴장과 갈등

빨래방   **Laundromat**

길가로 난 창문, 줄지어 선 똑같은 모양의 플라스틱 의자들과 벽걸이 텔레비전, 칠이 벗겨진 접이식 테이블, 바퀴 달린 철제 빨래 바구니, 줄지어 설치된 대형 세탁기와 건조기, 감시 카메라, 천장의 선풍기, 쓰레기통(건조기용 드라이시트, 건조기에서 나온 먼지, 빈 세제 통 등이 버려진), 건조기에서 나온 먼지가 군데군데 낀 타일 바닥, 바닥에 쏟은 세제, 건조기와 세탁기 조작 화면, 가루형·액상형·시트형 등 다양한 세제를 파는 자판기, 동전 투입구 부분(코인 세탁기), 주변을 뛰어다니는 아이들, 기다리다 지루해 문자메시지를 보내거나 음악을 듣는 손님들, 지나치게 밝은 형광등, 접이식 테이블 위에 누군가 흘리고 간 양말, 책상 앞에 앉은 빨래방 직원, 달달한 음료와 간식을 파는 자판기, 동전 교환기, 기계 안에서 회전하는 세탁물, 테이블 위에 쌓아놓은 깨끗하게 세탁된 옷 더미, 빈 기계 옆에 높인 더러운 빨랫감이 든 천 가방이나 쓰레기, 스테인리스 싱크대와 분무기

기계 작동음, 세탁기나 건조기 안에서 딸각거리는 빨랫감의 단추, 부딪치는 지퍼, 세탁기 안에서 회전하는 운동화, 건조기 안에서 흩어지며 부딪치는 동전, 자동 설정된 기계가 다음 단계로 넘어갈 때마다 내는 알림음, 기계 문을 여닫을 때 느껴지는 고무 패킹의 장력, 빨랫감이 탈수 단계에 들어서면서 금속끼리 삐걱대며 흔들리는 소리, 웃음이나 대화, 아이들에게 뛰거나 물건 위로 기어오르지 말라고 야단치는 부모, 텔레비전 소음, 투입구 안으로 떨어지는 동전, 달각 돌리는 사탕 자판기의 손잡이, 삐걱거리며 나아가는 빨래 바구니, 접기 전에 쫙 펴서 털어내는 시트나 와이셔츠, 문이 열리자마자 황급히 들어오는 사람, 천장에서 회전하는 선풍기, 시트를 양쪽으로 편 뒤 다시 접을 때 일어나는 정전기

세제, 화학제품, 표백제, 꽃향기나 시트러스 향(라벤더, 레몬, 라일락), 뜨거운 천, 과열된 금속 모터, 땀, 체취, 젖은 빨랫감, 청소하지 않아 축축하고 퀴퀴한 냄새

를 풍기는 세탁기, 오랫동안 빨지 않은 더러운 빨랫감

(맛)

자판기에서 꺼낸 사탕이나 껌, 초콜릿 바, 시리얼 바, 과자, 빨래방에 가져온 물이나 탄산음료

(촉감과 느낌)

딱딱한 플라스틱 의자, 주머니에서 꺼낸 동전의 온기, 동전 투입구에 동전을 넣을 때 느껴지는 울퉁불퉁한 동전 테두리, 손가락에 묻은 세제 알갱이, 끈적거리는 액상 세제나 얼룩 제거제, 세탁기에서 꺼낸 차갑고 축축한 세탁물, 세탁물을 꺼내려고 건조기 문을 열자 얼굴을 덮치는 후끈한 공기, 건조기에서 막 꺼낸 푹신푹신한 옷들, 세탁물을 분류해 접다가 일어나는 정전기, 타일 바닥에 쏟아진 액상 세제를 밟고 미끄러지는 느낌, 손에 묻은 미끌거리며 잘 씻기지 않는 표백제, 정전기 필터에서 제거하는 먼지

이 배경에서 벌어질 만한 갈등의 원인

* 누군가 건조가 끝나기도 전에 건조기에서 타인의 세탁물을 꺼낸다.
* 접이식 테이블에 올려둔 옷을 잃어버린다.
* 아이들이 정신 사납게 돌아다니며 다른 이용객들을 방해한다.
* 여름인데 에어컨이 고장 나는 바람에 화가 폭발할 지경이다.
* 누군가 기계를 망가뜨릴 수 있는 무언가를 건조기나 세탁기에 넣으려 한다.
* 누군가 건조기에 펜을 넣는 장난을 쳐서 다음 이용객의 세탁물이 망가질지도 모른다.
* 세탁물을 한창 빠는 단계에서 정전이 일어나 세탁기가 멈춘다.
* 빨래방에 왔으나 세제가 동이 나거나 동전을 가져오지 않았다.
* 어쩔 수 없이 빨래방에 가야 하는 상황에 처해 짜증이 난다.

이 배경에서 볼 만한 유형의 사람들

* 대학생, 이용객(좁은 아파트 거주자 등), 집의 세탁기나 건조기가 망가진 집주인,

빨래방 직원, 여행객, 부피 큰 빨랫감(이불, 베개, 침낭, 작은 카펫)을 가져온 사람,
수리 기사, 부랑자

이 배경과 밀접한 다른 배경

- 대도시 거리, 야외 주차장, 소도시 거리

참고 사항 및 팁

어떤 빨래방은 다른 곳과 달리 새 장비와 무료 와이파이, 무료 커피, 텔레비전,
어린이용 놀이방을 갖추고 있다. 이런 곳에서는 수거 및 배달 서비스를 제공하
기도 한다. 또한 직원이 없는 무인 빨래방도 있지만, 직원이 직접 이용료를 받는
빨래방도 있다.

배경 묘사 예시

고양이 오줌 냄새를 풍기는 할머니가 떠난 뒤, 내 동생 카마이클을 들어 철제
빨래 바구니에 앉혔다. 바퀴가 제대로 회전하는지 확인하려고 시험 삼아 흔들
어보았다. 카마이클은 바닥 판을 잡더니 고개를 끄덕였다. 세탁기가 요란한 소
리를 내며 빠르게 회전하자 안에 있는 세탁물들이 화려한 색상을 띤 한 음식처
럼 뭉쳐서 돌아갔다. 바퀴 소리는 세탁기 소리에 묻히겠지만, 혹시나 보는 시선
이 없는지 다시 확인했다. 엄마는 바깥에서 담배 연기를 뿜어내며 데니스 이모
와 휴대전화로 수다를 떨고 있었다. 빨래방 직원은 우리에게서 등을 돌리고 휴
대전화로 애니메이션을 보고 있었다. 카마이클에게 두 엄지손가락을 척 들고는
숫자를 거꾸로 세기 시작했다. 소중한 금요일 밤을 빨래방에서 낭비하면서 찾
아낸 즐거움이 있다면, 바로 광란의 빨래방 경주다.

- **이 글에 쓴 기법**　다중 감각 묘사, 의인화, 직유
- **얻은 효과**　성격 묘사

세차장 Car Wash

풍경

운전해서 들어가는 세차 구역, 물결 모양 금속 벽 혹은 페인트가 튄 비닐 커튼
이 벽 역할을 하는 세차 구역, 젖은 콘크리트, 깜빡이는 적색과 녹색 불빛, 무인
세차권 판매기나 유인 세차권 판매 부스, 높은 천장과 형광등, 거품 웅덩이, 비
누와 물을 뿌리는 긴 노즐이 달린 세차건과 세차 브러시, 배수구 쇠살대 혹은
수챗구멍을 따라 흘러 내려가는 화학약품에 무지갯빛으로 반짝이는 물, 발 매
트 청소 스프레이 걸이, 축축한 공기, 차량에 덕지덕지 붙은 먼지와 진흙이 벗겨
지는 모습, 희뿌연 크롬 부분과 전조등이 깨끗해져 밝아지는 모습, 말끔해진 차
위로 떨어지는 조명, 쓰레기통, 바닥이나 배수구에 쌓인 종잇조각과 돌 부스러
기, 왁싱 도구, 콘크리트 바닥의 저지대나 파인 곳에 고인 물, 세차를 끝내고 나
가는 차에 브레이크 등이 켜져 번쩍이는 모습, 세차나 내부 청소를 받으려고 대
기 중인 차량

소리

물을 뿜어내는 세차건, 상하로 개폐되는 자동문, 비누 디스펜서가 바닥난 것을
알리는 소리, 아이들에게 창문이나 문을 닫으라고 외치는 부모, 차에 철퍼덕 미
끄러지는 물거품과 콘크리트 바닥으로 떨어지는 먼지, 뚝뚝 떨어지는 물, 꾸르
륵거리는 배수구, 자동차 시동을 껐다가 다시 켜는 소리, 직원에게 세차비를 내
려고 내리는 창문, 딸깍 여닫히는 창문과 트렁크, 자동차나 사람이 지나가면서
물웅덩이에서 튀는 물, 자동차가 지나가자 철컹거리는 하수구 덮개

냄새

축축한 공기, 물, 비누가 섞인 화학물질과 왁스, 흰 곰팡이, 젖은 콘크리트, 배기
가스

맛

세차장에서 떠오르는 미각적 요소는 없지만, 차를 타고 지나가며 산 음료수나
과자를 먹는 장면을 삽입할 수 있다.

피부에 닿는 분사된 물, 젖은 소매, 팔뚝에 흘러내리는 물과 비누, 비누나 왁스 디스펜서의 타이머를 감는 느낌, 묵직한 세차건, 세차를 위해 좌우로 움직이는 세차건, 브러시로 문질러 닦는 창문, 젖은 발(샌들을 신었을 때), 자꾸만 미끄러지는 핸들을 붙잡는 느낌, 차에 가까이 서 있을 때 발에 내려앉아 터지는 비누 거품, 차에서 미끄러져 손에 떨어지는 작은 물방울, 자동차 열쇠나 돈을 찾아 주머니를 뒤지는 느낌, 젖은 차 문을 당기는 느낌, 옆자리에서 세차하는 사람의 부주의로 세차건에 젖은 얼굴이나 등

이 배경에서 벌어질 만한 갈등의 원인

- 화학약품이나 기계 불량으로 차 도색이 벗겨지거나 손상을 입는다.
- 세차를 끝냈는데 시동이 걸리지 않는다.
- 차를 물로 씻어 내리자 자동차 앞부분 그릴에서 무언가가 튀어나온다(피 묻은 개 목걸이, 머리카락 뭉치 등).
- 세차장에서 사이가 안 좋은 사람을 마주친다.
- 차 안에 갇힌다.

이 배경에서 볼 만한 유형의 사람들

- 세차장 직원(세차 담당, 유지 보수 담당), 세차장 매니저, 차주 및 승객

이 배경과 밀접한 다른 배경

- 편의점, 주유소, 낡은 픽업트럭, 야외 주차장

참고 사항 및 팁

세차장은 그 모습과 종류가 다양하다. 단독 세차장도 있고, 주유소에 딸린 세차장도 있다. 또 직원이 세차를 해주는 세차장이 있는 반면, 자신이 청소용품을 이

용해 직접 세차를 하는 셀프 세차장도 있다. 세차기 레일 위에 차를 세우면 앞차가 나간 뒤 상하 개폐식 자동문으로 들어가 세차하는 방식으로 작동하는 기계식 세차장도 있다. 이야기를 지휘하는 작가는 배경을 적절히 설계해 사건을 만들거나 갈등의 불씨를 지펴야 한다. 예를 들어, 사이가 안 좋은 두 사람이 세차장에서 만나 갈등이 벌어진다고 설정했다면, 비닐 커튼으로 구분된 세차 구역이 여러 개 있는 배경이 치열한 싸움을 보여주기에 적당할 것이다. 한 명이 다른 사람의 차를 막아 화를 돋우거나, 한눈판 사이에 자동차 열쇠로 흠집을 내거나, 심지어 차에 어떤 조치를 해 누명을 씌울 수도 있다.

배경 묘사 예시

트레버는 쉐보레 카마로를 세웠다가 빈 세차 구역이 없는 것을 보고 중립 기어를 넣은 뒤 볼륨을 키웠다. 앞쪽에 있는 나이 지긋한 노인이 호스로 허머를 씻어 내리자 흰 포말이 일었다. 먼지가 떨어져나가며 밝은 빨간빛 도광이 드러났다. 진흙과 자갈 덩어리가 범퍼를 타고 뚝뚝 흘러내리는 인상적인 풍경에 트레버는 고개를 끄덕였다. 그에게 경의를 표할 수밖에 없었다. 저렇게 산처럼 쌓인 먼지와 흙은 어린이집에 손주를 데려다주고 9시에 회사에 출근해 5시에 퇴근하기 위해 날마다 비포장도로를 달리고 달린 결과물이다.

- **이 글에 쓴 기법** 대비, 과장
- **얻은 효과** 성격 묘사

소년원　　　Juvenile Detention Center

풍경

철조망에 둘러싸인 시설, 벽에 고정된 의자와 변기가 있는 비좁은 유치장, 좁은 창문과 딱딱한 가구가 설치된 콘크리트 벽으로 이루어진 방, 녹슨 자국과 긁힌 자국이 가득한 금속 문, 줄지어 놓인 이층 침대나 야전침대, 낙서로 도배된 벽, 스테인리스 변기와 세면대, 얇은 매트리스와 베개, 재소자복(보통 위아래가 같은 색깔로 된 셔츠 바지 세트, 흰 티셔츠, 운동복, 양말, 사각팬티, 운동화나 끈 없는 슬립온, 신원 정보가 적힌 손목 밴드 등), 격리실, 인터폰과 감시 카메라, 일일 의무 일과표, 농구 코트, 잔디나 콘크리트가 깔린 건물 밖의 바닥, 간호사나 의사가 근무 중인 의무실, 도서관, 주방, 다목적 휴게실(소파, 탁자와 의자, 벽걸이 텔레비전이 있는), 탁자와 의자가 마련된 방문객용 접견실, 그룹 혹은 개인 심리 상담을 위한 시설, 정원, 기본 장비를 갖춘 교실(학생용 책상과 의자, 교사용 책상, 연필과 종이, 교과서, 화이트보드, 그래프나 사진 등 벽에 붙인 시각 자료가 있는), 널브러진 운동화, 감시 아래 사용하는 컴퓨터, 지정된 시간에만 사용 가능한 전화 부스가 늘어선 모습

소리

메아리가 울리는 복도, 콘크리트 벽에 튕겨 증폭되는 소음, 대화와 웃음, 타일 바닥을 걸어가는 신발, 닫히는 금속 문, 전자 문이 열릴 때의 버저, 인터폰 너머의 목소리, 수업하는 교사, 실내외 코트 바닥에 튕기는 농구공, 휴게실에서 게임을 하거나 텔레비전을 보는 원생들, 원생들의 싸움(험한 말, 고함, 욕설이 오가는), 주먹세움을 벌이는 원생들과 그들을 동그랗게 둘러싸고 싸움을 부추기는 구경꾼들, 구내식당에서 밥을 먹는 무리, 바닥에 하는 걸레질, 책장 넘기는 소리, 각 방의 정기 점검을 실시하는 교도관, 복도를 지나는 발걸음, 같은 방을 쓰는 원생(말소리, 큰 소리로 읽는 책, 흥얼거림이나 휘파람, 침대에서 뒤척이는 소리)

냄새

구내식당의 음식, 바닥 세제, 땀, 화장실, 교실용 화이트보드와 보드용 마커, 도서관 책의 종이

705

(맛)

구내식당 음식, 치약

(촉감과 느낌)

콘크리트 벽, 작은 방에 갇힌 탓에 돌아버릴 것 같은 머리, 흘러내리는 옷, 콘크리트나 금속 바닥의 딱딱함이 고스란히 전해지는 얇은 매트리스, 차가운 스테인리스 변기, 손목 위아래로 움직이는 신원 확인용 플라스틱 혹은 금속 손목 밴드, 야외 운동 시간에 피부를 감싸는 햇볕이나 바람, 관리자나 심리 상담사의 호출에 긴장되고 초조한 마음, 사랑하는 사람에게 받은 편지, 휴게실 소파에 깊숙이 묻은 몸, 연필로 종이에 무언가를 쓰는 느낌, 금속 쟁반에 부딪히는 금속 식기, 얇은 담요

이 배경에서 벌어질 만한 갈등의 원인

- 다른 원생과 충돌한다.
- 갱이나 인종 관련 갈등이 발생한다.
- 불면증에 시달린다.
- 미래가 걱정스럽다.
- 폐소공포증을 앓는다.
- 운동량이 부족해 얌전히 있지 못한다.
- 학습 부진을 겪는다.
- 지루하다.
- 면회 온 가족과 다툰다.
- 가족이 방문하기를 거부한다.
- 심리 상담사가 과거의 상처와 마주하라고 요구한다.
- 원생들에게 괴롭힘을 당한다.
- 교도관에게 괴롭힘 혹은 방치를 당한다.
- 예산이 삭감돼 시설에 필요한 물적 · 인적 자원이 부족해진다.
- 소년원에 대한 사회적 낙인이 괴롭다.

706

이 배경에서 볼 만한 유형의 사람들

• 교도관, 무장 경비원, 의사, 잡역부, 구내식당 직원, 변호사, 간호사, 심리 상담사, 재소자, 자원봉사자, 교사, 면회객

이 배경과 밀접한 다른 배경

• **시골 편** 집단 위탁 가정
• **도시 편** 법정, 노숙자 쉼터, 경찰차, 경찰서, 감방, 정신병동

참고 사항 및 팁

소년원은 교도소와 다르다. 외부와 분리된 시설인 것은 맞지만 재판 중인 청소년들이 임시로 머무는 곳이다. 때로 판사가 보기에 더 오래 머무는 편이 이로운 경우 장기간 수용되기도 한다. 원생들은 시설에서 제공하는 교정 교육이나 재활 훈련 등에 참여해야 한다.

배경 묘사 예시

미아는 얇은 매트리스에 누워 담요라고 부르기도 민망한 얇은 천으로 두 눈을 덮었다. 천을 쭉 펴봤지만, 발까지 닿지 않아 저기 온종일 켜 있는 불빛이나 막는 용도로 만족하기로 했다. 복도를 삐걱삐걱 걷는 발소리가 미아의 방문 앞에서 잠시 멈추더니 멀어졌다. 방문 앞을 지나는 발걸음 수가 몇이나 되는지, 이 비좁은 방에 갇힌 뒤 얼마나 많은 시간이, 나날이, 주가 지났는지 이제는 헤아릴 수가 없다. 미아는 독 안에 든 쥐다. 하지만 상관없다. 이 독은 거대한 미로다. 이 미로는 미아 같은 사람들이 바깥세상으로 향하는 문을 절대로 찾지 못하도록 설계됐고, 이 안에서 바랄 수 있는 희망이란 고작해야 형편없는 치즈 한 조각 정도다. 그조차도 반드시 대가를 치러야 한다.

• **이 글에 쓴 기법** 은유, 상징
• **얻은 효과** 분위기 설정, 시간의 경과, 감정 고조

소도시 거리

풍경

주차장의 차들, 줄무늬 차양, 가게 앞 유리창에 붙은 환영한다는 메시지를 담은 색색의 장식, 골목에 있는 작은 상점들(식당, 커피숍, 꽃집, 제과점, 아이스크림 가게 등), 일 층은 상점으로 쓰고 위층들은 거주지로 쓰는 건물, 지역 시설(우체국, 경찰서, 작은 소방서, 도서관), 가로수가 줄지어 선 인도, 가게 밖에 진열한 다채로운 꽃과 식물 화분, 산책하다 만난 지인과 잠시 대화하는 모습, 가로등이나 사거리 멈춤 표지판, 흐릿해진 일차선 도로 표식, 횡단보도, 꽃바구니 걸이가 달린 가로등, 인도를 따라 심은 묘목들, 지역 예술가의 솜씨로 새롭게 단장한 쓰레기통, 개와 산책하거나 유아차를 끌고 나온 사람들, 자전거나 킥보드를 타는 아이들, 금 간 인도, 깨끗하게 청소한 홈통, 목마른 개를 위한 가게 입구의 물그릇, 윈도쇼핑을 하는 사람들, 벤치에 앉아 점심 식사를 하며 사람들을 한가로이 구경하는 모습

소리

지나가는 자동차, 브레이크 밟는 소리나 배기구 소음, 엔진 소리를 내며 가는 낡은 트럭, 가끔 들려오는 자동차 경적, 지나가는 사람을 부르며 손을 흔드는 운전자, 문을 열자 울리는 차임벨, 수다 떨며 지나가는 사람들, 개가 짖거나 뜨거운 날씨에 헐떡이는 소리, 인도를 굴러다니는 나뭇잎, 바람에 펄럭이는 차양, 가게 밖 테이블에서 수다 떠는 손님들, 가게 앞 식물에 물을 주다가 인도에 튀긴 물방울

냄새

빵집에서 풍기는 빵 굽는 냄새, 갓 꺾은 꽃, 햇빛, 초록 잎, 향신료, 햄버거, 끓어오르는 튀김 기름, 자동차 매연

맛

아이스크림, 커피, 물, 편의점에서 파는 슬러시 음료

금이 가고 고르지 못한 땅을 걷는 느낌, 가게 앞 벽돌 벽에 기댈 때의 울퉁불퉁하고 딱딱한 감촉, 닳아서 매끄러워진 가게 문손잡이를 잡아당기는 느낌, 주차장에 세워둔 동안 뜨거운 햇볕에 달궈진 차의 가죽 시트, 가게 유리창에 손을 대고 내부를 살피는 느낌, 개의 목줄을 잡고 아침 산책을 할 때 팽팽한 가죽 끈의 저항감, 햇볕에 따뜻해진 금속 벤치, 시원한 바람에 흔들리는 머리카락, 킥보드나 자전거를 타고 울퉁불퉁한 인도를 가로지르는 아이들, 가득 찬 장바구니 때문에 아픈 팔

이 배경에서 벌어질 만한 갈등의 원인

- 술집에서 취객들 간에 싸움이 벌어진다.
- 라이벌이나 사이가 무척 안 좋은 사람과 마주친다.
- 마을 사람들 입을 오르내리는 입방아거리가 있다.
- 누군가 주차를 형편없이 해 주차 공간을 지나치게 많이 차지한다.
- 차가 누군가를 막아선다.
- 보행자나 자전거를 타던 사람이 차에 치인다.
- 개가 목줄을 풀고 차들 사이로 뛰어든다.
- 누군가 개나 아기를 차 안에 두고 쇼핑하러 간 것을 발견한다.
- 사람들 앞에서 모욕적인 일(낙선, 체포, 해고)을 겪어 모두가 알게 된다.
- 대기업 프랜차이즈 식당이나 체인점이 마을에 진출해 골목 상권을 위협한다.
- 누군가의 삶을 휘두를 만한 영향력을 가진 사람(시장, 고위 경찰, 건물 준공 검사관)과 마찰을 빚는다.

이 배경에서 볼 만한 유형의 사람들

- 환경미화원, 지역 주민, 경찰관, 상점 주인, 관광객

이 배경과 밀접한 다른 배경

* 골동품점, 은행, 서점, 식료품점, 미용실, 철물점, 빨래방, 도서관, 퍼레이드, 공원, 야외 주차장, 경찰서

참고 사항 및 팁

소도시에는 대형 프랜차이즈보다 골목 상점이 흔하고, 주민들끼리 매우 잘 아는 사이다. 이런 곳에서도(특히 휴가철 여행객이 몰리는 관광지라면) 범죄가 벌어지지만, 대도시보다는 심각성이 덜한 편이다. 현지 주민이 연루된 범죄라면 대개 경찰이 알고 있다. 소도시는 워낙 인구가 적어 경찰로서는 요주의 인물들을 관리하기 쉬운 면이 있다.

배경 묘사 예시

'빅그라인드 카페'에서 삼백 미터 떨어진 곳에 교대 근무를 나온 세라가 보였다. 가게 밖에 세워둔 샌드위치 메뉴판에는 환영한다는 글귀와 함께 꽃 그림이 분필로 그려져 있었다. 거기에 세라가 가장 좋아하는 재즈 곡의 부드러운 선율과 갓 내린 커피 향기가 받침대로 열어놓은 문을 비집고 나와 거리로 스며들었다.

* **이 글에 쓴 기법** 다중 감각 묘사
* **얻은 효과** 성격 묘사, 분위기 설정

소방서

風景

다양한 차량(소방차, 구조차, 해난구조선, 사다리차, 구급차)이 주차된 대형 차고, 집결지나 특별 장비용 장소를 가리키는 시멘트 바닥 표식, 소방관의 장비들(부츠, 방화복, 헬멧, 산소 탱크, 장갑, 안면 보호 두건과 마스크, 도끼와 여러 도구를 매단 벨트), 차고에서 대기하고 있는 차량에서 흐르는 배기가스를 빨아들이는 호스, 화재 조사차, 형광등, 대형 방화 셔터, 사다리, 인터콤, 소화전, 소방관 숙소(침대와 작은 탁자, 인근에 준비해둔 방화복 착용에 필요한 소형 장비 등이 있는), 소방서 하강 봉, 넓은 화장실, 로커 룸과 샤워실을 갖춘 탈의실, 체육관(맨손 운동과 근력 운동을 하고 유산소운동 기구들이 있는), 설비를 제대로 갖춘 주방(여러 대의 냉장고, 가스레인지와 전자레인지, 식료품 저장실, 조리대, 커피 머신, 냄비와 프라이팬, 긴 테이블이 놓인 식당), 상황·행정실(오퍼레이터, 컴퓨터, 프린터, 지도, 비상용 라디오, 전화 교환기가 있는), 훈련실(앉기 편한 의자, 텔레비전, 화이트보드, 매뉴얼이 있는)

소리

신고 전화를 소방대에 공지하는 오퍼레이터, 사이렌, 무거운 부츠를 신고 뛰어가는 바닥, 엔진 시동음, 높은 차고 담장에 부딪히는 메아리, 여닫히는 셔터, 산소 탱크가 콘크리트 바닥이나 캐비닛에 부딪혀 쨍그랑거리는 소리, 점검을 위해 꺼낸 호스가 바닥에 끌리는 소리, 여닫히는 수납장의 금속 문, 장비와 장비를 연결한 뒤 호스에 붙일 때 나는 달칵 소리, 닫히는 공구 상자 뚜껑

냄새

배기가스, 요리하는 냄새, 청소용품, 소방복과 장비에 묻은 그을음, 마스크의 고무 냄새, 산소 속에 섞인 코를 찌르는 금속 냄새, 크레오소트creosote[너도밤나무를 증류한 유액으로, 목재 방부제로 자주 쓰인다], 땀

맛

사람들에게 나눠주려고 집에서 만들어 덜어 온 음식(포트로스트pot roast[고기와 각

종 채소를 냄비에 넣고 오래 졸인 음식]와 감자, 스파게티나 라자냐, 햄버거와 감자 샐러드)

촉감과 느낌

앞부분이 금속 처리된 부츠에 쑤셔넣는 발, 방화복 하의를 입다가 멜빵이 어깨를 때리는 느낌, 엉덩이까지 흘러내리는 도구로 가득 찬 묵직한 벨트, 등을 짓누르는 산소통, 마침내 근무를 끝내고 침대에 몸을 던질 때 매트리스가 출렁거리는 느낌, 동료가 소방차에 오르자 흔들리는 좌석, 어깨에 둘러맨 채 트럭으로 옮기는 무거운 호스, 공구 상자 금속 손잡이의 냉기, 물집 잡힌 손을 감싸는 두꺼운 장갑, 덜컹거리는 소방차 앞좌석, 한밤중에 출동했다가 귀환한 뒤 침대에 쓰러지듯 눕는 느낌, 화재 진압 중 흘린 땀과 묻은 재를 물로 씻어낸 뒤의 상쾌함

이 배경에서 벌어질 만한 갈등의 원인

- 장비가 오작동하거나 차가 고장 난다.
- 화재나 구조 요청이 동시에 여러 건 발생해 인력과 장비가 부족하다.
- 병(감기나 식중독 등)이 소방서 전체를 덮친다.
- 소방관들이 모두 임무 수행 중이다.
- 부상자나 사망자가 발생해 동료 소방관이 규정 위반으로 조사를 받게 된다.
- 외상 후 스트레스 장애(PTSD)를 앓는다.
- 소방서에 화재가 발생한다.
- 사적인 이유로 소방관들 사이에서 깊어진 골이 사고 현장에서 문제의 시발점이 된다.

이 배경에서 볼 만한 유형의 사람들

- 화재 예방 책임자와 훈련 책임자, 안전 책임자, 행정 담당자와 오퍼레이터, 위급한 상황이 생겨 도움을 청하는 일반 시민, 소방관, 구급대원, 경찰관, 견학 온 학생들, 소방국장

이 배경과 밀접한 다른 배경

- **시골 편** 불난 집
- **도시 편** 구급차, 경찰서

참고 사항 및 팁

많은 소방서에서 24시간 근무 조를 별도로 운영하고 있다. 이보다 작은 규모의 소방서는 응급 차량이 아주 많지 않을 수 있으나, 대부분은 소방차 두 대와 한 대의 구급차를 기본적으로 갖추고 있다. 또 봉사하러 온 소방 인력이 있는 경우도 있다. 소방관들은 화재 진압 업무가 없을 때는 장비를 점검하고, 소방서에서 먹고 청소하거나 교대로 잠을 잔다. 체력 단련을 하거나 새 장비나 최신 화재 진압 기술을 익히기도 한다.

배경 묘사 예시

요란한 사이렌 소리에 소방서 숙소 바닥이 울렸다. 소방관들이 어둠 속에 곤히 잠드는, 쉴 수 있는 시간은 존재하지 않았다. 잠에서 깬 소방관들이 침대에서 부리나케 튀어나와 전등 스위치를 누르고 안경을 밀어넣듯 낀 뒤 문으로 달려갔다. 소방관 일곱 명이 해변을 때리는 파도처럼 좁은 복도를 달렸다. 복도 끝에 있는 하강 봉을 타고 최대한 빨리 아래층으로 내려가 각자 장비를 챙기려는 것이다.

- **이 글에 쓴 기법** 빛과 그림자, 다중 감각 묘사, 직유
- **얻은 효과** 복선, 긴장과 갈등

풍경

접수실, 푹신한 의자와 소파, 편안하고 따뜻한 분위기의 인테리어(어두운 빛깔의 목재, 두꺼운 카펫, 화려하고 고급스러운 의자, 조명), 상점에서 판매하는 화장품과 기타 미용용품, 스파 제품과 서비스 안내 책자, 포푸리가 가득한 그릇, 향로, 양초의 불꽃, 유리잔과 레몬이나 오이 조각을 띄운 물병, 무료로 제공하는 커피나 차, 테이블에 펼쳐진 잡지들, 전화기와 그 옆의 펜과 종이, 식물 화분, 탈의실(수납장과 환복실, 거울, 헤어 제품과 세면도구, 쿠션을 덧댄 의자, 수건, 가운, 샤워실이 있는), 개인 마사지실(마사지 침대, 수건 바구니, 회전 스툴, 쟁반에 담은 로션과 오일, 음향 장비, 뜨거운 마사지용 돌, 휴지, 수건 데우는 기계, 온도 조절 장치와 조광기가 있는), 트리트먼트실(일회용 속옷 세트, 테라피용 진흙과 각질 제거를 위한 스크럽, 세면대, 낮은 플라스틱 욕조, 분무기, 뜨거운 수건, 아로마향 로션이 있는), 가운과 샌들 복장으로 돌아다니는 손님들, 네일과 패디큐어실(족욕기, 수건, 벽의 매니큐어가 진열된 선반, 네일 리무버, 로션, 화장솜, 손톱깎이, 발 각질 및 굳은살 제거를 위한 부석, 큐티클 정리용 밀대, 손톱 정리용 파일과 버퍼가 있는), 미용실(샴푸대, 리클라이너 의자, 헤어드라이어, 헤어 제품, 소독제에 담근 다양한 종류의 빗, 높이 조절이 가능한 의자, 미용실 가운, 가위, 아이론, 염색 제품이 있는)

소리

자연의 소리나 명상 음악(차임벨, 플루트, 물 흐르는 소리), 두꺼운 카펫을 걷는 발걸음, 조심스레 닫는 문, 환기구를 통해 드나드는 바람, 대기실에 울리는 전화벨, 질문에 응대하는 접수실 직원, 물병이나 정수기에서 나오는 물, 마사지를 받으며 신음하는 손님, 펌프를 눌러 덜어내는 로션, 세면대로 튀기는 물, 넘기는 잡지책, 타이머, 머리카락과 손톱을 다듬는 가위와 손톱깎이, 헤어드라이어, 이발기, 빗자루로 쓸어내는 바닥에 떨어진 잘린 머리카락들, 웃고 떠드는 손님

냄새

사향, 오일과 로션, 허브 아로마 향(라벤더, 로즈마리, 자몽, 유칼립투스, 레몬그라스), 싱싱한 꽃, 아로마 성분 비누, 네일 리무버, 매니큐어, 샴푸와 컨디셔너, 염

색약, 헤어드라이어의 뜨거운 바람, 마사지나 트리트먼트를 받는 동안 풍기는 오일과 민트 향기

맛

차, 커피, 물, 박하사탕

촉감과 느낌

푹신한 가운에 감싸인 몸, 피부를 쓸어내리는 두꺼운 수건, 화려한 카펫을 걷는 발걸음, 쿠션을 덧댄 의자, 단단한 마사지 침대, 근육을 주무르고 당기는 전문가의 손길, 스트레칭을 하자 아프고 불편한 근육, 휴식에서 오는 극도의 희열, 등에 올린 따뜻한 돌, 오일로 문지르는 피부, 팔다리에 부드럽게 발리는 따뜻한 로션, 얼굴에 바른 머드 팩이 굳으면서 조이는 피부, 산 성분이 들어간 박피 시술에 따끔거리는 피부, 눈에 올린 차가운 오이, 페디큐어를 받을 때 손이 발을 스치자 간질거리는 느낌, 발뒤꿈치를 문지르는 스크럽과 파일, 손톱을 파일로 다듬자 피부에 묻는 가루, 손톱에 바르는 차갑고 미끈한 매니큐어, 차가운 로션, 뜨겁게 데운 수건으로 감싼 몸, 머리를 감을 때 마사지 받는 두피, 피부를 찌르는 머리카락 끝을 자르는 느낌, 아이론이나 헤어드라이어의 열기, 얼굴로 날아오는 머리카락, 오랜 시간 가만히 앉아 있던 탓에 긴장된 허리와 어깨, 다른 사람이 들어오기 전에 탈의실로 가 급히 갈아입는 옷, 이용 시간이 끝났지만 더 머무르고 싶은 마음

이 배경에서 벌어질 만한 갈등의 원인

* 옷을 전부 벗어야 해서 창피하다.
* 피부가 빨갛게 일어나고 근육통이 온다.
* 화장품이나 헤어트리트먼트의 화학 성분에 알레르기 반응이 일어난다.
* 트리트먼트 제품을 바르고 너무 오래 내버려둔 탓에 피부가 화상을 입거나 손상된다.
* 스파에서 만져준 헤어스타일이 마음에 들지 않는다.
* 까다로운 손님을 상대한다.
* 자신의 마음은 혼란스럽고 요동치는데 평온하고 차분한 자세로 손님에게 서비

스를 제공해야 한다.
- 손님이 귀가 잘 안 들리는데 조용히 말을 걸어야 한다.
- 손님이 팁을 주지 않는다.
- 중요한 손님이 특별한 서비스를 기대한다.

이 배경에서 볼 만한 유형의 사람들

- 손님, 헤어 디자이너, 메이크업 아티스트, 네일 아티스트, 마사지사, 접수 직원

이 배경과 밀접한 다른 배경

- 미용실, 호텔 객실, 대기실

참고 사항 및 팁

스파 시설은 위치에 따라 서비스가 달라진다. 호텔과 리조트의 스파라면 시설도 호화롭고 굉장히 다양한 서비스를 제공할 것이다. 동네 스파라면 그보다 작은 공간에서 마사지와 스킨케어처럼 한두 가지 서비스만 집중적으로 제공할 것이다. 서비스의 가짓수, 위치와는 상관없이 스파를 떠올리면 평온하고 조용한 분위기와 대접받는 느낌이 연상된다.

배경 묘사 예시

소파에 몸을 묻었다. 입고 있던 따뜻한 가운이 벌어지지 않게 다리에 단단히 둘렀다. 아로마 향(유칼립투스 향기인가? 아니면 백단향?)이 가득한 들뜬 공기에 숨소리가 가라앉았으며 머릿속도 차분해졌다. 직원이 테이블에 민트 차를 내려놓고 살금살금 걸어 접수 데스크로 돌아갔다. 천장에서 은은한 음악이 들려오자 눈이 서서히 감겼다. 대기실도 이 정도인데 핫 스톤 마사지는 얼마나 황홀할까.

- **이 글에 쓴 기법** 다중 감각 묘사, 상징적 표현
- **얻은 효과** 분위기 설정

실내 주차장   Parking Garage

풍경

회색 콘크리트 기둥, 낮은 지붕, 출구 표시, 파인 자국이 난 바닥과 페인트로 표시한 주차 선, 기름 얼룩, 담배꽁초, 바닥 여기저기에 있는 조그만 자갈이나 진흙 덩어리, 벽에 긁히고 파인 자국이 난 주차 경사로(램프), 비상계단으로 나가는 유리문이나 금속 문, 주차 요금 정산 기계, 기둥과 벽의 신발 자국, 콘크리트 지붕에 난 갈색 물 자국, 다양한 표지판(좌·우회전 지시 화살표, 출구 및 정지 표시, 숫자나 문자로 설명된 층별 안내판), 주차 선 안에 얌전히 주차된 차량들, 켜진 브레이크 등, 차에서 내리거나 타는 사람들(상점 쇼핑백이나 상자, 서류 가방을 든), 주차 공간을 찾아 도는 차들, 천장 전구 수명이 다하면서 빛이 깜빡거리자 기묘한 그림자가 아른거리는 모습, 수리를 위해서 바리케이드나 차단 테이프로 출입을 막은 지역, 철망 울타리 앞 주차 공간에 내려놓은 관리 보수용품들(페인트나 회반죽용 양동이, 사다리, 기타 수리용품)

소리

끽 밟는 브레이크, 벽에 부딪혀 증폭되는 경적, 목소리, 거칠게 닫는 문소리에 묻힌 다툼 소리, 엔진 회전음, 식어가는 모터, 요란하게 돌아가며 매연을 빨아들이는 대형 팬, 기어의 역화 및 연삭 소음, 자기 차로 가면서 휴대전화로 대화하는 소리, 떨리는 전구, 바닥의 끈적거리는 물질을 밟은 탓에 걸을 때마다 나는 찍찍 소리, 땡 소리를 내며 여닫히는 엘리베이터 문, 주머니나 가방에서 열쇠를 꺼낼 때 찰랑거리는 소리, 삑삑 소리를 내며 차 문을 잠그고 여는 리모컨, 시멘트 바닥을 걸을 때마다 울리는 메아리, 출입구 셔터가 위로 올라갈 때 체인이 철커덕거리는 소리

냄새

엔진오일, 매연, 연기, 먼지와 돌, 쏟아진 부동액, 도로 제설용 소금

맛

등장인물이 가지고 있을지 모르는 것(영화관에서 산 팝콘처럼) 외에는 해당 장면

717

과 연관되는 특정한 맛이 없다.

촉감과 느낌

신발 바닥에 들러붙은 끈적거리는 물질, 비상계단이나 엘리베이터로 가려고 문 손잡이를 밀거나 돌릴 때의 매끈한 감촉, 다른 주차장 층으로 가려고 누른 엘리 베이터의 플라스틱 버튼, 자동차 열쇠 톱날 부분의 차가운 금속 느낌, 차에 타면 서 더러운 기둥에 몸을 스치는 바람에 털어내는 소매

이 배경에서 벌어질 만한 갈등의 원인

- 온기를 찾아 주차장에 들어온 노숙자를 보고 두려움이 생긴다.
- 차로 가는데 누군가 따라오는 느낌이 든다.
- 특정 구역의 전등이 모두 꺼진다.
- 차를 찾았는데 열쇠가 보이지 않는다.
- 차를 도난당하거나 누군가에게 납치를 당한다.
- 누군가 도움을 청한다.
- 차체가 손상된 것을(벗겨진 도장, 움푹 파인 범퍼, 창문을 깨고 차 안의 물건을 훔쳐 가는 등) 발견한다.
- 주차한 자리가 기억나지 않는다.

이 배경에서 볼 만한 유형의 사람들

지하 주차장이든 여러 층으로 된 건물 주차장이든, 주차장의 위치에 따라서 이 용하는 사람도 달라진다. 인구가 밀집된 지역에서 일하는 직장인들은 회사가 몰려 있는 구역의 건물 주차장을 이용하고, 쇼핑객과 쇼핑몰 직원들은 쇼핑몰 주차장에 주차한다. 아파트에 딸린 지하 주차장은 아파트 주민들이 이용한다. 주차장은 유지 보수 인력들이 작업해야 하는 공간이 굉장히 넓어 이들이 오가 는 모습이 눈에 띌 수 있다.

이 배경과 밀접한 다른 배경

• 대도시 거리, 엘리베이터, 야외 주차장, 쇼핑몰

참고 사항 및 팁

회사 건물, 아파트, 쇼핑몰은 대부분 실내 주차장을 갖추고 있다. 대도시에 있는 병원과 공항, 역사, 그 밖의 사람들이 많이 다니는 장소에서는 건물과 별도로 독립된 구조물을 세워 주차장으로 쓴다. 실내 주차장의 규모와 조명은 다양하며, 낮인지 밤인지에 따라 주차장이 붐비는 정도가 달라진다. 어떤 주차장에는 순찰을 하는 직원이나 경비 부스가 있지만, 자동화가 이루어지면서 이런 풍경은 점점 찾아보기 힘들다.

범죄나 사고 피해자, 불안증을 앓는 사람 등 실내 주차장 이용을 불편해하는 사람들이 있다. 이곳은 낮은 천장과 빽빽이 주차된 차량, 좁은 주차 선 때문에 주인공에게 폐소공포증 증세를 일으키게 해 이야기에 긴장감을 더할 수 있는 좋은 장소다. 이 배경을 통해 주인공이 불편함을 느끼게 만들 수 있고, 주차장을 드나들 때 자신은 어떤 느낌이었는지 독자에게 상기시킬 수 있다.

배경 묘사 예시

자신의 지프가 있는 쪽으로 반쯤 갔을 때 천장의 전등이 깜박거리기 시작했다. 메리는 모래 범벅인 더러운 콘크리트 바닥에 구두 굽이 미끄러지는 바람에 잠시 걸음을 멈췄다. 줄지어 주차된 차들과 그 옆의 진흙이 덕지덕지 묻은 시멘트 기둥, 흐릿해진 노란 주차선이 점멸하는 등과 더불어 같이 깜박거렸다. 영화였다면 이쯤에서 감옥에서 탈출한 미치광이가 차들 사이에서 뛰쳐나와 도끼를 휘둘렀겠지. 그런 생각이 들자 몸이 얼어붙었다. 메리는 지프까지 오륙 미터 정도를 달음박질하며 리모컨을 재빨리 눌러 차 문을 열려고 애썼다.

• **이 글에 쓴 기법**　빛과 그림자, 다중 감각 묘사
• **얻은 효과**　분위기 설정, 감정 고조, 긴장과 갈등

싸구려 모텔 Cheap Motel

풍경

__외부__ '빈방 있음'이라고 쓰인 간판의 전구 일부가 나간 모습, '시간당 대실'이 가능하다고 광고하는 대형 플래카드, 단층 혹은 2층 건물, 건물 외벽의 벗겨진 페인트칠, 모서리에 뿌옇게 먼지가 낀 창문, 제대로 켜지지 않는 전등, 옥외 계단, 지나치게 자란 산울타리[진짜 나무를 빼곡히 심어 만든 울타리]와 시든 화초, 울퉁불퉁한 보도와 보도 블록 사이로 삐죽삐죽 자란 잡초, 보도 턱 아래로 몰린 쓰레기나 주차장에 가득한 쓰레기들, 지저분한 행색의 사람이 밤낮으로 오가는 모습, 모텔 밖 플라스틱 의자에 앉은 사람들

__내부__ 낮은 천장, 올이 다 풀리고 얼룩진 카펫, 삐걱거리는 빽빽한 문, 어울리지 않는 가구 배치, 물 자국과 담배꽁초에 그을린 자국이 남은 테이블, 얇은 침대보와 울퉁불퉁한 베개, 쭈글쭈글 일어나거나 벗겨진 벽지, 흐릿한 전등, 재떨이, 먹통인 에어컨, 벽걸이 텔레비전, 촌스러운 조명과 장식, 물이 똑똑 떨어지는 수도꼭지, 오래전에 생긴 누수로 빛바랜 천장 벽지, 녹슨 세면대, 비틀어지거나 흐릿하게 보이는 거울, 마감재 없이 드러난 욕실 배관, 깨진 타일 사이의 더러운 실리콘, 몇 장 없는 수건, 지저분한 샤워 커튼, 편의 도구(샴푸, 로션, 헤어드라이어, 다리미, 리모컨)가 없는 객실, 줄지어 벽을 기어 올라가는 개미, 쥐똥

소리

끽 열리는 문, 얇은 벽 너머로 들려오는 소음(옆 객실의 텔레비전 소리, 목소리, 자동차 소리), 전화벨, 성행위, 옆 객실에서 벌어지는 싸움, 우는 아기, 짖어대는 개, 인근 고속도로나 도로를 달리는 차, 문 두드리는 소리, 삐걱거리는 침대, 수도꼭지에서 끝없이 떨어지는 물방울, 쾅쾅 울리는 배관 소음, 요란하게 내려가는 변기 물, 밖에서 들리는 발소리, 덜컹거리는 라디에이터나 에어컨, 늘어진 전선에서 들려오는 소음, 꺼졌다 켜졌다 하는 고장 난 네온 간판, 앵앵거리는 모기

냄새

흰 곰팡이를 비롯한 각종 곰팡이, 먼지, 퀴퀴한 담배 연기, 낡은 카펫, 포장해 왔거나 배달시킨 음식(피자, 햄버거, 치킨 등), 동물 털

720

기름진 포장 음식이나 배달 음식, 공기에서 나는 묵은 곰팡이의 역한 맛, 자판기에서 파는 정크 푸드와 과자

샤워기의 미지근하거나 차가운 물, 탄력 없이 축 처진 매트리스, 긁히고 손상된 리넨 침구, 잠이 오지 않거나 침대가 불편해 이리저리 뒤척이는 느낌, 빈대에 물려 간지러운 피부, 에어컨이 작동하지 않아 땀에 젖은 머리카락, 고장 난 라디에이터 때문에 온기를 찾아 옹기종기 모여 있거나 몸을 웅크리고 있는 느낌, 거친 수건, 모기에 물리는 느낌, 부실한 단열 처리로 창문이나 문틈으로 들어오는 외풍, 때에 절어 미끈거리는 카펫이 맨발에 닿는 느낌, 길게 내려온 조명에 부딪친 머리

이 배경에서 벌어질 만한 갈등의 원인

- 누군가가 때리거나 염탐한다.
- 결벽증이 있다.
- 체크인을 한 뒤에 자신이 빈털터리라는 사실을 깨닫는다.
- 매춘부가 다가와 호객 행위를 한다.
- 문이 잠기지 않는다.
- 반려동물 출입 금지 모텔에 몰래 반려동물을 데리고 들어가야 한다.
- 옆 객실의 소음이 지나치게 시끄럽다.
- 참기 어려울 정도로 덥거나 추운 객실을 배정받는다.
- 차가운 물만 나오는데 샤워를 해야 한다.
- 온갖 소음 때문에 잠을 잘 수가 없다.
- 범죄에 연루된 모텔에서 일한다.
- 모텔을 자주 드나드는 더러운 행색의 인물에게서 아이들을 보호해야 한다.

이 배경에서 볼 만한 유형의 사람들

- 청소부, 모텔 직원, 마약상, 볼일 없이 어슬렁거리는 사람, 투숙객, 피자 배달원, 매춘부

이 배경과 밀접한 다른 배경

- 편의점, 패스트푸드 레스토랑, 낡은 픽업트럭, 트럭 휴게소

참고 사항 및 팁

모텔은 오토바이족을 상대로 한 숙박업에서 시작했다는 점에서 호텔과 다른 면이 있다. 그래서 고속도로와 관광지 인근에서 찾기 쉽다. 호텔은 모텔보다 규모가 크고 각종 편의 도구와 룸서비스, 수영장 이용 등 다양한 서비스를 제공한다.

배경 묘사 예시

존은 땀에 흠뻑 젖은 채로 일어났다. 방은 곰팡이 냄새로 퀴퀴했고, 밖의 습한 봄 날씨보다도 훨씬 더웠다. 침대에서 기어 나오다가 스프링이 요란하게 비명을 지르는 바람에 움찔했다. 어둠침침한 방 한쪽에 있는, 옛날이야기 속 드래곤과 동갑일 듯한 에어컨이 바람 한 점 내보내지 않고 침묵을 지키고 있었다. 존은 에어컨으로 걸어가 버튼을 세게 때리듯 눌렀다. 그리고 손잡이를 돌렸다. 그러다가 결국 에어컨 측면을 발로 찼는데도 에어컨은 전혀 작동하지 않았고, 대신 굵은 먼지 줄기를 뱉어냈다. 재채기가 나왔다. 재채기 소리가 어찌나 컸는지 놀란 바퀴벌레가 벽을 후다닥 기어올라 라디에이터 통풍구 너머로 도망칠 정도였다. 그래, 이게 타지마할 모텔이지.

- **이 글에 쓴 기법** 대비, 의인화, 다중 감각 묘사
- **얻은 효과** 분위기 설정

야외 주차장 　　　　　　　　　　　　　　　　　Parking Lot

풍경

구멍이 팬 검은색이나 회색 보도, 노란색의 주차 멈춤 턱, 흰 선으로 구획한 주차 공간, 파란 선으로 지정된 장애인 주차 구역, 주차된 차량들, 사람들이 나갈 수 있도록 연석에 걸쳐 주차한 차량, 전등, 빛, 나무와 식물에 둘러싸인 주차장, 안내판(장애인 주차 구역, 정지 표시, '주차 이용 시간 최대 30분' 표시, 집하장 표시), 진행 방향을 나타내는 화살표를 페인트로 그린 아스팔트 바닥, 낙엽으로 가득한 인도, 연석 아래까지 쓸려 온 나뭇잎과 나뭇가지 들, 쓰레기(종이 뭉치, 찌그러진 탄산음료 캔, 테이크아웃 컵, 담배꽁초), 풀밭의 소화전, 지하에 매설한 스프링클러, 근처 상점 창문에 달린 네온사인, 가로등에 사슬로 묶어놓은 인도의 쓰레기통, 과속방지턱, 쇼핑 카트, 주차장을 순찰하는 차나 골프 카트, 인근 상점에 들어가거나 나오는 사람들, 인도나 차 근처에 무리 지어 있는 사람들, 아이의 손을 잡고 걷는 부모들, 트렁크에 쇼핑백을 싣는 사람들, 주차 구역을 점찍었다는 뜻으로 비상등을 켠 차, 연석을 놀이터 평행대처럼 걸으며 노는 아이들, 와이퍼 사이에 전단지를 끼우는 사람, 특정 수확기에 트럭 짐칸에서 신선한 계절 농산물이나 지역 특산품(옥수수, 사과, 체리, 꿀 등)을 파는 사람, 그 자리에서 차양을 치고 앞 유리를 수리하는 모습

소리

지저귀는 새, 지나가는 차, 대화, 차 문을 잠그거나 여는 리모컨 키, 닫히는 차문, 시동을 켜놓은 차, 차가 모퉁이를 돌 때 바닥을 끽 미끄러지는 타이어, 자동차 경적, 아스팔트에 부딪히는 구두 굽, 뛰어가는 아이와 멈추라는 부모의 고함, 브레이크, 후진하는 버스의 경고음, 덜컹거리며 아스팔트를 지나는 쇼핑 카트, 상점 밖에 설치한 스피커에서 흘러나오는 음악

냄새

보도와 젖은 아스팔트, 근처 식당에서 파는 음식, 풀, 매연, 비, 담배 연기

이 배경에서는 등장인물이 가지고 있는 것(껌, 박하사탕, 립스틱, 담배 등) 말고는 관련된 특정한 맛이 없다. 이럴 때는 미각 외의 네 가지 감각에 집중하는 것이 좋다.

촉감과 느낌

바람에 나부끼는 옷과 머리카락, 맹렬히 쏟아지는 비에 젖은 몸, 발에 닿는 단단한 콘크리트, 아스팔트에서 올라오는 숨쉬기 힘들 정도로 뜨거운 열기, 시원한 차에서 내려 찌는 듯한 주차장으로 나왔을 때(혹은 그 반대), 손에 느껴지는 묵직한 열쇠고리, 한꺼번에 많은 짐(가방, 쇼핑백, 열쇠)을 들고 주차장을 걷는 느낌, 쇼핑 카트가 울퉁불퉁한 지면을 지날 때 손잡이에서 느껴지는 진동, 지나치게 가까이 주차된 차들 사이를 간신히 빠져나오는 느낌, 신발 바닥에 들러붙은 껌

이 배경에서 벌어질 만한 갈등의 원인

- 자동차 사고에 휘말리거나 다른 차가 차 문을 들이받는다.
- 주차할 자리를 찾기 힘들다.
- 간신히 주차할 자리를 찾았는데 누군가 냉큼 끼어든다.
- 주차한 자리가 기억나지 않는다.
- 후진하던 중 다른 차가 와서 들이받는다.
- 일방통행로에서 반대 방향으로 운전한다.
- 주위를 제대로 살피지 않고 뛰어다니는 아이들이 있다.
- 한밤에 강도나 공격을 당한다.
- 장애인 주차 구역에 가니 비장애인의 차가 주차되어 있다.
- 운전하면서 문자메시지를 보내거나 통화를 하는 등 집중하지 않는다.
- 껌이나 정체를 알 수 없는 액체가 고인 웅덩이를 밟는다.
- 쇼핑한 물건들을 바닥에 쏟는다.
- 쇼핑 카트를 지정된 자리에 반납하지 않고 엉뚱한 곳에 놓는다.
- 쇼핑 카트에 가방이나 휴대전화를 놓고 온다.

이 배경에서 볼 만한 유형의 사람들

- 고객, 직원, 부모와 자녀, 주차장 관리 담당 인력, 경찰관, 거주자(주거용 건물에 딸린 야외 주차장인 경우), 노점상, 경비원, 십 대

이 배경과 밀접한 다른 배경

- 공항, 식료품점, 실내 주차장, 쇼핑몰

참고 사항 및 팁

야외 주차장은 평범한 장소라 배경으로 고르는 경우가 많지 않지만, 흔한 장소인 만큼 배경으로 쓰기 편리하다. 야외 주차장에서 하는 일이란 차로 가거나 가게로 가거나 둘 중 하나이기 때문에 이곳을 주의 깊게 살피는 사람은 많지 않다. 이 때문에 피해자가 빈번히 발생하고, 비밀스러운 만남, 십 대들의 성행위, 납치, 기물 파손 등 개인적 일들이 벌어지는데도 크게 부각되지 않아 다양한 갈등을 묘사하기에 안성맞춤인 곳이다.

배경 묘사 예시

자동문이 열리자 주차장의 끈적하고 묵직한 열기가 내 뺨을 때렸다. 순식간에 곱슬곱슬해지는 머리카락을 간신히 포니테일 모양으로 묶으면서 코를 찌르는 타르 냄새를 콧바람으로 쫓았다. 폭염 때문에 새로 포장한 주차장 바닥에서 수증기가 피어올랐다. 근무 시간이 끝날 무렵인 오후에 보니 더 크게 피어오르는 듯했다. 어디를 봐도 쇼핑객들로 가득했다. 쇼핑 카트를 밴으로 밀고 가 짐을 실은 뒤 아이들을 몰아넣는다. 쇼핑 카트를 제자리에 돌려놓을 때 들리는 금속끼리 맞부딪치며 생기는 핑음이 내 귀를 할퀴었다. 나는 발걸음을 재촉하며 차에서 나를 기다리는 시원한 에어컨 바람과 스피커에서 흘러나오는 잔잔한 음악을 떠올렸다. 덕분에 주변에 신경을 쓰지 않을 수 있었다.

- **이 글에 쓴 기법** 다중 감각 묘사, 날씨
- **얻은 효과** 성격 묘사, 감정 고조

엘리베이터 Elevator

풍경

금속 문, 유리면 뒤의 광고나 행사 소식, 최대 적재하중 표시, 최대 정원 표시, 최근 점검 기록, 플라스틱 덮개 안에서 밝게 빛나는 천장 등, 벽면에 묻은 얼룩과 지문, 바닥의 부스러기와 조각 들(구겨진 껌 종이, 먼지, 자갈), 입구 바로 옆에 놓인 손 소독제, 누르면 불이 들어오는 엘리베이터 조작판, 빨간색 비상 버튼, 열쇠 구멍, 난간, 천장이나 벽에 달린 스피커, 비상 인터폰, 창살이나 네모난 금속판들을 연결한 지붕, 천장 비상 탈출문, 서로에게 무관심한 척하는 사람들(시계나 휴대전화를 보고, 조작판을 뚫어지게 보고, 내릴 층에 가까워지자 앞으로 이동하는), 공간을 많이 차지하는 유아차나 여행 트렁크

소리

금속 마찰음, 길고 짧은 다양한 비명, 문을 닫기 위해 움직이는 유압계, 치직거리는 인터콤, 스피커에서 흘러나오는 음악, 브레이크가 끽끽거리며 엘리베이터 견인 로프를 조이는 소리, 속도를 늦추면서 흔들리는 엘리베이터, 웅 울리는 기계 장치, 기침, 사각대는 옷자락이나 재킷, 버튼을 대신 눌러달라는 요청, 가벼운 잡담, 버튼을 누른 층에 다가가자 땡 울리는 알림음, 승객 사이를 비집고 지나가며 사과하는 소리, 비상 버튼을 누르자 울리는 알람, 누군가 엘리베이터에 타려 하자 뒤로 물러서는 발소리

냄새

젖거나 지저분한 발 매트, 다양하게 뒤엉킨 위생 제품(향수, 보디 스프레이, 헤어 스프레이, 애프터셰이브 로션), 흡연자 옷에 밴 퀴퀴한 담배 냄새, 유아차에 탄 아기가 기저귀에 볼일을 본 냄새, 기침 해소용 사탕이나 박하사탕, 구취나 숨결에 섞인 맥주 냄새, 탑승객이 손 소독제를 바르고 손을 비빌 때 나는 화장품 냄새, 땀내나 체취, 세제, 포장 음식 용기에서 나는 맛있는 혹은 기름진 냄새, 테이크 아웃한 커피

껌, 사탕, 기침 해소용 사탕, 탄산수, 커피, 얼음이 든 음료, 엘리베이터에 가지고 탄 주스나 물, 아작아작 씹어 먹는 과자

촉감과 느낌

부드럽게 눌리는 버튼, 다른 승객을 위해 벽에 기대는 몸, 비좁은 엘리베이터에서 자리를 최대한 덜 차지하기 위해 숨을 참거나 옆구리에 양팔을 딱 붙이는 느낌, 금속 난간, 더러운 벽을 피해 물러나는 느낌, 몇 층을 지나는지 보려고 젖힌 고개, 갑작스러운 흔들림에 균형을 잃는 느낌, 자신과 타인 사이의 공간을 지나치게 의식하는 느낌, 다른 승객의 숨결에 흔들리는 머리카락이나 간질거리는 목, 엘리베이터에 너무 오래 있어 짐을 든 팔에 생기는 통증, 유아차를 앞뒤로 굴리며 달래는 짜증 내는 아이, 닫히는 엘리베이터 문을 막으려고 손으로 밀지만 문이 점점 닫히는 탓에 문에 달린 고무 패킹이 손가락에 닿는 느낌

이 배경에서 벌어질 만한 갈등의 원인

- 정전 때문에 엘리베이터가 가려던 층에 도달하지 못하고 멈춘다.
- 엘리베이터가 고장 난다.
- 건물에 화재가 일어난다.
- 같이 탄 사람이 불편한 행동(고함치고, 거칠게 굴고, 뚫어지게 노려보고, 지나치게 가까이 붙어서 무례한 질문을 던지는 등)을 한다.
- 엘리베이터 안에서 사랑을 나눈다.
- 아이들이 소리 지르고 소란을 피운다.
- 다른 승객이 개인 영역을 침범한다.

이 배경에서 볼 만한 유형의 사람들

- 경비원, 회사원, 청소부, 손님, 배달원, 건물에 살거나 머무는 사람

이 배경과 밀접한 다른 배경

- 회의실, 병실, 칸막이가 있는 사무실, 낡은 아파트

참고 사항 및 팁

어떤 엘리베이터에는 감시 카메라가 달려 있다. 특히 유명한 건물이나 철저한 보안이 필요한 건물은 더더욱 그렇다. 그러나 이 중에는 실제로 작동하는 카메라도 있지만, 보여주기식으로 단 가짜 카메라도 있다. 또한 벽을 유리로 만든 엘리베이터도 있고, 어떤 용도로 쓰이는지에 따라 엘리베이터 크기도 다르다. 어떤 엘리베이터는 크고 적재하중도 많지만, 어떤 엘리베이터는 작고 적은 정원만 탈 수 있다. 엘리베이터 안에서 폐소공포증을 느끼는 사람이 많기 때문에 개인 영역에 얼마나 예민한가를 고려해 엘리베이터 크기를 조절해야 한다. 엘리베이터 설정을 조정해 긴장감을 고조시킬 수도 있다.

배경 묘사 예시

에마는 엘리베이터가 요동치며 멈출 때까지 끈적거리는 금속 난간을 꽉 붙들고 있었다. 문이 열리자 미소 띤 여인이 유아차를 끌며 들어왔다. 엘리베이터는 계속 덜커덩거리며 로비까지 내려갔다. 에마는 고개를 흔들었다. 이렇게 더럽고 숨 막히는 관 속 같은 곳에서 어떻게 웃는 얼굴로 아이를 어르지? 고주망태가 된 수리 기사가 점검했을 법한 이런 곳에서? 여기에서 생을 마감하게 생겼는데, 저 여자한테는 그게 안 보이나?

- **이 글에 쓴 기법** 대비, 직유
- **얻은 효과** 감정 고조, 긴장과 갈등

영안실 Morgue

풍경

영안실 안팎으로 옮겨지는 이동식 카트와 그 위에 누운 천으로 덮은 시체, 밝은 불빛, 키패드를 누르거나 카드가 필요한 출입 시스템, 금속 가구와 도구가 있는 무균실, 시체에서 흘러나오는 액체를 한곳으로 모으기 위해 기울기를 조정한 부검대, 계단형 받침대, 여러 수위의 보호복(수술복, 일회용 신발 덮개, 장갑, 마스크, 안면 보호대, 의료용 고글, 헤어네트)을 입은 부검 보조 인력, 시신용 냉동고(대형 워크인 냉동고나 작은 서랍형 냉동고), 보디백이나 천으로 가린 시체, 부검대에 놓은 발가벗은 시체와 시체의 발가락에 달린 꼬리표, 싱크대와 호스, 도구 살균기, 적출한 장기와 채집한 증거용 금속 보존함, 매달림 저울, 엑스레이 장비, 선반이나 책상 위의 보고서와 서류, 시신 정보 파일, 의료용 폐기물 봉투, 보관용 서랍장과 서랍, 파일과 참고 서적으로 빼곡한 선반, 라텍스 장갑이 든 상자, 벽에 붙인 주의 사항(손 세척, 적정 절차 등), 여러 정보가 적힌 화이트보드, 컴퓨터와 프린터, 전화기, 시체 사진용 카메라, 정보가 적힌 클립보드나 클립보드에 고정해놓은 각종 서류, 고인의 의복과 유품을 보관한 가방, 병리학자에게 보낼 표본을 올려둔 선반, 타일 바닥 곳곳에 떨어진 핏방울

소리

삐걱거리는 바퀴 달린 카트, 벨 소리를 내며 열리거나 좌우로 활짝 열리는 문, 고무 밑창을 댄 신발로 걷는 타일 바닥, 일회용 신발 덮개 때문에 작아진 발소리, 전화벨, 부검하는 동안 사인이나 시체 소견 등을 녹음하는 부검 보조 인력, 클립보드에 붙인 서류들, 음악, 가위로 사각사각 자르는 천, 비닐봉지에 넣는 물품, 싱크대로 흘러내리는 물, 손을 씻는 소리, 금속 트레이에서 쩽그랑거리는 수술 도구, 마스크 때문에 작게 들리는 목소리, 무게를 재기 위해 매달림 저울에 무언가를 달 때 용수철이 늘어나고 떨리는 소리, 증거 보관용 트레이에 올려놓는 물건, 수술용 메스로 자르는 피부, 윙윙거리는 의료용 절골기나 전기톱, 닫히는 보디백 지퍼, 여닫히는 캐비닛 문, 보호복을 펴서 입을 때 나는 부스럭 소리, 펜으로 종이에 쓰는 글씨, 끼거나 벗는 라텍스 장갑

소독제, 표백제, 피, 시체가 부패할 때 나는 달큼하고 지독한 냄새, 포르말린(표본 보관용), 마스크 때문에 느껴지는 자신의 구취, 코 밑에 바른 멘톨 연고

맛

이 배경에서는 등장인물이 가지고 있는 것(껌, 박하사탕, 립스틱, 담배 등) 말고는 관련된 특정한 맛이 없다. 이럴 때는 미각 외의 네 가지 감각에 집중하는 것이 좋다.

촉감과 느낌

아주 낮은 온도로 설정한 방, 건조한 라텍스 장갑, 피부를 스치는 종이 마스크, 위생 모자나 헤어네트 때문에 간지러운 두피, 꾹꾹 누르는 키패드 버튼, 귀나 두피를 긁는 헤드셋, 시체의 무게감, 장갑 때문에 살짝 둔해진 감각, 수술용 메스로 피부를 절개할 때 느껴지는 저항감, 손이나 발 위로 떨어지는 미끈거리는 피, 으깨진 장기, 코 밑에 멘톨 연고를 바르자 싸해지며 타는 듯한 피부, 꽉 쥐고 움직이는 수술용 메스, 피부에 닿는 차가운 물, 몸에 밴 냄새를 없애려고 박박 닦는 피부, 시체 냉동고에 들어서자 훅 덮치는 차가운 공기

이 배경에서 벌어질 만한 갈등의 원인

- 시체를 분실한다.
- 고인의 유품을 제자리가 아니라 엉뚱한 곳에 보관한다.
- 사인을 특정하기 어렵거나, 밝혀낸 사인이 사회적으로 논란이 되거나 경시될 만한 것이다.
- 발전소와 비상용 자가 발전기에 모두 문제가 생긴다.
- 영안실에 갇힌다.
- 불량 보호복을 착용하는 바람에 건강에 타격을 입는다.
- 세포 조직 표본이 뒤섞인다.
- 꼬리표를 다른 시체에 붙였다.
- 영안실에서 지시받은 임무를 수행하기 거북하다.

- 일과 감정을 분리하기가 어렵다.

이 배경에서 볼 만한 유형의 사람들

- 검시관[미국은 선거로 검시관coroner을 선출하며 부검을 전문으로 배운 의료인보다는 보통 법률가 출신이 역임해왔다. 이 검시 제도 아래에서 부검은 계약을 맺은 법의관에게 의뢰해서 진행된다], 신원 확인을 위해 방문한 유족, 범죄 수사관, 애도 상담 전문가, 법의관, 영안실을 둘러보러 온 의대생이나 경찰 인사, 간호사, 병리학자

이 배경과 밀접한 다른 배경

- **시골 편** 무덤, 영묘
- **도시 편** 구급차, 응급실, 장례식장, 병실, 경찰서

참고 사항 및 팁

영안실이라고 하면 흔히 부검이나 검사에 필요한 표본 채취 및 이송, 가족이나 친구의 시신 확인 등을 떠올린다. 그러나 모든 영안실이 이런 일을 하지는 않는다. 규모와 재원에 따라 일부 병원에서는 시체를 외부로 내보내 본격적인 부검을 할 때까지 잠시 안치해두는 장소로 영안실을 사용한다. 그래서 영안실 장면을 쓸 때는 가능한 장소를 두루 살펴야 한다. 병원에 딸린 영안실인지, 정부에서 관리하는 영안실인지, 아니면 장례식장에 있는 영안실인지 결정해야 한다.

배경 묘사 예시

줄리아는 문을 열었다. 드디어 문 경첩에 기름칠을 한 모양이다. 만족스러웠다. 줄리아는 흐느끼는 남편을 영안실로 안내했다. 문을 열면 가장 먼저 냄새가 치고 올라온다. 구역질 날 정도로 달큼한 악취가 희미하게 올라왔지만, 소독제 여러 통을 들이부은 덕에 어느 정도 가려진 것 같았다. 아주 미미한 수준이라 아무도 눈치 못 챈 듯했다. 저 둔감하기 짝이 없는 검시관들이 알아차릴 리 없다. 충격과 비탄의 수렁에서 허우적대는 저 유족들은 말할 것도 없고. 남편은 천으로 덮은 아내의 시체가 금속 부검대에 누운 모습을 뚫어지게 쳐다보며 새어 나

731

오는 흐느낌을 꾹 눌렀다. 줄리아는 남편의 한쪽 어깨에 손을 올려놓고 기다렸다. 그가 이 기막힌 상황을 받아들이기를.

• **이 글에 쓴 기법** 다중 감각 묘사
• **얻은 효과** 감정 고조, 긴장과 갈등

요양원 Nursing Home

풍경

공동 공간 접수 데스크와 손 소독제, 방문 가족과 거주자를 위한 아늑한 분위기의 공동 공간과 그 안의 소파와 의자, 휠체어가 충분히 다닐 정도로 넓은 복도, 행사 안내 게시판, 휴일(부활절, 크리스마스, 중국 춘절)을 맞아 만든 색색의 종이 장식, 벽에 설치한 긴 안전 손잡이, 장식품 선반에 놓인 자기나 골동품 접시, 조화 장식, 수조, 피아노, 작은 예배소, 카페테리아와 널찍한 테이블, 물리 치료 장비, 음료와 간식(물, 주스, 커피, 소화가 잘되는 쿠키)이 담긴 카트를 밀며 지나가는 직원, 과거 세대에 유행하던 다양한 음악과 음악 재생 장치, 거주자들이 휠체어를 타고 접근할 수 있는 커다란 테이블, 공동 텔레비전 시청 공간 속 널찍한 휠체어 공간과 드문드문 배치한 의자, 테이블을 들여놓은 오락실(카드, 퍼즐), 거주자들(휠체어를 타고, 잠을 자고, 텔레비전을 보고, 노인용 보행기로 이동하고, 앉아서 링거를 맞거나 산소 호흡기를 쓰고, 인형이나 그 밖의 기념품을 쥐고, 허공을 노려보고, 직원에게 소리를 지르거나 대화하고, 혼자 계속 떠드는), 보조 인력(거주자의 식사, 화장실 사용, 샤워, 환복을 돕는), 침대 정리와 화장실 청소 담당 인력, 거주자들의 약을 챙기고 대화를 나누는 간호사

개인실 좁은 방 안에 놓인 각도 조절 가능한 병원용 침대와 옆의 난간, 작은 옷장(몇 벌 없는 의복, 잠옷, 성인용 기저귀 상자, 양말과 자질구레한 물건들이 든), 협탁(조명, 전화기, 물 잔, 핸드 크림, 시계가 놓인), 각 거주자 이름이 적힌 세탁물 바구니, 침대 밑 슬리퍼, 거동이 제한적인 사람들을 위한 천장의 도르래, 도움 요청 버튼, 묵직한 커튼을 친 창문, 다인실에 설치한 칸막이 커튼, 집에 놓았던 자잘한 장식품들, 액자에 넣은 가족사진, 안부 인사장을 꽂아놓은 코르크판과 일정이 적힌 달력

소리

음악, 콧노래, 불만을 제기하거나 혼자 중얼거리는 거주자, 거주자에게 질문을 던지는 직원, 삐걱거리는 휠체어 바퀴, 문이나 탁자에 쾅 부딪치는 소리, 화장실에서 흐르는 물, 회전하는 서큘레이터, 히터와 에어컨, 텔레비전의 방청객 효과음(웃음소리), 도움을 요청하거나 우는 소리, 복도의 발소리, 수조에서 보글거리

는 물방울, 휠체어 브레이크를 당기는 소리, 내려가는 변기 물, 전화벨

냄새

표백제, 세제, 깨끗한 세탁물, 요리, 대소변

맛

씹기 편한 음식, 물, 주스, 흰 알약, 따뜻한 차나 커피, 각종 간식(부드러운 쿠키나 빵 등), 칼로리가 높은 영양 보충 음료

촉감과 느낌

손을 씻을 때의 차갑고 축축한 거품, 몇 군데가 울퉁불퉁하게 뭉친 매트리스, 손이나 얼굴에서 털어내는 부스러기, 빗으로 쓸어내리는 머리카락, 밍밍한 음식을 우물거리며 씹는 느낌, 얼굴에 바르는 유분이 많은 크림, 앉았을 때 살짝 탄성이 느껴지는 휠체어, 쏟아져서 튀기는 차가운 음료, 베개의 불편한 부피감, 부드러운 시트, 표면이 반들거리는 낡은 사진, 따끔한 링거 주사, 어딘가에 부딪치는 느낌, 넘어지고 긁혀서 찾아오는 통증, 사랑하는 사람을 껴안을 때의 온기

이 배경에서 벌어질 만한 갈등의 원인

- 개인 소지품이 사라진다.
- 약과 관련한 실수가 벌어진다.
- 치매를 앓는 거주자가 무례하거나 위험한 행동을 한다.
- 거주자가 텔레비전 리모컨을 훔친다.
- 넘어져서 다친다.
- 직원이 거주자의 간청이나 요구 사항을 무시한다.
- 화장실 사고가 벌어진다.
- 달갑지 않은 가족이 방문한다.

이 배경에서 볼 만한 유형의 사람들

- 가족, 간호사와 직원, 요양원 거주자, 의사와 성직자, 특별 행사를 위해 방문한

자원봉사자와 엔터테이너

이 배경과 밀접한 다른 배경

* 구급차, 병실, 대기실

요양원은 노인의 생활 전반을 책임진다. 어떤 요양원은 수준 높은 시설과 건강식, 전문 훈련을 받은 간호 인력, 각종 프로그램 및 행사, 정기 건강검진까지 다양한 서비스를 제공한다. 하지만 어떤 요양원은 비좁고 불결하며, 직원들도 게으르고 심지어 노인을 학대하기도 한다. 이런 곳에서는 거주자가 활기나 행복감을 느끼기 힘들며, 정신적이나 육체적 자극이 거의 없다시피 하다. 또한 요양원은 민간 시설인지 공공시설인지에 따라 차이가 난다. 위치와 규모, 설립 연도도 차이를 만드는 요소들이다.

배경 묘사 예시

윈딩 힐스 센터로 조 삼촌을 보러 가는 길은 쉽지 않았다. 하지만 나는 일요일 격주마다 삼촌을 찾아갔다. 삼촌의 현재 삶은 앞으로 펼쳐질 내 불행한 미래의 맛보기다. 머지않아 우리 모두 이런 요양 시설에서 생의 마지막 나날을 보낼 것이다. 그러나 카펫이 얼룩덜룩해지고, 가구가 닳고 또 닳고, 문이 제대로 닫히지도 않기 전, 이 요양원도 좋은 시설이었던 적이 있었다. 나는 책상 뒤의 간호사에게 손을 흔들고, 노인들로 가득한 복도를 지났다. 휠체어에 묶인 것이나 다름없는 노인들은 수조 속을 헤엄치는 주황색 물고기를 보거나 고개를 가슴까지 푹 떨구고 잠들어 있었다. 이 중에서도 가장 최악이자 가장 애처로운 노인들은 텅 빈 테이블에 기대앉아 허공을 멍하니 노려보는 사람들이다. 이들은 유령이다. 정신은 어딘가로 멀리 떠나는 기차에 타고 있지만, 몸은 주인 잃은 수화물처럼 역사에 묶여 있다.

* **이 글에 쓴 기법**   직유, 은유, 상징적 표현
* **얻은 효과**   분위기 설정, 감정 고조

은행

풍경

유리 출입문, 화려하고 반들거리는 바닥과 깔개, 일정한 간격으로 배치된 경비 요원들, 감시 카메라, 쭉 늘어선 출납 창구와 사람들의 줄을 정리하는 벨트 차단봉, 각종 서류 수납함과 볼펜이 달린 테이블, 은행원(지폐 계수기와 컴퓨터, 현금 및 수표 금고, 서류 캐비닛, 프린터, 팩스, 도장 및 인주, 문서 세단기, 굳게 잠긴 서랍, 신용카드 단말기를 다루는), 출입구 옆이나 밖의 ATM(현금자동입출금기) 기계들, 부동산담보 대출금리 현황 전광판, 환율 고시 전광판, 안전 투자 포스터, 대기실(커피 머신, 잡지, 플라스틱 의자 등이 있는), 은행원들 뒤쪽에 앉은 지점장, 대출 및 투자 상담실, 대여 금고로 가는 복도, 타일 바닥, 큼지막한 유리창, 쓰레기통, 차례를 기다리는 사람들(지갑을 꺼내거나 현금 봉투를 든)

소리

손으로 세어보는 지폐, 금액을 읊는 은행원, 서류에 찍는 도장, 다음 고객을 호명하는 은행원, 뒤에서 들려오는 잔잔한 음악, 기침, 소리 죽여 이야기하는 사람들, 물 끓는 소리를 내거나 콸콸거리며 커피를 추출하는 커피 머신, 사람들의 발소리, 여닫히는 문이나 서랍, 키보드 치는 소리, 펜으로 종이에 필기하는 소리, 현금을 넣는 지퍼백이나 가방 여는 소리, 카운터에 툭 내려놓는 체크카드, 기계에서 출력되는 영수증, 윙 돌아가는 팩스, 바닥을 또각또각 울리는 구두 굽, 에어컨이나 히터의 작동음

냄새

세제(솔 향, 레몬 향, 암모니아 냄새), 종이, 과열된 전자 기기(먼지 냄새, 오존 냄새), 공기 중에 떠다니는 향수와 샤워 코롱 향기, 커피, 구취, 직원 휴게실에서 데우는 음식, 헤어 제품

맛

바구니에 가득한 싸구려 사탕, 껌, 물, 커피, 차, 밖에서 사 온 점심용 샌드위치나 집에서 만든 도시락

무겁거나 굳게 닫힌 문을 힘겹게 미는 느낌, 차례를 기다리는 동안 몸을 기대거나 수그리는 느낌, 조용히 넘기는 수표나 예금증서, 팔뚝이나 가슴을 압박하는 창구의 딱딱한 모서리, 책상에 부착된 펜의 줄이 너무 짧아 힘들게 쓰는 글씨, 깨끗하고 빳빳한 새 지폐, 서로 달라붙어 세기 힘든 지폐들, 부드러운 영수증, ATM 기계에 기대 햇빛을 피하거나 사람들이 보지 못하게 스크린을 내리는 느낌, 종이에 베인 상처

이 배경에서 벌어질 만한 갈등의 원인

- 은행 측 실수로 돈의 행방을 알 수 없다.
- 카드가 ATM 기계에 걸려서 나오지 않는다.
- 성미 급한 손님이 새치기를 한다.
- 은행 강도가 들이닥친다.
- 응급 상황(고객이 기절하거나 발작을 일으키는 등)이 생긴다.
- 경비원이 무례하게 굴거나 이래라저래라 명령한다.
- 마감 뒤 정산하는데 현금 액수가 부족하다.
- 은행원이 신용카드나 대출 등 금융 상품 개설을 강요한다.
- PIN 코드나 계좌 번호가 기억나지 않는다.
- 한시가 급한데 정전 때문에 돈을 인출할 수가 없다.
- 대여 금고를 열었는데 고객이 맡긴 물건이 사라졌다.

이 배경에서 볼 만한 유형의 사람들

- 은행 강도, 은행원, 고객, 배달원, 경비원, ATM 기계에 현금을 채우거나 은행 예금 작업을 하는 보안 담당자

참고 사항 및 팁

은행은 규모와 주요 고객층에 따라 모습이 다르다. 대형 은행은 보유고가 막대

하기 때문에 보안 시스템이 다른 은행에 비해 훨씬 삼엄하다. 외국 은행에는 차를 탄 채 예금을 하거나 현금을 인출할 수 있는 드라이브스루 서비스도 있다.

모자를 푹 눌러쓰면서 책상의 흰 봉투를 집고 펜을 찾는 양 재킷을 더듬었다. 카메라는 총 일곱 대…… 아니, 여덟 대가 있다. 은행원은 네 명. 창구가 모두 여섯 개니 두 명은 휴식 중일 것이다. 유리 칸막이 너머에는 지점장이, 사무실 바로 옆에는 대출 담당 직원이 프린터가 숨이 끊어질 듯 캑캑거리며 뱉어낸 서류를 정리하고 있었다. 카메라로 시선을 비스듬히 흘리며 무언가를 쓰는 척하며 봉투 위로 몸을 굽혔다. 은행이 털리고 나면 경찰이 감시 카메라를 살펴보겠지만 이렇게 고객인 척 섞여 있는 이상 그냥 지나칠 것이다. 종이에 아무 말이나 휘갈기는데 입구에 선 경비원이 가슴이 아픈지 문지르고 있었다. 오호라. 경비원은 왼쪽 복도를 흘끔흘끔 쳐다봤는데, 도면에 따르면 저 복도는 화장실로 이어진다. 점심 뒤 오는 흔해빠진 소화불량이군. 미소가 절로 나왔다. 경비원은 곧 마실 것을 찾아 복도로 갈 것이다. 그 순간이 나 같은 강도에게 절호의 기회라는 것은 꿈에도 모를 것이다. 하지만 지금 은행을 털 생각은 없다. 난 아마추어가 아니다. 인내하는 자가 자유를 얻는 법. 오늘은 딱 두 가지 일만 할 것이다. 첫째, 은행의 내부 구조가 손에 넣은 도면과 일치하는지 확인하는 것. 둘째, 정확한 머릿수를 파악하는 것.

- **이 글에 쓴 기법** 다중 감각 묘사, 의인화
- **얻은 효과** 복선, 과거 사연 암시

풍경

자동문과 낡은 의자로 가득 찬 대기실, 부상이나 질병의 정도가 다양한 환자들(골절과 코피, 베인 상처, 찰과상, 멍, 구역질 때문에 붙잡은 쓰레기통, 다친 부위에 하는 얼음찜질, 수술용 마스크를 쓴 환자, 울거나 옆 사람에게 의지해 간신히 몸을 가누는 환자), 환자 상태에 대한 설명을 들으려고 기다리는 연인이나 가족, 친구(잡지나 책을 읽고, 전자 기기로 인터넷 서핑을 하고, 핸드백이나 팔에 걸친 재킷을 꼭 쥐고, 의자에서 잠을 청하고, 초조하게 서성거리는), 쓰레기통, 테이블에 올려놓은 반쯤 마신 커피 컵, 뒤죽박죽 널브러진 신문과 잡지, 각각 다른 색상의 유니폼을 입고 일하는 직원들(간호사, 잡역부, 경비원), 전염병 의심 환자와 일반 환자를 구분하는 차단용 커튼이나 차단 유리, 유리창으로 둘러싸인 입원 수속 및 접수처, 환자 정보를 듣는 직원, 화장실, 거치된 손 소독제, 자판기, 병원 내부의 안내판(각 진료 과목과 병동의 위치가 표시된), 들것에 누운 환자를 돌보며 빠르게 이동하는 구급대원들, 수술복이나 흰 가운을 입은 의사들, 휠체어를 탄 환자, 언제까지 기다려야 하냐며 시끄럽게 주사를 부리는 사람들, 옹기종기 부대껴 앉아 있는 걱정에 가득 찬 부모와 친구들, 어린아이를 안은 부모, 손님을 기다리는 택시 운전사, 붕대를 담은 카트, 목에 두른 청진기, 속삭이는 사람들, 병원 내부를 순찰하는 경비원, 환자의 중증도를 분류하는 응급실 구역, 골절 환자가 깁스를 하는 처치실, 엑스레이와 CT촬영실, 미닫이문을 열면 보이는 대기 환자들이 있는 방(침대에 누운 환자, 링거를 맞는 환자, 혈압 측정기를 착용한 환자와 이를 기록하는 간호사, 심박수 모니터 장비를 착용한 환자)

소리

웅얼거리는 소리, 울음, 가쁜 숨소리, 캑캑거리다 구토하는 소리, 신음과 훌쩍임, 환자 가족과 지인들의 숨죽인 기도, 바스락거리는 신문지, 싸움, 잡지 넘기는 소리, 매끄럽게 열렸다 닫히는 유리문, 입원 접수처에서 환자를 부르는 소리, 인터폰으로 누군가를 호출하는 소리, 경찰관이나 경비원의 무전기, 간호사의 침착하고 부드러운 목소리, 바스락거리는 서류, 서류의 빈칸을 사각사각 채우는 펜, 욕설, 자판기 안으로 떨어지는 동전, 자판기 출구로 떨어지는 스낵이나 음료 캔, 병원 밖에서 들리는 구급차 사이렌, 응급 카트나 들것의 삐걱대는 바퀴, 심장 충격기의 작동음, 심박수 모니터의 삑삑대는 경고음, 거침없이 뜯는 의료용품 포장지(소독용품, 바늘, 튜브), 확 젖히는 커튼, 간호사에게 환자 상태를 정확하고 구체적으로 전달하는 구급대원, 지시를 내리는 의사, 매끄럽게 열었다가 거칠게 닫는 약품 카트의 서랍, 비명

냄새

소독제, 세제, 손 소독제, 토사물, 체취, 술 냄새가 섞인 숨결, 에어컨이나 공기청정기에서 나오는 바람, 피

맛

이 배경에서는 등장인물이 가지고 있는 것(껌, 박하사탕, 립스틱, 담배 등) 말고는 관련된 특정한 맛이 없다. 이럴 때는 미각 외의 네 가지 감각에 집중하는 것이 좋다.

촉감과 느낌

앉으면 불편한 플라스틱 의자나 얇은 쿠션을 덧댄 의자, 팔뚝을 파고드는 금속 안전 바, 흘러내리는 환자용 손목 밴드, 따끔하게 찌르는 링거 바늘, 불안과 초조, 침대 각도나 높이를 조절하는 느낌, 환자의 몸을 움직여 상처를 살피는 간호사나 구급대원, 아픈 부위를 만지며 진찰하는 의사, 다른 침대로 옮겨지는 과정에서 심해지는 통증, 진통제를 먹자 고통이 사라지면서 찾아오는 안도감, 체온이 특정 수준에 도달하자 느껴지는 극도의 한기나 열기, 몸이 걷잡을 수 없이 떨리면서 찾아오는 쇼크, 부상에 수반되는 통증, 다양한 병세

이 배경에서 벌어질 만한 갈등의 원인

- 마약에 취해 피해망상에 사로잡히거나 폭력적인 행동을 하는 사람이 있다.
- 대형 사고(시내버스 사고, 아파트 화재, 테러 등)가 터져 온 직원이 매달린다.
- 치료를 당장 받아야 하는데 필요한 서류가 잘못됐거나 보험이 없다.
- 공기를 매개로 쉽게 전염되는 질병에 걸려 다른 사람들도 빠르게 감염된다.
- 잠을 제대로 자지 못한 의사에게 치료받는다.

- 약물에 알레르기 반응을 일으킨다.
- 환자가 자신의 병력에 대해 거짓말을 한다.
- 가벼운 병인 줄 알고 내원한 환자에게 심각한 병이 있다는 것을 발견한다.
- 환자(특히 아이)가 사망한다.

이 배경에서 볼 만한 유형의 사람들

- 관리 직원, 의사, 환자의 가족과 지인, 간호사, 잡역부, 구급대원, 경찰관, 아프거나 다친 사람들

이 배경과 밀접한 다른 배경

- 구급차, 자동차 사고 현장, 병실, 대기실

참고 사항 및 팁

병원 응급실은 재정 상태나 지역사회의 규모, 중점적으로 다루는 질환 등에 따라 모습이 조금씩 다르다. 범죄율이 높은 지역의 응급실이라면 보안 규정이 엄격하고 상대적으로 많은 경비 인력을 보유한다. 또한 이런 병원에서는 자상이나 총상 환자를 능숙하게 치료한다. 반면 작은 마을의 응급실은 경비가 그리 삼엄하지 않다. 이런 곳에는 아동 환자나 골절, 심장 마비, 교통사고, 뇌졸중 환자가 주를 이룬다.

배경 묘사 예시

베키는 콜록거리는 기침부터 마른기침과 쌔근거림까지 온갖 소리의 향연으로 가득한 응급실을 뒤로하고 가장 가까운 곳에 있는 손 소독제 디스펜서를 찾아냈다. 그리고 슬롯머신을 내리치는 도박 중독자처럼 디스펜서를 마구 눌렀다.

- **이 글에 쓴 기법** 직유
- **얻은 효과** 분위기 설정

자동차 사고 현장 Car Accident

풍경

사고 시점　차선이나 중앙분리대로 점점 가까이 달려오는 차, 달려오는 차를 보고 공포에 젖은 얼굴, 찌그러진 보닛, 깨진 유리, 앉아 있던 좌석에서 앞으로 나동그라진 사람들, 구름처럼 팽창한 에어백, 연속적인 흐름이 아니라 파편처럼 끊어져 보이는 눈앞의 광경

사고 이후　깨진 유리, 이상한 각도로 멈춘 차들, 찌그러지고 박살 난 차, 경찰차의 비상등, 뭉게뭉게 피어오르는 연기와 김, 비틀어진 금속이나 플라스틱 덩어리, 부서진 앞 유리, 응급 차량(경찰차, 소방차, 구급차, 견인차), 차 안에 갇힌 사람과 그 옆에서 무릎을 꿇고 환자를 이송하기 전 안정시키는 구급대원과 소방관, 밝은색 방탄 조끼를 입은 경찰(노란색 출입 금지선과 바리케이드를 설치하고, 교통 통제 및 우회 도로를 안내하고, 목격자 진술과 증언을 획득하는), 목을 길게 빼고 구경하거나 휴대전화로 사진을 찍는 사람들, 붕대에 번지는 피, 액체(냉각수, 가스, 오일)가 고인 웅덩이, 구급 가방 및 바퀴 달린 환자용 들것, 고속도로를 따라 주차된 차들, 작동된 에어백, 인도에 떨어진 차 문, 헬리콥터로 도착한 구급대원, 소화기의 강한 분사액에 꺼지는 불, 깜빡거리는 손전등 빛, 현장을 비추는 전조등, 후미등에서 올라오는 어둠 속 흰 연기, 파손된 가드레일이나 부러진 나무, 바닥에 흩어진 나뭇가지, 찌부러진 표지판이나 기둥, 엉망이 된 차 안, 공기가 반쯤 나간 에어백과 그사이 파묻힌 운전대, 팔과 손의 피와 상처, 무릎에 흩어진 유리, 움직일 수 없는 손발, 피에 젖은 옷

소리

사고 시점　타이어가 끌리는 소리, 경적, 끽 밟는 브레이크, 헐떡이는 숨소리와 비명, 당겨서 꽉 매는 안전벨트, 찌그러지는 금속, 산산이 부서지는 유리, 뒤집어지며 부딪치는 사람과 사물, 충격에 부러지는 나무나 표지판, 바리케이드를 따라 미끄러지는 금속의 마찰음

사고 이후　뜨거운 엔진에서 흘러나와 쉭쉭대며 증발하는 액체, 사고가 난 차를 피해 돌아가거나 멈추고 도와주려는 차, 식어가는 엔진, 부상자가 비틀대며 움직이자 땅에 후드득 떨어지는 부서진 유리 조각, 사고 차량의 유리를 두드리며

탑승자가 괜찮은지 확인하는 사람들, 부상자 귀에 들리는 이명, 공황 상태에서 헐떡이는 숨, 울음, 신음, 비명, 타닥거리며 번지는 불꽃, 도색한 곳에 생기는 기포와 뜨겁게 달궈지는 금속, 차 안으로 밀려 들어온 유해성 연기 때문에 나오는 기침, 차에서 탈출하려고 애쓰며 미친 듯이 지르는 소리, 뒤집어진 차의 깨진 창문을 통해 기어 나올 때 아스팔트 도로 위로 쏟아지는 유리와 금속 조각 들

냄새

쏟아진 가솔린, 탄 고무, 기름 및 그 밖의 엔진오일, 연기, 피

맛

피, 눈물

촉감과 느낌

사고 시점 운전대를 잡은 팔이 굳고 등을 등받이에서 뗄 수 없는 느낌, 가슴이나 엉덩이를 홱 때리는 안전벨트, 좌우로 흔들리는 몸, 차 문에 부딪치는 머리와 몸, 앞뒤로 크게 젖혀지는 머리, 차 안에 있던 물건(지갑, 가방, 반려동물, 기타 고정되지 않은 물건)에 찍히거나 부딪치는 통증, 다가올 충격에 빳빳하게 긴장하는 근육, 에어백이 작동하면서 얼굴에 분사되는 화학약품, 팽창한 에어백에 뒤로 내동댕이쳐지는 몸

사고 이후 의식이 천천히 돌아오면서 어디인지는 알겠으나 충격으로 감각이 무뎌진 느낌, 시간이 느리게 흐르는 듯하고 흐릿한 머릿속, 방향감각을 상실한 느낌, 무수한 자상과 멍의 통증 혹은 치명상에 따른 고통(뇌진탕, 옴짝달싹할 수 없는 몸, 몸에 박힌 자동차 파편 등)이 서서히 의식되는 느낌, 동승자의 안전에 대한 걱정으로 밀려오는 공포, 몸을 움직여보지만 손가락 하나 까딱할 수 없는 느낌, 거세지는 혼란과 공포, 살갗을 타고 흐르는 피 혹은 손상된 동맥에서 분수처럼 쏟아지는 피, 전신이 떨리면서 밀려드는 쇼크

이 배경에서 벌어질 만한 갈등의 원인

- 차량에 화재가 발생한다.
- 차 안이 유독성 연기로 가득하다.

- 골절상 때문에 움직일 수 없다.
- 뒷좌석에 앉아 있던 사랑하는 사람(특히 아이)이 다쳤는데, 다가가거나 제대로 볼 수가 없다.
- 눈을 뜨니 사망한 동승자들이 보인다.

이 배경에서 볼 만한 유형의 사람들

- 구경꾼, 소방관, 구급대원, 기자, 경찰관, 피해자

이 배경과 밀접한 다른 배경

- **시골 편** 시골길
- **도시 편** 구급차, 대도시 거리, 응급실, 병실, 경찰차, 경찰서, 소도시 거리

참고 사항 및 팁

경미한 차 사고에는 경찰관이나 구급대원이 출동하지 않는다. 이들은 보통 부상자나 일정 수준의 피해가 발생해야 오기 때문이다. 감각을 묘사할 때는 화자나 등장인물의 시점에서 그려야 한다. 또한 같은 사고 현장에 있는 인물들이라도 인지하는 내용이 각각 다르다. 예를 들어, 구경꾼이 포착한 디테일을 사고 피해자는 알아차리지 못할 수 있고, 그 반대도 마찬가지다. 하지만 경찰관은 원래 관찰자의 역할을 하기 때문에 사람들이 놓치는 것을 쉽게 간파하기도 한다.

배경 묘사 예시

메리는 어둠 속에서 깨어났다. 귓가가 윙윙대고, 의식은 안개가 낀 듯 흐릿했다. 여기가 어디……? 깨진 앞 유리에 난 구멍으로 연기가 들어오자 숨 막힐 듯 강렬한 오일 냄새가 덮쳤다. 몸을 비틀어 어떻게든 벗어나려고 애썼지만, 꼼짝도 할 수가 없었다. 그때 어깨와 엉덩이에 타는 듯한 통증이 일며 사고 직전의 기억이 떠올랐다. 대형 트럭이 미끄러졌고, 트럭에 연결된 컨테이너가 좌우로 흔들리더니 메리가 달리던 차선을 덮쳤다. 트럭이 끝없이 미끄러지며 메리 쪽으로 다가오자 운전사의 공포에 질린 얼굴이 더 뚜렷하게 보였다. 메리는 온 힘

을 다해 브레이크를 밟았고, 귀가 찢어지는 듯한 요란한 비명을 들었다. 사고가 났구나. 메리는 도움을 청하기 위해 입을 열었지만 가느다란 흐느낌만 흘러나 왔다.

- **이 글에 쓴 기법** 빛과 그림자, 다중 감각 묘사, 긴장과 갈등
- **얻은 효과** 분위기 설정, 과거 사연 암시, 감정 고조

자동차 정비소   Mechanic's Shop

풍경

망가진 차들이 서 있는 주차장, 차량 리프트와 플라스틱 경사로를 갖춘 수리 공간, 정비사(기름때로 얼룩덜룩한 작업복과 부츠를 장착하고, 손톱 끝이 윤활유와 오일로 검게 물든), 차량 리프트와 유압기, 여러 개의 타이어와 타이어 림tire rim[바퀴 부위 중 고무로 된 타이어가 부착되는 쇠로 된 둥근 타이어 부분]이 쌓인 모습, 천장에 매달린 호스, 벽을 따라 배치한 작업대, 벽에 달린 수도꼭지와 물 호스, 도구들(렌치, 스크루드라이버, 소켓 세트, 드릴 등), 엔진 크레인, 열쇠와 작업 설명서가 든 서류철, 공회전 중인 차량, 차곡차곡 쌓인 칼라콘[공사 현장을 표시하거나 출입을 금지할 때 쓰는 원뿔 모양 표지판], 커다란 드럼통, 벽에 설치한 회전 선풍기, 오일과 가스 연료통, 안전 표지판, 쓰레기통, 구겨진 휴지, 근처 작업대에 던져놓은 기름때로 얼룩덜룩한 옷, 예비용 자동차 부품들, 서랍들이 달리거나 바퀴가 달린 공구함, 보닛을 열어놓은 차량, 작업 침대에 누워 차를 손보는 정비사들, 기름으로 얼룩진 콘크리트 바닥, 의자가 놓인 대기실, 텔레비전과 커피 머신

소리

전동 드릴, 라디오에서 흘러나오는 음악, 휘파람 부는 직원, 끽끽거리며 힘겹게 열리거나 빠르게 닫히는 보닛, 공회전하는 엔진, 소음보다 크게 소리 지르는 정비사들, 인터폰으로 고객을 호출하는 소리, 매끄럽게 돌아가지 않는 엔진(철커덩거리거나, 회전이 잘 안 되거나, 캑캑거리는), 꺼지지 않고 계속 작동하는 엔진, 벨트 불량으로 발생한 요란한 소음, 유동액, 돌아가는 선풍기 날개, 탄산음료 캔을 따는 소리, 쓰레기통에 버리는 무거운 물체, 상하로 움직이는 유압 램프, 고무 바닥을 걷는 발소리, 자동차에 사용하는 액체류(물, 오일, 브레이크액, 트랜스미션 오일transmission oil[변속기에 사용하는 윤활유])가 떨어지고 튀기는 소리, 돌아가는 선풍기 날개, 차체 아래에 놓은 작업 침대의 바퀴가 구르는 소리, 호스에서 떨어지는 물, 찰랑거리는 열쇠

냄새

엔진오일, 윤활유, 가솔린, 땀, 금속, 페인트, 녹

(맛)

가스나 오일 냄새로 혼탁한 공기, 대기실 자판기에서 파는 음료수와 과자(초콜
릿 바, 과자, 껌, 물, 탄산음료, 커피)

(촉감과 느낌)

금세라도 멈출 듯한 낡은 차가 주차장에 들어서면서 내는 덜컹거리는 소음, 차
가 작동하기를 기다리는 동안 맺히는 땀, 회전 선풍기의 시원한 바람, 윤활유나
오일 웅덩이에 미끄러지는 발, 주차장 지면의 움푹 팬 곳에 걸려 넘어지는 느낌,
손에 쥐는 차가운 금속 도구, 윤활유나 오일이 묻어 수건으로 닦아내는 물집 잡
힌 손, 차 밑에서 작업하다 머리나 무릎을 깜박하고 들어 올리는 바람에 부딪치
는 느낌, 꼼짝도 안 하는 볼트를 힘주어 빼려다가 다친 손가락

이 배경에서 벌어질 만한 갈등의 원인

- 자동차 사고로 차가 우그러진다.
- 한창 작동 중인 엔진에 접촉했다가 화상과 심각한 부상을 입는다.
- 무거운 짐을 들다가 허리를 다친다.
- 누군가 도구나 위험한 장비를 휘두르며 달려든다.
- 손님 차에서 물건을 몰래 훔치다 들킨다.
- 정비사가 우연히 차를 긁거나 손상을 입혔는데, 은근슬쩍 덮으려고 애쓴다.
- 속이거나 사기를 치려는 정비사를 상대한다.
- 질투나 화가 난 정비사가 기물을 파손한다.
- 솜씨가 서투른 정비사에게 차 수리를 맡긴다.

이 배경에서 볼 만한 유형의 사람들

- 손님, 매니저, 정비사, 사무 담당자, 부품 판매인

이 배경과 밀접한 다른 배경

- **시골 편** 차고, 폐차장
- **도시 편** 자동차 사고 현장, 세차장, 주유소, 중고차 판매점

참고 사항 및 팁

자동차 정비소는 어떤 정비를 전문으로 하느냐에 따라 모습과 내부 사정이 다르다. 이 장에서 다룬 정비소는 전체적인 정비를 하는 곳이지만 차체 수리 전문, 타이어 전문, 오일 교환 및 일반 수리 전문 업체도 있다. 새 차나 값비싼 차는 일반 정비소 대신 전문 취급소에 가기도 하는데 보증 기간이 남아 있을 때는 그럴 가능성이 더 크다.

작가는 등장인물에게 시련을 주어야 한다. 등장인물이 스트레스를 받는 상황을 만든 뒤에도 더 많은 스트레스거리를 찾아내야 한다. 이를테면 무더운 날에 차가 고장이 나는 상황부터 시작할 수 있다. 뒷좌석에는 어린아이들이 타고 있고, 차가 외딴 지역에서 고장을 일으켰다. 견인 트럭에 매달려 마을을 가로질러 정비소에 왔는데, 어디선가 고약한 냄새가 나고 대기실에는 에어컨도 없다. 설상가상으로 수리할 부분이 예상보다 많고, 수리비도 많이 나온다. 가뜩이나 감정 기복이 심한 당신의 주인공은 그동안 쌓인 짜증과 화가 꼭짓점에 달해 결국 폭발하고, 잘못된 선택을 내리게 된다.

배경 묘사 예시

아버지는 욕설을 낮게 웅얼거렸다. 아버지의 온몸에서 땀이 비 오듯 뚝뚝 떨어졌다. 하지만 조이는 아랑곳하지 않고 웃으며 플라스틱 의자 뒷부분에 매달렸다. 조이가 내뱉은 숨에 창문에 김이 서렸다. 대형 타이어는 한눈에도 무거워 보였지만, 파란색 작업복을 입은 남자는 아무렇지도 않게 타이어를 들더니 휙 던져버렸다. 또 다른 남자는 요란하지만 신나는 소리를 내며 드릴로 작업하고 있었다. 동시에 한쪽에서는 남자의 동료가 낡고 녹슨 트럭의 보닛을 장비로 두드리고 있었다. 조이는 무릎을 굽혔다 폈다 하면서 언젠가 여기서 일할 수 있을까 기대했다.

- **이 글에 쓴 기법**   다중 감각 묘사, 직유
- **얻은 효과**   성격 묘사, 감정 고조

장례식장   **Funeral Home**

풍경

깔끔히 손질한 잔디, 덤불과 나무, 꽃으로 조경한 정원, 조문객용 주차장, 건물 뒤 주차장(영구차, 리무진, 미니밴), 창고(관을 넣어 운송하는 데 쓰는 상자, 냉장 장치, 세척제 및 엠버밍embalming[시체 화장과 방부 처리, 사고로 훼손된 시신을 복원하는 기술을 통칭하는 말] 제품, 시체나 유골을 태우고 난 재를 단지에 넣는 작업실이 있는), 엠버밍실(테이블과 싱크대, 방부 처리 기계, 방부 처리액을 담은 병, 수술용 메스, 동맥 분리용 후크, 시신의 눈에 올려놓는 두 개의 동그란 덮개, 환기 시스템과 자외선기가 있는), 경야·고별식용 객실[미국에서는 장례를 치르기 하루 이틀 전에 유족과 지인이 시체가 누운 관 곁을 지키는 경야 의식을 연다](잔잔한 등과 나무로 만든 가벽, 관 주변의 개방된 공간, 실크 소재 조화로 아름답게 꾸민 화환, 발소리를 흡수하기 위해 간 패턴을 수놓은 러그나 카펫, 의자나 벤치가 있는), 장례용품 전시실(다양한 크기와 스타일의 관이 진열된 모습, 유골함, 상담 고객을 위한 소파와 테이블, 티슈, 실크 소재 조화로 만든 화환이나 조화로 장식된 관, 장례식 안내서가 있는), 예배실(의자나 긴 벤치, 강단과 무대, 영상 및 음향 장비, 피아노나 오르간, 마이크, 조문객 무리, 유족을 앞줄로 이끄는 직원이 있는), 접수실(식음료가 가득한 테이블, 고인이 생전에 쓰던 물건을 전시한 모습)

소리

은은한 음악이나 찬송가, 소리 죽여 이야기하는 사람들, 바스락거리는 천, 낮은 흐느낌, 코 푸는 소리, 마이크를 타고 울려 퍼지는 추모 연설, 장례식 동안 연주되는 라이브 음악과 노랫소리, 삐걱거리는 벤치, 누군가 재빨리 휴대전화를 끄는 소리, 목을 다듬는 소리, 고인과 관련된 재미있는 일화를 들은 조문객들의 웃음

냄새

역할 정도로 과도하게 뿌린 향수, 꽃향기, 타오르는 촛불, 카펫, 가구 광택제

맛

눈물, 목구멍에 무언가 걸린 듯 역류할 때, 장례 절차 동안 기침이 나와 먹은 사

탕이나 기침약, 접수실에 놓인 음식(쿠키, 치즈와 크래커, 조각 케이크, 커피, 차), 장례식이 끝난 뒤 주차장에서 길게 내뿜는 담배 연기

촉감과 느낌

사랑하는 사람을 끌어안자 뺨에 닿는 머리카락, 상대방의 손을 잡자 전해지는 부드러운 종잇장 같은 혹은 살짝 축축한 느낌, 손안의 티슈 뭉치, 딱딱한 벤치에 정자세로 앉아 있어 점점 뻐근해지는 허리, 눈물을 닦아내려고 눈 밑을 세게 비비는 느낌, 뻐근한 목이나 흉골을 마사지하는 느낌, 작은 옷이나 신발 때문에 갑갑한 몸이나 발, 울음을 터뜨린 아이의 머리를 쓰다듬을 때 느껴지는 부드러운 머리카락, 핏줄이 두드러진 친척 노인의 손을 위로하며 쓸어내리는 느낌, 가시 돋은 장미 줄기를 쥔 손, 관 뚜껑의 부드러운 감촉, 두꺼운 카펫에 푹푹 빠지는 신발, 동그랗게 말았다가 풀었다 하는 장례식 안내서, 손으로 쥐고 있다 젖어버린 연설할 말이 적힌 종이

이 배경에서 벌어질 만한 갈등의 원인

- 온 가족이 모이자 싸움이 벌어지기 시작한다.
- 잘못된 진단으로 죽은 줄 알았던 사람이 운구 중에 살아난다.
- 장례 비용을 어떻게 지불할지 걱정스럽다.
- 친구나 외부인이 고인의 재산이나 유언 내용에 대해 눈치 없이 떠든다.
- 흥분한 상태에서 운전하다가 주차장에서 사고가 일어난다.
- 가족의 은밀한 비밀이 폭로된다.
- 유족 모두가 싫어하는 사람이 장례식장에 나타난다.
- 유명인의 장례식에 취재진이 몰린다.
- 조문객 수가 예상보다 많아서 공간이 부족하다.

이 배경에서 볼 만한 유형의 사람들

- 장의사, 사제나 목사, 장례식장 직원, 조문객(가족, 친구, 이웃, 직장 동료 등), 발렛 파킹 직원

이 배경과 밀접한 다른 배경

- **시골 편** 교회/성당, 묘지, 영묘, 경야
- **도시 편** 영안실

참고 사항 및 팁

화장터를 갖춘 장례식장도 있고, 그렇지 않은 장례식장도 있다. 서양에서는 고인을 잃은 슬픔을 존중하는 차원에서 한낮이나 장례식을 진행하는 동안에는 유해를 화장하지 않는다는 점에 주의하자.

배경 묘사 예시

잔잔한 플루트 선율을 배경음악으로 고른 장의사의 배려에 감사하며, 고별실로 향하는 어두운 빛깔의 나무 문을 열고 안으로 들어갔다. 짐의 가장 어린 여동생이자 유일한 혈육이 짐을 보내려고 자리를 떠나면 객실은 참기 힘들 정도로 고요해질 것이다. 관을 장식한 실크 장미 조화가 조명에 환하게 빛났다. 그 조화를 보자, 가슴속에서 뜨거운 무언가가 울컥했다. 아아, 꼭 생화를 장식해주고 싶었는데. 하지만 짐에게 입힌 풀을 먹여 뻣뻣한 셔츠와 넥타이, 그 뼈만 남은 얼굴을 보고 있자니 고통이 찾아들었다. 짐이 씩 웃으며 아직도 꽃 같은 것으로 안달복달한다고 놀리는 것 같았다. 그래, 짐은 꽃 알레르기가 있었지. 그러자 웃음이 나왔다. 눈에 눈물이 차올랐다. 그 어느 때보다 짐이 보고 싶었다.

- **이 글에 쏜 기법** 대비, 다중 감각 묘사
- **얻은 효과** 성격 묘사, 분위기 설정, 감정 고조

정신병동   Psychiatric Ward

일반 병동 종합병원식 복도와 하얀 벽과 바닥, 병동과 병동 사이에 설치한 이중 문과 입구의 보안 키패드, 명판이 부착된 방들(세탁실, 조제실, 상담실, 카페테리아 등), 주로 낮에 많이 찾는 공동실(잡지와 책, 테이블과 의자, 게임 도구가 있는), 휠체어, 환자 체크와 모니터링 담당 인력, 회진을 다니며 약을 처방하는 의사와 간호사, 병동을 순찰하거나 경비실을 지키는 경비원들, 사각지대를 없애기 위해 복도 교차로에 설치한 반사경, 종이컵에 덜어놓은 약과 종이컵을 담은 쟁반, 잠근 문, 보안 조치를 한 서랍과 찬장, 벽에 매립하거나 아주 단단히 고정한 그림이나 기타 예술 작품, 응급 상황 전담팀, 색색별 손목 밴드를 찬 환자와 밴드에 적힌 병력(폭행 이력, 식이 장애, 도주 가능성) 및 바코드(스캔하면 필요한 약 정보가 뜨는), 플라스틱 식기에 담은 음식, 치료용으로 반입한 동물, 기본 시설을 갖춘 체력 단련실과 야외 휴식 시설, 개인 상담 시간, 환자들(정처 없이 돌아다니고, 혼자 중얼거리고, 창문을 뚫어지게 노려보고, 일기를 쓰거나 그림을 그리고, 다른 환자 등에게 소리를 지르고, 거친 행동을 해서 관리자들의 저지를 받는)

병실 작은 창문이 난 문, 덮개에 감싼 조명(야간 시간대 감시를 위해 조도를 낮춘), 병상(비닐 매트리스 커버, 흰 시트, 담요, 필요한 병실에 한해 안에 쿠션을 덧댄 구속구), 서랍과 책상, 스프링 철이 없는 일기장, 부러뜨리거나 자해용으로 쓰기 어려운 아주 두꺼운 연필, 보안 조치를 한 창문에 드리워진 무거운 커튼, 화장실(샤워기, 바닥 타일, 세면대와 거울, 변기, 위험한 환자가 있는 방에는 화장실에도 반사경을 설치할 때가 있음), 반입 금지품이나 위험한 물건을 찾아 서랍을 뒤지는 관리자들, 막 입원한 환자가 밤에 자다가 야간 인원 확인 등을 위해 돌아다니는 관리자나 손전등 혹은 간호사가 채혈하기 위해 찌른 주삿바늘에 깨는 모습

여닫는 문, 주먹으로 쾅쾅 치는 문, 울려 퍼지는 발걸음, 홀을 삐걱거리며 지나가는 세탁물 운반 카트, 모니터링 장비의 경고음, 손목 혈압 측정기의 작동음, 뒤척이면 사각거리는 비닐 매트리스 커버, 깜빡이는 형광등, 환자들(혼자 중얼거리고, 흥얼거리고, 노래하고, 울고, 고함 지르는), 환자 사이에 벌어진 다툼, 심리

적 안정을 위해 튼 음악(미술 치료 프로그램 등에서), 흔들리는 옷자락(신발 착용이 금지된 병동인 경우), 달각거리며 작동하는 에어컨이나 히터, 타일 바닥에 쏟아지는 샤워기 물, 수도꼭지에서 쏟아지는 물, 내려가는 변기 물, 기침, 스피커에서 나오는 응급 코드 번호(병원에서는 보통 위기 상황을 코드화 한다) 안내 방송, 간호사의 침착한 목소리, 환자 관리 직원이나 테라피스트, 앓고 있는 병 때문에 똑같은 소리를 반복하는 환자(목 가다듬는 소리, 입안에서 혀를 튕기는 소리, 욕설), 간호사가 카드를 대자 열리는 보안 조치된 문

냄새

식사 시간에 풍기는 음식 냄새(그레이비소스, 오일, 빵, 향신료, 고기), 소독제, 땀, 데오도란트, 갓 빤 시트와 수건에서 나는 세제 냄새, 수렴제 성분이 든 거품형 손 소독제, 소변, 토사물, 알코올 솜, 퀴퀴한 에어컨 바람

맛

밍밍한 병원식(권장 영양소는 갖췄으나 맛이 없는), 주스, 물, 자판기의 탄산음료나 초콜릿(환자가 차도를 보이자 상으로 준), 알약이나 캡슐 약

촉감과 느낌

부드러운 수건, 화장실에 있는 거칠고 까끌까끌한 종이 타월, 손목에 찬 환자용 밴드, 유리창의 냉기, 식사 시간에 받은 플라스틱 포크를 쥐는 느낌, 자해해서 생긴 쓰라린 통증, 두꺼운 면양말, 감독 아래 진행되는 운동 시간과 끈 없는 신발을 신고 운동하다 미끄러지는 느낌, 지루해 무언가를 긁는 느낌(컴퓨터, 연필 몸통 부분의 칠을 벗겨내는 등), 목에 걸리는 약, 차가운 알코올 솜과 따끔한 주삿바늘, 자해 여부를 확인한다며 장갑 낀 손으로 몸 여기저기를 만지는 느낌, 샤워 뒤에 헤어드라이어를 쓰지 않은 젖은 머리카락의 축축함, 자해 행위에서 오는 해방감, 옷 끝자락을 반복해서 만지작거릴 때의 안도감, 미술 치료 프로그램에서 받은 말랑한 점토나 차가운 그림물감

이 배경에서 벌어질 만한 갈등의 원인

- 처방한 약에 실수가 있다.

- 특정 환자에 대한 편애 때문에(실제 혹은 상상) 다툼이 벌어진다.
- 약물 부작용(정신이 흐릿해지거나, 미각이 둔해지거나, 수면 장애나 환각·환청)을 겪는다.
- 환자가 약 복용을 거절하거나 구속 혹은 격리가 필요하다.
- 볼일이 급한데 안전을 위해 문을 잠가놨다(섭식 장애로 인한 강제 구토나 배변 방지 등).

이 배경에서 볼 만한 유형의 사람들

- 사제나 목사, 의사, 잡역부, 정신병자, 간호사, 환자 관리 담당 직원, 심리학자, 테라피스트, 방문객(보호자, 가족, 가까운 친구들)

이 배경과 밀접한 다른 배경

- 구급차, 응급실, 병실, 경찰차

참고 사항 및 팁

일반 병원(병동)에 일부 정신과 진료 시설이 포함된 경우와 정신병원만 독립적으로 운영하는 경우가 있다. 환자가 스스로 입원할 때도 있지만, 의사나 법적 보호자가 환자가 자신이나 타인을 해칠 수 있다고 판단하면 강제로 입원되기도 한다. 어떤 정신병원에서는 심하지 않은 환자를 대상으로 외래 진료 서비스를 제공한다. 관련 규정과 절차는 시설 상태만큼이나 병원마다 다르다.

배경 묘사 예시

지독한 냄새가 복도에 가득했다. 그중에서도 34호에서 풍기는 악취가 유독 심했는데, 캠은 딱히 놀라지 않았다. 오랫동안 정신분열증을 앓은 윌리엄 랜드는 약을 먹는 족족 토하고 버리는 것으로 유명했다. 문 유리창에 배설물을 덕지덕지 발라놓는 것으로도 악명이 높았다. 그럼 그렇지. 윌리엄이 오늘도 창문을 장식해놓았다. 이번에는 웃는 얼굴로 그림까지 그렸다. 자기도 모르게 구역질이 치밀어 관리실 세면대까지 황급히 달려갔다. 진절머리가 났다. 새 일자리를 찾을 때가 왔다.

- **이 글에 쓴 기법** 다중 감각 묘사
- **얻은 효과** 분위기 설정, 복선

주유소　　　　　　　　　　　　　　　　　　　　Gas Station

풍경

외부　때로 찌든 주유기, 넘치는 쓰레기통 주변을 날아다니는 말벌, 어깨가 구부정한 주유소 직원이 죽은 벌레로 도배된 창문을 청소 도구로 쓸어내는 모습, 주유비가 많이 나왔다며 항의하는 손님들, 종이 타월 디스펜서, 문 옆 화물 운반대 위에 쌓인 유리 세정제들, 셀프 주유 표지판, 엔진오일 진열장, 문이 열리지 않는 제빙기, 장작 더미, 시세가 적힌 판, 건물 안쪽이나 지붕에 설치한 감시 카메라, 주유기 옆 노란색 표시선, 더럽고 낙서로 도배된 고객용 화장실, 편의용품을 판매한다는 광고가 붙은 창문, 에어 호스와 주유기에 다가가는 대형 레저용 자동차, 진흙을 뒤집어쓴 트럭과 오토바이, 자동차와 트럭, 기름으로 얼룩진 갈라진 바닥, 유조차의 탱크에서 지하 탱크 저장소로 힘들게 기름을 빼내 옮기는 모습
내부　수동문이나 자동문, 식품으로 가득한 판매대(과자, 초콜릿 바, 견과류와 트레일 믹스, 쿠키, 빵), 비좁은 실내, 업소용 냉장고(탄산음료, 주스, 우유, 물, 아이스커피, 에너지 드링크, 맥주가 든), 미리 포장된 간편식 판매대(조각 피자, 핫도그, 츄러스, 샌드위치, 프라이드치킨, 감자튀김이 있는), 잡지 및 신문 가판대, 판매용 과일 바구니, 계산대(전화를 거는 점원, 담배 진열대, 성인 잡지, 복권이 있는)

소리

외부　주유구 여는 소리, 주유기 펌프를 작동시키거나 중지시킬 때 나는 금속음, 호스를 타고 들어가는 연료, 정차된 차량에서 흘러나오는 음악, 도로를 빠르게 지나가는 차들, 트럭 안에서 짖는 개, 긴 여행으로 차 안이 갑갑한 아이들이 서로에게 지르는 소리, 시동 거는 오토바이, 식어가는 엔진
내부　영수증을 뱉는 카드 단말기, 커피 머신, 윙 돌아가는 슬러시 기계, 라디오에서 나오는 노래, 카드 단말기로 카드 긁는 소리, 바스락거리며 여는 과자 포장지나 빨대 포장지를 벗기는 소리, 금전등록기에 떨어뜨리는 동전

냄새

가솔린, 더러운 엔진오일, 태양의 뜨거운 열기 속에 부패하는 쓰레기, 트럭 백미러에 달린 방향제, 배기가스, 햇볕에 달궈진 노면

맛

도로변 식당이나 휴게소에서 파는 음식과 음료(에너지 드링크, 커피, 탄산수, 달콤한 슬러시, 짭짤한 과자, 슈가 파우더를 잔뜩 뿌린 미니 도넛, 육포, 초콜릿 바, 에너지 보충용 단백질 바), 담배

촉감과 느낌

때 묻은 주유기 고무 노즐, 주유를 위해 꾹 누르는 주유기 레버, 차 안의 쓰레기를 버리려다 오래된 테이크아웃 컵이나 아이스크림 컵을 만져 끈적거리는 손, 디스펜서에서 꺼낸 거친 종이 타월, 유리창을 닦는 청소 도구에서 흘러 다리나 발에 뚝뚝 떨어지는 물, 오염된 차 문이나 계기판에 쌓인 먼지, 셀프 주유기 카드 투입구에 밀어넣는 신용카드, 제거한 노즐에서 발로 떨어진 휘발유, 기계에서 뽑는 영수증, 자동차 시트를 다시 세울 때 부드럽게 튕기는 느낌, 주유기를 만진 손을 소독제로 씻는 느낌

이 배경에서 벌어질 만한 갈등의 원인

- 어떤 차가 주유비를 내지 않고 떠난다.
- 주유소에 강도가 침입한다.
- 음주 운전이나 부주의로 주유기나 주유소 가까이에서 운전대를 꺾는 바람에 무언가를 친다.
- 손님끼리 싸움이 난다.
- 휘발유가 동이 난 탓에 대기 차량이 많아지고 사람들이 화를 낸다.
- 무례한 운전자가 양 주유기 사이에 주차하는 바람에 어느 쪽도 사용할 수 없다.
- 주유기에 동전과 구겨진 소액 지폐를 하나하나 넣는 사람이 있다.
- 볼일이 급해 주유소 화장실을 찾았다가 너무 더러워서 불쾌해진다.
- 차에 맞지 않는 잘못된 유종을 주유한다.
- 주유기가 제대로 작동하지 않아 가게 안으로 들어가 영수증에 결제 서명까지 해야 한다.
- 차가 멈출 때마다 아기가 소리를 지른다.

이 배경에서 볼 만한 유형의 사람들

- 손님, 물류 운송 기사, 주유소 직원, 유조차 운전사, 오토바이를 모는 아이들

이 배경과 밀접한 다른 배경

- 세차장, 편의점, 야외 주차장, 트럭 휴게소

참고 사항 및 팁

살인자부터 연쇄살인범, 정신병원 외래 환자, 포르노 배우, 여유로운 중산층 엄마, 수녀, 마약중독자, 경찰관까지 휘발유가 필요하지 않은 사람은 없다. 주유소는 다소 심심한 배경이라고 생각할 수도 있지만, 현실의 주유소는 역동적인 곳이다. 상반된 부류의 인물을 등장시키고, 감시 카메라도 한두 대 배치해 매력적인 갈등을 그릴 수 있다.

배경 묘사 예시

그러면 그렇지. 출근 시간에 늦어도 한참 늦은 그날, 주유소의 주유기 네 대는 모두 사용 중이었다. 나는 더러운 노란색 밴 뒤에 차를 세웠다. 손가락으로 운전대를 초조하게 두드리며 저 배불뚝이 남자가 주유를 끝내가는 상태이기를 바랐다. 남자가 마침내 주유기 노즐을 툭툭 흔들더니 거치대에 다시 걸었다. 나는 자세를 바로 한 뒤 기어를 넣었다. 하지만 남자가 밴에 올라타자 이번에는 옆문에서 아이들 대여섯 명이 개미집을 탈출하는 개미 떼처럼 줄지어 나왔다. 아이들은 제빙기와 엔진오일 진열대를 앞다투어 지나더니 편의점의 자동문 속으로 쏙 들어갔다. 나는 의자 머리 받침에 머리를 쿵 박았다. 아주 기다리다 뼈를 묻겠네.

- **이 글에 쓴 기법** 과장, 직유
- **얻은 효과** 시간의 경과, 감정 고조

지하도   **Underpass**

풍경

길이나 철도 아래의 콘크리트 혹은 타일 벽 터널, 지하도 위편의 도로를 지나는 차량이나 지하도를 통과하는 차량, 가장자리에 바싹 붙어 지나가는 보행자나 자전거를 탄 사람, 콘크리트 바닥이나 인도, 긴 지하도를 밝히는 조명들, 짧은 지하도와 출구 끝에서 아른거리는 한낮의 태양, 그라피티나 벽화, 벽에 붙은 포스터나 광고, 물(벽을 타고 내려와 흐르는 개울물, 천장에서 뚝뚝 떨어지는 물, 바닥의 물웅덩이), 등 뒤의 빛에 실루엣만 보이는 사람들, 널찍한 지하도를 지탱하는 기둥이나 아치형 구조물, 지하도 양 끝의 보행자 전용 계단, 군데군데 어둠이 들어서게 하는 고장 난 조명, 거미와 거미줄, 조명 주변을 날아다니는 나방과 그 밖의 벌레들, 바닥을 도배한 새똥, 기둥 꼭대기에 튼 새 둥지에서 떨어진 마른 풀과 나뭇가지, 비닐을 덮고 잠을 청하는 노숙자들, 바람에 날아온 잎과 흙이 한 편에 산처럼 쌓인 모습, 물에 훼손된 천장, 배수로에 쌓인 쓰레기(신문 뭉치, 전단지, 담배꽁초, 비닐봉지), 보행자 전용로와 차도를 구분하기 위해 설치한 울타리나 페인트칠한 선, 금이 가고 부서진 연석, 교외 지역 지하도에 출몰하는 들짐승, 비가 거세지면 물에 잠기는 저지대 지역, 콘크리트 바닥의 갈라진 틈에 자란 풀

소리

메아리, 폭풍우가 휘몰아치는 가운데 울부짖는 바람, 발걸음, 천장 너머로 차들이 만들어내는 굉음, 지나가는 차들의 소리가 증폭된 소리, 천장에서 흘러 내려와 바닥에 떨어지는 물, 쌩 지나가는 자전거, 갈라진 콘크리트 바닥에 바퀴가 걸려 넘어지는 자전거, 부르르 떨리는 조명, 전구 불빛으로 날아드는 곤충과 나방, 아스라이 들려오는 사이렌, 대화, 지하도 가장자리의 쓰레기 더미를 뒤지는 작은 동물, 걸으면서 전화 통화하는 사람들, 웅덩이를 밟는 바람에 튀기는 물, 새 울음소리, 쉭쉭거리는 고양이나 들짐승

냄새

빗물, 흰 곰팡이, 젖은 콘크리트, 뜨거운 노면, 매연, 소변, 오래된 물

이 배경에서는 등장인물이 가지고 있는 것(껌, 박하사탕, 립스틱, 담배 등) 말고는 관련된 특정한 맛이 없다. 이럴 때는 미각 외의 네 가지 감각에 집중하는 것이 좋다.

촉감과 느낌

지하도를 지나는 강한 바람에 휘청이는 몸, 그늘로 들어서자 거짓말처럼 시원해지는 공기, 발바닥에 전해지는 딱딱한 콘크리트 바닥, 지나가면서 돌풍을 일으키는 차, 긴 지하도 한가운데의 퀴퀴하고 답답한 공기, 위험할지도 모르는 고립된 지역으로 들어가자 긴장해서 꽉 조이는 배, 머리나 소매에 뚝뚝 떨어지는 물, 웅덩이를 밟은 탓에 사방으로 튀는 물, 울퉁불퉁한 인도에 걸려 넘어지는 느낌, 피부에 달라붙는 거미줄, 수상한 사람이나 지나치게 어두운 지역을 피해 다른 길로 가는 발걸음, 짙은 어둠 탓에 쓰레기 더미에 걸려 넘어지거나 병이나 탄산음료 캔을 우연히 발로 차는 느낌, 둥지에서 날아오르는 새에 깜짝 놀라는 느낌, 쓰레기 더미에서 들리는 바스락거리는 소리 때문에 놀라는 느낌, 콘크리트를 발톱으로 갉는 큰 쥐

이 배경에서 벌어질 만한 갈등의 원인

- 어둠 속에서 갑자기 공격당한다.
- 보행자가 자전거나 차에 치인다.
- 위험 폐기물(깨진 유리, 버려진 주삿바늘 등)이 있다.
- 지하도가 무너진다.
- 지진이 일어나 지하도에 갇힌다.
- 울퉁불퉁한 콘크리트 바닥에 걸려 넘어진다.
- 밤늦은 시각에 지하도에서 누군가를 만나야 한다.
- 지하도를 지나다 들짐승과 마주친다(교외 지역인 경우).

이 배경에서 볼 만한 유형의 사람들

• 자전거를 타거나 조깅하는 사람, 오토바이 타는 사람, 보행자, 부랑자

이 배경과 밀접한 다른 배경

• 대도시 거리, 공원, 소도시 거리, 지하철 터널

참고 사항 및 팁

지하도는 보행자 다리처럼 걸을 만한 길이부터 끝이 보이지 않는 길이까지 규모가 광범위하다. 칙칙하고 축축한 지하도(특히 수역 지대 아래의 지하도)가 있는 반면, 빛이 잘 들고 밝은색으로 페인트칠한 지하도도 있다. 또한 차량 전용 지하도, 보행자 및 자전거 전용 지하도, 차량과 사람 모두 이용 가능한 지하도도 있다. 도시 지하도의 상당수는 한때 노숙자와 비행 청소년의 아지트였지만 최근에는 스케이트장, 벼룩시장, 극장, 노숙자 쉼터 등 생산적인 공간으로 탈바꿈했다. 이제 지하도는 다양한 시나리오에 활용할 수 있는 쓰임새 높은 장소다.

배경 묘사 예시

자전거를 탄 사람들이 자전거 도로로 마저리를 휙 지나쳤다. 시멘트 벽에 반사된 자전거 굴러가는 소리가 지하도 안을 크게 울렸다. 이번에는 보행자들이 마저리를 스쳐 지나갔다. 반 마일 길이의 지하도를 건너 회사에 제시간에 도착하려면 그럴 수밖에 없다. 하지만 마저리는 느긋하게 발걸음을 옮겼다. 희미한 불빛 속에서 벽화가 그려진 아치들이 환히 빛났다. 생기발랄한 색감이다. 꽤 우툴두툴하네. 마저리는 손가락으로 붓 자국을 쓸어내렸다. 이런 걸 누가 언제 그렸을지 호기심이 일었다.

• **이 글에 쓴 기법** 다중 감각 묘사
• **얻은 효과** 성격 묘사, 분위기 설정

칸막이가 있는 사무실   Office Cubicle

풍경

부드러운 쿠션을 덧댄 칸막이, 책상이나 벽에 고정한 명판, 컴퓨터와 헤드셋, 책상 모서리에서 대롱거리는 전기 코드, 쓰레기통, 회전의자, 방석, 사무용품(스테이플러, 가위, 펜, 형광펜, 공책), 액자에 넣은 개인 사진들, 전화기, 머그잔이나 물병, 간식, 파일 캐비닛에 붙인 자석과 중요 사항을 적은 메모, 종이나 파일 더미로 가득한 미결 서류함, 소소한 장식품과 개인 소지품, 벽에 붙인 아이들의 크레용 그림, 출신 대학을 상징하는 깃발, 칸막이에 고정한 엽서와 포스터, 책상이나 컴퓨터 모니터에 붙인 접착식 메모지, 티슈 상자, 돌아가는 컴퓨터 팬, 소형 히터, 의자에 걸어놓은 스웨터나 재킷이 늘어진 모습, 바인더와 매뉴얼 책자로 빼곡한 선반, 화분에 심은 식물, 계절별로 바뀌는 장식, 게시판을 장식한 사진과 각종 기념품, 달력, 화이트보드

소리

칸막이 너머로 들리는 목소리, 모여서 수다 떨며 웃는 동료들, 전화벨이나 신호음, 두드리는 키보드, 인쇄물이 나오는 프린터, 굴러가거나 삐걱거리는 의자 바퀴, 스테이플러 찍는 소리, 누군가의 헤드셋에서 흘러나오는 희미한 음악, 부스럭거리며 찢는 과자 봉지, 탄산음료 캔을 따는 소리, 여닫히는 파일 캐비닛, 넘기거나 구기거나 찢는 공책, 컴퓨터에서 재생한 희미한 음악, 펜으로 톡톡 두드리거나 펜을 딸깍 누르는 소리, 계산기 버튼, 윙 돌아가는 팬, 넘기는 책장, 복도를 지나는 카트 바퀴, 발걸음, 땡 열리는 엘리베이터, 청소기로 먼지를 빨아들이는 청소부, 화분에 심은 식물에 물을 줄 때의 소리

냄새

마커와 형광펜, 낡은 파일, 포푸리와 공기 탈취제, 향초, 카펫, 청소 제품, 손 소독제, 향수, 헤어 제품, 종이, 판지 상자, 전자레인지에 데운 점심, 커피, 생일 케이크

맛

우표나 봉투를 혀로 핥아 붙일 때의 끈적거림, 질겅질겅 씹는 플라스틱 펜, 커

피, 차, 탄산음료, 물, 자판기에서 산 과자, 집에서 만든 간식, 집에서 만들어 온 점심(샌드위치, 과일, 요거트, 치즈와 크래커, 샐러드), 도넛, 생일 파티를 위한 컵케이크, 주문한 피자, 포장해 온 음식

촉감과 느낌

칸막이에 댄 꺼끌거리는 천, 의자에 앉은 채 몸을 뒤로 젖힐 때의 반발력, 쿠션을 덧댄 의자, 타이핑을 너무 많이 해서 생긴 손목과 손가락 관절의 통증, 귀와 어깨 사이에 전화기를 대고 통화하는 바람에 경련이 오는 목, 허리 통증, 졸다가 넘어질 뻔해서 바꾸는 자세, 시린 손끝과 발끝, 책상 밑 히터가 뿜는 열기, 회전하는 선풍기에서 가끔 느껴지는 바람, 안절부절 못하는 느낌(펜으로 책상을 두드리고, 손가락을 두드리고, 발을 까닥이는 등), 일어서서 하는 스트레칭, 아끼는 펜으로 글씨를 쓸 때의 만족감, 차가운 물병이나 탄산음료 캔에 맺힌 미끌거리는 물방울, 온기를 찾아 스웨터에 넣는 손, 종이에 베이는 느낌, 갓 만든 차나 커피로 따뜻하게 덥히는 손

이 배경에서 벌어질 만한 갈등의 원인

- 동료가 개인 공간을 침범한다.
- 상사에게 아첨하고, 자신을 부각시키려고 다른 사람을 깎아내리는 직원이 있다.
- 직원들 사이에서 권력 다툼이 벌어진다.
- 상사가 지나치게 고압적이거나 무능하다.
- 칸막이 너머로 불쾌한 냄새(마늘, 과도한 향수, 심한 체취)가 나거나 신경에 거슬리는 소음(펜을 딸깍딸깍 반복해 누르는 소리)이 들린다.
- 동료가 다른 직원의 아이디어나 고객을 훔친다.
- 무능하거나 무책임한 직원과 파트너가 된다.
- 짜증이 나거나 마음이 상할 정도로 심한 장난을 치는 직원이 있다.
- 성폭력 사건이 벌어진다.
- 품질이 나쁘거나 고장 난 장비로 일해야 한다.
- 일과 가정의 균형을 지키기가 어렵다.
- 자신에 대한 험담을 우연히 듣는다.

이 배경에서 볼 만한 유형의 사람들

- 고객, 배달원, 임직원, 변호사와 대외 홍보팀, 유지 보수 직원, 청소부, 회의에 참석하기 위해 방문한 다른 회사 사람들

이 배경과 밀접한 다른 배경

- 회의실, 엘리베이터

참고 사항 및 팁

칸막이 안에서 보내는 시간이 긴 만큼 그곳을 보면 인물의 성격을 알 수 있다. 어떤 기념품을 모았는지, 물건을 깔끔하게 정리하는지 너저분하게 늘어놓는지, 공간에 장식 하나 없는지 지나치게 꾸몄는지, 자기 물건을 다른 사람이 손도 못 대게 하는지 등의 질문을 통해 등장인물에게 어울리는 칸막이 풍경을 고를 수 있고, 인물만큼이나 개별적인 사무 공간을 만들 수 있다.

배경 묘사 예시

형광등이 깜박거리더니 꺼졌다. 컴퓨터 화면과 책상 스탠드에서 희미하게 뿜어져 나오는 빛만이 어두운 사무실을 비추었다. 청소용품 카트의 기름칠한 바퀴가 매끄럽게 굴러가는 소리가 났다. 표백제와 창문용 세제 냄새에 마이크의 코가 절로 씰룩였지만 일을 멈추지는 않았다. 홍수가 오기 전에 정신없이 개미집을 쌓는 흰개미처럼, 마이크는 미친 듯이 키보드를 두드렸다.

- **이 글에 쓴 기법** 빛과 그림자, 다중 감각 묘사, 직유
- **얻은 효과** 성격 묘사

커뮤니티 센터 Community Center

풍경

차로 가득한 주차장, 대형 운동장(축구, 연날리기, 술래잡기 등을 할 수 있는), 양문형 입구, 센터 프로그램(스카우트 모임, 로봇 수업, 육아 수업, 청년 행사)에 참가하는 아이들을 차로 데려다주는 부모들, 천장과 벽에 창문이 난 커다란 방, 주방및 취사실, 다양한 행사(결혼식, 지역 주민 모임, 청소년 댄스 프로그램, 크리스마스파티, 가족 모임, 중고 장터 등)에 활용 가능한 용품(접이식 탁자와 적층 의자, 오디오 시스템, 타일 바닥 등)을 갖춘 대형 회의실, 행사 조직 관계자가 근무하는 사무실(일상 업무, 홀 대여, 회의 주관), 물품 보관실, 지역 뉴스 게시판, 모금 행사 등각종 이벤트 광고물(저렴한 가격에 중고품을 사고파는 장터, 공병 판매금 모금 행사, 공원에서 열리는 영화의 밤), 화장실, 청소년용 라운지(오래된 소파와 안락의자, 당구대와 테이블 축구, 텔레비전, 선반에 다양한 보드게임 상자가 쌓여 있는), 어린아이를 데리고 함께 놀이 프로그램에 참여하는 엄마들, 매트를 깔고 준비 운동에 들어가는 요가 수업, 창고(접이식 탁자와 의자, 각종 청소용품, 조화, 음향 장비가 있는)

소리

회의실에서 벌어지는 열띤 토론, 나무판자에 망치질하며 경주용 차를 만드는스카우트 단원들, 방과 후 프로그램에 참여한 웃고 떠드는 아이들, 댄스 행사 작업자들에게 이것저것 큰 소리로 안내해주는 사람들, 결혼식에서 주례를 서는주례자, 물품 보관실 행거에 걸린 옷걸이들을 옮길 때 나는 드르륵 소리, 사무실의 전화벨, 내려가는 변기물, 물이 흐르는 음수대, 신발로 밟자 삐걱거리는 바닥, 열린 문으로 불어닥친 돌풍 때문에 파닥거리는 게시판의 종이들, 밖에서 들려오는 희미한 소음(주차장에 드나드는 차량, 아이에게 소리치는 부모, 야외 농구코트에서 농구공을 튀기는 소리)

냄새

커피, 음식(케이터링 음식 혹은 행사를 주최한 그룹이 직접 주방을 빌려 음식을 준비하는 경우도 있음), 낡은 건물에서 나는 퀴퀴한 냄새

음수대에서 나오는 물, 홀을 대관한 단체에서 제공하는 가벼운 다과, 커피, 차, 직원들과 봉사자가 휴게실에 늘어놓은 집에서 가져온 따뜻한 음식

촉감과 느낌

수화기를 귀에 댄 채 확인하는 대관 스케줄이 적힌 달력, 열린 문으로 불어온 외풍에 펄럭이는 옷자락, 금혼식 기념 식사가 끝난 자리를 일정한 박자로 쓰는 빗자루, 수거함에 넣으려고 둘둘 마는 식탁보, 창고에 보관하려고 접는 묵직한 테이블 다리, 비 오는 날 젖은 타일 바닥에 미끄러지는 신발, 청소년 라운지의 낡은 소파에 늘어져 앉아 있는 느낌, 행사 준비를 위해 창고 수납장에서 꺼낸 무거운 장식품, 오래된 장식에 쌓인 먼지 때문에 나오는 재채기

이 배경에서 벌어질 만한 갈등의 원인

- 예약자가 대관 예약을 해놓고 나타나지 않거나 대관비 지불을 거절한다.
- 깨진 유리창, 낙서로 얼룩진 벽, 파손된 조경 등 수리하는 데 상당한 비용이 드는 기물 파손 행위가 벌어진다.
- 적자로 센터 운영이 힘들어진다.
- 프로그램 수요는 많으나, 자원봉사자가 부족하다.
- 센터를 긴급 피난처로 써야 하는데, 수용 공간이 충분하지 않다.
- 홀이 실수로 이중 계약된다.

이 배경에서 볼 만한 유형의 사람들

- 센터 직원과 회원, 아이, 유지 보수 직원과 경비원, 각종 행사나 회의를 주관하는 업체 직원이나 회원, 십 대

이 배경과 밀접한 다른 배경

- **시골 편** 교회/성당, 체육관, 결혼식 피로연

• **도시 편** 야외 수영장, 야외 스케이트장, 야외 주차장, 레크리에이션 센터

참고 사항 및 팁

커뮤니티 센터의 규모와 상태는 지역 주민의 소득에 따라 크게 달라진다. 빈곤 지역에 있는 센터는 수백만 달러짜리 주택이 밀집된 지역의 센터보다 규모도 작고 편의 시설도 부족하다. 하지만 규모와 상태에 상관없이, 이곳은 지역 활동의 구심점이기 때문에 지역 주민들이 쉽게 마주칠 수 있는 곳이다. 원치 않는 사람을 우연히 맞닥뜨릴 수도 있다는 뜻이다. 새 여자 친구와 함께 온 전 남편, 또래 아이들을 못살게 구는 불량 청소년, 옆 블록에 사는 이상한 이웃 등을 지역 모임과 행사에서 얼마든지 맞닥뜨릴 수 있기에 이 배경은 매력적인 긴장과 재미, 충돌을 선사할 수 있다. 커뮤니티 센터를 배경으로 선택했다면 이곳을 단합의 집결지로 삼을지, 혹은 갈등의 진원지로 삼을지 고민해야 한다.

배경 묘사 예시

리로이가 공구 통을 들고 자리를 뜨자마자 카를라는 책상에서 일어나 에반우드 홀로 발걸음을 옮겼다. 에반우드 홀은 대관이 가능한 세 곳 중 가장 작았다. 불이 꺼진 그곳은 조용했고, 바닥은 깔끔하게 청소되어 있었다. 오키드 요가 스튜디오는 에반우드 홀을 가장 선호해 이곳에서 일주일에 한 번씩 수업을 진행했다. 오키드 요가 스튜디오는 에반우드 홀을 오랫동안 대관해온 고객이지만, 최근 들어 갑자기 방 안이 가마솥처럼 뜨겁게 데워질 때까지 난방을 틀고 여성들에게 인기 좋다는 핫 요가 수업을 진행하기 시작했다. 카를라 입장에서는 난방비도, 며칠이 지나도 빠지지 않는 냄새도 모두 최악이었다. 카를라는 리로이의 솜씨를 보며 미소 지었다. 투명 플라스틱 박스로 난방 온도 조절기를 둘러놓은 것이다. 이로써 작은 문제 하나가 해결됐다. 커뮤니티 센터의 적자 문제도 이렇게 간단히 해결되면 얼마나 좋을까.

• **이 글에 쓴 기법** 대비, 다중 감각 묘사
• **얻은 효과** 분위기 설정

타투 샵 Tattoo Parlor

풍경

가게 유리창의 네온사인, 기다리는 손님을 위한 의자, 코트 걸이, 다양한 타투 디자인을 정리한 포트폴리오, 벽에 그린 타투 그림들, 다양한 예술 작품(그림, 도자기, 장신구, 조각과 그 밖의 자질구레한 장식품), 판촉 상품(티셔츠, 머그잔, 열쇠 고리, 범퍼 스티커), 벽에 걸린 거울, 텔레비전, 밑그림 도구를 갖춘 도안 제작 공간(테이블, 스케치북, 펜과 연필, 마커가 있는), 접수대, 검은 커튼 너머로 보이는 타투이스트의 개성이 돋보이는 방(인테리어, 기념품, 사진, 예술 작품, 가게에 흐르는 음악), 벽에 걸린 자격증, 의자나 침대에 기댄 손님들, 압정으로 벽에 고정한 타투 스케치들, 일회용 장갑 상자, 타투 기계, 잉크와 잉크 뚜껑, 바늘, 차곡차곡 쌓인 수건들, 잉크를 닦아내는 데 쓰는 물 빠진 수건, 타투 스텐실을 위한 감열지, 연고와 반창고, 작업 중인 타투를 확대해서 볼 때 쓰는 헤드형 확대경, 조절 가능한 조명, 위험 물질 및 의료 물품 폐기 용기, 도구 소독용 고압 멸균기, 세면대, 판매 중인 타투 애프터케어 제품, 휴게실

소리

음향 장비에서 흐르는 음악, 텔레비전 속 목소리, 작동하는 타투 장비, 잡담, 손님을 맞이하는 접수대 직원, 뒤편 방으로 안내받는 손님의 발걸음, 의자에 앉거나 침대에 눕는 손님, 손님이 뒤로 몸을 젖히는 동안 가까이 옮기는 바퀴 달린 의자, 타투 도구를 감싼 비닐 포장을 여는 소리, 직원이 손을 씻자 세면대에 튀는 물, 타투 포트폴리오를 넘기는 손님, 손님이 직접 디자인한 타투 도안의 포장지를 벗길 때 나는 바스락 소리, 옷 벗는 소리, 영수증을 인쇄하는 단말기, 커버를 씌운 의자에 앉는 동안 들리는 종이 소리, 타투 시술이 시작되자 고통스러운 신음을 삼키는 손님, 완성된 타투를 보고 탄성을 지르는 손님

냄새

소독약, 퀴퀴한 담배 연기, 페인트, 휴게실에서 풍기는 전자레인지에 데운 음식이나 배달 음식 냄새

이 배경에서는 등장인물이 가지고 있는 것(껌, 박하사탕, 립스틱, 담배 등) 말고는 관련된 특정한 맛이 없다. 이럴 때는 미각 외의 네 가지 감각에 집중하는 것이 좋다.

촉감과 느낌

원하는 디자인을 찾아 넘기고 더듬는 타투 포트폴리오, 푹신한 의자나 침대에 파묻힌 몸, 다가올 통증에 근육이 팽팽해지며 밀려오는 두려움, 의자 기울기를 조절할 때 올라가거나 내려가는 다리나 머리, 장갑 낀 손으로 만지는 피부, 피부를 누르는 면도날, 차가운 면도 거품, 타투 시술에 방해가 안 되게 잡고 있는 옷자락, 어색한 자세로 눕거나 앉아 있는 느낌, 통증, 길게 들이쉬고 내쉬는 숨, 수건으로 닦아내는 타투 작업대, 끈적거리는 연고, 완성한 타투를 보려고 비트는 몸, 반창고를 뗄 때의 느낌

이 배경에서 벌어질 만한 갈등의 원인

- 손님이 두려움이나 긴장으로 기절한다.
- 미성년자가 타투를 받고 싶다고 방문한다.
- 타투 샵의 비위생적 시술로 거센 비판이 일어난다.
- 타투이스트들이 서로의 디자인을 베낀다.
- 타투가 끝났는데 원했던 디자인과 다르다.
- 타투이스트가 퉁명스럽거나 지나치게 말이 없다.
- 통각이 예민한 고객에게 타투를 새겨야 한다.
- 우유부단한 손님이 온다.
- 시술 중간에 재료가 바닥난다.
- 고통을 느끼기 싫어서 술이나 마약에 취한 상태로 온 손님이 있다.
- 손님이 합병증(임신, 혈액 응고 억제제, 최근 복용한 약)을 일으킬 만한 자신의 건강 정보에 대해 거짓말을 한다.
- 손님이 사회적으로 금기시되는 타투 시술(나치의 상징이나 인종 차별 발언 등)을 원한다.

이 배경에서 볼 만한 유형의 사람들

- 타투이스트 견습생, 손님, 손님이 데려온 타투 희망자, 위생·보건 검사관, 위탁 판매를 부탁하러 온 지역 예술가, 타투 샵 주인, 타투이스트

이 배경과 밀접한 다른 배경

- 대도시 거리, 쇼핑몰, 대기실

참고 사항 및 팁

타투 분야에 종사하는 사람들은 이제 타투를 예술의 하나로 취급한다. 타투 샵을 보면 타투이스트의 철학과 취향을 알 수 있다. 어떤 곳은 예술가로서의 자아를 노골적으로 드러내고, 어떤 곳은 어둡고 수상한 분위기를 풍긴다. 분위기가 어떻든 법의 테두리 안에서 운영하는 이상 보건 규정을 반드시 준수하고, 관련 절차를 적절히 따르는지 정기 점검을 받아야 한다. 안타깝게도 아직도 많은 불법 타투이스트들이 비용을 낮춰 활동을 이어가고 있다. 이들은 미성년자를 대상으로 자신의 집이나 파티 장소에서 타투를 시술하기도 한다. 하지만 적절한 위생 절차를 지키기 않으면 손님이 위험해질 수도 있다.

배경 묘사 예시

메이시는 소파 가장자리에 걸터앉아 있는 동안 손에 쥔 도안이 구겨지지 않게 조심했다. 메이시의 남자 친구 지크가 직접 디자인해 그린 벌새다. 작고 섬세해 첫 타투로 안성맞춤이다. 갑자기 배에 경련이 오는 바람에 주먹으로 배를 꾹 눌렀다. 지크는 그렇게 아프지 않다고 장담했지만, 저 바늘만 떠올리면…… 메이시는 두 눈을 꼭 감았다. 코로 숨을 깊게 들이쉬자 공기 중의 소독약 냄새가 코를 찔렀다. 청결해. 안전하다니까. 사람들이 타투를 하기 시작한 게 어제오늘 일도 아니잖아. 해낼 수 있어.

- **이 글에 쓴 기법** 다중 감각 묘사, 상징적 표현
- **얻은 효과** 성격 묘사, 감정 고조

풍경

소파와 푹신한 의자, 작은 장식용 쿠션, 편안한 분위기의 인테리어(은은한 조명, 작은 러그, 따뜻한 색감), 다양한 사탕이 가득 담긴 그릇, 티슈 상자, 작은 쓰레기통, 책과 개인 기념품으로 빼곡한 책장, 사무실 책상과 일반적인 사무용품(서류 정리함, 전화기, 파일들, 공책과 펜, 컴퓨터, 프린터, 펼쳐놓은 참고 서적, 머그잔, 자질구레한 장식품), 촛불, 벽에 건 예술 작품, 영감을 주는 글귀가 적힌 판, 블라인드나 커튼을 친 창문, 식물 화분이나 꽃병에 꽂은 꽃

소리

복도나 닫힌 문 너머로 들리는 작은 말소리, 테라피스트의 나긋한 목소리, 실내 장식용 분수에서 떨어지는 물, 마음을 진정시키는 음악, 싸우는 목소리, 훌쩍거리며 우는 고객, 코 푸는 소리, 상자에서 뽑는 티슈, 소파에서 다른 자리로 엉거주춤 이동하는 고객, 카펫 위를 걷는 발걸음, 펜으로 사각사각 메모하는 테라피스트, 긴장한 고객이 반복적으로 내는 소음(펜을 달칵거리고, 손가락 끝으로 사물을 두들기고, 물병 뚜껑을 잠갔다 열었다 하는), 부스럭거리는 사탕 포장지, 어색하거나 계속되는 침묵, 상담 치료 동안 서로 높아지는 목소리

냄새

가죽 소파나 패브릭 소파, 커피, 차, 향초, 공기 탈취제

맛

찝찔한 눈물, 물, 사탕, 커피, 차

촉감과 느낌

푹신한 의자나 껴안기 좋은 큰 쿠션, 소파 반대편에 앉은 사람을 피해 움직이는 느낌, 꼿꼿하게 펴거나 절망에 젖어 웅크린 등, 눈물을 흘리지 않으려 애쓸 때 목에 뭔가 걸린 듯한 느낌, 훌쩍대며 삼키는 눈물이나 콧물, 북받치는 감정을 가라앉히려고 할 때 목구멍에 단단한 덩어리가 걸린 느낌, 눈물이 나오려고 하자

따끔거리는 눈, 메마른 입안, 울지 않으려고 숨을 깊게 들이쉬며 깜빡거리는 눈, 긴장으로 조이는 배, 부드러운 티슈, 축축이 젖은 뺨, 흐릿한 시야, 투쟁-도피 반응[위험 앞에서 자동적으로 나타나는 생리적 각성 상태], 꽉 쥔 주먹과 악문 이, 자신의 주장을 강조하면서 앞으로 숙이는 몸, 얼굴이나 턱 근육이 놀라는 느낌, 가다듬는 목, 시계나 장신구를 만지작거리는 손, 이렇게 하면 기분 나쁜 감정이 사라지기라도 한다는 듯 손바닥의 오목한 부분으로 쓸어내리는 바지, 팔짱을 끼고 파트너나 테라피스트에게서 몸을 돌리는 느낌, 원치 않은 질문을 받고 물을 들이켜며 잠시 시간을 버는 느낌

이 배경에서 벌어질 만한 갈등의 원인

- 고객이 자신이 처한 상황을 부정한다.
- 고객이 과거의 기억과 감정을 억누른다.
- 경험 없는 테라피스트라 도움이 되지 않는다.
- 테라피스트가 자신의 환자에게 육체적이나 정신적으로 완전히 사로잡힌다.
- 고객이 거짓말을 한다.
- 고객의 가족이 참견하고 개입한다.
- 테라피스트가 갑자기 상담을 하지 못하게 되는 상황(부상, 급한 가족 일, 개인사, 안식 휴가)에 놓인다.
- 약물 부작용이 발생한다.
- 고객이 말하기나 상담에 참여하기를 완강히 거부한다.
- 테라피스트가 무성의하다.
- 테라피스트가 과거 경험과 마음의 상처 때문에 편견을 가지고 고객을 대한다.

이 배경에서 볼 만한 유형의 사람들

- 청소부, 고객, 테라피실 직원, 테라피스트

이 배경과 밀접한 다른 배경

- 법정, 병실, 경찰서, 정신병동

등장인물의 상처는 아주 깊고 치명적이고 스스로에게 목표 달성의 걸림돌로 작용해야 한다. 그는 테라피를 통해 문제의 근본을 파고들어 스스로 깨달음을 구할 수 있다. 이 배경과 관련해 가장 흔히 나타나는 문제는 장면들이 단조롭기 쉽고 전개가 느려질 수 있다는 점이다. 이에 대한 해결책으로는 장면들의 길이를 조절하는 방법이 있다. 절대 질질 끌지 말 것. 각 장면이 전체 이야기에 반드시 필요한지 생각하라. 또한 장면마다 새로운 정보를 주거나 궁금증을 자아내 독자가 지루하지 않게 해야 한다. 특히 등장인물이 자신의 깊은 속마음을 털어놓거나 반대로 봉인한 상태라면 등장인물의 몸짓과 행동을 적극적으로 활용해 많은 것을 이야기할 수 있다.

배경 묘사 예시

제이크는 테라피스트로부터 최대한 멀리 떨어진 소파 가장자리에 웅크려 앉았다. 아직 한마디도 안 했건만 테라피스트는 벌써 무언가를 적고 있었다. 종이를 서걱서걱 지나는 펜촉 소리가 지나치게 거슬렸다. 펜을 뺏어서 무엇이든 찌르고 싶은 충동이 들었다. 저 티슈 상자도 불쾌하다. 커피 테이블에 얌전히 앉아 언제든 자신을 써달라며 발랄한 에너지를 뿜어내고 있다. 그 언제가 언제냐고? 당연히 제이크가 한바탕 눈물을 흘리고 싶을 때다. 웃기지도 않는 상황이다. 이 모든 일은 코치에게 소리를 지르고, 성가시게 달라붙는 리포터의 카메라를 빼앗아 던져버렸기 때문이다. 그 리포터는 살짝 까진 게 다였다. 그런데도 이런 곳에서 꼼짝없이 상담을 받는 처지에 놓였다. '상황이 악화되는 것을 방지'하기 위해 상담이 필요하다나. 헛소리하고 있네.

- **이 글에 쓴 기법** 다중 감각 묘사
- **얻은 효과** 성격 묘사, 감정 고조, 긴장과 갈등

펜트하우스 객실　　　　　　　　　Penthouse Suite

풍경

개인 엘리베이터나 별도 입구, 모션 센서가 달린 보안 시스템, 입구에서 대형 거실(취향이 드러나는 맞춤 제작 가구와 고급 음향 기기, 텔레비전, 호화로운 벽난로, 바깥의 마천루가 훤히 보이는 통유리창 등이 있는)로 이어지는 널찍한 복도(높은 천장, 대리석 바닥, 거울, 장식품이 있는), 주 거실에서부터 나뭇가지가 뻗어 나가는 듯한 구조로 배치된 방들(손님용 침실, 세탁실, 사우나실, 고가의 장비를 갖춘 체력 단련실, 사무실이나 서재, 우아한 식당, 화장실), 예술 작품(좋아하는 예술가의 그림, 조각상이나 유리 공예품, 취향과 맞아떨어지는 수집품들), 역사적 의미가 있는 골동품이나 작품들(백악관에서 쓰던 침대, 손으로 일일이 조각한 이집트 전통 창살 등), 온도와 조명 최적화 기능이 있는 정교한 센서, 전동 커튼과 테라스의 차양, 최신식 주방용품 및 화강암 조리대, 희귀한 수입 바닥재, 맞춤형 몰딩, 수납장과 붙박이 가구, 와인 냉장고나 온도 조절 기능이 추가된 와인 저장고, 대형 마스터 침실(자기만족을 위한 호화 카펫과 침구가 있기도 한), 작은 카펫과 베개, 싱싱한 꽃, 직원(가정부, 유모), 타일이 깔린 파티오(발을 뻗을 수 있는 긴 의자, 우산, 작은 개인 수영장이나 스파, 바와 야외 테이블, 바비큐, 울타리, 무드 조명)로 통하는 프렌치 도어french door[좌우로 열리고 폭이 넓은 격자 프레임의 유리문]

소리

음향 기기에서 흘러나오는 은은한 음악, 펜트하우스 안에 설치된 엘리베이터가 땡 울리는 소리, 대리석이나 목재 바닥을 걷는 신발, 스르륵 여닫는 문, 전동 커튼을 조정할 때의 진동음, 부드럽게 착화되는 가스 벽난로, 부엌(음식을 준비하고, 유리 식기와 커트러리 들이 부딪치고, 테이블에 접시를 놓고, 코르크 마개를 따고, 에어레이터aerator[와인 입구에 끼우는 도구로, 와인이 공기와 만나게 되어 와인 맛이 더 좋아진다]를 통해 와인을 붓고, 신나게 웃고 떠들고, 수도꼭지에서 물이 쏟아지는 등), 개인 수영장이나 스파에서 물을 튀기며 노는 소리, 움직임에 삐걱거리고 긁히는 파티오 가구, 가끔 지나가는 헬리콥터나 비행기 소음, 바람에 살랑거리는 화분의 잎들, 아래쪽에서 희미하게 들려오는 거리의 소음(차량, 사이렌, 음악)

향기로운 목재와 오일, 싱싱한 꽃, 청소용품, 조리하는 음식, 몸에 바른 애프터셰이브 로션이나 향수, 공기 탈취제, 깨끗한 리넨

맛

고급 와인과 술, 물(탄산수, 생수), 행사 등을 위해 집에서 준비한 음식이나 케이터링 음식

촉감과 느낌

질 좋은 침구의 깃털 같은 부드러움과 무게감, 털이 고르고 촘촘한 카펫 혹은 작은 카펫을 밟자 푹 파묻히는 발, 테라스로 나가자 피부를 감싸는 밤공기, 긴 하루를 보낸 뒤 마시는 부드러운 와인, 푹신하거나 긴 의자에 발을 올리고 하는 독서나 텔레비전 시청, 피부에 미끄러지는 수영장 물, 뜨거운 햇볕에 달궈진 파티오 타일 바닥, 언제나 깨끗하게 닦은 바닥

이 배경에서 벌어질 만한 갈등의 원인

- 누군가 주거지에 침입한다.
- 재정 문제로 임대료를 체납한다.
- 펜트하우스 객실을 예약했으나(고급 호텔인 경우) 이중 예약이 돼 체크인을 할 수 없다.
- 건물에 화재가 발생해 모든 엘리베이터 운행이 정지된다.
- 과음한 손님이 고가의 골동품이나 다시 구할 수 없는 가구를 망가뜨린다.
- 파티 중에 도난 사건(손님의 물건)이 일어나 당혹스럽다.

이 배경에서 볼 만한 유형의 사람들

- 요리사, 도어맨, 가정부, 유모, 케이터링 직원, 청소 인력, 인테리어 디자이너와 관련 인력, 관리 담당자, 배달원, 펜트하우스 주인이나 임차인

- 정장을 입어야 하는 행사, 엘리베이터, 리무진

참고 사항 및 팁

펜트하우스 객실은 건물 꼭대기에 있어 도시가 선사하는 근사한 마천루들을 볼 수 있다. 이런 객실은 호화로움의 극치를 상징하는 곳으로, 비싸고 화려하며 거의 모든 편의 시설을 갖추고 있다. 펜트하우스 객실 임대는 장기와 단기는 물론 현금 구매도 가능하다. 인테리어는 집주인(여기에서 말하는 집주인이란 보통 임대 물건이면 건물주가 집주인이고, 개인 물건이면 실거주자를 뜻한다)의 취향에 따라 꾸밀 수 있다. 호텔 펜트하우스 객실은 그보다 깔끔한 인테리어를 지향하지만, 최신 편의 시설은 모두 갖추고 있기에 편안함과 즐거움을 만끽할 수 있다. 펜트하우스를 배경으로 한다면 그 안의 비품이나 가구가 등장인물과 어울리는지 대비되는지를 고려해 이를 통해 등장인물의 성격을 드러낼 수 있는지 생각해보라.

배경 묘사 예시

네다가 미소를 띤 채 반쯤 손을 흔들었다. 그녀는 배가 불룩한 두 남자들과 벽난로 위에 걸린 그림, 네다의 부모님이 선물로 주신 저 그림에 대해 대화하고 있었다. 저 손짓은 대화가 금방 끝난다는 뜻이다. 그러니까 네다 아버지의 친구라는 저 배불뚝이 신사들이 네다가 '크레용풍' 예술 작품을 가리키는 틈에 드레스를 위아래로 훑어보고 나면 대화가 끝난다는 말이다. 필립 거스턴이라는 자가 그렸다고 하는데, 그게 누군지 알 게 뭐란 말인가. 솔직히 말해 내 어린 조카도 저것보다는 잘 그릴 것이다. 하지만 포장지가 벗겨지며 거스턴의 작품이 등장했을 때 네다의 얼굴은 아주 환해졌다. 장담하는데 저 선물은 네다가 아니라 나를 위한 것이다. 정확히 말하면 네다의 아버지가 내게 보내는 메시지다. 그 매서운 눈으로 주제도 모르고 자기 딸을 탐낸다고 말하는 것이다. 와인을 한 모금 들이키자 신맛이 느껴졌다. 와인보다는 맥주가 좋은데. 그래, 네다 아버지가 옳았다. 새하얀 맞춤 제작 소파와 최신 유행이라는 해초 무늬의 장식용 쿠션, 대리석 물병을 든 여인 조각상으로 이뤄진 이 세계는 나와 맞지 않는다. 내 벌이로는 이 펜트하우스에 있는 물건들을 감당할 수 없다.

---

* **이 글에 쓴 기법** 대비
* **얻은 효과** 성격 묘사, 감정 고조

피트니스 센터 Fitness Center

풍경

유리 벽, 로커 룸, 제품 진열장(탄력 밴드, 헬스 장갑, 피트니스 장비, 운동선수와 유명 보디빌더가 추천하는 건강 기능 식품, 피트니스 강의 DVD가 있는), 벽걸이 텔레비전과 그 앞의 유산소운동 기구(트레드밀, 고정 자전거, 스텝퍼stepper[계단 오르기 운동 기구], 일립티컬elliptical[양발은 발구름판에 놓고, 양손은 손잡이를 잡아 교차로 움직이는 운동 기구]), 로잉 머신, 스쿼트 머신, 탄력 밴드, 바닥에 깔린 안전용 검은 매트, 회원들에게 기구 사용법을 알려주는 트레이너, 랫 풀 다운 머신lat pull down machine[바를 팔로 잡고 수직으로 끌어내리는 운동 기구], 어브덕션 머신abduction machine[기구에 앉아 양발은 발판에, 무릎은 보조판에 대고 양 무릎을 최대한 벌리는 운동 기구], 짐 볼, 케틀벨 거치대와 덤벨 거치대, 레그 컬 머신leg curl machine[기구에 엎드려 다리를 들어 올리는 운동 기구]과 레그 프레스 머신leg press machine[기구에 등을 밀착시키고 양발을 발판에 댄 뒤 발바닥으로 중량을 밀어서 하체를 강화하는 운동 기구], 역도 기구를 이용한 근력 운동, 바벨과 원판, 줄넘기, 턱걸이용 철봉, 그룹 에어로빅실, 요가와 댄스 수업, 각종 건강 기능 식품과 장비를 파는 프로샵(손목·발목 보호대, 장갑, 미끄럼 방지용 탄마 가루, 리프팅 베나나 허리 보호대, 몸에 달라붙는 트레이닝복, 물병), 수건과 기구 소독을 위한 항균 스프레이나 물티슈, 거울, 패널 벽, 각도가 조절되는 덤벨용 벤치, 평평한 벤치, 등과 허리 운동을 할 수 있는 하이퍼익스텐션 벤치, 체중계, 화장실, 특별 이벤트 공지와 좋은 글귀로 채워진 게시판, 목에 수건을 걸치고 땀을 흘리는 센터 회원

소리

음악, 헐떡대는 숨소리, 신음, 갑자기 내뱉는 숨, 욕설, 기합 소리나 회원을 채근하는 트레이너, 금속이 부딪치는 소리(데드 리프트 후 손에서 내려놓은 바벨이 바닥에 튕기는 소리, 조임쇠에 원판을 꽂을 때 나는 소리, 바벨 등 근력 운동 기구를 거치대에 도로 꽂을 때 나는 소리), 근력 운동 기구, 규칙적으로 밟는 트레드밀, 트레드밀 경사를 조절할 때 나는 삐 소리, 에어컨 바람, 텔레비전 소음, 운동하며 수다를 떠는 회원들, 멀리서 들리는 강사의 구령 소리, 스피닝이나 댄스 수업에서 튼 음악

땀, 데오도란트, 항균 제품

맛

물, 단백질 스무디, 수분 보충용 음료, 에너지 드링크, 물과 함께 먹는 카페인 알약, 에너지 바나 에너지 껌

촉감과 느낌

미끄럼 방지용 탄마 가루, 금속 원판이나 바벨의 냉기, 꽉 조이는 허리 보호대, 헬스용 매트의 부드러운 탄력, 목과 얼굴과 옆구리 등을 적시는 땀, 부드러운 수건이나 티셔츠로 닦아내는 땀, 차가운 물을 벌컥벌컥 마시고 그 시원함에 흡족한 느낌, 실수로 벤치에 찍힌 무릎, 트레드밀 위를 쉴 새 없이 뛰는 발, 무리했는지 운동 중에 덜덜 떨리는 근육, 근육이나 힘줄을 다치는 바람에 밀어닥친 찢어지는 듯한 통증, 등에 느껴지는 벤치 패드의 두께, 하나의 운동을 반복하는 사이에 하는 스트레칭, 운동 후 근육이 타는 듯한 기분 좋은 느낌, 한계에 다다라 경련하는 근육

이 배경에서 벌어질 만한 갈등의 원인

- 기구를 사용할 차례를 놓고 회원들 간에 다툼이 벌어진다.
- 다 쓴 운동 기구를 제자리에 정리하지 않는 사람들에게 화가 난다.
- 바벨에 걸려 넘어진다.
- 로커에 넣어둔 물건을 도둑맞는다.
- 같은 센터를 다니는 회원이 추파를 던진다.
- 조용히 운동하고 싶은 사람을 붙잡고 실컷 수다를 떠는 회원이 있다.
- 장비를 잘못 사용하거나 무리하게 운동을 하다 다친다.
- 스테로이드 오용이나 부작용으로 화를 내거나 폭력적인 행동을 한다.
- 트레이너가 무례하거나 거칠다.
- 트레이너나 센터 회원에게 성폭력을 당한다.
- 피트니스 센터에 가고 싶지만, 신체와 관련한 여러 이유로 가지 못한다.

이 배경에서 볼 만한 유형의 사람들

- 보디빌더, 운동 기구 수리 기사, 피트니스 센터 직원, 체중 감량이 간절한 사람, 피트니스에 관심이 많은 사람, 센터 사장과 매니저와 트레이너

이 배경과 밀접한 다른 배경

- 야외 수영장, 야외 스케이트장, 레크리에이션 센터

참고 사항 및 팁

대형 피트니스 센터는 수영장, 사우나, 스파, 스쿼시 연습장과 농구 코트, 핫 요가나 스피닝 교실 등 다양한 시설을 갖추고 있다. 하지만 소형 피트니스 센터는 운동 기구들이 낡고 종류도 적어 이용객이 많을 때에는 제대로 운동하기 어렵다. 기구가 망가졌거나 누군가 기구를 독차지하고 있다면 회원들 사이에 갈등과 긴장이 생길 수 있다.

배경 묘사 예시

어맨다는 아무도 없는 트레드밀에 올라섰다. 바로 옆에는 회색 티셔츠 목둘레가 땀으로 흠뻑 젖은, 배가 불룩한 남자가 있었다. 남자는 기진맥진해 있었는데 센터가 이제 막 문을 열었다는 걸 생각하면 운동을 시작한 지 얼마 안 된 사람인 것 같았다. 흔한 풍경이다. 매해 1월이 되면 몸매를 가꾸기 위해 신규 회원들이 줄지어 등록하지만, 대부분은 1월이 끝나기도 전에 그만둔다. 어맨다는 인사의 표시로 남자에게 고개를 끄덕여 보였다. 위에서 아래로 쭉 훑어보는, 저 소름 끼치기 짝이 없는 시선을 눈치 못 챈 것처럼 행동했다. 그러고는 가볍게 뛸 생각으로 트레드밀을 설정했다. 이 남자가 허세 가득한 인간이라는 데 10달러를 건다. 그럼 그렇지. 평퍼짐한 운동복이나 입는 남자답게, 남자는 어맨다를 보더니 자신의 트레드밀 속도도 똑같이 높였다. 어맨다는 웃음을 꾹 참고는 저 쌕쌕거리는 숨소리를 차단해줄 이어폰을 귀에 밀어넣었다. 그리고 나서 트레드밀 경사도를 올렸다. 아주 볼 만한 일이 벌어지겠어.

- **이 글에 쓴 기법**　은유, 다중 감각 묘사
- **얻은 효과**　성격 묘사

하수도   Sewers

풍경

구불구불한 시멘트 벽, 녹슨 하수구 쇠살대, 배관, 하수 처리장의 정화 필터, 고인 물, 운하와 터널, 대형 저수지, 가교형 통로, 유수를 위해 만든 중앙 수로 파이프, 맨홀 진입 지점, 밖의 거리로 통하는 사다리, 물에 흠뻑 젖은 쓰레기로 가득한 미끌거리는 물, 찌꺼기가 섞인 물거품과 기타 점액질 오물, 중앙을 기점으로 가지가 뻗어 나가는 모양새로 나오는 방과 운하, 곰팡이와 해초, 떨어지는 물, 쥐, 거미, 바퀴벌레, 딱정벌레, 지네, 마약용품, 지상의 하수구 쇠살대 사이로 스며드는 미약한 빛, 송수관, 끈적거리는 오물로 가득한 벽, 물에 떠다니는 쥐나 그 밖의 설치류 사체, 공기가 통하도록 낸 구멍, 벽 윗부분에 표시한 물 넘침 선, 빛바랜 벽돌 벽, 하수구 쇠살대 사이에 낀 쓰레기들(물에 젖은 비닐봉지와 천, 잎, 가지, 판지 상자 조각), 금이 간 시멘트, 배관 진입 지점으로 이어진 길에 잔뜩 낀 녹, 지정 구역 안내 표지판의 페인트가 울퉁불퉁 일어난 모습, 손전등 빛을 위아래로 비추는 작업자나 관계자

소리

똑똑 떨어지는 물, 첨벙거리는 물소리와 기괴한 메아리, 울고 움직이는 쥐 떼들, 물을 튀기며 철벅철벅 걷는 발걸음, 지상에서 들려오는 도시의 소음(자동차, 거리의 소리, 사람 목소리), 굉음을 내며 지나가는 지하철에 진동하는 배관들, 배수를 위해 만든 인공 폭포, 배관을 타고 흐르는 세찬 물, 높게 차오른 물의 굉음(폭풍우가 치고 있거나 그 이후의 시기에), 흐르는 물, 배수관 가장자리를 따라 흐르다 쇠살대 사이에 낀 쓰레기와 오물, 가까운 곳에서 들리는 요란한 지하철 브레이크 소리

냄새

오수 웅덩이, 어마어마한 악취(일부를 오수용 하수도로 쓰는 경우), 부패한 냄새, 오염 물질(엔진오일, 그리스, 거리에 있는 물에 씻겨 내려온 기타 윤활유)이 풍기는 악취, 젖은 돌, 곰팡이, 녹 냄새

이 배경에서는 등장인물이 가지고 있는 것(껌, 박하사탕, 립스틱, 담배 등) 말고는 관련된 특정한 맛이 없다. 이럴 때는 미각 외의 네 가지 감각에 집중하는 것이 좋다.

촉감과 느낌

부츠에 스며드는 물, 옷을 적시는 차가운 물, 통로를 걷다가 마주치거나 부츠 위를 타고 지나가는 쥐, 끈적끈적한 벽에 미끄러지는 손, 사다리의 차가운 철제 발판, 무릎까지 차오른 뿌연 물속을 걷다가 무언가에 부딪치는 느낌, 무언가가 고무 부츠를 스치는 느낌, 목구멍에서부터 치밀어 오르는 구역질, 폐소공포증, 넘어지지 않으려고 두 팔을 허우적거리며 가장자리의 축축하지 않은 곳을 찾아 걷는 느낌, 이리저리 비추는 손전등, 몸을 구부리고 좁은 통로를 걸은 탓에 생긴 등이나 목의 통증, 물에 떠다니는 역겨운 무언가를 피하기 위해 얼른 자리를 옮기는 느낌, 손등으로 닦는 얼굴의 땀, 정수리에 떨어지거나 등 속으로 흘러드는 물방울, 물속을 걷다가 밟은 물컹거리는 쓰레기, 보호복 때문에 흐르는 땀, 얼굴을 죄는 마스크 끈

이 배경에서 벌어질 만한 갈등의 원인

- 도망칠 곳이 하수도뿐이다.
- 폭풍우나 급류 때문에 하수도에 갇힌다.
- 쥐나 뱀이 나타난다.
- 물에 빠진다.
- 폐소공포증을 겪는다.
- 물에 빠질까 두렵다.
- 오수를 마신다.
- 오염된 물 때문에 상처에 세균이 들어간다.
- 손전등이나 그 밖의 불빛이 꺼진다.
- 도움을 청할 길 없는 지하 깊숙한 곳에서 낯선 이들을 만난다.
- 어둠 속에서 길을 잃어 출구를 도저히 찾을 수 없다.

- 저체온증이 덮친다.

이 배경에서 볼 만한 유형의 사람들

- 토목 기사, 검사 감독관, 유지 보수 인력, 도시 탐험가, 부랑자

이 배경과 밀접한 다른 배경

- 지하철 터널

참고 사항 및 팁

비디오게임이나 영화를 보면 하수도 밀실에 머무르거나, 하수도가 은밀한 만남의 장소로 쓰이는 장면이 종종 등장한다. 하지만 현실 속의 하수도는 들어가기도 힘들고 사람이 살 만한 곳이 아니며, 위치에 따라 하수도의 모습도 천차만별이다. 어떤 하수도는 동떨어진 곳에 있어 소설 속 인물들과 달리 시 공무원도 제대로 찾기 힘들어하지만, 어떤 하수도는 도시가 한창 성장하던 시절에 물자 보급로 역할을 하던 운하로 쓰인 덕에 아직까지 잘 관리되어 있고 확장성도 크다. 소설의 배경을 현대의 특정 지역으로 한정해놓지 않았다면, 하수도는 창의력을 발휘하기 좋은 배경이다. 디테일한 묘사(특히 냄새)를 통해 이 배경에 현실감을 불어넣기만 하면 된다. 하지만 실재하는 특정 지역의 하수도가 등장한다면, 조사를 통해 정확한 정보를 확보하라.

배경 묘사 예시

어지러운 손전등 빛에 오물로 범벅이 된 벽이 드러났다. 물 넘침 선을 보니 물이 족히 1미터는 빠져나갔다. 발톱으로 금속 긁는 소리에 펄쩍 뛰어올랐다. 손전등 빛이 녹슨 파이프를 타고 서둘러 사라지는 무언가의 꽁무니를 포착했다. 진저리가 났다. 나는 여기가 싫다. 정말로. 방수 장비 밖으로 차가운 물의 저항이 느껴졌다. 발걸음을 뗄 때마다 발아래의 보이지도 않는 쓰레기를 밀어냈다. 터널이 갈라지는 지점에 다가가자 끔찍하고 불길한 냄새가 코를 훅 찔러 소매로 코를 가렸다. 하수관을 막았던 골칫거리가 아주 가까이에 있다. 일주일치 비

가 마을 절반에 한꺼번에 쏟아졌으니, 반려동물이든 들짐승이든 사체 몇 구가 하수구 쇠살대를 틀어막고 있을 것이다. 제발, 그게 다이기를. 내 예상이 전부이기를 간절히 바랐다.

- **이 글에 쓴 기법** 빛과 그림자, 다중 감각 묘사, 날씨
- **얻은 효과** 분위기 설정, 감정 고조, 긴장과 갈등

호텔 객실

풍경

객실 번호가 적힌 판과 카드 키 도어록이 설치된 문, 비상 대피 안내도, 고정된 행거가 달린 옷장, 가지런히 접힌 여분의 침구가 놓인 선반, 금고, 희미한 얼룩이 남은 패턴이 수놓인 카펫, 화장실과 붙박이 가구(샤워기, 변기, 세면대, 거울), 타일 바닥과 가장자리 쪽 더러운 줄눈, 푹신푹신한 흰 수건들이 정리된 선반, 여분의 화장실 휴지, 움푹 패거나 긁혀서 손상된 벽, 샤워기와 세면대의 거리가 가까워 비좁은 공간, 무료 세면도구가 놓인 쟁반, 티슈 상자와 종이 띠로 감싼 유리잔, 제대로 작동하는지 알 수 없는 벽에 고정된 헤어드라이어, 환하게 빛나는 천장 조명, 못걸이에 걸린 가운, 침대(싱글 혹은 더블베드, 이부자리와 베개 세트), 협탁과 알람 시계, 협탁 등, 콘솔에 놓은 텔레비전, 전화기와 전화번호부, 서비스 안내문(룸서비스, 세탁 요금, 편의 도구 안내), 인근 포장 음식 판매 식당 팸플릿, 온도계, 개성 없는 예술 작품, 책상과 펜 등 각종 사무용품, 노트북이나 충전기를 위한 벽의 배선, 작은 의자나 이인용 소파, 커피 머신과 커피용품(커피, 차, 설탕, 크림, 머그잔 등), 물 잔과 얼음 통, 가격표가 달린 미니바나 냉장고, 쓰레기통, 텔레비전 리모컨, 창가의 두꺼운 커튼, 서랍장, 협탁 서랍에 들어 있는 성경, 문손잡이에 걸린 '방해 금지' 표시

소리

웅 돌아가는 에어컨이나 히터, 벽 안쪽 배관에서 흘러 내려가는 물, 여닫히는 문, 문 너머 복도에서 얼핏 들려오는 대화, 샤워, 내려가는 변기 물, 세면대에 떨어지는 물, 전기 포트가 끓는 소리, 땡 열리는 근처 엘리베이터 문, 잔뜩 취해 시끄럽게 떠들며 방으로 비틀거리며 걸어가는 사람들, 위층 방에서 뛰어다니는 아이들, 열린 창문으로 들어오는 도로나 공사장 소음, 모닝콜, 텔레비전의 방청객 효과음(가벼운 웃음부터 폭소까지), 냉장고 문을 열 때 느껴지는 고무 패킹의 장력, 냉장고 문에 든 병들이 부딪치는 소리, 두들기는 문, 옆방 커플의 싸움, 긴 하루에 지친 아이들의 울음, 벽을 통해 들리는 숨죽인 목소리, 구겨지는 쇼핑백, 여닫는 여행 가방의 지퍼, 가장 센 바람으로 설정한 헤어드라이어

787

표백제, 세제, 탈취제, 낡은 카펫, 천, 표백제를 넣고 세탁한 수건, 샴푸, 컨디셔너, 비누, 커피, 술, 옷에 밴 담배 냄새, 향수, 애프터셰이브 로션, 헤어스프레이, 땀, 코를 찌르는 진한 정크 푸드 냄새, 룸서비스 음식

맛

커피, 차, 물, 구강청결제, 치약, 사 온 음식이나 룸서비스 음식(햄버거, 감자튀김, 샌드위치, 파스타, 샐러드, 수프 등), 각종 간식을 파는 자판기

촉감과 느낌

넣었다가 잡아 빼는 플라스틱 카드, 얼음 통에서 얼음을 꺼낼 때 손가락이 얼어 붙는 느낌, 뜨거운 커피를 입으로 불 때 얼굴에 닿는 김, 매트리스의 탄력, 신발을 벗은 뒤 젖은 발에 닿는 차가운 공기, 맨발로 밟는 차디찬 화장실 타일, 새 수건으로 닦는 피부, 샤워기 물줄기에 등의 비누 거품이 미끄러져 내려가는 느낌, 얼굴의 물기를 누르듯 닦아내는 부드러운 수건, 여행 가방 안을 보지 않은 채 손만 넣어 감각으로 물건을 찾는 느낌, 비닐로 코팅한 룸서비스 메뉴판을 뒤적이는 느낌, 문 옆에 나란히 정리하는 신발, 침대에 던지는 쇼핑백, 어둠 속에서 벽을 더듬으며 찾는 전등 스위치, 두꺼운 커튼을 여닫을 때의 감촉, 헤어드라이어의 뜨거운 바람, 벗겨내는 두툼한 이불솜

이 배경에서 벌어질 만한 갈등의 원인

- 옆 객실이 너무 시끄럽다(싸움, 소리 지르는 아이들, 우는 아기, 지나치게 큰 텔레비전 소리).
- 자신의 객실을 찾아 헤매는 취객들이 있다(문손잡이를 흔들고, 다른 객실 문을 두드리고, 눈살 찌푸리는 행동을 하는).
- 빈대나 바퀴벌레를 발견한다.
- 룸서비스가 형편없다.
- 불륜을 저지르거나 연인과 결별한다.
- 공사장 소음에 잠에서 일찍 깬다.

이 배경에서 볼 만한 유형의 사람들

- 청소부, 투숙객, 수리 기사

이 배경과 밀접한 다른 배경

- **시골 편** 열대 섬, 결혼식 피로연
- **도시 편** 댄스홀, 정장을 입어야 하는 행사, 엘리베이터, 리무진, 택시

참고 사항 및 팁

격조 높은 호텔, 다소 낡은 호텔, 더럽고 지저분한 호텔 등 호텔의 종류는 다양하다. 주인공의 주머니 사정에 맞는 호텔은 어떤 종류인지, 그가 처한 상황에 호텔의 외관이 중요한지 생각해보라. 그다음에는 호텔에 어울리는 종류의 갈등을 만들어 재미를 더하라.

배경 묘사 예시

천장을 뚫어져라 노려봤다. 가족 모임으로나 찾는 호텔에 다시는 오나 봐라. 10분마다 엘리베이터 문이 땡땡 울리며 취객들을 뱉어냈다. 엘리베이터에서 내린 사람들은 기대를 배반하지 않겠다는 듯 자신의 방까지 가는 동안 온갖 난동을 부렸다. 복도를 힘겹게 걸으며 모든 객실 문을 한 번씩 열려는 수고를 감행했다. 그들은 카드 키로 문이 열리지 않으면 욕설을 지껄였다. 그래도 취객 정도면 양반이다. 한번은 할머니 세 명이 내리더니 "이렇게 온 가족이 모이다니 정말 좋지 않냐"며 린디 약혼자가 조금 취한 것 같고, 리가 실직해 안타깝다는 이야기를 호텔이 떠나가라 떠들었다. 할머니들 목소리를 한 번만 더 들으면 뇌가 폭발할 지경이었다.

- **이 글에 쓴 기법** 과장
- **얻은 효과** 성격 묘사, 시간의 경과, 긴장과 갈등

회의실 Boardroom

풍경

단조로운 벽지(회사 임원 사진과 로고, 상, 명판, 기업 명성과 평판을 보여주는 다양한 지표가 걸린), 발표와 화상회의용 텔레비전 혹은 스크린, 노트북, 전자 기기 배선, 인터콤 및 화상회의용 전화, 직사각형 테이블과 푹신한 의자, 손잡이 달린 물병에 담긴 얼음물과 유리잔, 회사 로고나 비전이 새겨진 펜과 메모지, 폴더에 담긴 여러 정보를 수집해 정리한 포트폴리오나 회의용 자료, 브레인스토밍과 계획 정리용 화이트보드나 기능성 유리 칠판, 천장의 눈부신 조명, 바깥 풍경이 훤히 보이는 창문, 마이크로폰(방 크기가 크다면), 이사회 임원과 옆자리에서 대기하는 비서, 개인 취향이 반영된 회사 브랜드와 관련된 물건들(번영을 상징하는 대나무 화분, 특정 장소를 묘사한 풍경화나 현대 미술 작품 등)

소리

스피커폰으로 들리는 상대방의 우렁찬 목소리, 노트북이나 영상 장비의 내부 팬이 돌아가는 소리, 웅웅 울리는 에어컨, 삐걱거리는 의자, 머리를 맞대고 낮은 목소리로 의논하는 사람들, 모두가 참여하는 공개 토론, 바스락거리는 종이, 화이트보드에 마커로 끽끽거리며 쓰는 글씨, 무음 모드로 재빨리 전환한 휴대전화, 유리잔을 콸콸 채우는 물, 열띤 토론 중 언성을 높이며 내려치는 책상, 초조한 발걸음, 일어나 스트레칭 하는 직원, 점심 식사나 주문한 물건의 도착을 알리는 노크, 의자 높이 조절용 레버를 돌리자 나오는 픽 소리

냄새

향수, 공기 탈취제 및 세제, 조금 전에 배달 온 뜨거운 음식(점심시간에 하는 회의), 커피

맛

물, 구취 제거용 민트, 껌, 커피, 차, 회의가 길어져 주문한 음식(샌드위치, 피자, 파스타, 샐러드, 치즈, 과일)

촉감과 느낌

부드러운 종이를 미끄러지듯 쓸어내리는 손가락, 안락의자에 파묻힌 몸, 피부에 닿는 에어컨이나 히터 바람, 유리잔이나 물병에 맺힌 차가운 물방울, 서명을 적는 매끄러운 펜 놀림, 휴대전화나 태블릿 컴퓨터 화면을 넘기며 알람 설정이나 달력을 확인하는 느낌, 흡음 카펫의 감촉, 오래 앉아 있어서 경련이 일어나는 목이나 어깨, 앞뒤로 움직이는 의자, 창문으로 쏟아지는 오후의 눈부신 햇살, 햇볕을 정면으로 받는 자리 때문에 흐르는 땀

이 배경에서 벌어질 만한 갈등의 원인

- 금전 문제가 발생한다.
- 내부 거래 사실이 드러난다.
- 이사회 임원을 해고한다.
- 회사의 미래 방향을 두고 견해차가 벌어진다.
- 취업을 두고 개인끼리 경쟁을 벌인다.
- 사내 연애를 하던 연인 사이가 틀어진다.
- 직원들이 승진 경쟁을 벌인다.
- 양심의 가책을 느끼는 일에 협조하라는 압박을 받는다.
- 일과 삶의 균형을 지키기 위해 노력한다.
- 중요한 프레젠테이션이 코앞인데 준비가 미흡하다.
- 경쟁자가 자신을 폄하한다.

이 배경에서 볼 만한 유형의 사람들

- 회계사, 기업 오너 및 주주, 회사 매니저, 인턴 및 지원 팀, 보고서 담당자나 컨설팅 담당자(부서장, 변호사, 회사가 고용한 경영 컨설턴트)

이 배경과 밀접한 다른 배경

- 엘리베이터, 칸막이가 있는 사무실

회의실은 회사 분위기에 따라 모습이 다양하다. 창의성을 중시하는 회사는 아기자기하게 장식하거나 편안한 분위기의 인테리어를 지향하지만, 법률 사무소처럼 딱딱한 회사는 전통적인 스타일을 고수할 것이다. 의뢰인이나 고객이 회의실에 들어올 수 있는지, 아니면 직원 전용 회의실인지도 고려해야 한다. 전자라면 그 회의실은 고객의 신뢰를 얻기 위해 회사의 전문성과 성장 수준을 보여줄 만한 물건들로 채워져 있을 것이다.

배경 묘사 예시

파란색 폴더와 펜, 유리잔이 자리마다 반듯하게 일정 간격을 두고 놓여 있다. 누가 봐도 평소 강박 신경증이 의심되는 글렌의 솜씨다. 게다가 공기 중에 무겁게 떠다니는 향수 냄새가 글렌이 다녀갔음을 강력하게 주장하고 있었다. 누군가 글렌을 붙잡고 과유불급의 미덕에 대해 일러줄 필요가 있다. 안드레아 자신은 안 된다. 그녀는 말도 안 되는 것들을 보면 도무지 참지 못하니까. 안드레아의 매니저라든가, 매니저가 주최한 멍청한 안전 대책 회의라든가 하는 것들 말이다. 부동산 회사의 회의에서 왜 크리스마스 전등 사고 방지 대책이나 과속 운전 사고 현황에 대한 이야기를 들어야 하는가? 세상에, 구글은 뒀다 뭐 하나. 안드레아는 회의 때마다 저 창문 밖으로 몸을 던지고 싶은 충동이 들었다.

- **이 글에 쓴 기법** 과장, 다중 감각 묘사
- **얻은 효과** 성격 묘사, 감정 고조

소매점

Retail Stores

골동품점 Antiques Shop

풍경

세월이 느껴지는 'Welcome' 간판, 물건이 쌓인 탁자가 양옆으로 몇 줄이나 늘어선 좁은 통로, 햇빛을 희미하게 반사하는 은과 크리스털, 정교하게 조각된 액자에 넣어 벽에 건 유화, 세월의 경과로 상처가 생기고 은도금이 일부 벗겨진 금테두리 거울, 섬세한 장식품, 수집 가치가 있는 접시, 도자기 컵, 골무 컬렉션 등을 넣은 오래된 목제 수납장, 가구 위에 놓인 자질구레한 물건들과 낡은 모조 보석류, 집게로 매달아놓은 수공예 방석, 머리 위에 달린 빛나는 크리스털 샹들리에와 등, 시대를 대표하는 기업의 녹슬고 낡은 간판(코카콜라, 펩시, 거버), 세계 각국과 문화권의 형상과 가면 및 조각, 매끄러운 돌이 박힌 이국적인 목제 보석함과 담뱃갑, 서랍이 조금 일그러진 수제 화장대, 액자에 담긴 흑백사진 컬렉션, 움푹 파인 금속제 석유등, 조각을 하거나 도료를 칠한 의자, 색유리 조각, 인형, 단추 컬렉션, 오래된 동전과 전쟁에 관련된 물건(메달, 프로파간다 포스터, 권총, 군복, 베레모), 은이나 동으로 만든 촛대, 끊어진 가죽 끈이 뚜껑에 달린 낡고 커다란 상자, 골동품 빗, 면도날, 주머니칼, 시계, 옷, 레이스, 오래된 농기구와 빨래판, 목제 가구의 다리, 재봉틀, 대량의 레코드, 비단 주름이 들어간 수제 쿠션, 꽃병, 악기, 괘종시계, 헌책과 산더미처럼 쌓인 만화책, 손목시계, 오래된 카메라, 소금병 컬렉션, 진귀한 물건을 유리 진열장에 담아놓은 너저분한 카운터

소리

가게 문이 열릴 때마다 울리는 종, 물건에 대해 이야기하는 손님들, 째깍째깍 울리는 괘종시계, 배경음악처럼 흐르는 오래된 레코드 소리, 시험 삼아 손톱으로 낡은 기타 줄을 퉁기는 손님, 조율이 안 된 피아노, 끽끽거리는 마루, 물건을 집거나 움직일 때 나는 쨍그랑 소리나 쿵 소리, 수납장이나 트렁크를 열 때 끽끽거리는 경첩, 어긋난 책상 서랍을 열 때 나는 나무끼리 마찰되는 소리, 놀라거나 감탄해서 삼키는 숨소리, 손님이 산 상품을 정중히 포장할 때 나는 종이가 바스락거리는 소리

유화물감, 목재, 도료, 곰팡내 나는 천, 포푸리, 가죽, 종이, 먼지

카운터 유리병에 마련된 공짜 박하사탕, (대부분의 매장은 음식 섭취가 금지되어
있지만) 손님이 가져온 껌이나 그 밖의 가벼운 스낵

도장이 이지러져서 울퉁불퉁한 앤틱풍 수납장이나 거울 테두리의 질감, 도료를
칠한 목재, 가구에 구비해놓은 쿠션의 매끈한 면직이나 천, 풀을 바싹 먹인 레이
스, 움푹 팬 주물이 풍기는 황량함, 만지면 차가운 기운이 전해지는 유약 바른
장식품, 탁자나 큰 상자에 부딪치는 허리, 딱딱한 바닥에서 보들보들한 방석 위
로 이동하는 느낌, 놀랄 만큼 얇은 영수증, 질감을 느끼기 위해 만지는 레이스나
천, 손가락으로 훑는 쟁반이나 담뱃갑의 상감 장식, 놋쇠 촛대의 서늘한 무게감,
조각된 가면의 칼자국을 만지는 느낌, 손가락으로 훑는 수제 체스 판이나 담뱃
갑의 나뭇결

이 배경에서 벌어질 만한 갈등의 원인

- 절도 사건이 벌어진다.
- 저주 걸린 물건을 발견한다
- 지진이나 주변의 건설 공사로 귀중품이 흔들리다 망가진다.
- 자신의 집안과 관련된 물건을 발견했지만 주인이 팔지 않는다.
- 수집 가치가 있는 골동품을 발견했지만, 다른 사람에게 선수를 빼앗긴다.
- 실수로 매우 비싼 골동품을 쓰러뜨린다.
- 배선 문제로 가게에 화재가 일어난다.
- 위조 예술품을 발견한다.
- 나치 군복이나 조각된 코뿔소의 뿔 등 금기시되는 물건을 원하는 손님이 있다.

- 골동품 상인, 손님, 배달원, 직원, 가보를 팔아 빨리 현찰을 쥐고 싶은 사람, 골동
품점 주인이나 매니저, 윈도쇼핑을 하는 사람

이 배경과 밀접한 다른 배경

- 아트 갤러리, 전당포, 중고품 할인점

참고 사항 및 팁

온갖 골동품들이 뒤섞여 있는 가게가 있는가 하면, 특정 연대나 특정 종류의 물
건만 전문적으로 취급하는 가게도 있다. 또 가구나 전시품을 방마다 정리한 곳
도 있고(부엌 관련 골동품은 둥근 난로나 부엌 탁자 위에 배치하는 등), 주제에 따라
(제2차세계대전 관련 물품 등) 물건을 진열한 곳도 있다. 이야기 속에서 골동품을
활용하고 싶다면 등장인물이 직면한 과제나 개인적인 문제에 의미를 부여하고
상징적인 상황을 만드는 물건을 선택하는 게 좋다.

배경 묘사 예시

그 인형은 이곳에 어울리지 않는 물건이었다. 1800년대 독일에서 만들어진 것
은 분명하나 전쟁 전에 만들어진 장난감들이 닳고 오랫동안 사랑받은 흔적이
엿보이는 데 비해, 그 인형은 전혀 그렇지 않았다. 창백한 얼굴과 파란 유리로
만들어진 눈동자에는 사람을 얼씬도 못하게 만드는 냉정함이 있었다. 앨리스는
그 인형을 분명히 집짓기 놀이와 손으로 조각한 꼭두각시 사이에 두었는데, 인
형은 지금 장난감과 떨어진 가장자리 쪽에 앉아 있었다. 지금까지 손님들은 찬
장 가까이에서 나는 묘한 냄새에 대해 물었다. 천이 불에 탈 때 나는 듯한 냄새
에 대해. 인형이 자신을 쳐다보는 것 같다며 성호를 긋는 손님도 있었다. 그래서
그녀는 인형을 유리 상자로 옮겼던 것이다. 물론 어이가 없긴 하다. 하지만 그곳
에 서면 앨리스는 희미한 연기 냄새를 느꼈다. 두 팔을 문지르다가 자신이 무슨
짓을 하고 있는지 깨달았다. 뭐야, 결국 그분의 유언에 귀를 기울이게 된 걸까?
얼굴에 웃음이 떠올랐다. 그래도 임자가 나타날지 모르니 시험 삼아 인형의 가

격을 내려보는 것도 괜찮겠지.

- **이 글에 쓴 기법**　대비, 다중 감각 묘사
- **얻은 효과**　분위기 설정, 복선, 과거 사연 암시, 긴장과 갈등

귀금속 상점 Jewelry Store

풍경

밝은 조명, 자물쇠를 채운 진열장, 유명 보석 브랜드의 대표 상품을 진열한 카운터, 빛나는 유리 진열장, 약혼·결혼반지, 팔찌, 보석(루비, 다이아몬드, 에메랄드, 오팔, 사파이어, 블랙 다이아몬드)으로 만든 귀고리, 시계와 커프스 버튼, 펜던트, 수정으로 만든 장식품, 금전등록기, 보석을 놓을 때 쓰는 작은 벨벳 쿠션, 보석 닦는 천, 깔끔한 차림의 직원, 금과 은 귀고리가 잔뜩 걸린 회전 전시대, 보석 세공 공구, 진열된 시곗줄, 상담용 책상, 고가의 벽시계, 여러 소재로 제작된 브랜드의 보석, 보석을 돋보이게 장식한 모습(실크 스카프 위에 놓은 팔찌, 벨벳 위에 뿌린 스팽글이나 준보석), 출입구 근처의 의자에 앉거나 서서 근무하는 경비원

소리

실내에 흐르는 차분한 음악, 바닥을 또각또각 딛는 직원의 구두, 열리는 서랍, 직원이 진열장을 열 때 나는 열쇠 소리, 카드 단말기에서 나오는 영수증, 다듬은 손톱으로 두드리는 유리 진열장, 각 상품의 품질이나 중요 사항을 설명하는 직원, 매장 밖을 힘차게 지나가는 차량, 울리는 휴대전화, 쇼핑몰 내부를 오가는 사람들(상점이 쇼핑몰에 위치한 경우), 서로 부딪치는 팔찌

냄새

공기 탈취제, 유리 세정제의 암모니아 냄새, 직원이 뿌린 향수

맛

이 배경에서는 등장인물이 가지고 있는 것(껌, 박하사탕, 립스틱, 담배 등) 말고는 관련된 특정한 맛이 없다. 이럴 때는 미각 외의 네 가지 감각에 집중하는 것이 좋다.

촉감과 느낌

손가락에 낀 서늘하고 매끄러운 금반지, 상품을 바라보며 차가운 유리 진열장에 다가서는 느낌, 고급 목걸이를 하자 조금 간지러운 듯한 목, 로켓 펜던트의

무게감, 손목에 감은 팔찌나 시곗줄을 비트는 느낌, 달랑거리는 귀고리를 귀에 대고 보는 거울, 핸드백이나 지갑 속에서 부스럭거리며 찾는 신용카드

이 배경에서 벌어질 만한 갈등의 원인

- 손님이 구입한 물건의 품질에 실망해 화를 낸다.
- 들치기나 강도를 당한다.
- 해고 통보를 받은 직원이 화가 나서 사람들 앞에서 사장에게 창피를 준다.
- 배송품에 문제가 있다는 것을 발견한다.
- 직원이 중개 수수료를 가로채려고 동료의 손님을 빼앗는다.
- 가게에서 구입한 보석이 위조품이라는 것을 발견한다.
- 점주가 자신의 보석이 전쟁 비용을 충당하려고 판매된 블러드 다이아몬드라든가 그 외에 비윤리적인 방법으로 제조되었다는 사실을 알게 된다.
- 약혼한 커플이 반지를 두고 옥신각신하다가 매장에서 파혼하기로 결심한다.
- 손님이 세척을 맡긴 보석에 상처를 입힌다.
- 청혼 후 약혼반지를 받았는데 다이아몬드가 위조품임을 알게 된다.

이 배경에서 볼 만한 유형의 사람들

- 출입구에 있는 경비원, 손님, 배달원, 보석 감정사, 직원, 매니저

이 배경과 밀접한 다른 배경

- 골동품점, 전당포

참고 사항 및 팁

귀금속 상점은 매장의 분위기나 배치, 손님을 대하는 서비스가 다양하다. 저소득층이 주로 찾는 상점은 가격이 구매에 결정적인 영향을 미치기 때문에 보석에 대해 해박하지 않은 직원도 있다. 이런 곳에 있는 상품은 대부분 품질이 낮으며 일반적인 브랜드 제품이다. 저렴한 가격으로 손님을 유치하는 상점은 종

종 세일 안내판을 눈에 잘 띄게 걸어놓지만, 보석에 대해 잘 아는 고소득층을 상대하는 상점은 한눈에 알아볼 수 있는 명품 브랜드의 상품을 취급한다. 이런 곳에서는 전문 교육을 받은 직원이 보석의 품질이나 제조 방법에 대해 손님에게 상세한 정보를 알려준다. 또한 표준 가격을 고수하고, 매장에 전시된 보석이 많지 않아서 진열 상품 외에 다른 상품을 보고 싶어 하는 손님에게는 카탈로그를 보여준다.

배경 묘사 예시

파파라치가 유명인의 사진을 찍을 때처럼 눈부신 조명 아래, 다이아몬드가 케이스 안에서 반짝반짝 빛났다. 달랑거리는 루비 귀고리가 눈에 잘 띄도록 머리를 묶은 귀여운 직원은 한 쌍의 반지를 향해 미소 지으며 고개를 끄덕였다. 토니가 내 손을 쥔 순간 마침내 실감했다. 우리 결혼하는구나.

- **이 글에 쓴 기법** 직유
- **얻은 효과** 감정 고조

풍경

선명한 색 배치로 눈을 즐겁게 해주는 실내 모습, 아이비ivy[줄기에 덩굴손이 있어 담이나 나무에 달라붙어 올라가며 자라는 식물], 바구니나 꽃병에 장식된 조화, 선반에 놓인 실내용 화분, 사랑스럽거나 달콤한 메시지가 쓰인 인테리어용 접시, 카드 진열대, 자질구레한 물건들, 상자에 담긴 초콜릿, 유리로 된 커다란 냉각 케이스 안에 든 생화로 만든 꽃다발, 대량의 꽃 등을 보관하는 워크인 냉장고, 꽃다발 제작 코너(두루마리 리본, 레이스, 철사, 줄기를 감는 녹색 테이프, 포장지, 크리스털 꽃병, 꽃의 선도 유지제, 나비 모양 리본, 반짝이 스프레이, 막대기에 달린 빈 카드, 계절색이 드러나는 기념일이나 이벤트 장식), 다양한 모양의 풍선과 헬륨 탱크, 양동이에 담긴 추위에 강한 꽃, 꽃다발을 훑어보거나 결혼식용 카탈로그를 획획 넘기는 손님

소리

바스락거리는 포장용 비닐이나 얇은 종이, 띵 소리를 내며 열리는 금전등록기, 진열장의 문을 열 때 흡착력이 약해지는 소리, 냉각 모터의 진동음, 헬륨 탱크, 손님과 사장의 대화, 포장지 다발을 잘라서 뜯는 소리, 가위로 자르는 꽃줄기, 양동이에서 꽃다발을 꺼낼 때 떨어지는 물방울, 물을 채우는 꽃병, 꽃줄기 주위의 잎들, 주문 전화, 빗자루로 쓰는 줄기와 잎사귀 조각 들

냄새

싱싱한 꽃, 녹색 식물, 창문으로 들어온 햇볕을 받은 따뜻한 흙, 풀, 도료, 비닐, 반짝이 스프레이나 풀에서 나는 화학약품 냄새

맛

직원이 들고 온 음료(커피, 스무디, 물, 탄산음료), 점심으로 사 온 패스트푸드나 집에서 가져온 음식

여리고 매끄러운 꽃잎, 실수로 손가락을 가시에 긁혔을 때의 통증, 미끄러워서
잡기 어려운 포장지, 꽃다발의 완성도를 여러 방향에서 확인한 뒤 내리는 결단,
냉장고를 열 때 팔이나 얼굴에 닿는 냉기, 꽃들이 흩어지지 않도록 줄기를 고무
줄로 한데 모은 뒤 양동이에 넣는 느낌, 실내에서 자라는 열대식물 화분의 축축
한 흙, 계산대에 흩어진 고사리잎 조각이나 자른 꽃을 닦아내는 느낌, 가게 문을
닫은 뒤 청소하며 가볍게 흔드는 몸

이 배경에서 벌어질 만한 갈등의 원인

- 냉장고가 고장 난다.
- 꽃의 출하가 늦어진다.
- 피치 못할 공급 문제로 손님이 원하는 특정한 꽃을 주문할 수 없다.
- 배달 장소가 바뀐다.
- 주문을 깜박한다.
- 결혼식이나 파티 등 큰 행사 직전에 직원이 그만둔다.
- 기물 파손을 당한다.
- 냉장 장치가 오랫동안 작동되지 않았다.
- 주문해서 받은 꽃이 시들시들하거나 벌레가 먹어 있다.
- 세월이 흐르면서 사장에게 꽃 알레르기가 생긴다.
- 자신의 가게에서 판 꽃다발이 테러 공격에 이용된다.

이 배경에서 볼 만한 유형의 사람들

- 재료 배달원, 꽃다발 배달원, 직원, 사장, 웨딩 플래너와 이벤트 업자

이 배경과 밀접한 다른 배경

- **시골 편** 농산물 직판장
- **도시 편** 대도시 거리, 식료품점, 소도시 거리

꽃집은 개인이 하는 독립된 가게도 있고, 큰 가게의 일부(대형 마트 체인점 내부에 있는 꽃집처럼)인 곳도 있다. 여러 가지 관엽식물, 비료나 꽃병을 판매하는 것 외에 선물 가게를 겸하고 있는 매장도 있다.

배경 묘사 예시

그렉은 마지막으로 작은 크기의 난을 개봉해서 금전등록기 옆에 놓았다. 완벽하다. 그는 한 발 물러서서 다양한 색의 조화 다발과 싱싱한 화분, 선반과 카운터를 수놓은 다양한 선물용품을 가만히 바라봤다. 내일의 개점을 위한 모든 것이 준비됐다. 그는 심호흡을 하며 10년 전 처음으로 가게를 연 이래 그를 노예로 삼은 화초, 흙, 꽃잎이 뒤섞인 감미로운 향기를 들이마셨다. 드디어 여기까지 왔다는 생각이 들자 가슴속에서 뜨거운 것이 치밀어 올랐다. 수줍음이 많아 교실에서 손도 들지 못했던 난독증이 있던 소년이, 모두가 어른이 되어도 사람 구실을 못할 거라 여겼던 그가, 이제 세 번째 가게의 개점을 앞두고 있었다.

- **이 글에 쓴 기법**　다중 감각 묘사
- **얻은 효과**　분위기 설정, 과거 사연 암시, 감정 고조

반려동물용품점 Pet Store

풍경

진열된 반려동물 사료와 간식, 장난감, 고양이 모래, 옷, 이빨과 털 손질용품, 목줄과 그 밖의 훈련 도구, 다양한 크기와 색깔의 강아지 침대, 케이지나 이동장, 고양이 스크래처, 외벽을 따라서 보이는 강아지(자고, 싸우고, 유리 안에서 뛰어오르고, 꼬리를 흔드는)와 고양이(울고, 플라스틱 공과 싸우고, 서로 덤비며 장난하는)가 있는 유리 진열장, 토끼(먹이를 먹고, 톱밥 속으로 파고들고, 다리 밑이나 집에 숨어 있는)와 페럿이 있는 뚜껑 없는 작은 집, 물고기용품 코너(수조나 어항, 전구, 인공 폭포, 인공 식물, 색깔 있는 돌이나 유리로 만든 장식용 돌, 수질 조정제, 소금, 망, 필터와 호스가 있는), 작은 동물을 위한 유리장(밥그릇과 물그릇, 운동용 챗바퀴, 톱밥이나 장난감이 든), 손님이 강아지나 새끼 고양이를 대면할 수 있는 문이 달린 울타리, 재잘대는 왕관앵무나 화려한 날개를 가진 앵무새용 대형 새장, 녹색이나 파란색의 작은 앵무새 등 소형 새를 위한 작은 새장, 파충류용(뱀, 도마뱀, 거미 등) 수조, 조명을 어둡게 설정한 물고기 수조 코너, 관상용 열대어를 위한 작은 수조가 진열된 선반, 해마나 거북이 있는 수조, 개를 목욕시키거나 털을 다듬는 미용 코너, 특별 전시품과 계절상품, 화려한 세일 표시판, 반려견용 이름표를 새기는 기계, 계산대, 목줄을 맨 개(혹은 다른 동물)를 데려온 단골손님

소리

짖거나 우는 개, 바닥에 닿는 발톱, 카트에 담는 사료 캔이나 사료 봉지, 금속 울타리에 부딪치는 동물, 동물에게 상냥하게 말을 거는 손님, 흥분해서 뛰어오르거나 가게 안을 내달리는 어린이, 수조 안에서 폭포처럼 떨어지는 거품, 톱밥 속으로 파고드는 동물, 물고기 수조가 설치된 모퉁이에서 돌아가는 모터, 시끄럽게 울거나 새장의 금속 울타리를 씹는 새, 챗바퀴를 돌리는 쥐나 햄스터, 도어벨, 바닥을 울리는 신발 소리, 쇼핑 카트의 바퀴, 계산대의 스캐너 소리나 벨 소리, 금전등록기에서 나오는 영수증

냄새

소나무 톱밥, 개털, 샴푸(미용 코너가 근처에 있는 경우), 건식 사료와 간식, 수초,

동물의 배설물

이 배경에서 특별히 느껴지는 맛은 없다. 하지만 어린이의 생일 파티를 열 수 있는 반려동물용품점도 있다. 이럴 경우에는 생일을 맞은 아이의 부모가 케이크나 다른 음식을 준비하기도 한다.

촉감과 느낌

새끼 고양이나 토끼의 부드러운 털, 핥거나 입을 맞추는 강아지, 동물을 품에 안았을 때 손바닥에 느껴지는 맥박, 잔걸음으로 뒤뚱거리는 강아지, 살살 깨무는 강아지나 새끼 고양이, 재채기를 한 개의 털에 묻은 안개 같은 비말, 동물의 발이나 털에서 떨어지는 톱밥, 미끄러워 잡기 어려운 사료나 간식 봉투, 금속 사료 캔의 냉기, 소가죽으로 만든 울퉁불퉁한 간식, 매듭이 많은 밧줄 장난감, 탄성 있는 공이나 미끄러운 나일론 목줄과 목걸이, 고무 장난감, 차가운 금속 재질의 물그릇, 물을 채운 비닐 주머니에 담은 물고기의 무게감

이 배경에서 벌어질 만한 갈등의 원인

- 동물(뱀, 거미, 새 등)이 우리에서 도망친다.
- 동물들에게 병이 퍼진다.
- 정전으로 가뜩이나 허약한 물고기가 위기에 처한다.
- 일부러 동물을 해코지하려는 손님이 발각된다.
- 생일 파티에 초대된 손님에게 동물 공포증이 있다.
- 적절한 예방접종을 받지 않은 동물이 손님을 문다.
- 동물 보호 단체에서 항의 운동을 벌인다.
- 한배에서 난 강아지들이 개 공장에서 왔음을 알고 점주가 갈등에 빠진다.

이 배경에서 볼 만한 유형의 사람들

- 손님, 배달원, 애견 미용사, 직원

이 배경과 밀접한 다른 배경

* 동물 병원

반려동물용품점은 대부분의 사람들에게 기쁨을 주는 장소다. 딱히 반려동물을 살 생각이 없더라도 가끔 들러서 즐거움을 맛보는 사람도 있다. 규모가 큰 가게에서는 다양한 동물을 취급하지만, 그렇지 않은 곳은 주로 개와 고양이를 팔며 그 밖의 특수한 동물은 최소한의 종류만 취급한다. 최근에는 강아지와 새끼 고양이의 '대량 생산'에 관한 악평과 사회적 압력에 따라 많은 가게들이 판매를 중지하고 있다. 이런 가게는 대중의 반발을 살 위험이 있는 어린 동물을 취급하지 않는다. 그러나 동물 보호 단체와 함께 입양 제도를 운영하며 버려진 동물들이 새 가족을 찾도록 돕는 가게도 있다.

배경 묘사 예시

할아버지와 왔을 때 발견한 것을 보여주고 싶어서 안달 난 레비는 내 손을 잡고 목줄과 강아지 옷, 장난감 코너를 지나쳤다. 나는 발걸음을 재촉하지 않았다. 네 살짜리 아이에게 '엄마 아빠가 괜찮다면' 반려동물을 사주겠다고 약속한 아버지에게 화가 나 있었기 때문이다. 아버지는 언제나 다른 사람에게 책임을 떠넘긴다. 레비는 고맙게도 벽 쪽 유리장에 있는 고양이와 개에게는 가지 않았다. 나는 알레르기 때문에 저런 동물은 기르지 못한다. 토끼와 쥐 코너를 지나칠 때는 코를 자극하는 톱밥과 소변의 암모니아 냄새에 긴장했는데, 레비는 그곳에서도 걸음을 멈추지 않았다. 예상했던 것만큼 끔찍한 사태는 벌어지지 않을지도 모른다. 화려한 열대어나 그와 비슷한 동물에서 마무리되는 건 아닐까 하는 희망을 품기 시작했을 때, 나는 왼쪽에 있는 파충류 구역으로 끌려 들어갔다.

---

* **이 글에 쓴 기법** 다중 감각 묘사
* **얻은 효과** 성격 묘사, 복선, 과거 사연 암시, 분위기 설정, 감정 고조

서점 Bookstore

바닥과 벽에 설치된 책장, 책이 나열된 둥근 탁자, 모퉁이나 끝 쪽에 진열된 인기 도서, 베스트셀러의 표지나 작가의 사인회를 알리는 포스터, 서점의 포인트 카드를 선전하는 광고, 탁자에서 책에 사인을 하는 작가, 탁자와 의자가 마련된 서점 안 커피숍, 독서용 의자와 소파, 외부의 빛이 들어오는 창, 각종 책의 책등, 새롭고 참신한 상품(카드, 미니 북, 책갈피, CD, DVD, 초콜릿, 펜, 사탕, 계절에 따른 상품들), 할인 스티커가 붙은 베스트셀러들이 진열된 커다란 벽, 계산대에서 손님이 구입한 물건을 계산하는 직원, 컴퓨터와 금전등록기, 독특한 책들이 즐비한 어린이 코너, 보드게임 · 퍼즐 · 봉제 인형 코너, 직원이 엄선한 책이 진열된 모퉁이, 회전식 전시대에 걸린 기프트 카드, 달력, 서점 앞의 진열대, 잡지 진열대, 손님(선반에 나열된 책을 쓱 살펴보고, 계산하려고 줄을 서고, 뒤표지를 읽거나 내용을 훑어보기 위해 책장에서 책을 꺼내고, 한자리에서 멈춰서 고개를 숙이고 첫 장을 읽고, 푹신한 독서 의자에서 편안하게 쉬고, 여러 책장을 둘러보고, 할인 코너에 슬쩍 다가가고, 탁자에 자리 잡고 커피와 스콘을 맛보는), 둘이서 한 권의 잡지를 같이 보며 내용에 대해 이야기하는 십 대들, 바닥에 앉아 책장에 등을 기대고 책을 탐독하는 손님

손님(말소리, 중얼거림, 직원에게 질문하는 소리), 손으로 책장을 넘기거나 바람에 책장이 넘어갈 때 나는 소리, 반들반들한 잡지 페이지를 넘기는 소리, 커피숍(원두를 섞고 갈고 거품 내는 소리, 부글거리는 소리, 가볍게 누르는 소리, 김 나는 소리), 후후 불어 식히거나 소리 내며 마시는 커피, 손님의 이어폰에서 새어 나오는 음악, 바닥을 걷는 신발, 뭔가를 쓰거나 공부하는 사람이 키보드를 두드리는 소리, 계산대의 바코드 스캐너, 영수증을 출력하는 금전등록기, 신용카드를 긁는 소리, 손에 든 책 위에 쌓는 다른 책, 책을 선반에 다시 돌려놓을 때 내쉬는 후회의 한숨, 찾던 책을 발견하고 흥분해서 삼키는 숨, 실내 스피커에서 나오는 편안한 음악, 긴 시간 앉거나 쭈그려 있다가 일어날 때 무릎이 내는 소리, 상자 속에서 책을 꺼내 보충하는 직원, 어린이 서적 코너에서 들리는 아이 목소리

냄새

책과 판지에서 나는 마른 종이 냄새, 서점 안 커피숍에서 풍기는 커피와 향신료 (계피, 육두구, 코코아) 냄새, 헤어 제품, 향수, 잡지의 잉크, 오존 같은 에어컨의 톡 쏘는 냄새, 열린 문으로 들어오는 외부의 냄새(풀, 담배 연기, 배기가스), 소나 무로 만든 선반, 청소용품(레몬 향, 암모니아 냄새, 소나무 향)

맛

테이크아웃 컵으로 마시는 뜨거운 커피나 홍차, 빨대로 마시는 과일이나 커피 스무디, 책을 읽으며 조금씩 베어 먹는 간식(커다란 쿠키, 머핀, 스콘, 롤 케이크), 물, 껌, 박하사탕, 커피 음료에 올린 계피 맛이 나는 거품

촉감과 느낌

가죽이나 종이로 된 책등, 선반에서 꺼내려고 잡아당기는 책의 윗부분, 낮은 선 반에 있는 책의 제목을 읽으려고 쪼그리는 느낌, 부드러운 독서용 의자에 파묻 는 몸, 팔랑팔랑 넘기는 책이나 잡지, 손으로 훑어보는 책 표지의 우둘투둘한 부 분, 표지의 홀로그램이나 무지갯빛 이미지를 보려고 책을 기울이는 느낌, 균형 을 잡으며 운반하는 높이 쌓아 올린 책들, 팔을 파고드는 책을 담은 무거운 바 구니, 다른 손님과 부딪치거나 아슬아슬하게 스치는 느낌, 봉투를 열고 입에 넣 는 한 입 크기의 먹거리, 커피 컵 때문에 따뜻해진 손, 종이 냅킨으로 닦는 입술, 빈 봉투에 털어넣는 탁자 위의 음식 부스러기, 계산하려고 꺼내는 지갑

이 배경에서 벌어질 만한 갈등의 원인

- 참을성이 없거나 요구가 많은 손님이 있다.
- 인기 있는 책이 품절된다.
- 실수로 서점 안에서 음식물을 쏟는다.
- 사인회에 온 작가가 요구가 많거나 거만하다.
- 휴가 기간이라 일손이 부족하다.
- 폐점 시간이라고 에둘러 재촉해도 손님이 전혀 눈치채지 못한다.
- 들치기를 잡는다.

이 배경에서 볼 만한 유형의 사람들

- 사인회를 여는 작가, 출판사 영업 사원, 손님, 배달원, 청소부(대형 서점의 경우), 서점 주인과 직원

이 배경과 밀접한 다른 배경

- 도서관

참고 사항 및 팁

대형 체인 서점은 어디든 모습과 분위기가 매우 비슷하다. 이에 비해 독립 서점은 규모는 작지만 고양이를 마스코트로 삼기도 하고, 앤티크풍으로 꾸미기도 하고, 힐링 효과가 있는 크리스털 제품이나 켈트족의 상징, 향초 등을 구비해 개성을 살린다. 이런 서점들을 통해 매장을 특색 있게 꾸미는 법을 배울 수 있다. 어떤 서점을 배경으로 삼을지 검토하고, 상징적인 실내장식으로 구체적인 분위기나 감정을 끌어낼 수 있는 방법을 생각해보자.

배경 묘사 예시

크리스마스트리 아래에서 또 다른 선물을 발견하고 들뜬 여섯 살 아이처럼, 나는 독서 코너의 비어 있는 팔걸이의자로 질주한 뒤 부드러운 좌석 안으로 가라앉았다. 건너편에 앉은 나이 지긋한 여성이 입이 벌어질 정도로 에로틱한 로맨스 소설의 표지 위로 얼굴을 내밀고 터질 듯한 내 쇼핑백에 눈을 멈췄다. 그녀는 의자 밑에 놓인 자신의 가방을 가볍게 찔렀고, 우리는 비밀스러운 미소를 교환했다. 나는 편하게 자세를 잡은 뒤 홍차를 한 입 마시고 방금 산 고딕 미스터리를 꺼냈다. 포장을 벗기고 먼지 냄새를 맡으면서 책의 세계로 빠져들었다.

- **이 글에 쓴 기법** 대비, 다중 감각 묘사
- **얻은 효과** 성격 묘사, 분위기 설정, 감정 고조

쇼핑몰　　　　　　　　　　　　　　　　　　　　Shopping Mall

（ 풍경 ）

브랜드 이름이 박힌 쇼핑백을 들고 테이크아웃 커피를 마시는 사람들, 선명한 점포 간판, 유리문과 창문, 깔끔한 공중화장실, 가운데에 식사 공간이 마련된 푸드 코트, 벤치에서 쉬거나 휴대전화를 들여다보는 사람, 명품 매장, 커다란 세일 표시판을 내건 쇼윈도, 타일을 깐 바닥, 화분, 에스컬레이터와 계단, 양옆이 유리로 된 엘리베이터, ATM 기계, 직원, 유아차를 밀고 다니는 부모, 각종 상품 전문점(옷, 가정용품, 여송연, 커피, 가구, 서적, 핸드백과 트렁크, 예술 작품, 가전과 음악, 게임과 완구, 보석, 건강식품, 임산부용품, 어린이용품, 소품, 화장품), 은행, 여행 대리점, 계산대 앞에서 차례를 기다리는 줄, 입어보고 방치한 옷이 잔뜩 쌓인 탈의실, 화려한 옷이 즐비한 선반, 상품으로 가득한 선반, 쓰레기통, 조각 작품과 예술 작품, 분수, 출구 표시, 자판기, 안내 데스크, 라운지(편안한 의자, 텔레비전, 전자 기기 충전 시설을 갖춘), 밝은 조명, 천창, 유리나 놋쇠 난간, 바닥에 떨어진 영수증, 제품 사용법을 보여주는 직원, 쓰레기봉투를 교체하는 청소부, 개방된 공간에서 열리는 특별 이벤트(행운권 추첨, 패션쇼), 앉아서 문자메시지를 보내는 십 대, 걸으며 휴대전화로 통화하는 사람, 부모를 가게 안으로 잡아끌며 진열대로 향하는 어린이, 어린이용 뽑기 기계(껌, 둥근 플라스틱 케이스에 담긴 작은 싸구려 장난감, 모조 보석, 일회용 타투 등), 대형 주차장이나 주차 빌딩

（ 소리 ）

타일 바닥 위를 걷는 부츠나 구두, 말소리와 웃음소리, 메아리, 서로 뒤섞여 와자지껄한 소리, 사람들로 붐비는 곳에서 친구를 부르는 목소리, 울리는 휴대전화, 금전등록기에서 인쇄되는 영수증, 경비원의 무전기, 바스락거리는 비닐봉지, 핸드백이나 윗도리의 지퍼를 당기는 소리, 빨대로 음료수를 마시는 소리, 질문을 하거나 물건을 사달라고 조르는 아이, 매장에 흐르는 음악, 작동 중인 에어컨이나 전열 교환기, 매장 안의 방범 버저, 안내 방송(이벤트 장소 안내나 미아 찾기 등), 실내 스피커로 책임자를 부르는 계산원, 바코드를 읽는 스캐너, 서로 스치는 옷걸이, 땡 울리는 엘리베이터 문, 뛰어다니는 아이들, 쓰레기통으로 툭 떨어지는 반쯤 남은 커피 컵, 아이를 부르는 부모, 분수에서 튀는 물방울, 쇼핑몰

811

스피커에서 흐르는 차분한 음악

냄새

푸드 코트 음식(조리 중인 고기, 갓 구운 빵, 계피, 소금, 매운 음식, 바비큐, 핫도그, 햄버거), 구취, 체취, 향수, 헤어 제품, 화장품 상점 카운터에서 풍기는 독한 향수와 보디 스프레이 냄새, 팝콘, 청소용품, 커피, 비가 퍼붓는 날의 젖은 구두나 부츠, 공기 탈취제, 바닥용 왁스

맛

물, 커피, 탄산음료, 박하사탕, 껌, 푸드 코트에서 파는 다양한 요리, 가게나 자판기에서 산 간식(쿠키, 사탕, 초콜릿, 감자 칩, 아이스크림), 기침 해소용 사탕, 담배

촉감과 느낌

에스컬레이터 계단에서 조심스럽게 잡는 균형, 다른 손님과 가볍게 스치는 몸, 붐비는 푸드 코트에서 밀고 밀리는 느낌, 손에 든 차가운 음료, 빨대를 빼는 느낌, 손바닥을 파고드는 무거운 쇼핑백, 발에 닿는 쇼핑백, 구겨서 뭉치는 영수증, 푸드 코트의 딱딱한 의자, 한숨 돌리려고 앉는 벤치, 부드러운 천, 차가운 금속 난간, 따뜻한 커피와 먹거리, 많이 걸어서 아픈 다리, 무겁고 뻣뻣한 팔, 손끝으로 톡톡 두드리는 유리 진열장, 땀이 밴 아이의 손을 꽉 쥐는 느낌, 아이의 손을 잡고 다른 손으로 휴대전화로 통화하며 쇼핑백까지 손에 들려고 애쓰는 느낌

이 배경에서 벌어질 만한 갈등의 원인

- 상품이 가격표에 적힌 가격보다 비싸다.
- 직원이 반품을 해주지 않는다.
- 맞는 사이즈가 없다.
- 계산을 기다리는 줄이 너무 길다.
- 매장의 인기 상품이 품절된다.
- 물건을 산 뒤 몹시 후회하거나 돈을 지나치게 낭비한다.
- 쇼핑몰을 떠나고 싶은데 쇼핑을 좋아하는 사람과 같이 다니게 된다.
- 흥분한 아이들이나 부루퉁한 십 대들을 데리고 재빨리 쇼핑을 해야 한다.

이 배경에서 볼 만한 유형의 사람들

- 배달원, 관리인, 아이들을 데려온 부모, 직원, 경비원, 손님, 십 대, 운동 삼아 쇼핑몰을 걷는 사람

이 배경과 밀접한 다른 배경

- 서점, 커피숍, 델리 숍, 엘리베이터, 패스트푸드 레스토랑, 미용실, 아이스크림 가게, 귀금속 상점, 영화관, 실내 주차장, 야외 주차장, 반려동물용품점

참고 사항 및 팁

쇼핑몰은 지역사회에 따라 모습이 다르다. 고소득자들이 이용하는 쇼핑몰은 고급 매장이나 값비싼 음식점이 즐비하다. 반면 젊은이들이 주로 찾는 쇼핑몰은 영화관과 어린이 놀이터, 어린이 고객을 위한 매장을 갖추고 있으며, 합리적인 가격으로 명품을 파는 아울렛 매장이 있기도 하다. 쇼핑몰은 폐점할 때 갑자기 문을 닫지 않는다. 쇼핑몰 자체는 영업을 하지만 입점 매장들이 서서히 문을 닫기 때문에, 이런 곳을 배경으로 삼는다면 색다른 쇼핑 경험을 묘사할 수 있다.

배경 묘사 예시

마시는 에스컬레이터에 뛰어올라 2층으로 향했다. 위로 올라갈수록 아래쪽 사람들이 벌레 크기로 줄어들었다. 십 대 여자아이들은 통로를 껑충거리다 팝콘처럼 서로 부딪치며 웃음을 터뜨렸다. 나이가 있는 커플 한 쌍은 크리스마스 다음 날의 세일을 놓칠 수 없다는 확고한 모습으로 서둘러 걷고 있었다. 이른 아침인데도 유아차를 미는 젊은 가족도 적지 않았다. 사람들은 대부분 필요한 카페인을 섭취하고자 커피 컵을 손에 들고 있었다. 마시는 청바지 주머니를 가볍게 두들겨 50달러짜리 기프트 카드가 확실히 들어 있는 것을 확인했다. 자, CD 가게로 돌격.

- **이 글에 쓴 기법**　대비, 직유
- **얻은 효과**　성격 묘사, 분위기 설정

풍경

부서질 듯한 목재 노점 위에 걸린 햇빛으로 색이 바랜 줄무늬 천과 파란 비닐 시트, 안에서 급하게 나와 웃으며 손님을 맞는 전대를 찬 직원, 손님을 위해 켠 선풍기, 몇 개의 노점이 줄지어 늘어선 사이로 통하는 울퉁불퉁한 길, 구걸을 하거나 북적이는 사람들 사이에서 차가운 음료수나 싸구려 소품을 파는 어린이, 물건을 구경하고 가격을 흥정하는 수많은 사람들, 호객을 위해 손님들을 불러 세우는 상인, 주위를 돌아다니며 먹이를 조르는 들개, 봉투에 담긴 간식거리나 달콤한 과자나 꼬치구이를 먹는 사람, 테이블에 앉아 음료(홍차, 맥주, 물, 그 지방의 마실거리)를 마시는 사람, 조리 중인 냄비와 주전자에서 올라오는 수증기, 시장 안을 순찰하는 경찰이나 자치 순찰대, 손 글씨로 적은 외국어 표시, 색색의 독특한 상품(옷, 깃발, 모자, 방석 등 깔개, 깊거나 얕은 냄비, 신발, 식탁보, 레이스, 천, 벽 스티커, 도자기, 악기, 장난감, 큰 조개껍데기, 향로, 종교와 관련된 유물, 수집 가치가 있는 책, 등, 초, 종이로 만든 등)으로 넘치는 테이블과 선반, 특정 문화를 상징하는 자질구레한 상품과 수제 제품(도료를 바른 상자, 보석과 구슬을 엮어 만든 공예품, 베갯잇, 손으로 만든 가방과 가죽 제품, 조각), 음식(그 지방에서 수확한 향신료, 특산품 잼, 버터, 벌꿀, 홍차, 커피, 달콤한 과자, 훈제 생선, 견과류, 싱싱한 과일과 채소)

소리

싼 가격을 장담하며 상품을 설명하는 직원, 짖어대는 개, 조리 중인 고기, 손님이 산 물건을 봉투나 신문지에 싸서 건넬 때 나는 바스락거리는 소리, 휴대 라디오에서 흘러나오는 그 고장의 음악, 손님이 노점에 들어섰을 때 선풍기의 풍력이 강해지는 소리, 상품을 살지 말지 혹은 얼마에 살지 작은 소리로 이야기 나누는 손님들, 산들바람에 흔들리는 풍경, 바람에 흔들려 날카로운 소리를 내는 비닐 시트, 흙길을 사뿐히 나아가는 발소리, 악기를 살짝 연주해보는 손님

냄새

그 지방의 향신료, 조리된 고기, 효모 향이 나는 빵, 땀, 체취, 먼지, 곰팡내가 나

는 천, 향, 커피 원두, 연기, 고여 있는 공기, 마늘, 향이 나는 비누와 포푸리

맛

더운 날 단번에 목을 적시는 차가운 음료수, 노점에서 먹는 희귀한 풍미의 요리, 베어 무는 잘 익은 과일, 간식으로 먹는 달콤한 사탕, 튀긴 빵과 케이크, 손가락 끝에 묻은 아이싱icing[케이크나 쿠키 표면에 바르는 마무리 재료], 관심 없는 낯선 요리를 먹었을 때의 불쾌한 맛, 노점에서 홀짝이는 갓 우린 홍차의 쌉싸름한 맛

촉감과 느낌

유약을 바른 항아리나 장식품의 무게감, 다양한 직물의 질감, 목 뒤의 땀을 식히는 산들바람, 햇볕에 그을린 곳에 느껴지는 따끔거리는 통증, 힘차게 뿜어져 나오는 선풍기의 냉기, 매끄러운 은제품, 햇볕에 달궈진 금속 냄비, 식사를 마치고 손과 셔츠에 묻은 부스러기를 털어내는 느낌, 차가운 음료수가 담긴 페트병 표면의 물방울, 몸을 식히려고 이마와 목에 대는 차가운 음료수, 옷이나 천에 달린 울퉁불퉁한 구슬이나 자수, 손가락에서 미끄러지는 비단처럼 부드러운 술 장식, 잡다하게 쌓인 팔찌와 그 밖의 보석을 헤집는 느낌, 더워서 입고 있는 옷을 잡아당기거나 펄럭펄럭 흔드는 느낌, 테이블이나 좁은 장소에서 실수로 부딪치는 느낌, 매달려 있는 조개껍데기 모빌에 부딪친 머리, 울퉁불퉁한 길을 돌아다녀서 아픈 발, 새 신발 때문에 생긴 물집, 봉투의 무게로 처진 양팔과 몰려드는 피로, 햇빛에 오래 노출되어 생긴 탈수증

이 배경에서 벌어질 만한 갈등의 원인

- 소매치기를 당한다.
- 문화 차이로 오해를 산다(자신도 모르게 저속한 몸짓을 해서 대화 상대를 화나게 하는 등).
- 길을 잃는다.
- 언어의 벽에 부딪친다.
- 환율을 잘못 계산해서 가격보다 많은 값을 치른다.
- 마음이 맞지 않는 일행과 쇼핑을 한다(자신은 쇼핑을 싫어하는데 쇼핑에 목숨을 건 사람과 함께 다녀야 하는 등).

- 꼭 가지고 싶은 물건이 있는데 찾을 수 없다.

이 배경에서 볼 만한 유형의 사람들

- 걸인, 범죄자, 경찰관, 지역 주민, 상인, 고아, 관광객, 여행 안내소에서 근무하는 직원

이 배경과 밀접한 다른 배경

- **시골 편** 농산물 직판장

참고 사항 및 팁

현재의 시장을 묘사하고 싶다면 그 지역에서 일반적으로 생산되고 판매되는 물건을 조사하자. 가공의 시장이라면 그 지역의 유명 상품, 재배되고 수확되는 음식, 문화와 명절, 예술적 표현의 상징으로 사용되는 색깔 등을 생각해보자.

배경 묘사 예시

우리는 알록달록한 총천연색을 배경으로 많은 사람들이 한꺼번에 움직이는 혼돈의 광경에 놀라며 시장의 최전선을 구경했다. 노점들은 피륙과 손으로 만든 베개, 구슬을 단 가방, 술이 달린 숄, 작은 은세공품 등으로 넘쳐났다. 베갯잇의 자수에 눈이 끌려 한 테이블 앞에서 걸음을 멈췄지만, 낯선 언어로 떠들며 계속 물건을 떠안기는 주인 때문에 재빨리 자리를 떴다. 인파 속으로 들어가 어느 모퉁이를 도니 좋은 향기가 풍겼다. 한층 조용한 이곳의 노점 테이블에는 막 갈아서 분말로 만든 향신료를 높이 쌓은 나무 그릇이 몇 개나 놓여 있었다. 노점을 편 여자들은 말없이 따스한 미소를 띠고 있었다. 덕분에 장 볼 마음이 생겨 여기서는 바닐라 빈 한 봉지, 저기서는 가느다란 실 모양의 사프란을 샀다.

- **이 글에 쓴 기법** 대비, 다중 감각 묘사
- **얻은 효과** 분위기 설정, 긴장과 갈등

식료품점   Grocery Store

풍경

크림색으로 도장된 금속 선반들, 밝은 형광등, 인기 상품이나 세일 상품(수프 통조림, 감자 칩, 바비큐 소스, 시리얼)을 쌓아 올린 진열대, 세일 표시판, 점포의 좌우명이 쓰인 현수막, 각 열에 진열한 상품을 기입한 안내판, 가정용품 선반(휴지, 세정제, 식기용 액체 세제, 세탁 세제), 통조림(수프, 참치, 콩, 토마토, 옥수수) 상자나 비닐에 담긴 상품(마카로니 앤 치즈, 쌀, 감자 칩, 설탕, 밀가루, 시리얼), 신상품 시식 코너, 보충품 상자가 담긴 수레가 통로를 막은 모습, 선반을 둘러보는 손님, 엄마가 미는 카트에 매달리거나 유아용 카트에 탄 아이, 꽃다발과 선물이 진열된 꽃집, 빵 코너(포장된 빵, 케이크, 도넛, 쿠키), 훈제 고기와 즉석에서 조리된 샐러드가 있는 델리 코너, 정육 코너(스테이크, 햄버거용 고기, 돼지고기, 개별 포장된 닭고기), 해산물 코너(게, 새우, 연어나 황새치 스테이크, 넙치, 송어, 손질하지 않은 생선, 껍질이 달린 굴, 싱싱한 랍스터가 담긴 수조, 그 밖의 해산물이 진열된), 냉동식품 코너(아이스크림, 냉동 채소, 피자, 간단한 식사가 냉동고에 진열된), 갖가지 신선한 과일과 채소가 바구니나 용기에 잔뜩 담겨 있는 청과물 코너, 대형 사각 용기에 담긴 식재료(건과일, 견과류, 곡물, 베이킹 재료, 사탕)를 저울에 달아 파는 코너, 계산대(검은 컨베이어 벨트, 손님의 물건을 바코드 스캐너로 찍는 직원, 건전지나 박하사탕 등 계산 전 충동구매를 부르는 선반, 과자 코너, 잡지 진열대, 에코백 코너), 클립보드를 들고 매장을 돌아다니는 매니저, 스팀 클리너를 빌려주는 곳

소리

매장 안의 스피커에서 나오는 경음악, 바스락거리는 봉투, 가격을 확인하려고 구내전화로 다른 직원을 호출하는 계산원, 계산대에서 바코드를 읽을 때 울리는 소리, 굴러가는 카트 바퀴, 에어컨의 바람 소리나 여닫히는 자동문, 롤에 말린 비닐봉지를 잡아당기는 소리, 전화벨, 금속 카트 안에서 달그락거리는 캔, 덜컥거리는 파스타 상자, 컨베이어 벨트 위에 올리는 탄산음료 묶음이나 그 밖의 무거운 상품, 전단지에서 뜯어내는 쿠폰, 장 보는 시간이 지루해 떼를 쓰거나 우는 아이, 쇼핑을 하면서 휴대전화로 통화하는 소리

817

빵 코너에서 풍기는 따뜻한 효모 냄새, 막 오븐에서 꺼낸 뜨거운 시나몬 브레드, 맛있는 냄새를 풍기는 닭 꼬치, 해산물 코너의 소금물, 톡 쏘는 토마토 덩굴, 싱싱한 꽃, 에어컨, 시식 코너에서 굽고 있는 소시지, 가정용품 선반에서 풍기는 섬유 유연제의 청결한 냄새, 상자를 잘라 열 때 나는 판지 냄새, 금속 선반, 냉동식품 코너의 서리나 드라이아이스에서 풍기는 오존의 자극적인 냄새, 아직 폐기하지 않은 부패한 고기나 채소

맛

시식대의 음식(소시지, 시나몬 브레드나 그 밖의 달콤한 음식, 페이스트리, 음료, 요구르트), 쇼핑하며 집어 먹는 감자 칩이나 크래커, 껌, 박하사탕, 과자, 커피

촉감과 느낌

금속 쇼핑 카트의 냉기, 쿡 찔러보는 빵, 흙투성이 감자, 숙성도를 알아보려고 가볍게 누르는 과일, 냉동고에서 꺼낸 차가운 콩 봉투, 섬유 유연제 코너에서 밀려오는 각종 향기로 근질거리는 코, 부피 큰 개 사료 봉투, 무거운 카트를 미는 느낌, 넘치도록 물건을 쌓은 카트를 밀고 지나가는 통로, 자글자글한 허브(고수, 파슬리), 방금 물을 분무한 농산물을 만져서 젖은 손, 버섯의 탄력, 만지면 주름지는 셀로판 봉투, 손이나 팔에 전달되는 쇼핑백의 무게감

이 배경에서 벌어질 만한 갈등의 원인

- 강도가 든다.
- 아기가 흥분해 날카로운 소리를 지른다.
- 기다리는 손님은 많은데 계산원 수가 적다.
- 상품을 봉투에 담고 나서야 지갑을 집에 두고 왔음을 깨닫는다.
- 계산대에서 물건을 담아주는 직원이 서툴러서 장 본 물건이나 빵이 찌그러진다.
- 주차장에서 물건을 담은 봉투가 찢어진다.
- 방치된 채 제멋대로 움직이던 카트에 부딪혀 차 문이 찌그러진다.
- 필요한 물건이 보이지 않는다.

이 배경에서 볼 만한 유형의 사람들

- 손님, 배달원, 재고 정리 전문가, 가격 조사차 방문한 다른 식료품점 직원, 손님을 가장한 조사원, 식료품점 직원과 매니저

이 배경과 밀접한 다른 배경

- **시골 편** 농산물 직판장
- **도시 편** 시장, 편의점, 야외 주차장

참고 사항 및 팁

식료품점은 대규모 체인점의 하나인 경우가 많아서 매장의 모습이 거의 비슷하다. 구비된 상품의 종류는 점포마다 조금씩 다르지만, 규모가 작고 개인이 운영하는 식료품점이라도 기본적인 상품은 갖추고 있다. 사람은 보통 집 근처에서 장을 보기 마련이다. 등장인물에게 긴장감이나 갈등을 유발하고 싶다면 남의 일에 관심 많은 이웃이나 옛 연인 등을 이 배경에 등장시킬 수 있다.

배경 묘사 예시

지옥에도 식료품점이 있다면 파는 물건은 딱 한 가지일 것이다. 사탕. 그걸 어떻게 아느냐고? 아무 때나 식료품점에 들러도 물건으로 가득 찬 카트를 밀면서 색색의 사탕과 젤리빈이 나열된 코너에 다다르면 똑같은 풍경이 눈에 들어오기 때문이다. 엄마 다리에 매달려 젤리나 초콜릿을 사달라고 소리를 빽빽 지르는 신경질적인 꼬마. 그 모습을 보면 당을 보충하고픈 마음이 싹 사라진다. 애를 낳으려는 생각도 확실히 사라진다.

- **이 글에 쓴 기법** 다중 감각 묘사
- **얻은 효과** 성격 묘사

전당포 Pawn Shop

풍경

검은 필름을 붙인 창, 밝은 실내 조명, 뒤쪽 벽에 달린 긴 거울, 좁은 통로, 갖가지 상품(라디오, 텔레비전, 전자레인지, 토스터, 가습기, 재봉틀, 청소기, 핸드백, 가죽 재킷이나 모피 코트, 하드디스크 드라이브, 노트북, DVD 플레이어, 오래된 레코드 더미)이 놓인 선반, 벽의 못걸이에 걸린 상품(선글라스, 쌍안경, 헤드폰), 값나가는 물건(손목시계, 반지, 체인 목걸이, 휴대전화, 사진기, 태블릿 컴퓨터, 전자책 리더기, 게임기)이 보관된 카운터의 유리 진열장, 악기와 음악 기기(기타, 드럼, 앰프, 키보드, 이퀄라이저, 금관악기, 하모니카), 유명인의 사인이 담긴 액자, 각종 스포츠 용품(낚싯대, 서핑 보드, 활, 인라인스케이트, 자전거와 헬멧), 컬렉션용 상자에 담긴 인형, 칼과 군용 나이프, 무선조종 자동차, 대형 상품(자동차 휠 캡, 타이어와 림, 전기톱, 잔디 깎는 기계, 송풍기, 카스테레오), 공구(톱, 드릴, 연마기, 공기 압축기), 컴퓨터, 카운터 뒤에 있는 자물쇠를 채운 금고, 물건을 자세히 살피기 위한 확대경, 보석 세정제와 수건, 여러 제품을 콘센트에 연결하기 위해 벽 곳곳에 설치한 케이블, 감시 카메라

소리

점포 내부에 흐르는 음악, 카운터 뒤에서 직원이 보는 텔레비전, 말소리, 손님과 직원의 대화, 전화벨, 출입구가 열릴 때마다 울리는 종소리, 발소리, 두드리는 키보드, 타일이 깔린 바닥을 걷는 구두, 안쪽 방에서 상품을 손질하는 직원, 새 물건을 놓을 자리를 마련하려고 다른 상품들을 미는 소리, 진열장을 열 때 짤그랑거리는 열쇠, 손님에게 보여주기 위해 선반에서 무거운 물건을 꺼내 바닥에 놓는 소리, 손님을 위한 음질 테스트(텔레비전을 켜고, 키보드를 연주하고, 기타 줄을 손끝으로 튕기고, 전자레인지의 스위치를 누르는 등)

냄새

먼지, 광택제나 기름(공구나 기계 근처에서 풍기는), 곰팡내가 밴 공기

이 배경에서는 등장인물이 가지고 있는 것(껌, 박하사탕, 립스틱, 담배 등) 말고는 관련된 특정한 맛이 없다. 이럴 때는 미각 외의 네 가지 감각에 집중하는 것이 좋다.

촉감과 느낌

먼지투성이 상자, 더러워진 잔디 공구, 전기 장치에서 튀어나온 스위치, 빈틈없이 확인하기 위해 안쪽 사무실로 가져온 무거운 물건, 카운터 유리에 난 흠집, 꾸깃꾸깃한 지폐, 팽팽한 기타 줄을 힘껏 당기는 느낌, 모피 코트의 부드러운 털, 손에 쥔 낚싯대의 무게감, 크기를 가늠하기 위해 자전거에 타서 균형을 잡아 보는 느낌, 부드러운 가죽 재킷이나 장갑, 길이를 확인하기 위해 어깨에 걸쳐보는 핸드백, 산처럼 쌓인 레코드를 획획 넘기는 느낌. 크기를 확인하기 위해 신어보는 스케이트

이 배경에서 벌어질 만한 갈등의 원인

- 구입한 장물을 되팔아 비난을 받는다.
- 가격 흥정에 서툴다.
- 사기꾼과 거래한다.
- 돈이 절실하게 필요한데 판 물건에 비해 만족스러운 금액을 받지 못한다.
- 가게에 거북한 느낌을 주는 괴상한 사람들이 있다.
- 판매한 물건에서 고장이 발견된다.
- 작동이 안 되는 등 결함이 몇 군데 있는 물건을 판 뒤, 구매자가 알아차리지 못하기를 바란다.
- 아무도 모르게 전당포에서 거래하려는 순간 지인을 만난다.
- 실수로 상품을 떨어뜨리거나 선반을 넘어뜨린다.
- 강도가 들어온다.
- 전당포에서 범죄 사건이 벌어진다.
- 손님에게 구입한 물건이 장물이거나 범죄에 사용되었다는 것을 사장이 알게 된다.

이 배경에서 볼 만한 유형의 사람들

- 손님, 직원과 사장

이 배경과 밀접한 다른 배경

- 골동품점, 중고품 할인점

참고 사항 및 팁

전당포는 급전이 필요한 사람들이 문제를 바로 해결할 수 있는 서비스를 제공하는 곳이다. 손님은 상태 좋은 물건을 합의한 가격으로 전당포에 팔고, 전당포는 그 상품을 가게에서 파는 것이 일반적이지만 물건을 담보로 잡고 돈을 빌려줄 수도 있다. 물건을 되찾으려면 손님은 정해진 기간 내에 빌린 금액에 이자까지 쳐서 갚아야 한다. 그렇지 않으면 물건을 잃게 된다.

배경 묘사 예시

제이크는 보석이 진열된 흠집투성이 카운터와 DVD들이 놓여 있는 선반을 지나며 주머니에서 종이 한 장을 꺼냈다. 이곳이 세 번째 전당포였는데, 전당포들은 모두 같은 냄새를 풍겼다. 낡은 카펫과 모터오일, 배달 음식이 뒤엉킨 냄새. 맨 마지막 냄새는 카운터 뒤에서 힘없는 스툴을 압사시키며 감시 카메라의 영상을 보는 거한에게서 풍겨왔다. 제이크는 안쪽으로 들어갔다. 그리고 잔디 깎는 기계 한 대와 전자 기타 두 대 옆을 지나 바라던 물건을 발견했다. 오디오 기기다. 상품을 하나씩 재빨리 훑어보고 옆으로 이동하기를 반복하다가 모퉁이의 움푹 들어간 구석에서 보스BOSS의 검은 소형 웨이브 스피커를 보자 시선이 멈췄다. 제이크는 그 물건을 뒤집어서 손에 쥔 종이에 적힌 제품 번호와 비교했다. 빙고. 그는 입술을 꾹 다물었다. 폴, 이 자식. 넌 이제 죽었어.

- **이 글에 쓴 기법** 은유, 다중 감각 묘사
- **얻은 효과** 성격 묘사, 과거 사연 암시

점집

풍경

내부 천장 주위에 줄지어 걸린 등, 탁자 위에 놓은 갓을 씌운 전등, 불을 붙인 초, 가게 구석을 장식한 화분, 벽에 붙은 천체도, 소파와 플러시 천을 두른 안락의자가 자리한 모퉁이, 식물이 담긴 유리 용기, 가게 안을 어슬렁거리는 개나 고양이, 접객용 홍차나 과일 조각을 띄운 물이 놓인 카트, 밑바닥에 동전이 가라앉은 소원을 비는 작은 샘, 금전등록기, 개최 예정인 세미나와 강좌 전단, 방명록, 심령술을 진행하는 개인실, 판매 상품(보석, 수정, 드림 캐처, 용·유니콘·천사·성인의 장식품이나 조각상)이 놓인 유리 진열장, 차 세트나 허브 차가 놓인 선반과 탁자, 허브(컴프리 뿌리, 화란 국화, 히숍, 금잔화)를 담은 작은 봉투, 거울, 부적, 에센셜 오일, 초, 진정 효과가 있는 음악 CD, 마음에 자극을 주는 단어가 들어 있는 액자, 소원(돈, 조화, 우정, 건강 등)을 기원하는 각종 초, 책, 타로 카드, 마법 지팡이, 룬 비석, 향, 진자, 종교 물품이나 소중한 개인 물건을 보관하는 상자, 재나 허브를 담아 들고 다니는 작은 병, 절구와 공이, 막대로 두드리거나 문질러서 소리를 내는 명상 주발

개인실 사생활을 보호하기 위한 아코디언 도어, 술 장식이 달린 식탁보를 깐 둥근 탁자, 푹신한 의자, 뚜껑이 달린 큰 수납용 상자, 램프, 탁자 위에 펼쳐진 타로 카드, 그릇에 담긴 수정 구슬, 찻잔, 향로, 휴지, 조각상, 화분, 천장이나 벽에 늘어진 커튼, 벽에 걸린 그림, 명함, 펜과 종이, 초

소리

실내에 흐르는 영묘한 음악, 소곤거리는 손님들, 샘에서 부글거리며 이는 거품, 앞문이 열릴 때 나는 종소리, 전화벨, 개의 발톱이 따각거리는 소리(가게에 반려견이 있을 경우), 컵에 따르는 홍차, 비닐봉지에 바스락거리며 넣는 허브, 샘에 풍당 떨어지는 동전, 상품이 전시된 유리 진열장을 밀어서 여는 소리, 여닫히는 금전등록기, 인쇄되는 영수증, 초에 불을 붙이려고 긋는 성냥, 탁자에 놓는 타로 카드나 엔젤 카드, 개인실에서 들려오는 작은 목소리, 서로 부딪치는 수정 구슬들, 코를 훌쩍이는 소리와 울음, 상자에서 쓱 뽑는 티슈

냄새

향, 허브, 향초, 에센셜 오일

맛

허브 차, 물

촉감과 느낌

향냄새에 근질거리는 코, 두 손이 따뜻해지는 찻잔, 가슴을 두근거리며 심령술 결과를 기다리는 사이에 손바닥에 맺힌 땀, 당장이라도 흘러내릴 듯한 눈물, 푹신한 의자에서 긴장을 푸는 느낌, 매끈한 수정 구슬, 발밑에 밀착되는 카펫, 깃털이 잔뜩 달린 드림 캐처, 금속이나 유리 장식품, 찻잎이 조금 남은 작은 봉투, 홍차를 홀짝일 때 찻잔에서 올라오는 김

이 배경에서 벌어질 만한 갈등의 원인

- 점쟁이가 나쁜 소식을 알려준다.
- 사기꾼을 만난다.
- 감시를 당하거나, 사람들에게 반감을 사는 점집에 간다.
- 점쟁이에게 모순되는 말을 듣고 점점 혼란스럽다.
- 가게의 물건을 망가뜨리고, 그것 때문에 좋지 않은 일이 생길까봐 겁이 난다.
- 의심이 많은 손님이 본인의 마음을 읽어보라고 한다.
- 미신을 지나치게 믿어 속이 좁고 앞뒤가 안 맞는 손님을 상대한다.
- 결단도 지시도 점쟁이에게 맡기고 싶은 손님이 찾아온다.
- 가족들이 점쟁이라는 자신의 직업을 탐탁해하지 않는다.
- 영적 능력을 일시적이거나 영원히 잃어버린다.
- 호감이 있는 손님에게 나쁜 소식을 전하고 싶지 않다.
- 자신의 일을 방해하는 사람들 때문에 에너지를 소모한다.
- 손님을 위해 혹독한 심령술을 치르고 진이 빠진다.

- 계산원, 대체 의학을 실천하는 사람, 고민에 대한 해답을 원하는 손님, 배달원, 큰 결단을 앞둔 사람, 사랑하는 사람을 잃고 깊은 슬픔에 빠져 위안받고 싶은 사람, 점쟁이, 영적 세계에 심취한 사람

이 배경과 밀접한 다른 배경

- 야외 주차장, 쇼핑몰, 소도시 거리

참고 사항 및 팁

점쟁이는 찻잎, 식물, 손님의 기운을 이용해 점을 치거나 타로 카드나 엔젤 카드, 점성술, 룬 점, 수비술(숫자를 이용한), 수정 구슬, 사이코메트리(개인 물건을 이용한) 등 다양한 방법으로 점을 친다. 이런 방법들 중 하나를 전문적으로 하거나 몇 개의 방법을 활용하는 사람도 있다. 또한 상품을 함께 팔기도 하는 점집도 있다.

배경 묘사 예시

딸랑딸랑 울리는 점집 문의 종 때문에 살그머니 들어서려는 시도는 실패로 끝났다. 가게 안에서 피어오르는 향냄새에 기침이 나왔다. 스피커에서는 은은한 풍경과 물피리 음색이 흘렀다. 누군가 점을 보고 있는 듯 칸막이 너머에서 두런거리는 말소리가 들려왔다. 나는 차례를 기다리며 가게 안을 둘러보았다. 수정 구슬, 소원을 비는 초, 드림 캐처, 타로 카드……. 독실한 천주교 신자인 조부모님이 내 목적을 아신다면 대번에 구마 의식을 예약하실 것이다. 내가 제정신은 아니라고 생각하며 두 손을 주머니에 찔러 넣었다. 하지만 아버지가 모습을 감춘 지 벌써 22일이 지나고 있었고, 이번에는 예전보다 일주일이나 길었다. 그러니 아버지가 어떻게 된 건지 꼭 알아봐야 했다.

- **이 글에 쓴 기법** 대비, 다중 감각 묘사
- **얻은 효과** 과거 사연 암시, 긴장과 갈등

주류 상점

풍경

진열된 둥근 나무통, 발 매트가 깔린 나무 바닥, 특별 판매 제품을 써놓은 화이트보드, 주류 브랜드를 선전하는 포스터, 쇼핑용 바구니, 가격표, 유행에 맞추어 제작한("한 잔의 와인을 음미할 시간은 늘 존재한다" 등의 문구를 새긴) 장식용 접시, 술병들이 나란히 선 진열장, 술병들(위스키, 버번, 보드카, 와인, 맥주, 테킬라, 칵테일용 리큐어, 럼, 진, 포트와인, 코냑 등)이 늘어선 바닥부터 천장까지 닿는 선반, 높은 선반에 있는 상품을 꺼낼 때 필요한 슬라이딩 사다리, 여섯 개들이 맥주가 보관된 냉장 진열대, 뚜껑을 열어놓은 나무 상자에 들어 있는 술병들, 높이 쌓아 올린 와인 상자, 특정한 기준(상표, 양조장 위치, 와인 종류)에 따라 세워놓은 와인병, 벽에 붙은 세계 포도 농장 지도, 와인 시음 테이블(와인병, 아이스 버킷, 코르크 따개, 와인 잔, 시음용 와인을 따르는 직원, 잔을 돌려 향을 맡는 손님), 상점 안쪽의 납품 장소, 소품(코르크 따개, 샴페인 보관 마개, 와인 잔에 거는 태그, 작은 유리잔, 직사각형 선물 봉투, 냉동 가능한 LED 아이스 큐브, 젤이 든 얼음 잔 등)을 판매하는 계산대, 술과 관련된 서적

소리

가게 문이 열릴 때 울리는 종소리, 질문하는 손님, 사무실의 전화벨, 바닥을 뚜벅뚜벅 걷는 신발, 손님이 상표를 돌려보거나 선반에서 상품을 꺼낼 때 서로 부딪치는 병들, 바닥에 긁히는 나무 상자, 인체 감지 센서가 설치된 문이 냉장실 앞에서 스르륵 열리는 소리, 매장 스피커에서 흐르는 음악, 레일을 따라 움직이는 사다리, 잔에 따르는 와인, 시음 중인 와인에 대해 설명하는 직원, 비닐봉지, 금전등록기, 가게 밖에서 들려오는 소음(지나가는 스케이트보드, 도로를 걷는 발소리, 담배를 피우며 휴식을 취하는 직원들의 대화, 아이의 요란한 소리)

냄새

병에 주입하는 와인, 병을 딸 때 풍기는 맥주의 시큼한 냄새, 청소용품, 흙이 잔뜩 묻은 비 오는 날의 발 매트

이 배경에서는 등장인물이 가지고 있는 것(껌, 박하사탕, 립스틱, 담배 등) 말고는 관련된 특정한 맛이 없다. 이럴 때는 미각 외의 네 가지 감각에 집중하는 것이 좋다.

촉감과 느낌

목재나 타일을 깐 바닥에 닿는 구두, 팔에 전달되는 쇼핑 바구니의 무게감, 매끈한 술병, 와인 잔을 돌리며 시음하는 느낌, 구근 모양의 코냑병, 무거운 와인 상자, 긴 목 부분을 잡아 옮기는 와인병, 팔을 구부려 균형을 잡으면서 술병 몇 개를 감싸 안는 느낌, 넘쳐흐른 액체 주위를 신중하게 지나가는 느낌, 차가운 맥주를 한 팩 꺼내려고 잡아당기는 냉장 진열대 손잡이, 와인병을 떨어뜨리는 바람에 사방으로 튀는 액체와 유리 파편

이 배경에서 벌어질 만한 갈등의 원인

- 고급 와인이나 포트와인병을 떨어뜨린다.
- 진열 상품을 쓰러뜨린다.
- 알코올의존증과 싸우고 있다.
- 이벤트에서 와인을 맡았는데 종류를 잘못 사버린다.
- 무장 강도가 침입한다.
- 직원이 상품을 제멋대로 시음한다.
- 지진 때문에 많은 물품이 파손된다.
- 직원이 물건을 훔치고 병이 깨졌다고 속인다.
- 어른에게 대리 구매를 부탁한 미성년자가 붙잡힌다.

이 배경에서 볼 만한 유형의 사람들

- 매니저, 손님, 배달원, 영업 사원, 직원, 가게 소유자

이 배경과 밀접한 다른 배경

• **시골 편** 와인 양조장

주류 상점은 규모와 형태가 다양하다. 세련된 실내장식에 비싼 상품을 취급하는 고급 상점이 있는 반면, 규모도 작고 흔한 술만 파는 초라한 상점도 있다. 또 와인과 특산 증류주 등 특정 상품을 취급하는 상점이나 값싼 물건을 대량으로 구매하는 상점에도 초점을 맞출 수 있다. 주류 상점은 번화가나 수상쩍은 거리에 있는 경우가 많은데 그중에는 와인 시음회, 칵테일 만들기 등 특별한 이벤트를 여는 곳도 있다. 어떤 모습의 주류 상점을 선택할지는 등장인물에게 달려 있다. 등장인물에게 필요한 것과 그가 자주 드나들 만한 가게를 생각해보자.

출입구에서 나는 종소리에 얼굴을 들었더니 곱슬거리는 갈색 머리카락만 겨우 확인할 수 있는 낯선 손님이 엄청난 속도로 가게 뒤편으로 가고 있었다. 스팽글이 눈앞을 스치고 화가 난 혈귀기처럼 타일 위를 성큼성큼 걷는 하이힐 소리가 들렸을 뿐이다. 냉장 진열대의 문이 열리나 싶더니 큰 소리를 내며 닫히고, 메를로 와인이 진열된 옆 선반이 덜컹거리며 흔들렸다. 발소리와 중얼거리는 소리가 점점 커지더니 그녀가 다시 모습을 드러냈다. 그녀는 맥주 한 상자와 테킬라 한 병을 카운터 위로 밀었다. 볼은 홍조를 띠고 있었고, 눈물로 얼룩진 마스카라가 흘러내렸다. 괜찮은지 물어보려고 입을 열었지만 날 노려보는 눈길에 황급히 입을 다물었다.

• **이 글에 쓴 기법** 다중 감각 묘사, 직유
• **얻은 효과** 과거 사연 암시, 감정 고조

중고차 판매점 Used Car Dealership

풍경

다양한 색깔과 모델의 차들(자동차, 트럭, 미니밴), 대시 보드에 끼워져 있거나 창문에 붙어 있는 가격표, 햇빛을 받아 희미하게 빛나는 반들반들한 도장과 크롬 도금, 바람에 펄럭이는 색색의 비닐 만국기, 안테나나 기둥에 끈으로 연결한 풍선 다발, 이목을 끌기 위해 높은 곳에 배치한 희귀한 차와 수집 가치가 있는 클래식 차, 공기의 힘으로 펄럭이며 춤을 추는 풍선 인형, 지나가는 차의 주목을 끌기 위해 매장 위로 우뚝 솟아 있는 마스코트 풍선 인형, 벽면이 유리로 된 건물, 유리창에 야광 도료로 쓴 선전 문구("이 동네에서 최고 싼 집!", "놀랄 만큼 싼 값에 구입해 그대로 타고 가세요!" 등), 주차장에서 손님을 안내하거나 시승 준비를 하는 직원, 사는 게 돈 버는 거라고 알리는 커다란 세일 표시판, 포장된 출입구, 세차 구역, 정비 구역, 손님용 주차장, 화분이나 일반적인 조경 장식, 도로에 묻은 기름 얼룩

소리

다양한 엔진 작동음(느리고 둔탁한 소리, 그릉거리거나 삐걱거리다 나오는 안정된 작동 소리, 공회전 중에 작게 울리는 히트 실드), 바람에 흔들리거나 휘날리는 깃발이나 바람개비, 근처 도로를 빠르게 지나가는 차, 차량에 대해 이야기하는 손님과 직원, 문의 경첩이 삐걱거리는 소리, 닫히는 차 문이나 트렁크, 포장도로나 자갈길 위를 구르는 타이어, 배기가스, 매장의 스피커에서 흘러나오는 음악, 누군가를 프런트로 호출하는 소리, 금속이 울리는 소리, 공압 공구의 높고 날카로운 소리, 유압 장치의 승강 소리 등 정비 구역에서 나는 소리

냄새

차의 배기가스, 포장도로의 타르, 햇볕에 탄 기름 자국, 직원이나 손님에게서 나는 땀내와 향수 냄새, 담배 연기

맛

이 배경에서는 등장인물이 가지고 있는 것(껌, 박하사탕, 립스틱, 담배 등) 말고는

관련된 특정한 맛이 없다. 이럴 때는 미각 외의 네 가지 감각에 집중하는 것이 좋다.

촉감과 느낌

머리 위로 내리쬐는 햇볕, 도로에서 올라오는 열, 차 문을 열자 한꺼번에 방출되는 열, 손가락으로 훑는 후드와 스포일러spoiler[자동차 뒤쪽에 달린 날개처럼 생긴 부품]의 모서리, 벗겨지는지 확인하려고 손톱으로 긁는 녹 얼룩, 단순한 먼지 자국인지 보려고 문지르는 흠집, 손바닥을 탁탁 치며 털어내는 먼지, 매우 오래된 차 앞좌석의 탄력성, 그립감을 느껴보기 위해 잡는 핸들, 버튼을 누르거나 손잡이를 만지작거리는 느낌, 히터나 에어컨에서 왈칵 나오는 바람, 충격 완충재의 교환이 필요한 차의 지독한 흔들림

이 배경에서 벌어질 만한 갈등의 원인

- 손님이 차의 상태를 속여서 팔았다고 주장한다.
- 차량을 구입한 뒤 제조 번호 위조나 그 밖의 위법 행위의 흔적을 발견한다.
- 구입한 중고차가 은행에 저당 잡힌 것을 발견한다.
- 정비를 기다리던 중 예전에 사고를 당한 차라는 것을 알게 된다.
- 시승을 하다가 차를 망가뜨린다.
- 주차장에서 차가 파손된다(누군가 차에 낙서를 하거나 앞 유리가 으깨지는 등).
- 우박을 동반한 태풍이나 회오리바람 등 날씨 때문에 차가 파손된다.
- 저돌적인 직원과 거래한다.
- 직원에게 설득되어 예상보다 많은 돈을 지불한다.
- 매장에 있는 차의 천으로 된 좌석에 음료수를 엎지른다.
- 인수한 차 내부에서 불쾌한 것(트렁크에 묻은 핏자국 등)을 발견한다.

이 배경에서 볼 만한 유형의 사람들

- 관리 직원, 자동차 판매원, 손님, 정비사, 보조 직원

이 배경과 밀접한 다른 배경

- **시골 편** 폐차장
- **도시 편** 자동차 정비소, 야외 주차장

중고차 판매점은 종종 수상하거나 사기를 치는 판매원들이 진을 치고 있는 장소로 묘사된다. 하지만 모든 매장이 그렇다면 이 업계는 벌써 붕괴되었을 테니, 진부한 설정에 빠지지 않도록 주의하자. 그렇다고 중고차 판매점이 돈세탁의 무대가 되거나 사기와 연관되어 있다는 설정을 전혀 쓰지 못하는 것은 아니다. 현실감 있는 디테일을 살리고, 민머리에 구깃구깃한 양복 차림으로 담배를 피우는 판매원을 등장시키는 등 틀에 박힌 수법을 지양하면 된다.

배경 묘사 예시

트레이시가 중고차 매장에서 새로 산 차를 몰고 정비소로 들어섰을 때, 나는 공구함에서 얼굴을 들 필요도 없었다. 괴로운 듯 덜컹거리며 거북한 숨을 토해내는 엔진 소리를 들으니 죽은 사람을 소생시키는 데 주말을 바치게 될 것이 분명했기 때문이다.

- **이 글에 쓴 기법** 의인화
- **얻은 효과** 때로는 낭비를 없앤 표현도 필요하다. 여기에서는 특정한 단어나 선명한 수사 기법을 이용해 간결하게 묘사하고 있다.

풍경

분류된 옷들(크기, 종류, 색깔 등에 따라)이 산더미처럼 놓인 선반, 모자와 핸드백이 걸린 벽, 다양한 상태의 구두와 샌들이 나열된 선반, 높게 쌓아 올린 DVD와 비디오테이프, 책이 가득 꽂힌 책장, 탈의실 문에 달린 전신 거울, 담요와 시트 더미, 가구들(책상, 수납장, 책장, 의자, 소파와 카우치, 식탁과 의자 세트, 램프, 헤드폰, 커피 테이블, 사이드 테이블, 접이식 테이블), 짝이 안 맞는 장식용 쿠션, 벽에 걸거나 겹쳐서 세워놓은 예술 작품, 새장, 샹들리에, 자질구레한 소품들, 낡은 텔레비전과 그 밖의 전자 기기, 트렁크, 쌓아놓은 바구니, 스포츠용품(테니스 라켓, 다트 판, 자전거 헬멧, 스케이트, 골프 클럽), 목발들, 액자들이 담긴 상자, 레코드 더미, 낡은 조화 다발, 장난감(인형, 목마, 보드게임, 봉제 인형), 아기용품(아기의자, 가드가 달린 유아용 놀이터, 유아용 침대, 장난감), 가정용품(접시, 꽃병, 냄비, 프라이팬, 작은 깡통, 요리책, 커트러리)이 진열된 선반, 소형 가전 제품(전자레인지, 소형 냉장고, 와플 메이커, 커피 메이커, 믹서기, 퐁듀 냄비), 촌스러운 기념일용 장식, 쇼핑 카트나 바구니를 든 사람들로 가득한 좁은 통로, 젖은 곳에 놓인 미끄럼 주의 팻말, 계산대, 선반에 물건을 보충하거나 옷을 넣는 직원, 주변에 널브러진 옷걸이, 전단지(취업 알선, 노인 돌봄, 기능 훈련 프로그램 등), 등 보호대를 착용한 직원, 기부함이 설치된 구역, 무거운 상자나 가구를 운반하려고 카트를 끄는 직원, 가구를 내리는 차와 트럭

소리

덜컹거리는 쇼핑 카트의 바퀴, 타일 바닥을 지나는 신발, 사람들이 옷을 훑어볼 때 금속 행거 위를 스치는 옷걸이, 여닫히는 문이나 책상 서랍, 말소리, 직원들의 웃음소리, 책을 팔랑팔랑 넘기거나 냄비의 뚜껑을 열어보는 손님들, 쇼핑 카트 안에서 움직이는 물건, 탈의실에 들어간 손님들이 서로 부르는 소리, 행거에 걸린 빈 옷걸이가 흔들리는 소리, 고른 물건을 사방으로 흔들고 다니는 손님, 바스락거리는 비닐봉지, 쇼핑하는 친구를 기다리며 회전의자에 앉아 앞뒤로 굴리는 바퀴, 울리는 휴대전화, 신어보려고 바닥에 놓는 구두

옷과 장신구에서 나는 곰팡내, 바닥 세정제, 먼지, 오래된 종이

맛

이 배경에서는 등장인물이 가지고 있는 것(껌, 박하사탕, 립스틱, 담배 등) 말고는 관련된 특정한 맛이 없다. 이럴 때는 미각 외의 네 가지 감각에 집중하는 것이 좋다.

촉감과 느낌

좁은 통로에서 실례가 되지 않게 사람을 밀어내는 느낌, 똑바로 가지 못하고 덜 컹거리는 쇼핑 카트, 부드러운 옷, 오래 신은 신발, 카우치에 앉아 편안한지 살펴보는 느낌, 매끈한 목재의 마감 상태, 울퉁불퉁한 작은 쿠션, 추레한 봉제 인형, 물건이 가득 담긴 상자의 무게감, 두 명이 함께 나르는 무거운 가구, 금속 행거를 따라 이동시키는 옷걸이, 끝이 말린 페이퍼백, 먼지투성이 레코드 재킷

이 배경에서 벌어질 만한 갈등의 원인

- 시간은 모자라고 원하는 물건은 보이지 않는다.
- 가게가 어수선하다.
- 자신에게 맞는 옷을 좀처럼 찾을 수가 없다.
- 이런 곳에서 물건을 사야 해서 부끄럽다.
- 보관해야 하는 물건을 실수로 중고품 할인점에 기부한다.
- 물건을 두고 손님들 사이에서 싸움이 벌어진다.
- 피하고 싶은 사람을 맞닥뜨린다.
- 손대면 쓰러질 것처럼 상품들이 불안정하게 놓여 있다.
- 이런 곳에서 물건을 산다며 놀림을 받는다.
- 하나뿐인 탈의실을 혼자서 독차지한 손님이 있다.

이 배경에서 볼 만한 유형의 사람들

- 직원, 기부할 물건을 가져온 사람, 손님(혼자서나 가족끼리 온)

이 배경과 밀접한 다른 배경

- 골동품점, 노숙자 쉼터, 전당포

참고 사항 및 팁

중고품 할인점은 자선단체가 경영하는 경우가 많다. 대부분의 상품이 기부받은 것들이라 이곳에서 쇼핑을 하며 부끄러움을 느끼는 사람도 있다. 똑같이 중고품을 판매하는 매장이라도 명품을 취급하는 곳에서는 이런 감정이 덜하다. 빈티지 상점도 중고품 할인점과 비슷하지만, 옷을 전문으로 판매하며 옛날 물건이라 더욱 가치가 있다는 점에서 차이가 있다.

배경 묘사 예시

재키는 물건이 가득한 카트를 앞세운 여자 옆을 간신히 지난 뒤 샌들을 타닥거리며 드레스 코너로 향했다. 곰팡내가 나는 드레스들도 있었지만, 냄새는 잘 빨면 없어질 것이다. 후보에서 밀려난 드레스들이 행거 한쪽으로 옮겨지고 이제 남은 옷이 얼마 되지 않았을 때야, 그녀는 까다롭게 굴 때가 아니라는 것을 실감했다. 고교 시절의 마지막 댄스파티 비용으로 모아둔 돈을 이웃의 낡아빠진 포드 자동차에 쏟아부었기 때문이다. 다른 사람에게 빼앗기기 전에 자신이 사겠다고 결정했다. 수리하는 데 1년은 걸리겠지만 그 과정이 끝나면 이 궁핍한 생활을 보상받을 만한 결과가 나올 것이다. 재키는 바닥에 떨어진 어깨끈이 없는 파란 실크 드레스를 집어 들고 차분히 살펴보았다. 아무리 봐도 밑단을 줄여야 한다. 하지만 높고 높은 목표를 고려하면 이 드레스야말로 자신에게 어울리는 옷일지도 모른다.

- **이 글에 쓴 기법** 다중 감각 묘사
- **얻은 효과** 성격 묘사

철물점

풍경

정원용품(씨앗 봉투, 파종 세트, 흙, 정원용 장갑, 모종삽, 물뿌리개)이나 도장 관련
용품(페인트 견본, 페인트용 트레이와 롤러)과 실내장식품(벽 스티커나 크라운 몰
딩의 견본, 색을 칠한 어린이용 의자나 탁자) 등 계절과 주제에 따라 상품을 진열
한 쇼윈도, 가정용품을 진열한 높은 선반, 스프레이 캔, 누출 방지제나 그 밖의
방수제, 테이프, 살충제나 트랩, 작은 플라스틱 상자들(똬리쇠, 너트, 볼트, 나사,
죄는 금속구가 담긴), 부엌용품과 재료, 캠핑용품(플라스틱 접시, 핫도그용 나무 꼬
치, 포일 용기, 그릴, 벌레 퇴치제나 선크림, 프로판가스, 손전등, 방수 시트), 입구 근
처에 쌓인 정원 손질용 재료(잔디씨, 비료, 화분용 흙, 동결 방지제), 둥글게 말린
가정용 호스, 감아놓은 로프와 노끈, 각종 분무기와 스프링클러, 다양한 크기의
못이 담긴 용기, 일반적인 가정용 공구함 코너(드릴 촉, 드라이버와 소켓 세트, 사
포, 망치, 면의 기울기를 조사하는 데 필요한 수준기), 자동차용품(청소용품, 광택제,
오일, 각종 용액, 방향제), 뒷문이나 통로(휴게실, 화장실, 창고, 사무실로 통하는),
여러 종류의 열쇠가 나열된 판이나 열쇠 절단기 등의 물품으로 가득한 카운터,
계산대 주변에 놓인 자질구레한 도구들(작은 줄자, 접착제, 손전등이 달린 열쇠고
리, 라이터), 건전지 코너, 밖에 설치된 프로판가스 선반, 장작 다발

소리

손님이 드나들 때 울리는 입구의 종소리, 직원의 다정한 인사, 날카롭게 갈리는
소리와 함께 열쇠 형태로 다듬어지는 금속, 사포질한 열쇠에 붙은 금속 가루를
불어서 날리는 직원, 열리는 금전등록기, 바코드를 스캔하는 소리, 봉투에 담긴
씨앗들, 못을 한 줌 쥐어 봉투에 담을 때 금속이 스치는 소리, 칼로 갈라서 여는
판지 상자, 비닐봉지에 담는 상품

냄새

흙이나 비료, 금속, 벌레 퇴치제에서 풍기는 화학약품 냄새, 시트로넬라 초와 모
기향, 껌, 자른 목재, 소나무 냄새가 나는 청소용품

이 배경에서는 등장인물이 가지고 있는 것(껌, 박하사탕, 립스틱, 담배 등) 말고는 관련된 특정한 맛이 없다. 이럴 때는 미각 외의 네 가지 감각에 집중하는 것이 좋다.

촉감과 느낌

팔을 파고드는 플라스틱 바구니의 손잡이, 바로 제작한 열쇠의 요철, 흙이나 소금이 담긴 묵직한 봉투, 새 정원용 장갑의 부드러움, 내용물이 넘친 윤활유나 오일 용기, 발밑에 흩어진 목재의 톱밥

이 배경에서 벌어질 만한 갈등의 원인

- 흙이나 비료가 담긴 봉투를 들다가 봉투가 찢어진다.
- 들치기를 당한다.
- 거리를 잘못 가늠한 손님이 트럭을 후진시키다 매장에 부딪친다.
- 손님이 쓰던 물건을 반품하러 온다.
- 혹시 무슨 일을 저지르려는 건지 의심스러운 상품들을 구입하는 손님이 있다.
- 무거운 공구를 자기 발 위에 떨어뜨린다.
- 높은 곳에 있는 물건을 집으려다 선반 전체를 무너뜨린다.

이 배경에서 볼 만한 유형의 사람들

- 손님, 배달원, 직원, 철물점 주인

이 배경과 밀접한 다른 배경

- **시골 편** 연장 창고, 작업실
- **도시 편** 야외 주차장, 소도시 거리

체인형 철물점은 소규모 독립 매장보다 규모도 크고 상품도 다양하다. 작은 점포는 손님이 대부분 동네 사람이고 점주와도 아는 사이라 물건을 사러 왔을 때 가게에 머무는 시간도 길다. 등장인물이 범죄에 쓸 물건(폭발물 제조에 필요한 화학약품 등)을 구입한다면 여러 가게에서 물건을 나눠 사거나 다른 사람의 눈길을 끌지 않는 대형 점포에 갈 것이다. 하지만 반대로 순수한 목적으로 구입한 물건이 의심을 받아서 온갖 변명을 대고 그 자리를 빠져나오는 코믹한 시나리오를 만들어도 좋다.

배경 묘사 예시

계산대를 지키고 있는 점잖은 빨간 머리 여성에게 장소를 물었더니 페인트 카운터 안쪽에 있는 통로를 가리켰다. 콘크리트 바닥 위를 구르는 내 카트는 한쪽 바퀴가 느슨히 풀려서 방향을 잡지 못하고 비틀거렸다. 그녀가 알려준 장소는 지금까지 본 매장 중에서 종류가 가장 다양했고, 마치 나를 위해 만들어진 곳 같았다. 나는 로프를 하나씩 만져보며 질감을 맛보고 품질을 평가하면서 스릴을 느꼈다. 매듭을 만들기에 길이만 충분하면 된다. 나는 파란 나일론을 힘차게 당기며 그 옹골찬 완성도에 감탄했다. 최고다. 색깔은 아무래도 좋았다. 보통 여자라면 색깔에도 신경을 쓰겠지만 이번은 다르다. 로프를 보면 그녀들은 해야 할 일은 딱 하나라는 것을 이해할 테고, 또 일을 마친 다음에는 대부분 로프의 모양 따위에는 신경 쓰지 않으니까.

- **이 글에 쓴 기법** 다중 감각 묘사
- **얻은 효과** 성격 묘사, 복선

풍경

벽을 등지고 있는 대형 냉장고(우유, 버터, 그 밖의 유제품, 다양한 크기의 탄산음
료, 비타민 워터, 주스, 물, 에너지 드링크가 진열된), 타일이 깔린 바닥, 나열된 선
반들이 있는 통로, 의약품 코너(진통제, 소화제, 감기약), 위생용품(탐폰, 생리대,
콘돔, 데오도란트, 샴푸, 핸드크림, 항균 물티슈, 작게 포장된 기저귀), 통조림(콩, 라
비올리, 수프), 야외 활동용 의약품(벌레 퇴치제, 선크림), 윤활유나 방향제 등 자
동차용품, 각종 과자(사탕, 껌, 초콜릿 바, 감자 칩, 그래놀라 바, 도넛), 셀프 드링크
코너(탄산음료 머신, 커피 디스펜서, 커피에 넣는 설탕이나 크림 등의 조미료, 컵, 뚜
껑, 빨대, 냅킨), 자르지 않은 빵, 수동식 복권, 음료 코너(커피·핫초콜릿·슬러시
기계가 설치된), 싱싱한 과일과 개별 포장된 샌드위치가 진열된 오픈형 냉장 진
열대, 실내 곳곳에 설치된 방범 거울과 감시 카메라, 신문과 잡지 판매대, 카운
터(금전등록기, 라이터, 스크래치 복권, 성인 잡지, 페퍼로니나 육포를 담은 용기, 유
리병에 담긴 자양강장제, 달력, 충동구매를 부르는 작은 상품들이 진열된), 한쪽 벽
을 차지한 담배, 복권 판매기, 벽에 붙이거나 천장에 매단 광고, 손으로 써서 붙
인 세일 상품이나 특판 상품 안내판, 보관 창고 겸 업무용으로 쓰는 직원실로
통하는 후미진 복도, 사무실, 화장실

소리

출입구에서 울리는 종소리와 열리는 자동문, 밀폐된 냉장 진열대의 문이 열리
는 소리, 서로 부딪치는 음료수 페트병들, 맨 앞의 음료수를 집으면 뒤에 있던
페트병이나 캔이 미끄러져 앞으로 이동하는 소리, 사탕을 사달라고 조르는 아
이, 컵으로 딸각거리며 떨어지는 얼음, 디스펜서에서 나오는 탄산음료, 포장지
를 벗기려고 카운터에 가볍게 두드리는 빨대, 작동 중인 슬러시 기계, 추출되는
커피, 바스락거리는 감자 칩 봉지, 손님과 직원이 나누는 대화, 카운터에 놓는
동전, 열리는 금전등록기, 여닫히는 서랍, 가벼운 마찰음을 내는 비닐봉지, 카드
단말기에서 출력되는 영수증

(냄새)

에어컨, 추출 중인 커피, 소나무 향이나 레몬 향 세제, 휘발유, 회전식 핫도그 머신의 기름, 청소용품

(맛)

달콤한 슬러시, 계산대 앞에 줄 선 채 꿀꺽꿀꺽 마시는 음료, 커피에 크림이나 설탕이 충분히 들어 있는지 알아보려고 마시는 한 모금

(촉감과 느낌)

선도를 확인하려고 빵을 꾹 눌렀을 때 느껴지는 근소한 탄력성, 얼얼할 정도로 차가운 슬러시, 냉장고 속 음료 캔에 맺힌 물방울, 광택이 나는 잡지 표지, 뜯기 전에 가볍게 두드리며 흔드는 일회용 설탕 봉지, 계산을 기다리는 동안 신용카드 표면의 올록볼록한 번호를 손으로 훑는 느낌, 품에 가득 안은 물건들의 균형을 맞추는 느낌, 발로 밟은 끈끈한 바닥, 컵 위로 흘러내리는 탄산음료 거품

이 배경에서 벌어질 만한 갈등의 원인

- 십 대나 괴상한 차림을 한 인물이 출입구 근처에서 어슬렁거린다.
- 혼자 근무하는데 손님이 수상한 행동을 한다.
- 강도를 당한다.
- 볼일이 급한 어린아이 때문에 어쩔 수 없이 더러운 화장실에 들른다.
- 손님이 너무 많아서 모든 사람을 살펴볼 수가 없다.
- 교대 근무를 하는 직원이 그만둔다.
- 단것을 잔뜩 먹은 아이가 바닥 한쪽에 토한다.
- 미성년자가 맥주나 담배를 사려고 한다.
- 아기나 개를 차에 두고 차 열쇠마저 놓고 내린 손님이 있다.
- 주차장에서 자동차 탈취 사건이 벌어진다.

이 배경에서 볼 만한 유형의 사람들

* 손님, 배달원, 직원, 십 대와 어린이들

이 배경과 밀접한 다른 배경

* 주유소, 식료품점, 트럭 휴게소

참고 사항 및 팁

편의점을 배경으로 쓰고 싶다면 그 지역 사람들에게 필요한 물건을 갖춰놓는 방법을 생각해보자. 호수 근처에 있는 편의점이라면 낚시 도구를 진열한 작은 판매대나 살아 있는 미끼를 넣을 수 있는 아이스박스를 팔 수 있다. 캠핑이나 등산을 가는 사람들이 들르는 편의점이라면 미처 챙기지 못한 캠핑용품이나 등산 중에 간단히 먹을 만한 음식을 팔 것이다. 또 워터 파크 같은 관광지를 끼고 있는 편의점은 선크림이나 튜브에 공기를 주입하는 기구, 선글라스, 모자, 워터 파크의 이름이 새겨진 기념품까지 진열할 수 있다. 편의점 같은 익숙한 배경에 이런 요소를 조금 더하기만 해도 평범한 장소가 인상적인 곳으로 바뀐다.

배경 묘사 예시

문을 열자 땀투성이 셔츠가 서늘해졌다. 랜들은 고개를 뒤로 젖히고 눈을 감았다. 에어컨은 기분을 좋게 해주는 최고의 물건이다. 수중에 몇 달러밖에 없었지만 그는 찬찬히 가게 안을 둘러보았고, 이윽고 냉장고에서 음료수를 골라 계산대로 갔다. 버스 정류장에서 여기까지도 간신히 왔다. 이글거리는 뙤약볕을 걸어 집으로 돌아가기 전까지 될 수 있는 한 몸을 식히고 싶었다.

* **이 글에 쓴 기법** 대비, 은유, 날씨
* **얻은 효과** 분위기 설정

디테일
사전 ·
도시 편

스포츠,
엔터테인먼트,
전시 및
공연장

Sports,
Entertainment,
and Art Venues

경마장 Race Track(Horses)

풍경

<u>외부</u> 울타리를 두르고 흙을 깐 타원형 트랙, 산들바람에 나부끼는 깃발, 코스 울타리에 달린 광고, 코스 주변에 일정한 간격을 두고 설치된 줄무늬 기둥, 야간 경주를 위한 조명, 잔디를 깐 코스 안쪽, 번호를 붙여놓은 게이트, 대형 영상 장치, 관람 구역에 나란히 놓인 벤치, 간이 식탁, 경주를 야외에서 관전하는 사람을 위한 계단식 좌석, 번호를 새긴 안장 덮개나 안장을 얹은 경주마, 형형색색의 기수복과 모자를 착용한 기수, 배율 정보를 표시하는 전광판, 코스 가까이에 있는 여러 구역들(마구간, 기숙사, 작은 방목지, 마구간 직원들을 위한 주방과 휴식 공간), 뚜렷하게 표시한 결승선, 경기 전에 코스를 준비하는 살수차와 땅을 고르는 그레이더, 달리는 말발굽에 채여 날아오르는 흙, 프로그램으로 부채질을 하는 관객

<u>내부</u> 코스가 보이는 유리 벽, 내기 부스나 테이블, 간격을 두고 설치된 테이블과 의자, 특별 요금이 붙는 클럽 하우스와 박스석, 경주를 볼 수 있는 모니터, 쌍안경을 쓰고 관전하는 관객, 경주 전에 가볍게 요기할 수 있는 식당 형식의 매점, 엘리베이터와 에스컬레이터, 화장실, 자판기, ATM 기계

소리

수다를 떨거나 내기를 하는 목소리, 피식 열리는 맥주병, 바스락거리는 음식 포장지, 홀짝홀짝 마시는 탄산음료, 여닫히는 문, 프로그램을 넘기는 관람객, 스피커에서 나오는 방송, 나팔과 그 밖의 관악기가 부는 팡파르, 경주 개시를 알리는 종, 쩽 열리는 스타팅 게이트, 쿵쾅거리는 말발굽, 조련사의 외침, 코스 끝으로 질주하며 점점 작아지다가 한 바퀴 달리고 돌아올 때 다시 커지는 말발굽 소리, 스피커에서 들리는 실황 중계, 관객들의 고함과 욕설, 박수, 경주가 전개되며 점점 커지는 관객의 목소리, 급하게 환불하러 가는 관객들의 조급한 발소리, 경주에서 진 마권을 구기는 소리, 경주가 끝난 뒤 터지는 환성이나 분노

냄새

조리 중인 음식, 땀, 선크림, 햇볕에 달궈진 흙, 담배 연기, 말, 말똥, 막 깎은 잔

디, 우승한 기수가 목에 건 화환

맛

매점에서 파는 음식(핫도그, 프레첼, 팝콘, 햄버거, 나초), 레스토랑에서 제공하는
고급 요리, 탄산음료, 맥주, 와인, 물, 스낵

촉감과 느낌

내기를 했을 때 솟구치는 기대감, 꽉 쥔 마권, 다리 뒤에 닿는 금속 벤치나 나무
벤치, 좌석 끝에 걸터앉은 느낌, 경기 중에 갑자기 일으키는 몸, 피부에 내리쬐
는 햇볕, 흘러서 떨어지는 땀, 산들바람에 살랑거리는 머리카락, 머리 위를 날아
다니는 파리, 손바닥을 식히는 캔이나 병, 실내에 있을 때 피부를 스치는 에어컨
바람, 눈부신 햇빛에 가늘게 뜬 눈, 코 밑으로 흘러내리는 선글라스, 햇빛을 가
리기 위해 눈언저리에 댄 프로그램, 눈가에 꽉 누른 딱딱한 쌍안경

이 배경에서 벌어질 만한 갈등의 원인

- 과음한다.
- 내기로 많은 돈을 날린다.
- 패배를 좀처럼 인정하지 못하고 소동을 부린다.
- 승부가 조작되었음을 알아챈다.
- 경마장의 예전 모습을 사랑하는 배타적인 팬들이 새로 유입된 신참들을 얕본다.
- 경기 중에 말이 다친다.
- 방해 공작이 벌어진다.
- 기수들 사이에서 극적인 사건이 벌어진다.
- 아슬아슬했던 승부의 판정 결과에 동의할 수 없다.
- 매점 음식을 너무 많이 먹는다.
- 관객 사이에 소매치기가 돌아다닌다.
- 도박 중독과 싸우는 중이다.

이 배경에서 볼 만한 유형의 사람들

- 계산원, 말 사육사, 도박 중독자, 말의 주인, 조련사, 잡역부, 기수, 관리 직원, 뉴스 캐스터, 관객, 수의사

이 배경과 밀접한 다른 배경

- 카지노, 야외 주차장

참고 사항 및 팁

규모가 작고 초라한 곳부터 미국에 있는 새러토가 경마장이나 처칠 다운스 경마장처럼 유서 깊고 장대한 곳까지 경마장의 종류는 다양하다. 규모가 어떻든 경마장에는 다양한 인간 군상이 모여든다. 프로 도박사부터 도박 중독자, 데이트하는 커플, 오래된 경마 팬, 가벼운 마음으로 들른 관객까지, 이 모든 사람들은 자신만의 고민거리를 안고 있다. 경마장과 관련된 극적인 사건에는 반드시 도박사나 도박 중독자가 관련되었을 거라고 생각하지 말고 다른 사람들에게도 주목해보자. 그들이 어떤 인물이고, 무슨 행동으로 주인공을 번거롭게 만들지 고민해보면 좋을 것이다. 뜻밖의 사람과 물건을 이용해서 만드는 반전은 이야기의 재미를 유지하는 뛰어난 방법이다.

배경 묘사 예시

나는 따뜻한 흙을 벅벅 밟아 부수며 코스를 가로질러 메리를 쫓아갔다. 바람이 불고 험악한 잿빛으로 물든 구름들도 몰려왔지만, 폭풍은 오지 않을 거라고 직감했다. 다른 게이트에서는 동료들이 각자 자신의 말에게 속삭이고 있었지만, 메리에게는 문제가 없었고 놀라게 하고 싶지도 않았다. 2번 게이트에 들어간 메리는 갓 태어난 망아지처럼 얌전했다. 나는 삐걱 소리조차 내지 않고 문을 닫았다.

- **이 글에 쓴 기법**　다중 감각 묘사, 직유
- **얻은 효과**　성격 묘사, 분위기 설정

공연 예술 극장 　　　　　　　　Performing Art Theater

풍경

외부　공연 제목이나 유명 출연자의 이름이 쓰인 밝게 빛나는 극장 간판, 공연 포스터, 입장권 판매소, 보도의 암표상, 줄 서는 장소를 표시하는 로프, 입장을 기다리며 줄 선 사람들, 들어가기 전에 담배를 피우는 사람들

내부　사람들이 오가는 로비, 프로그램과 관련 상품을 판매하는 직원, 외투 보관실, 가벼운 음식이나 음료(사탕, 물, 탄산음료, 알코올음료)를 파는 바나 매점, 화장실, 발코니석과 박스석으로 통하는 계단, 극장 안으로 들어가는 몇 개의 문, 줄을 이룬 폭신한 좌석들, 프로그램을 읽거나 근처 사람들과 이야기 나누는 관객, 보조 의자에 앉은 아이, 어두운 조명이 켜진 카펫 통로, 머리 위의 발코니석과 박스석, 손전등을 비추며 손님을 자리로 안내하는 직원, 오케스트라 연주자들이 자리 잡고 연주하는 낮은 구역, 두꺼운 커튼으로 일부를 가린 무대, 조명과 음향을 관리하는 조정실, 위층의 통로, 천장에 달린 조명, 검은 옷을 입은 무대 스태프, 시작을 알리기 위해 깜빡이는 조명, 공연 시작과 함께 어두워지는 조명, 여닫히는 커튼, 무대 위의 배경 막이나 배경, 소도구, 무대 위의 스타들(노래하고, 춤추고, 연기하는), 작품에 맞는 의상, 무대 곳곳을 비추는 스포트라이트, 어둠 속을 걸을 때마다 아래위로 흔들리는 안내 직원이 든 손전등 빛, 관객의 휴대전화에서 나오는 빛

소리

작은 목소리로 나누는 대화, 카펫이 깔린 계단 위를 걷는 둔탁한 발소리, 지정된 자리로 가기 위해 앉아 있는 사람들 앞을 지나며 작게 건네는 사과, 바스락거리며 여는 과자 봉지, 끽끽거리는 좌석, 스피커에서 나오는 안내 방송, 공연이 시작되기 전 일제히 조용해지는 실내, 열리는 커튼, 오케스트라가 연주하는 음악, 웃거나 숨을 삼키는 관객, 박수, 좌석에 앉은 채 자세를 바꾸는 소리, 무대에서 말하고 움직이는 배우, 음향효과, 화장실에 가려고 일어서는 관객, 소리가 울려서 급하게 끄는 휴대전화

냄새

향수, 누군가의 숨결에서 풍기는 술 냄새, 구강청결제나 박하사탕

맛

매점에서 파는 사탕, 물, 탄산음료, 와인과 맥주(술이 허용되는 경우), 껌

촉감과 느낌

차가운 에어컨 바람 때문에 걸치는 윗옷이나 숄, 손에 든 매끄러운 전단지나 프로그램, 좌석의 부드러운 쿠션과 조용한 움직임, 팔걸이에서 옆 사람 팔꿈치에 살짝 닿는 느낌, 카펫이 깔린 계단, 어두운 조명 속에서 조심스레 오르내리는 계단, 감동적인 장면에서 맺히는 눈물, 잔향을 가슴 깊이 남기는 드럼, 갑작스러운 음악이나 효과음에 깜짝 놀라는 느낌, 공연이 시작될 때의 기대감

이 배경에서 벌어질 만한 갈등의 원인

- 계단을 헛딛는다.
- 박스석이나 발코니석에서 떨어진다.
- 극장이 재정적 어려움에 빠진다.
- 문제를 일으키는 인물(술에 취했거나, 끊임없이 이야기하고, 적대적이거나 말싸움을 벌이려는) 옆에 앉는다.
- 근시라서 무대가 잘 안 보인다.
- 오감이 민감해서 여러 가지 광경이나 소리에 압도된다.
- 무대가 잘 안 보인다(키 큰 관객 뒤에 앉거나 기둥 때문에).
- 관람 중에 자주 방해를 받는다(아이가 울거나, 무대에 기술적인 문제가 발생하거나, 몇 번이나 화장실에 가게 되는 등).
- 터무니없이 비싼 돈을 냈는데 공연이 실망스럽다.

이 배경에서 볼 만한 유형의 사람들

- 배우, 매표소 직원, 외투 보관실 직원, 무용수, 무대감독, 매점 직원, 뮤지션, 관

객, 암표상, 가수, 무대 스태프, 스카우터, 오케스트라 지휘자, 안내 직원

이 배경과 밀접한 다른 배경

- 아트 갤러리, 정장을 입어야 하는 행사, 연예인 대기실, 영화관, 라스베이거스 쇼

참고 사항 및 팁

공연 예술 극장은 뮤지컬과 오페라, 발레, 콘서트, 연극, 스탠드 업 코미디 등 모든 예술 공연에 사용되는 장소다. 고급스럽고 장대한 극장도 있고, 형식을 차리지 않은 편안한 극장도 있다. 또한 브로드웨이처럼 인기 있는 곳에 있을 수도 있고, 외진 곳에 숨어 있을 수도 있다. 공연 중에는 보통 음식 섭취가 금지되어 있기 때문에, 관객이 로비의 바나 매점에서 가벼운 음식을 먹을 수 있도록 휴식 시간이 있는 경우가 많다.

배경 묘사 예시

바람에 머리카락을 날리며 내 하이힐이 맹렬한 기세로 보도를 두드렸다. 밤하늘에 빛을 내뿜는 극장 간판까지 세 블록은 된다. 나는 스카프를 동여매고 달리기 시작했다. 이 티켓을 획득하기란 멸종 위기에 처한 동물을 잡는 일만큼 어려웠다. 절대로 공연을 놓칠 수 없다.

- **이 글에 쓴 기법** 빛과 그림자, 다중 감각 묘사, 직유
- **얻은 효과** 긴장과 갈등

골프장   Golf Course

풍경

차와 골퍼들로 가득 찬 주차장(골프화로 바꿔 신고, 차의 트렁크에 골프백을 싣거나 부리고, 카트를 마련하고, 골프 티나 골프공을 준비하고, 선크림을 듬뿍 바르고, 가방에 물병을 넣고, 골프 장갑을 끼고 쭉 잡아당기는), 경로를 왕래하거나 전문점 앞에 줄을 서는 회백색 카트, 잘 손질된 녹색의 경관, 연습장(고무로 만든 골프 티와 공이 담긴 바구니가 한쪽에 놓여 있는 모습, 연습 공의 자국이 곳곳에 남은 필드, 멀리 설치된 표식과 타깃, 골프공 줍는 차를 운전하는 직원), 퍼팅 그린(잔디밭 곳곳에 있는 홀을 이용해서 연습하는 사람들), 전문점(골프복, 골프용품과 비품, 골프 서적, 골프장 이름이나 로고가 박힌 제품들을 파는), 탈의실(로커와 벤치가 있는), 코스를 돈 뒤에 모이는 라운지(복고풍 골프용품, 트로피, 과거 토너먼트 기념사진, 코스의 깃발과 엠블럼이 장식되어 있다), 파라솔과 의자가 있는 파티오, 골프 카트에 타고 장내의 진행 정도를 관리하는 직원(마샬), 어깨에 백을 멘 골퍼들이 향하는 1번 홀(모래로 메운 디보트divot[골프채로 골프공을 칠 때 움푹 팬 흔적] 자국이 곳곳에 보이는 골프를 시작하는 티오프 구역, 잔디에 놓인 부러진 티, 홀의 거리나 해저드 위치를 알리는 표식, 홀의 위치를 표시하기 위해 먼 곳에 설치한 깃발), 잔디밭을 오가는 카트, 따로 지은 화장실 시설, 갈대로 둘러싸인 워터 해저드, 오리와 그 밖의 물새들, 깊이와 크기가 가지각색인 벙커bunker[골프에서 자연적으로 혹은 인공적으로 움푹 들어가 있는 곳을 부르는 말], 잡초나 수풀 속에서 초조하게 공을 찾아다니는 사람, 코스를 가로질러 숲으로 가는 사슴, 코스에 와서 간식과 차가운 음료수를 파는 드링크 카트

소리

골프 카트의 전동음, 페어웨이fairway[잔디가 잘 가꾸어져 있는 구역]를 걸으며 이야기하는 사람들, 나무에 쿵 맞는 공, 욕설이나 중얼거림, 공을 지나치게 멀리 때린 뒤 앞에 가는 그룹에게 "포어fore[앞쪽이 위험하다고 경고하는 소리]!"라고 소리치는 골퍼, 그룹의 누군가가 이글을 달성했을 때의 환성, 카트에 실은 골프백이 서로 부딪치고 클럽이 맞닿아 짤그랑거리는 소리, 탄산음료나 맥주를 따는 소리, 갈퀴로 세게 긁는 벙커, 스파이크를 장착한 골프화를 신고 트리 라인 주변을

걸을 때 나는 발소리, 관리 기구(잔디 깎는 기계, 나뭇잎이나 잔디를 불어내는 기계), 일정한 박자로 물을 세차게 내뿜는 자동 스프링클러

냄새

막 깎은 잔디, 향수, 땀, 체취나 데오도란트, 맥주 냄새가 밴 퀴퀴한 숨결, 비가 내린 뒤의 신선한 공기, 주차장 부근이나 관리 창고 구역에서 떠도는 배기가스, 라운지 주방에서 조리 중인 음식(스테이크, 피자, 햄버거)

맛

차가운 맥주, 거품이 인 탄산음료, 물, 드링크 카트에서 산 핫도그와 감자 칩, 라운지에 주문한 음식(피자, 감자튀김, 오징어 튀김, 닭 날개, 스테이크, 그 밖의 클럽하우스의 요리)

촉감과 느낌

손에 딱 맞는 골프 장갑, 부드러운 잔디에 빠지는 신발, 니트로 된 헤드 커버를 클럽에서 잡아당겨 벗기는 느낌, 티오프를 기다리는 동안 만지작거리는 공, 클럽의 그립 주위를 한 손으로 꼭 잡는 느낌, 샷을 날리기 위해 다리를 벌리고 잡는 자세, 스윙 연습 삼아 앞뒤로 움직이는 몸, 잔디 속으로 누르는 골프공과 티, 모기를 잡는 느낌, 페어웨이를 덜커덩거리며 질주하는 카트, 트리 라인을 따라 샷을 날릴 때 몸을 할퀴는 주변의 나뭇가지, 홀까지 거리를 확인하기 위해 쓰는 GPS 기능, 모두가 퍼팅할 수 있도록 뽑는 깃발, 신발과 바짓단에 들어온 벙커의 모래

이 배경에서 벌어질 만한 갈등의 원인

- 함께 코스를 도는 파트너의 매너가 나쁘다(차례를 무시하고, 다른 사람이 칠 때 말을 하고, 속임수를 쓰는 등).
- 술 먹고 카트를 몰다가 다치거나 기물을 파손한다.
- 벼락을 맞는다.
- 골프공을 회수하러 숲에 들어갔다가 엄마 곰과 새끼 곰을 맞닥뜨린다.
- 골프장에서 이웃이나 동료와 충돌한다.

- 탈의실에서 여자를 유혹했다는 자랑을 엿듣다가 그 여자가 자신의 아내임을 깨닫는다.

이 배경에서 볼 만한 유형의 사람들

- 마샬, 프로 골퍼, 골퍼, 그린키퍼(유지 보수 직원), 관리 직원, 전문점의 판매원 및 경영자

이 배경과 밀접한 다른 배경

- **시골 편** 숲, 호수, 연못
- **도시 편** 야외 주차장, 스포츠 경기 관람석

참고 사항 및 팁

일반적인 골프장은 거리와 난이도가 다양한 18홀을 완비하고 있는데, 가족 단위나 아마추어에게 적합한 파3의 숏 코스, 또는 27홀을 갖춘 곳도 있다. 골프장은 대부분 대중에게 개방되어 있지만 회원제로 운영하는 곳도 있는데, 회원제 골프장은 회비로 새로운 설비를 마련하기 때문에 일반 골프장보다 상태가 좋다. 클럽 하우스는 코스를 돌기 전후에 만남의 장소로 이용하는 소박한 건물도 있고, 회원들의 경제적 여유를 상징하듯 호화로운 레크리에이션 센터 역할을 하는 곳도 있다.

배경 묘사 예시

동료이자 베스트 볼 파트너인 아르고는 노랑과 분홍의 강렬한 타탄체크 니트 베스트에 빨간 바지로 싱그러운 잔디의 기를 죽이며 1번 홀에 씩씩하게 나타났다. 우리는 친근하게 인사를 나누었지만 실은 울고 싶었다. 이 토너먼트에서 우리 둘을 짝 지은 누군가는 지금쯤 사무실에서 박장대소를 하고 있을 것이 분명했다. 우리 차례가 되자 앞으로 마주할 상황을 미리 준비하고자 아르고에게 먼저 치라는 제스처를 보냈다. 제발, 옷만 못 입을 뿐 골프는 달인이기를. 하지만 그가 드라이버 대신에 샌드 웨지를 꺼내는 모습을 보고 이제부터 길고 긴

18홀이 남았음을 확신했다.

- **이 글에 쓴 기법** 대비
- **얻은 효과** 성격 묘사, 복선

나이트클럽 Nightclub

풍경

밖에서 입장을 기다리는 사람들의 줄, 밖에 모여 있거나 담배를 피우는 사람들, 손님을 모퉁이에 내려주는 택시, 신분증을 확인하거나 입장을 거부하는 근육질의 경비원, 입장료를 받고 손님의 손등에 클럽의 로고 스탬프를 찍는 젊은 여직원, 홀에서 새어 나오는 섬광 조명, 다채로운 불빛, 스피커, 무대, 스툴이 놓인 바, 스툴이 빙 둘러싼 작은 탁자, 음료수와 칵테일을 담은 빛나는 쟁반을 나르는 노출 심한 의상을 입은 웨이트리스, 바에 나열된 작은 유리잔, 주문받은 술을 만드는 바텐더, 바 뒤쪽 거울 벽에 나란히 진열한 술병, 레몬이나 라임 조각, 다양한 색깔의 빨대, 빈 맥주 캔과 술병, 맥주가 나오는 드래프트 타워, 층을 이루는 칵테일, 마티니 잔, 머그잔, 바닥에 엎질러진 음료수, 화장실 앞에 줄을 선 사람들, 춤추는 사람들(무대, 스피커 위, 특별히 마련해놓은 단에서), 검은색이나 어두운 색의 벽, 테마(컨트리, 로큰롤, 할리우드, 헤비메탈 등)에 맞춘 약간의 장식품, 네온 조명, 무대 위의 댄스 폴, DJ 부스, 함께 놀러 온 친구들, 총각 파티나 처녀 파티를 하는 모습, 사람들(이성과 거리낌 없이 어울리고, 휴대전화로 사진을 찍고, 연락처를 교환하고, 과음으로 휘청거리는), 현금을 주고 약물을 사는 사람

소리

시끄러운 음악, 서로의 귀에 고함을 지르며 대화하는 사람들, 호객 소리, 웃음, 야유, 고함, 욕설, 깨지는 유리잔, 스피커에서 들려오는 DJ의 목소리, 테이블에 쨍그랑 부딪치는 유리잔, 바에서 유리잔에 탄산음료를 따르는 소리, 음료수 서버에서 탄산음료나 물을 유리잔에 따르는 소리, 휴대전화가 울리는 소리나 알림음

냄새

땀, 맥주 냄새가 밴 숨결, 향수, 헤어스프레이, 보디 스프레이, 정체된 공기, 토사물, 옷에서 풍기는 담배나 마리화나 냄새, 과일 음료나 칵테일, 체취, 과열된 전기 기구(스피커, 음향 시스템, 조명)

맥주, 칵테일, 마티니, 럼콕, 진토닉, 코스모폴리탄, 모히토, 커피, 물, 작은 유리잔에 담긴 칵테일(더티 후커, 섹스 온 더 비치, 닥터 페퍼, 차이나 화이트, 스네이크 바이트, B52, 아이리쉬 카 붐, 샘부카 등), 에너지 드링크, 탄산음료, 후르츠 칵테일, 레몬이나 라임 조각, 소금, 휘핑크림, 껌, 박하사탕

촉감과 느낌

뜨겁고 답답한 공기, 바싹 마른 목을 축여주는 맥주와 그 밖의 차가운 음료, 깨물어 부수는 얼음, 입술에 바르는 립스틱이나 립글로스, 손부채질, 목이나 등을 타고 흐르는 땀, 몸에 들러붙는 땀에 젖은 옷, 하이힐을 신고 춤춘 탓에 종아리와 발에 생긴 통증, 붐비는 사람들 속에서 밟히는 발, 인파 속에서 몸이 밀리며 앞으로 나아가는 느낌, 손끝에 닿는 차가운 유리잔, 탁자 위에 놓인 냅킨이나 코스터를 만지작거리는 느낌, 계속 매만지는 머리카락, 가슴팍을 단정히 하는 느낌, 얇은 지폐, 손짓과 몸짓으로 하는 의사소통(무언가를 가리키고, 손을 흔들고, 고개를 끄덕이는), 누군가 귀에 속삭일 때 목에 닿는 따뜻한 숨결, 가슴을 쿵쿵 울리는 베이스 소리, 과음이나 약물 때문에 느끼는 현기증, 구역질 때문에 뒤틀리는 배, 똑바로 서려고 벽을 짚거나 난간을 잡는 느낌

이 배경에서 벌어질 만한 갈등의 원인

- 상종하기 싫은 섬뜩한 사람이 접근한다.
- 누군가 술에 약을 탄다.
- 손님이 마약이 섞인 술을 마신다.
- 미성년자가 클럽에 들어오려고 한다.
- 옷이나 몸에 토사물이 묻는다.
- 친구가 처음 보는 수상한 인물에게 반한다.
- 맨정신으로 운전을 해주기로 한 사람에게 버림받는다.
- 내 뜻과는 반대로 운전을 맡게 된다.
- 경비원이 자신의 임무를 과하게 수행한다.

이 배경에서 볼 만한 유형의 사람들

- 바텐더, 경비원, 젊은 남자를 노리는 중년 여성, 손님, DJ, 마약 판매상, 취객, 스트리퍼와 매춘부, 위조 신분증을 가진 미성년자 손님, 웨이터와 그 밖의 직원들

이 배경과 밀접한 다른 배경

- **시골 편** 해변 파티, 하우스 파티
- **도시 편** 술집/바, 펍

참고 사항 및 팁

밤의 사교 생활이 이루어지는 장소들은 공통점도 있고 다른 면도 있다. 나이트클럽은 바를 갖춘 큰 공간에서 술을 팔지만, 술보다는 춤을 추기 위한 장소다. 손님을 즐겁게 하고 클럽 내부를 항상 신나게 유지하기 위해서 인기 밴드의 라이브 연주나 특별 이벤트를 개최하고, 특수 효과 기기(연기나 거품 만드는 기계, 섬광 조명, 스포트라이트)를 설치하거나 단상에서 춤을 추는 프로 댄서를 고용하기도 한다. 이에 비해 바는 단순히 술을 마시는 장소다. 특정 손님(바이크 애호가나 와인 애호가 등)을 대상으로 하는 곳도 있지만, 가장 중요한 것은 그곳에서 파는 술이다. 펍은 친구와 어울리거나, 당구를 치기 위해 모이거나, 푸짐한 식사를 하거나, 수제 맥주를 마시거나, 가게 곳곳에 설치된 텔레비전으로 스포츠 경기를 보는 곳이라는 점에서 앞선 두 곳과 다르다.

배경 묘사 예시

강렬한 조명이 손님들을 비췄다. 순조롭게 그 자리에 섞여 든 그들의 몸짓은 조명에 노출되었다가 사라지며 툭툭 끊기듯이 보였다. 나는 톰이나 데릭을 찾아 주위를 훑어봤지만 스피커에서 나오는 엄청나게 시끄러운 음악에 머리가 아파 오기 시작했다. 왼쪽에서 빨간 출구 표시가 구원의 빛처럼 빛나고 있었다. 나는 앨리의 팔을 당겨 얼굴을 돌리게 한 뒤, 출구 방향을 가리키며 담배를 피우고 오겠다는 몸짓을 했다. 상대가 한 말을 알아듣지 못한 사람들이 그렇듯이 앨리는 멍하니 고개를 끄덕였다. 다시 설명할 기운도 없어서 나는 고개를 옆으로 젓

고 그곳을 떠났다.

- **이 글에 쓴 기법** 빛과 그림자, 직유
- **얻은 효과** 분위기 설정

녹음 스튜디오 　　　　　　　　　　　**Recording Studio**

(풍경)

녹음실(라이브 룸)　조명이 어둑한 방, 스탠드에 장착된 마이크가 있는 보컬 녹음
용 작은 부스, 악기들이 함께 준비된 대형 연주 공간, 각기 다른 악기를 녹음할
수 있는 별도의 부스들, 헤드폰, 칸칸이 진열된 장비들(외장형 프리앰프preamp[음
원과 스피커 사이에 연결하는 앰프의 역할 중에서도 먼저 연결하여 각 음원의 볼륨 등을 일
정하게 맞춰주는 역할을 하는 장비], 컴프레서compressor[주파수 영역이 일정 정도를 벗어나
거나 울림이 과도한 사운드를 압축하여 듣기 좋고 깔끔하게 만들어주는 장비], 리버브 유닛
reverb unit[소리에 잔향이나 반사음을 섞어 공간감을 주고 더 풍부하게 만드는 장비], 딜레
이 모듈delay module[소리를 일정 시간차를 두고 연속 반복시켜 공간감을 주고 더 풍부하게
만드는 장비]), 앰프, 스피커, 악기 거치대와 보관 케이스, 악보와 코드 악보, 생수
병, 추가 장비(악기, 마이크, 모니터, 기타 페달)를 보관한 창고, 흡음재나 벽돌 등
다양한 소재로 두드러지게 처리된 벽면, 바닥에 깔린 깔개, 음향 기술자와 연주
자를 분리하는 유리 칸막이, 악기와 장비 사이를 연결한 전선들, 바닥을 가로질
러 벽의 콘센트까지 연결된 전선들, 세션이 진행 중임을 알리는 '녹음 중' 혹은
'기록 중' 표시판의 불빛, 연습하며 준비 중인 연주자들과 보컬리스트, 대본을
읽는 성우

조정실(컨트롤 룸)　회전의자, 컴퓨터, 헤드폰, 각종 조절 단추와 회전 다이얼이 빼
곡히 달린 한 개 이상의 콘솔과 믹서[녹음을 진행한 뒤 여러 녹음을 하나의 결과물로
만들기 위해 안배하고 섞는 것을 믹싱mixing이라고 하는데, 이 작업을 위해 조정실 내에 수
평 모드로 배치하는 대형 계기판을 믹싱 콘솔이라고 한다], 콘솔·믹서와 녹음 마이크를
연결하는 다양한 배치(인터페이스), 패치 베이patch bay[녹음실 마이크와 조정실 콘솔
사이에 복잡하게 연결된 전선들을 일일이 뺐다 꽂았다 하지 않아도 되도록 별도의 중간 지점
을 정해 거기에 모두 연결해두고 콘솔에서 원하는 단자만을 선택적으로 조작할 수 있게 한
장치]와 다양한 색상의 패치 케이블patch cable[양쪽 끝이 연결형 커넥터로 이루어진 짧
은 길이의 전선. 두 장치를 서로 연결하는 데 쓴다], 모니터, 스피커, 가죽 소파와 실내
등으로 꾸며진 휴식 구역, 클립보드와 메모지 묶음, 펜과 연필, 식물 화분, 벽에
걸어둔 골드 디스크와 플래티넘 디스크[해당 앨범이 일정 수량 이상으로 많이 판매된
것을 기념해 음반 협회 같은 기구에서 수여하는 장식용 기념 음반], 케이스에 넣어 진열

857

한 기념 명판 및 상장, 탁자 위에 놓인 잡지들, 패스트푸드와 포장 음식, 커피와 탄산음료가 담긴 잔들, 약물 관련 도구, 술

소리

악기(기타, 건반, 피아노, 드럼)로 연주되는 음악, 악기를 조율하는 연주자, 노래 하거나 허밍을 하는 가수, 팔랑이며 바닥으로 내려앉는 악보, 음향 기술자가 연 주자들에게 연주를 잠깐 멈추라고 혹은 한 번 더 연주하라고 말하는 소리, 조정 실에서 사람들이 나누는 말소리, 휴식 구역에서 소파에 앉아 잡담을 나누는 손 님들, 전화벨, 녹음된 음악을 재생하는 소리, 녹음이 잘됐을 때 나오는 박수나 환호, 싸우는 연주자들, 클릭 트랙click track[듣는 사람이 박자를 맞출 수 있도록 메트로 놈의 똑딱이는 소리가 녹음된 트랙]이 재생되는 소리, 명료하게 들리는 녹음된 자신 의 목소리나 단독으로 녹음된 악기 소리, 여닫히는 문, 진공청소기

냄새

포장 음식(햄버거, 피자, 중국 음식 등), 커피, 공기 탈취제, 양초, 청소용품, 마리 화나, 담배, 맥주

맛

포장 음식, 자판기 음식(샌드위치, 초콜릿 바, 칩, 에너지 바), 병에 든 생수, 커피, 뜨거운 차, 술

촉감과 느낌

귀를 폭 감싸는 헤드폰, 손에 쥔 악기, 빙글 도는 회전의자, 마이크 상단부 표면 의 금속 격자, 녹음 부스 벽면의 질감, 플라스틱 기타 픽의 매끈한 질감, 손가락 사이에서 빙그르르 도는 드럼 스틱, 드럼을 강타한 직후에 느껴지는 스틱의 진 동, 현을 찰랑찰랑 치는 느낌, 매끈한 피아노 건반, 위로 밀었다 내렸다 하는 믹 서에 달린 버튼, 구멍에 딸깍 들어가는 전선, 전선에 걸려 넘어지는 느낌, 발로 누르는 기타 페달, 박자를 맞추기 위해 탁탁 구르는 발, 노래하는 동안 손으로 귀에 꼭 밀착시키는 헤드폰

이 배경에서 벌어질 만한 갈등의 원인

- 연주자들 사이에서 음악적 견해차가 벌어진다.
- 외부인(열정적인 팬, 배우자 등)이 밴드 멤버들에게 영향을 준다.
- 자존감이나 자만심이 지나치게 높은 사람이 있다.
- 밴드 멤버들이 서로를 질투한다.
- 조잡한 녹음 장비 때문에 결과물이 바라던 수준에 못 미친다.
- 아티스트가 술이나 약에 취해 있다.
- 밴드 멤버가 늦게 도착하거나 아예 나타나지 않는다.
- 스튜디오 매니저가 시설의 예산은 안중에도 없고 허황되고 야심만 넘친다.
- 유명 가수가 스튜디오 직원들에게 과도한 요구를 한다.
- 스튜디오 직원이 아티스트와 사적으로 친해지고 싶어 한다.
- 재능 없는 아티스트나 녹음을 처음 해보는 사람과 작업해야 한다.
- 녹음 스튜디오가 중복 예약되었거나, 녹음 시간이 길어져 다른 예약자의 시간 대까지 침범한다.

이 배경에서 볼 만한 유형의 사람들

- 아티스트나 연주자의 매니저나 에이전트, 접수 담당자나 스튜디오 매니저, 배우나 성우, 관리자, 청소부, 교사, 아티스트가 늘 대동하고 다니는 친구들, 연주자, 미성년 아티스트의 부모, 음식 배달원, 음반 프로듀서, 작사가, 작곡가, 사운드 엔지니어와 기술자, 보컬리스트, 가수, 보컬 코치

이 배경과 밀접한 다른 배경

- 연예인 대기실, 리무진, 공연 예술 극장, 록 콘서트

참고 사항 및 팁

녹음 스튜디오는 다양한 종류가 있다. 프로 뮤지션과 유명인들은 고급 스튜디오를 이용하는데, 이런 곳은 시간 단위로 예약되며 질 좋은 장비와 악기 들이

폭넓게 제공된다. 소규모 스튜디오도 녹음 서비스를 제공하지만 사운드를 장식할 수 있는 부가 기능도 적고, 그래서 비용도 고급 스튜디오보다 저렴하다. 음악 업계가 디지털화되면서 음악 앨범을 제작하거나 목소리를 녹음하고 싶은 뮤지션들은 아예 자신의 집에 홈 스튜디오를 만드는 것이 더욱 실질적이고 효과적인 방법이 되었다.

배경 묘사 예시

존은 눈을 질끈 감고 손가락 두 개로 슬라이더를 밀어 조작하면서 다른 소리를 모두 뒤로 물리고 클라리사의 목소리만 자신의 헤드셋에 들어오게 했다. 아름답고 굵으면서도 독특한 질감이 있고, 살짝 날카로운 그녀의 목소리를. 그는 갓 태어난 신생아를 다루듯 비율을 조심스레 맞춰나갔고, 마침내 그녀의 음색이 매끈하게 다듬어졌다. 그의 입에 미소가 번졌다. 그가 의자에 몸을 털썩 던지자 의자가 끽 소리를 냈다. 그는 유리 칸막이 너머에 있는 클라리사를 향해 양손 엄지를 척 세워 보였다.

- **이 글에 쓴 기법**   직유
- **얻은 효과**   분위기 설정

놀이공원   Amusement Park

풍경

놀이 기구(거대한 대관람차, 다채로운 원을 그리는 롤러코스터, 어두운 색으로 칠한 이 층 건물의 유령의 집, 금속 레일 위를 달려 거대한 물보라를 일으키는 통나무 형 놀이 기구, 회전 컵, 청명한 하늘 밑을 시소처럼 왔다 갔다 하는 바이킹, 천천히 움직이는 어린이용 비행기, 회전목마, 직접 페달을 밟아 나아가는 배), 놀이 기구를 타려고 길게 늘어선 줄, 범퍼 보트와 범퍼 카, 울퉁불퉁한 미끄럼틀, 어린이용 볼풀과 클라이밍 코너, 나란히 설치된 미니 게임들(상품인 커다란 봉제 인형을 천장에 매달아놓은 고리 던지기, 물에 떠 있는 오리를 낚는 게임, 농구 게임, 망치를 쳐서 근력을 측정하는 게임, 튀어 오르는 목표물이나 불빛을 쏘는 사격 게임, 매달린 타이어나 구멍에 럭비공을 던지는 게임, 다트나 풍선 터뜨리기), 상품(긴 뱀 인형, 반짝이 모자, 거대한 곰 인형, 싸구려 장난감과 작은 봉제 인형)을 들고 걷는 사람들, 재미난 거울로 가득 찬 미로에서 웃음을 터뜨리는 십 대들, 유니폼을 입고 미소를 지으며 놀이 기구를 관리하는 직원, 먹거리(피자, 커다란 칠면조 다리, 햄버거와 감자튀김 등)를 판매하는 곳, 식사용 테이블을 갖춘 패스트푸드 레스토랑, 도랑에 떨어진 쓰레기(포장지, 장난감 가격표, 담배꽁초, 영수증), 놀이공원과 연계된 상품을 파는 선물 가게(봉제 인형과 인형, 책, 액자, 열쇠고리, 머그잔, 펜과 연필, 장난감, 트럼프), 짜증 내는 어린아이를 안거나 유아차를 밀며 걷는 사람, 벤치에 두고 잊어버린 물병, 재활용 수거함 근처에 놓인 찌그러진 탄산음료 캔, 전단지 등 쓰레기 주변에 부는 바람, 하늘로 날아가는 풍선, 땅에 떨어진 음식물을 먹으려고 재빨리 내려오는 새

소리

커다란 음악 소리, 사람들의 외침, 웃음, 환성, 게임 종료를 알리는 벨, 찰깍거리는 놀이 기구의 체인, 쉭쉭거리는 에어 브레이크, 통통거리는 기계류, 브레이크들이 내는 삑 소리, 뜨거운 아스팔트를 달리는 발소리, 서로를 부르는 사람들, 큰 기름통에서 지글거리며 튀겨지는 감자와 도넛, 게임 센터의 핀볼 머신, 구멍 속으로 쿵 떨어지거나 부스 뒤쪽을 때리는 공, 터지는 풍선, 짤랑거리는 동전, 열리는 금전등록기, 인쇄되는 영수증, 무대에서 쇼가 끝난 뒤 터지는 박수와

환성, 놀이 기구에서 안전벨트를 채우는 소리, 쾅 닫히는 문이나 내려오는 안전바, 유령의 집에서 들려오는 무시무시한 효과음(사악한 웃음, 삐걱거림, 찍찍거리는 박쥐, 유령의 신음), 지친 아기의 울음, 쓰레기를 쓸어 모으며 바닥을 스치는 빗자루, 멀리 떨어진 곳에서 펼쳐지는 공연의 음악 소리, 밤하늘을 수놓는 불꽃

냄새

담배, 튀김용 기름, 뜨거운 아스팔트, 기름을 채운 기계, 기저귀 갈 때가 된 아기, 햇볕에 달궈진 쓰레기, 체취, 땀, 구취, 선크림, 토사물

맛

놀이공원 식당 음식(햄버거, 핫도그, 도넛, 아이스크림, 초콜릿, 감자튀김, 팝콘, 감자 칩, 아이스크림, 빵)이나 음료수(탄산음료, 물, 레모네이드, 빙수, 밀크셰이크)

촉감과 느낌

칠이 벗겨진 놀이 기구의 안전 바, 폭신한 좌석의 갈라진 틈에 쓸리거나 집혀서 아픈 피부, 무릎을 꽉 조인 안전벨트, 범퍼 카의 페달을 밟는 느낌, 육즙이 꽉 찬 햄버거에서 흘러내리는 기름, 피부에 떨어진 차가운 아이스크림 덩어리, 셔츠에 묻은 케첩을 종이 냅킨으로 닦는 느낌, 햄버거 포장지나 감자튀김 봉투를 구기는 느낌, 차가운 물병이나 탄산음료 페트병을 잡았을 때의 얼얼한 감각, 아이의 땀이 배거나 끈적거리는 손을 잡는 느낌, 물 위를 지나가는 통나무 모양의 놀이 기구를 탄 후에 흠뻑 젖은 옷이 피부에 들러붙는 느낌, 물대포를 맞아 머리와 얼굴에서 뚝뚝 떨어지는 물, 롤러코스터를 탔을 때 속이 뒤집히는 느낌, 햇볕을 오래 받은 데다 빠른 놀이 기구를 많이 타서 느껴지는 현기증과 메슥거림

이 배경에서 벌어질 만한 갈등의 원인

- 인파 속에서 아이를 놓친다.
- 매수나 범죄를 목격한다.
- 소매치기에게 돈을 털린다.
- 라이벌에게 모든 게임을 져서 화가 난다.
- 누군가 자신을 지켜보거나 스토킹 당하는 느낌이 든다.

- 놀이공원에 더 있고 싶은데 일행 중 아픈 사람이 생겨서 같이 돌아가야 한다.

이 배경에서 볼 만한 유형의 사람들

- 놀이 기구나 게임 조작원, 입장객, 운전사와 정비사, 잡역부, 관리인, 공연하는 사람들, 경비원, 쇼 연출자

이 배경과 밀접한 다른 배경

- **시골 편** 지방 축제
- **도시 편** 유령의 집, 서커스장, 워터 파크, 동물원

참고 사항 및 팁

디즈니랜드처럼 특정 주제 위주로 꾸미거나 마스코트를 내세운 놀이공원도 있고, 모든 연령층이 즐길 수 있는 놀이 기구와 게임을 다채롭게 모아놓은 곳도 있다. 이 장에서 설명하는 놀이공원은 이동식 놀이공원과 달리 한 장소에 터를 잡은 곳이다. 이런 곳은 위치와 기후에 따라 특정 기간에만 개장하기도 하고, 일년 내내 손님을 받기도 한다.

배경 묘사 예시

조엘은 더러운 콘크리트 바닥을 빗자루로 쓸며 꾸깃꾸깃한 휴지와 담배꽁초, 병뚜껑 등을 모았다. 놀이 기구가 정지하고 음악이 멈추면, 놀이공원은 진정한 모습을 드러낸다. 조엘처럼 바람에 날아온 핫도그 포장지가 흙으로 더러워진 텐트의 입구를 스치고, 벗겨진 칠이 달빛에 빛나는 광경을 보는 사람은 흔치 않다. 그런 광경은 보통 사람들이 전혀 알지 못하는 이 세계의 일면이다. 웃음소리가 사라지고 화장을 지운 놀이공원의 민낯은 그렇게 아름답지는 않다.

- **이 글에 쓴 기법** 대비, 의인화
- **얻은 효과** 분위기 설정

풍경

벽에 걸려 있거나 바 위에 단 맥주 네온사인, 당구장 정면을 따라 늘어선 검은 필름을 붙인 유리창, 당구공이 놓인 당구대들, 나무로 만든 당구봉이 놓인 벽의 선반, 당구대 끝에 놓인 네모난 초크(일반적으로 파란색), 당구대 밑에 매달리거나 당구대 아래 바닥에 놓인 정삼각형의 볼 랙, 스툴이 설치된 바, 당구장 둘레에 있는 작은 탁자에 놓인 음료, 의자와 스툴에 걸쳐놓은 재킷, 벽에 세운 당구봉, 손님이 있는 곳에 가져다놓은 펍의 요리, 몸에 붙는 옷을 입고 빈 병을 정리하거나 새 음료수를 나르는 웨이트리스 한두 명, 주크박스나 음향 기기, 모퉁이마다 볼트로 고정된 텔레비전, 출입구 부근의 ATM 기계, 당구장 안쪽에 있는 비디오게임과 핀볼 머신, 벽에 설치된 다트 판, 풋볼 테이블, 화장실, 작은 주방, 바 뒤의 거울로 된 벽을 따라 나란히 놓인 다양한 술병, 라임과 레몬 조각, 돈을 주고받는 손, 미성년자 출입 금지 간판, 바 근처에 달아놓은 영업 허가증(주류 취급 증명서), 취급하는 술 브랜드의 마크, 광고나 스포츠 관련 물품, 맥주가 나오는 탭, 유리잔을 나란히 놓은 선반, 탁자에 놓은 구깃구깃한 지폐, 탁자에 남아 있는 다 마신 유리잔, 각 당구대 위에 걸린 조명, 위치를 잡기 위해 당구대에 상체를 앞으로 쑥 내민 사람, 유명한 당구 선수의 포스터와 액자에 넣은 사진, 구석에 있는 카우치와 폭신한 의자

소리

서로 부딪치는 당구공, 포켓에 들어가거나 쿠션에 닿는 당구공, 당구대를 넘어 바닥에 떨어지는 당구공, 방향을 바꿔가며 당구봉에 초크를 칠할 때 나는 끽끽 소리, 실망의 아우성, 욕설, 잘 쳤을 때의 환성과 탄성, 악의 없이 놀리는 목소리, 경기하는 사람들을 바라보며 술을 마시는 사람들이 소음 때문에 크게 이야기를 나누는 소리, 탁자에 놓는 유리잔과 술병, 바닥을 끌거나 긁는 의자나 스툴의 다리, 짤그랑 부딪치는 작은 유리잔들, 텔레비전 소음, 음향 기기에서 흘러나오는 음악, 웃음, 펠트 위에 털썩 내려놓는 판돈, 다트 판에 던지는 다트, 바텐더나 주방장에게 주문을 전하는 웨이트리스, 금전등록기에서 인쇄되는 영수증, 주방에서 들리는 소리, 코인 당구대에서 트레이 안으로 빠르게 굴러 들어가는 당구공,

삐걱거리며 여닫히는 화장실 문

냄새

맥주 및 다양한 술, 초크, 펠트, 주방에서 조리 중인 음식, 땀, 향수, 체취, 맥주 냄새가 밴 숨결, 옷이나 머리카락에 밴 담배 연기, 가죽, 기름칠을 한 목재

맛

맥주 및 다양한 술, 탄산음료, 물, 아작아작 씹는 얼음, 펍에서 파는 음식(나초, 감자튀김, 닭 날개, 피자, 햄버거), 커피, 소금, 라임, 프레첼

촉감과 느낌

손가락 사이를 미끄러지듯 움직이는 당구봉, 당구봉 끝에 문지르는 초크, 많은 음료수를 올린 쟁반의 무게감, 손끝에 닿는 펠트, 당구봉 끝이 공에 닿았을 때의 만족감, 거칠고 흠집이 난 당구대, 슬롯에 굴려넣는 동전, 몹시 구겨진 지폐, 손에 든 맥주병이나 유리잔의 냉기, 입술을 적시고 목구멍을 타고 떨어지는 차가운 맥주, 매끈한 당구공, 스크래치(당구봉으로 친 공이 포켓으로 들어가는 것) 뒤 흰 공을 펠트를 따라 미끄러뜨리는 느낌, 다른 플레이어와 하는 하이파이브, 손가락 사이에 끼고 빙글빙글 돌리는 당구봉, 자신의 순서를 기다리며 당구봉에 기대는 느낌, 어려운 샷을 칠 때 몸을 당구대와 나란히 크게 뻗는 느낌, 회전 스툴을 돌리는 느낌, 당구대 위에 달린 조명의 온기

이 배경에서 벌어질 만한 갈등의 원인

- 사기꾼에게 속았다는 것을 알게 된다.
- 빈 당구대가 나오기를 기다리고 있는데 아마추어 일행의 게임이 끝나지 않는다.
- 자신의 수준에 맞지 않는 사람과 짝이 된다.
- 수중에 없는 금액의 돈을 내기에 건다.
- 맥주가 튄다.
- 누군가 추파를 던지거나 괴롭힘을 당한다.
- 매달린 조명에 머리를 세게 부딪친다.
- 뒤에서 당구봉으로 세게 찔린다.

- 당구공에 맞아 손가락이 부러진다.
- 실내의 음악이 짜증 날 정도로 시끄럽다.

이 배경에서 볼 만한 유형의 사람들

- 바텐더, 관리자, 당구로 돈을 사기 치려는 사람, 웨이터나 웨이트리스

이 배경과 밀접한 다른 배경

- 술집/바, 나이트클럽, 펍

참고 사항 및 팁

당구장은 대부분 시끌벅적하고 같은 취미를 가진 사람들이 친목을 나누는 곳이다. 모든 스포츠 활동과 마찬가지로 당구도 늘 사용하는 당구대에 모인 세미 프로부터 재미 삼아 들른 대학생 무리까지, 수준도 마음가짐도 제각각인 사람들이 한자리에 있을 것이다. 당구장 중에는 모든 연령층에 개방되어 있어서 술을 팔지 않는 곳도 있다. 반면 술을 파는 곳은 연령 제한에 차이가 있으니, 그 장면에 등장할 인물을 정할 때는 이 점을 명심해야 한다.

배경 묘사 예시

데님 재킷의 옷깃을 힘껏 끌어당긴 알린은 벽에 자연스럽게 기댔다. 어두운 실내를 둘러본 뒤 마침내 구석에 있는 탁자로 걸어가는 그의 모습을 보고 나는 미소를 지었다. 알린은 주말에만 터프 가이 흉내를 내는 남자들의 냄새를 기막히게 맡는다. 하룻밤 아내로부터 도망쳐 슬럼가에 오는 치과 의사나 회계사들 말이다. 그들은 우리가 친선 게임을 신청하면 절대 거절하는 법이 없으며, 맥주를 진탕 마시고 집에 돌아갈 무렵에는 지갑이 많이 가벼워져 있다.

- **이 글에 쓴 기법**　빛과 그림자
- **얻은 효과**　성격 묘사, 복선

댄스홀　　　　　　　　　　　　　　　　　　　　**Ballroom**

풍경

둥근 천장(물결 모양 테두리와 석고 장식, 특별 주문한 몰딩, 채색된 예술 작품들로 장식된), 춤추는 데 적합한 윤이 나는 나무나 대리석 바닥, 양쪽으로 열리는 프랑스식 창문에 달린 두꺼운 벨벳 커튼, 크라운 몰딩 처리를 한 높은 벽, 위층에 설치된 곡선형 발코니, 크리스털이 층을 이룬 거대한 샹들리에가 부드러운 빛 속에서 반짝거리는 모습, 금 잎사귀와 소용돌이무늬로 장식된 길게 홈이 파진 실내 기둥, 아치형 입구, 패널 몰딩, 벽에 달린 장식용 조명과 돌출 촛대, 2층으로 통하는 나선 계단 및 난간, 소규모 오케스트라와 라이브 밴드, 작은 그랜드피아노, 턱시도와 야회복을 입은 초대 손님, 머리를 올리고 값비싼 보석을 착용한 여성, 원형 식탁(하얀 식탁보, 주름지게 접은 냅킨을 넣은 와인 잔, 완벽히 윤을 내서 배치한 은식기, 금테를 두른 도자기, 양초와 꽃으로 만든 센터 피스가 놓인), 카나페를 대접하거나 빈 잔을 새로운 잔으로 교체하기 위해 사람들 사이를 돌아다니는 웨이터와 웨이트리스, 샴페인 잔에서 일어나는 금색 거품, 빙글빙글 돌며 춤추는 사람들, 우아한 꽃 장식, 흰 장갑을 낀 직원이 배치된 화려하게 장식한 큰 문, 계단 위에 깔린 심홍색 카펫, 벽을 따라 설치된 금속 프레임 거울, 보석, 스팽글, 반짝이는 고급 손목시계, 손질해서 반짝이는 검은 정장 구두

소리

조화로운 연주를 선사하는 악기, 많은 소리가 뒤섞인 웅성거림, 짤그랑거리는 유리 제품과 식기, 웃음, 춤출 때 바삭거리는 드레스, 대리석 바닥을 걷거나 계단을 오르는 구두, 서로 소리치는 사람들, 메아리(실내에 사람이 별로 없을 경우)

냄새

음식, 향수, 춤을 많이 추고 난 뒤에 흘리는 땀, 광택제나 나무 기름, 흡연자의 구취나 몸에서 풍기는 담배 냄새, 싱싱한 꽃 장식

맛

손님들에게 대접하는 음식(스테이크, 생선 요리, 훌륭한 파스타와 섬세하게 공들인

샐러드, 층층이 쌓인 디저트), 음료(거품이 보글거리는 샴페인, 식전에 마시는 술, 와인, 물), 립스틱, 구취 방지용 민트

촉감과 느낌

매끈한 계단 난간, 로비의 두꺼운 카펫에 파묻히는 하이힐 굽, 무거운 문을 열고 댄스홀로 들어가는 느낌, 겨드랑이에 낀 클러치 백, 립스틱이 묻지 않도록 친구와 볼을 대고 소리만 나는 입맞춤을 하는 느낌, 손가락으로 들고 있는 샴페인잔, 드레스의 매끄러운 원단, 한창 춤을 추다가 파트너와 손을 잡는 느낌, 등에 닿은 손의 압력, 쥐고 있는 은식기의 냉기, 혼잡한 실내에서 턱시도 때문에 느껴지는 더위, 꽉 끼는 구두 탓에 아픈 발, 머리카락을 빳빳하게 고정하는 헤어스프레이와 핀, 딱 맞는 드레스를 입고 조심스럽게 앉는 느낌, 묵직한 고가의 목걸이, 하이힐이나 새 신발 때문에 아픈 발, 목을 죄는 나비넥타이

이 배경에서 벌어질 만한 갈등의 원인

- 과음해서 화를 내거나 휘청거리는 사람들이 있다.
- 라이벌끼리 만나서 격렬한 말다툼이나 싸움을 벌인다.
- 사람들 사이를 돌아다니는 소매치기가 있다.
- 초대장을 잃어버려서 입장을 거부당한다.
- 같은 드레스를 입은 두 여인이 있다.
- 의상에 문제가 생긴다.
- 계단을 올라가거나 내려갈 때 넘어져서 구른다.
- 두 사람과 데이트를 하고 있는데, 그들이 같은 행사에 나타난다.
- 대립 관계에서 위험한 정치적 술책을 쓴다.
- 빌린 보석을 잃어버린다.
- 발설하면 안 되는 말이 피하고 싶은 사람 귀에 들어간다.

이 배경에서 볼 만한 유형의 사람들

- 행사 책임자, 참석자, 초대받은 고위 인사와 유명인, 호텔이나 댄스홀 직원(웨이터, 연주자, 바텐더, 주방 담당자, 출장 요리 담당자)

868

이 배경과 밀접한 다른 배경

- **시골 편** 대저택, 졸업 무도회, 결혼 피로연
- **도시 편** 정장을 입어야 하는 행사, 리무진

댄스홀은 호화로운 호텔이나 부유한 대저택, 혹은 특정 의식에 사용되는 건물에 있는 경우가 많다. 오래된 건물이라면 댄스홀의 역사를 지키기 위해 세심한 복원 작업을 할 것이다. 이에 비해 새로 지어진 댄스홀은 독특한 건축 양식을 따를 수도 있다.

배경 묘사 예시

촛불이 어른거리고 부드러운 음악이 흐르고 파란 장미로 만든 센터 피스를 우아하게 장식한 탁자가 나란히 놓인 밤이었다. 하얀 장갑을 끼고 민첩하게 움직이는 직원들은 쟁반을 높이 든 채 기부금의 최종 집계가 낭독되기를 기다리는 사람들 사이를 뚫으며 거품이 올라오는 샴페인 잔을 날랐다. 그날은 맥밀런 아트 센터의 자선 이벤트 주최자인 사십 대의 벨린다가 9호 사이즈에 맞지 않는다는 것을 알아챈 밤이기도 했다. 사실 10호도 아니고 12호에 가까웠으며, 어쩌면 14호일지도 모른다. 벨린다를 알고 사랑하는 사람들에게 사이즈는 문제가 아니었지만, 그녀가 입은 반들반들한 녹색 드레스는 그것이 마음에 걸렸던 모양이다. 벨린다가 발표를 위해 단상으로 올라갈 때, 드레스가 후식으로 먹은 두 조각의 블랙베리 타르트에 거부 반응을 보이기 시작했다. 옷이 찢어지는 소리가 실내에 크게 울려 퍼졌다. 몸에 딱 붙었던 드레스가 더 이상 버틸 수 없다고 보내는 대대적인 통지였다. 드레스가 엉덩이 바로 위에서 쫙 찢어지는 바람에 생각지도 못한 부분이 노출됐고, 속옷을 입지 않는 취향까지 드러났다.

- **이 글에 쓴 기법** 은유, 다중 감각 묘사, 의인화
- **얻은 효과** 성격 묘사, 분위기 설정, 긴장과 갈등

동물원 Zoo

풍경

구불구불 이어지는 인도, 서식지나 동물 분류 체계에 따라 세분화된 공원, 나무와 관목, 대나무 숲, 휙휙 지나가는 벌레들, 나무로 만든 보행로, 간식거리를 파는 가판대, 화장실, 간이 식탁과 벤치, 기념품점, 우리 근처에 자리한 동물 먹이 자판기, 쓰레기통, 낙엽, 골프 카트를 탄 직원, 유아차를 미는 부모, 학생들을 인솔하는 교사와 보호자, 더 잘 보려고 울타리를 기어오르는 아이들, 아이를 목말 태운 부모, 지도를 보느라 길 한쪽 옆에 옹기종기 모인 관람객들, 동물원 내 커피숍, 유아차와 휠체어 대여소, 손자국이 가득 남은 관람용 유리창, 소형 건조물과 울타리를 두른 우리, 동물들이 계속 밟고 다녀 잘 닳은 길, 눈에 잘 안 띄는 장소에서 자고 있어 좀처럼 보이지 않는 동물, 바위와 동굴, 오를 수 있게 해놓은 나무, 물고기와 물새가 서식하는 연못과 개울, 우리 주변에 흩어진 동물 인형들, 동물들과 소통하거나 우리를 청소하는 사육사, 동물 쇼가 열리는 야외 공연장, 동물 정보와 사진이 실린 안내판, 교육 센터, 놀이터, 동물 진료소, 새끼들이 보살핌을 받는 시설, 어린이 관람객을 위한 체험형 동물원, 파충류 전용관, ATM 기계, 의무실, 음수대, 파티용 장소

동물원 내 동물들 호랑이, 코끼리, 사자, 하마, 코뿔소, 낙타, 나무늘보, 고릴라, 고함원숭이howler monkey[거미원숭이과에 속하며 신세계원숭이로 분류되는 종류들 중에 제일 큰 원숭이. 시끄럽게 짖는 소리가 특징이다]와 거미원숭이spider monkey[손발과 꼬리가 가늘며 쥐는 힘이 좋아 나무 사이를 자유자재로 다니는 원숭이 종류], 침팬지, 하이에나, 판다, 스라소니, 호저, 기린, 큰뿔야생양, 영양, 얼룩말, 캥거루, 흑멧돼지, 수달, 늑대, 곰(흑곰, 회색곰, 북극곰), 바다사자, 표범, 악어, 거북, 뱀, 플라밍고, 독수리, 공작, 박쥐, 매, 송골매, 타조와 에뮤, 전갈, 거미와 곤충

소리

사람들의 대화, 웃음, 질문하거나 칭얼거리는 아이, 우는 아기, 뛰어다니는 발소리, 낙엽을 밟는 소리, 나뭇잎과 나뭇가지 위를 덜컹거리며 지나가는 유아차, 나무 사이로 부는 바람, 윙윙거리는 곤충들, 지저귀거나 서로를 부르는 새, 날개를 퍼덕이는 새, 동물들의 울음소리, 물속에서 첨벙대는 동물들, 마이크를 쓰거나

목소리를 키워 한 무리의 관객들에게 정보를 전달하는 직원, 바스락거리는 음식 포장지, 호주머니 안에서 잘그랑거리는 동전, 실내 동물 우리와 서식지 내부에 울리는 사람들의 목소리, 여닫히는 문, 숨겨진 스피커에서 들려오는 은은한 소리(윙윙거리는 벌레 소리, 새의 울음소리, 타닥타닥 떨어지는 빗소리), 유리로 된 우리를 두드리는 아이, 화를 내는 부모, 갖가지 탄성을 내지르는 관람객, 동물이 보이자 꺅꺅 소리를 지르는 아이, 작동되는 스프링클러

냄새

거름, 젖거나 기름기로 번들거리는 동물 가죽, 수중 우리나 인조 연못에서 나는 조류 냄새, 쓰레기, 비, 매점에서 파는 음식, 모기 퇴치제, 선크림, 향수, 체취, 갈 때가 된 기저귀, 진흙, 야생화, 신선한 풀, 부패 중인 과일, 실내 우리에서 나는 악취(파충류나 원숭이 집 등)

맛

병에 든 생수, 탄산음료, 땀, 실수로 뿌린 모기 퇴치제, 아이스크림, 담배, 껌, 박하사탕, 음식점이나 매점에서 파는 음식(햄버거, 피자, 핫도그, 치킨 너겟, 튀김, 팝콘, 솜사탕, 아이스크림, 과자)

촉감과 느낌

표면이 고르지 않은 나무 보행로, 금이 간 인도, 발밑에 밟히는 낙엽, 아스팔트에서 피어오르는 열기, 쨍쨍 내리쬐는 햇볕, 시원한 산들바람, 보슬보슬 내리는 비, 땀에 젖어 피부에 달라붙는 옷, 플라스틱이나 유리로 된 우리에 얼굴을 바짝 대 눌린 코, 펭귄 우리의 아주 차가운 공기, 표면에 물방울이 맺혀 떨어지는 탄산음료병, 손가락에 닿는 우리의 나무판자, 손바닥에 놓인 새 모이, 체험형 동물원에서 부드럽거나 거친 털을 만지는 느낌, 사람 손에 놓인 먹이를 먹을 때 동물의 주둥이가 간질이는 느낌, 녹아서 팔에 방울져 떨어지는 아이스크림, 목에 건 카메라 끈의 무게감, 무거운 배낭, 햇볕에 타서 따끔거리는 피부, 품에 안은 아이가 지쳐 늘어질 때의 무게감

이 배경에서 벌어질 만한 갈등의 원인

- 동물이 우리를 탈출한다.
- 동물들 간에 혹은 동물에서 인간에게 전염되는 질병이 발생한다.
- 피켓을 들고 항의하거나 시위하는 사람이 있다.
- 잔인하거나 비인도적인 사육사가 있다.
- 동물을 돌보는 일에 대해서는 아무것도 모르는 관료적인 행정관이 있다.
- 동물을 보고 싶은 마음과 우리에 갇힌 동물이 불쌍한 마음이 충돌한다.
- 애정을 쏟던 동물이 죽는다.

이 배경에서 볼 만한 유형의 사람들

- 사육사, 목수, 매점 직원, 가족들, 관리자, 유지 보수 직원, 견학 온 학생과 교사, 수의사

이 배경과 밀접한 다른 배경

- 서커스장

참고 사항 및 팁

동물원은 뜨거운 논쟁거리다. 많은 사람(특히 어린이들)에게 동물을 볼 기회를 제공하지만, 동물을 우리에 가두는 형태는 윤리적으로 용납하기 힘들다. 인간의 즐거움을 위해 동물을 가두는 것이 옳은 일인가? 처우와 보살핌의 수준을 떠나 동물원은 인도적인가? 인간은 복잡한 존재다. 어떤 사람은 상황, 장소, 가능성의 윤리와 도덕에 이의를 제기하지만, 어떤 이들에게는 이런 것들이 전혀 문제가 되지 않는다. 주인공에게 도덕적 딜레마가 생기는 상황을 그리는 것은 이야기에 갈등과 깊이를 더하는 훌륭한 방법이다.

배경 묘사 예시

나는 창가에 서서 엄지발가락에 힘을 주고 아이들 손자국이 안 남은 깨끗한 부

분을 찾으려 몸을 위로 쭉 당겨 올렸다. 드디어 사자를 가까이에서 본다! 나는 누워 있는 통나무들과 풀이 무성한 언덕, 포플러 나무 그늘 등을 훑으며 정글의 왕을 찾았다. 그러다 마침내, 울타리를 가로지르는 흙길을 따라 걷고 있는 사자를 발견했다. 하지만 그 대단한 피조물이 앞으로 갔다 뒤로 갔다를 쉬지 않고 반복하자 기쁨은 점점 사라지고 이내 마음이 아파오기 시작했다. 녀석은 철조망에 갇혀 죽은 고기나 받아먹으며 여기 있을 놈이 아니었다. 녀석에게는 장벽이나 경계가 없는 영역이 필요했다. 사람 없는 생을 누릴 자격이 있다는 말이다. 나는 유리창에서 떨어졌고, 녀석의 육중한 몸과 부드러운 갈기에 감탄해 숨을 헐떡이며 들어선 다른 관람객이 곧 그 자리를 차지했다. 동물원에는 더 이상 볼일이 없다고 결심한 나는 출구를 향해 갔다.

- **이 글에 쓴 기법** 다중 감각 묘사
- **얻은 효과** 감정 고조

라스베이거스 쇼　　　　　　　　　　　　Vegas Stage Show

풍경

층높이를 다르게 해서 몇 단씩 설치된 좌석, 높이가 각기 다른 여러 단과 그리로 오르는 계단들이 한데 설치된 다층 무대, 스포트라이트 조명, 화려하고 반짝이는 의상, 노출이 심한 의상을 입은 댄서, 가수와 연주자, 현란한 의상을 입고 머리에 깃털 장식을 단 쇼걸, 화려한 색상, 번쩍거리는 조명, 스팽글로 장식된 턱시도를 입고 실크해트를 쓴 남성 댄서, '태양의 서커스'처럼 대규모 출연진을 갖춘 공연, 1인 공연(안개에 싸인 무대에 오른 탈출 묘기 곡예사, 단골 장비들을 가지고 공연하는 마술사, 가수, 연예인 흉내 내기 달인 등), 무대를 가로지르며 춤추는 네온 및 형광 불빛들, 분수처럼 퍼지는 불꽃 및 기타 특수 효과를 만들어내는 불꽃놀이 기술, 음악의 박자에 맞춰 깜박거리는 조명, 실감 나는 무대미술과 대형 배경 막, 관객들에게 좌석을 안내하는 직원, 무대에 오를 지원자를 데려오기 위해 관객석으로 들어가는 조수, 기립 박수와 앙코르 요청

소리

공연 전 담소를 나누는 관객들, 자리를 찾으려고 좌석 줄을 따라 발을 끌며 걷는 관객, 공연 시작 시간을 알리는 장내 방송, 직접 연주되는 오케스트라 음악, 노래, 하이힐을 신고 춤을 추거나 무대 위를 걷는 소리, 음향 효과, 공연을 보며 화답하는 관객들(놀람, 웃음, 고함, 휘파람, 손뼉), 작은 폭죽 소리, 으르렁거리거나 각종 울음소리를 내는 동물들, 울리다가 다급하게 꺼지는 휴대전화, 귓속말을 주고받는 관객들, 좌석 뒤편에서 들리는 뒷사람이 발을 끄는 소리, 삐걱거리는 좌석

냄새

드라이아이스에서 나는 오존 냄새, 무대에서 쓰는 화재 효과 때문에 나는 연기 냄새, 향수, 술, 매점에서 흘러 들어오는 냄새

맛

허용되는 경우에 한해 장내 매점에서 파는 음식과 음료(팝콘, 미니 도넛, 설탕 가루를 묻힌 프레첼, 맥주, 일회용 플라스틱 컵에 담은 하이볼 칵테일, 병에 든 생수)를

공연 중에 먹을 수 있다.

눈부신 스포트라이트 조명 때문에 가늘게 뜬 눈, 푹신한 좌석, 무감각해지는 한쪽 발, 장내가 너무 추워 오들오들 떠는 몸, 공연이 시작되길 기다리며 기대감으로 가슴이 두근거리는 느낌, 곡예사의 위험한 묘기에 철렁 내려앉는 심장, 감동해서 나는 눈물, 광택지로 만들어진 전단이나 프로그램, 푹 꺼지거나 기울어진 좌석, 쿠션이 안 들어간 팔걸이에 올려놓은 팔이 묵직하게 아픈 느낌, 실수로 떨어뜨린 팝콘 한 알이 가슴골 사이로 들어가 꺼내야 하는 상황, 냅킨에 닦는 기름 묻은 손가락, 취기가 올라 알딸딸한 느낌, 휘황찬란한 조명과 과음 때문에 어지럽고 메스꺼운 느낌

이 배경에서 벌어질 만한 갈등의 원인

- 입장권을 잃어버린다.
- 자신의 자리에 다른 사람이 앉아 있다.
- 지독한 술 냄새나 향수 냄새를 풍기는 사람 옆자리에 앉는다.
- 보고 싶었던 배우가 아니라 그 배우의 대역이 공연할 거라는 사실을 알게 된다.
- 공연장에 오기 전에 들른 카지노에서 큰돈을 잃어 기분이 좋지 않다.
- 원하지 않는데 지원자로 선택돼 무대에 올라가야 한다.
- 무대에 너무 가까이 앉는 바람에 코미디언의 단골 표적이 된다.
- 수준 이하의 공연을 보고 표값이 아깝다는 생각이 든다.
- 예상치 못한 이유(유명 공연자의 병이나 죽음, 테러리스트 공격, 공연장 문제 등)로 기대했던 공연이 취소된다.
- 공연 중에 잔인한 장면(동물의 공격, 높은 곳에서 떨어진 곡예사, 폭죽 때문에 몸에 불이 붙은 사람 등)을 보게 된다.
- 아이를 데려왔는데 아이가 볼 만한 내용이 아님을 뒤늦게 알게 된다.

이 배경에서 볼 만한 유형의 사람들

- 곡예사, 동물 조련사, 관객, 벌레스크burlesque[원래는 18세기 무렵 서구에서 유행한 과

장된 스타일의 공연이었으나 이후 1800년대 후반부터 1960년대 사이에(특히 미국에서) 버라이어티 쇼 형식으로 캬바레 등의 무대에 올려졌던 쇼를 말함. 현재에도 과거 유행했던 스타일 그대로 무대에 올리는 경우가 많음] 스타, 안무가, 코미디언, 댄서, 그날의 주연 배우와 공연 팀, 최면술사, 저글링 곡예사, 마술사, 감독, 제작자, 쇼걸, 가수, 음향 및 조명 기술자, 무대 감독, 안내 담당 직원, 촬영 비디오 담당자

이 배경과 밀접한 다른 배경

- 대도시 거리, 카지노, 연예인 대기실, 호텔 객실, 리무진, 공연 예술 극장, 택시

참고 사항 및 팁

라스베이거스 쇼의 화려함은 상상을 초월한다고 알려져 있다. 그날의 주요 공연뿐만 아니라 조명, 불꽃, 음악, 의상, 곡예, 춤 등 그 뒷받침을 하는 요소들에도 심혈을 기울인다. 이 모든 것이 완벽히 어우러져야 관객들에게 잊지 못할 기억을 선사할 수 있기 때문이다.

배경 묘사 예시

거대한 벨벳 커튼이 올라간 순간부터 공연이 끝나고 내려올 때까지, 나는 태양의 서커스 팀이 펼치는 믿기지 않는 곡예에 넋이 나간 채 앉아 있었다. 의상, 저글링, 신체 묘기, 음악 등 그 모든 것이 한데 어우러져 만들어내는 이야기에 나는 각각의 순서와 춤과 포즈가 나올 때마다 점점 깊이 빠져들었다. 예술을 향한 그들의 열정을 보니 목이 메어왔다. 그런 아름다움과 기술을 그토록 자연스럽게 구사할 수 있을 때까지 쏟았을 셀 수 없는 노력의 시간을, 나는 그저 상상만 할 뿐이었다. 마지막에 모든 출연진이 무대 위로 뛰어나왔을 때 나는 다른 사람들처럼 자리에서 벌떡 일어났다. 장내에 울려 퍼진 박수 소리가 어찌나 천둥처럼 크던지 가슴이 쿵쿵 울렸고, 이런 공연을 경험하게 해준 답례로 환호하고 휘파람을 부느라 목이 쉬고 따가웠다.

- **이 글에 쓴 기법** 다중 감각 묘사
- **얻은 효과** 분위기 설정, 감정 고조

레크리에이션 센터 Rec Center

풍경

실외 농구 코트, 축구나 풋볼용 잔디 구역, 일반적인 놀이 기구(미끄럼틀, 그네, 정글짐, 수평 사다리, 암벽 타기)를 갖춘 놀이터, 테니스 코트, 실외 수영장, 인도 옆에 설치된 자전거 보관소, 아스팔트 위에서 어른거리는 열기, 정면 현관으로 이어지는 넓은 시멘트 길, 입구 바로 안쪽에 있는 강좌와 이벤트 접수 데스크, 관람석이 계단식으로 배치된 실내 체육관, 작은 웨이트트레이닝실, 탈의실 및 공중화장실, 음수대, 관리실, 벽에 붙은 동기 부여 포스터, 다양한 강좌(댄스, 그림, 도예, 텀블링, 가라테, 체조, 필라테스, 요가, 호신술, 수영)에 참가하는 어린이나 어른, 다양한 방과 후 활동을 하는 어린이(숙제를 하고, 간식을 먹고, 보드게임이나 운동을 하는), 달리는 아이, 아이를 데리러 온 어른, 건물을 통해 밖으로 나가는 수영 강습생들이 바닥에 흘린 물방울, 안내 데스크에서 수강료를 지불하는 사람, 자판기, 카우치와 의자가 놓인 대합실

소리

체육관에서 들리는 메아리, 끽끽거리는 운동화, 고함, 튀는 공, 심판이 부는 호각, 아이들의 고함과 웃음, 격하게 부딪치는 발소리, 여닫히는 문, 열린 문에서 들어온 산들바람에 게시판에 붙여놓은 공지 사항이 펄럭이는 소리, 강좌를 들으러 가며 떠는 수다, 짤랑거리는 열쇠, 휴대전화로 통화하는 목소리, 관리실에서 울리는 전화벨, 방향을 묻는 목소리, 댄스 강좌에서 들리는 음악, 지시를 내리는 강사, 수영장에서 들리는 물소리, 귀에 들어간 물 때문에 웅웅거리는 주변 소리, 자판기에서 철컹 떨어지는 탄산음료 캔, 운동 경기에 환호를 보내거나 박수를 치는 사람들, 감독을 향해 고함치는 부모, 날카로운 소리를 내는 호각, 쾅 닫히는 무거운 문, 실외에서 공을 때리는 테니스 라켓, 공이 코트 펜스를 때릴 때마다 금속 망이 짤그랑 흔들리는 소리

냄새

수영장의 염소, 젖은 수건, 땀투성이 아이, 그림물감, 뜨거운 아스팔트, 살균제, 손 소독제, 청소용품, 바닥용 왁스, 고무

맛

자판기의 음료수, 물, 방과 후에 먹는 간식, 생일 파티에 준비된 피자와 케이크

촉감과 느낌

너무 강해서 소름이 돋는 에어컨 바람, 수영한 사람들이 흘린 물로 미끄러운 타일 바닥, 다리 뒤쪽에 달라붙는 금속으로 된 관람석, 실외 농구 코트에 내리쬐는 햇볕, 피트니스 수업의 격렬한 운동으로 얼얼한 근육, 체육관에서 한 운동 탓에 피곤한 근육, 일정한 리듬으로 손바닥에 닿는 튀어 오르는 농구공, 캔버스 위에서 빠르게 붓질하는 느낌, 푹신한 운동 매트 위를 구르는 느낌, 젖은 수영복에서 흘러내리는 물, 피부를 흘러 떨어지는 물방울, 피부를 조이는 작은 수영모나 고글, 손바닥으로 쾅 닫는 로커 문, 물이 담긴 페트병의 무게감, 어깨에 걸친 배낭이 당기는 느낌, 아이를 기다리며 부드러운 의자에 맡기는 몸

이 배경에서 벌어질 만한 갈등의 원인

- 수강생 간에 경쟁이 치열하다.
- 교실이 이중 예약된다.
- 강사가 나타나지 않는다.
- 수강용품이 부서져 있거나 질이 형편없다.
- 아이를 데리러 오는 부모가 늦게 온다.
- 로커에서 개인 물건을 도난당한다.
- 강사에게 불만이 있다.
- 심판이 역할을 제대로 하지 못한다.
- 비행 청소년이 온다.
- 운동을 하다 다친다.
- 제대로 된 신원 조사 없이 강사를 채용한다.
- 부모가 센터를 고소한다.
- 강사가 센터의 제약에 좌절감을 느낀다.
- 소문이나 사람의 결점을 발견하길 좋아하는 부모가 있다.
- 강사가 수강생을 편애한다.

- 인기 있는 강의 때문에 작은 틈새 강의가 밀려난다.
- 자금 부족으로 해고와 예산 삭감이 발생하고, 시설의 질과 안정성이 흔들린다.

이 배경에서 볼 만한 유형의 사람들

- 관리자, 어른, 아이, 감독, 강사, 그 밖의 직원들(방과 후 프로그램 직원, 관리 직원, 유지 보수 직원), 안전 검사관, 부모

이 배경과 밀접한 다른 배경

- **시골 편** 체육관, 로커 룸
- **도시 편** 커뮤니티 센터, 피트니스 센터, 야외 수영장, 스포츠 경기 관람석

참고 사항 및 팁

레크리에이션 센터는 운영 방침에 따라 매우 다양하다. 어린이만 대상으로 하는 곳도 있고, 전 연령층이 이용할 수 있는 곳도 있다. 다양한 강좌, 방과 후 수업, 운동 경기장 및 시설, 파티나 모임을 위한 장소 대여 등 레크리에이션 센터에서 제공하는 서비스도 여러 가지다. 이런 시설은 대부분 행정 지원으로 이루어지기 때문에, 지원 상황에 따라 설비의 종류와 질이 좌우된다. 청결도와 보수 상태도 마찬가지다.

배경 묘사 예시

제러마이아는 텅 빈 복도를 최대한 빠르게 걸었다. 공 튀는 소리, 끽끽거리는 운동화, 감독의 비판적인 호각 소리 등 체육관에서 들려오는 소리가 복도에 울려 퍼졌다. 지각에 대해 무슨 변명을 할지 생각하며 제러마이아는 침을 삼켰다. 더구나 이번이 처음도 아니다. 그의 속보는 곧 조깅 수준으로 바뀌었다.

- **이 글에 쓴 기법** 다중 감각 묘사
- **얻은 효과** 성격 묘사, 복선, 과거 사연 암시, 긴장과 갈등

록 콘서트 Rock Concert

풍경

무대 뒤 분장실과 출연자 대기실, 의상실, 장비를 옮기는 장비 전문가들, 무대 뒤에 전략적으로 배치된 각종 장비들, 폭죽 효과 담당이 특수 효과를 장치하는 모습, 각종 운반과 흐름을 지시하는 매니저, 몸을 푸는 뮤지션들, 매력적인 스타 주변을 맴도는 열성 팬, 탁자에 마련된 음식과 음료

무대 다채로운 색상의 스포트라이트 조명으로 밝혀진 무대, 천장까지 쏘아 올리거나 관중 쪽을 비추는 조명, 바닥에서 떠 있는 발판 형태의 무대, 무대 뒤편에 늘어뜨린 배경 막, 대형 스피커, 소리를 증폭시키는 앰프, 마이크 스탠드에 장착된 마이크, 대담한 의상을 입고 악기를 연주하는 뮤지션, 각 연주자 가까이에 둔 물병, 무대 뒤편 벽에 비춰지는 내용들(밴드 이름, 최근 앨범 표지, 특정 투어를 가리키는 로고), 레이저 조명, 드라이아이스나 안개 효과, 폭죽과 불꽃, 폴댄스를 추는 댄서, 비디오 화면, 악기를 부수거나 관중을 향해 기념품(기타 픽, 드럼 스틱)을 던지는 연주자

객석 서로 뒤엉켜 꽉꽉 들어찬 사람들, 밴드의 티셔츠를 입은 팬들, 남자 친구 어깨 위에 목말을 탄 여자들, 보디 서핑body surfing[뮤지션이 많은 관객 위를 서핑하듯이 움직이는 것]을 하는 사람들, 앞줄에 만들어진 모시 핏mosh pit[음악에 맞춰 격렬하게 춤추는 사람들이 모여 일시적으로 형성되는 특정 구역], 무대 가까이에서 연주자들을 향해 순간적으로 가슴을 내보이는 여자들, 술 마시고 담배 피우는 사람들, 뛰고 소리 지르는 팬들, 다 함께 불 붙인 라이터를 공중에 들고 천천히 흔드는 장면, 공연을 찍으려고 휴대전화를 높이 든 사람들, 헤드 뱅잉 하는 사람들, 주먹다짐, 술이나 약에 취한 사람들

기타 장소 줄지어 선 이동식 화장실(야외 공연장일 경우), 매점(생수와 탄산음료, 사탕과 초콜릿, 껌, 맥주, 와인을 파는), 기념품 판매대(음반, 티셔츠, 프로그램 책자, 반다나, 장신구, 모자, 포스터, 열쇠고리, 머그잔)

소리

말도 안 되게 시끄러운 음악, 서로의 귀에 대고 외치며 대화를 시도하는 사람들, 귀를 찢는 마이크 소음, 마이크에 대고 얘기하는 뮤지션, 기타나 드럼 독주, 발

구르는 소리, 박수, 비명을 지르거나 소리 높여 외치는 팬들, 귀에서 울리는 소리, 목이 터져라 노래를 따라 부르며 합창하는 팬들

냄새

마리화나, 담배 연기, 바디 스프레이, 땀, 체취, 김빠진 맥주, 토사물

맛

담배, 바짝 마른 입안, 맥주 및 기타 주류

촉감과 느낌

다른 팬들과 어깨가 맞닿을 만큼 빽빽이 들어선 느낌, 가슴을 둥둥 울리게 하는 낮은 베이스 음의 진동, 귀청이 터질 듯한 음악 소리, 군중 속을 어깨로 조금씩 밀면서 앞으로 나아가는 느낌, 흠뻑 젖은 땀, 술에 취해 비틀거리며 걷는 느낌, 갈증으로 타는 듯한 목, 몸에 쏟아지는 음료, 누군가에게 밟힌 발, 뒤에서 밀려드는 군중 때문에 난간이나 무대에 짓눌리는 몸

이 배경에서 벌어질 만한 갈등의 원인

- 입장권을 잃어버린다.
- 예전 공연에 갈 수 없었기에 다른 사람들이 그 공연이 얼마나 좋았는지 떠드는 걸 듣고 있어야만 한다.
- 친구들 무리를 놓친다.
- 주차장에서 누군가 차 문을 열고 물건을 털어간다.
- 기념품 판매대에서 돈을 너무 많이 쓴다.
- 공연을 보는 내내 자신의 자리를 사수하기 위해 힘겹게 버틴다.
- 취한 팬들이 예측 불가능한 행동을 한다.
- 폭동이 일어나 넘어져 짓밟힌다.
- 군중 속에서 누군가에게 성추행을 당한다.
- 누군가에게 신체적 폭력을 당한다.
- 무대 뒤로 입장할 수 있는 표를 얻었으나 정작 밴드를 실제로 만나자 실망한다.
- 누군가 자신의 몸에 토한다.

- 팔꿈치로 끊임없이 찍히고 떠밀린다.
- 오프닝 공연이 엉망진창이다.
- 키가 너무 큰 사람 뒤에 섰는데 다른 자리로 옮길 수 없다.
- 휴대전화를 높이 쳐들고 공연 내내 촬영하는 사람들 때문에 앞이 보이지 않는다.
- 팬들 사이의 견해차(밴드에서 실력이 가장 좋은 멤버, 최고의 곡, 최악의 앨범 등에 관한)가 심각한 싸움으로 번진다.

이 배경에서 볼 만한 유형의 사람들

- 에이전트(밴드나 연예인들의), 관리 직원, 행사 기획 담당자, 팬, 매니저, 뮤지션, 개인 비서나 도우미, 음향 및 조명 기술자, 관객, 판매원

이 배경과 밀접한 다른 배경

- **시골 편** 대저택
- **도시 편** 연예인 대기실, 호텔 객실, 리무진, 공연 예술 극장, 녹음 스튜디오, 라스 베이거스 쇼

참고 사항 및 팁

록 콘서트는 다른 음악 관련 행사들에 비해 무질서하고 거친 편이다. 하지만 다른 배경들처럼 이곳도 몇 가지 기준에 따라 모습이 다양해질 수 있다. 실내 공연인가, 야외 공연인가? 공연장 규모는 어느 정도인가? 현재 활동하는 밴드인가(현대적이고 유행에 뒤떨어지지 않은 관객층), 관객 연령대가 그보다 높은 재결합 투어인가? 이런 질문들에 대한 답을 생각해보면 콘서트에 어떤 관객이 찾아올지 쉽게 결정할 수 있을 것이다. 또한 원하는 장면을 정확하고 상세하게 묘사할 수 있을 것이다.

배경 묘사 예시

나는 친구 발이 건네준 물을 받아 쥐고 꿀꺽꿀꺽 마셨다. 8월의 태양이 머리 바로 위에 있었고, 구름 한 점 없는 하늘에 햇빛이 눈부시게 쨍쨍했다. 꽉꽉 들어

찬 2000명가량의 관객들이 내뿜는 체온을 고려해보면 현재 이 들판의 온도는 40도는 될 것이다. 목덜미는 햇볕에 타 따끔거렸고, 진흙은 다리에 튀는 것도 모자라 마지막으로 관중을 향해 호스로 물을 뿌린 이후 신발에도 질퍽하게 들러붙었다. 앞서 지나간 두 팀의 공연 동안 얼마나 혹사를 당했던지 발에 거의 감각이 없었지만 그래도 괜찮았다. 앞으로 두 팀만 더 견디면, 우리의 '애시드 뱃츠'가 나온다. 나는 고개를 젖혀 머리카락의 땀을 털어내며 막 무대에 오르는 '좀비 선라이즈'를 향해 함성을 질렀다.

- **이 글에 쓴 기법**   다중 감각 묘사, 날씨
- **얻은 효과**   분위기 설정, 감정 고조

풍경

긴 통로, 기둥이 받친 높은 천장, 밝은 조명, 유리 진열장에 전시한 유물, 관람객이 만지지 못하도록 로프를 친 전시물, 단이나 대에 올려놓은 전시물, 작품에 대한 정보가 적힌 판, 액자에 넣어 벽에 단 예술 작품, 상형문자(돌에 새겨진 진품이나 사진), 색 바랜 태피스트리, 방 하나에 배치된 공룡의 화석, 크고 작은 조각상, 역사적 인물의 흉상, 유리관에 전시된 미라, 부족의 가면, 구시대의 인형과 장난감, 오래된 비행기와 그 밖의 차량들, 고대의 책과 두루마리, 의상과 머리 장식, 갑옷, 특정 문화나 시대의 무기, 보석과 보물, 금이 가고 이가 빠진 접시, 멸종동물을 재현한 전시, 단지와 도자기, 왕관과 머리 장식, 작품 정보를 읽기 위해 전시물에 가까이 다가가는 사람, 벤치에 앉아 쉬는 관람객, 견학 온 학생들, 도슨트와 함께 박물관을 도는 관람객들, 사진을 찍는 관람객(플래시를 끄고), 전시물에서 받은 영감을 표현하는 예술가(스케치를 하거나, 메모를 하는)

소리

속삭임, 전시물에 대해 서로 나누는 이야기, 타일 바닥이나 대리석 바닥을 걷는 발소리, 안내원의 쩌렁쩌렁한 목소리, 메모를 할 때 종이를 긁는 펜, 웃고 뛰는 아이들, 정해진 시각에 독실에서 나오는 짧은 영상 속 내레이션, 주제가 있는 구역이나 방에서 흘러나오는 배경음(제2차세계대전을 주제로 한 방의 전투 소리, 고대 메소포타미아 전시실의 사막 소리), 아이들에게 정숙하라고 주의를 주는 교사, 유아차의 삐걱거리는 바퀴, 칭얼거리는 아기, 작동 중인 청소기나 바닥 광택기, 펴거나 접는 박물관 안내도

냄새

청소용품, (잘 손질했지만 풍기는) 오래된 물건 특유의 냄새, 곰팡내, 먼지, 가죽, 돌, 고서의 종이, 천천히 부패해가는 천

맛

이 배경에서는 등장인물이 가지고 있는 것(껌, 박하사탕, 립스틱, 담배 등) 말고는

관련된 특정한 맛이 없다. 이럴 때는 미각 외의 네 가지 감각에 집중하는 것이 좋다.

촉감과 느낌

발밑의 딱딱한 바닥, 손끝에 닿는 매끄러운 유리, 전시물을 보려고 몸을 기울일 때 허벅지에 닿는 벨벳 로프, 딱딱한 벤치, 반들반들한 박물관 안내도, 만져볼 수 있는 반질반질한 공룡 뼈 화석, 잡고 있는 아이의 손

이 배경에서 벌어질 만한 갈등의 원인

- 발이 걸려 넘어지며 전시물에 부딪친다.
- 실수로 전시물에 손상을 입힌다.
- 전시 중에 잘못된 부분을 발견하고 이의를 제시해야 한다는 생각에 사로잡힌다.
- 뭐든지 만지려고 하는 아이를 돌봐야 한다.
- 모든 작품을 보고, 모든 해설을 들어야 만족하는 친구와 박물관을 돈다.
- 어떤 작품을 봐도 비난하거나, 이런 자리에 있고 싶지 않다며 허풍을 떠는 사람과 박물관을 간다.
- 특정 작품을 관람하려고 방문했는데 일반인에게는 공개하지 않는다.
- 지루하지만 자리를 뜰 수가 없다.
- 침입자나 절도범이 들이닥친다.
- 폭탄을 설치했다는 협박을 받는다.
- 물건이 저절로 움직였다는 등 초자연현상이 발생했다는 보고가 들어온다.
- 강도가 들어오거나 박물관이 봉쇄된다.
- 고장 난 스프링클러 때문에 전시물이 손상된다.

이 배경에서 볼 만한 유형의 사람들

- 열정적인 예술 애호가, 박물관 관리인, 큐레이터, 박물관장, 도슨트, 관람객, 역사학자, 전시품 기증자, 견학 온 사람들(학생, 교사, 보호자), 박물관 투어를 하는 일행, 행락객

이 배경과 밀접한 다른 배경

- **시골 편** 고대 유적
- **도시 편** 골동품점, 아트 갤러리

이 장에서는 가장 일반적인 박물관인 역사 박물관과 과학 박물관에서 볼 수 있는 것을 다뤘다. 그 밖에도 스포츠와 특정 오락, 어린이의 관심사, 예술과 공예, 원주민, 유명하거나 악명 높은 사람들, 특정 지역, 시대, 군사 관련, 엔터테인먼트, 색다른 물건, 초자연현상 등 다양한 분야를 전문적으로 다룬 박물관이 늘고 있다. 박물관은 점점 가상 현실을 이용해 쌍방향 소통이 가능한 공간으로 변화하고 있으니 그런 점에 대한 묘사도 선택지에 넣어두자. 박물관을 배경으로 한 장면의 완성도를 높이고 싶다면 특이한 주제를 다룬 박물관이나 상상으로 만든 물건을 취급하는 장소를 검토해보자.

우리는 신발 소리를 울리면서 고대 에페수스의 조상술에 초점을 둔 작은 전시실로 들어갔다. 머리 부분이 없는 조각을 관찰하며 조각가가 로브의 주름과 완벽한 손발의 섬세함을 어떻게 표현했는지 이해하려는 동안 도슨트의 목소리는 멀어졌다. 손끝이나 샌들을 만져서 돌이 전하는 작은 균열의 감성을 느껴보고 싶어 손가락이 근질근질했다.

- **이 글에 쓴 기법** 다중 감각 묘사
- **얻은 효과** 감정 고조

볼링장   Bowling Alley

풍경

접수 카운터 뒤에서 볼링화에 탈취제를 뿌리는 직원, 멋없는 볼링화로 가득 찬 작은 신발장, 판매 상품들(볼링공, 가방, 셔츠), 어두운 조명, 어둠 속에서 빛나는 볼링을 즐기기 위한 네온 조명, 검은 거터gutter[레인 양옆에 위치한 도랑]가 설치된 광택 나는 나무 레인, 아마추어와 어린이를 위한 공기 주입식 공이나 비닐 공, 플라스틱 의자와 디지털 점수판, 대리석 질감의 공들이 나열된 볼 반환 기계, 서는 위치와 겨냥하는 장소를 알려주는 화살표와 선이 표시된 바닥, 마찰로 생긴 검은 흠집이 곳곳에 있는 볼링 핀, 매점 구역(플라스틱 컵, 맥주병, 생수병, 감자튀김이나 핫도그가 담긴 패스트푸드 쟁반이 있는)과 테이블, 게임기와 핀볼 머신이 있는 게임 코너, 화장실, 분수식 음수대, 쓰레기통, 비상구, 볼링 치는 사람(볼링화를 신어보고, 볼링공을 고르고, 순서가 된 사람을 응원하는), 핀 센터에서 상태가 좋지 않은 핀을 정리하는 직원, 똑같이 맞춘 셔츠를 입고 경기가 잘 풀렸을 때 서로 하이파이브를 하는 볼링 팀, 벽에 붙은 광고, 생일 고깔모자를 쓰고 얼굴에 케이크 부스러기를 묻힌 파티에 참석한 아이들

소리

나무 바닥에 떨어져 굴러가는 볼링공, 짤그랑거리며 서로 부딪치는 핀들, 윙 소리와 함께 기계를 통과해 돌아온 공이 다른 공에 쿵 부딪치는 소리, 멀리 떨어진 곳에서 소리를 내는 핀 센터 머신, 웃음과 외침, 스피커에서 흐르는 음악, 주변을 뛰어다니며 자기 차례가 왔는지 끊임없이 묻는 아이, 좋은 플레이를 한 뒤 뛰어오르며 기뻐하는 사람이나 고개를 떨군 채 의자로 돌아가 다음 순서를 기다리는 사람, 바닥을 스치는 신발, 시끄러운 게임기, 바스락거리는 막대 사탕 포장지, 빨대로 홀짝이는 탄산음료, 바삭거리는 감자 칩, 아이에게 불러주는 가족들의 생일 축하 노래, 경쟁하는 친구들이 장난치며 서로를 깎아내리는 목소리

냄새

바닥 광택제, 가죽 장갑과 가방, 소독제, 흡연자에게서 풍기는 담배 냄새, 향수, 핫도그의 짭조름한 냄새, 한창 감자튀김을 만들 때 튀김 솥에서 부글거리는 기

름 냄새, 넘쳐흐른 맥주의 효모 냄새, 땀, 발 냄새

맛

감자 칩, 치즈를 얹은 나초, 핫도그, 감자튀김, 물, 탄산음료, 피자, 맥주, 생일 케이크, 자판기의 사탕

촉감과 느낌

매끈한 볼링공, 차가운 구멍 속에 미끄러뜨리듯 넣는 손가락, 손에 닿는 드라이어의 바람, 꽉 끼는 가죽 장갑, 손에 잡은 공의 무게감, 다른 사람이 막 사용한 볼링화의 축축함, 풀린 구두 끈, 나무 바닥 위에서 미끄러지기 쉬운 신발 밑창, 볼 반환 기계의 진동, 딱딱한 플라스틱 의자, 차가운 음료수, 스트라이크가 나왔을 때 하는 하이파이브, 차가운 에어컨 바람, 시끄러운 음악의 베이스 음, 구겨진 지폐, 음식물 부스러기가 흩어진 매끈한 탁자, 새 볼링 셔츠의 부드러움, 땀에 젖은 머리, 끈적거리는 사탕, 짭짤한 나초, 뜨거운 피자 치즈 때문에 얼얼한 입천장, 셔츠에 튄 차가운 물, 파울 라인을 밟고 매끈한 바닥에 미끄러지는 느낌

이 배경에서 벌어질 만한 갈등의 원인

- 라이벌과의 경기가 싸움으로 발전한다.
- 장난치던 사람들 때문에 손해를 입는다.
- 크게 휘두른 손에 어린아이가 부딪힌다.
- 식중독에 걸린다.
- 볼링 핀을 세우는 기계의 고장으로 경기를 망친다(특히 큰 대회에서).
- 부주의한 사람이 게이트가 열리기도 전에 공을 던져 기계를 부순다.
- 볼링공 구멍에 엄지손가락이 낀다.
- 볼링공이 발 위로 떨어진다.
- 게임 센터에서 돈을 잃는다.
- 부담감 때문에 중요한 시합에서 진다.

이 배경에서 볼 만한 유형의 사람들

• 생일 파티에 참석한 사람, 볼링 클럽 회원, 직원, 프로 볼링 선수

이 배경과 밀접한 다른 배경

• 영화관

참고 사항 및 팁

볼링장 중에는 반사 도료를 칠한 인테리어와 번쩍이는 조명을 비춰서 어둠 속에서 빛나는 특수한 레인을 구비한 곳도 있다. 이런 곳에서라면 평범한 볼링장이 독특한 공간으로 변신하며, 빛과 그림자의 대비도 이용할 수 있다.

주인공과 관계된 사람을 구상할 때 짝사랑 상대나 친구, 좋은 지도자 등 주변에서 흔히 볼 수 있는 인물을 선택하면 글쓰기가 수월하다. 하지만 주변 인물을 이용해 흥미진진하고 독특한 상황을 만들 수도 있다. 볼링장에서 만날 수 있는 사람들을 떠올려보자. 그는 아마추어 볼링 선수일 수도 있고, 아들의 생일 파티를 연 싱글 대디일 수도 있다. 혹은 핀을 정리하고 어린이용 경사로를 꺼내는 직원일지도 모른다. 이런 사람들을 이용해 주인공이 갈등과 자기 관찰, 성장을 하는 의미 있는 기회를 만들어보자.

배경 묘사 예시

나는 묵직한 공을 쥔 채 남아 있는 두 개의 핀을 보았다. 스플릿인가. 어려운 샷이지만 5점 차로 지고 있으니 두 개 다 쓰러뜨려야 한다. 베이스가 쿵쿵 울리는 음악과 옆 레인에서 아우성치는 아이들, 실내를 반짝거리며 비추는 조명 등 모든 것에 대한 신경을 끄고 겨냥한 장소에만 시선을 고정했다. 열 개의 핀 오른쪽에 있는 2.5센티미터의 틈새다.

• **이 글에 쓴 기법** 다중 감각 묘사
• **얻은 효과** 긴장과 갈등

서커스장   **Circus**

풍경

외부 알록달록하게 칠한 화물차와 대형 트레일러, 몇 개의 깃발이 펄럭이는 줄무늬 텐트, 게임과 경품으로 가득 찬 통로, 회전목마 등 어린이용 놀이 기구, 여흥을 위한 사이드쇼sideshow[축제에서 주 행사에 더해 부수적으로 제공되는 볼거리나 즐길거리](수염을 기른 여인, 문신을 한 남자, 불 쇼, 인간 대포), 동물 쇼나 희귀 동물을 모은 동물 전시회, 매점, 흙이나 잔디로 덮은 일대, 울타리를 친 출입 금지 구역, 투광기, 넘치는 쓰레기통, 땅에 떨어진 작은 쓰레기들(팝콘 낟알, 꾸깃꾸깃 뭉쳐진 휴지, 담배꽁초, 플라스틱 포크)

텐트 내부 중앙에 배치된 원형 또는 타원형 바닥, 계단식 좌석, 스포트라이트로 특정 부분을 눈에 띄게 만들기 위해 어둡게 조절한 조명, 관객에게 말을 거는 무대 감독, 다양한 묘기(공중 그네, 애크러배틱, 체조, 동물 쇼, 오토바이 스턴트, 죽음의 고리)가 펼쳐지는 여러 공간, 야생동물과 가축(호랑이, 사자, 말, 개, 새)을 길들이는 조련사, 어릿광대와 죽마를 탄 곡예사, 반짝이는 의상, 트램펄린 위를 뛰어오르는 체조 곡예사, 빙빙 돌며 내부를 비추는 컬러 스포트라이트, 공중에 설비된 장치(공중그네, 번지점프용 로프, 위에 매달아놓은 비단, 고리)를 이용하는 애크러배틱 곡예사, 줄타기를 하는 곡예사, 연기나 드라이아이스로 뿜연 공기, 댄스 팀, 외발자전거를 타고 저글링을 선보이는 곡예사, 네온 조명, 불꽃, 텐트 천장에 떠 있는 헬륨 가스가 빠진 풍선, 눈을 크게 뜨고 팝콘과 솜사탕을 먹는 아이들

소리

스피커에서 들려오는 방송, 서커스를 주제로 삼은 음악, 동물에게 이야기하는 조련사, 실내에 크게 울려 퍼지는 무대 감독의 목소리, 숨을 삼키는 관객, 박수, 서로 소리치는 애크러배틱 곡예사들, 동물 울음소리(으르렁거리는 소리, 매애 우는 소리, 짖는 소리, 쉭쉭 소리, 코끼리의 큰 울음소리), 바닥에 쿵 닿는 말발굽, 묘기를 선보일 때 흐르는 드럼과 심벌즈 소리, 발을 끌며 걷는 금속 계단, 쿵 울리는 대포 소리, 빵 터지는 풍선, 어릿광대가 부는 나팔, 회전목마에서 나오는 오르골 음악, 서커스장으로 가는 길에 들리는 전화벨과 알람 소리, 울려 퍼지는 음

악, 지나가는 사람들에게 말을 거는 상인, 말소리와 웃음, 울리는 휴대전화, 아이들의 웃음과 울음

냄새

동물, 땀, 서커스장에서 파는 음식, 건초, 연기, 소변, 거름, 먼지

맛

팝콘, 땅콩, 솜사탕, 빙수, 핫도그, 피자, 감자튀김, 나초와 치즈, 아이스크림, 부드러운 프레첼, 탄산음료, 물, 레모네이드

촉감과 느낌

텐트 안에서 가동되는 에어컨, 밝은 야외에서 어두운 텐트 안으로 들어온 뒤 서서히 어둠에 익숙해지는 눈, 홈이 있는 금속 계단을 밟고 자리를 찾아가는 느낌, 붐비는 실내에 앉아 있을 때 양 옆사람과 닿는 몸, 딱딱한 금속이나 플라스틱 좌석, 박수를 열심히 쳐서 따끔거리는 손바닥, 위험한 곡예를 보며 느끼는 긴장감, 갑자기 들이마시는 숨, 끈적한 솜사탕, 더운 날에 마시는 차가운 음료수, 기름진 감자튀김이나 피자

이 배경에서 벌어질 만한 갈등의 원인

- 열차 사고나 교통사고로 장비가 파손되거나 곡예사 또는 동물이 다친다.
- 텐트가 무너진다.
- 동물이 흥분해서 날뛴다.
- 밖에서 동물 보호 단체가 항의 시위를 벌인다.
- 사육사가 잔인하다.
- 공중 곡예사가 묘기를 선보이다 떨어져 죽는다.
- 조련사가 동물에게 폭력을 휘두른다.
- 보건소가 서커스장을 폐쇄한다.
- 매우 중요한 곡예사가 병에 걸려 무대에 서지 못하게 된다.
- 어릿광대 또는 특정 동물을 무서워하는 관객이 있다.
- 인파 속에서 아이가 사라진다.

이 배경에서 볼 만한 유형의 사람들

- 서커스 총지휘자, 무대 감독, 애크러배틱 곡예사, 조련사와 사육사, 어릿광대, 매점 경영자, 관객, 댄서, 토지 관리인, 체조 곡예사, 저글링 곡예사, 통로를 누비는 행상인, 사이드쇼 공연자, 죽마 곡예사

이 배경과 밀접한 다른 배경

- **시골 편** 지방 축제
- **도시 편** 놀이공원, 유령의 집, 야외 주차장

참고 사항 및 팁

서커스는 몇 세기 전부터 시작됐으며, 세월과 함께 큰 변화를 겪었다. 이제는 많은 서커스가 매번 조립하고 해체해야 하는 텐트보다는 고정된 경기장에서 열린다. 또 서커스단은 전차보다는 화물차나 대형 트레일러로 이동한다. 오래전부터 동물 조련사의 가혹 행위가 도마에 올랐는데, 동물 보호 운동이 세상의 주목을 받게 되면서 많은 현장에서 코끼리와 곰 등 야생동물 사용이 금지되었다. 설득력 있는 이야기를 만들기 위해서는 늘 그렇듯 철저한 조사를 통해 모순을 줄여야 한다.

배경 묘사 예시

구경거리들을 이리저리 비추는 빨간 스포트라이트를 쫓아가는 지미의 눈이 원반처럼 동그래졌다. 울타리 안에서는 말이 발굽으로 분진을 차올리고, 꼬리를 좌우로 홱홱 흔들며 '8' 자 모양으로 뛰어다녔다. 지미는 목을 빼고 텐트의 가장 높은 곳에서 공중그네를 타는 사람들을 바라봤다. 그들은 드럼 소리에 맞춰 하늘을 가르고 날아서 닿을락 말락 한 위치에서 간신히 서로의 손을 잡았다. 지미의 왼쪽에서는 반짝이는 옷을 입은 곡예사가 사슬톱과 초승달 모양의 칼, 큰 접시 두 장, 멜론으로 저글링을 하고 있었다. 손에 든 아이스크림이 녹아내리고, 하도 열심히 쳐다봤더니 눈도 아팠다. 그래도 눈을 깜박이거나 자리를 옮기다가 오늘 밤 최고의 곡예를 놓칠까 두려웠다.

- **이 글에 쓴 기법** 빛과 그림자, 직유
- **얻은 효과** 분위기 설정

스케이트보드 파크　　　　　　　　　　　　Skate Park

풍경

원하는 대로 배열할 수 있는 장애물과 난코스(볼, 쿼터 파이프, 하프 파이프, 벽, 비탈, 펀 박스, 피라미드, 레일, 계단, 벤치)가 조합된 넓은 시설, 콘크리트와 나무로 만든 구조물, 장애물 꼭대기에 있는 평평한 판, 바깥에 둘러놓은 울타리, 스케이트보드와 인라인스케이트를 타는 사람들, BMX(스포츠 자전거)를 타는 사람, 킥보드를 타는 어린이, 서서 평평한 판을 바라보는 사람, 이어폰을 끼고 안전 장비(팔꿈치 보호대, 무릎 보호대, 헬멧)를 장착한 스케이터, 장애물의 우묵한 곳에 드리운 긴 그림자, 벽에 그린 그라피티, 회색 벽이나 그라피티풍 그림이 있는 콘크리트, 야간용 조명, 쓰레기통, 난이도가 낮은 장애물이 배치되어 있으며 입문자들이 보드 타는 법을 배우는 초보 구역, 새 기술을 배우다 굴러 떨어질 때를 대비해 마련한 발포 고무 바닥, 공원 주변을 장식한 식물과 인도, 장애물의 끝을 구분하기 위해 그은 선, 화장실과 장비 대여소가 있는 작은 건물, 철망 울타리, 장애물 위에 앉아 풍경을 바라보는 스케이터, 매점이나 자판기, 베이고 쓸린 상처가 난 자전거 애호가, 다시 스케이트보드에 오르기 전에 깊게 베인 상처를 치료하는 스케이터, SNS에 올리기 위해 휴대전화로 스케이팅 모습을 촬영하는 친구

소리

데굴데굴 구르는 스케이트보드 바퀴, 인라인스케이트를 신은 사람이 일정한 리듬으로 질주해 지나가는 소리, 레일을 따라 미끄러져 지면에 쾅 착지하는 보드, 달그락거리는 바퀴, 자전거를 탄 사람이 낙하할 때 나는 쾅 소리나 미끄러지는 소리, 덜커덩거리며 스케이트보드를 타는 사람, 지저귀는 새들, 사람들의 수다, 어려운 스턴트 묘기를 했을 때 나오는 감탄과 함성, 바퀴가 모래 위를 구를 때 나는 껄끄러운 소리, 콘크리트의 이음매 위를 쿵쿵거리며 지나가는 스케이트보드, 근처 거리에서 들리는 소리(지나가는 차, 짖는 개, 쾅 닫히는 문), 울리는 휴대전화, 누군가의 이어폰에서 새어 나오는 음악

894

냄새

젖은 콘크리트, 담배나 마리화나 연기, 땀, 체취, 뜨거운 포장도로와 녹은 타르, 방금 뿌린 페인트 스프레이

맛

껌, 사탕, 담배, 물, 탄산음료, 포장 음식

촉감과 느낌

덜커덩거리며 콘크리트 위를 굴러가는 바퀴, 목재로 만든 코스를 부드럽게 통과하거나 콘크리트의 이음매에 쿵쿵 닿는 바퀴, 지면에 세게 부딪치는 몸, 거친 콘크리트에 긁힌 피부, 스케이트보드로 금속 난간을 타거나 계단을 내려오는 느낌, 점프할 때의 두근거림, 두 발로 꽉 잡는 스케이트보드, 콘크리트에서 올라오는 열기, 다른 스케이터와 충돌을 피하려고 갑자기 인도로 방향을 바꾸는 느낌, 장애물에 걸린 헐렁한 옷, 머리카락을 휘날리게 하고 옷을 잡아당기는 바람, 바람에 흘러내려 얼굴에 닿는 머리카락, 팔꿈치와 무릎을 죄는 보호대, 땀에 젖은 헬멧, 흘러내릴 것 같은 바지를 추어올리는 느낌, 위치를 조정하는 흘러내린 보호대, 아픈 찰과상이나 멍을 살펴본 뒤 다시 스케이트보드를 타려고 붕대를 감는 느낌

이 배경에서 벌어질 만한 갈등의 원인

- 스케이트보드를 타다 다친다.
- 동료들이 압력을 넣는다.
- 잘못된 경쟁심을 느낀다.
- 안전 장비를 제대로 착용하지 않은 채 스케이트보드를 탄다.
- 판단력이 떨어져 있을 때(화가 나거나 초조할 때, 뭔가에 영향을 받았을 때, 트라우마가 될 만한 일을 겪은 뒤에) 스케이트보드를 탄다.
- 결함이 있는 장비를 사용한다.
- 관리가 소홀한 공원에서 스케이트보드를 탄다.
- 공원 안에서 비행을 저지르거나 약물을 하는 사람이 있다.

- 마약상이 아이들을 구슬리려고 주변을 얼쩡거린다.
- 스케이트보드에 대한 사람들의 편견과 선입견에 시달린다.
- 주변 가게나 회사가 빈번하게 경찰을 부르거나 시에 공원 폐쇄를 요청한다.
- 자신을 과잉보호하는 부모 때문에 창피를 당한다.
- 스케이트보드를 탄 지 얼마 안 되거나 그다지 흥미도 없는데 재능이 자신보다 뛰어난 친구가 있다.

이 배경에서 볼 만한 유형의 사람들

- BMX를 타는 사람, 친구, 그라피티 아티스트, 인라인스케이트나 스케이트보드를 타는 사람, 스케이트보드 애호가, 십 대

이 배경과 밀접한 다른 배경

- 공원, 야외 주차장, 레크리에이션 센터

참고 사항 및 팁

스케이트보드 파크는 몇 십 년 전부터 있었고, 그 종류도 다양하다. 대부분 실외에 있지만 추운 지방에는 실내 시설도 있고, 그런 곳에서는 매점과 무료 와이파이, 기념품점, 어린이 파티장 등 더욱 많은 서비스가 제공되고 있다. 정부의 지원으로 일반적인 기준에 따라 완성된 시설이 대부분이지만 각 지역의 스케이터들이 자신들의 힘으로 건축한 곳도 있다. 공공 스케이트보드 파크는 무료이며 누구든지 입장할 수 있지만, 개인 소유의 시설 중에는 입장료를 받는 곳도 있다. 시설은 낮에 개방되고, 장소에 따라 야간 이용이 가능한 곳도 있다.

배경 묘사 예시

장애물의 뜨거운 꼭대기 위에 앉은 케이는 스케이트보드를 뒤집어 무릎 위에 얹었다. 뒤에서 세 명의 십 대들이 우묵한 공간 안을 미끄러지며 금속 벌 떼처럼 우르릉 소리를 내고 있었다. 돌아보지 않아도 그들이 뭘 하는지 알 수 있었다. 몇 달이나 여기에서 보드를 탔으니까. 하지만 스트리트 코스는 아직 배우지

도, 아니 시도하지도 못했다. 한 명이 레일을 따라 스케이트보드를 타면서 계단 몇 개를 날아가는 모습을 눈으로 좇았다. 그녀는 스케이트보드 바퀴를 엄지 손가락으로 누르며 뱃속에 치밀어 오르는 긴장감을 가라앉히려 했다.

- **이 글에 쓴 기법**　직유
- **얻은 효과**　성격 묘사, 분위기 설정

스키 리조트   **Ski Resort**

풍경

__로지__   난로, 안락한 의자와 카우치가 놓인 휴식 공간, 탁자와 의자가 있는 식당, 음식을 주문하는 장소, 양념과 소스 코너, 자판기, 스키용품 대여소, 로커, 바닥에 떨어진 눈, 녹기 시작한 눈, 화장실, 탁자를 맡기 위해 의자 위에 놓은 소품(모자, 장갑, 목도리, 고글), 실내장식(나무 대들보가 보이는 천장, 벽에 걸린 빈티지 스키용품과 뿔 달린 동물의 머리 부분, 석조 난로), 슬로프의 아름다운 경치를 바라볼 수 있는 유리 벽, 스포츠 프로그램과 날씨 예보가 나오는 텔레비전

__슬로프__   눈 덮인 언덕, 기슭에 있는 커다란 로지, 실외 스케이트 링크, 스키와 폴을 놓는 선반, 바위산이나 나무가 점점이 보이는 산으로 둘러싸인 주변, 산을 올라가는 리프트와 곤돌라, 큰 커브를 그리며 활강하는 사람과 스노보드를 타는 사람, 리프트에 줄을 선 사람들, 리프트권을 스캔하는 직원들, 초급 코스에서 스키를 타는 어린이들, 강사를 둘러싼 초심자들, 슬로프의 난이도를 나타내는 색깔별 표식, 위험 지역을 알리는 경고와 주황색 그물 울타리, 모굴mogul[스키를 탈 때 뛰어넘을 수 있도록 높게 다져놓은 눈 더미]과 점프대, 제설차, 눈 사이로 곳곳에 보이는 갈색 지면, 완만한 길과 교차하는 비탈, 숲속으로 이어지는 산길, 내리는 눈, 낮게 깔린 구름, 굴뚝에서 연기가 피어오르는 각각의 로지, 주황색 조끼를 입고 활강하는 스키 패트롤ski patrol[스키 타는 사람들을 도와주고 위급 상황시 구조 활동을 하는 스키 전문가 그룹], 김이 서린 고글, 고글 때문에 좁아진 시야

소리

로지의 깔개 위를 통과하는 스키 부츠를 신은 사람들, 난로에서 타닥타닥 타는 불, 스키 재킷을 걸치고 지퍼를 버석버석 올리는 소리, 사람들로 붐비는 로지(대화, 웅성거림, 웃음, 주위 사람을 교묘하게 이야기에 빠지게 하는 목소리와 통화 기기, 촬영한 영상), 바인딩에 찰칵 끼우는 부츠, 눈길을 스키로 쉭 미끄러지는 소리, 끽끽거리는 리프트, 윙 소리를 내는 곤돌라, 리프트로 정상까지 가는 사람들의 대화, 리프트에 탄 사람이 신고 있는 스키를 서로 탁탁 비벼 눈을 터는 소리, 지면으로 떨어지는 눈, 지면에 내려 선 사람이 스키를 타고 눈 위를 미끄러져 내려가는 소리, 스키가 얼음에 부딪치거나 얼음 위를 미끄러질 때 나는 날카

로운 소리, 넘어지며 지르는 고함, 웃거나 친구를 부르는 소리, 아이들의 비명, 서벅서벅 밟는 눈, 스키를 타던 사람이 멈출 때 날리는 눈보라, 불룩 솟은 지형에서 튀어 오르는 썰매, 스노보드나 스키를 탄 사람이 근처를 빠르게 지나가는 소리

냄새

커피, 땀, 장작 연기, 젖은 모직 옷, 따뜻한 음식, 선크림, 로션, 마스크나 목도리를 했을 때 나는 정체된 공기 냄새, 찬 공기, 눈과 얼음의 오존 냄새, 마스크 속에 고인 강한 양파 냄새가 밴 뜨거운 숨결, 향기 나는 립크림

맛

립크림, 로지에서 파는 음식(일반적인 패스트푸드 레스토랑에서 파는 요리), 커피, 물, 탄산음료, 핫초콜릿, 사과주, 따뜻한 홍차

촉감과 느낌

뻣뻣한 옷 때문에 둔한 몸, 무거운 스키 부츠, 운반이 쉽지 않은 스키, 스키 장갑이나 엄지장갑 때문에 안정적이지 못한 동작, 스키 부츠를 신고 걸을 때의 어색함, 얼음에 미끄러져 넘어지는 느낌, 힘들게 운반하는 스키와 폴, 스노보드를 타고 균형을 잡는 느낌, 부츠 속에서 녹기 시작한 눈, 리프트 의자에 싣는 몸, 발끝에 스키를 장착하고 다리를 흔들 때 느끼는 묵직함, 흔들리는 리프트, 추워서 나오는 콧물, 바람을 맞아 얼얼한 볼, 눈부시게 흰 눈 때문에 아픈 머리, 차가운 손가락과 발가락, 축축한 양말, 털모자 속에서 땀에 젖은 머리카락, 멈출 수가 없는 제어 불능의 감각, 얼음에 도달해 올리는 스피드, 옆으로 미끄러지며 멈추는 느낌, 얼굴을 때리는 차가운 바람 때문에 눈물이 맺히는 눈, 로지 안에서 벗는 재킷, 바깥에서 따뜻한 로지로 발을 디뎠을 때 느껴지는 온도 차이, 갈라진 입술, 건조한 피부, 매섭게 쏟아지는 눈, 얼굴을 문지르는 반쯤 얼어 딱딱해진 목도리, 얼굴을 죄는 스키 고글

이 배경에서 벌어질 만한 갈등의 원인

• 초심자들이 수준에 맞지 않는 어려운 슬로프를 탄다.

- 혼잡한 슬로프에서 무모하게 스키를 타는 사람이 있다.
- 기온이 갑자기 상승해 스키 휴가가 위태로워진다.
- 부상을 입는다.
- 표시된 코스를 벗어나 길을 잃는다.
- 폭설이 쏟아진다.
- 리프트에 타고 있을 때 스키가 벗겨져 다른 사람에게 떨어진다.

이 배경에서 볼 만한 유형의 사람들

- 로지 직원, 관리 직원, 스키 패트롤 대원, 구조 팀, 스키나 스노보드를 타는 사람, 스키 강사

이 배경과 밀접한 다른 배경

- **시골 편** 북극 지대 툰드라, 숲, 산
- **도시 편** 야외 스케이트장

참고 사항 및 팁

스키 리조트는 부유한 단골손님을 대상으로 하는 곳도 있고, 단순히 휴가를 즐기는 사람이나 낮에 코스 타는 것을 즐기는 지역 사람들에게 맞춘 적당한 가격의 시설도 있다. 스키 리조트의 규모나 분위기, 숙박 시설은 위치와 관계가 있다. 노스캐롤라이나주에서 스키를 타는 것은 로키산맥에서 스키를 타는 것과 완전히 다르다. 알프스산맥이나 안데스산맥도 같은 곳이라고 볼 수는 없을 것이다. 등장인물과 이야기에 적합한 스키장을 선택하려면 각 지역을 꼼꼼히 조사해야 한다.

배경 묘사 예시

브라이언을 싣고 산을 올라가는 스키 리프트는 밤의 경사를 그대로 보여주었다. 조명이 나선형으로 비탈길을 비춰 점을 이어 만든 지도처럼 윤곽을 표현했다. 때때로 목소리가 들려왔지만 그 소리들은 멀고 작았다. 낮에 스키를 타는 것

과는 다르다. 그는 공중에 입김을 내뿜으며 열심히 귀를 기울였다. 들리는 것이라고는 앉아 있는 의자의 삐걱거림과 소나무 사이를 빠져나가는 바람 소리뿐이었다.

- **이 글에 쓴 기법**　대비, 빛과 그림자, 은유, 다중 감각 묘사
- **얻은 효과**　분위기 설정, 감정 고조

스포츠 경기 관람석　　　Sporting Event Stands

풍경

팬(응원하는 팀의 유니폼과 모자를 착용하고, 우비를 입고, 맥주가 담긴 플라스틱 컵을 든), 페이스 페인팅을 한 관객, 팝콘이 흩어진 계단식 관람석, 딱딱한 금속 벤치나 플라스틱 좌석, 콘크리트나 금속 계단, 손가락 모양 응원 도구를 흔드는 사람, 펄럭이는 우승기와 팀 깃발, 직접 만든 응원 보드를 걸거나 수술을 흔드는 팬, 번쩍이는 카메라 플래시, 쓰레기통 속으로 들어가거나 벤치에 버려진 꾸깃꾸깃한 사탕 봉지와 구겨진 핫도그 포장지, 음식을 파는 행상인, 음료수가 쏟아져 젖은 바닥, 어깨를 나란히 하고 앉거나 선 사람들, 낯선 사람들 사이에 싹트는 동지애, 경기와 관련된 물건(야구 글러브, 미식축구 헬멧, 아이스하키 마스크)을 가져온 사람, 휴대용 쿠션, 벤치나 등받이에 걸어놓은 윗도리, 우산, 맨가슴에 번호를 쓴 반라의 남자들, 기념품, 누군가 잊고 간 선글라스, 빈 맥주 캔이나 탄산음료 캔, 찌부러진 땅콩 껍질, 금속 난간, 대형 모니터와 스피커, 관객과 어울리는 마스코트, 치어리더에게 추파를 던지는 남자들, 관객들에게 티셔츠를 뿌리는 티셔츠 건, 날아오는 공이나 높게 뜬 퍽을 잡으려고 뛰어드는 사람, 곳곳에 몇 명씩 상대 팀 유니폼을 입고 모여 있는 사람들, 싸움, 격해지는 말다툼, 돈을 주고받는 모습, 텔레비전 카메라, 스폰서 표지판, 배너 광고, 파도타기를 하는 팬들, 쉬는 시간에 경기장을 점령하는 악대, 하늘을 나는 소형 비행선

소리

스피커에서 들려오는 아나운서의 목소리, 비명과 고함, 환성, 휘파람, 야유, 불만과 불평, 중얼거림, 찌부러트리는 맥주 캔, 끽끽거리는 의자, 웃음, 관객들이 내는 소음 속에서 이야기를 나누려는 사람들, 스피커에서 흐르는 음악, 심판이 부는 호각, 욕설, 바스락거리는 음식 포장지, 바삭바삭 씹는 팝콘과 감자 칩, 홀쩍홀쩍 마시는 음료수, 인터뷰하는 선수, 쉬는 시간에 흐르는 음성 광고, 울리는 휴대전화, 구호를 일제히 되풀이하는 관객들, 쏘아 올린 불꽃, 경기장에 울려 퍼지는 악대의 연주, 누군가 흥분해서 뛰어오를 때 후드득 떨어지는 팝콘, 바스락거리는 수술, 울리는 나팔, 경찰관이나 경비원의 무전, 종이로 만든 응원 팻말을 바스락거리며 흔드는 소리, 발 근처에서 부서지는 팝콘과 땅콩 껍질, 플라스틱

메가폰으로 소리를 지르는 사람, 상대 팀 팬과의 말다툼, 넘치는 음료수, 홈 팀이 득점했을 때 쏘는 대포나 총, 쿵쿵 구르는 발

냄새

팝콘, 핫도그, 땀내, 향수, 엎지른 맥주, 기름, 계피, 사탕, 조미료(겨자, 식초, 케첩), 시멘트와 금속의 오존 같은 냄새(특히 비 오는 날이나 추운 날)

맛

물, 맥주, 탄산음료, 주스, 핫도그, 미니 도넛, 츄러스, 감자튀김, 햄버거, 초콜릿 바, 아이스크림, 사탕, 따뜻한 땅콩, 프레첼, 그레이비소스, 기름, 어니언 링, 슬러시, 빙수, 팝콘, 솜사탕, 나초, 살사, 할라피뇨, 양파 냄새가 나는 트림

촉감과 느낌

딱딱한 의자, 요통, 계속 앉아 있거나 서 있어서 느끼는 피로감, 다른 사람들과 부딪치는 느낌, 신발 밑에 엎질러진 끈적거리는 음료수, 다른 사람과 나누는 하이파이브, 흥분되는 순간에 옆 사람이 팔을 잡는 느낌, 튄 맥주에 맞는 느낌, 좁은 통로에서 발이 걸려 넘어지는 느낌, 누군가의 등이나 어깨를 가볍게 두드리는 느낌, 껌 위에 앉은 느낌, 실수로 차버린 쓰레기나 빈 병, 다른 사람의 발을 밟는 느낌, 기름진 팝콘, 음료병에 맺힌 차가운 물방울, 팔꿈치로 찌르는 느낌, 기름으로 끈끈한 손가락, 냅킨으로 닦는 손이나 얼굴, 화장실에 가야 하지만 경기를 놓치고 싶지 않아 자리에서 배배 꼬는 몸, 손가락을 타고 옷에 뚝뚝 떨어지는 아이스크림, 열기 때문에 느껴지는 현기증, 다른 사람에게 부딪히지 않도록 몸으로 막는 음식과 음료, 혼잡한 줄에서 팬들 앞을 살짝 지나가는 느낌

이 배경에서 벌어질 만한 갈등의 원인

- 홈구장의 심판이 불공평한 판단을 내린다.
- 관람석에서 라이벌끼리 싸움을 벌인다.
- 과도하게 말참견을 하는 부모들이 감독과 선수에게 고함을 지른다.
- 발가벗고 경기장을 가로지르는 사람이 있다.
- 도박 중독으로 재정적 위기에 빠진다.

- 즐거운 시간을 망치는 사람(불평만 하거나, 성격이 거칠거나, 소란스러운 응원 도구를 사용하거나, 자녀 앞에서 천박한 말을 내뱉거나, 부딪치고 밀거나, 말할 때 침을 튀기는) 옆에 앉는다.
- 언쟁으로 부당한 비난을 받고 경기장에서 쫓겨난다.

이 배경에서 볼 만한 유형의 사람들

- 운동선수, 치어리더, 감독, 팬, 리포터, 스포츠 팀 의사, 스카우터, 경기장 직원

이 배경과 밀접한 다른 배경

- **시골 편** 지방 축제, 체육관, 로데오
- **도시 편** 경마장

참고 사항 및 팁

스포츠 경기 관람석은 어디든 비슷하지만 그래도 차이점이 있다. 중·고등학교 경기는 규모가 작고 지역사회의 유대감이 느껴진다. 작은 마을에서 하는 경기는 관객 수는 적지만 팬들이 말참견을 하는 빈도와 충성도는 강하다. NHL(북미 아이스하키 리그)의 플레이오프나 NBA(미국 프로 농구), MLB(미국 프로 야구의 최상위 리그)의 경기 등등 몇만 명의 관객을 수용하는 대도시의 거대한 경기장에서 열리는 경기들도 이 설정에 포함된다. 필요한 경기의 종류는 이야기의 흐름에 따라 다르겠지만, 장면의 분위기는 작가에게 달려 있다.

배경 묘사 예시

시즌 첫 경기란 빈자리는 하나도 없다는 뜻이었다. 경기장은 스템페더의 긍지를 나타내는 적과 백의 바다로 물들어 있었다. 활기와 긴장이 섞인 발걸음으로 풋볼 선수들이 경기장에 나타나자 관객석에서 익숙한 합창이 터져 나왔다. 그 노래에 수천 명의 목소리가 합해지고 마침내 좌석이 흔들리기 시작할 정도로 커졌다. 마지막 음이 끝나자 어둠이 내린 하늘로 계속 불꽃을 쏘아 올렸고, 모두 열광적인 환호성을 터뜨렸다.

- **이 글에 쓴 기법**   다중 감각 묘사, 상징적 표현
- **얻은 효과**   분위기 설정

실내 사격장   Indoor Shooting Range

매장 벽이나 유리 진열장 속 선반에 나열된 총, 합법적인 호신용품(후추 스프레이, 경보음이 울리는 열쇠고리, 전자 호각, 최루가스 스프레이), 권총 가죽 케이스와 총 케이스, 총 청소용품, 총 보관함, 삼각대, 탄약 상자, 사격장 로고가 박힌 티셔츠와 모자, 총을 운반할 때 필요한 더플백과 가방, 사격용 귀마개, 종이 타깃(그림자, 일반적인 사람의 윤곽, 과녁), 사격 총 대여 코너, 그 지방의 가게들을 소개하는 팸플릿과 명함, 대합실(소파, 탁자와 의자, 잡지, 텔레비전이 있는), 규칙과 규제에 관한 게시판, 포스터, 화장실, 음수대, 사격장으로 통하는 이중 구조의 유리문

사격장 흡음재로 지은 벽, 사격장 뒤에 설치된 통과 방지 고무 벽, 번호를 붙인 레인, 각 레인별로 설치된 방탄유리, 종이 재질의 타깃을 이동시키는 금속 트랙이 각 레인별로 상부에 마련되어 있는 모습, 타깃 위치를 앞뒤로 조정하는 버튼, 타깃까지의 거리를 표시하는 디지털 판독기, 대형 총을 고정하는 삼각대, 총을 들고 귀마개를 하고 보안경을 쓴 단골손님, 앉아서 사격하길 원하는 손님을 위해 준비한 접이의자, 안내 게시판(사용법과 규칙, 안전 정보가 담긴), 사격수들이 총 케이스와 더플백을 두는 탁자, 소화기, 사용한 타깃을 버리는 쓰레기통, 바닥에 흩어진 반들반들한 탄피, 사격수들을 도와주거나 총 사용법을 지켜보는 작업복을 입은 직원, 넘어오지 못하도록 시멘트 바닥 위에 그은 붉은 선, 타깃을 맞췄을 때 주위에 흩날리는 판지나 종이 파편

크고 예리한 총성, 바닥에 짤그랑 떨어지는 금속 탄피, 금속 레일 위를 윙 움직이는 타깃, 귀마개를 통해 들리는 분명치 않은 주위 소리, 케이스나 더플백의 지퍼를 여는 소리, 총에 미끄러져 들어가는 탄환, 찰칵 장전되는 소리, 타깃의 상태를 살피거나 타깃을 가져가려고 둘둘 말 때 바스락거리는 종이, 콘크리트 바닥 위를 걷는 발소리, 탄피를 옆으로 차내는 부츠, 큰 소리로 대화하는 사격수들, 사격장으로 들어오는 문이 여닫히는 소리, 사격장 소유의 총을 장전하거나 사격수들과 안전 수칙을 재확인하는 직원

에어컨, 시멘트, 탄환, 화약

맛

이 배경에서는 등장인물이 가지고 있는 것(껌, 박하사탕, 립스틱, 담배 등) 말고는 관련된 특정한 맛이 없다. 이럴 때는 미각 외의 네 가지 감각에 집중하는 것이 좋다.

촉감과 느낌

손에 쥔 총의 무게감, 매끈한 나무 총대, 플라스틱이나 고무 손잡이의 까슬까슬한 격자선, 방아쇠를 당기기 전에 가볍게 만져보는 총, 방아쇠의 저항력, 균형을 잡기 위해 중심을 이동시키는 느낌, 발포하기 전에 마음을 가라앉히려 하는 심호흡, 총성 때문에 본능적으로 깜박이는 눈, 압력으로 세게 당겨지고 통증이 밀려드는 어깨, 총성을 듣고 거세게 뛰는 가슴, 온도가 조절된 서늘한 공기, 강력한 총을 발포할 때 온몸에 치솟는 아드레날린, 귀를 감싸고 주위의 소리를 없애주는 귀마개

이 배경에서 벌어질 만한 갈등의 원인

- 낡거나 제대로 보관되지 않은 총 때문에 오발 사고가 일어난다.
- 사격수 사이에 말다툼이 벌어진다.
- 단골손님과 총기 규제를 요구하는 운동가 사이에 싸움이 벌어진다.
- 공기 정화 시스템의 결함으로 사격수가 탄환의 잔류물을 흡입한다.
- 범죄자들이 사격장을 운영하고 있다는 사실이 밝혀진다.
- 오랫동안 드나든 단골손님이 총기 관련 범죄와 연관되어 있다는 사실이 밝혀진다.
- 손님이 자신의 총으로 자살한다.

이 배경에서 볼 만한 유형의 사람들

- 퇴역 군인, 총기 애호가, 총기 소유자, 사냥꾼, 경찰관, 생존주의자[자연재해나 인재에 대비해 비상식량을 저장하고, 응급치료나 방어 도구 사용법 등에 숙달해야 한다고 주장하는 사람], 관광객

이 배경과 밀접한 다른 배경

- **시골 편** 양궁장
- **도시 편** 군사 기지

참고 사항 및 팁

사격장은 실내 시설도 있지만, 야외에서 더욱 멀리 있는 타깃을 쏘는 곳도 있다(야외에서는 보통 실내보다 강력한 총을 사용한다). 새로 지은 사격장은 사격수 주변의 탄약 찌꺼기를 빨아들여 급속히 냉각하는 공기 정화 시스템을 갖춘 곳도 있지만, 오래된 사격장은 허름할뿐더러 보안 설비와 경비 설비도 제대로 갖추지 않아 위험하다. 사격장에서 빌릴 수 있는 총의 종류는 그 사격장이 있는 나라와 각 지방의 법에 따라 다르다.

배경 묘사 예시

온기를 유지하려고 살이 드러난 맨팔을 문지르며 관람 구역의 시멘트 벽에 기댔다. 일정한 냉기를 토해내는 에어컨 탓에 몸이 얼어붙는 듯했다. 각 칸막이 뒤의 바닥에는 빈 탄피가 흩어져 있었고, 누군가 발포할 때마다 새 탄피가 날아와 칸막이에 맞고 튀어나오거나 직원의 투박한 부츠 위로 튀었다. 총성에 심장이 마구 날뛰어서 귀마개를 귀에 눌러 덮었다. 신청한 '사명감' 패키지에 포함된 무기 중 하나인 AR-15 총을 직원에게 받은 톰은 바보처럼 히죽거렸다. 이 짓거리를 참아내면 다음에 내 그림물감을 사러 화방에 갈 때는 불평하지 못하겠지.

- **이 글에 쓴 기법** 다중 감각 묘사
- **얻은 효과** 성격 묘사, 감정 고조

908

아트 갤러리

풍경

진입이 편한 입구에 후원자를 유혹하는 대표작 몇 점이 전시된 모습, 감각을 뽐내는 조화 꽃다발이 장식된 작은 안내 책상, 책상 위에 놓인 명찰과 명부, 사람들이 예술 작품에만 주목할 수 있도록 장식을 하지 않은 벽, 빛이 닿는 방향을 잘 계산해 배치한 조명, 후원자가 자유롭게 둘러보도록 설치된 칸막이, 한곳에 모아둔 작품(특정 주제, 양식, 예술가에 관련해), 스포트라이트 아래 있는 중심 작품과 마주 보게 놓은 평범한 감상용 벤치나 의자, 깨끗한 바닥(소음 방지용 카펫을 깔 때도 있는), 작은 작품(블로잉 기법으로 만든 유리 작품, 조각상, 돌 조각품 등)을 전시한 탁자, 카드(작가 이름과 가격을 적은)와 함께 게시된 액자에 넣은 그림과 질감을 표현한 작품, 관심 가는 작품의 가격을 확인하는 후원자, 각 전시실로 통하는 문이 없는 출입구, 작품과 작품 사이에 마련된 넓은 공간, 창문이 몇 개 있거나 아예 없는 전시실, 높은 천장, 작품 구입을 검토하는 고객과 작품에 대해 협의하거나 신인 예술가의 포트폴리오를 보는 갤러리 대표 또는 큐레이터, 전시회 기간 중에 초대 손님과 인사하는 예술가

소리

낮은 목소리로 작품에 대해 이야기하는 사람들, 갤러리 분위기에 어울리는 차분한 음악이나 테마에 맞춘 자연음(흐르는 물소리, 종소리), 희미하게 들리는 발걸음 소리나 발을 끌며 바닥을 걷는 소리, 벽과 높은 천장에 울리는 소리, 입구나 안내처에서 수다 떠는 사람들, 책상 위에서 울리는 전화, 예술가에게 자신의 감상을 전하는 후원자, 작은 분수나 물을 사용한 장식품이 만드는 편안한 소리

냄새

그림물감, 소독제, 목재 광택제, 폴리우레탄, 개잎갈나무, 석고, 가죽, 아로마 향(달콤한 풀의 혼합물, 세이지, 라벤더, 감귤류, 에센셜 오일)

맛

이 장면에 관련된 맛은 특별히 없지만 특별전이나 이벤트가 개최될 때는 와인

이나 탄산수, 수입 맥주, 가벼운 음식, 한 입 크기의 전채 요리(고급 치즈를 올린 음식, 허브와 감귤류를 곁들인 올리브, 양념에 절인 소고기 꼬치) 등을 준비하는 경우도 있다.

촉감과 느낌

아트 갤러리에서는 작품을 만질 수 없기 때문에 촉감을 묘사할 기회가 많지 않다. 하지만 특별한 이벤트가 진행 중이라면 와인 잔을 잡거나 잔을 손바닥으로 감쌀 수 있고, 간단한 전채 요리를 집을 때 접시나 냅킨의 무게감을 느낄 수도 있다. 이런 곳이 아니라면 작품을 가만히 바라보며 목걸이를 만지거나 예술가의 이름을 떠올리기 위해 카드 홀더에서 명함을 고르는 등 등장인물과 연관된 감각을 구상해보자.

이 배경에서 벌어질 만한 갈등의 원인

- 실수로 작품에 부딪쳐 손상을 입힌다.
- 지진이 일어나거나 파이프가 폭발해 작품이 엉망이 된다.
- 작품을 두고 입찰 경쟁이 벌어진다.
- 후원자가 사람들 앞에서 자신의 작품을 혹평한다.
- 작품 전시를 부탁하려고 갤러리 대표를 만났지만 거절당한다.
- 전시회를 위해 갤러리 대표와 접촉을 바라던 중에 그곳 직원과 개인적인 갈등이 생긴다.
- 전시회에 관객이 조금밖에 오지 않는다.
- 갤러리 대표가 위작을 진품이라며 고객에게 떠넘긴다.
- 예술 비평가에게 혹평을 받는다.
- 유명한 예술가가 자신의 작품을 모방했다며 비난한다.

이 배경에서 볼 만한 유형의 사람들

- 예술가의 후원자와 고객, 예술가, 액자 세공인과 배달원, 갤러리 직원 및 대표

이 배경과 밀접한 다른 배경

* 아트 스튜디오, 정장을 입어야 하는 행사, 박물관

아트 갤러리는 다양한 형태로 경영된다. 예술가들이 공동으로 직접 운영하는 갤러리도 있고, 미술 관련 기업이나 디자인 기업이 소유한 갤러리도 있다. 종류와 자본 상태에 따라 어두운 조명이 드문드문 설치된 협소한 곳도 있고, 상류층 고객을 대상으로 한 넓고 환한 곳도 있다. 갤러리 안에서 액자 작업을 하는 일도 많은데, 그런 곳에는 액자 재료를 갖춘 작업실과 창고 공간이 설치되어 있다. 그래서 예술 작품을 구입하려고 방문한 손님뿐만 아니라, 이미 소장한 작품을 새 액자에 넣으려고 방문하는 손님도 있다.

배경 묘사 예시

플루트 잔에 담긴 샴페인을 홀짝이며 레드는 곳곳으로 관람객을 인도하는 칸막이를 따라 서성였다. 조명이 설치된 각 작품 앞에 발길을 멈추었지만 가장 기묘한 작품, 특히 금속과 철사를 사용한 작품에 마음이 끌렸다. 레드는 킥킥 웃었다. 설마 이런 곳에서까지 내 분야에 관련된 작품에 눈길이 가는 건가? 값비싼 향수 냄새를 풀풀 풍기며 전시회에 참석한 부유한 고객들이 그를 둘러싸고 있었다. 그들은 스팽글이 곳곳에 박힌 명품 핸드백이나 고급 구두를 과시하며 두꺼운 질감의 그림을 보고 감탄사를 내뱉었지만, 교양 없는 그의 눈에 그 그림들은 모두 토사물로 보였다. 이런 건 아무래도 좋았다. 레드가 전문으로 하는 일은 오직 하나였다. 그는 가장 자신 있는 행동에 나섰다. 타깃은 모여 있는 사람들이다. 미소를 띠고 잠시 말을 섞으며 손목에 손을 살짝……. 지갑 두 개, 롤렉스 시계, 진주 팔찌가 그의 주머니 속에서 무게를 착착 더해갔다.

---

* **이 글에 쓴 기법** 다중 감각 묘사
* **얻은 효과** 성격 묘사

아트 스튜디오

Art Studio

풍경

그림물감을 색깔별로 분류해 진열한 벽 선반, 스케치나 그림을 그릴 때 조절이 가능한 이젤, 라벨을 붙인 투명 용기와 화구가 담긴 가방, 아트 스튜디오에서 작업하는 예술가에게 영감을 주는 그림이나 사진이 벽에 붙은 모습, 자연광(천창이나 덮개가 없는 창문에서 들어오는)이나 작업 중인 작품에 비추는 강한 조명(또는 이동식 램프), 책상(스케치나 방안지, 데생용 연필이 담긴 병, 사인펜, 색연필 또는 영감을 스케치하기에 좋은 그림 도구가 놓인), 스툴, 벽화, 쌓여 있는 패널과 캔버스, 지울 때 쓰는 걸레 조각과 종이 타월, 환기 수단(열어놓은 창이나 특별히 설치된 환기 시스템), 본인의 예술 분야에 관련된 서적(그림 기법, 스케치, 만화, 조각 등)이 나열된 책장, 정물(도자기 재질의 주전자, 골동품 찻잔 세트, 낡은 인형, 와인병)이 놓인 선반, 벽에 기대놓은 몇 개의 연습 작품, 액자 틀, 클립, 테이프, 그림물감을 사방으로 뿌린 판이 놓여 있는 이젤, 벽에 테이프로 붙이거나 클립보드에 꽂은 드로잉이나 사진, 팔레트, 페인트 희석제가 담긴 양동이, 물질을 용해하는 데 쓰는 다양한 액체, 여기저기 흩어져 있는 빈 머그잔, 바닥에 깔린 비닐이나 천, 그림물감이 튄 자국과 얼룩, 작업의 각 단계를 기록하기 위한 카메라

소리

작업 중에 틀어놓은 좋아하는 음악, 열린 창문으로 들리는 외부 소리(차량, 정원에서 노는 아이들, 잔디 깎는 기계), 선풍기나 에어컨, 새 캔버스에 휘두르는 붓, 물을 가득 담은 유리병 안에서 달그락거리는 붓, 종이를 긁는 연필, 손으로 지우개 찌꺼기를 터는 소리, 중얼거리거나 콧노래를 부르는 예술가, 테이프를 잡아당겨 떼는 소리, 두루마리에서 뜯어내는 종이 타월, 구깃구깃 뭉쳐서 쓰레기통으로 던지는 제도용 종이, 필요한 붓을 찾을 때 병 안에서 서로 부딪치는 붓들, 하나의 작품에 대해 의견을 나누는 예술가들(아트 스튜디오를 여러 명이 함께 사용할 경우), 탁자 위에 놓는 커피 잔, 딸깍 켜는 전기 스위치, 바스락거리는 종이, 발을 끌며 걷는 소리, 혼합물이나 접착제의 튜브 뚜껑을 열 때 플라스틱 봉인이 갈라지는 소리

그림물감, 기름, 용해제, 페인트 희석제, 테이프, 연필, 연필깎이

맛

이 배경에서는 등장인물이 가지고 있는 것(껌, 박하사탕, 립스틱, 담배 등) 말고는 관련된 특정한 맛이 없다. 이럴 때는 미각 외의 네 가지 감각에 집중하는 것이 좋다.

촉감과 느낌

매끈한 붓 자루, 손가락 끝으로 세게 누르는 연필, 손가락 끝에 분말처럼 묻은 파스텔 기름, 피부에 살짝 묻은 차갑고 매끈한 그림물감, 그림 그릴 대상을 상자 모양으로 칸을 막은 어두운 공간 속이나 진열대 위로 옮겨 배치할 때 느끼는 무게감, 귓전에 거는 말린 붓이나 연필, 작업 공간에서 지우개 찌꺼기를 치울 때 느끼는 울퉁불퉁한 촉감, 캔버스에 바르는 미끈거리는 그림물감, 창문으로 들어온 한줄기 바람, 여닫는 서랍, 광택지로 제작된 미술책을 홀홀 넘기는 느낌, 그림물감 닦는 천으로 두 손을 싹싹 닦는 느낌, 건조해서 따끔거리는 종이 타월, 꽉 잠긴 튜브 뚜껑의 저항력, 부드러운 솔, 마르면 피부를 딱딱하게 붙는 그림물감 얼룩

이 배경에서 벌어질 만한 갈등의 원인

- 기물이 파손된다.
- 지진이나 화재로 몇 년치 작품이 손상을 입거나 파손된다.
- 다른 예술가를 가르쳤는데, 그가 자신의 기법이나 양식을 베끼고 자신의 독창적인 방법이라고 주장한다.
- 환기가 잘 되지 않아 폐가 나빠진다.
- 아트 갤러리나 구매자에게 보내려고 준비하던 작품을 도난당한다.
- 병(파킨슨병 등)이나 건강에 이상이 생겨 몸이 떨린다.
- 몇 개의 작품이 바라던 완성도에 미치지 못해서 자신감을 상실한다.
- 전시회 준비를 하고 있었는데 전시회가 갑자기 취소된다(갤러리가 폐업하거나,

예술가에 대한 혹평 때문에 갤러리 대표가 마음을 바꾸거나, 갤러리에 피치 못할 사정이 생겨서).

이 배경에서 볼 만한 유형의 사람들

• 미술 교사, 예술 애호가, 예술가, 초대받은 예술가의 가족이나 친구

이 배경과 밀접한 다른 배경

• 아트 갤러리

참고 사항 및 팁

아트 스튜디오는 집이나 아파트의 간소한 방 한 칸일 수도 있고, 미술 학교 작업실처럼 여러 학생을 지도하는 넓은 공간일 수도 있다. 아트 스튜디오에 있는 미술 재료는 그곳에서 제작되는 작품의 종류(회화, 스케치, 드로잉, 만화, 파스텔화 혹은 더욱 현대적이거나 흔치 않은 재료로 제작되는 작품)에 따라 달라진다. 이곳을 배경으로 쓸 때는 아트 스튜디오의 정돈 상태, 재료의 수준, 등장인물이 주변에 둔 착상의 소재 등을 검토하고, 각각의 디테일을 통해 등장인물의 특징을 독자에게 어떻게 전달할지 생각해야 한다.

배경 묘사 예시

화가 치밀 때면 늘 그랬듯이 리드는 빨간색을 고르고 새 캔버스에 그 색을 세차게 뿌렸다. 그는 자신의 뮤즈, 그의 로나를 떠올렸다. 리드가 그리는 선은 거짓말쟁이에다 배신자인 그녀의 매끄러운 피부를 푹 찌르는 칼이었다. 격정적으로 붓을 놀려 수차례 찌르는 것처럼 그림물감을 모조리 털어낸 그의 호흡이 가빠지면서 거칠고 귀에 거슬리는 숨소리를 냈다. 작업을 마치자 빨간색 물감이 이젤을 더럽히고, 바닥의 시트에 반점을 만들고, 그가 입은 흰 셔츠에도 얼룩을 만들었다. 리드는 운 좋게도 그녀와의 마지막 만남을 예측하고 빨간 그림물감을 사들였다. 함께 3년을 보내는 동안 배운 것이다. 두 사람의 관계는 늘 일촉즉발 상태였고, 분노의 불꽃은 간단히 누그러지지 않았다. 하지만 그녀의 외도가 발

각된 지금은 그 일촉즉발 상태도 감정도 끝을 맺게 될 것이다.

- **이 글에 쓴 기법** 대비, 상징적 표현
- **얻은 효과** 분위기 설정, 과거 사연 암시, 감정 고조, 긴장과 갈등

야외 수영장 Outdoor Pool

풍경

햇볕이 아롱아롱 내리쬐는 물, 아이들(물을 튀기며 나아가거나 수영하고, 코마개를 하고 수영장에 뛰어들고, 물안경을 쓰고, 부력 막대로 수면을 때리고, 손발을 허우적거리며 전진하고, 발차기를 하고, 물을 토하며 얼굴에 붙은 젖은 머리카락을 떼내고, 귀에 손을 넣어 물을 빼고, 수영복 매무새를 고치는), 수영용품(구명조끼, 코마개, 수영모, 물안경), 물속을 떠다니는 반창고와 머리 끈, 정리해놓거나 잔디나 시멘트 위에 펼쳐놓은 젖은 수건, 샌들이나 신발 위에 쌓아 올린 옷더미, 벽을 따라 나란히 배치된 빛바랜 로커, 판자를 덧댄 나무 벤치, 군데군데 배낭과 가방을 올려놓은 접이의자들, 피크닉 담요, 매점, 작은 나무 몇 그루가 줄지어 선 잔디 구역, 샤워실과 탈의실을 갖춘 화장실, 챙 넓은 모자를 쓰고 부력 의자에 앉은 아기, 아이가 시야에서 사라지지 않도록 곁에 붙어 있거나 잠수해서 주워 오는 놀이 기구를 던지는 부모, 워터 슬라이드, 수영장 가장자리에 앉아 물장구를 치는 엄마, 의무실, 구명용품들, 덮개를 씌운 전망대에 선글라스를 끼고 앉아 있는 안전 요원, 다이빙대, 곳곳에 물웅덩이가 있고 급속하게 마른 발자국이 보이는 젖은 시멘트, 파리, 비치 파라솔, 물놀이 도구(물총, 비치볼, 튜브), 플립플랍 샌들, 눈에 띄는 행동을 하는 십 대 소년, 마스카라가 시커멓게 번진 십 대 소녀, 수영장 깊이를 나타내는 수위 표시, 코스를 구별하기 위해 수면에 띄워 놓은 줄, 배출구, 배수구, 여과 장치

소리

아이의 웃음과 비명, 부모와 십 대 자녀의 대화, 수영하며 괴로운 듯 헐떡거리는 소리, 숨을 가누려고 헐떡거리며 말하는 소리, 아이에게 소리치는 엄마, 안전 요원의 호각, 바삭거리는 나뭇잎, 튀는 물, 샤워기에서 뿜어지는 물, 엎드린 자세로 물에 뛰어드는 소리, 젖은 콘크리트 위를 철떡철떡 걷는 발걸음, 수면을 때리는 물놀이용 장난감, 돌진해서 물에 뛰어드는 소리, 담요 위에 남은 음식을 낚아챈 새의 요란한 울음소리, 귀에 물이 들어가서 먹먹하게 들리는 주변의 소음, 수영장 물을 너무 많이 마셔서 나는 기침, 바스락거리는 감자 칩 봉지나 아이스크림 포장지, 울리는 휴대전화, 스피커에서 흐르는 음악, 콸콸 소리를 내는 여과 장치

냄새

염소, 선크림이나 선탠로션, 벌레 퇴치제, 매점에서 파는 감자튀김의 기름과 지방 냄새, 소금, 막 깎은 잔디, 깨끗한 수건에서 풍기는 섬유 유연제 향기

맛

매점에서 파는 음식(탄산음료, 주스, 물, 슬러시, 아이스크림, 감자 칩, 나초, 감자튀김, 핫도그, 초콜릿 바), 껌, 집에서 가져온 음식(샌드위치, 과일, 크래커와 프레첼, 그래놀라 바), 염소 처리된 물, 피부를 타고 입에 들어온 선크림

촉감과 느낌

발밑의 까칠한 콘크리트, 미끄러지기 쉬운 타일, 피부에 닿는 차가운 물, 수영장에서 나왔을 때 얼굴과 다리에서 가늘게 흘러내리는 물, 발 위로 떨어지는 물방울, 뜨거운 통로, 피부를 문지르는 깨끗한 수건, 수영복이나 피부에 들러붙는 따끔따끔한 풀, 목과 어깨에 들러붙는 머리 갈래, 얼굴로 늘어진 머리카락, 꽉 죄는 물안경, 뜨거운 금속 난간, 눈에 스며든 염소, 쭈글쭈글해진 손가락과 발가락, 뜨거운 햇빛 때문에 건조해진 피부, 말려 들어간 수영복을 잡아당기는 느낌, 햇볕에 타는 느낌, 젖은 발에 들러붙는 감자 칩 부스러기, 수영하다 다른 사람과 부딪치는 느낌, 수영장의 거칠한 벽에 가볍게 닿은 피부, 발가락 끝으로 걷는 자갈이 많은 수영장, 일광욕을 하다 맞은 얼얼할 정도로 차가운 물보라, 미지근한 물웅덩이를 지나가는 느낌, 물이 들어가서 아린 코, 바람이 센 날에 구름이 태양을 가려 젖은 몸으로 추위에 떠는 느낌

이 배경에서 벌어질 만한 갈등의 원인

- 수영에 서툰 사람이 어느새 수영장의 가장 깊은 곳까지 간다.
- 안전 요원의 성격이 포악하다.
- 몸에 콤플렉스가 있어서 부끄럽다.
- 부적절한 의상으로 일광욕을 하는 사람이 있다.
- 심술궂은 소녀들이 있다.
- 갑자기 호우가 쏟아진다.

- 수영장에 의심스러운 물건이 뜬다.
- 수영장에 도착했는데 수리 때문에 문을 닫았다.
- 미끄러지거나 떨어지거나 그 밖에 다른 부상을 입는다.
- 수영복 끈이 풀리거나 흘러내린다.
- 아침 수영장에서 반갑지 않은 생물(뱀, 악어 등)을 만난다.
- 함께 온 친구들이 싸워서 예정보다 빨리 돌아가게 된다.

이 배경에서 볼 만한 유형의 사람들

- 생일 파티 참석자, 아이들, 매점 직원, 다이빙을 좋아하는 사람, 안전 요원, 유지 보수 직원, 보모, 부모, 수영하는 사람, 십 대, 수영 강습을 받는 아이와 어른

이 배경과 밀접한 다른 배경

- **시골 편** 호수, 여름 캠프
- **도시 편** 싸구려 모텔, 호텔 객실, 공중화장실, 레크리에이션 센터, 워터 파크

참고 사항 및 팁

야외 수영장 외에도 날씨나 기후를 타지 않는 실내 수영장도 많다. 여러 사람들이 모이는 이런 공공장소에서는 누구나 다른 사람의 눈을 의식하기 때문에 평소와 다르게 행동하거나 혹은 자신의 본성을 드러내기도 한다. 예를 들어, 근처로 막 이사 온 젊은 엄마는 다른 엄마들의 시선 때문에 평소보다 아이를 엄하게 다룰지도 모른다. 혹은 여름에 새로 사귄 친구가 학교에서 인기 있는 여자아이들이 선탠을 하거나 남자들을 체크하러 수영장에 온 순간, 주인공을 무시하게 될지도 모른다. 사람은 나이에 관계없이 타인이 자신을 보거나 평가한다고 느끼면 자신의 가치를 의심한다. 그리고 사람들 사이에 섞이려고 평소답지 않은 행동을 할 수도 있다.

배경 묘사 예시

수영장에서 빠져나온 뒤 무거운 발걸음으로 거친 시멘트 위를 지나 꾸깃꾸깃한

수건을 놓은 곳으로 향했다. 줄무늬 천에 들러붙어 있는 풀을 흔들어 털어버리자 물방울이 비처럼 몸을 타고 떨어졌다. 오후의 태양 아래 몇 분 엎드려 있다가 몸이 충분히 마르면 자전거를 타고 집에 돌아갈 생각이었다.

- **이 글에 쓴 기법** 다중 감각 묘사, 직유, 날씨
- **얻은 효과** 분위기 설정

야외 스케이트장 Outdoor Skating Rink

풍경

바깥에 낮은 벽이나 난간이 세워진 타원형의 아이스링크, 주변의 겨울 경치(서리에 덮인 나무, 쌓인 눈, 가게와 음식점이 늘어선 거리, 고층 빌딩, 가로등, 배기가스를 내뿜으며 힘차게 지나가는 차량), 아이스링크 건물(화장실, 대여용품 카운터, 로커, 매점 등이 있는), 야외에 설치된 의자와 테이블, 야간 스케이팅용 투광 조명, 아이스하키 네트와 마크가 그려진 빙판, 아이스링크를 따라 천천히 전진하며 지나간 자리에 매끄러운 길을 만드는 정빙기, 바지가 얼음으로 뒤덮인 채 스케이트를 타는 사람, 벽을 짚으며 아이스링크를 도는 아이, 보행기처럼 생긴 보조 기구나 썰매를 이용하는 아이, 정해진 시간에 연습을 하는 하키 팀, 모두의 얼굴에서 피어오르는 하얀 입김, 턴과 회전을 하는 자신만만한 사람, 서로 손을 잡은 커플, 아이스링크 가운데의 피겨스케이팅 구역을 구분 짓기 위해 세운 칼라콘, 의상을 입고 연습하는 피겨스케이팅 선수, 아이스링크에 물을 뿌리거나 삽으로 얼음을 긁는 직원, 아이스링크에 내리는 눈, 아이스링크 위에서 혼자 질주하는 사람, 빙판 위를 천천히 나아가는 많은 사람

소리

얼음을 가볍게 베거나 얼음 표면을 비비는 스케이트의 날, 웃음과 대화, 아이들의 외침과 울음, 스테레오 장치에서 흐르는 음악, 바닥을 두드리는 하키 스틱, 골키퍼의 글러브를 쾅 치는 퍽, 주위를 둘러싼 보드에 부딪치는 퍽, 선수를 향해 고함치는 감독, 아이스링크를 돌며 경주하는 사람들의 빠른 스케이트 날 소리, 스케이트가 얽혀 넘어지는 사람들, 나무들 사이에서 세차게 불거나 건물 사이를 빠져나가는 바람, 산들바람에 흔들리는 깃발과 장식물, 빙판 위를 전진하는 정빙차, 삽으로 긁어모으는 물렁한 눈, 따뜻한 핫초콜릿을 홀짝거리는 아이, 추위에 굳어져 버석거리는 윗도리와 스노우 팬츠

냄새

오존, 얼음, 커피, 핫초콜릿, 홍차, 근처 식당에서 파는 음식, 매점에서 조리 중인 핫도그

920

차가운 공기, 립크림, 커피, 핫초콜릿, 물, 매점에서 파는 음식(나초, 피자, 핫도그, 감자튀김, 샌드위치), 자판기에서 파는 음식(감자 칩, 사탕, 초콜릿, 쿠키)

촉감과 느낌

눈을 가늘게 뜨고 바라보는 얼음에 내리쬐는 강한 햇볕, 눈부신 하얀 눈 때문에 아픈 머리, 감각이 사라진 손끝과 발끝, 벽을 짚을 때 장갑에 묻은 얼음 파편, 스케이트를 신고 균형을 잡는 느낌, 스케이트를 타다 다른 사람에게 밀리는 느낌, 다른 사람과 부딪치지 않으려고 일부러 움츠리는 몸, 발과 발목을 꽉 죄는 스케이트화, 스케이트화가 너무 느슨해서 아픈 발목과 발등, 딱딱한 빙판 위에 찧는 엉덩방아, 넘어져서 긁힌 손바닥이나 얼굴, 아이스링크 주위를 둘러싼 보드에 부딪친 얼굴, 몸이 부들부들 떨리는 추위, 두꺼운 옷을 입고 흘리는 땀, 무거운 옷을 껴입어서 둔해진 몸, 바로 앞에서 미끄러지듯 멈춰 선 사람이 뒤집어씌운 얼음 가루, 얼굴을 때리는 매서운 칼바람, 립크림을 바른 입술에 달라붙는 머리카락, 보풀이 인 겨울 모자나 금속 난간에서 느끼는 정전기, 발을 삐는 바람에 절뚝거리며 떠나는 아이스링크

이 배경에서 벌어질 만한 갈등의 원인

- 수준이 다른 여러 사람이 좁은 공간에서 함께 스케이트를 탄다.
- 감독할 직원이 없다.
- 발목 근력이 떨어진다.
- 스케이트에 어울리는 복장이 아니다.
- 스케이트를 위험하게 타는 사람이 있다.
- 아이스하키 퍽이 날아온다.
- 스케이트를 타는 사람들이 위험한 경쟁을 벌인다.
- 나뭇가지가 떨어진다.
- 아이스링크가 제대로 관리되지 않아서 표면에 크고 작은 구멍이나 홈, 도랑이 있다.
- 부상을 당한다(낙상, 찰과상, 타박상, 충돌).

- 부모가 아이를 데리러 오는 것을 잊어버린다.
- 밤중에 아이스링크에 혼자 남아 신변의 위협을 느낀다.

이 배경에서 볼 만한 유형의 사람들

- 스케이트 타는 사람, 아이, 매점이나 대여용품 카운터에서 일하는 직원, 가족 단위 손님들, 피겨 스케이팅 선수, 피겨 스케이팅이나 아이스하키 감독, 아이스하키 선수, 유지 보수 직원, 자원봉사자, 정빙차 운전사

이 배경과 밀접한 다른 배경

- **시골 편** 호수, 연못
- **도시 편** 공원, 레크리에이션 센터, 스키 리조트

참고 사항 및 팁

이 장에서는 기계로 아이스링크를 만드는 스케이트장을 다루었지만, 자연적으로 만들어진 스케이트장도 있다. 추운 지방에서는 꽁꽁 언 연못이나 호수에서 스케이트를 탄다. 비록 주위를 둘러싼 벽이나 투광 조명, 매점은 없지만 훨씬 자연 친화적이며 전원적인 분위기를 느낄 수 있어 인공적으로 만들어진 아이스링크와는 또 다른 인상을 준다. 겨울 스포츠를 좋아하는 집에서는 아이들이 친구들과 놀거나 스케이트 타는 법을 배울 수 있도록 뒤쪽 정원이나 사유지 한쪽에 작은 아이스링크를 만들기도 한다. 아이스링크 표면에서 긁어낸 눈은 골대를 빗나간 퍽을 막거나 초보자가 넘어져도 다치지 않도록 주위에 쌓아둔다.

배경 묘사 예시

레니는 장갑 낀 두 손으로 아빠 손을 꽉 잡았다. 서보려고 했지만 스케이트는 금속 뱀처럼 미끄러졌다. 딱딱한 얼음을 바라보다 눈을 꼭 감자 미끄러지는 감각이 더욱 강하게 느껴졌다. 레니는 손을 놓고 아빠 다리를 두 손으로 감은 채 얼음투성이 바지에 얼굴을 묻었다.

- **이 글에 쓴 기법** 다중 감각 묘사, 직유
- **얻은 효과** 감정 고조, 긴장과 갈등

연예인 대기실　　　　　　　　　　　　　　Green Room

풍경

청결하고 매력적인 장식, 안락하고 앉기 편한 의자와 소파, 장식용 쿠션, 커피 테이블, 물과 기본 주류들(럼, 위스키, 스카치, 보드카, 진, 와인)을 채운 미니바, 냉장고에 준비된 탄산음료와 칵테일, 과일을 담은 그릇, 얼음이 담긴 버킷, 테이블 위에 나란히 놓은 음식이 담긴 큰 접시들(채소, 과일, 치즈, 새우), 작은 뷔페식 테이블(한 입 크기의 가벼운 음식이나 샌드위치, 접시와 냅킨, 커피, 사탕, 감자 칩, 아이스크림 등이 놓인), 평면 스크린 텔레비전(프로그램이 방영되거나 휴게실에 있는 연예인이 등장할 스튜디오의 상황을 보여주는), 지금까지 그 장소에서 공연을 했거나 인터뷰를 한 유명인의 사진과 포스터를 액자에 넣어 걸어놓은 벽, 부드러운 음악이 나오는 스테레오 시스템, 몇 권의 인기 잡지, 전화기, 세련되고 편안한 분위기를 강조하는 예술 작품과 장식, 밝은 조명과 거울이 있는 화장실, 무대에 올라가기 전 큐 카드와 진행표를 다시 검토하는 연예인, 연예인의 헤어스타일과 메이크업을 손보는 스타일리스트

소리

부드러운 음악(대기실에 있는 사람들에게 어울리는), 앉을 때 삐걱거리는 가죽 소파, 유리잔 속에서 달그락거리며 녹는 얼음, 뒤에서 들려오는 텔레비전 소리, 연예인의 준비를 돕는 사람들, 바스락거리는 사탕 봉지나 감자 칩 봉지, 바삭거리며 먹는 과자, 샴페인 코르크 마개를 따는 소리, 쉭 소리를 내며 열리는 탄산음료 캔, 작동 중인 에스프레소 머신, 목소리를 가다듬는 뮤지션, 헤어스프레이를 뿌리는 스타일리스트, 행사에 앞서 연예인과 인터뷰를 하는 기자, 행사 후에 팬에게 사인을 해주는 연예인

냄새

따뜻한 음식, 공기 탈취제, 향수, 땀, 커피, 감귤류, 맥주

맛

대기실을 사용하는 사람이 가져온 음식(주류, 과자, 고기, 치즈와 과일이 담긴 쟁

반, 새우 칵테일, 전채 요리와 연예인이 특별히 요청한 음식)

촉감과 느낌

쿠션이 부드러운 좌석에 기대는 느낌, 방송 전에 마음을 안정시키려고 팔락팔
락 넘기는 광택 나는 잡지, 실내의 이쪽 끝에서 저쪽 끝까지 왔다 갔다 하는 느
낌, 인터뷰를 하거나 무대에 오르기 전에 하는 스트레칭 혹은 긴장을 풀기 위한
의식, 볼펜이나 사인펜을 꼭 쥐고 팬에게 사인을 해주는 느낌, 식사를 마친 뒤
부드러운 천 냅킨으로 가볍게 두드리는 입술, 실크 넥타이를 바로잡거나 의상
이나 옷을 홱 잡아당기는 느낌, 매만져 틀어 올린 머리카락, 주름을 펴려고 매만
지는 셔츠나 드레스, 손톱을 잡아 뜯는 등 긴장해서 나오는 나쁜 버릇, 출연자의
얼굴을 가볍게 두드리는 메이크업 아티스트, 머리카락을 매만지는 스타일리스
트, 등과 겨드랑이 아래로 흐르는 땀, 뜨겁고 땀이 밴 손, 배에 구멍이 뚫린 듯한
긴장감, 밀려드는 무대 공포증

이 배경에서 벌어질 만한 갈등의 원인

- 다른 사람들과 대기실을 같이 쓰는 것이 달갑지 않은 연예인이 있다.
- 연예인이 마음에 들지 않는 부분에 대해 특별한 요청을 한다(특정 장식이나 분
  위기, 음식, 음료수 등).
- 무대 공포증이 있다.
- 밴드의 멤버가 지각을 하거나 술 또는 마약에 취한다.
- 연예인이 술에 진탕 취하거나 약물을 해서 대기실이 엉망이 된다.
- 대기실에서 위법 행위가 벌어진다(마약을 복용하거나 매춘부를 데려오는 등).
- 미성년자 팬과 열정적인 팬이 대기실에 들어오려고 한다.
- 경비원의 실수로 광기 어린 팬이나 그 밖의 위협이 대기실을 비집고 들어온다.

이 배경에서 볼 만한 유형의 사람들

- 연예인과 수행원, 스튜디오 관계자들, 팬, 연예인이 초대한 특별 게스트(콘테스
  트 우승자, 투어에 동행한 가족, 측근들), 스튜디오나 로케 현장이 위치한 지방의
  사회자, 연예인이나 뮤지션을 취재하러 온 기자

이 배경과 밀접한 다른 배경

- **시골 편** 대저택
- **도시 편** 크루즈선, 리무진, 펜트하우스 객실, 공연 예술 극장, 록 콘서트, 라스베이거스 쇼, 요트

연예인 대기실은 연예인이 방송 프로그램이나 이벤트 무대에 오르기 전에 순서를 기다리는 방이다. 앉기 편한 소파, 스튜디오의 모습이 나오는 텔레비전, 스낵이 준비된 테이블, 화장실 등을 갖춘 방으로 사람들이 끊임없이 드나들며, 연속적으로 이루어지는 짧은 인터뷰들도 충분히 할 수 있다. 하지만 과격한 라이브 공연 사이에 잠시 휴식을 취하거나 커버 밴드가 연주하는 동안 대기실에서 시간을 보내는 뮤지션이라면 대기실에 특별한 주문을 덧붙일지도 모른다. 동물 가죽 물건은 사용하지 않는다거나 비건 스낵, 특정 수입 브랜드의 생수 등 연예인들의 요구는 대기실을 관리하는 사람들에게 일종의 도전이다. 이야기에 이런 대기실이 등장한다면 연예인의 특별한 요구를 통해서 어떤 성격을 보여줄지, 그 요구를 들어주지 않는다면 연예인과 어떤 갈등이 생길지 생각해보자.

마틴은 리모컨을 들고 재즈 스위치를 올렸다. 등받이가 달린 하얀 장의자와 역시 하얀 천을 두른 팔걸이의자에 놓인 짙은 보라색 쿠션도 불룩하게 만들었다. 이 대기실에 대한 주문은 상당히 구체적이었다. 인테리어는 흰색과 보라색만 사용할 것, 프로세코 와인 세 종류를 각각 얼음을 채운 버킷에 넣어둘 것, 부드러운 재즈 음악을 틀 것. 그리고 아주 이상하게도 라임 맛 젤리빈을 원했다. 보라색이나 흰색으로 된 라임 맛 젤리빈이 있는지 인터넷으로 검색해보았지만 없었다. 하지만 실망하는 대신 그는 녹색 젤리빈을 보라색 유리잔에 담고 모든 일이 잘되길 빌었다.

- **이 글에 쓴 기법** 대비, 다중 감각 묘사
- **얻은 효과** 성격 묘사, 분위기 설정

영화관   Movie Theater

풍경

상영 중인 영화 제목이 검은 글씨로 적힌 하얀 간판, 건물 외벽에 붙인 영화 포스터, 길 모퉁이까지 배웅을 받는 아이들, 유리를 끼운 매표소에 앉아 있는 직원, 극장으로 통하는 문들, 상영 중인 영화 제목과 상영 시간을 표시한 전광판, 티켓 판매기, 표를 사려고 나란히 줄을 선 손님들, 밝은 조명이 켜진 로비, 게임기와 동전 교환기가 있는 게임 센터 구역, 젖은 바닥에 세워놓은 칼라콘, 배우들의 패널, 상영 예정작의 광고판, 매표소와 매점을 구분하는 로프, 네온 조명과 가격표가 설치된 매점, 팝콘과 탄산음료 기기, 다양한 사탕들, 빨대와 냅킨 디스펜서, 양념과 소스가 마련된 코너, 쓰레기통, 쌓여 있는 어린이용 보조 의자, 분수식 음수대, 화장실, 파티 룸, 입장권을 확인하고 상영관을 안내하는 직원, 3D 안경이 담긴 통, 상영관으로 통하는 어두운 통로, 각 상영관 밖에 설치된 상영 작품 제목을 표시한 간판, 카펫이 깔린 극장 실내 계단, 양옆에 커튼이 있는 커다란 스크린, 벽에 설치된 스피커, 계단에 설치된 유도등, 어둠 속에서 빛나는 휴대전화, 계단식으로 나열된 푹신한 좌석, 컵 홀더, 바닥에 떨어진 팝콘과 빨대 포장지, 계단에 쏟아져 흩어진 알록달록한 사탕, 바닥에 떨어진 꾸깃꾸깃한 냅킨, 나란히 앉아 영화에 집중하는 관객들

소리

어떤 영화를 볼지 실랑이하는 목소리, 모퉁이에서 하차한 사람들이 차 문을 탕 닫는 소리, 마이크를 통해 들리는 매표소 직원의 작은 목소리, 타일 바닥 위를 걷는 발걸음, 직원들의 대화, 튀겨지는 팝콘, 탄산음료가 채워지는 컵, 기기에서 팝콘을 푸는 소리, 영화관 안에 울려 퍼지는 목소리와 발소리, 게임기에서 끊임없이 들려오는 땡땡 울리는 소리와 알람, 웃으며 뛰어가는 아이들, 바닥을 쓰는 빗자루, 극장 안에서 삐걱거리는 좌석, 영화가 상영되길 기다리며 웅성거리는 사람들, 바스락거리며 벗기는 사탕 봉지, 바삭바삭 씹는 팝콘이나 나초, 울리는 휴대전화, 큰 소리로 나오는 예고편, 웃음, 속삭임, 옆자리에서 음식을 씹는 사람들

팝콘, 소금, 곰팡내 나는 카펫

물, 탄산음료, 팝콘, 버터, 나초, 프레첼, 핫도그, 사탕

촉감과 느낌

열린 문에서 세차게 불어오는 바람, 에어컨의 냉기, 계단의 금속 난간, 흔들리는 좌석, 앞으로 쏟아질 것 같거나 등받이가 뒤로 심하게 기울어지는 망가진 의자, 팔걸이 위에서 서로 맞닿는 팔, 팝콘 때문에 기름진 손가락이나 녹은 초콜릿으로 지저분해진 손가락, 음료수 컵에 맺힌 물방울, 흥분해서 앞좌석을 계속 차는 아이들, 입술과 손가락에 묻은 버터를 냅킨으로 닦는 느낌, 쏟아진 탄산음료 때문에 끈적이는 팔걸이, 끈끈한 바닥, 너무 시끄러운 소리에 움찔하는 느낌, 울음을 참는 느낌, 너무 덥거나 추운 실내, 기침이 계속 나와 따끔거리는 목

이 배경에서 벌어질 만한 갈등의 원인

- 초콜릿이나 다른 사탕 때문에 목이 막힌다.
- 보고 싶은 영화가 아닌 다른 작품을 보게 되어 화가 난다.
- 아이 앞에서 십 대 커플이 스킨십을 한다.
- 즐거운 시간을 망칠 것 같은 사람(코를 골고, 팔걸이를 독차지하고, 음식을 더럽게 먹고, 계속 중얼거리고, 이상한 순간에 웃음을 터뜨리고, 상영 전이나 상영 중에 몇 번 이나 자리에서 일어나는) 옆에 앉는다.
- 사람들로 붐비는 극장에 늦게 도착해서 맨 앞줄에 앉게 된다.
- 음식이나 음료수를 흘린다.
- 함께 영화를 보는 상대가 작품을 계속 비평한다.
- 뒷자리에 앉은 사람이 자꾸 좌석을 찬다.
- 영화 상영 중 큰 소리로 떠들거나 야유하는 사람들이 있다.
- 첫 데이트나 부모님과 함께 간 영화관에서 거북한 베드신을 보게 된다.
- 북적이는 사람들이나 어둠, 커다란 음량, 세균에 접촉할 가능성 때문에 불안하다.

이 배경에서 볼 만한 유형의 사람들

- 계산원, 잡역부와 관리 직원, 관객, 매니저, 그 밖의 직원들

이 배경과 밀접한 다른 배경

- 실내 주차장, 야외 주차장, 공연 예술 극장, 쇼핑몰

참고 사항 및 팁

대부분의 영화관은 크기도 내부 구조도 비슷하지만 가끔 예외도 있다. 요즘에는 주로 멀티플렉스 영화관을 찾지만, 그보다 규모가 작고 상영 작품 수가 한정된 영화관도 있다. 줄지어 나열된 좌석에 앉아 간식을 먹으며 영화를 보는 대신 우아한 식사와 함께 신작 영화를 즐기는 레스토랑 형식의 영화관도 있다. 멸종 위기에 처했다는 자동차 극장도 여전히 곳곳에서 볼 수 있다. 그 밖에도 역사 깊은 건물이나 아르데코풍의 장식을 한 공간에서 예술영화 팬을 위해 고전 영화나 독립 영화, 재개봉작 등을 중심으로 상영하는 영화관도 있다.

배경 묘사 예시

다른 소녀들이 움푹 파인 좌석에 몸을 파묻고 미친 거위처럼 깔깔거릴 때, 저넬은 패닉에 빠지지 않으려 애썼다. 구두가 한 번도 청소한 적 없는 듯한 십 년 묵은 바닥의 탄산음료 얼룩에 딱 붙은 느낌이다. 번들거리는 버터투성이 손가락에 닿고 침이 잔뜩 묻었을 팝콘 부스러기는 좌석의 구석과 금이 간 틈을 완전히 메우고 있었다. 게다가 이 구린내는 뭐지? 먹을 것에 핀 곰팡이? 건물에 자리 잡은 곰팡이? 될 수 있는 한 아무것도 만지지 않으려고 애쓰면서 그녀는 두려움에 젖어 좌석에 앉았다. 영화 따위는 질색이다.

- **이 글에 쓴 기법**　과장, 다중 감각 묘사, 직유
- **얻은 효과**　성격 묘사, 감정 고조, 긴장과 갈등

워터 파크   Water Park

풍경

주변을 둘러싼 울타리, 포장된 인도, 하늘 높이 다양한 방향으로 솟아 있는 색색의 원통형 미끄럼틀, 계단을 따라 차례를 기다리며 길게 줄을 선 사람들, 여러 개의 다양한 풀장, 놀이 기구에서 방울져 떨어지는 물, 이용객이 바닥에 착지할 때 그 반동으로 미끄럼틀 끝부분에서 크게 튀어 오르는 물줄기, 놀이 기구와 계단의 이음매를 손상시키는 녹슨 부위, 사방에 생긴 물웅덩이, 안전 요원용 감시대, 휘날리는 깃발들, 수영복을 입은 물에 젖은 이용객들, 사람과 튜브로 가득 찬 파도 풀장, 플라스틱 일광욕 의자 위로 그늘을 드리우는 줄무늬 파라솔, 잔디 위에 놓인 수건과 담요, 물이 사방에 뿌려지고 뿜어져 나오는 화려한 색감의 어린이용 놀이터, 매점 가판대, 간이 식탁, 로커, 화장실, 놀이 구역에서 첨벙거리는 아이들, 뛰어다니는 아이들, 무전기와 구명대를 갖춘 안전 요원, 다양한 구역으로 사람들을 안내하는 표지판, 워터 카펫water carpet[사람이 올라탈 수 있도록 물 위에 띄우는 가벼운 소재의 넓은 막], 구명조끼, 소형 튜브를 양팔에 끼운 아이들, 물에 떠다니는 머리 끈, 말벌들이 몰려든 쓰레기통, 플라스틱 일광욕 의자에 길게 누워 햇볕을 즐기는 사람들, 출발해도 좋다는 신호가 들어오는 미끄럼틀 꼭대기의 조명 시설, 튜브를 가져가고 반납하는 장소

소리

재빨리 미끄럼틀을 통과하거나 미끄럼틀을 타고 내려오는 소리, 미끄럼틀 안에서 메아리처럼 울리는 꺅꺅 소리와 웃음소리, 햇볕 아래서 느긋하게 쉬며 담소를 나누는 부모들, 너무 빨리 뛰다가 미끄러져 우는 아이들, 가족 담요 위에서 물을 뚝뚝 흘리거나 튀기는 아이들, 발을 디딜 때마다 끽끽거리는 계단, 보도 위를 찰싹거리며 뛰어다니거나 웅덩이를 첨벙거리며 밟고 지나가는 발소리, 워터 파크에 흐르는 음악, 깃발들을 펄럭이게 하는 바람, 안내 방송, 안전 요원이 부는 호각, 확성기로 소리치는 안전 요원, 일광욕 구역에서 울리는 휴대전화, 빨대로 마시는 탄산음료, 부스럭거리는 음식 포장지, 거의 빈 케첩이나 겨자 통에서 나는 바람 빠지는 소리, 여닫히는 화장실 문, 내려가는 변기 물, 미끄럼틀을 타고 밀려 내려가는 물

(냄새)

염소, 선크림, 선탠오일, 젖은 수영복과 수건, 음식, 풍선껌, 벌레 퇴치제, 흰 곰
팡이

(맛)

염소 성분의 물, 땀, 매점에서 파는 음식(햄버거, 튀김, 핫도그, 피자, 나초, 막대 아
이스크림), 병에 든 생수, 탄산음료, 초콜릿 바

(촉감과 느낌)

발에 닿는 뜨거운 보도, 더운 날에 발바닥이 시원하도록 웅덩이들만 껑충거리
며 밟고 다니는 느낌, 맨발로 걷거나 뛰는 콘크리트 바닥, 젖은 수영복에 쓸리
는 피부, 엄청 큰 미끄럼틀을 타고 내려온 뒤 수영복이 엉덩이 사이에 끼는 느
낌, 눈에 들어간 물, 목과 얼굴에 달라붙는 젖은 머리카락, 햇볕에 타는 느낌, 끈
적거리는 선크림이나 선탠오일, 따뜻하게 데워진 플라스틱 일광욕 의자, 사람
들이 너무 많아 서로 가까이 달라붙는 느낌, 손으로 잡는 플라스틱이나 유리섬
유 소재의 난간, 계단 꼭대기에 다다랐을 때 뱃속이 떨리는 느낌, 꼭대기에서 아
래를 내려다보며 내려갈 준비를 할 때의 어지러움, 물이 튄 피부, 젖은 수건으로
찰싹 때릴 때의 통증, 차가운 음료와 아이스크림, 철벅거리는 튜브, 화장실의 차
가운 공기에 돋는 소름, 파도 풀장에서 너울거리는 파도, 젖어서 엉킨 머리카락,
얼굴에 튀는 물보라, 코에 물이 들어와 아린 느낌, 물이 들어와 파삭거리는 귀,
갑작스러운 복통

이 배경에서 벌어질 만한 갈등의 원인

- 익사하거나 거의 익사할 뻔한다.
- 계단에서 떨어진다.
- 콘크리트 바닥에서 미끄러져 넘어진다.
- 수영을 못하게 되는 상황에 놓인다.
- 고소공포증이 있다는 사실을 친구들에게 들키고 싶지 않다.
- 안전 요원이 강압적이거나 태만하다.

- 누군가 약자를 괴롭힌다.
- 수영이 서툰 천방지축 아이를 과잉보호하는 부모가 있다.
- 평소 지각을 안 하던 아이가 제시간에 약속 장소에 나타나지 않는다.
- 소아 성애자가 돌아다닌다.
- 수영복을 입어야 하는데 몸매에 자신이 없다.
- 햇볕에 화상을 입는다.
- 워터 파크의 설비 유지와 보수를 소홀히 한다.
- 물을 염소로 제대로 소독하지 않아 더럽다.
- 같이 온 친구들의 목적이 서로 제각각이다(미끄럼틀을 최대한 많이 타기, 여자 유혹하기, 싸움박질하기 등).
- 파도 풀장 안에서 수영복이 벗겨진다.

이 배경에서 볼 만한 유형의 사람들

- 어린이와 십 대, 안전 요원, 부모, 직원, 일광욕하는 사람, 휴가객

이 배경과 밀접한 다른 배경

- 놀이공원, 야외 수영장

참고 사항 및 팁

높은 계단, 아슬아슬한 미끄럼틀, 파도 풀장, 사방이 물인 곳에 설치된 금속 설비, 방광 조절이 잘 안 되는 아이들 등 워터 파크에서 벌어질 가능성이 있는 갈등 상황은 적당히 부끄러운 선부터 자칫하면 죽을 수도 있는 수준까지 다양하다. 현실 속 워터 파크는 면밀하게 감시와 규제를 받는 시설이기 때문에 영업을 계속하려면 안전과 위생을 특정 수준으로 유지해야 하지만, 소설 속에서는 어떤 일도 일어날 수 있다. 갈등의 토대를 적절히 마련할 경우 워터 파크는 운 나쁜 시각에 운 나쁜 장소에 있게 된 주인공을 위한 완벽한 배경이 된다.

나는 맷을 따라 가파른 계단을 뛰어 올라갔다. 단마다 설치된 미끄럼 방지 띠의 거친 표면이 얼마나 발바닥을 파고들든 아랑곳없이. 꼭대기에 올라 밤의 워터파크 전경을 보니 수면마다 불빛들만 반짝일 뿐, 우리가 얼마나 높이 올라왔는지 전혀 감이 오지 않았다. 순간적으로 바람이 훅 불었고, 우리가 서 있던 출발대가 미세하게 출렁였다. 어둠 속에서 뛰어내린다는 이 말도 안 되는 시도를 떠올리자 가슴이 벌렁거렸다. 나는 금속 난간을 꼭 잡고 어서 앞사람들이 지나가고 내 차례가 되기만을 기다렸다.

- **이 글에 쓴 기법**   빛과 그림자, 다중 감각 묘사
- **얻은 효과**   성격 묘사, 분위기 설정

유령의 집　　　　　　　　　Carnival Funhouse

풍경

다채로운 간판 주위를 둘러싼 번쩍번쩍 빛나는 전구, 입구에서 따분한 표정으로 입장권을 받는 직원, 예측할 수 없는 방향으로 넘실거리고 움직이는 바닥, 흔들리거나 기울어지는 계단, 칠이 벗겨진 안전용 손잡이, 앞으로 나아가려면 꼭 통과해야 하는 뱅뱅 도는 원반, 사람이 들어가면 회전하기 시작하는 거대한 통, 스프레이로 그린 만화(어릿광대, 풍선, 음악을 듣고 즐거워하는 아이들), 벽에 그린 화려한 그라피티, 균형이 맞지 않는 발판으로 만든 비틀린 사다리, 안전망, 동그랗게 말린 미끄럼틀, 나무판자로 만든 흔들리는 다리, 위로 올라가는 것 같지만 실은 내려가는 에스컬레이터 계단, 갑자기 흔들리는 바닥, 좁은 통로, 외부의 신선한 공기를 마시거나 눈 아래 펼쳐지는 놀이공원의 풍경을 바라볼 수 있는 곳곳에 설치된 발코니, 흠집이 나거나 가장자리가 이지러져 비뚤어진 모습이 비춰지는 거울, 켜졌다 꺼졌다 하는 전구, 현기증이나 착시 현상을 불러일으키는 회전 판, 웃음을 터뜨리는 십 대들과 아이들, 바닥에 떨어진 쓰레기, 섬광 전구, 엎질러진 음료수, 시각 효과를 위해 구멍에서 나오는 김이나 연기

소리

시끄러운 음악, 녹음되어 흘러나오는 어릿광대의 웃음소리, 금속 바닥 위에서 탕탕거리는 발소리, 고속으로 회전하며 삐걱대는 기계, 놀이 기구에 전력을 공급하기 위해 움직이기 시작하는 모터의 둔탁한 폭발음, 놀이공원의 소음, 삐걱거리며 흔들리는 체인, 소리치거나 비명을 지르는 친구들, 회전하는 통 속에서 일어서려고 하는 사람들이 발을 끄는 소리와 서로 부딪치는 소리, 좁은 통로에 울리는 메아리

냄새

뜨거운 기름으로 조리하는 놀이공원 음식(핫도그, 미니 도넛, 반죽에 담그고 튀긴 오레오 과자), 팝콘, 갓 만든 솜사탕, 땀, 흙, 탄산이 빠진 맥주, 햇볕에 달궈진 비닐, 뜨거운 기계, 휘발유의 배기가스

놀이공원에서 파는 음식과 음료수(탄산음료, 솜사탕, 감자튀김, 캔디 애플candy apple[사과를 꼬치에 꿰어 시럽이나 캐러멜을 입힌 음식], 퍼넬 케이크funnel cake[깔때기(퍼넬) 등을 이용해 반죽을 소용돌이 모양으로 뽑아 굽거나 튀긴 케이크], 핫도그 등), 사탕, 껌, 박하사탕, 페트병에 입을 대고 꿀꺽꿀꺽 마시는 물

촉감과 느낌

손가락 사이에 끼운 얇은 티켓, 칠이 벗겨진 안전 바를 손으로 미는 느낌, 이동하고 굽이치는 바닥에 서서 균형을 잡는 느낌, 유령의 집 안에서 가동하는 모터의 진동이 다리에서 팔로 전해지는 느낌, 균형을 잡기 위해 벽에 손을 짚고 그 손을 바지에 닦는 느낌, 회전하는 통 속에서 손발로 기는 느낌, 혼잡한 실내에서 서로 부딪치는 사람들, 몸을 지탱하기 위해 잡은 친구의 따뜻한 팔, 흔들리는 바닥을 건너는 중 빨리 가라며 쿡쿡 찌르는 친구, 끈끈하거나 더러운 손가락

이 배경에서 벌어질 만한 갈등의 원인

- 장치가 고장 난다.
- 사이가 안 좋은 사람이나 자신을 괴롭히는 사람을 만난다.
- 다른 사람들이 자신에 대해 이야기하는 것을 엿듣는다.
- 유령의 집에 들어간 사이에 데면데면한 친구들이 어디론가 가버린다.
- 굴러서 다친다.
- 입고 있던 옷이 바닥 위에서 움직이는 금속판에 낀다.
- 폐소공포증을 겪는다.
- 어둠 속에서 공격적인 사람에게 밀리거나 눌린다.

이 배경에서 볼 만한 유형의 사람들

- 놀이공원의 관리원, 손님, 유지 보수 직원, 안전 검사원

이 배경과 밀접한 다른 배경

- 놀이공원, 서커스장

이동식 놀이공원은 모든 놀이 기구를 트럭의 짐칸에 싣고 옮겨 다녀야 하기 때문에 결과적으로 규모가 꽤 작아진다. 이렇게 협소한 유령의 집은 언제나 손님들로 혼잡하기 마련이다. 하지만 일정한 곳에 자리 잡고 1년 내내 문을 여는 놀이공원이라면 장치는 몇 단계를 거쳐 점점 복잡해질 것이다. 이동식이든 고정식이든, 놀이공원은 최대한의 이익을 거두기 위해 될 수 있는 한 많은 손님을 받는다. 유령의 집은 몇 개의 테마(어린이 손님을 위한 비디오게임, 좀비, 외계인, 기분 나쁜 어릿광대, 아라비안나이트 등)로 이루어진 곳도 있고, 옛날 방식으로 꾸며진 곳도 있다. 오래된 유령의 집에 방문한다면 거대한 어릿광대나 괴물의 입을 본뜬 입구를 만나게 될 것이다.

메건은 어둠이 감싼 통로를 재빨리 걸어갔고, 나는 혼자 뒤처졌다. 스피커에서 어릿광대의 실성한 듯한 웃음소리가 울려 퍼지고 압축된 공기가 한꺼번에 얼굴을 덮치는 바람에 수명이 몇 년은 줄어들었다. 바닥이 갑자기 움직이며 넘실대서 손잡이를 잡았다. 내가 유령의 집에 약하고, 특히 밤에는 더욱 무서움을 타는 것을 알면서도 동생은 나를 일부러 버리고 간 것이다. 조금 전에 했던 것처럼 갑자기 튀어나와서 나를 잡을 생각이라면 자는 틈을 타 죽여버리겠어.

- **이 글에 쓴 기법** 과장, 다중 감각 묘사
- **얻은 효과** 분위기 설정, 복선, 긴장과 갈등

정장을 입어야 하는 행사 Black-Tie Event

풍경

사유지의 원형 도로에 줄을 선 리무진과 고급 차, 발렛 파킹, 붉은 카펫이 깔린 입구, 검은 드레스나 야회복을 입고 반짝이는 보석을 단 여성, 턱시도 차림의 남성, 입장하는 손님들에게 인사하는 주최자, 코트나 겉옷을 보관해주는 사람, 고가의 장식이 설치된 호화스러운 연회장, 얼음 조각상, 천장에 달린 샹들리에와 사람들의 눈길을 끄는 종이 랜턴, 기조 연설자나 자선 활동의 기회를 참석자들에게 알리는 전시물, 희고 검은 옷차림으로 쟁반을 나르는 웨이터와 웨이트리스, 전채 요리가 나올 때 사람들이 모여드는 높은 탁자, 대화를 나누며 와인과 샴페인을 마시는 초대 손님들, 검은 식탁보를 깐 탁자, 커버를 씌운 의자, 각자의 자리를 지정해놓은 이름표, 증정품을 담은 주머니, 탁자 위에서 흔들리는 촛불, 꽃을 곁들인 센터피스, 크리스털 식기, 고급 도자기 식기, 천으로 만든 냅킨, 고급 요리, 손거울로 화장을 점검하고 립스틱과 파우더로 화장을 고치는 여성들, DJ나 현악사중주단의 연주, 댄스 플로어에서 춤추는 초대 손님들, 함께 사진을 찍는 친구들, 저명인사나 기조 연설자에게 사인이나 사진을 부탁하는 초대 손님

소리

도착한 손님의 이름을 소리 내어 읽는 목소리, 실외로 통하는 문이 여닫힐 때 외부에서 들리는 소리, 클래식 음악이나 연주곡, 대리석 바닥을 또각또각 걷는 하이힐, 코트나 겉옷을 벗는 소리, 찍찍 소리를 내는 정장 구두, 서로 소리치는 사람들, 웃음과 수다, 울리는 휴대전화, 말없이 전채를 대접하는 웨이터, 녹기 시작하는 얼음 조각상에서 조용히 떨어지는 물방울, 바닥에 끌리는 의자, 짤그랑거리며 접시에 닿는 은식기, 유리잔 안에서 짤그랑거리는 얼음, 볼륨을 높인 음향 시스템에서 들려오는 기조 연설자의 목소리, 박수, 서빙하기 전에 어떤 와인을 고를지 속삭이며 묻는 웨이터

냄새

가구 광택제, 바다 세정제, 공기 탈취제, 향초, 에센셜 오일, 싱싱한 꽃, 향수, 헤

어스프레이, 로션, 비누, 음식, 구강청결제, 누군가의 숨결에서 풍기는 술 냄새

맛

고급 요리(가리비, 새우, 연어, 소갈비, 안심 스테이크), 샴페인, 와인, 물, 섬세하고 맛있는 후식

촉감과 느낌

피부 위로 미끄러지는 공단이나 실크, 촘촘한 레이스, 딱 붙는 드레스나 셔츠 칼라, 귓불을 잡아당기는 무거운 귀고리, 발에 익숙하지 않은 새 구두, 어깨 부분이 없는 드레스 때문에 느끼는 추위, 따뜻한 히터와 촛불에서 나오는 열기, 팔꿈치나 허리의 잘록한 부분을 잡은 파트너의 손, 헤어스프레이로 고정한 머리카락, 두피를 긁는 헤어 핀, 유리잔과 작은 접시의 균형을 유지하며 전체 요리를 먹는 느낌, 거나하게 느껴지는 취기, 화장실에서 고쳐 바르는 립스틱, 파트너와 천천히 추는 춤, 하이힐 때문에 비틀거리는 몸

이 배경에서 벌어질 만한 갈등의 원인

- 정치적 또는 종교적 견해를 밝혀 상대를 화나게 한다.
- 사람의 이름을 틀리게 부른다.
- 돌아가고 싶지만 파트너는 아직 떠날 마음이 없다.
- 건강 문제로 먹을 수 있는 음식이 한정되어 있다.
- 말을 멈추지 않는 상대에게 붙잡힌다.
- 적의 옆에 앉게 된다.
- 센터피스 또는 식사에 들어간 재료에 알레르기 반응을 일으킨다.
- 가고 싶지 않은 행사에 참석해야 한다(일 때문에 혹은 배우자의 요구로).
- 현금을 깜박해서 코트를 맡아주는 직원이나 주차 직원에게 건넬 팁이 없다.
- 주최자에 관한 불쾌한 정보를 듣는다.
- 비열한 소문의 피해자가 된다.
- 주최자에게 압력을 받는다(원하지 않는 행사의 참가나 자선 행사의 고액 기부, 바쁜데도 자원봉사를 하라는 강요 등).
- 행사를 개최한 비영리단체의 실체가 그들의 주장과는 다른 것을 알게 된다.

이 배경에서 볼 만한 유형의 사람들

- DJ, 경매인, 바텐더, 초대된 저명인사, 고용된 운전사, 손님, 기조 연설자, 주차 직원, 업자와 배달원, 웨이터와 웨이트리스

이 배경과 밀접한 다른 배경

- **시골 편** 대저택, 졸업 무도회
- **도시 편** 아트 갤러리, 댄스홀, 크루즈선, 리무진, 펜트하우스 객실, 공연 예술 극장, 요트

참고 사항 및 팁

생일이나 기념일, 자선기금 마련 파티, 직장과 소속 클럽의 사교 행사 등 정장을 입고 참석하는 이벤트가 개최되는 이유는 다양하다. 행사의 목적이나 장소, 개최 시기에 따라 장식이나 준비되는 요리, 복장 등이 결정된다. 야외 행사라면 여성은 겉옷을 입고, 바람에도 견딜 수 있는 헤어스타일을 선택할 것이다. 또 주최자와 개인적으로 가까운 손님이라면 정장이지만 약간 힘을 뺀 옷을 선택할지도 모른다. 등장인물이 행사에 가게 된다면 이런 점을 모두 고려하자.

배경 묘사 예시

많은 사람 때문에 실내 온도가 상당히 올라갔지만, 이를 알아차린 누군가가 고맙게도 베란다로 통하는 문을 열어주었다. 비를 예고하듯 세찬 바람이 불어와 초의 불꽃을 간지럽히고 탁자 위의 색종이 조각을 흐트러뜨렸다. 숄이 팔에서 펄럭이고 머리카락도 흔들렸지만, 스프레이를 뿌린 머리카락은 몬순이 불지 않는 한 심각한 손상은 없을 것이다.

- **이 글에 쓴 기법** 과장, 날씨
- **얻은 효과** 성격 묘사

카지노 Casino

풍경

돔형 감시 카메라가 설치된 높은 아치형 천장, 번쩍이는 조명과 수백 개의 백라이트가 비추는 슬롯머신, 같은 무늬가 끝없이 펼쳐지는 카펫, 스툴에 앉아 있는 플레이어(버튼을 누르고, 음료수를 마시고, 담배를 피우고, 정산 영수증을 인쇄하는), 조명을 반사해서 기계의 빛을 증폭시키는 거울 벽, 유니폼을 입은 직원, 카지노 직원과 딜러, 블랙 잭과 그 밖의 트럼프 게임용 테이블, 룰렛, 칩과 주사위가 준비된 테이블, 정장 차림의 경비원, 로프를 친 고액 베팅 포커 테이블과 게임 구역, 온라인 카지노용 거대한 텔레비전 모니터, 잭팟을 알리는 화면, ATM, 부티크(고급 보석 장신구, 핸드백, 시가, 시계, 옷 등을 파는), 레스토랑과 바, 강화유리를 설치한 정산 카운터, 탁자 위와 머신 근처에 두고 간 반쯤 마신 음료수, 화려한 포스터와 현란한 예술 작품, 취한 단골손님, 매춘부, 선글라스를 쓴 포커 플레이어, 사진을 찍는 관광객, 진열된 고가의 경품(빙글빙글 돌고 있는 자동차와 특수 제작 오토바이), 카지노와 제휴를 맺은 뷔페나 쇼의 쿠폰을 나눠주는 직원, 호텔의 다른 층으로 통하는 엘리베이터

소리

획획 소리를 내는 자동문, 전동으로 회전하는 슬롯머신, 세게 누르는 버튼, 혼잣말을 하거나 머신에게 욕을 하는 사람, 누군가 이겼을 때 땡땡 울리는 알람 소리, 웃음과 대화, 도박을 하며 음료수를 주문하는 손님, 트럼프를 섞는 기계, 베팅을 하기 전에 칩을 짤그랑거리며 만지작거리는 포커 플레이어, 딸깍거리는 룰렛 볼, 베팅을 요청하는 딜러, 직원의 무전기에서 들려오는 잡음 섞인 대답, 펠트 위를 구르는 주사위, 삐걱거리는 스툴, 음료수 안에서 달그락거리며 녹는 얼음, 음악이나 다른 방에서 라이브로 들려오는 노랫소리, 모니터에 표시된 딜러의 녹음된 목소리, 울리는 휴대전화, 누군가 대승리를 거두었을 때 주위에서 터지는 환성

냄새

담배 연기, 오래된 카펫, 향수, 애프터셰이브 로션, 땀, 음식, 돈, 뜨거운 기계, 방향제, 에어컨, 입에서 풍기는 맥주 냄새

맛

물, 탄산음료, 술, 껌, 박하사탕, 담배, 전자 담배

촉감과 느낌

발밑의 얇은 카펫, 서늘한 에어컨, 푹신한 스툴과 의자, 매끈한 카드, 플라스틱 칩, 펠트를 깐 탁자, 나무 탁자의 테두리, 따뜻한 주사위, 슬롯머신의 금속 레버, 매끈한 플라스틱 버튼, 베팅에 지나치게 열중했을 때 흐르는 땀, 너무 더운 옷, 코에서 미끄러지는 선글라스, 군중의 웅성거림, 엎질러진 맥주를 밟은 느낌, 끈적거리는 슬롯머신, 칩에 손을 뻗었을 때 펠트를 스치는 소매, 손바닥이나 컵 안에서 달그락거리는 주사위, 바지에 문지르는 땀이 밴 손, 입술에 닿는 차가운 음료수, 행운을 빌며 주사위에 부는 입김, 셔츠나 윗도리 주머니를 처지게 만드는 칩의 무게감, 정산할 때 슬롯머신에서 잡아 뜯는 영수증

이 배경에서 벌어질 만한 갈등의 원인

- 술 취한 사람들이 포커에 지고 한바탕 소동을 일으킨다.
- 남자 손님이 여직원의 몸에 손을 댄다.
- 소매치기를 당한다.
- 음료수를 쏟는다.
- 너무 취해서 방까지 데려다줘야 할 손님들이 있다.
- 뷔페에서 식사를 했는데 몸 상태가 나빠진다.
- 유명인을 경호하는 일행이 과잉 방어를 한다.
- 하룻밤 사이에 주말 생활비를 탕진한다.
- 친구에게 버림받는다.
- 미성년자가 도박을 하려고 한다.
- 경비원에게 들키지 않고 트럼프를 세려고 한다.
- 도박사들이 카지노에 대항해 몰래 팀을 짠다.
- 도박 중독자와 그를 사랑해서 도박에서 벗어나길 바라는 사람이 말다툼을 벌인다.
- 매춘부인지 모르고 유혹한다.

이 배경에서 볼 만한 유형의 사람들

• 바텐더와 서빙 직원, 유명인, 범죄자, 도박 중독자, 호텔과 카지노 직원, 단골손님, 경비원과 경찰관, 휴가객

이 배경과 밀접한 다른 배경

• 크루즈선, 경마장, 라스베이거스 쇼

참고 사항 및 팁

호텔에 있는 카지노는 위치가 어디든 웅장하게 장식되어 있을 것이다. 천장의 높이는 경우에 따라 다르며, 건축 연도와 공기 청정 시스템 상태에 따라 실내 공기의 질도 차이가 있다. 하지만 카지노의 모습과 인상은 어디든 비슷하다. 도박을 좋아하는 사람들은 그중에서도 느낌이 딱 오는 곳이 있고, 운과 건물의 관계를 믿는 경우도 있다고 한다. 크고 무질서한 카지노의 경우, 어디를 봐도 비슷한 모습이 보여서 길을 잃은 느낌이 들지도 모른다. 이럴 때는 몇 가지 표식(포커 게임의 특별 상품인 단상 위에서 회전하는 자동차, 과거 카지노에서 연주했던 사람의 밀랍 인형, 로비와 뷔페의 방향을 알리기 위해 천장에 단 표식 등)을 설치하자. 등장인물이 방향을 파악할 수 있도록 도와주고, 독자는 이곳에서의 체험을 보다 생생하게 느낄 것이다.

배경 묘사 예시

나는 경멸을 드러내지 않으려고 노력하며 카드를 분배했다. 온라인 카지노에서 조금 땄을 뿐인데 마치 일류 도박사라도 된 양 몹시 상기되어 지독한 향수 냄새를 풍기는 루저들이 매일 밤 내 테이블에 온다. 그리고 밤이 깊어질 무렵이면 그들은 경찰관이 거리에서 끌고 와 목격자 확인 줄에 세울 법한 모습으로 바뀐다. 새우등에 언짢은 눈, 자존심 덕분에 텅 빈 호주머니.

• **이 글에 쓴 기법** 다중 감각 묘사
• **얻은 효과** 성격 묘사

퍼레이드 **Parade**

풍경

길가에 줄지어 선 많은 사람들, 관람객(꽉꽉 들어차고, 줄지어 서고, 모퉁이에 앉고, 접이의자나 트럭 짐칸에 앉은), 퍼레이드의 선두를 달리는 경찰차와 소방차, 거대한 풍선 아치가 달린 장식 수레, 놓쳐서 하늘로 올라가는 풍선, 마스코트와 주제에 맞춘 전시, 악대, 장식한 트럭과 차, 마차, 촬영 스태프와 기자, 플래시를 터뜨리는 사진기, 휴대전화로 퍼레이드를 찍는 관람객, 군중에게 손을 흔드는 퍼레이드의 중심인물(정치인, 연예인, 미인 대회 우승자)을 태운 클래식 카와 번쩍거리는 오픈카, 불꽃놀이, 공중을 떠다니다 땅에 떨어진 작은 색종이 조각들, 화려한 의상을 입은 퍼레이드 참가자, 장식 수레 위에서 펄럭이는 깃발, 차량에 붙인 현수막과 간판, 말을 탄 사람들, 댄서들, 길가에 서서 동작을 선보이는 치어리더, 물구나무를 서서 걷거나 연속 공중제비를 하는 곡예사, 관객을 놀리는 어릿광대, 군인, 죽마 타는 사람, 군중을 감시하며 혼란을 막으려는 경찰관, 정해진 퍼레이드 길을 따라 설치한 출입 금지 테이프와 나무틀, 군중에게 사탕을 던지는 사람들, 아이를 목말 태운 아버지, 유아차, 목줄을 맨 개, 말똥을 치우는 청소부, 모퉁이에 쌓인 사탕이나 장식 조각

소리

소방차와 경찰차의 사이렌, 악대의 연주, 장식 수레에서 들려오는 녹음된 음악, 고함과 아우성, 박수, 마이크나 스피커로 들리는 사회자의 목소리, 소리 지르는 아기, 아이의 큰 웃음, 차 엔진의 회전음, 자동차 경적, 말발굽, 터지는 풍선, 뿔나팔 등이 내는 시끄러운 소리, 장식 수레를 타고 노래하는 사람, 지시를 내리는 댄스 팀 리더나 고적대 단장, 바람에 날리는 깃발, 퍼레이드 참가자들이 일제히 행진하며 사뿐히 걷는 소리, 오토바이 엔진, 짖는 개, 경찰관의 호각, 말이 터벅터벅 걸으며 부는 콧바람, 어릿광대가 탄 차에 붙은 작은 모터, 상공을 나는 보도진의 헬리콥터, 펑 쏘아 올린 불꽃

냄새

배기가스, 스낵, 커피, 젖은 아스팔트, 땀, 동물의 배설물, 노점에서 산 음식

노점 음식(팝콘, 땅콩, 프레첼, 사탕, 솜사탕, 핫도그), 물, 탄산음료, 커피

촉감과 느낌

빽빽이 들어찬 사람들, 사람들과 부딪치거나 군중에 밀리는 느낌, 울퉁불퉁한 아스팔트, 피부 위로 날아오거나 머리카락에 들러붙는 색종이 조각, 가슴을 쿵쿵 울리는 베이스 드럼, 저항하며 목줄을 갑자기 당기는 개, 어깨에 태운 아이의 무게감, 겁이 나서 무릎으로 파고드는 아이, 머리를 적시고 피부를 타고 흐르는 땀, 끈끈한 솜사탕, 뜨겁거나 차가운 음료로 따뜻해지거나 어는 손, 목 뒤로 내리쬐는 햇볕

이 배경에서 벌어질 만한 갈등의 원인

- 무질서 속에서 공격당하거나 납치된다.
- 어릿광대 공포증이 있다.
- 열사병 증상이 나타난다.
- 빵소니차나 장식 수레에 다친다.
- 퍼레이드 행렬이 던진 사탕에 맞는다.
- 날씨가 몹시 나쁘다.
- 아이를 잃어버린다.
- 주차할 곳을 좀처럼 찾을 수가 없다.
- 한꺼번에 많은 감각이 자극되어 공황 상태에 빠진다.
- 화재나 폭발로 도로에 많은 사람이 몰려들어 아수라장이 된다.
- 개가 퍼레이드 행렬에 뛰어든다.

이 배경에서 볼 만한 유형의 사람들

- 곡예사, 사회자, 지휘봉이나 깃발 돌리는 사람, 아이, 어릿광대, 퍼레이드를 악용하려는 범죄자, 댄서, 운전사, 장식 수레에 탄 사람과 연예인, 말을 탄 사람, 악대 멤버, 취재 스태프, 관람객, 사진사, 경찰관, 노점 점원, 죽마 타는 사람, 퍼레

이드의 선두에 서는 총지휘관

이 배경과 밀접한 다른 배경

- 놀이공원, 대도시 거리, 야외 주차장, 소도시 거리

참고 사항 및 팁

퍼레이드는 매우 능동적인 설정으로 사용할 수 있다. 온갖 소음과 시각적인 혼돈이 난무하는 퍼레이드는 이야기 속에서 일어나고 있는 사건의 부족한 부분을 채우거나 대비를 나타낼 수 있는 자연스럽고 활발한 배경을 제공해준다. 사람들의 주의가 퍼레이드에 집중되는 사이, 주인공은 출입 금지 구역에 들어가거나 주변의 눈길을 끌지 않고 행동할 수 있다. 하지만 퍼레이드를 추적자를 따돌리기 위한 수단(영화 〈도망자〉)으로 쓰거나 주목받을 기회(영화 〈페리스의 해방〉)로 사용하는 등 진부한 수법으로 선택할 때는 주의가 필요하다. 이럴 때는 이야기를 새로운 방식으로 전개해야 한다.

배경 묘사 예시

조명이 금속성 음악과 함께 지나가는 장식 수레의 윤곽을 비췄다. 길 반대편 모퉁이에 사람들이 모여 있었는데, 빛나는 팔찌와 반짝이는 네온 조명이 크게 떠들거나 음악에 맞춰 춤을 추는 사람들의 얼굴과 팔을 빛내고 있었다. 의자에 앉은 할머니는 불꽃이 올라갈 때면 두 손으로 귀를 막았지만, 눈을 크게 뜨고 뺨을 당기며 희미하게 미소를 지었다. 저녁의 산들바람이 시원하게 불어왔다. 나는 할머니와 이곳에 온 걸 감사하며 눈을 감았다. 할아버지와 살아온 할머니의 인생에서 퍼레이드는 항상 중요한 부분이었다. 할아버지가 돌아가신 뒤 처음 맞는 퍼레이드에 할머니가 어떤 반응을 보일지는 몰랐지만, 내 직감이 맞았다. 같이 나오길 잘했다.

- **이 글에 쓴 기법**　대비, 빛과 그림자, 다중 감각 묘사
- **얻은 효과**　분위기 설정, 과거 사연 암시, 감정 고조

음식점

간이식당 Diner

풍경

길거리나 주차장이 보이는 얼룩 가득한 유리창을 따라 나란히 배치된 칸막이 있는 좌석들, 스툴들이 간격을 두고 줄줄이 놓인 긴 카운터 테이블, 간이식당에서 파는 대표 음식들(베이컨 앤드 에그, 팬케이크, 버거와 튀김류, 미트로프meat loaf[곱게 다진 고기를 식빵 모양으로 만들어 익힌 음식], 그릴드 치즈grilled cheese[구운 치즈. 혹은 치즈를 넣어 구운 샌드위치 토스트], 패티 멜트patty melt[동그랗고 납작하게 만든 다진 고기 위에 치즈를 올려 구운 것. 이것을 빵 사이에 끼워 먹는다])이 적힌 비닐 코팅 메뉴판, 유리 보관함 안에 진열된 몇 가지 과일 파이와 머랭 파이meringue pie[달걀흰자와 설탕을 함께 휘저어 단단하게 만든 머랭을 위에 올려 구워낸 파이], 식탁마다 놓인 금속 냅킨함과 양념 통 및 케첩, 긁힌 자국투성이에 모서리 곳곳이 떨어지고 바닥에는 껌이 붙은 식탁, 닳아서 뭉툭해진 금속 나이프와 끝부분이 살짝 휘어지기도 한 포크, 체크무늬 타일로 된 바닥, 더러운 커튼이나 먼지 앉은 블라인드, 커피용 흰색 머그잔, 접시와 깊은 그릇, 유니폼을 입고 소스를 뿌린 음식 접시나 튀김 그릇을 내려놓는 무뚝뚝한 웨이트리스, 커피를 따라주고 주문을 받아 적는 또 다른 웨이트리스, 금전등록기, 매일 바뀌는 특별 메뉴를 써놓은 화이트보드, 얼룩이 묻은 흰색 앞치마를 두르고 그릴 위에서 버거를 뒤집는 요리사, 금전등록기 옆에 팁을 넣도록 둔 병, 썩 깨끗하지는 않은 화장실, 카운터에 남겨진 신문, 식탁에 쏟아진 소금, 무료해하는 손님들(커피용 크림을 하나씩 쌓아 올리거나, 1인용 종이 식탁 매트를 반듯하게 접거나, 커피를 아주 조금씩 홀짝이는), 기름 얼룩이 묻은 야구 모자에 체크무늬 셔츠를 입고 푸짐한 아침 식사를 열심히 먹는 트럭 운전사, 음식이 나올 때까지 기다리지 못하고 시끄럽게 구는 아이들 때문에 피곤한 부모

소리

나이프와 포크가 식탁 위에서 잘그랑거리고 접시 위를 훑는 소리, 얼마 안 남은 케첩을 짤 때 공기가 함께 빠지는 소리, 요리사에게 특유의 식당 속어와 억양을 써가며 주문 내용을 전달하는 웨이트리스, 담배 피우는 사람의 잔기침, 끽끽거리는 스툴, 잠을 깨려고 시킨 커피를 후루룩 들이켜는 트럭 운전사, 주문받은 음

식을 급히 가져와 식탁 위에 쿵 내려놓는 웨이트리스, 꼴꼴 채워지는 물컵, 탁자 위에 짤그랑 놓는 잔돈, 설탕을 녹이며 커피 잔 속을 찰강거리며 스치는 숟가락, 그릴 위에서 구워지는 버거나 뜨거운 기름 안으로 잠기는 튀김 재료, 메뉴 이름을 외치는 요리사, 문이 열리는 순간 들이닥치는 바깥의 시끄러운 차 소리, 손님이 들어올 때 댕그랑 울리는 문에 달린 종, 바깥 주차장에서 부르릉거리는 큰 트럭, 라디오에서 힘차게 흘러나오는 노래, 커피 메이커에 제대로 덜컥 놓이는 커피 주전자, 커피 메이커에서 꿀렁거리고 쉭쉭거리며 내려지는 새 커피, 커피 리필을 요청하는 손님, 웃고 대화하는 친구들, 영수증이나 서비스에 대해 투덜거리는 손님

냄새

굽는 고기, 튀기는 양파, 튀김기 속 뜨거운 기름, 짭짤한 핫도그, 베이컨 기름, 향긋한 커피, 향신료, 갓 내온 코울슬로에서 나는 톡 쏘는 식초 냄새, 녹은 버터, 그레이비소스, 방금 청소한 바닥에서 나는 소나무 향 세제 냄새, 체취와 땀내

맛

커피, 기름진 튀김, 햄버거, 핫도그, 아침 식사류(스테이크와 달걀 프라이, 베이컨, 소시지, 펜케이크, 그리츠grits[굵게 빻은 옥수수로, 미국 남부에서 아침 식사로 많이 먹는 음식], 버터 바른 토스트, 오믈렛), 매운 칠리, 케첩, 겨자, 핫 소스, 후추, 파이(블루베리, 사과, 딸기, 루바브, 복숭아, 레몬 머랭), 그릴드 치즈 샌드위치, 수프, 짭짤한 크래커, 향신료, 물, 탄산음료, 주스, 우유, 샐러드, 밀크셰이크

촉감과 느낌

곳곳이 끈적한 카운터, 기름기 번진 메뉴판, 식탁에 쏟아진 소금이나 설탕 알갱이, 식기세척기에서 갓 꺼낸 나이프와 포크의 온기, 추운 날에 손에 쥔 뜨거운 머그잔, 뜨거운 커피를 후후 불 때 얼굴에 확 끼치는 열기, 가득 찬 냅킨함에서 억지로 꺼내려다 찢어진 냅킨, 창문으로 들어온 눈부신 빛 때문에 가늘게 뜬 눈, 손톱으로 긁어내는 나이프에 말라붙은 음식 조각, 입안 구석에 박혀 안 나오는 작은 음식 찌꺼기, 꽉 짜는 양념 통, 손바닥에 느껴지는 차가운 유리잔이나 캔, 그레이비소스에 묻히는 튀김, 나이프로 써는 스테이크, 따뜻한 접시, 휘어진 포크 끝부분을 펴려고 힘을 줄 때 느껴지는 금속의 반발력, 푸짐한 식사를 마친

뒤 편하게 늘어지는 느낌, 맨다리에 들러붙는 인조 가죽 의자의 쿠션

이 배경에서 벌어질 만한 갈등의 원인

- 손님이 음식값을 안 내고 도망친다.
- 밤 데이트를 나온 커플이 싸운다.
- 다른 사람의 팁을 훔치는 웨이트리스가 있다.
- 요리사가 갑자기 일을 그만둔다.
- 손님이 주문에 대해 큰 소리로 불평하며 사람들의 심기를 불편하게 만든다.
- 손님이 웨이트리스를 주물럭거리며 대놓고 추근거린다.
- 손님이 잔돈으로 음식값을 치르고 팁도 주지 않는다.

이 배경에서 볼 만한 유형의 사람들

- 손님, 설거지 담당 직원, 요리사, 경찰관, 주인, 웨이트리스

이 배경과 밀접한 다른 배경

- 제과점, 커피숍, 델리 숍, 패스트푸드 레스토랑, 트럭 휴게소

참고 사항 및 팁

간이식당은 영업시간이 길기 때문에(24시간 운영하는 곳도 종종 있다) 굉장히 다양한 인물들을 등장시킬 수 있다. 좋아하는 메뉴를 먹으러 온 지역 주민, 근무 중인 경찰관, 길에서 많은 시간을 보내는 트럭 운전사와 영업 사원, 여러 술집을 전전하다 늦은 식사를 하러 들른 젊은이, 길 위의 고달픔을 덜고 싶은 노숙자를 모두 만날 수 있는 곳이다. 이럴 때 누군가 다른 사람의 대화를 우연히 듣게 된다면 그 내용이 어떨지, 또 그런 환경에서 개성이 서로 다른 인물이 어떻게 충돌할지 여러 모로 궁리해보자.

그 남자는 새벽 3시를 갓 넘긴 직후에 비틀거리며 들어와 가게 뒤쪽을 향해 갔고, 그가 지나간 곳의 공기는 엎어진 맥주잔만큼 시큼하고 고약한 술 냄새가 진동했다. 그는 중간쯤 가다가 비틀거리며 왼쪽으로 방향을 틀더니 카운터 자리의 스툴에 걸렸고, 곧 둘 사이에 짧은 몸싸움이 시작됐다. 그는 두 번이나 인사불성에 빠지는 듯했으나, 마침내 자신을 향해 엉겨 붙는 스툴의 손아귀를 떨쳐내고 가까스로 칸막이 자리에 쓰러지듯 안착했다. 나는 엄청 진한 커피를 내린 주전자를 들며 수도 없이 후회했다. 베서니와 근무 시간을 바꾸는 게 아니었는데.

- **이 글에 쓴 기법** 다중 감각 묘사, 직유
- **얻은 효과** 성격 묘사, 감정 고조

델리 숍 Deli

[이미 조리된 육류와 치즈, 샐러드, 통조림, 소시지 등 각종 식품류를 파는 가게]

풍경

각종 저장육(파스트라미pastrami[양념한 소고기를 훈제하여 차게 식힌 것], 페퍼로니, 살라미salami[각종 허브 등을 첨가해 오랫동안 건조시켜서 만드는 이탈리아식 햄의 일종], 마늘로 양념한 로스트비프, 훈제 닭고기와 칠면조 고기, 햄, 초리소chorizo[이베리아 반도에서 유래한 여러 종류의 돼지고기로 만든 소시지류의 총칭], 페퍼로니 스틱pepperoni stick[페퍼로니를 가늘고 긴 막대 형태로 가공한 것])을 전시한 커다란 유리 진열장, 샌드위치 재료(상추, 몇 가지의 치즈, 피클, 양파, 토마토, 고추, 올리브) 및 소스류(씨가 있거나 따뜻하게 가공한 매운 겨자, 치포틀리 마요chipotle mayo[매운 고추와 마요네즈 등을 섞은 멕시코식 소스. 치포틀리는 할라피뇨 고추를 말려 훈제한 것]나 갈릭 마요, 핫소스, 오일과 식초), 카운터 뒤에 놓인 냉장고 및 냉장 저장 공간, 스테인리스 저울, 저장육을 얇게 썰어내는 기계, 바게트와 샌드위치 빵을 담은 쟁반, 납지를 한 장씩 올려놓은 플라스틱 쟁반, 사이드 메뉴(코울슬로, 샐러드, 으깬 감자, 익힌 고추, 베이크드 빈)를 따로 비치한 진열장, 다양한 수프가 담긴 뚜껑 달린 그릇들, 하나씩 나눠 셀로판지에 포장한 디저트류(쿠키, 브라우니, 조각 케이크), 절인 달걀과 소시지가 담긴 뿌연 유리병들, 피클병, 테이크아웃 용기에 포장되고 있는 푸짐한 샌드위치, 음료(탄산음료, 생수, 주스, 아이스티)가 진열된 유리문이 달린 냉장고, 감자 칩 종류로 채워진 선반, 줄을 선 손님들, 금전등록기, 이 손에서 저 손으로 건네지는 돈, 쓰레기통, 추가 소스류와 냅킨이 구비된 작은 탁자 몇 개와 의자, 전면 유리창을 따라 길게 마련된 카운터 테이블과 스툴

소리

출입구가 여닫힐 때마다 땡그랑 울리는 종소리, 주문을 하거나 친구들과 대화하는 사람들, 다 떨어져가는 재료를 보충하라고 외치는 직원, 여닫히는 미닫이식 유리문, 전자레인지의 작동 완료 알림음, 토스트가 다 됐다고 알리는 오븐의 알람, 오븐에서 꺼낸 철판을 식히려고 카운터에 내려놓는 소리, 칼로 슥삭슥삭 써는 빵 덩어리, 바스락거리는 납지, 가스레인지 위 프라이팬이 가열되며 내는 쉿쉿 소리, 따뜻한 샌드위치 속을 만들려고 스패출러로 팬을 긁어내는 소리, 소

스 통에서 꿀렁거리거나 뿌직거리며 나오는 내용물, 라디오에서 나오는 음악, 윙윙 돌아가는 육류 절단기의 칼날, 저울에 툭 올리는 얇게 썬 고기 더미, 딸랑 울리는 금전등록기, 팁 넣는 병에 짤그랑 떨어지는 동전, 진열대의 고기가 싱싱하도록 그 위에 분무기로 칙칙 뿌리는 물, 주문을 외치는 소리, 입에 음식을 가득 넣은 채 말하는 사람들, 벗겨지는 셀로판 포장지, 뜯어서 여는 과자 봉지, 아삭아삭 깨무는 피클

냄새

저장육, 매운 겨자와 고추, 식초, 후추, 갓 구운 빵에서 나는 효모 냄새

맛

훈제 고기, 통후추 및 그 밖의 향신료, 부드러우면서도 바삭한 빵, 톡 쏘는 겨자, 매운 고추, 마요네즈, 식초에 절인 피클, 뜨끈한 수프, 달달한 디저트, 새콤한 피클

촉감과 느낌

주문을 하려고 카운터 쪽으로 몸을 기울일 때 모서리에 눌리는 가슴, 묵직한 샌드위치가 담긴 플라스틱 쟁반, 입가에 묻은 겨자 얼룩, 아삭한 피클, 혀에 남은 얼얼한 향신료, 마구 구기는 종이 냅킨, 겉껍질은 바삭하지만 안쪽은 부드러운 빵, 팔에 건 가득 채운 테이크아웃 봉지, 작은 탁자 위에서 자기가 산 물품들을 요리조리 정리하는 느낌, 손가락에 묻은 소금, 혀에 닿는 따뜻한 수프, 쫄깃쫄깃한 빵, 입안에서 고기와 신선한 속재료와 양념이 어우러지면서 풍미가 한꺼번에 터져 나오는 느낌

이 배경에서 벌어질 만한 갈등의 원인

- 주문을 두고 가게 주인과 언쟁을 벌인다.
- 만나고 싶지 않은 사람(옛 애인, 하룻밤 파트너, 꼴 보기 싫은 옛 직장 상사)을 우연히 마주친다.
- 점심시간은 짧은데 줄이 길다.
- 앞 손님이 주문하는 데 시간을 오래 잡아먹는다.
- 가게 주인이나 직원이 위생 혹은 안전 사항을 위반한다.

- 고기에서 냄새가 나고 맛이 변질됐다.
- 강도 혹은 인질극이 벌어진다.
- 범죄자가 가게를 간신히 운영하는 주인에게서 보호비 명목으로 돈을 갈취한다.
- 비윤리적인 위생 검사관을 상대해야 한다.
- 건물주가 갑자기 임대료를 올린다.
- 유명한 체인점이 근처에 들어와 장사를 위협한다.
- 직원으로 고용한 친척이 게으르거나 무능하지만 해고할 방법이 없다.

이 배경에서 볼 만한 유형의 사람들

- 매니저, 손님, 배달원, 직원, 위생 검사관, 도매업자 및 공급 업체, 주인

이 배경과 밀접한 다른 배경

- 제과점, 간이식당, 패스트푸드 레스토랑

참고 사항 및 팁

널찍한 상가 안에 있든 길을 따라 자리한 좁은 임차 공간에 있든 델리 숍은 인기가 많은 곳이다. 다른 음식점과는 달리, 긴 카운터 테이블이 있기 때문에 공간이 협소해서 안에서 샌드위치를 먹기보다는 외부로 포장해 가는 편이다. 어떤 델리 숍은 신선한 샌드위치를 만들면서도 고객에게 고기를 덩어리로 무게 단위로 팔고, 어떤 곳은 오직 신선 식품이나 얇게 자른 고기만 판다. 배경으로 델리 숍을 골랐다면 그곳의 좁은 공간을 어떻게 장점으로 활용할지 생각하라. 예를 들어, 등장인물은 북적이는 손님들 무리 속에 숨을 수도 있고, 다른 사람 눈에 띄지 않게 뭔가를 몰래 전달할 만남의 장소로 델리 숍을 이용할 수도 있다.

배경 묘사 예시

중심가에 있는 작은 가게, 에드의 델리 숍 유리문을 열었다. 문에 달린 종이 땡그랑 울리자, 갓 구운 호밀 빵과 훈제육과 맵싸한 겨자 냄새가 내 위장에 행복한 돌풍을 일으켰다. 사람들의 어깨가 서로 닿을 만큼 다닥다닥 붙어선 긴 줄이

카운터를 따라 이어졌다. 앉을 곳은 아무 데도 없었지만 나는 개의치 않았다. 점심시간마다 다들 이 집의 샌드위치를 가져와 각자의 자리에서 만족스러운 신음소리를 내며 열심히 먹는 장면을 견디는 것도 더 이상은 못할 짓이었다. 이제나도 이 황홀한 작품을 직접 영접할 참이었다.

- **이 글에 쓴 기법**   다중 감각 묘사
- **얻은 효과**   분위기 설정, 감정 고조

술집/바   Bar

높은 카운터 테이블 하단의 황동 발걸이에 바짝 붙여놓은 나무 스툴들, 손님으로 북적이는 탁자와 좌석, 손님들(친구들과 웃고, 처음 보는 사람에게 말을 걸고, 벽에 고정된 텔레비전을 보고, 자기가 마시는 음료를 들여다보는), 소매를 걷은 채 술을 따르고 웨이터들이 받아온 주문을 처리하는 바텐더, 회녹색 식기 건조대에 가지런히 쌓인 유리잔, 스프레이가 부착된 싱크대, 쟁반이나 싱크대에 놓인 각얼음 봉지, 물 빠짐 쟁반, 다 쓴 것을 내리고 새것으로 교체되는 대용량 맥주, 빨대와 젓는 막대, 작은 플라스틱 꼬챙이와 빨대, 색색의 얼음 혼합물이 윙 돌아가는 믹서, 여러 개의 노즐 버튼이 달린 탄산음료 디스펜서, 술병이 한가득 진열된 벽, 바텐더 머리 위 보관 랙에 거꾸로 가지런히 걸린 긴 와인 잔이나 마티니 잔, 반달 모양으로 자른 라임과 레몬 조각이 담긴 플라스틱 통, 주스가 들어 있는 냉장고, 카운터 아래 비치된 우유와 크림, 자동 커피 메이커, 계산 작업을 처리하는 작은 컴퓨터 단말기 코너, 각 손잡이마다 해당 상표명이 표기된 생맥주 디스펜서, 맥주를 광고하는 네온사인 불빛이 반사된 바 뒤편의 거울 벽, 다른 사람과 부딪치지 않으려고 쟁반을 높이 들고 매장 안을 누비는 직원들, 사각형 냅킨이나 종이로 만든 받침 위에 놓인 양주잔들이 바를 따라 줄지어 늘어선 모습, 녹색이나 갈색 맥주병이 표면에 맺힌 물방울로 젖은 모습, 침침한 조명, 탁자 위에 동그랗게 남은 물 자국, 특별 음료를 써서 탁자들에 세워둔 종이 메뉴판, 드문드문 보이는 프레첼이 담긴 그릇, 뒤편 화장실로 이어지는 거무칙칙한 복도, 조명이 번쩍이는 도박용 기계, 작은 양주잔 여러 개가 가득 놓인 탁자, 반쯤 비운 칵테일 잔이나 와인 잔, 택시 호출용으로 쓰는 벽걸이 전화, 특별 행사를 홍보하는 광고, 화장실

손님들(이야기하고, 스포츠 때문에 말다툼하고, 직장이나 배우자에 대해 불평하는), 웃음, 유리잔 속에서 찰그랑거리는 얼음, 남이 듣지 못하도록 소리를 낮춰 말하는 사람들의 웅웅거리는 불분명한 소리, 바텐더에게 자기 얘기를 하는 단골손님, 끌거나 움직이는 바 스툴, 텔레비전에서 나오는 스포츠 경기나 대전 중계,

녹음된 음악이나 라이브 음악, 병맥주를 따르거나 마실 때 꿀렁거리는 소리, 바스락거리는 지폐, 바에 탁 놓는 병이나 잔, 가끔 들리는 유리가 박살 나는 소리, 문이 여닫힐 때 끽끽거리는 경첩, 술통이 비었을 때 연결 관에서 공기가 새며 나는 달그락 소리, 요란하게 돌아가는 믹서, 잔뜩 취한 손님들의 욕설과 고함, 몸싸움이 벌어져 바닥에 쓰러지는 탁자와 의자

냄새

맥주, 독한 향수, 소금, 땀, 감귤류, 바에서 파는 음식(나초, 핫 윙, 드라이 립dry rib[다양한 향신료를 활용해 건조하고 바삭하게 튀긴 돼지갈비 요리], 슬라이더slider[한 입 크기로 만든 작은 햄버거 모양의 스낵], 푸틴poutine[감자튀김과 조각 치즈 위에 그레이비소스를 끼얹은 음식], 매운 딥 소스, 피클 튀김)

맛

들이켠 술의 타들어가는 듯한 맛(테킬라, 위스키 등), 효모 맛이나 쓴맛이 나는 맥주, 과일 맛이 느껴지는 혼합 음료, 거품이 나는 탄산수나 탄산음료, 신 라임이나 레몬 조각, 술잔 가장자리에 묻힌 소금이나 설탕, 톡 쏘는 토마토 시저 tomato caesar[보드카, 토마토 주스, 조개 육수, 핫 소스, 우스터소스를 이용해 만드는 칵테일] 칵테일, 장식용 체리를 깨물었을 때 확 퍼지는 단맛, 술을 너무 많이 마시고 토할 때 느껴지는 시큼한 맛

촉감과 느낌

물방울이 맺혀 미끌거리는 맥주병 상표, 딱딱한 스툴, 생각에 잠겨 천천히 빙글빙글 돌리는 술잔, 무의식적으로 맥주병 상표를 떼려고 만지작거리는 느낌, 손잡이를 안 만지고 문을 열거나 변기 물을 내리려고 어설프게 시도하는 느낌, 몸을 기울여 얘기할 때 팔꿈치가 나무로 된 카운터 테이블을 강하게 누르며 지탱하는 느낌, 종이 냅킨이나 일회용 설탕 봉지, 바에서 누군가 흥미를 보일 때 방향을 트느라 무릎이 다른 사람 몸에 닿는 느낌, 손가락으로 잡은 울퉁불퉁한 라임 조각, 레몬이나 라임 즙이 눈에 들어간 느낌, 술을 쏟아 얇은 냅킨으로 닦는 느낌, 술을 너무 많이 마셔서 느껴지는 현기증

이 배경에서 벌어질 만한 갈등의 원인

- 몸싸움이 벌어진다.
- 손님이 취해서 직원에게 지나치게 친절하거나 공격적으로 군다.
- 연인과 결별한다.
- 술값이 모자란다.
- 누군가 기절한다.
- 신분증 검사로 미성년자라는 것을 들킨다.
- 경비원이 누군가를 심각하게 다치게 하거나 살해한다.
- 취한 손님이 설득하는 사람을 뿌리치고 운전대를 잡는다.

이 배경에서 볼 만한 유형의 사람들

- 바텐더, 경비원, 택시 운전사, 고객, 경찰관, 바 주인, 웨이터

이 배경과 밀접한 다른 배경

- **시골 편** 와인 저장실, 와인 양조장
- **도시 편** 나이트클럽, 펍

참고 사항 및 팁

바는 우중충한 싸구려 술집일 수도, 스포츠 채널이 구비된 식당일 수도, 호화로운 인기 업소일 수도 있다. 바가 어떤 모습이든 등장인물은 그 안에서 자기 영역처럼 편안함을 느끼거나 혹은 그 반대의 감정을 느낄 수 있다. 어떤 바에는 댄스 플로어가 있어서 밴드를 고용해 연주하게 할 수도 있다. 등장인물의 성격과 경험을 염두에 두고 그 장면에서 도달하고자 하는 목표에 대해 심사숙고하기 바란다. 등장인물에게 갈등과 긴장감을 유발할 것인가, 아니면 그가 편안하게 풀어질 수 있는 최고의 기회를 제공할 것인가.

그 사업가는 바의 맨 끝에 웅크린 채 잔을 다시 채워달라고 꿍얼거렸다. 러셀은 요청대로 술을 따르며, 마치 까다로운 퍼즐 조각이라도 되는 듯 그를 쳐다보았다. 그를 대화에 끌어들이려고 이미 한 번 시도했지만 대꾸가 없었다. 평소에도 혼자 마시러 오는 사람 수가 적지 않은 곳이었음에도, 맞춤 양복에 실크 넥타이를 정성스럽게 맨 그 남자는 이런 술집과 어울리지 않았다. 그날 밤 내내 그는 자기 옆에 억지로 밀고 들어와 주문을 하는 사람들을 전혀 신경 쓰지 않았고, 화장을 떡칠한 중년 여성들이 수작을 걸어보려고 끈질기게 애쓰는 것도 모르는 눈치였다. 그의 목표는 러셀이 전에도 수없이 봐왔던 장면, 즉 고통을 최대한 빨리 무디게 만드는 것뿐인 듯했다. 그리고 그것은 자기 값어치를 하는 바텐더라면 누구든 외면하지 못할 의문을 남겼다. 대체 무엇 때문에?

- **이 글에 쓴 기법** 다중 감각 묘사, 직유
- **얻은 효과** 성격 묘사, 복선

아이스크림 가게

Ice Cream Parlor

풍경

대표 메뉴와 가격을 적은 칠판이 벽에 높이 걸린 모습, 무엇을 먹을지 기대하며 얘기 나누는 손님들이 길게 줄을 선 모습, 그 가게의 고유한 대표 메뉴를 홍보하는 밝은색 포스터, 대형 아이스크림 통들이 들어 있는 유리 진열장, 유리에 붙이거나 통에 꽂혀 있는 다양한 아이스크림 맛 이름(초콜릿, 바닐라, 딸기, 커피, 로키 로드rocky road[초콜릿 아이스크림과 견과류, 잘게 다진 마시멜로 등을 섞은 맛], 생일 케이크birthday cake[말 그대로 생일 케이크 맛이나 형태의 아이스크림], 민트 초콜릿 칩, 쿠키 앤 크림, 퍼지 리플fudge ripple[바닐라 아이스크림 사이에 퍼지(설탕, 버터, 우유를 섞어 가열하여 부드럽게 만든 것)를 흘려 넣어 대리석 같은 무늬가 생기도록 만든 맛], 피넛 버터 컵peanut butter cup[중심에 땅콩 버터를 주입한 초콜릿 조각을 아이스크림에 섞은 맛], 버터 피칸butter pecan[버터 향이 가미된 바닐라 아이스크림에 견과류인 피칸을 섞은 맛], 프랄린praline[견과류와 시럽, 우유나 크림을 섞은 프랄린을 아이스크림과 섞은 맛], 피스타치오, 체리), 다양한 셔벗 종류들(오렌지, 레몬, 산딸기, 라임, 체리, 다양한 색을 띤 레인보우), 차곡차곡 쌓인 와플 콘, 채워지기를 기다리는 그릇과 컵, 밀크셰이크용 컵, 밝은색 플라스틱 숟가락과 줄무늬 빨대, 냅킨 디스펜서, 각종 토핑류를 담은 통들(작게 부순 견과류, 스프링클, 사탕, 잘게 다진 베리류, 마시멜로, 쿠키 조각, 잘게 썬 과일, 초콜릿 칩, 곰 모양 젤리, 코코넛, 휘핑크림), 시럽 디스펜서(초콜릿, 캐러멜, 딸기), 금속 주걱으로 아이스크림을 능숙하게 푸는 직원들, 싱크대 물에 담가놓은 아이스크림용 숟가락들, 믹서와 도마, 금전등록기, 테이블과 의자

소리

윙 돌아가는 믹서, 바나나를 비롯한 각종 토핑류를 자르는 칼, 싱크대 가장자리에 탁탁 치는 아이스크림 주걱, 아이스크림을 너무 많이 담아 갈라지는 콘, 빨대로 호로록 마시는 밀크셰이크의 마지막 한 모금, 앞에 선 사람의 주문이 길어지자 뒷사람들이 내쉬는 한숨, 딸랑거리며 열리는 금전등록기, 숟가락으로 달그락거리며 떠내는 스프링클, 디스펜서에서 찍 나오는 시럽, 콘을 건네받으면서 꺅꺅거리는 흥분한 아이들, 내용물이 거의 안 남은 대형 아이스크림 통을 긁는 금속 주걱, 금전등록기 안으로 짤그랑거리며 들어가는 동전

냄새

와플 콘을 납작하게 누른 후 구울 때 나는 달달한 냄새, 따뜻한 초콜릿, 신선한 딸기와 바나나, 냉장 장비에서 나는 오존 냄새, 구운 견과류, 캐러멜 소스

맛

달고 차가운 아이스크림, 새콤한 베리류가 톡 터지는 맛, 반쯤 녹은 바나나 덩어리, 캐러멜과 초콜릿 시럽, 오도독 씹히는 구운 견과류, 바삭바삭한 와플 콘, 친구나 가족과 함께 번갈아가며 아이스크림을 핥는 맛, 막대 아이스크림, 물, 탄산음료에 아이스크림을 띄워 만든 음료, 크림이 풍부한 밀크셰이크

촉감과 느낌

혀에서 녹는 차갑고 부드러운 아이스크림, 손목을 타고 흐르는 차가운 한 방울을 혀로 핥는 느낌, 손가락에 닿는 울퉁불퉁한 와플 콘, 흘린 아이스크림을 닦자 순식간에 젖는 냅킨, 끈적해진 손가락, 딱딱한 초콜릿 코팅을 부수며 그 아래 부드러운 아이스크림을 맛보는 느낌, 한 번 베어 물었을 때 부드러운 아이스크림과 바삭한 견과류 혹은 쿠키 조각을 동시에 맛보는 느낌, 따뜻한 햇볕을 받으며 야외의 간이 식탁에 앉아 있는 느낌, 빨대로 호로록 마시는 밀크셰이크, 찬 것을 먹었을 때 생기는 두통, 플라스틱 숟가락으로 싹싹 긁는 그릇의 밑바닥, 아이스크림을 너무 힘주어 뜨다가 부러지는 플라스틱 숟가락

이 배경에서 벌어질 만한 갈등의 원인

- 냉장 장비가 고장 난다.
- 공급 배달이 늦어져 아이스크림이 떨어진다.
- 더운 날씨 때문에 손님들의 인내심이 바닥난다.
- 한창 아이스크림콘을 만들고 있는데 손님이 주문을 바꾼다.
- 아이스크림콘을 떨어뜨린 아이가 울부짖기 시작한다.
- 정말 싫어하는 사람이 손님으로 온다.
- 다이어트 중인데 아이스크림을 먹고 싶어서 갈등에 빠진다.
- 일하면서 숟가락을 핥거나 머리를 긁는 직원이 주문한 아이스크림을 내온다.

- 제품을 먹는 직원 때문에 재료 비용이 늘어난다.
- 십 대 직원이 자기 친구들한테 아이스크림을 공짜로 준다.
- 유제품 알레르기에도 불구하고 아이스크림을 주문해서 먹는다.

이 배경에서 볼 만한 유형의 사람들

- 손님(아이들과 함께 온 부모와 조부모, 데이트 중인 커플, 관광객), 배달원, 직원, 가게 주인

이 배경과 밀접한 다른 배경

- **시골 편** 해변
- **도시 편** 대도시 거리, 편의점, 공원, 쇼핑몰, 소도시 거리

참고 사항 및 팁

어떤 아이스크림 가게는 특정 테마에 맞춰 지어진다. 이를테면 1950년대 아이스크림 가게로 설정하면서 내부 가구와 집기 등을 그에 맞춰 구비하는 식이다. 또 어떤 곳은 긴 유리 진열장과 카운터만 있어서 손님들이 안에서 아이스크림을 먹을 수 없는 곳도 있다. 아이스크림 가게가 대형 체인점이라면 직원들은 유니폼을 입고, 컵이나 냅킨, 포스터에는 회사의 로고가 새겨져 있을 것이다. 아이스크림 가게는 관광지와 대형 쇼핑몰에 자리한 경우가 많으며, 기후가 서늘한 지역에 있는 일부 가게는 특정 계절에만 문을 연다. 후자의 경우에는 여름철 아르바이트가 필요한 학생들에게 특히 인기가 좋다.

배경 묘사 예시

딸아이는 까치발로 서서 길게 줄지어 진열된 형형색색의 아이스크림과 셔벗을 들여다봤다. 고개를 돌릴 때마다 땋아 내린 검은 머리카락이 등을 가로지르며 획획 왔다 갔다 했다. 카운터 뒤에 선 젊은 직원이 그 애가 꼭 세상의 운명이 지금 엄청 위태로운 것 같은 표정을 하고 있다고 말해서 나는 웃었다. 사실이었으니까. 하지만 로레나는 아무리 오랫동안 그렇게 스스로를 고문하듯 고민해도

늘 같은 걸 골랐다. 우리 뒤에 줄을 선 사람들이 자세를 바꾸기 시작하며 눈에 띄게 조용해졌다. 내가 세 번 목을 가다듬으며 재촉하자 로레나는 진열장 한 곳을 손가락으로 다급하게 두드렸다. 그 애의 숨결 때문에 유리 표면에 김이 서렸다. 나는 이름표를 보려고 흐려진 부분을 닦아냈다. 아니나 다를까, 이번에도 풍선껌 맛이 승자였다.

- **이 글에 쓴 기법** 다중 감각 묘사
- **얻은 효과** 성격 묘사

제과점 Bakery

도넛(글레이즈드, 설탕을 뿌린 것, 가루 설탕[가루처럼 곱게 빻은 설탕]을 묻힌 것, 견과류와 스프링클을 곁들인 것, 아이싱을 입힌 것, 크림으로 속을 채운 것)이 든 키 큰 유리 진열장, 종이 포장재를 둘러 구운 머핀(당근, 바나나와 견과류, 초콜릿 칩, 블루베리), 빨간 플라스틱 쟁반에 놓인 다양한 쿠키, 황금색으로 잘 구워져 보관함 안이나 봉투에 담긴 빵 덩어리, 화려한 색의 과일 타르트와 글레이즈드 플랜flan[디저트의 일종. 플랜에는 두 가지 종류가 있는데 '크림 캐러멜'이라고도 부르는 부드러운 커스터드 푸딩 형태와 타르트에 가까운 페이스트리 형태가 있다], 대니시 페이스트리, 한 입 크기로 잘라 먹을 수 있는 네모난 초콜릿, 마카롱과 에클레르, 흰색 상자에 담긴 다양한 케이크, 금전등록기와 카드 단말기가 놓인 스테인리스 재질의 카운터 테이블, 벽의 칠판에 쓰인 그날의 특별 메뉴, 병에 든 음료(탄산수, 주스, 우유, 아이스티)를 보관한 작은 냉장고, 고객들이 구매한 제품을 먹고 갈 수 있도록 한쪽에 마련한 작은 탁자나 칸막이를 두고 마련한 자리, 주방이 보이는 열린 출입구(밀가루가 뿌려진 카운터 테이블, 거대한 오븐에서 꺼내는 베이글, 식히는 동안 바삭한 껍질에 장식으로 낸 칼집 사이로 과즙이 스며 나오는 각종 베리류 파이), 막 닦은 타일 바닥, 흰 유니폼에 초콜릿 자국과 밀가루로 뒤덮인 앞치마 차림으로 분주하게 오가는 직원들, 윙 소리를 내며 반죽을 섞는 제빵기, 빵 반죽을 바로 넣을 수 있도록 버터나 기름칠을 해서 배열해둔 금속 틀, 대형 스테인리스 싱크대, 빵이나 과자 부스러기투성이의 접시들을 업소용 식기 세척기에 넣으려고 쌓아둔 모습, 이스트가 보관된 캔이 여럿 놓인 선반, 설탕 봉지와 다양한 종류의 밀가루가 담긴 통, 사람이 드나들 수 있는 규모의 냉장실

업소용 혼합기 안에서 섞이는 반죽, 여닫히는 금전등록기, 삐 울리는 오븐의 타이머, 먹으면서 대화를 나누는 손님들, 도넛이나 머핀을 집을 때 밑에 깔린 납지의 바스락 소리, 달그락거리는 포크와 나이프와 접시, 바삭한 빵이 파사삭 부서지는 소리, 입안에 음식을 머금은 채로 맛을 음미하며 소감을 우물거리는 사람들, 오븐 문이 여닫힐 때 끽끽거리는 경첩, 슥삭거리며 베이글이나 번을 가르는

칼, 식기 세척기 안에서 찰박거리는 물, 쓰레기통 안으로 떨어지는 쓰레기, 가게 출입문이 열릴 때 딸그랑거리는 종, 울리는 휴대전화, 종이봉투 입구를 접어 손님에게 건넬 때 나는 부스럭 소리

냄새

발효를 거쳐 구워지는 이스트가 들어간 반죽, 설탕, 녹은 버터, 커피, 구운 빵, 구운 견과류, 메이플 시럽이나 꿀, 차, 풍미 강한 향신료, 마늘, 계피, 카다멈cardamom[열대 아시아에서 나는 생강과 식물이자 그 씨앗으로 만든 향신료], 생강, 레몬, 초콜릿, 치즈를 올린 크루아상과 오븐에서 구워지는 베이글

맛

녹은 버터가 뚝뚝 흐르는 갓 구운 빵, 생강의 톡 쏘는 맛, 표면에 바른 설탕이 혀에서 녹는 맛, 바삭한 견과류, 알곡과 씨앗, 빽빽하고 끈끈한 크림으로 속을 채운 도넛, 한껏 부풀어 오른 휘핑크림, 진한 초콜릿, 쓴 커피, 물, 씨가 살아 있는 과일 잼, 부드러운 크림치즈, 한 덩이의 빵이나 케이크 위에 장식으로 올린 잘게 썬 레몬 제스트, 메이플 시럽으로 만들어 입힌 글레이즈, 차, 소금, 달달한 베리류나 사과로 속을 채운 파이의 바삭한 껍질

촉감과 느낌

도넛을 물었을 때 시원한 잼이나 속에 채운 레몬 필링이 터져 나와 빰에 묻는 느낌, 손가락 끝에 묻은 설탕 가루, 입술에 묻은 가루 설탕, 손가락에 묻은 끈적한 글레이즈, 종이 냅킨으로 닦는 입, 물방울이 겉에 맺힌 유리잔, 뜨거운 커피가 담긴 머그잔을 집다 살짝 데는 느낌, 식기 세척기에서 아직 온기가 있는 접시를 꺼내 탁자로 가져가는 느낌, 반으로 찢어 버터를 듬뿍 바르는 촉촉한 롤빵, 가볍고 바삭한 페이스트리나 쫄깃한 식감의 빵을 씹는 느낌, 손가락 위로 스며 나오는 버터나 녹은 잼, 뜯기 전에 흔드는 일회용 설탕 봉지, 냅킨함에서 당겨서 꺼내는 냅킨, 맛있는 빵의 마지막 부스러기까지 먹으려고 접시에 꾹꾹 누르는 손가락, 롤빵에 버터를 문지를 때 느껴지는 나이프의 무게감, 얇고 바스락거리는 머핀용 포장지

966

이 배경에서 벌어질 만한 갈등의 원인

- 젖은 바닥 때문에 미끄러진다.
- 주방에서 화재가 일어난다.
- 오븐이나 튀김기를 사용하다 직원이 화상을 입는다.
- 한창 붐비는 자리에 앉아 있는데 사이가 안 좋은 사람이 들이닥쳐 모종의 이유를 들며 사람들 앞에서 비난을 퍼붓는다.
- 벌레가 들끓는다.
- 생물학적 테러 행위(많은 사람을 살상하기 위해 탄저균 같은 물질을 설탕에 섞는 등)가 벌어진다.
- 불시에 위생 검사를 받는다.
- 알레르기 반응을 일으키는 뭔가를 먹는다.
- 음식에서 머리카락이 나온다.

이 배경에서 볼 만한 유형의 사람들

- 제빵사, 손님, 배달원, 직원, 위생 검사관

이 배경과 밀접한 다른 배경

- **시골 편** 부엌
- **도시 편** 커피숍, 델리 숍, 간이식당

참고 사항 및 팁

판매 제품의 종류는 제과점의 스타일에 따라 달라진다. 어떤 제과점은 과자와 빵을 판매만 하고 앉아서 먹는 자리는 없는 반면, 어떤 곳은 손님들이 앉아서 음식을 먹고 커피를 마시고 친구를 만나는 장소로 이용할 수 있도록 커피숍처럼 꾸며놓는다. 또한 제과점은 케이크나 도넛처럼 특정 품목만 팔기도 하고, 다양한 종류의 제과 제빵 제품을 팔면서 케이크 장식 서비스를 제공하는 곳도 있을 수 있다. 지금 쓰고 있는 소설에 다문화적인 요소를 넣고 싶다면, 나라별 색깔이 드러나는 과자류를 판매하는 독일식, 혹은 중국식이나 스웨덴식 제과점으로 설정해보는 것도 좋은 방법이다.

배경 묘사 예시

레지나는 손을 앞치마에 닦은 뒤, 동그란 고리 모양 반죽 몇 개를 기름통에 넣었다. 도넛들은 몇 초 만에 두 배로 부풀어 기름으로 번들거리는 탕 안에서 작은 갈색 구명띠처럼 떠올랐다. 그녀는 머릿속으로 칼로리를 계산하며 도넛을 꺼내 설탕 통에 가볍게 던졌다. 그 유혹적인 가루에 손대지 않도록 조심하면서. 그녀는 자신의 결심을 점검했고, 적들을 격퇴하는 성벽처럼 그 결심이 튼튼한 것을 확인했다. 여기에서 일하면서 체중 감량 목표를 달성할 수 있다면, 앞으로 어디서든 똑같이 할 수 있으리라.

- **이 글에 쓴 기법** 직유
- **얻은 효과** 성격 묘사

캐주얼 다이닝 레스토랑   Casual Dining Restaurant

[고급 레스토랑과 패스트푸드 레스토랑 사이급의 식당으로, 적당한 가격과 캐주얼한 분위기가 특징이다]

풍경

유행하는 스타일의 칠판에 쓰인 특별 메뉴, 벤치에 앉아 기다리는 손님들, 메뉴판 및 포크와 나이프 묶음이 준비된 안내 스탠드, 아이들을 위해 비치된 색칠 놀이용 종이와 크레용, 식당의 테마(단순 소박하거나 최신 유행 등)나 제공되는 음식 종류에 어울리는 분위기의 조명과 실내장식(이탈리아 식당 : 장식이 들어간 오일병, 투명한 통에 넣은 파스타 면과 페페론치노, 해산물 식당 : 해양 테마의 장식과 해수 수족관, 수조 속 랍스터, 일본 식당 : 초밥, 접이식 실크 부채, 칸막이용 병풍, 일본풍 예술 작품, 사케병), 벽에 걸린 사진이나 그림, 거울 벽 앞에 마련된 바, 종이 냅킨 위에 놓인 음료, 와인병과 술병, 낮게 늘어진 조명, 회전 스툴에 앉아 방향을 이리저리 돌리는 사람들, 푹신한 벤치형 좌석이 놓인 4인 이상용 칸막이 자리, 높은 탁자, 4인 이상용 칸막이 자리와 일반적인 식탁과 의자를 놓은 자리가 함께 있는 식사 공간, 깨끗하게 치워진 식탁과 종이 냅킨이 놓인 식탁, 식탁 위에 비치된 양념(소금, 후추, 케첩, 겨자, 설탕 봉지), 무료 제공된 빵이 담긴 바구니, 앞치마를 두르고 주머니에 펜과 메모판을 꽂은 채 바쁘게 오가는 종업원들, 김이 모락모락 나는 음식이 담긴 쟁반, 식탁에 앉은 손님, 앉아서 뒤를 돌아보는 아이, 지저분한 접시들만 남은 빈 식탁, 뒤편의 화장실, 박하사탕과 함께 제공된 영수증, 빈 접시를 나르는 직원, 지나가다 직원과 잠시 얘기를 나누는 매니저, 금전등록기에 보이는 다양한 신용카드 표식들, 많은 금액이 나온 영수증을 보고 언짢은 표정이 스치는 손님의 얼굴

소리

웅얼거림과 대화, 시끄러운 웃음소리와 바에서 들리는 함성, 텔레비전에 나오는 스포츠 경기와 뉴스 진행자, 달그락거리는 포크와 나이프, 깨지는 접시, 휙 열리는 문, 주문을 받는 직원, 투닥거리거나 우는 아이들, 화장실에 뛰어가거나 뛰어나오는 아이들, 끽끽거리는 바의 회전 스툴, 잔에 채우는 음료, 나이프에 긁히는 접시, 빨대로 마시는 음료, 탁 닫는 메뉴판, 기계에서 출력되는 영수증, 홀

서빙 직원들과 요리사들이 앞뒤로 서로 외치는 소리, 지글거리며 조리되는 음식, 치즈나 후추를 음식 위에 뿌릴 때 나는 부드럽게 갈리는 소리, 칸막이 좌석으로 슥 들어갈 때 나는 미끄러지는 소리, 생일 고객에게 노래를 불러주는 직원, 특별 메뉴를 읊어주는 직원, 바닥에 끌리는 의자, 쉭쉭거리는 생맥주나 디스펜서 입구에서 쏟아지는 탄산음료, 식탁에서 바사삭 써는 단단한 빵, 스테이크를 써는 소리, 떠날 채비를 하는 손님들이 호주머니에서 찰그랑거리며 꺼내는 열쇠

냄새

조리 중인 음식, 향신료, 이스트, 맥주, 감칠맛 나는 와인, 향수, 화장수, 기름, 공기 탈취제, 세제, 마늘, 구취, 상쾌한 숨결(박하 향이 나는)

맛

요리된(해당 식당의 조리법에 따라) 음식, 커피, 차, 물, 와인, 맥주 및 그 밖의 주류, 탄산음료, 얼음, 박하사탕, 껌, 립스틱이나 립글로스, 마늘, 버터, 기름, 지방질, 소금, 후추

촉감과 느낌

아삭아삭한 샐러드, 비닐이나 천 재질의 좌석 표면에 들러붙는 다리, 식탁 아래에서 다른 사람의 발을 밟거나 무릎이 서로 부딪치는 느낌, 다리 길이가 맞지 않아 흔들리는 탁자, 딱딱한 타일이나 나무로 된 바닥, 차가운 포크와 나이프와 접시, 거친 종이 냅킨이나 부드러운 천 냅킨, 매끈한 탁자, 낮게 드리운 조명이 내뿜는 온기, 칸막이 좌석 내부가 너무 좁아 어깨와 엉덩이가 서로 닿는 느낌, 따뜻한 빵, 뜨거운 접시, 뜨거운 음식에 덴 입천장, 너무 낮은 온도로 설정된 에어컨, 천장의 선풍기에서 불어온 바람에 흩날리는 머리카락, 무릎에 떨어진 소스, 손가락에 달라붙은 빵 부스러기, 이에 낀 음식

이 배경에서 벌어질 만한 갈등의 원인

- 잘못 주문된 음식을 받아 알레르기 반응을 일으킨다.
- 손님이 팁을 인색하게 준다.
- 직원들이 불친절하다.

- 음식에 불쾌한 게 들어 있는 것을 발견한다.
- 함께 저녁 식사를 하기로 한 사람에게 바람맞는다.
- 기진맥진한 직원과 부딪치는 바람에 쏟아진 음식과 음료를 뒤집어쓴다.
- 예약 좌석을 놓친다.
- 비윤리적이거나 게으른 직원들과 함께 일해야 한다.
- 손님이 무례하거나 과한 요구를 해서 감당하기 벅차다.
- 손님에게 성희롱을 당한다.

이 배경에서 볼 만한 유형의 사람들

- 입구의 안내 담당 직원, 레스토랑 직원, 회의 겸 점심 식사를 하는 사업가들, 데이트 중인 커플, 손님, 특별한 날(기념일, 생일, 약혼식, 결혼식 전날 만찬 등)을 축하하는 친구와 가족, 매니저

이 배경과 밀접한 다른 배경

- 간이식당, 야외 주차장

참고 사항 및 팁

식당은 등장인물들이 이야기 안에서 함께 어울릴 수 있는 보편적인 장소다. 레스토랑의 종류(캐주얼 다이닝 또는 고급 레스토랑)에 따라 고객의 성격도 달라질 수 있다. 어찌 됐든 사람들이 모이는 곳에서 충돌은 피할 수 없는 법. 특히 다른 사람들 앞에서 튀고 싶어 하는 등장인물이 있다면, 이야기 안에서 사건 사고를 만들 수 있는 수많은 기회가 생긴다.

배경 묘사 예시

나는 롭이 고른 식당을 점점 마음에 들어 하며 칸막이 좌석에 앉았다. 식탁마다 촛불이 깜박였고, 조명은 아늑하게 어두웠다. 직원이 빵 굽는 오븐에서 나는 듯한 냄새를 풍기는 바구니를 들고 조용히 다가왔다. 그가 순백의 깨끗한 식탁보 위에 버터 컬butter curl[버터를 장식적인 효과가 있도록 동그란 형태로 조금씩 깎아낸

것] 한 접시를 놓자 내 위장은 바로 항복을 외쳤다. 내가 조금 일찍 오긴 했지만 롭이 많이 늦지는 않길 바랐다. 그렇지 않으면 그가 먹을 빵 부스러기조차 남지 않을 것 같았으니까. 오늘 마침내 이루어진 그와의 만남은 좋으리라. 그가 데이트 프로필을 솔직히 작성했고, 그래서 내가 그를 바로 알아본다면.

- **이 글에 쓴 기법** 다중 감각 묘사, 직유
- **얻은 효과** 성격 묘사, 분위기 설정

커피숍　　　　　　　　　　　Coffeehouse

풍경

크롬색 에스프레소 기계 및 거품기가 늘어선 긴 카운터 테이블, 원두를 가는 그라인더, 향기로운 블렌드의 커피가 채워진 커피 포트, 커피에 곁들이는 재료와 토핑류를 담은 병들(은색 휘핑크림 용기, 캐러멜과 초콜릿 시럽, 조각 토피toffee[캐러멜화한 설탕, 당밀, 버터, 밀가루 등으로 만든 과자]), 믹서, 금속제 온도계, 카운터 아래 냉장고에 보관된 우유 통, 한창 여과 중인 커피 포트, 식기세척기에서 갓 꺼내 아직 뜨겁고 물기가 있는 머그잔, 높이 쌓아둔 종이컵과 뚜껑, 금전등록기 근처에 팁을 넣도록 둔 병, 여러 스낵류(머핀, 샌드위치, 페이스트리, 쿠키)가 진열된 유리 진열장, 유행에 맞게 장식된 철제 의자와 그 위에 덧댄 방석과 함께 간격을 두고 배치된 작은 원형 테이블, 낮은 커피 테이블 주변에 놓인 가죽으로 된 안락의자들, 사람들이 놓고 간 신문과 잡지가 여기저기 흩어진 모습, 손님들(노트북컴퓨터나 태블릿 컴퓨터로 일하고, 책을 읽고, 친구들과 한담을 나누는), 의자 등받이에 걸친 쇼핑백과 핸드백, 벽 선반에 진열된 커피 관련 상품들(머그잔, 양철 통에 담은 쿠키, 커피 그라인더, 휴대용 텀블러, 포장된 커피나 차, 커피 추출 기계, 찻주전자, 여러 제품을 담은 선물 세트), 바깥 풍경을 볼 수 있는 거대한 통유리창, 금전등록기 앞까지 길게 늘어선 줄, 그날의 특별 메뉴(스무디, 차, 얼음과 함께 간 음료, 카페 라테, 카푸치노, 에스프레소 음료 등)를 써놓은 칠판, 각각의 커피를 담아 이름표를 붙인 서랍들이 벽을 가득 채운 모습, 샌드위치와 포장지, 탁자 위에 남은 쓰레기, 각종 커피 관련 물품(일회용 설탕 봉지, 시럽, 크림 등)을 비치한 코너, 커피 젓는 막대, 추가 뚜껑, 냅킨과 시나몬 통, 쓰레기통과 재활용 수거함 세트

소리

그라인더 안에서 갈리는 커피, 받은 주문을 외치는 직원, 웅성거리는 목소리, 웃음, 달그락거리는 그릇, 머그잔 안쪽에 찰강찰강 닿는 숟가락, 묵직한 소리를 내며 작동하는 거품기, 금속들이 서로 긁히는 소리, 띵 울리는 금전등록기, 출력되는 영수증, 다 쓴 커피 가루를 탁탁 두드려 필터에서 떼어내는 바리스타, 팁 넣는 병에 짤그랑 떨어지는 동전, 다 쓴 휘핑크림 용기에서 쉭쉭 빠지는 공기, 음

973

료를 한 모금 마시고 낮은 목소리로 음미하는 사람들, 쿠키와 대니시 페이스트리를 꺼낼 때 버스럭거리는 봉지, 커피가 담긴 은박 봉지를 찢어 여는 소리, 믹서 안에서 갈리는 얼음, 웅웅거리는 기계, 라디오에서 나오는 음악, 문이 여닫힐 때마다 땡그랑 울리는 종소리, 펄럭거리며 넘기는 신문, 걸레로 슥슥 닦는 바닥, 쓰레기통 안으로 퉁 떨어지는 커피 컵

냄새

갓 내린 커피와 갓 간 원두, 풍미 가득한 에스프레소, 탄 커피의 매캐한 냄새, 따뜻한 캐러멜이나 초콜릿, 톡 쏘는 듯한 향료(계피, 차이 티chai tea[홍차에 각종 향신료나 허브를 함께 넣어 끓여낸 인도식 차], 멀드 사이더mulled cider[사과주에 향신료와 감귤류를 넣어 달게 끓여낸 음료]), 갓 구운 쿠키와 머핀, 뜨거운 허브 차에서 나는 과일 향, 뒤섞인 향수 냄새, 바닐라

맛

달콤하거나 쓴 커피, 카페 라테, 차이 향신료와 차이 티, 초콜릿을 가늘게 끼얹은 휘핑크림, 견과류가 든 따뜻한 쿠키, 겨자나 마요네즈 맛이 느껴지는 푸짐한 샌드위치, 매운 수프, 블렌드된 음료나 아이스커피의 얼얼하게 차가운 맛, 레몬이나 민트

촉감과 느낌

손에 쥔 따뜻한 머그잔, 너무 뜨거운 커피나 차에 데인 혀, 목구멍을 타고 쭉 내려가는 온기, 입술에 묻은 부스러기나 음료의 거품을 핥는 느낌, 쏟아진 음식이나 커피 때문에 끈적거리는 카운터 테이블, 젖은 바닥에 미끄러지는 느낌, 음료에서 피어오르는 김에 달아오른 얼굴과 습기가 차는 안경, 뜨거운 음료에 입김을 불 때 훅 느껴지는 열기, 더운 날에 스무디를 마실 때 목구멍을 따라 느껴지는 차가운 쾌감, 손목에 뜨거운 커피 방울을 흘렸을 때의 통증, 커피가 위장을 채우면서 서서히 퍼지는 온기, 종이 냅킨으로 닦는 입술, 바닥에 떨어지지 않도록 무릎 위에 잘 펴놓은 화려한 잡지, 손가락 끝에 닿는 매끈한 컴퓨터 키보드, 편안한 독서용 의자, 등을 파고드는 철제 의자의 딱딱한 등받이, 뜨거운 커피가 담긴 종이컵 때문에 따끔거리는 손가락

이 배경에서 벌어질 만한 갈등의 원인

- 음료값을 치르려는데 돈이 모자란다.
- 뭔가에 부딪치거나 걸려 커피를 쏟는다.
- 인원 수가 많은 모임 때문에 큰 탁자가 필요한데, 다른 손님이 넓은 자리를 혼자 차지하고 커피를 조금씩 홀짝인다.
- 주문한 음료나 음식이 잘못 나온다.
- 와이파이가 느리다.
- 커피를 너무 많이 마셔 초조해지다 결국 화를 터뜨린다.
- 오지 않는 데이트 상대를 기다린다.
- 앉아서 분위기를 만끽하고 싶으나 빈자리가 없다.

이 배경에서 볼 만한 유형의 사람들

- 매니저, 바리스타와 그 밖의 서빙 및 조리 담당 직원, 손님, 배달원

이 배경과 밀접한 다른 배경

- 제과점, 대도시 거리, 간이식당, 야외 주차장, 소도시 거리

참고 사항 및 팁

체인점으로 된 커피숍은 어느 지점이든 모습이 비슷하지만, 개인이 하는 커피숍은 좀 더 개성적이고 특정 고객에게 어필할 수 있는 특별한 분위기를 추구한다. 트렌디하고 고급스럽거나, 옛날 분위기를 내든가, 개성 있는 고객들이 좋아하도록 꾸미든가, 환경 문제에 관심 있는 고객을 끌기 위해 '녹색' 테마로 커피숍을 장식하든가 하는 식으로 말이다.

배경 묘사 예시

나는 블랙커피의 마지막 모금을 마신 다음 더 달라는 신호를 보냈다. 몇몇 십 대 커플들이 근사한 크롬빛 테이블에 놓인 카푸치노 잔 위로 몸을 기울이고 있

었고, 뒤편의 칸막이 자리는 웃고 떠드는 그룹들로 북적였다. 내 파트너인 이 가게 안의 유일한 빈 좌석은 내게 조용히 권유했다. 따분하게 굴지 말고 얼른 정신 차리고 나가서 다른 손님이 이 자리를 대화로 채울 수 있도록 배려하라고.

- **이 글에 쓴 기법**   대비, 상징적 표현
- **얻은 효과**   분위기 설정

패스트푸드 레스토랑   Fast Food Restaurant

풍경

금전등록기를 담당한 직원이 서 있는 전면 카운터, 뒤쪽에 자리한 주방, 드라이브스루 전용 창구, 제품과 가격을 표시한 메뉴판, 현금이나 신용카드를 건네는 손님, 음식과 음료를 담은 쟁반을 들고 가는 사람들, 소스 및 양념 코너(일회용 케첩과 겨자, 냅킨, 플라스틱 포크와 나이프), 음료용 물품(컵, 빨대, 뚜껑)이 구비된 탄산음료 디스펜서, 어린이용 놀이 공간, 각기 다른 제품을 홍보하는 포스터들이 붙은 벽, 해당 식당의 마스코트나 그 밖의 상징물의 그림이나 사진, 노출되지 않게 캐비닛 안에 넣어 설치한 쓰레기통, 다 쓴 쟁반 더미, 같은 간격을 두고 배치된 테이블과 별도의 다인용 자리, 바퀴 달린 유아용 식탁 의자, 한쪽에 쌓인 어린이용 키 높이 보조 의자들, 바닥에 뒹구는 벗겨낸 포장지와 영수증, 부스러기들과 케첩 자국으로 더러워진 테이블, 바닥에 뭔가 흘렸음을 표시한 칼라콘, 화장실, 테이블을 닦거나 바닥을 걸레질하는 직원, 전반적인 상황을 감독하는 매니저, 화장실로 뛰어가는 아이들

소리

지글거리며 요리되는 버거와 튀김, 주문하는 손님, 뒤쪽 주방 직원에게 틀린 주문을 정정해서 불러주는 계산 담당 직원, 영수증을 출력하는 기계, 삐 소리를 내는 튀김기와 오븐, 튀김 위에 뿌리는 소금, 튀김 통에서 한 주걱 떠내는 튀김, 헤드셋을 통해 말하는 드라이브스루 담당 직원, 탄산음료가 꼴꼴거리며 나오는 디스펜서, 닫히는 냉장고 문, 플라스틱 나이프와 포크를 싼 셀로판 포장지가 바스락거리는 소리, 봉지에 담는 음식, 빨대 포장 비닐을 뜯는 소리, 컵 안으로 떨어지는 얼음, 끽끽거리는 회전의자, 타일 바닥 위로 끌리는 의자, 뛰어가는 발소리, 웃거나 소리 지르는 아이, 우는 아기, 너무 시끄러운 아이들을 나무라는 부모, 서로 인사하는 손님들, 휴대전화로 통화하는 사람들, 쩝쩝거리며 시끄럽게 먹는 사람, 빨대로 음료를 꿀꺽꿀꺽 마시거나 컵 안의 얼음을 찰랑찰랑 흔드는 사람, 놀이 공간에서 나는 깍깍 소리와 외침

구워지는 고기, 기름과 지방질, 샐러드에 뿌린 새콤한 드레싱, 물티슈, 케첩

버거와 튀김, 튀기고 구운 닭고기, 어니언 링, 과일, 샌드위치와 랩 샌드위치, 샐러드와 드레싱, 밀크셰이크, 아이스크림, 쿠키, 탄산음료, 물, 커피, 과일 주스, 마요네즈, 겨자, 케첩, 바비큐 및 그 밖의 소스, 얼음

기름 묻은 손, 손가락에 묻은 소스를 핥는 느낌, 테이블에서 털어내는 소금 부스러기, 빨대로 꿀꺽꿀꺽 마시는 차가운 음료, 와플 콘 가장자리로 녹아내리는 아이스크림, 끈적끈적한 케첩, 컵 표면에 맺힌 물방울에 젖는 손바닥, 음식과 음료를 가득 올린 쟁반의 균형을 잡는 느낌, 컵을 잡은 손으로 넘치는 탄산음료, 너무 뜨거운 음식에 데인 입, 종이 냅킨으로 닦는 입, 구겨서 쟁반으로 던지는 샌드위치 포장지, 플라스틱 나이프로 낑낑거리며 아이의 고기를 써는 느낌

이 배경에서 벌어질 만한 갈등의 원인

- 손님이 메뉴를 좀처럼 정하지 못하거나 주문 시 요구 사항이 너무 많다.
- 긴 줄에 비해 카운터 담당 직원이 부족하다.
- 음식이 아무리 기다려도 나오지 않는다.
- 직원이 주문한 음식을 잘못 준다.
- 재료가 부족해 특정 메뉴를 더 이상 만들지 못한다.
- 화장실이 지저분하다.
- 직원이 무례하거나 서툴다.
- 아이가 제멋대로 날뛰도록 방치하는 부모가 있다.
- 아이가 미친 듯이 성질을 부린다.
- 다른 사람의 부탁으로 오긴 했지만 좋아하는 식당이 아니다.
- 좋아하는 메뉴지만 그 메뉴의 칼로리나 함께 나오는 재료는 마음에 들지 않는다.
- 차가 드라이브스루 통로 중간에서 멈춘다.

- 생일 파티가 너무 시끄러워 매장 전체에 폐를 끼친다.
- 놀이 공간에서 아이가 찬 기저귀가 샌다.

이 배경에서 볼 만한 유형의 사람들

- 생일 파티에 참석한 어린이, 아이와 함께 온 가족, 행사나 경기 후에 함께 모인 운동부나 그 밖의 팀원들, 커피와 아침 식사를 먹으며 서로 교류하려고 모인 퇴직자들, 점심시간에 들른 직장인들, 혼자 식사하러 온 손님

이 배경과 밀접한 다른 배경

- 델리 숍, 쇼핑몰

참고 사항 및 팁

실제 생활에서든 이야기에서든 사람은 먹는 데 상당한 시간을 보내기 때문에 식사 장면을 쓰는 건 당연한 일이다. 하지만 그런 장면에서는 인물들이 주로 앉아 있고 움직임도 적기 때문에, 자칫 이야기의 속도가 느려지거나 분량을 너무 많이 잡아먹을 수 있다. 가정집 부엌이든 식당이든 식탁에서 펼쳐지는 장면을 쓸 때는 움직임을 넣어서 분위기가 늘어지지 않도록 주의해야 한다. 예를 들어, 아이들이 뛰어다니거나, 사람들이 양해를 구하고 자리를 뜨거나, 누군가 음료를 채우러 일어나거나 하는 식으로 대화 사이에 움직임을 만들면 장면에 활기가 생기고 덜 수동적으로 보인다. 지금 이 배경을 택한 충분한 이유가 있음을, 그래서 이 혼잡하고 바쁜 공간이 앞으로 일어날 중요한 사건들을 생각할 때 적당한 배경이 될 것임을 확실히 해놓아야 한다.

배경 묘사 예시

에드는 구석 자리를 골랐지만 지금은 위치가 어디든 아무 소용 없을 것 같았다. 놀이 공간에서 아이들이 질러대는 괴성이 북적이는 식당 내 소음과 쌍벽을 이뤘다. 바닥은 작은 발들이 내달리는 소리로 울렸고, 내 두개골 속에서 방금 시작된 두통의 욱신거림과 서로 박자를 맞췄다. 나는 카운터 앞에서 메뉴를 훑어봤

지만 아이들의 땀내 때문에 들어올 때 남아 있던 약간의 식욕조차 깡그리 사라졌다. 따분해 보이는 점원이 메뉴를 결정했느냐고 물었을 때, 눈 뒤쪽 두통이 느껴지는 부위를 문질렀다. "맥주 있나요?" 나는 큰 기대 없이 물었다.

- **이 글에 쓴 기법**　다중 감각 묘사
- **얻은 효과**　분위기 설정, 감정 고조

풍경

목재로 된 벽, 바 내부를 내려다보게끔 일정한 간격을 두고 벽에 설치된 텔레비전들, 종종 특정 나라(아일랜드, 스코틀랜드, 독일 등)와 관련된 주제로 꾸민 실내 장식, 그 문화를 대표하는 장식물(사진, 골동품, 깃발, 휘장, 상징), 무거운 목재 탁자, 벤치 의자나 튼튼한 일인용 의자, 어두운 조명, 스테인드글라스 장식이 들어간 창문, 짧은 검은색 치마에 주머니가 달린 작은 앞치마를 두르고 펜과 노트를 든 웨이트리스, 지역 수제 맥주와 해외 브랜드 맥주가 나오는 탭들이 장착된 기다란 바 테이블, 주문을 받는 용도의 컴퓨터, 바 위에 설치된 보관 랙에 거꾸로 걸린 손잡이가 긴 유리잔들, 음료용 장식들(빨대, 젓는 막대, 플라스틱으로 만든 검 모양 꼬챙이, 우산 모양 장식, 썰어놓은 오렌지, 반달 모양의 라임과 레몬 조각, 한 입 크기의 파인애플, 올리브, 알이 작은 양파)이 비치된 쟁반, 맥주 배수구, 얼음을 가득 얼린 얼음 틀, 씻으려고 싱크대에 둔 믹서와 블렌더, 술병들, 쌓여 있는 메뉴판, 음료를 건네거나 주문받은 음료를 쟁반에 놓는 바텐더, 음료(병, 머그잔, 크고 작은 양주잔 등에 담긴)가 여기저기 놓인 탁자, 코스터와 구겨진 냅킨, 펍 음식과 간단한 애피타이저가 담긴 접시, 탁자를 치우고 깨끗이 닦아 다음 고객이 앉을 수 있도록 준비하는 웨이트리스, 비틀거리며 화장실로 가는 취한 손님, 벽에 걸린 다트 판

소리

이야기하고 웃는 친구들, 술을 마실수록 높아지는 목소리, 텔레비전을 보며 소리 지르거나 환호하는 스포츠 팬, 건배하며 부딪치는 잔, 나무 탁자 위에 쿵 내려놓는 맥주잔, 접시를 긁는 포크와 나이프, 바닥에 끌리는 의자, 비닐 쿠션 의자에 체중이 나가는 사람이 앉을 때 나는 바람 새는 소리, 끽끽거리며 열리는 화장실 문, 거의 빈 맥주 통에 연결된 탭이 꿀럭거리며 거품만 토해내는 소리, 주방에서 갓 나온 지글거리는 뜨거운 요리, 바사삭 부서지는 나초 칩, 휴대전화 알림음, 자기 말을 강조하려고 탁자에 탕탕 두드리는 손

 냄새

햄버거 고기와 그릴에 구운 스테이크, 튀김, 향신료, 맥주, 향수, 흡연자의 옷에서 풍기는 담배 냄새, 맥주 마신 사람의 숨결, 땀, 체취, 냉장고에서 나는 상쾌한 감귤 향, 강한 감초 향이나 견과류 향이 나는 술, 커피

 맛

맥주, 다양한 맛의 술(테킬라, 럼, 위스키, 와인, 보드카), 짭짤한 립과 매운 닭 날개 요리, 튀긴 피클을 한 입 베어 물었을 때 터져 나오는 식초 맛, 치즈로 만든 딥 소스와 스프레드, 탄산음료, 커피, 향이 들어간 립크림이나 립스틱, 달달한 칵테일, 레몬이나 라임 조각의 신맛, 잔 테두리에 바른 설탕이나 소금

 촉감과 느낌

푹신한 좌석, 거친 나무 탁자의 이랑진 표면, 칸막이 좌석 안에 다른 사람들과 꽉 끼어 앉은 느낌, 기름진 닭 날개 요리를 먹느라 점점 미끈거리는 손가락, 어깨 위에 놓인 다른 사람의 묵직한 팔, 유리잔에 맺힌 물방울이 손바닥에 닿는 느낌, 플라스틱 막대나 음료 장식용 꼬챙이를 짓궂게 혹은 초조하게 잘근잘근 씹는 느낌, 음식이 담긴 따뜻한 접시, 혀에 닿는 치즈 딥 소스의 부드러움, 보송보송한 종이 냅킨, 손가락에 묻은 굵은 소금을 털어내는 느낌, 술이 점점 거리낌 없이 오가면서 잦아지는 친밀한 몸짓과 접촉, 등받이 없는 스툴 때문에 생기는 등 아래쪽의 통증, 스툴이 살짝 빙그르르 도는 느낌, 양주잔으로 단숨에 들이켠 술이 목구멍을 따라 흐를 때의 타는 듯한 느낌

이 배경에서 벌어질 만한 갈등의 원인

- 잔뜩 취한 고객이 있다.
- 식중독 증상을 보이거나 알레르기 반응을 일으킨다.
- 새로운 상대와 함께 온 옛 애인을 발견한다.
- 음료나 술 맛이 너무 밍밍하거나 독하다.
- 텔레비전에서 중계되는 스포츠 경기 때문에 언쟁이나 몸싸움이 벌어진다.
- 취했거나 전혀 안 끌리는 상대가 끈질기게 치근덕거린다.

- 계속 뚫어지게 쳐다봐서 상대방을 불편하게 만드는 오싹한 손님이 있다.
- 모르는 사람이 주차장까지 계속 따라온다.
- 택시가 안 잡혀서 음주 운전을 하고 싶은 유혹에 빠진다.
- 화장실에 있는 동안 친구들이 가버린다.
- 사람들에게 잘 보이기 위해 한잔 사겠다고 데려왔는데 돈이 모자란다.

이 배경에서 볼 만한 유형의 사람들

- 바텐더, 요리사, 손님, 배달원, 매니저, 단골손님, 경찰관, 주류 회사 직원

이 배경과 밀접한 다른 배경

- 술집/바, 나이트클럽, 당구장

참고 사항 및 팁

펍과 바는 비슷해 보여도 몇 가지 뚜렷한 차이점이 있다. 펍은 자리 잡고 앉아 술이나 음료를 한두 잔 기울이고, 칼로리가 높은 푸짐한 식사를 하고, 친구들과 어울리는 것 등이 더 강조되는 장소다. 반면 바에서는 주로 술을 마시거나, 데이트 상대를 고르거나, 스포츠 경기를 시청한다. 밴드가 펍에 있는 무대에 오를 경우, 손님들은 일어서서 춤추기보다는 자기 테이블에 앉아 공연을 감상한다.

배경 묘사 예시

나는 사람들로 붐비는 실내를 훑으며 조시를 비롯한 우리 일행을 재빨리 찾아 내길 바랐다. 그래야 어떤 반쯤 취한 남자가 나를 친구 하나 없는 분실물이나 그보다 더 최악으로 보고 술을 사겠다고 결심하는 참사가 벌어지지 않을 것이 다. 육감적인 웨이트리스가 나초가 담긴 작은 비행선만 한 접시를 들고 내 곁을 지나치자 뱃속이 난리가 났다. 그녀는 반쯤 숨겨진 계단을 올라갔는데, 그때 리 사가 언젠가 꼭대기 층이 좀 더 조용하다고 했던 말이 생각났다. 아니나 다를 까. 내가 2층 층계참 꼭대기에 다다르자 환호성이 터졌다. 우리 팀이 구석 자리 높은 테이블 주변에 둘러앉아 손을 높이 들어 인사했다. 그들 사이에는 빈 맥주

잔과 유리잔의 꽤 인상적인 컬렉션이 널려 있었다. 나는 의자에 억지로 몸을 밀어넣고 커피를 시켰다. 누군가는 이 취한 열혈 엄마 부대를 집까지 태워줘야 할 테니까.

- **이 글에 쓴 기법**   과장, 다중 감각 묘사
- **얻은 효과**   성격 묘사, 분위기 설정

The Rural
Setting
Thesaurus

A Writer's Guide to
Personal and Natural Places

디테일 사전
: 시골편

시골 편

.

**The Rural Setting
Thesaurus**

일러두기

본문의 [ ]는 원문의 이해를 돕기 위해 옮긴이가 보충한 내용입니다.

차례

서문

감정을 불러일으키는 배경 연출	993
배경, 갈등을 전달하는 수단	995
배경, 분위기를 조성하는 수단	1003
배경, 이야기의 방향을 제시하는 수단	1015
비유, 배경의 질을 높이는 열쇠	1020
배경을 묘사할 때 빠지기 쉬운 함정	1030
시골 배경을 묘사할 때 주의할 점	1041
작가들을 위한 마지막 제언	1047

시골 풍경

결혼 피로연	1051
고대 유적	1055
과수원	1059
교회/성당	1062
농산물 직판장	1066
농장	1069
도축장	1073
등대	1077
로데오	1081
목장	1085

목초지 1089

묘지 1092

박제 가게 1096

버려진 광산 1100

사냥 오두막 1104

시골길 1107

쓰레기 매립지 1110

양궁장 1113

여름 캠프 1117

영묘 1121

와인 양조장 1124

지방 축제 1128

채석장 1132

축사 1136

캠핑장 1140

폐차장 1144

해변 파티 1148

자연과 지형

강 1155

개울 1159

그로토 1162

늪 1165

동굴 1169

등산로 1172

바다 1176

북극 지대 툰드라 1180

불모지 1184

사막 1187

산 1190

숲 1194

습지 1198

연못 1202

열대 섬 1205

열대우림 1209

온천 1213

폭포 1216

풀밭 1220

해변 1223

협곡 1227

호수 1230

황무지 1234

집

거실 1239

경야 1243

나무 위 오두막 1247

다락방 1251

닭장 1255

대저택 1258

동네 파티 1262

뒤뜰 1266

맨 케이브 1270

방공호 1273

부엌 1276

불난 집 1280

비밀 통로 1284

생일 파티 1287

십 대의 방 1291

아기 방 1295

아이 방 1299

연장 창고 1302

옥외 변소 1306

온실 1309

와인 저장실 1312

욕실 1315

이동 주택 주차 구역 1318

작업실 1322

정원 1326

지하 저장실 1330

지하 폭풍 대피소 1333

지하실 1337

집단 위탁 가정 1340

차고 1344

채소밭 1348

캠핑카 1352

파티오 데크   1356

하우스 파티   1360

핼러윈 파티   1364

학교

고등학교 구내식당   1369

고등학교 복도   1373

과학실   1377

관리 물품 보관실   1381

교사 휴게실   1385

교장실   1389

기숙사 방   1393

기숙학교   1397

놀이터   1401

대학교 안뜰   1405

대학교 대형 강의실   1409

로커 룸   1412

스쿨버스   1416

유치원   1420

졸업 무도회   1424

체육관   1428

초등학교 교실   1432

서문

감정을 불러일으키는
배경 연출

훌륭한 이야기의 조리법을 보면 거부하기 힘든 매력을 가진 주인공, 심각한 이해관계, 독자와 등장인물들 사이의 감정적 유대 관계, 그리고 주의를 끄는 갈등과 같은 주재료들이 수없이 많다. 이외에도 중요한 요소가 또 하나 있지만, 자주 지나치는 바람에 명작이 될 만한 작품에 흠을 남기곤 한다. 바로 '배경'이다. 배경은 장르를 불문한 모든 책의 모든 장면에 반드시 등장하는 요소다. 무질서하게 뻗어나가는 왕국(『반지의 제왕』의 '가운데땅Middle Earth')이든, 우주선에 탑재된 선실(영화 〈에일리언〉의 노스트로모호)이든, 생기 없는 작은 마을에서 발견된 특정한 장소들(『앵무새 죽이기』의 배경 앨라배마, 메이콤 카운티)이든, 크든 작든 가본 곳이든 처음 보는 곳이든, 모든 장면의 배경은 독특하고 기억에 남아야 한다. 한 이야기가 펼쳐지는 장소에 특유의 분위기를 부여해 독자들이 쉽게 잊을 수 없는 분위기를 연출하는 것이 작가의 소임이다.

모든 독자가 좋아하는 작품의 배경을 사랑하는 기분이 어떤 것인지 안다. 배경이 실재하는 곳인지, 상상의 산물인지는 중요하지 않다. 독자들은 그 배경을 이미 가본 곳처럼 느끼기도 하고, 갈 수 있게 되기를 바라기도 한다. 작가는 독자들이 책의 마지막 장을 덮은 뒤 그런 애틋한 감정을 느끼기를 바란다. 독자들이 다시 그곳을 찾고 싶은 마음에 다시 책을 펼치기를 바란다. 어떻게 해야 그 바람을 이룰 수 있을까? 배경을 인물 못지않게 생생하고 흥미롭게 만드는 건 무엇일까?

배경을 연출하는 일은 단순한 무대 설계의 개념을 뛰어넘는다. 생기

넘치는 배경은 작가의 신중한 선택으로 만들어진다. 배경은 등장인물을 위한 의미를 담고 있으며, 감정을 불러일으키는 장소다. 배경은 갈등과 개인의 비극과 성장을 위한 기회를 제공한다. 그렇게 출생지, 침실, 학교, 일터, 집, 휴양지는 한 인물의 됨됨이와 미래의 모습을 형성하는 데 중요한 역할을 한다. 배경과 그곳을 자주 찾는 인물들 간에는 고유한 정서적 유대가 존재한다.

잘 선택된 배경이 감동적인 글을 뒷받침할 때, 이러한 정서적 유대는 독자를 작품 속으로 끌어들여 공감대를 형성하게 한다. 호그와트(『해리 포터』 시리즈의 마법 학교), 오버룩 호텔(『샤이닝』의 배경인 호텔), 타라(『바람과 함께 사라지다』에서 주인공이 사는 남부 저택과 농장)처럼 말이다. 이런 배경 속에서 독자들의 마음이 움직이는 건 애초에 작가가 배경이 다양한 감정을 불러일으키도록 이야기를 쓰기 때문이다. 상징법을 활용하고 다감각적으로 묘사하며, 분위기를 만들거나 갈등을 빚는 수단으로 배경을 사용하면서 작가는 독자들을 작품 속으로 끌어들여 허구의 인물들과 함께 인생을 경험하게 해준다.

책 속에서 길을 잃는 것. 이것이 독자가 바라는 바다. 이야기에 완전히 빠져들었다가 다시 현실로 돌아올 때 독자는 좋은 의미에서 동요하게 된다. 이는 독자에 대한 작가의 의무이며, 이 의무를 가장 효과적으로 수행하려면 배경에 생명을 불어넣어야 한다. 역동적인 배경, 아니 서사가 있는 배경을 만드는 것이다.

다행히 그 일은 생각만큼 어렵지 않다.

배경,
갈등을 전달하는 수단

배경의 아름다운 특성 중 하나는 이야기에서 중요한 요소들을 전달하는 수단으로 쓸 수 있다는 점이다. 그중 갈등은 단연 필수적인 요소다. 이야기의 갈등story conflict은 인물이 자신의 목표를 쉽게 이룰 수 없게 만드는 고난이나 힘겨운 상황을 뜻한다. 가령 물리적인 장애, 친구와의 대립, 자기 내면과의 싸움(각종 중독이나 스스로에 대한 회의)은 치명적인 약점이 되어 인물이 더는 앞으로 나아가지 못하게 만든다.

잘 쓴 갈등은 긴장감tension을 낳는다. 현실에서도 긴장하면 뱃속이 팽팽히 당겨지는 느낌이 들며 초조해진다. 이야기의 갈등 부분을 읽는 독자도 본질적으로는 똑같은 감정을 경험한다. 다시 말해, 감정이 팽팽히 당겨지는 느낌을 받는다. 독자를 책 앞에 계속 붙잡아두려면 모든 장면에 긴장감이 있어야 한다. 술집에서 주먹싸움을 벌이는 장면을 묘사하든, 냉장고를 연 뒤 누군가 마지막 남은 파이를 먹어버린 것을 알았을 때의 심정을 묘사하든 상관없다. 갈등이 사소하든 심각하든, 요란하든 고요하든, 갈등에서 오는 긴장감은 독자의 흥미를 지속시키는 데 중요한 역할을 한다.

생동감 넘치는 이야기를 쓰려면 갈등은 되풀이되어야 한다. 또한 강도를 달리해 빈번하게 일어나야 한다. 갈등이 유기적으로 발생하는 이야기를 만드는 일은 쉽지 않을 것 같지만, 사실을 말하자면 대부분의 문제들이 배경에서 생길 수 있다.

물리적 장애물

자기 내면과의 싸움 같은 경우, 갈등은 미묘하고 절제된 방식으로 표현된다. 하지만 실제 장애물은 가장 가시적인 형태의 갈등으로 인물이 목표에 다가가는 것을 막는다. 배경은 이야기의 개연성을 지키면서 이런 장애물을 제시한다. J.R.R. 톨킨은 이 분야의 대가였는데, 특히 '가운데 땅'을 활용해 인물들의 갈등을 이끌어낸 『반지의 제왕: 반지 원정대』에서 프로도 일행은 카라드라스산을 횡단해 운명의 산까지 가야 한다. 알 수 없는 눈보라가 몰아쳐 그들 주변에 옥석들을 마구 내던지고, 위태한 길이 눈에 파묻히자 갈등이 당도했다. 카라드라스산은 반지를 파괴하려고 하는 일행의 목표를 저지할 뿐만 아니라, 이후 어느 방향으로 갈지를 두고 내분이 일어난다.

명심할 점은 모든 갈등이 생명을 위협해서는 안 된다는 것이다. 장면마다 '사느냐 죽느냐'의 문제, 엄청난 재앙이 등장하면 이야기는 신파적이 된다. 독자들은 연이은 긴장에 금세 무뎌질 테고, 그러면 이야기의 박진감이 떨어진다. 규모가 작은 갈등이 소소한 곤경을 만들어내 우리의 주인공이 자신의 사명과 동료들, 심지어 자기 자신에게까지 회의를 느끼게 만드는 쪽이 훨씬 낫다.

톨킨의 작품을 다시 예로 들어보자. 『호빗』에서 빌보와 그의 일행은 외로운 산으로 가는 길에 숱한 곤경과 마주하느라 매우 지쳐 있다. 그런데 이번에는 마법에 걸린 강이 나타난다. 그들이 강을 건너던 중, 뚱뚱한 봄부르가 난데없이 쓰러지더니 곯아떨어진다. 빌보 일행은 어쩔 수 없이 몇 주 동안이나 그를 떠메고 다닌다. 안 그래도 힘든데 이런 일까지 생기자 일행 사이에 긴장감이 치솟는다. 그리고 그들은 목적의식과 목표 달성의 가능성에 회의를 품기 시작한다.

산과 강 같은 시골 풍경은 가장 유기적인 장애물이라 할 수 있지만,

도시 배경에서도 물리적 장애물을 찾아볼 수 있다. 퇴근길의 교통 정체, 잠긴 문, 범죄 현장에서 주인공이 절망적인 심정으로 마주하는 경찰의 진입 방지 테이프. 어느 배경이든 문제를 일으키고 긴장감을 높여주는 물리적 장애물이 있다. 배경 안에서 장애물이 자연스럽게 생기도록 해야 이야기의 흐름을 끊지 않는 진정한 갈등을 만들 수 있다.

고통스러운 과거의 반영

현실의 누구나 마음의 짐을 안고 있다. 과거의 어떤 경험 때문에 뜻하지 않은 일이 생기고, 민감해지고, 그것이 병적인 공포로 자리 잡으면서 온전히 살아가기가 힘들게 된다. 허구의 인물도 마찬가지다. 그들에게도 문제가 있고, 문제를 거슬러 올라가다 보면 대부분 특정한 배경이 있다. 학창 시절에 성적이 좋지 않았다거나, 어두운 골목에서 난폭한 공격을 받았다거나, 가족에게 학대를 받았다거나 하는 과거들 말이다. 갈등은 오래전에 겪은 고통스러운 배경을 다시 떠올리는 것으로도 만들어질 수 있다. 나쁜 기억이 인물의 마음을 어지럽히면서 자신에게 가장 취약한 감정이 무엇인지를 깨닫게 되기 때문이다.

과거의 고통스러운 기억을 떠올릴 때 이런 일들만 일어나는 것은 아니다. 그 기억이 너무도 끔찍하고, 그래서 후유증도 어마어마하다면 과거의 유령들이 출몰하는 곳을 다시 떠올린 주인공은 더 심각한 갈등에 빠질 수 있다.

영화 〈람보〉를 살펴보자. 베트남전 상이 용사이자 전쟁 포로였던 존 람보는 전쟁이 끝나고 미국에 정착할 곳을 찾다가 자신의 악마들과 싸우게 된다. 편협한 보안관과 맞닥뜨린 후, 람보는 구속된다. 그 과정에서 경찰들은 그에게 언어폭력을 휘두르고 억지로 면도를 하는데, 면도칼은 람보가 포로였던 시절에 베트남군에게 고문당할 때 쓰였던 물건이다. 그가 처한 현실과 악몽 같은 과거가 겹쳐지며 갈등이 시작된다. 람보는 자신을 억류한 경찰들을 공격하고, 경찰서를 뛰쳐나와 도망친다. 일상으로 되돌아가려 했던 애초의 바람은 결국 무산된다.

과거의 사건에 대해 극적으로 반응한 사례지만, 람보의 상황과 과거에 받은 상처를 생각한다면 정당한 반응이다. 다른 인물들의 경우 람보보다는 덜 공격적으로 반응할 수도 있겠지만, 결국에는 문제를 일으켜 수습해야 하는 상황이 될 것이다. 그들은 주변 사람들을 격렬히 비난할 수도 있고, 세상이 바라는 대로 따라야 할 치료 과정을 미룰지도 모른다. 세상과 완전히 차단된 채 자신의 과거를 마음속으로 곱씹다가 망상에 빠지거나, 거짓말을 해서 과거를 은폐할 수도 있다. 주인공이 고통스러운 배경으로 다시 끌려 들어갈 때 벌어질 만한 갈등의 종류는 무궁무진하다.

그래서 작가는 자신의 주인공을 속속들이 이해하고 있어야 한다. 그렇지 않으면 무엇이 그의 마음을 움직이게 하는지, 그 일로 그가 어떻게 반응할지 헤아릴 방법이 없다. 여러 갈등과 고난이 있는 배경을 만들려면 각 등장인물의 삶과 현재 그들의 인성을 만든 여러 요소들을 철저히 이해해야 한다.

주변의 사고뭉치들

이야기에서 벌어지는 많은 갈등은 관계에서 생긴다. 등장인물들이 결함 있는 사람들로 가득한 결함 많은 세상에 살고 있다는 점을 생각하면 일리 있는 설정이다. 배경 자체가 인물에게 어려움을 안겨줄 수도 있지만, 골칫거리의 원인은 보통 배경 속 사람들이다. 갈등은 곳곳에서, 상상 가능한 모든 배경에서 찾아볼 수 있다. 야한 옷차림을 한 여자 손님을 차갑게 대하는 거만한 직원이 있는 고급 상점(영화 〈프리티 우먼〉), 오랫동안 신경이 팽팽히 당겨질 정도로 긴장하던 인물이 마침내 분노를 터뜨리는 바다 위의 외딴 고깃배(영화 〈퍼펙트 스톰〉), 엄지손가락만 하지만 흉포한 사람들이 사는 섬나라(『걸리버 여행기』)를 떠올려보라.

한 장면에서 갈등을 양념 정도로 살짝 만들고 싶다면, 그 장면이 펼쳐지는 곳에 터를 잡고 살 만한 원주민을 생각해보자. 그중 누가 당신의 주인공을 곤경에 빠뜨릴 만한 짓을 저지르고 싶어 할까? 이 주변인들은 어느 정도의 강도로 밀어붙여야 할까? 주인공을 차후 곤란한 상황에 빠뜨릴 만한 배경을 찾고 있다면, 약간의 계획을 세우기만 해도 큰 도움이 된다.

하지만 주의할 점이 있다. 배경과 주변에서 요란하게 구는 사람들을 진부하게 설정하면 안 된다. 술집은 술을 좋아하는 사람들이 찾는 곳이다. 하지만 몰래 술을 마시려는 미성년자나 추근거리는 손님들이 귀찮은 성마른 여자 바텐더나 몸이 근질근질해 사고가 터지기만 기다리는 경비원을 등장시켜 이 배경에서 벌어질 만한 갈등의 원인을 만들 수도 있다. 때로는 머리를 조금만 굴려도 주인공의 삶이 꼬이도록 일조할 조역을 찾을 수 있다. 이런 이유로, 이 책에는 특정한 배경에서 전형적으로 찾아볼 수 있는 인물들을 정리해놓았다. 이 리스트를 활용하면 여러분이 설정한 배경에서 어떤 유형의 인물들을 볼 수 있는지, 그리고 그들의 목표가 주인공의 목표와 어떻게 충돌할지 생각해볼 수 있을 것이다.

가족 문제

사람들이 한곳에 모이면 갈등이 일어나기 마련이다. 감정이 고조되면 갈등이 커질 확률도 높다. 그러니 갈등이 가장 비옥하게 자랄 수 있는 땅 한

가운데에 '가족'이라는 배경이 있더라도 전혀 놀랄 일이 아니다.

세상에 완벽한 가족은 없다. 크든 작든 어느 가족에게나 문제가 있고, 이런 문제와 이로 인해 불거지는 갈등은 가족이 존재하고 서로 영향을 주는 곳에서 명백히 드러나야 한다. 가족 간에 갈등이 팽팽해지는 장면을 연출하고 싶다면, 가족 간의 평형 상태가 가장 심한 균열을 보이는 특정한 지점을 생각해야 한다. 동네 교회, 동네 피자 가게, 뒤뜰, 다락 등의 장소는 가족 드라마를 비롯해 과거의 어떤 사건과 맞물린 부정적인 기억과 감정의 형태를 통해 갈등을 제공할 수 있다. 뿐만 아니라 배경은 한 가족의 중요한 정보를 알려주고, 작가가 은연중에 드러나길 바라는 가족의 약점이나 결함을 전하는 탁월한 매개가 된다.

브리애너는 될 수 있는 한 조용히 문을 닫고 잠깐 서 있었다. 난로는 꺼져 있었고, 집에서 울리는 목소리도 들리지 않았다. 그녀는 한숨을 내쉬었고, 발을 굴러―바닥이 더러워지지 않도록 매트에 대고 신중하게―신발 밑창에 붙은 눈을 털어냈다. 그러고는 여행 가방을 소파 옆에 내려놓았다. 미리 말도 없이 집에 온 걸 알면 아빠는 심각하게 화를 내겠지만, 아빠는 원래 세상 모든 일을 사건으로 받아들이는 사람이었다. 그녀가 집에 도착해서 떠들썩한 파티나 환영회의 인파를 헤치지 않고 걸어들어온 건 이번이 처음이었다. 덕분에 소식을 전할 방법을 궁리할 시간도 어느 정도 벌 수 있었다.

브리애너는 방을 천천히 돌면서 살펴봤지만, 지난 세 달 동안 변한 건 아무것도 없었다. 벽난로 선반 위에는 그녀의 스키 트로피들이 여전히 자로 잰 것처럼 똑같은 거리를 두고 해병대원들처럼 서 있었다. 왼쪽에는 그녀의 오빠 브라이스의 명예의 전당이 펼쳐져 있었는데, 음악 상장들과 경연 대회에서 연주하는 그의 사진들과 줄리어드 음대 합격 통지서들이 기하학적으로 배열되어 있었다. 브리애너의 벽에도 나름 성공으로의 도약을 소개하는 사진들이 걸려 있었다. 스키 팀 주장이 됐을 때 찍은 사진, 회전 활강 국가 기록을 깼을 때 찍은 사진, 올림픽 국가 대표 선발 대회에서 결승선을 쏜살같이 통과하느라 희미하게 찍힌 사진.

브리애너는 뒤로 물러서서 벽 전체를 훑어보았다. 캠핑, 생일 파티, 가족 여행을 찍은 사진은 한 장도 없었다. 그녀는 입술을 깨물었고, 한쪽 엄지로 허벅지를 두드리면서 벽난로에서 풍기는 식은 재의 냄새에 코를 찡그렸다. 작은 크리스털 조각상들, 가죽으로 된 가구, 매끄럽고 먼지 하나 없는 표면……. 잡지 표지에나 나올 법한 방이었고, 온기도 딱 그 정도였다.

차고 문에서 요란한 소리가 나는 바람에 브리애너는 소스라치게 놀랐다. 그녀는 이내 셔츠를 똑바로 펴고 심호흡을 했다.

'부딪쳐서 이겨내는 거야.'

독자들은 이 장면에 등장하는 세부적인 요소들을 통해, 이 가족의 성격에 대한 많은 정보를 수집할 수 있다. 크리스털 조각상부터 오차 없이 기하학적인 패턴으로 진열한 사진 액자들은 거실의 냉랭한 분위기를 잘 보여준다. 이 방을 채우는 이미지들은 모두 성공을 축하하는 내용이다. 이 공간에 사는 사람들에게 사랑이나 인간다움은 보이지 않는다. 그들의 관심사는 대개 겉모습과 성공에 치우쳐 있다.

배경 묘사만으로도 이런 분위기가 온전히 전달된다. 주인공에게 중요한 의미를 갖는 세부 묘사에 집중하는 것으로 작가는 구체적인 장면은 물론 껍데기 바로 밑에 도사리고 있으면서 슬쩍 건드리기만 해도 폭발할 듯한 갈등까지 뚜렷하게 그려낼 수 있다.

가족의 문제는 성가셔서 짜증을 낼 만한 문제부터 내면을 파고들다가 파괴적인 행동과 태도로 불거지며 평생을 싸워 극복해야 할 문제까지 다양하다. 개인적인 배경을 활용해 인물이 해묵은 상처로 가득한 기억들을 떠올리면서 감정을 표면으로 끌어올리게 만들고, 인물의 취약한 면모를 늘릴 수 있다. 뿐만 아니라 가족을 한데 모아서 폭탄의 도화선에 불을 붙이는 데도 쓸모가 있다. 이야기에 중요한 갈등을 넣고 싶다면, 인물의 과거를 살펴보고 '가족'이라는 배경을 써서 긴장감을 높이고 문제를 일으키는 방법을 생각해보라.

배경,
분위기를 조성하는 수단

배경은 불변하는 요소로 생각하면 쉽다. 런던은 런던이다. 런던이 이리저리 움직이거나 바뀌는 일은 없다. 단, 위치는 변하지 않아도 도시는 특정한 변수에 따라 엄청나게 달라 보일 수 있다. 하루 중에서도 시간과 날씨, 계절, 심지어 인물의 기분에 따라서 배경은 매우 다르게 보인다. 바로 하루 전날에 봤던 그 배경이 맞나 싶을 정도다. 그리고 분위기만큼 배경에 영향을 끼치는 요소도 없다.

분위기mood란 글의 단면이 빚어내는 감정의 공기 혹은 기후 같은 것으로, 독자는 그 기후 속에서 무언가를 느끼게 된다. 더불어 독자가 장면에서 드러나는 분위기를 통해 이후에 벌어질 일들에 대한 마음의 준비를 할 수 있다는 점에서 중요한 장치다.

영화 〈베이츠 모텔〉에 처음 나오는 장면은 관객의 마음을 산란하게 만든다. 카메라는 관목이 우거진 언덕을 비추다 듬성듬성한 나무들 위로 우뚝 치솟아 오른다. 외부는 어둡고 억눌린 듯한 분위기다. 불투명한 창문들은 빛을 튕겨내며 아무것도 보여주지 않는다. 관객은 첫 장면부터 불안감을 느끼고, 그곳에서 뭔가 사악한 일이 벌어지고 있음을 직감한다. 히치콕이 영화의 배경을 소개하는 것만으로 만들어냈던 분위기다.

영화뿐만 아니라 책 역시 배경부터 설정하는 경우가 많다. 시간과 배경을 확실하게 보여주어야 독자들이 다음에 나오는 장면들을 이해할 수 있다. 배경을 미리 설정하면 그에 어울리는 분위기를 전달하는 것도 쉬워진다. 한 장면을 쓰기 전에 어떤 분위기를 택할지 확실히 정하라. 그

다음에는 딱 맞는 기법들을 골라 적용하면 되고, 그러면 비로소 글에 완벽하게 어울리는 기후가 만들어진다.

날씨와 계절: 감정을 불러일으키는 장치

날씨는 원하는 분위기를 쉽게 전달하는 장치다. 사람의 기분은 날씨에 따라 자연히 바뀌기 때문이다. 비 오는 날에는 우울해진다. 햇빛이 쨍쨍한 날에는 즐겁고 들뜨게 된다. 안개 낀 날에는 마음이 답답해진다. 날씨는 뭔가 예언적인 기분을 느끼게 하기에, 장면에서 날씨를 활용하기만 해도 원하는 분위기를 연출할 수 있다.

고대 유적지의 무너진 벽들은 위쪽을 향한 채 이글거리는 햇볕을 온몸으로 받고 있었다. 돌에 손을 대니 그 온기가 전해져 왔고, 표면은 수세기에 걸친 풍상에 매끈했다. 웃자란 풀들이 돌벽의 무릎께를 끌어안았고, 금어초와 수레국화 들은 산들바람에 고개를 주억거렸다.

이 문단은 평화롭고 고요한 분위기를 풍긴다. 특정한 분위기를 자아내도록 날씨의 요소들을 신중하게 선택했기 때문이다. 산들바람, 햇볕, 따뜻한 돌이 어우러져 독자에게 편안한 기분을 느끼게 해준다. 나서서 자신의 감상을 이야기하는 인물은 한 명도 없는데 말이다. 이렇듯 날씨만으로도 독자가 공감할 수 있는 강렬한 분위기를 만들 수 있지만, 인물을 등장시키면 더 수월해지기도 한다. 날씨에 대한 인물의 감정은 독자에게 강렬하고 분명히 인지된다. 그리고 독자들의 감정을 불러일으켜 작가가 의도한 분위기에 빠지게 만든다.

마크가 폐허에 첫발을 내디뎠을 때, 멀리서 천둥이 우르릉 울렸다. 땀 때문에 마른 우비가 살에 들러붙어서 시원한 바람이라도 불어주길 바랐지만, 그가 돌무더기 속으로 들어섰을 때 공기는 멈춘 듯했고 무거웠다.

돌 표면에는 고대의 문양들이 교차하듯 새겨져 있었는데, 어찌나 깊이 새겼는지 모서리가 손을 대면 벨 듯이 날카로웠다. 마크는 자기도 모르게 가장 가까이 있는 돌덩이에 손을 뻗었지만, 머리 위로 천둥이 치는 바람에 움찔하며 손을 거뒀다. 그는 깊은 숨을 내쉬며 두 손을 주머니에 찔러넣고 천천히, 조심스럽게 발걸음을 뗐다. 그리고 불길해 보이는 돌들을 이리저리 피하며 가던 길을 갔다.

마구 끼어드는 천둥과 숨 막히는 공기는 폭풍이 오고 있음을 알려준다. 이 요소들만으로도 곧 엄습할 위험을 암시할 수 있다. 그러나 마크가 날씨에 보이는 반응이야말로 독자가 응당 느껴야 할 감정으로 이끌어준다. 그는 불안하고 주저하는 듯 보이며, 이곳에 발을 들인 것을 꺼림칙해하고 있다. 독자가 그의 불안한 속마음을 읽으면 분위기는 정해진 것이다.

계절은 날짜와 맞물려가는 요소이며, 위치에 따라 모습이 천차만별로 다양하게 바뀐다. 하지만 세상이 색색으로 물드는 가을, 연이은 더위로 신음하는 여름처럼 계절마다 명확하게 인식 가능한 특성들이 있다. 이 보편성 덕분에 우리는 상징법을 활용해 한 장면이나 이야기 전체를 지배하는 분위기를 만들 수 있다. 다음은 워싱턴 어빙의 소설 『슬리피 할로의 전설』의 한 부분이다.

이카보드는 말을 타고 천천히 길을 가면서 두 눈은 먹거리 축제를 예고하는 듯, 기쁨에 넘치는 가을걷이의 보물들이 즐비하게 펼쳐지는 풍경을 단 하나도 놓치지 않았다. 사방이 사과들이 가득한 거대한 창고들이었다. 나무가 감당하기 힘들 정도로 가지에 주렁주렁 매달린 사과들, 장터에 내다 팔려고 바구니와 큰 통에 담은 사과들, 사과주를 만들려고 산처럼 쌓아둔 사과들. 눈을 들어 먼 곳을 응시하자 광대한 옥수수밭이 펼쳐졌고, 잎사귀로 겹겹이 몸을 감싼 채 황금색 자루를 빼꼼히 내밀고 있는 옥수수들이 케이크와 푸딩이 차려진 맛난 식사를 약속하고 있었다. 그 아래로는 튼실하니 둥근 배를 드러낸 채 햇살 아래 누워 있는 노란 호박들이 파이를 배터지도록 먹을 수 있게 해주겠다고 장담하고 있었다.

이 작품에서 가을은 완벽한 배경이다. 독자를 안전이라는 그릇된 감각으로 이끌기 때문이다. 가을 하면 시원한 날씨, 위안을 주는 음식, 불을 피운 안락한 집이 떠오르면서 아늑한 기분이 된다. 정작 가을이 한 해가 끝나가는 신호라는 사실은 잊어버린다. 겨울이 금세 혹한과 돌풍을 몰고 와 세상을 신음하게 만들 것이다. 목 없는 기사가 곧 슬리피 할로로 달려와 방심하고 있던 이카보드 크레인을 덮치는 것과 똑같지 않은가.

이야기에서 반복해 나타나는 주제가 하나라도 있다면, 어떤 계절이 그러한 주제와 느낌을 가장 잘 보강해줄지 심사숙고해야 한다. 겨울은 종종 죽음, 종말, 무력함, 절망을 상징한다. 봄은 만물이 다시 태어나는 계절이기에, 새로운 시작과 두 번째 기회를 상징하는 확실한 배경이 된다. 젊음, 순수, 성장통에 관한 이야기는 자주 여름에 시작되는 반면, 가을은 준비, 이야기의 초점이 내면으로 전환하는 국면, 변화의 조짐을 표현할 수 있다.

각 계절은 다양한 것들을 나타낼 수 있다. 신중하게 설정한 계절은 신중하게 고른 계절의 특정 요소들 못지않게 작가가 원하는 분위기를 살리고, 독자들에게 앞일을 예고하는 강력한 도구가 된다. 하지만 계절과 날씨에 관한 글을 쓸 때 조심해야 할 점이 몇 가지 있다.

이야기의 모든 요소가 그렇듯, 이 소재도 필요 이상으로 묘사될 수 있다. 그 결과 이야기가 멜로드라마처럼 되면 독자들은 뒤로 물러설 수도 있다. 묘사를 앞세우는 많은 기법들에 해당되는 사실이지만, 지나친 묘사는 줄일수록 좋을 때가 많다. 푹푹 찌는 여름에 시작되는 장면이라면 축 늘어진 화초, 열기, 숨을 헐떡이는 개, 땀구멍마다 맺히는 땀방울 따위는 묘사하지 않아도 된다. 더운 날을 묘사하고 싶으면 두어 개의 디테일만 잘 골라 쓰고 끝내라. 독자들은 적당한 선에서 끝낼 줄 아는 작가를 인정해줄 것이다.

날씨와 계절을 묘사할 때 또 하나의 골칫거리는 진부하고 상투적인 표현을 쓰기 쉽다는 점이다. 오븐에서 뿜어내는 듯한 더운 공기, 물수건으로 후려치는 듯한 습도, 눈의 나라가 된 겨울 등은 초고를 쓰는 참호에 갇혀 있을 때 떠올릴 만한 익숙한 표현들이다. 그렇게 쉽게 나오는 표현들은 작가가 새로운 표현을 떠올릴 생각이 없거나 그럴 만한 실력이 없다는 증거다.

신선한 묘사를 계속 만들어낼 수 있는 가장 확실한 방법은 언제나 그 인물의 관점에서, 인물의 성격, 경험, 사고방식으로 생각하는 것이다. 날씨를 묘사할 때 인물의 시야를 거치면 그 인물과 이야기에 부합하는 독특한 내용을 쓸 수 있다. 예를 들어, 햇빛은 흔히 행복한 감정과 낙천성과 결부된다. 하지만 당신의 주인공이 대재난 이후 지하 세계에서 살아가는 사람이라면 햇빛은 부정적인 감정을 불러일으킬 수 있다. 비가 내리는 날은 보통 슬픔이나 절망의 감정이 떠오르지만, 혼자 있기 좋아하는 내성적인 인물이라면 오히려 마음이 들뜰 수도 있다. 인물은 저마다 다르기 때문에, 인물의 상황에서 날씨를 묘사하면 판에 박힌 묘사도 종종 참신하게 만들 수 있다.

한 장면에서 날씨를 쓸 때 유념해야 할 사항이 하나 더 있다. 작가는 날씨에 있어서 큰 틀을 벗어나지 못하는 경향이 있다. 그래서 기껏해야 더위, 추위, 해, 비, 바람을 묘사하는 데 그친다. 하지만 날씨에 대한 선택지는 이슬과 서리 같은 소소한 것들부터 모래 강풍과 눈보라 같은 치명적인 사건까지 정말 많다. 많은 경우, 누구나 다 아는 날씨를 적용하는 것이 제일 그럴듯해 보인다. 그렇지만 모든 가능성을 살펴보고, 그 장면에 제일 잘 맞는 날씨를 선정했는지 늘 확인해야 한다.

빛과 그림자로 무대 연출하기

낭만적인 밤을 위해 집을 꾸밀 때 가장 먼저 어떤 일을 할까? 여러 가지가 있겠지만 그중 하나가 조명의 밝기를 줄이는 것이다. 이렇게만 해도 차분하고 아늑한 분위기를 꾸미는 데 큰 효과를 볼 수 있다. 조명을 조절하기만 해도 실제 생활의 느낌이 달라지듯이, 이야기에서도 빛과 그림자를 달리하는 것만으로도 등장인물과 독자가 느끼는 분위기를 조절할 수 있다.

낮에 갔었던 잘 아는 곳이라고 해도 밤에 가면 사뭇 낯설고 전혀 다른 느낌이 들기 마련이다. 빛의 양과 질을 바꾸면 배경을 옮기지 않아도 분위기를 바꿀 수 있다. L. M. 몽고메리가 『빨강 머리 앤』 시리즈에 여러 번 등장하는 '자작나무 숲'을 어떻게 묘사했는지 살펴보자.

자작나무 숲은 폭이 살짝 좁고 배배 꼬인 오솔길로, 그 길을 따라 긴 언덕을 넘어 구불구불 내려가면 벨 씨네 숲으로 곧장 이어졌다. 에메랄드색의 장막들을 걸러 내리쬐는 햇볕은 그 숲을 다이아몬드의 심장부처럼 더할 나위 없이 아름답게 만들었다.

이 장면을 읽으면 누구나 나무 아래 있는 상상을 하게 된다. 초록빛으로 물든 햇살은 이 장면에 평온하고 쾌활한 느낌을 준다. 또 계절이 명시되어 있지 않음에도 빛이 언급되어 있어서 늦은 봄이나 여름이라고 짐작할 수 있다.

이 오솔길은 설령 같은 날이라 해도, 다른 인물이 보면 전혀 다른 풍경과 느낌으로 다가온다. 다음은 똑같은 자작나무 숲이지만, 세 번째 시리즈에서 보다 성숙한 앤이 거닐 때의 풍경이다.

앤은 자작나무 숲과 윌로미어를 거쳐 집까지 걸어가면서 전에 없는 외로움을 느꼈다. 이쪽으로 걸어보는 게 몇 달 만인지 몰랐다. 꽃이 만발한, 검보랏빛이 감도는 밤이었다. 공기는 꽃향기로 묵직했다. 숨이 막힐 정도로 묵직했다.

검보랏빛은 앤의 외로움과 진한 꽃향기와 어우러져 전에는 없던 농도 짙고, 감상적인 느낌을 전달한다.

사람은 빛에 대해 야생동물처럼 반응한다. 빛이 환한 공간은 안전하다고 생각해 마음이 편해지지만, 어두운 공간이 주는 무게감은 몸과 마음을 무겁게 만든다. 한 장면의 분위기를 설정할 때는 빛에도 신경을 써야 한다. 이 장면에서 빛의 밝기를 어느 정도로 할 것인가? 그 빛은 어디에서 오는가? 빛은 강렬한가, 은은한가, 푸근한가? 아니면 눈이 멀 정도로 쨍한가? 밝게 비추어서 모든 것을 적나라하게 드러내는 빛인가, 아니면 그늘과 숨을 곳을 허용하는 빛인가? 이런 질문들이 빛의 감도를 조절할 때 도움이 될 것이다.

이야기에 맞는 화자 선택하기

빛은 분위기를 설정하는 데 중요한 요소다. 그러나 그 효과는 이야기의 화자에 따라 크게 달라진다. 『호빗』의 빌보 배긴스를 예로 들어보자. 그가 여정에서 맞닥뜨리는 수많은 곤경 가운데 하나는 '안개산맥'에 채 이르기도 전에 의식을 잃고 쓰러지는 것이다. 그럴 때마다 그를 둘러싼 세상은 빛 하나 없는 어둠으로 묘사된다. 눈을 뜨더라도 그는 자신이 의식을 되찾았는지조차 확신할 수 없다. 이 경험은 빌보에게 압도적인 영향을 끼친다. 한동안 궁상맞은 모습으로 주저앉아 있지 않으면 다시 힘을 낼 수 없을 정도다.

편안한 환경, 푸짐한 식사, 호빗 마을의 아름다운 경치가 내다보이는 안락한 방에 익숙한 빌보 같은 존재가 이렇게 뒤바뀐 배경에 놓이면 당연히 이런 반응을 보인다. 그런 점에서 개연성이 완벽한 장면이다. 톨킨이 이야기 초반에 인물의 성격을 확고히 다져놓았기에 이즈음 독자는 빌보라는 존재를 파악하고 있다. 그리고 그가 이 어두운 터널 안으로 떠밀려 들어갔을 때 이러한 감정적 반응을 보이리라는 걸 예상하게 된다. 이런 식으로 분위기가 연출된다.

배경과 분위기에서 여전히 흥미로운 점은, 둘 다 인물에 따라 완전히 달라질 수 있다는 점이다. 빌보에서 골룸의 시점으로 옮겨 갈 때 같은 배경이 얼마나 달라지는지를 보면 알 수 있다. 램프 같은 눈과 멀리서도 빌보를 관찰하는 능력을 보면 골룸이 터널 속에서 오랫동안 살았다는 것을 알 수 있다. 골룸은 어둠과 적막 속에서 절망하기는커녕 오히려 정상적인 상태가 된다. 어둡고 적막한 배경은 그에 이르러 전혀 다른 분위기로 바뀐다. 그 영역에서만큼은 자신이 주인이라는 사실을 아는 골룸은 확신과 안정감을 느낀다.

하나의 배경과 서로 다른 두 시점. 이 예는 화자, 혹은 시점을 담당하는 인물이 장면의 분위기에 미치는 영향을 보여줄 뿐만 아니라, 대비에 관한 효과도 설명해준다. 두 인물, 사물, 조직체, 장소 간의 큰 차이점을 보여주는 것으로 작가가 말하고 싶은 것을 대신하는 이야기들을 많이 찾아볼 수 있다. 『헝거 게임』의 '12구역'은 휘황찬란하고 방탕한 '캐피톨'과 나란히 보여지지 않았다면 그렇게까지 절박하고 어둠침침하지는 않았을 것이다. 『해리 포터』 시리즈에서 '호그와트'는 '프리빗가 4번지'와 비교할 때 행복의 은유로 빛을 발할 수 있었다. 작가는 거의 매 순간 무언가를 말하고자 한다. 분명하고 뚜렷한 장치를 통해 작가의 관점을 전달하고 싶다면 배경을 묘사할 때 대조적인 면을 드러내는 방법을 모색해보라.

스타일의 중요성

작가의 스타일도 분위기를 조성하는 데 영향을 준다. 다음 글을 살펴보며 작가가 고른 단어들의 특징을 찾아보자.

> 햇빛이 구름 사이를 뚫고 묘비들 위에서 반짝였고, 집들을 품은 들판을 따뜻하게 덥혔다. 폴라는 울퉁불퉁한 땅을 비틀거리는 법 없이 유유히 나아갔고, 발아래 잔디는 발자국 소리를 흡수했다. 라벤더 향의 산들바람이 묘석들 사이를 속삭이듯 스치며 그녀의 피부를 정답게 어루만졌다. 그녀는 깊이 숨을 들이마시고 미소를 지었다.

여기에서 묘사된 묘지의 분위기는 너무 평화로워 기이한 느낌마저 든다. 작가가 차분한 느낌의 단어들을 주의 깊게 선택한 덕분이다. 묘석들을 따뜻하게 덥히는 햇빛, 발자국 소리를 흡수하는 잔디, 묘석들 사이로 속삭이는 듯한 소리를 내며 부는 산들바람, 라벤더 향을 머금은 공기―라벤더 향기는 이완 효과가 있다고 알려져 있다―이렇게 고른 단어들은 인물의 마음 상태를 전달하고, 묘지에 평안한 느낌을 불어넣는다.

문장들은 호흡이 길고 완만한 흐름으로 이루어져 있어서 작가의 의도대로 배경에 나른하고 정처 없는 느낌을 부여한다. 이렇게 긴 문장들은 만족, 향수, 의문처럼 에너지를 비교적 덜 소모하는 감정과 어울린다. 반면에 짧은 문장들은 두려움, 고민, 분노, 초조, 흥분처럼 에너지 소모가 큰 감정에 잘 들어맞는다.

위에서 예로 든 장면에 스타일만 바꿔서 쓴 사례를 살펴보며, 스타일이 한 배경의 분위기를 좌지우지할 수 있다는 사실을 알아보자.

숨이 점점 가빠지는 가운데 폴라는 돌부리 가득한 묘지를 헤치고 나아갔다. 그러다 부서진 묘석 하나에 걸려 넘어지는 바람에 깔쭉깔쭉한 모서리에 생채기가 나고 말았다. 햇살이 눈을 찌르는 듯했다. 그녀는 땀이 흘러들어와 시큰거리는 눈을 가늘게 뜨고 뒤를 흘끗 보았다. 아무도 없었다. 하지만 그들은 단념한 게 아니었다. 그들은 절대 단념하는 법이 없었다. 매캐한 바람이 훅 불어와 그녀를 후려쳤다. 뜨겁고 고약한 냄새에 질식할 것만 같아서 그만 앞으로 고꾸라지고 말았다.

같은 배경인데 새롭게 바꿔 쓴 단어 몇 개만으로 분위기가 완전히 달라졌다. 폴라는 평온한 마음으로 묘지로 걸어 들어가는 것이 아니라, 힘겹게 헤치고 나아간다. 햇빛은 그녀의 눈을 모질게 찌르고, 부드러운 산들바람은 악취를 풍기는 강풍으로 돌변했다. 문장들의 흐름 역시 더 이상 완만하지 않다. 뚝뚝 끊기는 문장은 거칠고 서두르는 느낌을 주어서 폴라의 긴급한 상황과 잘 어울린다.

이렇듯 글의 스타일은 특정한 분위기를 연출하는 데 유용하게 쓰인다. 단어 선택, 문장의 길이와 흐름뿐만 아니라 단락의 길이까지도 실험

해보며 독자가 체험하길 바라는 감정을 전달할 수 있는 요소들을 조합해
보라.

복선: 스토리의 빵가루

독자가 그 장면에서 느껴야 할 감정을 불러일으키기 위해 장황하게 설명
할 필요는 없다. 분위기는 그 장면에서 벌어지는 상황에 반드시 기대야
만 얻어지는 것도 아니다. 오히려 그 이후에 벌어질 일이 더 중요할 때도
있다.

복선foreshadow은 앞으로 일어날 사건을 암시하기 위해 쓰는 문학 기
법이다. 이 기법은 두려움, 흥분, 불편함, 감사하는 마음 같은 감정과 연
결될 때 가장 큰 효과를 기대할 수 있다. 이런 이유 때문에 복선은 분위기
와 함께 맞물려갈 때가 많다. 감정은 인물이 머무르는 장소에 쉽게 영향
을 받는다. 그래서 분위기를 형성하는 가운데 이후에 벌어질 상황의 기
초를 다지는 데 배경만큼 완벽한 방법도 없다.

시각이 우선하는 특성 때문에 영화는 배경을 활용해 미래에 일어날
사건들의 복선을 깔기 좋다. 〈터미네이터 1〉의 마지막 장면은 구름이 하
늘을 뒤덮는 불길한 풍경으로 끝난다. 이 장면은 다가올 핵전쟁을 암시
하면서, 사라 코너가 미래의 어머니라는 자신의 운명을 끌어안는 것 못
지않게 암울한 미래를 받아들이는 마지막 분위기를 확고히 한다. 소설
『오만과 편견』에서 엘리자베스가 다아시의 펨벌리 저택을 처음 보는 장
면도 좋은 예다.

그것은 평지보다 높은 땅 위에 잘 자리 잡은 거대하고 아름다운 석조
건물이었다. 저택 뒤로는 드높은 수목이 울창한 언덕이 펼쳐져 있었다

(…) 엘리자베스는 기뻤다. 이토록 자연의 역할을 한껏 살린 곳은, 아니, 이토록 자연의 아름다움이 어설픈 취향에 위축되지 않은 곳은 한 번도 본 적이 없었다. 그들은 모두 흥에 들떠 감탄했다. 그 순간, 엘리자베스는 펨벌리 저택의 안주인이 된다면 정말 대단하겠다는 생각이 들었다!

이 부분에서 제인 오스틴은 독자에게 엘리자베스의 미래를 슬쩍 엿보게 해준다. 엘리자베스는 다아시의 청혼을 이미 거절했지만, 이 시점에 이르러 그의 새로운 면을 발견하고 좀 더 긍정적으로 보게 된 터다. 그리고 지금 그의 집을 방문한 것은 오스틴에게는 미래를 암시할 수 있는 완벽한 기회가 된다. 인용한 대목의 마지막 문장은 엘리자베스에게 보다 밝은 미래를 알리는 복선이다. 그녀는 펨벌리 저택을 보고 기분 좋게 놀라며, 심지어는 기뻐하기까지 한다. 저택에 대한 그녀의 반응은 곧 다아시에 대한 변화된 감정을 반영한다. 그 결과 희망에 찬 분위기가 만들어진다. 엘리자베스의 미래, 그리고 지금껏 그녀의 마음을 지배했던 오만과 편견을 벗어나 성장하는 계기가 된다는 점에서.

배경,
이야기의 방향을 제시하는 수단

이야기는 작가의 마음에 늘 최선두 자리에 있어야 한다. '방금 쓴 내용이 이야기의 방향을 제대로 이끌고 있나?', '이 장면, 이 대화, 이 대목, 혹은 이 부차적인 플롯subplot이 이 인물을 그의 목표로 이끌고 있나?'라고 글을 쓰며 수시로 자문해야 한다. 인물과 플롯 모두를 추진하는 것은 사건을 순조롭게 진행시키는 힘, 적절한 페이스를 유지하는 힘이다. 이야기는 우리가 쓰는 글을 쉬지 않고 판단하는 리트머스 시험지가 되어야 한다.

　어떤 요소들은 이야기의 방향을 결정하는 데 보다 직관적으로 작용한다. 인물의 동선, 갈등, 전반적인 구조 등이 그렇다. 그리고 배경 역시 플롯과 인물에게 자연스럽게 영향을 미치는 요소들을 제공한다는 점에서 이야기를 나아가게 하는 데 도움이 된다. 배경을 잘만 다루면 작가가 원하는 방향으로 이야기를 움직일 수 있다.

기본적인 욕구: 인물에게 결여된 것은 무엇인가?

어떤 이야기에든 반드시 들어가는 것이 있으니, 주인공에게 추구하는 목표가 있다는 점이다. 그 목표는 사랑을 찾는 것, 사랑하는 이의 가족을 보호하는 것, 또는 포상이나 명예를 얻는 것일 수도 있다. 이런 목표들은 모두 인간적인 욕구로, 허구의 인물과 현실 세계의 사람들이 공유하는 것이다.

심리학자 에이브러햄 매슬로가 명명한 '인간의 기본 욕구basic human needs'는 인간의(픽션에서는 등장인물) 근본적인 욕구이자 동인이 되는 욕구이다. 매슬로에 따르면 인간에게는 다섯 개의 기본 욕구가 있다. 생리적 욕구, 안전 욕구, 애정과 소속의 욕구, 존중과 인정의 욕구, 자아실현 욕구다. 진정한 행복과 성취는 이 욕구들이 모두 충족될 때 이루어진다. 이중 하나라도 없거나 빼앗길 경우, 인물은 그것을 되찾으려 할 것이다. 그래서 인간의 기본 욕구는 이야기를 이끄는 매우 강력한 도구가 될 수 있다.

애니메이션 〈인크레더블 1〉의 슈퍼 히어로 밥 파를 보자. 영화 초반에 그는 교외로 이사를 가고, 평범한 가장의 가면을 쓴 채 숨어 살면서 무료해 죽을 지경이 된다. 자신의 잠재력을 감추고 잘 살아가고 있지만, 자아실현 욕구는 어디에서도 채울 수 없다. 그렇기에 자신의 초능력을 다시 발휘할 기회가 생기자마자 당장 뛰어드는 것이다. 하지만 그의 결정은 직장과 가정 안에서 수많은 갈등을 불러일으킬 뿐만 아니라, 이야기에 악당이 등장하도록 이끈다. 그가 교외에서 살면서 자아를 충분히 실현하고 만족스럽게 살았다면 절대 일어나지 않았을 일이다.

바로 이것이 배경을 활용해 인물의 욕구를 조종하는 묘미이다. 만사가 순탄하다면 등장인물은 행복하게 살며 현재 자신의 위치를 고수할 것이다. 그대로 내버려두면 아무 데도 가지 않을 것이다. 그렇기 때문에 작가는 인물을 쿡쿡 찔러야 한다. 그들의 배경을 조절해 우리가 원하는 방향으로 가게 만들어야 한다.

이야기나 장면의 배경을 선정할 때는 인물의 욕구에 대해 고민해야 한다. 어떤 욕구가 빠져 있나? 그 결핍을 드러내 인물이 행동을 취할 만한 특정한 장소가 있나? 모든 욕구가 충족된 상태라면 욕구 하나를 없애서 그의 평형 상태를 뒤흔들고, 그를 새로운 방향으로 내몰 만한 배경이 있나? 인물을 원하는 방향으로 움직이고 싶다면, 욕구에 영향을 끼칠 만한 장소로 인물을 몰고 가자.

시험: 내 인물은 통과할까, 탈락할까?

주인공의 여정은 순차적이다. 주인공은 이야기의 사건들을 통해서, 그리고 다른 인물들과 함께하면서 자신에 대해 알아간다. 다시 말해, 자신의 동기, 욕망, 힘, 단점에 눈을 뜨게 되는 것이다. 매번 새롭게 각성할 때마다 주인공의 자신감과 능력은 커지고, 조금씩 목표에 가까이 가게 된다. 하지만 새롭게 얻은 지식에는 의심과 불안도 따라오기 마련이다.

시험은 모든 주인공의 여정에 필요한 요소다. 주인공은 시험 앞에서 자신이 누구인지, 무엇을 원하는지, 왜 그것을 원하는지 묻게 된다. 게다가 시험에는 실패의 가능성이 있기 때문에 독자를 몰입하게 한다. 주인공이 목표를 이룰까? 아니면 반대가 너무 커서 포기할까? 그는 옳은 선택을 할까, 잘못된 선택으로 목표에서 멀어질까? 빨리 예상할 수 있는 이야기를 쓰지 않으려면 주인공에게 실패할 기회를 주어야 한다. 시험은 그런 기회를 만들 좋은 방법이며, 배경은 시험을 제공하는 좋은 방법이다.

영화 〈사관과 신사〉에서 잭 마요와 신병 친구들은 장애물 코스를 달려야 한다. 잭에게는 쉬운 경기다. 기록을 깨겠다고 이미 작정한 터다. 그러나 잭에게는 극단으로 치닫는 외골수 성향과 냉담하게 보일 만큼 비협조적이고 자기 잇속만 차리는 큰 약점이 있다. 그가 소속감(늘 결여되어 있어 채워지길 바라는)을 얻고 싶다면, 이는 반드시 극복해야 할 약점이다. 자신의 태도를 바꾸고 상호의존성을 받아들일 기회가 계속 주어지지만, 잭은 줄곧 실패하다가 이야기의 마지막에 가서야 성공한다. 잭이 코스를 달리고 기록을 깨려는 순간, 그를 늘 좌절시켰던 같은 소대의 부원 하나가 오름벽 앞에서 뒤처진다. 잭은 기록을 깰 수 있는 기회를 포기하고, 그 부원이 오름벽을 넘도록 돕는다. 그리고 마침내 결승선을 함께 넘는다. 이 배경은 잭의 성격을 시험하기 위해 쓰였고, 그는 수시로 실패한 뒤에야 비로소 승리의 깃발을 날리며 통과한다.

그러나 배경이 항상 시험을 제공하는 도구로 쓰이지는 않는다는 것을 명심해야 한다. 시험은 사람, 물건, 그리고 주인공에게 자신을 증명할 기회를 주는 배경 안에 있는 주변 상황이 될 수도 있다. 당신의 주인공이 알코올 의존증에서 벗어나려고 몸부림치고 있는가? 그렇다면 그를 알코올이 넘쳐나거나 언제든지 손댈 수 있는 배경(술집, 결혼 피로연, 스포츠 경기)에 던져라. 주인공은 극복하려고 애쓰는 결함을 자꾸만 끌어내는 사람이 있나? 그렇다면 그 사람이 나타날 만한 배경을 골라보자.

자신을 돌아보는 기회

시험은 주인공에게 반드시 필요한 요소이면서, 독자를 긴장하게 만든다. 시험은 주인공뿐만 아니라 이야기를 따라가는 독자에게도 스트레스를 준다. 긴장은 독자를 이야기에 계속 몰입시킨다는 장점이 있지만 휴식이 없으면 진이 빠지는 법이다. 고도의 긴장은 가끔씩 가동을 멈춰야 독자도 주인공도 숨 돌릴 틈이 생긴다.

이런 휴식기는 주인공에게 그동안의 과정을 돌아볼 기회를 준다. 하나의 시험을 통과하면 성취의 기쁨에 겨워 앞으로 나아갈 자신감을 얻을 수 있다. 또 앞으로의 길에 놓인 더 큰 시험들을 받아들여 통과할 수 있게 된다. 반면 시험에 실패했다면 주인공은 어디에서 일을 그르쳤는지 되돌아보고, 어떤 점에서 성장할지를 깨닫는다. 또 다음번에는 어떻게 달라져야 할지 모색할 기회를 얻게 된다. 실패한 경우, 자신을 되돌아보는 시간은 다음번 시험으로 곧바로 넘어가게 해주기도 한다. 이 실패로 주인공은 포기하게 되는가, 역전의 용사처럼 전진하는가?

이렇게 주인공이 생각에 잠기는 시간이 있는 배경을 고를 때는, 주인공과 쓰고 있는 책의 유형이 결정적인 변수가 된다. 지난 일을 되돌아보는 장면은 일반적으로 조용하게 그려진다. 배경도 침실이나 캠프파이어, 시골길을 달리는 차 안처럼 단순하다. 그래야 주인공은 배워야 할 교훈에 집중할 수 있고, 다음번 시험과 마주할 수 있다. 그러나 이렇게 평온한 배경이 모든 주인공에게 통하는 것은 아니다. 주인공이 외향적인 성격이라 다른 사람들과 함께할 때 에너지를 얻는다면? 시끌벅적한 파티나 북적거리는 거리를 걸어갈 때 가장 활발하게 자신을 되돌아본다면? 그런 주인공이라면 마음속에 쌓인 걸 친구에게 다 털어놓고 그의 반응을 살피지 않을까? 이런 주인공에게는 이웃의 아파트나 식당에서 커피 한 잔을 마시는 배경이 가장 잘 어울릴 것이다.

그리고 이야기에서 혼자서 심사숙고할 시간이 필요할 때 주인공은 안전한 장소를 물색하기 마련임을 잊지 말자. 마음에 상처가 되는 일들이 특정한 배경과 부정적으로 맞물리는 것과 마찬가지로 긍정적인 느낌은 안심할 수 있는 배경과 관련이 있을 수 있다. 주인공이 자신을 되돌아보는 시간에 보다 통렬한 느낌을 더하고 싶다면 감정적으로 중요한 장소를 배경으로 선택하라. 그에게 가장 행복한 기억이 있는 곳은 어디인가? 어떤 곳에서 안전하다고 느끼는가? 과거에 성공을 거둔 곳으로 훗날 다시 찾을 만한 곳이 있는가? 이런 질문들에 대한 답을 생각하면 적당한 배경들을 찾을 수 있을 것이다. 이런 공간들을 개인화 하는 것으로 장면에 감정을 더할 수 있고, 개성 있는 이야기를 만들 수 있다. 또 독자에게는 현실감을 제공할 수 있다.

비유,
배경의 질을 높이는 열쇠

지금까지 배경은 단순히 정지된 시공간이 아니라, 쓸모가 아주 많은 이 야기의 한 요소임을 설명했다. 배경은 이야기의 방향을 이끌고 나아갈 뿐만 아니라, 갈등을 제시하고 적절한 분위기를 만든다. 이 효과들이 함께 어우러지면 독자에게 감정적 반응을 불러일으킨다. 하지만 이는 배경을 잘 묘사했을 때만 얻을 수 있는 결과다.

초고를 쓰면서 자주 범하는 실수는 배경을 지극히 단순한 용법으로 한정하는 것이다.

쌀쌀하고 안개가 자욱한 오후였다.

이 문장의 배경은 훨씬 많은 것들을 묘사할 수 있다. 찰스 디킨스의 『크리스마스 캐럴』의 한 장면을 살펴보자.

스크루지 영감은 자신이 운영하는 회계 사무소에 앉아 바삐 일하고 있었다. 그날은 춥고 스산하며, 살을 에는 듯 매서운 추위도 모자라 안개까지 자욱했다. 밖에서는 숨을 씩씩대며 추위에 곱은 손을 녹이려고 주먹을 쥐고 가슴을 치면서 발을 동동 구르는 행인들이 오가는 소리가 들렸다. 거리의 시계는 이제 막 3시를 지났을 뿐인데 날은 벌써 어둑했고ー실은 하루 종일 해가 나지 않았다ー이웃 사무실 창에서는 붉게 타는 촛불들 때문에 손에 묻어날 것 같은 갈색 연기가 배어나오고 있었다.

갈라진 틈새부터 열쇠 구멍까지 안개가 스며드는 통에 어찌나 자욱한지 앞뜰이 비좁기 그지없는데도 맞은편 집들이 허깨비처럼 멀어 보였다.

더 많은 문장을 동원해 이 배경을 묘사해보았다. 고전 소설의 문체는 현대 소설에 비해 장황한 편이지만, 대가들의 비유 표현은 지금도 유효하다. 디킨스는 감각적인 세부 묘사와 함께 직유와 은유를 써서 도심의 소박한 안뜰에 깊이와 결을 만들고, 느낌을 가진 공간으로 탈바꿈시킨다. 이러한 기법들이 보여주는 미학이라고 할 수 있다. 이 기법들은 수정처럼 투명한 이미지를 만들어 독자들이 장면 속에 굳건히 발을 디딜 수 있게 한다. 그리고 이야기 속에서 벌어지는 일들을 정확히 그려볼 수 있게 해준다. 작가 입장에서는 한 장면에서 중요한 역할을 하는 대상이나 상징을 강조할 수 있을 뿐만 아니라, 때로는 절실하게 필요한 유머까지 부여할 수 있다.

비유를 잘 살린 몇 가지 사례들을 통해 배경 묘사의 범주를 확장하는 방법을 알아보자.

직유와 은유

비유figurative language는 표현하려는 대상을 다른 비슷한 대상에 빗대어서 표현하는 문학 기법이다. 비유에서 가장 많이 쓰는 기법은 직유와 은유다. 이 둘의 차이점은 딱 하나다. 직유는 '처럼', '같이', '듯이' 같은 연결어를 사용하지만, 은유는 그렇지 않다. 아래의 예를 보자.

1) 그 물은 잉크처럼 까맸다. (직유)
   환히 비춰줄 달이 뜨지 않으면, 그 물은 잉크로 변한다. (은유)

2) 새 떼가 성난 군중 같은 울음소리를 냈다. (직유)

새 떼는 점점 광란 상태에 빠져드는 성난 군중이었다. (은유)

1, 2번의 비유들 모두 작가가 배경을 마음의 그림으로 표현하고, 생생한 이미지들을 만들어내면서 단어 수를 경제적으로 줄이고자 할 때 꽤 도움이 된다. 또한 은유를 쓰면 장면에 분위기를 조성하기도 좋다. 다음의 예를 보자.

수학 동 복도는 몇 킬로미터는 쭉 뻗어 있었다. 꼭 퍼레이드 도로 같았는데, 나는 광대였고, 온갖 사람들이 팔꿈치로 아프게 찔러대고 모질게 밀쳐대는 가운데 미소를 지으며 나아가면서 그 모든 게 정말 너무 재미있는 것처럼 굴었지만, 속마음은 화장실에 숨어서 울음을 터뜨리고 싶을 뿐이었다.

이제 똑같은 배경을 다른 이미지들로 묘사한 글을 보자.

나는 수학 동 복도를 유유히 걸어 내려갔다. 나는 과학 홀과 교차하는 수직선상에서 움직이는 하나의 점이었다. 우리가 가야 할 곳을 향하는 대열을 따라가면서 나는 다른 점들에게 고개를 끄덕였고, 간간이 큰 소리로 "어이!" 하고 무심히 외쳤다.

두 글 모두 시간과 공간을 설정하고 있다. 학교의 수학 동에서 일어나는 상황이다. 하지만 비교를 통해서 정말로 많은 상황을 전달하고 있다. 첫 번째 글은 직유를 사용해서 주인공이 배경에 대해 느끼는 감정을 표현한다. 그곳은 주인공에게 즐거운 장소가 아니다. 두 번째 글은 첫 번째 글과 달리 느긋한 분위기를 풍긴다. 수학 동 복도를 수직선과 비교하고 학생들을 점과 동일시하는 것은 주인공의 시점을 수학에 적용하고 있다는 점에서 본인에게 편안한 공간임을 알려준다.

은유와 직유를 활용해 배경을 묘사하는 이점은 무궁무진하다. 독자들의 마음속에 이미지를 만들어줄 뿐만 아니라 배경과 그 안에 사는 인물에 관한 중요한 정보를 제공한다.

상징을 통해 주제를 강조하라

직유와 은유가 두 개의 다른 대상을 비교한다면, 상징은 사전적인 의미를 뛰어넘는 한 단어, 문장, 혹은 대상에 의미를 부여한다. 보편적인 상징이든 개인화된 상징이든 작가는 상징을 통해 중요한 주제를 전하거나 느낌, 아이디어, 신념을 강화할 수 있다.

보편적인 상징universal symbolism은 가장 일반적이며, 현실 세계에서 널리 받아들여진 인식을 가져와 허구에 적용하게 된다. 가령 교사를 아이들을 신실한 마음으로 보살피는 사람으로 보는 것, 백인종을 순수 인종으로 보는 사람까지 그 범주가 넓다. 보편적인 상징을 통해서 작가는 묘사의 기능을 더 확장할 수 있다. 다시 말해서, 단어를 최대한 적게 쓰면서 일반적으로 통용되는 의미나 정서, 또는 분위기를 암시할 수 있다.

개인화된 상징personalized symbolism은 일반적인 인식이 포함될 수도 있으나 인물이 연상하는 것과 맞물릴 때가 많다. 가령 먹을 것이 부족한 겨울 내내 오트밀만 먹어야 했던 인물에게는 오트밀 냄새가 가난의 의미로 다가올지도 모른다. 유년기에 저지른 잘못을 사과하려고 누군가에게 민들레꽃을 주었던 인물에게 민들레꽃을 받는 일은 용서를 의미할 수도 있다. 개인화된 상징주의는 잘만 쓰면 강력한 효과를 발휘한다. 그리고 독자에게는 읽는 재미를 한층 더해준다. 독자는 상징 뒤에 숨은 특별한 의미를 이해하면서 비로소 인물의 감정에 공감하기 때문이다.

여기에서 명심할 것은 상징은 직유나 은유보다 미묘하기에, 상징이 뜻하는 의미를 만천하에 규정하면 절대로 안 된다는 점이다. 상징은 독자가 일상적인 사물이나 대상이 일차적으로 의미하는 바에서 직관적으로 인식할 수 있는 방식으로 써야 한다. 스티븐 킹의 소설 『스탠드』의 마지막 부분을 읽으며 '아, 그럼 그렇지. 애비게일 수녀는 모세의 상징이었어'라고 생각할 독자는 없을 것이다. 하지만 성경을 읽은 사람들이라면 무의식적으로 그 연관성을 알아차리고 설득력이 있다고 생각할 것이다. 속으로 '아하!'라고 외칠 때 독자는 이야기에 깃든 보다 심오한 의미를 깨닫게 된다.

모티프: 규모를 키운 상징주의

모든 작가들은 독자가 이야기와 연결되기를 바란다. 이런 이유로, 우리가 쓰는 이야기의 거의 모든 시간대에는 서술을 거쳐 전달되는 중심 메시지나 사상―하나의 주제theme―이 담겨 있다. 주제는 때로 초고 단계에서 신중하게 제시될 수 있다. 아니면 글을 본격적으로 쓰는 동안 유기적으로 나타난다. 이때에도 주제는 반복적으로 등장하는 상징들의 도움을 받아서 이야기가 전개되는 과정 속에서 총괄적인 메시지나 사상을 발전시켜 나간다. 이렇게 이야기 속에서 되풀이되는 상징을 '모티프motif'라고 한다.

『해리 포터』 시리즈를 예로 들면, 뱀은 선악의 대결이라는 주제를 뒷받침하는 모티프 중 하나다. 뱀은 슬리데린의 표식으로, 수많은 사악한 마법사들이 나타났던 출구다. 볼드모트의 애완동물 내기니는 거대한 뱀이다. 파셀텅(뱀의 언어)을 말할 수 있는 사람은 암흑의 마법사로 여겨진다. 롤링이 뱀을 악의 상징으로 반복해 사용한 덕에 독자는『해리 포터』의 세계가 지닌 어두운 면을 연상하게 된다.

　모티프는 작가의 주제를 독자에게 드러내는 중추나 다름없기 때문에 제대로 골라야 한다. 배경은 수많은 가능성을 내포하고 있다는 점에서 모티프가 생기는 자연스러운 장소다. 모티프는『브루클린에 나무 한 그루가 자란다A Tree Grows in Brooklyn』의 가죽나무나『허클베리 핀의 모험』의 미시시피강처럼 자연물일 수도 있다.

　모티프는 배경에 있는 단순한 물체가 되기도 한다.〈포레스트 검프〉에서 어디에서 날아왔는지 모르는 깃털 한 개가 운명을 뜻하는 것처럼 말이다. 이야기에 반복해 나타나면서 주제를 강화한다면 계절, 한 벌의 옷, 동물, 기후 현상 등 무엇이든 모티프가 될 수 있다.

　이미 언급한 것처럼, 주제는 계획할 수도 있고 우연히 나타날 수도 있다. 글을 쓰기 전에 정한 주제가 있다면 그 아이디어를 강화할 모티프를 생각해야 한다. 모티프가 배경 그 자체가 됐든, 배경 안에 있는 사물들이 됐든 마찬가지다. 여기까지 골랐으면 이야기 전반에 걸쳐 두드러지게 보이도록 연출해야 한다.

　주제를 그 자체로 내보이고 싶다면 사실을 제시한 뒤 모티프를 여러 개 덧붙이고, 똑같은 선정 과정을 거쳐 주제를 보강할 수 있다.

과장법

작가는 정해진 목표를 완수해야 한다. 즐거움을 주고, 정보를 제공하고, 설득하고, 수많은 요소 가운데 의미를 드러내는 목표 말이다. 장면의 요점을 명백하게 드러내는 것이 목표라면 과장법을 쓰면 좋다. 이 기법은 강조하기 위한 과장이라고 할 수 있다. 다음에 나오는 배경 묘사를 보자.

마시의 기숙사 방은 종말 이후의 세상처럼 섬뜩한 풍경을 드러냈다. 옷가지와 신발 더미에 파묻힌 침대, 바닥을 점점이 수놓다시피 흩어져 있는 그래놀라 바 포장지들과 부스러기들, 이와 함께 풍기는 시큼한 냄새는 싱크대에 수북이 쌓인 지저분한 접시들로 위장한 박테리아 실험의 산물이 틀림없었다.

작가는 이 대목에서 진짜일 리 없는 과장법을 쓰고 있다. 마시의 방은 종말 이후의 세상일 리 없고, 싱크대에 있는 것들은 이상한 과학 실험의 결과물이라기보다는 간밤의 설거지거리들이다. 독자들은 이 상황이 현실이 아니라 작가가 요란하고 명백하게 메시지(마시는 지저분한 사람이다)를 전달하고 있다는 것을 안다. 과장법을 통해 주인공의 성격이 뚜렷하고 익살맞게 드러나면서 이런 기법을 쓴 목적도 완수된다.

과장법 같은 문학적 장치는 흥을 돋우는 효과로 쓰일 때가 많지만, 심각한 소재와 함께 쓰일 때도 있다.

태양이 서쪽 산봉우리 너머로 미끄러지듯 넘어가자, 나무들 밑으로 고이는 그림자가 거무스름한 공간이 되면서 모든 소리를 빨아들였다. 바람이 갑작스레 멈췄고, 깍깍대던 매의 소리도 사라졌으며, 나뭇잎 사이에서 조잘대던 작은 짐승들도 일제히 입을 다물었다. 오싹한 전율이 등줄기를 타고 올라왔다. 나는 한 아름 들고 있던 나뭇가지들을 내려놓고 불을 지피기 시작했다.

그림자는 사실 실질적인 공간을 만들지 못하며, 숲의 소리를 빨아들이지도 않는다. 하지만 작가는 어둠을 과장해 묘사하고, 느닷없는 적막과 연계하면서 심상치 않은 일이 일어나고 있음을 강조한다. 그 결과 긴장감이 생기면서 독자들은 불편한 느낌을 받는다. 작가가 만들고 싶었던 분위기가 확실히 전달된 것이다.

　정해진 배경을 묘사하면서 어떤 부분을 뚜렷이 드러내고 싶다면, 몇몇 요소들을 과장해 강조하는 방법을 고려해보라. 이때 한 가지 주의할 점이 있다. 비유적인 언어가 대부분 그렇듯, 이 기법을 지나치게 많이 쓰면 내러티브가 감상적으로 비치기 시작하면서 전달하고자 하는 요지가 사라진다. 과장법을 쓸 때는 '작은 고추가 매운 법'임을 명심하자.

의인법: 무생물에 생명을 불어넣는 마법

의인법personification은 배경의 기능을 확장하고자 할 때 가장 효과적인 비유법 중 하나이다. 의인법은 인간이 아닌 대상을 인간이 행동하는 것처럼 표현하는 기법이다. 의인법을 효과적으로 쓰면 단조로운 장면에 역동성과 감정이 생긴다. 절벽 위의 단출한 집을 묘사한 글을 살펴보자.

　깎아지른 듯한 절벽 끝에 페인트가 벗겨지고 덧문도 뒤틀어진 낡은 집 한 채가 서 있었다.

　이 글은 집과 집이 있는 위치에 대해 확실히 알려주지만, 활기는 느껴지지 않는다. 이 집에 인간 같은 움직임을 불어넣어 동적인 느낌을 살려보자.

　그 집은 깎아지른 듯한 절벽 위에, 오랜 세월 바람에 시달리다 못해 한쪽으로 기우뚱한 모양새로 쭈그려 앉아 있었다.

　짜잔! 이렇게 어느 정도 개성 있는 집으로 변했다. 의인법을 통해 절벽 끝에 쭈그려 앉아 있는 것 같은 데다 바람에 떠밀리는 듯한 모양새를 쉽게 상상할 수 있다. 여기에서 좀 더 나아가보자.

그 집은 깎아지른 듯한 절벽 위에, 오랜 세월 바람에 시달리다 못해 한쪽으로 기우뚱한 모양새로 쭈그려 앉아 있었다. 거기에 모래알들이 비벼대는 바람에 페인트가 벗겨지면서 군데군데 맨살이 드러나 있었다. 문은 헤벌린 입처럼 한쪽으로 기운 채 열려 있었다.

집에 맨살과 입 같은 인간적인 세부 묘사를 덧붙이자 시각적 이미지가 뚜렷해지고 감정의 요소도 늘어났다. 독자는 모래에 맨살이 쓸리는 느낌이 어떤지 알 것이다. 그 느낌은 헤벌린 입과 연결돼 질병과 노년을 연상시킨다. 이런 세부 묘사 덕에 이 배경은 쓸쓸한 데다 궁상맞은 느낌까지 불러일으킨다. 작가는 집을 이렇게 의인화함으로써 독자들이 마음속으로 느끼게 될 감정을 착오 없이 설정할 수 있다.

의인법의 미학은 모든 감정을 끌어낼 수 있으며, 작가가 원하는 모든 이미지를 만들 수 있다는 데 있다. 두어 가지 요소만 바꿔도 슬픔이 감도는 작은 집은 전혀 다르게 바뀔 수 있다.

그 집은 깎아지른 듯한 절벽에서도 가장 높은 곳에서, 자로 잰 것처럼 똑바로 선 채 애수에 찬 숲을 위풍당당하게 굽어보고 있었다. 최근에 페인트를 칠한 외관은 반짝반짝 빛났고, 창문들은 은은한 빛을 발하며 구름 한 점 없는 하늘을 눈 한 번 깜빡이지 않고 응시하고 있었다.

이 글에서는 전혀 다른 집이 등장한다. 반짝이는 외관에 관리를 잘 해서 반듯하게 서 있는 집이다. 하지만 '눈 한 번 깜빡이지 않고', '위풍당당하게 굽어보고 있었다'라는 부분에서 이 집이 모든 사람을 비롯해 모든 것을 내려다보고 있음을 알게 된다. 다시 말해, 이 집에서 푸근한 느낌은 받을 수 없다. 집에 들어가고 싶은 친근한 느낌과는 전혀 다른 분위기를 풍긴다.

지금까지 보았듯이, 의인법은 지루한 배경에 생기를 불어넣는 좋은 기법이다. 무생물에 인간적인 성격을 부여하면 친근한 느낌과 함께 공감대를 형성할 수 있다. 이런 기법을 통해 작가는 배경에 느낌을 부여하고, 독자는 장면을 통틀어 지속되는 특정한 감정을 직접 체험하게 된다.

배경을 묘사할 때
빠지기 쉬운 함정

지금까지 배경을 다양하게 활용해서 이야기의 효과를 향상시키는 방법들을 알아보았다. 그러나 이야기의 모든 요소가 그렇듯, 여기에도 몇 가지 함정이 있다. 다음은 배경 묘사를 할 때 생길 수 있는 문제들이다.

장황한 묘사

배경이 때때로 부당한 평가를 받는 가장 큰 이유 중 하나가 장황한 묘사다. 글에서 묘사를 지나치게 많이 할 때 이런 일이 생긴다. 장황한 묘사는 젊은 독자들이 고전 소설을 멀리하게 된 주범이기도 하다. 호흡이 길고 온갖 수식이 덕지덕지 붙은 묘사는 과거에는 하나의 모범이었으나 이제는 아니다. 어렸을 때 읽었던, 저작권이 소멸된 책을 다시 읽으면서 이책이 지금 출간되었다면 글이 달라졌을까 하는 의문이 절로 생기는 것도 무리가 아니다.

작가들에게 자신을 상품을 파는 판매원이라고 생각하라면 질색하겠지만, 어느 정도는 그렇게 생각할 필요가 있다. 우리는 사람들이 읽기를 바라며 책을 쓴다. 그러려면 우리의 독자를 이해해야 한다. 지금은 제인 오스틴과 찰스 디킨스의 시대가 아니다. 현대의 독자들은 시류에 매우 빨리 적응한다. 독자들은 대부분 '요점으로 직진'에 환호를 보낸다. 이런 독자들에게 부응하고 싶다면 장황한 배경 묘사는 도움이 되지 않는다.

그렇다면 묘사를 질질 끄는 불상사를 미리 방지할 방법이 있을까? 그 방법은 단순하면서도 복잡하게 서술하는 것이다. 이야기에서 정말 필요한 디테일만 남기고, 가지를 다 쳐내는 것이다. 그러려면 자신이 설정한 배경으로 뭘 하고 싶은지 정확히 인지하고 있어야 한다. 목적이 분위기를 연출하는 것인가, 특정한 감정을 불러일으키는 것인가? 아니면 복선이나 미래에 일어날 일을 마련하고 싶은가, 인물의 성격을 드러내고 싶은가? 묘사를 통해 얻고자 하는 바를 결정한 뒤에는 그 목적을 뒷받침해주는 디테일들을 골라라. 단, 독자들이 납득하는 데 부족함이 없도록 묘사를 해야 하며, 그런 후 다음 단계로 나아간다.

시간의 혼동

배경을 이야기가 펼쳐지는 장소라고만 생각하기 쉽지만, 시간대 역시 중요하다. 이야기에서 벌어지는 일들은 대부분 시간의 흐름을 지키지 않는다. 며칠, 몇 달, 심지어는 몇 년 단위로 들쑥날쑥하지만, 독자들은 여간해서는 시간이 얼마나 흘렀는지 혼동하지 않는다. 특정한 종류의 글―서두에 날짜를 써야 하는 일기나 신문 헤드라인, 내용상 카운트다운이 들어가는 글―을 써본 작가라면 시간의 경과를 표현하는 일이 어렵지 않을 것이다. 그러나 대개의 경우, 독자가 이야기에서 어느 시간대에 있는지 알게 하려면 보다 섬세한 접근이 필요하다. 다행히 배경상의 몇 가지 방법만으로 해낼 수 있다.

　오랜 세월에 걸쳐서 진행되는 작품인 경우, 장chapter이나 섹션section으로 나누면 한 시간대에서 다른 시간대로 건너뛸 수 있다. 이때 계절, 달, 공휴일, 날씨를 활용하면 시간이 얼마나 흘렀는지, 지금이 '어느 시점'인지 독자에게 알려줄 수 있다. 예를 들어, 『빨강 머리 앤』 27장의 배경은 겨울이지만, 28장은 이렇게 시작한다.

4월이 끝나가는 어느 날 저녁, 마릴라는 교회 후원회 모임을 끝내고 집으로 걸어가면서 겨울이 끝났음을, 남녀노소, 우울한 사람, 행복한 사람을 가리지 않고 모두에게 짜릿한 기쁨을 선사하는 봄에게 자리를 내주고 물러갔음을 실감했다.

작가는 달(4월)과 계절(봄)을 명시하면서도 글이 투박해지지 않도록 노골적으로 선언하는 것('바야흐로 봄이 왔다'처럼)은 피하고 있다. 대신 봄에 흔히 볼 수 있는 풍경을 언급해 감정을 불어넣는다. 겨울이 물러가고 봄이 찾아올 때의 짜릿함이 느껴진다. 시간에 대한 언급은 교묘히 감춰져 노골적으로 느껴지지 않는다. 이렇듯 이야기를 장 단위로 나누는 것은 시간의 흐름을 알리는 효과적인 방법이다.

시간대가 길면 장을 나누는 것이 좋은 방법이 될 수 있지만, 시간이 짧은 경우에는 그리 바람직하지 않다. 고작 하루나 한 시간이 지났는데 계절의 변화를 언급할 수는 없다. 시간대는 상대적으로 짧지만, 주인공이 중요한 소식을 기다리고 있는 상황이라면 배경에서 변화를 줄 만한 것이 없는지 고민해야 한다.

찬드라는 쉴 새 없이 왔다 갔다 하느라 발이 다 아플 지경이었다. 대기실 창문을 통해 칼날처럼 내리쬐는 따뜻한 빛줄기를 들락날락했지만 소식을 들고 오는 사람은 아무도 없었다. 하다못해 체크인을 하는 사람조차 없었다. 잠시 뒤, 구름이 차츰차츰 피어올라 해를 가리자, 한 줄기나마 따뜻했던 빛조차 사라졌다. 그녀는 결국 자리에 앉았고, 신경이 요요처럼 팽팽히 당겨진 나머지 속까지 쓰렸다. 하지만 겉으로는 나무 의자 팔걸이를 손가락 끝으로 톡톡 두드리는 것 말고는 꼼짝도 하지 않았다.

이 장면에서 작가는 날씨에 대한 묘사로 시간의 경과를 알린다. 햇빛의 방향이 서서히 바뀌면서 느린 변화를 표시하고 있다. 아마도 한두 시간, 아니면 오후나 아침 시간이 경과하는 상황일 것이다. 이런 식으로 날씨를 묘사하면 시계를 동원하지 않더라도 시간의 흐름을 알릴 수 있다.

또 다른 방법은 빛에 변화를 주는 것이다. 쓰고 싶은 장면의 시간대가 이른 아침인가? 그렇다면 해가 지평선에 딱 붙어 있다가 점차 중천으로 옮겨가는 과정을 묘사하라. 달이 떴을 때도 밤하늘에 뜬 달의 위치를 바꿔주면 된다. 사건이 오후가 지나는 동안 벌어지는가? 빛의 질과 밝기뿐만 아니라, 그림자의 움직임 또한 시간의 경과를 알릴 수 있다.

이런 기법 말고도, 시간을 나타내줄 만한 일상적인 모습을 찾아보는 것도 좋다. 아이들의 등하교, 아침저녁의 러시아워, 하다못해 소나기가 내리는 패턴, 아침 식사, 하루 일과를 마치는 상황 역시 시간이 흐르고 있음을 알리는 방법이다.

플래시백과 꿈 장면

플래시백과 꿈을 묘사한 장면만큼 격하게, 그것도 온갖 이유로 욕을 먹는 기법도 없을 것이다. 이 기법들을 쓰면 이야기의 흐름이 부득이하게 끊기고, 독자들은 진행 중인 이야기 밖으로 밀려나기 때문이다. 이 경우, 독자를 잃을 위험을 늘 감수해야 한다. 이런 불상사를 막으려면 플래시백과 꿈 장면은 가급적 짧게 써야 한다. 그래야 이야기에 한창 재미 붙인 독자들을 다시 품에 안을 수 있다.

아이러니하게도, 이런 장면의 배경 묘사는 지나치게 길어질 소지가 크다. 플래시백이나 꿈이 도입될 때는 배경도 바뀌기 마련인데, 이를 적절히 묘사해주어야 독자들이 주변을 살펴볼 여유를 갖는다. 그래서 묘사에 자칫 지나친 공을 들이기도 하는데, 그러면 플래시백이나 꿈의 느낌을 공연히 장황하고 터무니없이 과장하는 역효과를 낳게 된다.

이런 난제를 해결하기 위해 되도록 말을 줄이면서 묘사를 짧고도 맛깔나게 하고 싶을 것이다. 독자들이 혼동하지 않는 선에서 필요한 묘사를 최소화할 방법을 찾아라. 목적을 이루는 데 필요한 배경의 디테일에 집중하라. 이때 배경의 디테일은 두 가지 역할을 할 때 바라는 감정을 이끌어낼 수 있음을 명심해야 한다. 간단히 말해서, 중요한 디테일에 모든 관심을 집중하고, 재빨리 짧고 명확하게 전한 다음 진짜 이야기로 되돌아와야 한다.

플래시백을 쓸 때 유독 두드러지는 또 하나의 난제는 독자들이 현재와 과거 사이에서 이리저리 끌려다니게 될 수 있다는 점이다. 독자가 방향을 잃고 이야기에서 일어나는 상황에 혼란을 느끼는 것만큼 달갑지 않은 경우도 없을 것이다. 이를 해결하려면 전후 상황을 명쾌히 밝혀야 한다. 플래시백의 배경이 이야기의 주된 배경과 겹치지 않게 하는 것이다. 플래시백의 배경을 전혀 다른 곳으로 고르는 것도 효과적인 방법이다. 그렇게 하면 독자는 뭔가 변화가 있다는 것을 알게 된다. 이야기의 성격상 이 방법을 쓸 수 없다면 날씨나 계절이나 하루의 시간대처럼 변화하는 성격의 플래시백 장면 같은 다른 대안을 찾아보라.

플래시백이 과거와 동떨어진 장소에서 일어난다면 반드시 시간과 관련된 디테일—시간에 따른 주인공 외양의 변화, 패션 트렌드, 대중문화의 흐름 등—을 적절히 강화하라. 그러나 부수적인 디테일에 쓸데없이 많은 말을 허비해서는 안 된다. 플래시백에서 일어나는 사건과 그 안에 포함된 인물들에게 필요한 묘사만 골라야 한다.

꿈을 묘사하는 장면을 쓸 때는, 특히 계속 반복되는 꿈 장면을 쓸 때는 그 부분을 미리 구상해두는 편이 좋다. 실제처럼 선명한 꿈이 좋을까, 안개 낀 듯 어렴풋하고 초점이 맞지 않는 꿈이 좋을까? 둘 다 가능하다.

꿈 장면을 어떻게 쓸지 결정한 다음, 원하는 결과가 나오도록 디테일을 강조하라. 지나칠 정도로 삭막하면서도 쨍하니 밝게 하거나, 구름이 잔뜩 끼고 흐리게 연출하라. 이 기법을 쓰면 지금까지의 이야기와는 사뭇 다른 분위기가 만들어지기 때문에 독자들은 꿈 장면으로 들어가고 있음을 인식할 것이다.

장면 묘사: 설명할까, 보여줄까?

지금부터 말하려는 내용은 보여주는 쪽이 설명하는 쪽보다 좋다는 이야기지만, 많이 써봐야 그 사실을 깨닫는 것은 아니다. 물론, 보여주는 쪽이 대개 더 좋은 결과를 얻는다. 감각적인 디테일을 사용하면 독자를 이야기 속으로 끌어들여 감정을 불러일으키고, 이야기를 방해하지 않으면서 이야기의 맥락을 통해 정보를 전달할 수 있다. 그렇지만 설명하는 것 역시 고유한 영역이 있다. 특히 이야기가 디테일의 늪에 빠지거나, 이야기의 속도가 더뎌지는 일 없이 신속하게 표현해야 할 때가 그렇다. 배경을 묘사할 때는 두 방법 모두 나름의 이점이 있다. 그렇다면 어떤 방법을 써야 하는지 어떻게 알 수 있을까?

어떨 때 보여줄까
분위기나 감정을 연출할 때
배경을 통해 분위기나 감정을 연출하고 싶을 때, 다시 말해 독자를 이야기 속으로 끌어들여 작가가 전하고자 하는 느낌을 느끼게 하고 싶을 때는 배경의 정황(텅 빈 신생아실)을 설명하는 것만으로는 목적을 이룰 수 없다. 이럴 때는 보여줘야 한다.

벽은 분홍색이었다. 블라인드 때문에 어둑한 나머지 모든 것이 회색으로 보였지만, 그녀는 벽이 분홍색임을 알았다. 흔들 목마, 탁자에 놓인 기저귀들, 조용히 매달려 있는 모빌. 고무젖꼭지마저 러그 한가운데 엎어져 있었다. 이제 막 일어나 앉게 된 아기가 고무젖꼭지를 요람에서 한껏 내던지면, 딱 그 정도 거리에 떨어질 것 같았다. 세라는 문간에 서서 깜빡이지 않아 따가워지는 눈으로 그 빌어먹을 고무젖꼭지를 응시했다. 황망한 나머지 누구에게 주워달라는 말도 할 수 없었다. 다들 가버린 데다 시간도 너무 늦은 터였다.

이 글에서 보듯, 특정한 느낌을 불러일으키거나 분위기를 설정할 때는 보여주는 쪽이 효과적이다.

독특하거나 생경한 배경을 묘사할 때

독자들이 이야기 속에서 사건이 일어나는 곳이 어딘지 몰라 혼란스러워하길 바라는 작가는 없다. 갈피를 잃는 바람에 앞쪽으로 돌아가 다시 읽는 독자를 보고 싶지도 않을 것이다. 이런 불상사를 막기 위해 많은 작가들, 특히 판타지와 SF 장르의 작가들은 독특한 배경을 묘사할 때 독자의 흥미를 돋우려고 최선을 다한다.

통속적인 배경과 마찬가지로, 독특한 배경 역시 독자가 뚜렷한 시각적 이미지를 무리 없이 떠올릴 수 있을 정도로 묘사에 충실해야 한다. 한 가지 방법은 처음에는 배경 전체를 아우르며 큰 그림을 그려나가다가 최종적으로는 그 안에 있는 단편적인 요소 하나에 집중하는 것이다. 예를 들어, 우주 식민지를 묘사할 때는 지구와의 거리나 대기의 질, 인간과 함께 살아가는 외계 종족 따위를 시시콜콜하게 설명하지 않아도 된다. 그곳에서 느껴지는 전체적인 인상을 피력하되, 보여주고 싶은 보다 작은 디테일에 초점을 맞추어라. 황폐해진 구조물이나 유령 도시 같은 산책로를 집중적으로 묘사해 식민지가 얼마나 오래됐는지 저절로 드러나게 하는 식으로 말이다.

이질적인 배경에서 유독 까다로운 요소를 묘사하는 또 다른 방법은 '비교'하는 것이다. 비교를 통해 몇 개의 단어만으로도 전달하고 싶은 이미지를 정확하게 연출할 수 있다.

숨은 사연을 드러낼 때

숨은 사연 또한 악명 높은 기법 중 하나다. 뒷이야기랍시고 정보의 쓰레기 더미를 던져주는 바람에 독자들을 따분하게 만들고, 이야기의 속도를 더디게 하는 경우에 그렇다는 뜻이다. 하지만 주인공과 주인공의 동기를 이해하기 위해 독자들이 반드시 알아야 하는 정보도 있다. 뒷이야기의 경우에는 거의 모든 상황에서 설명하기보다는 보여주는 쪽이 효과적이다. 이때 배경은 주인공의 과거를 통해 중요한 정보를 드러내는 뛰어난 수단이 되어준다. 배경을 통해 뒷이야기를 보여주는 방법을 더 자세히 알고 싶다면『디테일 사전: 도시 편』을 참조하기 바란다.

중대한 변화를 맞이하는 배경을 묘사할 때

배경이 어떤 변화를 일으킬 경우에는 독자에게 변하기 전과 후의 이미지를 분명히 전달해야 한다.『헝거 게임』시리즈 2권에서 12구역이 파괴되는 장면이 그토록 강렬했던 이유는 작가가 그 배경을 눈에 보이듯 선명하게 그려냈기 때문이다. 배경이 큰 변화를 일으키는 경우에는 변하기 전과 후의 모습을 제시해야 독자가 그 과정과 결과를 낱낱이 이해할 수 있다.

중요한 배경을 소개할 때

특정한 배경이 유독 중요한 주인공이 있을 수 있다. 주인공이 과거에 감정적인 경험을 한 장소가 그런 배경이다. 또 하나가 이야기에서 필수적인 조역들이 사는 곳인데, 이 배경은 장차 주인공이 많은 시간을 보낼 곳이 된다. 이런 장소들은 신중하고 친절하게 소개해야 하기에, 설명하기보다는 보여주는 쪽이 좋다.

이야기에서 주인공이 자주 찾게 될 배경이라면, 처음 방문할 때가 특히 중요하며 꼼꼼히 묘사해야 한다. 그다음에는 그 배경이 이렇다 할 중대한 변화를 거치지 않는다면, 간단한 설명만 해도 독자는 주인공이 어떤 배경에 있는지 알 수 있다.

복선을 깔 때

배경은 미래에 벌어질 일에 관한 단서가 타당하게 나타나는 장소가 될 때가 많다. 날씨, 빛과 그림자, 상징, 각 장소에 있는 소품들을 통해 앞으로 벌어질 중요한 사건을 암시할 수 있다. 독자가 단서를 놓치지 않도록 이런 요소들을 확실히 심어주어야 하는데, 이때 설명하기는 좋은 방법이 아니다. 보여주는 쪽을 택해야 감정과 분위기를 살릴 수 있으며, 독자에게 의미 있고 기억할 만한 배경으로 다가갈 수 있다.

어떨 때 설명할까

액션이 많은 장면

싸움, 추격, 클라이맥스 장면 등 사건이 빠르게 전개되는 장면에서 얽히고설킨 배경을 묘사하느라 속도를 늦추고 싶지는 않을 것이다. 중요한 사건에 집중하고, 배경은 짧게 설명하고 끝내라. 그런 다음, 묘사는 액션과 맞물려 보여주거나 간단히 설명하는 정도로 최소화하라.

화자가 현실적인 사람일 때

모든 것은 화자의 시점을 통해 전달된다는 사실을 명심하자. 화자가 생각이 많고 횡설수설하는 사람이라면, 배경을 보여주는 데 시간을 좀 더 할애하라. 반면에 현실적이고 실리를 추구하는 편이라 주변 환경에는 전혀 관심 없는 화자라면 배경에도 별로 신경 쓰지 않을 것이다. 이런 경우에는 배경을 간단히 언급하고 넘어가는 쪽이 그의 성격에 어울릴 것이다. 단, 이런 기초 공사는 작품 초반에 해둬야 독자들이 배경의 디테일 면에서 화자가 무심한 편이라는 사실을 이해할 것이다.

효과를 위해서

설명하는 방법은 요점을 확실히 하거나, 귀에 쏙 들어오면서 기억에 남을 만한 표현을 전달할 때 자주 쓰이기도 한다. 예를 들어, '이때는 최고의 시절이자 최악의 시절이기도 했다' 같은 문장이 있는데, 이와 똑같은 기법으로 배경을 묘사할 수도 있다. 솔직히 말하자면 이런 문장을 구사하려면 배경에 살을 붙이는 실력이 따라줘야 한다. 그래도 다음과 같은 문장들로 시작하는(또는 끝맺는) 책이나 챕터, 장면을 상상해보자.

그 집에는 의심할 여지없이 귀신이 출몰했다. 그렇게 형편없는 생일 파티는 난생처음이었다. 깨어나보니 닭장 안에 있었다.

이런 문장들은 묘사라기보다는 스타일에 가까우며, 가장 기본적인 방식으로 장면을 설정하지만, 인물이나 화자, 또는 작가에 관해 말해주기도 한다. 이런 식의 문장을 구사하는 것이 효과적이기는 하지만, 분명한 목적이 없으면 무용지물이 되기 쉽다.

지금까지 본 대로, 배경을 쓸 때는 보여주는 쪽이 거의 언제나 더 안전한 방법이다. 다차원적이고 현실적인 환경을 만들고, 감정적인 유대감을 형성해주며, 독자가 이야기 속으로 더 깊이 들어가게 하기 때문이다. 그렇지만 당연히 설명하는 쪽이 통할 때도 있다. 배경이 한 장면에서 어떤 역할을 하는지 제대로 파악하고 있다면, 어느 정도로 보여주고 언제 설명할지 더 잘 알 수 있을 것이다.

시골 배경을 묘사할 때
주의할 점

이 책에 담긴 정보는 모든 배경 묘사에 적용될 수 있으나, 항목을 보면 집, 학교, 시골 풍경에 집중되어 있다. 도시와 자연환경은 본질적으로 다르기 때문에 각기 다른 도전 과제를 안고 있다. 시골 배경을 묘사할 때 주의할 점을 살펴보고, 이야기에서 배경을 보다 효율적으로 묘사하는 방법을 알아보자.

신중하게 조사하라

산, 숲, 호수, 등산로처럼 익히 잘 아는 야외 배경을 묘사할 때는 자칫 게을러지기 쉽다. 익숙한 배경인 데다, 독자가 이런 지역에서 오래 살았을 수도 있을 테니까. 작가 딴에는 손바닥 보듯 훤히 안다고 확신하는 산을 배경으로 선택한다고 가정해보자. 과연 어떤 '종류'의 산에 대해 쓰고 있는가? 작가가 미국 동부의 애팔래치아 지방에서 자랐기 때문에 이야기의 배경도 그곳으로 설정했다면 순조롭게 쓸 수 있을 것이다. 하지만 캐나다의 로키산맥이나 스위스의 알프스산맥을 배경으로 쓴다면 큰 어려움에 빠질 것이다.

　자연의 지형은 위치에 따라 천차만별로 달라진다. 풍경뿐만 아니라 서식하는 동식물, 낮과 밤의 길이, 기온 변화, 계절에 따른 사정 등도 다르다. 예를 들어, 폭포는 종류가 적어도 열 가지는 넘는다. 묘사하려는 폭포가 계단식으로 떨어지는가, 둥근 그릇처럼 움푹 팬 곳에 고이는가, 여러 갈래로 흩어져 떨어지는가? 마찬가지로, 미국에 서식하는 종류의 악어는 플로리다 수로의 둑에 가면 흔히 볼 수 있지만, 캐나다 강가에서는 절대로 찾아볼 수 없다.

실존하는 자연 배경을 묘사하려면 먼저 그 장소를 주의 깊게 조사해야 한다. 그래야 실감 나면서도 오류가 없는 묘사를 할 수 있다. 정확하지 않은 세부 묘사 때문에 완벽한 독자—바로 그 배경에 사는 독자—를 소외시키고 싶은 작가는 한 명도 없을 것이다.

유기적인 액션을 더하라

독자가 몇 단락이 넘도록 이어지는 묘사를 싫어하는 이유에는 표현들에서 활기를 느끼기 어렵다는 점도 있다. 작가가 건축물이나 그 지역에 자생하는 관목에 대해 떠들기만 하고 몇 줄이 넘어가도록 이렇다 할 일이 일어나지 않으니 말이다. 활기 없는 단락들은 이야기의 속도를 더디게 만들고, 읽는 행위를 지루하게 만든다.

작가가 이런 지뢰를 밟지 않으려면 등장인물의 액션을 통해 정적인 묘사에 역동성을 부여해야 한다. 실내 장면이라면 브라우니 반죽 그릇을 휘젓거나, 편지봉투를 뜯거나, 개에게 밥을 주거나, 식료품을 치우는 모습을 쉽게 묘사할 수 있을 것이다. 물론 이런 일상적인 활동들은 추가적인 효과로 끝내야지 장면을 압도할 경우 독자 입장에서는 지루해질 수 있다. 하지만 작은 동작—개 사료 봉지를 뜯거나 그릇에 달걀을 깨 넣는 등—의 묘사들을 간간이 집어넣는 것으로 내러티브의 흐름을 끊어주면서 동작을 더할 수 있다.

이런 효과는 야외 배경에서 더 쉽게 표현할 수 있다. 야외에서는 자연현상으로 동작이나 활동이 생기기 때문이다. 불어오는 바람, 흐르는 물, 구름의 움직임, 그림자의 이동, 가까이 있는 동물과 곤충을 활용해 장면에 운동성을 줄 수 있다. 정적인 장면이라 해도 이런 요소들을 잠깐 언급해주는 것으로 운동성을 살릴 수 있다. 다음 예시를 보자.

내가 집에 왔을 때는 완연한 어둠이 깔린 뒤였다. 모진 바람이 세차게 불어와 내 머리를 솎아대며 손가락 끝으로 두피를 훑어 내렸지만, 나는 추위 속에 서서 내 집을 응시했다. 창문으로 불빛이 깜빡였고, 코끝에 와 닿는 굴뚝의 연기 냄새는 마치 끓고 있는 스튜 냄새 같았다. 여기에서 봐도 푸근하고 단란한 정경을 느낄 수 있었다. 마음이 끌리는 분위기였다.

이 장면에서 이렇다 할 사건은 일어나지 않는다. 주인공은 마당에 가만히 서서 자신의 집을 응시하고 있지만, 소소한 동작들이 존재한다. 머리카락을 솎는 돌풍, 깜박이는 불빛, 심지어 굴뚝 연기도 아무것도 하고 있지 않는데도 독자는 연기가 피어올라 하늘에 스며드는 것을 느낄 수 있다. 이렇게 소소한 디테일들이 배경을 묘사하고, 특정한 분위기를 빚어내면서 자칫 밋밋했을 뻔했던 장면에 운동감을 더해준다. 마치 착시 효과처럼 움직임이 없는 장소에 운동감을 부여하고 있는 것이다. 전반적으로 고요한 장면에 생기를 불어넣는 대단한 작법이라 할 수 있다.

대비 효과를 활용하라

자연과 풍경—특히 늪, 숲, 바다 같은 거대한 자연과 풍경—은 규모 때문에 묘사하는 데 애를 먹을 수 있다. 감당할 수 없을 정도로 크기 때문에 그 규모를 구체적으로 설명하기가 쉽지 않다. 압도적으로 큰 배경을 적절히 묘사하는 최고의 방법은 대비 효과를 활용하는 것이다. 전경前景이나 근처에 있는 작은 소재를 활용하면 서로 비교할 수 있고, 비율이 어느 정도인지도 알 수 있다.

막상 와보니 평원은 소문처럼 편평하지는 않았다. 경사지고 완만하지만 기복이 있었다. 그리고 바람이 불면 물결치는 풀밭은 산들바람에 부풀고 이랑지는 비단 이불 같았다. 아, 그러나 끝을 알 수 없는 땅이었다. 나는 눈을 가리고 가능한 멀리, 오롯이 서 있는 사시나무를 지나 우리의 헛간 너머까지 내다보았다. 누가 봐도 넓은 헛간이었지만, 풀의 세계에 홀로 놓인 별채 같았다. 평원은 나름대로 아름다웠지만, 나는 조물주가 이 모든 것에 지나치게 열광한 게 아닌가 싶은 생각을 떨칠 수가 없었다.

평원이 거대하다고 말하는 것도 하나의 방법이지만, 보다 작은 것과 비교하면 독자들에게 그 규모를 더욱 실감 나게 전달할 수 있다.

예상 가능한 방향은 피하라

글을 쓰는 과정은 무엇 하나 쉽지 않다. 딱 맞는 단어를 찾는 일만으로도 진이 빠진다. 그래서 글을 쓰다가 마음에 떠오르는 게 있으면 어떻게든 활용하려고 애쓰게 된다. 하지만 그런 것들은 전에 봤던 것들이라 떠오를 때가 많다. 흔해빠진 배경을 선택하는 쪽으로 후퇴하고 싶은 마음이 굴뚝같더라도, 진부한 생각은 버리고 자신의 작품에 딱 맞는 신선한 배경을 만들어야 한다.

가령, 교회는 마음이 진정되는 장소로 인물의 기운을 북돋을 수 있다. 하지만 죄의식과 싸우는 인물에게는 강압적인 곳이 될 수 있고, 예배에 마지못해 참석한 인물에게는 지루한 곳이 될 수도 있다. 여러분이 만든 인물이 사기꾼이라면, 교회는 신성한 곳이라기보다는 기회의 장소가 될 수도 있다. 교회라고 하면 대개 신앙심이 돈독한 사람들을 떠올리지만, 예기치 못한 인물이 즐겨 찾는 곳이 되지 말라는 법은 없다. 예를 들어 (영화 〈식스 센스〉처럼) 유령들에게 시달리다 교회를 도피처로 삼은 아이라면?

장면에 어울리는 배경을 선택할 때는 머릿속에 가장 먼저 떠오르는 배경으로 섣불리 정하지 않는 편이 좋다. 여러 소재를 어떻게 뒤섞을 수 있을지 생각하고, 인물과 원하는 분위기와 함께 이야기가 흐르는 방향에 대해 고민해야 한다.

어떤 배경도 소홀히 하지 마라

작가로서 모든 배경에 마음이 똑같이 가지는 않을 것이다. 자신이 흥미를 가지고 있거나, 아름답거나, 중요한 가치가 있는 곳을 묘사할 때 더 많은 시간을 들이기 마련이다. 흔하고 일상적인 배경에는 특별히 공을 들이지 않는다. 욕실이나 젖소들의 목초지, 초등학교 놀이터처럼 평범한 배경을 묘사할 때는 독자들도 이미 아는 장소니까 공들여 묘사해봤자 단어 낭비라고 생각한다. 그래서 겉핥기식으로 묘사하거나 아예 무시해버린다.

모든 배경에는 나름의 가치가 있다는 점을 명심하자. 모든 위치와 장소에는 장면에 의미를 더하는 요소가 있다. 특성 묘사characterization는 한 사물을 관찰하는 것부터 출발한다. 한 장면의 분위기는 집의 벽지 상태나 방에서 풍기는 냄새로도 연출할 수 있다. 복선 역시 이런 방식으로 수월하게 제시할 수 있다.

그러니 앞으로 흔하거나 지루하게 느껴지는 장소를 대충 훑고 지나가려거든 잠시 멈추고, 그 장소를 더 재미있게 묘사할 방법을 고민하라. 어떻게 하면 화자가 그 장면에 또 다른 의미가 있다는 것을 알아차리게 할 수 있을까? 배경을 사적인 의미로 재구성하면 인물의 다층적인 면모를 드러낼 수 있다.

지금까지 설명한 작법들을 훑어보면서 평범한 장면에 생기를 불어넣어 인상적으로, 또는 의미심장한 장면으로 바꿔줄 만한 방법을 찾아보길 바란다.

작가들을 위한
마지막 제언

도시 편과 시골 편을 통해 픽션에 가장 자주 등장하는 배경에 대해 충분한 설명을 제시하려고 노력했음에도 완벽한 사전과는 거리가 멀다는 것을 인정하지 않을 수 없다. 서로 다른 배경 간의 유사성 때문에 우리는 포괄적으로 가능한 범주를 아우르는 쪽을 택했다. 그러니 찾고 싶은 장소와 완전히 일치하는 배경이 없더라도, 비슷한 곳을 찾으면 필요한 세부 묘사를 발견할 수 있을 것이다.

이 책을 읽다 보면 서로 상반되는 항목들을 발견할 수도 있다. 예를 들어, 도시 편의 '항구'를 보면 '파도'와 '잔잔한 물'을 참조할 수 있다. 바람의 유무, 해상 활동량, 부근 해양 생물 등의 조건에 따라 물은 파도가 될 수도 있고, 잔잔해질 수 있기 때문에 함께 묶어놓았다. 배경은 상황에 따라 날마다, 아니 시시각각으로 바뀔 수 있다. 여러분이 다양한 선택을 할 수 있도록 최선을 다해 가능한 변수들을 아우르려고 했다.

마찬가지로, 이 책에서 제시한 항목들이 설명하는 장소에 일반적으로 포함되는 모든 걸 낱낱이 설명하지는 않았다. 인물에게 사적인 의미가 있는 배경들은 그 인물의 문화, 종교적 신념, 성격, 교육 수준, 재정 수준의 영향을 받기 마련이다. 또한 시골 지역은 위치, 기후, 계절, 인간의 영향이 미치는 정도에 따라 경관과 느낌이 달라진다. 쓰려는 배경이 실재하는 장소라면 반드시 그 지역을 탐사해서 실감 나는 묘사들로 채우길 바란다.

언제나 주의할 점은, 인물의 관점을 통해 배경을 묘사해야 한다는 것이다. 이 책을 읽을 때도 언제나 그 점을 유념하기를 바란다. 예를 들어, 경마장 기수가 느끼는 분위기를 묘사할 때는 으레 말들이 풍기는 냄새를 떠올리지만, 멀리 떨어져 있는 관중석의 구경꾼은 그런 세부적인 것까지 감지할 수 없다. 늘 그렇지만, 배경의 세부 항목을 신중하게 골라야 하며, 그 항목이 만들려는 분위기에 어울리는지 숙고해야 한다.

전지적 시점에서 배경을 묘사한다면, 그 묘사에 반드시 감정을 담아야 한다. 작가의 인물이 갖는 감정이 반영된 묘사는 그가 자신이 있는 곳과 그곳에 관해 느끼는 바를 보여준다. 좋은 감정이든 나쁜 감정이든, 감정은 하나의 장소에 대한 선입관을 만든다. 그리고 이런 선입관은 독자들에게 그대로 전달되어 작품 속 인물에게 공감하고, 그의 세계를 이해하게 해준다.

마지막으로, 이 책은 『디테일 사전: 도시 편』과 함께 활용하는 것이 좋다는 점을 덧붙인다. 『디테일 사전: 시골 편』만 읽을 때와는 비교도 되지 않을 만큼 배경을 설정하는 능력치를 올릴 수 있을 것이며, 독자들을 더욱 흡인력 있는 배경 속으로 끌어들일 수 있을 것이다.

시골
풍경

Rural Sights

결혼 피로연   Wedding Reception

풍경

식탁보를 덮고 그 위에 색종이 조각을 뿌린 원형 탁자들, 탁자들 가운데 놓인 꽃 장식, 이름이 적힌 좌석표와 정리된 도자기 접시들, 샴페인 잔, 풍선과 장식 리본, 현수막, 반짝이는 장식용 알전구, 실내를 장식한 인조 식물, 댄스 플로어와 밴드 혹은 디제이, 따로 마련된 신랑 신부 좌석과 신부 측 일행용 좌석, 전채 요리와 음료를 담은 쟁반을 들고 사람들 사이를 다니는 웨이터들, 바텐더가 있는 주류 코너, 결혼 케이크를 놓은 작은 탁자, 드레스와 턱시도를 입은 주최 측 참석자들, 잘 차려입은 하객들, 신랑 신부의 전시된 사진들, 방명록, 선물과 봉투가 쌓인 탁자, 검은 옷을 입은 사진사가 플래시를 터뜨리며 사진 찍는 모습, 춤추는 하객들, 누군가 벗어던져 바닥에 떨어진 하이힐, 의자 등받이에 걸친 웃옷, 탁자에 놓인 핸드백과 휴대전화, 마이크를 잡고 행복한 한 쌍을 위한 건배를 선창하는 주최 측 사람, 자동으로 하나씩 넘어가는 사진 슬라이드 쇼

소리

춤출 때 나오는 시끄러운 음악, 휴식 시간에 사람들이 담소를 나누고 웃는 동안 흐르는 조용한 음악, 뛰어다니는 아이들, 타일이나 단단한 나무 바닥에 부딪치는 구두 뒷굽, 정장 웃옷을 스르륵 벗는 소리, 신부 측 일행을 소개하는 디제이의 안내 방송, 신랑 신부가 등장할 때 터지는 박수갈채와 휘파람, 바닥에 끌리는 의자, 만찬 접시를 긁고 달그락거리는 은제 포크와 나이프, 잔 속에서 찰그랑거리는 얼음, 신랑 신부에게 서로 키스하라며 포크로 잔을 두드리는 소리, 시끄러운 음악 때문에 큰 소리로 대화하는 하객들, 댄스 플로어에서 들리는 웃음과 함성, 사람들을 차례로 호명하며 연설하고 축하 건배를 권하는 사회자

냄새

타는 초, 가늘게 흘러나오는 촛불 연기, 꽃, 헤어스프레이, 향수, 음식, 오래된 식장이나 오두막에서 나는 습한 냄새

눈물, 박하사탕, 전채 요리, 피로연 식사(뷔페식이거나 주방에서 완성되어 나오
는), 결혼 케이크, 샴페인, 물, 주류, 탄산음료, 펀치punch[과일즙에 설탕이나 양주 등
을 섞은 음료]

촉감과 느낌

수표가 든 봉투의 뾰족한 모서리, 기름진 전채 요리, 결혼 선물이 든 상자의 무
게감, 빳빳한 리넨으로 된 식탁보, 사람들의 무릎에 놓인 천으로 된 냅킨, 탁자
아래에서 신발을 벗고 꼼지락거리는 발가락, 빳빳하거나 풀 먹인 새 옷, 목을 죄
는 넥타이, 너무 꽉 끼는 드레스, 부드러운 태피터taffeta[광택이 있는 얇은 견직물]
천이나 실크, 드레스를 입고 춤출 때 흐르는 땀, 발가락이 눌려 아픈 새 신발, 얇
은 티슈, 슬라이드 쇼나 춤추는 신랑 신부를 보려고 돌아앉다 삐끗하는 목이나
등, 눈물이 차오르며 얼얼해지는 눈, 수많은 촛불의 온기, 손에 쥔 차가운 잔 표
면에 맺혔다가 흐르는 물방울, 가슴을 쿵쿵 울리게 하는 낮은 베이스 음, 댄스
플로어에서 이리저리 떠밀리는 느낌, 은식기의 차가운 금속 느낌, 너무 많은 일
을 한꺼번에 처리하려고 사투를 벌이는 심정(핸드백, 휴대전화, 접시, 음료, 냅킨
을 동시에 건사해야 하는 상황 등)

이 배경에서 벌어질 만한 갈등의 원인

- 욕심 많은 신부가 도가 지나친 요구를 한다.
- 술에 잔뜩 취한 하객이 있다.
- 가족 간에 소동이 벌어진다.
- 거창한 결혼식과 피로연 비용이 부담스럽다.
- 말썽을 일으키려고 참석한 하객이나 옛날 애인이 있다.
- 음식이나 음료가 동이 난다.
- 하객이 식중독이나 알레르기 반응을 일으킨다.
- 신부의 드레스에 와인이나 짙은 색의 무언가를 엎지른다.
- 누군가 애정을 부적절하게 표현한다.
- 조카가 주인 없는 음료를 몰래 마시고 취해버린다.

- 만찬 공급 업체가 엉뚱한 요리를 준비한다.
- 결혼 케이크가 쓰러진다.
- 배달원이 늦게 도착한다.
- 신랑 신부가 탄 차가 피로연장으로 가던 중 고장 난다.
- 신랑 신부가 싸움에 휘말린다.
- 신부 측 가족과 신랑 측 가족에 대한 대우가 다르다.
- 가족들이 행사를 좌지우지하며 신랑 신부가 했던 결정들을 번복한다.

이 배경에서 볼 만한 유형의 사람들

- 밴드나 디제이, 화동, 반지 담당자, 주최 측 사람들, 요리 담당자, 가족, 하객, 사진사, 식사 시중을 드는 직원과 웨이터, 신랑 신부

이 배경과 밀접한 다른 배경

- **시골 편** 뒤뜰, 해변, 교회/성당, 대저택, 열대 섬
- **도시 편** 댄스홀, 정장을 입어야 하는 행사, 커뮤니티 센터

참고 사항 및 팁

결혼 피로연은 굉장히 개인 맞춤형인 행사다. 세부 사항 하나하나를 신중하게 선택하기 때문에 피로연에는 거기에 관계된 사람들의 면면이 강하게 반영된다. 피로연뿐 아니라 결혼식에서도 신랑 신부가 어떤 문화를 가진 사람들인지 알 수 있다. 나라, 인종, 종교에 따라 전통은 제각각 다르다. 세부 사항을 주의 깊게 선택하면 자신이 설정한 배경을 확실하게 장악할 수 있을뿐더러, 앞으로 펼쳐질 이야기 안에서 모종의 역할을 할 문화나 전통에 대한 중요한 정보를 드러낼 수 있다.

배경 묘사 예시

꽃다발이 탁자마다 축복하듯 놓였고, 고상한 노란색 리본이 하얀 안개꽃과 함께 의자 등받이에 묶여 있었다. 화분에 담은 꽃꽂이 작품 열두 개는 피로연 파

티를 수놓은 꽃무늬 드레스만큼이나 화사하게 댄스 플로어의 경계선에 배치됐다. 밴드가 있는 곳에서는 그랜드피아노가 뚜껑 위에 놓인 장미 무게 때문에 주저앉기 일보직전이었다. 뒤범벅된 꽃향기가 코로 밀려 들어와 나는 코를 찡그렸다. 시인인 세라의 엄마는 '삶과 재생'이라는 주제에 심취한 나머지 혼자 너무 앞서 나갔다. 저분은 새 모이를 담은 봉지 대신 알레르기 약 샘플 같은 걸 나눠 주셨어야 했는데.

- **이 글에 쓴 기법** 다중 감각 묘사, 상징적 표현
- **얻은 효과** 성격 묘사, 분위기 설정, 긴장과 갈등

고대 유적 Ancient Ruins

죽은 잔디 무더기들을 배경으로 늘어선 비바람에 부식된 돌기둥들, 반쯤 무너진 건물, 금이 간 각석과 구불구불한 나무뿌리 때문에 부서진 돌, 팬 자국이 자잘하게 있는 계단, 덩굴식물이나 울창한 나뭇잎에 점령당한 무너진 지붕, 얼굴 없는 대리석상이나 석상, 돌에 새겨진 문장과 조각, 높이 솟은 첨탑, 먼지 가득하고 거미줄이 늘어진 건물 안의 복도, 조각된 아치형 입구에 핀 곰팡이와 흰 곰팡이(습한 기후인 경우), 의도된 형태로 배열된 돌들, 많은 사람들이 다녀 울퉁불퉁해진 바닥, 제단, 돌벽, 옛 전쟁 때의 폭발 자국과 탄흔이 남은 흉벽, 과거의 화재로 인해 돌에 남은 재의 흔적, 빈 난로나 화덕, 땅에 흩어진 쭈글쭈글한 마른 잎들, 나무나 웃자란 풀 사이로 스며들어 비치는 아른아른한 햇빛, 유적지에 서식하는 작은 생물들(거미, 뱀, 도마뱀, 벌레, 새, 박쥐), 동굴, 그 문화권에서 중요시한 동물 조각 토템, 돌을 쪼개고 창문과 출입구까지 침범해 들어간 가닥가닥 뻗어 나온 덩굴, 그 지역 고유의 식물(내한성 잔디, 양치식물, 관목, 나무), 동물 똥, 이끼, 버려진 둥지, 구멍과 틈새, 돌무더기, 먼지, 그 시대 물건들(보석, 그릇, 종교적 상징, 무기, 식사 도구, 연장)이 숨겨진 은닉처, 떨어져 있는 뱀의 허물, 흙에 남겨진 동물의 자취

돌로 된 복도와 창문이 있던 공간을 지나가며 흩어지는 바람, 서로 맞닿은 채 누우며 사락거리는 잔디, 새소리, 퍼덕이는 날갯짓, 귀뚜라미나 그 밖의 곤충들, 마른 잎을 밟을 때 나는 바스락 소리, 돌에 부딪혀 타닥 소리를 내는 나뭇잎, 벽을 스치는 죽은 덩굴, 미풍에 삐거덕거리는 나무, 자갈돌 위를 또각또각 걷는 발걸음

고운 먼지, 흰 곰팡이와 차가운 돌, 그 지역에 피는 꽃, 잔디와 풀, 축축한 흙과 죽은 나뭇잎에서 나는 흙냄새

메마른 입안, 산에 오를 때 가져온 물이나 음료, 등산객이 먹을 만한 음식들(그
래놀라 바, 견과류, 각종 씨앗, 육포, 건과일)

발에 밟히는 깨진 바위, 고르지 않은 땅, 피부에 맺힌 땀, 손바닥에 올린 거친 돌
멩이, 기댄 등에 느껴지는 돌의 시원함, 손에 묻은 하얀 먼지, 다리에 감기는 웃
자란 풀, 좁은 공간에 억지로 들어가려다 벗겨진 피부, 서늘하거나 축축한 야자
나뭇잎 혹은 팔에 미끄러지는 양치식물잎, 머리카락을 헝클어뜨리는 산들바람,
배낭끈을 당기는 느낌, 생수병에 맺힌 물방울, 비바람에 씻겨 반질반질해진 돌
멩이, 폭신폭신한 이끼, 발에 밟히는 잎 더미, 피부에 달라붙는 거미줄, 머리에
쏠리는 늘어진 덩굴, 모기나 벌레에 물리는 느낌, 옆이나 발 위로 지나가는 뱀
때문에 움직일 엄두가 안 나는 느낌, 계단이나 벽을 올라가서 절벽 위 튀어나온
바위 위에 앉아 발아래 경치를 감상하는 느낌

이 배경에서 벌어질 만한 갈등의 원인

- 초자연적 현상(뭔가가 보이거나 들리는)을 겪는다.
- 미로 같은 유적 안에서 길을 잃는다.
- 벽이나 천장이 무너져 다치거나 갇힌다.
- 독거미나 독뱀에 물린다.
- 가이드가 안내하기 꺼릴 정도의 미신이 떠돈다.
- 아직도 작동하는 덫이 깔린 비밀 공간이나 비밀 방에 우연히 들어간다.
- 도움이 필요하지만(부상, 병, 식량 부족 때문에) 문명 지역에서 멀리 떨어져 있다.
- 손전등의 건전지가 바닥난다.
- 심한 폭풍우나 엄청난 비 때문에 지반이 약해지고 낙석 위험이 있다.
- 싱크홀이나 약해진 절벽 바위처럼 당장은 눈에 보이지 않는 위험들이 도사린다.
- 이상한 소리를 듣고 자신이 어떤 동물에 쫓기고 있음을 깨닫는다.
- 더 머물면서 보고 싶은데 그룹의 다른 사람들은 떠나고 싶어 한다.
- 버스가 나타나 관광객들을 쏟아내는 바람에 지금까지 누리던 평화로움과 고요

함이 깨진다.

- 탈진이나 차량 고장 때문에 많은 위험(맹수 등)이 있는 지역에서 원치 않는 하룻밤을 보내야 한다.

이 배경에서 볼 만한 유형의 사람들

- 고고학자, 등산객, 역사 애호가, 예를 차리기 위해 혹은 조상들에게 빌기 위해 찾아온 지역 주민, 관광객

이 배경과 밀접한 다른 배경

- 동굴, 열대우림, 비밀 통로

참고 사항 및 팁

유적지는 형태와 크기가 다양하며, 위치는 지상과 지하 모두에 있을 수 있다. 기후는 유적지의 겉모습에 큰 영향을 미치는 요소다. 그곳에 어떤 식물이 자랄지, 유적지가 얼마나 빨리 손상될지, 어떤 동물이 나타날지 등이 기후에 따라 결정된다. 유적지가 관광지에 속한다면 관광객과 관광 가이드, 토지 개량 전문가 등을 볼 수 있으며, 사람들이 들어가지 못하게 줄로 막아놓은 구역도 있을 것이다. 유적지가 도시에서 멀거나 아직 발굴되지 않았다면 자연물로 된 잔해를 흔히 볼 수 있으며, 유적지 주변을 둘러싼 키 큰 식물들 사이로는 제대로 다닐 수 있는 길을 찾기 힘들 것이다.

배경 묘사 예시

앙코르와트 위로 해가 뜨자, 로렌의 입술에서 경외에서 우러난 탄식이 흘러나왔다. 수백 개의 돌 사원과 통로와 계단과 석상으로 이루어진 거대한 폐허의 도시가 전능하신 신을 찬양하는 손처럼 솟아오른 것이다. 야자수와 열대림이 양옆을 밀어붙이는 모습은 이곳을 도로 내놓으라는 듯 사원을 잡아당기는 것 같았고, 와트를 둘러싼 거대한 해자의 물은 주황색과 분홍색으로 반짝였다. 말라리아를 옮기는 모기들이 주변에서 윙윙거렸지만, 로렌은 소매가 긴 웃옷을 입

은 터라 신경도 쓰지 않았다. 한 시간 후면 모기들은 그늘을 찾아 이곳을 뜰 테고, 그녀는 자갈돌 다리를 건너며 주변의 부처상들이 보여주는 미소를 한껏 만끽할 것이다. 여기까지 오는 데 12년이라는 긴 시간이 걸렸지만 그 모든 역경에도 불구하고, 그녀는 결국 여기까지 왔다.

- **이 글에 쓴 기법**　대비, 다중 감각 묘사, 직유
- **얻은 효과**　성격 묘사, 과거 사연 암시, 감정 고조

과수원 Orchard

풍경

가지런히 줄지어 선 나무들, 웃자라거나 잘 깎여 정돈된 풀밭, 봄에 꽃을 피운 나무, 들꽃, 꽃가루 수분을 돕도록 가까이 놓은 벌집, 미풍에 떠다니다 땅을 뒤덮은 꽃잎, 아주 작은 새순들이 돋은 나뭇가지, 봄과 여름에 초록색 잎이 무성하게 달린 나무들, 자연 쓰레기(잎, 잔가지, 낙과, 나뭇가지)가 흩어진 땅, 가을 낙엽, 견과류(아몬드, 캐슈너트, 피칸, 호두)나 과일(사과, 오렌지, 무화과, 배, 복숭아, 체리)이 잔뜩 달린 나무, 땅에 점점이 떨어진 낙과, 겨울의 앙상한 나뭇가지, 눈, 스프링클러와 관개 시스템, 트랙터와 잔디 깎는 기계, 외발 손수레와 가지치기 용품, 나무 상자와 바구니, 나무에 기댄 사다리, 사 갈 과일을 직접 따는 고객, 견학 온 학생들이 뛰어다니는 모습, 다른 작물(토마토, 당근, 호박, 콩, 양파, 허브)을 재배하는 채소밭, 농작물 판매대, 시골 상점, 멀리 떨어진 농장, 연못, 허수아비와 짚단 더미, 트랙터가 운반하는 건초 더미에 올라탄 사람, 벌, 파리, 개미, 모기, 새, 다람쥐, 들쥐와 생쥐, 토끼, 뱀, 개, 사슴이 못 들어오도록 막은 울타리, 머리 위 나뭇잎들 사이로 새어 들어오는 햇빛, 해가 나뭇잎 사이로 반짝일 때마다 위치가 바뀌는 그림자

소리

바스락대는 잎, 바람에 움직이는 나무, 나뭇가지(서로 맞물려 움직이고, 폭풍에 부러져 떨어지고, 과일 무게를 지탱하기 위해 'Y' 자 모양 지지대를 괴어놓은), 땅에 떨어지는 무거운 과일, 투둑투둑 소리를 내며 일정하게 떨어지는 비, 윙윙거리는 벌레들, 다리에 휙휙 스치는 풀, 발밑에서 부서지는 나뭇잎과 잔가지, 스프링클러에서 일사불란하게 분사되는 물, 우르릉거리는 트랙터 엔진, 나무들 사이로 밀고 갈 때 외발 손수레에서 나는 끽끽 소리, 이야기하고 서로를 부르는 사람들, 아이들의 웃음, 지저귀는 새들, 짖는 개, 견과류를 깨서 부수는 소리, 바구니 속에서 달각거리는 견과류

냄새

흙, 뿌리 덮개로 쓴 나뭇조각, 풀, 신선한 과일, 채소와 허브, 비와 물, 과실나무

에 핀 꽃, 전동싸리[특징적인 달콤한 향을 풍기는 식물로, 작은 노란색 꽃이 핀다], 나무와 썩은 나무, 트랙터 배기가스, 짚, 부패하는 과일, 젖은 흙, 농약, 비료

맛

수확한 과일과 채소 및 견과류, 집에서 양봉해서 얻은 꿀, 입술에 맺힌 땀

촉감과 느낌

거친 나무껍질, 발아래 느껴지는 부드러운 흙, 혹 많은 나무뿌리와 바위 때문에 고르지 못한 땅, 매끈한 잎과 부드러운 꽃, 머리 위 천막 덮개 때문에 간간이 느껴지는 뜨거운 햇볕, 이슬로 축축해진 신발과 바짓가랑이, 피부와 머리카락에 떨어지는 굵은 빗방울, 피부 위에서 밝은 빛을 내는 곤충, 흐르는 땀, 떨어진 과일을 밟을 때의 미끄럽고 물컹한 느낌, 발밑에서 부러지는 잔가지, 정강이에 흔들리며 닿는 들꽃과 키 큰 풀, 스프링클러에서 튄 물에 맞는 느낌, 과수원으로 트랙터나 트레일러를 타고 갈 때 차가 덜컹거리는 느낌, 사다리에 올랐을 때 체중이 실려 살짝 처지는 느낌, 흙 묻은 채소, 매끈한 과일, 과일이 가득 담긴 묵직한 바구니, 팔뚝을 파고드는 바구니의 납작한 나무 손잡이, 까슬까슬한 밀짚모자, 모기에 물리거나 벌에 쏘이는 느낌, 트랙터가 만든 매끈한 바퀴 자국을 따라 걷는 느낌

이 배경에서 벌어질 만한 갈등의 원인

- 사다리나 나무에서 떨어진다.
- 벌에 쏘여 목숨이 위험할 정도의 알레르기 반응을 일으킨다.
- 꽃가루가 점막을 자극해 일어나는 알레르기 반응 때문에 과수원 체험을 망친다.
- 과수원의 관행(농약이나 기타 화학물질 사용, 유전자 조작 상품 포함, 불법 이민자나 어린이를 일꾼으로 고용)에 도덕적으로 반대한다.
- 가뭄으로 수확량이 줄어 가뜩이나 나쁜 과수원 사정이 더 악화된다.
- 병과 해충이 작물을 위협한다.
- 과수원을 샀지만 어떻게 경영해야 하는지 전혀 모른다.
- 다른 과수원에 과일 납품 계약을 뺏긴다.
- 과수원 유지를 위협하는 파산이나 경제적 어려움을 겪는다.
- 정부가 과수원 일을 방해한다(강의 흐름을 바꾸거나, 호수에 댐을 만들어 과수원의

1060

관개 상황이 나빠지거나, 근처에 고속도로를 짓는 등).

- 집안의 가업인 과수원 경영에 몸담을 생각이 전혀 없지만, 그럼에도 압박감을 느낀다.

이 배경에서 볼 만한 유형의 사람들

- 고객, 가족, 농장 일꾼, 농부, 일당을 받고 수확을 도우러 온 일꾼, 견학 온 학생들

이 배경과 밀접한 다른 배경

- **시골 편** 축사, 시골길, 농장, 농산물 직판장, 연못, 채소밭
- **도시 편** 낡은 픽업트럭

참고 사항 및 팁

과수원은 식품 생산을 위해 나무를 심는 곳이다. 과일뿐만 아니라 견과류, 시럽을 얻기 위한 나무도 포함된다. 과수원의 규모는 다양하다. 상업 농장까지 연결된 대단히 큰 과수원도 있고, 한 가족이 운영하면서 자신들이 먹거나 동네 시장에 내다팔 목적으로 나무 몇 그루 정도만 키우는 작은 과수원도 있다. 과수원에서 재배하는 작물의 종류는 지역의 기후와 위치에 따라 결정되므로, 이야기를 구성할 때 그 점을 고려해야 한다.

배경 묘사 예시

떡갈나무 가지가 으르렁거리는 개처럼 바람에 따라 신음 소리를 냈다. 내 발치에 있는 썩어가는 통나무를 보건대, 이 늙은 나무는 1년이라도 더 살 수 있다면 자기 팔다리도 기꺼이 잘라낼 용의가 있음이 분명했다. 개미와 딱정벌레 들이 뭐라도 얻어보려고 퇴색한 나무껍질 위로 잔뜩 줄지어 다니고 있었지만, 이 녀석은 말년까지도 완고하고 성깔 있는 나무였다.

- **이 글에 쓴 기법** 의인화, 직유
- **얻은 효과** 분위기 설정, 시간의 경과

교회/성당　　　　　　　　　　　　　　Church

풍경

잘 닦여 반들반들한 긴 예배 의자나 접이의자들이 몇 줄씩 배열된 모습, 성경책과 찬송가책을 올려놓을 수 있도록 긴 예배 의자 뒤쪽에 달린 선반, 제단, 설교대, 예수가 못 박힌 십자가상 및 십자가가 벽에 걸린 모습, 묵주, 꽃꽂이 장식, 교회의 역사 중 중요한 장면들이나 특정 종교의 상징을 담은 현수막, 높이 달린 창문, 스테인드글라스 창문, 중요한 종교적 인물의 조각상, 긴 예배 의자들을 구역별로 나누는 통로, 세례식에 필요한 도구들이나 욕조, 성경이 놓인 장식 독서대, 악기들(피아노, 키보드, 오르간, 기타, 드럼 세트), 장식이 들어간 아치와 몰딩 molding[창틀이나 가구 등의 테두리에 들어간 장식 혹은 그 기법], 음향 장치, 무선 마이크, 성가대, 헌금 바구니나 헌금 접시, 신성한 포도주와 성찬용 제병이 놓인 제대, 무릎을 꿇을 수 있도록 긴 예배 의자 아래에 놓인 푹신한 가로대, 성물함이나 감실[성당에서 성체를 보관하기 위해 따로 마련한 장소], 조각상들, 타고 있는 향과 초, 성수대, 사제와 복사[미사 때 사제를 도와 시중드는 사람]들, 고해소, 속세와 성역을 나누는 입구의 두꺼운 문, 주보와 종교 서적, 모금함, 알림판, 자모실[아이와 함께 예배나 미사를 볼 수 있는 공간], 아이들의 교육과 성인의 성경 공부용으로 마련된 교실, 청년반 구역, 행사용 강당(탁자와 접이의자, 보조 탁자, 부엌이 있는), 사제가 거주하는 근방의 사제관

소리

설교를 하거나 성경을 읽는 목사나 사제, 조용히 속삭이라고 했는데 그보다 크게 말하는 아이들, 우는 아기, 긴 예배 의자에서 몸을 배배 꼬는 아이들, 발을 끄는 소리, 부드럽게 연주되는 악기, 성가대의 합창, 기도 시간에 중얼거리며 맞장구치는 소리, 크게 들리는 숨소리, 기침, 한숨, 자세를 고쳐 앉을 때마다 사락거리는 옷, 마이크에서 울리는 소음, 설교나 기도에 호응하는 신도들(아멘! 할렐루야!), 신도들이 하나된 목소리로 부르는 노래와 노래 중에 치는 손뼉, 바닥에 쿵 떨어지는 찬송가책, 여닫히는 문, 두꺼운 카펫 위를 걷는 발걸음, 긴 예배 의자에 앉을 때 나는 끽끽 소리, 무릎 꿇을 때 쓰는 가로대가 아래로 쾅 내려오는 소리, 신도들이 일제히 일어나거나 앉을 때 나는 부스럭 소리

향과 타는 양초, 향수, 헤어스프레이, 나무 광택제, 청소용 세제, 퀴퀴한 카펫

물로 희석한 포도주나 과일 주스, 아무 맛도 안 나는 성찬용 제병, 껌, 박하사탕, 기침 해소용 사탕

혀 위에서 녹는 성찬용 제병, 소맷자락에 매달리며 예배나 미사가 언제 끝나느냐고 묻는 아이, 긴 예배 의자를 흔들며 가만히 있지 못하는 아이들, 엉덩이가 무감각해질 만큼 딱딱한 의자, 편한 자세를 잡으려고 이리저리 꼼지락대는 느낌, 무릎을 꿇을 때 쓰는 장궤틀의 푹신함, 성호를 긋는 느낌, 꽉 죄는 옷깃이나 불편한 신발, 억지로 참는 하품, 사랑하는 이의 손을 꽉 잡는 느낌, 자리에서 일어날 때 손으로 꽉 잡게 되는 앞쪽 긴 예배 의자 등받이의 단단함, 찬송가를 부를 때나 음악이 연주될 때 발장단을 맞추는 느낌, 무릎 위에 펼친 책의 균형을 잡는 느낌, 메모할 때 종이에 펜이 긁히는 느낌, 성수 때문에 주변보다 시원해진 이마

이 배경에서 벌어질 만한 갈등의 원인

- 특히 가족 간에 종교적 믿음이 충돌한다.
- 개인적인 갈등이나 도저히 용서할 수 없는 심정을 느낀다.
- 교회 안 파벌들이 신도들이나 고립된 개인들에게 권력을 휘두른다.
- 교회가 사회의 변화하는 이상에 발맞추기 위해 기본 교리를 넓게 적용하는 데 실패한다.
- 자금 문제로 교회의 앞날이 불투명해진다.
- 교회의 소유물이 손상된다.
- 힘과 권한을 남용하는 사람이 있다.
- 목사의 설교가 일부 신도들의 빈축을 산다.
- 신도들이 서로를 재단하고 비난한다.

- 사소한 일(교회 안을 무슨 색으로 칠할지, 예배를 몇 시에 할지 등)로 다툼이 벌어진다.
- 전임 목사가 그만두는데 후임자가 없어 혼란이 생긴다.
- 지역 공동체를 위해 열심히 일하려고 하지만 모두를 만족시킬 수 없다.
- 특별 행사를 위해 모금이 필요하지만, 교회 신도들이 다들 경제적으로 어렵다.
- 홍수 때문에 평소에 하던 무료 급식소나 푸드 뱅크food bank[남는 식품을 기부받아 가난한 이들을 위해 나눠주는 단체] 활동을 중단해야 한다.
- 교회가 대다수 사람들이 동의하지 않는 신념이나 이상을 옹호해 지역 공동체의 비난을 받는다.
- 교회 밖에서는 행동이 달라지는 신도들이 있다.

이 배경에서 볼 만한 유형의 사람들

- 행정 직원, 복사를 맡은 아이, 보육 시설 담당자, 성직자, 연주자, 예배에 참여하거나 다른 영역(성가대, 기술 팀, 응대 팀 등)에서 자원봉사를 하는 교인, 예배에서 연주하는 밴드, 방문객

이 배경과 밀접한 다른 배경

- 묘지, 경야, 결혼 피로연

참고 사항 및 팁

교회의 물리적인 구성 요소는 보통 그 교회의 설립 연도와 자금, 그리고 어떤 종파에 속해 있느냐에 따라 결정된다. 또 많은 교회들이 부동산을 보유하고 있지만, 일부 교회들은 기존 설비를 빌리거나(시민 회관에 있는 방처럼) 임대하기도 한다. 이런 경우의 교회 설비는 임시 용도라, 주중에는 다른 이용자들이 쓸 수 있도록 예배 기간 안에 설치와 해체를 모두 끝내야 한다. 내부 배치나 디자인은 그에 걸맞게 단순해진다.

나이다는 장갑 낀 손을 무릎 위에 둔 채 긴 예배 의자에 꼿꼿이 앉았다. 지금처럼 늦은 시간에는 조명도 어두웠고, 제단 위에 켜진 몇 개 안 되는 초가 앞쪽 줄의 예배 의자들 위로 흔들리는 붉은빛을 드리우고 있었다. 십자가에 못 박힌 예수상을 쳐다보자, 오클리 신부가 어제 장례식에서 한 강론 내용이 떠올랐다. 그분은 하느님의 영광에 대해서, 그리고 그녀가 사랑하는 안드레가 더 좋은 곳으로 갔다고 말했다. 위로가 목적이었던 그 말은 전혀 위로가 되지 못했다. 하느님과 그분의 영광이라. 그렇다면 그 술 취한 작자가 운전대를 잡았을 때 그분께서는 정녕 어디에 계셨단 말인가?

- **이 글에 쓴 기법** 빛과 그림자
- **얻은 효과** 과거 사연 암시, 감정 고조, 긴장과 갈등

농산물 직판장 Farmer's Market

풍경

지역의 제철 농산물(당근과 비트와 아스파라거스 묶음, 감자 포대, 매끈한 애호박과 오이와 고추가 담긴 상자, 납작한 상자에 담긴 토마토, 껍질째 수확한 옥수수)로 채워진 부스와 매대의 행렬, 밝은색 테이블보와 천으로 된 차양, 안내판과 가격표, 다양한 과일이 담긴 바구니, 가지와 호박 무더기, 한 단씩 땋아놓은 마늘, 허브 묶음, 병에 담은 꿀과 밀랍으로 만든 상품들, 잼과 젤리, 꽃과 식물, 직접 만든 상품을 진열한 수공예 매대(털실로 짠 목도리, 인형, 카드, 장신구, 비누, 의류), 매대 주변에 쌓인 보관 통과 아이스박스, 걸이식 저울, 음식을 파는 상인들(따뜻한 사과주, 신선한 과일로 만든 스무디, 절인 고기, 집에서 만든 빵과 쿠키와 파이), 예능인들(저글링 하는 사람, 마술사, 댄서, 악사), 상품이 가득 든 비닐봉지를 들고 다니는 사람들, 간이 식탁과 의자, 무대 위에서 장비를 세팅하는 밴드, 체험형 동물원, 아이들을 위한 만들기 활동, 아이들이 올라가 놀 수 있게 한 트랙터나 낡은 트럭

소리

지역 라이브 밴드의 음악, 마이크로 전해지는 안내 방송, 많은 인파가 몰린 자리에서 하나로 뭉쳐 들리는 사람들의 소음, 아이들의 웃음, 바람에 펄럭이는 식물의 이파리와 테이블보, 지글거리며 익는 고기, 끓는 물, 김이 쉭 빠지는 소리, 바스락거리는 비닐봉지, 와삭 베어 무는 신선한 사과, 음식을 파는 상인의 호객 소리, 군것질거리를 사달라고 부모를 조르는 아이들, 체험형 동물원의 동물들, 열리는 금전등록기, 가격을 흥정하는 사람들, 저울을 쓸 때 금속이 부딪히는 소리

냄새

신선한 허브, 꽃(장미, 라벤더), 밀랍, 감귤류, 잘 익은 베리류, 복숭아와 사과, 토마토 덩굴의 톡 쏘는 향, 훈제 고기, 천연 오일과 직접 만든 비누와 크림, 뿌리채소에 묻은 흙, 근처 주차장에서 나는 자동차 배기가스 냄새, 요리에 쓰는 기름, 설탕과 각종 향신료

> 맛

달콤한 꿀, 새콤한 사과, 즙 많은 복숭아, 향이 강한 소시지 및 기타 육류, 갓 구운 달콤한 체리 파이나 블루베리 파이, 사과 주스나 사이다[애플 사이다를 가리키는 말로, 걸쭉한 사과즙 상태에 가깝다], 잼을 바른 크래커, 베리류, 갓 만든 버터가 들어간 풍성한 맛의 스프레드[빵에 발라 먹는 소스], 집에서 만든 쿠키, 브라우니, 건강한 에너지 바, 샐러드, 신선한 염소 치즈

> 촉감과 느낌

팔을 타고 흐르는 복숭아 주스, 쫀득한 빵, 매끈한 토마토, 팔로 안은 묵직한 호박, 미끌미끌한 비닐봉지, 손바닥을 파고드는 무거운 농산품 포대, 얼마나 익었는지 보려고 자두나 천도복숭아를 꽉 쥐는 느낌, 벨벳 같은 감촉의 꽃잎, 신선한 꿀을 담은 차가운 유리 단지, 울퉁불퉁한 감자, 김이 피어오르는 뜨거운 핫초콜릿이나 따뜻한 사이다 한 컵, 표면이 고르지 않은 오래된 간이 식탁, 간식을 먹으려고 앉은 까끌까끌한 짚 더미, 체험형 동물원에 있는 동물들의 거친 털

이 배경에서 벌어질 만한 갈등의 원인

- 어떤 상점이 지역 특산물이라고 우기면서 기성 제품을 팔다가 들통이 난다.
- 비위생적인 음식 때문에 식중독이 발생한다.
- 어떤 고객이 특정 음식이나 농작물에 알레르기 반응을 일으킨다.
- 음주 운전자의 차가 군중을 향해 돌진한다.
- 소매치기가 돌아다닌다.
- 비슷한 상품을 파는 상점들 사이에 싸움이 벌어진다.
- 상점들 사이에서 서로 더 낮은 가격에 팔려는 경쟁이 벌어진다.
- 고객이 특별히 먼 길을 와서 사려던 농산물이 있는데 다 팔려버렸다.
- 나쁜 날씨 때문에 손님들이 별로 없다.
- 많은 판매자들에 비해 장소가 협소하다.
- 경기가 안 좋아 신선한 농산물을 살 수 있는 사람들이 줄었다.

이 배경에서 볼 만한 유형의 사람들

- 고객, 예능인, 농부, 자연식과 건강한 삶에 관심이 있는 사람

이 배경과 밀접한 다른 배경

- 축사, 시골길, 농장, 과수원, 목초지

참고 사항 및 팁

농산물 직판장은 전형적인 농촌 행사로 야외에서 열릴 때가 많고, 대부분 특정 계절에 열린다. 주말에는 마을의 주요 거리나 공원에서 열리기도 한다. 물건을 파는 것뿐만 아니라 오락적인 기능도 하고, 공동체 의식을 높여주기도 한다. 음악과 예능인이 있어 축제 분위기도 난다.

보다 큰 도시에서는 직판장을 실내에 마련하기도 한다. 이런 경우에는 지역 내에서 모든 상품을 조달하기보다는 일부 상품은 먼 곳에서 들여온다. 지역 생산물이 나오기 힘든 계절에는 특히 그렇다. 이런 직판장에서는 장인들의 다양한 수공예품(장신구, 도자기, 그림, 식기)과 특별한 상품들(부엌용품, 차, 유기농 커피와 초콜릿, 에너지 바와 에너지 파우더)을 파는 매대도 볼 수 있다.

배경 묘사 예시

셔츠를 당겨 땀으로 달라붙은 피부에서 쩍 떼어냈다. 오후의 태양이 최악의 각도에서 부스의 차양 밑을 비추며 내가 있는 공간을 한 치도 남김없이 달구고 있었다. 시원한 축복을 누릴 수 있는 연못도 있는데, 난 왜 여기서 이 고생이란 말인가. 아니, 아무리 그래도 앉을 의자 정도는 있어야 하지 않는가. 하지만 베라 숙모는 허락하지 않았다. 그런 안이한 자세로는 꿀을 팔 수 없단다. 나는 눈동자를 크게 한 바퀴 굴리고 매대 위로 푹 쓰러졌다. 꿀병들이 달그락거렸지만 상관없었다. 어차피 손님도 없는데, 뭐.

- **이 글에 쓴 기법** 빛과 그림자, 날씨
- **얻은 효과** 감정 고조

농장 Farm

풍경

지붕을 따라 만든 넓은 데크[건물 외부에 나무로 된 널을 마루처럼 깔아놓은 테라스]나 방충망을 단 현관문이 있는 목장 스타일의 집, 울타리 친 목초지에서 풀을 뜯는 소나 염소, 무릎까지 오는 티머시 건초[티머시 목초의 줄기와 잎을 말려 가축 사료로 쓰는 풀]나 기타 작물을 키우는 밭(유채꽃, 페스큐 잔디, 옥수수, 보리, 밀), 외양간과 곡물 저장기, 닭장, 마당을 돌아다니면서 흙 속의 벌레를 쪼는 닭들, 작은 온실과 가지런히 줄지어 재배 중인 채소(고사리 같은 잎을 내민 당근, 파 새싹, 잎이 많은 양배추와 순무, 흰 꽃이 핀 감자, 토마토, 완두콩과 강낭콩 줄기)가 가득한 정원, 햇옥수수를 심은 밭 위로 솟은 허수아비, 과일나무, 빗물을 받기 위한 물통, 철조망을 따라 바람에 고개를 끄덕이는 밝은 노란색 해바라기, 우리에 있거나 자유롭게 돌아다니는 동물들(말, 소, 염소, 돼지, 양, 닭, 칠면조, 거위, 개, 고양이), 다른 농장의 기계류(경운기, 굴착기, 파종기, 트랙터용 쟁기, 콤바인combine[곡식을 베는 동시에 탈곡하는 기계], 짚단 원형 포장기[짚을 모아 단단하고 둥글게 원통형으로 마는 기계], 구굴기[땅을 파는 데 쓰는 나사 모양 굴착기])와 나란히 주차된 트랙터, 디젤 연료가 담긴 찌그러진 드럼통, 트랙터가 흙을 파헤치며 나아가는 동안 뒤로 일어나는 먼지바람, 현관에 놓인 흔들의자, 거대한 참나무에 매단 타이어 그네, 아래위가 붙은 작업복과 플란넬 셔츠를 입은 농장 일꾼, 둥글게 말아 겉에 방수포를 씌운 짚 더미, 헛간(삽, 도끼, 갈퀴, 밧줄, 마구, 외발 손수레가 보관됨)에 기대놓은 쇠스랑, 물을 담은 구유가 있는 돼지우리, 태우려고 모은 덤불의 잔가지들, 야외용 간이 의자를 빙 둘러놓은 화덕, 울타리, 지붕이 한쪽으로 기울며 내려앉은 버려진 건물, 고장 난 트럭과 농기구, 건물 주변에 핀 무성한 잡초와 높은 풀, 농장 부지를 둘러싼 나무들, 쥐를 쫓아 헛간 밑까지 킁킁거리는 반려견, 다양한 동물이 사는 숲, 집 처마 밑으로 늘어진 말벌집, 나무를 타고 기어오르는 다람쥐, 살수장치, 칠이 벗겨진 현관의 긴 그네 의자

소리

꼬꼬댁거리고 땅을 긁는 닭, 일출을 알리는 수탉의 울음소리, 킁킁거리고 히힝우는 말, 음매 우는 소, 바람에 삐걱거리는 건물, 외양간 바닥을 두드리는 발굽,

휙휙 움직이는 말 꼬리, 사료를 찾아 여물통을 파헤치는 돼지들, 곡식과 나무들 사이를 훑고 지나가는 바람, 땅에 떨어지는 과일, 바스락대는 잎, 헛간 벽 안을 쪼르르 달려가는 쥐, 횃대에 앉으며 날개를 퍼덕이는 새, 야행성 동물인 코요테와 늑대의 울음소리, 깽깽 우는 여우, 건초 다락에서 꺼낸 뒤 아래로 던지는 건초 더미, 부엉이, 맹금류, 돌아가는 모터의 갈리는 듯한 소리, 나무뿌리를 끊고 돌멩이를 토해내는 쟁기, 타들어 가는 모닥불, 전기톱의 굉음, 나무를 쪼개는 도끼, 윙윙거리는 파리와 벌, 앵앵거리는 모기, 기계의 굉음보다 더 크게 서로를 부르는 인부들, 미풍에 은은하게 울리는 풍경, 천둥소리로 대기를 가득 채우는 여름 태풍

냄새

거름, 작물의 새순, 익어가는 과일, 솔잎, 신선한 짚, 퀴퀴한 헛간, 먼지, 흙, 흰 곰팡이, 햇볕에 따뜻해진 땅, 사향을 풍기는 동물 피부, 휘발유와 디젤 연료, 자동차 엔진오일과 엔진 그리스grease[기계 사이의 마찰을 줄여주는 끈적끈적한 윤활유], 트랙터 배기가스, 비료, 들꽃

맛

단맛이 나는 풀을 씹을 때, 씹는담배 한 줌의 쓴맛, 담배 연기, 땅에서 갓 뽑은 당근, 힘든 하루를 보낸 후에 마시는 찬물, 포일에 싸서 모닥불 석탄 위에서 구운 감자, 핫도그와 불꽃에 그을린 마시멜로, 신선한 과일이나 나무나 덤불에서 바로 딴 베리류, 아이스티, 박하사탕, 갓 구운 빵, 채소, 먼지바람에서 날아온 모래 알갱이

촉감과 느낌

부서지는 흙덩이, 목덜미에 쏟아지는 차가운 물, 땀이 말라붙어 딱딱해진 옷이 피부에 쏠리는 느낌, 손톱 밑에 낀 모래, 보리나 밀 이삭의 뻣뻣한 까끄라기, 한 아름 안은 무거운 장작, 장작을 팰 때 모탕에 박히는 도끼의 진동, 가시나무에 긁히는 느낌, 말을 가둔 나무 울타리의 매끈함, 굳은살이 박인 손, 쓰라린 물집, 밧줄에 쓸려 입은 열상, 튼 입술, 햇볕에 타서 화끈거리는 목과 얼굴, 점심때 마시는 차가운 레모네이드, 과일을 따서 담을수록 점점 무거워지는 나무 들통, 엉겅퀴나 장미 덩굴 가시에 찔리는 느낌, 마음을 편안하게 하는 흔들의자나 현관

그네의 움직임, 힘든 하루 일과를 마친 뒤의 근육통

이 배경에서 벌어질 만한 갈등의 원인

- 추수철에 장비가 고장 난다.
- 농장 기계를 다루다 다친다.
- 땅다람쥐가 판 구멍 때문에 말의 다리가 부러진다.
- 야생동물이 울타리에 구멍을 뚫거나, 외양간으로 들어오거나, 가축이나 사람을 공격한다.
- 밀렵꾼들과 사냥꾼들이 부지에 들어와 돌아다닌다.
- 농작물에 병해충이 퍼진다.
- 도시로 나가고 싶지만 집에 남아 농장 일을 도와야 하는 성인 자녀가 있다.
- 나쁜 날씨 때문에 파종이나 추수가 늦춰진다.
- 가뭄이 몇 년씩 지속된다.
- 가족 중 누군가 죽어서 작업량에 과부하가 걸린다.

이 배경에서 볼 만한 유형의 사람들

- 가족, 농부, 고용된 일꾼, 이웃, 목장 사람, 수의사, 방문객과 조사원

이 배경과 밀접한 다른 배경

- **시골 편** 축사, 닭장, 시골길, 농산물 직판장, 과수원, 목초지, 지하 저장실, 채소밭
- **도시 편** 낡은 픽업트럭

참고 사항 및 팁

어떤 농장은 오로지 농작물만 생산하지만, 어떤 농장은 농작물과 더불어 가축도 기른다. 전자의 경우에는 대부분 몇 가지 다른 작물을 함께 재배한다. 시장 상황이 안 좋아지거나 수확량이 안 좋을 때를 대비하기 위해서다. 농장에 말이 있다면, 밭 한 군데 정도는 말이 먹을 짚을 생산하는 용도로 쓰는 경우가 많다.

나는 말이 안 나올 정도로 키가 큰 초록빛 옥수수밭 한가운데 서서 가만히 귀를 기울였다. 고속도로를 쌩 지나가는 차도, 날카로운 급정거 소리도, 임박한 고통과 피해를 예고하는 사이렌 소리도 없었다. 그저 바람, 저 축복받은 바람만이, 빛나는 작물들 사이로 물결을 일으키며 지나갔다. 그 바람은 내 상실감을 가져가는 대신 식탁에 오를 음식에 대한 약속과 미래의 희망을 그 자리에 채워놓았다.

- **이 글에 쓴 기법** 대비, 다중 감각 묘사
- **얻은 효과** 분위기 설정, 과거 사연 암시

도축장 Slaughterhouse

풍경

트럭에서 떼 지어 내려와 커다란 창고형 건물로 들어가는 동물들, 문신을 새겼거나 귀에 표식을 단 가축, 가금류 고기가 실린 상자, 깃발과 흔드는 도구[막대 끝에 기다란 비닐 조각들을 총채처럼 달아놓은 형태가 많다. 이를 흔들거나 가축들 눈앞에 보여주면서 원하는 방향으로 이동시킨다]를 이용해 동물들을 몰고 가는 직원, 동물을 특정 구역으로 이동시키기 위해 줄지어 세워놓은 판자, 우리로 이동하는 동물 떼, 동물 우리와 대기용 축사, 물을 담은 구유, 컨베이어 벨트, 수압 장비와 코일, 쇠사슬과 호이스트hoist[비교적 가벼운 짐을 들어 옮기는 장치], 보호 장구(모자와 헤어네트, 안면 보호대, 귀마개, 수술용 마스크, 장갑, 비닐 작업복, 앞치마)를 착용한 일꾼, 핏자국과 오물을 씻어내는 데 쓰는 호스, 마취 중인 동물을 모아놓는 별도 공간이나 긴 홈통, 뒷발을 걸어 매단 사체, 도축당한 뒤에도 발을 계속 움직이거나 씰룩거리는 사체, 홈통이나 바닥에 피를 흘리는 동물, 털을 부드럽게 만들기 위한 열탕 수조, 살균과 털을 제거하는 소모기[털을 태우는 기계], 가죽을 벗기는 기계, 냉장고 및 냉각 장치, 줄지어 각자 맡은 작업을 하는 직원들, 내장을 제거하고 사체를 부위별로 자르는 직원들, 사체를 반으로 자를 때 쓰는 큰 톱, 컨베이어 벨트에 실려 운반되는 고기, 내장 및 기타 부위를 실어 나르는 컨베이어 벨트, 쓰레기통, 피가 튄 자국

소리

음매 우는 소, 꿀꿀거리고 쿵쿵거리는 돼지, 고르륵 소리를 내는 칠면조, 꼬꼬댁거리는 닭, 동물들을 앞으로 보내려고 흔드는 도구, 콘크리트 바닥이나 대팻밥 위를 걷는 동물들, 날개를 퍼덕이는 가금류, 나무판자나 벽에 몸을 부딪치는 무거운 동물들, 웅웅거리고 철컹거리는 기계, 뿌려지고 튀는 물, 동물을 부르거나 외치는 직원들, 물을 마시는 동물, 우르릉거리며 움직이는 컨베이어 벨트, 덜거덕거리는 쇠사슬, 소음 때문에 큰 소리로 의사소통하는 직원들, 똑똑 떨어지는 피와 물, 뼈를 자르는 톱, 고기를 자르거나 칼집에 미끄러져 들어가는 칼, 귀마개 때문에 먹먹하게 들리는 소리, 바닥을 걸을 때 끽끽 소리를 내는 고무장화, 직원들의 대화, 호스에 연결된 분무기가 오물을 씻어 배수구로 흘려보내는 소리

가축, 따뜻한 피, 동물의 배설물, 동물의 지방, 살균제, 안면 보호대 속 자신의 숨결

맛

이 배경에서는 등장인물이 가지고 있는 것(껌, 박하사탕, 립스틱, 담배 등) 말고는 관련된 특정한 맛이 없다. 이럴 때는 미각 외의 네 가지 감각에 집중하는 것이 좋다.

촉감과 느낌

목에 자꾸 닿아 거추장스러운 헤어네트, 머리 위에 얹은 헬멧, 무거운 고무장화, 비닐로 된 일체형 작업복이나 앞치마, 손을 둔하게 만드는 장갑, 우리로 가려는 동물에게 훅 떠밀리는 느낌, 금속 벽에 부딪히는 느낌, 돼지나 소에게 밟힌 발, 가금류의 간질간질한 깃털, 대변을 밟는 느낌, 잔털이 서걱서걱한 돼지가죽, 부드러운 소가죽, 소꼬리에 찰싹 맞는 느낌, 무거운 사체를 밀거나 옮기려고 애쓰는 느낌, 열기를 뿜는 소모기, 냉각 장치에서 확 끼치는 냉기, 가죽을 뚫고 가르는 칼, 묵직한 톱, 뼈를 자르는 톱, 지방과 가죽에서 늘어진 끈적한 실 같은 조직, 미끈거리는 내장, 옷과 신발에 튀는 피, 부드러운 고깃덩어리, 물이 튀는 느낌

이 배경에서 벌어질 만한 갈등의 원인

• 안전 장비를 제대로 착용하지 않는 직원이 있다.
• 동물 학대가 벌어진다.
• 장비에 결함이 생긴다.
• 온종일 반복되는 지루한 작업 때문에 실수를 한다.
• 가축에 발병한 광범위한 질병 때문에 오염된 고기가 출하된다.
• 지나치게 깐깐한 조사관이 자주 감사를 나온다.
• 교대 업무 관리자가 고압적인 사람이다.
• 언론이 도축장에 대해 적대적인 보도를 하고, 동물 보호 단체가 시위를 벌인다.
• 사람들이 점점 고기를 덜 먹는 분위기다(윤리상의 이유로, 더 건강한 식생활을 원

해서, 경기 침체로 고기를 먹을 형편이 안 돼서).

- 임시 휴업과 노조 문제가 벌어진다.
- 도축장 일이 싫지만 그만둘 수 없는 상황이다.
- 피를 보면 속이 메스껍다.

이 배경에서 볼 만한 유형의 사람들

- 관리 직원, 조사관, 유지 보수 직원, 여러 분야의 책임자들(매입, 홍보, 판매, 공장 감독), 도축장 직원, 트럭 운전사

이 배경과 밀접한 다른 배경

- 시골길, 농장, 목장

참고 사항 및 팁

모든 동물이 죽는 마지막 순간까지 존중과 배려를 받는다면 더할 나위가 없을 것이다. 문화적 인식과 정부의 규제 덕분에 요즘에는 많은 도축장들이 동물들을 인도적으로 대우하지만, 불행히도 일부 도축장은 그렇지 않다. 이런 도축장은 청결 상태도 안 좋고, 직원들도 불공정한 대우를 받는다. 또한 장비 상태도 엉망이고 작업 과정도 구식인 데다, 동물들을 잔인하게 다룰 때가 많다. 격한 감정이 등장하는 배경이나 부정적인 감정을 강하게 일으킬 배경이 필요하다면 도축장이 안성맞춤일 수 있다.

배경 묘사 예시

출근한 첫날, 지금까지 벌써 네 시간을 일했음에도 여전히 당장이라도 토할 수 있을 것 같았다. 아직 따뜻한 피가 발치의 홈통을 따라 흘렀고, 빨랫줄에 널린 빨래처럼 뒷다리로 대롱대롱 거꾸로 매달린 돼지들이 끝없이 내 앞을 지나갔다. 피가 내 앞치마를 물들였고 바닥에도 피가 튀었다. 옆 사람이 호스로 그 위에 계속 물을 뿌리자, 덕분에 묽어진 피가 더 넓게 퍼져나갔다. 나는 슬쩍 시계를 봤다. 점심시간까지 10분. 나는 장갑 낀 손으로 입을 가리며 음식 생각은 안

하려 애썼다.

- **이 글에 쓴 기법** 직유
- **얻은 효과** 감정 고조

풍경

넓은 물가 근처의 높은 지대에 서 있는 돔 지붕의 원통형 구조물, 가까이 다가오면 눈앞이 확 밝아지는 꼭대기의 회전 불빛, 등대 아랫부분의 덤불과 식물 들, 꼭대기까지 갈 생각이 없는 방문객을 위한 벤치, 쓰레기통, 깃대, 덤불과 들판, 나비, 안으로 들어가는 문, 등대 안에 있는 나선형으로 된 격자무늬의 금속 계단, 손으로 잡을 수 있도록 벽에 부착된 난간, 계단의 일정 구간마다 나타나는 층계참, 벽돌 벽에 난 작은 창, 올라가는 짬짬이 층계참에 모여 숨을 고르는 관광객들, 계단 꼭대기 근처의 천장에 난 작은 문을 통해 들어오는 자연광, 제일 큰 발코니로 이어지는 계단 입구, 등대 꼭대기 둘레를 따라 가슴 높이의 난간이 설치된 기다랗고 좁은 발코니, 꼭대기의 작고 동그란 창문들, 발코니에서 보이는 풍경(물, 백사장, 배, 다리, 자동차, 초록색 언덕이나 들판, 집과 호텔, 건설 기중기, 나무, 땅 위를 천천히 지나가는 구름 그림자), 근무실로 향하는 좁은 사다리, 근무실에 있는 비품들(구급함, 소화기, 보관용품함, 접이의자, 도시락 가방, 전화), 떨어져나간 페인트, 녹슨 자국, 등대지기나 지역 선원을 기리는 명판, 기념품점과 박물관(등대가 역사적 명소일 경우)

소리

계단을 오를 때 나는 거친 숨소리, 등대 내부의 메아리, 금속 계단에 찰강찰강 부딪치는 신발 밑창, 관광객들의 말소리, 여행 가이드의 목소리, 아래쪽에서 들리는 선박의 엔진 소리, 바닷새의 울음소리, 근처 다리 위 차들이 질주하는 소리, 날아다니는 벌레들, 휘파람 소리 같은 바람, 안개 신호소[안개가 발생했을 때 경고음을 내도록 큰 확성기를 설치한 건물. 안개 종을 설치하는 경우도 있다]의 경보음, 회전하는 불빛과 함께 끽끽거리는 기계 마찰음, 경치를 찍는 관광객들의 카메라

냄새

퀴퀴하고 축축한 공기, 내부의 숨 막히는 공기, 바닷물의 짭짤한 냄새, 사람들 무리에게서 나는 뒤섞인 냄새(데오도란트, 헤어스프레이, 땀, 향수)

이 배경에서는 등장인물이 가지고 있는 것(껌, 박하사탕, 립스틱, 담배 등) 말고는
관련된 특정한 맛이 없다. 이럴 때는 미각 외의 네 가지 감각에 집중하는 것이
좋다.

촉감과 느낌

등대 내부의 무겁고 더운 공기, 나선형 계단의 바닥과 꼭대기에서 느껴지는 공
기의 흐름, 계단을 오를 때 종아리가 타는 듯한 느낌, 계단을 점점 높이 올라가
면서 느껴지는 어지러움, 위안 삼아 쓰다듬는 벽돌 벽, 손에 단단히 잡히는 금
속 난간, 발밑에 느껴지는 단단한 계단, 층계참의 열린 창문으로 들어오는 신선
한 공기, 머리카락과 옷에 스며드는 땀, 발코니로 나갔을 때 쉬지 않고 불어오는
바람, 바다 풍경을 보며 난간에 몸을 기대는 느낌, 스카프 끝을 당기고 잡아채는
바람, 툭하면 높은 곳에 오르고 위험한 장난을 하는 아이의 손을 꼭 잡는 느낌

이 배경에서 벌어질 만한 갈등의 원인

- 발코니에서 떨어지거나 누가 떠민다.
- 계단에서 굴러떨어진다.
- 건강상 주의해야 하는 상황(심장병, 고혈압, 임신 등)인데도 용감하게 계단을 오
  른다.
- 고소공포증이 있다.
- 카메라나 휴대전화를 떨어뜨려 잃어버린다.
- 등대의 꼭대기, 아주 잘 보이는 지점에서 범죄를 목격한다.
- 고장 난 불빛 때문에 배들이 위험에 빠진다.
- 관광객들이 있는 등대 발코니에서 프러포즈를 했다가 거절당한다.
- 강한 허리케인이 관리가 허술한 등대를 덮친다.
- 녹슨 계단을 밟고 올라가는데 약간 흔들리는 느낌이 든다.
- 대규모 관광객 무리가 등대를 독점한다.
- 폐장 시간이라는 안내에도 아랑곳없이 사람들이 사진을 찍으며 느긋하게 돌아
  다닌다.

- 누군가 발코니에서 물건을 떨어뜨리는 장난을 친다.
- 등대가 번개를 맞는다.
- 쫓기는 상황에서 등대를 발견하고 숨으려 하지만 결국 위로 올라가는 방법밖에 없다.
- 높은 곳의 발코니를 자살 장소로 쓰려는 방문객이 있다.

이 배경에서 볼 만한 유형의 사람들

- 관리인과 등대지기, 지역 주민, 학생들, 관광객, 여행 가이드

이 배경과 밀접한 다른 배경

- **시골 편** 해변, 바다
- **도시 편** 어선, 항구, 요트

참고 사항 및 팁

사람들이 지금도 등대에 매혹되는 데는 이유가 있다. 세상에는 정말 많은 등대가 존재하지만, 그 등대들은 조금씩 모두 다르기 때문이다. 각 등대 외벽에 그려진 무늬나 표식은 같은 게 하나도 없어도 등대 고유의 특징 덕분에 선원들은 불빛이 없는 낮에도 자신들의 위치를 파악할 수 있다. 이제 등대는 대부분 기계화되어 등대지기가 더 이상 필요하지 않다. 그래도 등대는 역사적으로 중요한 가치가 있기에, 지금도 많은 등대 구조물이 정부나 비영리단체에 인도되어 그들의 책임 아래 관리되고 있다.

배경 묘사 예시

조시는 등대의 주물 계단을 서둘러 올라가며 미친 듯이 숨을 헐떡였다. 30년 전에 이미 불이 꺼진 곳이건만, 이 칠흑 같은 어둠이 고맙기도 하고 저주스럽기도 했다. 그녀는 땀에 젖은 손으로 난간을 쥔 채 벽을 쓸며 올라갔고, 그 바람에 블라우스에 벽돌 사이의 회반죽이 묻었다. 조시는 층계참에서 한참 기다렸다가 남쪽 창으로 밖을 내다보았다. 오늘 밤에는 비록 반달이 떴지만, 구름 한 점 없

는 하늘 덕분에 자기가 마치 등대 불빛이라도 되는 양 휘황한 빛으로 그녀를 쫓아오는 남자를 확실히 비춰주었다. 조시는 벽에 털썩 기대며 터지려는 울음을 억지로 틀어막았다.

- **이 글에 쓴 기법** 빛과 그림자, 다중 감각 묘사
- **얻은 효과** 복선, 긴장과 갈등

로데오   Rodeo

풍경

구경꾼들이나 관람석으로 둘러싸인 흙바닥으로 된 경기장, 경기장과 관객을 분리하는 철제 울타리, 고집스럽게 날뛰는 야생마와 황소 등에 올라탄 사람들, 늘어선 통 주변을 아슬아슬하게 달리는 배럴 레이스barrel race[세 개의 큰 배럴(드럼통)을 세워놓은 주변을, 말을 타고 클로버잎 모양으로 최대한 빠르게 돌아 나오는 로데오 경기. 주로 여성들이 참여한다] 경주자, 송아지를 몰아넣은 다음 올가미를 씌우는 기수, 송아지 레슬링[말을 타고 송아지를 쫓다가 달리는 말에서 뛰어내려 송아지를 땅에 완전히 제압하는 로데오 경기], 경기장 흙바닥에 물을 뿌리는 살수 트럭, 휘날리는 깃발, 여기저기 피어오르는 먼지구름, 등에 참가 번호를 달고 전통 복장(카우보이모자, 부츠, 버튼다운 셔츠, 벨트 버클, 반다나, 청바지와 챕스chaps[카우보이들이 바지 위에 덧입는 다리 보호대. 가죽이나 그와 유사한 재질로 되어 있으며, 한쪽씩 따로 착용한다])을 입은 참가자들, 낙인이 찍히거나 꼬리표를 단 가축, 숫자가 매겨진 통로와 축사, 우리 안에 있는 가축, 황소의 주의를 돌리다 빈 드럼통으로 뛰어 들어가는 로데오 광대[로데오에서 황소 등에서 떨어진 기수를 보호하기 위해 대신 황소의 주의를 끄는 역할을 하거나, 관객의 흥을 돋우기 위해 코믹한 쇼를 펼치는 사람], 전광판에 나타나는 디지털 타이머, 경기장 경계면을 따라 내걸린 광고판, 짚단 더미들, 픽업트럭과 말 운반용 트레일러로 꽉 찬 주차장, 이동식 화장실, 댄스 플로어, 가축 품평회, 부스와 노점이 들어선 전시 공간, 전동 황소, 웨스턴 특유의 복장을 한 어린이들이 올가미 경연이나 송아지 묶기 대회를 펼치는 막간의 하프 타임 공연

소리

컨트리음악, 확성기로 들리는 진행자의 목소리, 큰 소리로 웃고 고함치는 관객들, 박수, 에어 혼air horn[압축 공기를 이용해 경적 소리를 내는 기구]과 소의 목에 달린 방울, 철컹거리며 열리고 쾅 닫히는 문소리, 천둥 치듯 울리는 말발굽, 송아지와 말의 울음소리, 코로 거칠게 숨 쉬는 소, 빠르게 허공을 가르는 올가미 밧줄, 행사 종료를 알리는 경적, 잘그랑대는 마구, 윙윙거리는 파리, 말 꼬리가 찰싹 때리는 소리, 철제 객석을 찰캉찰캉 밟으며 지나가는 카우보이 부츠, 주의를 자

기 쪽으로 돌리려고 동물을 향해 고함치는 로데오 광대, 호객하는 음식 행상인

냄새

먼지, 말, 짚, 가죽, 땀, 동물의 똥, 경기장에서 파는 음식

맛

먼지, 맥주, 탄산음료, 물, 팝콘, 솜사탕, 칠면조 다리, 갈비, 소시지, 나초, 타코, 튀김, 파이, 바비큐 샌드위치, 햄버거, 칠리, 피자, 핫도그, 퍼넬 케이크funnel cake[깔때기(퍼넬) 등을 이용해 반죽을 소용돌이 모양으로 뽑아 굽거나 튀긴 케이크], 도넛, 아이스크림, 시나몬 롤, 기름에 튀긴 음식(닭과 새우, 베이컨, 치즈 케이크)

촉감과 느낌

먼지가 낀 듯한 목구멍, 등을 타고 흐르는 땀, 햇볕에 타는 느낌, 머리에 달라붙는 땀에 젖은 머리카락, 쓰면 간지러운 카우보이모자, 축축한 손수건, 등받이 없는 철제 객석, 성가신 음식을 먹으며 끈끈해지는 손가락, 딱딱한 철제 난간에 기댄 팔, 날뛰는 황소나 야생마가 주는 강한 충격과 덜컹거림, 전속력으로 달리는 말을 탄 느낌, 리드미컬하게 흔들다 던지는 올가미 밧줄, 땅에 떨어졌다가 소 발굽에 밟히지 않으려고 재빨리 옆으로 구르는 느낌, 말을 타고 통 주변을 돌면서 질주하는 느낌, 손에 쥔 거친 밧줄, 햇빛에 따뜻해진 가죽, 손가락을 휙휙 치는 말갈기, 머리 주위로 윙윙대는 파리, 손을 감싸는 무거운 가죽 장갑

이 배경에서 벌어질 만한 갈등의 원인

- 황소나 말에 짓밟힌다.
- 말이 달려가는 동안 등자에 계속 매달려 있다.
- 송아지 뿔에 받힌다.
- 땅에 거꾸로 떨어져 일어날 수가 없다.
- 머리를 발로 차인다.
- 잘하는 경쟁자와 맞붙게 된다.
- 자신의 말이 절뚝거린다.
- 장비에 결함이 생기거나 누군가 고의적으로 경기를 방해한다(고삐와 밧줄이 약

해져 끊어지거나 안장 밑에 가시를 넣어두는 등).
- 심판의 판정에 동의할 수 없다.
- 경기 성적이 나쁘다.
- 매니저나 후원자(후원사)로부터 압력을 받는다.
- 열성적인 팬들 때문에 경기에 집중할 수가 없다.
- 빚 때문에 마권 업자로부터 압력을 받는다.
- 기름진 음식을 너무 많이 먹어 구역질이 난다.
- 술을 지나치게 마셔서 잘못된 판단을 내린다.
- 인파 속에서 아이를 잃어버린다.
- 동물들이 달아난다.
- 자신이 맡은 동물을 잔인하게 다루는 사람이 있다.

이 배경에서 볼 만한 유형의 사람들

- 진행자, 카우보이와 카우걸, 경기의 시간을 재는 사람, 심판, 기자, 로데오 광대, 행상인, 관객

이 배경과 밀접한 다른 배경

- **시골 편** 축사, 시골길, 농장, 목장
- **도시 편** 낡은 픽업트럭, 스포츠 경기 관람석

참고 사항 및 팁

로데오는 거대한 경기장에서 전국에 중계방송되는 규모로 개최되기도 하고, 작은 마을의 소규모 행사로 열리기도 한다. 지방에서 열리는 소규모 로데오는 경기도 몇 가지뿐이고 노점 수도 적지만, 대규모 로데오는 가축 품평회, 다양한 노점들, 쇼핑, 춤, 미인 대회, 취사 마차 경주와 배럴 레이스, 엄청나게 다양한 음식처럼 볼거리가 훨씬 많다. 기본 행사와 규칙, 상과 상품 들 또한 로데오가 열리는 장소에 따라 달라진다.

지나는 송아지가 나오기를 기다리는 동안, 안장 위에 앉아 앞을 보며 호흡을 가다듬으려 했다. 그녀가 탄 말은 확성기를 통해 쩌렁쩌렁 울리는 진행자의 목소리가 하나도 들리지 않고, 바로 옆 통로에 대기 중인 동물의 사향내도 전혀 안 느껴진다는 듯, 돌처럼 가만히 서 있었다. 지나의 다리에 닿는 랜섬의 근육은 살이 아니라 쇠 같았고, 녀석의 귀는 집중하느라 쫑긋 서 있었다. 고삐를 쥔 손이 느슨해지고 신경도 약간 차분해졌을 때, 송아지가 튀어나왔다.

- **이 글에 쓴 기법** 다중 감각 묘사, 직유
- **얻은 효과** 분위기 설정, 긴장과 갈등

목장   Ranch

풍경

탁 트인 목초지와 그 위에 난 오솔길, 긴 흙길, 구불구불 흐르는 시내나 강, 먼지 많은 땅, 발굽이나 부츠가 밟은 자리에서 몽글몽글 피어오르는 먼지, 들꽃, 나무와 덤불, 가시나무와 잡목, 야생 베리류(산딸기, 채진목[산중턱에 자라는 나무로, 흰 꽃이 피고 붉은색에 단맛이 나는 열매가 열린다], 구스베리, 블랙베리), 줄지어 선 울타리, 둥글게 묶어놓은 짚단, 풀을 뜯는 가축들(소, 양, 말, 염소), 사슴과 토끼, 프레리도그와 땅다람쥐, 커다란 헛간, 농기구(쇠스랑, 삽, 쇠갈고리, 낫인, 밧줄 뭉치), 물통과 여물통, 거름 더미, 헛간 구석으로 잽싸게 도망가는 쥐들, 먹이를 담은 들통과 양동이, 가스관, 트랙터, 낡은 타이어, 녹슨 쇠사슬, 물 호스, 임시 대피용 소 우리, 소가 지나는 통로가 앞에 있는 외양간과 말 우리, 가축이 핥는 용도로 쓰는 소금 덩어리, 쌓아놓은 건초 더미, 벽에 기대놓은 엽총, 햇볕 아래 늘어진 고양이, 마구(안장, 고삐, 기본 마구 일체, 등자, 담요, 굴레와 재갈, 말빗)를 보관한 헛간, 말 운반용 트레일러, 고장 난 트럭과 농장 장비, 험한 길에서도 잘 달리는 전지형 차량, 빗물 통, 목장을 가로지르는 모래 회오리바람과 회전초[북미 사막 지역에 자라는 식물로, 수명이 다하면 밑동에서 끊어져 공처럼 둥글게 말린 상태로 이리저리 굴러다닌다], 닭장, 우리 안 땅바닥을 뚫고 올라온 작은 풀을 쪼는 닭과 수탉, 개집, 채소밭, 소젖을 짜는 헛간, 나무 헛간, 나무 더미, 모탕에 박힌 도끼, 마음대로 돌아다니는 개, 평화로이 자리 잡은 농가 본채, 흔들의자가 있는 현관, 목장 스타일의 장식품(마차 바퀴, 소의 두개골, 말편자), 파리, 거미와 거미줄

소리

바람, 히히힝 우는 말, 끽끽 여닫히는 문, 타닥거리는 말발굽, 저녁 식사 때를 알리는 종소리나 그 밖의 신호음, 라디오에서 나오는 음악, 이야기와 웃음, 동물을 부르거나 동물에게 말하는 일꾼들, 말에 장착한 마구가 삐걱거리며 움직이는 소리, 밧줄을 감을 때나 묶을 때 나는 마찰음, 앞발로 땅을 차는 말, 낑낑거리거나 길게 짖는 개들, 땅에 끌리는 카우보이 부츠, 부츠로 진흙을 밟았다 뗄 때 꿀렁거리는 소리, 꼬꼬댁거리는 암탉들, 음매 우는 소, 짚을 밟을 때 나는 바삭 소리, 낡은 트랙터의 엔진이 역화할 때 나는 소리, 시동을 건 트럭, 삐걱거리는 바

퀴, 찰그랑거리는 안전 체인, 쾅 닫히는 트럭 뒷문, 건초 다락 가장자리까지 질질 끌려오는 무거운 건초 더미, 판자 바닥에 또각또각 부딪히는 부츠 뒷굽, 서로를 향해 푸르르 콧소리를 내는 말들, 야옹거리는 고양이, 금속으로 된 말 운반용 트레일러의 경사로를 오를 때 찰강찰강 소리를 내는 말발굽, 다락에서 던지는 건초 더미, 지저귀는 새, 앵앵거리는 곤충, 발사되는 엽총, 철제 먹이통이나 나무 구유에 사료나 낟알을 붓는 소리, 소의 목에 달린 방울, 축사 문이나 적재용 우리 문을 발로 차는 동물들, 양동이에 차는 우유, 쩍 쪼개지는 나무, 홈통에 타닥타닥 떨어지는 물, 끽끽 흔들리는 현관의 흔들의자

냄새

거름, 먼지와 흙, 건초, 말가죽, 땀, 알팔파alfalfa[콩과에 속하는 다년생 식물로 가축이 좋아하는 먹이 중 하나]와 티머시 건초, 더러운 밀짚, 조리 중인 음식, 캠프파이어 연기, 담배 연기, 씹는담배, 가축들, 가죽, 말이 덮는 담요, 안장에 바르는 오일, 녹슨 금속, 비, 소나무, 젖은 땅

맛

입안의 먼지, 침, 물, 담배, 씹는담배, 커피, 차, 맥주, 푸짐한 음식(비스킷, 스튜, 스테이크와 계란, 베이크드 빈baked bean[토마토소스에 넣어 삶은 콩 요리], 햄 스테이크, 미트로프), 신선한 채소, 갓 딴 베리류, 육포, 절이거나 캔에 든 음식

촉감과 느낌

말이 비벼오는 입술에 난 부드러운 솜털, 발에 밟혀 단단하게 다져진 땅, 울타리 난간의 거칠게 잘린 면, 울타리 난간의 맨 윗단에 올라가서 균형을 잡는 느낌, 눈썹에 닿는 카우보이모자, 땀에 젖은 반다나로 닦는 이마의 땀, 거친 나일론 밧줄, 말의 따뜻한 옆구리, 거름과 진흙이 엉겨 붙은 무거운 작업용 장화, 햇볕에 따뜻해진 금속 잠금 장치, 섬세하게 직조된 말 담요, 방금 딴 채소에 묻은 흙먼지, 목덜미에 쏟아붓는 물, 햇볕에 타는 느낌, 엉킨 말의 갈기나 꼬리털을 푸는 느낌, 손에 스치는 말의 거친 갈기, 요통, 두통, 일사병, 탈진, 안장 위에서 느끼는 진동, 손가락 사이로 느껴지는 가죽 고삐, 암소의 젖꼭지를 일정한 동작으로 쥐어 우유를 짜는 느낌, 밤이 되면서 피부에 닿는 시원한 바람, 해바라기씨를 쪼개는 느낌, 주의를 끌고 싶어서 머리로 들이받는 동물, 청바지에 걸리는 무릎까

지 오는 풀, 건조한 입안이나 목구멍, 가시나무가 옷을 뚫고 찌르는 느낌, 엽총을 쏜 직후의 반동, 무거운 우유 통이나 먹이통을 들었을 때 손잡이가 손을 파고드는 느낌, 낡은 픽업트럭을 타고 목초지의 패인 자국이나 구멍 위를 달릴 때 위아래로 덜컹덜컹하는 느낌

이 배경에서 벌어질 만한 갈등의 원인

- 가뭄이 들어 가축에게 물을 공급하기 어렵다.
- 사료비가 급등한다.
- 목장주가 경제적 어려움을 겪는다.
- 잔인한 성향을 가진 일꾼이 있다.
- 말에게 걷어차인다.
- 땅을 잃는다(소송이나 정부의 개입 등으로).
- 특정 목장에서 생산된 고기로부터 살모넬라균 감염 사태가 벌어진다.

이 배경에서 볼 만한 유형의 사람들

- 가축 번식업자, 카우보이와 카우걸, 가축이나 신선한 육류를 구입하려는 고객, 가족 구성원, 편자공, 손님과 방문객, 일꾼, 목장 주인, 수의사

이 배경과 밀접한 다른 배경

- **시골 편** 축사, 시골길, 농장, 풀밭, 목초지, 로데오, 연장 창고, 채소밭
- **도시 편** 낡은 픽업트럭

참고 사항 및 팁

농장은 주로 농작물을 재배하는 곳이지만, 목장은 가축을 기르는 곳이라는 점에서 목장과 농장은 미묘하게 다르다. 가축을 키우는 목적은 도축이나 번식일 수도 있고, 식품 제조(우유 생산을 위한 젖소 사육)나 판매일 수도 있다. 두 배경 모두 시골이고 목적도 비슷하기 때문에, 겹치는 부분이 어느 정도 있다.

맨디는 하품을 억지로 참으며 울타리의 매끄러운 윗단에 턱을 올려놓았다. 선댄서가 먼지 자욱한 마당 한가운데 서 있었고, 그 옆으로 로건이 연습용 고삐를 들고 선댄서를 향해 조심조심 다가가는 모습이 보였다. 어둠 때문에 아직 앞이 잘 보이지 않았다. 태양은 이제 겨우 동쪽 들판 위를 향하기 시작한 참이었다. 아무리 성질이 고약한 짐승이라 해도 하룻밤을 잘 쉰 뒤에는 그나마 말을 듣는 편이라, 지금 같은 새벽이 말을 길들일 최적의 시간이었다. 맨디는 눈을 가늘게 뜨고 분홍빛 줄이 가로지른 어둠을 지켜보며, 오빠가 쓰는 방법을 배울 작정이었다.

- **이 글에 쓴 기법**   빛과 그림자
- **얻은 효과**   성격 묘사

목초지 Pasture

풍경

풀과 클로버가 섞인 울타리 속 방목장, 풀을 뜯는 동물들(양, 소, 말), 동물의 똥 덩어리, 파리, 돌멩이, 울타리 말뚝과 철조망, 목초지를 가로지르는 농장 트랙터와 차량이 밟고 지나간 긴 자국, 트럭들이 바로 옆 자갈길을 급히 지날 때 꽁무니에서 피어오르는 먼지기둥, 점점이 색을 더하는 들꽃들, 들쭉날쭉한 나무들이 자리한 부지, 빗물이 모여 만들어진 계곡이나 진창, 멀리 보이는 농가나 농장 건물, 근처 들판에서 작업 중인 트랙터와 농장 장비, 목초지를 가로지르며 흐르는 시냇물과 그 주변에 핀 부들, 구멍에서 머리를 내미는 땅다람쥐, 개미가 땅위에 만든 흙더미, 머리 위로 날아가는 새, 먹이를 찾아 어슬렁거리는 코요테, 숨으려고 도망가는 토끼와 쥐

소리

풀밭을 가르며 부는 바람, 동물들의 울음소리, 풀이 뜯기고 씹히는 소리, 흙을 밟고 다니는 발굽, 목초지를 전력 질주하는 말, 휙휙 움직이는 꼬리, 윙윙대는 파리, 날씨가 내는 소리(천둥, 돌풍, 바닥에 떨어지는 빗방울), 비에 젖은 지 얼마 안 되는 땅을 걸을 때 나는 철벅철벅 소리, 풀밭을 잽싸게 뛰어가는 쥐, 부엉이 울음소리, 매와 독수리가 먹이를 찾으며 머리 위로 날아갈 때 내는 울음소리, 우르릉거리는 트랙터, 근처 길을 지나가는 자동차

냄새

햇볕에 따뜻해진 흙, 먼지, 폭풍우 뒤의 신선한 공기, 비, 피어나는 꽃들, 동물 가죽, 거름

맛

이 배경에서는 등장인물이 가지고 있는 것(껌, 박하사탕, 립스틱, 담배 등) 말고는 관련된 특정한 맛이 없다. 이럴 때는 미각 외의 네 가지 감각에 집중하는 것이 좋다.

다리에 닿으며 미끄러지는 풀, 발밑의 푹신한 땅, 옷에 달라붙는 까끌까끌한 풀, 옷과 피부를 떨리게 하는 미풍, 말의 느린 걸음, 구멍에 발을 헛디뎌 넘어지는 말, 동물의 따뜻한 옆구리, 햇볕에 따뜻해진 정수리, 머리 주위로 윙윙거리며 날아다니는 파리 한 마리, 모기에 물리는 느낌, 햇볕에 데워진 돌멩이, 꽃을 뽑을 때 같이 딸려나오는 흙투성이 뿌리, 양말에 들러붙는 도꼬마리 같은 갈고리 풀, 전지형 차량을 타고 목초지를 달릴 때의 덜컹거림, 동물 떼가 우르르 뛰어갈 때 느껴지는 땅의 진동

이 배경에서 벌어질 만한 갈등의 원인

- 울타리가 망가져 포식자가 들어오거나 동물들이 탈출한다.
- 동물이 울타리에 낀다.
- 도둑이 풀을 뜯는 가축을 훔쳐 간다.
- 사람들이 재미로 동물에게 총을 쏜다.
- 농장에서 너무 가까이 사냥하는 밀렵꾼들의 총에서 총알이 빗나간다.
- 땅벌 집을 밟는다.
- 타고 있던 말에서 떨어진다.
- 영역 본능이 강한 황소가 지키는 목초지를 건너간다.
- 우르르 몰려가는 소 떼에 휘말려 다친다.
- 풀어놓은 동물들을 데리러 갔다가 한 마리가 모자라는 것을 발견한다.
- 가뭄이나 과한 방목 때문에 토질이 망가진다.

이 배경에서 볼 만한 유형의 사람들

- 가족 구성원, 농부, 목장 주인

이 배경과 밀접한 다른 배경

- 축사, 시골길, 농장, 목장

목초지는 별다른 사건이 일어나지 않는 조용하고 고요한 장소라 이상적인 배경이 아니라고 생각할지도 모른다. 하지만 여기에서 오는 대비감이 때로는 장면에 생명력을 불어넣는다. 예를 들어, 평온하게 말을 타고 가던 중 말이 등에 태운 사람을 메다꽂는 바람에 급박한 상황으로 돌변하거나, 농부가 자신의 목초지를 치우다 거대한 무덤을 발견하거나, 누군가의 비명이나 총소리가 듣기 좋은 새들의 지저귐과 곤충의 재잘거림을 단숨에 멈추게 하는 것처럼 말이다. 이렇듯 대비는 이야기에 강력한 도구가 될 수 있으니, 이 도구를 효과적으로 써서 평화로운 배경을 떠들썩하게 바꿔보기 바란다.

배경 묘사 예시

천천히, 나는 할아버지의 목초지를 걸었다. 한때 초록색이었던 풀들은 갈색으로 흩어져 누덕누덕해졌고, 심지어 바람이 흔들기에도 모자랄 정도로 짧았다. 샌들의 밑창을 통해 땅이 얼마나 울퉁불퉁하고 딱딱해졌는지 느낄 수 있었다. 나는 햇빛을 피해 눈을 가리고 마음속으로 예전 모습을 그려보았다. 바다 물결처럼 바람에 일렁이던, 흡사 햇빛으로 만들어진 들판 같았던, 어른 반만 한 높이의 황금빛 밀밭. 하지만 그건 2009년 여름 이전의 얘기였다. 이제는 내가 무슨 짓을 해도 이곳을 살릴 수 없다.

- **이 글에 쓴 기법** 직유
- **얻은 효과** 과거 사연 암시, 시간의 경과

묘지

Graveyard

풍경

철제 울타리와 정문, 무덤과 무덤 사이를 구불구불 잇는 포장도로, 예배당, 햇빛에 하얗게 변색된 천사 석상, 글이 새겨진 묘비(흰색, 검은색, 회색의 대리석이나 콘크리트, 화강암으로 만든), 영묘[유명한 인물이나 부유한 집안에서 이용하는 구조물(주로 작은 건물) 형태의 묘], 가족 묘지로 쓰려고 줄로 막아놓은 구역, 잘 가꾼 잔디밭, 예쁘게 장식한 화단, 벤치, 무덤에 두고 간 생화나 조화, 마른 꽃이나 화환, 검은색 옷을 입고 무덤 주변에 늘어선 조문객들, 굴착용 장비(사람들 눈에 띄지 않게 됐다가 방문객이 없는 시간에 사용하는), 종교적 인물이나 상징을 표현한 석상, 가지에 이끼가 달린 채 새로 옮겨 심어진 나무, 묘비 앞에 남겨진 인물 액자나 의미 있는 작은 물건들, 차들이 일렬로 뒤따르는 영구차, 장례식을 치르는 모습(성경책을 든 사제, 관, 조문객들, 생화, 옆에서 대기 중인 인부들), 기도문이 쓰인 명판, 유골함을 보관한 추모 벽, 새, 다람쥐, 얼룩다람쥐, 장식으로 쓰인 바위와 돌, 촛불, 돌보는 사람이 없어 보이는 오래된 무덤들(무덤 위에 쌓인 나뭇잎이나 나뭇가지, 고르지 못하거나 웃자란 잔디, 죽은 나무와 풀, 부서지거나 금이 간 묘비, 부서진 석조 부분, 변색된 묘비, 망가진 문, 금이 가서 사이사이에 잡초가 삐죽이 나온 시멘트 길)

소리

울거나 코를 훌쩍이는 조문객들, 낮은 목소리로 이야기하는 사람들, 속삭이는 기도문, 묘지에서 죽은 꽃을 치울 때 나는 바스락 소리, 사각사각 소리를 내는 전지가위, 빗자루로 바닥을 쓰는 인부, 잔디 깎는 기계, 점점 다가오다 도로변에서 멈추는 영구차들과 자동차들, 무덤을 파는 작업 때(이용 시간 이후에 하는) 나는 소리, 관을 땅속으로 내릴 때 들리는 기계의 작동음, 관 위로 떨어지는 한 줌의 흙, 소리 내어 표현하는 슬픔(통곡, 신음, 깊은 흐느낌), 장례식을 집전하거나 위로의 말을 건네는 사제, 끽끽거리며 여닫히는 문, 잔디밭과 나무 사이에 부는 바람, 새와 작은 동물 들, 길을 따라 걷는 느린 발걸음, 멀리서 들리는 교회 종소리, 돌길에 떨어져 굴러가는 낙엽들, 무덤 앞에서 사랑하는 고인에게 무언가를 속삭이는 조문객

냄새

갓 깎은 잔디, 뜨거워진 돌, 갓 파낸 땅, 무덤에 바친 생화, 향수나 애프터셰이브 로션, 계절과 관련된 냄새(겨울의 차가운 공기, 이른 봄이나 늦가을의 비와 안개, 봄과 여름에 자라는 식물의 새순)

맛

이 배경에서는 등장인물이 가지고 있는 것(껌, 박하사탕, 립스틱, 담배 등) 말고는 관련된 특정한 맛이 없다. 이럴 때는 미각 외의 네 가지 감각에 집중하는 것이 좋다.

촉감과 느낌

차가운 묘비, 보도에 닿는 신발, 잔디밭에 자꾸 파묻히는 하이힐 굽, 무감각한 슬픔, 녹슨 철제 울타리 기둥, 묘비에서 나온 부드러운 먼지, 손으로 쥐자 버스럭거리는 마른 꽃, 뺨을 타고 흘러내리는 눈물, 사랑하는 이의 손을 꼭 쥐는 느낌, 무릎을 꿇거나 앉을 때 느껴지는 따갑고 거친 풀, 매끈한 생화, 주먹에 말라붙은 흙, 따끔거리는 눈, 목을 메이게 하는 눈물, 흐르는 콧물, 손에 쥔 땀에 젖은 휴지, 축축한 손수건

이 배경에서 벌어질 만한 갈등의 원인

- 누군가 무덤을 망가뜨리고 묘비에 낙서를 한다.
- 사이가 안 좋은 가족이 같은 시간에 무덤을 찾아온다.
- 무덤 곁에 둔 물건(꽃, 의미 있는 징표와 유품, 편지)이 없어진다.
- 저명인사의 장례식에 과격한 파파라치가 나타난다.
- 묘지에서 누군가가 자신을 감시하는 듯한 느낌을 받는다.
- 쉽게 감정이입을 하는 성격인데, 감정이 격해진 상황에서 묘지에서 열리는 장례식에 참석한다.
- 초자연적인 현상을 겪는다.
- 홍수나 지하수 때문에 관이 밖으로 드러난다.
- 묘지 관리인에게 병적인 페티시즘fetishism[특정 물건이나 신체 부위 등에서 성적인 흥

분과 만족감을 얻는 행위 혹은 그 대상]이 있다.

- 도굴꾼이 무덤을 노린다.
- 관을 땅속으로 내릴 때 기계가 오작동한다.
- 무덤 주변을 성지처럼 꾸며놓거나 무덤에 아예 눌러살 만큼 슬픔을 극복하지 못하는 친척이 있다.
- 조문객 중에 이상한 사람이 있다(장례식 중에 웃는 등).
- 아무도 떠올리고 싶어 하지 않는 사건(매춘부와의 경솔한 행동, 불륜, 체포 등)을 기억나게 하는 조문객이 참석한다.

이 배경에서 볼 만한 유형의 사람들

- 묘지 관리인, 성직자, 가까운 가족과 친구들, 조문객, 기물을 망가뜨리고 다니는 사람, 묘지를 일부러 찾아온 방문객이나 관광객(역사적인 장소일 경우)

이 배경과 밀접한 다른 배경

- **시골 편** 교회/성당, 영묘, 경야
- **도시 편** 장례식장

참고 사항 및 팁

문화와 풍습은 묘지에도 종종 영향을 미친다. 이야기에서 묘지가 중요한 배경이라면, 조문객과 고인의 민족적 배경을 고려해서 혹시 죽음에 관한 특정한 풍습이나 믿음이 있는지 생각해두어야 한다. 그에 따라 무덤의 겉모습이 바뀔뿐더러 종교적인 절차들도 달라지고, 조문객들의 행동도 그에 걸맞게 묘사할 수 있기 때문이다.

배경 묘사 예시

달이 뜨자, 내 조상들이 묻힌 묘지는 모습을 바꾸었다. 기도하는 아이들이나 날개 달린 천사를 묘사한 닳아빠지고 얼굴도 없어진 조각상들에 반투명한 달빛이 생기를 불어넣었다. 갈라진 틈이 희미해졌고 깨진 모서리는 완만해졌다. 기울어진 묘비들은 그 안에 새겨진 글자마저 유구한 시간 속에 사라진 지금까지도 의무를 다하듯 달빛 아래 위풍당당하게 서 있었다. 나는 뒤얽힌 잡초 속을 걸어 묘지 뒷문 쪽 비어 있는 부지까지 왔다. 오래된 참나무 그늘 아래 있는 바로 이 자리가 내가 누울 자리였다. 언젠가 다시는 이곳을 벗어나지 못할 날이 올 거라고 예감하며 이슬 맺힌 잔디 위에 서 있는 기분은 정말이지 묘했다.

- **이 글에 쓴 기법** 대비, 빛과 그림자, 의인화
- **얻은 효과** 분위기 설정, 감정 고조

박제 가게 Taxidermist

유리로 된 출입문, 벽에 걸린 동물 머리, 머리가 달린 가죽을 벽에 쫙 늘여 건 모습, 나비 표본과 유리 덮개 아래 핀으로 꽂은 딱정벌레, 날고 있는 모습으로 고정된 새, 자연스러운 자세를 취한 실물 크기의 동물들, 사슴뿔들, 금전등록기, 유리 장식장 안에 있는 동물 가죽과 사슴뿔로 만든 판매용 제품들(지갑, 칼, 병따개), 라디오, 선풍기, 의자, 트럭 짐칸에 실어 배송할 때 외부 환경으로부터 보호하기 위해 제품에 씌우는 비닐 포장재들, 작업장과 처리실로 들어가는 문, 양쪽 측면의 턱을 높였거나 액체가 고일 수 있도록 홈통이 달린 철제 작업대, 쥠쇠, 고무장갑 보관 상자, 돋보기 및 이동이 가능한 머리 위 조명 시설, 쟁반에 놓인 도구들(철사로 만든 브러시, 메스, 핀셋), 제거한 살점과 뼈를 담을 용기, 쓰레기통, 물청소용 호스, 싱크대, 가죽에서 남은 살점 등을 제거하는 작업을 하기 위해 가죽을 씌우거나 걸어두는 용도로 쓰는 길고 납작한 기둥, 무두질용 용액이 담긴 드럼통, 작업대를 세워놓는 야외 공간, 우레탄폼으로 만든 각기 다른 크기와 자세의 동물 모형들, 각종 받침대, 작업대에서 쓰는 도구들(절삭 도구, 사포, 에폭시, 철사, 굵은 단섬유, 접착제를 담은 들통, 바늘과 핀), 유리나 플라스틱으로 만든 눈알들을 보관한 서랍, 소금 통, 가죽 손질용 오일 및 화학약품, 실제 자연을 보는 듯한 효과를 주는 조경용품(실크나 플라스틱으로 만든 잎, 건조된 천연 골풀, 돌, 솔방울, 나뭇가지), 작은 작품(새, 도마뱀, 뱀 등)에 쓰는 유리 상자와 테라리엄terrarium[밀폐된 작은 유리병, 또는 그 유리병 안에서 작은 식물을 재배하는 일], 깃털과 털을 부풀려주는 드라이어, 코르크판에 핀으로 꽂은 스케치와 그림, 동물 관련 참고 서적들, 영감을 받기 위해 붙여둔 움직이는 모습이 담긴 동물 포스터와 사진

살에서 가죽을 발라내는 칼질, 전동 공구, 털을 말리는 드라이어, 걸어둔 가죽에서 똑똑 떨어지는 무두질용 용액, 우레탄폼을 매만지며 완벽한 모양이 나올 때까지 하는 사포질, 뒤적이는 참고 서적, 종이에 스케치하는 연필, 우레탄폼으로 만든 기본 골격 위에 가죽을 씌우기 전에 접착제를 솔로 바르는 소리, 흙과 부

스러기를 털어내기 위해 철사로 만든 브러시로 털을 빗는 소리, 바닥에 놓는 작은 해부용 칼, 바닥에 떨어지는 핀, 배경에 들리는 라디오, 바닥을 굴러가는 바퀴 달린 의자, 싱크대로 쏟아지는 물, 작업장을 씻어내는 분무기 달린 호스

냄새

피, 동물 가죽, 비누와 소금, 세척제와 스프레이, 접착제, 플라스틱, 나무, 무두질 용액에서 나는 화학약품 냄새

맛

이 배경에서는 등장인물이 가지고 있는 것(껌, 박하사탕, 립스틱, 담배 등) 말고는 관련된 특정한 맛이 없다. 이럴 때는 미각 외의 네 가지 감각에 집중하는 것이 좋다.

촉감과 느낌

미끈한 깃털, 부드러운 가죽, 털이 엉킨 부위와 씨름하는 느낌, 절단 작업을 편하게 하기 위해 관절을 이리저리 움직여보는 느낌, 엄지와 검지로 꼭 잡은 작은 해부용 칼, 엉겨서 방울진 지방과 손가락에 들러붙는 내장, 고무 같은 질감의 살점, 가죽 아래에서 부러진 뼈가 찌르는 느낌, 라텍스 장갑에서 느껴지는 고운 가루, 손가락에 닿는 차가운 사체, 손에 떨어지는 물줄기, 부드러운 털, 끈적한 접착제, 소금 알갱이, 우레탄폼 골격 위로 가죽을 당겨 씌워 맞추는 느낌, 제자리에 두기 위해 철사로 고정하는 꼬리, 보이지 않게 가장자리를 바느질하면서 필요에 따라 부분에 힘을 주며 가죽을 늘이는 느낌

이 배경에서 벌어질 만한 갈등의 원인

- 박제사가 자신의 일에 윤리적 갈등을 느끼며 고민에 빠진다.
- 스포츠를 위해 동물을 죽이는 곳에서 일하기를 거부한다.
- 작업을 망쳤는데 고객에게 그 사실을 말해야 한다.
- 작업을 망쳤는데 그 사실을 숨기려 한다(가죽에 뚫린 구멍을 기우는 식으로).
- 사람으로 만든 작품들을 몰래 소장한 박제사가 있다.
- 박제사에 대한 사회적 편견과 싸우느라 괴롭다.

이 배경에서 볼 만한 유형의 사람들

• 동물 수집가, 죽은 반려동물의 주인, 사냥꾼, 박제사

박제사는 지역 야생 생물을 보존하는 목적의 소규모 사업체를 꾸릴 수도 있고, 지역 및 해외 동물을 취급하는 기업에서 일할 수도 있다. 박제사는 자신의 수확을 기념으로 남기고 싶은 사냥꾼, 죽은 반려동물을 떠나보내지 못해 괴로워하는 주인, 죽은 동물을 발견해 살아 있을 당시의 아름다움을 보존하고자 하는 사람들 등 다양한 고객을 만난다.

박제사는 성별에 관계없이 될 수 있으며, 자신들의 직업을 예술의 일환으로 간주한다. 대부분의 박제사들은 자신의 작품에 생명의 숨결을 다시 불어넣는 데 아주 열정적이다. 일부 박제사는 윤리적인 한계를 두고 있어서 멸종 위기종이나 스포츠 사냥 등으로 죽은 동물을 박제하는 일은 거부한다는 점을 기억하자. 이런 점이 이야기를 엮어가는 중에 넣을 수 있는 세부적인 사항이 되는데, 덕분에 이야기에 현실성이 더해지고 박제사는 왠지 기분 나쁜 의도를 가진 으스스한 사람들이라는 상투적인 생각을 깰 수 있다.

전시장에 들어서자 나는 또 한 번, 이 일은 터너 부인이 직접 할 수도 있었을 텐데 하는 후회의 마음이 들었다. 실물 크기의 곰이 내 위로 발톱을 번쩍이며 모습을 드러냈다. 벽에 달린 사슴 머리들은 내가 혹시 자기들을 사냥한 범인이 아니냐는 듯한 시선으로 나를 쳐다봤다. 하지만 야생동물들은 반려동물에 비하면 아무것도 아니었다. 이 박제들은 모두 허리 높이에 있어서 도무지 그들의 시선을 피할 수가 없었다. 한쪽으로 고개를 갸웃한 테리어 한 쌍, 장난치는 모습을 다양하게 재현한 고양이들, 강아지 침대에 몸을 말고 누운 페키니즈, 바위 뒤에서 몸을 쏙 내민 흰 족제비. 다들 너무도 생생했지만, 그것은 빛이 그들의 눈을 비출 때만이었다. 그들의 눈은 공깃돌처럼 움직임이 없고 공허했다. 입에 쓴맛이 돌았다. 내 괴짜 이웃이 그토록 사랑하는 자신의 체커스를 영원히 기억하고 싶다면, 두말할 것 없이 바로 여기서 그 바람을 이룰 수 있을 것이다.

- **이 글에 쓴 기법**　직유
- **얻은 효과**　성격 묘사, 과거 사연 암시

버려진 광산

풍경

거친 바위와 흙벽, 양옆을 지지하고 천장까지 둘러진 두꺼운 기둥, 거의 바로 아래로 떨어지는 수직갱도, 먼지와 흙, 밖에서 안으로 바람에 쓸려 들어가는 잔해들(나뭇가지, 나뭇잎, 종이, 쓰레기), 손잡이가 부러진 곡괭이나 삽, 끊어진 사슬 조각, 녹슨 못과 나사, 석탄 운반용 낡은 레일, 녹슬거나 망가진 손수레, 썩은 나무 울타리, 깨진 도시락 통, 물웅덩이, 침수된 구역, 벽에서 스며나온 물, 갱도가 무너질 때를 대비한 대피 공간, 낮은 천장, 바위에 난 드릴 자국, 검게 그을린 폭발 자국, 폭발물을 감았던 전선 조각, 박쥐, 벌레, 폐쇄된 갱도, 썩은 나무와 합판, 울퉁불퉁한 땅, 좁은 통로, 천장에서 똑똑 떨어지는 물방울, 촛불을 고정시키려고 드릴 구멍에 꽂아놓은 말뚝, 흘러내린 촛농, 깨진 전등, 건부병으로 약해진 목재 때문에 덜컹거리는 선로, 붕괴와 낙석으로 만들어진 돌무더기, 웅덩이와 번들거리는 벽 표면에 반사되어 비치는 손전등이나 헤드램프의 불빛, 땅에 흩어진 작은 동물들의 뼈(쥐, 도마뱀, 박쥐), 곳곳에 팬 흔적이 남은 낡고 녹슨 안내판, 바위에 새겨진 이름, 페인트로 한 낙서

소리

메아리, 바위에 질질 끌리는 부츠, 굴러떨어지는 낙석, 삐걱거림, 옮겨지는 목재들, 떨어지는 물방울, 밖에서 어렴풋이 들려오는 소리(지나가는 트럭, 공사 현장 소음), 크게 들리는 숨소리, 틈이나 출구에서 들어와 갱도를 타고 내려가는 바람, 갱도가 무너지며 내는 굉음, 사람 목소리, 박쥐가 날개를 퍼덕이는 소리와 찍찍대는 소리, 돌 위로 후다닥 도망가는 작은 동물

냄새

냉기, 퀴퀴한 공기, 바위와 돌멩이, 곰팡이, 흰 곰팡이, 썩어가는 나무, 거품이 인 웅덩이, 땀, 먼지, 유독가스

맛

주변 바위와 광물의 영향으로 오존의 맛이 느껴지는 공기, 물웅덩이 때문에 토

탄[땅속에 묻힌 지 오래되지 않아서 완전히 탄화하지 못한 석탄] 맛이 나는 습기, 입에 들어온 먼지 때문에 이에 낀 모래, 메마른 입, 침, 쭉 들이키는 물통의 물

촉감과 느낌

거친 바위, 손가락에 스치는 딱딱한 작업용 장갑의 안쪽, 좁은 공간에서 특수한 작업을 하느라 느껴지는 요통, 낮은 천장에 쾅 부딪힌 머리, 터널을 따라 돌멩이들 위를 기어가면서 얻은 무릎의 찰과상, 목덜미로 흘러내리는 땀, 큰 바위와 노출된 암석에 까진 손마디, 비좁은 공간에서 다른 사람과 스치는 느낌, 얇은 이판암과 자갈돌 위에서 미끄러지는 느낌, 틈 사이로 흘러나와 얼굴에 쏟아지는 먼지 자욱한 토사, 손전등의 고무 손잡이, 손바닥으로 두드려보는 건전지가 닳아 깜빡이는 손전등, 맨살을 오싹하게 하는 냉기, 무거워지거나 뜨거워지는 공기, 분필 가루 같은 먼지, 피부를 간지럽히는 거미줄, 산소가 급격히 줄어든 구역을 지날 때의 가벼운 현기증, 온통 썩은 침목 때문에 덜컹거리는 선로, 길을 찾기 위해 벽을 더듬는 손, 전등이 나가면서 완전한 암흑 속으로 떨어질 때 철렁 내려앉는 가슴, 짓눌리는 느낌이나 산소가 모자라는 느낌, 출구를 알 수 없을 때 엄습하는 공포, 웅덩이를 밟았을 때 부츠 안으로 스며드는 악취 나는 물, 알 수 없는 메아리와 누군가의 숨소리 때문에 오싹해지는 느낌

이 배경에서 벌어질 만한 갈등의 원인

- 수직갱도에서 떨어져 다친다.
- 길을 잃고 음식과 물도 바닥난다.
- 무너진 갱도에 갇힌다.
- 산소가 부족하다.
- 빛이 없어 앞이 보이지 않는다.
- 혼자 있는데 뭔가가 움직이는 소리가 들린다.
- 유독가스가 고인 지점에 들어선다.
- 잠들었다가 쥐에게 물린다.
- 녹슨 장비에 긁혀 다친다.
- 못을 밟거나 어두운 곳에서 발목을 삔다.
- 체온이 너무 오르거나 저체온증을 일으킨다.

- 지하에 있다는 사실 때문에 공황 발작을 일으킨다.
- 이어진 갱도 저편에서 어떤 빛이 다가온다.
- 혼자 있는데 어둠 속에서 뭔가가 숨 쉬는 소리가 들린다.
- 갱도 안에서 그 지역 내력에 맞지 않는 벽의 낙서나 유물을 발견한다.

이 배경에서 볼 만한 유형의 사람들

- 마약 복용자, 탐험가, 지질학자, 재미로 들어온 무모한 십 대

이 배경과 밀접한 다른 배경

- 동굴, 채석장

참고 사항 및 팁

지하 갱도는 춥다고 생각하기 쉽지만, 광산의 온도는 위치와 부근의 지질학적 형성 과정에 따라 모두 다르다. 어떤 광산은 춥지만, 어떤 광산은 견딜 수 없을 정도로 뜨겁다. 또 안으로 내려갈수록 어떤 곳은 더워지고 어떤 곳은 점점 시원해진다. 광산은 그 안에 있는 가스의 종류도 다양하다. 폐광한 지 한참 뒤에도 가스가 남아 있는 경우가 있다. 황화수소처럼 일부 가스는 무해하지만 불쾌한 냄새가 난다. 하지만 독성이 매우 강하고 가연성인 일부 가스들(일산화탄소, 라돈, 메탄가스 등)은 냄새가 전혀 안 나기 때문에 버려진 광산은 굉장히 위험한 곳이다. 그래서 현대식 광산은 폐광하는 경우 구식 광산(이 장에서 묘사된 바와 같은)과는 아주 다른 조치를 취하고, 출입하는 사람이 없도록 더 강력한 보안 도구를 쓴다.

배경 묘사 예시

재닛은 나에게 자기 손전등을 건네더니 갱도를 덮고 있던 썩어가는 합판을 떼어냈다. 그녀가 갈라져 떨어진 나무를 죽은 관목 속으로 던지자 입을 벌린 검은 구멍이 드러났다. 그곳에 손전등을 비췄지만 그 어둠을 파고들기에는 역부족이었다. 여기에 오자는 건 내 생각이었지만, 내 머릿속은 갑자기 숙제와 곧 닥칠

시험 생각으로 가득 찼다. 재닛은 팔짱을 끼고는 다 안다는 듯 나를 보며 히죽히죽 웃었다. 그녀는 나를 여기에서 내보낼 생각이 없었다.

- **이 글에 쓴 기법** 다중 감각 묘사
- **얻은 효과** 성격 묘사, 복선, 긴장과 갈등

사냥 오두막 　　　　　　　　　　　　　　Hunting Cabin

풍경

외벽 가까이 자란 키 큰 풀과 들꽃, 화덕, 옥외 변소, 나뭇조각들이 수북한 가운데 자리한 장작 더미와 모탕으로 쓰는 그루터기, 뚜껑 덮인 우물, 시냇물 주변 진흙에 남은 동물 발자국, 오두막 주변을 쿵쿵거리고 다니는 그 지역에 사는 동물(곰, 사슴, 코요테, 뇌조, 다람쥐, 여우), 땅을 뒤덮은 덤불과 나무, 통나무를 진흙으로 쌓아서 만든 작은 구조물, 뒤틀린 문틀로 이어지는 반쯤 썩은 계단, 낙엽과 나뭇가지가 쌓여 아래로 처진 지붕, 처마 밑 버려진 새 둥지, 어깨로 밀어야 열리는 빽빽한 현관문, 녹슨 고리에 매달린 찌그러진 기름 랜턴, 재와 검은 숯 토막이 가득한 장작 난로나 벽난로, 먼지로 뒤덮인 가스레인지, 나무로 된 마루, 문 근처에 있는 오래된 총 보관대, 거친 합판으로 만든 선반, 취침용 다락, 곧 쓰러질 듯한 나무 벤치, 더러운 창문, 바닥에 흩어진 쥐똥, 먼지, 문 아래쪽의 씹힌 자국, 작은 동물들이 드나들 수 있는 바닥의 구멍이나 벽 이음매의 틈, 거미줄에 뒤덮인 양철 컵과 찌그러진 주전자, 창틀에 죽어 있는 파리와 말벌, 마룻바닥을 쌩 가로질러 틈새를 통해 밖으로 빠져나가는 쥐

소리

바람에 흔들리는 나뭇잎, 틈새와 굴뚝으로 휭 들어오는 바람, 오두막 밑으로 동물이 낙엽 위를 기어 다니는 소리, 삐걱거리는 마룻바닥, 이가 맞지 않는 창문과 바람에 떨리는 문, 바깥을 어슬렁거리며 먹이를 찾아 쿵쿵거리는 커다란 동물, 새, 모기, 맹금류의 울음소리, 밤에 늑대나 코요테가 깽깽대거나 길게 우는 소리, 올빼미 울음소리, 부츠 신은 발로 삐걱거리는 마루를 쿵쿵 걷는 소리, 현관 앞을 획 쓸고 가는 낙엽들, 오두막 외벽이나 지붕을 긁는 나뭇가지, 타다타다 타는 모닥불 속 장작, 난로에 우르르 집어넣는 장작 한 아름, 여닫힐 때마다 바닥을 긁는 뒤틀린 문, 가스레인지 위에서 보글보글 끓는 수프, 삐걱거리는 침대, 구식 주물 난로에 달린 투입구의 빽빽한 경첩

냄새

축축한 장작, 타오르는 장작불, 검댕과 재, 쥐똥, 퀴퀴한 흙, 커피

불에 구운 고기, 말린 고기와 과일, 밖에서 따온 견과류와 베리류, 휴대용 식품 (트레일 믹스trail mix[한 입 크기의 시리얼, 건조 과일, 견과류 등이 혼합된 식품], 그래놀라 바, 크래커, 땅콩), 물통에 담긴 물이나 근처 시내에서 마시는 물

촉감과 느낌

팔에 긁히는 가시덤불과 나뭇가지, 살짝 휘청거리는 썩은 계단, 얼굴을 간질이는 거미줄, 모래 섞인 먼지, 거친 통나무 벽, 울퉁불퉁한 마룻바닥, 나무에 박힌 도끼의 진동, 어깨로 밀어 억지로 여는 뒤틀린 문, 불의 온기, 너무나 추운 겨울밤의 옥외 변소, 얼음처럼 차가운 우물물, 흔들리거나 한쪽으로 기울어진 의자에 불편하게 앉은 느낌, 손가락으로 만지자 부서지는 썩은 나무, 벽에 칼로 새긴 이름이나 날짜의 날렵한 선, 오두막 안으로 불어오는 차가운 바람, 모기에 물리는 느낌

이 배경에서 벌어질 만한 갈등의 원인

- 무단 점유자들이 허락도 없이 오두막을 점령한다.
- 십 대들이 오두막을 파티 장소로 쓰면서 시설을 고장 낸다.
- 동물이 들어와 오두막을 망가뜨린다.
- 쥐나 그 밖의 설치류 들이 오두막 아래나 내부에 은신처와 둥지를 만든다.
- 오두막이 비어 있는 동안 폭풍이나 눈으로 지붕이 망가진다.
- 불을 피워둔 채 잠이 들어 오두막 전체에 불이 붙는다.
- 커다란 동물이 바깥을 서성대는 소리가 들린다.
- 폭력적이고 끔찍한 장면들이 담긴 일기장을 발견한다.
- 문 바로 밖에서 발소리가 들린다.
- 저체온증에 걸리기 직전인데 불을 피울 재료가 전혀 없다.
- 오두막을 밀회 장소로 쓰다가 들킨다.
- 난로 속의 타버린 나뭇조각들 사이에서 사람 뼈를 발견한다.
- 마룻바닥 아래에 뭔가 숨겨져 있는 것을 발견한다.
- 오두막에 뭔가를 감춰두었는데 다시 갔을 때 그 물건이 없어진다.

- 위급 상황이라 오두막이 필요한데 안으로 들어갈 수가 없다(문이나 창문이 잠겨서).

이 배경에서 볼 만한 유형의 사람들

- 캠핑족, 등산객, 사냥꾼, 무단 점유자

이 배경과 밀접한 다른 배경

- 숲, 등산로, 호수, 산, 옥외 변소, 강

참고 사항 및 팁

사냥 오두막은 외딴곳에 있기 때문에 비어 있을 때가 많다. 그래서 제대로 관리하지 않고 방문할 때마다 문단속을 잘하지 않으면 금세 황폐해진다. 이곳은 원래의 목적이 아닌 용도로도 다양하게 쓰인다. 십 대들의 파티 장소, 연인들의 밀회 장소, 방랑자의 임시 숙소, 혹은 연쇄살인범의 은신처로도 쓰일 수 있다. 같은 이야기 안에서도 사냥 오두막 한 채는 여러 사람들에게 다양한 의미가 될 수 있다. 이렇듯 오두막의 쓰임새를 다양하게 만드는 것도 배경에 의외의 모습을 더하는 방법이다.

배경 묘사 예시

비록 더러운 창을 뚫고 들어와 반짝이는 가느다란 조각달이지만, 부서진 벤치와 허접한 탁자에 걸려 넘어지지 않을 정도로 충분한 빛을 비춰주었다. 나는 밖에서 주워온 나무를 돌로 된 벽난로 옆에 쏟았다. 얼음이 잔뜩 낀 강에서 간신히 빠져나온 후로 피로감이 뼛속까지 스며들어 손이 덜덜 떨렸다. 난로 위에 있던 성냥갑을 잡았지만, 손이 너무 떨려서 하나라도 켤 수 있을지 의문이었다. 다른 소지품들처럼 내 라이터도 스노모빌과 함께 강바닥에 가라앉았다. 나는 이를 악물고 성냥 끝을 잡는 데 집중했다. 불을 피우든가 얼어 죽든가 둘 중 하나였다.

- **이 글에 쓴 기법**   빛과 그림자, 날씨
- **얻은 효과**   과거 사연 암시, 긴장과 갈등

시골길 　　　　　　　　　　　　　　Country Road

풍경

자갈길이나 햇볕에 단단하게 마른 길, 탁 트인 넓은 시골, 철조망을 친 담, 잡초 덤불에 가려 거의 안 보이는 기울어진 흰색 이정표, 길섶과 배수로로 자라는 풀, 목초지에 자라는 작물(수염이 있는 보리 이삭, 노란색 유채꽃, 티머시 건초의 기다란 줄기, 추수 끝난 논밭에 둥글게 말린 상태로 놓인 건초 더미들), 풀 뜯는 소 떼, 휴한지[일정 기간 동안 경작을 쉬며 묵혀두는 땅]에 듬성듬성 보이는 초라한 덤불과 더 이상 자라지 않는 나무들, 길가를 따라 흩어진 깨진 유리 조각들, 과거에 일어난 교통사고에서 나온 박살 난 타이어 조각들과 깨진 플라스틱 조명 덮개, 담배 꽁초와 맥주 캔, 민들레와 뚝새풀이 모여 자란 곳, 머리 위로 날아가는 새들(매, 독수리), 로드킬 당한 동물의 사체, 길섶에 모인 맹금류, 강인한 들꽃들, 들판 가운데 버려진 낡고 썩어가는 판잣집과 헛간 구조물, 울타리 기둥마다 앉아 있는 까마귀들, 띠구름, 화창한 태양과 파란 하늘, 머리 위로 날아가는 비행기, 이따금 지나가는 자동차, 자기가 낸 궤적을 따라가면서 먼지기둥을 토해내는 트랙터

소리

들풀과 작물 사이로 부는 바람, 쌩 날아가는 귀뚜라미와 메뚜기, 포식자 조류가 우짖는 소리, 잡초 무더기 사이를 부스럭거리며 빠르게 지나가는 쥐나 도마뱀, 걸을 때 부츠 밑창에 긁히는 자갈돌, 부릉거리며 다가오는 트럭, 길 위에 후드득 떨어지는 비, 우르릉거리는 천둥, 폭풍우가 지나간 다음 배수로를 따라 졸졸 흐르는 물, 먼 곳에서 덜컥거리는 트랙터

냄새

뜨거운 도로와 아스팔트의 타르, 마른 풀, 먼지, 부패 중인 동물 사체, 꽃이 핀 잡초와 근처 작물, 소똥, 깨끗한 공기

맛

걸으면서 씹는 단맛 나는 들풀, 물통에 담긴 물, 메마른 입안, 먼지

손바닥 위 조약돌에서 느껴지는 매끄러운 탄력, 밑창이 얇은 신발을 뚫고 들어
오는 잔돌, 들판을 가로지르거나 배수로를 걸을 때 다리를 부드럽게 쓸고 지나
가는 풀, 손을 간지럽히는 잘 익은 곡식의 이삭, 심하게 타서 화끈거리는 목, 바
짓가랑이 한쪽에서 가시 돋은 씨앗을 털어낼 때의 따끔함, 아스팔트 위로 아지
랑이처럼 피어오르는 열기, 먼지가 목에 걸려 나오는 기침, 옷과 머리카락을 축
축하게 하는 땀, 발이나 신발을 뒤덮는 먼지, 얼굴 주변을 날아다니는 각다귀,
머리 위로 내리쬐는 햇볕, 목이나 눈썹 위로 머리카락을 흩날리는 산들바람, 말
의 따뜻한 옆구리를 토닥거리는 느낌, 손바닥에 놓은 풀을 말에게 먹일 때 수염
난 턱이 간질이는 느낌, 집으로 걸어갈 때 등에 맨 배낭이나 어깨에 걸친 웃옷
의 무게감

이 배경에서 벌어질 만한 갈등의 원인

- 차가 고장 나거나 타이어에 펑크가 난다.
- 길을 건너는 동물을 차로 친다.
- 황량한 지점에서 길을 잃는다.
- 탈수 증상이 나타난다.
- 섬뜩하게 생긴 사람이 차를 태워주겠다고 한다.
- 야외에 나와 있는데 날씨가 몹시 나빠진다.
- 부주의하게 피운 담배로 들불이 번진다.
- 차에 치였으나 아직 숨이 붙어 있는 동물을 발견한다.
- 휴대전화가 없거나 터지지 않고, 인가에서도 멀리 떨어져 있는 상태에서 차까지
  고장 난다.
- 걷다가 야생동물을 마주친다.
- 들판을 가로질러 가다가 그 들판을 지키는 황소를 발견한다.

이 배경에서 볼 만한 유형의 사람들

- 농부, 지역 주민, 지름길을 찾다 길을 잃은 관광객

이 배경과 밀접한 다른 배경

- **시골 편** 축사, 농장, 농산물 직판장, 풀밭, 목초지, 목장
- **도시 편** 낡은 픽업트럭

실제 있는 장소를 배경으로 삼는다면 그 지역에서 흔히 볼 수 있는 작물과 동물의 종류를 조사해두어야 한다. 또 식물의 성장 시기도 고려해야 한다. 봄날의 짧은 초록색 풀밭은 밝은 색감을 띤 가을날의 단풍과는 다른 풍경이기에, 감각에 관련한 세부 묘사도 기후와 위치에 따라 달라져야 한다.

배경 묘사 예시

우리가 올드 레드 밀 로드를 따라 움직이자 타이어 아래 자갈돌이 달각거렸다. 사람들이 이틀 연속으로 어두운 밤하늘에서 빛을 목격하고, 나무 울타리 안쪽에 있는 소들이 뜯는 풀밭에서 당최 날 이유가 없는 기이한 울음소리를 들었다고 주장한 터였다. 우리는 좁은 길을 전조등 빛으로 감싸며 내려가던 중, 갑자기 배수로에서 번쩍거리는 두 개의 빛을 포착했다. 메리와 나는 비명을 질렀고 짐은 브레이크를 밟았다. 덕분에 놀란 엄마 사슴과 점박이 새끼 사슴이 길을 건너 도망쳤다. 우리는 웃음을 터뜨렸다. 우리야말로 이런 늦은 시간에 황당한 소문만 믿고 여기 나와 있을 이유가 없는 존재였던 것이다.

- **이 글에 쓴 기법** 빛과 그림자, 다중 감각 묘사
- **얻은 효과** 과거 사연 암시, 감정 고조

쓰레기 매립지 Landfill

풍경

산더미처럼 쌓인 쓰레기들(가방, 부서진 가구, 콘크리트 조각, 철사, 벽돌, 망가진 장난감과 인형, 빈 깡통과 병, 더러운 기저귀, 낡은 옷, 종이 상자와 상품 포장재, 호스, 망가진 어린이용 플라스틱 풀장과 놀이터 설비, 깎아낸 잔디, 자동차 부속), 가져온 쓰레기들을 한가득 쌓아놓는 쓰레기 수거차, 구덩이에 쓰레기를 밀어 넣는 트랙터, 쓰레기 언덕들 사이로 구불구불 난 길, 배수로에 내용물을 쏟아내는 하수관, 침출수 집수조, 땅 밖으로 솟은 흰색 메탄가스 수집 파이프, 쓰레기 위를 가로질러 다니며 압착하는 차량, 먼지를 일으키며 다니는 수거 차량, 차량이 다가오자 쓰레기 더미를 뒤지다 달아나는 갈매기 떼, 기중기를 비롯한 중장비, 매립지 일부 구역에 덮여 있는 방수포, 녹지 구역, 차량용 저울, 폐쇄형 요금소, 분류 처리소(화학 폐기물, 고무 타이어, 전자 제품과 중금속 제품, 배터리, 건전지, 형광등, 알루미늄, 프로판가스통, 기타 유해 물품), 지역 주민용 간편 하차장

소리

삑삑거리는 후방 카메라 모니터, 칙칙 소리를 내는 디젤 엔진, 우르릉 소리를 내며 켜지는 중장비, 압착 차량이나 불도저의 파쇄용 금속 바퀴가 밟고 지나가면서 터지고 깨지는 유리, 금속 분류 처리조 안으로 떨어지는 무거운 쓰레기, 땅위를 긁으며 지나가는 압착 차량의 수평용 앞날, 시끄러운 소음 때문에 목소리를 높이는 인부들, 맞부딪치는 금속, 짓눌려 우그러지는 플라스틱, 새 떼의 울음소리, 먹이를 찾아 쓰레기를 뒤지며 재빠르게 지나다니는 작은 동물들, 덜컹거리며 지나가는 덤프트럭, 트럭이 짐을 내릴 때 짐받이 입구가 철커덕거리고 짤그랑거리는 소리, 비탈을 타고 내려가는 물

냄새

썩어가는 음식, 먼지와 흙, 햇볕에 뜨거워진 플라스틱, 고약한 냄새를 풍기는 고기, 썩어가는 농산물과 낙엽, 배기가스, 휘발유와 화학물질

1110

$$맛$$

이 배경에서는 등장인물이 가지고 있는 것(껌, 박하사탕, 립스틱, 담배 등) 말고는 관련된 특정한 맛이 없다. 이럴 때는 미각 외의 네 가지 감각에 집중하는 것이 좋다.

$$촉감과 느낌$$

중장비 차량을 운전할 때 느껴지는 진동, 두꺼운 장갑, 무거운 작업용 부츠, 발밑으로 느껴지는 울퉁불퉁한 땅, 바짓가랑이를 쓸고 지나가는 바람에 날아온 쓰레기, 차에서 무거운 자루나 상자를 내려서 분류대에 놓는 느낌, 중장비가 지나갈 때 진동하는 땅, 쓰레기가 움직이면서 발밑의 바닥도 같이 움직이는 느낌, 우연히 베여서 생긴 상처, 얼굴을 덮치는 흙바람이나 먼지바람, 쨍쨍 내리쬐는 햇볕, 눈썹 근처에 쏠리는 무거운 안전모

이 배경에서 벌어질 만한 갈등의 원인

- 스프레이 캔이 터져서 화재나 인명 사고가 난다.
- 압착 차량이나 불도저가 쓰레기 더미 가장자리에 너무 가까이 다가갔다가 굴러떨어진다.
- 화학물질이 지하수에 스며든다.
- 걷다가 미끄러져 쓰레기 경사면을 따라 굴러떨어진다.
- 쓰레기 더미에서 시체를 발견한다.
- 장비에 치인다.
- 쓰레기를 부주의하게 다루는 바람에 질병이 퍼진다.
- 유독가스를 마신다.
- 쓰레기 매립지에서 일한다는 사실이 부끄럽다.
- 자신의 직업에 만족하지 못하고, 더 나은 일을 하고 싶어 한다.
- 해당 위치에 적합하지 않은 쓰레기(의료 폐기물 더미, 납이 들어간 페인트 통 한 트럭분 등)를 발견한다.
- 쓰레기 처리가 부적절하게 이루어지고 있음을 발견하지만, 일자리를 잃을까봐 내부 고발을 꺼린다.

이 배경에서 볼 만한 유형의 사람들

• 산업 쓰레기를 치우는 하도급업자, 쓰레기 매립지 직원(행정, 장비 조작, 감독, 관리, 안전을 담당하는), 가정에서 나온 소규모 일반 쓰레기를 버리는 사람

참고 사항 및 팁

쓰레기 매립지는 보통 큰 언덕들에 둘러싸여 있는데, 쓰레기 집하 과정이 사람들 눈에 안 띄게 하기 위해서다. 많은 매립지가 재활용품 및 매립지에 와서는 안 될 종류의 것들을 위한 분류 처리 시설과 집하 구역을 갖추고 있다. 사람들이 늘 분리배출을 꼼꼼히 하지는 않기에, 매립지의 쓰레기에는 그곳에 오면 안되는 것들이 많이 섞여 있다.

시에서 처리하는 쓰레기는 처리 시설이나 특별 집하장으로 운반되지만, 지역주민용 쓰레기(가정에서 나온 쓰레기를 실은 단독 차량)는 다른 곳으로 보내진다. 쓰레기는 구덩이에 넣은 다음, 다른 쓰레기를 그 위에 더 쌓을 수 있도록 압착차량을 이용해 고르게 눌러 평평하게 압착시킨다.

배경 묘사 예시

제이크는 오르막을 천천히 올랐다. 그는 방금 발아래에서 반짝 빛났던 것을 지팡이로 쿡쿡 찌르면서 파내, 마침내 휘어진 구리철사 한 줄을 당겨 끄집어냈다. 그러고는 어깨에 멘 자루에 잘 집어넣은 다음, 발밑을 조심하면서 계속 걸음을 옮겼다. 바닥이 아무리 단단해 보여도 그 밑에 무엇이 있는지는 모르는 일이다. 한 걸음 내딛자마자 부서진 콘크리트 덩어리나 얇은 종잇장들이 와르르 무너질 수도 있다. 쓰레기 매립지 안에 숨은 것들은 그저 놀라움의 연속이니까. 그때 멀리서 우르르 떨리는 진동이 그의 닳은 신발창에 전해졌다. 쓰레기 트럭이 요란하게 시야에 들어오자, 제이크는 경사면을 미끄러져 내려와 제일 가까운 언덕으로 몸을 피했다.

• **이 글에 쓴 기법** 상징적 표현
• **얻은 효과** 성격 묘사

양궁장 Archery Range

풍경

탁 트인 넓은 들판, 초록색 잔디, 특정 거리에 맞춰 줄지어 늘어선 사각형 과녁들, 바람의 방향을 알려주는 휘날리는 깃발, 활 보관용 선반과 걸이, 빗나간 화살을 막기 위해 일렬로 심은 나무와 장애물(쌓아놓은 건초 더미, 자연적으로 형성된 언덕, 그물 등), 울타리, 햇빛을 막기 위한 머리 위 지붕과 차양, 화살통을 거는 데 쓰는 쇠고리, 작은 가게(장비 대여, 과녁, 허가증이나 회원권, 관련 복장 등을 취급하는), 주차장, 무인 연습장(지역 양궁 클럽 회원들만 이용하는)의 이용 절차 및 예정된 양궁 행사 홍보지가 비치된 안내 부스, 발사 지점으로 쓰기 위해 슈팅 라인 뒤로 닦아놓은 콘크리트 바닥, 관람객을 위한 간이 식탁과 의자, 경고 표지판, 쌍안경을 든 사람들, 야외 진행 요원, 장비를 살펴보거나 장내에 들어서기 전에 스트레칭을 하는 양궁 애호가들

소리

바람을 가르며 날아가는 화살, 둔탁한 소리를 내며 과녁에 맞는 화살, 참가자가 활시위를 당길 때 일제히 조용해지는 관객들, 화살을 쏘기 전에 살짝 내쉬는 숨소리, 규모가 큰 연습장에서 다수의 화살들이 연이어 과녁에 타다닥 박히는 소리, 선수가 쏘기 전 자세를 잡을 때 콘크리트 바닥에 부딪히는 신발 밑창, 화살 끝에 달린 깃털 장식을 부드럽게 훑는 손가락, 지저귀는 새들, 윙윙 날아다니는 메뚜기, 나무와 풀 사이로 흐르는 바람, 풍향계와 펄럭이는 깃발

냄새

잔디, 땀, 솔잎, 마른 흙, 건초

맛

이 배경에서는 등장인물이 가지고 있는 것(껌, 박하사탕, 립스틱, 담배 등) 말고는 관련된 특정한 맛이 없다. 이럴 때는 미각 외의 네 가지 감각에 집중하는 것이 좋다.

활시위를 당길 때 손가락에 느껴지는 팽팽한 힘, 과녁을 조준할 때 턱 밑을 스치는 손, 활시위를 당겼을 때 턱 끝을 살짝 누르는 줄, 어깨에 멘 묵직한 활, 활의 손잡이 부분을 꽉 쥐는 느낌, 활시위를 놓을 때 갑자기 사라지는 팽팽함, 매끈한 화살대, 피부나 소매 위로 플라스틱 혹은 가죽 팔 보호대가 미끄러져 닿는 느낌과 그것이 완전하게 장착됐을 때의 조이는 느낌, 보호 패드를 낀 손가락으로 활줄을 잡는 느낌, 조준할 때 느껴지는 활의 무게감, 얼굴을 막고 머리카락을 흩날리게 해도 과녁에 집중하기 위해 무시해야 하는 산들바람

이 배경에서 벌어질 만한 갈등의 원인

- 감정이 고조된 상태에서 토너먼트 시합에 참가해야 한다.
- 부적절한 정비나 누군가의 훼방 때문에 장비가 정상적으로 작동하지 않거나 파손된다.
- 막 화살을 쏘려는 참에 불쑥 나타난 행인이나 신참 관객이 연습장을 가로질러 지나간다.
- 누구의 화살이 과녁 중앙에 더 가까운가를 두고 라이벌 사이에서 의견 충돌이 벌어진다.
- 팔 보호대나 가슴 보호대 미착용으로 화살을 쏠 때 상처를 입는다.
- 일사병 혹은 탈수 증세로 선수가 집중력을 잃는다.
- 시끄러운 관중이나 음악을 크게 튼 근처의 차 때문에 시합이 방해를 받는다.
- 동물이 들판 가운데를 지나간다.
- 같은 상을 원하는 친척이나 형제·자매를 상대로 시합해야 한다.
- 열심히 노력하는데도 실력이 늘지 않는 것 같다.
- 두각을 나타내려면 더 좋은 장비가 필요하지만 그럴 형편이 안 된다.
- 연습장 내에 뭔가를 두고 와서 다시 가보니 사라졌다.
- 특정 관객(자신이 홀딱 반해버린 관객이나 한창 기대 중인 부모) 때문에 신경이 곤두선다.
- 복수하기를 원하는 화가 난 패자를 상대로 경기해야 한다.
- 시합에 집중하기 힘들거나 결과에 지장을 주는 기상 조건(비, 바람, 눈) 속에서

활을 쏴야 한다.

이 배경에서 볼 만한 유형의 사람들

* 양궁 애호가, 활을 이용하는 사냥꾼, 양궁장 요원, 강사, 유지 보수 직원과 해당 부지 소유주, 축제 기간에 참석한 중세 연극 극단, 관객

이 배경과 밀접한 다른 배경

* **시골 편** 여름 캠프
* **도시 편** 실내 사격장

참고 사항 및 팁

일부 야외 양궁장은 단순히 들판에 종이 과녁만 둔 곳이 아니다. 어떤 곳은 일정 간격으로 우레탄폼 재질의 동물 과녁을 세우고, 넓은 면적에 걸쳐 이어지는 걷기 코스를 갖추고 있다. 이런 입체형 양궁장은 보통 드넓은 숲 지대에 만들어진다. 실수로 서로를 맞추는 사고를 막기 위해 정지 지점마다 숫자를 매기고, 그 사이를 잇는 길은 엄격하게 관리한다. 이런 곳에서는 지상에서 쏘는 정지 지점과 더불어 높은 각도에서 쏠 수 있는 구조물이 포함되기도 하는데, 현실감이 살아 있어 사냥꾼이나 경기에 나가는 선수 등에게 인기가 있다. 활은 사냥용, 오락용, 경기용에 따라 수많은 종류가 있다. 등장인물이 쏠 활의 종류를 잘 숙지해야 각 장면을 정확하게 묘사할 수 있다.

배경 묘사 예시

닉은 어깨를 돌리면서 발사 지점에 들어섰다. 관객 사이에 형이 있다는 사실도, 지금 이 한 발의 중요성도 마음속에서 모두 지운 상태로. 바람은 그가 원하는 정도보다 강해서 필드의 잔디가 왼쪽으로 누웠다. 그는 배운 대로 파란색과 금색의 원들을 눈에 익히며, 내처 그 속으로 더 들어갈 것처럼 과녁을 응시했다. 그리고 활을 들고 화살 오늬를 줄에 건 다음, 숨을 천천히 내쉬었다. 검은색 정중앙에 시선을 고정한 채 그는 마치 옛 친구를 알아본 것처럼 미소 지었다. 그

의 화살이 꽂힐 종착지가 바로 그 녀석이었다.

- **이 글에 쓴 기법** 다중 감각 묘사, 직유
- **얻은 효과** 성격 묘사, 분위기 설정

여름 캠프　　　　　　　　Summer Camp

풍경

숲속의 통나무집들, 이층 침대, 커튼을 친 창문, 침낭과 베개, 창문에 설치된 에어컨, 천장에 설치된 선풍기, 바닥에 놓거나 이층 침대 밑에 대충 밀어 넣은 배낭과 여행 가방, 바닥에 흩어진 옷가지, 구석과 천장 서까래에 달린 거미줄, 샤워용품이 갖춰져 있고 화장실에 낙서가 있는 단체 샤워장, 단체 샤워장 바닥의 진흙투성이 발자국, 식당이나 강당으로 쓰는 건물, 식당 바깥에서 식사를 기다리며 줄을 선 아이들, 식판, 한쪽에 피아노가 있고 그보다 떨어진 곳에 깃발이 설치된 무대, 지붕이 있는 야외용 가건물, 배구 네트, 농구 골대, 말편자 골대[말편자(혹은 'C' 자 형태의 고리)를 일정 거리에 있는 가는 말뚝에 던져 거는 놀이에서 말뚝을 박아놓은 자리], 간이 식탁, 줄다리기 경기장, 양궁 과녁, 말이 있는 헛간, 돌아다니는 길고양이, 오리가 헤엄치는 연못, 모래 해변에 뒤집어진 채 보관 중인 카누, 물에 떠 있는 커다란 수련잎, 안전 요원이 앉는 높은 의자, 외부 활동에 필요한 물품(낚싯대, 주황색 구명조끼, 노, 스모어s'more[구운 마시멜로와 초콜릿, 크래커로 만든 캠핑용 간식]를 꽂을 막대, 활과 화살, 각종 스포츠용 공, 유지 보수용 장비)을 보관하는 창고, 땅을 뒤덮은 솔잎과 솔방울, 모기, 파리, 뱀, 도마뱀, 개구리, 새, 다람쥐, 거미, 그을린 나뭇조각들이 든 커다란 화덕, 걸터앉을 통나무 조각이나 나무 등걸, 그 지역에 사는 식물과 꽃, 밤에 캠핑장을 휙휙 비추는 손전등 빛, 빨랫줄에 걸린 젖은 수건, 재료를 담은 통들이 준비된 공예 체험장, 말리려고 내놓은 아직 축축한 상태의 공예품, 캠핑하러 온 사람들이 길을 잃지 않도록 표지판이 부착된 건물

소리

아이들(웃고, 잡담하고, 소리치고, 노래하는), 목청을 높이는 캠프 지도 교사, 연못에서 물장구치는 아이들, 물 표면을 때리는 노, 안전 요원의 호각, 손바닥으로 때려잡는 모기, 나무에 부는 바람, 지저귀는 새, 찍찍거리는 다람쥐, 앵앵거리며 날아다니는 벌레들, 배구공을 텅 때리는 소리, 말편자 던지기를 할 때 나는 카랑카랑한 소리, 달달거리며 감기는 낚싯줄, 활시위를 당겼다 놓을 때 나는 팅기는 소리, 시멘트 바닥에 부딪히는 샌들 밑창, 취침 시간 후에 통나무집 안에서 들리

는 속삭임과 킥킥거리는 웃음소리, 삐걱거리거나 쾅 닫히는 문, 식당에서 식사 시간에 나는 엄청난 소음, 농구장 바닥을 신나게 누비는 발소리, 골대 그물을 가르며 내려오는 농구공, 솔잎과 덤불을 스치는 발, 불꽃이 탁탁 튀는 캠프파이어, 가볍게 연주하는 기타, 빗방울이 타닥타닥 떨어지는 오두막 지붕, 창문을 향해 윙윙거리며 날아드는 파리, 캠프 마지막 날 공연에 터지는 박수, 단체 샤워장에서 웅웅 울리는 목소리, 물이 똑똑 떨어지는 수도꼭지, 젖은 수건으로 찰싹 치는 소리, 베개 싸움을 할 때 팡팡 맞부딪히는 베개, 낡은 에어컨이 돌아가기 시작하면서 내는 소음, 휙휙 돌아가는 천장 선풍기, 찍찍 소리가 나는 매트리스 커버, 종이를 긁는 펜, 밤에 손전등으로 비추면서 책을 읽다가 책장을 넘기는 소리

냄새

캠프파이어 연기, 초콜릿, 벌레 퇴치제, 선크림, 땀에 젖은 체취, 그릴에 굽는 햄버거와 핫도그, 흰 곰팡이, 표백제, 통나무집의 퀴퀴한 냄새, 비, 금속으로 된 말편자, 흙, 접착제, 마커, 젖은 종이, 우물물에서 나는 썩은 달걀 냄새, 젖은 나무, 비누, 로션, 말

맛

달고 짭짤한 스모어, 매캐한 연기, 불에 그을린 햄버거와 핫도그, 감자 칩, 견과류, 베리류, 트레일 믹스, 신선한 과일, 직접 만든 아이스크림, 묽은 레모네이드, 연못 물, 땀, 입술에 묻은 선크림

촉감과 느낌

수압이 낮은 상태로 혹은 찬물로 하는 샤워, 무거운 침낭, 두툼한 베개, 천장 선풍기나 에어컨에서 나오는 시원한 바람, 베개 싸움을 할 때 베개로 후려치거나 얻어맞는 느낌, 이층 침대로 올라갈 때 딛는 나무 사다리의 발판, 시원한 호수에서 하는 수영, 젖은 수영복에서 뚝뚝 떨어지는 물방울, 햇볕에 그을려 따끔거리는 피부, 모기와 말파리에 물리는 느낌, 피부에 살짝 앉은 파리, 덩굴옻나무에 닿아 간지러운 피부, 따가운 나무딸기 덤불과 가시, 발바닥에 닿는 부드러운 잔디, 따뜻한 모래, 뜨거운 태양, 거친 통나무, 캠프파이어의 열기, 묵직한 말편자, 낚싯줄을 힘차게 당기는 물고기, 간이 식탁의 거친 나무판자, 손바닥을 파고드는 말의 코, 손으로 꿴 가죽으로 만든 안장뿔[카우보이가 타는 안장 앞쪽에 솟아 있어

손으로 쥘 수 있는 부분. 원래는 동물을 잡기 위한 밧줄을 걸어두는 용도로 쓴다]

이 배경에서 벌어질 만한 갈등의 원인

- 덩굴옻나무 지역에 굴러떨어진다.
- 향수병이 생기거나 자신이 집을 떠나 있는 동안 무슨 일이 벌어지지 않을까 걱정된다.
- 햇볕에 화상을 입거나 열사병에 걸린다.
- 몸에 신경이 쓰이거나 불편한 부분이 있어 모든 일에 소극적이 된다.
- 캠프의 다른 참가자들과 잘 어울릴 수 없어 외롭다.
- 캠프 지도 교사가 무신경하거나 못된 사람이다.
- 부상(배영으로 수영하다 노에 맞거나, 말에 걸어차이거나, 익사할 뻔하는 등)을 당한다.
- 숲에서 길을 잃는다.
- (다른 캠프 참가자들과) 삼각관계에 빠지거나 소문의 주인공이 된다.
- 지나친 경쟁과 라이벌 관계를 겪는다.

이 배경에서 볼 만한 유형의 사람들

- 캠프 관계자, 캠프 참가자, 안전 요원, 아이들을 데려가거나 데려오는 부모

이 배경과 밀접한 다른 배경

- 축사, 캠핑장, 동굴, 시골길, 숲, 등산로, 호수, 목초지, 연못

참고 사항 및 팁

여름 캠프는 모든 연령이 참여할 수 있고, 이 장에 소개한 것처럼 다양한 활동을 제공하는 곳이 많다. 하지만 어떤 여름 캠프는 특정 취미나 스포츠 혹은 관심 분야에 초점을 맞추기도 한다. 로봇, 수학, 외국어, 패션, 드라마, 컴퓨터, 음악 등 선택할 수 있는 분야는 무궁무진하다. 따라서 등장인물에게 딱 들어맞는

캠프를 어렵지 않게 선택할 수 있으며, 만약 등장인물이 억지로 가야 하는 캠프라면 덕분에 갈등과 긴장이 가득한 시나리오가 만들어질 것이다.

오두막 열 채가 숲속 공터에 둥글게 배열되어 있었다. 문마다 옆에 장미 덤불이 있어 부드러운 장미꽃들이 피어 있었고, 호박벌이 꽃들로 날아들었다. 주변 숲에서 불어오는 부드러운 바람에 창문마다 걸린 커튼이 일렁이고 내 팔의 솜털이 곤두섰다. 작년 캠프 첫날처럼 완벽한 모습이었다. 우리 오두막 동료들도 여기 도착한 날에 그렇게 생각했을지 궁금했다. 물어볼 수 있는 사람이 한 명이라도 살아 있기를, 나는 바랐다.

- **이 글에 쓴 기법** 대비, 다중 감각 묘사
- **얻은 효과** 분위기 설정, 과거 사연 암시

영묘 Mausoleum

풍경

외부 콘크리트나 석재로 만들어진 각진 건물(규모나 양식은 수수할 수도 있고, 화려할 수도 있음), 기둥, 문(석재나 철제, 목재로 된), 빛이 들어오는 작은 창, 풀과 나무, 근처의 묘비들, 꽃과 화환, 출입구 위쪽에 새겨진 성姓, 변색된 돌(곰팡이, 새똥, 물때로), 담쟁이덩굴, 돌의 갈라진 틈에서 자라는 이끼, 조각상들, 외벽에 새겨진 종교적 상징들(십자가, 천사, 기도하는 손), 철책, 한구석에 모아놓은 낙엽 더미, 고인을 추억하려고 근처 묘에 모인 사람들, 오래된 묘지의 아름다움을 만 끽하고 사랑하는 이가 세상을 떠난 것을 기리고자 묘지가 내려다보이는 언덕에 서 소풍을 즐기는 사람들, 스케치북을 들고 나온 예술가, 낙엽 쓰레기와 도구 들을 실은 관리용 손수레

내부 하나 혹은 여러 개가 쌓인 묘실, 화장된 재를 담은 단지, 방 한가운데나 벽 감 안에 안치된 석관, 꽃, 받침대에 놓인 흉상, 조각상, 명판, 방문객을 위한 벤치, 종교적인 물건, 개인적인 물건(방패, 가문의 문장, 작은 장신구, 초상화나 인물 사진, 비망록), 딱정벌레, 거미줄, 쥐와 기타 작은 동물들, 흙과 바람에 불어온 낙엽, 꽃병이나 단지에 꽂힌 썩어가는 꽃, 다 탄 초와 촛농, 창으로 들어오는 빛, 손전등 빛줄기, 일렁이는 촛불, 벽면의 모자이크 장식, 벽에 새겨진 라틴어 구절이나 격언, 먼지

소리

철커덕 열리는 녹슨 자물쇠, 바닥을 긁으며 열리는 무거운 돌문이나 끽끽거리는 철문, 시끄러운 발소리, 좁은 공간이라 크게 울리는 속삭임과 중얼거림, 기도하는 사람, 메아리치고 아련하게 들리는 목소리, 흔들리는 나뭇가지, 바람이 불어와 먼지와 쓰레기가 땅에 쓸리는 소리, 새와 곤충, 똑똑 떨어지는 물, 갑작스러운 빛에 빠르게 도망가는 벌레들, 성냥을 켜는 소리, 코를 훌쩍이고 우는 소리, 바깥을 지나는 관리 차량

냄새

흰 곰팡이, 녹, 곰팡이, 타는 촛불, 성냥불의 유황, 축축한 돌, 먼지, 퀴퀴한 공기,

싱싱한 꽃, 괴어 있는 물, 오래된 꽃

(맛)

이 배경에서는 등장인물이 가지고 있는 것(껌, 박하사탕, 립스틱, 담배 등) 말고는
관련된 특정한 맛이 없다. 이럴 때는 미각 외의 네 가지 감각에 집중하는 것이
좋다.

(촉감과 느낌)

축축한 벽, 먼지 덮인 표면, 피부에 닿는 끊어진 거미줄, 끈끈하면서도 싸늘한
공기, 묘실 주변의 석재 벤치, 손가락 끝으로 훑는 묘비명의 홈, 거친 돌, 조각상
이나 석조물에 우둘투둘하게 자라는 곰팡이, 부드러운 손수건과 화장지, 꼭 쥔
손, 촛불의 온기, 묘실 위에 놓인 가시 많은 꽃다발, 발밑에 밟히는 낙엽

이 배경에서 벌어질 만한 갈등의 원인

- 영묘 안에 갇힌다.
- 빛을 비출 도구를 잃어버린다.
- 사랑하는 고인의 시신이 사라진 것을 발견한다.
- 누군가에게 쫓겨 어쩔 수 없이 영묘 안에 숨어야 한다.
- 가족의 수수께끼나 비밀이 담긴 상자 혹은 책을 발견한다.
- 영묘에 유령이 나온다는 것을 알게 된다.
- 다른 곳으로 이어지는 비밀 벽이나 문을 발견한다.
- 영묘에 있는 물건을 훔치고 싶지만 보안 장치가 작동하고 있음을 알게 된다.
- 누군가 가족 영묘를 망가뜨리거나 훼손한 것을 발견한다(낙서, 도난당한 부장품,
  손상된 조각상과 새겨진 글귀, 악마 의식이 치러졌다는 증거).

이 배경에서 볼 만한 유형의 사람들

- 성직자, 고인의 가족과 친구들, 관리인, 역사가, 유지 보수 직원, 조문객, 영묘의
  역사나 아름다움에 관심 있는 방문객 혹은 예술가

이 배경과 밀접한 다른 배경

- **시골 편** 묘지, 비밀 통로, 경야
- **도시 편** 장례식장

참고 사항 및 팁

영묘에도 여러 종류가 있다. 공동묘지 소유의 건물일 경우 구매할 수 있는 빈자리들이 많이 있고, 영묘에서 일반적으로 볼 수 있는 것들은 물론 내부에 직접 들어가볼 수 있는 넓은 공간도 마련되어 있다. 가족 영묘는 규모가 크고, 많은 시신을 안치할 수 있게 만들어졌다. 현관식 영묘는 그보다 규모가 작고, 방문객들이 모여 조문할 수 있는 작은 입구 통로가 있다. 개인 영묘는 아주 작고, 시신 한 구만을 안치한다. 이런 영묘는 잠겨 있어서 아무도 안에 들어갈 수 없다.

현대에는 시신을 매장할 때 시신을 보호하기 위한 엄격한 규칙을 지키지만, 옛날에는 이런 지침이 없었다. 옛날을 배경으로 한 이야기를 쓸 때는 이런 세부 사항을 기억해야 한다. 또, 이런 영묘를 방문해서 고인의 매장 과정을 지켜보는 조문객들은 죽음의 광경과 냄새를 지금보다 훨씬 적나라하고 불쾌한 방식으로 접했을 것이다.

배경 묘사 예시

영묘의 하얀 돌이 어둠 속에서 창백하게 빛났다. 구름이 지나갈 때마다 달빛은 나왔다 사라졌다 했는데, 그때마다 무덤을 지키는 대리석 천사상들도 빛나다 어두워지곤 했다. 그 조각상들 사이로 우묵하게 들어간 입구가 그림자 속에 서 있었다. 들어가고 싶지 않았지만, 우리 가문의 어두운 역사를 파헤쳐 총독이 배신자라고 비난하는 진짜 이유를 알아내려면, 들어가야만 했다.

- **이 글에 쓴 기법** 빛과 그림자
- **얻은 효과** 분위기 설정, 복선

와인 양조장

풍경

철사와 지지대에 고정된 초록색 이파리 덩굴로 이루어진 포도밭, 줄지은 나무 사이사이로 갈색 흙을 단단하게 다져서 낸 통로, 넓은 챙의 모자를 쓴 일꾼(약을 뿌리고, 물을 주고, 꼼꼼하게 살펴보고, 가지치기를 하고, 수확을 하는), 밭을 가로질러 양조장 건물까지 이어지는 가로수 길, 잘 가꾼 정원 공간(인공 폭포, 토피어리topiary[이끼 등의 식물을 여러 가지 모양으로 자르고 다듬어 보기 좋게 만든 작품]와 꽃이 핀 화분, 동상과 철문, 석재로 멋지게 연출한 보행로가 있는), 이 구역에 어울리는 각종 장식, 갓 깎은 잔디, 거울처럼 반사되는 창문, 양조장의 레스토랑이나 비스트로bistro[레스토랑에 비해 캐주얼한 분위기의 작은 식당] 바깥에 조성된 작은 정원, 입구 가까이에 양조장의 이름이나 상표가 돋을새김으로 부착된 표지판, 안쪽 안내 공간(오크 통과 코르크와 유리잔과 와인병으로 꾸민 실내장식과 작품들, 자체 브랜드와 시음 행사 시간을 안내한 검은색 칠판, 바닥에서 천장까지 이어진 와인 보관 랙)으로 이어지는 문, 시음 공간(윤이 나는 나무 바에 놓인 와인병, 유리잔, 얼음통과 물병), 직원이 성분과 증류 과정을 설명하는 동안 와인 잔을 이리저리 돌리는 고객들, 와인 저장고나 지하 저장고(이름표를 달고 긴 줄을 이루며 쌓여 있는 숙성 중인 와인 통, 시멘트로 마감된 바닥과 벽, 천장을 따라 간격을 두고 부착된 조명, 온도 유지 시스템), 포도를 으깨고 누르는 와인 제조 공간(대형 스테인리스 용기, 발효와 콜드 스태빌리제이션cold stabilization[화이트 와인을 만들 때 불필요한 주석산염을 제거하여 와인을 맑게 하는 과정]을 위한 탱크, 병입 제조 시설), 기념품점(판매용 와인, 장인이 만든 공예품, 양조장의 상표가 들어간 제품들), 레스토랑(와인을 전시한 유리 장식장과 높은 타워형 장식장, 흰색 리넨 천으로 만든 식탁보와 냅킨, 식기에 예술적으로 담겨 나오는 전채 안주와 메인 요리, 포도밭이 내려다보이는 자리들)

소리

풍경, 돌로 만들어진 보행로에서 들리는 사람들의 발걸음, 포도 덩굴과 나무 사이로 드나드는 바람, 새, 포도밭 근처에 있는 트랙터와 각종 장비들, 윙윙거리는 벌, 정차하는 차, 레스토랑 스피커에서 흘러나오는 음악이나 자연의 소리, 정원의 식물을 돌보며 풀을 베거나 땅을 쓰는 정원사들, 돌아가는 스프링클러, 대리석이나 석재 바닥에 신발이 부딪쳐 울리는 소리, 찰그랑거리는 유리잔, 바에 놓이는 와인병, 에어레이터aerator[와인 입구에 끼우는 도구로, 와인이 공기와 만나게 되어 와인 맛이 더 좋아진다]를 통해 와인이 흘러나올 때 나는 꿀럭거리는 소리와 바람이 새는 소리, 닫힌 레스토랑 문 뒤로 분주하게 움직이는 주방 직원들, 한데 뒤섞인 여러 사람의 목소리, 부드러운 음악, 손가락 관절로 두드리는 오크 통, 와인 저장고에서 메아리처럼 울리는 목소리와 발소리

냄새

봄에 핀 꽃들의 달콤한 향기, 깨끗한 공기, 갓 깎은 잔디, 익은 과일, 햇볕에 따뜻해진 흙, 톡 쏘는 레드 와인이나 달콤한 화이트 와인, 오크 통, 와인에서 나는 독특한 향, 과일, 시음용 안주 접시에서 나는 강렬한 치즈 냄새, 보존용 오일을 바른 나무와 세척제, 싱싱한 꽃, 제조실에서 나는 발효 과정의 냄새, 레스토랑 주방에서 만드는 요리

맛

혀에 닿는 와인(과일 맛, 시큼한 맛, 나무 향 혹은 향신료 느낌이 나는), 강한 치즈, 풍미 있는 크래커나 빵, 달콤한 초콜릿, 다음 시음을 위해 입안을 물로 헹굴 때

촉감과 느낌

묵직한 와인병, 손끝에 울퉁불퉁 느껴지는 와인병 라벨, 와인 잔의 가느다란 손잡이 부분을 손가락으로 꼭 쥐거나(화이트 와인) 와인이 담긴 차가운 둥근 부분을 손바닥으로 받쳐 든(레드 와인) 느낌, 쉽게 부서지는 치즈와 크래커, 부드러운 리넨, 입술을 스치는 시큼한 와인, 잔을 빙글빙글 돌릴 때 손안에서 무게감이 옮겨 다니는 느낌, 취기가 돌며 살짝 어지러운 느낌

이 배경에서 벌어질 만한 갈등의 원인

- 고객이 취해서 시끄럽게 떠들며 다른 사람들을 방해한다.
- 특혜 의식이 있는 고객이 음식이 마음에 안 들었다며 레스토랑에서 계산하기를 거부한다.
- 고객이 심하게 취했는데도 한사코 운전해서 돌아가겠다고 우긴다.

- 지진 때문에 와인병들이 바닥에 떨어져 산산조각 난다.
- 집에 가려고 택시를 불렀는데 아무리 기다려도 오지 않는다.
- 경쟁 관계에 있는 사람이 아직 오크 통에 있는 와인을 제멋대로 개봉한다.
- 동물(야생 돼지 등)이 포도밭을 엉망으로 망가뜨린다.
- 와인의 어떤 성분 때문에 예민한 음식 알레르기가 발동한 고객이 있다.
- 악천후(토네이도나 서리 등)가 포도밭을 망친다.
- 커플이 취해서 언쟁을 벌인다.
- 사내 와인 시음회 행사가 잘못된 판단과 사내 불륜으로 이어진다.
- 거만한 소믈리에가 다른 사람의 와인 취향을 깔본다.

이 배경에서 볼 만한 유형의 사람들

- 접대를 맡은 주인, 버스와 택시 운전사, 저장고 보조원, 배달원, 직원(지배인, 행사 담당자, 농부, 정원사, 소믈리에, 기술자, 포도밭 및 기타 공간 보조 직원), 고객, 웨이터, 양조 기술자, 양조장 주인

이 배경과 밀접한 다른 배경

- 와인 저장실

참고 사항 및 팁

와인 양조장은 위치, 규모, 생산품에 따라 그 모습이 다양하다. 어떤 양조장은 포도 외의 과일로 와인을 만들거나 블렌딩으로 여러 실험을 하기도 한다. 어떤 곳은 포도밭을 소유하지 않고, 지역 생산자에게서 포도를 사들인다(도시에 있는 양조장들에게 흔한 방식이다).

와인 양조장의 외관과 느낌은 그곳이 있는 지역과 와인 제조사가 선택한 브랜드 이미지(전통, 대담함, 유머 등)와 큰 연관이 있다는 것을 기억하자. 즉, 양조장과 그곳을 운영하는 인물들에 대해 직접적으로 묘사하기보다는 양조장의 상표와 위치에 어떻게 상징을 집어넣어 그 점들을 자연스럽게 드러나도록 할지 고민해보자.

조쉬는 포도 한 송이를 덩굴에서 잘라 자신의 들통에 넣었다. 다른 일꾼들은 뜨거운 열기와 무는 벌레들과 코빼기도 안 보이는 바람에 대해 투덜거렸지만, 조쉬는 반응하지 않았다. 그가 놓치지 않으려 애쓰는 문제는 오직 포도 덩굴의 어느 부분을 절단기로 잘라야 할지뿐이었다. 게다가 8월인 지금, 너무 많은 기억을 끌어안고 빈집에 혼자 있느니 차라리 이렇게 포도밭에 나와 있는 쪽이 나았다.

- **이 글에 쓴 기법** 대비, 날씨
- **얻은 효과** 과거 사연 암시

지방 축제 County Fair

풍경

드넓은 주차장, 초록색 들판, 농축산업 관련 볼거리를 제공하는 대형 천막들(가축 쇼, 양털 깎기 대회, 어린이 대상의 체험형 동물원 등), 놀이 기구(대관람차, 회전목마, 대형 미끄럼틀), 축제용 게임(고리 던지기, 오리 인형 낚시, 인형 사격), 지방 축제의 단골 메뉴와 희귀 메뉴를 모두 파는 푸드 트럭 및 음식 가판대(핫도그, 프레첼, 버터 튀김deep-fried butter[버터 조각에 빵 반죽을 입혀 기름에 튀긴 음식], 초콜릿을 입힌 베이컨, 회오리 감자, 미니 도넛, 캔디 애플candy apple[사과를 꼬치에 꿰어 시럽이나 캐러멜을 입힌 것], 솜사탕, 초콜릿 바 튀김, 전갈 피자scorpion pizza[말 그대로 전갈을 토핑으로 올린 피자]), 형형색색의 풍선들, 예능인들(광대, 저글링 하는 사람, 곡예사, 포크 음악 연주인, 불 뿜는 사람, 칼 삼키는 사람), 농부가 자신의 생산물이나 제작품을 직접 파는 가판대, 페이스 페인팅, 아이들이 할 만한 게임들, 트랙터나 헤이라이드hayride[트랙터가 끄는 지붕 없는 차량에 건초를 깔아놓고 그 안에 타고 다니는 것], 색색 전구와 깃발, 특별 의상을 입은 사람들, 실수로 공중에 둥실 떠가는 풍선, 빙글빙글 도는 탈것과 획획 지나가는 불빛, 땅 위에 납작하게 짓밟힌 쓰레기와 담배꽁초, 끈적한 것이 묻은 얼굴로 봉제 인형이나 상으로 받은 물건을 질질 끌고 다니는 아이들, 걸터앉을 건초 더미

소리

포크 음악, 축제 음악, 사람들(고함지르고, 소리치고, 웃고, 서로를 부르는), 우리 안 동물들(쿵쿵거리고, 짚을 밟고, 땅을 박차고, 시끄럽게 울고, 꽥꽥거리고, 히힝거리고, 음매 소리를 내는), 경매인이나 마이크를 들고 진행하는 사회자, 축제용 탈것이나 푸드 트럭을 가동하느라 돌아가는 기계들, 지친 아기의 울음, 호객하는 놀이용 부스의 주인들, 불 뿜는 묘기에서 훅 타오르는 불기둥, 헉하고 놀라는 관객들, 부모를 부르는 아이들, 시동 걸린 트랙터, 터지는 풍선

냄새

튀김기와 구워지는 고기, 팝콘, 먼지, 핫도그, 동물의 분뇨로 만든 거름, 땀, 체취, 맥주, 담배 연기, 자동차 엔진오일, 뜨거워진 기계, 새 건초, 말가죽

기름지고 달달한 반죽, 설탕을 묻힌 도넛, 물, 맥주, 달콤한 빙수나 아이스크림콘, 프라이드치킨, 감자 칩, 버터가 든 팝콘, 치즈, 향신료, 바비큐 소스, 햄버거, 핫도그

촉감과 느낌

농장 동물들의 거친 털, 다리 뒤쪽에 닿는 까끌까끌한 건초 더미, 손가락 끝에 묻은 미끈거리는 버터, 신나는 놀이 기구 안에서 마구 휘둘리는 몸, 상으로 받은 부드러운 동물 인형, 회전목마 말에 부착된 매끄러운 금속 기둥, 염소나 라마에게 손바닥에 놓인 음식을 먹일 때 수염이 간질이는 느낌, 베개처럼 부드러운 솜사탕, 팔을 타고 흐르는 아이스크림콘의 끈적한 시럽, 조랑말이나 말의 등에 타려고 넓게 벌린 다리, 놀이 기구를 너무 많이 타서 혹은 기름진 음식을 너무 많이 먹어서 생긴 어지러움, 반가운 텐트 그늘

이 배경에서 벌어질 만한 갈등의 원인

- 공연이 엉망으로 치닫는다.
- 아이들이 길을 잃거나 납치된다.
- 마약상이 군중 사이로 호객하며 다닌다.
- 소매치기가 범행 대상을 찾아 돌아다닌다.
- 체험형 동물원에서 동물에게 물린다.
- 동물이 우리를 빠져나가 난장판이 된다.
- 사람이 탄 채로 놀이 기구가 고장 난다.
- 게임에서 상을 타려다 돈을 너무 많이 쓴다.
- 놀이 기구에서 아직 안 내려왔는데 친구들이 가버린다.
- 놀이 기구를 타다가 돈을 잃어버리거나 도둑맞는다.
- 경매에 올리기 직전에 가축이 병에 걸린 것을 알게 된다.
- 놀이 기구에서 떨어져 다친다.
- 식중독에 걸린다.
- 군중 속에서 누군가 자신을 지켜보는 느낌이 든다.

- 가는 곳마다 섬뜩한 축제 안내원을 가까이에서 맞닥뜨린다.
- 친구들과 어울려 다니고 싶은데 동생을 돌봐야 한다.
- 동물이 학대받는 장면을 본다.

이 배경에서 볼 만한 유형의 사람들

- 지역 장인, 마약상이나 도둑, 행사장 직원, 농부와 목장 주인, 지역 뉴스 보도팀, 음악인과 예능인, 주최자, 지역 주민, 경찰, 십 대, 관광객

이 배경과 밀접한 다른 배경

- **시골 편** 시골길, 농산물 직판장, 목초지, 로데오
- **도시 편** 야외 주차장, 공중화장실

참고 사항 및 팁

지방 축제는 나라나 지역에 따라 다양하다. 가축이나 농기구 경매, 빈티지 자동차 쇼처럼 농촌 특색이 짙은 행사를 여는 곳도 있고, 지역 생산물을 전시하는 매대 정도만 갖춘 곳도 있다. 스코틀랜드의 하일랜드 경기나 중세풍 축제처럼, 어떤 축제는 특정 테마로 꾸며지기도 한다. 이런 경우에는 행사 내용, 게임, 의상, 장식 등을 축제 테마에 어울리도록 맞추어야 한다.

배경 묘사 예시

이곳 마커스네 들판에서는 해가 빨리 졌고, 참석한 가족들은 단것을 많이 먹은 아이들을 슬슬 재워볼까 하는 기대를 안고 각자의 차로 돌아갔다. 그리고 손을 맞잡은 커플, 마리화나와 맥주 냄새를 옅게 풍기는 십 대 무리 등 좀 더 나이가 있는 그룹이 그 빈자리를 차지했다. 음악은 좀 더 진지하게 바뀌었고, 사이드 쇼side show[축제에서 주 행사에 더해 부수적으로 제공되는 볼거리나 즐길거리] 텐트들이 열리면서 이상하고 기묘한, 주류와는 거리가 있는 색다른 공연들이 사람들을 잡아끌었다.

- **이 글에 쓴 기법** 다중 감각 묘사, 날씨
- **얻은 효과** 분위기 설정, 복선

풍경

나무와 식물류가 제거된 광대한 공간, 채석장이 눈에 띄지 않도록 주변에 조성한 나무나 덤불 경계선(채석장이 도시에 있을 경우), 땅을 파서 만든 거대한 구덩이, 직선으로 혹은 계단식으로 깎은 경사면, 서로 다른 색이 가로로 층층이 드러난 바위 벽, 채석장 내 각기 다른 구역으로 이어지는 흙길, 돌 더미, 납작한 석판들, 산더미처럼 쌓인 모래와 자갈, 트랙터, 불도저, 굴착기, 덤프트럭, 기중기, 픽업트럭, 비어 있는 나무 팰릿[공장이나 물류 창고 등에서 적재 용도로 쓰는 받침대], 한곳에서 다른 곳으로 내용물을 나르는 일련의 컨베이어 벨트, 비계[높은 곳에서 작업할 때 임시로 설치해서 쓰는 발판], 물이 고여 생긴 거대한 웅덩이, 먼지구름, 폭파 직후에 소용돌이치며 일어나는 먼지기둥, 관리소로 쓰는 트레일러, 개인 차량용 주차장, 건설 현장용 칼라콘[공사 현장이나 출입을 금지할 때 쓰는 원뿔 모양 표지판]과 표지판과 줄로 막아놓은 구역, 먼지를 가라앉힐 때 쓰는 대포처럼 생긴 살수 기계, 살수차, 발전기, 거대한 물웅덩이를 없앨 펌프, 이동식 화장실, 흙 위에 난 발자국과 타이어 자국, 높은 더미에서 굴러떨어지는 돌멩이나 모래, 안전 장비(형광색 안전 조끼, 무거운 안전화, 안전모, 고글, 청력 보호 장비, 방진 마스크)를 착용한 인부들, 집게로 철한 서류 뭉치에 체크하는 관리자들, 소음 때문에 고함을 지르며 의사소통하는 인부들, 채석장 바닥에 어지럽게 널린 각종 호스와 전선

소리

우르릉거리는 무거운 기계들, 삑삑 소리를 내며 후진하는 트럭, 먹먹하게 들려오는 지하의 폭발음, 착암기나 항타기[내리꽂는 큰 힘으로 말뚝을 땅에 박는 기계]의 반복되는 쾅쾅 소리, 쇄석기에서 부서지고 갈리는 돌, 기어를 바꾸는 커다란 트럭, 유압식으로 올라갔다 내려갔다 하는 덤프트럭 짐칸, 절그렁대는 쇠사슬, 굴착기에 있던 돌덩어리들이 돌무더기 위로 떨어지는 소리, 돌 위를 긁는 금속 삽, 달그락거리는 컨베이어 벨트, 락 브레이커rock breaker[바위에 구멍을 뚫는 기계로, 주로 굴착기에 장착하여 쓴다]의 탁탁탁 소리, 덤프트럭 짐칸에서 굴러떨어지는 돌멩이들, 폭파 작업이 임박했음을 사람들에게 알리는 경고음, 돌 더미에서 떨어져 내리는 작은 돌과 모래, 기계의 굉음 때문에 생긴 이명, 끽끽거리며 여닫히는 장

비의 문, 땅 위를 쿵쿵 내딛는 무거운 안전화

냄새

먼지, 돌, 배기가스, 디젤엔진

맛

이빨 사이로 느껴지는 자글자글한 모래, 메마른 공기, 물, 커피

촉감과 느낌

피부와 머리카락 위에 내려앉는 돌에서 나온 먼지, 착암기나 드릴의 거슬리는 진동, 옷에 들어온 모래, 땀 때문에 코에서 미끄러져 내리는 고글이나 안경, 무거운 석판, 바위의 거친 표면, 안전화에 밟혀 부서지는 작은 돌멩이들, 덤프트럭 운전석의 탄력 넘치는 완충 장치, 무거운 안전화를 신고 모래밭을 걸어서 생긴 종아리의 근육통, 에어컨이 나오는 운전석에서 밖으로 나왔을 때 확 끼치는 열기, 트랙터를 타고 갈 때 느낄 수 있는 무한궤도 바퀴 특유의 굴러가는 감각, 살수장치에서 나온 물안개가 피부에 닿아 시원해지는 느낌, 철벅거리며 지나가는 물웅덩이, 발에 소리 없이 전해지는 지하 폭파 순간의 격한 진동, 눈에 들어간 모래, 의무적으로 착용해야 하는 안전 장비 때문에 더워서 달아오른 피부, 메마른 입과 입술, 목에 걸린 먼지 때문에 계속되는 성가신 기침

이 배경에서 벌어질 만한 갈등의 원인

- 이판암 조각들 위로 미끄러져서 넘어진다.
- 돌멩이나 바위가 머리 위로 떨어진다.
- 중장비의 작동 불량으로 부상을 당한다.
- 폭발물이 터져 부상을 당한다.
- 폭발물이나 그 밖의 위험한 장비를 잃어버린다.
- 밤에 십 대나 대학생 들이 파티를 하러 몰래 들어온다.
- 중장비 기사가 약물에 취했거나 숙취에 시달린다.
- 환경보호주의자들이 시위를 벌인다.
- 장비를 도둑맞거나 장비가 작동하지 않는다.

- 봄이 되어 녹은 물이나 땅 위로 흐르는 빗물 때문에 진흙이 무더기로 흘러내린다.
- 절차나 원칙을 무시하는 무책임한 책임자 밑에서 일한다.
- 고고학적 혹은 역사적 유물을 뜻하지 않게 망가뜨린다.
- 열악한 현장 환경 때문에 건강이 나빠진다.

이 배경에서 볼 만한 유형의 사람들

- 관리 직원 및 채석장 책임자, 고객, 엔지니어, 환경 조사관, 중장비 기사, 사무실 직원, 채석장 인부, 안전 조사관, 트럭 운전사, 본사에서 나온 직원

이 배경과 밀접한 다른 배경

- **시골 편** 버려진 광산, 협곡
- **도시 편** 낡은 픽업트럭

참고 사항 및 팁

채석장은 건설 현장과 다름없기에 대개는 일반인의 출입을 제한한다. 하지만 채석장이 폐업하면 이 보기 흉한 구역을 아름답게 바꾸기 위해 종종 복구 작업이 진행된다. 채석장은 골프장이 되기도 하고, 울창한 식물군과 호수가 있는 경치 좋은 공원이 되기도 한다. 수영하는 사람, 다이빙하는 사람, 낚시꾼, 절벽에서 뛰어내리는 사람들은 물웅덩이를 찾고, 가로로 층이 난 암벽 상태는 암벽 등반가들에게 안성맞춤이다. 이렇게 재탄생한 채석장들은 대중에게 개방되지만, 그 밖의 버려진 채석장들은 안전한 장소가 아니다. 하지만 파티를 하거나 놀기 위해 그런 곳을 찾아가는 사람은 늘 있기 마련이다.

배경 묘사 예시

저스틴은 절벽 위에 걸터앉아 다리를 늘어뜨렸다. 그의 청바지 자락이 절벽의 거친 표면에 닿아 잡아끌리듯 쓸렸다. 아무것도 안 보일 정도로 캄캄했지만, 저 아래 채석장 구덩이의 깊이가 12미터라는 것은 알고 있었다. 불도저, 덤프트럭, 항타기, 쇄석기 등 아빠를 그토록 신이 나게 만드는 모든 중장비들이 그 안 곳

곳에 있다는 것도. 저스틴은 맥주 캔을 우그러뜨린 뒤, 그걸로 달빛을 반사해 절벽 선을 따라 죽 비춰보았다. 그런 다음 맥주 캔을 떨어뜨려서 그것이 바위 턱마다 부딪히고 튕기며 구덩이까지 쉬지 않고 굴러떨어지는 소리를 들었다.

- **이 글에 쓴 기법**   빛과 그림자, 다중 감각 묘사
- **얻은 효과**   분위기 설정, 복선

높은 이중문, 마구(굴레, 줄, 말빗, 고삐)와 각종 도구(삽, 건초용 갈고리, 밧줄, 쇠스랑, 빗자루)를 거는 고리들이 달린 거친 나무 벽, 단순한 잠금 장치나 문이 달린 동물 우리, 울타리 안의 동물들(돼지, 양, 염소, 소, 말이나 노새), 바닥에 흩어진 지푸라기, 물 양동이, 여물통, 귀리 자루, 홈이 생길 정도로 닳은 소금 덩어리[동물들이 소금 및 미네랄 성분을 섭취할 수 있도록 인공적으로 만들어 축사 내에 비치하는 육면체 형태의 소금 덩어리], 배식용 양동이, 동물 근처에서 날아다니는 파리들, 기둥 사이와 서까래에 거미줄을 치는 거미들, 햇빛이 비치는 공기 중에 떠다니는 먼지와 왕겨, 녹슨 못, 거친 마구간 난간에 낀 말총 몇 가닥, 거름, 깃털, 더러워진 건초 더미, 건초 속에 숨겨진 암탉 둥지, 잘 말아놓은 깨끗한 건초 더미, 고미다락으로 이어진 나무 사다리, 전구 아래로 드리워진 스위치 줄, 바닥을 잽싸게 가로지르거나 짚단 속에 숨어 사는 쥐들, 톱질대 위에 걸쳐놓은 말 담요, 셔터가 달린 창문, 진흙 튄 자국이 남은 벽, 더께, 떨어진 먹이를 찾아다니는 방사된 닭들, 해충을 뒤쫓거나 햇빛 아래에서 자는 고양이, 구석에서 킁킁거리는 개, 바깥에 세워진 트랙터와 때 묻은 전지형 차량

바스락거리는 건초, 끽끽대는 나무판자, 발 구르는 소리, 동물들이 입으로 내는 소리(코골이, 딸꾹질, 끙끙거림, 그 밖의 다양한 울음소리), 거친 숨소리, 기둥이나 난간에 몸을 문지르는 동물들, 여물통에 쏟아지는 곡식 낟알들, 더러운 바닥에 끌리는 삽, 바닥에 털썩 떨어지는 건초 더미, 우리 안에 사라락 펼쳐지는 마른 지푸라기, 특식으로 받은 사과를 와작 깨무는 소리, 씹는 소리, 휙 움직이는 꼬리, 끽 열리는 문, 딸깍 잠기는 자물쇠, 철벅거리는 물, 짤그랑거리는 마구, 펄럭거리며 터는 말 담요, 사람이 동물에게 말하거나 혀를 쯧쯧 차는 소리, 둔한 소리를 내며 바닥을 지나가는 말발굽

코를 간질이는 지푸라기 냄새, 동물의 피부, 오줌, 거름, 짠 내, 단내를 풍기는 티

머시 건초, 곡식, 나무, 톱밥, 진흙, 썩어가는 지푸라기나 건초

맛

지푸라기나 건초를 뒤섞을 때 나는 메마른 맛, 윗입술에 맺힌 땀의 짠맛

촉감과 느낌

까끌까끌한 건초와 지푸라기, 목에 달라붙거나 셔츠 안으로 들어온 왕겨, 거친 판자, 뺨을 타고 흐르는 땀, 모자 끈에서 전해지는 열기, 옷과 머리카락에서 털어내는 먼지와 왕겨, 무거운 작업용 장갑, 건조하고 털투성이인 말의 주둥이, 동물 몸의 온기, 말가죽, 맨손으로 건초 더미를 들다 다친 손, 바닥을 쿵쿵 울리는 무거운 장화, 더러운 짚과 거름을 모을 때 쓰는 네모난 삽이 바닥에 덜컹덜컹 끌리는 느낌, 다치거나 겁에 질린 동물에게 걷어차이는 느낌, 작은 부스러기와 파편 들, 따뜻하고 먼지 많은 말의 옆구리, 말빗으로 천천히 쓸어주는 말의 등, 엉킨 말갈기와 씨름하는 느낌, 말갈기나 꼬리에서 떨어진 마른 털, 휘두르는 꼬리에 맞는 느낌, 말파리에게 물리거나 염소에게 들이받히는 느낌, 고미다락으로 이어진 거친 나무 사다리를 오르다 가시에 찔린 손

이 배경에서 벌어질 만한 갈등의 원인

- 동물들이 병에 걸린다.
- 동물들이 병에 걸릴 수도 있는 상한 먹이를 먹는다.
- 화재가 일어난다.
- 포식자들(늑대, 코요테, 곰)이 축사로 들어온다.
- 누군가 고미다락에서 살고 있는 것을 발견한다.
- 버팀대가 썩어 지붕이 무너진다.
- 동물들이 헛간 안의 취약한 지점을 통해 탈출한다.
- 동물들의 임신과 출산이 순탄하지 않다.
- 누구의 도움도 없이 새끼를 받아야 한다.
- 고군분투하며 동물들을 돌본다(병 때문에, 장애가 있거나 혼자 살아서).
- 전 주인이 바닥에 만든 숨겨진 비밀 문을 발견한다.
- 무리에서 격리해야 하는 동물이 있다(다칠 위험이나 격한 행동 때문에).

- 탈출의 명수이거나 헛간 문을 열 줄 아는 동물(말, 소, 염소)이 있다.
- 말이 겁을 먹고 의도치 않게 사람을 밟는다.
- 폭풍이 헛간을 부수거나 무너뜨리면서 동물들이 다친다.

이 배경에서 볼 만한 유형의 사람들

- 수의사, 농장 일꾼, 농부나 농장주와 그들의 가족, 편자공[말이나 소의 발굽에 편자를 다는 사람]

이 배경과 밀접한 다른 배경

- **시골편** 닭장, 과수원, 목초지, 목장, 지하 폭풍 대피소, 채소밭
- **도시편** 낡은 픽업트럭

참고 사항 및 팁

축사는 겉보기에는 다들 비슷해 보여도 농장 혹은 목장의 크기와 종류에 따라 다양한 동물들을 수용할 수 있다. 어떤 축사에서는 한 종류의 동물을 대량으로 키우고, 어떤 축사에서는 숙소를 나눠 쓸 만큼 서로 잘 지내는 다양한 동물들을 키운다. 주인에 따라 청결 상태도 달라진다. 어떤 사람은 동물이 병에 걸리는 것을 피하려고 자주 축사를 청소하고(관련 식품을 상업적으로 판매하는 경우에는 특히 더), 그때마다 그들이 편안하게 잘 대체 잠자리를 마련한다. 물론 다른 주인은 그렇게까지는 안 할 수도 있다.

배경 묘사 예시

안드레아의 호주머니 속을 코로 샅샅이 뒤져 당근이 하나도 없다는 걸 납득하자, 탱고는 턱을 그녀의 어깨에 올려놓았다. 탱고의 주둥이 주변 털은 까끌까끌해서 그녀의 피부 위를 쓰는 오래된 빗자루 같았다. 안드레아는 탱고에게 기댔다. 그리고 말과 짚 냄새를 들이마시면서 탱고의 발굽이 나무 바닥을 질질 끄는 소리와 햇빛의 마법이 녀석의 피부를 꿀 같은 황금색으로 물들이는 모습을 한껏 만끽했다. 대학 생활이 신날 것 같은 만큼이나 이곳이 그리워질 것이다.

- **이 글에 쓴 기법** 빛과 그림자, 은유, 다중 감각 묘사
- **얻은 효과** 분위기 설정, 감정 고조

캠핑장 Campsite

나무와 덤불에 둘러싸이고 자갈돌이 깔린 맨땅, 인공 화덕, 쪼개놓은 장작더미
나 잘 모아놓은 죽은 나무, 물 주전자가 놓인 간이 식탁, 이동식 싱크대, 플라스
틱 혹은 종이 접시와 컵, 양념통들, 봉지에 든 핫도그 빵, 폭신하고 하얀 마시멜
로, 다양한 음료들이 든 상자, 냉장고(고기, 빵, 치즈, 달걀, 과일 등 상하기 쉬운 음
식들이 든), 이동식 그릴, 핫도그 막대, 접이의자나 불 주변에 둥글게 놓인 나무
등걸들, 비를 대비해 머리 위 나무 사이에 줄로 엮어놓은 밝은 푸른색 방수 천,
형형색색의 텐트들(침낭, 베개, 에어 매트, 옷을 담은 더플백, 여분의 신발, 손전등이
나 건전지로 작동하는 랜턴 등이 있는), 레저용 차량, 캠핑카나 텐트 트레일러, 늘
어놓은 장난감과 야외 스포츠용 장비(말편자, 배드민턴 세트, 연, 축구공, 부메랑,
공과 배트와 글러브), 나무 사이의 빨랫줄에 걸린 젖은 수영복과 수건, 보냉 머그
잔이나 컵 홀더에 꽂혀 있는 빈 맥주병, 모기가 싫어하는 냄새가 나는 시트로넬
라 양초, 모기 스프레이와 선크림, 마시멜로를 구울 꼬챙이를 만들기 위해 주머
니칼로 나무를 깎는 아이들, 장작더미에 기대놓은 큰 도끼나 손도끼, 프로판가
스로 작동하는 가스레인지, 트럭 짐칸에 기대놓은 낚싯대와 그물, 어둠 속에서
빛나는 캠프파이어의 불빛, 카드놀이를 하는 동안 간이 식탁에 올려둔 촛불이
나 가스 랜턴이 깜박거리는 모습

차량이나 들고 다니는 라디오에서 흘러나오는 음악, 새소리, 근처에서 졸졸 흐
르는 시냇물, 모닥불 속의 나무가 타면서 그 안의 수액이 타닥거리며 터지는 소
리, 목소리들, 근처 다른 캠핑장에서 들려오는 시끄러운 파티 소리, 밤에 들리는
코요테의 울음소리, 부엉이, 누군가 덤불숲을 돌아다닐 때 땅에 떨어진 나뭇가
지가 딱 부러지는 소리, 바람 때문에 끽끽거리는 키 큰 나무와 바스락거리는 이
파리, 마시멜로 봉지를 뜯는 소리, 빠르게 튀겨지는 캠프파이어용 팝콘, 마시멜
로에 붙은 불이 소리 없이 확 퍼지는 소리, 나무를 내리치는 도끼, 서로 맞닿아
찰그랑거리는 맥주병, 남자 형제가 여자 형제를 젖은 수건으로 찰싹 때리며 장
난치는 소리, 자갈 위를 지나가는 차, 덤불에 쏟아 버리는 설거지 물, 찍찍거리

는 다람쥐, 맥주병을 딸 때 나는 쉬익 소리, 여닫히는 텐트의 지퍼, 덩치 큰 뭔가
가 텐트 바깥을 돌아다니며 음식 냄새를 킁킁 맡는 소리, 귀뚜라미나 개구리, 한
밤중에 에어 매트에서 쉭 빠져나가는 공기, 텐트 안에서 앵앵거리는 모기, 텐트
에 떨어지는 빗방울, 이웃한 캠핑 무리가 밤늦게까지 벌이는 파티

냄새

솔잎, 신선한 공기, 풀, 연기, 새까맣게 탄 고기, 핫도그 만드는 냄새, 코코넛 향
의 선크림, 매캐한 살충제와 시트로넬라 양초, 버터로 굽는 생선 요리, 불 위에
서 훈제 중인 베이컨, 땀, 기름진 머리카락, 햇볕에 놓아둔 빈 맥주병들에 고인
맥주가 풍기는 퀴퀴한 냄새, 풀잎에 맺힌 아침 이슬

맛

케첩을 듬뿍 바른 검게 탄 핫도그, 맥주, 탄산음료, 초콜릿이 잔뜩 들어간 스모
어, 베이컨, 프라이팬에 구운 햄버거나 생선, 김이 나는 핫초콜릿, 술을 살짝 넣
은 커피, 초콜릿이나 사탕, 각종 칩과 쿠키, 감자 샐러드와 코울슬로, 겉이 바삭
하게 그을린 마시멜로, 캠프파이어로 만든 팝콘, 시럽을 끼얹은 반쯤 탄 팬케이크

촉감과 느낌

손가락에 달라붙은 끈적한 마시멜로, 녹아서 손목을 타고 흘러내리는 아이스
바, 돌 많은 울퉁불퉁한 길, 간이 식탁에서 떨어진 나뭇조각, 벌에 쏘이거나 모
기에 물리는 느낌, 피부에 바른 미끈거리는 선크림, 햇볕에 타서 화끈거리는 피
부, 호수에서 물장구치다 머리에서 물이 뚝뚝 흐르는 느낌, 햇볕을 받아 따뜻해
진 수건, 캠프파이어 불길이 방향을 바꾸면서 연기가 눈에 들어와 따가운 느낌,
접이의자의 미미한 탄성, 맥주병 표면에 맺힌 차가운 물방울, 딱딱한 땅에서 자
느라 생긴 통증, 잠을 못 자서 가려운 눈, 몸을 부르르 떨면서 침낭 안으로 더 파
고 들어가는 느낌, 편한 자세를 잡기 위해 이리저리 뒤척이는 몸, 불을 피우고
난 뒤 손에 남은 고운 숯가루, 걸을 때마다 철벅거리는 젖은 신발, 강이나 호수
로 뛰어들 때 갑자기 부닥치는 찬물

이 배경에서 벌어질 만한 갈등의 원인

- 폭풍우 속에 갇힌다(혹은 폭풍우 때문에 짐을 싸야 한다).
- 호수 수영이나 등산을 다녀온 사이 캠핑장에서 뭔가가 없어진다.
- 누가 불 속에 넘어지거나, 멀리 떨어진 곳에서 다친다.
- 캠프파이어 금지령이 내려진 사실을 알게 된다.
- 다른 캠핑족들이 시끄러운 소리를 낸다.
- 중요한 물품(음식, 식수, 선크림)이 바닥난다.
- 막 떠나려고 하는데 타이어에 펑크가 난 것을 깨닫는다.
- 나쁜 날씨 때문에 캠핑을 예상보다 일찍 접어야 한다.
- 불이 손쓸 수 없을 정도로 번진다.
- 음식을 제대로 보관해놓지 않아 야생동물이 그 음식을 먹으며 캠핑장을 돌아다 닌다.

이 배경에서 볼 만한 유형의 사람들

- 캠핑족, 캠핑장 직원, 야생동물 순찰대

이 배경과 밀접한 다른 배경

- 숲, 등산로, 호수, 캠핑카, 산

참고 사항 및 팁

기관 등에서 관리하는 캠핑장은 미리 설치된 화덕, 판매용 장작, 근방의 작은 가게, 양수 펌프, 경우에 따라 샤워 시설이 딸린 화장실 설비를 갖추고 있다. 이야기를 쓸 때 등장인물을 이렇게 잘 관리되는 캠핑장에 두는 편이 나은지, 아니면 진정으로 혼자가 될 수 있는 보다 한적한 곳을 골라 더 거친 상황을 만들지 결정하기 바란다.

로스 삼촌은 고개를 끄덕이며 곰의 공격을 받았던 이야기를 들려주기로 했다. 우리는 모두 조용해졌고, 포플러잎을 흔드는 바람 소리와 스러져가는 잉걸불이 타닥거리는 소리만 크게 들렸다. 이야기를 시작하려고 애를 쓰느라 삼촌은 입술을 꽉 닫았다 깨물었다 했다. 그러다 손에 들고 있는 맥주 캔이 우그러지자 손가락을 억지로 펴면서 드디어 입을 뗐다. 사냥용 라이플총을 들고 산마루까지 올라갔다가 무게가 몇 백 킬로그램은 되는 회색 곰을 마주친 부분에 이야기가 이르렀을 때, 내 시선은 삼촌의 왼쪽 눈 끝에서 턱까지 이어진 들쭉날쭉한 흉터를 훑었다. 삼촌을 거의 죽일 뻔한 곰이 준, 작별 선물이었다.

- **이 글에 쓴 기법** 다중 감각 묘사, 날씨
- **얻은 효과** 분위기 설정, 과거 사연 암시, 감정 고조

폐차장 Salvage Yard

풍경

굵은 철사로 만든 키 큰 울타리와 그 상단에 부착한 절도 방지용 철조망, 입구에 있는 안내원, 먼지 많은 흙바닥, 쓸 만한 타이어와 타이어 림tire rim[바퀴 부위 중 고무로 된 타이어가 부착되는 쇠로 된 둥근 테두리 부분]을 모아놓은 여러 단의 선반, 더러운 창문에 보닛도 열린 고장 난 차량들의 행렬, 엔진의 내용물을 빼내는 전선과 호스, 스프레이로 측면에 숫자를 쓴 차량들(자동차, 트럭, 버스, 택시, 캠핑카), 갖가지 쓰레기(낱개의 나사들, 점화 플러그, 부서진 플라스틱과 금속 조각)가 흩어진 땅, 손잡이가 떨어진 문, 움푹 패어 닫히지 않는 문, 박살난 앞유리, 내부 부품(좌석, 핸들, 대시 보드 등)이 다 뜯겨진 차, 녹슨 페인트와 칠이 벗겨진 지붕, 공구 상자를 들고 쓸 만한 부품(변속기, 변압기, 앞유리, 범퍼, 엔진 호스, 전조등이나 후미등, 거울)을 모으러 다니는 사람들과 폐차장 직원, 심하게 타거나 파손돼서 고철 처리용으로 쌓여 있는 차들, 차량에 따라 나뉜 구역들(제조사와 모델별, 내수용과 수출용 등), 부품을 옮기기 위한 외발 손수레, 녹슨 지게차, 고철 더미들 사이로 난 길, 쓰레기와 유리를 모아 담는 녹슨 드럼통, 견인차, 재활용하려고 쌓아둔 고무 타이어, 기계류(분쇄기, 압착기, 절단기, 컨베이어 벨트, 초대형 덤프트럭, 평상형 트레일러, 기중기), 작은 트레일러에 마련된 회사 사무실, 사슬에 매인 경비견, 보안 직원, 투광기[빛을 한 가닥으로 모아서 비추는 장치], 중장비와 소각로에서 나오는 연기, 햇빛에 반짝이는 금속과 유리, 먼지 회오리를 일으키는 바람

소리

망치, 삐걱거리는 금속, 금속끼리 긁히는 소리, 특별히 힘든 부분을 해체할 때 들리는 욕설과 투덜거림, 엔진에 시동을 걸 때 나는 다양한 소리, 끽 열리는 자동차 보닛, 공구 상자에 철그렁 담기는 공구, 우르릉거리며 돌아가는 중장비 모터, 삐삐 소리를 내며 후진하는 트럭, 끽끽거리며 작동하는 유압 리프트나 권양기[밧줄이나 쇠사슬을 이용해 무거운 짐을 들고 내리는 기구], 발에 밟혀 부서지는 유리와 플라스틱, 확성기를 통해 전해지는 목소리, 열린 문과 사라진 앞유리로 쌩쌩 들어오는 바람, 경비견을 묶은 사슬이 달캉거리는 소리, 짖어대는 경비견, 차량 라디오에서 흘러나오는 음악, 휴대전화로 통화하는 소리, 폐차들 사이를 기어

1144

다니는 쥐를 비롯한 작은 동물들

(냄새)

엔진오일, 그리스, 가스, 흙, 배기가스, 녹슨 금속, 차량 내부의 부식된 우레탄폼
과 직물에서 나는 곰팡내, 고무

(맛)

오염된 공기에서 나오는 연기의 매운맛, 먼지

(촉감과 느낌)

녹슨 금속, 미끈한 그리스, 좁은 공간에서 작업하면서 주먹으로 치는 느낌, 날카
로운 모서리에 베이는 느낌, 뜨거워진 금속 보닛 위로 엎드리다가 데는 느낌, 손
가락에 묻은 그리스, 오래된 자동차 좌석에서 느껴지는 약간의 탄성, 바퀴 자국
위를 지나다 덜컹거리는 외발 손수레, 두꺼운 작업용 장갑 때문에 둔해지는 손
놀림, 무거운 공구 상자, 볼트나 나사를 풀기 위해 가하는 압력, 먼지 덮인 표면,
차량 밑으로 미끄러져 들어가는 느낌, 발밑에서 깨지는 유리, 작업 중 원하는 위
치에 닿기 위해 움직이는 근육

이 배경에서 벌어질 만한 갈등의 원인

- 희귀 차량의 부품을 도난당한다.
- 뜻밖의 화재나 유독 액체 누출 사고가 벌어진다.
- 기물을 파손당한다(앞유리가 박살 나거나, 차 문을 우그러뜨리는 등).
- 세워놓거나 쌓아놓은 차들을 움직이다가 땅 위로 우르르 무너진다.
- 폐차장 주인이 폐차장을 범죄 사업의 위장 업체로 이용한다.
- 필요한 부품을 찾을 수가 없는데 새 부품을 살 돈도 부족하다.
- 녹슨 금속에 베이거나 찔려서 다쳤지만 최신 파상풍 백신을 구할 수 없다.
- 차 트렁크에서 범죄의 흔적이나 시체를 발견한다.
- 밤에 폐차장을 돌아다니다가 경비견에게 공격당한다.
- 폐차장 주인이 한적한 폐차장을 불법 행위에 이용한다.
- 아이들이 폐차장을 음주 장소로 이용한다.

- 재미로 밤에 폐차장을 찾았다가 범죄(살인, 시체 유기, 마약 거래)를 목격한다.
- 자신의 차와 똑같이 생긴 차가 폐차된 모습을 보고 왠지 불길한 예감이 든다.

이 배경에서 볼 만한 유형의 사람들

- 자동차 애호가, 수리공, 적은 예산으로 차를 구입하려는 사람, 폐차장 직원

이 배경과 밀접한 다른 배경

- 도시 편 자동차 정비소

참고 사항 및 팁

폐차장은 공업 지역에서 흔히 볼 수 있는 곳으로, 주로 부품을 재활용할 수 있는 차량을 취급한다. 차량 소유주와 재조립 기술자가 직접 찾아와 무게당 혹은 개당으로 값을 치르기도 하고, 일정 요금을 지불하면 직원이 원하는 부품을 확보해주기도 한다. 폐차장은 고철 처리장과 구별되어야 한다. 취급하는 품목을 돌아보고 골라서 살 수 있다는 점은 비슷하지만, 고철 처리장은 골판지처럼 물결 지게 가공한 금속과 알루미늄 조각 들부터 시작해 자전거나 자동차, 비행기, 철거 건물에서 나온 부위들처럼 더 큰 아이템에 이르기까지, 거의 금속만 취급한다.

배경 묘사 예시

코너는 차들의 무덤으로 나를 이끌었다. 울부짖는 바람이 달아난 문을 통해 들어가고 칠이 벗겨진 지붕을 타고 흐르는 동안, 우리는 둘뿐이었고 둘 다 말이 없었다. 내 발자국은 질질 끌렸다. 눈으로 보고 싶었지만 꾹 참았다. 우리는 타이어 림이 산처럼 쌓인 꼭대기에 차가 높이 올려져 있는 장면을 열댓 번쯤 지나쳤다. 보닛들은 따가운 태양을 향해 인사하듯 모두 활짝 열려 있었고, 모터는 사라지고 없었으며, 각종 호스들이 차체 밑으로 빠져나와 덜렁거렸다. 그리고 그때, 앞쪽에서 밝은 파란색 페인트가 반짝이는 바람에 심장이 쿵 내려앉았다. 우리가 탔던, 운전석이 너무 심하게 눌려서 소방관들이 조스 오브 라이프Jaws of

Life[사고 난 차 안에 갇힌 사람을 구하는 데 쓰는 기구로, 상표 이름이다]로 프레임을 절단했던 캠리였다. 식은땀이 태양의 열기를 싹 날려버렸다. 코너와 나는 서로를 보며 고통스러운 표정을 지었다. 정말이지 눈 깜짝할 사이에 벌어진 일이었다. 우리는 조시와 함께 라디오에서 나오던 노래를 엉망으로 따라 부르고 있었다. 그다음의 기억은 병원 천장을 보며 누운 채, 의사에게 누나의 소식을 전해 들은 것이다.

- **이 글에 쓴 기법** 의인화, 상징적 표현
- **얻은 효과** 분위기 설정, 과거 사연 암시

해변 파티   Beach Party

풍경

파도를 만들며 드넓게 펼쳐진 바다, 조개껍데기와 해초가 흩어진 해변, 해변에서 자라는 식물들(풀, 부들, 모자반, 월귤나무)이 분포된 모래언덕, 모닥불, 앉을 수 있을 만한 쓰러진 나무들, 곳곳에 널린 바위와 거석, 근처의 부두, 해변용 의자와 파라솔, 모래 위에 펼쳐진 담요와 수건, 아이스박스, 음료와 음식, 스모어를 꽂을 막대, 머리 위로 떠 있는 연, 간이 식탁과 의자가 늘어선 지붕 덮인 대형 천막, 다양한 게임(축구, 배구, 말편자 던지기 놀이)을 하는 사람들, 춤추는 사람들, 기타를 치는 사람, 모래 위나 담요 위에 누운 사람들(낮에는 선탠을 하고, 밤에는 별을 보려고), 해변을 따라 달리는 작은 도요새들, 젖은 모래 속에 한 줄로 파묻힌 서핑 보드들, 음식을 빼앗으려고 급강하하는 갈매기들, 물속으로 뛰어드는 펠리컨들

소리

누군가의 음악 재생기와 스피커에서 들려오는 음악, 현장에서 연주되는 라이브 음악, 기타 줄을 팅기는 소리, 부서지는 파도, 주기적으로 밀려오는 큰 파도, 타닥거리는 모닥불, 깍깍거리는 새, 웃고 떠드는 사람들, 소녀가 놀라서 지르는 비명, 네트 이쪽저쪽으로 때리는 배구공, 찰그랑대며 막대에 걸리는 말편자, 바람에 펄럭이는 수건, 음료수 캔을 따는 소리, 바스락거리는 음식 포장지, 바다에서 첨벙대는 사람들, 안전 요원이 부는 호각

냄새

바닷물, 선크림과 선탠오일, 땀, 연기, 맥주, 근처 수영장에서 나는 염소 소독제, 갓 세탁한 수건의 섬유 유연제

맛

땀, 이에 낀 모래 알갱이, 맥주, 탄산음료, 물, 얼음, 도구 없이 손으로 먹는 음식들(샌드위치, 패스트푸드, 감자튀김, 프레첼, 견과류, 과일, 소시지 빵, 포장해서 가져온 피자, 차가운 닭고기, 감자 샐러드와 코울슬로), 불에 잘 구워진 스모어

바람에 머리카락이 얼굴을 때리고 옷이 세게 당겨지는 느낌, 피부에 달라붙은 모래, 발바닥을 화끈거리게 하는 뜨거운 모래, 젖은 수영복에서 떨어지는 물방울, 까슬까슬한 수건, 코에서 미끄러지는 선글라스, 햇빛을 너무 오래 받아서 생긴 약한 두통, 화상 입은 곳의 따끔따끔한 느낌, 기름진 선크림, 피부에 말라붙은 소금, 바위나 조개껍데기를 밟았을 때의 날카로운 통증, 벼룩에 물리는 느낌, 모래사장에서 뛰거나 춤을 춰서 생긴 종아리의 피로감, 벗어던지는 슬리퍼, 무더운 날에 마시는 시원한 음료, 거친 나무, 옷 안에 들어온 모래 때문에 생긴 가려움, 춤추다 다른 사람과 부딪치는 느낌, 따뜻한 모닥불, 바람이 불어 연기가 눈에 들어갔을 때의 따가움, 피부에 내려앉는 모닥불의 불꽃이나 잿불, 일몰 뒤 차가워진 피부, 밤에 덧입은 겉옷과 스웨트 셔츠의 따뜻함, 모래 속에서 꼼지락거리는 발가락, 날아온 축구공이나 배구공 때문에 받는 모래 세례, 해가 지면서 식어가는 공기, 달빛 아래에서 해변을 걸을 때 발을 적시는 파도

이 배경에서 벌어질 만한 갈등의 원인

- 술에 취해 어리석은 행동을 한다(그 장면이 녹음되거나 녹화되어 인터넷에 퍼진다).
- 해파리와 상어를 만난다.
- 심한 화상을 입는다.
- 조개껍데기나 날카로운 바위에 발을 베인다.
- 이안류[짧은 시간 안에 해변에서 바다 쪽으로 흐르는 해류. 소용돌이치듯 속도가 매우 빠르다] 때문에 물속으로 휩쓸려 들어간다.
- 큰 파도 때문에 수영복이 벗겨진다.
- 나쁜 날씨 때문에 재미를 망친다.
- 게임을 하다 경쟁이 심해져 충돌이 벌어진다.
- 호감을 느낀 상대의 관심을 끌기 위한 경쟁이 벌어진다.
- 불 속에 넘어진다.
- 춤추는 동안 창피한 일을 겪는다.
- 대형 천막이 무너진다.
- 고압적인 안전 요원이나 해변 순찰 경관을 만난다.

- 초대하지도 않았는데 와서 분위기를 망치는 사람이 있다.
- 아무도 자신을 몰랐으면 하는 자리에 하필이면 가족이 나타난다.
- 술 때문에 연애에 관련된 판단을 잘못 내려서 다음 날 후회한다.
- 모르는 사이에 누군가 음료에 약물을 넣는다.
- 파티 장소를 떠나 누군가와 산책을 나갔다가 공격당한다.
- 경찰이 출동해 참석자 일부가 미성년자임을 알게 된다.

이 배경에서 볼 만한 유형의 사람들

- 디제이, 해변 순찰 경관, 안전 요원, 파티 참석자, 파티 불청객, 선탠하는 사람, 서핑하는 사람, 수영하는 사람

이 배경과 밀접한 다른 배경

- 해변, 등대, 바다, 열대 섬

참고 사항 및 팁

해변 파티는 세월이 지나면서 모습이 상당히 변했다. 지금은 대부분의 공공 해변에서 운전이 금지되어 있다. 해변 파티에서는 대부분 모닥불을 허용하지 않으며, 꼭 피우고 싶다면 허가증을 받아야 한다. 어떤 파티는 알코올이 들어간 음료를 금지하지만, 그런 규칙이 없는 파티도 있다. 보안 순찰대가 밤에 해수욕객들의 안전을 위해 순찰할 때가 많은데, 파티를 벌이는 사람들은 방해를 받는다고 느낄 수 있다. 반면 개인 소유의 해변이나 외딴 해변에서 열리는 파티는 훨씬 자유롭다. 주인공이 그런 파티에 참석한다면 이야깃거리가 많아질 것이다.

배경 묘사 예시

모닥불 속 나무가 딱 쪼개지면서 나에게 불꽃을 날렸다. 그중 하나가 내 스웨트셔츠에 박히는 바람에 손으로 탁탁 쳐서 껐다. 드루가 맥주를 들어 보였지만 고개를 저었다. 벌레들이 미친 듯이 물어대고, 벌써 토하는 사람들도 있어서 파티는 흥이 상당히 깨진 상태였다. 불어온 바람은 불길을 부추기면서 그 싸늘한 손

가락으로 내 옷을 더듬었다. 덕분에 이 파티가 이번 계절의 마지막 파티라는 사실을 새삼 깨달았다. 나는 청바지에 손을 문지르며 전처를 쳐다보지 않으려 애썼지만, 그녀는 내 바로 앞에 앉은 데다가 마침 제이크의 품속으로 들어가려고 기를 쓰는 중이라 그러기가 어려웠다. 나는 입술을 물어뜯으며 내 차를 찾아 주변을 둘러봤다. 그렇다, 이제는 확실히 떠나야 할 시간이다.

- **이 글에 쓴 기법** 다중 감각 묘사, 날씨
- **얻은 효과** 과거 사연 암시, 감정 고조, 긴장과 갈등

디테일
사전 ·
시골 편

자연과 지형

Nature and Landforms

강 River

풍경

소용돌이와 물결을 일으키며 끊임없이 넘실대는 물, 이파리를 수놓는 햇빛, 맑은 물과 대조를 이루는 흙탕물, 하천가에 쌓인 모래와 진흙, 강둑의 갈대들, 고개를 기우뚱 숙인 강가 나무들, 바람에 춤추는 강둑에 자란 풀, 빠르고 험하거나 느리고 잔잔한 물살, 수면 밖으로 고개 내민 바위에 강물이 부서지며 생기는 흰 물보라, 강가에 밀려와 쌓인 쓰레기들(일회용 종이컵, 탄산음료 캔, 비닐봉지, 헌 옷 등), 강둑 나무들 가지 사이의 거미줄, 수면 위로 튀어 오르는 물고기, 부드러운 자갈, 조류로 뒤덮인 물 아래 바위, 야생화와 잡풀이 흐드러진 강둑, 꽃잎, 굵은 나뭇가지나 잔가지, 나뭇잎, 벌레 사체 등 여러 잔해들이 둥둥 떠다니는 강물, 낮아진 수위에 강둑이 드러나면서 쩍쩍 갈라지기 시작하는 강가의 진흙, 흐리고 탁한 강물, 크고 작은 나뭇가지로 지은 비버 집, 강굽이에 쌓인 고목들, 강 갈래, 급류와 폭포, 강에 먹이를 씻는 라쿤, 물 마시러 온 사슴과 여우, 강에서 뛰노는 수달, 물고기를 향해 물 위를 활공하는 새(왜가리, 아비, 물총새, 오리 등), 거미와 개미, 성가신 각다귀와 모기 떼, 갈대밭을 노니는 잠자리, 통나무 위에서 쉬는 거북, 강둑에서 햇빛을 즐기는 악어(특정 지역에서만), 카누와 모터보트, 강가 나무에 매인 밧줄을 타고 물속에 뛰어드는 아이들, 얕은 물이나 강둑에서 낚시하는 사람들, 십 대들이 다리에서 다이빙하거나 강에 띄운 튜브나 고무보트에서 노니는 등 한가로운 풍경

소리

커다란 포말을 그리며 철썩이는 파도, 졸졸 흐르는 잔잔한 물결, 바위를 때리는 물살, 콸콸 쏟아지는 폭포나 급류의 굉음, 지저귀는 새, 다람쥐 울음소리, 벌레 울음소리, 덤불 사이를 쏜살같이 지나가는 동물들, 물 위로 튀어 오르는 물고기, 물에 첨벙 뛰어드는 거북, 물로 미끄러지듯 들어가는 악어, 굵고 가는 나뭇가지들이 떨어지며 튀어 오르는 물, 물살에 씻겨나가는 카누나 카약의 선체, 강물을 가르는 노, 획 던지는 낚싯줄, 멱 감는 사람들이 물장난 치는 소리와 웃음소리, 질척이는 땅을 밟는 부츠, 비상할 준비를 하는 새의 날갯짓, 나들이객의 목소리, 소리 지르는 아이들, 아스라이 들려오는 도시의 소음(자동차, 버스, 서로를 부르

는 목소리, 문 닫는 소리), 보트 모터음

냄새

조류 비린내, 축축한 흙, 맑은 물이나 고인 물의 비린내(지역과 계절에 따라 다름), 야생화, 풀, 쓰러진 나무나 썩어가는 잎, 갓 낚아올린 물고기

맛

의도치 않게 들이킨 강물, 간식(과자, 프레첼, 사탕, 그래놀라 바), 피크닉 도시락(샌드위치, 과일, 쿠키, 브라우니), 아이스박스에서 막 꺼낸 시원한 음료(생수, 맥주, 탄산음료), 강둑에 자란 야생 베리류나 로즈힙 열매

촉감과 느낌

차가운 강물, 따스하게 감싸는 강물, 친구가 첨벙 뒤긴 물에 맞는 느낌, 피부에 닿는 잔가지와 이파리, 발아래 미끈미끈한 바위, 발가락 사이를 흐르는 진흙, 햇볕에 달궈진 돌, 반대 방향으로 저으려고 든 노에서 물줄기가 흘러 다리가 젖는 느낌, 딱딱한 플라스틱 카누 의자, 등받이 없는 의자 때문에 생긴 등허리의 통증, 뜨거운 햇볕에 화상 입은 피부, 젖은 피부가 햇볕에 점점 건조해지는 느낌, 갑자기 차가워진 바람에 부르르 떨리는 몸, 미끼를 문 물고기에 팽팽해진 낚싯줄, 모기에 물리는 느낌, 카누가 뒤집어지는 바람에 차가운 강물에 빠지는 느낌, 거센 급류의 장력, 뭍으로 올라오기 위해 힘겹게 헤엄치지만 제자리를 맴도는 느낌

이 배경에서 벌어질 만한 갈등의 원인

- 물에 빠지거나 거의 빠질 뻔한다.
- 바위에 머리를 세게 부딪힌다.
- 오염된 물을 들이킨다.
- 악어나 뱀이 나타난다(특정 지역에서만).
- 보트가 덮치는 바람에 머리를 맞고 의식을 잃는다.
- 빙판이 깨져 물속에 빠지거나 물에 빠진 채 시간이 흐르면서 저체온증이 닥친다.
- 급격히 굽이치는 지형처럼 유속이 빠른 곳이나 폭포에서 떨어져 다친다.

- 물 공포증이 있다.
- 강바닥에 있는 쓰레기를 미처 보지 못하고 밟아 발을 베인다.
- 카누가 급류에 뒤집힌다.
- 인근 숲에서 길을 잃어 보트가 기다리고 있을 약속 장소로 가지 못한다.
- 카누에 함께 탄 사람이 카누 타는 법을 전혀 모른다.
- 수상한 물체(토막 난 시체가 들어 있는 쓰레기봉투, 핏자국이 묻은 셔츠)가 낚싯줄에 걸린다.

이 배경에서 볼 만한 유형의 사람들

- 카누나 카약을 타는 사람, 어부, 산책하러 나온 지역 주민, 나들이객, 수영하는 사람

이 배경과 밀접한 다른 배경

- 캠핑장, 협곡, 개울, 숲, 등산로, 호수, 습지, 풀밭, 산, 열대우림, 폭포

참고 사항 및 팁

강과 크고 작은 개울 등 하천 지형은 동적인 느낌을 주어 이야기의 배경으로 손색이 없지만, 반드시 유속이 빠른 강과 요란한 사건을 등장시킬 필요는 없다. 더이상 흐르지 않아 악취를 풍기는 강을 배경으로 완전히 다른 분위기의 이야기를 펼칠 수도 있다. 숲이나 수풀 사이를 흐르는 강도 있지만, 평원을 가로지르는 강이나 구불구불 실선을 그리며 산을 끼고 흐르는 강, 좁은 협곡 사이의 강도 있다. 다양한 형태가 존재하는 만큼 강은 이야기를 전개하기 쉬운 매력적인 배경이다.

배경 묘사 예시

언덕을 비틀거리며 오르는 동안 두 발 아래의 마른 땅만큼이나 내 몸도 바싹 타들어갔다. 눈앞 나무 사이사이로 섬광이 번쩍였고, 두 다리는 후들거렸다. 나는 마침내 들려온 소리에 고개를 획 들었다. 구원의 물소리였다.

- **이 글에 쓴 기법** 은유, 직유, 상징적 표현
- **얻은 효과** 감정 고조, 긴장과 갈등

개울   Creek

풍경

구불구불한 강물을 따라 난 나무와 덤불, 울퉁불퉁한 땅, 덤불의 풍경(이끼에 뒤덮인 쓰러진 나무, 나무껍질 조각들, 키 큰 풀 군데군데 떨어진 마른 잎과 솔방울), 물가를 오가는 동물들이 다져놓은 숲길, 풀투성이 둑과 둑에 갇힌 얕은 물, 개울 안에 작은 섬처럼 쌓인 돌, 젖은 돌 위를 다시 덮치는 물결, 빛 조각이 흩뿌려진 물 위를 떠다니는 나뭇잎과 솔잎 조각, 찰랑거리는 물결, 물속에서 휙 지나가는 피라미와 작은 물고기, 푸른색과 갈색(모래, 돌, 조류 등)으로 얼룩덜룩한 개울 바닥, 개울 진흙 바닥에 반쯤 묻힌 크고 작은 자갈, 갈대와 풀 사이로 빠르게 흐르는 물, 거머리, 개구리, 거북, 뱀, 올챙이와 새, 진흙 둑을 따라 난 동물 발자국, 한가로이 떠다니는 잎과 하류에 떠 있는 거품, 뿌리가 드러난 둑의 나무들, 물에 일부 잠긴 나뭇가지, 목을 축이러 들린 동물들(여우, 사슴, 토끼, 청설모, 라쿤), 목욕하는 새들, 물 위로 급강하하는 잠자리, 물가에 가벼운 쓰레기들(컵, 포일 조각, 비닐봉지)이 동동 떠 있는 모습, 담요에 앉아 점심을 즐기는 나들이객, 물가에서 개구리나 두꺼비를 쫓아다니는 아이, 햇볕이 뜨거운 오후 물장난을 치는 아이들

소리

바위와 나뭇가지를 넘나들며 흐르는 물, 앵앵거리는 모기, 잠자리의 날갯짓, 물을 첨벙 튀기거나 나무에서 서로 대화하듯 지저귀는 새, 귀뚜라미와 개구리 울음소리, 나뭇잎과 기다란 풀잎을 흔들고 지나가는 바람, 풍덩 떨어지는 돌, 바늘에 걸려 미친 듯이 파닥이는 물고기, 바람 부는 날 키 큰 나무들이 우는 소리, 덤불을 비비듯 흔들고 지나가는 작은 동물들, 물장구치며 깔깔대는 아이들

냄새

조류의 비린내, 풀과 그 밖의 녹지, 햇볕에 따뜻해진 흙과 바위, 썩어가는 나무 껍질과 나뭇잎, 젖은 흙, 땀, 고무 부츠, 물고기의 비린내, 진흙

산에 둘러싸인 개울의 맑은 물, 피크닉 도시락(샌드위치, 치즈, 크래커, 감자, 샐러드, 과일, 과자), 하이킹용 음식(트레일 믹스, 육포, 말린 과일, 단백질 바, 그래놀라바), 덤불에서 갓 딴 베리류나 로즈힙 열매, 숲에서 그러모은 견과류와 채소

촉감과 느낌

풀과 덤불에 긁히는 느낌, 젖은 땅에 푹 빠진 부츠로 전해지는 진흙의 부드러운 감촉, 개울 바닥의 뾰족한 바위에 찔린 맨발, 발가락 사이로 흘러내리는 진흙, 발에 닿는 얼음장같이 차가운 물, 신발이나 부츠에 서서히 스며 들어오는 물, 이끼와 풀의 부드러운 탄력, 미끼를 문 물고기의 무게감과 낚싯줄 끝에서 느껴지는 저항, 미끈거리는 물고기, 맨다리를 간질이는 나긋한 물결, 모기에 물리는 느낌, 따스한 바위, 물결에 이리저리 유영하던 나뭇가지가 다리를 스치고 지나가는 느낌, 피라미에게 물려 간지러운 발가락, 보드라운 개울가 풀밭에 누워 나무 꼭대기와 하늘을 바라보는 느낌

이 배경에서 벌어질 만한 갈등의 원인

- 번식기의 맹수와 마주친다.
- 개울물에 독이 든 것을 알아차린다.
- 낚시꾼끼리 '명당' 자리를 두고 경쟁한다.
- 시체를 발견한다.
- 길을 잃고 헤맨 탓에 갈증이 극에 달했는데 개울 바닥이 바짝 말라 있다.
- 오염된 물을 마시고 앓기 시작한다.
- 자주 찾던 개울이 완전히 말라버린 것을 발견한다.
- 두 사람만의 평화로운 점심시간을 보내는데, 지켜보는 자가 있는 것을 알아차린다.
- 둑을 따라 늘어선 죽은 물고기와 도롱뇽 떼를 발견한다.
- 우연히 맞닥뜨린 땅 주인이 사유지를 침범했다며 몹시 화를 낸다.
- 개울에서 지나치게 가까운 곳에서 캠핑을 하다 극심한 호우로 피해를 입는다.
- 알을 품던 새가 알을 지키려고 재빨리 날아와 발톱으로 공격한다.
- 고개를 드니 개울에 자신뿐 아니라 맹수(곰, 쿠거, 말코손바닥사슴 등)도 있다.

이 배경에서 볼 만한 유형의 사람들

- 캠핑족, 등산객, 낚시꾼, 사냥꾼, 자연을 즐기러 온 사람, 땅 주인

이 배경과 밀접한 다른 배경

- 캠핑장, 협곡, 시골길, 숲, 등산로, 사냥 오두막, 풀밭, 산, 연못, 강

참고 사항 및 팁

개울은 강보다 좁고 얕으며, 느리게 흐른다. 개울은 기후가 적절한 곳이라면 어디에서나 흐르지만, 여름처럼 기온이 높은 시기에는 완전히 메마른 곳도 있다. 일반적으로 강처럼 유속이 빠르면 겨울이라도 가운데 수로가 얼지 않는데, 개울은 유속이 느려 겨울에도 단단히 얼어붙는다. 또 어떤 개울은 모래로 뿌옇게 흐려 아무것도 보이지 않지만, 어떤 개울은 투명한 유리잔을 들여다보듯 바닥까지 훤히 보인다. 주로 산이나 그 인근에 있는 개울이 그렇다.

배경 묘사 예시

나는 개울둑에 앉아 발가락에서 떨어지는 물은 아랑곳하지 않고 자갈에 발바닥을 마사지하듯 비볐다. 졸졸 흐르는 물, 날갯짓하는 벌레, 바스락거리는 나뭇잎, 무엇보다 저 아래 산등성이 너머에서 강물이 세차게 흐르는 소리에 귀를 기울였다. 나는 고개를 이리저리 돌리며 근육을 풀었다. 이 얌전한 '푸른 개울'이 불과 5분 거리 만에 거칠게 으르렁대는 강으로 변하고, 그 강에 우리 땅과 우리 가족이 반으로 쪼개졌다는 사실이 기가 막혔다.

- **이 글에 쓴 기법** 대비, 날씨
- **얻은 효과** 과거 사연 암시

그로토 Grotto

[동굴 중에서도 특히 바닷물이나 지하수의 영향을 받는 종류의 동굴을 말하며, 종유 동굴도 여기에 속한다]

풍경

돌로 만들어진 높은 아치형 천장, 돌 사이의 틈을 통해 들어온 빛줄기, 조류에 따라(해안가 그로토) 혹은 폭풍우에 따라(내륙 그로토) 수위가 올라갔다 내려갔다 하는 물, 이끼와 지의류, 바람에 닳고 물에 씻겨 표면이 매끈해진 돌벽, 작은 폭포들(벽, 석순, 바위 턱, 광맥이 드러난 노두[암석이나 지층, 석탄층 따위가 지표면에 드러난 부분. 광석을 찾는 데 중요한 실마리가 된다] 등을 타고 흐르는), 박쥐가 만든 구아노guano[바닷새의 배설물이 바위 위에 쌓여 굳어진 덩어리로, 비료로 쓰기도 한다], 높은 위치의 선반 모양 바위에 매달려 있는 박쥐들, 깊이를 알 수 없이 군데군데 검은 그림자로만 보이는 지점들, 해안가 젖은 바위에 들러붙어 있는 달팽이, 틈 사이에 숨어 있는 게, 어둡거나 빛이 전혀 없는 곳에 적응한 수중 생물들(따개비, 물고기, 피라미 등), 발밑에서 일어나 물을 탁하게 만드는 실트silt[보통 진흙보다 더 미세하고 고운 입자의 진흙 혹은 침전물], 동굴 안에서도 수면 위로 드러나거나 아래로도 난 곁다리 통로들, 지하까지 용케 흘러 들어온 낙엽과 그 밖의 부스러기들, 서식지가 아님에도 햇빛이 비치는 작은 구역에서 간신히 자라고 있는 강인한 식물들, 바위 천장에서부터 늘어져 비가 오면 빗물이 타고 떨어지는 뒤틀린 나무뿌리, 소금과 바닷말 자국으로 얼룩진 돌과 모래(해안가 그로토), 물속에서 헤엄치는 물고기

소리

바위를 때리는 파도, 커다란 물결이 쓸고 지나간 뒤 동굴 표면에 주르르 흘러내리는 물방울, 근처에서 우는 바닷새, 돌 위를 종종걸음으로 지나가는 게, 동굴 속 메아리, 어딘가에서 떨어지거나 굴러 내려오는 돌 조각, 폭포수가 머리 위 구멍을 통해 쏴 밀려 들어오는 소리, 돌에 부딪쳐 되돌아오는 메아리, 똑똑 떨어지는 물, 평온한 날씨에 잔잔하게 찰싹이는 물소리, 박쥐의 울음소리와 날갯짓

냄새

흰 곰팡이, 젖은 돌, 바닷말, 짭짤한 바닷물(해안가 그로토), 식물과 야생 풀(내륙 그로토)

맛

입술에 닿은 바닷물, 신선한 물, 공기 중에 느껴지는 광물 성분의 톡 쏘는 맛

촉감과 느낌

날카로운 돌과 따개비에 손과 발을 베이는 느낌, 발가락 사이로 느껴지는 굵은 모래, 돌 위에서 미끄러져 긁힌 피부, 수영할 때 머리 위를 완전히 뒤덮는 차가운 물, 천장에서 피부로 떨어지는 물방울, 마모된 돌멩이, 손가락 위로 기어가는 도마뱀이나 게, 물 위에 떠서 흘러가는 매끈하게 닳은 나무, 몸을 휘감는 파도나 조류

이 배경에서 벌어질 만한 갈등의 원인

- 밀물이 들어와 갇힌다.
- 폭풍우 때문에 수위가 올라 출입구를 막아버린다.
- 어둠 속에서 혹은 밀폐된 공간에서 공황 상태에 빠진다.
- 미끄러져 다친다.
- 물속을 탐험하다 길을 잃는다.
- 해저 동굴 속에서 같이 들어온 친구들을 놓친다.
- 물속에서 빛을 놓치거나 배터리가 방전된다.
- 높은 선반 모양 바위틈에서 범죄에 쓰였을 법한 물건(피 묻은 칼, 결혼반지 여러 개가 담긴 주머니 등)을 발견한다.
- 물속에서 무엇인가 다리에 닿는다.
- 상처를 입어 헤엄쳐 나가기가 불가능하다.

이 배경에서 볼 만한 유형의 사람들

- 모험가, 고고학자, 동굴 잠수부, 등산객과 등반가, 보물 사냥꾼

이 배경과 밀접한 다른 배경

- 해변, 동굴, 열대우림, 열대 섬, 폭포

참고 사항 및 팁

해안가의 그로토와 강과 지하수로 만들어진 내륙의 그로토는 조류 때문에 겉모습과 냄새, 소리가 각기 다르다. 또 어떤 그로토는 웅덩이와 동굴이 하나뿐이지만, 몇 킬로미터씩 서로 이어지는 거대한 동굴처럼 생긴 그로토도 있다.

배경 묘사 예시

조류가 부드럽게 잡아당기는 것을 느끼며 웅덩이에서 나와 지하 동굴로 기어 올라왔다. 머리 위 미세한 틈을 통해 비집고 들어온 빛이, 물을 똑똑 떨어뜨리는 나무뿌리 뭉치를 지나 수면 위로 빛기둥 하나를 만들었다. 나는 평평한 돌 위에 앉아 벽을 치는 잔잔한 물소리, 멀리서 들려오는 갈매기 울음소리, 게들이 먹이를 찾아 돌 위를 기어 다니는 소리를 들었다. 어디로 이어지는지도 모르는, 물속 암초 사이에 난 구멍 속으로 잠수해 들어가는 건 신경이 곤두서는 일이었다. 하지만 이렇게 손때 묻지 않은 아름다움을 발견하고 보니 그 모든 게 가치 있는 시도였다.

- **이 글에 쓴 기법** 빛과 그림자, 다중 감각 묘사
- **얻은 효과** 감정 고조

풍경

껍질을 타고 물이 주르륵 흐르고 밑동은 시꺼먼 나무, 썩어가는 풀과 나무, 찌꺼기가 둥둥 떠다니는 물, 갈대, 나무뿌리에서 쉬는 개구리, 민달팽이와 통통한 거머리, 깊은 물속을 요리조리 민첩하게 움직이는 메기, 진흙 밑바닥을 기어가는 가재와 새우, 떨어진 나뭇가지 위를 느릿느릿 기어가는 딱정벌레, 나무와 나무 사이에 거미줄을 치는 거미, 나뭇가지에 똬리를 틀거나 물속을 스르르 유영하는 뱀, 수영하는 거북과 거북 등에 흩어진 연두색 개구리밥, 파리와 모기 떼, 하늘을 메우는 새까만 각다귀 떼, 나무 밑동을 요리조리 돌아다니는 도마뱀, 수면 가까이로 급강하하는 박쥐, 곰, 수면을 둥둥 떠다니는 조류, 고목, 물 밖으로 두 눈과 주둥이만 내밀고 헤엄치는 악어, 진흙 안으로 꿈틀꿈틀 파고드는 벌레들, 긴 다리를 뽐내듯 선 물새(왜가리, 물수리, 두루미), 밤에 배회하는 부엉이, 부리로 나무에 구멍을 내는 딱따구리, 물결, 짙게 일렁이는 안개, 머리카락처럼 나뭇가지에 축 늘어진 이끼들, 쓰러진 나무, 기괴하게 비틀린 물가의 나무, 진흙 범벅이 된 강둑, 물때가 끈적하게 낀 바위, 수면에서 부글부글 끓어오르다 터지는 거품들, 변화무쌍한 그림자, 수면을 가르고 나아가는 모터보트

소리

똑똑 떨어지거나 첨벙첨벙 튀기는 물, 끈적거리는 진흙, 개구리 울음소리와 윙윙거리는 파리, 똑 부러지는 잔가지, 쫓고 쫓기는 길짐승이나 날짐승의 비명, 소름 끼치는 고요함, 물 위로 공기 방울처럼 올라오는 가스가 트림하듯 터지는 소리, 물속을 유유히 헤엄치는 거북, 물을 박차고 날아오르는 새들, 나무를 딱딱 쪼는 딱따구리, 물로 풍덩 뛰어드는 소리나 물속으로 첨벙대며 들어가는 소리, 쉭쉭 우는 악어, 벌처럼 침을 쏘는 곤충을 손으로 휙 쳐내는 소리, 물에 푹 젖은 신발이나 부츠를 신고 걸을 때 나는 소리, 물살을 가르고 늪 바닥의 잔해를 쓸며 달리는 소형 혹은 대형 보트, 나무껍질을 긁는 도마뱀, 새의 날갯짓, 머리 위를 지나는 박쥐

냄새

무언가가 썩는 냄새, 소금기 많은 조류, 땀, 메탄가스 거품이 풍기는 악취[메탄은 원래 무색무취의 기체지만, 황 성분과 결합하면 암모니아 냄새나 계란 썩는 냄새를 풍긴다]

맛

이 배경에서는 등장인물이 가지고 있는 것(껌, 박하사탕, 립스틱, 담배 등) 말고는 관련된 특정한 맛이 없다. 이럴 때는 미각 외의 네 가지 감각에 집중하는 것이 좋다.

촉감과 느낌

뜨겁고 축축한 공기에 땀에 끈적이는 옷, 물이 스며든 부츠, 젖은 옷에 쓸리는 피부, 피부에 달라붙는 조류와 개구리밥, 젖은 피부에 붙은 잎과 진흙 덩어리, 물속에 있는 무언가(물고기, 떠다니는 나뭇가지, 뱀)가 다리에 닿는 느낌, 꼭 움켜쥔 나무 막대기, 각다귀나 모기에게 물리는 느낌, 얼굴과 등줄기를 타고 흐르는 땀, 시리도록 차가운 물, 소리가 들리거나 물이 움직일 때마다 두근대는 심장, 진흙 범벅이 된 부츠, 쓰러진 나무를 딛고 올라가면서 베이고 긁힌 상처, 바위와 나무를 뒤덮은 미끈미끈한 이끼, 몸에 붙은 거머리를 떼는 느낌, 머리 위를 스치는 이끼 덩굴

이 배경에서 벌어질 만한 갈등의 원인

- 뱀이나 악어가 탁한 물속에 숨어 있다.
- 엄청나게 많은 모기나 파리 떼에 물려 발진이 생긴다.
- 보트에 물이 새기 시작한다.
- 막대기나 장대를 잃어버린다.
- 거미줄이나 뱀을 건드린다.
- 어두운 물속으로 떨어진다.
- 늪에서 길을 잃는다.
- 손전등이나 램프 등 빛을 내는 장비를 잃어버린다.
- 늪지대처럼 감염 위험이 높은 곳에서 창상, 찰과상, 자상 등 상처를 입는다.

- 연료 고갈, 엔진 불량, 선체 손상 등으로 보트를 쓸 수 없다.
- 참호족[기온이 낮고 습도가 높은 환경에 발이 장기간 노출된 경우에 생기는 병]에 걸린다.
- 식량과 물이 바닥난다.
- 지반이 보기와 달리 단단하지 않다.
- 가까운 곳에서 비단뱀을 발견한다.
- 자신의 위치를 파악하기 위해 높은 곳에 올라가지만 아무것도 찾지 못한다.
- 늪지대에서 하룻밤을 보내야 하는데 불을 피울 방법이 없다.
- 외부인에게 적대적인 데다 제멋대로 행동하는 지역 주민을 만난다.

이 배경에서 볼 만한 유형의 사람들

- 다른 곳으로 가기 위해 늪을 건너려고 온 지역 주민, 낚시나 사냥하러 온 사람, 가이드와 관광객

이 배경과 밀접한 다른 배경

- 습지

참고 사항 및 팁

늪은 해수로 만들어진 늪과 담수로 만들어진 늪 등이 있고, 늪이 있는 위치에 따라 서식하거나 자생하는 동식물 종류가 다르다. 선정한 늪지대를 무대로 원하는 것들을 쓸 수 있는지 미리 확인하자. 늪은 사람들의 발길이 드문 비밀스러운 분위기를 풍긴다.

배경 묘사 예시

등 뒤에서 들려오는 첨벙 소리에 가장 가까운 곳의 나무를 향해 죽기 살기로 달렸다. 끈적거리는 나무껍질에 부츠가 자꾸 미끄러졌지만, 간신히 손 닿는 곳의 가지에 삐걱거리며 매달렸다. 나는 숨을 헐떡이며 수면 위 자욱한 안개를 훑었다. 내 맥박은 단단한 땅에 겨우 낸 얕은 도랑처럼 가늘고 희미했다. 무언가가 물속을 움직일 때마다 안개가 찬찬히 흩어졌다. 그것은 곧장 나를 향해 왔다.

- **이 글에 쓴 기법** 빛과 그림자, 다중 감각 묘사
- **얻은 효과** 긴장과 갈등

동굴 Cave

풍경

속으로 파고들어간 나무뿌리, 동물이 지나가며 함께 쓸려갔거나 바람때문에 날아가는 먼지와 낙엽, 나뭇가지, 동물의 분뇨, 털 뭉치, 씹다 남은 뼈, 흙 위의 발자국, 돌에 난 곰이나 퓨마·재규어 등의 발톱 자국, 동굴 천장의 종유석, 천장에 매달려 쉬는 박쥐, 동굴 바닥의 석순, 천장의 금이나 나무뿌리에서 흘러내리는 물, 물웅덩이, 다른 동굴이나 지하 강으로 이어지는 통로, 흙을 파고드는 지렁이, 거미줄, 동굴 안으로 들어갈수록 점차 희미해지는 빛줄기, 상형문자나 동굴 벽화(동굴이 과거 문명과 관련 있을 경우), 낙서와 쓰레기(여행자나 파티를 즐기는 사람들이 동굴을 사용한 경우), 벽을 타고 떨어지는 물, 지의류와 이끼, 바스러지는 돌, 박쥐가 만든 구아노, 바위틈을 비집고 자란 버섯

소리

돌에 난 구멍을 통해 흘러나오는 바람, 동굴 밖에서 흔들리는 나무, 발을 끌며 걷는 사람이나 동물, 쏜살같이 도망치는 동물, 놀라서 우는 박쥐 떼, 동굴에서 떨어지는 물, 발밑에서 바스락거리는 낙엽이나 나뭇가지, 바깥 어딘가에서 우는 귀뚜라미나 개구리, 동굴 입구 근처에 피워놓은 타닥거리며 타는 모닥불, 딸깍 켜는 손전등, 동굴 안에서 메아리치는 목소리들, 어둠 속에서 무른 돌을 발로 차는 소리, 으르렁거림, 동굴 속에서 잠든 동물의 숨소리, 바람, 입구의 낙엽이나 풀, 작은 동물의 울음소리

냄새

차갑거나 축축한 돌, 동물의 배설물, 사향을 풍기는 털, 썩어가는 동물의 사체나 식물, 퀴퀴한 공기, 고인 물, 나무를 태우는 냄새, 조리에 쓰는 숯의 탄내, 땀내나 체취

맛

물, 불에 구운 음식(덫에 걸린 짐승, 물고기, 핫도그), 만들거나 가져온 음료(차, 커피, 물), 인근 숲에서 주운 견과류나 베리류

울퉁불퉁하거나 우툴두툴한 돌벽, 바스러지는 울퉁불퉁한 바위, 젖은 바윗길에서 미끄러지는 느낌, 구멍 틈에 손가락을 넣었는데 빠지지 않는 느낌, 좁은 동굴 통로에 몸 한쪽이 쓸리는 느낌, 등을 찌르는 주먹만 한 돌, 어둠 속에서 낮은 천장에 부딪치는 느낌, 손바닥에 묻은 흙, 석영의 맥이나 금·은·터키석 등 기타 광물의 맥에 손끝을 쭉 그어보는 느낌, 물방울에 젖어 미끈거리는 동굴 벽, 동굴에 난 길을 따라가다 우연히 발견한 호수나 작은 동굴, 천장의 갈라진 틈에서 떨어진 물방울이 목 뒤에 흘러내리는 느낌, 동굴 안에 들어온 차가운 바람이나 눈, 발밑에서 부서지는 뼈나 나뭇가지, 한밤중에 몸을 슬금슬금 타고 올라오는 바위의 한기, 딱딱한 돌바닥에서 잘 때의 느낌

이 배경에서 벌어질 만한 갈등의 원인

- 배수가 제대로 되지 않은 탓에 폭풍이 불자 동굴에 물이 가득 차오른다.
- 동굴 속에서 서식지를 침범당하는 데 예민한 동물이 나타난다.
- 동굴 속 박쥐 떼가 놀라 쏜살같이 밖으로 날아간다.
- 맹독을 가진 전갈이나 뱀을 발견한다.
- 무언가 동굴로 들어오려 하는데 무기가 전혀 없다.
- 무언가에 쫓겨 동굴에 들어왔는데 입구 말고는 나갈 방도가 전혀 없다.
- 환기가 되지 않아 동굴이 연기로 자욱해진다.
- 환각을 일으키는 버섯 포자가 동굴에 자라고 있다.
- 옆으로 난 지하 통로를 탐험하다 길을 잃는다.
- 잘못된 길로 드는 바람에 동굴에 갇힌다.
- 근처 동굴이나 통로에서 누군가의 목소리가 들린다.
- 상처가 곪거나 악화돼 움직이기 힘들어진다.
- 적이 동굴 밖에서 자신이 나오기만을 기다리고 있다.
- 동굴 안에서 간절히 필요했던 물건들을 줍지만, 다른 사람의 것을 가로챈다는 생각에 양심의 가책을 느낀다.
- 동굴 안에서 찜찜한 물건(사람 뼈, 기분 나쁜 그림, 손가락뼈로 가득한 상자)을 발견한다.

이 배경에서 볼 만한 유형의 사람들

- 동굴 다이빙을 하는 사람이나 동굴 탐험가, 동굴을 캠핑지나 파티 장소로 쓰는 지역 주민, 생존주의자[자연재해나 인재에 대비해 비상식량을 저장하고, 응급치료나 방어 도구 사용법 등에 숙달해야 한다고 주장하는 사람]

이 배경과 밀접한 다른 배경

- 해변, 협곡, 숲, 등산로, 사냥 오두막, 산

참고 사항 및 팁

동굴의 종류는 무수히 많다. 활화산 지역에 있는 동굴처럼 더운 곳도 있지만, 대부분은 춥다. 동굴에 서식하는 생물도 기후와 계절, 위치에 따라 종류가 각각 다르다. 지상 동굴도 있지만, 지하로 이어지는 동굴로 들어가 지하 세계를 엿볼 수도 있다. 동굴에 적절한 빛이 비치고 물이 흐르면 그 동굴만의 생태계가 탄생하기도 한다. 또한 지하 강과 연결된 동굴도 있으며, 바닷가에서는 파도로 석회암에 구멍이 생기면서 동굴이 만들어지기도 하고, 산속 동굴처럼 높은 지대에 만들어진 동굴도 있다. 세계 곳곳에는 다양한 동굴이 있기 때문에 등장인물이 떠나는 모험에 알맞은 동굴을 설정할 때 넓은 선택지를 가질 수 있다.

배경 묘사 예시

리마는 조상들이 그린 벽화 가까이에 오렌지색 혀를 날름거리는 횃불을 댔다. '할아버지 곰을 향한 위대한 사냥'의 주역, 스라소니 털가죽 망토를 두른 전사들이 석창을 든 모습이 헤나 물감의 강렬한 획으로 묘사되어 있었다. 목이 점점 멨다. 바로 이 자리에, 자신이 오기 이전에, 아버지가, 삼촌이, 할아버지가 왔었다. 그들도 지금의 자신처럼 벽화가 들려주는 이야기를 보고 진정한 사내가 된다는 것, 망토에 대한 권리를 얻는 것의 의미를 고민했을까?

- **이 글에 쓴 기법** 빛과 그림자
- **얻은 효과** 복선, 과거 사연 암시, 감정 고조

등산로 Hiking Trail

풍경

꼬불꼬불한 흙길이나 돌길, 길 양쪽에 자란 식물들과 양치류, 이끼 낀 바위, 암벽만 있는 구역 안의 산길, 끝내주는 경치, 길에 어지럽게 뻗어 있는 나무뿌리, 길 쪽으로 늘어진 나뭇가지, 무성한 수풀 때문에 길이 도중에 없어진 것처럼 보이는 구역, 땅에 반쯤 묻힌 조약돌과 돌멩이, 떨어진 낙엽과 잔가지, 들꽃과 베리류 덤불, 망가진 거미줄, 그늘지거나 해가 비추는 곳, 등산객에게 올바른 방향을 알려주는 이정표와 표지판, 강과 협곡 위에 놓은 다리나 통나무, 걸어서 건너야 하는 얕은 시내, 빗물로 만들어진 작은 웅덩이들, 산길을 따라 개울처럼 가늘게 흐르는 빗물, 쓰러진 나무 몸통, 썩어가는 나뭇가지와 나뭇잎, 가파른 경사면을 따라 새겨지거나 만들어진 험한 계단, 멀리 있는 폭포, 탑처럼 쌓아올린 돌, 소박한 벤치, 지팡이와 배낭을 갖춘 등산객들, 머리 위로 나는 새들, 다람쥐, 토끼, 사슴, 개, 각다귀, 파리, 모기, 개미, 딱정벌레, 거미, 도마뱀, 뱀, 등산객들이 등산로에서 벗어나 잠시 쉬면서 새로운 풍경을 감상할 수 있는 전망 좋은 지점

소리

지저귀는 새들, 나무 몸통을 뱅뱅 돌며 다니는 다람쥐, 앵앵거리는 파리와 모기, 붕붕 날아다니는 곤충, 낙엽 위를 뛰어가는 도마뱀, 돌이 많은 길을 밟으며 지나가는 소리, 발밑에서 부서지는 나뭇잎, 길을 따라 구르고 튀어 오르는 조약돌, 나무들 사이를 통과하는 바람, 바람에 흔들리는 나뭇가지, 딱딱한 길 위를 훑으며 굴러가는 나뭇잎, 짖고 헉헉대는 개, 콸콸 흐르는 시내와 졸졸 흐르는 개울, 바위 위로 떨어지는 물, 가파른 경사에서 굴러떨어지는 돌들, 덤불 아래에서 움직이는 작은 동물, 거친 숨소리, 식품 포장지를 뜯는 소리, 절그렁거리는 등산 장비, 곰 퇴치용 종, 서로 이야기를 나누거나 멀리 있는 상대를 부르는 등산객들

냄새

흙, 비, 썩어가는 나무와 나뭇잎, 들꽃, 땀, 벌레 퇴치제, 젖은 돌

싱싱한 베리류, 등산용 식품(그래놀라 바, 에너지 바, 트레일 믹스, 견과류, 과일과 말린 과일, 초콜릿이나 사탕, 크래커, 치즈, 육포), 물

촉감과 느낌

어깨에 단단히 동여맨 커다란 배낭, 무거운 등산화, 발밑에 느껴지는 고르지 못한 길, 따끔따끔한 가시덤불, 옷에 들러붙는 갈고리 풀, 자연적으로 만들어진 돌계단의 돌이 흔들리는 느낌, 손에 쥔 울퉁불퉁한 지팡이, 땀에 젖은 피부, 모기에 물리는 느낌, 얼굴 주변에 윙윙거리며 모여든 각다귀 떼, 거친 나무 표면, 따뜻한 베리 열매, 얼굴이나 몸을 때리는 나뭇가지, 발밑에 느껴지는 매끈한 나뭇잎, 나무에서 얼굴로 후드득 떨어지는 빗방울, 피로하거나 화끈거리는 근육, 바싹 마른 입, 갈증, 보송보송한 이끼, 나무뿌리에 걸려 넘어지는 느낌, 오르막길을 오르거나 좁은 다리를 건너려고 조심스레 내딛는 발걸음, 차가운 냇물, 맨발로 지나는 시냇물, 햇볕이 내리쬐는 곳에서 그늘진 곳으로 들어갈 때 느껴지는 온도 변화, 차가운 돌이나 거친 통나무 위에 앉아서 쉬는 느낌, 머리카락에 느껴지는 산들바람, 더위로 인한 탈진

이 배경에서 벌어질 만한 갈등의 원인

- 동물에게 공격당한다.
- 벌에 쏘이거나 뱀에 물린다.
- 가장자리에 너무 가까이 갔다가 절벽이나 제방에서 추락한다.
- 휴대전화 통신망이 불안정하다.
- 너무 심하게 다쳐 다른 사람의 도움 없이는 교통수단이 있는 곳까지 되돌아갈 수 없다.
- 물과 음식이 바닥난다.
- 등산용품(부러진 등산용 지팡이, 끊어진 등산화 끈 등)이 고장 난다.
- 짐을 너무 많이 가져왔다.
- 자신의 등산 능력을 과대평가한다.
- 다른 사람들 앞에서 자신의 능력을 입증하려고 스스로를 지나치게 채찍질한다.

- 자신의 등산 능력보다 너무 떨어지거나 고수인 사람들과 함께 여행한다.
- 열사병이나 탈수 증세를 보인다.
- 천식 발작을 일으킨다.
- 독이 있는 베리류나 버섯류를 먹는다.
- 이정표를 놓치고 길을 잃는다.
- 산길이 중간에 무너져 강에 빠진다.
- 위험한 동물(회색곰, 퓨마)을 우연히 마주친다.

이 배경에서 볼 만한 유형의 사람들

- 캠핑족, 운동 애호가, 등산객, 자연 애호가, 생태 전문 사진가, 생존주의자

이 배경과 밀접한 다른 배경

- 불모지, 캠핑장, 협곡, 동굴, 개울, 숲, 온천, 사냥 오두막, 호수, 습지, 풀밭, 황무지, 산, 연못, 강, 폭포

참고 사항 및 팁

시골의 등산로는 흔히 볼 수 있고, 난이도도 다양하다. 어떤 경치를 보게 되느냐는 당연히 위치에 달려 있다. 산으로 둘러싸인 등산로는 평원이나 저지대 숲을 가로지르는 등산로와 많이 다를 것이다. 베테랑 등산가나 모험가 기질이 있는 사람에게는 등산로라는 개념 자체가 아예 없을 수도 있다. 그들이 길을 잃을지, 예상치 못한 방식으로 야생동물을 마주칠지, 지나친 일탈을 택한 결과로 곤경에 처할지 등등 선택지는 무궁무진하며, 결정은 오로지 작가의 몫이다.

배경 묘사 예시

두피를 할퀴듯 불어닥친 거센 돌풍이 길을 따라 단풍잎을 우르르 날리는 바람에 등산로는 주황색과 붉은색으로 엉망이 되었다. 햇볕은 온기도 없이 내 피부에 주근깨만 만들 뿐, 공기에서는 낙엽 냄새와 차가운 나무 냄새와 곧 닥칠 겨울 냄새가 났다. 다람쥐 소리를 들어보려고 귀를 기울였지만, 다람쥐들은 못살

게 구는 바람 때문에 각자의 동굴 속으로 쫓겨 들어가 진작 사라지고 없었다. 이렇게 고약한 날씨가 더 지속된다면 나도 쫓겨나리라.

- **이 글에 쓴 기법**   다중 감각 묘사, 의인화, 날씨
- **얻은 효과**   분위기 설정, 복선

바다 Ocean

모랫바닥, 모래 능선과 모래 경사, 자갈, 모래사장, 해초 같은 해변식물들, 모래에 반쯤 묻힌 조가비, 해삼과 바다수세미, 말미잘, 다채로운 색깔의 해변식물, 뾰족한 가시로 뒤덮인 성게, 어두운 바닷속을 밝히는 빛 조각, 다양한 동굴, 파도에 너울거리는 산호들(넓은잎 산호나 뇌 산호, 가지 산호, 부채 산호), 석회암으로 이루어진 해구, 다양한 물고기들(참치, 대구, 황새치, 흰동가리, 연어, 복어, 개복치, 돛새치, 청새치, 참바리), 암석과 해저 면을 미끄러지듯 이동하는 문어, 게, 대합조개와 소라 껍데기, 쏜살같이 헤엄치는 해마, 플랑크톤, 장어, 바닷가재, 모랫바닥에 맞춰 위장하는 큰가오리, 상어 떼, 새우, 조류로 덮인 바위, 바위틈에 살짝 숨은 불가사리, 물결을 따라 둥둥 떠다니는 해초, 우렁이와 바다뱀, 해초 등을 배불리 뜯는 거북, 거대한 고래, 장난기 넘치는 돌고래, 빠르게 유영하는 창꼬치, 오징어와 해파리, 스쿠버 다이버의 스노클에서 올라오는 공기 방울, 배가 일으킨 물살과 물보라, 물 위로 부상하는 선체, 해수면의 지저분한 포말과 기름띠, 죽은 물고기들과 게나 바닷가재의 잔해가 반쯤 묻힌 해변, 새우나 게잡이용 족대, 조류로 뒤덮인 녹슨 난파선, 난파선 잔해(낡은 그물, 용골과 늑재, 병, 따개비, 녹슨 쇠사슬과 닻), 현대 문명이 낳은 각종 폐기물(폐타이어, 쓰레기, 병, 캔), 산호의 백화 현상[산호가 수온의 급격한 변화나 오염 등으로 인해 하얗게 죽어가는 현상]

튜브 때문에 유독 크게 울리는 숨소리, 귓전을 두드리는 맥박, 고래 울음소리, 장비에서 나는 쉭쉭 소리, 오리발을 놀리자 갈라지는 물살, 선체에 부딪혀 부서지는 물결

산소통, 고무, 땀, 마스크의 스커트[물 유입을 차단하는 부분으로 보통 부드럽게 밀착되는 실리콘으로 만든다], 선크림

이 배경에서는 등장인물이 가지고 있는 것(껌, 박하사탕, 립스틱, 담배 등) 말고는 관련된 특정한 맛이 없다. 이럴 때는 미각 외의 네 가지 감각에 집중하는 것이 좋다.

촉감과 느낌

차갑거나 따뜻한 바닷물, 피부를 스치는 달랑거리는 비키니 끈, 피부를 압박하는 젖은 잠수복, 젖은 네오프렌neoprene[합성고무의 일종으로, 잠수복 소재로 자주 활용된다], 피부와 수영복을 누르는 바닷물의 압력, 뺨을 두드리는 무수한 물방울, 물속에서 해초처럼 퍼진 머리카락이 물결에 천천히 흔들리는 느낌, 모래에 손을 넣고 산호나 돌덩이를 쓸어내릴 때의 느낌, 오리발에 단단한 물체(해저면, 난파선, 가까이에서 수영하던 다이버들, 바위)가 채이거나 충돌할 때, 손가락이나 몸통을 간질이는 물고기, 해류가 몸을 끌어당기는 느낌, 손으로 더듬는 단단한 거북의 등, 마우스피스를 물 때의 어색한 이물감, 석회 바위를 움켜쥔 채 바다 밑바닥에 몸이 쓸리는 느낌, 파도에 몸을 싣거나 파도를 정면으로 가르고 들어가는 느낌, 빠르게 수영하자 팽팽해지는 근육, 뒤통수와 얼굴 양옆을 누르는 마스크 스트랩, 어깨를 짓누르는 육중한 장비, 무언가를 발견하고 모래를 걷어내는 느낌, 바다 밑바닥의 모래를 쓸어내려고 물을 부채질하듯 휘휘 걷어낼 때의 저항감, 위험한 생물(상어, 창꼬치, 문어나 해파리)을 피해 되돌아 헤엄치는 느낌, 사방이 물이라는 것을 새삼스레 의식해서 생긴 폐소공포증, 이리저리 관찰하다 내려놓는 조가비와 불가사리

이 배경에서 벌어질 만한 갈등의 원인

- 다이빙하다 공황 상태에 빠진다.
- 장비에 결함이 생긴다.
- 무리에서 홀로 이탈한다.
- 위험한 해양 생물(상어, 해파리, 장어, 가오리, 창꼬치)을 만난다.
- 초보 다이버와 한 팀이 된다.
- 물속에서 부상을 입는다.
- 산소통의 산소가 바닥나기 시작한다.

- 바닷속 동굴이나 난파선에 갇힌다.
- 마스크 안으로 물이 차오른다.
- 우연히 건드린 석회암이 쉽게 움직이는 바람에 오리발이 바위틈에 낀다.
- 난파선을 인양하던 보물 사냥꾼들에게 방해꾼이나 적으로 몰린다.
- 빠른 유속 탓에 일행에게서 떨어져 고립된다.

이 배경에서 볼 만한 유형의 사람들

- 해양생물학자, 스쿠버 다이버, 스노클링을 즐기는 사람, 해저 사진·영화 전문가

이 배경과 밀접한 다른 배경

- **시골 편**   바다, 해변 파티, 그로토, 열대 섬
- **도시 편**   어선, 항구, 요트

참고 사항 및 팁

물속을 배경으로 삼는 일은 반짝이는 아이디어이자 도전이다. 작가 피터 벤츨리가 소설 『죠스』에서 이 두 마리 토끼를 모두 잡은 것을 보면, 불가능한 일만은 아니다. 물속에는 소리가 없다. 더구나 등장인물이 스쿠버 마스크를 끼고 있는 이상 미각이나 후각적 요소를 더하기도 어렵기 때문에 시각과 감각에 주력할 수밖에 없다. 하지만 시각적 부분이 워낙 강렬하고 독특한 만큼 물속은 흥미와 호기심을 자극하는 무대다.

배경 묘사 예시

피부가 쏠리지 않도록 최대한 조심하며 발을 비틀어 잡아당기는데—피라도 나면 끝장이다—심장 소리가 기차가 쿵쿵대며 달려오는 것처럼 점점 커졌다. 어쩌다 이렇게 됐지? 바위에 기대 해파리 떼 사진을 찍던 게 불과 1분 전인데 발이 끼어 꼼짝도 못하는 신세라니. 나는 산소를 들이마시며 혹시라도 다른 다이버가 근처에 있을까 좌우를 둘러보았다. 무언가 크고 위험한 것과 마주치기 전에 제발 사람이 먼저 나를 발견하기를 간절히 바랐다.

- **이 글에 쓴 기법** 직유
- **얻은 효과** 감정 고조, 긴장과 갈등

북극 지대 툰드라 Arctic Tundra

[연중 대부분 눈과 얼음으로 덮여 있는 북극해 연안의 동토 지대]

풍경

평평한 땅, 몰아치는 눈, 빙상, 빙하, 눈이 가득 쌓인 둑, 줄지어 늘어선 구름, 낮게 깔린 구름, 저 멀리 보이는 눈으로 뒤덮인 산맥, 카리부caribou[북아메리카 북쪽에 사는 순록], 늑대, 사향소, 토끼, 북극곰, 여우, 흰기러기, 동물이 오가며 다진 눈길, 흩날리는 눈송이, 눈밭 사이로 고개를 내민 뻣뻣한 풀, 암석, 이글루, 눈썰매와 썰매 개, 스노모빌, 털과 가죽을 겹겹이 둘러 입은 토착민, 동물 털로 감싼 재킷을 걸친 사냥꾼, 스노모빌이 지나간 흔적, 낡은 화덕과 야영지, 간이 조립식 텐트와 동물 가죽으로 만든 텐트, 반쯤 얼은 동물의 배설물, 하얗게 토해내는 숨, 하늘로 피어오르는 불의 연기, 온기 없이 쨍한 햇볕(계절에 따라 다르다), 단단하게 얼어붙은 눈의 표면, 고드름, 군데군데 얼어붙고 황폐한 땅, 뜨문뜨문 흩어져 자라는 나무들, 철새, 햇빛에 시리도록 빛나는 눈과 얼음, 외딴곳의 대피소와 시설, 바람에 눈이 깎여 매끄럽고 둥근 언덕이나 뾰족한 봉우리가 형성된 모습

소리

사납게 우는 바람, 펄럭거리는 텐트 자락, 혀를 날름거리다 탁탁 타오르는 모닥불, 쉭쉭 끓는 주전자, 추위에 빳빳해진 천(파카, 텐트, 침구)에 주름이 잡히며 나는 소리, 부츠 아래에서 뽀드득거리는 눈, 빙판을 깎듯이 미끄러지는 썰매의 활주 날(러너), 개의 헉헉거리는 숨소리나 울음소리, 빠르게 돌아가는 엔진, 곰의 울음소리, 썰매를 끄는 시베리아허스키의 가벼운 발소리, 끙끙거리거나 왈왈 짖는 개, 벨트를 채우자 딸각 잠기는 버클, 사냥 중인 새나 동물 사체에 몰려드는 새들, 재채기, 훌쩍이는 콧물, 기침, 외투에 붙어 달랑거리는 얼음 결정, 얼어붙은 빙판을 쪼개는 도끼, 마른 풀밭을 스치는 바람, 발걸음을 뗄 때마다 들리는 빙판 갈라지는 소리, 눈이 떨어지자 지글지글 끓어오르는 불, 늑대 울음소리

냄새

땀, 깨끗하면서도 톡 쏘는 눈, 따뜻한 가죽, 개나 그 밖의 동물들, 갓 잡은 짐승

고기와 썩어가는 고기, 바람결에 실려 온 바닷물의 짭짤한 냄새, 나무를 태우는 냄새, 차, 커피, 불에 구운 고기나 날고기, 마른 풀, 피

맛

날고기, 건빵이나 딱딱한 빵, 비스킷, 육포, 차, 커피, 구운 고기, 트레일 믹스, 말린 과일이나 여행용 영양 보충 식품, 녹은 눈, 입술을 타고 흘러 들어오는 찝찔한 땀, 야생동물 고기 특유의 맛, 생선, 고래 지방이나 그 밖의 생선 기름, 쇠기름이나 양의 기름

촉감과 느낌

맨 피부를 에는 듯한 바람, 부르튼 피부와 피가 나는 입술, 갈라진 손마디, 감각이 없는 손가락과 발가락, 햇볕 때문에 빨개진 얼굴, 찬 바람에 빨갛게 부은 뺨과 이마, 바람에 계속 노출되어 얼어붙은 귀, 피부를 보호하려고 바르는 동물에서 추출한 기름, 메마른 입안, 기력이 빠져 떨리는 몸, 턱 끝까지 차오른 숨, 차가운 공기를 들이마시자 가슴에 느껴지는 뻐근한 통증, 피부를 사정없이 때리는 바람에 딸려 온 세찬 눈, 두통, 눈에 반사된 햇빛이 눈을 자극하는 느낌, 방향 감각을 잃어버린 느낌, 현기증, 부들부들 경련하는 근육, 손에 전해지는 눈의 냉기, 얼어붙은 부츠 끈, 지친 몸으로 뚫고 지나가는 눈보라, 부츠나 장갑 안에 들어온 눈, 격렬한 움직임에 흐르는 땀, 얼어붙은 사지가 녹으며 느껴지는 통증과 가려움, 얼굴을 감싸는 불의 열기, 수염이나 눈썹에 맺힌 얼음 결정을 털어내는 느낌, 몸에 감각이 없어서 생기는 헛손질이나 헛발질

이 배경에서 벌어질 만한 갈등의 원인

- 동상이나 저체온증이 생기거나, 극심한 추위에 시달린다.
- 불을 피울 장작거리나 연료가 전혀 없다.
- 소지품을 분실한다.
- 늑대나 그 밖의 동물에게 공격당한다.
- 눈이나 빙판에 빠져 까마득한 협곡 아래로 떨어진다.
- 치명상을 입어 빨리 치료를 받아야 한다.
- 인가와 멀리 떨어진 곳에서 병이 난다.

- 먹을 것을 찾을 수 없다.
- 장갑이나 모자를 잃어버린다.
- 마주친 지역 주민이 적대적인 반응을 보인다.
- 길을 잃는다.
- 일행(가이드, 직장 동료 등)의 정신 상태가 온전하지 않다.
- 기상이변이 일어났는데 대피소를 찾지 못한다.
- 맹수에게 쫓긴다.
- 전설이나 미신을 듣고 불길한 예감에 사로잡힌다.
- 눈보라 때문에 방향감각을 상실하는 화이트 아웃 증상을 겪는다.
- 폭풍이 임박해 급히 피할 곳을 찾아야 한다.

이 배경에서 볼 만한 유형의 사람들

- 환경 운동가, 익스트림 스포츠(각종 모험, 개썰매, 등산)를 즐기는 사람, 지질학자와 생태학자, 토착민, 사진가, 과학자

참고 사항 및 팁

북극 툰드라 지역은 대부분 1년 내내 눈이 녹지 않는다. 이 중 남쪽 지역은 눈이 녹는 여름이 짧게나마 찾아와 만물이 생동하는 모습을 볼 수 있다. 이 시기에는 늪과 연못이 생겨 갖가지 벌레가 몰려들고, 이 벌레를 노리는 철새들도 날아온다. 일부 지역에서는 해가 온종일 지지 않는 백야 현상이 나타나기도 한다. 현지 주민들은 겨울에 대비하기 위해 동물을 사냥하고 물고기를 잡아 저장한다. 다른 배경과 마찬가지로, 이 지역의 기후와 동식물에 대해 정확히 묘사할 수 있도록 철저한 사전 조사가 필요하다.

배경 묘사 예시

텐트 출입구 양옆의 천을 걷어젖히고 손바닥을 올려 차양을 만들었다. 태양이 얼음 결정에 부서지자 대지가 눈 덮개에 둘러싸인 보석처럼 빛났다. 나는 웃으며 차갑고 상쾌한 공기를 한껏 들이마셨다. 북극곰 연구소로 가는 길에 이처럼 아름다운 광경을 마주하다니 기쁨이 차올랐다.

- **이 글에 쓴 기법** 직유, 날씨
- **얻은 효과** 분위기 설정, 감정 고조

불모지 Badlands

풍경

풍화작용에 붉고 노랗게 변한 큰 암석, 물이 바짝 말라 금이 간 점판암, 울퉁불퉁한 땅에 동물이 오가면서 생긴 모랫길, 사암이나 석회암으로 된 벽, 천연교[하천 침식이나 용암 등에 의해 천연적으로 생긴 다리 모양의 암석], 꼭대기가 평평하고 헐벗은 바위 언덕과 지느러미 모양 암석, 돌에 박힌 화석, 깊게 갈라지고 메마른 골짜기 바닥, 금방이라도 쓰러질 듯한 오벨리스크를 연상시키는 후두[원뿔 모양의 암석 혹은 돌기둥], 하늘과 땅을 가르듯 뾰족뾰족 솟은 융기선, 스캐빈저 scavenger[생물의 사체를 먹이로 하는 동물을 통틀어 이르는 말]에 먹히고 남은 빛바랜 동물 뼈, 광활한 협곡, 자라다 말았지만 단단한 식물들(노간주나무, 물푸레나무, 산쑥, 야생 사슴들이 주로 먹는 거친 덤불), 가시 돋은 화초(삼잎국화, 엉겅퀴, 박주가리 등), 가시 달린 선인장과 야생풀 군락(코드그라스cordgrass[해안 습지에 주로 자생하는 잔디], 버팔로 그라스buffalo grass[미 중부·서부 대평원 등에 자생하는 잔디], 뚝새풀 무리, 블루 그라마blue grama[북미 지역에 주로 자생하는 목초]), 바위나 덤불 그늘에서 쉬는 산토끼, 우뚝 솟은 암벽 사이 구멍으로 파고드는 바위굴뚝새, 바위틈에서 튀어나와 덤불로 사라지는 파충류(전갈, 뱀, 도마뱀), 광활한 하늘을 수놓은 길고 가는 구름들, 가벼운 차림의 등산객, 발굴 작업 지역에 출입 금지선을 치는 지질학자들, 큰뿔야생양

소리

바위를 지나 협곡에 맴도는 바람, 발아래에서 부서지는 이판암, 낙엽 더미를 쏜살같이 오가는 쥐나 도마뱀, 하늘을 빙빙 돌며 우는 맹금류, 위태롭던 지면이 무너지며 골짜기 저 아래까지 굴러떨어지는 돌덩이

냄새

청량한 공기, 사암이나 석회암 특유의 톡 쏘는 냄새, 마른 풀, 먼지, 노간주나무 잎의 톡 쏘는 냄새, 동물의 배설물, 땀

하이킹용 음식(그래놀라 바, 건포도, 견과류, 말린 과일, 샌드위치, 육포, 생수나 이온음료

바람에 마모된 부드러운 사암, 종아리를 쓸고 지나가는 밀짚 같은 풀, 모기에 물리는 느낌, 햇볕에 타서 욱신거리는 얼굴과 목, 손에 묻은 분필 가루 같은 먼지, 이마에서부터 뚝뚝 떨어지는 땀, 등산화에 들어온 이판암 조각, 발밑에 느껴지는 성긴 모래나 이판암, 침엽수 잎이나 가시가 돋은 덤불에 긁히는 느낌, 얼굴을 때리고 옷자락을 흔드는 협곡이나 계곡을 타고 온 바람, 울퉁불퉁한 길을 조심스레 딛는 발

이 배경에서 벌어질 만한 갈등의 원인

- 넘어지거나 떨어져 부상을 당한다.
- 길을 잃는다.
- 비바람이 몰아친다.
- 식수가 바닥난다.
- 무리에서 낙오된다.
- 독뱀이나 독거미에게 물린다.
- 쿠거처럼 위험한 토착 동물을 마주친다.
- 바위가 굴러떨어지거나 노두가 부서져 내린다.
- 희귀한 화석이 발견되자, 최초 발견자가 누구인지와 소유권을 두고 다툼이 벌어진다.

이 배경에서 볼 만한 유형의 사람들

- 고고학자, 등산객, 체험 학습을 온 학생과 교사, 단체 및 개인 관광객

이 배경과 밀접한 다른 배경

- 협곡

불모지는 보통 자연스럽게 형성되지만, 무분별한 채굴이나 농지 개간 등에 의해 인공적으로 만들어지기도 한다. 오염 때문에 물 공급이 막히자 초목이 시들고 침식 작용이 가속화되면서 불모지가 생기는 것이다. 이런 맥락에서 불모지는 디스토피아를 다룬 이야기의 매력적인 배경이 될 수 있다.

배경 묘사 예시

길을 잃었다. 의심할 여지가 없었다. 나는 바위 벽면에 등을 기대며 온기를 찾아 얼어붙은 양손을 겨드랑이 아래에 넣었다. 차가운 별빛과 은색 손톱 같은 초승달은 주변의 원뿔 모양 돌기둥들을 하나같이 가느다란 손가락뼈처럼 보이게 만들었다. 괴괴한 정적은 망자의 안식처에 들어온 느낌을 주었다. 하얀 입김이 새어나왔다. 밤이 되면 본격적인 추위가 덮칠 것이다. 하지만 불쏘시개는커녕 손전등 하나 없는 상태에서는 동이 틀 때까지 이곳에 얌전히 있는 편이 현명하다. 캄캄한 밤에 길을 찾아 헤매다 방울뱀 둥지를 밟기보다는 추위와 싸우는 편이 낫다.

- **이 글에 쓴 기법** 빛과 그림자, 직유
- **얻은 효과** 분위기 설정, 복선

사막

Desert

풍경

너른 모래밭과 바위 평원 군데군데 자란 선인장들(변경주 선인장[미국 애리조나 주와 멕시코 사막에서 주로 자라며 평균 수명이 150년 정도로 알려져 있다], 배럴 선인장 barrel cactus[미 남서부 등에서 주로 자라며, 구나 긴 원통 모양으로 자란다], 프리클리 페어 선인장prickly pear cactus[노란 꽃이 피며, 평균 수명이 다른 종에 비해 짧다]), 아카시아 나무, 메스키트 나무mesquite tree[미국과 멕시코 일부 지역에 자라며, 토질에 따라 작은 키의 관목으로 자라거나 최대 15미터까지 크는 경우도 있다]와 바카리스속 덤불, 둥근 모래 언덕, 회전초[주로 북미에 자생하는 풀로, 가을이 되면 줄기 밑동에서 떨어져 공 모양으로 바람에 날린다]와 회오리 형태의 모래바람, 거북 등처럼 갈라진 하천 바닥과 협곡, 바스러지는 돌, 사암, 광활한 골짜기, 바람에 풍화된 암반층, 강렬한 태양에 빛나는 병이나 유리 조각, 동물들(청설모, 영양, 여우, 흰꼬리사슴, 큰뿔야생양, 코요테, 산토끼, 쥐, 짧은꼬리살쾡이)이 다져놓은 길, 줄기가 두꺼운 노랗고 푸른 풀, 비가 내린 뒤 부르르 떠는 사막의 꽃(노란색, 분홍색, 흰색), 산에서 쏟아지는 폭우에 물이 갑자기 불어나 땅에 형성된 강바닥, 뱀이 지나가면서 남긴 물결 모양의 흔적, 별이 반짝이는 벨벳처럼 부드럽고 새까만 밤, 빛나는 달, 메마른 나무, 너른 하늘, 짙고 탁한 안개로 가득한 대기와 저 너머에 보이는 산이나 구릉, 돌 위로 피어오르는 열기, 바위 위에서 햇볕을 쬐는 도마뱀이나 가시덤불 아래 숨은 도마뱀, 연초록색의 알로에잎, 뭉게구름처럼 피어오르는 모래 폭풍이 갈색 장막처럼 땅을 덮치는 모습, 햇볕에 색이 바랜 동물 뼈, 하늘을 선회하는 매와 대머리수리, 성장을 멈춘 관목, 뾰족한 가시덤불, 말벌, 동물의 은신처, 타란툴라와 전갈, 구멍투성이에 시들어가는 선인장, 지하수가 샘솟는 구멍과 주변의 푸른 초목

소리

바람(휘파람 혹은 피리 부는 듯한, 울부짖거나 흐느끼는, 찢기는 듯한, 세찬 소리를 내는), 깍깍 우는 새, 날갯짓, 먹이나 물을 찾아온 새들이 자리다툼하며 내는 소리, 독수리 울음소리, 바위에 올라 모래를 툭툭 터는 발소리, 쥐 죽은 듯한 고요함, 언덕을 타고 흘러내리는 모래, 으르렁거리는 들개, 한밤중 쫓고 쫓기는 포식

자와 피식자, 바람에 몸을 비비는 마른 가지, 바닥이 드러난 강바닥에 발을 내디딜 때마다 부딪치는 돌들, 작은 바위가 골짜기를 따라 굴러가다 뭔가에 부딪쳐 생긴 공허한 울림, 코요테 울음소리

냄새

뜨겁고 건조한 대기, 먼지, 땀내와 체취, 메마른 흙, 썩어가는 고기, 선인장 열매 (계절을 확인할 것)

맛

모래, 먼지, 메마른 입안과 혀, 따뜻해진 물통의 물, 입안에서 나는 금속의 맛, 허기에 못 이겨 씹은 곤충에서 나는 쓴맛, 야생동물(토끼, 쥐, 코요테) 고기에서 나는 특유의 냄새, 질긴 육포의 짠맛, 건조한 비스킷, 끊임없이 솟구치는 갈증과 허기, 입술에 들어간 찝찔한 땀

촉감과 느낌

땀과 먼지에 쓸리거나 피부에 달라붙는 옷, 눈 속까지 들어오는 땀줄기, 바싹 갈라진 입술을 스치는 건조한 바람, 부츠에 들어간 자갈, 눈가에 들러붙은 까끌까끌한 굵은 모래, 피곤한 발을 질질 끌며 사막을 걷는 느낌, 사막에서 보내는 얼어붙을 듯이 추운 밤, 갈라져서 아픈 입술, 탈수증, 감각 없는 다리, 일사병 때문에 나는 열과 현기증, 반다나로 훔치는 목이나 얼굴의 때, 근육 발작과 경련, 햇볕 때문에 부은 피부, 먼지에 뻣뻣해진 옷, 터진 물집에서 오는 통증, 옷에 들어간 모래, 가시투성이 선인장, 뾰족뾰족한 덤불을 지나다 찔리거나 쓸리는 느낌, 쓰러지지 않으려고 움켜쥐는 모래 골짜기의 벽, 돌멩이에 걸려 넘어지는 느낌, 부츠 위를 기어가는 타란툴라

이 배경에서 벌어질 만한 갈등의 원인

- 식수나 식량이 바닥난다.
- 사막에 사는 포식 동물에게 쫓기거나 공격당한다.
- 길을 잃는다.
- 시간을 착각해 어두운 밤에 추위 등과 싸운다.

- 일사병에 걸린다.
- 맹독을 가진 동물이나 곤충(뱀이나 전갈, 거미, 도마뱀)에게 물린다.
- 넘어져 다친다.
- 인적이 드문 도로에서 차량 등이 고장 난다.
- 막다른 길에 다다른다.
- 피할 곳 하나 없는 상황에서 폭풍이나 먼지 돌풍이 덮쳐 꼼짝하지 못한다.
- 우기라 강바닥이 갑자기 불어난다.

이 배경에서 볼 만한 유형의 사람들

- 캠핑족, 은둔자, 사냥꾼, 지역 주민, 야외 활동을 생존주의자, 지프나 전지형 차량을 타고 돌아다니며 스트레스를 푸는 십 대들, 단체 및 개인 관광객

이 배경과 밀접한 다른 배경

- 황무지, 협곡

참고 사항 및 팁

사막도 특정 계절에는 생명이 역동하는 장소로 탈바꿈한다. 지리에 훤하다면 열기로 지글거리는 한여름의 사막에서도 식수와 음식을 구하고 대피소에서 쉴 수 있다. 사막에서 일어날 만한 큰 위기라면 길을 잃는다거나 해독제도 없는데 맹독성 뱀이나 거미에게 물린 상황 등이다.

배경 묘사 예시

돌 위에 마련한 잠자리에 누워 부들부들 떨며 사납게 할퀴는 바람에 등을 돌렸다. 불과 몇 시간 전만 해도 영혼도 팔 기세로 시원한 바람이 불어주기를 소원했다. 하지만 지금은 이를 덜덜 떨며, 작열하는 태양의 열기를 간절히 바라고 있었다.

- **이 글에 쓴 기법** 대비, 다중 감각 묘사
- **얻은 효과** 분위기 설정, 긴장과 갈등

풍경

작은 암석이 가득한 풍경, 험준한 절벽, 이판암과 자갈로 이루어진 땅, 여기저
기 금이 간 바위, 점판암과 자갈로 가득한 지면, 낙석, 눈사태, 이끼로 뒤덮인 나
무 밑동, 숲과 하늘의 경계, 낮게 깔린 구름과 안개에 가려진 산꼭대기, 가파른
산비탈, 협곡에서 콸콸 떨어지는 폭포 혹은 바위 표면을 타고 조용히 내려가는
폭포수, 그늘진 곳에 쌓인 눈, 동물 발자국과 배설물, 맹금류(매, 독수리, 큰까마
귀, 부엉이), 덤불을 빠르게 돌아다니는 생쥐, 잔뜩 경계하며 이동하는 사슴 떼,
수줍어 도망치는 여우, 큰뿔야생양, 포식동물(늑대, 곰, 쿠거), 사람이 다가오는
소리에 얼어붙은 토끼, 바위 표면을 쏜살같이 기어가는 딱정벌레, 나무들 사이
에 거미줄을 치는 거미, 모기, 각다귀 무리, 솔방울과 솔잎이 가득한 땅, 숲 바닥
을 덮은 잔가지·나뭇잎·죽은 벌레들, 쓰러진 나무, 언덕을 타고 흐르는 개울,
풀밭과 개울가를 따라 자란 야생화, 서리 앉은 풀, 빽빽하게 자란 풀, 달래, 야생
베리 나무(크랜베리, 사스카툰베리, 라스베리, 구스베리), 나무 꼭대기에 맹금류를
포획하기 위해 설치한 대형 그물, 아련히 보이는 산봉우리, 저 멀리 아래에 보이
는 계곡, 뒤틀리거나 마모된 바위 표면, 구불구불한 산길, 나무에서 떨어지는 잎
들, 허공에서 춤추는 꽃가루

소리

흐느끼듯 우는 바람과 바람에 몸을 비비는 나무들, 포효하는 동물, 바스락대는
나뭇잎, 하얀 거품을 만들며 부서지는 폭포수, 녹아가는 눈, 발밑에서 부딪치는
자갈들, 지저귀는 새, 덤불 사이를 후두두 재빨리 움직이는 동물들, 딱 부러지는
나뭇가지, 솔잎을 밟을 때 나는 바스락 소리, 헉헉대며 오르는 가파른 언덕, 이
리저리 구르는 돌, 부드럽게 찰방대거나 얼음이 녹으면서 콸콸 흐르는 개울물,
맹금류 울음소리, 앵앵거리는 모기, 무거운 동물의 무게에 부러지는 잔가지, 산
비탈을 구르는 돌멩이

냄새

솔잎, 청량한 공기, 맑은 물, 이끼, 썩은 나무나 장작, 풀과 나무, 차갑거나 젖은

바위, 활짝 핀 야생화, 눈과 얼음, 오존 특유의 비릿한 냄새와 미네랄 냄새

맛

야생식물(베리류, 달래, 덩이줄기, 견과류, 씨앗), 식용 가능한 잎이나 껍질로 우린 차, 길짐승이나 날짐승 고기 특유의 누린 맛, 샘물, 여행용 음식(건조식품, 캠핑 스토브에 끓인 라면, 샌드위치, 트레일 믹스, 에너지 바, 육포, 견과류, 말린 과일과 신선한 과일)

촉감과 느낌

단단한 바위, 날카로운 핑거 홀드finger hold[등반할 때 손으로 잡을 수 있는 부분], 얼굴 위로 떨어지는 모래나 돌 부스러기, 부드러운 이끼, 부츠 안으로 들어온 따가운 솔잎, 무른 혈암의 미끈거리는 감촉, 손끝으로 움켜쥐는 바위 돌출부, 발을 디딜 수 있는 곳을 찾아 부츠 끝을 간신히 밀어 넣는 느낌, 밧줄에 쓸려 손이 빨갛게 부어오를 때의 통증, 맑은 개울에 두 손을 넣자 젖어드는 소매 끝자락, 목과 얼굴에 흐르는 땀방울, 옷을 한 겹 벗어야 할 정도의 더위, 매끄럽게 벌어지는 카라비너karabiner[암벽 등반에 사용하는 걸쇠 도구로, 강철로 만든 둥근 테에 스프링이 달려 있다], 단단히 맨 밧줄, 추위에 갈라진 피부와 입술, 희박한 공기 탓에 아프기 시작한 목, 바람과 악천후에 시달리는 느낌(오한, 마비, 얼음장 같은 손가락, 얼어붙은 뺨, 방향감각 상실, 허기, 체력 고갈), 미끄러져 넘어지는 바람에 상처와 멍 투성이가 된 몸, 벌레에 물려 붓고 간지러운 피부

이 배경에서 벌어질 만한 갈등의 원인

- 동물에게 쫓기거나 공격당한다.
- 부상이 심해 가파른 비탈길을 오르내리기 불가능하다.
- 절벽에서 떨어진다.
- 맹렬한 물살에 떠내려간다.
- 저체온증을 겪는다.
- 장비 또는 식량이 부족하거나 전부 잃어버린다(추락했거나 계곡물에 짐을 빠뜨려서).
- 병이 나서 등산 일정이 지연된다.

- 눈사태나 낙석 사고가 일어난다.
- 갑작스러운 악천후를 겪는다.
- 고소공포증이 있다.
- 빙설 사이로 넘어져 크레바스crevasse[빙하 표면에 생긴 깊은 균열]로 굴러떨어진다.
- 안전핀과 등산용 로프를 제대로 갖추지 않은 채 암벽을 등반한다.
- 카메라 줄이 끊어지면서 비싼 장비가 떨어진다.
- 선글라스를 깜빡했는데, 산꼭대기 눈밭에 반사된 강한 빛 때문에 눈을 거의 뜰 수가 없다.
- 가이드가 없거나 가이드가 그 지역의 위험성을 잘 모른다.
- 필수 장비(아이젠, 얼음용 도끼, 등산용 로프 등) 없이 등산을 시도한다.

이 배경에서 볼 만한 유형의 사람들

- 캠핑족, 등산객, 사냥꾼, 사진가, 삼림 관리원, 암벽 등반가, 생존주의자

이 배경과 밀접한 다른 배경

- **시골 편** 버려진 광산, 캠핑장, 동굴, 개울, 숲, 등산로, 온천, 사냥 오두막, 호수, 풀밭, 강, 폭포
- **도시 편** 스키 리조트

참고 사항 및 팁

다른 배경들과 마찬가지로 이 배경도 모습이 다양하다. 흰 눈으로 뒤덮인 알프스산맥과 신록이 깔린 미국 뉴욕주의 캐츠킬산맥부터 뾰족한 첨탑 같은 산과 둥근 산을 두고 고민할 수도 있으며, 너른 산맥과 고독한 화산의 정경을 비교할 수도 있다. 작품의 무대가 되는 산의 종류와 위치를 꿰고 있어야 산을 배경으로 한 이야기를 잘 쓸 수 있다.

배경 묘사 예시

재닛은 뭔가에 발이 걸려 비틀거리다 간신히 몸을 바로잡았다. 그녀는 혼잣말

을 중얼거리며 고개를 들어 하늘을 보았다. 나무 사이사이로 별이 반짝였다. 저 밤하늘 어딘가에 초승달도 환히 빛나고 있을 것이다. 단지 이곳에서는 보이지 않을 뿐……. 돌부리에 걸려 넘어진 데다 멀리서 늑대 우는 소리까지 들렸다. 욕이 절로 나왔다. 캠핑장은 대체 어디 있을까?

- **이 글에 쓴 기법** 빛과 그림자
- **얻은 효과** 분위기 설정, 긴장과 갈등

하늘을 닿을 듯 뻗은 키 큰 나무들, 햇빛을 받아 땅에 나풀거리는 그림자를 만드는 나뭇잎들, 덤불 속으로 사라지는 동물, 이끼 더미에 붙은 낙엽과 솔잎, 부러진 가지에서 벗겨진 나무껍질, 두툼한 나무 옹두리, 나무 등걸 주변을 휘감은 이끼, 죽은 가문비나무 가지 아래로 늘어진 수염 같은 하얀 가닥들, 자질구레한 장식들처럼 땅에 점점이 떨어진 솔방울, 썩은 통나무 사이를 윙윙거리며 옮겨 다니는 딱정벌레, 돌 더미 주위로 휙휙 나타났다 사라지는 얼룩다람쥐의 꼬리, 땅을 가르며 자리한 협곡, 나무 사이로 구불구불 흐르는 강, 바람에 상하거나 쓰러져 두서없이 서로 기댄 나무들, 나무뿌리 아래 숨겨진 동물들의 은신처, 양치식물 이파리 위로 춤을 추듯 비추거나 아침 이슬에 맺혀 반짝이는 햇빛, 이끼와 버섯이 자라는 죽은 통나무, 둥글게 말린 형태로 하얀 겉껍질이 벗겨지는 자작나무, 납작한 삼나무 가지, 저절로 일어난 나무껍질의 가장자리, 카펫처럼 깔린 갈색 솔잎들 사이로 문득문득 보이는 돌멩이, 죽은 나무 그루터기에서 솟아나온 잡초, 산길에 떨어져 있는 동물의 배설물, 오래된 거미줄에 걸린 솔잎과 그 밖의 부스러기, 빽빽한 가시나무 관목, 밝은색 베리 열매가 달린 덤불, 도토리, 벌레, 토끼, 새, 다람쥐, 쥐, 여우, 나뭇가지를 흔들고 지나가는 바람, 길을 따라가며 풀을 뜯는 사슴, 야생 버섯과 독버섯, 들꽃(푸른 초롱꽃, 데이지, 미역취), 가까이에서 펄럭이며 날아다니는 나비와 나방

바람에 바스락거리는 잎, 죽은 솔잎과 나뭇가지가 발밑에 밟히면서 무디게 부러지는 소리, 지저귀는 새와 찍찍대는 다람쥐, 윙윙거리는 벌레들, 사슴이 풀을 베어 물 때 나는 사르륵 소리, 덤불 아래를 파헤치는 동물, 다람쥐가 나무 꼭대기를 향해 내달릴 때 발톱에 나무껍질이 긁히는 소리, 폭풍 때문에 땅에 곤두박질치는 큰 나뭇가지, 흙으로 된 땅에 후드득 떨어지는 빗방울, 이리저리 흔들리며 신음하듯 끽끽거리는 키 큰 나무, 멀리 있는 나뭇가지가 부러지는 아득한 소리, 쫓기는 동물이 내는 새된 소리나 비명, 이따금 새 떼를 하늘로 푸드덕 날아오르게 하는 총소리, 헐떡이거나 킁킁거리는 동물, 밤에 깽깽거리는 개, 나무를

쪼는 딱따구리, 폭풍우로 불어난 물이 협곡을 타고 흘러내리는 소리, 윙윙거리며 날아다니는 벌이나 파리

쪼는 딱따구리, 폭풍우로 불어난 물이 협곡을 타고 흘러내리는 소리, 윙윙거리며 날아다니는 벌이나 파리

냄새

소나무, 들꽃, 썩어가는 낙엽에서 나는 흙냄새, 동물의 배설물, 썩은 나무, 상쾌하고 신선한 공기, 이슬, 근처 지역의 냄새(나무를 태우는 냄새, 바다, 배기가스)를 실어 나르는 바람, 야생 박하와 허브, 부패로 인한 악취(늪지, 고인 물웅덩이, 동물의 사체), 스컹크 및 악취를 풍기는 풀에서 나는 고약한 냄새, 향기로운 삼나무, 축축한 이끼

맛

톡 쏘는 크랜베리, 달콤한 산딸기나 사스카툰베리, 건조한 로즈힙 열매, 나무 향이 나는 견과류, 맛이 강한 버섯, 달래, 씨, 식용 잎과 나무껍질, 등산객과 캠핑족이 가져온 음식(그래놀라 바, 육포, 견과류, 사과, 말린 과일, 샌드위치)과 물

촉감과 느낌

결결이 갈라진 나무껍질의 거친 표면, 머리 위에 살포시 떨어지는 낙엽, 나뭇가지에 긁힌 피부, 갈고리 풀이 뚫고 들어오는 느낌, 발밑 이끼의 푹신한 탄력, 바위와 나무뿌리로 울퉁불퉁한 땅, 끈적한 수액, 뒤엉켜 발에 걸리기도 하는 낮은 덤불, 이슬에 젖어 번들거리는 나뭇잎, 드리워진 이끼가 뺨을 타고 미끄러지는 느낌, 걸어가다 거미줄에 닿는 느낌, 시원한 산들바람, 흙과 낙엽 등을 들어 올려 사방에 흩뿌리는 강풍, 고인 열기의 후텁지근한 느낌, 등을 타고 흘러내리는 땀, 건드리자 부서져버리는 죽은 이끼, 미끈미끈한 버섯 위에 발을 딛었다가 미끄러지는 느낌, 앞머리를 밀어 올리는 바람, 다리에 미끄러지듯 닿는 젖은 풀, 부츠 안에 스며드는 습기, 팔을 찌르는 솔잎, 신발 안에 들어온 돌, 땀 때문에 달라붙는 옷, 끈적한 이끼, 냇물에서 손을 씻고 반다나를 적셔 이마에 다시 두르는 느낌

이 배경에서 벌어질 만한 갈등의 원인

- 야생동물을 우연히 마주친다.

- 숲에서 길을 잃어 방향감각이 없어진다.
- 추워서 모닥불을 피웠다가 불이 나무와 덤불로 옮겨 붙는다.
- 포식자(동물이나 인간)에게 쫓긴다.
- 정신적으로 불안정한 땅 주인을 만난다.
- 밤에 정체를 알 수 없는 낯선 소리가 들린다.
- 강이나 냇가에서 오염된 물을 마신다.
- 모기나 각다귀, 말파리 등에 시달리지만 스스로를 보호할 방법이 없다.
- 숲에서 금지된 행위(노예 생활을 하는 사람, 시체 유기, 마약 제조)가 일어나고 있다는 사실을 발견한다.
- 차량이 고장 나 사람이 안 사는 지역에 홀로 낙오된다.
- 휴대전화가 연결되지 않는 곳으로 등산을 왔는데 도움이 필요한 상황에 놓인다.

이 배경에서 볼 만한 유형의 사람들

- 캠핑족, 은둔자, 등산객, 사냥꾼, 자연 사진가, 야외 활동 애호가, 밀렵꾼, 도주자

이 배경과 밀접한 다른 배경

- 버려진 광산, 동굴, 개울, 등산로, 사냥 오두막, 호수, 산, 열대우림, 강, 여름 캠프, 폭포

참고 사항 및 팁

숲에 사는 동식물은 위치와 기후에 따라 다르다. 캐나다에 있는 숲은 스위스나 독일에 있는 숲과 다르다. 원하는 배경이 실재하는 곳이라면 그 지역에 대한 자료를 수집해서 배경에 맞는 동식물이 서식하도록 해야 한다. 또한 이야기가 전개되는 시점이 어느 계절인지도 생각하자. 숲의 풍경은 계절마다 다르고, 어떤 동물은 계절에 따라 다른 곳으로 이동하거나 겨울잠을 자기도 한다.

배경 묘사 예시

빛이 사라지면서 내 주변에 그림자와 어두운 구역이 점점 늘어났다. 속이 빈 나

무 안에서 반짝이는 눈들이 보였다. 뒤틀린 나무 등걸들 사이로 바람이 불어 썩어가는 나무의 역겨운 악취가 실려 왔다. 나는 청바지 자락에 들러붙는 찔레 가시와 피부를 더럽히는 젖은 잎들을 무시하며 아까보다 빨리 움직였다.

- **이 글에 쓴 기법** 빛과 그림자, 다중 감각 묘사
- **얻은 효과** 분위기 설정, 긴장과 갈등

습지   **Marsh**

풍경

흐르지 않고 고인 물(민물이나 바닷물), 웅덩이를 이루거나 넓은 풀밭을 구불구불 가로지르는 물, 진흙이 많은 토양, 반쯤 잠긴 통나무나 죽은 나뭇가지, 물 위로 솟은 비버의 댐과 사향쥐의 집, 바람을 타고 잔잔한 물결처럼 흔들리는 풀과 갈대, 무리 지어 자라는 참억새와 사초[사초과의 식물을 통틀어 이르는 말. 골사초, 산거울, 산사초, 선사초, 화살사초 등 220여 종이 있다], 가느다란 줄기 위에 달린 머리가 연신 흔들리는 파피루스, 낮게 자라는 덤불, 물 위에 떠 있는 수련과 연두색 좀개구리밥, 개구리와 두꺼비, 바위 위에서 햇볕을 쬐는 거북, 풀밭 사이를 미끄러져 가는 뱀, 물 안에서 살금살금 움직이는 악어, 도롱뇽, 벌레와 물고기를 공격하는 물새(왜가리, 해오라기, 오리, 두루미, 거위, 물총새), 기류를 타며 하늘 높이 나는 매와 독수리, 실잠자리, 풀대 사이에 지어진 거미줄이 햇빛을 받아 반짝이는 모습, 수면 위를 춤추듯 지나가는 수생 곤충, 갈대들 사이를 이리저리 날아다니는 잠자리, 주변을 날아다니며 움직이는 것은 무엇이든 무는 모기, 짧은 거리를 날아다니는 메뚜기, 쓰러진 나무 위를 기어가는 딱정벌레, 비버와 사향쥐, 밍크와 수달, 여우, 물고기, 새우, 달팽이, 물가에서 물을 마시는 사슴, 가재를 찾아다니는 라쿤, 수로를 따라 내달리는 프로펠러선[갑판에 엔진을 장착하고 프로펠러를 공중에서 회전시켜 나아가는 배], 노를 젓는 배와 모터보트, 휴가를 즐기며 개구리를 잡거나 사진을 찍는 사람들, 바닥에서부터 올라와 수면에서 터지는 끈적한 거품, 풀밭 중 평평한 구역과 거기에 낳아놓은 새의 알들, 물을 따라 피어오르는 물안개

소리

바람에 바스락거리는 풀, 물로 풍덩 뛰어드는 거북, 물고기나 새가 갑자기 움직여서 나는 첨벙거리는 물소리, 지저귀는 새들, 윙윙거리며 날아다니는 벌레들, 새의 날갯짓, 개구리의 울음소리, 물 위로 떨어지는 비, 우르릉거리는 천둥, 나무를 쪼는 딱따구리, 풀밭을 헤엄치듯 미끄러지며 나아가는 동물, 동물이 풀밭을 밟고 지나갈 때 딱딱 부러지는 풀, 동물이 진흙 속을 가르며 나아갈 때 나는 꿀렁거리는 소리, 배의 모터, 물을 찰싹찰싹 때리는 배의 노, 갈대와 물에 잠긴

유목이 배의 표면에 쓸리는 소리

냄새

고인 물에서 나는 악취, 달걀이 썩는 듯한 황화수소 냄새, 분해되는 식물, 젖은 풀, 습지 특유의 메탄가스 냄새, 눅눅한 공기, 염분이 있는 물, 썩어가는 나무, 곰 팡이, 물고기

맛

이 배경에서는 등장인물이 가지고 있는 것(껌, 박하사탕, 립스틱, 담배 등) 말고는 관련된 특정한 맛이 없다. 이럴 때는 미각 외의 네 가지 감각에 집중하는 것이 좋다.

촉감과 느낌

바짓가랑이와 소매를 잡아채는 듯한 풀, 물을 가르며 유유히 질주하는 보트, 보트가 물 가운데 진창인 부분을 간신히 지나려 할 때 덜컹하다 속도가 느려지는 느낌, 노를 저어서 손에 생긴 쓰라린 물집, 손에 내리쬐는 햇볕, 바람에 물이 튀어 피부에 닿는 느낌, 모기를 비롯한 벌레들에게 물리는 느낌, 피부에 내려앉는 벌레, 발가락 사이로 스며 나오는 진흙, 물에 불어 쭈글쭈글해진 손가락, 젖은 옷에 몸이 쓸리는 느낌, 진흙이 묻어 묵직해진 신발, 빗방울이 닿는 느낌, 낚싯줄이 팽팽해지는 순간 확 당겨지는 느낌

이 배경에서 벌어질 만한 갈등의 원인

- 배에서 떨어진다.
- 배에 새는 곳이 생긴다.
- 악어와 뱀이 주변에 있다.
- 사생활을 중시하고 침입자를 싫어하는 현지 주민을 마주친다.
- 교통수단도, 몸을 피할 곳도 없이 밤에 습지에 홀로 남겨진다.
- 젖은 신발을 신고 걸어서 발에 물집이 잡힌다.
- 억수 같은 비에 꼼짝도 할 수가 없다.
- 방향감각을 잃어버린다.

- 소지품들(낚시 도구, 갈아입을 옷, 지갑, 휴대전화, 침낭 등)을 물에 빠뜨린다.
- 어떻게 빠져나가야 할지 전혀 모르는 상태로 길을 잃는다.
- 악어가 있을지도 모르는 위험 때문에 육로 이동이 험난해진다.
- 마른땅을 찾아 멈췄더니 하필 악어의 둥지다.
- 식수가 떨어진다.
- 배가 전복된다.
- 뭔가에 물렸는데 무엇에 물렸는지 알 수 없다.
- 배가 강어귀에 사는 알 수 없는 생물과 충돌한다.
- 배의 기름이 떨어지거나 프로펠러션이 고장 난다.
- 발이 푹푹 빠지는 풀밭 지역을 걷느라 탈진한다.

이 배경에서 볼 만한 유형의 사람들

- 조류를 관찰하는 사람, 낚시꾼, 노 젓는 배를 탄 지역 주민, 모터보트를 타고 둘러보는 관광객

이 배경과 밀접한 다른 배경

- 개울, 풀밭, 강, 늪

참고 사항 및 팁

습지와 늪은 서로 유사한 부분도 있지만, 지형은 눈에 띄게 다르다. 이는 대부분 각각에 서식하는 식물들 때문이다. 습지와 늪 모두 습한 땅인 습지대에 속하지만, 습지에는 풀, 사초, 갈대 등 풀 위주의 초본식물이 자란다. 반면 늪은 습지보다 깊고, 맹그로브나 삼나무 등 나무 위주의 목본식물이 많다. 습지에는 민물이나 바닷물, 혹은 둘 다 섞인 물도 있을 수 있다. 어떤 물을 선택하느냐에 따라 서식하는 동식물도 달라진다.

배경 묘사 예시

키 큰 풀들이 바람에 흔들리고, 갈색과 녹색이 뒤섞인 파도가 수면 위로 어른거

렸다. 구름은 하늘을 가렸고, 그 회색 몸을 배경으로 빛이 번쩍였다. 천둥이 요란하게 울리자 놀란 거위 떼가 하늘로 박차며 날아올랐다. 나도 이제 떠나야 할 때다.

- 이 글에 쓴 기법 날씨
- 얻은 효과 복선

연못 Pond

풍경

물웅덩이, 둥둥 떠다니는 수련잎과 꽃, 물 밖으로 삐죽 나온 길게 자란 풀과 갈대, 가장자리에 핀 잡풀과 야생화(민들레, 데이지, 산딸기, 클로버꽃, 블루벨), 바위와 자갈이 진흙과 엉킨 둑, 이끼로 뒤덮인 바위, 물 위로 몸을 반쯤 드러낸 부러진 나뭇가지, 연못 가장자리를 배회하는 잔가지들, 연못 기슭의 나무들, 물 위를 떠다니는 나뭇잎, 얕은 물에서 헤엄치는 피라미와 올챙이 떼, 연못으로 뛰어드는 개구리, 다양한 물새들(왜가리, 백로, 오리, 거위, 백조), 물거품에 파문이 이는 모습, 부드럽게 미끄러지는 소금쟁이, 물 위를 스르르 지나가는 뱀, 둑 근처에서 햇볕을 쬐는 악어, 물 마시는 사슴, 토끼, 청설모, 사향쥐, 뛰노는 수달, 썩은 나무토막 위를 느릿느릿 기어가는 딱정벌레, 여기저기 날아다니는 잠자리와 나비, 풀 사이에서 갑자기 나타난 메뚜기, 벌과 파리, 구불구불 실선을 그리며 이동하는 개미, 모기, 거미, 물 위로 고개를 쏙 내민 거북, 거머리, 뱀, 물에 비친 구름과 나무, 연못가에 묶어놓은 낡은 거룻배, 금방이라도 무너질 듯한 선착장, 다리, 물속을 노니는 올챙이 떼

소리

첨벙거리는 물, 목욕하고 깃털을 다듬는 새들, 소리 높여 우는 새와 개굴개굴 우는 개구리, 덤불 속을 움직이는 작은 동물, 물을 마시는 사슴이나 토끼, 새의 시끄러운 울음소리, 윙윙거리는 곤충, 바람에 잎을 흔들며 화답하는 근방의 나무들, 귀뚜라미와 메뚜기, 퐁퐁 물수제비 뜨는 소리, 진흙땅을 철퍼덕거리며 걷는 발걸음, 날아오르는 새의 퍼드덕거리는 날갯짓, 연못에 풍당 뛰어드는 개구리나 거북, 물살을 가르는 노, 연못에 떨어지는 빗방울, 멀리서 들려오는 천둥소리, 발걸음을 뗄 때마다 삐걱거리는 다리, 샌들을 신고 선착장을 건너는 소리

냄새

고인 물 특유의 비린내, 야생화, 야생 박하, 달콤한 클로버, 소나무와 가문비나무, 젖은 흙, 무언가가 썩는 냄새, 물 찌꺼기

> **맛**

제철 베리류(사스카툰베리, 구스베리, 딸기, 산딸기, 블랙베리), 갓 딴 베리에 묻은 흙, 로즈힙 열매, 연못 물, 집에서 싸온 도시락(땅콩 샌드위치, 과일, 크래커, 치즈, 그래놀라 바), 풀을 뜯어 단물이 나오는 부분을 질겅질겅 씹을 때 느껴지는 맛

> **촉감과 느낌**

피부에 흘러내리는 차가운 물, 발가락 사이의 찐득한 진흙, 드러누운 등에 전해지는 풀이나 이끼의 부드러움, 피부에 살포시 내려앉는 벌레, 피부를 간질이며 기어 다니는 곤충, 벌레에 물릴 때의 따끔함, 미끄덩한 개구리나 올챙이, 힘껏 뽑는 풀, 보드라운 꽃잎, 점토처럼 물렁한 돌을 물에 던지는 느낌, 살을 문 거머리를 떼어내는 느낌, 물속에서 흠뻑 젖은 몸을 이끌고 나올 때 몸에 달라붙는 셔츠, 바람이 불자 흩어지는 민들레꽃씨, 신발에 스며드는 물, 꽃줄기, 베리즙에 물들어 끈적거리는 입술과 손가락, 햇볕에 달궈진 바위, 빨갛게 익은 피부, 손톱 아래 낀 모래, 물에 헹구는 손, 풀이 자란 둑을 맨발로 걸을 때의 느낌, 연못물 아래 있는 미끈미끈한 바위, 헤엄칠 때마다 발과 다리를 간질이는 수중식물, 통나무로 직접 뗏목을 만들고 연못에 띄운 뒤 무릎을 대고 앉는 느낌

이 배경에서 벌어질 만한 갈등의 원인

- 연못에서 수영하다 수인성 전염병에 감염될 위기에 처한다.
- 악어와 뱀이 나타난다.
- 벌 독 알레르기가 일어난다.
- 물에 둥둥 떠다니는 동물 사체를 발견한다.
- 독이 든 열매를 먹는다.
- 물고기를 한 마리도 잡지 못한다.
- 동생이 물에 빠져 익사할 뻔한다.
- 진흙에 발이 빠져 신발이 엉망진창이 된다.
- 물에 빠진다.
- 악천후 때문에 꼼짝도 할 수가 없다.
- 뗏목이 뒤집어지거나 카누에 물이 들어찬다.

- 원래 야외 활동을 좋아하지 않는다.
- 벌레 공포증이 있다.
- 물에서 나오니 온몸에 거머리가 득실댄다.
- 친구나 동료들이 생각만 해도 역겨운 일을 강요한다(연못 물을 마시라고 하거나 올챙이를 먹으라고 압박하는 등).

이 배경에서 볼 만한 유형의 사람들

- 캠핑족, 낚시하는 아이들, 나들이객, 땅 주인과 그 가족

이 배경과 밀접한 다른 배경

- 캠핑장, 개울, 시골길, 농장, 호수, 풀밭, 과수원, 목장, 여름 캠프

참고 사항 및 팁

연못 생태계에는 동식물의 종류가 무수히 많다. 여러 인물이 등장해야 한다면 사람들이 자주 찾는 도심 속 공원을 배경으로 쓸 수 있다. 또 시립 공원이나 지역 주민이 가볍게 수영하러 찾는 도심 속 연못 등을 쉽게 떠올릴 수 있을 것이다.

배경 묘사 예시

나는 플린과 축축한 둑에 앉아 있다. 노에서 떨어지는 물방울이 고요한 수면 위로 뚝뚝 떨어진다. 개구리밥 사이에 앉은 개구리가 고개를 들고 호기심 어린 눈으로 우리를 보더니 이내 진흙 속으로 사라진다. 저 연못에 물고기가 사는지는 모르겠지만, 지금 여기에 무엇이 없는지는 확실히 안다. 거친 고함과 온갖 욕설을 퍼붓고, 코를 찌르는 쉰 맥주 냄새를 풍기고, 돌연 버럭 성을 내는 아버지다.

- 이 글에 쓴 기법   대비
- 얻은 효과   과거 사연 암시

열대 섬   Tropical Island

풍경

흰 모래사장, 비스듬히 기울어진 야자수, 무성한 덤불, 파란색과 초록색으로 오묘하게 빛나는 물, 젖은 모래에 찍힌 발자국, 해변 여기저기에 널린 조가비와 해초, 해변으로 떠밀려 온 나무, 모래 위에 덩그러니 놓인 야자열매, 바다로 나가기 위한 선착장, 저 멀리 희미하게 보이는 인근 섬들, 해변용 접이의자에 누운 사람들, 바닷가나 물가에 있는 개인 오두막이나 방갈로, 큰 면적을 차지하는 리조트, 골프 코스, 수상 레저용품 대여점(자전거, 수상 오토바이, 우산, 쌍동선[선체 두 개를 하나로 연결한 범선], 서핑 보드, 스노클링 장비), 구불구불한 길, 지면을 가로지르는 개울과 강, 초록색 산, 암벽이나 절벽을 타고 흐르는 폭포수, 활화산이나 휴화산, 다양한 동식물로 가득한 열대우림, 고대 유적지와 사적지, 투어 그룹(보트, 버스, 모페드moped[모터가 달린 자전거], 지프차, 자전거, 말, 전지형 차량을 이용하는), 대규모 농장(시나몬, 바닐라, 커피, 사탕수수, 바나나, 카카오, 파인애플, 코코넛을 재배하는), 깃털이 화려한 앵무새들, 모래 위에서 햇볕을 쬐는 거북과 도마뱀, 뱀, 곤충, 거미, 먹이를 찾아 수풀 사이를 나온 토끼, 킁킁대며 덤불을 뒤지는 멧돼지, 나무 꼭대기에 모여 앉은 원숭이 무리, 여행자가 주의를 돌린 사이 물건을 훔치려고 슬쩍 내려오는 원숭이들, 섬에 들어오고 나가는 사람들을 부지런히 실어 나르는 보트와 헬리콥터, 레스토랑과 바, 나이트클럽, 소매점, 노점상이 즐비하고 거리 축제가 열리는 도심 지역, 잦은 비, 익스트림 스포츠(짚 라인zip line[높은 곳에 설치한 와이어에 트롤리를 걸고 빠른 속도로 내려오는 레저 스포츠], 절벽 점프, 동굴 탐험, 패러세일링parasailing[낙하산에 긴 줄을 연결해 자동차나 모터보트 등으로 끌어 떠오르게 하는 레저 스포츠] 등)를 즐기는 사람들, 앞바다에 정박한 어선

소리

잔잔하거나 바위를 철썩 때리는 파도, 갈매기 울음소리, 사람들의 재잘거림과 맑은 웃음소리, 노는 아이들, 첨벙거리며 수영하는 사람들, 책장 넘기는 소리, 요란한 엔진 소음을 내며 지나가는 보트, 인근 리조트에서 들려오는 음악, 바람에 몸을 비비는 야자나무 잎사귀, 지붕을 두들기는 빗방울이나 모래밭을 두들기는 빗소리, 우르릉거리는 천둥, 돌풍에 펄럭이는 파라솔, 휘몰아치는 폭풍의

우는 듯한 소리, 졸졸 흘러내리는 물, 콸콸 쏟아지는 폭포수, 열대 새 울음소리, 윙윙거리거나 찌르르 우는 곤충, 원숭이들의 대화, 덤불 아래에서 바삐 움직이는 동물들, 강물, 현지인들이 현지어로 주고받는 대화, 노점상과 흥정하는 손님들, 이파리와 나뭇가지가 쌓인 열대 숲 바닥을 밟는 운동화, 길거리에 울려 퍼지는 라이브 음악, 마을을 누비는 지프차와 승용차, 덜컹거리며 울퉁불퉁한 거리나 도로를 지나는 자전거

냄새

바닷물, 현지 식당에서 파는 음식, 나무를 태우는 냄새, 선크림과 선탠오일, 땀, 비, 열대우림의 젖은 흙, 썩어가는 초목, 신선한 과일 향과 이국적인 향신료들

맛

바닷물, 찝찔한 땀, 열대 과일(파인애플, 망고, 살구, 바나나, 무화과, 멜론, 구아버), 코코넛, 사탕수수, 현지 레스토랑에서 파는 음식, 신선한 해산물, 차가운 생수, 탄산음료, 열대 과일 음료, 스무디, 지역 특산 맥주와 와인, 길거리 음식(튀긴 도넛, 스파이스 너트spice nut[견과류에 시럽, 소금, 허브, 각종 향신료 등을 넣고 만든다], 케밥이나 부리토 등 싸서 먹는 래핑 푸드, 타코, 구운 파인애플)

촉감과 느낌

따스한 햇볕과 숨 막힐 정도로 더운 공기, 선크림을 바른 피부에 끈적하게 달라붙는 모래, 머리카락을 흩트리는 바람, 물속에 박힌 나무의 거친 표면, 젖은 수영복, 뜨거운 햇볕에 쓰라린 피부, 피부에 미끄러지는 따뜻한 바닷물, 발밑의 뜨거운 모래, 모래밭에 발을 내디딜 때마다 푹푹 꺼지는 느낌, 거칠고 단단한 야자나무, 물속 해초 때문에 간질거리는 다리, 날카로운 조개껍데기나 바위를 밟는 느낌, 피부에 감기는 따뜻하고 뻣뻣한 수건, 울퉁불퉁한 도로를 매끄럽게 나아가는 자전거, 비포장도로를 덜컹거리며 달리는 지프차, 구불구불한 길 때문에 생기는 멀미, 열대우림의 습한 공기, 잔가지와 잎사귀를 밟는 느낌, 얼굴에 튀기는 시원한 개울물, 헬리콥터가 하늘로 이륙하자 뱃속이 당기는 듯한 흥분, 짚 라인을 타거나 절벽 점프를 할 때 치솟는 아드레날린, 태풍에 급강하하는 기압

이 배경에서 벌어질 만한 갈등의 원인

- 해파리나 상어를 만난다.
- 물살이 거세지는 지점에 갇힌다.
- 희생양이 되거나 폭행을 당한다.
- 가방이나 지갑을 도난당한다.
- 물갈이를 심하게 한다.
- 지역 주민과 소통하기 힘들다.
- 여권을 잃어버린다.
- 고향의 가족에게 나쁜 일이 생겼지만 돌아갈 수 없는 상황이다.
- 보트 사고가 일어난다.

이 배경에서 볼 만한 유형의 사람들

- 방학을 만끽하는 대학생, 연인, 가족, 신혼여행 온 부부, 호텔 직원, 지역 주민, 타임쉐어timeshare[정해진 기간 동안 휴양지 숙박 시설을 사용할 수 있도록 일정 지분을 소유하는 형태] 판매원, 여행 가이드, 여행자, 노점상

이 배경과 밀접한 다른 배경

- **시골 편** 고대 유적, 해변, 해변 파티, 등산로, 산, 바다, 열대우림, 폭포
- **도시 편** 비행기, 공항, 크루즈선, 골프장, 요트

참고 사항 및 팁

열대 섬을 배경으로 이야기를 쓰고 싶다면 개인 소유의 섬부터 관광 명소까지 다양한 곳을 생각할 수 있다. 사유지라면 외부와 차단되어 사생활과 혼자만의 시간을 누릴 수 있고, 관광지라면 오락 시설과 신나는 투어 프로그램을 즐기고 가이드의 안내를 받을 수도 있다. 특정 시기가 되면 우기나 허리케인에 시달리는 열대 섬도 있기 때문에, 사실성에 문제가 되지 않도록 아니면 등장인물에게 시련을 안겨주기 위해서라도 사전에 섬에 대해 충분히 조사해야 한다.

뒤쪽의 방충 문을 굳게 닫았지만, 트리나의 성난 목소리는 열린 창문 틈을 비집고 바깥 해변까지 따라왔다. 제이크는 트리나를 피할 만큼 충분히 멀리 왔다는 생각이 들자 뛰기를 멈추고 발을 느릿느릿 끌었다. 부모님은 바람 좀 쐬면 둘 사이가 괜찮아질 거라고 했지만, 콧방귀만 나왔다. 우리에게는 누군가 중재해줄 사람이 필요하다. 일주일 동안의 휴가에서 이제 겨우 이틀을 보냈을 뿐인데 벌써 서로를 못 잡아먹어 안달이다. 제이크는 뭔가가 따끔 무는 느낌에 손바닥으로 팔을 내리쳤다. 보이지도 않는 벌레와는 기꺼이 마주하면서 약혼자와는 단 1초도 있기 싫다니, 안타까운 일이다.

- **이 글에 쓴 기법** 다중 감각 묘사
- **얻은 효과** 복선, 긴장과 갈등

열대우림   **Rainforest**

풍경

반짝이는 풍성한 나뭇잎, 야자나무잎과 환한 빛줄기로 수놓인 하늘, 키 큰 나무에 늘어져 있거나 나무 밑동을 칭칭 휘감은 덩굴식물, 기름진 흙과 썩은 초목 위로 빽빽이 자란 초록색 덤불, 형형색색의 새들, 폭포와 젖은 돌덩이, 잔물결이 이는 호수, 떨어진 마른 잎이 땅 위에 춤추듯 내려앉는 모습, 깊숙한 곳에 숨은 절벽과 울퉁불퉁한 노두, 쓰러진 나무와 그 위를 가리는 새로 자란 초목, 다양한 색깔의 생물들(도마뱀, 개구리, 두꺼비, 박쥐, 딱정벌레, 거미), 썩은 망고를 먹어치우는 군대 개미[아프리카나 남아메리카에 서식하는 개미의 한 종류] 떼, 어둠 속에서 먹잇감을 따라 은밀히 움직이거나 높은 나무 위에서 자는 퓨마, 먹이를 찾거나 영역을 표시하는 고릴라와 짖는원숭이[정글에 크게 울려 퍼지는 소리를 낸다고 해서 이런 이름이 붙었다], 동물들이 다니는 길을 따라 조용히 걷는 호랑이, 흙 속을 마구 파헤치거나 나무 밑동에 어금니를 긁는 멧돼지, 가지를 칭칭 감거나 나무뿌리 위를 스르륵 기어가는 뱀, 키 큰 대나무밭, 바나나가 주렁주렁 열린 바나나 나무, 빵나무, 무화과, 토란, 여기저기 흩어진 갈색의 식물 꼬투리들, 검은 물웅덩이에 우글거리는 거머리 떼, 걸려 넘어지기 쉽게 비틀어진 나무뿌리들, 캐슈 나무[열대 기후에서 널리 자라는 나무로, 잎은 긴 달걀 모양이고, 씨인 캐슈넛은 식품으로 널리 소비된다], 나뭇가지에 대롱대롱 매달린 사마귀, 이파리에 앉은 위장한 이구아나, 모기 떼와 각다귀 떼에 물리는 모습, 굵은 나뭇가지에 자란 거대한 흰개미집, 나무줄기와 잎을 갉아 먹는 가위 개미[잎을 잘라 모으는 습성을 가진 개미를 총칭하는 이름], 삐죽삐죽한 초록색 잎에 맺힌 먹음직스러운 파인애플 과육, 먹이가 걸려들기 기다리는 식충식물, 크고 둥근 잎사귀나 작고 뾰족한 잎사귀 등 각양각색의 나뭇잎이 반짝거리는 모습, 엄청난 비에 범람한 하천, 이파리에 알알이 맺힌 물방울, 구불구불한 강과 개울, 동물이 다니는 길, 이끼와 기생식물이 나뭇가지마다 머리카락처럼 늘어진 모습, 섬광이 번쩍이는 하늘이나 짧게 번쩍이다 사라지는 섬광, 절벽 가장자리나 틈을 비집고 고개를 내민 초목, 토착 부족들(사냥·수렵·채집을 하거나 직접 만든 카누를 타고 낚시하는)

이국적인 새의 지저귐, 퍼덕거리는 날갯짓, 숲을 울리는 원숭이의 요란한 울음소리, 덤불을 지나는 동물이 내는 소리(발톱으로 땅을 긁고, 스르르 기어가고, 죽은 가지를 뚝 부러뜨리는), 동물들의 다양한 울음소리, 졸졸 흐르는 개울물, 폭포의 굉음, 우거진 나무 위로 후드득 떨어지는 빗줄기, 가쁜 숨소리, 멀리서 들려오는 묵직한 비명과 이어지는 침묵, 바람에 삐걱거리는 나무들, 윙윙거리는 벌레들, 땅에 쿵 떨어지는 농익은 열매

냄새

공기 중에 진동하는 초목 썩는 냄새, 달콤하고 아릿한 야생식물, 사향 냄새와 동물의 배설물에서 나는 악취, 이따금 코를 간질이는 향긋한 꽃 내음, 썩은 과일이 풍기는 짙고 무거운 향기, 진흙, 늪지, 물비린내, 나무를 태우는 냄새

맛

물, 텁텁한 공기, 식용 가능한 잎, 뿌리, 견과류, 과일(망고, 파인애플, 파파야, 바나나, 무화과, 용과, 리치), 손질 뒤 불에 올린 사냥감(고기 특유의 누린 풍미와 쫄깃하거나 고무처럼 질긴 식감), 누군가의 퀴퀴한 숨결, 신선한 비, 땀

촉감과 느낌

피부를 미끄러져 내려가는 젖은 이파리, 온몸을 축축하게 하는 구슬 같은 땀방울, 얼굴에 흐른 땀을 반다나로 닦는 느낌, 굵은 덩굴줄기, 걸을 때마다 푹푹 꺼지는 땅, 벌레나 뱀에 물려 따끔한 느낌, 지나가려고 뒤로 밀어낸 나뭇가지에서 느껴지는 탄성, 칼을 단단한 줄기에 박아 비틀 때의 느낌, 빼곡한 대나무 숲을 비집고 지날 때 상체를 스치는 대나무, 도톰한 잎사귀에 맺힌 이슬을 빠는 느낌, 부드러운 이끼, 투명한 개울물에 부츠를 신은 채 들어가는 느낌, 덩굴에 의지해 산에 오르다 덩굴에 손바닥이 쓸렸을 때의 통증, 가시나 뾰족한 이파리에 베인 상처, 폭우에 순식간에 젖은 몸, 땀과 뗏국물에 짓무른 피부, 물집이 가득한 발, 손톱에 낀 모래, 웅덩이에 뛰어들 때의 느낌, 폭포수에서 튕겨 나온 물보라에 젖은 몸, 썩어가는 젖은 이파리, 피부에 닿은 거미줄, 머리에 떨어지는 나뭇잎

이 배경에서 벌어질 만한 갈등의 원인

- 길을 잃는다.
- 표범이나 사자, 퓨마 등 큰 동물에게 쫓긴다.
- 우연히 야생동물의 서식지에 발을 들인다.
- 뱀이나 거미에게 물린다.
- 군대 개미 둥지에 발이 빠진다.
- 장마에 발이 묶인다.
- 탈수증과 굶주림을 겪는다.
- 무기를 잃어버린다.
- 위험한 민병대 무리와 맞닥뜨린다.
- 습도가 높은 열대우림에서 찢어진 상처가 생겨 감염될 위기에 처한다.

이 배경에서 볼 만한 유형의 사람들

- 개발 프로젝트를 위해 파견된 대기업의 현지 조사단, 환경 운동가, 농부, 현지 가이드, 역사학자, 인류학자, 토착민 권리 회복을 위해 힘쓰는 인권 운동가, 자연 전문 사진가, 반군이나 정부군 등 다양한 정치 세력, 관광객들

이 배경과 밀접한 다른 배경

- 개울, 온천, 산, 강, 열대 섬, 폭포

참고 사항 및 팁

많은 도시와 마을이 열대우림 안에 자리 잡고 있다. 농작물을 경작하는 농장도 마찬가지다. 열대우림은 워낙 무서운 기세로 자라 인간의 손길이 닿지 않는 곳이 많기 때문에 반군이나 세상에 알려지지 않은 마을, 고대 민간설화, 모두가 숨겨온 과거의 비밀 등을 등장시키기에 안성맞춤인 장소다.

모닥불이 점점 꺼져갈 때쯤 멜로디가 비명을 질렀다. 그림자가 드리워지더니 어른거렸다. 횃불이 눈에 들어왔다. 이해하기 힘든 낯선 언어와 낯선 목소리가 귀에 꽂혔다. 멜로디를 구하려고 소리 지르며 돌진했지만 헛수고였다. 거대한 잎사귀와 뒤엉킨 덩굴, 빽빽한 대나무 숲에 포위되어 꼼짝도 할 수 없었다.

- **이 글에 쓴 기법** 의인화
- **얻은 효과** 긴장과 갈등

온천

Hot Springs

풍경

물에서 뭉게뭉게 피어올라 떠다니는 뜨거운 수증기, 탕 주변의 판판한 큰 바위와 젖은 돌 턱, 높은 수온 때문에 속에서부터 잔물결을 일으키며 위로 올라오는 물거품, 흐릿한 대기, 헤엄을 치거나 가장자리에서 쉬는 달아오른 얼굴의 방문객들, 맑은 물, 모래나 매끈한 바위로 이루어진 탕의 바닥, 온천 가장자리 근처에 준비된 수건, 벗어놓은 슬리퍼, 물 위로 둥글게 말리듯 늘어진 무성한 나뭇가지와 야자수잎, 나무 사이를 날아다니는 새들, 물 위로 곳곳에 솟아 있는 바위와 돌 턱, 흘수선을 따라 보이는 흰색이나 노란색의 광물 조각, 물 표면에 비쳐 반짝이는 햇빛, 탕 가장자리 근처에 놓아둔 물병

소리

물이 데워져 수면으로 밀려 올라가면서 생기는 거품, 물을 끼얹거나 첨벙거리는 소리, 뚝뚝 흐르는 물, 기분이 좋아서 나오는 한숨, 웃음, 사람들의 대화, 젖은 돌 위를 철벅이며 걸어가는 샌들, 작은 폭포 절벽 아래로 콸콸 내려가는 물, 돌로 마감된 탕 가장자리에 찰싹이는 물, 새 울음소리, 윙윙거리는 귀뚜라미 및 다른 곤충들, 선선해지는 열대우림 소나기 속에서 빗방울이 표면에 타다닥 떨어지는 소리, 작은 돌 위를 밟고 지나가는 소리, 머리 위로 드리운 수풀이나 나무에서 똑똑 떨어지는 물, 탕 안에서 서로에게 고개를 기울인 채 이야기하고 웃는 연인들

냄새

유황, 광물, 젖은 돌, 진흙, 땀, 근처의 꽃과 수풀

맛

입술에서 핥은 땀, 물병에서 들이킨 물 한 모금, 광물 성분이 풍부한 온천수의 톡 쏘는 맛(쓰거나 불쾌할 수도 있는 맛)

맨발에 닿는 고르지 못한 돌바닥, 피부 위를 미끄러지는 뜨거운 물의 부들부들한 느낌, 얼굴과 목을 덥히는 후끈한 수증기, 앉거나 기댈 수 있는 매끈한 돌 턱, 진흙이나 자갈돌 바닥으로 파묻히는 발가락, 젖은 머리카락에서 어깨 위로 떨어지는 물방울, 풀어지는 근육, 서서히 가라앉는 몸의 결림과 통증, 묵직하고 습한 공기를 호흡하는 느낌, 행복감에 도취되는 느낌, 땀으로 번들거리는 피부, 뜨거운 탕에서 나와 찬 공기를 느끼며 보송보송한 수건으로 몸을 감싸는 느낌, 젖은 발로 다시 신는 슬리퍼

이 배경에서 벌어질 만한 갈등의 원인

- 온천이 도시 개발이나 기업 개발에 밀려 폐쇄될 예정이다.
- 쓰레기를 두고 가는 몰지각한 손님이 있다.
- 다른 손님들은 아랑곳하지 않고 애정 행각에 몰두하는 연인이 있다.
- 술을 마시고 온천에 들어가 현기증을 느끼는 손님이 있다.
- 특혜 의식으로 가득 찬 고객이 지침을 무시한다(유리잔을 탕으로 가져와 실수로 물에 빠뜨리고, 그 유리잔이 깨지는 바람에 탕 전체가 입욕 금지되는 등).
- 시끄러운 무리가 평화로운 분위기를 깬다.
- 온천이 오염된다.
- 체온이 지나치게 높아진 고객이 있다.
- 탕을 나가려다 젖은 돌에 미끄러진다.
- 탕에서 무릎을 부딪치거나 허벅지를 긁힌다.
- 사사건건 큰 소리로 항의하는 연인이 있다.
- 버릇없는 아이들이 물을 튀기고 고함을 지른다.
- 아무도 없는 온천에서 시체를 발견한다.

이 배경에서 볼 만한 유형의 사람들

- 지역 주민, 온천에서 치유 효과를 얻고 싶은 자연주의자, 온천을 관리하는 직원, 관광객

이 배경과 밀접한 다른 배경

- 협곡, 그로토, 등산로, 산, 열대우림, 열대 섬

참고 사항 및 팁

온천은 위치, 상업화 정도, 광물 함유량 등에 따라 모습이 다양하다. 물은 맑거나 탁할 수도 있고, 산이나 열대우림, 혹은 그보다 건조한 지대에서 발견되기도 한다. 온천이 관광지가 되면 보다 많은 고객을 받을 수 있는 현대식 대형 온천으로 개조되기도 한다. 어떤 온천은 출입하기 편하고, 어떤 온천은 외진 곳에 있어 찾아가기 힘들다. 하지만 그런 곳에 있는 온천은 그만큼 사람 손을 타지 않아 아름답고, 사생활이 보장되기 때문에 찾는 보람이 있다.

배경 묘사 예시

나는 따뜻한 온천물 안에서 몸을 점점 낮추었고, 1센티미터씩 가라앉을 때마다 걱정과 아픔은 눈 녹듯 사라졌다. 폐로 들어오는 촉촉한 공기, 몸을 누르는 따뜻한 압력, 주변을 둘러싼 자연의 소리만이 있을 뿐이었다. 편안하게 목욕을 즐기며 나는 오늘 아침에 두고 온 삶의 생각 전부를 걸어 잠그고, 이번 휴가를 최대한 즐기기로 마음먹었다.

- **이 글에 쓴 기법**　다중 감각 묘사
- **얻은 효과**　분위기 설정, 감정 고조

풍경

협곡 바닥으로 콸콸 쏟아지는 하얀 거품, 울퉁불퉁한 노두, 바위와 나무 밑동을 둘러싼 무성한 이끼들, 가파른 바위 등성이, 하천 주변의 우거진 풀, 햇빛에 반짝이는 꽃과 풀, 웅덩이로 떨어져 사방으로 퍼져나가는 물보라, 잔잔한 물결, 물방울에 젖은 나뭇잎과 가지, 절벽 틈에 자란 나무와 웅덩이를 향해 자란 나무, 날개를 바르르 떨며 바쁘게 나는 곤충(나비, 파리, 잠자리, 모기), 하늘을 나는 새, 목을 축이려고 가까이 다가오는 동물들, 투명한 물속으로 보이는 영롱한 빛깔의 물고기 비늘, 햇볕에 달궈진 바위, 비단처럼 부드러운 풀밭, 수영하거나 사진을 찍는 관광객들, 하천 바닥의 모래와 이판암, 형형색색의 자갈들, 각종 잡초, 그늘 아래 자라는 양치식물, 이끼가 가득 낀 바위, 청록색 물, 물가로 잔잔히 밀려 들어왔다 나가는 파도, 수면에 부서지는 오색의 빛 조각, 계단식 폭포, 새벽 안개, 절벽 면의 바위와 틈, 젖은 바위, 폭포수 뒤에 숨은 동굴, 초록색 풍경 속의 광활한 하늘

소리

포효하는 폭포, 바위와 잎사귀로 후드득 떨어지는 빗방울, 목청 높여 이야기하는 사람들, 웃음, 지저귀는 새, 머리 근처를 윙윙거리며 돌아다니는 곤충, 웅덩이에서 첨벙대며 수영하는 사람들, 폭포 뒤 동굴에서 들려오는 메아리, 휴대용 음악 재생기에서 새어나오는 음악, 울퉁불퉁한 자갈 도로를 달리는 지프차와 승용차, 사람들이 높은 암벽에서 웅덩이로 뛰어내리며 지르는 함성, 물고기가 고개를 내밀었다 다시 물속으로 숨을 때 나는 물소리

냄새

축축한 공기, 비옥한 흙, 향긋한 꽃향기, 이끼, 미끄덩한 조류의 비린내, 선크림, 나들이객이 가져온 음식

맛

이 배경에서는 등장인물이 가지고 있는 것(껌, 박하사탕, 립스틱, 담배 등) 말고는

관련된 특정한 맛이 없다. 이럴 때는 미각 외의 네 가지 감각에 집중하는 것이 좋다.

촉감과 느낌

피부에 달라붙는 축축한 안개, 피부 위를 미끄러지는 차가운 물, 발을 담갔더니 얼음장처럼 차가운 물, 신발에 천천히 스며드는 물, 울퉁불퉁한 자갈이나 바위를 밟는 느낌, 종아리를 스치는 키 큰 풀, 따뜻한 바위, 절벽을 기어오를 때 잡은 돌의 거친 표면, 축축하거나 조류로 뒤덮인 바위, 예기치 못한 찰과상에서 오는 통증, 폭포 바로 아래에서 어깨와 머리로 물을 맞는 느낌, 귓가가 먹먹할 정도의 물소리, 푹 젖은 머리카락을 뒤로 넘기는 느낌, 발가락을 물에 살짝 담그자 어지러울 정도로 올라오는 한기, 피부에 미끄러지는 기포, 발가락을 간질이는 물고기, 절벽 끄트머리에서 뛰어내릴 생각에 조여드는 뱃속, 물에 푹 젖은 신발과 양말, 화장품이나 선크림이 눈에 들어가서 쓰라린 느낌, 안경에 송골송골 맺힌 물방울에 흐려진 시야

이 배경에서 벌어질 만한 갈등의 원인

- 폭포에서 수직으로 떨어진다(보트에 탄 채로, 혹은 바위에 미끄러지거나 물살에 휩쓸려 떨어지는 등).
- 폭포 끄트머리에서 물웅덩이로 뛰어내렸는데, 발아래에 미처 보지 못한 무언가가 있다.
- 물고기에게 물린다.
- 폭포수를 뚫고 절벽을 오르다 이끼 낀 돌에 발을 헛디뎌 떨어진다.
- 날카롭게 튀어나온 암석에 베인다.
- 평화로이 고독을 즐기는데 시끄러운 관광객들이 등장한다.
- 낯선 자들이 나타나 개인 공간을 침범한다.
- 물에 사는 독뱀이나 그 밖의 위험한 생물이 나타난다.
- 폭포의 굉음 때문에 중요한 소리(부상자가 도움을 요청하는 소리, 실종된 아이의 울음소리, 야생동물이 으르렁거리는 소리 등)를 못 듣는다.
- 수영하면 문제가 생길 정도로 물이 오염됐다.
- 물을 마신 뒤 앓기 시작한다.

- 수영에 서툰데 절벽에서 뛰어내리라고 강요당한다.
- 수영복이 찢어지거나 흘러내린다.
- 혼자 알몸으로 수영하는데 관광객을 가득 태운 버스가 나타난다.
- 물줄기를 따라 산 아래로 안전하게 내려가야 하는데 일행이 다른 길로 가자고 억지를 부린다.

이 배경에서 볼 만한 유형의 사람들

- 등산객, 수영하러 온 사람, 지역 주민, 나들이객, 관광객

이 배경과 밀접한 다른 배경

- 고대 유적, 캠핑장, 협곡, 숲, 등산로, 호수, 산, 연못, 열대우림, 강, 열대 섬

참고 사항 및 팁

폭포는 고지대 어디에나 있기 때문에 산악 지대, 빙하 지대, 산림 지대, 우림 지대 등 어떤 종류의 고지대에 있는지에 따라 모습도 조금씩 달라진다. 이를테면, 위치에 따라 큰 웅덩이에 떨어지는 폭포, 넓은 강에 있는 폭포, 광활한 바다로 흘러가는 폭포 등이 있다. 혹은 암벽이나 절벽을 타고 얕은 개울이나 유속이 느린 잔잔한 강으로 흘러 들어가는 폭포를 그릴 수도 있다. 이렇듯 아주 굵은 폭포부터 그보다 작은 폭포까지 다양한 설정이 가능하다. 폭포는 그 모양과 특징이 분명하여 홍수형, 단층식, 펀치볼형, 부채형, 하방형, 말꼬리형 등으로 분류된다. 정확한 묘사를 위해서는 배경으로 삼은 폭포를 충분히 조사해야 한다.

배경 묘사 예시

쏟아지는 폭포수에 달빛이 부서지며 환히 빛났지만, 폭포 아래 웅덩이는 안개에 가려 어두웠다. 폭포가 만든 저 은빛 물의 장막 너머로 조시가 웅덩이에서 나오고 있을 것이다. 나도 이 미친 짓에 동참하기를 기대하고 있으리라. 요란한 폭포 소리에 묻혀 다른 소리는 들리지 않았지만, 웅덩이 가장자리에 걸터앉은 조시와 그 아래 흐르는 물과 으스스한 밤공기에 부르르 떨며 "당장 뛰어내려!"

라고 외치는 소리가 눈앞과 귓가에서 아른거렸다. 오싹오싹 차오르는 흥분에 열 손가락 끝이 저릿했다. 한밤중에 무턱대고 폭포에서 뛰어내리는 사람과 시킨다고 정말 하는 얼뜨기 중에 누가 더 미친 걸까?

- **이 글에 쓴 기법** 빛과 그림자, 날씨
- **얻은 효과** 성격 묘사

풀밭   Meadow

풍경

길게 자란 풀과 야생화, 풍부한 햇살, 풀 속에 띄엄띄엄 섞인 낙엽, 키 큰 나무들이 늘어선 풀밭, 여기저기 오가는 나비와 잠자리, 줄지어 이동하는 개미 떼, 꽃 사이를 바삐 나는 벌, 거미줄을 치는 거미, 개울이나 실개천에서 높이 뛰어오르는 개구리, 사람이 다가오자 둥지에서 황급히 날아오르는 새들, 풀 뜯는 사슴, 은밀히 자세를 낮추는 여우, 먹이를 먹는 토끼와 쥐, 굴 밖으로 나와 돌아다니는 두더지, 풀이나 통나무 위를 미끄러져 나아가는 뱀, 풀 사이에 숨은 동물이 움직일 때마다 물결처럼 흔들리는 풀밭, 하늘을 유영하는 구름, 황금빛으로 군데군데 물든 벌판, 풀밭을 가로지르는 개울, 멀리 보이는 산이나 언덕, 구름이 드리운 벌판 위 그림자, 이끼로 뒤덮인 바위, 주변에 쌓인 부러진 나뭇가지, 다람쥐 굴, 바람에 춤추는 나무, 뱅글뱅글 춤추다 땅으로 내려오는 단풍잎

소리

바람에 흔들리는 풀잎, 벌이나 풀벌레의 울음소리, 지저귀고 날갯짓하는 새, 바람에 흔들리는 잎, 콸콸 흐르는 물, 숨죽인 발소리, 후다닥 도망가는 동물, 바스락거리는 나뭇잎, 쉭쉭 우는 바람, 근처 개울가 나무뿌리와 돌에 잘게 부딪히는 물결, 벌과 잠자리, 파리와 모기, 시끄럽게 우는 새, 청설모와 다람쥐 울음소리, 사각사각 풀 밟는 소리

냄새

풀, 따뜻한 햇볕과 흙, 꽃가루, 달콤한 베리와 꽃, 청량한 공기, 이슬, 개울물

맛

단물이 배어나오는 풀줄기, 피크닉 도시락(샌드위치, 와인, 치즈, 빵, 차가운 햄, 말린 과일, 감자 샐러드, 초콜릿과 쿠키, 프라이드치킨, 과일, 크래커, 과일 샐러드, 제철 야생 베리), 병에 담긴 생수

1220

얼굴에 닿는 온기, 머리카락과 피부를 스치는 부드러운 바람, 휘청거리며 넘어질 정도로 세찬 돌풍, 따뜻한 흙, 부드러운 풀, 금세 바스러질 듯한 마른 낙엽이나 키 작은 풀, 벌에 쏘이거나 곤충에 물릴 때의 따끔함, 다리를 스치는 풀잎, 발에 납작 눌린 풀, 구름이 태양을 가리자 으스스해지는 날씨, 솟아오른 흙더미와 꺼진 구덩이 때문에 고르지 못한 땅, 귀 뒤에 꽂은 꽃대, 땀이 흘러 등에 달라붙은 셔츠, 떨어진 나뭇잎이나 솔잎, 머리카락에 달라붙은 나뭇가지, 개울물에 닿을락 말락 하는 걷어붙인 바지 끝자락, 땅 위에 펼친 피크닉 담요 위로 늘어놓은 음식, 조금씩 거칠어지는 바람에 헐렁하던 셔츠가 펄럭이며 피부에 닿는 느낌, 손등을 간질이며 지나가는 개미 한 마리, 풀밭에 누워 바라보는 하늘, 숨을 멈추게 하는 사슴이나 토끼의 등장, 풍경을 그릴 때마다 연필이 종이를 사각사각 긁는 느낌

이 배경에서 벌어질 만한 갈등의 원인

- 땅속 말벌집을 밟아 벌에 쏘인다.
- 풀 사이에 있던 뱀에게 물린다.
- 깜빡 잠들었다가 햇볕에 화상을 입는다.
- 홀로 풀밭을 걷다가 낯선 이를 마주친다.
- 대책 없이 돌아다니다 더위를 먹는다.
- 다람쥐 굴에 빠져 발목을 삔다.
- 폭우나 폭설에 고립된다.
- 숲에서 누군가 자신을 지켜보는 듯한 느낌이 든다.
- 알레르기 때문에 여행을 망친다.
- 사냥감을 손질하는 밀렵꾼과 마주친다.
- 주인을 알 수 없는 묘비를 발견한다.
- 피크닉 담요가 활짝 펼쳐져 있지만 사람은 보이지 않는다.
- 공터에 들어 온 새끼 곰을 보고 어미 곰이 가까이 있음을 직감한다.
- 생긴 지 얼마 안 된 핏자국이 풀에 묻어 있다.

이 배경에서 볼 만한 유형의 사람들

- 캠핑족, 등산객, 나들이객, 조류학자

이 배경과 밀접한 다른 배경

- 캠핑장, 시골길, 개울, 숲, 등산로, 사냥 오두막, 호수, 산, 연못, 강, 여름 캠프

참고 사항 및 팁

풀밭은 생태학적으로는 동일하게 분류될 수 있는 곳들이 많다. 건초를 베기 위한 풀밭은 목초지라고 한다. 광활한 풀밭이지만, 건조한 기후 때문에 서식하는 식물의 종류가 제한적인 스텝steppe[주로 중앙아시아 대초원 지대를 가리키며, 강·호수와 멀리 떨어져 있고 나무가 없는 평야다] 지대도 있다. 황야는 풀밭과 비슷하지만, 주로 키가 작은 관목으로 뒤덮여 있다.

풀밭은 보통 잔잔하고 평화로운 곳이라고 생각하지만 뱀과 독거미, 보이지 않는 다람쥐 굴, 공격적인 곤충, 거친 기후 등 위험이 도사리고 있는 곳이기도 하다. 어떤 배경이든 갈등의 무대가 될 수 있다. 갈등의 불씨를 찾아 지피는 일은 작가의 몫이다.

배경 묘사 예시

나는 풀밭을 가로지르는 걸음을 재촉했다. 반나절은 족히 걸릴 거리였기 때문이다. 멋대로 자란 무성한 꽃들이 내 무릎을 긁듯이 스쳤고, 낮게 자란 들장미에 양말이 자꾸만 걸렸다. 얼마 지나지 않아 셔츠 칼라에 이어 등허리가 땀에 흠뻑 젖었다. 나는 손을 휘저어 모기를 쫓아냈다. 반드시 시내로 돌아가야 한다는 생각뿐이었다.

- **이 글에 쓴 기법**   다중 감각 묘사
- **얻은 효과**   성격 묘사, 분위기 설정

풍경

모래사장의 화사한 비치타월, 대형 파라솔, 접이의자에 누워 일광욕하는 사람들, 형광색의 어린이용 튜브, 발리볼이나 축구를 하는 십 대들, 아이스박스에서 음식을 꺼내고 물놀이용 장난감에 공기를 불어넣는 가족, 해변가를 따라 늘어선 먹거리와 음료를 파는 노점상, 인근 부두나 암초의 낚시꾼, 젖은 기저귀를 차고 걸음마 하는 아기, 일광욕을 하다 빨갛게 탄 배나 어깨, 챙 넓은 모자와 선글라스, 비치백에서 삐죽 나온 선탠로션과 선크림, 모래사장에 버려진 슬리퍼, 하얀색 해상 구조대 의자와 펄럭이는 구조대 깃발, 파도를 따라 떠다니는 해초 줄기, 황금빛 모래가 잔뜩 묻어 나오는 담배꽁초와 병뚜껑, 캠핑용 바비큐 그릴에서 피어오르는 연기, 나들이용 바구니에 한가득한 음식, 알록달록한 양동이와 들통, 완성하지 못한 모래성, 해변을 누비는 이동 판매원(악세사리나 모자, 선크림, 물놀이용 장난감 등을 파는), 옆으로 종종걸음 치는 게와 윙윙 나는 파리, 물살에 이리저리 흔들리는 도넛 혹은 의자 모양 튜브들, 얕은 물에서 줄무늬 비치볼을 주고받으며 노는 아이들, 물거품(파란빛, 초록빛, 바닷빛, 모래진흙이 섞인 갈색빛 등 계절과 위치에 따라 상이한 색을 띰), 해변가를 때리는 흰 거품, 해안가로 밀려 들어와 거품처럼 흩어지는 파도, 돌멩이나 조개, 해초 덩어리로 어지러운 물가, 수평선을 물들이는 태양, 멀리 보이는 크루즈선과 요트, 홍보 플래카드를 나부끼며 선회하는 비행기, 둥둥 떠다니는 낚싯줄과 쓰레기 더미, 나무토막, 물결 모양의 사구, 바람에 하늘거리는 부들, 해안가의 불가사리나 해파리, 창공을 향해 날아오르는 갈매기, 조수 웅덩이가 낸 백사장 길, 해안선을 따라 난 발자국

소리

해안으로 밀려 들어와 모래사장을 적시는 파도와 거품, 돌풍에 정신없이 휘날리고 휘어지는 파라솔, 먹이를 찾아 바다로 돌진하며 우는 갈매기, 웃는 아이들, 비치타월에 앉아 수다 떠는 사람들, 바람결에 뜨문뜨문 들리는 대화, 짖는 개, 음악, 파도가 덮치자 소리를 지르거나 피곤해서 울기 시작한 아이, 우렁찬 엔진 소리를 내며 지나가는 모터보트나 제트스키, 차로 꽉 막힌 인근 도로의 소음, 라디오나 해변가의 가게들에서 흘러나오는 음악, 잔잔한 바람에 춤추는 거머리

말, 하늘을 지나는 비행기, 바람에 흔들리는 연줄, 물놀이용 장난감에 공기를 넣을 때 나는 소리

냄새

코코넛 향을 풍기는 선크림과 선탠로션, 짭짤한 바다 공기, 구워지는 핫도그와 햄버거, 젖은 수건, 쏟아진 맥주, 담배 연기(배경이 되는 곳의 금연 정책 확인), 매콤한 타코 칩, 노점상에서 파는 기름진 음식, 벌레 퇴치제

맛

공기와 물의 짠맛, 땀에 젖은 입술, 차가운 생수, 바짝 구운 핫도그와 햄버거, 탄산음료, 입안까지 들어온 로션의 쓴맛, 차가운 아이스크림과 아이스바, 짭짤한 칩 종류의 과자, 모래알이 들어간 샌드위치를 한입 가득 베어 물었을 때의 맛

촉감과 느낌

발이 타는 듯한 뜨거운 모래, 수영복에 모래가 들어와 쓸리는 피부, 미간에서 코를 타고 흐르는 땀, 목 뒤에 입은 뜨겁고 따끔거리는 화상, 젖은 몸을 감싸는 따스한 햇볕, 얼음장처럼 차가운 파도, 머리와 등에 콸콸 쏟아지는 물, 담요에 들어찬 모래, 피부에 달라붙은 까끌까끌한 모래알, 미끈거리는 로션이나 선크림, 축축한 수건, 슬러시 등 얼음 음료, 서늘한 미풍, 모래나 선크림이 들어가 쓰라린 눈, 꺼끌꺼끌한 해초, 맨다리를 때리는 물, 바다의 바닥에서 세게 흐르는 물살, 날카로운 바위에 미끄러지거나 바위를 밟았을 때의 통증, 물 아래 있는 무언가에 세게 부딪히는 느낌, 바람에 이리저리 엉키는 머리카락이나 목에 달라붙는 머리카락, 해파리에 쏘여서 따끔한 느낌

이 배경에서 벌어질 만한 갈등의 원인

- 유리를 밟는다.
- 해수욕이나 일광욕하는 사람들이 소란을 부린다.
- 하루 종일 울 것 같은 아이가 있다.
- 누군가 물건을 훔친다.
- 세찬 바람에 파라솔이 쓰러지고 모래가 뒤집어진다.

- 햇볕에 심한 화상을 입는다.
- 위험하거나 성가신 해양 생물(해파리, 노랑가오리[긴 꼬리 끝에 맹독성 침이 있다], 상어, 바다물이[어류 등에 기생하는 종 전체를 일컫는 말])이 있다.
- 거친 물결 탓에 수영하기 위험하다.
- 거센 파도에 휩쓸린다.
- 거절하는데도 끈질기게 호객하는 노점상이 있다.

이 배경에서 볼 만한 유형의 사람들

- 가족, 어부, 음식 파는 노점상, 안전 요원, 짧은 휴가를 나온 지역 주민, 경찰관, 서핑과 보트 애호가, 수영하는 사람, 십 대, 각종 바다 투어 업체, 휴가객

이 배경과 밀접한 다른 배경

- **시골 편** 해변 파티, 등대, 열대 섬
- **도시 편** 크루즈선, 항구, 요트

참고 사항 및 팁

위치에 따라 해변의 모습은 크게 달라진다. 흰 모래와 검은 모래뿐 아니라 붉은 모래사장도 있는 것처럼 말이다. 잘 관리된 해변이 있는가 하면 담배꽁초와 음식 포장지, 해초, 죽은 물고기가 지저분하게 널린 곳도 있다. 공용 해변은 작고 인파로 북적이지만, 프라이빗 비치는 은밀한 곳에 있고 광활하다. 배경의 사소한 디테일로 등장인물의 기분이 바뀌고 독자가 느낄 수 있는 감각도 달라지기 때문에 심사숙고해 선정해야 한다.

배경 묘사 예시

젖은 모래밭이 지친 내 두 발을 어루만져주는 가운데, 나는 감탄하며 달을 바라보았다. 달은 그램이 저녁 식사 때 쓰는 도자기 접시처럼 둥글고 밝게 빛났고, 발 아래에서는 축축한 모래가 피곤한 발을 부드럽게 어루만졌다. 이곳 밤하늘은 너르고 투명했다. 스모그 없는 맑은 공기에 건물 하나 없어 부드럽고 검은

하늘을 고스란히 볼 수 있었다. 파도가 부드러운 선율을 내며 부서졌고, 바람이 머리카락과 옷자락을 사방으로 흐트러뜨렸다가 모으기를 반복한 탓에 단정히 묶은 숄 매듭이 금방이라도 풀릴 것 같았다. 나는 눈을 감고 바닷바람의 짭짤한 냄새를 들이켰다. 호텔로 발걸음을 돌리기 전에, 짐을 싸기 전에, 집으로 돌아가 풀리지 않고 남아 있을 그 문제를 마주하기 전에, 지금 이 순간을 머릿속에 새기려 애썼다.

- **이 글에 쓴 기법** 다중 감각 묘사, 직유
- **얻은 효과** 분위기 설정, 복선

협곡

풍경

구불구불 실선을 그리는 거대한 협곡 아래 강 혹은 메마른 강바닥, 다양한 색깔 (회색, 갈색, 검은색, 주황색, 흰색)의 겹겹이 쌓인 퇴적층 절벽, 우거진 덤불, 빽빽하게 자란 야생 풀, 성장을 멈춘 나무, 햇빛을 가릴 정도의 암벽에 생긴 그늘과 그림자, 고목, 맹금류, 도마뱀, 개미, 거미, 원기 왕성한 동물들, 곤충, 강물 위로 솟은 바위나 쓰러진 나무, 급류와 급류에서 튀는 물방울, 염소가 다니는 길, 이판암과 흙, 물에 침식된 급경사나 제방을 타고 굴러 내려가는 흙 부스러기, 동물 뼈, 말이 다니는 길, 동물의 배설물, 첨탑 같은 거대한 기둥이 바람에 반들반들 씻긴 모습, 선인장, 노두와 고원, 무너져 내린 채 자연 상태 그대로 유지된 돌 더미, 바위에 만든 구멍에 둥지를 튼 새, 작은 동물, 모래, 뱀

소리

암석을 때리는 바람, 바위를 타고 아래로 흐르는 물, 낙석, 자갈 가득한 길을 걷는 발소리, 따가닥거리는 말발굽, 우뚝 솟은 골짜기 벽을 울리는 목소리, 마른 풀 더미로 황급히 도망치는 쥐나 도마뱀, 골짜기 벽에 메아리치는 맹금류의 울음소리, 방울뱀의 꼬리, 이륙하는 비행기의 제트엔진 소음

냄새

석회암 특유의 싸한 냄새, 먼지, 건조한 공기, 모닥불, 동물의 사향, 희귀한 야생화나 선인장꽃, 땀내와 체취

맛

승마 투어나 짧은 여행을 위한 먹거리와 식수(물통의 물, 견과류, 육포, 말린 과일, 에너지 바, 딱딱한 크래커)

촉감과 느낌

피부에 달라붙는 먼지와 땀, 건조한 돌풍에 휘날리는 머리카락과 옷자락, 부츠 아래로 느껴지는 울퉁불퉁한 땅과 이판암 바닥, 경사진 곳이나 벽을 타고 오르

자 팽팽해지는 근육, 차가운 강물, 피부에 흐르는 땀이나 먼지에 절은 옷, 벌레에 물리는 느낌, 모래 폭풍 때문에 뒤집어쓴 먼지와 모래, 따뜻한 말고기, 가죽으로 만든 안장의 뿔이나 고삐, 비탈길을 내려가는 야생 당나귀나 몸집이 작은 당나귀, 널찍한 말 등에 두 다리를 벌려 앉은 탓에 아픈 다리, 온몸에 느껴지는 태양의 뜨거운 열기, 날이 갈수록 무거워지는 짐, 눈물이 차오르거나 건조해진 눈, 모래와 먼지 탓에 눈가에 말라붙은 둥근 모양의 땟국물

이 배경에서 벌어질 만한 갈등의 원인

- 투어나 승마를 하다 길을 잃거나 다친다.
- 생존에 필요한 물품이 바닥난다.
- 말이나 당나귀가 다리를 전다.
- 악천후를 만난다(열사병이나 탈수증에 걸린다).
- 낙석이 갑자기 떨어져 출구가 막힌다.
- 맹수가 나타난다.
- 화장실에 다녀오거나 깎아지른 듯한 절벽에서 사진을 찍고 돌아오니 투어 일행이 사라졌다.

이 배경에서 볼 만한 유형의 사람들

- 등산객, 목장 주인, 관광객

이 배경과 밀접한 다른 배경

- 불모지, 캠핑장, 동굴, 사막, 강

참고 사항 및 팁

협곡은 세계 곳곳에 존재하고, 위치와 기후에 따라 독특한 특징이 있다. 어떤 협곡은 심하게 쪼개지거나 갈라지고 규모도 장대해 길을 찾는 것은 물론 답사 자체가 거의 불가능하지만, 어떤 협곡은 물을 따라 생기거나 산 사이에 자연스럽

게 형성되어 보는 이의 감탄을 자아낸다. 왜 협곡을 배경으로 골랐는지, 협곡이 어떤 특징을 지녀야 등장인물이 겪는 갈등과 시련에 어울릴지 궁리해야 한다.

배경 묘사 예시

몸이 두려움에 흠뻑 젖자 시큼한 냄새가 났는지 파리 떼가 리키와 나를 덮쳤다. 하늘에는 대머리수리가 맴돌며 낙하 사고로 죽은 우리의 말을 노리고 있었다. 비틀어진 발목에서 격렬한 통증이 느껴졌지만, 몸뚱이를 질질 끌고 리키에게 갔다. 내 형제, 리키의 맥박은 실처럼 가늘었고 온몸을 사정없이 떨고 있었다. 운이 좋으면 열에 시달리는 정도로 끝날 테지만, 그렇지 않으면 패혈증으로 악화될 수도 있다. 희망이 하나씩 사라지면서 어깨에서 힘이 빠졌다. 나는 겨우 긁어모은 나무토막을 넣어 최대한 불을 키우면서 부디 이 밤이 지나기 전에 우리를 도와줄 사람을 찾을 수 있기를 기도했다. 바위 뒤에 있으면 뜨거운 태양은 피할 수 있어도 밤의 코요테를 피하기는 어렵다. 리키의 체취가 연기에 묻히기를 바랄 뿐이었다.

- **이 글에 쓴 기법** 다중 감각 묘사
- **얻은 효과** 과거 사연 암시

호수   Lake

풍경

회색과 흰색의 색조 안에서 다양한 농담을 띤 자갈돌이 깔린 호숫가, 물가에 떠
밀려 온 옹이가 많은 유목, 기슭에 찰랑이는 물결, 호수 면을 스치듯 날아가는
다리가 가느다란 물새, 돌 사이로 숨는 피라미, 해초 사이에 떠 있는 오리, 호숫
가의 풀을 뜯거나 부리로 우아한 날개를 다듬는 거위, 남겨진 쓰레기를 찾아 소
풍 구역을 훑는 갈매기, 물 위를 스치며 날아가는 잠자리, 모기와 말파리, 가족
이나 친구가 누울 수 있도록 펼쳐놓은 담요, 기다란 부두, 물결에 흔들리는 정박
된 배, 보트 론치boat launch[배를 트레일러로 연결해 물에 띄우거나 올리기 쉽도록 만든,
선착장 내의 경사진 포장도로], 물가에서 놀고 있는 수영복 차림의 아이들, 그보다
나이가 좀 더 있는 아이들이 물놀이용 튜브나 공기 주입식 고무 기구에 몸을 싣
고 둥둥 떠 있는 풍경, 물에 낚싯줄을 던지는 부두의 낚시꾼들, 수심 깊은 곳을
빠르게 헤집고 다니는 배와 제트스키, 밝은색 구명조끼를 입고 카누에 앉아 노
젓는 사람들, 물 위에 점점이 떠 있는 낚싯배와 노 젓는 배, 유목 위에 올라앉아
햇볕을 쬐는 거북, 다이빙하려고 준비 중이거나 나무판자로 된 바닥 위에서 일
광욕을 하는 십 대들로 가득한 플로팅 독floating dock[배를 대는 부두를 물에 뜨는 수
상 플랫폼 형태로 만든 것으로, 좁은 나무판자를 연속으로 덧대어 길처럼 만든 구조물], 물
가를 따라 떠 있는 물고기와 좀개구리밥과 호수 찌꺼기, 바위틈에 걸려 있는 깨
진 유리 조각과 엉킨 낚싯줄 뭉텅이, 풀밭에 버려진 맥주 캔, 호수 위로 가지를
드리운 채 수면에 그 모습이 반사된 나무들, 물결 위로 반짝거리는 햇빛, 개인
부두를 소유한 집들, 호숫가로 이어지는 길, 호숫가로 내려와 물을 마시는 사슴,
풀 속에 숨은 작은 꽃들, 물 밖으로 고개를 내민 얇은 나무의 그루터기

소리

배의 모터가 내는 굉음, 다른 배가 지나간 자리를 텀벙 가로질러 가는 고속 모
터보트, 이동식 재생 장치에서 흘러나오는 음악, 웃고 떠드는 친구들, 호숫가에
잔잔하게 부딪치는 물결, 윙윙거리는 벌레들, 나무들 사이를 지나는 바람, 첨벙
대는 물소리, 물에 퐁당 떨어지는 거북, 갈매기 울음소리, 보트 론치에서 배를
트레일러 위로 올리려 할 때 엔진이 구동되는 소리, 물속을 젓는 노, 조용한 날

들리는 나무의 삐걱거리는 소리, 호숫가 자갈돌 위를 걷는 발걸음, 땅에 툭 놓는 접이의자, 바스락거리는 음식 포장지, 맥주 캔이나 탄산수 캔을 딸 때 나는 바람 빠지는 소리, 귀뚜라미나 개구리의 울음소리, 타닥거리며 타오르는 모닥불

냄새

물 속 조류 특유의 토탄 냄새, 신선한 공기, 이동식 그릴에서 조리하는 음식, 풀, 축축한 땅, 배에서 나는 매연, 선크림, 꽃향기, 호숫가를 따라 풍기는 식물이 썩는 냄새, 꼬챙이에 꽂은 마시멜로가 타는 냄새

맛

호수 물, 이동식 그릴에서 조리된 음식(햄버거, 핫도그, 치킨, 스테이크), 감자 샐러드, 감자 칩, 탄산수, 코울슬로, 주문해서 가져온 음식(통에 담은 치킨, 피자), 맥주, 집에서 가져온 샌드위치, 물, 맥주나 그 밖의 술, 팩에 든 주스, 마시멜로

촉감과 느낌

맨발을 찌르는 뾰족한 자갈돌, 정강이 주변으로 흐르는 물, 오한이 드는 느낌, 발목에 붙어서 안 떨어지는 풀, 자꾸만 움직이는 수영복 자락을 제자리로 당기는 느낌, 물이 스며드는 신발이나 샌들, 신발 안에 들어온 모래, 피부에 말라붙은 굵은 모래알, 기름진 선크림, 따스한 햇볕, 젖은 머리카락에서 어깨로 똑똑 떨어지는 물방울, 물속에서 뭔가가 다리를 스치거나 살짝 물어서 소스라치게 놀라는 느낌, 바람 때문에 얼굴을 가리는 머리카락, 빠른 모터보트 때문에 휘날리고 엉키는 머리카락, 콧잔등으로 미끄러지는 선글라스, 손을 넣었더니 깜짝 놀랄 정도로 차가운 아이스박스, 따뜻한 담요, 까슬까슬한 수건, 방금 집어든 마른 옷이 젖은 피부에 들러붙어 제대로 입지 못하는 느낌, 낚시터로 쓰는 부두 바닥의 휘어진 나무판자, 부두 위에 걸터앉아 늘어뜨린 다리를 흔드는 느낌, 물속에서 젓는 노

이 배경에서 벌어질 만한 갈등의 원인

- 못된 사람들이 수영하는 사람을 조심하지 않고 거칠게 보트를 몬다.
- 부주의한 부모가 갓난아기를 물가에 둔다.

- 벌레 퇴치제를 가져오지 않은 바람에 모기 떼에게 심하게 물린다.
- 난폭한 파티광을 만난다.
- 수영하다 다리에 쥐가 난다.
- 물속에서 살아 있는 뭔가가 다리에 닿는 느낌이 든다.
- 민물 뱀이 나타나 화들짝 놀란다.
- 배를 실은 트레일러와 그에 연결된 트럭이 진흙에 빠져 꼼짝하지 못한다.
- 허가증 없이 낚시하다 적발된다.
- 배에 구멍이 나 물이 새거나, 배가 뒤집힌다.
- 수영할 줄 모르지만 솔직히 고백하자니 부끄럽다.

이 배경에서 볼 만한 유형의 사람들

- 캠핑족, 호수 관리자, 가족, 조업 및 야생 생물 관리자, 아이스크림 트럭이나 푸드 트럭 운전사, 낚시꾼, 십 대, 행락객

이 배경과 밀접한 다른 배경

- 해변 파티, 캠핑장, 숲, 등산로, 풀밭, 산, 연못, 강

참고 사항 및 팁

많은 호수들이 평범하고 고요한 곳에 있지만, 어떤 호수는 캠핑장이나 국립공원과 연결되는 교통량 많은 지역에 위치한다. 이런 호수들은 여름 동안 훨씬 많은 관광객을 유치하며, 덕분에 배도, 행락객도, 수상 활동도, 더불어 소음도 더 많아진다. 사람들이 많이 찾는 호수는 평범한 호숫가에서는 쉽게 찾아보기 힘든 편의 시설, 예를 들어 주거용 배나 선박의 주인들에게 편의를 제공하는 수상 주유소, 레스토랑, 상점 등을 갖추고 있기도 하다.

배경 묘사 예시

달빛이 호수에 비쳐 깜빡이는 가운데 나는 한기가 발을 뚫고 퍼지는 것을 느끼며 얕은 물속에서 덜덜 떨었다. 다른 사람들은 벌써 호수에 전부 뛰어들어 첨벙

거리고, 서로를 빠뜨리며 대기를 즐거운 비명으로 채우느라 바빴다. 나는 양팔로 허리를 감싸고 저 깊은 물속에서 기다리고 있을 법한 온갖 것을 생각했다. 깨진 유리에 발을 다치면 어쩌지? 바위나 미끄러운 조류 때문에 미끄러지기라도 하면? 물고기가 깜깜한 곳에서 내 다리를 스치면? 아니, 물고기가 아니라 악어일지도……. 나는 물에서 간신히 기어 올라와서 수건을 찾아보았다.

- **이 글에 쓴 기법** 대비, 다중 감각 묘사
- **얻은 효과** 성격 묘사

풍경

둥근 언덕에 자란 작은 키의 풀과 나무, 낮게 깔린 구름, 가시덤불 군락, 헐벗은 나무, 보라색이나 붉은색의 만발한 히스꽃 무리, 새벽안개, 활짝 핀 노란 가시 금작화, 크고 작은 암석으로 가득한 황야, 연못이나 개울가에 흔한 사초, 한가로이 풀 뜯는 동물들(양, 소, 사슴, 조랑말 등), 다양한 조류(뇌조, 쇠황조롱이, 송골매 등), 흙 속을 파고드는 벌레, 덤불 사이를 바삐 오가는 생쥐와 들쥐, 무성한 덤불 사이에 숨은 토끼, 사냥감을 찾아 쿵쿵대며 돌아다니는 여우, 꽃 사이를 나는 벌, 춤추는 나방과 나비, 습지, 베리 덤불, 땅을 가로지르는 얕은 개울, 자그마한 연못, 불을 피울 수 있는 화입 지역의 희뿌연 연기와 주황색 불꽃, 동물들을 이끄는 목동, 구불구불한 비포장도로

소리

맹금류의 울음소리, 지저귀는 새, 히스꽃 벌판을 지나는 쓸쓸한 바람, 돌풍, 윙윙거리는 벌, 천둥, 초목을 바스락바스락 스치는 동물, 타닥거리며 타오르는 화입 지역의 나무들, 불길을 피해 뛰쳐나오는 동물들, 콸콸 흐르는 개울물, 음매 우는 소, 매애 우는 양, 동물을 모는 목동

냄새

히스꽃, 풀, 풀 뜯는 동물의 배설물, 매캐한 연기, 빗물, 썩어가는 토탄, 고인 물 웅덩이, 젖은 흙

맛

이 배경에서는 등장인물이 가지고 있는 것(껌, 박하사탕, 립스틱, 담배 등) 말고는 관련된 특정한 맛이 없다. 이럴 때는 미각 외의 네 가지 감각에 집중하는 것이 좋다.

촉감과 느낌

축축한 흙, 울퉁불퉁한 바위 위로 넘어지는 느낌, 히스꽃 줄기, 도깨비바늘의 가

시나 그 밖의 가시 돋은 풀에 찔린 피부, 얼굴을 간질이는 바람, 발아래 느껴지는 울퉁불퉁한 대지, 차갑고 반들거리는 바위, 비에 축축해진 몸과 머리카락, 가시덤불에 걸린 치마나 바지, 발밑의 보드라운 풀, 저 멀리 매캐한 연기에 벌써 간질거리는 목, 피부에 닿는 차가운 밤공기

이 배경에서 벌어질 만한 갈등의 원인

- 불을 피우려는데 땔감이 전혀 없다.
- 개울에 빠져 저체온증이 온다.
- 울퉁불퉁한 땅에 넘어져 다친다.
- 뱀에 물린다.
- 배가 몹시 고프다.
- 독이 든 열매와 식용 열매를 구분할 수 없다.
- 비나 눈에 발목이 잡힌다.
- 화입 지역의 불길을 피해 빠르게 달아나거나, 불길이 미치지 않는 곳을 찾아야 한다.
- 적이 고의로 불을 지른다.
- 연기가 자욱한 곳에 갇혀 의식이 점점 희미해진다.
- 미처 발견하지 못한 늪에 빠진다.
- 이정표 하나 없는 가운데 길을 잃는다.
- 짙은 안개나 연기 때문에 주위는 물론 위협적인 존재를 보지 못한다.
- 계속되는 부슬비에 관절염이 심해지고 뼈마디가 쑤신다.

이 배경에서 볼 만한 유형의 사람들

- 사냥꾼, 지역 주민, 황무지 관리자, 휴가객, 목동

이 배경과 밀접한 다른 배경

- 고대 유적, 개울, 풀밭, 강

황무지는 산악 지대와 강수량이 높은 곳에서 찾아볼 수 있다. 흙에 토탄이 많고 산성이 강해 척박한 땅에서도 잘 자라는 식물들이 주로 자생한다. 황무지는 고지대에 있기 때문에 저지대보다 기온이 낮고, 강수량이 많아 비와 눈이 자주 내린다.

배경 묘사 예시

모닥불이 잔상을 남기며 타올랐다. 나는 불빛에 더 바짝 다가갔다. 풀잎과 히스꽃 무더기의 윤곽이 밝은 불꽃에 더욱 뚜렷하게 두드러졌지만, 그건 어디까지나 불빛이 닿는 곳까지의 일이고 불빛 너머는 칠흑같이 어두웠다. 덤불 나무들 사이로 바람이 흐느끼는 소리가 들렸지만, 바람에 흔들리는 가지들을 볼 수는 없었다. 사나운 새가 우는 소리가 들렸으나, 짙은 어둠 때문에 어디 있는지는 볼 수 없었다. 바람에 불꽃이 꺼질 듯 흔들렸다. 타닥타닥 소리가 났다. 잔가지를 한 움큼 쓸어 불 속에 던지고 침낭 안으로 더 깊숙이 파고들었다.

- **이 글에 쓴 기법** 대비, 빛과 그림자
- **얻은 효과** 분위기 설정, 감정 고조, 긴장과 갈등

디테일
사전
.
시골 편

집

At Home

거실 Living Room

풍경

화려한 쿠션이 놓인 소파, 거실장에 놓여 있거나 벽에 설치된 텔레비전, 사이드 테이블에 놓인 램프와 컵 받침, 벽난로, 선반 달린 벽난로, 리클라이너 소파, 바닥에 깔린 러그, 벽에 걸린 사진과 그림들, 빌트인 책장, 여기저기 흩어진 장난감, 아무렇게나 벗어놓은 신발이나 슬리퍼 한 짝, 소파 등받이에 걸쳐둔 작은 담요, 탁자에 놓인 반쯤 빈 유리잔이나 음료수 캔, 창문에 설치한 커튼이나 블라인드, 식물이나 조화, 벽과 천장에 설치된 스피커, 오락용 코너(음악 CD 및 영화 DVD, 보드게임, 리모컨, 여분의 컵받침, DVD 플레이어, 게임기, 스테레오 시스템), 거주자의 스타일에 맞는 장식(꽃, 잡동사니, 액자에 넣은 사진, 가족사진, 예술품, 향초, 장식용 접시), 관심사와 중요도를 드러내는 독특하거나 특이한 물건(가족 구성원의 재가 든 유골함, 전사자의 장례식에서 가져와서 액자에 넣은 깃발, 유리함에 보관된 화석과 암석, 여러 나라에서 구입한 가면, 트로피와 메달, 도자기 부엉이 수집품), 전자책 리더기나 책, 애견 침대, 잡지 한 무더기, 뜨개질 바구니에 있는 실과 반쯤 완성된 결과물

소리

텔레비전에서 흘러나오는 목소리, 도킹 스테이션docking station[노트북 컴퓨터를 데스크톱 컴퓨터처럼 쓸 수 있게 연결시키는 장치]이나 스테레오 시스템에서 재생되는 음악, 리클라이너 소파가 뒤로 젖혀지거나 제자리로 돌아오며 철컥거리는 소리, 누군가 소파에 털썩 주저앉을 때 쿠션이 슉 꺼지는 소리, 이야기하고 웃는 사람들, 가족 간의 말다툼, 다른 방에서 어렴풋이 들려오는 대화, 부엌에서 나는 소리(부딪히는 그릇, 요리, 닫히는 냉장고 문), 전화벨, 단단한 마룻바닥을 쿵쾅거리며 걷는 소리나 부드러운 카펫 위를 스치는 발소리, 지붕에 떨어지는 빗소리, 열린 창문으로 들려오는 바깥 소음(뒷마당에서 노는 아이들, 잔디 깎는 기계, 쾅 닫히는 자동차 문, 지나가는 자동차들, 회전하는 스프링클러, 서로를 부르는 이웃들, 새소리), 초인종 소리에 놀라서 짖는 개, 전등 스위치 켜는 소리, 바스락거리며 넘기는 책이나 잡지, 에어컨이나 히터, 맞바람에 흩날리는 종이들

냄새

부엌에서 조리하는 음식, 비, 벽난로에서 타는 불, 담배 연기, 향수, 퀴퀴한 냄새가 나는 소파 커버, 버리지 못한 쓰레기, 아이들이 흘리는 땀, 퀴퀴한 공기, 낡은 카펫, 물에 젖은 개

맛

텔레비전 앞에서 먹는 식사, 포장해온 음식, 파티 음식(애피타이저, 피자, 닭 날개, 다양한 야채, 생일 케이크, 칩과 살사 소스, 디저트), 음료수(물, 탄산음료, 술, 주스, 차, 커피)

촉감과 느낌

부드러운 소파 커버, 피부에 달라붙는 싸구려 가죽, 푹신한 리클라이너 소파에 가라앉는 듯한 몸, 무릎을 덮은 보드라운 담요, 따뜻한 난롯불, 어둠 속에서 더듬는 리모컨 버튼, 벽난로 속의 거친 돌, 발밑에 느껴지는 매끄러운 바닥이나 푹신한 카펫, 선풍기나 열린 창문으로 불어와 피부를 스치는 바람, 떨어진 블록이나 강아지 장난감을 밟을 때의 통증, 개의 머리가 묵직하게 누르면서 느껴지는 안도감, 무릎 위에서 가르랑거리는 고양이, 리클라이너 소파를 젖히고 눕는 느낌, 찬물이 담긴 컵에 맺힌 물기, 손에 닿는 따뜻한 머그잔, 커피나 핫초콜릿이 든 잔에서 피어오르는 김을 들이마시는 느낌

이 배경에서 벌어질 만한 갈등의 원인

- 가족 간에 긴장이 흐른다.
- 누군가 집에 침입한다.
- 중요한 물건(열쇠, 지갑, 리모컨, 휴대전화)이 제자리에 없다.
- 대가족이라 거실이 너무 비좁다.
- 손님들이 왔는데 앉을 자리가 모자란다.
- 아이들이 야단법석을 떨면서 물건들을 넘어뜨린다.
- 너무 오래 머무르는 손님이나 친척 때문에 골치가 아프다.
- 카펫이나 소파에 무언가를 쏟는다.

- 전화로 나쁜 소식을 전해 듣는다.
- 술 취한 손님이 카펫에 와인을 쏟아 얼룩이 생긴다.
- 눈보라나 무더위 때문에 정전이 된다.
- 하필 거실이 엉망진창일 때 이웃들이 들른다.
- 손님을 접대하다가 반려동물이 카펫에 오줌을 싼 걸 발견한다.

이 배경에서 볼 만한 유형의 사람들

- 시공자와 수리 기술자, 가족과 친구, 손님, 이웃, 집주인

이 배경과 밀접한 다른 배경

- 지하실, 부엌, 맨 케이브

참고 사항 및 팁

거실은 가족마다 다르게 쓸 수 있다. 어떤 가족에게는 거실이 함께 어울려 시간을 보내는 곳이지만, 어떤 가족에게는 손님들을 맞이하고 접대하는 격식을 갖춘 공간일 수도 있다. 또는 아이들을 위한 놀이방과 어른들의 모임 공간처럼 가족 구성원의 요구에 맞춰 한 개 이상의 거실을 마련한 경우도 있을 것이다. 공간의 용도와 그 공간을 주로 사용하는 사람에 대해 알아야 거실에 가족 구성원들의 특징을 부여하고 그들 간의 친밀한 정도(또는 거리)를 드러내는 등 개성을 부여할 수 있다.

배경 묘사 예시

2월의 바람이 낡아빠진 창틀을 흔들고, 유리창에는 얼음 같은 눈발을 날렸다. 얇은 벽을 뚫고 냉기가 스멀스멀 새어 들어왔다. 두 다리를 끌어안고 어깨에 걸친 얇은 담요를 여미듯 잡아당기는 스테이시의 몸이 내게 살짝 닿았다. 몸을 기울여 그녀의 어깨를 감싸자, 낡은 소파가 푹 꺼지면서 삐걱거렸다. 나는 스테이시의 머리카락에 얼굴을 묻었다. 그녀는 내게 재빨리 입을 맞춰주고는 시험지 채점을 계속했다. 커피를 마시자 그나마 조금 따뜻해졌다. 취기 때문일 수도 있

고, 스테이시가 옆에 있어서일 수도 있었다. 나는 한숨을 쉬며 책을 펼쳤다. 봄이
오면 날씨도 풀리고, 월급도 올라가고, 살기 좋은 곳으로 이사도 갈 수 있을까.

- **이 글에 쓴 기법** 대비, 계절
- **얻은 효과** 과거 사연 암시

경아   **Wake**

[장례를 치르기 전에 고인의 관 옆에서 친척이나 친구들이 밤샘을 하는 일]

풍경

드리워진 커튼, 상복 차림의 조문객, 음식으로 가득 찬 테이블(캐서롤casserole[오븐에 고기와 야채를 넣고 천천히 익혀 만드는 음식], 샌드위치, 타르트, 바나나, 파스타 샐러드, 과일과 야채가 가득 담긴 큰 접시, 크래커와 고기가 담긴 쟁반, 올리브), 접시와 수저, 봉투에 담긴 조문 카드들이 테이블에 있는 모습, 다정한 여자들로 북적대는 부엌(음식이 담긴 쟁반을 내가고, 커피와 차를 타고, 설거지를 하는), 손님들에게 와줘서 고맙다고 말하며 티슈로 눈물을 닦으며 슬퍼하는 가족, 잘 보이도록 신경 써서 전시한 고인의 사진, 방명록, 더 많은 좌석을 확보하려고 거실에 잔뜩 가져다놓은 접이의자, 문 옆에 잔뜩 쌓인 신발, 의자 위나 옷걸이에 수북이 쌓여 있거나 걸려 있는 코트, 나가서 놀라고 뒤뜰로 내보내진 아이들이나 사촌과 함께 장례식을 찾은 아이들, 뒤쪽 현관에 모여 담배를 피우며 장례식에 대해 논하다가 친척들을 따라가는 사람들, 커피 테이블과 소파 옆 작은 탁자에 장식된 꽃꽂이

소리

목소리를 낮추어 말하는 사람들, 접시에 쨍그랑 부딪히는 포크나 나이프, 긁거나 자르는 소리로 가득한 부엌, 접시들을 식기세척기에 넣거나 다 씻은 접시를 쌓으면서 나는 덜그럭 소리, 자녀들에게 큰 소리로 지시를 내리는 엄마, 받침 접시에 딸그락거리며 내려놓는 찻잔, 고인에 관한 추억을 이야기하며 차분하게 웃는 가족과 친구들, 잔에 든 와인을 꿀꺽꿀꺽 마시는 소리, 유리잔 속에서 달그락거리는 얼음, 가족 앨범의 두툼한 페이지를 넘기는 소리, 여닫히는 문, 초인종

냄새

캐서롤, 방금 내린 커피, 향신료(마늘, 오레가노oregano[박하 향이 나는 향신료], 계피), 찻잎, 강렬한 향수, 커피를 마신 뒤의 구취, 흡연자의 옷에서 풍기는 담배 냄새

맛

가족과 조문객이 차린 음식(고기와 치즈가 담긴 쟁반, 마카로니 샐러드, 감자 샐러드, 라자냐, 캐서롤, 파이, 도넛, 브라우니, 쿠키), 커피, 차, 술, 고인이 생전에 좋아했던 음식과 음료 몇 가지

촉감과 느낌

움켜쥔 두툼한 티슈 뭉치, 풀을 먹여 피부에 가슬가슬하게 닿는 옷, 발에 꽉 끼는 신발, 손가락으로 눈물이 맺힌 눈 밑을 슥 문지르는 느낌, 억지 미소를 짓거나 울지 않으려고 경직된 얼굴, 떨리는 두 손을 단단히 부여잡는 느낌, 커피나차에서 피어오르는 따뜻한 김, 치맛단을 쓸어내리거나 넥타이를 똑바로 잡아당기는 느낌, 조이는 허리띠, 옷단이나 단추를 잡아당기는 느낌, 울거나 수면 부족으로 모래가 낀 듯한 눈, 눈물이 고이며 목이 메는 느낌, 가벼운 현기증과 주변과 단절된 듯한 느낌

이 배경에서 벌어질 만한 갈등의 원인

- 술에 취해 말이 많아지면서 가족 간에 싸움이 벌어진다.
- 유언장이나 유산 분배를 놓고 언쟁이 벌어진다.
- 유언장이 있다는 걸 아는데 찾을 수가 없다.
- 먼 친척과 이야기를 나누다가 놀랍거나 충격적인 사실을 알게 된다.
- 고인이 남긴 빚이 걱정된다.
- 오래된 가족의 비밀을 마침내 가족 모두가 알게 된다.
- 가족 앨범을 보다가 우연히 충격적인 사실을 발견한다.
- 누구도 오기를 바라지 않던 사람(과거에 고인과 불륜 관계였거나 고인을 헐뜯던 사람 등)이 갑자기 나타난다.
- 지난 수 년간 고인을 돌보느라 자신이 가족 중에 제일 큰 희생을 치렀다고 주장하는 가족이나 친척이 있다.
- 뭔가 얻어낼 속셈에서 고생담을 전시하며 다른 가족에게 죄책감을 안겨주려는 친인척이 있다.
- 가족 중 누군가가 고인의 죽음으로 극심한 스트레스를 받은 나머지 심장마비나

뇌졸중을 일으킨다.

- 가족 중 누군가가 고인의 특정 유품을 자기가 마땅히 가져야 한다고 생각해 훔친다(형제·자매 중 맏이이거나, 또는 아기라서, 같은 취미를 가졌다는 이유에서).
- 생전에 좋아하는 사람이 없었던 터라 사망한 후 경야 때 아무도 오지 않는다.
- 경야의 전통 방식에 따라 고인의 시신을 모셨는데, 조문객들은 복잡한 심정을 느끼고 아이들은 겁에 질린다.
- 모두가 비탄에 빠져 정신없는 틈을 타 누군가 도둑질을 하려고 가짜 조문객 행세를 한다.
- 고인의 숨겨진 가족이 나타나 생전에 두 집 살림을 한 사실을 밝히며 사람들을 충격에 빠뜨린다.

이 배경에서 볼 만한 유형의 사람들

- 절친한 이웃, 동료, 가족, 친구, 고인이 속했던 단체나 조직의 회원들, 교회 지인들

이 배경과 밀접한 다른 배경

- **시골 편** 교회/성당, 묘지, 부엌, 거실, 영묘, 파티오 데크
- **도시 편** 장례식장

참고 사항 및 팁

경야는 보통 고인의 집이나 가족의 집에서 치르며, 가족 친지와 친구들에게 식사를 대접하고 고인을 기리며 함께 어울린다. 고인이 지역사회에서 존경을 받았던 인물이거나 대가족을 거느리고 각계각층에 친구가 있었던 사람이라면, 교회나 장례식장처럼 보다 큰 규모의 공공장소에서 경야를 치르기도 한다. 문화권에 따라 고인의 시신과 대면하는 등 고유의 전통을 따르는 경우도 있음을 명심하자. 주인공이 특정한 종교나 문화에 속하는 경우 어떤 관습이 있는지 반드시 확인해야 한다.

이디스 숙모 댁으로 들어가기 무섭게 시간은 과거로 되돌아갔다. 테이블 위에는 코바늘로 뜬 냅킨들이 빼곡히 놓여 있었고, 창가에는 자주달개비들이 매달려 있었으며, 햇빛이 레이스처럼 늘어진 잎사귀 사이를 뚫고 들어오려고 애쓰고 있었다. 구석에는 거대한 골동품 진열장이 숙모가 생전에 수집했던 수많은 찻잔들을 가득 안고 서 있었다. 어린 시절, 나는 숙모가 만져도 된다고 허락해줄까 싶어 그 찻잔들을 몇 시간이고 바라보곤 했다. 떨어지지 않는 발을 억지로 떼며 비좁은 아치 길을 통해 거실로 들어간 순간, 나는 미소 짓지 않을 수 없다. 숙모는 여전히 이곳에 존재했다. 집은 조문객들로 가득해서 의자가 모자랄 지경이었지만, 감히 비닐을 씌운 숙모의 소파에 앉는 사람은 한 명도 없었다.

- **이 글에 쓴 기법** 의인화
- **얻은 효과** 성격 묘사

나무 위 오두막 Tree House

풍경

밧줄 사다리 또는 나무 밑동부터 위쪽 줄기까지 널빤지를 일렬로 못 박아 만든 사다리, 뚜껑 달린 문, 나무판자, 구멍을 뚫어서 만든 창문, 천을 못 박아 만든 커튼, 지저분한 가구, 작은 카펫, '접근 금지' 또는 모임 이름을 적은 판, 주머니칼, 손전등, 보물이나 금지된 물품을 몰래 쌓아둔 곳, 장난감, 수집품(돌, 스티커, 액션 피겨, 동전 등), 비에 젖지 않도록 비닐봉지에 넣어둔 종이 제품, 이가 빠지거나 짝이 맞지 않는 접시들, 정크 푸드 포장지, 빈 탄산음료 캔과 물병, 빵 부스러기, 책과 잡지, 오래된 쿠션이나 베개, 벽에 못을 박아 건 포스터, 나무에 펜으로 쓰거나 칼로 새겨넣은 이름, 카드 한 벌, 말이 빠진 보드게임, 거미줄, 두 다리를 뚜껑 문 양쪽에 뻗거나 걸친 채 흔들고 있는 모습, 산들바람에 흔들리는 나뭇잎들이 햇빛 점점이 수놓인 그늘을 드리우는 풍경, 무거운 물건을 오두막 안으로 옮길 때 쓰는 밧줄 달린 양동이, 오두막을 에워싼 나뭇잎과 나뭇가지, 덜렁거리는 이끼, 다람쥐, 새, 곤충, 도마뱀, 뒤뜰이 내려다보이는 전망

소리

끽끽거리는 널빤지, 나무줄기를 긁는 밧줄 사다리, 나뭇잎들을 스치는 바람, 지붕을 긁으며 덜거덕거리는 나뭇가지들, 펄럭거리며 뒤집히는 커튼, 탄산음료 캔을 따는 소리, 바스락거리는 사탕 포장지, 바스러지는 감자 칩, 노래하는 새, 나무 위에서 이리저리 허우적대는 도마뱀, 바삐 오가는 곤충, 식식거리는 다람쥐, 웃음, 대화, 책장 넘기는 소리, 음악 재생기에서 나지막하게 들리는 소리, 지붕을 때리는 빗줄기, 누군가 휴대전화로 문자메시지를 보내거나 게임기로 게임하는 소리, 집이나 이웃에서 들려오는 목소리, 저 너머 도로에서 자동차가 웅웅거리는 소리, 짖는 개, 쾅 닫는 문, 스프링클러에서 리드미컬하게 쏟아지는 물소리, 속삭임과 낄낄거림

냄새

꽃, 기계로 막 깎은 잔디, 새 널빤지, 톱밥, 비, 맑은 공기, 나무 수액, 땀, 뒤뜰의 그릴 요리, 굴뚝 연기, 곰팡내 나는 쿠션이나 카펫

물, 탄산음료, 주스, 초콜릿, 사탕, 과자, 샌드위치, 쿠키, 비, 땀, 훔쳐 온 담배나 맥주

널빤지의 거친 면, 널빤지 위로 비쭉비쭉 튀어나온 못대가리들, 마룻널의 틈새로 미끄러져 들어오는 서늘한 바람, 강풍에 흔들리는 오두막, 창문을 들락날락하는 산들바람, 피부를 쓸 듯 움직이는 커튼, 까끌까끌한 밧줄, 카펫에 일어난 보풀, 푹신한 쿠션이나 베개, 푹신하고 부드러운 침낭, 잡지나 책장의 반들반들한 재질, 거친 나무껍질, 물어대는 모기, 창밖으로 팔을 뻗은 채 내리는 비를 맞는 느낌, 살에 박힌 가시 같은 나뭇조각, 널빤지 사이에 낀 손가락, 친구들과 한바탕 벌이는 몸싸움, 등에 닿는 딱딱한 나무 바닥, 소중한 물건(수집용 야구 카드, 우연히 발견한 동물의 두개골, 개인적인 물건이 담긴 철제 상자)을 손가락으로 쓸어보는 느낌, 칼로 널빤지에 무언가를 새기는 느낌

이 배경에서 벌어질 만한 갈등의 원인

- 튼튼하게 만들지 않아서 오두막이 나무에서 떨어진다.
- 마주치기 싫은 사람을 피해 오두막 안에 숨어 있는데 하필 그 사람이 그 안으로 들어온다.
- 오두막에서 떨어져 다친다.
- 오두막 안에 말벌이 집을 짓는다.
- 비가 새서 좋아하는 장난감이나 기념품이 망가진다.
- 금지된 물건(담배, 성인용 잡지)을 가지고 있다 들킨다.
- 성냥이나 양초를 가지고 놀다가 오두막에 불이 난다.
- 곰팡이 슨 가구에 빈대가 많다.
- 또래와의 경쟁심 때문에 위험한 행동을 해야 한다.
- 친구들이 제멋대로 굴며 괴롭힌다.
- 내려다보기 좋은 위치를 악용해 이웃집 침실을 엿보다 들킨다.
- 믿는 친구에게 비밀을 털어놓았는데 다른 친구 귀에까지 들어간다.

- 뒤뜰에서 이혼을 이야기하는 부모의 대화를 엿듣는다.
- 경쟁 상대가 오두막으로 들어와 물건을 마구 부순다.
- 어리석은 이유로 우정에 금이 간다.
- 손위 형제·자매가 오두막을 독차지한다.
- 오두막 안에서 누군가를 본 일 때문에 위험한 상황에 빠진다(살인이나 범죄 장면을 목격하는 등).

이 배경에서 볼 만한 유형의 사람들

- 아이, 이웃, 부모, 형제·자매

이 배경과 밀접한 다른 배경

- 뒤뜰

참고 사항 및 팁

나무 위에 짓는 오두막은 거친 소재로 만들지만, 요즘의 은신처는 유리창, 차양, 미끄럼틀까지 갖추고 있고, 그 밖에도 많은 기능을 갖춘 조립식으로도 구입할 수 있다. 물론 가장 중요한 건 그곳을 찾는 사람의 성격을 반영하는 인테리어다. 거미줄이 있는가, 깔끔히 청소되어 있는가? 훔친 물건들이 굴러 다니는가? 아니면 중고 가구점에서 짝을 맞춰서 산 가구들이 있는가? 외톨이 아이가 세상을 피해 홀로 시간을 보내는 곳인가? 아니면 동네 아이들이 모여 시끄럽게 떠들어 대는 곳인가? 늘 그렇듯이 디테일이 중요하다는 점을 명심하고 주인공의 내면을 드러내는 요소로 이 배경을 활용하자.

배경 묘사 예시

나는 위를 올려다보며 다들 무슨 일을 하는지 살폈다. 노라는 샛강에서 주워온 돌멩이들을 연마한 뒤, 창문 위 폭이 좁은 선반에 나란히 진열하고 있었다. 멜리사와 브리는 저쪽 벽에 페인트로 정체를 알 수 없는 그림을 그리고 있었다. 나는 씩 웃으며 읽고 있는 잡지의 페이지를 넘겼다. 여름은 이래야 하는 법이다.

남자도, 부모도 없이 여자애들이랑 노는 거다. 가장 중요한 사실은 마음을 돌덩이처럼 무겁게 하는 숙제도 없다는 것이다!

- **이 글에 쓴 기법**   계절
- **얻은 효과**   분위기 설정

다락방 Attic

풍경

먼지 낀 마룻바닥. 파이프와 배선이 드러난 목재 대들보, 배기 팬, 검댕과 죽은 파리로 뒤덮인 둥근 창문의 턱, 해치 문과 접이식 계단, 알전구와 당기는 줄, 처마 부근의 갈라진 틈새로 새어 들어오는 햇빛, 기류 배관, 마룻바닥 위의 쥐 혹은 작은 동물의 똥, 대들보에 대롱대롱 매달린 거미줄과 낡은 흔들의자나 코트걸이, 옆면에 내용물의 이름을 써둔 색이 바랜 상자들, 땅콩이 든 통, 망가진 가구, 부서진 진공청소기, 구석에 잔뜩 쌓인 낡은 장난감들과 크리스마스트리 장식들, 고가구를 덮은 먼지 쌓인 천, 통풍구나 작은 창문으로 들어오는 빛줄기 속에서 춤추는 먼지의 입자들, 낡은 보드게임판 더미, 둘둘 말린 러그들, 벽에 세워둔 채 먼지가 쌓여가는 액자들과 그림들, 동물들이 낸 길의 흔적, 바닥의 죽은 나방, 창문에 몸을 부딪치며 길을 찾고 있는 파리 한 마리, 지붕이나 창문에서 샌 빗물 때문에 생긴 곰팡이 얼룩, 박제들, 재봉용품들, 쓰레기봉투에 보관한 낡은 옷가지, 전쟁 기념품(군복 및 장비들)을 넣어둔 트렁크나 결혼식 용품, 책과 교과서가 든 상자들, 수집한 레코드나 카세트테이프, 오래된 옷가지들이 담긴 수납함

소리

삐걱거리는 소리, 찍찍대는 쥐들, 후다닥 뛰어가는 발걸음, 마룻바닥을 긁는 짐승의 발톱, 알전구에 달린 줄을 당길 때 나는 딸깍 소리, 버스럭거리는 직물, 집 벽에 부딪히는 바람, 처마에서 벌레를 쪼아 먹는 새, 다락방에서 들려오는 목소리, 통풍구를 타고 떠다니는 발소리나 음악 소리나 그 밖의 것들이 움직이는 소리, 지붕에 떨어지는 비나 우박, 천둥, 집을 긁는 듯한 나뭇가지들, 처마를 타고 흐르는 물, 빗물이 새는 지붕에서 똑똑 떨어지는 물방울

냄새

단열재, 먼지, 곰팡이, 흰 곰팡이, 톱밥, 축축하거나 썩은 목재, 썩은 직물, 젖은 판지, 오래된 책

축축하거나 퀴퀴한 공기, 먼지, 차가운 금속 맛이 알싸하게 날 정도로 신선한
공기

촉감과 느낌

흔들리는 사다리에서 균형을 잡는 느낌, 거칠고 따끔거리는 대들보, 알전구에
매달린 줄을 잡아당기는 느낌, 먼지가 쌓인 옷들, 아끼는 장난감이나 물건의 매
끄러운 홈, 펄럭거리는 축축한 판지, 트렁크의 차가운 금속 경첩, 무거운 뚜껑을
들어 올리는 느낌, 먼지 속에서 나오는 기침, 누군가의 얼굴 앞에서 손을 휘저어
먼지를 걷어내 주는 느낌, 헐겁거나 뒤틀린 마룻널의 느슨한 탄력, 쥐를 보고 펄
쩍 뛰어오르거나 움찔하는 느낌, 레이스가 많이 달린 이불, 펠트로 된 낡은 중절
모의 부드러움, 안에 뭐가 있는지 보려고 창가로 들고 가는 상자의 무게감, 어둠
속에서 트렁크에 부딪친 정강이, 비좁은 공간에서 팔꿈치를 부딪치거나 잘못해
서 팔이 긁히는 느낌, 자물통에 금속 열쇠를 넣고 돌릴 때 녹이 슬어 뻑뻑하면
서도 느껴지는 탄력, 상자나 플라스틱 수납함에 든 물건들을 정리하는 느낌

이 배경에서 벌어질 만한 갈등의 원인

- 어둠 속에서 무언가 움직이는 소리를 듣는다.
- 빛이 어느 정도까지만 미친다.
- 바닥이 군데군데 낡아서 발이 빠질 만한 곳들이 있다.
- 숨겨져 있던 가족사진을 보고, 부모 중 한 명이 두 집 살림을 하고 있다는 사실
  을 우연히 알게 된다.
- 집에 혼자 있는데 아래층에서 누군가의 말소리가 들린다.
- 옛날 트렁크 중 하나에서 가족의 비밀을 담고 있는 물건을 발견한다.
- 트렁크 안에서 심란해질 만한 물건(각기 다른 머리카락 타래들을 모아놓은 것, 치
  아가 가득 담긴 유리병들)을 발견한다.
- 사체에서 풍기는 듯한 냄새를 맡는다.
- 곰팡이 같은 건강을 해칠 만한 물질을 발견한다.
- 지붕에 비가 새서 다락방의 물건들이 훼손될 위험에 처한다.

- 다락방에 갔다가 어떤 물건들이 원래 자리에서 다른 곳으로 옮겨진 것을 발견한다.
- 전원이 나가고 있다.
- 드릴로 뚫린 구멍을 발견해서 들여다보니 아래층 침실을 몰래 엿보는 구멍이다.
- 밀폐되고, 환기가 잘 안 되는 공간이라 폐소공포증을 느낀다.
- 먼지 때문에 알레르기 증세를 일으킨다.
- 물건을 두려고 다락방에 갔는데 누군가 몰래 들어와 살고 있는 증거를 발견한다.
- 바닥이 끽끽대는 다락방에 숨어 있어야 한다.
- 혼자 사는 집에서 낯선 발자국을 발견한다.
- 오래된 트렁크에서 입양 관련 서류를 발견한다.

이 배경에서 볼 만한 유형의 사람들

- 보수공사 중인 건축 노동자, 재택근무자, 보험 사정인, 수리공

이 배경과 밀접한 다른 배경

- **시골 편** 지하실, 비밀 통로
- **도시 편** 골동품점

참고 사항 및 팁

다락방을 묘사할 때는 집이 얼마나 오래됐는지와 현재 그 집에 사는 사람이나 이전에 살았던 사람들에 대해 생각해야 한다. 다락에 보관하게 될 물건들의 성격과 종류를 정하는 데 도움이 될 것이다. 사물들을 통해 상징하고 싶은 것이 있을 때는 주인공이 처한 상황을 반영하거나, 주인공의 걱정거리를 강조하거나 감정을 비추는 기회로 이용하자.

배경 묘사 예시

낡은 진공청소기에 기댄 채 주저앉아 있는 인형의 얼굴에 달린 하나 남은 눈이 어두운 다락방 너머, 간헐적으로 쿵쿵 소리가 들리는 곳을 응시했다. 내 손전등

이 흔들렸다. 떨리는 빛 속에서 썩은 실로 뜬 인형의 미소 짓는 입이 점점 커지는 것 같았다. 인형은 마치 내가 알지 못하는 것을 알고 있는 듯했다.

- **이 글에 쓴 기법** 빛과 그림자, 다중 감각 묘사, 의인화
- **얻은 효과** 분위기 설정, 복선

닭장 Chicken Coop

풍경

비바람에 씻긴 나무틀과 닭장용으로 쓰는 육각형 철조망으로 짠 닭장, 닭장 가장자리에 자란 풀, 빗장을 지른 폭이 좁은 문, 깃털이 보송보송한 닭들(홱 움직이다 멈추다 하며 마당을 가로지르고, 구멍을 파고, 벌레나 모이나 풀을 쪼고, 깃털을 고르는), 다져진 땅을 뚫고 나온 잡초, 바닥에 쌓인 대팻밥, 색색의 씨앗들과 곡물로 만든 모이가 담긴 납작한 양철 접시, 플라스틱 급수기, 높은 단과 닭장 문으로 올라가도록 비스듬히 세운 널빤지, 문을 지나 높은 단 위까지 쌓인 짚과 대팻밥, 사방이 막힌 둥지 상자, 횃대, 샛노란 짚 속에 반쯤 가려진 갈색·흰색·황갈색의 달걀들, 합판 바닥 위에 떨어진 닭똥, 환기구, 날씨가 추울 때 쓰는 전구형 난방기, 밤 동안 닭을 지키고 바람도 막을 수 있는 미닫이문

소리

희미하게 들리는 꼬꼬댁 소리와 그 밖에 닭이 내는 소리, 바닥을 긁는 발톱, 깃털을 고르며 퍼덕이는 닭들, 삐꺽거리는 경첩, 빗장이 열리면서 나는 쨍그랑 소리, 합판을 가로지를 때 발톱이 긁히는 소리, 풀을 스치는 바람, 양철 먹이통을 쪼는 부리, 불안하거나 위협을 느낀 닭들의 날카로운 울음소리, 꼬끼오 우는 수탉, 달걀을 줍거나 닭장을 청소하면서 닭을 달래는 소리, 주변에서 들리는 소리(짖는 개, 쾅 닫히는 문, 뛰어가는 아이들, 인근 집에서 두런두런 들리는 목소리, 자동차), 서열을 정하느라 요란하게 싸우는 닭들

냄새

짚, 사료, 고여서 썩은 물, 흙, 닭똥

맛

먼지 섞인 공기, 짚 부스러기

촉감과 느낌

자갈 같은 곡물 사료, 고르지 않은 바닥, 발밑으로 불거지는 돌들, 갓 낳은 달걀

의 매끈한 표면, 따끔거리는 지푸라기나 대팻밥, 발목을 간지럽히는 풀, 비, 옷을 펄럭이는 바람, 사료나 물을 나를 때 쟁반의 금속 손잡이가 손바닥을 파고드는 느낌, 부드러운 닭털, 손이나 발목을 찌르는 닭의 부리, 들통이나 셔츠 자락에 든 달걀의 무게감

이 배경에서 벌어질 만한 갈등의 원인

- 닭장 안에 들짐승이 숨어든다.
- 이웃이 앙심을 품고 물에 독을 타거나, 닭장 문을 열어놓는다.
- 모질게 추운 겨울이 찾아온다.
- 동물 복지에는 관심 없는 주인이 불결한 환경에서 닭들을 키운다.
- 이웃 중 누군가가 청결 문제로 닭장 설치 금지에 대한 주민 투표를 요청한다.
- 닭이 알을 못 낳는다.
- 닭들이 땅을 파서 닭장을 빠져나가거나, 그 밖의 다른 방식으로 도망친다.
- 조류공포증이 있는 아이나 성인이 같은 부지에 산다.

이 배경에서 볼 만한 유형의 사람들

- 신선한 달걀을 사러 온 사람, 가족, 이웃, 닭장 주인, 방문자

이 배경과 밀접한 다른 배경

- 뒤뜰, 축사, 농장, 농산물 직판장, 채소밭

참고 사항 및 팁

이른바 '지속가능한 삶'에 대한 관심이 높아지면서 닭을 키우는 사람들이 많아졌다. 시골과 농장뿐 아니라 교외와 닭장 설치가 허가된 도시에서도 뒤뜰에 닭장을 설치하는 사람들이 늘어나는 추세다. 닭장의 종류로는 목재와 철사로 지은 아주 기본적인 형태부터 전문 설계자가 만든 것까지 다양하다. 오래된 온실이나 축사에 설치한 닭장부터 폭스바겐 비틀의 녹슨 구조물을 재활용해 만든

닭장, 자동 급식 및 급수 장치가 있는 닭장도 있다. 닭 사육 애호가들은 닭장을 밝은 페인트로 칠하고, 닭 이름을 새긴 문패나 유행하는 앤티크 안내판으로 꾸미기도 한다. 그러니 닭장을 묘사할 때는 닭장 주인의 성격을 반영하되 상상력을 마음껏 발휘해도 좋다.

배경 묘사 예시

나는 닭장 속을 오가며 재빨리 손을 놀리면서도 귀를 쫑긋 세우고 있었다. 뒤틀린 널빤지 사이로 바람은 휘파람 소리를 내며 지나갔고, 암탉들이 밖에서 닭장을 긁어댔지만, 거칠게 우는 수탉 소리는 들리지 않았다. 나는 둥지에서 달걀 몇 개를 슬쩍했다. 소리가 나지 않는다고 해서 수탉이 없는 건 아니었다. 방심하는 순간 수탉이 나타나 꾸르륵거리고, 대가리를 움찔거리며 잡아먹을 듯 노려볼 것이다. 그때 닭장 바깥에서 꽥 소리가 나는 바람에 화들짝 놀랐다.
'젠장, 간 떨어지는 줄 알았네.'

- **이 글에 쓴 기법** 빛과 어둠, 날씨
- **얻은 효과** 분위기 설정, 긴장과 갈등

대저택　　　　　　　　　　　　　　　　　　**Mansion**

풍경

경계용 울타리나 벽, 잔디밭, 잔디가 뒤덮인 널찍한 정원, 손질된 산울타리와 관목, 외부를 통제하는 입구, 보안 초소, 수많은 조명, 잎이 무성한 나무, 정문을 향하며 폭이 넓어지거나 원을 그리는 진입로, 수영장과 스파, 정자, 테니스 코트, 퍼팅 연습용 잔디, 고급 자동차가 빽빽이 주차된 차고, 손님 접대용 야외 공간(편하게 앉거나 누울 수 있는 야외용 가구, 가스 작동식 모닥불, 야외 바, 장식용 쿠션들, 은은한 조명), 화원, 집에 붙어 있는 유리 온실이나 일반 온실, 손님용 숙소, 직원 숙소, 옥상에 앉을 수 있는 공간, 테라스와 발코니, 조각상과 분수, 한쪽이 담쟁이덩굴에 뒤덮인 주 건물, 양쪽으로 여닫는 대문이 있는 넓은 입구, 페인트 칠하거나 장식이 달린 높은 천장, 굴곡지고 화려한 몰딩, 곡선형 계단, 샹들리에, 값비싼 바닥재(대리석, 암석, 화강암, 슬레이트, 수입 견목), 넓은 방, 벽지를 바른 뒤 특별한 질감이 나게 처리한 벽, 높은 창문, 두꺼운 커튼, 고급 러그, 최고급 인테리어(스테인드글라스 창문, 고가의 미술품, 맞춤 조명 및 창문 장식, 골동품), 단단한 목재(호두나무나 떡갈나무)나 금속(연철)으로 만든 가구, 긴 복도, 큰 붙박이장, 여러 개의 벽난로, 볼링장, 홈시어터, 값비싼 전자 제품(여러 대의 텔레비전, 음향 시스템, 보안 시스템), 수많은 침실, 당구장, 도서관, 최고급 운동 장비를 갖춘 체력 단련실, 식당, 와인 저장실, 주방과 온갖 먹거리로 가득한 식료품실, 식품용 승강기나 음식과 장비 등을 나르는 용도의 층간 승강기, 실내 수영장, 패닉 룸panic room[범죄자의 침입이나 비상사태에 대비해 은밀한 곳에 만든 방]

소리

흔들리며 열리는 무거운 철문, 수영장에서 들려오는 음악과 목소리, 윙윙거리고 싹둑거리는 조경 기구들, 지저귀는 새들, 분수대에서 튀는 물, 사람들(말하고, 웃고, 걷고, 통화를 하는), 나무 사이를 스치는 바람, 들어오는 자동차, 여닫히는 문, 산책로를 밟는 하이힐 굽, 텔레비전, 전화벨, 부딪히는 접시들, 뛰는 아이들, 웅얼거리는 직원들, 파티의 소음, 집에서 들릴 만한 잡다한 소음 신선한 바깥 공기, 제초기로 깎은 잔디, 화초, 가죽, 장작 연기, 가구 광택제, 바닥 왁스, 섬유 유연제, 포푸리나 그 밖의 방향제, 부엌에서 조리하는 음식, 대를 갓 자른 꽃, 오래된 책들

맛

음식과 음료, 일반적인 요리에 곁들여 나오는 값비싼 요리와 음료(캐비어, 랍스터, 프라임 립, 스카치위스키, 버번위스키, 달콤한 포트와인, 샴페인, 고급 와인)

촉감과 느낌

빽빽한 잔디밭을 밟는 느낌, 몸에 미끄러지듯 닿는 따뜻한 수영장 물, 체력 단련실이나 테니스 코트에서 운동할 때 흐르는 땀, 냉난방 장치에서 나오는 바람, 푹신한 카펫, 매끄럽고 시원한 느낌의 실크나 새틴 침대 시트, 매끄럽게 윤을 낸 난간, 직물이나 가죽으로 표지를 댄 고서, 섬세한 크리스털 제품과 도자기류, 리넨 냅킨, 시원한 대리석과 화강암으로 된 조리대, 부드러운 가죽 가구, 쿠션을 댄 의자, 직물의 결을 살린 가구 덮개, 크리스털 술잔의 무게감, 손안에서 스르르 미끄러지는 당구봉, 폭신폭신한 고급 수건과 욕실 가운

이 배경에서 벌어질 만한 갈등의 원인

- 직원들이 자리싸움을 하거나 돈을 받고 언론에 가십을 흘린다.
- 시기심 많은 가족이 폭력을 휘두르거나 훼방을 놓는다.
- 사망한 가족이나 친지 때문에 소유권이 갑자기 변경된다.
- 저택 전체를 위협하는 구조적 결함이 생긴다.
- 저택에서 다친 손님에게 고소를 당한다.
- 장물로 집을 꾸미다 들킨다.
- 불륜이 들통 나면서 가족 간에 불화가 생긴다.
- 가족 중 누군가가 기이한 정황 속에서 죽는 바람에 집이 온갖 소문에 휩싸인다.
- 저택의 오래된 영지에서 유령이나 초자연적인 현상을 본다.
- 숨겨진 통로나 방을 우연히 발견하고, 가족의 숨겨진 비밀을 알게 된다.

- 멋대로 행동하는 가족의 뒷수습을 하느라 스트레스와 재정적 압박에 시달린다.
- 과거 사업상의 처세를 잘못해서 가족이 위협을 당한다.
- 가족 기업의 재정 불안을 막기 위해 주인의 정신적 쇠퇴(알츠하이머병이나 치매)를 숨긴다.

이 배경에서 볼 만한 유형의 사람들

- 집사, 요리사, 기사, 도급업자, 배달원, 가족, 손님, 인테리어 디자이너, 정원사 및 정비사, 가정부, 베이비시터, 가정교사, 경비원

이 배경과 밀접한 다른 배경

- **시골 편** 기숙학교, 와인 저장실
- **도시 편** 댄스홀, 정장을 입어야 하는 행사, 리무진, 펜트하우스 객실, 요트

참고 사항 및 팁

대저택 하면 대개 부유하고 유명한 사람들을 떠올리지만, 그렇지 않은 사람들도 자주 볼 수 있다. 직원, 친구, 배달원, 도급업자 등 다양한 사람들이 대저택이 중심이 되는 이야기에 등장할 수 있다. 대비 효과와 다른 관점들을 제공하려면 이런 사람들도 유념에 두어야 한다.

배경 묘사 예시

진입로가 끝이 보이지 않을 정도로 긴 데다 조명은 어찌나 환한지, 비행기가 착륙하는 건 아닌가 걱정될 정도였다. 목적지가 눈에 들어왔을 때는 정말로 비행기라도 착륙하길 바라는 심정이 되었다. 6층 높이에 달하는 대저택의 새하얀 회벽이 거대하게 솟아오르면서 건물을 에워싼 투광 조명들이 벽 표면에 차가운 빛을 던졌다. 모서리마다 솟아오른 첨탑은 밤하늘을 기세 좋게 찌를 듯했다. 나는 창문 뒤에 있는, 군부대에 버금가는 장비를 갖추고 조금이라도 수상한 사람이 있으면 발포할 준비가 된 경호원들을 상상할 수 있었다. 나는 엉덩이를 들썩거리면서도 무심한 척하려고 애썼다. 하지만 그 거대한 저택이 가까워질수록

감정을 숨기는 것도 힘들어졌다.

---

* **이 글에 쓴 기법**   대비, 과장
* **얻은 효과**   분위기 설정, 감정 고조

동네 파티

Block Party

풍경

나란히 있거나 막다른 골목 주변을 둥글게 에워싼 주택들, 시멘트 바른 인도, 우편함에 단 풍선들, 교통을 막는 차단물과 통행 차단용 칼라콘, 길을 따라 배치한 탁자들 위에 놓인 캐서롤과 슬로우 쿠커slow-cooker[오랫동안 일정한 온도로 요리를 해주는 조리 기구], 음식물 보온기에 담긴 음식, 햄버거와 핫도그가 구워지는 그릴, 바비큐 스모커에서 뿜어 나오는 아지랑이, 큰 솥에서 삶고 있는 옥수수, 음료수(탄산음료, 생수, 맥주, 아이들이 먹을 파우치형 음료)로 가득 찬 아이스박스, 얼음이 녹아서 바닥 곳곳에 고인 물, 종이 접시에 담긴 음식을 먹는 사람들, 일정한 간격으로 놓인 쓰레기통, 방문하는 이웃들(여기저기 서서 수다 떨거나, 건초 더미나 낚시 의자에 앉거나, 음식을 먹으려고 줄을 선), 풀밭에 담요 한 장을 깔고 함께 앉은 가족들, 골목에서 공을 차거나 킥보드나 자전거를 타는 아이들, 아이들을 위한 에어 바운스, 이웃집 농구대에 있다가 즉흥 게임을 시작하는 사람들, 말편자 던지기 게임, 집을 들락날락하는 사람들, 유모차에 탄 아기들이나 부모 근처 잔디밭에서 노는 유아들, 목줄에 묶인 채 더위에 헐떡이는 개들, 음식 주변을 맴도는 파리들

소리

음향 기기에서 나오는 음악, 웃음과 목소리, 소리치는 아이들, 캔 따는 소리, 뛰어가는 발소리, 발밑에서 으스러지는 낙엽과 도토리, 구겨져서 쓰레기통으로 던져지는 쓰레기, 인도 위를 날다가 주인의 발에 밟히는 냅킨, 그릇을 싼 포일을 젖히거나 뜯는 소리, 김을 쉭쉭 뿜는 그릴, 세게 닫히는 문, 자전거 바퀴에서 나는 끽 소리, 나무들을 스치는 바람, 인도에서 의자를 끌 때 긁히는 소리, 우는 아기, 잔디로 쿵 떨어지는 말편자, 아스팔트 위를 튕기는 럭비공, 짖는 개, 행사를 주최한 이웃이 공지 사항을 알리거나 방문객에게 감사를 표하는 소리, 바람에 펄럭이는 식탁보, 윙윙거리며 맴도는 파리와 모기, 아이스크림 트럭의 음악 같은 방울 소리

그릴에서 나는 연기, 조리하는 음식, 아이들의 땀내, 피어나는 꽃향기, 뜨거운 인도, 음식과 음료수, 살충제, 담배, 막 깎은 잔디, 건초, 옥수수 삶는 냄새, 입에서 풍기는 맥주나 양파 냄새

맛

햄버거, 핫도그, 구운 소시지, 닭 날개, 바비큐 소스, 케첩, 감자 칩, 감자 샐러드, 마카로니 샐러드, 양배추 샐러드, 라자냐, 캐서롤, 과일 샐러드, 잘라놓은 수박, 레모네이드, 탄산음료, 물, 커피, 맥주, 주스, 브라우니, 쿠키, 케이크, 파이

촉감과 느낌

피부를 간지럽히는 바람, 태양의 열기, 따뜻한 플라스틱 의자, 다리 뒤에 닿는 접이식 낚시 의자 직물의 질감, 바닥에 닿을 듯한 낮은 낚시 의자에 푹 앉거나 일어나는 느낌, 한 손에 든 차가운 병이나 캔, 젖은 음료수병, 손목을 타고 흐르는 얼음처럼 차가운 물방울, 개똥이나 흘린 음식물을 밟는 느낌, 그릴 열기 때문에 흐르는 땀, 금속 말편자의 무게감, 울퉁불퉁한 가죽 럭비공, 무릎 위에 놓은 얇은 플라스틱 접시가 기울지 않도록 균형을 잡는 느낌, 얇은 종이 냅킨, 물티슈로 아이의 얼굴을 닦아주는 느낌, 손바닥으로 찰싹 소리 나게 잡는 모기, 과음했다는 핑계로 다른 사람을 더듬거리는 이웃

이 배경에서 벌어질 만한 갈등의 원인

- 상한 음식이나 알레르기 반응을 일으킨다.
- 아이들이 다친다(빨리 뛰거나, 그릴에 데거나, 계단에서 떨어져서).
- 누군가 다른 사람의 요리 실력을 흉본다.
- 그릴 때문에 화상을 입는다.
- 말편자나 럭비공에 머리를 맞는다.
- 기저귀를 제때 갈아주지 않아 용변이 넘친다.
- 날씨가 좋지 않아 행사가 엉망이 된다.
- 아이들 훈육 방식을 두고 말다툼이 벌어진다.

- 부부 간의 불화가 공공연히 드러난다.
- 술에 취해 막말하는 사람들이 있다.
- 이웃이 다른 사람의 아내에게 추파를 던지다가 들킨다.
- 술 때문에 이웃들의 논쟁이 격해진다.
- 성희롱 수준으로 번지는 농담 때문에 화가 난 이웃이나 질투하는 배우자가 있다.
- 아이가 너무 멀리까지 간다.
- 아이가 납치된다.
- 행사 분위기를 망치는 사람들이 있다.

이 배경에서 볼 만한 유형의 사람들

- 아기, 자전거를 탄 사람, 어린이, 커플, 가족, 이웃, 개를 산책시키는 사람, 조깅하는 사람

이 배경과 밀접한 다른 배경

- **시골 편** 차고, 파티오 데크
- **도시 편** 소도시 거리

참고 사항 및 팁

동네 파티는 골목, 이웃, 마을이나 도시 주민들을 대상으로 열린다. 세 가구의 마당을 차지하거나 동네 전체에 열릴 수도 있다. 주민들이 각자 음식, 음료, 의자를 가져오는 파티가 될 수도 있고, 음식을 주문하고 밴드와 가수를 초대하는 등, 미리 계획을 해서 준비하는 파티가 될 수도 있다. 야외에서 하는 만큼 날씨가 중요하므로 춥지 않은 봄이나 여름에 열릴 때가 많다.

배경 묘사 예시

이웃들이 쉴 틈도 주지 않고 떠들어대는 통에 적절한 시점에 고개만 끄덕이면서도 마시는 아이들이 보이지 않아 황망해졌다. 해가 지고 있어 잘 보이지 않았다. 가로등이 켜지기 전이었고, 집 창문으로 새어 나온 빛은 너무 멀어 도움이

되지 않았다. 모기 한 마리를 손으로 쳐서 잡은 그녀는 넬슨네 떡갈나무 위를 반쯤 올라간 벤을 발견했다. 벤의 흰색 셔츠는 나무껍질 색과 대비되어 눈에 띄었다. 매티는 그 나무 밑동에 있어서 금세 찾았다. 매티는 낮게 드리워진 나뭇가지를 잡으려고 안간힘을 쓰고 있었고, 혼자만 뒤쳐질까봐 금세라도 비명을 지를 것처럼 보였다. 한시름 돌린 마시는 플라스틱 의자 등받이에 다시 기댔다. 그러고는 곁눈으로 아이들을 주시하며 다른 이웃의 이야기에 주의를 돌렸다.

- **이 글에 쏜 기법** 대비, 빛과 그림자
- **얻은 효과** 성격 묘사, 감정 고조, 긴장과 갈등

뒤뜰 Backyard

풍경

이슬을 머금고 반짝이는 잔디, 뾰족한 지붕이 있는 개집, 빛나는 빨간색 그네와 같은 색의 미끄럼틀, 거대한 떡갈나무 위 오두막, 잔디밭을 구불구불 가로지르는 초록색 호스와 그 끝에 달린 스프링클러에서 치솟는 부챗살 모양의 물살, 파스텔색의 활짝 핀 꽃들이 만발한 야생 장미 덤불, 정원에 놓인 햇볕에 색이 바랜 땅속 요정 석상이나 색칠한 돌들로 알록달록 장식한 화단, 정원용 랜턴이나 빛을 받아 반짝이는 분유리[녹은 유리 방울에 바람을 불어 넣어 일정한 모양을 만든 유리 제품], 잔디밭 사이로 점점이 보이는 민들레와 클로버, 뒤편의 창고, 땅으로 그늘을 드리우는 나무들, 나비, 모기, 파리, 거미, 젖은 흙 속의 지렁이, 이파리 위로 기어오르는 무당벌레, 울타리에 기대놓은 장난감이나 자전거, 뒷문, 시멘트 보도를 가로지르는 개미 떼, 잔디밭에 놓인 개 장난감, 개 오줌 때문에 풀이 말라 죽어 흙이 드문드문 드러난 잔디밭, 의자들이 놓인 안뜰, 바비큐의 열기에 공중에 아른거리는 공기와 피어오르는 연기, 화덕, 나무 두 그루에 양쪽 끝을 묶어놓은 해먹, 양치류, 분홍색 작약 덤불, 축구공을 던지거나 개를 쫓는 아이들, 밝은색 꽃이 가득 꽂힌 장식 항아리들, 이웃집과 맞닿은 뒤뜰에서 울타리까지 넘어온 만발한 흰색 데이지들, 떡갈나무의 굵직한 가지에 매달린 고무 타이어 그네, 수영장(매립형, 지상형, 아동용), 새 목욕용 물 쟁반 안에서 물을 튀기고 나무에 지은 둥지를 들락날락하며 날아다니는 새들, 한바탕 비가 쏟아진 뒤 풀밭에 솟은 버섯들, 자갈길, 울타리를 따라 달리는 다람쥐, 일렬로 달린 장식용 조명들, 나무 기둥에 달린 새 모이통, 트램펄린이나 모래놀이 통, 소나무나 가문비나무 아래 풀밭에 흩어진 솔방울들, 공중에 떠다니는 민들레 홀씨

소리

메뚜기나 귀뚜라미, 앵앵거리는 모기들, 윙윙거리는 파리들, 이웃집 마당의 라디오에서 들려오는 노래, 스프링클러를 통과하며 웃거나 꺅꺅대는 아이들, 붕붕거리는 벌들, 나뭇잎들을 물결지게 하는 산들바람, 도로를 지나는 자동차들, 옆집에서 언쟁하는 부부, 멀리 떨어진 리모델링 공사 중인 집에서 들려오는 망치 소리, 쨍그랑 부딪치는 맥주병, 찍찍대는 다람쥐, 화초 주변을 선회하며 붕붕

거리는 말벌들, 인근 시내에서 졸졸 흐르는 물, 개굴개굴 우는 개구리들, 통로를
가로지르는 샌들, 호스를 쉭쉭거리며 통과하는 물

냄새

막 깎은 잔디밭과 새로 돋아난 나뭇잎들에서 풍기는 신선한 냄새, 신선한 꽃향
기(활짝 핀 라일락, 장미, 완두콩 덩굴), 축축한 흙, 바비큐의 숯, 화덕의 연기, 비,
코코넛 향의 선크림이나 선탠로션, 먼지, 개똥

맛

달콤한 복숭아나 수박, 거품이 이는 차가운 맥주, 달짝지근한 바비큐 소스나 양
념에 잰 고기의 쌉쌀한 탄 맛, 새콤한 레모네이드, 아이스티, 막대 아이스크림의
얼얼한 냉기, 호스에서 나오는 따뜻한 물

촉감과 느낌

녹아서 한쪽 팔에 흘러내리는 막대 아이스크림, 강아지의 가슬가슬한 털, 트램
펄린에 뛰어들다 퉁 부딪치는 이마, 끈적끈적한 땀, 뒷문 계단의 단단한 판자에
기대앉는 느낌, 발바닥을 찌르는 잔디, 벌레가 팔 위를 기어 다닐 때 간질간질한
느낌, 피부에 닿는 햇빛, 풀밭에 가려진 뾰족한 돌, 땀에 젖은 등에 달라붙는 옷,
해가 지고 오슬오슬 소름이 돋는 피부, 벨벳처럼 부드러운 꽃잎, 더운 날 뿌리는
물, 손가락에 붙은 차가운 정원 흙

이 배경에서 벌어질 만한 갈등의 원인

- 시끄럽거나 수상하게 기웃거리는 이웃이 있다.
- 부동산 관련 분쟁이 벌어진다(이웃집 나무에서 이쪽 집 마당으로 떨어지는 썩은 과
  일, 다른 사람의 소유지를 침범한 울타리 등).
- 물건을 버리지 못하는 강박신경증이 있거나 그런 사람이 옆집에 산다.
- 밤새도록 고성방가를 일삼는 파티가 벌어진다.
- 울타리나 헛간이 무너진다.
- 폭풍 후 나무로 인한 피해를 입는다.
- 나무 위 오두막이 안전하지 않다.

- 이웃집 아이가 나무 위 오두막에서 떨어져 다친다.
- 창가 부근에서 낯선 발자국을 발견한다.
- 반려동물이 아이의 생일 파티 동안 열린 문으로 도망친다.

이 배경에서 볼 만한 유형의 사람들

- 친구들과 이웃들, 가스나 전기 검침원, 파티에 온 손님, 집주인과 가족, 도둑

이 배경과 밀접한 다른 배경

- 생일 파티, 정원, 옥외 변소, 파티오 데크, 연장 창고, 나무 위 오두막, 채소밭, 작업실

참고 사항 및 팁

뒤뜰을 묘사할 때 기후와 위치는 중요한 요인이다. 지역에 따라 식물을 재배하기 좋은 곳이 있는 반면, 상대적으로 건조한 지역이라 억센 식물이 아니면 자라지 못하는 곳도 있을 것이다. 뒤뜰은 그 소유자의 성향을 드러낼 때가 많다. 잘 가꾸어진 뜰은 주인이 균형 잡힌 삶을 영위하며 야외 생활을 즐기고, 자신의 집에 자부심을 가진 사람임을 나타낸다. 반면 방치된 채 여기저기 민둥민둥하거나 잡초가 무성한 뜰은 주인이 야외 공간을 실내만큼 중시하지 않거나, 이유가 무엇이든 유지비를 충당할 능력이 안 되는 사람일 것이다. 또한 뒤뜰을 사교 활동이나 가족과 함께 지내는 공간으로 여기는 사람들이 있는가 하면, 파손되거나 고장 난 물건들을 버리거나 방치한 상태로 놔둔 사람들도 있을 것이다. 장면 묘사에 뒤뜰이 들어간다면 그 집에 사는 사람들의 성격을 암시하고, 장면의 분위기를 연출하는 소재로 활용하라.

배경 묘사 예시

아이들의 뒤를 밟던 미아는 밤하늘을 가르는 광선 검처럼 손전등 불빛으로 여기저기를 쏘듯이 비추었다. 낮게 드리워진 나뭇가지가 쓰고 있던 파티 고깔을 톡 쳐서 벗겨질 뻔했다. 미아는 고깔을 아예 벗어버렸고, 고깔에 달린 고무 밴드

가 요란스레 딱 소리를 내는 바람에 수국 근처에서 킥킥대는 소리를 듣지 못했다. 미아는 손전등의 전원 스위치를 딸깍 소리 나게 끄고, 모기를 손바닥으로 쳐서 잡은 뒤 풀밭을 기어갔다. 흐늘거리는 꽃들이 우거진 덤불 가까이까지 갔을 때 그녀는 웃음이 터지는 바람에 한 손으로 재빨리 입을 틀어막았다.

- **이 글에 쓴 기법**   다중 감각 묘사, 직유
- **얻은 효과**   감정 고조

맨 케이브   **Man Cave**

[집의 지하실이나 창고 등을 활용해 남자 혼자서 소일하는 공간으로 만든 것]

풍경

스포츠용품(벽에 걸린 팀 유니폼, 사인 포스터, 팀 로고가 찍힌 맥주잔, 스타의 사인을 받은 공이나 기타 수집품), 맥주 냉장고, 대형 스크린 텔레비전(또는 여러 대의 텔레비전) 앞에 놓인 리클라이너 소파, 커피 테이블 위에 놓인 맥주잔 받침과 감자 칩 그릇, 다트 판, 네온사인(팀 로고나 맥주 브랜드를 주제로 한), 포커용 테이블(포커 칩 더미, 카드, 카드 섞는 기계, 의자, 싸구려 시가의 연기, 남자들의 팔꿈치 주변에 놓인 양주잔이나 맥주병), 조명을 조절할 수 있는 조광 스위치, 경기가 있는 날 여러 명이 앉을 수 있는 가죽 소파, 미니바, 팝콘 기계, 취향을 반영한 벽 장식, 선반 위 트로피들, 벽에 건 동물 머리, 자물쇠를 채워둔 총기류 보관 캐비닛, 주인의 다양한 활동을 보여주는 사진 액자(낚시, 사냥, 친구들과의 캠핑, 결승선을 통과하는 장면), 서서 하는 테이블 게임(축구, 하키, 탁구, 당구)

소리

초인종, 손님이 올 때마다 여닫히는 문, 텔레비전 속 스포츠 아나운서의 해설, 반칙 선언에 요란하게 터지는 박수, 심판의 결정에 환호하거나 화내는 남자들, 포커 칩 더미에 칩을 던질 때마다 나는 짤랑거리는 소리, 카드 섞는 소리, 웃음, 욕설, 가벼운 언쟁, 양주잔 안에서 달그락거리는 얼음, 맥주 캔을 쉭 따는 소리, 오래된 리클라이너 소파가 삐걱거리며 뒤로 젖혀지는 소리, 찍찍거리는 가죽, 트림, 바스락거리는 감자 칩 봉지, 웅웅거리는 네온사인, 미니바의 문이 닫히면서 나는 가벼운 충격음, 소음기, 전원이 나가는 휴대전화, 커피 테이블 위에 소리 나게 내려놓는 빈 양주잔

냄새

발효된 맥주, 땀, 튀긴 음식, 감자 칩, 가죽, 가솔린

맛

술, 맥주, 아이스크림, 에너지 드링크, 프레첼, 페퍼로니, 샌드위치, 팝콘, 핫도그

1270

나 프라이드치킨처럼 기름에 튀긴 간식, 피자, 감자 칩과 딥소스, 담배, 시가

촉감과 느낌

폭신한 리클라이너 소파, 팔뚝에 닿는 포커 테이블의 펠트로 된 모서리, 스툴에 균형을 잡고 앉는 느낌, 잘 열리지 않는 병뚜껑, 시가 연기 때문에 따가운 눈, 목구멍이 탈 것처럼 매운 음식, 손바닥에 닿는 차가운 유리잔, 포커 칩의 골이 진 모서리, 매끄러운 카드, 버튼이 오돌토돌 튀어나온 텔레비전 리모컨, 음식이 가득 담긴 그릇의 무게감, 날카로운 다트 화살, 집어 먹은 음식 때문에 끈적거리는 손가락, 여럿이 한 소파에 앉아 서로 어깨가 닿는 느낌, 엎질러진 팝콘이나 포커 칩을 밟는 느낌

이 배경에서 벌어질 만한 갈등의 원인

- 팀 간에 경쟁이 과열된다.
- 사람들이 과음한다.
- 빗나간 다트 화살에 벽이나 가구가 손상된다.
- 누군가의 사생활을 두고 헐뜯거나 불만을 토로하는 것을 가족이 엿듣는다.
- 음식이나 음료수 때문에 지저분해지거나 얼룩이 생긴다.
- 누군가 하는 말을 듣고 그에 대한 생각이 바뀐다.
- 초대하지 않은 친구가 모임에 나타나서 분위기가 어색해진다.
- 정치나 다른 사안을 두고 논쟁이 벌어진다.
- 시가를 떨어뜨리는 바람에 카펫에 구멍이 난다.
- 불륜과 불륜이 발각됐을 때 생기는 갈등을 놓고 여럿이 견해를 나눈다.

이 배경에서 볼 만한 유형의 사람들

- 가족 구성원, 남자와 그들의 친구들

이 배경과 밀접한 다른 배경

- 욕실, 거실

맨 케이브는 지하실부터 다락방, 쓰지 않는 침실, 개조한 차고, 뒤뜰에 있는 헛간까지, 집 어디에나 마련할 수 있다. 그리고 공간의 사정에 따라 크고 널찍할 수도, 비좁고 아늑할 수도 있다. 맨 케이브는 반드시 스포츠 지향적일 필요는 없지만, 주인의 취미를 반영한다는 점을 명심해야 한다. 침실과 마찬가지로 맨 케이브 역시 사냥, 낚시, 자동차, 오토바이, 비행기 등 인물의 다양한 관심사를 반영한다.

애너는 나초를 담은 쟁반을 들고 하키 경기를 보는 남편과 그의 친구가 앉아 있는 커피 테이블 쪽으로 갔다. 그들은 웅얼거리며 고마움을 표시한 뒤, 질척한 소스를 뒤집어쓴 나초를 동굴 같은 입에 쓸어넣기 시작했다. 그녀가 막 위층으로 가려 하자, 두 남자는 저들만 아는 신호를 받은 것처럼 소파에서 느릿느릿 일어났다. 텔레비전 화면에서는 아일랜드 팀 포워드가 미네소타 팀의 골문을 향해 스케이트를 타듯 달려가고 있었다. 밥과 마이크는 앉지도 서지도 못한 자세로 나초를 먹으려다 만 채 그대로 굳어버렸다. 퍽이 바람을 가르고 골키퍼의 다리 사이를 뚫고 지나갔다. 버저가 울리자 두 남자아이들은 펄쩍 뛰어올랐고, 환호하며 서로의 등짝을 갈겼다. 나초는 카펫 위로 비처럼 후두두 쏟아졌다. 애너는 얼굴을 찌푸리며 위층으로 올라갔다. '남자들이란.'

- **이 글에 쓴 기법** 다중 감각 묘사
- **얻은 효과** 성격 묘사

방공호

Bomb Shelter

풍경

파형 강판으로 만든 방폭용 뚜껑이 달린 강화 해치 문(주 출입구와 비상구), 벙커로 내려가는 사다리, 샤워기와 배수구만 있는 구역, 안쪽에서 잠글 수 있는 주요 격실로 이어지는 보안 해치, 수동 펌프 또는 중력 공급법으로 작동되는 작은 변기, 침상 몇 개, 자물쇠 달린 캐비닛들이 딸린 무기 보관 구역, 탄약과 화기 소제 용품을 보관하는 별도의 창고, 바닥 밑의 식량 및 식수 비축함들, 이불과 옷가지를 넣어둔 틈새 보관함들, 의자들이 놓인 작은 거실, 부엌(싱크대, 찬장들, 전자레인지, 냉장고), 라디오, 개인용품을 보관하는 서랍들, 의료용품, 태양열이나 발전기로 충전 가능한 배터리, 단색의 파형 강판 벽, 공간을 확보할 수 있는 접이식 테이블과 의자, 통조림과 포장 식품으로 가득한 선반들, 냉난방 기능이 있는 공기 여과 장치, 선풍기, 연장, 밧줄, 냄비와 프라이팬, 게임용품, 책, 카드류, 텔레비전과 영화 재생기, 머리 위의 조명, 바닥이나 침상에 누운 사람들, 신발과 부츠에서 바닥으로 떨어진 흙덩이, 우는 아이들, 겁에 질린 표정의 사람들, 속닥거리거나 비좁은 공간에서 이리저리 오가는 사람들, 깜빡이는 전등 불빛

소리

금속음처럼 울리는 사람들의 목소리, 바닥을 가로지르는 발걸음, 금속 캔을 따거나 이리저리 움직이는 소리, 공기 순환 장치에서 나는 식식 소리, 콸콸 나오는 물, 변기에서 내려가는 물, 해치 문을 잠글 때 나는 금속성의 울림, 딸깍 열리는 보안 창고 구역의 문, 사람들의 숨소리, 라디오, 우는 아이들과 달래는 부모들, 식량과 식수의 재고를 확인하는 사람, 서로 부딪히는 연장들, 불안정한 전력 공급으로 지지직거리는 소리

냄새

밀실 특유의 공기, 금속, 퀴퀴한 체취와 땀내, 음식, 비누, 총기용 오일, 탄약

맛

배관에서 나오는 쇠 맛이 나는 물, 병에 담긴 물, 포장된 맛없는 배급 식량, 땀,

양치를 하지 못해 시큼한 입안

(촉감과 느낌)

울퉁불퉁한 파형 강판 벽, 얇은 매트리스 커버나 맨바닥에 누워 자는 느낌, 얇은 담요, 차가운 통조림 캔, 지저분하고 거친 질감의 옷, 기름 낀 가려운 머리카락, 신발이나 부츠 때문에 화끈거리는 발, 샤워를 하거나 대충 몸을 씻을 때 튀는 물, 이미 몇 번이나 읽은 책을 이리저리 넘기는 느낌, 변하기 전의 세상 풍경을 보려고 광택지로 된 잡지를 넘기는 느낌, 운동하며 바닥에 구르는 발, 천으로 총 부품을 닦는 느낌, 소총이나 권총을 분해하고 조립하는 느낌, 비좁은 공간에 너무 많은 사람들, 방송 주파수를 잡으려고 이리저리 돌리는 라디오 스위치

이 배경에서 벌어질 만한 갈등의 원인

- 비좁은 곳에서 너무 많은 사람들이 지내면서 정서가 극도로 불안해진다.
- 식수나 식량이 부족하다.
- 좋아하지 않는 사람들과 비좁은 공간에 갇혀 있다.
- 해치 문을 여는 시기와 열 경우의 상황을 놓고 의견 차이가 벌어진다.
- 문이 열리지 않는다.
- 약이 필요한 심각한 질병이 생긴다.
- 편집증과 외상 후 스트레스 장애(PTSD)를 겪는다.
- 폭발이나 비상사태로 방공호가 손상된다(막힌 환기 장치, 봉쇄 장치의 손상).

이 배경에서 볼 만한 유형의 사람들

- 군인들과 민간인들(군대 소유 관리 방공호일 경우), 방공호 주인과 그의 직계가족, 가족이나 이웃

이 배경과 밀접한 다른 배경

- 지하 폭풍 대피소

방공호는 생존에 필요한 물품을 제공하는 동시에 특정한 위험(공습, 화학, 생물, 방사능 낙진)을 피할 수 있도록 대개 지하 깊숙이 있다. 이 장에서 설명하는 방공호는 전문 제작된 것이지만, 서둘러 짓거나 제한된 조명과 공간, 창고, 공기 제어 장치, 여과기 등 최소한의 것들만 갖춘 방공호도 있을 수 있다. 민간인이 금속, 시멘트, 방수포, 목재와 흙을 이용해 만든 방공호도 있고(민간인이더라도 군인 출신에 공학을 전공한 경우가 많다), 한 가족 이상의 집단을 수용할 수 있는 방공호도 있다. 그 밖에도 군대에서 큰 규모의 부대나 민간인과 군인을 아우르는 집단을 수용하기 위해 설계할 수도 있다.

배경 묘사 예시

조그마한 금속 테이블 밑에 몸을 쑤셔넣은 채, 피오나는 동생을 끌어당겨 머리를 쓰다듬어주었다. 폭발이 터질 때마다 방이 흔들렸고, 검댕으로 지저분해진 레나의 얼굴 위로 더 많은 눈물이 흘렀다. 엄마는 문가에 서서 두꺼운 둥근 유리창에 손전등 불빛을 비추었다. 폭발할 때마다 빛줄기도 흔들렸고, 레나의 딸꾹질 같은 울음소리가 물결 모양으로 골이 진 천장을 따라 크고 무시무시하게 울렸다. 아빠는 바로 뒤따라오겠다고 약속했는데 왜 아직까지 오지 않는 걸까?

- **이 글에 쓴 기법** 다중 감각 묘사
- **얻은 효과** 복선, 긴장과 갈등

부엌 **Kitchen**

풍경

타일 또는 무늬가 있는 리놀륨 바닥, 일반적인 색상(스테인리스강, 검은색이나 흰색)의 주방 기구(식기세척기, 냉장고, 가스레인지, 전자레인지), 냄비와 팬이 매달린 걸이, 찬장에 넣어둔 주방 기구 및 식기류(믹서, 토스터, 통조림 따개, 접시, 식기, 조리 기구, 제빵용품), 조리대 위의 자주 쓰는 기구들(요리 도구들을 꽂아둔 꽃무늬 도자기 단지, 부엌칼과 가위 등이 꽂힌 홈집이 많이 난 원목 칼 거치대, 양철통 세트, 갈색 반점이 난 바나나와 사과가 든 과일 그릇, 커피를 새로 끓이고 있는 커피 메이커), 가스레인지 위에 놓인 반들거리는 검은색 손잡이가 달린 주전자, 식탁 매트들이 놓인 오래된 식탁 밑으로 밀어 넣은 원목 의자들, 시든 꽃이 꽂힌 꽃병과 주변에 흩어진 주황색 꽃가루, 창턱에서 햇빛을 받고 있는 허브 화분, 냉장고 문에 붙인 메모가 된 달력, 중요한 것들(점심 메뉴, 일정표, 쇼핑 리스트, 학교 공지문, 쿠폰)을 붙인 코르크판이나 화이트보드, 자질구레한 물건들과 사진들이 든 선반, 차를 우린 뒤 숟가락에 얹은 티백, 조리대에 흘린 설탕이나 주스, 통조림과 크래커를 채운 식품 저장실, 잡동사니가 든 서랍(양초, 예비 배터리, 고무줄, 연필과 펜, 빵 끈, 반려동물 간식, 쿠폰들이 뒤죽박죽 섞인), 기름때가 덕지덕지 낀 가스레인지 후드, 김이 서린 창문, 벽과 바닥에 오래전에 생긴 얼룩, 누구도 비우지 않아 악취를 풍기는 가득 찬 쓰레기통, 매트 위의 사료 그릇, 아일랜드 식탁과 주변에 세워진 의자들, 얼룩과 물때가 낀 싱크대와 수도꼭지, 파리들, 싱크대에 쌓인 더러운 접시, 아침 식사 때 쓴 그릇에 둥둥 떠 있는 시리얼, 싱크대 위에 흩어진 토스트 부스러기, 바닥에 보이는 반려동물의 털과 발자국

소리

프라이팬에서 지글거리는 베이컨이나 기름, 토스터에서 다 구워져 튀어 오르는 토스트, 가스레인지 위에서 윙 소리를 내며 작동되는 환풍기, 분쇄기에서 분쇄되는 원두커피, 조리가 끝난 뒤 땡 소리를 내는 전자레인지, 요리용 타이머에서 나는 알람, 덜컹거리는 냉장고 모터, 식기세척기에서 물이 나오는 소리와 접시끼리 부딪치는 소리, 쓰레기 처리구에서 부글거리며 분쇄되는 쓰레기, 증기를 뿜는 커피 메이커, 가열된 주전자에서 나는 휘파람 같은 소리, 수다 떨며 웃

는 가족, 도마에 부딪히는 칼, 가열한 기름 위에 깨 넣는 달걀, 냄비의 내용물이 끓어오르며 넘치는 소리, 뒤에서 들려오는 음악이나 텔레비전 소리, 믹서에서 갈리는 음식, 식탁에 부딪치거나 접시를 긁는 포크나 나이프, 부딪치는 유리잔들, 달각거리는 통조림 따개, 비닐 랩이나 포일을 펴는 소리, 나가려고 문을 긁는 개, 냄비 속 내용물을 저은 숟가락을 냄비에 대고 탁 치는 소리, 여닫히는 냉장고 문, 바스락거리며 여는 과자 봉지, 삐걱거리는 찬장 문, 바닥을 긁는 의자, 냄비 뚜껑이 요란스레 부딪치는 소리, 그릇에 후드득 붓는 시리얼

냄새

토마토소스의 마늘 향, 프라이팬으로 튀기는 짭조름한 베이컨, 향신료(바질, 로즈마리, 카레 분말, 후추, 소금, 회향[향이 강한 여러해살이풀의 일종으로, 열매를 향신료로 쓴다], 시나몬, 생강), 팬에서 부풀어 오르는 이스트를 넣은 빵, 버터에 볶는 양파, 끓는 파스타 냄비에서 솟아오르는 수증기, 태워버린 토스트에서 피어오르는 연기, 전자레인지로 튀기는 팝콘, 냉장고 안에서 썩어가는 음식, 찬장에서 썩어가는 뿌리채소(감자, 양파, 순무), 비우지 않은 쓰레기통, 향초, 탄 스테이크나 소시지, 세제와 비누, 세탁할 필요가 있는 퀴퀴한 행주, 비를 맞은 개들이 뛰어들어올 때

맛

메이플 시럽을 뿌린 부드러운 팬케이크, 치즈가 듬뿍 든 라자냐, 매콤한 볶음이나 카레, 달콤한 과일, 신선한 채소, 초콜릿 케이크에 잔뜩 뿌린 달콤한 휘핑크림, 오븐에서 나온 진득한 쿠키, 씁쓸한 커피, 진한 와인, 오후에 마시는 맥주, 허브티, 아이스크림, 숟가락의 금속 맛, 상자에서 바로 꺼낸 버터 맛 크래커, 구운고기, 파스타, 샌드위치

촉감과 느낌

설거지할 때 고무장갑 낀 손으로 쏟아지는 물, 살에 닿는 부드러운 비누 거품, 발바닥에 들러붙는 설탕 가루와 부스러기, 손에 쥔 빗자루나 진공청소기의 매끈한 손잡이, 차가운 유리잔에 맺힌 물방울, 방금 돌린 식기세척기에서 올라오는 수증기, 젖은 행주, 뜨거운 커피가 담긴 머그잔, 조리대 위에 방울째 굳어 끈적이는 주스, 채소를 썰다 칼에 베인 통증, 요리하다 화상을 입거나 매우 뜨거운

것에 닿았을 때 화끈거리고 따가운 느낌, 스펀지로 문지르는 가스레인지, 금속 식기의 무게감, 천 냅킨으로 닦는 입술, 폭신폭신한 반죽, 손가락에 묻은 밀가루, 따뜻한 저녁용 빵, 지나치게 뜨거운 음식에 덴 혀

이 배경에서 벌어질 만한 갈등의 원인

- 방문객이나 손님이 부엌에서 자신의 역할을 존중하지 않는다.
- 십 대들이 특별한 디저트를 오후 간식으로 먹어치웠다.
- 식탁에서 논쟁이 벌어진다.
- 가전 제품이 고장 나거나 배관 문제로 누수 사고가 일어난다.
- 부엌이 온갖 물건(서류, 우편물, 숙제할 때 쓰는 물건, 장갑, 모자 등)으로 뒤덮인다.
- 저녁 식탁에서 비밀이 밝혀진다.

이 배경에서 볼 만한 유형의 사람들

- 가족과 친척, 친구, 잠깐 들른 이웃, 수리공

이 배경과 밀접한 다른 배경

- 거실

참고 사항 및 팁

부엌은 한 가족의 중심부일 때가 많기에 그 집에 사는 사람들을(말로 하는 대신) 보여줄 수 있는 좋은 기회가 된다. 가족의 문제를 드러내거나 숨겨진 사연을 암시할 수 있고, 가족 간의 친밀도를 드러내는 등 가족의 성격을 쉽게 설명할 수 있다.

배경 묘사 예시

딱 적절한 시간에 차 마시러 오라는 초대를 받았다. 데일과 나는 이사 트럭에서 마지막 상자를 꺼낸 뒤 휴식이 필요한 참이었다. 새 이웃을 따라 그녀의 부엌으

로 들어갔을 때, 난 얼결에 발걸음을 멈췄다. 어제 먹은 저녁 요리가 지저분하게 말라붙은 접시들이 싱크대 옆에 쌓여 있었다. 조리대는 땅콩버터 덩어리와 끈적거리는 잼 얼룩으로 그린 지도였다. 발밑에서 뭔가 바스락 소리를 내며 부서질 때마다 나는 움찔했다. 바닥에 감자 칩이 깔려 있는 것 같았지만 아래를 내려다보지는 않았다. 다만 미소를 지으면서 도나가 차를 내놓는 동안 의자에서 부스러기를 털면서 제발 머그잔만큼은 깨끗하기를 빌었다.

- **이 글에 쓴 기법** 은유, 다중 감각 묘사
- **얻은 효과** 성격 묘사, 긴장과 갈등

불난 집　　　　　　　　　　　　　　　　House Fire

천장을 따라 넘실대고 문 밑으로 흘러나오는 연기, 페인트와 그 밖의 화학 성분 소재들이 타면서 소용돌이치는 깃털 모양의 연기가 검댕처럼 까맣게 변하는 모습, 혀를 날름거리듯 벽을 타고 천장을 덮치는 화염, 커튼 자락을 야금야금 태우며 위로 올라오는 불줄기, 물결치는 홑이불처럼 바닥에 퍼지는 불, 터지듯 박살 나는 유리창, 무너지는 대들보, 가연성 물질이 폭발할 때 뿜어 나오는 섬광, 까맣게 타는 목재, 방을 뒤덮는 연기, 통풍구 속에서 허공을 떠돌며 소용돌이치는 불꽃들, 흘러내리는 재, 거품이 이는 페인트, 타서 바스러지는 커튼, 전기 시스템(전선, 전구, 소켓)이 깜빡거리다 연결이 끊어지는 모습, 여기저기 녹아내리는 카펫, 쪼그라들고 녹는 플라스틱 제품들, 뒤틀리는 가구, 불기둥으로 변하는 계단 축, 시뻘겋게 달아오른 금속, 타서 불덩이로 변하는 가구들, 캐비닛이 무너지며 튀기는 불꽃, 천장에서 떨어지는 조명 기구, 숨이 막혀 헉헉대며 바닥을 기어 다니는 사람들, 산소통을 멘 소방관들, 화염을 끄는 물, 튼튼한 소방 호스, 불에 녹아서 사물의 표면을 따라 줄줄 흘러내리는 액체 상태의 플라스틱, 주황빛을 발하며 깜빡거리는 불, 피어오르는 연기를 헤치고 성큼성큼 걸어 다니는 소방관의 반가운 실루엣, 검게 그을린 목재와 가구 토막들, 깨진 유리

탁탁거리는 불꽃, 불이 순식간에 옮겨 붙으면서 나는 훅훅 소리, 녹아내린 플라스틱이 방울져 바닥에 고이면서 나는 칙칙 소리, 불에 수축되면서 우지끈거리고 삐걱거리는 대들보, 도와달라는 비명, 깨지는 유리, 움푹 꺼지는 지붕, 삐걱거리는 바닥의 널빤지, 안에 갇힌 사람이 내는 소리(문을 두드리고, 창밖으로 소리를 지르고, 울고, 숨을 헐떡이고, 걷잡을 수 없이 기침을 하는), 떨어져나가는 문과 계단, 쾅 내려앉는 네 다리가 까맣게 탄 테이블, 폭발하는 유리, 액체가 증기가 되면서 나는 쉭쉭 소리와 끽 소리, 문을 부수고 잔해를 짓밟고 달려가는 소방관들, 액체가 든 병이 폭발하는 소리, 요란하게 울리는 화재경보기, 밖에서 왠지 구슬프게 들려오는 사이렌 소리, 벽을 가르는 도끼, 바닥으로 떨어지거나 위층에서 부서져 떨어지는 조명, 바닥에 쟁그랑 떨어지는 커튼 봉, 비명, 깨지는 액

자 속 유리

연기는 연소 단계마다 냄새가 다르다. 벽과 가구는 처음에는 캠프파이어의 연기 냄새가 나는 반면, 플라스틱이 타는 냄새는 코와 목을 태우는 것처럼 맹렬하고 특유의 독성 악취를 발산한다. 화재가 진행되면서 냄새는 뒤섞이고, 공기 중 유독 성분이 더해지면서 폐에 치명적인 영향을 끼칠 것이다.

맛

재, 끈적거리는 가래, 창밖으로 몸을 내밀고 이따금씩 들이마시는 신선한 공기 한 모금

촉감과 느낌

울퉁불퉁한 자갈밭을 밟고 지나가는 느낌, 유리 조각이나 쪼개진 나뭇조각에 베인 발, 화상의 통증, 그을리면서 뿜어 나오는 열기, 물집이 터지면서 미끄덩거리는 손바닥, 면 소재의 수건이나 셔츠 따위로 입과 코를 덮고 누를 때 숨이 막히는 느낌, 데지 않도록 셔츠 자락으로 감은 손, 바닥을 기어가는 동안 멍드는 무릎, 가구에 쿵 부딪히는 느낌, 코와 목을 지지는 듯한 매연, 어깨로 힘껏 들이받아도 열리지 않는 문, 계단을 비틀거리거나 반쯤 미끄러지며 내려가는 느낌, 의식 없는 아이를 안고 갈 때의 엄청난 무게감, 물에 적신 수건이나 담요로 사랑하는 사람을 감쌀 때의 서늘한 감촉, 매연에 헐어버린 목과 코, 목구멍을 잡아뜯는 듯한 통증에 씨근덕거리는 느낌, 몸을 웅크리고 가슴을 움켜쥔 채 하는 기침, 맥없이 두드리는 문, 검댕이 묻은 얼굴을 적시는 눈물, 땀으로 미끈거리는 손, 피로 때문에 젖은 솜처럼 무거워진 몸, 옷에 불똥이 튀면서 바늘로 찌르는 듯한 통증, 의식을 잃으면서 몽롱해지는 머릿속, 창문을 깨다가 피부를 베일 때의 통증

이 배경에서 벌어질 만한 갈등의 원인

- 문고리가 너무 뜨거워서 만질 수 없다.
- 불길을 더 번지게 하는 리모델링 자재가 있다(가연성 화학 성분이나 화학적 촉매

제 때문에).

- 매연 때문에 힘이 빠지고 눈앞이 어지럽다.
- 화재에 겁을 먹은 아이나 숨어 있는 반려동물이 있다.
- 손님(멀리서 온 친척, 자고 가기로 한 아이의 친구들)이 있을 때 불이 난다.
- 모든 사람이 무사히 빠져나왔는지 확신할 수 없다.
- 연로한 부모나 심각한 병을 앓고 있는 가족 구성원처럼 거동을 못하는 사람이 있다.
- 진통제나 수면제를 복용했거나, 술을 마셔 비판적인 사고력과 대응력이 떨어진다.
- 실수로 불을 지른 사람이 죄책감을 느낀다.
- 화재가 방화로 발생했음을 알게 된다.

이 배경에서 볼 만한 유형의 사람들

- 소방관, 집주인과 가족, 구급대원, 경찰관

이 배경과 밀접한 다른 배경

- **도시 편** 구급차, 버려진 아파트, 소방서, 낡은 아파트

참고 사항 및 팁

화재 시 발생하는 매연은 눈앞을 뿌옇게 가리기 때문에 익숙한 곳이라 해도 방향을 찾기 힘들다. 매연 흡입은 뇌 기능에 악영향을 미치기 때문에 기억력을 떨어뜨려 문제를 해결하기가 더욱 어려워진다. 이런 요인들은 뿌연 시야와 함께 피해자들이 안전하게 탈출하지 못하게 만들 수 있다. 두세 걸음만 걸으면 되는 경우라도 말이다. 이리저리 방향을 트는 연기와 길을 가로막은 잔해를 뚫고 나아가려면 인물의 체력과 의지가 중요하다. 도움을 받을 수 없는 상황이라면, 기민하고 민첩하게 생각하는 능력에 생존이 좌우될 것이다.

불꽃이 날 찾을 수 없도록 어둠 속에서 구석 쪽으로 몸을 한껏 밀어 넣었다. 곰 인형의 딱딱한 플라스틱 코가 내 가슴을 눌러댔지만, 놔주지 않았다. 방 건너편 선반에 놓인 인형들의 모습이 변하기 시작했다. 곱슬머리가 불에 타서 쪼그라 들더니 숯가루가 되어 바스러졌다. 미소 짓던 인형들은 입가가 흘러내리듯 처지더니 플라스틱 눈물을 뚝뚝 흘렸고, 점점 슬퍼지는 표정으로 날 응시했다. 나는 와들와들 떨면서 곰 인형으로 틀어막고 있는 입으로 간신히 숨을 쉬었다. 지금 나는 할머니네 이불장에 숨어 있고, 할머니가 금세 날 찾아낼 거라고 스스로를 달랬다.

- **이 글에 쓴 기법** 다중 감각 묘사, 의인화
- **얻은 효과** 복선, 감정 고조, 긴장과 갈등

비밀 통로 Secret Passageway

풍경

숨겨진 입구(책장 뒤, 러그 밑, 땅에 있는 해치 문, 식료품 저장실이나 옷장 뒤, 찬장이나 장롱 뒤, 벽지 무늬에 가려진 벽 솔기), 거친 벽(벽돌, 돌, 흙, 진흙, 널빤지로 만든), 아래층으로 이어지는 계단, 흙, 먼지, 회반죽으로 덮인 고르지 않은 바닥, 방들과 복도 사이에 각도가 급격하거나 구불구불하거나 고의적으로 곧게 만들어진 좁은 길, 먼지와 흙으로 덮인 벽들, 비상용품(음식, 물, 담요, 양초, 손전등, 여분의 옷) 보관소, 숨겨진 방으로 통하는 문, 주 경로에서 갈라진 통로와 벽을 오목하게 파서 만든 벽감, 벽을 뚫고 나온 나무뿌리(지하에 있는 경우), 터널 천장에서 물이 떨어져 바닥에 생긴 웅덩이, 부서진 벽돌이나 돌멩이가 흩어진 바닥을 비추는 손전등의 길게 뻗은 빛, 머리 위 낡은 파이프와 매달린 전선, 간격을 두고 세워진 지지대, 거미와 거미줄, 쥐, 생쥐, 박쥐, 불법 거주자나 이전 거주자의 흔적(음식 포장지, 구겨진 컵, 곰팡이가 핀 담요와 이불, 흙바닥에 깔린 조각난 판지), 어둠, 촛불이나 손전등이 비추는 작은 반경, 공중에 떠 있는 먼지의 움직임, 통로가 처음 만들어졌을 때까지 거슬러 올라가는 역사적 유물(잊혀진 도구, 부서진 무기, 녹슨 등, 벽을 긁어서 쓴 날짜)

소리

뚝뚝 떨어지는 물, 흙이나 돌 위를 긁는 발소리, 웅덩이를 지나면서 튀는 물, 메아리, 거친 숨, 통로 사이로 부는 바람, 낮은 목소리, 도망치는 작은 동물이나 벌레, 통로 반대편에 있는 무언가가 내는 소리

냄새

축축한 땅, 흙, 젖은 돌, 먼지, 부패물, 땀, 성냥을 켤 때 나는 유황 냄새, 불타는 초

맛

이 배경에서는 등장인물이 가지고 있는 것(껌, 박하사탕, 립스틱, 담배 등) 말고는 관련된 특정한 맛이 없다. 이럴 때는 미각 외의 네 가지 감각에 집중하는 것이 좋다.

먼지가 많은 벽을 따라 더듬으면서 가는 발걸음, 균형을 잡거나 방향을 알기 위해 거칠게 만든 터널 벽을 더듬는 느낌, 벽돌을 만질 때 올라오는 먼지, 피부에 달라붙은 거미줄, 텁텁한 공기, 축축한 돌, 발밑의 바위와 나무뿌리, 거친 벽돌 벽, 바닥의 파편에 걸려 휘청거리는 몸, 완전한 어둠 속에서 더듬으면서 나아가는 느낌, 좁은 곳에서 벽에 긁힌 어깨, 위험한 계단을 내려올 때 벽에 밀착하는 몸, 옆 통로나 통풍구에서 불어오는 공기, 머리나 손에 떨어지는 물, 피부에 내려앉는 흙이나 먼지, 천장이 낮은 통로를 지나려고 숙이는 몸, 빽빽한 곳을 겨우 통과하는 느낌, 폐소공포증, 어둠 속에서 무언가 피부를 스쳐 지나가는 것을 느끼고 지르는 비명

이 배경에서 벌어질 만한 갈등의 원인

- 심란한 장소(화장실 안, 집 아래, 지하실)에서 통로를 찾는다.
- 통로에서 누군가 또는 무언가가 살고 있었다는 증거를 발견한다.
- 통로를 탐색하다가 길을 잃는다.
- 통로의 문을 닫은 뒤, 자신이 갇혔다는 것을 알아차린다.
- 통로 안에서 다른 사람에게 공격을 받는다.
- 통로 안에서 사적인 공간(침실, 욕실)을 들여다보기 위해 뚫은 구멍을 발견한다.
- 통로가 무너져서 갇히고 부상을 입는다.
- 통로 끝에서 불쾌한 것을 발견한다.
- 사랑하는 사람이나 동거인이 통로에 대한 정보를 숨긴 것을 발견한다.
- 통로 안으로 도망쳤으나 어디로 가야 할지, 어디에 숨어야 할지 알 수가 없다.
- 불빛이 없어 어둠을 헤치고 다녀야 한다.
- 속박에서 벗어나 탈출하려는 피해자가 있다.
- 싱크홀, 썩은 난간, 계단 등 통로를 위험하게 만드는 요소들이 있다.
- 통로 끝에서 부두교나 악마 숭배의 흔적들로 가득 찬 방을 발견한다.
- 통로가 트라우마를 겪었던 방으로 이어져 차단된 기억이 돌아온다.

이 배경에서 볼 만한 유형의 사람들

- 이 통로의 존재를 아는 모든 사람(건축자, 소유자, 신뢰받는 가족, 친구), 피해자를 은닉된 고문실로 데려가기 위해 통로를 사용하는 소유자, 위험에서 탈출하려는 사람이나 단순히 보이지 않는 다른 곳으로 이동하기를 원하는 사람, 다양한 이유(안전, 수면, 특별한 소지품 보관)로 통로를 이용하는 사람

이 배경과 밀접한 다른 배경

- **시골 편** 버려진 광산, 고대 유적, 지하실, 대저택, 영묘, 와인 저장실
- **도시 편** 하수도, 지하철 터널

참고 사항 및 팁

어떤 비밀 통로는 잘 정비되어 정돈되고 고상한 공간일 수 있다. 이런 통로는 집주인이 휴식을 취하거나 개인적인 일을 할 수 있는 평범한 방으로 이어진다. 반면 어떤 비밀 통로는 폭력적인 이유로 만들어져 사람을 가두기 위해 숨겨진 지하실, 고문을 위한 방음실, 또는 그 이후에 시신을 처리하도록 특별히 설계된 방으로 이어질 수 있다. 지하 비밀 통로의 극적이고 불확실한 특성 때문에 이 장에서는 후자에 초점을 맞추었다.

배경 묘사 예시

내 발을 잡으려는 나무뿌리와 돌멩이를 헤치고 한 손으로 흙벽 뒤를 짚으며 통로를 따라 달렸다. 공포에 질린 숨소리는 요란했지만 뒤에서는 여전히 으르렁거리는 소리가 났고, 그 소리는 매순간 더 크게 들렸다. 차갑고 습한 공기가 내 몸을 스치자 들고 있던 양초의 불꽃이 나부꼈다. 나는 걸음을 멈추고 흐느낌을 억누르며, 불안하게 흔들리는 불꽃을 손으로 보호하려 했다. 하지만 불꽃은 꺼졌고, 어둠이 그 빈자리를 메우려고 몰려들었다.

- **이 글에 쓴 기법** 다중 감각 묘사, 의인화
- **얻은 효과** 분위기 설정, 복선, 긴장과 갈등

생일 파티

풍경

진입로를 가득 메운 자동차들, 우편함에 묶인 채 떠 있는 풍선들, 벽과 조명등에 테이프로 붙여 늘어뜨린 색테이프, 고깔모자, 테이블에 뿌린 종이 꽃가루, 밝은 색 포장지에 리본을 맨 생일 선물들, 알록달록한 편지봉투와 선물 봉투, 티슈 페이퍼가 싹처럼 비죽비죽 비어져 나온 쇼핑백들, 생일 파티를 주제로 한 종이 제품과 식탁보, 깃발, 생일 케이크, 과자와 브라우니, 간식(감자 칩, 프레첼, 한 입 크기로 자른 각종 과일, 당근 스틱, 치즈, 크래커)이 담긴 그릇과 접시, 뒷마당에 설치한 에어 바운스, 물이 스프링클러처럼 뿜어져 나오는 장난감, 열린 문들, 집 안팎을 뛰어다니는 아이들, 이리저리 흩어진 장난감, 뒤뜰의 텔레비전 화면에서 흘러나오는 빛, 춤추는 아이들, 음식을 먹으면서 수다 떠는 부모들, 여기저기 흩어진 구겨진 포장지와 뚜껑이 열린 상자들, 아이들 머리나 옷에 붙은 포장용 리본, 쓰레기로 넘쳐 나는 휴지통, 먹다 남긴 케이크와 녹은 아이스크림이 담긴 접시들, 지저분한 부엌(빈 음식 용기, 싱크대 위에 쌓인 주방용품, 흘린 음식, 반쯤 빈 주스 상자나 물병, 식기세척기에 넣으려고 싱크대 안이나 위에 쌓아둔 다 쓴 그릇들), 유리문 여기저기에 묻은 지문, 바닥 곳곳에 있는 물 자국과 사각 얼음이 녹아 흥건히 고인 물, 마커 펜으로 이름을 적어놓은 플라스틱 컵들, 바닥에 흩어진 쓰레기들(빨대 포장지, 찢어진 포장지, 쿠키 부스러기, 부서진 감자 칩 조각), 바람에 날리는 장식들, 입가에 케이크를 묻힌 아이들을 붙잡아 냅킨으로 닦아주는 부모들

소리

대문의 초인종, 소리치며 반겨 맞는 아이들, 웃어대는 아이들, 대화하는 부모들, 쾅 소리 나게 닫히는 문, 쿵쾅대는 발소리, 축제 나팔과 호각, 펄럭거리는 종이 장식, 요란한 음악과 텔레비전, 뒷마당에서 들리는 새된 웃음소리, 장난감과 게임 때문에 다투는 아이들, 노랫소리, 훅 불어 끄는 촛불, 음식을 입에 가득 넣은 채 떠드는 아이들, 종이 접시를 긁는 플라스틱 포크, 찢어지는 종이, 선물을 개봉할 때 여기저기서 터지는 감탄, 전기 장난감, 게임을 하며 경쟁하는 목소리들, 헬륨 가스를 마시고 말하는 사람들, 팡팡 터지는 풍선들, 집에 갈 시간이 되자

떼쓰고 우는 아이들

냄새

케이크와 과자 굽는 냄새, 방금 닦은 마룻바닥, 향초나 방향제, 집에서 풍길 만한 각종 냄새(담배 연기, 개나 고양이, 포푸리), 땀에 젖은 아이들, 커피, 성냥을 그어 켤 때 나는 냄새, 꺼지는 초

맛

지나치게 단 아이싱icing[케이크나 쿠키 표면에 바르는 마무리 재료], 촉촉하거나 푸석푸석한 생일 케이크와 그 밖의 디저트류, 짭짤한 감자 칩, 봉투에 포장한 선물용 사탕, 아이스크림, 왁스 처리한 음료 컵, 주스, 물, 탄산음료, 커피, 케이크의 먹을 수 없는 장식의 플라스틱 맛

촉감과 느낌

열린 문과 창문으로 들어오는 바람, 에어컨에서 훅 불어오는 차가운 바람이나 더운 날씨에 훅 느껴지는 열기, 딱딱한 플라스틱 접시, 케이크를 파고드는 케이크용 칼, 끈적거리는 아이싱, 차가운 음료, 식탁 위 케이크 부스러기, 부드럽게 녹는 아이스크림, 고무 풍선, 흩어진 종이 꽃가루의 종이 느낌, 목을 파고드는 고깔모자의 고무줄, 아슬아슬하게 걸친 모자, 무엇이 들었는지 알아보려고 흔드는 선물 상자, 반짝거리는 포장지, 아이스박스 주변에서 녹고 있는 얼음, 마지막 한 모금을 빨 때 쪼그라드는 주스 곽, 물병에 맺힌 물방울, 흥분한 아이들과 부딪히는 느낌

이 배경에서 벌어질 만한 갈등의 원인

- 아이들이 다치거나, 음식을 먹고 알르레기 반응을 일으킨다.
- 아이들이 장난감 때문에 싸운다.
- 초대받지 못해 마음 상한 사람들이 있다.
- 사치스러운 파티 때문에 경제적 부담을 느낀다.
- 선물, 파티 이벤트, 음식이나 사탕 꾸러미에 불평하는 버릇없는 아이들이 있다.
- 또래들 사이에서 괴롭힘이 벌어진다.

- 굴러온 공이나 자전거 때문에 자동차가 긁히거나 찌그러진다.
- 파티에서 일어난 일로 화가 난 부모들이 있다(흡연하거나 음주하는 부모들, 부적절한 영화 상영).
- 서로를 헐뜯거나 비밀을 퍼트리는 수다스러운 부모들이 있다.
- 에어 바운스가 무너진다.
- 섭외한 엔터테이너가 소름 끼치거나, 프로답지 못하거나, 적절하지 못한 행동을 한다.

이 배경에서 볼 만한 유형의 사람들

- 아이들, 엔터테이너(광대, 공주, 해적, 마술사, 유명 연예인과 닮은 사람), 부모, 친척, 가족과 친한 지인

이 배경과 밀접한 다른 배경

- **시골편** 뒤뜰, 아이 방, 부엌, 파티오 데크, 나무 위 오두막
- **도시편** 제과점

참고 사항 및 팁

자녀가 있다면 공식에 충실한 생일 파티란 없음을 알 것이다. 생일 파티는 집이나 놀이터, 볼링장, 극장, 놀이공원 같은 곳에서도 열릴 수 있다. 손님은 다섯 명일 수도, 오십 명일 수도 있다. 결혼식처럼 모든 일이 순서대로 진행될 수도 있고, 되는 대로 흘러갈 수도 있다. 생일을 맞이한 아이를 가장 고려해야 하지만, 현실은 파티를 연 사람의 의도를 더 많이 드러내기 마련이다.

배경 묘사 예시

번개가 하늘을 할퀴었고, 수영장에서 나온 아이들은 물에 젖은 채 집 안으로 들어갔다. 천둥소리에 사방이 쩌렁쩌렁 울리자, 여자아이들은 비명을 지르며 물을 이리저리 뿌려댔다. 색테이프들이 축 늘어졌다. 마룻바닥 여기저기에 물웅덩이가 생겼다. 애니는 창문에 두 손을 댄 채 구름이 짙게 깔리는 풍경을 쳐다

봤다. 그 애의 손에서 수영장 물이 줄줄 흘러내리는 가운데, 나는 그 아이의 파티를 회생시킬 방법이 없을까 머리를 쥐어짰다.

- **이 글에 쓴 기법** 다중 감각 묘사, 날씨
- **얻은 효과** 분위기 설정, 감정 고조

십 대의 방 Teenager's Bedroom

침실에 있는 전형적인 물건들(비좁거나 지나치게 작은 침대, 책상, 서랍장, 거울, 의자 및 침실용 탁자), 바닥을 뒤덮다시피 널브러진 옷가지들, 정돈되지 않은 침대, 가치관과 취향을 반영한 포스터(연예인이나 아이돌, 모델, 정치적 발언과 세계관), 잡동사니들로 가득 찬 서랍장, 책상 위에 펼쳐진 노트북, 휴대전화와 충전기, 각종 음악 기기들, 시간이 나오는 라디오, 스탠드, 바닥에 깔린 러그, 책상에 수북이 쌓여 있거나 서랍에 쑤셔넣은 채점 표시가 된 오래된 시험지, 돌돌 뭉쳐놓거나 한 짝만 남아 뒹구는 양말들, 옷장(다양한 옷들과 선반, 헌책 및 보드게임, 어린 시절에 쓰던 물건들이 든), 선반에 진열한 운동 경기 대회 트로피와 메달, 동물 인형들, 벽에 걸린 목욕 가운, 문짝 뒷면에 걸린 거울, 스포츠 장비들(테니스 라켓, 축구공과 가슴 보호대나 정강이 보호대, 물안경, 농구공, 배구공), 더플백, 배낭, 텔레비전과 게임기, 숨겨놓은 술병, 약물이나 담배를 숨겨둔 곳, 금방이라도 넘칠 듯한 쓰레기통, 빈 물병들, 책상이나 탁자에 놓인 탄산음료 캔이나 에너지 드링크, 부엌으로 가져가야 할 더러운 그릇들, 카펫 위 얼룩, 디퓨저나 양초

음악, 텔레비전이나 영상 스트리밍, 알람, 삐걱거리는 경첩, 발로 걷어차는 벽, 여닫는 서랍, 철제 봉 위에서 이리저리 미끄러지는 옷걸이들, 전화 통화나 영상통화를 하면서 웃고 떠드는 소리, 문자메시지 수신음, 힘주어 여닫는 바인더 binder[서류나 종이 등을 함께 묶어 책 모양의 철로 만드는 도구] 링, 두드리는 키보드, 바스락거리는 종잇장, 욕설, 삐걱거리는 침대 스프링, 열린 창문으로 들리는 온갖 소리(이웃집 마당에 나와 있는 이웃들, 바람, 잔디 깎는 기계), 도로에서 오가는 차, 농구 골대가 있는 공터에서 게임을 하는 동네 아이들, 선풍기, 컴퓨터가 종료되면서 본체에서 나는 딱딱 소리, 전자 기기가 작동될 때 나는 낮은 웡웡 소리, 쾅 닫는 문

향수, 보디 스프레이, 탈취제, 매니큐어 및 네일 리무버, 화장품, 헤어스프레이, 오렌지 껍질이나 그 밖의 물질이 썩는 냄새, 땀, 애프터셰이브 로션, 막 감은 머리, 곰팡내 나는 음식, 얇게 썬 음식(감자 칩 등), 전자레인지에 데운 피자, 냄비, 담배, 맥주, 더러운 빨랫감, 젖은 수건, 냄새나는 신발, 체육복, 시큼하고 불쾌한 체취

맛

에너지 드링크, 탄산음료, 물, 박하사탕, 껌

촉감과 느낌

옷장 속 옷들의 다양한 재질(울, 폴리에스테르, 면, 실크, 데님, 가죽 등), 침구류, 가구류, 딱 달라붙는 청바지를 잡아당기고 펴가면서 힘들게 입는 느낌, 통화하느라 귀에 댄 휴대전화, 어깨를 누르는 배낭, 금속 지퍼와 차가운 똑딱단추, 침대에 쿵 소리 나게 던지는 몸, 편안한 빈백 의자에 앉을 때 기분 좋게 푹 꺼지는 느낌, 때리듯 쳐서 끄는 자명종, 책을 읽으려고 침대나 바닥에 대자로 드러눕는 느낌, 따뜻한 이불, 복슬복슬한 곰 인형, 모임이나 행사에 딱 맞는 옷을 고르려고 스팽글이 잔뜩 달린 특별한 옷이나 세련된 악세서리를 뒤적이는 느낌, 목에 감은 스카프가 미끄러져 흘러내리는 느낌, 잡아당겨 입거나 벗는 옷, 거울로 확인하기 전에 머리에 눌러 쓰는 모자, 손바닥으로 쓸 듯이 매만지는 머리카락, 침대에 누워 영화를 보면서 짭짤한 칩이 든 봉지에 집어넣는 손, 머리를 푹신하게 감싸는 베개

이 배경에서 벌어질 만한 갈등의 원인

- 이상한 소리에 잠에서 깬다.
- 누군가 자신의 방을 기웃거린 걸 알게 된다.
- 귀중한 물건이 사라진다.
- 옆방에 있는 사람이 운다.
- 잠에서 깼는데 누군가 방에 들어온 것을 발견한다.

- 노트북이 해킹당한 것을 알게 된다(이메일, 사적인 일기 파일, 비디오카메라 조작).
- 숨겨놓은 약물이나 콘돔을 부모에게 들킨다.
- 자기 방에 있어도 안심이 되지 않는다(가정 폭력이나 학대).
- 방을 몰래 뒤지던 부모가 자녀의 컴퓨터에서 음란물을 발견한다.
- 집에서 쫓겨난 친척과 한방을 쓰게 되면서 사생활을 방해받는다.
- 친구 집에서 하룻밤 자게 되면서 비밀 이야기를 주고받은 후에 생긴 고민을 부모에게 언제쯤 털어놓으면 좋을지 알 수 없어 속이 탄다.
- 방에서 공격을 받거나 납치된다.

이 배경에서 볼 만한 유형의 사람들

- 방의 주인, 주인의 친구들, 부모, 형제·자매

이 배경과 밀접한 다른 배경

- 욕실, 아이 방

참고 사항 및 팁

십 대의 방은 사적인 공간이자, 인물의 성격, 감정, 관심사를 반영하는 뛰어난 매개다. 모든 사람이 십 대의 사생활을 존중하지는 않기 때문에, 부모나 형제·자매가 방에 들어올 경우에 대비해 겉으로는 '부모가 허용하는 범위'를 넘지 않게 방을 꾸며놓을 수도 있다.

십 대의 방은 작가가 즐겁게 구상할 수 있는 기회를 누릴 만한 배경이다. 십 대가 간직할 만한 비밀, 중요한 물건을 몰래 감춰둘만 한 장소를 생각해볼 수도 있고, 나아가 물건을 감추면서도 내심 부모님이 봐주길 바라는 이중적인 심리를 암시하는 것으로 인물의 본래 모습을 보여줄 수도 있을 것이다.

배경 묘사 예시

레슬리는 노트북을 덮고 이불 속으로 더 깊숙이 파고들었다. 적막을 깨는 벽시계의 초침 소리를 빼면 방은 고요하고 깜깜했다. 눈이 어둠에 익자 책상과 벽에 붙여놓은 포스터들의 형체와 함께 희끄무레한 옷장 문을 알아볼 수 있었다. 그 순간, 레슬리는 숨이 턱 막혔다. 한쪽 벽 위로 가느다란 까만 선이 획 그어졌다. 2센티미터의 선이었다. 방금 노트북으로 끝까지 본 영화의 원작이 스티븐 킹의 소설이라면 모를까, 굵기가 2센티미터라는 게 대수로울 건 없었다. 레슬리는 문을 닫으려고 이불을 박차고 일어났다.

- **이 글에 쓴 기법**   대비, 빛과 그림자
- **얻은 효과**   성격 묘사, 분위기 설정, 복선, 감정 고조

아기 방 Nursery

창문 안으로 흐르는 빛, 희미한 전등 빛, 머리 위에 화려한 모빌을 매단 아기 침대, 서랍장, 기저귀 쓰레기통, 소모품이 비치된 기저귀 교환대(기저귀, 물티슈, 베이비파우더, 기저귀 발진 연고, 손 세정제가 있는), 빨래 바구니, 부드러운 빛을 던지는 취침 등, 흔들의자, 흔들 요람, 아기의 이름을 새긴 명판이나 이름을 벽에 장식으로 붙여둔 모습, 동물 인형, 음악 기기나 백색소음기, 부드러운 색으로 칠한 벽과 벽에 걸린 장식품, 가족사진을 넣은 액자들, 잡동사니, 베이비 모니터, 가제 수건, 안전 손톱깎이, 빗 세트, 담요와 퀼트, 고무젖꼭지, 딸랑이, 치발기, 두꺼운 종이나 천으로 된 책, 장난감 상자, 아기 옷(위아래가 붙은 우주복과 롬퍼스, 원피스, 멜빵바지), 아기 신발, 길 잃은 양말, 침대 위에 누워 있거나 무릎을 꿇은 아기, 바닥에 널린 장난감, 열린 채로 옷이 걸쳐진 서랍, 천장에 빛나는 야광별, 천장에 걸려 있는 장식(나비, 새, 비행기), 옷장(이불, 기저귀 상자, 외투, 아기가 자라서 입을 옷가지가 든)

소리

삐걱거리는 유아용 그네, 모빌에서 흘러나오는 음악, 백색소음기의 부드러운 잡음, 바스락거리는 유아용 침대 매트리스, 달가닥거리거나 삑삑거리는 장난감, 여닫히는 기저귀 쓰레기통, 기저귀 테이프를 당길 때 뜯기는 소리, 바스락거리는 기저귀, 똑딱단추 채우는 소리, 전등 스위치를 켜거나 끌 때 나는 딸깍 소리, 삐걱거리는 흔들의자, 옹알이하거나 울부짖는 아기, 아기를 돌보면서 내는 흥얼거림이나 노랫소리, 아기의 기저귀를 갈거나 자장가를 부르는 동안 바닥에 앉아 노는 형제·자매들, 창밖에서 들리는 소리들(후드득 떨어지는 비, 바람, 흔들리는 나무, 귀뚜라미, 지저귀는 새, 지나가는 차, 대화하는 이웃, 잔디 깎는 기계), 에어컨이나 난방기가 켜지는 소리, 웅웅거리는 가습기, 다른 방에 있는 사람들의 조용한 목소리, 서랍을 열고 닫으며 정리하는 옷, 블라인드 줄을 올리고 내리는 소리, 엄지손가락을 빨거나 손가락에 침을 묻히는 아기, 잘 때 들리는 소리(코고는 소리, 높은 숨소리, 깊은 숨)

베이비파우더, 베이비 로션, 기저귀 발진 연고, 소변, 대변, 침, 아기의 토사물, 시큼한 우유, 공기청정기, 항균 스프레이

맛

분유, 우유

촉감과 느낌

보송보송한 담요, 안기 좋게 푹신한 동물 인형, 땀에 젖거나 부드러운 아기의 머리카락, 잠든 아기의 따스한 몸, 매끄러운 피부, 침이 가득한 아기의 뽀뽀, 축축하거나 젖은 기저귀와 옷, 푹신한 기저귀 교환대 덮개와 차가운 물티슈, 온열 기구로 데운 따뜻한 물티슈, 창문을 통해 비치는 따스한 햇볕, 전등이나 취침 등의 열기, 따뜻한 플라스틱 젖병, 젖병을 쪽쪽 빠는 아기, 질척한 기저귀, 흐르거나 끈적거리는 침, 손에 묻은 베이비파우더, 유분이 있는 로션, 버둥거리는 아기, 차가운 금속 똑딱단추, 부드러운 옷, 아기를 진정시키는 바운서나 흔들의자의 흔들림, 팔에 안겨 잠들면서 움직임을 조금씩 멈추는 아기

이 배경에서 벌어질 만한 갈등의 원인

- 아기가 자주 울거나 까다롭다.
- 아기가 아픈데 의사도 이해할 수 없는 증상이다.
- 시간이 없는데 기저귀를 갈아주어야 한다.
- 영아돌연사증후군으로 아기가 죽는다.
- 알 수 없는 알레르기 물질 때문에 호흡곤란이 일어난다.
- 안전 사고(블라인드 줄, 전기 콘센트, 질식을 일으킬 수 있는 각종 물건들 때문에)가 생긴다.
- 어둠 속에서 장난감을 밟는다.
- 겨우 잠든 아기를 깨울 수 있는 시끄러운 소리가 들린다.
- 신뢰할 수 없는 베이비시터가 아기를 다치게 하거나 방치한다.
- 처음으로 부모가 되어 불안하다.

- 아기 때문에 수면 부족을 겪는다.
- 산후 우울증 또는 정신 질환을 앓는다.
- 육아 방식에 대한 논쟁, 특히 세대 간의 논쟁이 벌어진다.
- 질투심 많은 형제·자매들이 잘못된 방식으로 부모의 관심을 끌려고 하거나 심지어 아기에게 해를 끼치려고 한다.
- 아기를 돌볼 사람이 집에 아무도 없는 상태에서 편부모가 갑자기 세상을 떠난다.
- 이웃들이 떠들썩한 파티를 열거나 시끄러운 말다툼을 벌여 아기를 깨운다.

이 배경에서 볼 만한 유형의 사람들

- 아기, 베이비시터, 가정부, 가족, 손님, 유모

이 배경과 밀접한 다른 배경

- 놀이터, 유치원

참고 사항 및 팁

아기 방은 그 방을 채우는 가족들만큼이나 다양한 모습일 수 있다. 부유한 집의 아기 방은 화장실이 딸려 있기도 하지만, 쌍둥이나 세쌍둥이가 방 하나를 쓸 수도 있다. 아기 방의 장식은 가족의 재정 상태와 취향에 따라 화려하거나 검소할 수 있다. 열정적인 부모는 정해진 일과를 따르고, 아기의 뇌 활동을 자극하기 위한 장난감과 책을 구입하며, 전문가의 최신 조언에 따라 아기 방을 꾸밀 것이다. 하지만 아이와 같이 자는 가족은 아기 방을 단순히 아기 물건을 보관하는 장소로 볼 수도 있다. 아기 방은 전반적으로 아기보다 부모를 더 많이 드러내는 매우 개인적인 공간임을 명심해야 한다.

배경 묘사 예시

창문 커튼 사이로 스며든 햇빛이 완성된 아기 방을 환하게 밝혔다. 짙고 환한 파란색 벽에는 덤프트럭과 트랙터 만화가 프린트된 액자들이 걸려 있었다. 백색소음기는 뜨거운 열대우림이 속삭이는 듯한 소리를 냈다. 마거릿은 서랍장

위 나무 기차를 잡고 앞뒤로 굴렸다. 그녀는 갓 칠한 페인트와 새 가구 냄새를 들이마시고 불룩하게 부푼 배를 문지르며 한숨을 쉬었다. '아가야, 준비되면 언제든지 나오렴.'

- **이 글에 쓴 기법** 빛과 그림자, 다중 감각 묘사
- **얻은 효과** 분위기 설정, 감정 고조

아이 방   Child's Bedroom

풍경

폭이 좁은 침대, 서랍장(메달, 상장, 트로피, 패스트푸드 키즈밀 한정판 장난감이 놓인), 미술 도구들이 놓인 책상(연필, 펜, 유리병에 담긴 크레용, 낙서한 종이), 휴대용 게임기나 음악 재생기, 벽의 선반이나 책들이 꽂힌 책장, 코르크판(그림, 수집한 열쇠고리, 사진, 학교 안내문이 꽂힌), 벽에 기대놓은 헌 책가방, 구겨진 채 바닥에 떨어진 옷가지, 옷장(빨랫감, 장난감, 게임기로 꽉 찬), 핀이나 테이프로 벽에 고정한 영화 및 만화영화 포스터, 만화 캐릭터나 유행하는 문구를 크게 프린트한 티셔츠, 바닥에 깐 러그, 말아서 침대 밑에 밀어 넣은 양말, 한 무더기로 쌓인 스포츠용품, 커튼이나 블라인드가 달린 작은 창문, 금붕어 한 마리가 있는 어항이나 햄스터 한 마리가 있는 케이지, 가득 찬 쓰레기통, 여기저기 흩어진 컵과 접시, 문과 조명 스위치 주변에 묻은 손자국과 얼룩

여자아이 방   선반이나 창틀에 세워놓은 동물 인형, 인형과 옷이 담긴 바구니, 운동기구, 매니큐어, 헤어밴드, 머리핀, 밝은색 이불과 색을 맞춘 베개, 파스텔 톤의 인테리어(커튼, 벽 색깔 등), 손거울, 향수와 보디 스프레이, 서랍 안에 개켜놓은 스팽글 장식 티셔츠, 보석함

남자아이 방   운동기구, 레고 블록이 가득 든 통, 장난감 자동차들과 원격조종 장난감들, 피겨들이 빽빽이 놓인 선반, 물총이나 장난감 총, 문 뒤에 붙은 미니 농구대, 짙은 색깔이거나 스포츠 테마나 영화 스타가 프린트된 침구 및 인테리어 장식들, 야구 모자 너덧 개, 스타들의 포스터(스포츠 팀, 운동선수, 영화 속 슈퍼 히어로)

소리

음악, 웃음, 똑딱거리는 벽시계, 여닫히는 서랍, 큰 소리로 혼잣말하는 아이, 침대에 몸을 던질 때 삐걱거리는 소리, 서랍 뒤지는 소리, 옷장에 걸린 옷걸이들을 이리저리 밀 때 나는 소리, 방바닥에 부딪쳐 튀어 오르는 공, 물건을 움직이거나 넘어뜨릴 때 나는 쿵 소리, 종이에 연필이나 크레용으로 그림을 그릴 때 나는 끽끽 소리, 발톱을 긁는 케이지 속 햄스터, 가장 좋아하는 노래를 흥얼거리거나 따라 부르는 소리

먼지, 카펫, 매직펜, 크레용, 지저분한 양말, 땀

방으로 가져온 간식(샌드위치, 감자 칩, 그래놀라 바), 비밀 장소에서 꺼낸 사탕과 초콜릿, 음료(주스, 탄산음료, 우유)

곰 인형의 부드러운 털, 따뜻하고 보송한 이불, 차가운 문고리, 침대로 몸을 던지면 튕겨 오르는 침대 스프링, 발밑의 두툼한 카펫이나 러그, 손톱에 매끄럽게 발리는 차가운 매니큐어, 커튼을 펄럭이고 뺨에 와 닿는 바람, 엉킨 머리카락에 걸린 빗, 머리 위로 잡아당기는 티셔츠, 책상이나 탁자 모서리를 힘껏 쳤을 때의 예리한 통증, 침대에서 떨어질 때의 둔탁한 충격, 빈백 의자에 앉아 책을 읽을 때 가라앉는 듯한 몸, 나무로 된 단단한 책상 의자

이 배경에서 벌어질 만한 갈등의 원인

- 형제·자매가 허락 없이 방에 불쑥 들어온다.
- 형제·자매가 허락 없이 물건을 건드리거나 빌려간다.
- 소중한 물건이나 남에게 빌려온 물건을 잃어버린다.
- 친구와 놀다가 다툰다.
- 가족이나 친구에게 위협을 느낀다.
- 악몽을 꾼다.
- 어둠이 무섭다.
- 우연히 엿듣게 된 말다툼이나 전화 통화에서 누군가의 비밀을 알게 된다.
- 친구가 다녀간 뒤 물건이 없어진다.
- 과자 따위를 침대 밑에 두고 잊어버리는 바람에 개미 떼가 들끓는다.
- 이상한 느낌에 잠에서 깼는데 연기 냄새를 맡는다.
- 잠에서 깨어나 어둠 속에 누군가 있는 것을 알아차린다.
- 누군가 창문을 두드리는 소리에 잠에서 깬다.

- 누군가의 이름을 부르는 소리가 들리지만 아무도 없다.

이 배경에서 볼 만한 유형의 사람들

- 가정부, 친구와 형제·자매, 부모, 방 주인

이 배경과 밀접한 다른 배경

- 욕실, 십 대의 방

참고 사항 및 팁

여자아이와 남자아이로 성별을 구분하긴 했지만, 어디까지나 브레인스토밍이 필요한 사람들을 위해 개괄한 것뿐이다. 남자아이든 여자아이든 인물마다 관심사나 호불호가 다름을 명심하자. 방의 장식을 결정하는 건 아이의 성별이 아니라 성격이어야 한다. 아이의 방을 돋보이게 하고 싶다면 아이의 관심사를 반영하는 수집품, 좋아하는 악기, 재능이나 실력을 엿볼 수 있는 다양한 물품들, 그리고 아이가 가장 소중한 것을 보관할 만한 비밀 공간(서랍, 숨겨놓은 상자) 등을 생각하라.

배경 묘사 예시

문간에 서서 잠든 조카를 바라보며, 그나마 밤이 되면 이 방이 견디기가 훨씬 낫다는 사실에 새삼 안도했다. 열린 창문으로 시원한 바람이 들어왔고, 어둠은 옷 더미와 지저분한 유리컵들과 넘치는 쓰레기통을 거무스름한 덩어리로 바꿔 놓았다. 그 광경을 보니 그래도 한 세기 전에는 이 방에 진공청소기가 들어온 적이 있었을 거라고 믿고 싶어질 정도였다. 영혼이 자유로운 여동생을 사랑했지만, 자식한테 청결의 중요성을 가르치기를 바라는 마음이었다.

- **이 글에 쓴 기법** 빛과 어둠, 날씨
- **얻은 효과** 성격 묘사, 감정 고조

풍경

허공을 떠다니는 티끌 같은 먼지, 더러운 창문이나 판자벽과 지붕보 사이의 틈 새로 새어 들어온 칼날 같은 빛줄기, 작업 테이블, 구석에 비스듬히 세워둔 잔디 용품들(갈퀴, 삽, 괭이, 대형 쇠망치, 구멍을 파는 연장, 빗자루, 도끼, 전지가위), 페 인트 캔 더미, 페인트용품(다양한 크기의 페인트 브러시들, 양철통, 페인트 휘젓개, 마스킹 천, 마스킹 테이프), 잔디 깎는 기계, 연장 보관함과 따로 떨어져 나온 연 장들(망치, 톱, 줄, 수평기, 줄자, 렌치, 나사돌리개, 래칫ratchet[한쪽 방향으로만 회전 하는 톱니바퀴], 소켓 세트), 낡은 자전거, 접이식 잔디 의자, 전기톱, 원예 도구들 (가래, 장갑, 지저분한 햇빛 차단용 모자, 갈고랑이), 흙투성이 화분, 정원 호스, 돌 돌 감아놓은 노끈과 멀티탭, 겨울용 자동차 체인과 스페어타이어, 봉지에 담긴 비료들과 화분용 영양토, 잡동사니들(못, 너트, 볼트, 나사, 갈고리, 자석, 똬리쇠) 이 가득 찬 커피 캔이나 음식 저장용 유리 용기들, 오일과 가스 캔, 전동 공구(전 기 사포, 마이터 톱miter saw[각도를 조절하여 절단할 수 있는 톱], 테이블 톱, 드릴), 톱질 용 모탕, 각기 다른 단계에서 완료된 작업물들, 고장 난 후 아직 수리하지 못한 기기들, 사포, 보안경과 장갑, 목재용 접착제, 바이스vice[공작물을 끼워 고정하는 기 구], 새 모이를 담은 봉지들, 돌돌 말아놓은 닭장용 철망, 긴 자, 그리스 세척제, 종이 타월, 상자와 캔, 연필, 선풍기, 지저분하거나 금이 간 유리창, 거미줄과 거 미, 쥐똥, 쥐나 얼룩다람쥐, 창턱 위에 죽어 있는 파리들, 넘치는 쓰레기통, 미세 한 잔해들(흙, 톱밥, 대팻밥, 바람에 불어온 나뭇잎, 깎여 나간 잔디 부스러기)

소리

나무 바닥을 쿵쿵 지나가는 발걸음, 삐걱거리는 나무 바닥 위로 끌고 가는 비료 자루, 문에서 삐걱거리는 경첩, 붕붕 소리를 내며 창문에 부딪치는 꿀벌이나 파 리, 이동하다 긁히는 상자, 나사와 못을 고를 때 딸그락거리는 금속성의 소리, 바닥에 쨍그랑 떨어지는 못, 물건을 쉽게 찾을 수 없어서 내는 짜증과 욕설, 무 거운 물건을 옮기다 힘들어서 투덜대는 소리, 작은 공간에서 이리저리 부딪치 는 바람에 긁히고 까진 피부, 먼지 때문에 나오는 기침, 후닥닥 움직이는 설치 류, 지붕을 긁는 웃자란 나뭇가지들, 처마 밑을 스치며 한숨 같은 소리를 내는 바람, 가까운 곳에서 작동하는 엔진, 두드리는 망치, 가는 톱으로 자르는 소리, 단단한 볼트가 느슨하게 풀리면서 나는 끽끽 소리, 전기톱을 작동하기 시작할 때 포효하는 듯한 소리, 화분에 붓는 흙, 잡동사니 더미에서 굴러떨어진 물건들이 내는 딸그락 소리, 소나무에서 솔방울이나 솔잎 들이 양철 지붕으로 떨어지면서 나는 달각달각 소리, 여름에 폭풍과 함께 내리는 비가 북을 두드리듯 쏟아지는 소리와 천둥이 꽝꽝 치는 소리

냄새

먼지, 갓 깎은 잔디, 비료, 녹슨 연장과 못, 햇빛에 뜨거워진 금속, 오일, 그리스, 가솔린, 페인트, 흙

맛

이 배경에서는 등장인물이 가지고 있는 것(껌, 박하사탕, 립스틱, 담배 등) 말고는 관련된 특정한 맛이 없다. 이럴 때는 미각 외의 네 가지 감각에 집중하는 것이 좋다.

촉감과 느낌

구석마다 걸어둔 비료나 새 모이를 담은 봉지들, 못이 가득 담긴 깡통이나 다른 용기에 손을 집어넣다가 찔리는 느낌, 뻣뻣한 작업용 장갑, 눈으로 흘러 들어온 땀, 버려진 물건에 걸려 넘어지는 느낌, 손에 묻은 먼지, 들이마시는 먼지, 열린 창문으로 들어오는 바람, 매끈한 연장 손잡이, 아슬아슬하게 쌓인 상자들이나 양철통 더미를 건드리지 않으려고 조심하면서 필요한 물건을 꺼내는 느낌, 얼굴을 쓸 듯이 스치는 거미줄, 손가락에 묻은 그리스, 전동 연장에서 느껴지는 진동, 단단히 맞물린 캔을 여느라 힘을 주는 느낌

이 배경에서 벌어질 만한 갈등의 원인

- 친척 노인이 세상을 떠난 뒤 물건이 산더미처럼 쌓인 그의 헛간을 치워야 한다.
- 쥐들이 들어와 직물용품을 쏠고, 씨앗 자루들에 구멍을 뚫어놓는다.
- 녹슨 철제 따위에 베이거나 찔려서 수술을 받고 파상풍 주사를 맞아야 한다.
- 지붕에 물이 새서 비싸거나 주문 제작한 장비가 망가진다.

- 필요한 물건을 도저히 찾을 수 없다.
- 정원 일을 해야 하는데, 차라리 다른 일을 하는 게 낫겠다는 마음이 든다.
- 창고로 도망쳐 들어온 위험한 인물과 맞닥뜨린다.
- 한참 찾던 연장이 예전에 이웃이 빌려가서 돌려주지 않은 물건임을 뒤늦게 떠올린다.
- 쓰고 나서 다시 가져다놓으려던 연장에서 말라붙은 피를 발견한다.

이 배경에서 볼 만한 유형의 사람들

- 집주인, 아이들

이 배경과 밀접한 다른 배경

- 뒤뜰, 지하실, 차고, 작업실

참고 사항 및 팁

연장 창고는 보통 각종 연장과 원예 장비 들을 보관하는 작은 구조물을 말한다 (건축 프로젝트, 원예나 스테인드글라스 제작 같은 취미 활동을 위한). 더 큰 장비나 작업 공간까지 포함할 만큼 공간이 넓은 경우도 있다. 연장 창고에 있는 잡동사니는 가족 구성원의 특이한 관심사를 보여줄 수도 있고, 다른 가족이 보지 못하도록 물건을 몰래 감추거나, 비밀리에 금기 행위나 불법 행위를 한 흔적이 될수도 있다. 창고는 무심한 사람에게는 뒤죽박죽의 상태로 보이므로, 남들 눈을 피해 가까이 두고 싶은 물건을 보관하기에 안성맞춤이다.

배경 묘사 예시

아빠는 그 기차 세트가 내 낡은 자전거 바로 옆 창고 뒤편에 있다고 말했다. 어린 사촌이 가지고 놀기에 그보다 더 좋은 장난감은 없었다. 이 창고는 빗자루나 렌치, 새 모이 봉지를 가지러 천 번은 들락거린 곳이었다. 밤이라 어둠이 벽과 선반마다 들러붙고, 원통형의 공급용 배관들 위로 매달리며 모든 것을 시커멓게 칠하고 있었다. 숨을 들이마실 때마다 먼지가 목에 켜켜이 쌓이는 듯했다. 훅 불어온 바람에 흔들리는 나뭇가지들이 끽끽 소리를 내며 양철 지붕을 긁어댔다. 난 그 자리에서 빙그르르 돌아 집으로 도망쳤다. 미안하지만 데이비에게는 퍼즐이나 가지고 놀라고 해야겠다.

- **이 글에 쓴 기법** 대비, 빛과 그림자, 날씨
- **얻은 효과** 분위기 설정, 긴장과 갈등

옥외 변소

풍경

거친 합판으로 세운 벽, 문에 난 낫 모양의 구멍을 통해 들어오는 빛, 뾰족한 지붕, 파인 구멍이나 변기, 철사 옷걸이에 달린 휴지, 거친 바닥에 떨어진 흙덩이와 마른 풀 조각, 죽은 파리, 거미와 거미줄, 나가려고 애쓰는 모기, 걸쇠가 달린 문, 구멍 저 아래 쌓인 휴지와 배설물

소리

갈라진 틈과 가장자리로 들어오려는 바람, 삐걱거리는 나무, 볼일을 보며 합판에 두드리는 발, 높은 풀 사이로 미끄러져서 변소 바깥쪽에 부딪히는 바람, 밖에서 다진 흙바닥을 가로질러 걷는 사람들, 시동 거는 농기구들(트랙터, 트럭, 포클레인, 수확기), 목장주들이 서로에게 또는 동물에게 외치는 안부 인사, 구멍으로 떨어지는 소변, 누군가 두드리는 문, 귓가에서 앵앵거리는 모기

냄새

암모니아 냄새 같은 강렬한 대소변 냄새

맛

이 배경에서는 등장인물이 가지고 있는 것(껌, 박하사탕, 립스틱, 담배 등) 말고는 관련된 특정한 맛이 없다. 이럴 때는 미각 외의 네 가지 감각에 집중하는 것이 좋다.

촉감과 느낌

피부를 찌르는 거친 판자, 나무 가시에 찔릴 때의 통증, 부드러운 휴지, 소름 돋을 만큼 차가운 바람, 화장실 문에 달린 차가운 금속 볼트나 걸쇠를 거는 느낌, 될 수 있는 한 변기에 덜 닿도록 뻣뻣하게 앉는 느낌

이 배경에서 벌어질 만한 갈등의 원인

- 동물들이 옥외 변소 아래로 굴을 파고들어 토대를 약화시킨다.
- 변소 안에 사람이 있을 때 변소 건물을 무너뜨리면 재미있겠다고 생각하는 친구들이 있다.
- 동물들이 어슬렁거리는 바람에 변소 안에서 꼼짝도 할 수가 없다.
- 변소 안에 있을 때 싱크홀이 발생한다.
- 누군가를 변소 안에 가두는 장난을 친다.
- 무언가가 변소를 긁고 숨소리를 크게 내면서 나무틀을 씹는 소리를 듣는다.
- 위험한 상황에 빠져 옥외 변소 안이나 아래에 숨어야 한다.
- 문을 닫아도 틈이 생긴다.
- 사람들이 차례를 기다리며 안달한다.
- 휴지가 다 떨어졌다.

이 배경에서 볼 만한 유형의 사람들

- 가족 구성원, 시설망 밖이나 외딴곳에 사는 사람들(수도나 전기 없이 사는 농장주나 목장주 등), 땅 주인

이 배경과 밀접한 다른 배경

- 뒤뜰

참고 사항 및 팁

옥외 변소는 수도 시설이 없는 외딴 지역의 농장이나 사냥 캠프에서 가장 흔히 볼 수 있다. 이야기가 벌어지는 장소로는 이상해 보일 수 있지만, 인물들은 이 안에 있는 동안 취약하다. 외딴곳의 밀폐된 공간에 있을 때 사람들은 불쾌함을 느끼고, 의외의 것을 상상한다. 문 바로 너머에서 누군가(혹은 무언가가) 바스락거리는 소리를 들으면 인물들은 최악의 시나리오를 떠올린다. 그들은 변소 안에서 기다리거나 문밖에서 무슨 일이 일어나든지 직면해야 하는 선택에 놓인

다. 옥외 변소는 긴장과 갈등을 위한 매우 독특한 배경이 될 수 있다.

배경 묘사 예시

마이카는 끓어오르는 듯한 더위 속에서 버티느니 이모와 짐 삼촌의 농장이나 탐험하기로 하고 먼지 자욱한 마당으로 들어섰다. 들풀에 웅크리고 있는 건물들과 동전 모양의 나뭇잎들이 수만 개는 매달린 거대한 나무들이 햇빛을 가렸고, 신발 위로 움직이는 그림자를 드리웠다. 마이카는 좁은 문에 초승달 모양의 구멍이 뚫린 작은 건물을 발견했다. 화장실이다! 마이카는 궁금한 마음에 손잡이를 당겼다. 누렇게 변한 변기 시트가 눈에 들어왔다. 바로 옆에는 구겨진 두루마리 휴지가 있었고, 그 위로 파리 한 마리가 죽은 채 앉아 있었다. 머리 위로 대롱거리는 파리끈끈이에는 죽은 파리가 열 마리는 넘게 붙어 있었다. 악취가 작은 오두막 밖까지 풍겨 나와 마이카는 손으로 재빨리 입과 코를 막았다. '토할 것 같아!' 이틀 동안 차를 타고 바닷가로 가는 길에 독감에 걸린 남동생한테서 나던 냄새와 비슷했다.

- **이 글에 쓴 기법** 대비, 빛과 그림자, 날씨
- **얻은 효과** 감정 고조

온실 Greenhouse

풍경

목재 프레임 위에 유리나 비닐 시트로 만든 구조물, 새싹이 솟아오른 모종 트레이가 걸려 있는 선반, 다양한 화초를 심은 화분들, 돋음 모판, 각종 허브(바질, 타임, 파슬리, 딜dill[미나리과의 한해살이풀인 딜을 이용한 향신료], 사철쑥), 나무 선반 위에 떨어진 화분용 흙, 바닥이 깊은 화분이나(토마토, 오이, 호박, 고추, 애호박 등을 심기 위한) 긴 직사각형 통, 물뿌리개, 딸기와 방울토마토가 풍성하게 자라는 공중걸이 화분, 모종삽, 뽑은 잡초로 가득 찬 양동이, 비료, 비닐 위를 기어 다니는 초파리와 거미, 투명한 지붕을 뚫고 들어와 벽마다 맺힌 물방울을 반짝이는 햇빛, 모종을 구분하기 위해 화분에 꽂아둔 표식들, 호박마다 달린 희고 노란 꽃들, 퇴비가 담긴 자루, 벽걸이에 걸린 작은 빗자루와 쓰레받기, 수확한 채소가 가득한 스테인리스 믹싱 볼, 흙길을 따라 얼키설키 얽힌 덩굴, 비닐 벽을 누르는 이파리가 넓은 식물, 온도계, 똘똘 감긴 급수용 호스, 나무나 금속 작업대 위에 놓인 흙투성이 원예용 장갑, 습도를 올리려고 놓은 물 양동이, 씨앗 봉지가 가득 담긴 통, 흙이나 콘크리트 바닥의 물 자국, 만발한 꽃들, 진딧물과 무당벌레

소리

온실 지붕과 벽을 두드리는 비, 호스에서 안개처럼 흩뿌려지는 물, 윙윙거리는 파리, 벽을 흔들거나 비닐을 펄럭이는 바람, 가위로 싹둑싹둑 자르는 소리, 낙엽을 밟을 때 나는 바스락 소리, 가지치기할 때 똑똑 부러지는 소리, 밖에서 들려오는 소리(나무를 스치는 바람, 지저귀는 새들, 들판에서 노는 아이들, 귀뚤귀뚤 우는 귀뚜라미, 붕붕거리는 벌), 화분의 식물을 옮겨 심을 때 뭉친 흙이 성겨지도록 화분을 작업대에 탕탕 두드리는 소리, 물이 가득한 통을 바닥에 둔탁하게 내려놓는 소리, 물이 새는 호스, 토분 안쪽을 긁는 흙손, 통 안에 붓는 화분용 흙

냄새

토마토 덩굴의 상큼하고 톡 쏘는 향, 맑고 향기로운 허브, 햇볕을 받아 따뜻한 흙, 축축한 흙, 곰팡이, 습한 공기, 싱그러운 꽃송이

상추, 토마토, 갓 딴 베리류, 매운 고추, 과즙 가득한 멜론, 파삭파삭한 순무, 아삭아삭한 오이

촉감과 느낌

까끌까끌하고 두툼한 신선한 호박잎, 따뜻하고 축축한 흙, 바스러지는 비료, 뼛가루로 만든 비료, 매끈한 고추, 피부에 닿는 축축하고 따뜻한 공기, 손가락마다 붙은 흙, 잘 익은 토마토의 탱탱한 껍질, 손에 든 묵직한 가위, 잎을 타고 흘러 피부 위로 뚝뚝 떨어지는 물방울, 노즐이 새서 원예용 장갑 속으로 흘러 들어오는 차가운 물줄기, 물이 가득 찬 무거운 물통, 맨살을 스치는 나뭇잎, 두 손을 감싸는 빳빳한 원예용 장갑, 건조하고 종잇장 같은 낙엽, 날카로운 가시, 살을 찌르는 잔가지들

이 배경에서 벌어질 만한 갈등의 원인

- 우박이 온실 구조물을 손상시키거나 구멍을 낸다.
- 벌레나 다른 해충이 있다.
- 과열에 시달리거나 물을 충분히 주지 않은 식물이 있다.
- 동물이 온실로 들어와 작물을 파헤친다.
- 비료나 화학약품을 과용하는 바람에 흙의 성분이 변한다.
- 늦추위로 작물이 손상된다.
- 이례적인 폭염으로 작물이 시들어버린다.

이 배경에서 볼 만한 유형의 사람들

- 가족 구성원, 정원사, 휴가 기간 동안 물 주는 것을 부탁받은 이웃

이 배경과 밀접한 다른 배경

- 뒤뜰, 정원, 연장 창고, 채소밭

온실은 프레임 위에 비닐을 씌운 단순한 형태부터, 금속과 두꺼운 유리나 비닐로 만들어 빛을 통과시키고 열을 보존하는 종류까지 다양하다. 고급 온실은 전기를 공급해 스프링클러, 열 매트, 송풍기, 식물용 조명, 가습기, 냉각 장치를 가동할 수도 있다. 상업용 온실은 온갖 장치는 물론, 식물과 장비를 별도로 관리하는 인력까지 갖추고 있다. 그러나 온실의 종류를 결정하는 건 바로 온실 주인의 성향이다. 온실이 단순한지 복잡한지 결정하기 전에, 온실을 관리하는 인물에 대해 생각하라. 온실이 있는 장소도 중요하다. 온실은 보통 밖에 옮겨 심기 전까지 식물을 키우는 데 쓰지만, 온실에서 자라는 쪽이 더 적합하다면 끝까지 온실에서 재배한다. 호박처럼 벌들의 수분 작용이 필요하다면 온실 주인이 직접 그 일을 해줘야 한다.

글렌의 기하학 사랑은 그의 삶 전반을 지배했고, 온실도 예외는 아니었다. 천수국과 팬지가 봉우리와 계곡 모양으로 피어났고, 뒷벽을 따라 'V' 자 모양의 형세를 이루었다. 두꺼운 콩 넝쿨은 다이아몬드 모양의 격자 울타리를 휘감고 올라갔으며, 적상추는 둥근 화분들마다 납작한 지형을 이루었다. 토마토는 중앙에 일렬로 늘어선 직사각형 화단에서 위풍당당하게 질주하고 있었다. 깔끔하게 말린 급수용 호스는 부채 모양으로 가지런히 놓아둔 글렌의 원예용 장갑 옆에 있었다. 심지어 비닐 막의 물방울마저 줄을 맞춰 맺혀 있을 정도였다. 나는 썩 웃었다. 온실을 이렇게 꾸며놓은 글렌과 그걸 용케 알아챈 나. 둘 중에 누가 더 괴짜일까.

- **이 글에 쓴 기법**　의인화
- **얻은 효과**　성격 묘사

풍경

벽에 걸린 매끄러운 선반(삼나무, 마호가니나무, 체리나무 또는 떡갈나무로 만든), 와인과 와인 잔이 든 상자, 유리 물병, 탄산수 제조기가 놓인 세련된 대리석 또는 화강암 시음 테이블, 라벨이 보이도록 수평으로 놓은 상자들, 분위기를 내려고 벽감에 설치한 조명, 냉장고, 돌이나 타일로 된 바닥재, 강화유리 문, 온도 조절을 위해 단 온도계, 와인병, 벽돌로 장식한 벽면, 특별한 와인병을 전시하기 위한 와인 통, 두꺼운 목재를 깐 조리대, 양각 장식한 수납장, 눈에 띄지 않게 설치된 음악 스피커, 치즈가 담긴 쟁반, 시음을 위해 차려놓은 말린 과일과 견과류, 냅킨

소리

실외기가 딸린 에어컨에서 작게 들리는 그르렁 소리, 공기량 제어기가 돌아가는 상대적으로 작은 공간에서 작게 울리는 목소리와 발소리, 차분한 음악, 웃음, 쨍 부딪치는 와인 잔, 디퓨저나 탄산수 제조기를 거치며 꼴꼴 소리를 내는 와인, 디켄터에서 쏟아지는 와인, 여닫히는 진열장과 서랍, 스크루 캡을 돌릴 때 나는 딱딱 소리, 코르크 마개가 퍽 빠지는 소리, 와인 잔을 화강암 테이블에 대고 밀어 건너편 사람에게 권할 때 나는 소리, 엄지로 와인병의 라벨을 훑을 때 종이와 마찰하는 소리

냄새

나무, 돌, 떡갈나무, 포도, 다양한 와인 향(텁텁한, 톡 쏘는, 스파이시한, 스모키한), 오래된 코르크 마개

맛

와인(시큼하거나 달콤한, 과일 맛, 단맛이 없는, 후추 맛, 흙 맛, 감칠맛), 시음을 위해 신중하게 고른 음식(물, 치즈, 견과류, 말린 과일, 초콜릿), 오래되어 변질된 와인의 고약한 맛

한 손에 든 와인병의 무게, 오래된 병에 쌓인 먼지나 지문 자국, 와인 잔의 딱딱한 손잡이를 손가락 끝으로 단단히 잡는 느낌, 와인병에서 오래된 코르크 마개를 가만히 비틀거나 잡아당겨 뽑는 느낌, 유리잔 속 레드 와인을 일정한 방향으로 소용돌이를 일으키도록 흔들어 향을 내는 느낌, 입안에서 부드럽게 녹는 치즈나 울퉁불퉁한 견과류, 첫 모금을 마셨을 때 혀에 퍼지는 풍미, 입술에 묻은 시큼한 와인, 냅킨으로 톡톡 두드려 닦는 입, 실수로 와인이 가득 든 잔이나 병을 떨어뜨린 순간 두 다리에 튀는 와인

이 배경에서 벌어질 만한 갈등의 원인

- 온도에 민감한 오래된 와인을 보관한 저장실의 에어컨이 고장 난다.
- 지진으로 와인 선반이 기울거나 와인 여러 병이 깨진다.
- 희귀 와인이나 대량의 와인을 도난당한다.
- 마개가 손상되면서 값비싼 와인이 변질된 것을 발견한다.
- 수직으로 세워둔 와인병의 코르크 마개가 말라 쪼그라드는 바람에 공기가 들어가 와인이 변질된다.
- 칠칠치 못한 손님이 와인병을 떨어뜨려 박살 난다.
- 술을 자제하지 못하고 마셔대는 친구 때문에 집주인이 난처해진다.
- 와인을 사랑하는 사람들을 이해하지 못하고 놀려대는 친구가 있다.

이 배경에서 볼 만한 유형의 사람들

- 레스토랑 운영자, 소믈리에(호텔, 특별 클럽, 고급 레스토랑), 친구 및 가족(개인 와인 저장실인 경우), 집주인, 종업원

이 배경과 밀접한 다른 배경

- **시골 편** 지하실, 부엌, 대저택, 와인 양조장
- **도시 편** 아트 갤러리, 댄스홀, 정장을 입어야 하는 행사

지하실의 와인 저장고가 오만한 태도로 부를 과시하는 것처럼 여겨지던 시대는 지났다. 와인은 수년 전부터 대중적인 인기를 끌며 대중적인 취미의 하나로 자리 잡았다. 당신의 주인공이 맞춤 제작한 와인 저장실을 가지지 말라는 법은 없다. 그렇다면 온도 조절 장치와 시음 공간을 비롯해 고급 크리스털 잔과 값비싼 와인을 종류별로 갖추고 있을 수도 있다. 아니면 지하실을 개조해 와인을 저장할 수도 있다. 실내장식은 중요하지 않다. 저장실에 있는 것이 중요하다. 바로 와인 말이다.

린든은 요새 한창 빠져 있는 것을 보여주겠다는 일념으로 날 끌다시피 계단을 올라갔다. 그의 마음을 받아주고 싶었지만, 이곳에 오려고 비행기를 세 번이나 타는 것도 모자라 이코노미석에서 내내 시달린 터라 금방이라도 쓰러질 것처럼 피곤했다. 엄마는 린든이 애인과 헤어진 후 몹시 상심한 터라 내가 곁에 있어줘야 한다고 말했다. 정작 그는 그 사실을 결코 인정한 적이 없는데도. 나는 늘 그랬듯, 모든 걸 내던지고 린든에게 달려왔다. 그러나 그와 함께 내 집세보다도 훨씬 비싸 보이는 월계수잎 문양의 아치 길을 지나면서 내 결정을 다시 생각하고 있었다. 린든이 유리문을 열자 주변 온도가 미세하게 내려갔다. 바닥에서 천장까지 뒤덮은 석판 치장재에 수백 개의 다이아몬드형 선반들이 붙어 있었다. 와인병이 선반마다 들어 있었으며, 둥근 화강암에 테를 두른 시음 테이블이 놓여 있었다. 관객의 환호를 끌어내리려고 필사적이 된 마법사처럼 린든은 과장된 몸짓으로 리모콘을 흔들었다. 조명의 조도가 낮아지면서 매립된 스피커에서 아리아가 흘러나왔다. 나는 미소를 지으려고 안간힘을 썼다. 상심해 있다고? 와인이 가득 찬 저장실이 내 오빠의 상심한 마음을 보여주는 것이라면, 비탄에 빠지면 어떤 꼴일지 상상하기도 싫었다.

- 이 글에 쓴 기법 대비, 직유
- 얻은 효과 성격 묘사

욕실 Bathroom

풍경

좁은 출입구, 세라믹 타일과 욕실용품(변기, 샤워기, 욕조, 세면대), 알록달록한 샤워 커튼, 세면기와 세면대, 거울, 약장, 말거나 접은 수건이 쌓인 벽장이나 선반, 수건 걸이, 문짝에 달린 목욕 가운 걸이, 세트로 맞춘 비누와 로션 디스펜서, 화장솜과 탈지면이 담긴 투명한 유리병, 뚜껑 밖으로 새어 나온 치약이 말라붙은 찌그러진 치약 튜브, 세면대 위 컵에 담긴 색색의 칫솔, 수도꼭지에 말라붙은 비누 때나 치약 거품, 거울에 찍힌 지문, 세면기 안에 붙은 머리카락, 거울에 튄 치약 자국, 벽 장식(집과 가족에 관한 통속적인 격언들, 꽃 그림이나 풍경화, 수집한 조개껍데기 등), 보풀이 일어난 러그, 변기 옆에 둔 탈취제, 이제는 아무도 쓰지 않아 먼지가 쌓인 양초, 화장품과 헤어용품이 가득 든 서랍, 두루마리 화장지의 종이 심, 변기 뚫는 도구, 변기 뒤에 쌓아둔 잡지들, 벽면 스탠드에 걸린 헤어드라이어, 둥근 화장용 거울, 구강청결제, 샤워 후 김이 서린 거울과 물이 줄줄 흐르는 벽, 머리빗, 면도기, 구석에 있는 욕실용 체중계, 욕조 주변의 변색된 줄눈, 먼지 낀 바닥과 변기 아래 바닥에 낀 때, 구석에 뭉쳐 있는 머리카락, 벽에 던져져 이리저리 쌓인 옷가지들

소리

흐르는 물, 내려가는 변기 물, 샤워하며 부르는 노래, 거의 다 쓴 샴푸 통에서 푹하고 나는 소리, 기침, 코 푸는 소리, 양칫물 뱉는 소리, 샤워 커튼을 걸을 때 금속 커튼 봉을 스치는 커튼 고리, 샤워 부스 문을 열거나 닫을 때 끽끽거리는 소리, 흔들리고 콸콸 소리를 내는 벽 속 배관, 잠근 샤워기에서 젖은 타일로 떨어지는 물, 바닥으로 떨어지는 축축한 수건, 욕실 문을 쾅쾅 두드리거나 소리치는 아이들, 꽉 잠그는 수도꼭지, 여닫히는 수납장들, 손톱깎이로 딱딱 깎는 손톱, 헤어스프레이, 헤어드라이어의 요란한 소음, 안으로 들어오고 싶어서 문 아래쪽을 긁는 개나 고양이

냄새

샴푸, 보디 스프레이, 방향제, 코를 찌르는 청소 세제, 헤어스프레이, 곰팡이 핀

수건과 매트, 향수, 불쾌한 욕실 냄새

맛

치약, 물, 맛이 독한 구강청결제, 민트 맛이 나는 치실, 잘못 뿌려서 입안에 들어간 헤어스프레이의 쓴맛

촉감과 느낌

부드러운 수건, 몸을 감싸는 크림 같은 비누와 비누 거품, 발바닥에 닿는 보송보송한 욕실 매트, 차가운 타일 바닥, 차갑다가 점차 따뜻해지는 물, 샤워 후 수증기로 뿌연 욕실, 피부를 발그레하게 덥히는 열, 몸에 돋는 소름, 조심스럽게 면도하는 몸, 뜨거운 물에 푹 담그는 몸, 몸에 물을 부을 때 등 뒤를 타고 내려가는 거품, 유분이 함유되어 기름진 린스, 헝클어진 머리카락에 빗이 걸려서 생긴 통증, 끈적거리는 헤어젤, 피부에 매끄럽게 발리는 로션이나 오일, 면도하다가 베었을 때의 따끔함, 얇고 건조한 휴지, 헤어드라이어의 열기로 뜨거워진 목걸이가 피부에 닿는 느낌

이 배경에서 벌어질 만한 갈등의 원인

- 욕실에서 미끄러진다.
- 변기가 막혀서 넘친다.
- 귀고리가 배수구 속에 빠진다.
- 남의 집 욕실 약장을 뒤지다 들킨다.
- 휴지가 다 떨어졌다.
- 집에 사람들은 많은데 욕실 문이 잠기지 않는다.
- 식중독이나 알레르기로 위장에 탈이 난다(특히 다른 사람 집에 있을 때).
- 욕실 창문으로 옆집 안이 훤히 들여다보인다.
- 욕조에 물이 샌다.
- 염색하거나 자르다 머리를 망친다.
- 준비할 시간이 모자란다.
- 중요한 행사를 앞두고 준비하는데 화장품이나 헤어 제품이 다 떨어지고 없다.
- 샤워 중에 보일러가 고장 나는 바람에 뜨거운 물이 나오지 않는다.

- 게으른 룸메이트들이 교대로 하기로 정한 욕실 청소를 번번이 빼먹는다.
- 아무도 없는 줄 알고 욕실에 들어갔는데 누군가와 맞닥뜨린다.
- 익사 사고가 벌어진다(혼자 둔 아이들이나 욕조에서 기절한 어른 등).

이 배경에서 볼 만한 유형의 사람들

- 집주인과 그의 가족, 초대받은 손님, 배관공

이 배경과 밀접한 다른 배경

- 아이 방, 십 대의 방

참고 사항 및 팁

욕실은 개인의 성격을 보여주기에 좋은 장소다. 군대 버금가게 깔끔하게 정돈된 욕실이나 머리카락과 화장품과 먼지가 뒤범벅된 욕실을 통해 독자는 주인공의 내면을 들여다볼 수 있다. 그러나 손님들이 들락거리는 파우더 룸과 개인의 욕실은 판이하게 다른 풍경일 수 있음을 염두에 두어야 한다.

배경 묘사 예시

세면대에서 젖은 손을 털고 주변을 둘러보며 손을 닦는 수건을 찾았다. 밝은 분홍색 바탕에 조개 문양이 수놓여 있고 레이스 장식이 달린 작은 수건이 가느다란 놋쇠 스탠드에 걸려 있었다. 바로 옆에는 같은 무늬의 목욕 수건이 문짝에 붙은 수건걸이에 걸려 있었다. 나는 손을 닦는 수건을 집어 들고 주위를 휘휘 둘러보았다. 코바늘로 뜬 컵 받침과 포푸리가 담긴 그릇들, 가장자리에 꽃무늬를 스텐실로 찍은 거울, 분홍색 천사 모양 비누들이 담긴 바구니가 보였다. 여기서 마사 스튜어트 광고라도 찍은 건가?

- **이 글에 쓴 기법** 과장, 직유
- **얻은 효과** 성격 묘사

이동 주택 주차 구역   Trailer Park

풍경

트레일러와 자동차로 끌고 다니는 이동 주택들, 체계적으로 늘어서 있거나 마구잡이로 퍼져 있는 집들, 좁은 비포장도로, 풀이 듬성듬성 난 작은 잔디밭, 잔디밭을 가로지르는 디딤돌들, 옥외 생활공간(트레일러에 추가로 붙인 현관, 휴대용 캐노피, 차양), 연장 창고, 펄럭이는 깃발들, 잔디밭의 장식물(플라밍고, 바람개비, 땅속 요정 석상, 화분, 현관 조명에 매달린 풍경), 현관에 놓인 플라스틱 의자들, 이동 주택 한쪽 벽에 세워둔 사다리, 폐품 더미(부서진 가구, 페인트 양동이, 오래된 냉각기, 자전거 바퀴, 빈 포장 상자들), 쓰레기통, 이동 주택 지붕에 달린 안테나, 현관에 앉은 사람들, 트레일러와 전신주를 연결하는 전선들, 트레일러 밑에 깔린 시멘트 블록, 창문에 달린 에어컨 시설, 자동차를 덮은 방수포, 동네 우편함 및 재활용 쓰레기통, 숯불 그릴, 식물을 심은 상자들, 이동 주택의 외벽을 따라 자란 잡초와 민들레, 빨래들이 묵직하게 걸린 빨랫줄, 여기저기 움푹 팬 자갈 깔린 진입로, 길가를 따라 주차된 자동차들, 현관에 내놓은 고장 난 세탁기와 건조기, 프로판 탱크, 이동 주택의 외벽에 생긴 흰 곰팡이와 잔디 얼룩, 트레일러의 녹슨 연결부, 찢어진 방충망, 트레일러나 나무에 기댄 자전거들, 동네의 경고 표지판, 관리 사무실, 나무, 울타리, 잔디밭과 길가에 흩어진 낙엽, 새와 다람쥐, 모기 떼, 파리 떼, 개미 떼, 진흙 웅덩이

소리

끽끽 소리를 내고 쾅 닫히는 문, 흙과 자갈 위를 우지끈거리며 지나가는 바퀴, 펄럭이는 깃발, 딸랑거리는 풍경, 덜컹거리며 작동하는 에어컨, 자갈길을 걷는 발소리, 비포장도로를 덜컥거리며 지나가는 자전거, 텔레비전과 라디오에서 흘러나오는 소리, 열린 창문이나 버팀대로 열어둔 문으로 흘러 들어오는 사람들의 목소리, 노는 아이들, 근처 도로를 지나가는 차, 조명 및 송전선에서 나는 웅웅 소리, 정문 현관을 비 따위로 쓰는 소리, 앵앵거리는 모기 떼, 찌르르 우는 귀뚜라미, 자동차 속력을 높일 때 엔진에서 나는 소리, 파티에서 쩌렁쩌렁 울리는 음악, 캔을 따는 소리, 땅에 질질 끌리는 큰 개를 묶은 쇠사슬

조리하는 음식, 숯불 그릴, 벌레 퇴치제, 흰 곰팡이, 흙과 진흙, 자동차의 배기가스

맛

이 배경에서는 등장인물이 가지고 있는 것(껌, 박하사탕, 립스틱, 담배 등) 말고는 관련된 특정한 맛이 없다. 이럴 때는 미각 외의 네 가지 감각에 집중하는 것이 좋다.

촉감과 느낌

발바닥에 닿는 자갈, 발목을 간질이는 긴 잔디, 모기에 물려 따끔한 느낌, 머리 주변을 윙윙거리며 날아다니는 파리 떼, 차양이나 현관 지붕 밑의 시원한 공기, 매끄러운 콘크리트 판, 널이 몇 개 빠진 정원 의자에 조심스레 앉는 느낌, 맨발에 묻은 흙먼지를 털어내는 느낌, 불을 피워 점점 따뜻해지는 그릴, 빨랫줄에 넌 젖은 빨래에서 몸으로 떨어지는 물방울, 흙먼지가 이는 비포장도로를 덜컹거리며 달리는 자동차 바퀴, 자전거로 울퉁불퉁한 길을 달릴 때 진동하는 양 손잡이, 좁은 길을 따라 걸을 때 따가울 정도로 내리쬐는 햇볕, 무더운 여름에 흐르는 땀

이 배경에서 벌어질 만한 갈등의 원인

- 가까이 살지만 잘 모르는 이웃이 있다.
- 지저분하거나 시끄러운 이웃이 있다.
- 난방이나 냉방 장치 없이 생활해야 한다.
- 이동 주택에서 산다고 놀림받거나 무시당한다.
- 혼자 지낼 방 하나 없이 부대끼며 산다.
- 잦은 정전이나 누수 및 배관 문제를 겪는다.
- 바퀴벌레나 개미가 들끓는다.
- 도난이나 가택 침입을 겪는다.
- 사납거나 행동을 예측할 수 없는 개가 목줄도 하지 않은 채 아이들 주변을 어슬렁거린다.

- 고장 난 시설을 고쳐줄 생각은 조금도 없는 관리인이 있다.
- 허리케인이 오고 있어 대피해야 한다.
- 토네이도가 와도 몸을 피할 수 있는 안전한 장소가 없다.
- 폭풍 때 나무가 쓰러져 송전선의 전력이 끊겼다.
- 가족이 일절 찾지 않는 이웃의 건강과 생활이 걱정된다.
- 도로 확장을 결정한 시에서 주민들의 이주를 강요한다.

이 배경에서 볼 만한 유형의 사람들

- 쓰레기 수거인, 우편집배원, 유지 보수 담당자, 거주자, 방문객

참고 사항 및 팁

이곳은 부지에 마련된 이동 주택에 사람들이 와서 살거나 살다가 떠나는 '영주지'일 수도 있고, 다른 곳에서 자신의 트레일러를 끌고 들어와 살거나, 다른 곳을 찾아 끌고 나가는 사람들을 위한 임시 거주지일 수도 있다. 이들은 교외의 저택에 살 형편은 안 되지만 어떻게든 자기 집을 마련하고 싶어서 트레일러를 선택한 경우부터, 직업 때문에 한시적으로 트레일러를 이용하거나 형편이 나빠져서 오게 된 경우까지 다양하다. 그 외에도 스스로 생활비를 벌어 살 수 없거나 질병을 앓는 사람들, 어두운 과거 때문에 신분을 숨기느라 공공 설비도 이용하지 않으려는 사람들, 줄어든 수입원으로 가족을 부양하려고 형편에 맞는 거주지를 찾다 이곳으로 오게 된 사람들도 있을 것이다.

레저용 자동차 주차 구역도 이곳과 비슷하지만, 이들은 휴가철이나 한 계절 내내, 혹은 연 주차비를 지불하며 사용한다. 이런 곳은 트레일러 외관을 통제하는 규정 사항을 요구할 수도 있으며 수영장, 빨래방, 체력 단련실 또는 클럽하우스 같은 문화시설을 갖춘 곳도 있다.

배경 묘사 예시

나는 현관가에 앉아서 회전하는 선풍기의 시원한 바람이 내 쪽으로 불기를 기다렸다. 셔츠의 등 부분이 땀으로 흠뻑 젖어 있었다. 두 다리는 정원용 의자의 가로 널에 딱 붙어 있었다. 루크가 튼 음악이 부엌 창문을 통해 쾅쾅 울리자, 맥

도널드 부인이 큰 소리로 짜증을 냈다. 루크에게 볼륨을 줄이라고 말해야 했지만, 8월에 에어컨이 고장 난 것 못지않게 나 역시 그럴 기운이 나지 않았다.

- **이 글에 쓴 기법**　다중 감각 묘사, 날씨
- **얻은 효과**　성격 묘사, 분위기 설정

작업실 **Workshop**

풍경

긴 나무 테이블 위에 펼쳐진 최근 작업 계획서, 바닥에 쌓여 있거나 벽에 세워둔 목재 더미, 작업대(연장, 접착제, 줄자, 연필, 수평기, 레벨, T자 등이 있는), 연장을 거는 갈고리못들이 꽂힌 판, 테이블 톱과 드릴 프레스 같은 대형 장비, 전동 공구(드릴, 샌더sander[센 압축 공기로 모래를 뿜어내는 전동 기계], 둥근 톱)를 보관하는 철제 캐비닛, 낡아 보이는 업소용 진공청소기, 나사와 못이 가득 든 낡은 커피 깡통, 연장들(망치, 스크루드라이버 세트, 소켓 세트, 드릴 조각들, 펜치, 줄, 클립, 납땜 공구)이 가득 찬 높은 빨간색 서랍장, 테이블 꺽쇠, 스프레이 페인트와 밀폐제로 채워진 우유 상자, 무선 공구 및 배터리, 충전제, 쓰레기통, 바닥에 흩어진 톱밥, 선풍기, 라디오, 밝은 조명, 단지에 꽂힌 연필들, 대패질해 나온 꽈배기 모양의 철제 부스러기, 먼지 쌓인 선반에 놓인 라벨 붙인 저장 통들, 벽에 붙인 접착식 쪽지, 바닥의 그리스 자국, 페인트가 튀어 말라붙은 자국, 갈고리못에 걸린 롤테이프(절연 테이프, 덕트 테이프, 페인팅 테이프), 보안경과 장갑, 용접 장치, 얼룩진 헝겊, 빗자루와 쓰레받기, 장부촉[이음이나 끼움을 할 때에, 구멍에 끼우려고 만든 장부의 끝], 버려진 커피 컵과 물병, 스툴, 기름 얼룩이 묻은 상자 더미, 선반에 일렬로 놓인 유동액병들, 오일 캔과 그리스병, 바닥에 놓인 빨간색 가스통

소리

작동하는 기계류(드릴 프레스 모터의 틸털 소리, 목재 면을 따라 미끄러지듯 움직이는 샌더의 윙윙 소리, 구조목(2×4)을 갈 듯 자르는 둥근 톱의 날카로운 새된 소리), 거친 바닥을 가로지르며 긁히는 신발 바닥, 바닥의 먼지와 자잘한 쓰레기를 빨아들이는 진공청소기, 망치질, 나무토막을 뒤덮은 톱밥을 후 불어 날리는 소리, 라디오에서 흐르는 음악, 콧노래, 목재를 문지르는 사포나 철제 면을 긁는 줄, 망치가 빗나가자 내뱉는 욕, 삐걱거리는 판자와 부스럭거리는 종이, 의자가 뒤로 밀리면서 구르는 바퀴, 빗자루로 쓰는 바닥, 에어로졸 캔에서 칙 소리를 내며 분사되는 페인트, 유리 단지나 병 속에서 철벅거리는 오일이나 다른 액체, 잘린 판자에서 떨어진 나뭇조각들이 바닥에 부딪치는 소리, 기름을 치지 않아 끽끽거리는 금속 접합부, 여닫히는 서랍, 연장을 찾아 연장통을 뒤지는

소리, 두루마리에서 뜯는 휴지, 먼지를 털려고 쓰레받기로 쓰레기통 안쪽을 쾅쾅 치는 소리

냄새

접착제, 니스, 막 자른 나무, 분사된 페인트, 과열된 모터, 오일, 윤활제, 아세톤, 불에 타는 목재, 그리스, 금속, 대팻밥

맛

이 배경에서는 등장인물이 가지고 있는 것(껌, 박하사탕, 립스틱, 담배 등) 말고는 관련된 특정한 맛이 없다. 이럴 때는 미각 외의 네 가지 감각에 집중하는 것이 좋다.

촉감과 느낌

작업대 위의 거슬거슬한 톱밥, 베이거나 뭔가에 깔려서 다친 손가락, 페인트 얼룩, 끈적거리는 풀과 접착제, 진동하는 전동 공구, 뜨거운 용접 마스크나 숨 쉬기 힘든 마스크, 피부에 닿는 불똥, 콧대 위에서 미끄러지는 보안경, 눈썹에 송골송골 맺히는 땀과 두툼한 장갑 때문에 뜨거워진 손, 뾰족한 나뭇조각이 피부를 찌르는 느낌, 목재 따위의 거친 면을 사포로 문지를 때 서서히 매끈해지는 느낌, 얼룩진 보안경 너머로 들여다보는 느낌, 반복된 동작(망치질, 줄로 표면 다듬기, 도끼질)으로 인한 피로, 코가 간질간질하다 먼지 때문에 결국 터지는 재채기, 팔에 난 털을 뒤덮는 톱밥

이 배경에서 벌어질 만한 갈등의 원인

- 전동 공구의 과열이나 누전으로 화재가 일어난다.
- 공기 중에 화학물질이 섞이고, 환기를 적절히 하지 않아 어지럽다.
- 방문한 사람이 실수로 테이블 다리를 치는 바람에 공구나 연장이 손상된다.
- 전동 공구를 잘못 다뤄 다치는 바람에 응급실에 간다.
- 가진 실력 이상의 기술을 요하는 일자리를 얻게 된다.
- 배우자가 일을 벌이지만 말고 하나라도 제대로 끝내라고 잔소리를 한다.
- '돕겠다고' 나선 아이와 함께 일을 해야 한다.

- 배선 결함으로 감전되었는데 주변에 도와줄 사람이 전혀 없다.
- 다른 가족이 할 일이 있다며 자신의 작업장을 차지한다.

이 배경에서 볼 만한 유형의 사람들

- 고객(작업장이 직업의 일환일 경우), 가족, 친구, 이웃, 작업장 주인

이 배경과 밀접한 다른 배경

- 지하실, 차고, 연장 창고

참고 사항 및 팁

작업실에는 주인의 관심사를 반영하는 연장, 저장용품, 장비들이 있기 마련이다. 따라서 자신의 주인공이 작업실을 이용하는 이유를 속속들이 알고 있어야한다. 소소한 집 리모델링 때문인가? 모형 비행기를 만드는 일인가? 목공 작업을 하거나 칼을 만들고 있는가? 아니면 다른 자질구레한 일 때문인가? 이 외에도 작업장의 정돈 상태가 주인의 성격을 반영한다는 점도 생각해야 한다. 모든 연장이 용도에 따라 알맞은 자리에 정리되어 있는가? 아니면 선반 위에 마구잡이로 쌓여 있어서 물건을 찾느라 애먹을 때가 많은가? 연장이나 공구를 잘 관리하고 있는가? 아니면 버려진 것이나 다름없는 상태인가? 작업장을 깔끔히 청소하는가? 아니면 커피 잔, 맥주 캔, 음식 포장지가 나뒹구는 블랙홀 상태인가? 작중 인물의 성격을 강조할 만한 세부 사항들을 잘 골라서 작업실과 그곳의 주인 모두를 묘사해야 한다.

배경 묘사 예시

늦은 아침의 햇빛이 손바닥만 한 창문으로 비쳐들었다. 허공을 떠다니는 수백만 개의 티끌 같은 먼지들은 잘 보였지만, 에디의 못이 몇 개나 있는지 세어볼 만큼 밝지는 않았다. 그래도 못이 든 깡통을 흔들어보니 내가 철물점에 버금가는 곳에 들어와 있음을 알 수 있었다. 나는 목재 부스러기들이 빈틈없이 뒤덮은 지뢰밭 같은 바닥과 구석마다 놓인 녹슨 정원용품들, 사방에 쌓인 기계 부품들

을 노려보았다. 바닥부터 서까래까지 온갖 허접쓰레기들로 가득한 작업실에서 문짝에 박을 제대로 된 못 하나 찾을 수 없다니. 에디는 도대체 어떻게 생겨 먹은 인간인가?

- **이 글에 쓴 기법** 빛과 그림자, 직유
- **얻은 효과** 성격 묘사, 감정 고조

정원　　　　　　　　　　　　　　　　　　　**Flower Garden**

풍경

햇빛이 반사되어 반짝이는 이슬 맺힌 잎, 색색으로 만발한 온갖 꽃들(빨간 장미, 잎사귀가 뾰족한 노란 나리꽃, 루드베키아, 리아트리스, 금잔화, 국화과 꽃들, 해바라기, 렁워트, 라벤더), 꽃나무와 관목류(눈뭉치만 한 파란색 또는 흰색 수국, 작은 보라색 꽃들의 묵직한 뭉텅이가 향기를 뿜어내는 라일락), 잔디에 가려진 디딤돌, 구불구불한 산책로, 공원 벤치나 작은 석조 파티오 위에 놓인 야외용 안락의자 한 쌍, 헛간과 우리까지 뒤덮은 덩굴, 통로에 내버려둔 급수용 호스, 물뿌리개, 화분용 영양토가 담긴 봉지들, 양동이에 뽑아둔 채 시들어가는 잡초들, 원예용 장갑, 정원에 부드럽게 물을 분사하며 무지개도 만드는 스프링클러, 꽃잎을 기어 다니는 벌, 흙 위를 꼬물꼬물 기어 다니는 딱정벌레와 개미, 풀과 나무 사이에 거미줄을 치는 거미, 작은 뱀, 연못, 새 물통, 롤러로 잔디밭을 다지는 모습, 새들이 빠르게 오가는 새집, 급식기 아래 흩어진 새 모이, 해바라기씨가 빠지고 남은 껍질, 헛간 지붕 아래에 붙은 종이 같은 말벌 집, 새똥, 원예용 연장(갈퀴, 전지가위, 삽, 장갑, 잔디 깎는 기계), 비료, 꽃으로 뒤덮인 격자 울타리, 이끼, 분수, 드문드문 보이는 클로버들, 자녀나 손주에게 선물받은 페인트로 그림을 그린 돌멩이들, 아롱진 잎사귀들 위나 장식 연못 위를 맴도는 잠자리들에 내려앉는 햇빛

소리

쉿쉿 소리를 내며 돌아가는 스프링클러, 잔디를 빠르게 베는 잔디 깎는 기계 날, 싹둑싹둑 자르는 가윗날, 붕붕거리는 벌 떼, 지저귀는 새, 잽싸게 달음질치는 다람쥐나 생쥐, 새 물통이나 급식기에서 서로 자리를 차지하려고 깍깍대며 날개를 퍼덕거리는 새들, 돌로 된 바닥재 위에 물을 뿌리는 급수용 호스, 세게 닫히는 문, 비가 내리는 동안 후드득 소리를 내며 흔들리는 나뭇잎들, 부드러운 바람이 지나갈 때 버석버석 소리를 내는 나뭇잎들, 땅을 파다가 돌에 부딪히는 삽, 한 삽 가득 뜬 흙덩이를 퍽 던지는 소리, 윙윙거리는 파리, 앵앵거리는 모기, 콧노래를 부르거나 흥얼거리거나 초목들에게 다정하게 말을 거는 정원사, 근처에서 노는 아이들, 숨을 헐떡이는 개, 이웃집 정원에서 들려오는 목소리, 딸랑거리는 풍경

향긋한 꽃, 막 깎은 잔디, 축축한 흙, 비바람이 몰아치기 전후의 알싸한 공기, 따뜻한 흙, 먼지, 부엌에서 바깥까지 풍기는 좋은 냄새, 근처 불구덩이에서 풍기는 연기

맛

풀, 계단에 앉아 먹는 아이스크림, 휴식을 끝내고 다시 잡초를 뽑으러 가기 전에 마시는 물이나 레모네이드, 정원 벤치에서 즐기는 쌉쌀한 커피나 설탕을 넣은 커피

촉감과 느낌

비단결 같은 꽃잎, 바스러지는 흙, 스프링클러나 급수용 호스에서 새어 나오는 차가운 물, 잡초를 뽑거나 가지치기를 하는 동안 뒷목에 내리쬐는 뜨거운 햇볕, 응달로 불어오는 시원한 바람, 눈썹에 맺히는 땀, 뻣뻣한 원예용 장갑, 손바닥에 낀 퍼석퍼석한 흙먼지, 실수로 살에 박힌 가시, 잡초를 뽑으면서 땅을 누르는 무릎, 매끄러운 삽 손잡이, 식물을 옮겨 심으면서 흙덩이가 달린 뿌리를 두 손으로 받쳐 드는 느낌, 관목의 거친 나무껍질, 잘린 나뭇가지나 뿌리에서 흘러나온 끈적거리는 수액, 먼지 같은 꽃가루

이 배경에서 벌어질 만한 갈등의 원인

- 비료를 지나치게 많이 주거나 잘못 줘서 식물이 죽는다.
- 폭염이나 가뭄으로 식물이 죽는다.
- 성난 이웃이나 사이가 나쁜 사람이 앙심을 품고 정원을 망친다.
- 병충해를 입는다.
- 집안 전통이라 전혀 원치 않는 정원 일을 이어받아야 하는데 누구에게도 말할 수 없다.
- 다른 사람(연로한 부모나 조부모)의 정원을 돌보느라 자신의 정원은 돌볼 짬이 나지 않는다.
- 동물이나 병충해 때문에 정성껏 돌본 정원이 망가진다.

- 개가 자꾸만 정원에 뭔가를 파묻거나 따뜻한 흙에 누워 있으려고 한다.
- 급수 제한으로 정원에 급수를 제대로 하지 못한다.
- 아무리 노력해도 옆집 정원을 따라갈 수 없다.
- 이웃이 정원 관리에 대해 참견하며 성가시게 한다.

이 배경에서 볼 만한 유형의 사람들

- 아이들과 다른 가족들, 정원사나 잔디 관리인, 이웃이나 손님, 정원의 주인

이 배경과 밀접한 다른 배경

- 뒤뜰, 온실, 연장 창고, 채소밭

참고 사항 및 팁

정원은 인물의 성격을 묘사하고 분위기를 연출하는 데 더없이 좋은 공간이다. 여기저기 잡초가 우거진 황량한 미개간지, 시든 관목, 석판이 깨진 산책로 등은 쓸쓸하기 그지없는 풍경을 보여준다. 반면, 잡초 하나 보이지 않을 정도로 깔끔하게 관리된 정원은 아름다움이 넘치는 풍경을 통해 행복과 번영을 한층 강조한다. 별도의 설명 없이 한 인물의 완벽주의적인 성격과 통제적인 성향을 보여주고 싶다면, 그가 가꾸는 정원의 모습을 상상해보라. 정확히 대칭을 이루도록 다듬은 관목, 의도한 방향으로 자라도록 철사로 묶은 덩굴, 티끌 하나 없이 깔끔하게 비질한 길을 따라 색깔별로 분류해 정확한 간격을 두고 심은 꽃들. 이런 묘사를 통해 직접 설명하는 것보다 나은 효과를 기대할 수 있다.

배경 묘사 예시

집을 뛰쳐나와서야 비로소 죽음으로 만연한 소음에서 벗어날 수 있었다. 심장 모니터에서 나는 삑삑 소리, 목소리를 낮춰서 말하는 사람들. 하지만 밖으로 나와도 나을 건 없었다. 봄인데도 정원은 갈색의 황무지였다. 잎사귀 하나 달려 있지 않은 나뭇가지들, 생선뼈처럼 말라붙은 잔가지들, 땅을 뒤덮은 낙엽 더미. 퀴퀴한 바람이 불어와 쓰레기 더미를 뒤척이면 공기는 썩은 냄새와 침묵을 깨는

잡음으로 가득 찼다. 웅웅거리는 벌레 한 마리, 지저귀는 새 한 마리 보이지 않았다. 내 발자국 소리마저 흙먼지 가득한 바닥 속으로 고요히 묻혀버렸다.

- **이 글에 쓴 기법** 은유, 계절, 상징적 표현, 날씨
- **얻은 효과** 분위기 설정, 감정 고조

지하 저장실

풍경

풀이 무성한 산비탈에 있는 지하로 들어가는 해치 문, 배수와 환기를 위한 철망이 달린 노출된 파이프, 땅으로 이어진 시멘트 몰딩 벽과 계단, 계단 아래 있는 또 하나의 문, 배수구가 있는 벽돌이나 콘크리트 바닥 또는 시멘트 벽돌과 흙으로 만든 바닥, 다양한 유리 단지(체리, 복숭아, 잼, 피클, 토마토, 배가 든)가 놓인 목재 선반, 뿌리채소와 과일이 담긴 통이나 상자, 마른 콩으로 채운 통, 염장 중인 소시지와 다른 고기, 뚜껑에 날짜를 써놓은 먼지투성이 밀폐 용기, 통조림용품, 온도와 습도 측정기, 바닥에 널린 마른 흙덩어리

소리

좁은 공간에서 울리는 목소리, 거친 바닥을 긁는 부츠, 바람이 통풍구 가장자리를 스칠 때 공허하게 나는 구슬픈 울림, 바닥에 쿵 떨어지는 감자, 종이처럼 바스락거리는 마른 양파 껍질, 선반에 딸그락거리며 줄지어 세워놓는 유리병, 바구니나 상자를 선반에서 꺼내 바닥에 내려놓을 때 긁히는 소리, 콩으로 꽉 채운 양동이를 쿵 내려놓는 소리, 손전등 스위치를 딸각거리는 소리(전기 조명이 없는 경우), 폐쇄된 공간에서 나는 누군가의 숨소리, 삐걱거리는 경첩, 계단에서 쿵 소리를 내는 부츠, 떨어져서 산산조각 나며 깨지는 과일이 든 유리 단지, 저장실로 들어오려고 환기구를 들추는 쥐나 작은 생물, 노출된 지층 공기 파이프의 냄새를 맡고 있는 동물들 소리가 울려서 들릴 때, 바람 때문에 삐걱거리는 열린 문

냄새

젖은 흙, 차가운 콘크리트, 익어가는 사과, 곰팡내 나는 공기, 나무 상자 바닥에 있는 썩은 감자 한 알, 발효되기 시작한 과일, 곰팡이, 깨진 피클 병에서 흘러나온 식초와 딜, 훈제 냄새를 풍기는 향신료와 양념(고기도 보존 중이라면)

맛

무겁고 흙 맛이 나는 공기, 아삭한 사과, 풋배의 묽은 맛, 복숭아나 체리 통조림

의 달콤한 시럽

따뜻한 야외에서 시원한 지하 저장실로 내려갈 때 피부에 느껴지는 냉기, 발밑의 다져진 흙바닥, 거친 바구니, 차가운 유리병, 열린 문을 통해 불어오는 바람에 도는 소름, 매끈한 양파, 묵직하게 쌓인 사과 더미, 곰팡이가 핀 오래된 감자, 차가운 유리병의 무게감, 혹처럼 난 감자 싹, 울퉁불퉁한 양배추, 묵은 과일과 채소의 쭈글쭈글한 껍질, 먼지 쌓인 채소, 상하기 시작한 말랑한 과일, 부스러지는 시든 잎(당근 잎, 잎, 줄기), 원하는 통조림을 찾기 위해 라벨을 읽으려고 손전등을 잡는 느낌, 들고 있던 손전등 불빛에 이끌려 와 피부에 부딪히는 나방, 썩은 감자나 물렁한 사과를 버리려고 자루에서 살살 빼는 느낌

이 배경에서 벌어질 만한 갈등의 원인

- 큰 동물이 침입한다.
- (기후가 험한 외딴곳에서) 식량이 떨어졌는데 더 구할 수 없다.
- 계절에 맞지 않은 날씨(더위, 한파) 때문에 음식물이 얼거나 변질된다.
- 홍수가 지하 저장실로 밀려들어 창고가 부서지거나 진흙이 쌓인다.
- 작은 동물들(다람쥐나 너구리 등)이 기류 파이프의 느슨한 그물망을 통해 접근한다.
- 실수로 자신의 지하 저장실에 갇힌다.
- 제대로 밀봉되지 않은 통조림병의 내용물이 부패하거나 터진다.
- 상한 농작물에 미끄러져 의식을 잃는다.
- 자신이 보관하지 않은 물건이 지하 저장실에 숨겨져 있는 것을 발견한다.
- 누군가 저장품을 훔치고 있다는 것을 깨닫는다.
- 음식에 곰팡이가 피거나 고기가 부적절하게 보존되었다.
- 썩는 냄새가 나서 개미들이 기류 파이프를 통해 냄새를 따라다니며 공간을 차지한다.

이 배경에서 볼 만한 유형의 사람들

- 집주인과 가족

이 배경과 밀접한 다른 배경

- 지하실, 농장, 채소밭

지하 저장실은 땅에 판 단순한 구멍이나 언덕에 설치한 보관실 또는 기존 지하실의 일부일 수 있다. 흙과 바위로 만들어지거나 나무와 시멘트로 만든 틀이 설치되었을 수도 있다. 음식이 상하지 않게 하려면 수분, 온도, 기류의 균형이 필요하다. 어떤 사람들은 날씨가 험할 때 지하 저장실을 비상 대피소로 쓰기도 한다. 지하 저장실은 예전처럼 흔하지는 않지만, 전기 공급이 일정하지 않거나 전기를 쓸 수 없는 일부 지역에서 식품 보관을 위해 필요하다.

배경 묘사 예시

지하 저장실로 통하는 문이 쓰러질 듯 기울어 있어서 나도 좀비처럼 비딱한 자세로 발을 질질 끌며 계단 꼭대기를 지나갔다. 불을 켜자 알전구 하나가 깜빡거리면서 빛이 들어왔지만, 모퉁이는 여전히 어두웠다. 나는 복숭아를 찾아 선반으로 바삐 발걸음을 옮겼다. 이번에도 다르지 않았다. 할머니가 나를 여기로 보내 뭘 가져오게 했든, 그건 항상 뒤쪽 어딘가에 있었다. 거미나 쥐가 있을지도 모른다는 생각에 몸이 뻣뻣해졌지만, 뒤쪽으로 손을 내밀었다. 희미한 빛에 보이는 통조림병에는 잼이 들었을 수도, 눈알과 내장 들이 들었을 수도 있었다. 뭔가 손을 스치자 나는 비명을 지르며 움찔했다. 거미줄이 펄럭이며 손가락에 달라붙었다. 나는 손을 청바지에 문질러 닦고 살구가 든 병을 들고 냅다 도망쳤다. 복숭아가 필요하면 할머니가 직접 가져오시라고 할 생각이었다.

- **이 글에 쓴 기법** 빛과 그림자, 다중 감각 묘사, 직유
- **얻은 효과** 긴장과 갈등

지하 폭풍 대피소   Underground Storm Shelter

여닫이문이나 미닫이문이 달린 정사각형이나 직사각형 구덩이, 내부의 잠금 장치, 지하로 이어지는 폭이 좁은 계단, 튼튼한 벽(시멘트 벽돌, 강철, 강화유리섬유로 된), 돔형 또는 평평한 천장, 폭풍이 지나갈 때까지 앉아서 기다릴 수 있는 벤치, 환기를 위한 선풍기, 구급상자, 담요, 작은 장난감들과 게임 도구, 손전등, 양초 및 성냥, 생수, 맥가이버 칼, 호각, 휴대용 화장실, 휴지, 비상식량, 플라스틱 그릇 및 휴지, 반려동물용 건사료, 여벌 옷, 중요한 서류의 사본, 현금, 거미줄과 거미, 바닥에 흩어진 나뭇잎들과 잔해, 침침한 촛불이나 야광 막대, 두려움이 가득한 표정들, 떨리는 손에 든 양초의 떨리는 불꽃

소리

옆으로 스르르 미끄러지거나 떨어지듯 쾅 닫히는 문, 강풍, 기차가 지나가는 것처럼 우르르 울리는 소리, 밖에서 커다란 잔해가 움직이면서 긁히고 끽끽거리는 소리, 머리 위로 떨어지는 나뭇가지들과 무거운 잔해, 작은 목소리로 이야기하는 사람들, 울림, 소리 내 울거나 코를 훌쩍이는 아이들, 자리를 옮기며 편하게 있으려는 사람들, 휴대용 라디오의 전파 방해음, 윙윙거리는 선풍기, 성냥 켜는 소리, 구겨지는 음식물 포장지, 바닥을 긁는 신발, 빛을 밝히려고 우두둑 구부리는 야광 막대, 겁먹은 아이를 달래려고 노래를 나지막이 부르거나 속삭이는 소리, 잔해로 대피소의 문이 막혀 구조 요원에게 자신의 위치를 알리려고 부는 호각, 다친 사람을 치료하기 위해 붕대나 거즈의 포장지를 찢는 소리, 거친 숨소리, 고통으로 인한 신음

냄새

먼지, 땀, 씻지 않은 몸, 불타는 성냥의 유황, 타는 양초, 곰팡내 나는 담요, 화장실 냄새, 방부제, 항균 물티슈

맛

비상식량(그래놀라 바, 크래커, 시리얼, 땅콩버터, 말린 과일, 견과류), 물

딱딱한 벤치와 벽, 가슬가슬한 담요, 살을 에는 추위나 다른 사람들과 꼭 붙어 있을 때 전해지는 온기, 환기 장치에서 불어와 피부를 스치는 공기, 어둠 속에서 보려고 힘을 주는 눈, 손전등이나 촛불의 온기, 빛이 있는 쪽으로 몸을 옹송그리며 모이는 느낌, 축축한 공기, 감지 않아 가려운 머리카락, 축 늘어진 옷, 공급이 제한된 물을 아끼느라 바짝 마른 입, 허기로 인한 속쓰림, 지루함, 어둠 속에서 너무 오랫동안 앉아 있어서 무기력해진 몸, 폐소공포증, 무릎으로 파고드는 아이, 다리에 기댄 채 떠는 반려동물, 훽훽 넘기는 책장, 주파수가 맞는 방송이 있을까 싶어 이리저리 돌리는 라디오의 동그란 버튼, 폭풍이 지나간 후 막힌 문을 어깨로 밀어 여는 느낌

이 배경에서 벌어질 만한 갈등의 원인

- 대피소에 장기간 갇혀 있게 된다.
- 비품이 부족하다.
- 대피소로 가는 길에 심각한 부상을 입어서 빨리 치료를 받아야 한다.
- 대피소에 도착했는데 비품이 전혀 없는 것을 발견한다.
- 비품의 유효기간이 지났거나 상했음을 발견한다.
- 대피소에 사람들이 너무 많다.
- 신경을 거슬리게 하는 성격이나 변덕이 심한 사람과 함께 있다.
- 비품이나 소모품을 분배하는 문제로 언쟁이 벌어진다.
- 환풍기에 문제가 생겨 신선한 공기가 희박해진다.
- 대피소에 구조적인 문제가 있음을 발견한다.
- 대피소 문이 닫히지 않는다.
- 대피소 안에서 개가 똥을 싼다.
- 폭풍에 문이 뜯겨나간다.
- 밖에서 도와달라는 비명이 들리지만, 대피소에 있는 사람들의 목숨을 걸고서라도 문을 열어줘야 할지 결정하지 못한다.
- 대피소에 들어가서야 가족 중 한 사람이 없는 것을 깨닫는다.
- 대피소가 꽉 차서 들어오려는 사람들이 있는데도 문을 잠가야 한다.

- 약(인슐린 등)이 시급한 사람이 있는데 약을 찾을 수가 없다.
- 폭풍이 지나간 후 공황 발작을 일으킨 사람이 있는데도 출구가 막혀서 누구도 나갈 수가 없다.
- 폭풍이 지나간 후 밖에서 도와달라고 소리치는 사람이 있는데도 대피소 안에 갇혀 있는다.

이 배경에서 볼 만한 유형의 사람들

- 가족, 이웃

이 배경과 밀접한 다른 배경

- 뒤뜰, 지하실, 방공호

참고 사항 및 팁

폭풍 대피소는 지상형과 지하형이 있다. 별도의 기능을 갖추고 집에서 떨어져 지은 경우도 있고, 원래 있던 지하실이나 지하 저장실을 폭풍에 견딜 수 있도록 강화한 경우도 있다. 최근에는 조립식 대피소가 가장 일반적이지만, 예전부터 대피소는 정화조, 고장 난 버스, 선적 컨테이너 등 다양한 소재로 만들어졌다. 전형적인 대피소는 열 명에서 열두 명의 사람들이 몇 시간 동안 편하게 있을 만한 공간인 경우가 많고, 최소한의 비품만 갖춘 곳도 있다. 혹은 최악의 사태에 대비해 대피소에서 많은 날을 보내도 될 정도의 비상 보급품을 가득 채운 대피소도 있다.

배경 묘사 예시

대피소의 미닫이문이 관 뚜껑이 닫히듯 가차 없이 닫혔다. 엘리가 비명을 지르며 네 발로 기어서 내 무릎으로 파고들었다. 나는 아이를 끌어안고서 가만히 속삭이고 달래주면서 내 안의 두려움을 잠재우려고 애썼다. 그러나 세 살짜리 아이에게 어둠은 언제나 말보다 힘이 센 법이다. 곰팡내 나는 담요 위, 거친 나무 벤치 아래에서 플라스틱 용기에 담긴 보급품까지 길을 더듬어 나가는 동안 아이는 내게 필사적으로 매달렸다. 걸쇠가 만져지자 뚜껑을 열었다. 성냥갑, 그래 놀라 바, 휴지 사이를 뒤적인 끝에 긴 철제 원통 손잡이를 발견했다. 손전등이었다. 빛줄기가 작은 공간을 밝히자, 엘리는 울음을 그치고 딸꾹질을 했다. 두려움에 가빠졌던 나의 숨결은 서서히 가라앉았다.

- **이 글에 쓴 기법** 빛과 그림자, 직유
- **얻은 효과** 분위기 설정, 감정 고조, 긴장과 갈등

지하실   **Basement**

풍경

어두운 곳으로 내려가는 낡은 나무 계단, 금이 간 곳마다 곰팡이가 핀 시멘트 바닥, 녹슨 바닥 배수구, 줄을 당겨 키는 알전구, 전기 패널, 벽에 바짝 대놓은 낡힌 세탁기와 건조기, 오래된 드라이시트형 유연제와 색색의 보푸라기 실 뭉치가 가득 든 쓰레기통, 빨랫비누와 얼룩 제거제가 놓인 선반, 파리들이 죽어 있는 더러운 작은 창, 오래된 상자와 수납용품(장식품, 기념품, 책, 의류 및 기타 수집품), 재활용품이 담긴 통, 손보거나 수리할 셈으로 마구 쌓아두는 바람에 흉물이 된 가구들, 다용도 선반(통조림, 저장 식품, 종이 상자에 포장된 알전구, 휴지, 키친타월 및 기타 대용량 가정용품들), 해진 옷가지 더미, 상자들이 가득 쌓인 뒤편의 어두운 구석, 뒤죽박죽 늘어놓은 페인트 캔, 구석이나 배수구 안에 처진 거미줄, 노출된 대들보와 겉면이 마모돼 솜털처럼 보송보송해진 단열재, 세탁기와 건조기 앞에 깔린 지저분한 매트, 난로와 투박한 모양새의 뜨거운 물탱크, 오래전 집수리 때 남은 카펫이나 장판지, 전기함, 천장을 가로지르는 파이프들, 먼지와 흙, 습기 때문에 벽에 군데군데 생긴 반점, 곰팡이, 깨진 램프, 수납장, 다리미판, 옛날 사진이 담긴 상자들, 캠핑용품과 운동 장비, 아이의 물건들(장난감들, 러그 한 장, 거대한 판지 상자로 만든 요새, 이젤과 물감, 시멘트 바닥에 놓인 원격조종 자동차)

소리

위층에서 들리는 사람들의 목소리와 발걸음, 건조기 내부 금속면에 부딪쳐 쩽그랑거리는 지퍼, 덜컹거리며 돌아가는 세탁기, 삐걱거리는 계단, 바닥에 놓인 판지 상자를 끌어당길 때 나는 칙칙 소리, 난로가 작동하면서 딱딱거리는 소리, 난로의 전원을 끄자 달궈진 금속이 식어가며 딱딱거리는 소리, 누군가 위층 화장실의 변기 물을 내리자 파이프를 통해 콸콸 쏟아지는 물, 정체를 알 수 없는 것이 긁히고 삐걱거리는 소리, 목재 대들보가 움직이며 신음하듯 끅끅거리는 소리, 건조기 알림음, 쾅 닫히는 건조기 문이나 세탁기 문, 전원이 차단되자 황급히 계단을 쾅쾅대며 올라가는 발소리, 알전구 주변에서 파닥거리며 날아다니는 나방들

곰팡내 나는 공기, 곰팡이와 흰 곰팡, 향이 나는 드라이시트형 유연제와 빨랫
비누, 세제와 보급품, 건조기에서 막 꺼낸 깨끗한 옷가지, 세탁기에서 꺼낸 축축
한 옷가지, 젖은 상자, 금속과 시멘트에서 풍기는 퀴퀴하고 알싸한 냄새, 배수구
에서 풍기는 고약한 악취

맛

비상식량(그래놀라 바, 크래커, 시리얼, 땅콩버터, 말린 과일, 견과류), 물

촉감과 느낌

계단에서 한 손을 차가운 벽에 대고 균형을 잡으며 달려 올라가는 느낌, 낡은
계단을 밟을 때 느껴지는 탄성, 흔들거리는 난간, 알전구에 달린 가는 줄, 상자
들에 부딪히는 느낌, 먼지가 뒤덮인 판지, 상자나 다른 물건을 들고 계단을 오르
내릴 때의 무게감, 깨끗한 세탁물이 가득 담긴 묵직한 바구니, 개켜놓은 따뜻한
세탁물, 젖은 세탁물의 습하고 냉한 느낌, 피부에 닿는 차가운 공기, 차가운 시멘
트 벽, 완벽한 어둠 속에서 부딪치지 않으려고 발을 질질 끌며 나아가는 느낌, 공
중에 걸린 거미줄이 닿아 간지러운 느낌, 피부에 닿는 거슬거슬한 단열재, 맨발
에 닿는 먼지와 모래알, 세탁기에 쏟아진 세제 알갱이들을 물걸레로 닦는 느낌

이 배경에서 벌어질 만한 갈등의 원인

- 어두워지거나 정전이 될까 봐 두렵다.
- 끈적거리는 자물통이 달린 문이 잠기며 지하실에 갇힌다.
- 침입자, 혹은 장난 때문에 화난 형제·자매의 눈을 피해 숨어야 한다.
- 세탁조의 물이 넘친다.
- 쥐나 설치류가 살고 있는 것을 발견한다.
- 하수구가 넘친다.
- 전기 패널 바로 위 파이프가 터진다.
- 토네이도나 태풍이 집을 뒤흔드는 가운데 서로 몸을 옹송그리고 모인다.
- 아끼는 물건을 보관해둔 지하실에 갔다가 배우자가 그것을 집어던지는 모습을

본다.
- 누수나 곰팡이 때문에 소중한 수집품이 망가진다.
- 집의 안전에 위협이 될 정도로 토대에 금이 간다.

이 배경에서 볼 만한 유형의 사람들

- 집주인, 수리공

이 배경과 밀접한 다른 배경

- 다락방, 지하 저장실, 비밀 통로, 작업실

참고 사항 및 팁

작가가 어떻게 묘사하느냐에 따라 지하실은 소름이 끼칠 수도, 푸근할 수도 있다. 많은 이들이 수납보다는 여가를 위해 지하실을 사용한다. 하지만 대부분의 지하실, 특히 불빛이 닿지 않는 비좁은 공간—이상하게 쑥 들어가 있는 공간, 갈라진 틈새 등—이 있는 짓다 만 지하실은 물건을 숨기기에 안성맞춤이다.

배경 묘사 예시

계단 맨 위에서 스위치를 켰지만, 불이 들어오지 않았다. 아빠가 시간이 없다고, 공구함은 선반에 쌓인 엄마의 과일 통조림 더미 바로 아래에 있다고 큰 소리로 외쳤다. 계단 맨 아래까지 내려가 깜깜한 어둠 속으로 몇 발 떼기도 전에, 아빠가 말한 것을 머릿속에 훤히 그려볼 수 있었다. 나는 마른침을 꿀꺽 삼키고 삐걱거리는 계단을 내려가기 시작했다. 물을 절벅절벅 휘저으며 트림을 해대는 세탁기가 꼭 맛난 먹이를 게걸스레 먹는 괴물 같다는 생각을 하지 않으려고 애썼다.

- **이 글에 쓴 기법** 다중 감각 묘사, 의인화, 직유
- **얻은 효과** 분위기 설정, 긴장과 갈등

집단 위탁 가정　　　　　　　　　Group Foster Home

수수한 실내장식, 부엌 벽 화이트보드에 적은 각자 맡은 집안일, 벽에 걸린 규율 게시판, 거주자들을 대상으로 여기저기 붙여놓은 물품 사용 안내문, 다른 아이들이 선반에 두고 간 너덜너덜한 책들, 오래 가지고 논 티가 나는 낡은 장난감들과 게임 기구들, 공동 침실(이층 침대, 옷장, 공용 서랍), 벽장 속 더플백과 여행 가방, 교대로 아이들을 감독하고 위탁소를 운영하는 직원들, 가끔 방문하는 심리 상담사나 사회복지사, 특정한 문이나 벽장에 채워진 자물통, 모임을 위한 넓은 공동실, 모든 입주자들이 앉을 수 있는 긴 식탁이 있는 식사 공간, 순번을 따라 식사 준비나 청소를 돕는 고학년들, 공동욕실, 나이가 차서 떠나려고 짐을 싸는 아이들

닫힌 방문 너머에서 흘러나오는 음악, 큰 소리로 소등을 지시하거나 규칙을 위반한 아이를 꾸짖는 직원, 다른 아이들을 괴롭히는 아이들, 좋아하는 텔레비전 프로그램을 보려고 말다툼하는 아이들, 연필로 숙제를 할 때 사각사각 나는 소리, 식사 시간 전후로 주방에서 들리는 접시들이 부딪치는 소리, 밤이 되자 훌쩍이는 새로 온 아이들, 자기는 곧 집에 갈 거라거나 곧 입양될 거라고 거짓말하거나 혼잣말하는 아이들, 버럭 화내고 소리 지르는 아이들, 잘 시간에 속닥거리며 이야기하는 아이들, 기상 시간을 알리며 문을 두드리는 직원, 누군가 뒤뜰에 숨어서 담배를 피려고 몰래 켜는 라이터, 여닫히는 서랍, 물이 쏟아지는 샤워기, 쾅 닫히는 방문, 부모와 함께 외출하거나 귀가하는 아이를 태운 자동차가 위탁 가정 앞에 주차하는 소리

주방에서 만드는 음식, 막 끓인 커피, 청소 도구, 샴푸, 담배, 냄비, 아이들의 땀내, 오래된 카펫 냄새

(맛)

여러 사람이 한꺼번에 먹을 수 있고, 빨리 만들 수 있는 음식(프렌치 토스트, 오트밀, 스크램블드에그, 팬케이크, 샌드위치, 스파게티, 햄버거, 핫도그, 캐서롤, 스튜)

(촉감과 느낌)

위안을 찾으려고 만지작거리는 옛날부터 가지고 있던 소중한 물건(곰 인형의 부드러운 털, 보풀이 일어난 인형의 치마, 다른 위탁 가정에 있는 형제·자매의 사진이 담긴 액자의 매끈한 느낌, 집안 형편이 그나마 나았을 때 부모에게 받은 목걸이나 팔찌의 울퉁불퉁한 연결 고리), 베갯속이 여기저기 뭉친 베개, 닳아서 너덜너덜한 옷깃이나 셔츠 자락, 작아져서 당기고 끼는 옷, 쿠션이 다 꺼진 소파, 뜨겁고 거품이 이는 개숫물, 뒤뜰 잔디가 맨발바닥에 까끌까끌하게 닿는 느낌, 욱신거리고 아픈 타박상, 움직이거나 옷이 닿을 때 통증이 심해지는 화상이나 베인 상처

이 배경에서 벌어질 만한 갈등의 원인

- 직원들이 아이들을 학대하거나 태만하게 일한다.
- 새로운 환경에 적응하는 과정에서 제멋대로 구는 아이들이 있다.
- 물건을 도난당한다.
- 적대 관계에 있는 아이의 계략에 빠지는 바람에 특권을 잃는다.
- 조제약이 바뀌거나 오진으로 인해 행동 장애가 더 심각해진다.
- 폭력적이거나 잔인한 아이들과 지내게 된다.
- 불신과 무력감에 빠진 아이가 있다.
- 직원들이 다른 아이를 편애한다.
- 속이고 말썽 피우는 아이들이 있다.
- 형제·자매와 떨어지게 된 아이가 있다.
- 친부모의 방문으로 긴장한다.
- 집에 돌아가게 되자 마음이 복잡하다.
- 악몽과 외상 후 스트레스 장애(PTSD)를 겪는다.
- 위탁 가정에서 지내는 사실 때문에 학교에서 상처를 받는다.
- 스스로가 무가치하게 느껴지고 자존감이 낮아진다.

- 못된 아이들에게 괴롭힘을 당한다(옷차림이나 가족이 없어서).
- 다른 아이들이 가진 것이 부럽다(애정, 가족, 좋은 옷, 가족과 보내는 휴가와 여가).

이 배경에서 볼 만한 유형의 사람들

- 가족 구성원, 위탁 가정 아이들, 경찰관, 사회복지사, 직원이나 위탁 부모, 방문 오는 심리 상담사

이 배경과 밀접한 다른 배경

- 욕실, 부엌, 거실

참고 사항 및 팁

집단 위탁 가정에서는 온갖 일이 다 일어난다. 어떤 곳에서는 아이가 건강하고 즐겁게 살아갈 수 있도록 정성을 다하며, 수년 간의 학대나 방치로 상처 받아 세상과 벽을 쌓은 아이의 신뢰를 얻으려고 노력한다. 이런 곳은 안정적이며 안전한 장소를 제공하는 동시에 친밀함을 강조하며, 아이들이 바라면 안아주는 직원이 있기도 하다. 그러나 폐쇄공포증을 유발하는 지뢰밭 같은 곳도 있다. 아주 작은 규율만 어겨도 누려야 할 것을 누리지 못하고, 모든 것—음식마저도—을 통제받고 감시당할 수도 있다. 이런 곳에서는 생존에 필요한 것 말고는 아이들에게 어떤 애정도 안정감도 주지 않는다. 슬프지만 이런 극단이 모두 존재하는 것이 현실이다. 자신의 이야기에 나오는 위탁 가정이 아이를 진정으로 위하는 곳인지, 학대가 자행되는 곳인지, 아니면 그 중간 정도인지를 결정하는 것은 작가의 몫이다.

배경 묘사 예시

새로 온 여자아이는 베개에 얼굴을 묻고 이제 막 유아원에 맡겨진 아기처럼 흐느껴 울었다. 베벌리는 한숨을 내쉬고는 자동차가 지나갈 때마다 벽을 훑고 사라지는 빛줄기를 셌다. 저렇게 약해빠진 시절은 졸업해서 다행이라는 생각이 들었다. 그건 까마득히 오래전, 엄마의 집을 떠나 이곳에 오게 됐을 때만 해도

일주일만 있으면 된다고 생각했던 시절의 자신의 모습이었다. 그 뒤로 3년 동안 이곳저곳을 전전하면서 온갖 무시와 괴롭힘과 학대를 당한 끝에 울든가 버티든 가, 둘 중 하나를 선택하는 것 말고는 자신에게 주어진 것이 없음을 깨달았다. 베벌리는 눈을 감고 등을 돌려 따뜻한 이불 속으로 파고들었다. 새로 온 아이도 언젠가는 그 사실을 깨달을 것이다.

- **이 글에 쓴 기법** 다중 감각 묘사, 직유
- **얻은 효과** 성격 묘사, 과거 사연 암시, 감정 고조

차고　　　　　　　　　　　　　　　　　　　　　　Garage

콘크리트 바닥의 강낭콩 모양 기름 얼룩들과 구불구불하게 생긴 균열, 타이어 자국, 바닥에 흩어진 자갈 조각과 솔잎, 타이어 모양으로 난 진흙 자국, 흙먼지, 연장들을 걸어놓은 타공판, 벽의 못마다 걸린 주황색 전기 코드, 집으로 올라가는 계단, 흔들거리는 금속 선반, 전기 공구(드릴, 원형 톱, 사포), 엔진오일, 못들을 담은 통, 오래전에 아끼던 물건들이나 크리스마스 장식들을 넣은 상자, 윤활유와 첨가제가 담긴 병, 페인트나 목재 충전재가 담긴 깡통, 천장 고리에 매단 자전거, 재활용품과 회수용 유리병들이 담긴 통, 쓰레기통, 잔디씨나 비료가 담긴 자루, 개미 트랩, 민달팽이 미끼, 말벌 퇴치 스프레이, 구석에 쌓인 정원용 도구(삽, 갈퀴, 가위 등), 기부할 옷이 가득 든 쓰레기봉투, 매트를 따라 한 줄로 세워둔 고무 부츠, 가정용 연장 및 기기가 담긴 공구 통, 겨울용 또는 비상용 타이어들, 차고 자동문, 차고 문 스위치와 전등 스위치, 수납장, 업소용 진공청소기, 벽에 쌓아둔 톱질 모탕, 작업대, 시멘트 바닥에 주차해둔 자동차나 트럭, 창틀에 죽은 파리와 말벌, 벽에 찍힌 손자국과 긁힌 자국, 구석에 처진 거미줄, 알록달록한 색깔의 장난감(물총, 양동이와 삽, 자동차와 트럭, 원격조종 자동차, 야외용 분필)이 담긴 통, 운동기구(농구공, 하키 스틱, 야구 글러브, 골프공), 파란색이나 분홍색 유리 세정제, 예비용 휘발유 통, 벽에 매단 사다리들, 자전거용 펌프, 구석에 쌓인 목재

여닫히는 차고 문과 바닥에 긁히는 문, 목재를 가르는 내림톱(차고를 작업 공간으로 쓸 경우), 끽끽대는 전기 드릴, 망치, 지저분한 바닥 위로 질질 끌고 가는 보관용 통, 유리창에 부딪치는 파리나 말벌, 금속함으로 던지는 연장, 질질 끄는 발소리, 여닫히는 차문, 차량에 시동을 거는 소리, 엔진의 열이 식으면서 나는 딱딱 소리, 계단을 오르내리는 발소리, 라디오에서 흐르는 음악, 목소리, 거리에서 나는 소리(차량, 노는 아이들, 잔디 깎는 기계), 빗자루로 쓰는 바닥, 잔디 깎는 기계의 시동을 걸 때 나는 요란한 소리, 시멘트 바닥에 튕기는 농구공, 여닫히는 서랍, 끙끙거리며 거치대에서 내리는 자전거, 종이 상자들을 열고 뒤지는 소리,

쓰레받기를 쓰레기통에 치며 털어내는 소리, 바퀴에 바람을 넣을 때 나는 쉭쉭 소리

냄새

엔진오일, 기름, 뜨거운 엔진, 땀, 먼지, 차가운 시멘트, 막 깎은 잔디, 썩기 시작하는 쓰레기

맛

작업하면서 마시는 시원한 맥주(또는 커피, 탄산수, 물), 날리는 먼지, 부엌에서 가져온 점심

촉감과 느낌

손가락에 묻은 고운 먼지, 손을 닦는 데 쓰는 뻣뻣한 걸레, 반짝거리는 기름, 렌치의 차가운 금속 느낌, 데어서 물집이 잡히거나 긁힐 때의 통증, 이마로 흘러내리다 목에 매달리는 땀방울, 공기 중 먼지로 인한 재채기, 전기 공구에서 느껴지는 진동, 보안경 테두리를 따라 맺히는 땀, 눈 위를 덮는 머리카락, 차량 하부를 보기 위해 매트나 깔개에 눕는 느낌, 손에 든 연장의 무게감, 깔쭉깔쭉한 목재의 표면, 손가락에 닿는 사포의 거친 표면, 캔이나 병의 라벨을 읽으려고 손으로 닦는 먼지, 맨발에 닿는 차가운 콘크리트 바닥, 맞는 나사나 못을 찾으려고 통을 뒤지는 느낌, 문이 열리면서 훅 밀려 들어오는 바람, 데일 듯 뜨거운 엔진이나 모터, 비좁은 틈새에 있는 물건을 꺼내려고 몸을 비집고 들어가는 느낌, 높은 선반 위의 물건을 꺼내려고 몸을 펴고 쭉 뻗는 손

이 배경에서 벌어질 만한 갈등의 원인

- 화재가 일어난다.
- 차고에 있는 차를 도난당한다.
- 차를 타고 차고 밖을 나서거나 안으로 주차할 때 실수로 차고 문을 박는다.
- 차고 문이 고장 나서 올라가지 않는다.
- 차고에서 이웃의 은밀한 이야기를 엿듣는다.
- 아이들이 연장을 차고에 도로 갖다놓지 않는다.

- 장난감들이 여기저기 흩어져서 거치적거린다.
- 관리를 소홀히 한 탓에 연장들이 위험해진다.
- 화학약품이 새면서 소중한 물건(오래된 추억의 물건이나 값이 나가는 만화책 등) 이 망가진다.
- 차고에 쌓인 물건이 지나치게 많아지면서 가족이나 이웃 간에 분쟁이 생긴다.
- 뒤에서 공격을 받아서 기절한다.

이 배경에서 볼 만한 유형의 사람들

- 어른, 아이, 가족의 친구, 이웃

이 배경과 밀접한 다른 배경

- 지하실, 연장 창고, 작업실

참고 사항 및 팁

차고는 온갖 물건을 방치해두는 곳일 수도 있고, DIY 프로젝트를 위한 작업장이 될 수도 있다. 사람에 따라 운동 공간이나 맨 케이브로 용도가 바뀔 수도 있다. 자신이 쓰는 이야기에 등장하는 집주인들의 관심사를 생각해보고, 그런 사람들의 차고에 있을 만한 물건들을 떠올려보라. 경우에 따라서는 차고의 본래 용도인 차의 보관 공간으로 쓰이지 않을 수도 있다. 차고라고 해서 단순한 차고로 그릴 필요는 없다. 인물에 따른 차고의 역할과 모습을 통해 그 사람이 집에서 어떻게 살아가는지를 드러낼 수 있으니, 성격 묘사에 도움이 될 만한 사항들을 골라보자.

배경 묘사 예시

전등 스위치를 켜고 토마토가 든 바구니들, 크리스마스 장식품, 오래된 타이어, 자전거 부품 더미를 눈으로 훑었다. 둘둘 만 낡은 장판지를 마구잡이로 쌓아둔 부근에 한 점의 색깔이 눈에 들어왔지만, 내가 찾는 물건은 아니었다. 라이언이 예전에 가지고 놀던 연이었다. 문득 차고 저쪽 아빠의 녹슨 골프채 위에 놓여 있는 '그것'이 눈에 들어왔다. 내 물총, '슈퍼 소커9000'이었다. 나는 땅이 꺼지도록 한숨을 쉬었다. 자, 이제 저걸 어떻게 끌어내지? 이 차고는 '미궁의 사원'이나 다름없으니, 살아서 통과하려면 인디애나 존스는 되어야 할 것 같았다.

- **이 글에 쓴 기법** 대비, 과장, 은유
- **얻은 효과** 감정 고조

채소밭   Vegetable Patch

풍경

사슴과 토끼를 막으려고 친 울타리, 쉽게 들어갈 수 있는 문, 공들여 줄 맞춰 심은 다양한 크기의 싱싱한 채소, 뽑아야 할 잡초, 철제 우리로 떠받친 토마토 모종, 철망과 나무 기둥을 휘감으며 자라는 완두콩 덩굴, 흙 밖으로 프릴 같은 겹잎을 내민 당근, 수북이 쌓인 감자, 바람이 불 때마다 흔들리는 키 큰 옥수숫대, 선명한 초록색 상추, 흙 밖으로 비늘줄기들이 비죽비죽 솟은 양파, 빨간 열매가 잔뜩 달린 키 크고 가시투성이의 나무딸기 덤불, 섬세한 흰색 꽃이 점점이 달린 딸기나무와 초록색 줄기, 가루받이 중인 벌, 달팽이가 시멘트 산책로 위를 지나가며 뒤로 남기는 반짝이는 점액의 띠, 상추잎을 썹으며 구멍을 내는 유충, 날개를 팔락이는 나비와 나방, 젖은 흙을 휘저으며 나아가는 지렁이, 덤불 아래에서 썩어가는 나뭇잎 더미, 색이 변한 나뭇잎, 식물 뿌리 쪽 주변에 흩어진 뿌리 덮개들과 나무껍질, 검은색 퇴비를 담은 통, 물이 부족하고 햇빛에 말라서 쩍쩍 갈라진 땅, 시든 식물 줄기들과 축 처진 이파리들, 작은 동물들이 갉아먹은 자국이 난 채소나 뿌리, 둘둘 말린 초록색 호스, 물뿌리개, 이랑 끝에 씨앗 이름을 적어 꽂아놓은 표, 오래된 손수레

소리

나뭇잎 사이를 스치는 바람, 여름 폭풍의 영향으로 딱딱 소리를 내는 조명, 근처 창고의 처마를 마구 때리는 우박, 오솔길을 따라 바스락 소리를 내며 뒹구는 낙엽들, 나뭇잎에서 뚝뚝 떨어지는 빗물, 귀뚜라미, 개구리, 가까이에서 들리는 아이들의 웃음소리, 짖는 개, 흙을 푹푹 뜨는 삽이나 호미, 경운기의 모터, 호스에서 나온 물이 두툼한 나뭇잎들에 분사되는 소리, 훅 불어온 바람에 반쯤 열린 문이 끽끽거리는 소리, 붕붕거리는 벌 떼, 채소를 잡아 뽑을 때 나는 우지직 소리, 덩굴에서 똑똑 따는 완두콩이나 강낭콩

냄새

토마토 덩굴의 톡 쏘는 냄새, 박하잎, 막 깎은 잔디, 축축한 흙, 폭풍 전후의 쩽할 정도로 신선한 공기, 직접 키운 허브, 잔디 깎는 기계나 경운기가 과열되면서 나

는 냄새, 양파, 잘 익은 과일이나 베리류, 따뜻한 흙, 먼지, 썩어가는 배양토나 뿌리 덮개, 썩어가는 채소, 숯, 가까이 있는 드럼통에 피운 불의 연기, 청명한 비, 파삭파삭한 서리, 화학비료, 무르익은 과일이 주렁주렁 달린 나무, 피어나는 꽃, 꽃이 활짝 피면서 향기를 뿜는 인동덩굴이나 라일락 나무

맛

신선한 채소, 달콤하고 과즙이 많은 과일과 베리류, 풋과일이나 새콤한 베리류, 씹으면 나무 같거나 파슬파슬한 사과, 달콤한 인동덩굴, 갓 뽑은 박하나 바질잎의 상큼함, 혀에 닿는 빗물이나 눈, 사각사각하고 달콤한 사과, 톡 쏘는 골파나 양파, 밭에서 갓 뽑은 당근에 묻은 흙, 신선한 허브, 매운 무

촉감과 느낌

톱날 같거나 펠트처럼 부드러운 나뭇잎, 무르익으라고 지그시 쥐어짜는 토마토나 멜론, 잘 익은 무른 과일, 손톱 밑에 낀 흙, 진흙이 잔뜩 묻어 질척거리는 손, 차갑고 축축한 흙, 힘주어 잡아당겨 뽑은 잡초에서 얼굴로 튀는 흙먼지, 백악질 흙이나 푸슬푸슬한 비료, 벌에 물려 세게 꼬집히는 듯한 느낌, 잡초를 뽑는 동안 뒷목에 따갑게 내리쬐는 햇볕, 한 손으로 든 묵직하게 달랑거리는 뿌리채소(당근, 방풍나물, 비트), 잡초를 뽑을 때 땅에서 뿌리째 올라오는 느낌, 미끄덩거리는 뿌리 덮개, 그늘의 서늘한 바람, 눈썹에 고이는 땀, 뽑기 쉽도록 당근의 잎 쪽을 휘어잡을 때 손목을 간질이는 느낌, 삽이나 호미의 매끈한 손잡이, 온종일 밭일을 한 뒤 손바닥에 생긴 쓰라린 물집, 손놀림을 무디게 만들고 땀이 나게 하는 두툼한 장갑

이 배경에서 벌어질 만한 갈등의 원인

- 밭으로 들어온 작은 동물들(토끼, 쥐)이 채소를 먹어치운다.
- 가뭄, 병충해, 굼벵이나 진딧물 때문에 수확을 망친다.
- 적대적인 관계나 경쟁 관계에 있는 사람이 재미나 복수심으로 채소를 다 뜯어 놓는다.
- 형편없는 수확량 때문에 가족의 형편이 어려워진다.
- 흉작 기간에 도둑이 들어 밭의 채소를 몽땅 뽑아간다.

- 흙으로 퍼진 곰팡이가 채소를 망친다.
- 땅속의 말벌 집 때문에 경작을 할 수 없게 된다.
- 너무 일찍 또는 너무 늦게 파종한다.
- 채소밭을 가꾸는 일에 처음 도전하면서, 기후가 맞지 않아 재배하기 적합하지 않은 씨앗을 심는다.
- 채소밭을 가꿀 체력이 못 된다고 이웃에게 지적당한다.

이 배경에서 볼 만한 유형의 사람들

- 아이들과 가족 구성원, 이웃 또는 방문객, 채소 재배자

이 배경과 밀접한 다른 배경

- 뒤뜰, 농장, 농산물 직판장, 정원, 파티오 데크, 지하 저장실, 연장 창고

참고 사항 및 팁

채소밭은 기능적이면서도 기분 전환을 할 수 있는 공간이다. 필요에서든 취미에서든 자기가 먹을 걸 직접 재배하기를 즐기는 사람은 어디에나 있다. 그러나 채소를 키우고 싶다고 해서 모두 잘 키울 수 있는 것은 아니다. 채소밭의 상태로 그 주인의 성격을 어떻게 드러낼지 고민하라. 그리고 인물이 사는 곳의 기후와 문화를 면밀히 조사하는 것을 잊어서는 안 된다. 그 지역에서 기후를 고려해 가장 많이 재배하는 작물은 무엇인가? 특별히 잘 자라는 작물이 있지만, 주인공이 즐겨 먹지 않는다는 이유로 키우지 않는가? 주인공이 대신 선택한 작물이 잘 자라지 않는데도 포기하지 않는가? 채소밭은 다양한 면에서 인물의 성격을 드러내는 독특한 배경이 될 수 있다.

배경 묘사 예시

해가 이미 졌는데도 샌드라는 어렸을 때 뛰어놀았던 채소밭을 보고 싶은 마음에 들판을 가로질렀다. 샌드라는 울타리 문을 열고 안으로 들어섰다. 공기는 서늘했고, 어머니가 키운 강낭콩 덩굴과 사탕무잎에 맺힌 이슬마다 달빛이 반짝

이고 있었다. 눈이 차츰 어둠에 익으면서 밭 저쪽 가장자리에 소나무 한 그루가 보였다. 까마득히 오래전, 어머니와 함께 심었던 나무였다. 나무를 자세히 들여다보고 있자니 눈시울이 뜨거워지며 시야가 흐려졌다. 앙상했던 가지들이 쑥쑥 자라나 정원 한복판에 위풍당당하게 서 있었다. 어머니는 언제나 아이 같은 천진한 눈으로 그 나무를 바라봤다.

- **이 글에 쓴 기법** 상징적 표현, 날씨
- **얻은 효과** 분위기 설정, 감정 고조

캠핑카 Motor Home

풍경

회전식 운전석과 조수석으로 구성된 운전 공간, 휴식 공간(소파, 편안한 의자, 베개, 벽에서 꺼낼 수 있는 탁자, 텔레비전), 식사 공간(붙박이형이나 수납형 식탁, 의자나 벤치 의자), 부엌(수납장, 조리대, 식기세척기, 싱크대, 전자레인지, 냉장고, 미니 냉동고), 커튼이나 블라인드가 달린 창문, 방충망, 천장에 달린 수납공간, 샤워기가 달린 욕실, 커튼이나 쪽문으로 공간이 분리된 침실(고정된 침대나 접이식 이층 침대, 베개, 옷장, 서랍장), 위아래로 설치한 세탁기와 건조기, 타일 바닥, 천장에 설치한 채광창, 바닥에 흩어진 장난감, 식탁에 놓인 노트북, 싱크대에 든 접시, 뒷좌석에 널어 말리는 중인 축축한 수건, 정리되지 않은 이불, 작은 부엌에서 차리는 식사, 창밖으로 보이는 경치, 바닥에 떨어진 부스러기, 탁자에 맺힌 물방울, 빨래 바구니에 쌓인 옷, 탁자 위에 펼쳐진 등산로 지도, 샤워 부스에 걸린 젖은 수영복

소리

라디오에서 흘러나오는 음악, 텔레비전, 도로의 요철에 부딪히는 차바퀴, 윙윙거리는 엔진, 교통 소음(경적, 속도 내는 자동차, 사이렌), 차 밖 차양을 열 때 끼익거리는 소리, 수납장 안에서 넘어지거나 바닥으로 떨어지는 물건, 블라인드를 내리는 소리, 삐걱거리며 열리는 창문, 스르륵 닫히는 서랍, 수납장 안에서 덜그럭거리는 접시, 음료수를 따르는 소리, 잔 속에서 짤랑거리는 얼음, 비 오는 날 하는 잡담과 카드놀이, 웃거나 우는 아이들, 윙윙거리는 파리, 커튼 봉을 따라 미끄러지는 커튼, 태블릿 컴퓨터나 휴대전화 게임에서 나오는 전자음, 전화 벨, 화장실에서 내려가는 변기 물, 샤워기 트는 소리, 창문과 쪽문을 통해 빠르게 부는 바람, 밤에 열린 창문을 통해 들려오는 시골 소리(벌레 우는 소리, 새들의 노랫소리, 나무를 스치는 바람), 어느 길로 가야 할지 다투는 어른들, 코 고는 승객들

냄새

가죽, 조리하는 음식, 신선한 공기, 커피, 비, 배기가스, 땀 흘리는 아이들, 악취 나는 신발, 쓰레기, 열린 창문으로 들어오는 캠프파이어 연기

패스트푸드, 주방에서 준비한 식사, 과자, 야외 모닥불에서 조리한 음식(핫도그, 스모어, 팝콘)

촉감과 느낌

캠핑카의 움직임에 따라 흔들리는 몸, 탁자 위에서 미끄러지거나 떨어지는 물건을 잡는 느낌, 차멀미, 부드러운 소파나 침대, 공간이 부족하고 어수선한 캠핑카에서 느끼는 폐소공포증, 열린 창문으로 불어온 바람 때문에 헝클어진 머리카락, 여행이나 휴가로 부푼 기대, 차량이 움직이는 동안 조심스럽게 따르는 술, 바닥에 있는 장난감에 부딪쳐 헛디딘 발, 작은 침대에 구겨넣는 몸, 따끔하게 무는 모기, 열린 캐비닛 문에 부딪히는 머리, 조리대에 부딪히는 엉덩이, 따뜻한 샤워, 창문을 통해 팔을 뜨겁게 달구는 햇빛

이 배경에서 벌어질 만한 갈등의 원인

- 장기 여행 중에 차가 고장 난다.
- 화장실이 고장 나거나 역류한다.
- 비좁은 공간에 너무 많은 사람들이 있다.
- 운전자의 주의를 산만하게 하는 소음이나 활동이 생긴다.
- 대형 자동차에 적합하지 않은 곳에서 캠핑카를 운전한다.
- 주차 공간을 찾기 힘들다.
- 수납장에서 사람 위로 액체가 떨어지거나 물건이 떨어져 파손된다.
- 누군가가 온수를 독차지한다.
- 교통사고가 난다.
- 캠핑카를 빌렸으나 여행 시작 후 문제를 발견한다(고장 난 차양, 작동하지 않는 샤워기).
- 히치하이커를 태웠다가 차를 도난당한다.
- 잠금 장치가 없는 외부 수납 공간에서 물건이 떨어지거나 물건을 도난당한다.
- 십 대 자녀가 자고 있다고 생각했으나, 친구들을 만나려고 몰래 나간 것을 발견한다.

- 좁은 공간에서 불쾌한 냄새가 난다.
- 아이들이 여행에 대해 불평만 한다.
- 사생활이 없어져 힘들다.
- 낮은 다리 아래를 지나가는데 캠핑카가 높이 제한을 넘어버렸다.

이 배경에서 볼 만한 유형의 사람들

- 가족, 은퇴자

이 배경과 밀접한 다른 배경

- **시골 편** 캠핑장, 시골길
- **도시 편** 트럭 휴게소

참고 사항 및 팁

캠핑카에는 다양한 크기가 있으며, 초호화 캠핑카부터 바퀴 위의 누추한 상자 같은 모습까지 외관도 다양하다. 대형 캠핑카는 분리된 객실, 일반 침대, 모든 시설을 갖춘 주방, 넉넉한 수납공간으로 꽤 널찍하다. 오래된 모델들은 더 적은 기능에 모습도 낡았을 것이다. 소형 캠핑카는 공간이 매우 좁으며 편의 시설도 적다. 편안함의 수준은 구입 가격이나 렌트 가격에 따라 달라지기 때문에, 주인공을 위해 차를 고를 때 많은 선택지가 있다. 또한 캠핑카의 이동성은 이야기 속에 다른 방법으로는 불가능할 수도 있는 다양한 설정을 넣게 해준다.

배경 묘사 예시

새집을 보러 간 길에 만난 비를 피해 계단을 뛰어 올라가는 세라의 손에서 열쇠가 짤랑거렸다. 식사를 할 작은 탁자가 보였다. 그 옆의 간이 부엌은 새것은 아니지만 기능적이었고, 그녀는 곧 만들 칠리, 집에서 만든 피자, 구운 치즈의 냄새를 들이마셨다. 밖에서는 비가 지붕을 두드리며 창문을 흠뻑 적셨지만, 이곳은 토끼 굴처럼 건조하고 아늑했다. 세라는 미소가 절로 나왔다. 캠핑카는 작았지만 자신의 것이었고, 대출이 없으니 의료비도 금방 갚을 수 있을 것이다.

- **이 글에 쓴 기법** 다중 감각 묘사, 직유, 날씨
- **얻은 효과** 성격 묘사, 과거 사연 암시, 감정 고조

파티오 데크 　　　　　　　　　　　　　　Patio Deck

바닥을 암석으로 깐 공간 또는 바닥보다 높게 목조 공간을 조성하여 뒤뜰을 바라볼 수 있게 만든 곳, 여러 명이 들어갈 수 있는 온수 욕조, 테이블과 의자, 꽃이 든 상자, 화려한 화분과 매달아놓은 꽃바구니, 담쟁이덩굴로 지붕을 만든 아치형 정자 또는 격자 구조의 정자, 공간 일부를 덮어주는 차양이나 파라솔, 파티오를 둘러싼 나무를 통해 내려오는 햇빛과 그늘의 혼합, 집 안으로 통하는 문, 그릴, 벽난로 또는 화덕, 장작 더미, 야외 좌석 공간(소파, 쿠션을 댄 의자, 낮은 탁자, 장식용 쿠션), 좌석용 쿠션과 베개를 보관하는 상자, 잔디밭에 흩어진 장난감, 벽에 달린 야외용 시계, 온도계, 티키 횃불tiki torch[대나무나 금속 등으로 만든 티키 문화권의 장식용 횃불]과 시트로넬라 향초의 불, 데크 조명, 야외 바와 스툴, 모히토가 든 물병과 유리잔에 알알이 맺힌 물방울, 베란다용 그네나 벤치, 분수나 정원용 인공 폭포, 풍경, 구석에 있는 거미줄, 개미와 파리, 계단 아래의 말벌 집, 흩어진 먼지, 쓸어야 하는 꽃가루와 솔잎, 밖에 앉아 햇볕을 쬐며 차가운 맥주나 아침 커피를 즐기는 집주인들, 가구 주위를 어슬렁거리고 마당의 모서리를 탐색하는 반려동물

나무에서 지저귀는 새들, 윙윙거리는 곤충들, 개굴개굴 우는 개구리들, 여닫히는 문, 사람들의 대화, 집 안이나 이웃집 마당에서 들리는 목소리, 열린 창문을 통해 어렴풋이 들리는 집에서 나는 소음(텔레비전, 음악, 열리는 차고 문), 마당에서 노는 아이들, 짖는 개, 딱딱 소리를 내는 청설모나 다람쥐, 자동차, 누군가 뛰는 발소리, 웃음, 삐걱거리는 바닥 목재, 욕조나 분수의 물이 빠지는 소리, 바닥을 긁는 의자, 식물에 물을 줄 때 튀는 물, 석쇠 위에서 튀는 음식, 불구덩이에서 탁탁거리는 나무, 불에 던지는 통나무, 나뭇잎 사이로 미끄러지는 바람, 우르릉거리고 끽끽거리는 잔디 관리 기계(잔디 깎는 기계, 강풍낙엽청소기, 인도 가장자리를 베는 기계, 쇠톱), 바람에 울리는 풍경, 바에서 유리잔에 얼음을 넣을 때 짤랑거리는 소리, 삐걱거리는 그네나 베란다용 의자, 바람에 삐걱거리는 키 큰 나무들, 미풍으로 펄럭이는 깃발, 파티오를 가로지르는 개의 발톱 소리

$\boxed{\text{냄새}}$

나무 연기, 그릴에서 조리하는 음식, 벌레 퇴치제, 꽃이 피는 식물, 커피, 비, 곰 팡내 나는 쿠션, 시트로넬라 향초, 티키 횃불용 연료

$\boxed{\text{맛}}$

음료(커피, 차, 뜨거운 핫초콜릿, 맥주, 탄산수), 과자, 스모어, 구운 고기와 채소, 가 족이나 친구와 함께 야외에서 즐기는 저녁 식사

$\boxed{\text{촉감과 느낌}}$

따끔하게 무는 모기, 피부에 뿌리는 스프레이형 벌레 퇴치제의 시원함, 발바닥 에 느껴지는 따뜻한 나무판자, 거친 목재 난간, 발을 헛디디게 만드는 울퉁불퉁 한 돌길, 욕조의 따뜻한 물, 화덕에서 훅 느껴지는 열기, 바람의 방향이 바뀌어 서 연기 때문에 따끔거리는 눈, 쿠션을 댄 의자, 단단한 나무 벤치, 흔들리는 그 네나 해먹, 바깥 공기의 열기나 냉기, 저녁때 덮는 아늑하고 따뜻한 이불, 머리 카락을 헝클어뜨리는 바람, 탁자에 깔린 꽃가루, 매끄러운 유리 상판, 햇볕에 데 워진 철제 가구, 햇빛 때문에 부시는 눈

이 배경에서 벌어질 만한 갈등의 원인

- 참견하기 좋아하는 이웃들이 자신들의 창밖으로 파티오를 쳐다본다.
- 경찰이 동네에서 추적을 벌인다.
- 난간 사이로 떨어진다.
- 잘못 취급한 불이나 이동식 화로 때문에 불이 난다.
- 데크가 썩은 지지대 때문에 무너진다.
- 욕조에서 낯부끄러운 행위를 하다 들킨다.
- 폭풍우가 지나간 뒤, 나무가 넘어지거나 나뭇가지가 떨어진다.
- 데크에서 즐기는 '혼자만의 시간'을 방해하는 사람들이 있다.
- 야외에서의 즐거움을 빼앗는 계절성 알레르기를 앓는다.
- 가족 간에 논쟁이 벌어진다.
- 너무 덥거나 추운 날씨 때문에 성질이 난다.

- 파티가 모기 떼의 공격을 받는다.
- 마당이나 파티오에서 일을 벌일 때마다 찾아오는 외로운 이웃들이 있다.
- 손님들이 음식과 음료수를 흘려 개미 떼를 부른다.
- 가까이 다가온 사람을 쏘는 숨겨진 말벌 집이 있다.
- 파티오에서 일광욕을 할 때 누가 지켜보는 듯한 기분이 든다.
- 울타리 반대편에서 이웃들이 자신의 가족에 대해 험담을 한다.

이 배경에서 볼 만한 유형의 사람들

- 친구들과 친척들, 손님, 집주인, 이웃과 그들의 아이들

이 배경과 밀접한 다른 배경

- 뒤뜰, 정원, 하우스 파티, 부엌, 연장 창고

참고 사항 및 팁

집 밖의 당당한 생활공간으로서, 파티오 데크는 가족 간의 극적인 사건, 고뇌, 성찰의 순간, 감정적인 폭발의 형태로 이야기 안에서 많은 갈등을 일으키는 배경이 될 수 있다. 또한 실내보다 조금 더 풍광을 선사하고, 자연에서 일어나는 유기적인 활동은 활동이 없는 장면에도 운동성을 준다. 이웃집이 불과 몇 걸음 떨어져 있는 교외에 사는 사람들에게 파티오 데크에서 일어나는 일은 이웃이 몰래 엿듣거나 눈에 띌 수 있다.

배경 묘사 예시

티키 횃불이 주황색으로 빛나며 희미한 빛을 던졌다. 데크는 어둠 속에 완전히 잠겨 있다시피 했다. 나는 불을 몇 개 더 붙였고, 촛불도 몇 개 켰다. 사람들은 삼삼오오 무리 지어 모여 있었고, 낮고 엄숙한 목소리로 두런댔다. 우리는 릭이 나타나기를 기다렸다. 아무도 손대지 않는 샌드위치와 브라우니를 모두에게 떠밀 듯 권하는 릭의 엄마를 빼고 모두가 그랬다. 나는 못마땅해서 눈알을 굴렸다. 중재하는 모임에서 마거릿에게 간식을 가져오게 하다니.

- **이 글에 쓴 기법** 빛과 그림자
- **얻은 효과** 성격 묘사, 분위기 설정, 긴장과 갈등

하우스 파티 House Party

풍경

내부 사람들로 꽉 찬 복도와 방, 계단에 앉아 있는 사람들, 탁자 위에 남은 맥주 캔과 병, 쾅쾅 울리는 스피커, 담배나 대마초 연기, 거실 가구에 색색의 빛을 비추는 조명, 카펫에 박힌 팝콘과 감자 칩 조각, 화장실을 쓰려고 줄을 선 사람들, 소파와 의자마다 몰려 앉아 있거나 음악에 맞춰 정신없이 뛰어오르는 사람들, 당구대에서 게임하는 사람들과 주변에 서서 응원하는 무리, 탁자에 놓인 간식 그릇(칩, 프레첼, 팝콘이 든), 부엌의 냉장고나 차고의 아이스박스로 줄곧 가는 사람들, 조리대 여기저기에 엎질러진 술, 싱크대 안에 놓인 얼음 한 봉지, 사방에 흩어진 빨간 플라스틱 컵, 부엌 아일랜드 식탁에 앉아 있는 여자들, 조리대나 거실 식탁에 쌓인 피자 상자들, 딱 붙어 있는 커플(시시덕거리거나 말다툼하거나 애무하는 등), 토하는 사람, 여기저기 놓인 빈 술병, 침실이나 소파에 산더미처럼 쌓인 외투, 맥주 통과 깔때기, 싱크대에 쌓인 빈 그릇들, 넘치는 쓰레기통, 형형색색의 스트레이트 잔이나 디저트용 젤리가 놓인 쟁반을 가지고 돌아다니는 사람, 함부로 쓰러뜨려 부서진 조각상이나 그림 액자, 잠겨 있었지만 쇠지렛대로 억지로 문을 연 침실

외부 잔디밭이나 덤불 속의 토사물, 데크나 뒤뜰에서 담배를 피우는 사람들, 인도에 밟아 비벼 끈 담배꽁초, 정신을 잃은 채 데크 의자에 앉아 있는 사람, 어두컴컴한 곳에서 애무하는 커플, 파티에 왔다가 비틀거리며 문밖을 나서는 사람, 모닥불, 길가에 쭉 주차된 자동차들, 현관 계단이나 현관 앞에 앉은 사람, 현관 계단에 어지럽게 버려진 빈 컵과 맥주 캔, 앞마당에서 싸우는 사람들, 화가 나서 문을 두드리는 이웃, 경광등을 번쩍거리는 경찰차, 황급히 떠나는 사람들

소리

시끄러운 음악, 사람들이 내는 소리(웃고, 음악 소리를 뚫고 소리치고, 울고, 비명을 지르고, 언쟁을 벌이는), 깨지는 유리, 연기 탐지기가 작동하는 소리, 여닫히는 문, 냉장고를 열 때마다 문짝 음료 칸에 넣어둔 맥주병들이 서로 부딪치는 소리, 테이블에 쾅 소리 나게 내려놓는 유리잔, 취해서 지르는 환성, 당구공끼리 딱딱 소리를 내며 부딪치고 포켓 속으로 굴러 들어가는 소리, 지나가다 부딪치는 바

람에 술이 쏟아지자 화가 나서 소리치는 사람들, 욕실 문을 두드리는 사람, 바삭거리는 감자 칩, 맥주와 음료를 들이켜며 내는 소리, 울리는 휴대전화, 맥주를 더 달라고 큰 소리로 외치는 사람들, 계단을 오르내리는 발소리, 삐걱거리는 바닥, 볼륨을 높인 텔레비전에서 중계되는 하키 경기, 감자 칩이 담긴 그릇이 뒤집히는 소리, 넘어지고 부서지는 물건들, 밖에서 울리는 경적 소리, 문을 두드리는 이웃, 경찰차 사이렌, 술에 취한 사람들이 내는 소리(노래하고, 야유하고, 욕하고, 넘어지는)

냄새

쏟아진 맥주, 헤어 제품 특유의 향기와 강한 애프터셰이브 로션 향기가 뒤섞인 속이 뒤집힐 것 같은 냄새, 술, 짭조름한 감자 칩, 전자레인지에서 방금 꺼낸 팝콘, 피자, 대마초, 담배 연기, 토사물, 땀, 입에서 나는 맥주 냄새

맛

독주(럼, 위스키, 보드카, 진), 탄산음료, 물, 담배, 껌, 박하사탕, 감자 칩, 팝콘, 프레첼, 피자, 맥주, 얼음을 섞은 와인

촉감과 느낌

끈적거리는 조리대, 발밑에서 부스러지는 감자 칩, 사람들 사이에 껴서 밀쳐지거나 끌려가는 느낌, 사람들 사이를 비집고 계단을 올라가는 느낌, 사람들로 북적이는 방에 있는데 누군가 꼬집거나 더듬는 느낌, 땀에 젖은 주정꾼의 불쾌한 포옹, 발 들일 틈도 없는 공간에서 춤을 추면서 다른 사람들과 닿는 몸, 손바닥에 닿는 차가운 맥주잔, 기세 좋게 들이켠 맥주에 젖은 입술, 맥주를 쏟는 바람에 셔츠 앞으로 줄줄 흘러내리는 맥주, 부엌에서 누가 엎지른 물을 밟고 미끄러지는 느낌, 의자 가장자리나 소파 팔걸이에 걸려 휘청이다 간신히 잡는 균형, 손가락 끝마다 묻은 감자 칩의 소금, 아이스박스에 손을 깊이 넣을 때 느껴지는 찌를 듯한 냉기, 다른 사람과 스트레이트 잔으로 하는 건배, 손가락 끝으로 쓱 훑는 당구봉, 만취해 달려드는 사람들을 슬쩍 피하는 느낌, 키스, 맞잡는 손, 뒤뜰에서 맨발바닥에 닿는 서늘한 잔디, 모닥불 가까이 앉아 있을 때 느껴지는 열기, 피부에 들러붙는 옷, 담배나 대마초 한 모금, 다른 사람의 담배에 불을 붙여주는 느낌, 술을 깨려고 얼굴에 뿌리는 물, 충혈된 눈에 넣는 몸이 움츠러들 정

1361

도로 차가운 안약, 더듬거리며 잡는 욕실의 매끈한 문고리, 변기를 붙잡고 토하는 동안 무릎에 느껴지는 딱딱한 바닥, 현기증, 마당에 누워 있을 때 피부에 닿는 까끌까끌한 잔디, 미친 듯 웃어대면서 다른 사람들에게 쓰러질 듯 기대는 몸

이 배경에서 벌어질 만한 갈등의 원인

- 경찰관이 나타나거나 부모가 집에 온다.
- 도난, 기물 파손, 재산 피해를 입는다.
- 누군가 마약을 판매하거나, 복용하거나, 다른 사람의 음료에 넣는다.
- 성폭행을 당한다.
- 경쟁 관계에 있는 사람들끼리 싸움이 붙는다.
- 만취한 나머지 비밀을 털어놓거나 돌이킬 수 없는 말을 하는 사람들이 있다.
- 반갑지 않은 사람들이 파티에 불쑥 나타난다.

이 배경에서 볼 만한 유형의 사람들

- 화난 이웃, 일찍 집에 도착한 부모님, 파티 손님, 경찰, 손아래 형제·자매

이 배경과 밀접한 다른 배경

- 뒤뜰, 욕실, 부엌, 거실, 파티오 데크

참고 사항 및 팁

파티는 그곳을 찾는 부류에 따라 얼마든지 광기에 차고 파괴적이 될 수 있다. 파티 주최자의 친구들이 예의 바르고 절제할 줄 안다면 감당할 수 없는 일은 쉽게 일어나지 않는다. 그러나 파티를 틈타 일탈적인 행동을 하거나 파티에 온 사람들에게 함부로 군다면 통제 불능의 상태가 되는 건 시간문제다. 여기에 술이나 마약이 끼어들고, 다른 사람과 어울리거나 특정인의 관심을 끌려는 욕구가 더해지면 판단 불능의 상태로 이어질 수 있다.

그렉은 넓은 어깨 덕분에 사람들로 꽉 찬 계단을 쉽게 올라갈 수 있었다. 젠은 그렉의 어깨가 넓힌 길이 좁아지기 전에 그의 뒤에 바짝 따라붙었다. 공기는 후텁지근했고, 대마초의 고약한 냄새로 가득했다. 젠은 창유리를 흔드는 음악에 맞추어 몸을 흔들었다. 지하실에 도착할 무렵에는 모든 것을 다 놓아버렸다. 스트레스를 잔뜩 받았던 월요일의 기말고사도, 귀가 시간을 어긴 것도, 앨리슨과 다툰 것도. 그딴 일들은 내일 생각해도 된다.

- **이 글에 쓴 기법** 다중 감각 묘사
- **얻은 효과** 성격 묘사, 과거 사연 암시, 감정 고조

핼러윈 파티 Halloween Party

인도나 집 앞에 줄을 달아 늘어뜨린 호박 조명등, 호박의 속을 파내고 눈과 입모양의 구멍을 낸 호박 등, 스산한 장식(가짜 거미줄, 창문에 가로질러 매단 박쥐들과 거미들, 묘비, 잔디에 뿌린 뼈다귀와 팔다리 모형, 가짜 핏자국, 관목과 나무에 매달린 악귀와 유령, 현관과 문에 장식한 해골과 낫을 든 죽음의 신), 테이블 위에 놓인 드라이아이스가 부글거리는 큰 솥, 촛불, 핼러윈 현수막과 마녀와 검은 고양이가 그려진 종이 포스터, 호박이나 유령이 길게 달린 조명등, 안마당에 놓인 건초 꾸러미와 가을꽃, 풍선, 드라이아이스, 연기 장치에서 뿜어 나오는 연기, 섬광 조명, 적외선 조명, 바람에 날리는 색 테이프와 거미줄, 핼러윈 테마 요리 및 음료, 검은색과 주황색으로 된 일회용 식기, 핼러윈 의상을 입은 사람들, 춤추고 마시는 손님들

소리

손님이 도착해서 누르는 초인종, 인사를 하는 파티 호스트, 여닫히는 문, 배경음악으로 틀어놓은 유명 공포영화 사운드트랙이나 소름 끼치는 소리(신음, 비명, 끽끽거리며 열리는 묘비, 섬뜩한 발소리, 부엉이 울음소리, 불길한 바람 소리), 잘린 손 모양 장난감이 바닥을 후다닥 가로지르자 비명을 지르는 손님들, 친구들의 의상을 보고 터뜨리는 웃음, 분장한 캐릭터 흉내를 내며 서로 나누는 인사, 이야기 나누는 손님들, 댄스 음악, 직물로 된 의상이 바스락거리는 소리, 맥주와 탄산음료 캔을 칙 따는 소리

냄새

향, 향초, 헤어스프레이, 분장용 페이스 페인트, 고무로 된 가면의 안쪽 면, 음식, 먼지 나는 장식

맛

대표적인 핼러윈 요리(옥수수 모양 사탕, 지렁이 젤리, 케이크와 컵케이크, 샌드위치, 피자, 감자 칩과 프레첼), 집에서 만든 핼러윈 장식을 한 간식(눈알, 손가락, 묘

비, 거미, 유령, 미라, 마녀 모자), 술, 음료, 물, 플라스틱 벌레를 넣어 만든 얼음이 든 펀치

촉감과 느낌

천장에 매달린 머리 위를 스치는 장식, 빳빳한 새 핼러윈 의상, 너무 작거나 몸에 딱 맞지 않는 의상, 모자나 머리 장식의 끈이 턱 밑을 너무 꽉 조이는 느낌, 드러난 피부에 닿는 10월의 서늘한 공기, 촛불이나 그 밖의 불의 온기, 소스라치게 놀라는 순간 솟구치는 아드레날린, 꺼끌꺼끌한 건초 더미에 앉아 있는 느낌, 페이스 페인트 때문에 당기는 얼굴, 두피를 쑤시는 가발, 의상 때문에 더워서 나는 땀, 핼러윈 소품을 든 채 추는 춤, 분장이나 페이스 페인트가 번지는 일 없이 먹거나 마시려고 애쓰는 느낌

이 배경에서 벌어질 만한 갈등의 원인

- 같은 의상을 입은 사람이 있다.
- 참가한 파티의 드레스 코드를 착각했다.
- 운전하기로 한 친구가 만취한 것을 발견한다.
- 비 때문에 의상이 망가진다.
- 장난이 심한 사람의 목표물이 된다.
- 침침한 조명 때문에 발을 헛디딘다.
- 의상에 촛불이 옮겨붙는다.
- 누군가 술에 약을 탄다.
- 모두가 가면을 쓰고 있어서 누가 누군지 분간이 가지 않아서 불편하다.
- 누군가 자신을 노려보거나 지켜보는 것 같지만 누구인지 알 수가 없다.
- 자신의 의상이 볼품없다고 느껴진다.
- 잘 모르는 사람 때문에 친구와 떨어져서 불안하다.
- 불편한 장면(이웃이 다른 사람의 배우자와 키스하는 등)을 목격한다.
- 친구들의 올바르지 못한 행동을 지적해야 하는지 고민스럽다.
- 애써 차려입은 의상을 다른 사람들이 이해하지 못한다. 혹은 자신의 의상이 누군가의 기분을 상하게 한다.
- 도난이나 기물 파손 사건이 벌어진다.

- 불편한 사람들(옛 애인, 경쟁 상대, 싫은 직장 동료)이 파티에 나타난다.

이 배경에서 볼 만한 유형의 사람들

- 출장 요리사, 배달원, 가족, 불청객, 파티 호스트와 손님

이 배경과 밀접한 다른 배경

- 욕실, 부엌, 거실, 맨 케이브, 파티오 데크

참고 사항 및 팁

핼러윈 파티는 발랄하고 즐거운 것부터 어둡고 지저분한 것까지 종류가 다양하다. 평소와 달리 섬뜩한 분위기를 추구하는 날인 만큼 인물에게 긴장과 더불어 갈등까지 부여할 수 있는 좋은 수단이 된다. 의상과 가면 뒤에서 대담해진 사람들은 더 외향적이 되고, 언행도 평소보다 적나라해질 수 있다. 그리고 평소라면 선택하지 않을 위험도 감수할 수 있다.

배경 묘사 예시

제이슨이 현관 계단을 오를 때 그가 신은 해적 부츠 밑창에서 끽끽 소리가 났다. 머리 위 기둥에는 박쥐가 매달려 있었고, 거미줄이 바람에 흩날리고 있었다. 현관 방충문 너머에서 웃음소리와 달뜬 목소리들이 새어나왔다. 집 안에서는 음악이 쾅쾅 울려대고 있었다. 빨간 현관 조명 아래 놓인 흔들의자에는 머리에 핑크 리본을 달고 마르디 그라 축제용 구슬 목걸이를 여러 줄 걸친 해골이 앉아 있었다. 귀여우면 귀여웠지 무섭지는 않았다. 리사가 회사에서 큰소리를 쳤을 때만 해도 뭔가 대단한 걸 보겠거니 기대했다. 제이슨이 현관 문고리를 잡았을 때, 해골이 비명을 지르며 앞으로 홱 튀어나왔다. 얼결에 뒤로 펄쩍 물러선 제이슨은 가슴을 움켜쥐며 웃음을 터뜨렸다. '한 건 했네, 리사.'

- **이 글에 쓴 기법** 대비, 다중 감각 묘사, 날씨
- **얻은 효과** 감정 고조, 긴장과 갈등

디 테 일
사 전
·
시 골 편

At School

고등학교 구내식당　　　　　High School Cafeteria

풍경

천장에 몇 개씩 줄지어 달린 밝은 형광등, 안팎으로 여닫히는 문, 직접 만들어 벽에 붙인 교내 행사 홍보 포스터, 벽화, 몇 줄씩 놓인 긴 식탁과 그와 함께 일정한 간격으로 놓인 불편한 플라스틱 의자, 사용한 쟁반들이 위에 쌓여 있는 얼룩진 쓰레기통, 서로 밀치고 부대끼며 줄을 선 고등학생들, 색색의 플라스틱 혹은 금속 쟁반들, 흰색 앞치마를 두르고 헤어네트를 쓴 채 꿍한 태도로 점심을 나눠 주는 배식 담당자, 금전등록기, 종이 접시와 플라스틱 포크 및 나이프, 음식 종류와 가격이 써 있는 메뉴판, 스테인리스 재질의 긴 카운터 테이블, 음식이 식지 않도록 데우는 음식 보온기, 수프 단지와 단지에 걸쳐진 국자, 고기에서 피어오르는 뜨거운 김, 소스나 기름에 흠뻑 잠긴 파스타, 샐러드 바, 배식할 음식들 위에 설치한 긁힌 자국 많은 음식 덮개, 음식 보온용 램프, 디저트나 음료를 넣어 둔 작은 보냉 용기, 학생들(앉아 있고, 어슬렁거리고, 무리 지어 있고, 서로 밀치고 빈둥거리고, 책을 읽고, 음식을 먹는), 식탁 위의 물병이나 탄산음료 캔, 주스와 우유, 별도의 카운터에 놓인 양념 통들, 엎질러진 액체류, 바닥에 흘린 푸딩 조각과 발에 밟힌 감자튀김, 구겨진 냅킨, 점심 도시락을 싸온 고등학생들, 동그랗게 구겨서 바닥에 떨어뜨린 비닐 랩, 식탁 위의 음식 부스러기, 케첩이나 그레이비 소스를 흘린 자국, 쟁반에 남은 걸쭉한 음식, 의자에 흘린 샌드위치 빵 껍질, 식탁에 놓은 쓰레기와 빈 물병

소리

웃음, 대화, 비명과 고함, 식탁에 쾅 놓는 쟁반, 바닥에 끌리는 의자, 씹는 소리, 탄산음료 캔을 피식 따는 소리, 금전등록기에서 나는 땡동 소리, 주방에서 서로 부딪치며 달그락대는 접시들, 국자로 가득 퍼낸 라자냐가 접시에 쏟아지는 소리, 튀김용 감자를 담은 바구니가 조리 통 안으로 내려올 때 보글보글 끓는 기름, 카운터 테이블 위를 훑으며 지나가는 쟁반, 호주머니 속에서 짤랑거리는 잔돈, 쓰레기통에 붓는 남긴 음식, 쾅 여닫히는 문, 업소용 냉장고에 달린 미닫이 유리문이 열리는 소리, 꽉 닫혀 있던 냉장고 문이 열릴 때 나는 공기 빠지는 소리, 전자레인지에서 부리토를 데울 때 나는 윙윙 소리, 전자레인지 안에서 터지

는 팝콘, 부스럭거리는 재질의 과자 봉지를 뜯을 때 팡 열리는 소리, 바닥에 찍찍 끌리는 신발, 사무실로 학생을 부르는 안내 방송, 과목별 시간이 끝날 때 나는 벨소리

냄새

그날 제공되는 메뉴에서 나는 냄새, 기름, 탄산음료, 달콤한 케첩, 톡 쏘는 겨자, 그릇에서 넘친 음식이나 과하게 익혔을 때 타는 냄새, 버터, 향신료(고춧가루, 계피, 마늘), 양파, 구취, 뒤섞인 여러 사람의 체취, 향수, 보디 스프레이, 헤어스프레이, 흡연자의 옷에서 은은히 풍기는 담배나 대마초 냄새

맛

그날 제공되는 메뉴의 맛, 집에서 가져온 음식(짓눌린 샌드위치, 살짝 멍든 바나나나 사과, 포도 한 송이, 파스타 샐러드, 남아서 싸온 음식), 커피, 물, 에너지 드링크, 우유, 탄산음료, 주스, 아이스티

촉감과 느낌

딱딱한 플라스틱 쟁반, 차가운 카운터 테이블, 바스락거리는 포장지, 말랑한 플라스틱 식기류, 미끄러운 물방울이 겉에 맺힌 우유 팩, 뜨거운 음식 때문에 데인 혀, 기름 많은 감자튀김 때문에 번들거리는 손가락, 딱딱한 벤치나 플라스틱 의자, 소금 알갱이가 흩어진 식탁, 사람들로 북적이는 줄에서 서로 밀치고 밀리는 느낌, 식탁에 앉은 다른 사람과 팔꿈치가 서로 부딪치는 느낌, 뜨거운 커피 컵의 온기, 거친 종이 냅킨, 쓰레기통으로 던지는 둥글게 뭉친 포장지, 내용물이 남아 있는지 보려고 흔드는 탄산음료 캔, 입가에 묻은 차가운 마요네즈, 잘 익은 과일에서 느껴지는 약간의 탄력, 껍질을 벗기려고 손톱으로 쿡 찌르는 바나나 윗부분, 식탁 아래로 의도치 않게 다른 사람의 발을 건드리는 느낌, 앉기 전에 의자에 떨어진 부스러기를 손으로 털어내는 느낌, 손가락에 묻은 케첩을 핥는 느낌, 부드러운 무언가를 밟는 느낌, 쏟아진 액체류를 밟고 미끄러지는 느낌

이 배경에서 벌어질 만한 갈등의 원인

• 다른 사람은 안중에도 없는 교내 패거리들이 있다.

- 음식에 장난을 치거나 전교생의 놀림거리로 만들려고 괴롭히는 학생들이 있다.
- 계산하려고 하는데 집에 지갑을 놓고 온 사실을 깨닫는다.
- 점심 계정에 돈이 안 남아 있음을 깨닫는다.
- 점심을 사 먹을 형편이 안 돼 배가 고프다.
- 점심을 먹다가 알레르기 반응을 일으킨다.
- 식중독에 걸린다.
- 옆에 아무도 앉으려 하지 않고, 다들 나만 쳐다보는 느낌이 든다.
- 섭식 장애가 있거나 몸에 문제가 있어 공개적인 장소에서 식사를 하기가 두렵다.

이 배경에서 볼 만한 유형의 사람들

- 관리인, 배달원, 보건 및 안전 조사관, 구내식당 직원, 학생, 교사

이 배경과 밀접한 다른 배경

- **시골 편** 기숙학교, 체육관, 고등학교 복도, 스쿨버스, 과학실, 교사 휴게실, 십 대의 방
- **도시 편** 스포츠 경기 관람석

참고 사항 및 팁

고등학교 구내식당은 학교마다 다른 방식으로 운영된다. 음식값을 연초에 미리 지불하고 이용할 때마다 신분증이나 학생증을 스캔해서 값을 치르는 곳도 있고, 현금만 받는 곳도 있다. 일부 학교에서는 점심 식사를 위한 경제적 도움을 주는 프로그램이 있기도 하고, 먹을 것이 필요한 학생들에게 베이글이나 머핀을 가져다주는 교사를 두기도 한다. 규모가 큰 학교에서는 구내식당의 인원수를 제어하기 위해 점심시간을 여러 번 두는 경우도 있다. 구내식당은 병원, 대학교, 대형 할인점 등에도 있으므로, 그런 경우에도 이 장의 설명을 수정해서 적용할 수 있다.

나는 입구에 서 있었고, 내 시선은 한쪽 줄에서 그 옆줄로 빠르게 이동했다. 군침을 돌게 하는 기름진 피자 냄새가 제일 긴 줄에서 은은하게 풍겼고, 중간에는 비쩍 마른 인간들이 샐러드 바에서 깨작거렸다. 오른쪽에 있는 줄이 제일 짧았는데, 부스럭거리는 비닐 포장지 소리가 사이렌처럼 요란해서 어떤 줄인지 대번에 알아봤다. 바로 스낵 케이크snack cake[케이크 위에 설탕으로 만든 아이싱을 올린 디저트 과자류], 과자, 초콜릿 바의 줄이었다. 나는 무엇을 먹을지 고민하면서 체중을 이쪽 발 저쪽 발로 옮겨 실었다. 욕실 체중계는 샐러드라고 말했지만, 내 배 속은 스낵 케이크를 주장했다. 시계를 보자 모든 게 결정됐다. 내 식습관은 정말로 높으신 분들의 잘못이라는 믿음에 안도하면서 나는 오른쪽 줄로 향했다. 우리가 제대로 잘 먹기를 바란다면, 그분들은 점심시간으로 적어도 23분보다는 더 줘야 한다.

- **이 글에 쓴 기법** 다중 감각 묘사
- **얻은 효과** 성격 묘사, 긴장과 갈등

풍경

패이거나 긁힌 자국이 있는 개인 사물함들이 벽에 줄지어 늘어선 모습, 많이 지나다녀 닳은 부분이 보이는 바닥, 트로피 진열장, 학생들이 직접 그린 벽화, 직접 만든 알록달록한 교내 행사 홍보 포스터(다가오는 졸업 무도회, 체스 클럽 대항전, 연극 오디션, 단합 대회 안내), 소화기, 교실 문, 학생 작품을 전시한 진열장, 학급 사진들, 학교 점퍼나 학교 깃발을 넣은 액자, 쓰레기통, 잡동사니(껌 포장지, 부러진 연필, 연필 끝에 끼워 쓰는 지우개, 구겨진 종이)들이 떨어져 있는 바닥, 커다란 빗자루로 바닥을 쓰는 관리인, 수업에 들어가거나 학생들과 대화하려고 걸음을 멈추는 교사, 복도를 순찰하는 학교 보안관, 학생들(교실로 뛰어가고, 가방을 뒤지고, 사물함 문을 쾅 닫고, 사물함에 기대앉고, 무리 지어 어울리고, 친구들과 얘기하고, 쌓아놓은 책이나 책가방을 옆에 두고 앉아 벼락치기 시험 공부를 하고, 휴대전화로 문자메시지를 보내는), 화장실, 문틀에 새기거나 벽에 마커로 그린 작은 낙서들, 개인 사물함에 달린 반짝이는 은색 자물쇠, 사물함 통풍구로 비어져 나온 종이와 신발 끈, 다른 층으로 이어지는 계단

소리

바닥을 찍찍 끄는 신발 밑창, 잔향처럼 울리는 소리, 학생들이 내는 소리(말소리, 웃음, 친구한테 큰 소리로 하는 인사), 찰캉 열리는 사물함, 선반에 툭 놓는 책, 사물함에 던져넣는 신발, 쾅 닫히는 문, 누군가를 사물함 쪽으로 거칠게 밀치는 소리, 교사들이 학생들에게 조용히 하라고 하거나 수업에 들어가라고 명령하는 소리, 수업 시간이 바뀜을 알리는 벨소리나 버저, 공지 사항을 알리는 교내 방송, 누군가의 이어폰에서 새어 나오는 먹먹한 음색의 음악 소리, 휴대전화가 울리자 급하게 끄는 소리, 기침, 재채기, 낮게 웅웅 울리는 수업 소리

냄새

향수, 데오도란트, 애프터셰이브 로션, 헤어스프레이, 사물함에 넣어둔 무언가에서 나는 불쾌한 악취, 민트 향이 나는 숨결, 청소용품, 운동복의 땀내, 구내식당에서 나는 음식 냄새, 새로 건 포스터에서 나는 마커 냄새, 페인트, 갓 복사한

전단지에서 나는 복사기 잉크 냄새, 흡연자에게서 은은하게 풍기는 퀴퀴한 담배 냄새나 대마초 냄새, 누군가에 입에서 나는 술 냄새, 바닥에 칠한 왁스, 새로 칠한 사물함

맛

이동하면서 먹을 수 있는 음식(베이글, 그래놀라 바, 과일), 과자(사탕, 초콜릿, 껌, 박하사탕), 탄산음료나 에너지 드링크, 쓰거나 달콤한 커피, 물, 구강청결제, 치아 교정기에 낀 음식, 먼지, 수업 시간에 졸고 난 뒤 입에 남는 불쾌한 맛, 담배나 전자 담배, 물통에 담아 온 술

촉감과 느낌

차가운 철제 사물함, 손에 쥔 묵직한 자물쇠, 매끈한 종이, 플라스틱 바인더, 땀이 나는 손, 나무 맛이 나는 연필을 씹는 느낌, 어깨를 당기는 책가방, 새로 바른 립글로스에 들러붙는 긴 머리카락, 친구가 제대로 찌르거나 미는 바람에 사물함에 쾅 부딪히는 느낌, 수업 시간이 바뀔 때 몰려가는 학생들 속에 섞였을 때 느끼는 고마운 익명성, 신발에 붙은 끈적한 껌, 울퉁불퉁한 콘크리트 벽에 종이를 대고 뭔가를 쓰는 느낌, 잉크가 안 나오는 볼펜을 흔드는 느낌

이 배경에서 벌어질 만한 갈등의 원인

- 친구를 괴롭히는 무리가 있다.
- 마약 거래가 벌어진다.
- 싸움 등 신체적 충돌 행위가 벌어진다.
- 다른 학생들 앞에서 교사에게 큰 소리로 꾸중을 듣거나 창피를 당한다.
- 누군가 화재경보기를 울린다.
- 가방을 떨어뜨렸는데 부끄러운 물건들(탐폰, 콘돔 등)이 눈앞에 쏟아진다.
- 친구에게 사적인 얘기를 하는 걸 누군가 엿듣는다.
- 친구가 자살에 대한 농담을 해서 걱정이 된다.
- 개인 사물함을 누군가 엉망으로 만든다(통풍구 사이로 흘러나온 윤활유, 자물쇠에 씌워놓은 콘돔 등).
- 시간을 칼 같이 지키던 친구가 약속 시간에 안 나타나고, 문자메시지에도 답을

하지 않는다.

- 친구의 몸에서 상처나 멍을 발견하지만, 무슨 일인지 말하려 하지 않는다.
- 모두가 보는 앞에서 사귀던 상대와 고약하게 헤어진다.
- 누군가 장난을 친다(복도에 수박을 굴린 뒤 터지는 모습을 지켜보거나, 커다란 젤리 빈 봉지를 계단에 쏟는 등).
- 조리실이나 과학실에서 불이 나 연기가 복도를 가득 메운다.
- 개인 사물함에서 물건을 도난당한다.
- 무작위 사물함 검사를 하다 마약을 발견한다.
- 충동적으로 실리 스트링silly string[스프레이 캔에 밝은색의 액체형 플라스틱이 담겨 있어 스위치를 누르면 가느다란 실 같은 물질이 발사되는 장난감] 싸움이 벌어져 복도가 거품 천지가 된다.
- 봉쇄 명령으로 복도가 텅 빈다.

이 배경에서 볼 만한 유형의 사람들

- 행정 직원, 관리 직원, 초청 연사, 경찰관, 교내 심리 상담사 및 도우미, 학생, 교사, 교장과 교감

이 배경과 밀접한 다른 배경

- 관리 물품 보관실, 체육관, 고등학교 구내식당, 로커 룸, 교장실, 스쿨버스, 과학실, 십 대의 방

참고 사항 및 팁

일부 학교에서는 경찰관을 상주시켜 학생들의 싸움을 말리거나, 사물함 수색을 지휘하거나, 모든 방문객의 신원과 그들이 교내에 있을 합법적인 이유를 확인하는 등의 임무를 맡긴다. 이런 경찰관들의 목적은 학생들을 겁주어서 바른 생활을 하도록 만드는 것이 아니다. 학교가 누구에게나 안전한 장소임을 주지시키는 동시에, 나중에 도움이나 조언이 필요할지도 모를 학생들과 좋은 관계를 형성하는 것이다.

사무실에서 성큼성큼 걸어 나와 복도로 들어섰다. 그리고 숨길 수 없는 표백제와 청소 세제의 레몬 향을 들이마셨다. 창문으로 들어온 햇빛이 갓 닦은 바닥 위로 반짝였다. 벽에 줄지어 늘어선 사물함은 최근에 칠한 페인트를 자랑스러운 제복처럼 입고 선 튼튼한 보초들 같았다. 나는 빙그레 웃었다. 모든 것이 제자리에 있었다. 여름은 곧 끝나리라. 이 복도는 배우고 싶어 하는 열망으로 가득 찬 젊은이들로 또 한 번 채워지리라.

- **이 글에 쓴 기법** 직유, 다중 감각 묘사
- **얻은 효과** 성격 묘사, 분위기 설정

과학실 Science Lab

풍경

깊은 싱크대와 가스 밸브 설비가 있는 긴 작업 탁자, 각종 기구들로 채워진 캐비닛(현미경, 분젠 버너bunsen burner[실험실에서 쓰는 간단한 가열 장치. 독일의 화학자 분젠이 발명했다], 링 스탠드ring stand[화학 실험 때 쓰는 쇠로 된 받침대], 비커, 삼각 플라스크, 실린더, 페트리 접시petri dish[각종 균을 배양할 때 쓰는 둥글넓적한 접시], 케이스에 가지런히 꽂힌 시험관, 기타 유리 제품들), 책상과 탁자, 공기 교환기air exchanger[내부 공기를 바깥으로 보내고 외부 공기를 안으로 들여서 교환하는 기계], 작은 기구를 보관하는 이름표 달린 가방들(물휴지, 유리 슬라이드, 플라스틱 피펫, 가는 철망, 도가니, 증발 접시, 시계 접시[화학 실험에 쓰는 오목한 접시 모양의 유리], 점적판[액체를 방울지게 떨어뜨려 반응을 보는 판], 교반봉[실험 재료를 휘저어 섞는 용도의 막대기]), 기타 기구를 보관하는 서랍(시험관 집게, 비커와 도가니 집게, 쪽쇠, 삼각가[도가니를 가열할 때 고정용으로 쓰는 도자기 재질의 삼각형 기구], 점화기, 깔때기, 온도계, 호스, 메스), 실험실용 티슈, 벽에 붙은 교육용 포스터와 안전 지침, 밝은 형광등, 소화기, 콘센트, 보안경이 담긴 바구니, 구급용 눈 세척기, 저울, 쓰레기통, 화학 약품과 고가의 장비를 보관해둔 잠긴 캐비닛이나 수납장, 세척액이 든 플라스틱 병, 원소주기율표, 증기가 발생하는 실험에 쓰는 기체를 빨아들이는 후드, 화이트보드, 일회용 장갑이 든 상자, 구급상자, 고체 화합물을 담은 통, 실험용 가운이나 앞치마, 엉망이 된 실험(비커에서 치솟는 불길, 화학약품으로 인한 폭발, 화학 성분의 기체로 오염된 실험실, 유출 사고와 화상 사고)

소리

물이 콸콸 나오는 수도꼭지, 방울지고 거품을 내는 액체, 가스에 불이 탁 붙는 소리, 공기 교환기 안에서 힘차게 돌아가는 팬, 가스가 내는 쉬익 소리, 수도꼭지에서 똑똑 떨어지는 물, 구겨서 둥글게 뭉치는 종이 타월, 종이에 사각사각 긁히는 연필, 바닥에 끌리는 의자, 캐비닛 문이 여닫힐 때마다 끽끽거리는 경첩, 쾅 닫히는 서랍, 찰그랑거리며 서로 부딪치는 유리 기구들, 바닥에 떨어져 박살나는 비커, 작업대 위에 쿵 놓는 무거운 현미경, 딸깍거리며 작동하는 점화기, 실험에 대해 토론하는 학생들, 학생들에게 설명하거나 화이트보드에 글씨를 쓰

는 선생님

독한 화학약품과 증기, 폼알데하이드formaldehyde[메탄올의 산화로 얻는 무색의 기체로, 자극적인 냄새가 난다], 식초, 알코올, 지켜보지 않은 실험에서 나는 타는 냄새, 비누, 세척제, 가스, 표백제, 뜨거워진 고무, 라텍스 장갑

맛

이 배경에서는 등장인물이 가지고 있는 것(껌, 박하사탕, 립스틱, 담배 등) 말고는 관련된 특정한 맛이 없다. 이럴 때는 미각 외의 네 가지 감각에 집중하는 것이 좋다.

촉감과 느낌

필기하려고 손에 쥔 연필, 손에 들러붙는 라텍스 장갑, 버너에 불을 붙일 때 인장 스프링으로 작동되는 점화기에서 느껴지는 저항감, 깨지기 쉬운 유리 비커나 시험관, 묵직한 현미경, 동글동글한 화합물 입자들을 장갑 낀 손으로 만졌을 때 느껴지는 조약돌 같은 느낌, 엄지와 검지·중지로 꼭 집은 얇은 슬라이드나 시계 접시, 열로 따뜻해진 금속 집게나 쥠쇠, 응급 상황에서 눈을 씻을 때 얼굴에 닿는 차가운 물, 피부를 조이는 보안경, 찰과상을 일으키는 화학물질 때문에 가렵고 타는 듯한 피부, 버너 불꽃의 온기, 실험에 몰두하느라 뻣뻣해진 등과 목

이 배경에서 벌어질 만한 갈등의 원인

- 폭발을 일으키거나 독성 증기를 발생시키는 화학반응이 일어난다.
- 급우의 발을 걸거나 급우에게 위험한 액체를 뿌리는 학생이 있다.
- 소화기가 오작동한다.
- 메스로 베인 상처에서 나온 피를 보고 누군가 기절한다.
- 시험관에 열을 고르게 전달하지 않아 시험관이 깨진다.
- 급우가 잘난 체하다가 사고를 일으킨다.
- 학생들을 제대로 지켜보지 않는 부주의한 교사가 있다.
- 비싼 실험 기구가 사라진다.

- 방과 후에 누군가가 과학실에 침입한다.
- 화학물질이 튀어 피부에 상처가 난다.
- 분젠 버너 불꽃이 소매에 옮겨붙는다.

이 배경에서 볼 만한 유형의 사람들

- 관리자, 학생, 교사

이 배경과 밀접한 다른 배경

- 기숙학교, 기숙사 방, 고등학교 복도, 스쿨버스, 대학교 대형 강의실

참고 사항 및 팁

학교 과학실의 외관과 느낌은 과학실을 이용하는 학생들의 나이는 물론 학교의 예산 수준에도 크게 좌우된다. 이곳에서 일어나는 장면을 실감 나게 쓰려면 등장인물이 할 만한 과학 실험에 작가 자신부터 익숙해져야 한다. 지나치게 전문적으로 묘사하지 않으면서도 실험의 성격과 방법, 기구의 종류를 확실히 숙지하고 있어야 주도권을 가진 채 해당 장면을 쓸 수 있다.

배경 묘사 예시

캣은 분젠 버너의 불꽃과 그 위에서 보글보글 끓는 액체를 바쁘게 번갈아 쳐다보며, 버너의 다이얼을 만지작거렸다. 아유 진짜, 지금쯤이면 펄펄 끓어야 되는 거 아냐? 캣은 다이얼을 조절하려고 손을 뻗었으나 바이올린을 켜던 손가락들은 너무 떨렸고, 결국 실수로 물이 담긴 플라스크를 쳤다. 플라스크를 잡으려다 이번에는 알코올이 쓰러졌고, 그 바람에 실험하는 동안에 뭔가 흘리면 닦으려고 모아두었던 종이 타월이 다 젖었으며, 거기에 자연스럽게 불이 붙자 그제야 자신이 종이 타월을 버너에 너무 가까이 뒀다는 사실을 깨달았다. 종이 타월에서 시작된 불은 옆에 있던 친구의 바인더 공책 낱장에 옮겨붙었고, 그런 다음 톱밥 제조기가 통나무 하나를 싹 갈아내듯 그 친구의 옆 친구의 공책까지 먹어치웠다. 캣은 물로 불을 끄려고 했지만 대신 알코올을 잡고 말았다. 불꽃이 무섭

게 솟아올랐다. 유리가 폭발하자 아이들이 비명을 지르면서 책상 밑으로 뛰어들었다. 캣은 뒷걸음질해 벽에 붙었고, 그루버 선생이 연기를 뚫고 달려와 가까스로 재난을 막아냈다. 애당초 그녀는 지도 교사에게 화학은 좋은 선택이 아니라고 말했다. 왜 그들은 그녀가 원했던 두 번째 선택 과목인 음악을 택하게 해주지 않았을까?

• **이 글에 쓴 기법** 과장, 의인화
• **얻은 효과** 성격 묘사, 과거 사연 암시

관리 물품 보관실 Custodial Supply Room

풍경

다양한 색상의 화학제품(창문 세정제, 바닥용 왁스, 스테인리스 세정제, 항균 소독제), 벽에 부착되어 정리된 다양한 크기의 빗자루, 새 쓰레기봉투가 든 상자, 화장실 비품(휴지, 두루마리형 종이 타월, 리필용 물비누), 비품들(쓰레기통, 스프레이 용기에 든 여러 가지 세정제, 작은 빗자루와 쓰레받기, 고무장갑, 스펀지 수세미와 긁개, 청소용 천, 변기용 솔, 먼지떨이)이 잘 채워진 카트 한두 대, 진공청소기, 들통에 든 걸레, 라벨이 붙은 상자와 짐 들, 접이의자 한두 개, 둥글게 말아 벽에 걸어놓은 전선, 안전 및 모범 사례 포스터, 더러워진 천을 담는 통, 구석에 세운 빗자루, 벽에 기대놓은 사다리, 공구 상자, 접이식 발판 의자, 바퀴 달린 쓰레기통, 호스가 딸린 다용도 싱크대, 바닥 배수구, 한쪽에 비좁게 설치된 사무용 책상(서류, 신청서, 컴퓨터, 워키토키나 휴대전화가 놓인), 안내문과 저학년 학생들이 그려준 그림 등을 붙인 게시판, 체크 리스트 종이 묶음을 집게로 철해놓은 판과 벽에 튀어나온 못에 꽂은 각종 서식들, 의류(허리 보호대, 재킷, 겨울용 장갑, 외투 종류 등)가 걸린 못걸이

소리

여닫히는 문, 짤그랑 울리는 커다란 열쇠고리, 끽끽거리는 카트 바퀴, 꿀렁거리는 양동이 속 액체, 벽에 붙인 고정용 클립에서 빗자루를 뗄 때 딸깍하고 열리는 소리, 문 밖으로 후다닥 뛰어가는 발걸음, 웅성거리는 목소리가 가득 찬 복도, 휴대전화의 진동음이나 벨소리, 수도꼭지에서 왈칵 쏟아지는 물, 쓰레기통에서 꺼내 매듭을 묶는 쓰레기봉투, 판지 상자 입구를 열어젖히는 소리, 테이프를 자르는 커터 칼, 꿀렁거리는 배수구, 물방울이 똑똑 떨어지는 수도꼭지, 똑딱거리는 벽시계, 구겨지는 종이, 종이에 펜으로 필기하는 소리, 바닥 위로 질질 끌고 가는 무거운 상자나 짐, 쿵 내려놓는 무거운 공구 상자, 절거덩대는 공구, 바퀴 달린 들통이 타일의 갈라진 틈 위를 지날 때 덜커덩거리는 소리, 옮겨지거나 쌓이는 서류들

화학약품, 먼지, 접착제, 플라스틱, 퀴퀴한 대걸레, 고여 있는 물

맛

이 배경에서는 등장인물이 가지고 있는 것(껌, 박하사탕, 립스틱, 담배 등) 말고는
관련된 특정한 맛이 없다. 이럴 때는 미각 외의 네 가지 감각에 집중하는 것이
좋다.

촉감과 느낌

미끈한 쓰레기봉투, 화학약품이 쏟아져서 시린 눈, 손에 튀는 차가운 물, 뻣뻣한
작업용 장갑, 손에 박힌 거친 굳은살, 무거운 상자를 끌어서 어딘가에 집어넣을
때나 선반에서 물병을 꺼낼 때 느껴지는 무게감, 종이를 구길 때의 느낌, 신발
바닥에서 지분거리는 모래, 풍성한 비누 거품, 축축한 천, 호주머니에 든 열쇠가
불쑥 튀어나오는 느낌, 작업하다 생긴 베인 상처나 찰과상, 물에 젖어 축축해진
소매나 바짓부리, 매끈한 대걸레 자루, 판지 표면의 매끈함, 팩스에서 갓 나온
명세서의 온기, 끈끈한 고무나 라텍스 장갑, 화학제품 때문에 약한 피부가 화상
을 입었을 때의 느낌

이 배경에서 벌어질 만한 갈등의 원인

- 쏟아진 내용물 때문에 미끄러진다.
- 너무 무거운 걸 들려다 삐거나 접질린다.
- 선반에서 누구 것인지 알 수 없는 숨겨진 밀수품을 발견한다.
- 자살한 시신이나 급우들이 구타한 뒤 안에 던져놓은 학생을 발견한다.
- 유지 보수를 담당한 학교나 건물에서 해충의 흔적을 발견한다.
- 문밖에서 누군가 위험에 처해 있는 듯한 대화가 들리는데 그 대상이 누군지 알
  수 없다.
- 들이마시거나 피부에 흡수된 화학약품 때문에 건강이 위험해진다.
- 일부러 보관실을 어지르는 학생이 있다.
- 신고식이나 전통적인 행사의 절차가 너무 과해서 관리자가 폭력적인 울분을 터

뜨린다.

- 느슨한 안전 규약 때문에 화재가 일어난다.
- 자신의 일과 역할을 다른 사람들이 존중하지 않아 학교 내 사람들에게 원망이 생긴다.
- 인력도 없고 재정도 충분하지 않은데 학교 측에서 무리한 요구를 한다.

이 배경에서 볼 만한 유형의 사람들

- 학교 경영진, 관리자, 배달원, 조사관, 유지 보수 직원, 소속 팀원

이 배경과 밀접한 다른 배경

- 초등학교 교실, 체육관, 고등학교 복도, 로커 룸, 과학실

참고 사항 및 팁

관리 물품 보관실은 비좁은 벽장처럼 좁은 곳부터 몇 개의 보관실과 사무실, 휴식 공간, 근처의 보일러실까지 아우르는 드넓은 곳까지 다양한 종류가 있다. 비품의 공급 상태도 다양하다. 어떤 건물의 보관실은 병원처럼 물품을 엄격히 규제하고 검사도 받지만, 어떤 곳은 어수선한 데다가 모든 장비가 파손된 경우(인력난과 자금 부족을 겪는 학교처럼)도 있다. 관리 일은 티가 안 날 때가 많고, 관리 일을 하는 사람들 스스로가 일에 파묻혀 살기 때문에 눈에 안 보이는 존재처럼 될 수 있다. 그래서 보관실은 온갖 종류의 사적인 만남과 밀회가 이루어지는 색다른 배경이 될 수 있다.

배경 묘사 예시

켄트는 보관실로 들어와 등 뒤로 문을 닫았다. 이로써 루스벨트 고등학교의 복도를 통과하는 2,579명의 학생들이 매일 가지고 들어오는 시끄러운 소음과 혼돈과 수백만 마리의 세균을 막아낸 것이다. 코로 깊게 숨 쉬던 켄트는 표백제 냄새가 나는 공기를 들이마시면서 안정감을 느끼고 눈을 떴다. 반짝이는 철제 선반이 벽을 따라 줄지어 서 있었다. 상표가 북쪽을 보도록 가지런히 줄지어 정

리된 암모니아, 바닥 광택제, 유리 세정제 등이 담긴 병들이 보였다. 대걸레들은 구석에 자꾸 쌓여가는 먼지와 쓰레기에서 멀리 떨어진 못걸이에 안전하게 걸려 있었다. 기분이 나아진 켄트는 의자에 몸을 깊숙이 파묻으며 책상에 놓인 연필 꽂이를 정돈했다. 아버지는 언제나, 켄트 같은 사람은 형편없는 관리자가 될 거라고 했다. 그는 묻고 싶었다. 이보다 더 깨끗하게 정리할 수 있는 사람이 있느냐고 말이다.

- **이 글에 쓴 기법**   다중 감각 묘사, 상징적 표현
- **얻은 효과**   성격 묘사, 분위기 설정

교사 휴게실　　　　　　　　　　　　Teacher's Lounge

풍경

튼튼한 탁자들과 의자들, 더 오래된 소파, 학부모나 직원이 가져온 간식이 담긴 접시, 조화나 진짜 식물, 커피 자판기나 에스프레소 머신, 작은 주방 구역(가스레인지, 전자레인지, 냉장고, 싱크대, 주방용 세제, 조리대, 종이 타월 비치대), 포크와 나이프류, 커피용품(커피 메이커, 크림, 설탕, 티백), 마른 행주, 말리느라 행주 위에 거꾸로 엎어놓은 머그잔, 물병, 채점하려고 탁자 위에 펼친 시험지들, 쓰레기통, 음료수 자판기, 점심을 먹는 교사들, 반쯤 먹은 점심 식판, 겉에 물방울이 맺힌 탄산음료 캔, 참가 신청서들이 붙은 교내 활동 게시판, 학생들을 북돋우는 포스터, 전화기, 찬장, 모금을 위해 판매 중인 사탕류와 과자류, 흩어진 신문들, 우편물 개별 분류함, 복사기와 복사용지, 도안 펀칭 재단기, 종이 재단기, 텔레비전, 벽에 달린 교내 방송용 스피커, 사무실 비품(펜, 테이프, 가위, 풀, 접착식 메모지, 스테이플러, 수정액), 게시판용 종이 두루마리, 빈 우편함들, 재활용지를 모아놓은 통

소리

웃음, 삐 소리가 나는 전자레인지, 튀겨지는 팝콘, 여닫히는 냉장고 문, 서랍 속에서 달가닥거리는 포크나 숟가락, 틀거나 잠그는 수도꼭지, 꼴꼴 소리를 내는 커피포트, 바닥에 긁히는 의자, 낮은 속삭임, 팡 열리는 음식 용기 뚜껑, 바스락거리는 음식 포장지와 종이봉투, 홀짝거리는 커피나 차, 찰그랑거리며 젓는 숟가락, 누군가 자리에 앉을 때 의자에서 바람이 빠져나가는 소리, 여닫히는 캐비닛, 불평하는 소리와 소문을 전하는 소리, 서로 부딪치는 그릇들, 전화벨이나 웡하며 켜지는 교내 방송, 싱크대 바닥에 떨어지는 물, 자판기에서 떨어지는 음료 캔, 음료 캔을 딸 때 나는 쉭 소리, 바스락거리는 신문, 종이가 출력되는 복사기, 점심시간에 짬을 내 일을 하는 사람이 종이 재단기로 종이를 자르는 소리, 텔레비전에서 방영 중인 연속극이나 뉴스, 탁자 위에 내려놓는 머그잔, 누군가 피자를 들고 도착하자 일어나는 환호성

커피, 향이 들어간 커피용 크림, 점심 식사를 위해 데운 음식, 밖에서 사 온 패스트푸드(햄버거, 피자, 샌드위치), 팝콘, 차, 향수, 냉장고 안에서 상한 음식, 탄 음식, 구내식당 음식, 갓 구운 빵이나 과자

맛

구내식당 음식(수프, 샐러드, 샌드위치, 피자, 햄버거, 칠리, 샌드위치), 스낵(칩, 쿠키, 브라우니, 팝콘, 사탕류), 뜨거운 음료(커피, 차, 핫초콜릿), 차가운 음료(물, 탄산음료, 주스, 우유)

촉감과 느낌

냉장고 문을 열었을 때 확 끼치는 냉기, 손에 튄 뜨거운 커피, 조리대에 누군가 흘려 거슬리는 부스러기, 케이스에서 뽑아 잘라냈는데 스스로 붙어버린 비닐 랩, 딱딱한 금속 의자, 푹신한 소파, 다리 길이가 달라 흔들리는 탁자, 구내식당 플라스틱 쟁반의 온기, 김이 모락모락 나는 팝콘 봉지, 얇은 종이 냅킨, 맨발에 닿는 거친 카펫, 손가락에 닿는 신문, 싱크대에서 젖은 손, 펜으로 시험지를 사각사각 채점하는 느낌, 복사기에서 나온 따뜻한 종이

이 배경에서 벌어질 만한 갈등의 원인

- 교사들의 사이가 좋지 않다.
- 정치적(혹은 일에 관련된) 의견 충돌이 벌어진다.
- 질투하는 동료들이 있다(다른 교사가 학생들한테 더 인기가 있다든가, 승진했다든가 하는 이유로).
- 커피가 바닥난다.
- 함께 쓰는 냉장고에 넣어둔 점심 식사가 자꾸 사라진다.
- 점심 도시락을 집에 두고 왔다.
- 휴식 시간이 줄어들거나 사라진다.
- 끊임없이 불평하고 다른 사람까지 짜증 나게 하는 교사가 있다.
- 학생들이 교사 식당을 이용하다가 누가 감춰둔 술을 발견한다.

- 모두의 뒷소문을 퍼뜨린다고 알려진 교사가 한자리에 있어 이야기를 함부로 할 수 없다.
- 다른 교사가 동료를 험담하는 말을 우연히 엿듣는다.
- 동료들이나 교장 몰래 연애하는 교사들이 있다.
- 주방에서 이것저것 꺼내 쓰면서도 치우거나 정리하는 일은 절대 없는 너저분한 교사가 있다.
- 집에서 가져온 음식 냄새로 휴게실을 가득 채우는 교사가 있다.
- 학생의 장애나 옷차림, 지능을 비웃는 교사가 있다.
- 본인의 힘으로는 어쩔 수 없는 일(예산 삭감, 불확실한 위치, 까탈스럽거나 코빼기도 안 보이는 학부모, 심드렁한 학생, 행정상의 비현실적인 기대 수준, 평가에 대한 압박)에 대해 좌절감을 느낀다.

이 배경에서 볼 만한 유형의 사람들

- 관리자, 도우미, 코치, 경비원, 교사

이 배경과 밀접한 다른 배경

- 초등학교 교실, 체육관, 고등학교 구내식당, 고등학교 복도, 로커 룸, 놀이터, 교장실

참고 사항 및 팁

교사 휴게실의 모습은 어느 학교에서나 비슷하지만, 그 안에 비치된 물건들은 예산에 따라 달라질 수 있다. 수입이 많은 학교에서는 교사들도 더 많고 더 좋은 물건들을 공급받는다. 하지만 학교의 명성이나 위치와는 상관없이, 교사 휴게실에 가장 영향력을 미치는 변수는 전체적인 분위기다. 불만 많고 의욕 없는 교사들로 가득한 휴게실은 협조적이고 활기 넘치는 교사들의 휴게실과는 느낌과 모습이 다를 것이다. 이야기가 펼쳐지는 배경이 어디든, 분위기는 대단히 중요한 요소라는 것을 꼭 명심해야 한다.

보충반 학생들에게 대수학을 가르쳐보려고 애쓴 고통스러운 두 시간이 지난 후, 허리케인급 두통이 내 뇌를 갉아먹고 있었다. 비틀거리며 휴게실로 들어오자, 버너 위의 갓 내린 커피 한 주전자와 잘 닦은 조리대 위에 놓인 깨끗한 머그잔이 보였다. 프리미엄 다크 로스트 원두 향이 내게는 아스피린 한 통보다 더 즉효였다.

- **이 글에 쓴 기법** 과장
- **얻은 효과** 분위기 설정

풍경

평범한 사무용품들(접착식 메모지, 계산기, 스테이플러, 펜과 메모지 묶음, 연필깎이)이 놓인 커다란 책상, 명패와 명함, 책상 스탠드, 전화기, 컵(물, 탄산음료, 커피, 홍차 등이 든), 티슈 상자, 쌓인 파일과 종이, 가득 찬 이메일 수신함, 바퀴 달린 의자, 액자에 든 학위 증서, 벽에 붙인 메모나 아이들이 그린 그림, 파일 보관용 캐비닛, 교과서와 각종 보관 철이 꽂힌 책꽂이, 개인적인 물건들(가족사진, 졸업한 대학 휘장이 새겨진 모자와 작은 깃발, 다양한 장식품들), 스포츠용품, 트로피와 상, 화분에 심은 식물이나 선인장, 꽃병에 꽂힌 꽃, 벽시계, 손님용 의자, 삶에 대한 경구가 새겨진 판, 컴퓨터와 프린터, 구석에 쌓인 상자들, 우산, 핸드크림, 손 세정제, 쓰레기통, 음악 재생기, 에어컨이 달린 창문, 학교를 상징하는 작거나 큰 깃발, 사탕이 든 통

소리

울리는 전화기, 복도나 바깥쪽 사무실에서 들리는 발걸음, 수업 종이 울리자 우르르 뛰어가는 학생들, 학생과 교사 사이에 벌어지는 논쟁, 이리저리 넘기는 종이, 스르르 열렸다가 쾅 닫히는 캐비닛 문, 복사기와 프린터, 방문객이 들어올 때 지잉 열리는 정문, 교내 방송을 통해 들리는 다양한 목소리, 수업 시작과 끝을 알리는 벨소리나 버저, 벽을 타고 들리는 목소리의 먹먹한 발음, 두드리는 컴퓨터 키보드, 연필깎이가 작동하며 내는 소음, 화재경보기, 쉴 새 없이 누르는 볼펜, 학부모나 학생들이 앉은 자리에서 초조하게 위치를 바꿀 때 끽끽거리는 의자, 에어컨이나 난방기, 열린 창문으로 들리는 바깥 소리(운동장에 있는 아이들, 농구하는 십 대들, 지나가는 차량, 지저귀는 새, 잔디 깎는 소리, 바람 때문에 깃대에 부딪히는 사슬)

냄새

커피, 카펫, 먼지 쌓인 책, 꽃, 방향제, 손 세정제, 로션, 아이들의 땀, 향수, 퀴퀴한 카펫

> **맛**

커피, 차, 물, 사탕

> **촉감과 느낌**

교장 선생님이 나타날 때까지 앉은 자리에서 가만히 있지 못하는 학생(꼼지락 거리고, 발뒤꿈치로 의자 다리를 탁탁 치고, 푹신한 직물 시트에 주먹을 꾹 눌러보는), 흔들의자가 움직이는 동선, 키보드를 치거나 글을 쓰면서 통화하느라 뻣뻣해진 목, 종이를 부드럽게 혹은 거칠게 긁는 펜, 갑자기 뚝 부러지는 연필심, 종이에 베이는 느낌, 원하는 걸 찾느라 뒤적이는 파일, 금속 손잡이, 큰 의자에 앉은 작은 아이가 바닥에 닿지 않는 다리를 앞뒤로 흔드는 느낌, 차가운 손 세정제, 열린 창문으로 들어오는 미풍, 원하는 맛을 고르려고 헤집는 사탕 통, 어른의 무릎께를 꽉 붙드는 어린아이, 하이파이브를 하는 느낌

이 배경에서 벌어질 만한 갈등의 원인

- 심기가 불편한 학부모와 비협조적인 학생을 만난다.
- 교사들 간에 의견이 맞지 않는다.
- 교사나 교직원에게 비난을 받는다.
- 교내에서 총소리나 비명 소리를 듣는다.
- 총애하던 학생이 범죄를 저질렀다는 사실을 알게 된다.
- 학생을 물리적인 힘으로 제지해야 하는 상황에 놓인다.
- 예산 삭감으로 자신이 해고당하거나 교사를 내보내야 하는 상황에 놓인다.
- 폭파 협박을 받거나 누군가 화재경보기를 울린다.
- 아동 학대가 의심되는 사건에 조치를 취한다.
- 잘못한 학생들에게 어떤 벌을 줄지 결정해야 한다.
- 자신의 자녀를 특별 대우 해주기를 원하는 부모를 상대해야 한다.
- 교사를 견책해야 한다(부적절한 언어 사용, 잦은 지각, 학부모와의 다툼 등의 이유로).
- 무기를 소지했다 발각된 학생이 있다.
- 학생들끼리 싸워 부상자가 생긴다.

- 외부 위협으로 학교가 강제 봉쇄된다.

이 배경에서 볼 만한 유형의 사람들

- 배달원, 교장실 직원, 학부모, 교내 직책에 지원해서 면접을 보러 온 사람, 학부모회 위원, 교육 위원회 위원, 학생, 교사, 교장

이 배경과 밀접한 다른 배경

- 기숙학교, 초등학교 교실, 체육관, 고등학교 구내식당, 고등학교 복도, 로커 룸, 교사 휴게실

참고 사항 및 팁

교장들은 교육 체계 안에서 각자 다른 위치에 있고, 따라서 교장실도 이를 반영하는 경우가 많다. 초등학교 교장실의 실내장식은 대학교 총장실의 학구적인 분위기에 비하면 훨씬 기본적이고 단순하다. 학교의 재정도 실내장식 수준에 영향을 미치는데, 교장실에 할당된 공간이 크지 않은 학교라면 교장실도 어수선하고 복잡하기 마련이다. 하지만 여느 개인 공간과 마찬가지로 교장실의 모습과 느낌을 결정하는 가장 큰 요소는 교장의 성격이다. 그것이 교장실이 깔끔할지 어수선할지, 따스할지 건조할지, 요란할지 검소할지를 결정한다.

배경 묘사 예시

펜 교장은 의자에 기대며 몸을 쭉 폈다. 일과가 모두 끝난 이 조용한 시간에 그녀가 얼마나 많은 일을 했는지 알면 다들 놀랄 것이다. 전화벨이 울리는 일도 없었고, 폭풍 눈물을 쏟으며 압수당한 휴대전화를 돌려달라고 애원하는 여학생도 없었다. 그런데 그때, 문이 쾅 닫히는 소리가 들렸다. 그녀는 고개를 홱 쳐들었다. 남쪽 바깥문이었다. 문이 얼마나 세게 닫혔던지 상자 속 트로피들이 부르르 떨릴 정도였다. 도대체 누가 금요일 밤 10시에 학교에 온단 말인가? 텅 비었어야 할 복도에 커다란 발소리가 울렸다. 그녀는 놀라서 의자에서 튀어나와 수화기를 들었다. 먹통이었다. 주변을 둘러봐도 휴대전화는 보이지 않았다. 아까

접수 데스크에서 쓰고 거기 두고 온 것이다. 건물 안에 있는 누군가가 내는 소리가 조금씩 다가왔다. 그녀의 온몸이 떨리기 시작했다.

- **이 글에 쓴 기법** 대비, 다중 감각 묘사
- **얻은 효과** 분위기 설정, 복선

기숙사 방   Dorm Room

풍경

벽에 붙은 포스터(동기 부여를 위한, 익살맞은, 반어적인 문구가 있는, 유명인이나 스포츠 스타, 신랄한 록 밴드 사진이 프린트된), 다 마신 에너지 드링크 캔이 일렬로 놓인 작은 창문, 취향이 반영된 리넨 이불(레이스, 단색, 스포츠를 주제로 한 그림이 프린트된, 기하학적 문양, 푸근한 분위기, 화려한 분위기, 알록달록한, 너무 오래 써서 누덕누덕한)이 깔린 비좁은 침대, 룸메이트와 함께 쓰는 책상 공간(노트북, 휴대전화 충전기, 블루투스 스피커, 교과서, 프린터, 공책, 티슈 상자, 휴대용 선풍기, 펜과 연필 들이 있는), 공간을 최대한 활용할 수 있도록 잘 정리한 옷장(옷걸이에 걸린 옷, 받침대에 얹은 신발, 간식과 음료수를 넣어둔 상자, 청소 도구, 개인용품, 수건), 소형 전자레인지 및 미니 냉장고, 포장된 일회용 소스들이 가득 담긴 접시, 핫초콜릿 통과 티백이 든 작은 자루, 코르크판에 붙인 콜라주를 방불케 하는 것들(사진, 가족이 보낸 카드, 수업 시간표, 동기 부여가 되는 인용문, 밤나들이의 추억이 담긴 물건들, 콘서트 티켓), 자명종과 조명이 놓인 침대 옆 테이블, 손님용 접이의자, 쓰레기통, 물병이나 좋아하는 탄산음료가 든 상자, 서랍장, 문고리(스카프, 외투, 후드 티셔츠 등이 걸린), 스툴이나 사이드 테이블, 커피 메이커와 머그잔, 벽 거울, 작은 공용 욕실, 스포츠용품이 가득 담긴 더플백, 빨래 바구니, 교과서 및 바인더

소리

음악, 스트리밍 오디오나 비디오게임, 이야기하고 웃는 룸메이트, 샤워실에서 들리는 노래, 헤어드라이어, 딸각거리는 접시, 바스락거리는 포일이나 비닐 과자 봉지, 윙윙 돌아가는 선풍기, 휴대전화 벨소리나 문자메시지 수신음, 끼익거리는 침대 스프링, 두들겨서 부풀리는 베개, 수돗물, 열린 창문으로 들어오는 외부의 소음, 누군가 두드리는 문, 무언가를 급히 찾으려고 황급히 여닫는 서랍, 커피 메이커에서 부글거리며 떨어지는 커피, 윙윙거리는 전자레인지나 냉장고, 똑딱거리는 시계, 복도에서 벌어진 논쟁, 전자레인지 안에서 터지는 팝콘, 책상에 놓인 종잇장들을 바스락거리게 하는 바람

땀, 지저분한 빨랫감, 공기 탈취제, 오래된 빵, 쓰레기통 속 곰팡내 나는 과일 껍질, 냄새가 고약한 신발과 양말, 향수, 보디 스프레이, 핸드크림, 헤어스프레이, 전자레인지에서 가열되는 음식, 커피, 갓 튀긴 팝콘, 땅콩버터, 종이, 마커 펜, 퀴퀴한 담배 연기

맛

커피, 차, 핫초콜릿, 술, 탄산음료, 물, 에너지 드링크, 크래커, 시리얼, 요거트, 과일, 단백질 바, 침을 비롯한 기타 스낵류, 동네 식당의 패스트푸드

촉감과 느낌

긴 하루를 보낸 뒤에 누운 침대의 탄성, 매끈한 키보드, 입술에 꾹 누르듯 대는 따뜻한 커피 컵, 반질반질한 교과서 책장, 갓 세탁한 폭신하고 부드러운 수건, 피부 가까이 댄 휴대용 선풍기의 바람, 편안한 신발을 신고 문밖으로 뛰어나가는 느낌, 자명종을 치는 손, 차가운 문고리, 양쪽 어깨에 무게를 나누어 짊어진 배낭, 바닥에 떨어진 물건에 걸려 넘어지는 느낌, 열린 창문으로 들어오는 미풍

이 배경에서 벌어질 만한 갈등의 원인

- 룸메이트와 사이가 좋지 않다.
- 개인 공간 또는 청결 문제로 룸메이트와 언쟁을 벌인다.
- 자신의 물건이 없어진다.
- 누군가 기숙사 방에 들어와 물건을 훔쳐간다.
- 룸메이트가 자꾸 친구들을 불러와 공부를 할 수가 없다.
- 룸메이트가 물건이 없어지거나 다 썼다는 이유로 이것저것 빌려간다.
- 룸메이트가 불법 약물을 즐겨하며 기숙사 방에 보관한다.
- 꼬치꼬치 캐묻고 권력욕이 강한 사감이 있다.
- 엄격한 규칙 때문에 불안과 욕구 불만이 생긴다.
- 룸메이트가 자신의 물건을 뒤지거나 이메일을 읽는 등 사생활을 침범한다.
- 룸메이트가 자살 충동을 느끼는 것 같은데 어떻게 하면 좋을지 알 수가 없다.

- 방에 불쑥 들어갔는데 룸메이트가 자해를 하고 있다.
- 룸메이트를 돕고 싶지만 거부한다.

이 배경에서 볼 만한 유형의 사람들

- 기숙사 사감, 친구, 룸메이트, 학생, 방문한 부모

이 배경과 밀접한 다른 배경

- **시골 편** 기숙학교, 대학교 대형 강의실, 대학교 안뜰
- **도시 편** 커피숍, 빨래방, 도서관, 스포츠 경기 관람석

참고 사항 및 팁

기숙사 방은 그곳에 사는 학생의 성격과 일치해야 하며, 남학생 기숙사는 여학생 기숙사와 판이하게 다르다. 룸메이트와 방을 쓸 경우, 함께 지내며 불화가 생길 수도 있다. 가구들은 공간에 맞추어 경제적으로 구성되어 있다. 어떤 기숙사 방에는 공동욕실이 딸려 있지만, 보다 대규모의 공동욕실이 있는 기숙사도 있을 것이다. 질서 개념이 원래 없는 사람이라 해도 원활한 공동생활에 필요한 공간 확보를 위해 '조직화'는 필수적이다.

배경 묘사 예시

얇은 판 같은 빛줄기가 어둠을 가르면서 날 깨웠다. 그런 다음 문이 쾅 닫혔다. 릭이 난동을 피우는 소리—책상 모서리를 치며 내뱉는 욕설, 벗어 던진 신발이 공용 쓰레기통에 부딪쳤다가 튕기는 소리—만 들어도 그의 음주 순례길이 훤히 보이는 듯했다. 마침내 그는 침대에 뚝 떨어지듯 쓰러졌고, 침대 스프링은 190센티미터의 거구를 지탱하느라 고통스럽게 끽끽거렸다. 2초 만에, 기숙사 방이 코 고는 소리에 진동하면서 시큼한 맥주 냄새가 허공을 가득 채웠다. 나는 천장을 노려보면서 대학의 신들에게 하루 빨리 릭을 낙제시키고 괜찮은 룸메이트로 바꿔달라고 기도했다.

- **이 글에 쓴 기법** 빛과 그림자, 다중 감각 묘사
- **얻은 효과** 긴장과 갈등

풍경

건물들에 둘러싸인 잔디밭 안뜰과 그 위로 몇 개의 인도가 교차된 모습, 종탑이 있는 학교 예배당, 교장실과 의무실이 있는 행정 건물, 아트리움atrium[건물 중앙 안쪽으로 천장 등에 유리를 댄, 높고 탁 트인 실내 공간], 도서관, 강의실, 공연 예술 극장, 많은 교실이 있는 건물, 세탁 시설, 공동 공간 및 라운지, 구내식당, 몇 층이나 되는 규모에 공동욕실들이 딸린 기숙사, 직원 숙소, 운동 센터, 운동장, 야외 테니스장이나 농구장, 유지 보수 및 물품 보관실, 큰 식당, 연못이나 호수, 잎이 무성한 나무, 쉴 수 있는 벤치와 간이 식탁, 주차장, 학교를 나타내는 색상과 상징으로 장식된 현수막 및 포스터, 교복을 입은 학생들(잔디밭 안뜰에서 쉬고, 공동 공간에서 어울리고, 도서관에서 공부하고, 큰 식당에 모여 있는)

소리

학생들(이야기하거나 웃고, 과제를 같이 하고, 수업 시간에 속닥거리고, 교실을 향해 뛰어가는), 나무나 타일 바닥을 걷는 발자국, 쿵쿵 오르내리는 계단, 쾅 닫히는 무거운 문, 수업 시간에 강의하는 교사, 기숙사 방에서 들리는 음악 소리와 게임하는 소리, 윙윙거리는 헤어드라이어, 샤워기에서 흐르는 물, 노랫소리, 연습 중에 소리치고 호각을 부는 코치, 콘크리트에 울리는 메아리나 목소리, 교내 방송, 종이를 뱉어내는 프린터, 두꺼운 책이 턱 덮이는 소리, 노트북 키보드, 휴대전화로 통화하는 소리나 재미난 동영상을 돌려보는 소리, 구내식당에서 쓰는 나이프나 포크, 찰그랑대는 유리그릇들, 끽 멈추는 자전거, 잔디밭 안뜰에서 들리는 자연의 소리(바람에 천천히 움직이는 키 큰 나무, 바닥을 구르는 낙엽, 지저귀는 새들, 작은 동물이 나무를 오르내리거나 잔디밭을 가로질러 후다닥 지나가는 소리), 휴대전화 알림음이나 진동음, 건물 관리 직원이 내는 소리(잔디 깎는 소리, 창문 닦는 소리, 덤불을 가지치기하는 소리, 잔디에 물 주는 소리, 인도의 쓰레기를 치우는 청소차 소리)

냄새

구내식당에서 조리하는 음식, 기숙사에 숨겨둔 과자 상자에서 나는 딸기 맛 감초 사탕, 샴푸, 향수, 데오도란트, 애프터셰이브 로션, 보디 스프레이, 땀, 젖은 수건과 더러운 옷, 과학실에서 나는 화학약품과 사워 가스sour gas[부식성의 황 화합물을 포함한 천연가스] 냄새, 햇볕을 받아 따뜻해진 흙과 안뜰에 새로 돋은 풀잎, 피어나는 장미꽃, 갓 깎은 잔디, 소나무, 세탁비누, 세탁실의 표백제와 섬유 유연제

맛

집에서 가져온 그동안 먹고 싶었던 음식들, 커피, 차, 우유, 비타민 워터, 이온 음료, 에너지 드링크, 집에서 보낸 사탕과 초콜릿, 몰래 들여온 술과 담배

촉감과 느낌

어깨를 당기는 묵직한 배낭, 수업을 들으러 걸어가면서 품에 안은 책, 얇은 매트리스 위에서 자는 느낌, 책상이나 자습실에서 공부하다 뻣뻣해진 목이나 허리, 식당의 부드러운 냅킨과 차가운 포크와 나이프, 딱딱한 의자, 매끄러운 종이, 손을 자유롭게 쓰려고 휴대전화를 한쪽 어깨로 귀에 밀착시키는 느낌, 다리에 닿는 잘 깎인 잔디, 얼굴과 어깨에 내리쬐는 따뜻한 햇볕, 피부에 닿는 미풍, 건물을 드나들 때 더워지거나 시원해지는 느낌, 늦게까지 파티를 벌이거나 공부하느라 생긴 피로

이 배경에서 벌어질 만한 갈등의 원인

- 다른 학생들에게 배타적이고 해를 가하는 무리가 있다.
- 기숙사 방에서 도난 사건이 벌어진다.
- 술이나 약물을 들켜 퇴학 위기에 놓인다.
- 집안 사정이 안 좋아져 등록 못할 위기에 놓인다.
- 귀가 시간을 어긴 것을 들킨다.
- 다른 학생들의 괴롭힘으로 섭식 장애가 생긴다.
- 따돌림을 당해 불안감이 커지고 우울증세가 나타난다.
- 원하지도 않았는데 기숙학교로 보내졌다.
- 성적 때문에 팀이나 클럽에서 쫓겨난다.
- 학생들이 너무 겁에 질려 말도 못 꺼내는 폭력 사건이 벌어진다.

- 편파적인 교사가 있다.
- 어디에도 어울리지 못하는 외톨이처럼 느껴진다(경제력의 차이 등으로).
- 동생들과 고향에 두고 온 친구들이 보고 싶다.
- 집에 가도 부모님이 없어서 휴일이나 방학에도 학교에 남아 있는다.
- 학습 장애 때문에 성적을 유지하기가 힘들다.
- 더 인기 있고 영향력 있는 다른 학생을 위해 희생양이 됐지만, 사람들이 그런 처지를 믿어주지 않는다.

이 배경에서 볼 만한 유형의 사람들

- 교장과 행정 직원, 보건 교사와 상담사, 구내식당 및 건물 관리팀 직원, 체육 코치, 기숙사 사감, 유지 보수 직원, 학생, 교사, 학교를 방문한 부모, 초대 강사

이 배경과 밀접한 다른 배경

- 기숙사 방, 체육관, 고등학교 구내식당, 대학교 안뜰

참고 사항 및 팁

기숙학교는 나라마다 다르며, 특화된 목표와 재정 상태에 따라 설비와 프로그램도 달라질 수 있다. 기숙학교는 보통 학업을 가장 중요시하지만, 어떤 기숙학교는 스포츠, 독특한 예술 및 음악 프로그램, 외국어, 기타 관심사에 해당하는 전문성을 내걸기도 한다. 시각이나 청각에 장애가 있는 경우처럼 특정한 학생만 들어가는 기숙학교도 있다.

배경 묘사 예시

해나는 딸기차를 홀짝이며 책을 읽으려고 했지만, 리사가 옆에서 자기 책상 서랍을 거칠게 뒤지며 누가 자기 물건을 훔쳐간 게 틀림없다고 불평을 쏟아냈다. 공책, 노트북 충전기, 반쯤 먹은 감자 칩 봉지, 분홍색 브래지어가 리사의 침대 위, 오직 그녀의 휴대전화만 없는 잡동사니 더미에 계속 쌓여갔다. 해나는 한숨을 쉬었다. 이 방에서 그녀의 미국인 룸메이트 쪽 풍경은 흡사 폭탄을 맞은 것

같았고, 지금은 학기가 시작한 지 겨우 이 주밖에 안 된 시점이었다.

- **이 글에 쓴 기법** 대비
- **얻은 효과** 성격 묘사

놀이터 Playground

풍경

여러 장 깔아놓은 고무 재질의 검은색 깔개, 우드 칩wood chip[상해 방지나 보온을 위해 바닥에 까는 나뭇조각], 인조 잔디 혹은 작고 매끄러운 자갈과 그 위에 세워진 놀이 기구들(그네, 미끄럼틀, 정글짐, 튜브 미로, 타이어 그네, 구름다리, 높이가 낮은 벽 타기 장치), 장난감 차와 장난감 삽 등이 반쯤 묻혀 있는 모래놀이 구역, 햇빛을 가려주는 작은 나무들과 덤불, 벤치와 간이 식탁, 반짝이거나 녹슨 금속 부위들(기둥, 사다리), 그네 아래 흙이 움푹 파인 지점, 모래놀이 구역에 있는 벌레들과 풀, 미끄럼틀에 반짝이며 반사되는 햇빛, 술래잡기를 하거나 바닥이 용암이라고 상상하며 마구 뛰어다니는 아이들, 유모차 안에서 발길질을 하거나 빠져나가려고 애쓰는 아기들, 벤치에 앉은 부모들, 간이 식탁 위에 놓인 종이팩 주스와 간식을 담은 봉지, 근처 잔디 언덕에 삼삼오오 모인 십 대들, 도토리를 줍는 다람쥐, 풀 위를 스쳐 가는 잠자리와 나비, 나뭇잎 위를 기어가는 무당벌레, 콘크리트 위 주스 자국에 들러붙은 개미 떼, 땅에 떨어진 과자와 빵 조각을 먹으려고 내려앉는 새, 쓰레기통과 그 주변에 흩어진 쓰레기, 주차 다리로 세워져 있는 자전거와 핸들에 걸쳐진 헬멧, 땅 위에 넘어져 있는 스쿠터와 자전거, 분수식 음수대, 주변을 둘러싼 철사 울타리, 근방의 집들과 거리들

소리

아이들의 웃음과 꺅꺅대는 소리, 휴대전화로 통화하거나 서로 얘기를 나누는 부모들, 사슬로 된 그네 줄이 찰그랑거리는 소리, 그네가 앞뒤로 왔다 갔다 하면서 규칙적으로 바람을 가르는 소리, 미끄럼틀에 닿는 신발의 고무 밑창, 모래놀이 구역에서 사르락 붓는 모래, 바람, 우드 칩 위를 밟고 다니는 소리, 넘어진 아이의 울음, 잔디 깎는 기계의 굉음, 부모를 부르는 아이들, 쿵쾅거리는 발걸음, 벌레들, 지저귀는 새들, 미끄럼틀 위에서 신발을 털자 안에 들어 있던 자갈들이 요란하게 굴러 내려오는 소리, 집에 가야 할 시간이 되자 떼쓰는 아이들, 근처 축구장이나 야구장에서 들리는 소리, 지나가는 자동차, 짖는 개, 시멘트 블록 길에 난 틈을 덜컥거리며 지나가는 스쿠터

갓 깎은 잔디, 쏟은 주스의 끈적하고 달큼한 냄새, 꽉 찬 쓰레기통, 사용한 기저귀, 소나무, 나무의 꽃향기, 들꽃, 진흙, 젖은 땅, 먼지 많은 자갈, 담배 연기, 땀, 따뜻해진 고무, 주차장에서 나는 자동차의 배기가스 냄새, 뜨거워진 쇠, 선크림, 벌레 퇴치제, 풀 속에 숨겨진 개똥

맛

흙, 주스, 물, 커피, 막대 사탕, 아이들의 간식(크래커, 포도, 치즈, 과일 젤리, 샌드위치, 자른 사과, 쿠키), 마구 밟고 지나간 자갈이나 먼지바람에서 나는 분필 같은 텁텁한 맛, 박하사탕, 껌, 탄산음료, 아이스티, 입안에 느껴지는 모래 맛

촉감과 느낌

신발을 뚫고 들어오는 모래나 손에 눌리는 자갈, 차가운 쇠, 햇볕에 따뜻해진 고무 타이어 그네, 간이 식탁이나 공원 벤치를 이루는 평평하지 않은 나무판자, 맨발에 느껴지는 시원한 잔디, 따가운 솔방울이나 솔잎, 사슬로 된 매끄러운 그네 줄, 끈끈하거나 모래투성이인 손, 땀에 젖은 손과 얼굴, 매끈한 플라스틱 의자, 까끌까끌한 모래, 등을 지그시 누르는 공원 벤치의 나무 널, 발아래에서 미끄러지는 삼나무 우드 칩, 신발 밑창에 낀 흙, 눈에 들어간 모래, 데일 정도로 뜨거운 금속 재질의 미끄럼틀, 발 구르기를 너무 높게 하는 바람에 그네 전체가 살짝 들렸다가 다시 아래로 쿵 떨어지는 느낌, 튜브 미로 안에서 엉뚱한 방향으로 가는 바람에 다른 아이들과 부딪치는 느낌, 사슬로 된 그네 줄이 꼬였다가 다시 펴지면서 돌 때의 메스꺼움, 눈부신 햇빛과 아이들의 시끄러운 소리 때문에 생기는 두통

이 배경에서 벌어질 만한 갈등의 원인

- 놀이 기구에서 떨어지거나 다친다.
- 다른 아이를 못살게 굴거나 자기가 내킬 때만 친구가 되는 아이들이 있다.
- 놀이터 주위를 배회하는 수상쩍은 인물이 있다.
- 아이가 납치되거나 어디론가 사라진다.

- 마약에 쓰인 주사기나 사용한 콘돔을 발견한다.
- 아이가 튜브 미로 안에서 놀라는 바람에 데리고 나와야 한다.
- 피하고 싶은 부모나 아이를 우연히 마주친다.
- 아이를 계속 주시하지 않는 부모가 있다.
- 놀이터에 그늘이 없어서 더위를 먹는다.
- 다른 사람의 아이를 보살피는 어른이 있다.
- 아이들을 함께 놀게 하려고 부모들이 약속을 잡았는데, 막상 만나보니 결과가 좋지 않다(아이들에게도 부모들에게도).
- 싸온 간식이나 아이가 제멋대로 노는 모습을 보고 그 부모를 평가하는 다른 부모들이 있다.

이 배경에서 볼 만한 유형의 사람들

- 아기, 어린이, 개를 산책시키는 사람, 조깅하는 사람, 유모나 베이비시터, 손위 형제나 자매, 부모와 조부모, 십 대

이 배경과 밀접한 다른 배경

- **시골 편** 아이 방, 초등학교 교실, 유치원
- **도시 편** 공원, 공중화장실, 레크리에이션 센터

참고 사항 및 팁

놀이터는 세월이 지나면서 몰라보게 변했다. 시소나 회전목마 등 아이들에게 해롭다고 판단된 놀이 기구들이 많이 사라졌다. 콘크리트였던 바닥재는 아이들이 넘어졌을 때의 충격을 줄이기 위해 고무, 흙, 인조 잔디 등으로 바뀌었지만, 공간이 넉넉하지 않은 일부 도시의 경우는 예외다. 작가는 과거 경험을 바탕으로 놀이터에 대한 세부 사항을 묘사하게 된다. 이야기에 등장하는 놀이터가 옛날식이라면 모르지만, 그렇지 않다면 놀이터를 직접 방문해서 작품에 들어갈 정보가 변하지 않았는지 다시 확인해야 한다.

놀이터로 다가가면서 내 걸음은 점점 느려졌다. 미끄럼틀의 사다리에는 밝게 녹슨 딱지들이 죽 앉아 있었고, 미끄럼틀도 록키 발보아와 링 위에서 몇 번은 맞붙은 양 대자연의 힘에 의해 움푹 패고 벗겨지고 휘어진 행색이었다. 시소에는 햇빛에 바랜 파란색 의자 하나만이 붙어 있었다. 짝꿍이었을 의자는 거기서 조금 떨어진 곳에 자갈 더미에 반쯤 먹힌 모습으로 누워 있었다. 바람이 불어와 그네가 끽끽거리면서 유령의 흐느낌 같은 스산한 소리를 내자, 에이미가 이미 잡고 있던 내 손을 더 꽉 쥐었다. 여기 말고 다른 놀이터에 가보는 편이 낫겠다 싶었다.

- **이 글에 쓴 기법**　과장, 의인화, 날씨
- **얻은 효과**　분위기 설정

대학교 안뜰

풍경

몇 개의 인도가 가로세로로 가로지른 잔디밭, 오솔길을 따라 간격을 두고 놓인 벤치들, 안뜰 주변을 따라 늘어선 높은 건물들(도서관, 강의실, 기숙사, 사교 클럽 건물, 식당, 행정실, 경비실, 주차장 건물, 보건실, 예배실, 종탑이나 시계탑), 중앙 안 뜰(장식이 들어간 도로 포장, 분수, 조각상, 깃대에 꽂힌 깃발, 기념 명판), 나무와 관 목, 화단, 커다란 화분에 심은 식물, 쓰레기통, 장식된 아치문, 교내 이정표, 자전 거 보관대, 오솔길 위로 걸어놓은 작은 깃발이나 건물 벽에 드리운 현수막, 학생 들(잔디 위에서 느긋하게 쉬고, 프리스비 원반이나 축구공을 던지고, 모여 있거나 혼 자 앉아 있고, 벤치에서 책을 읽고, 수업에 들어가거나 마치고 나오고, 전단지를 나눠 주고, 캠퍼스 안을 자전거로 다니고, 공부하는), 교내를 순찰하는 경비 차량과 보행 자 안전 요원, 테이블에 앉아 다양한 클럽과 조직을 홍보하는 학생들, 각종 행사 를 서성이며 둘러보고 등록도 하는 학생들, 스트레스가 과도한 학생들이 쉬는 시간을 이용해 잔디밭에 별도로 설치된 공간에서 개를 쓰다듬고 개와 놀기도 할 수 있도록 마련한 프로그램

소리

학생들의 대화와 웃음, 잔디밭을 사이에 두고 서로를 부르는 학생들, 지나가는 자전거, 나무에 부는 바람, 종이를 바스락거리게 하는 미풍, 부스럭거리며 뜯는 과자 봉지, 뛰어가는 발걸음, 지저귀는 새, 지나가는 자동차, 머리 위로 날아가 는 비행기, 잔디 깎는 기계 및 기타 관리용 기계에서 나는 소음, 여닫히는 문, 울 리는 휴대전화, 벤치나 잔디밭에 털썩 내려놓는 배낭, 근처 분수대에서 쏟아지 는 물, 나부끼는 깃발과 깃대에 부딪혀 댕그랑거리는 쇠사슬, 머리 위에서 웅웅 거리는 가로등

냄새

갓 깎은 잔디, 솔잎, 햇볕 아래에서 데워지는 젖은 땅, 이슬, 꽃향기

커피, 물, 주스, 탄산음료, 맥주, 에너지 드링크, 사탕, 칩, 쿠키, 걸어가면서 먹는 음식, 치약, 구강청결제

촉감과 느낌

기숙사에서 나와 안뜰을 가로질러 갈 때 피부에 닿는 차가운 공기, 해가 구름 뒤에서 살며시 나올 때 느껴지는 온기, 피부에 닿는 까끌까끌한 잔디, 잔디를 밟을 때 느껴지는 부드러운 탄력, 다리에 닿는 따뜻한 금속 벤치, 교과서 책장 가장자리에 스치는 눈부신 햇빛, 차갑거나 따뜻한 금속 문고리, 발아래 닿는 딱딱한 조약돌이나 벽돌길, 머리카락을 헝클어뜨리는 미풍, 고르지 않은 땅을 지날 때 덜컹거리는 자전거, 다른 학생들에게 밀쳐지는 느낌, 어깨를 짓누르는 무거운 배낭, 교내를 뛰어갈 때 등에 반복적으로 부딪히는 가방

이 배경에서 벌어질 만한 갈등의 원인

- 비옷도 안 입었고 우산도 없는데 갑자기 비가 온다.
- 인도 위에서 미끄러지거나 넘어진다.
- 장난을 치거나 신고식을 하던 중에 사고가 난다.
- 늦어서 교정을 가로질러 뛰어가야 한다.
- 강도나 성범죄를 당한다.
- 사람들이 보는 앞에서 연인과 헤어진다.
- 배낭(필기 공책, 열쇠, 지갑을 넣어둔)을 잃어버린다.
- 수업 시작 전에 옷을 갈아입으려고 서둘러 안뜰을 가로질러 가면서 일명 '수치의 귀갓길walk of shame[다른 곳에서 하룻밤을 보낸 다음 날 아침, 전날 입었던 옷을 미처 갈아입지 못한 채 바삐 서두르는 귀갓길을 가리키는 표현]'을 몸소 선보인다.
- 간밤에 공부를 지나치게 한 탓에 안뜰에서 기절한다.
- 다음번 장학금이 들어오기 전에 돈이 바닥난다.
- 중독 상태에서 벗어나고자 괴로워하면서도 걱정하는 친구들에게는 그 사실을 숨긴다.
- 경쟁 관계에 있는 학교가 장난(나무에 두루마리 휴지를 잔뜩 걸쳐놓거나, 안뜰에

염소 몇 마리를 풀어놓는 등)을 친다.
- 경비원이 학생들을 괴롭히거나, 부적절한 방식으로 자신의 권위를 이용한다.
- 안뜰에서 점심을 먹다가 건물에서 뛰어내려 자살하는 사람을 본다.
- 커플의 다툼이 폭력적으로 변하는 광경을 본다.
- 산책을 나갔다가 사람이 죽인 것이 분명한 동물의 사체를 본다.

이 배경에서 볼 만한 유형의 사람들

- 경비원, 같은 학부 사람들, 정원사와 청소부, 대학원생과 인턴, 유지 보수 직원, 학생, 학교를 방문한 학부모

이 배경과 밀접한 다른 배경

- 기숙사 방, 대학교 대형 강의실

참고 사항 및 팁

대학 캠퍼스는 위치가 어디냐에 따라, 그리고 주력 분야가 무엇이냐에 따라 양상이 다양해진다. 어떤 대학은 학문 연구에 주력하지만, 어떤 대학은 예술과 기술 분야의 프로그램도 제공하기 때문이다. 또한 학교의 전통도 생각해둬야 한다. 실재하는 학교가 아니라 상상의 학교로 설정했더라도 말이다. 개교한 지 몇 년이나 됐는가? 이 대학교에서 장려하고 중요하게 여기는 전통, 이상, 좌우명은 무엇인가? 또한 입학 자격은 누구에게나 있는지, 학문적 성취에 따라 학생을 뽑는지, 아니면 부유하고 배경 있는 사람만 대우해주는지 등도 생각해야 한다. 특히 실재하는 학교를 쓰기로 했다면, 철저한 사전 조사로 세부 사항까지 정확히 맞도록 해야 한다.

배경 묘사 예시

사샤는 바닥에 털썩 누워 팔다리를 쭉 뻗고 한숨을 크게 내쉬었다. 드디어 기말시험 끝! 지나가는 학생들의 대화 소리가 그녀를 스쳐갔고, 그들의 발걸음이 만든 희미한 진동이 그녀의 뼛속에 울렸다. 햇볕에 따뜻해진 잔디는 그녀의 피부

에 스며들었고, 잔잔한 바람이 머리카락을 이리저리 헝클어뜨렸다. 사샤의 감은 눈 너머, 태양은 눈부시고도 끈질겼다. 겨울과 봄에도 그렇게 살아남아, 이제 여름이 오면 누가 짱인지 제대로 보여줄 심산으로. 사샤는 빙긋이 웃었다. 어디 맘껏 해보렴, 태양아!

- **이 글에 쓴 기법**   계절, 상징적 표현
- **얻은 효과**   분위기 설정, 감정 고조

대학교 대형 강의실

University Lecture Hall

풍경

강의실 뒤편의 양쪽 여닫이문, 가로로 줄지어 계단식으로 배열된 좌석, 등받이가 접히는 의자와 높이 조절식 책상, 뒤에서부터 연단과 스툴이 있는 전면의 강의 공간까지 이어지는 통로, 대형 화이트보드와 칠판, 프로젝터, 벽에 붙은 포스터, 안내문과 광고가 붙은 출구 근처의 게시판, 학교 이름이나 마스코트를 보여주는 현수막, 책상(교수의 노트북, 메모장, 펜이 놓인), 강의에 쓸 시각 자료, 벽에 설치된 음향 패널, 좌석에 앉은 학생들(필기하고, 노트북의 키보드를 두드리고, 교과서를 뒤적이고, 음료를 마시고, 졸고, 질문을 하는), 강의하고 학생들에게 질문도 하면서 강의실 앞쪽 공간을 오가는 교수

소리

교수의 강의, 틀어준 영화나 비디오, 학생들(질문하고, 서로 귓속말을 하고, 동시에 웃는), 탁탁 두드리는 노트북의 키보드, 바스락거리는 종이, 넘기는 책장, 학생들이 몸을 움직일 때 삐걱거리는 의자, 쾅 닫히는 문, 발걸음, 종이를 긁는 펜이나 연필, 타일 바닥 위를 찍찍거리는 스니커즈, 연단 바닥을 긁는 교수의 의자, 에어컨이나 난방기가 켜지는 소리, 탄산음료 캔을 따는 소리, 바스락거리는 과자 봉지, 교내 스피커로 나오는 안내 방송, 다른 교실이나 바깥 복도에서 들려오는 먹먹한 목소리, 울렸다가 빠르게 정지되는 휴대전화 벨소리, 여닫는 배낭 지퍼, 펜을 반복해서 딸깍대는 소리

냄새

바닥 세정제, 방향제, 퀴퀴한 카펫, 커피, 향수

맛

커피, 물, 주스, 탄산음료, 에너지 드링크, 자판기에서 산 간식(초콜릿 바, 칩, 쿠키, 스낵 케이크, 시리얼 바), 껌, 박하사탕

딱딱한 플라스틱 좌석, 앞으로 많이 쏠리거나 뒤로 많이 기울어지는 망가진 좌석, 비좁은 책상 위에 놓인 여러 물건들을 안 떨어뜨리려고 노력하는 느낌, 배낭 안을 뒤적이는 느낌, 무거운 참고서들, 너무 춥거나 더운 실내 공기, 칠판에 적힌 내용을 읽으려고 가늘게 뜨는 눈, 필기를 빨리 하다가 경련이 일어나는 손, 잠을 못 자 가려운 눈, 숙취로 인한 두통, 차가운 캔이나 병에 맺힌 물방울 때문에 젖는 공책

이 배경에서 벌어질 만한 갈등의 원인

- 경쟁이 치열해지면서 학생들 사이에서 위법 행위가 벌어진다.
- 지나친 스트레스로 학생이 자살하거나 병원에 실려 간다.
- 성희롱 사건이 벌어진다.
- 취하거나 숙취가 있는 상태로 수업에 들어온다.
- 누가 봐도 몸 상태가 나쁜 사람 옆에 앉게 된다.
- 성적이 떨어져 장학금을 놓친다.
- 생각보다 너무 어려운 수업을 듣게 된다.
- 강의 도중에 노트북이 멈춘다.
- 강의에 들어와서야 준비물을 다 안 가져왔다는 걸 깨닫는다.
- 지명을 받았으나 교수의 질문에 대답하지 못한다.
- 교수가 종교적 혹은 철학적 신념이 다르다는 이유로 학생에게 편견을 드러낸다.

이 배경에서 볼 만한 유형의 사람들

- 같은 학부 사람, 대학원생과 인턴, 유지 보수 직원, 학생

이 배경과 밀접한 다른 배경

- 기숙사 방, 대학교 안뜰

대학교 내 대형 강의실은 이곳을 자주 이용하는 인물들을 둘러싼 잠재적인 갈등 덕분에 작가에게는 이상적인 배경이 된다. 대학생들은 이제 막 어른이 됐고, 대부분의 학생들이 진정한 의미에서 처음으로 독립을 한 상황이다. 몇 주 전만 해도 아무 책임도 질 필요가 없었는데 지금은 자신이 모든 일을 책임져야 한다. 좋은 성적을 받고, 친구나 연인과 잘 지내고, 경제적인 결정도 잘 내려야 한다는 압박감은 이들에게 엄청난 불안을 야기할 수 있다. 수면 부족에다 술이라는 재료까지 더하면, 이들이 향후 심각한 오판을 내릴 가능성은 완벽하게 갖춰진다. 이런 시나리오는 강의실에서 쉽게 전개될 수 있으며, 혹은 모든 위기 상황이 절정에 이르는 장소로도 강의실을 선택할 수 있다.

배경 묘사 예시

루카스는 강의실 문을 조용히 열고 닌자처럼 몰래 들어와, 맨 마지막 줄 좌석에 소리 없이 몸을 던졌다. 론로이 교수는 연단에 서서 어떤 범죄 사건을 설명하며, 틀어놓은 영상에 나오는 범죄 현장의 특징들을 레이저 포인터로 가리키며 강조했다. 그는 특정 방향으로 튄 혈흔 사례를 설명하면서 소매를 흔들어 손목시계를 확인하더니 고개를 들고 못마땅한 시선으로 루카스를 쳐다봤다. '망했군.' 다른 학생이라면 지각해도 모르고 지나갔겠지만, 교수가 아버지라면 시간 엄수는 의무이자 필수가 된다.

- **이 글에 쓴 기법**   직유
- **얻은 효과**   과거 사연 암시

로커 룸　　　　　　　　　　　　　　　　　Locker Room

풍경

가로로 통풍구가 나 있는 좁은 철제 개인 사물함, 밝은 형광등, 벤치, 줄눈에 흰 곰팡이가 껴서 거뭇해진 민무늬 타일 바닥, 얇은 천이나 비닐 재질의 샤워 커튼이 달린 샤워장, 샤워기 위 천장에 둥그렇게 맺힌 물방울, 다 쓴 수건을 담은 통, 닫힌 사물함 틈새로 비어져 나온 옷자락과 신발 끈, 한쪽 벽에 줄지어 배치된 거울과 세면대, 화장실과 소변기, 물비누 디스펜서에 담긴 끈끈한 분홍색 비누액, 샤워 배수구에 걸린 지저분한 머리카락 뭉치, 바닥에 떨어진 작은 잡동사니들(흙덩어리, 다 쓴 휴지, 머리카락, 에너지 바 포장지), 문이 살짝 열린 빈 사물함, 사용감이 있는 운동기구들과 더러워진 스포츠용품(보호용 패드, 운동용 티셔츠, 국부 보호대, 신발), 누군가 카운터에 놓고 간 빗, 벤치에 던져진 주인 없는 옷, 바닥 배수구, 빈 사물함 안에 남겨진 낙서와 쓰레기, 주인 없는 양말 한 짝

소리

울리는 고함 소리, 웃음, 소문을 나누거나 서로를 놀리는 같은 팀원, 코치나 상대 팀에 대한 험담, 자물쇠가 금속에 부딪히면서 내는 찰그랑 소리, 철컹거리며 여닫히는 철제 사물함, 벤치나 바닥에 쿵 내려놓는 더플백과 장비, 바닥을 긁거나 마찰하는 신발, 획 젖히는 샤워 커튼, 뜨거운 물을 틀 때 나는 쉬 소리, 바닥 배수구로 내려가는 물, 거의 다 쓴 샴푸 통을 짰을 때 피식 바람 새는 소리, 샤워하면서 부르는 노래, 슬리퍼를 신고 바닥을 걷는 소리, 각종 스프레이용품(보디 스프레이, 데오도란트, 헤어스프레이)을 분사할 때 나는 쉬익 소리, 바스락거리는 감자 칩 봉지, 젖은 수건으로 찰싹 때리는 소리와 고통스러운 비명, 지퍼를 여닫는 소리, 사물함에 부딪힌 몸, 휴대전화의 벨소리나 진동음, 이어폰에서 새어 나오는 찌그러진 음악 소리, 사물함에서 떨어지는 물건, 샤워기에서 사방으로 튀는 물보라, 헤어드라이어

냄새

땀, 체취, 보디 스프레이나 향수, 데오도란트, 옆 샤워 칸에서 피어오르는 김에서 나는 샴푸 향, 풋볼 유니폼이나 축구 유니폼 상의에 묻은 잔디와 진흙, 젖은

수건, 표백제나 솔잎 향 세제, 더러워진 옷, 방향제, 헤어스프레이나 기타 헤어
제품

맛

땀, 물, 이온 음료, 연습이나 체육관 수업 후 사물함에서 꺼내 먹는 간단한 간식
(에너지 바, 과자, 그래놀라 바, 사탕)

촉감과 느낌

부드러운 순면 수건, 차가운 사물함 문, 자물쇠 측면의 잠금 다이얼의 차가운 촉
감, 홱 잡아당기는 지퍼 손잡이, 세면대에 튀는 물보라, 연습 후 지친 근육에 닿
는 샤워기의 뜨거운 물, 얼굴과 몸에 흘러내리는 땀, 땀 때문에 피부에 달라붙는
유니폼, 꽉 조이는 보호 패드, 멍이나 다른 상처를 조심스럽게 살피는 손가락,
긴장한 근육이 늘어나거나 통증이 밀려드는 느낌, 탈진해서 무거운 몸, 얼굴에
닿는 순면으로 된 새 수건, 유니폼을 벗은 뒤 땀에 젖은 몸에 닿는 시원한 공기,
수건으로 맞았을 때의 따끔한 느낌, 경기가 끝난 후에 나누는 쾌활한 접촉(밀기,
치기, 하이파이브, 껴안기), 달아오른 발이 축구화를 벗는 순간 편안해지는 느낌,
딱딱한 벤치에 털썩 앉는 느낌, 타들어가던 목을 적시는 시원한 물, 고함 때문
에 쉰 목, 사물함에 날리는 주먹, 모든 장비를 걸쳐서 둔해진 몸, 차가운 콘크리
트 벽

이 배경에서 벌어질 만한 갈등의 원인

- 경기에서 패배해 화가 난다.
- 팀원들과 패배의 이유가 서로 네 탓이라며 공방을 벌인다.
- 코치가 고함을 지르며 문책한다.
- 장난으로 누군가의 사물함을 마구 헤집는다.
- 따돌림이나 괴롭힘을 당한다.
- 자신의 능력에 불안감을 느낀다.
- 동료의 성공이나 인기에 질투가 난다.
- 심판의 오심 때문에 하프타임 때 분노가 폭발한다.
- 부적절한 장난이 걷잡을 수 없이 악화된다.

- 몸을 보여주기 불편해하는 선수가 다른 사람들 옆에서 태연한 척 옷을 갈아입기 위해 고군분투한다.
- 팀원의 몸에서 장기간의 학대나 자해의 흔적일 수 있는 상처나 흉터를 발견했지만, 어떻게 해야 할지 모르겠다.
- 누군가 휴대전화로 동영상이나 사진을 촬영하고 있는 것을 발견한다.
- 공개적으로 몸매를 비판하는 등의 폭력 상황을 목격했으나 겁이 나서 아무 말도 못한다.
- 로커 룸에서 구역질 나는 뭔가(사용한 생리대, 바닥에 떨어져 있는 배설물)를 발견한다.
- 새로 들어온 팀원이 호된 신고식을 치를 위기에 처한다.
- 우정에 금이 가는 행위(동료의 예전 여자 친구와 데이트를 하는 등)가 벌어진다.
- 성적 지향성의 차이로 로커 룸의 다른 학생들이나 당사자가 불편해진다.

이 배경에서 볼 만한 유형의 사람들

- 코치, 관리 직원, 선수, 체육 시간을 위해 옷을 갈아입는 학생

이 배경과 밀접한 다른 배경

- **시골편** 체육관, 고등학교 구내식당, 고등학교 복도, 스쿨버스, 십 대의 방
- **도시편** 스포츠 경기 관람석

참고 사항 및 팁

로커 룸은 보통 헬스클럽이나 학교 체육관에 있다. 즉, 사람들이 아주 자신감에 차 있거나 아주 불안해지는 장소라는 뜻이다. 여기에 다른 사람들 앞에서 옷을 갈아입어야 한다는 취약성까지 더해지면, 갈등 상황이 만들어지기 딱 좋은 배경이 된다.

배경 묘사 예시

나는 차가운 철제 벤치에 축 늘어졌다. 땀이 등과 옆구리로 흘러내렸다. 더러워

진 보호 패드와 흠뻑 젖은 유니폼에서 나는 악취는 맡기만 해도 졸도할 지경이었다. 내 시선은 발치의 닳은 파란색 타일에 고정되어 있었고, 그때 다른 선수들이 줄지어 들어왔다. 아무도 말을 하지 않았다. 질질 끌리는 발소리와 사물함 문이 조용히 열리는 소리는 우리의 참패를 더없이 간결하게 말해주고 있었다.

- **이 글에 쓴 기법**　다중 감각 묘사
- **얻은 효과**　분위기 설정, 감정 고조

스쿨버스 　　　　　　　　　　　　　　　　　　　**School Bus**

검은색 장식이 들어간 노란색 차량, 차량 측면에 쓰인 학교 혹은 지역 이름, 종이에 써서 창문에 붙인 버스 번호, 버스 앞쪽에 부착된 별도의 깜빡이등[도로 위에서 다른 차들에게 스쿨버스의 승하차를 알리기 위해 차체 전면에 부착한 황색과 적색 점멸등], 다른 차량에게 멈추라는 신호를 주는 정지 표지판과 그것이 달린 긴 가로대[스쿨버스가 멈출 때, 승하차하는 학생들의 안전을 위해 차체 측면에 부착되어 있는 정지 가로대가 앞으로 돌출된다], 얼룩투성이 창문, 차창에 눌린 얼굴, 악천후 때 쓰는 차량 맨 위의 점멸하는 안개등, 접이식 출입문과 승차 계단, 줄지어 배치된 초록색 혹은 검은색 좌석들을 좌우로 나누며 차내 가운데에 나 있는 좁은 통로, 차내 바닥에 길게 깔린 고무 깔개, 차 후면의 비상 탈출구와 그 양쪽으로 난 창문, 쓰레기통, 위아래로 여닫을 수 있는 좌측과 우측의 미닫이 창문들, 차 내부 뒤쪽을 볼 수 있는 백미러가 달린 운전석 구역, 버스 맨 앞 좌석에 앉은 버스 안전 요원, 안내문과 표지 들(비상구, 차내 규정, 버스 운전사 이름이 적힌), 차내에서 회전하며 돌아가는 작은 선풍기, 운전대와 페달, 출입문 개폐용 핸들, 자리에서 옆으로 앉아 다리를 통로 쪽으로 내민 학생, 바닥에 떨어진 책가방, 쓰레기(종이 뭉치, 과자 포장지, 몽당연필, 과자 부스러기), 매거나 안 맨 안전벨트, 바닥이나 좌석 아래쪽에 붙은 껌, 버스가 움직일 때마다 바닥에서 굴러다니는 연필이나 물병, 아이들(옆에 앉은 아이나 통로 맞은편 아이에게 말을 걸고, 책을 읽거나 숙제를 하고, 창밖을 내다보고, 좌석에서 통통 튀어오르고, 좌석에 늘어져 있고, 서로 쿡쿡 찌르거나 밀치고, 쪽지를 건네고, 자리를 바꾸고, 휴대전화를 들여다보고, 음악을 듣고, 운전사에게 큰 소리로 꾸지람을 듣는), 버스의 움직임에 따라 함께 흔들리는 몸, 앞 좌석 뒤편에 난 연필 구멍, 천을 덧대 수리한 좌석, 표면이 갈라져 그 안의 완충재가 비어져 나온 좌석, 버스 벽에 그리거나 새긴 낙서, 천장의 매립형 조명, 한 줄로 버스에 타고 내리는 아이들, 창밖으로 획획 지나가는 다른 차들과 바깥 풍경, 버스가 도로의 요철 부분을 지날 때마다 반동으로 뒷좌석에서 요동치는 아이들

버스가 시동이 켜진 채로 멈춰 있을 때 엔진이 지속적으로 내는 부르릉 소리, 버스가 속도를 높일 때 커지는 소음, 브레이크를 밟을 때 나는 끽끽 소리, 운전 기사가 차에 타는 아이들에게 건네는 인사, 라디오에서 들리는 음악, 배차용 무선으로 들려오는 배차 담당자의 목소리, 아이들을 조용히 시키는 안전 요원, 버스의 소음 속에서도 꿋꿋이 웃고 떠드는 아이들, 바닥에 떨어지는 책가방, 통로를 질질 끌 듯 걸어가는 발소리, 좌석에 털썩 앉는 소리, 바닥에서 이리저리 구르는 연필이나 크레용, 칩이나 과자 봉지를 뜯는 소리, 창문을 열자 더 잘 들리는 외부 교통 소음, 열린 창문으로 휙 들어오는 바람, 철로 앞에서 정차하는 동안 아이들에게 조용히 하라고 외친 운전사의 말이 끝난 직후 급격히 찾아오는 침묵, 전화벨, 통로를 지나면서 좌석들을 연속으로 치는 아이, 구겨지는 과자 포장지, 후루룩 마시는 팩에 든 주스나 물, 찍찍 여닫히는 도시락 가방의 벨크로, 책가방 지퍼를 여는 소리, 찰그랑거리는 안전벨트

발 냄새, 땀, 과일 향이나 민트 향 껌, 향수와 보디 스프레이, 열린 창문으로 들어오는 신선한 공기, 흰 곰팡이와 진흙(춥고 습기 찬 날씨의 경우), 버스의 배기가스

향이 나는 립크림, 점심을 먹고 남긴 음식(그래놀라 바, 과일, 샌드위치, 칩, 쿠키, 당근, 셀러리), 탄산음료, 물, 주스, 껌, 박하사탕, 사탕, 초콜릿 바

쿠션감이 부족한 좌석, 차가운 금속으로 된 내부 벽, 어깨에 멘 묵직한 책가방, 좌석에서 들어 올리는 무거운 책가방, 바닥에 쏟아진 뭔가에 쩍쩍 달라붙는 신발, 좌석 뒷부분을 누가 차는 느낌, 창문으로 들어오는 시원한 바람, 누군가 뒤에서 톡톡 두드리는 어깨, 누군가 쿡 찌르는 느낌, 앞으로 껴안아 든 책가방, 휘리릭 훑는 책이나 만화책, 손에 쥔 차가운 음료, 바깥을 보려고 창문에 서린 성에나 수증기를 슥 닦는 느낌, 성에 낀 창문 위에 하는 낙서나 틱택토 게임tic-tac-toe game[두 사람이 아홉 개의 칸 안에 각자 ○와 ×를 번갈아 넣어, 같은 무늬로 나란히 세 칸을 먼저 채우는 사람이 이기는 놀이], 창문 위에 입김을 불고 그 위에 손가락으로

뭔가를 쓰는 느낌, 앞 좌석을 차는 발, 좌석에서 달랑거리는 짧은 다리, 앞 좌석 너머까지 보려고 쭉 펴는 몸, 책가방이나 배낭 안을 뒤지는 느낌, 음료수 캔 표면에 생긴 물방울 때문에 미끄러운 손, 낑낑거리면서 여닫는 창문, 좌석에 털썩 앉는 느낌, 세 명이 한 좌석에 끼어 앉는 느낌, 버스가 과속방지턱을 지날 때 세게 요동치는 몸, 운전사가 브레이크를 밟을 때 앞 좌석을 부여잡는 손

이 배경에서 벌어질 만한 갈등의 원인

- 버스 안에서 괴롭힘과 주먹다짐이 벌어진다.
- 금지된 과자나 음료를 쏟아서 엉망진창이 된다.
- 자신을 괴롭히는 친구들 때문에 어쩔 수 없이 운전사의 화를 돋울 어리석은 장난을 쳐야 한다.
- 무슨 일이 있어도 화장실에 가야만 하는 급박한 사정이 생긴다.
- 내려야 할 정류장을 놓친다.
- 다른 학생에게 원치 않는 애정 공세를 받는다.
- 운전사를 괴롭히거나, 거짓말을 퍼뜨리겠다고 협박하거나, 일부러 기물을 파손하는 아이들이 있다.
- 외출 금지령이 내려져서 운전을 못하기 때문에 어쩔 수 없이 스쿨버스를 타야만 한다.
- 버스의 정지 표지판이 펼쳐졌는데도 정차하지 않는 제멋대로인 다른 운전자들이 있다.
- 아이가 차에 치인다.

이 배경에서 볼 만한 유형의 사람들

- 버스 안전 요원, 운전사, 학생

이 배경과 밀접한 다른 배경

- **시골편** 초등학교 교실, 집단 위탁 가정, 체육관, 고등학교 구내식당, 고등학교 복도, 유치원, 교장실, 여름 캠프

- 도시 편 레크리에이션 센터

스쿨버스의 분위기는 버스를 타는 학생 수와 나이대 등 몇 가지 요인에 따라 엄청나게 달라진다. 연중 일부 시기에는 분위기가 특히 더 시끄럽고 요란해진다. 예를 들어, 핼러윈 다음 날이라든가, 고대했던 현장학습 날이라든가, 크리스마스 방학 직전이 그렇다. 운전사는(같이 타고 있다면 안전 요원도) 자신이 맡은 아이들에게는 물론, 통학 시간이 얼마나 편할지 혹은 불편할지에도 큰 영향을 미친다. 임무에 충실한 어른이라면, 심드렁하거나 아이들에게 못되게 굴거나 부주의한 어른과는 아주 다른 통학 경험을 선사할 것이다.

배경 묘사 예시

나는 숨을 꾹 참으며 통로를 걸어갔다. 그렇게 하면 내가 좀 더 작아져서 내 엉덩이가 양쪽 좌석들을 줄줄이 건드리며 지나가는 일이 없을 것처럼. 버스 안은 조용해졌고, 몇 명의 눈이 나를 지켜보았다. 나는 맨 처음 보이는 빈자리에 조심스레 앉았고, 참으로 오랜만에, 이번 학교는 다를지도 모른다는 희망이 처음으로 부풀어 올랐다. 미소가 내 입술에 번졌을 때, 누군가 뒤에서 다 들리는 목소리로 이렇게 속삭였다. "저 정도면 과적 딱지 떼야 되는 거 아냐?"

- 이 글에 쓴 기법 직유
- 얻은 효과 감정 고조

미술 작품들로 채워진 벽, 타일이나 얇은 카펫이 깔린 바닥, 신발장, 아이들의 이름표가 달린 가방과 외투 걸이, 알록달록한 도시락, 작은 유아용 의자가 있는 탁자, 연필깎이, 그리기 수업을 위해 신문지를 깐 직사각형이나 땅콩 모양 탁자, 미술 가운 대신 어른용 셔츠를 덧입은 아이들, 수업 물품이 담긴 바구니들(크레용, 연필, 풀, 안전 가위, 만들기 수업에 쓸 파이프 클리너pipe cleaner[원래는 파이프나 빨대처럼 좁고 기다란 관 안쪽을 청소하는 용도의 솔로, 꼰 철사에 자잘한 털을 붙여놓은 형태. 이를 다양한 색과 길이로 제조하여 만들기용 문구로 쓴다]), 선생님의 책상(수업 계획서, 달력, 스테이플러와 테이프, 펜이 한가득 꽂힌 머그잔, 휴지, 손 세정제가 놓인), '금주의 어린이'로 뽑힌 아이들의 사진들이 핀으로 꽂혀 있는 게시판, 부드러운 매트가 깔려 있고 연주하기 쉬운 악기(글로켄슈필, 탬버린, 종, 마라카스, 녹음기)가 준비된 음악 공간, 놀이 공간(탈 수 있는 장난감 차, 장난감 집, 화려한 의상, 블록과 장난감이 있는), 책으로 가득 찬 책장과 앉을 수 있는 빈백 의자나 쿠션이 있는 독서 공간, 종이 쓰레기들과 과자 부스러기 가운데 놓인 쓰레기통, 모둠 활동 때 쓰는 화려한 깔개, 계절에 어울리는 실내장식과 아이들 작품으로 반쯤 가려진 창문들, 천장에 매단 종이 과제물, 러그에 떨어져 빛나는 반짝이 장식, 벽에 남은 핀 자국과 테이프 조각이나 끈끈한 풀 자국, 울타리 있는 놀이터(미끄럼틀, 그네, 모래놀이 구역이나 고무 매트 위에 놓인 놀이 집이 있는)로 이어지는 유치원 전용 출입구, 화장실, 뛰어다니거나 노는 아이들, 지도하는 교사, 아이를 데려가거나 데려오는 부모

아이들(울고, 노래하고, 이야기하고, 허황된 이야기를 지어내고, 꺅꺅 소리 지르고, 싸우고, 우는), 울리는 전화기, 인도에 탁탁 부딪치는 신발, 밖으로 나가려고 줄지어 서서 나란히 한 줄로 손을 잡는 아이들, 카펫 위를 덜컥거리며 지나가는 플라스틱 장난감 차와 트럭, 피겨와 공룡으로 가상의 싸움을 벌이는 아이들, 쾅 닫히는 문, 종이를 사각거리며 자르는 가위, 신나는 음악과 노래, 끽끽거리는 그네, 손으로 하는 놀이에서 들리는 손뼉 소리와 찰싹 때리는 소리, 공기를 가르는

줄넘기 줄, 바람 부는 날 나뭇잎이 철제 울타리에 닿아 달그락거리는 소리, 낮잠 시간을 시작할 때 선생님이 읽어주는 동화, 바스락거리는 간식 봉지, 여닫히는 도시락 통, 빨대로 빨아들이는 주스 팩의 마지막 한 방울, 분수식 음수대에서 콸콸 나오는 물, 바닥을 긁거나 넘어지는 의자, 쓰러지는 블록 탑, 벽에 부딪히는 장난감 차, 아이들이 책을 읽는 동안 조용히 넘어가는 책장, 개수대에서 튀는 물, 내려가는 변기 물, 끽 열리는 놀이터 문, 올렸다 내렸다 하는 웃옷 지퍼, 꽹음을 내거나 듣기 좋은 소리를 내는 악기들, 코 푸는 소리, 아파서 나는 소리(재채기, 기침, 훌쩍이는 콧물)

냄새

간식(크래커, 그래놀라 바, 쿠키, 칩, 과일), 주스, 우유, 커피, 풀, 페인트, 소독제, 땀, 소변, 공기 탈취제, 향을 넣은 마커 펜, 종이, 토사물

맛

집에서 가져온 간식이나 점심 식사, 주스, 물, 우유, 모래, 페인트, 흙

촉감과 느낌

환기구에서 불어오는 뜨거운 바람, 부채의 시원한 바람, 갑자기 꼭 껴안아주는 아이, 끈적끈적한 손, 땀에 젖어 아이의 이마에 달라붙은 머리카락, 부드러운 휴지로 피부를 닦는 느낌, 그림책의 매끈한 책장들, 유아용 의자에 떨어진 과자 부스러기, 보송보송한 카펫과 봉제 인형, 딱딱한 플라스틱 의자, 어깨를 잡아당기는 배낭, 놀이터에서 묻어온 모래알과 흙, 손끝에 묻은 분필 가루, 의자나 선반에서 뛰어내렸다가 착지를 잘못했을 때 왈칵 느껴지는 통증, 사방치기 놀이를 할 때 콘크리트 바닥에서 어느 순간 발이 받는 충격, 그네를 타며 얼굴에 확확 와 닿는 바람, 얼굴과 머리에 똑똑 떨어지는 빗방울, 뜨거워진 미끄럼틀을 탈 때 다리 뒤쪽이 타는 듯한 느낌, 잡기 놀이를 하다가 심하게 밀쳐진 느낌, 빈백 의자나 쿠션의 부드러운 탄력, 피부에 달라붙은 반짝이 장식, 끈끈한 풀, 질척거리는 찰흙, 음수대에서 마시는 차가운 물이 턱을 타고 흐르는 느낌, 덜 마른 핑거페인트finger paint[손으로 그리는 용도를 위해 만들어진 젤리형 물감], 미끈거리는 비누, 차가운 손 세정제, 낮잠 시간에 점점 무거워지는 눈꺼풀, 전동 연필깎이의 진동

이 배경에서 벌어질 만한 갈등의 원인

- 아이들의 등하원 시간에 부모들 사이에 갑자기 싸움이 벌어진다.
- 아이들 머리카락에 갑자기 이가 생긴다.
- 아이들 간의 싸움이 큰 소동으로 번지거나 아이 중 누군가가 다친다.
- 아이에게 원인을 알 수 없는 멍이나 베인 상처가 보인다.
- 화재경보기가 켜진다.
- 부모가 아이를 데려갈 시간에 늦게 왔거나, 도저히 데려갈 상황이 아닌 상태로 나타난다.
- 근처 놀이터에 나갔다가 아이를 놓친다.
- 아이들이 뭔가 마음에 걸리는 일에 대해 얘기하는 걸 듣게 된다(학대, 약물 복용, 성적인 위법 행위).
- 원내에 누가 침입한다.
- 아이를 데려갈 권리가 없는 사람이 와서 아이를 데려가려고 한다.
- 원생 중 한 명이 예방접종을 하지 않았다는 사실을 알게 된다.

이 배경에서 볼 만한 유형의 사람들

- 행정 직원, 도우미, 돌보미, 아이들, 부모와 조부모, 특별 손님(마술가, 음악가, 작가, 인형 조종사), 선생님

이 배경과 밀접한 다른 배경

- 아이 방, 초등학교 교실, 놀이터, 스쿨버스

참고 사항 및 팁

유치원 소유자의 집에서 운영되는 일부 유치원('데이홈dayhome'이라는 형태)이 있는가 하면, 별도의 건물에 위치한 유치원도 있다. 유치원을 배경으로 골랐다면 유치원이 집 근처에 있을지, 직장 가까이에 있을지 정해야 한다. 또한 데이홈은 일반 유치원보다 원생 수가 적다.

세라는 선생님이 부드럽게 시키는 대로 순순히 문밖으로 나오자마자, 창가로 달려가 안을 들여다봤다. 대부분의 아이들은 독서 공간에 앉아서 이야기 시간이 시작되기를 기다리며, 서로 속삭이거나 키득거리거나 러그에서 풀린 올을 잡아당기고 있었다. 세라의 작은 딸 몰리는 아이들이 둥그렇게 모인 곳으로 주춤주춤 걸어갔고, 선풍기가 도는 지점을 지날 때는 머리카락이 흩날리기도 했다. 세라의 인생에서 제일 긴 5초가 지났다. 둥근 원 속의 작은 남자아이가 자리를 좁혀 앉아준 덕분에 몰리도 그 옆에 앉을 수 있었다. 남자아이는 몰리에게 치즈 크래커가 든 봉지를 내밀었다. 몰리는 크래커 하나를 집으며 새 친구에게 웃어 보였다. 세라는 눈물을 삼키며 창틀에서 떨어져 직장으로 향했다. 그녀의 신발이 타일 위에 딸깍딸깍 부딪치며 외로운 소리를 냈다.

- **이 글에 쓴 기법** 다중 감각 묘사
- **얻은 효과** 분위기 설정, 감정 고조, 긴장과 갈등

풍경

그해에 선정된 주제에 따라 꾸며진 실내장식, 풍선으로 만든 아치문, 빛나는 조명이 한 줄로 길게 이어진 장식, 드리워진 망사 장식, 떠다니는 풍선들, 안내원들이 표를 받는 탁자, 사진 촬영 장소로 쓰는 이동식 정자, 춤추는 공간인 댄스 플로어, 식탁보, 가운데 놓는 꽃 장식, 일렁이는 촛불, 색종이 조각들로 장식된 수많은 원형 탁자, 무도회장 전체에 반짝이는 빛 조각을 뿌리는 디스코 볼이나 특수 조명, 학생들 사진과 학교 활동 모습을 연속으로 비추는 프로젝터 영상, 디제이가 음악을 트는 공간, 행사가 무사히 진행되도록 감독하는 주최자, 바닥에 흩뿌려진 색종이 조각들, 순간순간 색을 바꾸는 스포트라이트 조명, 댄스 타임 때 작동하는 섬광 효과, 음료와 다과가 놓인 탁자들, 드레스를 입고 꽃 장식을 달고 클러치 백을 든 여학생들, 턱시도를 입고 부토니에르boutonniere[남성 정장이나 턱시도 좌측 상단에 꽂는 꽃 장식]를 단 남학생들, 춤추는 사람들, 앉아서 먹고 마시는 사람들, 휴대전화를 보거나 사진을 찍는 사람들, 행사를 지켜보는 교사와 학부모 자원봉사자들, 휴대용 술병에 넣어 온 술을 몰래 마시거나 담배를 피우러 밖으로 나가는 십 대들

소리

문이 여닫힐 때마다 커졌다 작아졌다 하는 음악, 타일이 깔린 바닥 위를 걷는 하이힐, 웃음과 수다, 음악 때문에 커지는 말소리, 외침과 고함, 야유와 날카로운 휘파람, 앰프를 통해 증폭된 디제이의 멘트, 총학생회장의 연설, 안내 방송을 하는 교장이나 교사, 커플이 슬그머니 자리를 뜰 때 복도에 울리는 발걸음, 무리 지어 화장실로 향하는 여학생들, 무도회 여왕과 왕이 왕관을 쓸 때 터지는 환호와 박수

냄새

생화, 헤어스프레이, 향수, 구강청결제, 다과

펀치, 물, 탄산음료, 주스, 과일, 프레첼, 칩, 땅콩, 소스를 곁들인 채소, 치즈와 크래커, 샌드위치, 속을 채운 버섯 요리, 꼬치구이, 미트볼, 케이크, 쿠키, 브라우니, 초콜릿 분수에서 즐기는 음식들(딸기, 마시멜로, 네모난 파인애플, 한 입 크기의 치즈 케이크, 비스코티[아몬드 가루를 넣어 바삭하게 구운 이탈리아식 비스킷의 일종]), 박하사탕, 껌, 립글로스, 술

꽉 조이는 드레스나 셔츠 깃, 화려한 정장 재킷, 거치적거리는 손목의 꽃 장식, 핀과 스프레이로 고정한 헤어스타일, 흐르는 듯한 부드러운 소재의 드레스 천, 조악한 스팽글 장식이나 레이스, 하이힐을 신고 불안하게 선 느낌, 새 신발 때문에 아픈 발, 파트너와 다정하게 추는 춤, 파트너의 어깨에 기댄 한쪽 얼굴, 따뜻하거나 땀으로 젖은 손을 잡는 느낌, 춤추다 다른 상대와 부딪치는 느낌, 댄스타임 사이에 마시는 음료, 돌아가거나 흐트러지지 않았는지 다듬는 드레스, 상대의 허리에 꽉 두른 팔, 가슴에 쿵쿵 울리는 저음의 음악, 댄스 타임 때문에 실내 온도가 올라가서 흘러내리는 땀, 바람을 쐬려고 밖으로 나갔을 때 확 시원해지는 느낌

이 배경에서 벌어질 만한 갈등의 원인

- 친구들이나 파트너에게 잘 보이려는 생각에 돈을 너무 많이 썼다.
- 무도회 바로 전날에 애인에게 차인다.
- 누군가의 드레스나 정장에 뭔가를 쏟는다.
- 옷차림이나 파트너 때문에 부끄럽다.
- 다 커플인데 자신만 혼자다.
- 무도회 여왕과 왕을 뽑는 경쟁에서 진다.
- 보란 듯 상대와 깨가 쏟아지는 예전 애인을 우연히 맞닥뜨린다.
- 못된 여학생들의 희생양이 된다.
- 남자 친구에게 차인 여학생을 도와주려는 마음에 우르르 몰려든 친한 친구들이 화장실을 점령한다.

- 잘 모르는 사람과 파트너가 되어 무도회에 참석했는데, 그(그녀)가 그다지 좋은 상대가 아님을 깨닫는다.
- 무도회 중에 혹은 무도회가 끝난 뒤에 어떤 일을 억지로 해야 하는 상황에 놓인다.
- 제일 원했던 상대가 아닌 사람과 무도회에 참석하게 된다.
- 파트너가 춤을 아주 못 추거나 이상한 춤을 춘다.
- 부모가 말도 안 되는 이른 시간에 귀가를 종용하며 자녀를 데리러 온다.
- 자원봉사를 핑계로 무도회에 와서는 자녀를 감시하는 황당한 부모가 있다.
- 누군가 음료에 약을 탄다.
- 같은 성별의 상대에게 춤을 신청하고 싶지만, 거절당할까 봐 혹은 공개적으로 커밍아웃당할까 봐 두렵다.
- 자신의 파트너가 다른 사람과 애정 행각을 벌이는 모습을 본다.
- 몸매에 자신이 없거나 외모를 지적당한다.

이 배경에서 볼 만한 유형의 사람들

- 디제이, 사진사, 학생, 교사와 교장, 무도회 여왕과 왕, 현장 직원(웨이터와 웨이트리스, 운영 팀), 자원봉사자

이 배경과 밀접한 다른 배경

- **시골 편** 기숙학교, 체육관, 고등학교 복도
- **도시 편** 댄스홀, 정장을 입어야 하는 행사, 캐주얼 다이닝 레스토랑, 미용실, 리무진

참고 사항 및 팁

졸업 무도회의 규모는 소박하고 단순한 정도부터 할리우드 레드 카펫 행사급까지 다양하다. 부유한 동네의 학교라면 졸업 무도회를 호텔에서 열어 맛 좋은 다과를 제공하고, 화려한 실내장식에 참석자들에게 공짜 선물 꾸러미까지 나눠줄 수도 있다. 하지만 그렇지 못한 동네의 학교에서는 훨씬 작은 규모의 졸업 무도

회가 학교 체육관이나 지역 회관 혹은 교회 건물에서 열린다.

천장 가까이 둥실둥실 떠 있는 수백 개의 풍선들 때문에 평소 체육관을 장식하던 스포츠 표지와 깃발들은 보이지 않았다. 조명이 반짝였고, 오늘 농구 코트는 화려한 드레스를 입은 여자애들과 턱시도를 입은 훈남들 뒤에 숨었다. 보통은 이곳에서 땀과 수치심의 냄새를 맡곤 했지만, 오늘 밤의 공기에서는 향수와 헤어스프레이 냄새가 났다. 문이 열리자 바람이 들어와 맨살을 드러낸 등이 으스스 떨렸다. 나는 드레스의 보디스bodice[블라우스나 드레스 위에 입는 여성용 조끼. 코르셋처럼 딱 맞게 입어 몸매가 드러나게 한다]를 끌어 올리고, 머리를 매만졌다. 그러고는 10센티미터짜리 하이힐을 과감하게 내딛으며 내 인생 최고로 멋진 밤을 향해 앞으로 나아갔다.

- **이 글에 쓴 기법** 대비, 다중 감각 묘사
- **얻은 효과** 분위기 설정, 감정 고조

체육관 **Gymnasium**

매표구, 트로피 진열장이 즐비한 휴게실, 스낵을 파는 구내매점, 콘크리트 블록 벽, 윤이 나는 목재 바닥, 벽의 아랫부분에 덧댄 충격 방지 패드, 벽에 걸린 수상 시즌 기념 배너, 바닥에 페인트로 그린 학교 이름과 마스코트, 곧 있을 학교 행사를 알리는 손으로 쓴 포스터, 벽을 따라 붙인 광고판, 벽 쪽의 관람석, 농구 골대(바닥에 고정된 골대 또는 높이를 조절할 수 있거나 접어서 보관할 수 있는 이동형 골대), 득점 게시판, 스피커, 바닥의 페인트 표시, 아나운서와 점수 기록원이 앉는 소형 유리 부스, 벽 한쪽에 커튼이 쳐진 무대(강당으로도 쓰는 체육관의 경우), 프로그램 진행을 위한 오디오와 무대 장비, 바닥 연마제, 겹겹의 이중문, 펄럭이는 깃발, 체육 수업에 쓰는 스포츠 장비(공들이 놓인 선반, 레슬링 매트, 테니스 라켓, 웨이트트레이닝 장비, 평균대, 줄넘기, 작은 트램펄린, 빈백 의자, 낙하산 등), 놓친 공, 영역을 표시하는 칼라콘, 체육관에 딸린 남녀 로커 룸, 여러 개의 화장실, 음수대, 체육 시간에 운동하는 아이들, 훈련하거나 시합하는 스포츠 팀, 학생들과 소통하며 호각을 부는 코치, 전구를 바꾸고 바닥을 왁스 칠하는 시설 관리 직원, 관람석에서 경기를 구경하는 관중들

반향음, 음향 장치를 통해 들리는 아나운서의 목소리, 바닥과 마찰하며 끽끽거리는 운동화, 수많은 사람들이 달리느라 천둥처럼 들리는 발소리, 심판이 부는 호각, 경기가 끝났음을 알리는 버저, 자기 팀원들에게 고함치는 코치, 박수 치고 고함치는 관중, 서로를 큰 소리로 부르는 선수들, 바닥에 튕기는 공, 강타하는 배구공, 바닥 위를 미끄러지듯 나아가는 선수들, 농구공이 그물을 뒤흔들며 골대의 뒤판에 부딪쳐 튕기는 소리, 쾅 닫히는 묵직한 문, 아이들의 웃음, 수다 떠는 학생들, 누군가 득점하면서 일제히 비명을 지르며 보내는 박수갈채, 경기가 끝나자 박수를 치는 팀의 선수들, 격려하거나 힐난하느라 큰 소리로 떠드는 부모들, 응원하는 치어리더들

땀, 구내매점에서 사 온 뜨거운 음식, 커피, 냄새 나는 신발, 갓 세탁한 유니폼에서 나는 섬유 유연제의 향, 바닥 왁스 및 세제

맛

플라스틱 마우스 가드, 금속 호각, 매점 음식(나초, 조각 피자, 핫도그, 햄버거, 칩, 사탕, 팝콘), 물, 탄산음료, 커피

촉감과 느낌

단단한 철제나 목재로 된 관람석, 등받이 없는 의자 때문에 아픈 허리, 무릎에 올려놓은 음식, 뚝뚝 떨어지는 땀, 팔락거리는 신발 끈, 묶은 머리카락이 풀리면서 얼굴에 나부끼는 느낌, 깔깔하고 올록볼록한 농구공, 매끈한 배구공, 배구공을 쳐서 네트 위로 넘기는 느낌, 다른 팀 선수들 사이에서 떠밀리거나 부딪히는 느낌, 바닥에 넘어지는 느낌, 벽에 덧댄 패드에 세게 부딪힌 몸, 세게 부딪친 무릎이나 접질린 발목, 밟힌 발, 분투하느라 욱신거리는 근육, 가슴이 터질 것처럼 숨이 차는 느낌, 부상 중에도 끝까지 임하는 경기, 건조한 입안, 극심한 갈증, 타임아웃 때 들이켜는 물, 땀에 젖어 살에 달라붙는 유니폼, 땀에 젖어 이마에 들러붙는 머리카락, 경기 시작 전의 불안감, 쉬는 시간이나 체육 시간에 달리고 놀 수 있게 된 것이 좋아서 들뜬 아이, 볼륨이 지나치게 높은 음향 장치, 하이파이브를 해오는 같은 팀 선수

이 배경에서 벌어질 만한 갈등의 원인

- 코치에게 팀 관리 방식이 문제라고 고함치는 학부모가 있다.
- 학생이나 코치, 학부모가 부적절한 행동으로 경기에서 퇴출당한다.
- 부상을 입는다(우연히 혹은 고의적으로).
- 자신의 능력에 대해 고민이 생긴다.
- 경기 중에 중대한 실수를 저지른다.
- 음향 시스템이 고장 나거나, 득점 게시판이 고장으로 잘못 기록된다.
- 스카우터가 와 있어 긴장된다.

- 체육 시간에 공을 독차지하는 학생이 있다.
- 편애하는 선수를 눈감아주는 편향된 코치가 있다.
- 뇌물을 받아 상급자에게 떼주는 선수들이 있다.
- 고등학교 스포츠를 놓고 도박판이 벌어진다.
- 팀과 학교 간에 극심한 경쟁이 벌어진다.
- 경기가 끝난 후 폭력 사건이 벌어진다.
- 학부모들이 늘 바쁘다는 평계로 경기에 불참한다.

이 배경에서 볼 만한 유형의 사람들

- 코치, 대학교 스카우터, 학부모, 체육 계열 학생, 심판, 기자, 관중, 스포츠 팀과
  선수들, 교사

이 배경과 밀접한 다른 배경

- **시골 편** 기숙학교, 초등학교 교실, 고등학교 복도, 로커 룸, 졸업 무도회, 대학교
  대형 강의실, 대학교 안뜰
- **도시 편** 스포츠 경기 관람석

참고 사항 및 팁

학교 체육관은 주로 체육 관련 행사에 쓰이지만, 공간이 넓고 좌석이 있어서 다른 모임이나 회합에도 적당하다. 학교 체육관은 규모와 자원에 따라 특별 프로그램이 열리기도 하고, 시상식이나 무도장, 지역사회의 투표소, 오락 행사장(최면술사가 진행하는 쇼나 마술 쇼 등), 졸업식장으로 쓸 수도 있다.

배경 묘사 예시

터너 코치는 호각을 불었지만 소용없는 일이었다. 훌라후프는 여전히 바닥에서 빙글빙글 돌고 있었다. 사방에서 공들이 날아다녔다. 아이들은 강아지처럼 몸을 뒤틀었고, 체육관 바닥에 사뭇 장엄하게 그려진 학교 마스코트를 철저히 무시하듯 그 위를 이리저리 뒹굴었다. 터너는 지끈거리는 머리에 손을 얹었다. 그

리고 초등학교 체육 교사 일로 돈을 좀 더 벌 수 있을 거라는 생각이 착각인지도 모른다고 생각했다.

- **이 글에 쓴 기법**   직유
- **얻은 효과**   성격 묘사, 긴장과 갈등

초등학교 교실   Elementary School Classroom

풍경

교실 전면을 가로지르는 화이트보드, 화이트보드 밑 선반에 놓인 다양한 색깔의 마커 펜 세트와 지우개, 교사용 책상(컴퓨터와 프린터, 쓰레기통, 성적표와 출석부 폴더, 머그잔, 졸업한 제자들에게 받은 자질구레한 선물, 벽걸이 달력, 스테이플러, 의자가 있는), 타일이나 카펫이 깔린 바닥(주인 없는 몽당연필, 지우개, 반짝거리는 머리띠 따위가 여기저기 떨어져 있는), 학생들의 미술 작품들로 장식하거나 특별 과제 계획 따위를 스테이플러로 고정한 게시판, 창턱에 놓인 꽃 묘목을 심은 스티로폼 컵, 서가에 빼곡한 책, 열을 맞춰 놓인 책상(긁힌 자국이 많은 책상 위에 책, 종이, 공책이 쌓여 있는), 책과 학용품으로 가득 찬 책상, 행성과 별자리를 색칠한 스티로폼 공에 실을 달아 천장에 매단 장식, 교실 뒤 벽에 각자 책가방과 겉옷을 걸도록 이름과 함께 붙어 있는 못걸이, 비누와 갈색 종이 타월이 마련된 세면대, 수납장(미술 도구, 퍼즐, 수학 게임, 학습 보조 기구로 가득 찬), 벽에 부착된 연필깎이와 그 아래 바닥에 쌓인 연필밥, 교실 뒤에 놓인 두 대의 컴퓨터, 분실물 보관함, 벽시계, 보물 상자나 상품 통(스티커, 개별 포장한 사탕, 판박이 스티커, 저렴한 팬시 상품이 든), 수조나 반려동물 케이지, 한쪽 벽에 쭉 걸어둔 알파벳, 인터컴, 화이트보드 앞에서 수업을 하거나 학생들을 개별적으로 지도하는 교사, 수업 과제를 돕는 보조 교사나 학부모, 한눈을 팔며 빈둥대거나 쪽지를 돌리는 학생

소리

학생들(교실을 돌아다니며 떠들고, 웃고, 속닥거리고, 소리를 지르고, 노래하고, 왔다 갔다 하는), 교사의 단조로운 목소리, 날카롭게 울리는 화재경보기, 인터컴에서 치직거리거나 먹먹한 소리로 흘러나오는 교장의 공지 사항, 쾅 닫히는 문, 운동화 밑창이 교실 바닥과 마찰하면서 나는 끽끽 소리, 복도에서 울리는 목소리, 바닥을 긁는 의자, 책가방 지퍼를 여는 소리, 드르륵 돌아가는 연필깎이, 볼펜의 누름단추를 반복해 누르는 학생, 철제 쓰레기통에 쓰레기를 던져넣을 때마다 나는 텅텅 소리, 교실 뒤쪽에서 속닥거리는 학생들, 뒤적이거나 구기거나 찢는 공책, 바인더의 스프링을 여는 소리, 획획 넘기는 교과서, 큰 소리로 책을 읽

어야 하는데 멈칫하며 웅얼거리는 학생, 선반에서 잡아 빼는 통, 컴퓨터 키보드를 두드리는 손가락, 스테이플러의 또각또각 소리, 싹둑거리는 가위, 째깍거리는 벽시계, 타이머의 따르릉 소리, 교실 밖에서 부는 바람이나 교실 창문을 두드리는 빗소리, 열린 창문으로 들리는 놀이터에서 노는 아이들 소리, 딸깍거리거나 윙윙거리며 작동하기 시작한 난방기나 에어컨, 바닥에 떨어지는 책

냄새

구내식당에서 흘러나오는 기름진 음식 냄새, 열린 창문으로 들어오는 신선한 공기, 왁스 같은 크레용, 마커 펜, 땀에 젖은 몸, 냄새 나는 발, 풀, 고무지우개, 손세정제나 청소용품의 톡 쏘는 냄새, 페인트, 점토, 오래된 카펫, 선반이나 책가방에 넣고 잊어버린 과일이 썩는 냄새, 과학 과제와 관련된 물질(화학물질, 흙, 물, 식초, 금속, 플라스틱, 고무, 적외선 램프), 과자(크래커, 쿠키, 칩), 비의 청명한 냄새

맛

나무 연필, 과일 향 껌, 사탕, 급우의 생일에 먹는 컵케이크나 도넛, 간단한 식사, 물, 주스, 입술에 묻은 땀

촉감과 느낌

책상 위의 매끈한 컴퓨터, 연필심의 뾰족한 느낌, 바닥에 앉을 때 두 손바닥에 닿는 펠트 같은 카펫, 지우개의 탄성, 연필을 깎으면서 진동하는 연필깎이, 딱딱해서 불편한 의자, 지나치게 작은 책상 아래에 자꾸만 부딪히는 무릎, 어깨에서 스르르 미끄러져 바닥으로 떨어지는 책가방, 금세 풀릴 듯 헐거운 신발 끈, 뒷줄에 앉은 급우가 등을 쿡쿡 찌르는 느낌, 반질반질한 책장, 매끄러운 용지, 화이트보드에 마커 펜으로 적을 때 미끄러지는 듯한 느낌, 붓의 빳빳한 털, 반질반질한 그림물감, 끈끈한 풀, 앉은 채 몸을 뒤로 기댈 때 움직이는 의자, 책상에 말라붙은 접착제 덩어리, 책상에 있는 지우개 찌꺼기가 팔뚝에 묻는 느낌, 한 손에 든 책의 무게감, 등을 눌러오는 의자 등받이, 줄 서서 기다리다 부딪치거나 넘어지는 느낌

이 배경에서 벌어질 만한 갈등의 원인

- 급우들에게 괴롭힘을 당하거나 학생들 간에 경쟁이 벌어진다.
- 상처 받은 감정 때문에 우정에 금이 간다.
- 시험을 망치거나 책을 떠듬떠듬 읽어서 창피하다.
- 팀에 선발되지 못한다.
- 누군가를 좋아하는 감정을 반 아이들 모두가 알게 된다.
- 물건이 없어지거나 도난당한다.
- 선생님이나 다른 학생에게 못된 장난을 치는 아이가 있다.
- 노골적인 편견이 있다(불우한 학생, 특정 종교를 믿는 학생 등).

이 배경에서 볼 만한 유형의 사람들

- 보건교사, 학부모 자원봉사자, 특별 손님(학교를 방문한 연예인이나 작가), 학생, 교사, 교장

이 배경과 밀접한 다른 배경

- 아이 방, 관리 물품 보관실, 체육관, 놀이터, 교장실, 스쿨버스

참고 사항 및 팁

초등학교의 교실 풍경은 학교의 유형, 위치, 자금 조달 능력에 따라 얼마든지 달라질 수 있다. 그러나 교실의 인상에 보다 큰 영향을 미치는 건 교사다. 교사가 조직적인가, 계획 없이 충동적으로 행동하는가? 보수적인가, 진취적인가? 상냥한가, 사무적인가? 쓰고 있는 이야기에 교실 장면이 등장해도 그다지 중요하지 않은 배경이라면 간단히 묘사해도 충분하다. 그러나 이야기의 흐름에 중요한 역할을 한다면 교사의 성격을 이해하고, 교실의 이모저모를 적절히 설계하는 것이 좋다. 그런 뒤 그 교실에서 벌어질 만한 갈등에 초점을 맞추자.

마지막 남은 학생마저 도망치고 문이 쾅 닫힌 뒤에야 피해 조사에 들어갔다. 허공에 난무하며 반짝거리는 별 장식. 젤리, 사과 주스, 딸기 요거트가 무지개처럼 뒤범벅된 화이트보드. 그리고 물이 넘쳐흐르는 싱크대. 물바다가 되기 전에 수도꼭지를 잠그려고 카펫 바닥을 가로지르자 신발 밑창이 끽끽 소리를 냈다. 부임 첫날 수업 치고는 나쁘지 않았다.

- **이 글에 쓴 기법** 과장, 다중 감각 묘사
- **얻은 효과** 성격 묘사

작가 사전 1

펴낸날 초판 1쇄 2024년 1월 10일

지은이 안젤라 애커만, 베카 푸글리시

옮긴이 임상훈, 최세희, 성문영, 노이재

펴낸이 이주애, 홍영완

편집장 최혜리

편집1팀 양혜영, 김하영, 김혜원

편집 박효주, 장종철, 문주영, 홍은비, 강민우, 이정미, 이소연

디자인 박아형, 김주연, 기조숙, 박정원, 윤소정, 박소현

마케팅 김태윤

홍보 김철, 정혜인, 김준영, 김민준

해외기획 정미현

경영지원 박소현

펴낸곳 (주)윌북

출판등록 제2006-000017호

주소 10881 경기도 파주시 광인사길 217

전화 031-955-3777 **팩스** 031-955-3778

홈페이지 willbookspub.com

블로그 blog.naver.com/willbooks **포스트** post.naver.com/willbooks

트위터 @onwillbooks **인스타그램** @willbooks_pub

ISBN 979-11-5581-675-2 04800
      979-11-5581-674-5 (세트)